耳汝尔 著

长缨舞西风

CHANGYING
WU XIFENG

长篇革命历史小说

（上册）

天上雷公
地下海陆丰
——民谣

中国言实出版社

图书在版编目（CIP）数据

长缨舞西风：上、下 / 耳汝尔著 . -- 北京 : 中国
言实出版社，2022.5
ISBN 978-7-5171-4065-8

Ⅰ．①长… Ⅱ．①耳… Ⅲ．①长篇小说－中国－当代
Ⅳ．① I247.5

中国版本图书馆 CIP 数据核字（2022）第 033132 号

长缨舞西风

责任编辑：史会美
责任校对：张天杨

出版发行：中国言实出版社
　　　地　　址：北京市朝阳区北苑路 180 号加利大厦 5 号楼 105 室
　　　邮　　编：100101
　　　编辑部：北京市海淀区花园路 6 号院 B 座 6 层
　　　邮　　编：100088
　　　电　　话：010-64924853（总编室）　　010-64924716（发行部）
　　　网　　址：www.zgyscbs.cn　　　电子邮箱：zgyscbs@263.net

经　　销：新华书店
印　　刷：武汉市籍缘印刷厂
版　　次：2024 年 4 月第 1 版　　2024 年 4 月第 1 次印刷
规　　格：710 毫米 ×1000 毫米　1/16　　65.5 印张
字　　数：1072 千字

定　　价：198.00 元（上下册）
书　　号：ISBN 978-7-5171-4065-8

献给二十世纪上半叶，海陆丰和东江红土地上，为民族尊严与崛起而浴血奋战的先驱，以及千万用脊梁顶起历史车轮前行的父老乡亲！

目 录

1

第一章
惊锣无情婚床冷　横刀有声万家愁

海风，犹如雄骑扬鬃；躁动的月光，恍若跌水流淌；且行且远的更鼓，催唤市井生民，欲赴醉乡，垂云正暖……唯有更夫喊出"受洋人惊吓，逃往西安的慈禧太后回京啦"，令即将释卷就寝的遗老，不由扼腕长叹，满眼苍凉。而这话语，早已化为幽灵附体的蝙蝠，随同屈辱，久久地在边陲古城的夜空游荡。

一门心思等着成为女人的李兰舟，虽然尚未在七月初七穿过红屐，出过花园，但脸上压根儿看不出羞怯、惶恐、紧张，当然也无暇理会更夫夜复一夜的车轱辘话。她侧耳听见自家院门欸乃一声掩上了，就迫不及待掀开红盖头，将搓着双手怯怯站在方桌前的新郎，一把拉了过来，手忙脚乱帮他摘下瓜皮帽，解下胸前的红绸花。

两人四目相对，心头小鹿乱撞。一个眼神，新婚夫妇双双端起青花瓷杯，勾起手臂，喝下了交杯酒。

酒一入喉，猛觉舌头像被蛇蝎咬过似的，一股火辣的烧灼，从咽喉直窜进心窝。李兰舟的桃花眼顷刻冒出火星，真是辣得足以让她怀疑人生。

"痛，嘴唇痛！喉咙痛！还有这里……"她龇牙咧嘴抚着心口，丰满的胸部微微颤动。

"我也是，痛！连鼻孔呼出的，也尽像在喷火，这酒不对劲！"

"别错怪酒了，我敢肯定，这是家贼所为。今天，进出洞房的，只有伴娘夏文珮一个人，是这死丫头使坏，算计我俩！婚宴未开席时，我隐约听见她跟帮厨的大嫂说，她去邻居赵婶家借桌椅，顺手偷摘了人家的小米椒。"

"没错没错，只有小米椒，才能将咱俩辣成这样。不过，她，她应该不是成心的。"

"你错了，知她莫如我，她是在报复我们。理由嘛，用脚指头都能想明白。我俩一直不肯收她为徒，教她拳技武艺。这疯丫头，亏她还是书院的学子，决不能放任她！我要出门去把她追回来，不将她屁股打成四瓣，不罢休。"兰舟说着动手扯新嫁衣，嚷嚷着要即刻把夏文珮追回来，着实惩治她一番。

新郎官段冀虎拦住她，劝她别跟小姨子较真，还咧咧嘴笑道："真没想到她敢这么玩。不过，歪打正着，反倒给咱们的婚礼增添了喜庆色彩。你别说，文珮聪明伶俐，将来肯定能成大事。"

"今天是我，她大表姐喜结良缘，她爹她娘说八字相冲相克，不来参加婚礼，派她做代表，同时也给我当伴娘。知人知面不知心，有这么作践人的吗？气死我了！"被呛出眼泪的李兰舟，吐出舌头，用手扇着。

"我嘴唇疼，舌头疼，喉咙直冒烟，怎么办？"

"砂壶里有凉的茶水，你吮一口，润润嘴唇喉咙，再吐出来，一定可以缓解。"

"不行，没用，我怎么全身上下滚烫滚烫的，是不是患热病了？"

段冀虎用手摸摸她的额头，又试试自己的："没有呀……"

"你的手是打铁的手，有茧子，测不准，得用嘴唇。"

新郎迟疑一下，就用嘴唇碰了碰她的额头。兰舟倏忽想起冀虎哥大热天时，经常会撩起苎布背心擦汗，浑身腱子肉和对称的腹肌，便露了出来，太撩人了。有一回她看得挪不开眼，被父亲敲了一烟杆头，羞得她脸红得像熟透的番茄。现在结婚了，冀虎哥名正言顺是她的人了，她想怎么看就怎么看，想怎么亲热就怎么亲热。

"你真笨，得用嘴唇对着嘴唇！"李兰舟眯上了眼睛。

段冀虎心里有点慌，捂住双眼，噘起嘴唇往前凑。屋顶一声猫叫，一个激灵，四片嘴唇紧紧贴碰在一起。仿佛被海里的电鳗电到，新娘微微一抖，全身的血直往上冲，满腔情火和无尽爱意，旋即给激活了，羞涩与矜持全被抛到九霄云外。她忘乎所以地搂住新郎，像饿极的婴儿吻吮了起来。

小姨子夏文珮本意只是恶作剧一下，没想到却促成了一对雏鸟的第一次肌肤之亲。

忽而，兰舟依稀看见母亲笑吟吟朝她走来，她乌亮的发髻上插着一把银簪子。兰舟惊喜，迎上前去。可母亲一下子又不见了。

母亲，是李兰舟心头永远的痛。儿时发生的那起怪诞之事，一幕幕浮现在眼前。

津洲城港口东侧的海面上，屹立着一块状如鹰鹫的巨礁。巨礁离水面数尺的平坦处，供奉着海神娘娘的圣像。海神娘娘，据说是南海观音的化身，能威慑兴风作浪的海怪，保佑合境风调雨顺，庇护渔民逢凶化吉，鱼虾满舱。

农历五月二十三，是海神娘娘诞辰，津洲民众在海边举行盛大的庆诞祭海仪式。幡旗飞扬，锣鼓鞭炮齐鸣，十方信众献上供品，三跪九叩，争相向海神娘娘奉上一束心香。

庆典活动进入尾声，各个社头的供品被抬上小船，送至巨礁下娘娘圣像的面前，一边放鞭炮，一边将整猪整羊、寿桃果品，倒进翻卷的海水里。

母亲十分虔诚，一大早就挑着祭祀酒食、香烛纸品，还牵着小脸粉嘟嘟的李兰舟，来到海滩祭拜祈福。母亲特意为女儿穿上喜庆亮眼的大红衣裳，自己也在鬓边别上一朵粉色春菊。

日午，信众们大多已经散开回家了。母亲想等送祭品的小船回来，她要从酒坛倒一小杯剩酒，带回去给父亲喝。

倏忽，一道黑影掠过，从巨礁后面飞出一只凶猛的海雕，一个俯冲扑向李兰舟，强劲的巨爪瞬间擒住她的双肩。母亲眼快，怒吼一声，抄起扁担，砸向海雕的头部。海雕恼怒，扔下兰舟，勾起锐利的钢喙，啄向母亲的胸部。

众人赶来，海雕仓皇飞走，李兰舟得救了。可母亲自此一病不起，她胸部的伤口一直溃烂不愈，无论请多有名的郎中，都无济于事。

两年过去，李兰舟五岁了，母亲十分不舍地离开了她。李兰舟哭成了泪人，她永远记住：母亲，给了她两次生命。

李姓之家，在津洲城，算得上大宗大族。可父母只生下她一人，因而家里一直比较冷清。今夜，她就要成为冀虎哥的婆娘了。段冀虎厚道老实，待她亲如妹妹。虽然他是来李家倒插门的，但兰舟一直认定自己是嫁给他的。

不过，新娘子有个"恶习"，不知道冀虎哥会不会嫌弃她？那就是，每当天黑上了床，她非得赤着身子，才能着着实实睡到大天亮，第二天干活才浑身有劲。

据父亲说，母亲怀上她的那段日子，赶上雷雨天，一道道闪电劈下，竟有一个圆圆的火球，滚进家里来，一眨眼又没了。而母亲分娩时，同样出现异常，接生婆折腾了六七个时辰，还是没能生下来。母亲让接生婆扶她到院子里走走，谁料一挨近烧得正旺的打铁炉，腹中的小家伙，一下就溜了出来。

父亲所言，是真是假，李兰舟没有认真探究过。只知道从记事起，每到夜里，她总得剥光衣衫，才能呼呼大睡。

母亲当然不允许她有这种恶习，特意每晚守在床前，看着她把衣裳穿得严严实实，再用背巾把她捆成一个粽子。可是，半夜起床到她房间一看，衣着背巾全落在床下，她赤条条猫在被窝里睡得正香。母亲想想她是在火炉边生下来的，就再也不枉费心机了。

母亲，女儿今夜就要叫冀虎哥一声"郎君"了，背后又粗又黑的大辫子，也已盘成了连环髻。相信有冀虎哥睡在身边，女儿一定能改掉这羞人的恶习。李兰舟想到这里，不由叫了一声"娘"，眼泪也随之涌出。

段冀虎听见兰舟叫着"娘"还流泪了，心里酸酸的。他曾听兰舟说，娘长得端庄清秀，几乎跟兰舟一模一样。没了娘的兰舟，自小就心灵手巧，许多事还能无师自通。

段冀虎是几年前流浪到津洲的，李记铁铺的掌柜看他身高臂长又面善，一双大眼清澈有神，遂收他为徒。李家突然来了个讲北方话的哥哥，乐得李兰舟像捡了宝，不但生活上把他照料得熨熨帖帖，而且一有空就教他说津洲话。

更让段冀虎感激的是，兰舟为了不使他因入赘而被邻里看不起，一再劝说师父，允许他婚后依然姓段，只等生下第一个男孩，才改姓她家的李。说真的，师父也十分喜欢冀虎，但招婿入室，为的就是传宗接代，延续李家血脉，师父当然不同意。

李兰舟第一次跟父亲拧起劲来。直等到娘的忌日，李兰舟跪在娘的神位前"告状"，爹看独女泪眼婆娑，才答应照她说的办。

可是族长李举人不答应，认为有伤教化规俗，派人捎来话说，入赘李家必须改姓李，否则，吊销族谱，全家逐出盐田湖。

师父认准的事是不会回头的，他放话出去说，打铁匠的祖师爷是黑脸尉迟恭，如果吊销族谱，我就改姓尉迟，然后全家搬到元康新街去住。

师父名叫李保乾，不少人却称他"李一刀"。一来，他是津洲锻造刀剑利器的名匠；二来，他年轻时曾在南海北胜武馆习过武，舞起青龙刀，十条汉子都近不得身；三来，他为人正直仗义，处事果断不含糊。可以说，匠艺、武艺、品行俱佳。

李举人不敢真来硬的，只对前来调停的人说：不忍看他家断了遗脉，他却自甘堕落，随他去吧。

能娶上李兰舟，是他前世修来的好福气。再者，这几年，津洲人待他也不错。在津洲，最值得敬重的，非商会会长万泰安莫属。这次他出席婚宴，既是来当他和兰舟的证婚人，又为了借此召集七个社头的族长，商议组建民防队抗击海匪的民生大事。

谁知那些财主员外，倚仗自家豢养着一群护院的家丁，对掏腰包组建民防队，总是推三托四。经万会长竭力斡旋，师父也跟着跑断了腿，七大社族的翘楚，总算来了五位，而本族大佬李举人因心里不快不肯来，未石城的刘监生也不买账。

赴宴的五个人，除了元康新社的万世坚，是真心支持联防御匪的，其余四个——少帝围的吴盛福、津水港的朱仁发、桃李园的陈敬才、北闸口的何庆声，都是只顾张嘴吃肉，仰脖喝酒，且都在婚宴没过半时，就被慌慌张张赶来的随从，给叫走了。

万泰安，是方圆百里的首富，这回不惜放下身段，前来当他和兰舟的证婚人，难得。万家的大少奶奶颜文君，因其姑母是夏文珮的母亲，而夏文珮的姑母又是李兰舟的娘，就这么一种不远不近的关系，不但送给兰舟嫁衣、被褥，还特地赶来帮这帮那。她亲手为婚床铺席叠枕，摆布红枣、花生、桂圆、莲子。还塞给兰舟一个装着清幽花蜜的小漆盒，告诉她上床前，夫妇互喂一口，保准一生如胶似漆，甜甜蜜蜜。

末了，颜文君还让儿子万舒尧为新郎新娘滚婚床，随口而出的"四句"（海陆丰人大凡红白喜事，喜欢即景即兴"做四句"，以吟唱的形式表达喜乐哀思之情），尽含热诚与真挚的祝福。冀虎记住的一首是："海连南北一线牵，玉种蓝田结良缘。新妆辉映汀江月，凭君素志可冲霄。"

冀虎暗暗发誓，要一辈子对兰舟妹好，对老丈人孝顺，也要对津洲人心怀感激敬重。

就在一对新人刚刚尝到新婚的甜蜜时，位居盐田湖中心地带的本族宗祠，灯火通明，人影幢幢，一片忙碌。

族长李举人衣冠赫奕，满脸凝霜，目光冷峻。他带领几位穿长衫马褂的长者，来到宗祠最后一进的享堂，对挂在墙壁两边的先祖遗像巡睃了一遍，再接过三炷贡香，举香齐眉，口中念念有词，朝神龛上列祖列宗的灵位，拜了三拜，将贡香插进香炉，然后虔诚地跪在蒲团上，行三叩九拜大礼。

祠堂外面，半圆形的旷埕边沿插着一圈火把，将李氏宗祠映托得更加气势恢宏。立在石夹中间的旗杆上，飘着一面黑底金边的紫蟒旗。宗祠两旁的拴马石前，十几匹高头大马啾啾嘶鸣，不时刨动着后蹄。

路过的外埠人，被这一片杀气腾腾唬住了，心里大喊要出事了，要出大事了！然而，那个被李一刀叫住，请他喝了三杯喜酒的更夫，却没有向他透露任何口风。

如胶似漆缠绵在一起的一对新人，已经到了情不能自已的那一刻。李兰舟双手揪住段冀虎的大耳朵，往后一仰，两人倒在床上。新娘正要翻身骑在新郎身上，忽儿感觉衣裳被牢牢粘在绲边红花席上了。腾手一摸，黏糊糊的，一闻，是甜津津的蜂蜜香味。伸手从枕头边抓过小漆盒，已经全空了。

"夏文珮，你疯了，太无法无天了！"李兰舟看着架子床顶的"囍"字剪纸，咬牙切齿道，"我再也不会轻饶你了，我现在就去元康新街，把你这青屁股冤孽揪回来，让你用舌头一点一点把喜席上的蜂蜜舔干净。如不听从，就把你的小嘴撕成四片，还要向万世伯告你一状。"

文珮是舅舅的舐犊之念。去年，津洲的甲秀书院，在外籍商贾们的倡导资助下，开设了女子班。夏文珮的父亲夏掌柜经不住爱女的软磨硬泡，又考虑到她来津洲读书，吃住不成问题，还可以向她表姐学些女红和为妇之道，所以，破例允许她从玄沄跨地来津洲上学。

夏文珮读书很用功，书院的先生经常夸奖她。她又是个哪里热闹就往哪里挤的角儿，一听表姐要结婚，硬要过来给表姐当伴娘，李兰舟当然求之不得。

文珮自小聪明伶俐，个性要强，从不轻易迎合别人。她对表姐能与相爱的人喜结连理，十分羡慕。她告诉表姐，她是眼看同龄姐妹一个个嫁给素不相识的男人，才决意要来津洲读书的。她决不愿做三从四德的裹脚女人，而要当能文能武的鉴湖女侠。

"这小姨子，玩笑真的有点开大了。可你不能光骂她，得思量思量咱俩还有哪些行举惹恼了她。"哭笑不得的新郎官，满脸无奈。

"她是狗咬吕洞宾！我不同意她舞枪弄棒，是为她好。她是玄沄卫大财主家的千金，哪能跟我这粗人比。不行，我必须教训教训她，否则日后闯出大祸来，我怎么向舅父舅母交代？你不要拦我，我要绕小路去截住她，看在舅舅的分儿上，至少得罚她来打铁铺拉一个月的风箱。"

"你现在是新娘子，怎能在新婚之夜就冲上大街，去追一个小丫头？你先消消气，我这就把床上的草席给换了，你也快把外面的衣裳脱下来。"

兰舟挡住冀虎的手说："红花席不能换！李族太祖婆说过，洞房换床席，天明换夫君，犯大忌。何况上面还撒满红枣花生桂圆莲子呢。"

冀虎装出愁眉苦脸的样子："那我们只能睡在蜂蜜上，两个人不怕粘成一团？"

兰舟扯下新衣，坐了起来："欬欬，床头有一张纸，不是你放的？"

新郎从新娘手里接过一看："是文珮留下的，我给你念念：恭祝你俩亲密无间！不过，如果还有人泥古不化，那就继续甜蜜下去吧。等一会儿，墙角的蚂蚁很快就会赶来欢聚。记住哦，床底有一方新席子。"

"气死我了，明明知道我怕蚂蚁，还故意拿蜂蜜招引它们出洞。自己任性妄为，还敢嘲讽我泥古？作践人还有理？"

"你先别发火，我想想，说你泥古，好像还真有这么一回事。记得有一次，请文珮来家里吃饭，你煮了一条满腹鱼子的黄花鱼。她说黄澄澄的鱼子真香，用筷子夹起就往嘴里送。你沉下脸说，鱼子是生小鱼的卵，女人不能吃。"

"那是端午前的事，当时她还顶嘴嘲笑我老古董。诸如此类的事多着呢！我来月事，马布见红，想起邻居大婶说过，经血是最污秽不洁的，男人见了会倒大霉，就手忙脚乱把马布藏了起来，准备晚上徒弟走了，才拿出来洗涮。文珮却要我抓紧清洗后拿出去晒太阳，说是新医主张的。我回话，我不懂新医旧医，只知道让神明看见会遭责罚……"

"还有，女孩缠不缠足，女子嫁人后能不能跟男人一起上桌吃饭，等等，你们几乎每次见面都有争执不完的话题。如果不是亲亲的表姐妹，估计早已反目。"

"这个死丫头，别的什么都好，就是总要跟我顶牛，总要嘲笑我年纪轻轻老封建老顽固，还振振有词说，作为一名女子，不站出来抵制什么、什么封建礼教，反而天天向下一代强行灌、灌输，不知将会害惨多少人。"

"嘿嘿，这个淘气鬼，专门挑选新婚之夜，先将你我架在火上烤着，才追问你敢不敢破除陈规陋习，摒弃封建糟粕。你说，绝不绝？"

"她每次从万家跑来看我，总会挑起话题跟我掐，而且我俩谁也说服不了谁。现在看来，我，花烛夜，中了她的招，输了。干脆听她的，把喜席子换了！不过，席子可换，夫君百年不换。当然了，她欠下的账，我一定要找她算，下死劲算！"

段冀虎眼眶蓄满泪花，想亲吻兰舟。新娘一扭头，道："你让我把话说完。本来，我嫁给你，不就已经破了规俗了吗？我没进过私塾，爹只教我认了百十个粗字。而你是拜过孔子爷的，以后你可要好好教我。"

一对新人聊着聊着，刚才耳鬓厮磨的情火又复燃了。兰舟快速把内衣褪下，身上只系一挂红兜肚。冀虎哥一把拥住她，从她的下巴直吻向她的胸口。

"你坏，你欺负我……"兰舟娇嗔说着，扯开冀虎哥的新衣，冷不防在他结实的三角肌上咬了一口，然后忘乎所以地抚摸起他的胸脯、臂膀、后背。

被咬过的新郎反而有几分拘谨，但新娘却像饿极的猪崽，噘起嘴唇在新郎的脸上左拱右嗅，还用牙轻咬他的鼻子、嘴唇。

段冀虎回应的动作显得有些笨拙。李兰舟急切抓起他的手捧住自己的脸，顺势往床上一倒，躺在新席子上。

蓦地，家里的大黑猫喵的一声蹿上立柜，睁大一对金黄色的眼睛，看着两位主人。段冀虎想起身把它赶跑，李兰舟不让，说："我已经是新娘子了，怕啥！它又不会说话。"

浓情蜜意渐至酣处，在急切与迷离中，一阵雁群穿越的萌动，将空中圆圆的月亮一下分成了两半，一缕温煦的月光倾泻而入。李兰舟被晕眩淹没了，恍若置身于激流中的一叶小舟。

突然，一阵急促的锣声，仿若平地惊雷，撕裂了静谧的夜空，震得身下的婚床瑟瑟颤动。

一个苍凉的声音，像从地缝里钻出："盐田湖各家各户听着，未石城以修渠为名，毁我老祖宗风水宝地。族长有令，凡本社二十至四十岁之壮丁，即刻前往李氏宗祠会集。族规如山，违者严惩不贷！"

话音刚落，夺命铜锣又"哐，哐哐哐"响起。

夜半惊锣，盐田湖顿时鸡飞狗跳，乱成一锅粥。

正处于即将成为"丈夫"当口的段冀虎，骤然被一桶冰水淋下，顿时僵住了。等又一阵锣响，他才意识到要出大事了，正要起身，却被李兰舟紧紧拥住："半夜三更发什么疯，别管它！"

"那不行，我如今是李家的人了，得去看看。"段冀虎想掰开李兰舟的手，反被她的双脚给钳住了。

这会儿，李保乾已经在新房外站了片刻，心里很是不忍，但结满老茧的手还是重重扣响了门板。

听见爹在敲门，李兰舟松开了手脚，拉过被子把自己裹成一个球。段冀虎早已溜下床，手慌脚乱穿戴出个样子，就去开门。

老丈人把他扯出房门外，又把木门带上，才说："看这架势，估计又要械斗。穿严实些，拿上家伙，一同到宗祠瞧瞧。"

房门咿呀一声被打开，头发蓬松、衣衫不整的兰舟探出半个身子，一把扯住段冀虎的衣袖："爹，他是新郎官，你去跟族长告个假，就说是我不让他去的。"

李保乾哼了一声，扭过头说："都是我把你惯的。宗族的事是大事，要不，你替姑爷去……"

李兰舟来了劲，说："好呀，我去！好久没有舞弄刀枪了，你们俩就不用去了。"

段冀虎把她推回新房，假装生气道："我的姑奶奶，打打杀杀是男人的事，你瞎掺和什么？"

李保乾转身把手上的护腰系上，又回他卧房拿来青龙刀，一个箭步跳到院子里，呼啦啦把刀舞得寒光四射。

段冀虎脚一跺地，为丈人喝了一声彩，随之抄起屋檐下的六刃三叉尖镩，抖了抖。此时，院墙外面火光烛天，脚步声唰唰响起，段冀虎哗地打开了院门。

巷道上，火把挨着火把，像一条游动的火龙。一个个青壮年男子，持刀带棒，吆喝着朝李家祖祠的方向拥去。

一时间，李氏宗祠人声喧哗，人头攒动。立在石夹中的旗杆上，黑底紫蟒旗哗啦啦乱飞，它与阵前总旗手攥着的副旗，形制相同，只是小了一号。紫蟒旗下站立着盐田湖东、西、南、北、中五片五支队伍。每支队伍前面，二旗手分别擎着绘有狮、虎、豹、彪、熊图案的黑旗。各片的指挥参领，手执锋利兵器，立在旗后。拴马石前的马匹，不知是受惊，还是按捺不住了，仰颈嘶鸣，焦躁不安。

祠堂前的台阶上，八条壮汉一字排开，目光在一排排的人群中扫来扫去。族长李举人与长者，步出祠堂大门，站在壮汉中间。

李举人天庭饱满，地阁方圆，颇有富贵相，却偏偏长了一对又黑又粗的笤帚眉，注定他少有容人之量，极易感情用事。曾有相士断言：李举人凡事有担当，天塌下来半只肩也敢顶起，只是他平日总行蛇形步，必然主事无绩、卫道无力、治家无方，还难免会被内眷与犬子气掉半条命。不知从何时起，族人都在背后称他"狐尾眉"。

台阶下的一对大鼓，咚咚咚擂了三通，全场肃静下来。李举人将玉嘴烟杆交给身后的管家，抓起垂在胸前的麻花辫往后一甩，开始发号施令。

"各位族老宗亲，深夜惊动乡党，鄙人深感不安，但先祖在天之灵更为不安。奕祖公风水宝地即将遭受异姓刁民侵凌，是可忍，孰不可忍！没有先祖福地庇荫，就没有我盐田湖近万子民。刘氏狂徒无法无天，借修水渠为名，要断我祖吉穴龙脉，我辈岂能等闲视之？"

"同宗同族，同仇敌忾！舍生守约，保我社稷！"台下刀枪棍棒齐刷刷举起，呼应之声响彻夜空。

大鼓再次擂响，主事声嘶力竭将奕祖遗训读了一遍。李举人从身边的麻脸壮汉手中接过火铳，高喊一声："李统领，接枪！"

紫蟒黑旗之下，那位小臂断了一截、脸带胎记被称为"花面虎"的彪形大汉，一跃而上，朝族长抱拳鞠了个躬，接过火铳，纵身跨上黑马，朝天放了一枪。

东方露出一丝霞光。李举人手臂指向正北，发出号令："众壮士出征！"

花面虎与副旗手率先高喊一声口号："旗进人进，刀枪不入！"全场壮丁跟着齐声呐喊。花面虎再喊一声"出兵"，即策马起行。

东片的旗手眼看参领跃上马背，怒吼一声"打起精神紧跟上"，遂挥舞狮子旗，带着众壮丁随后行进。其他四个片的人马，也在洪亮的口号声中依序往北而去，只留下旗杆上的大号紫蟒旗在晨光中猎猎翻卷。

在黑熊旗的队列中，段冀虎与老丈人并肩前行。他俩为婚礼忙碌了几天，昨晚又彻夜未眠，困得不时打起哈欠。

盐田湖跟未石城积怨已久。此次大动干戈之导火索，就是因为连月大旱，未石城的农民在梅瓶山破土挖渠，要引响水潭的水源去浇灌庄稼，且扬言已禀告过津洲巡检司署。

而李氏奕祖的墓地，就在梅瓶山的半山腰。此山早就被李姓族人视为福地，取名"仙女衔花"，平时连挖块草皮砍棵树都会遭到责罚。现在姓刘的赤脚佬竟然要在山腰开沟挖渠，不就明摆着要让李氏子孙遭殃？

本来这件事可以通过族老公亲协商解决，谈不拢就上巡检司大衙门对簿公堂，是是非非由巡检使骆官长秉公判决。

然而，偏偏大衙门就设在未石城内。近水楼台先得月，刘氏宗族的掌门人刘监生，外号"算塌天"，与巡检使关系密切，刘族长的监生称号就是通过他牵线搭桥，向朝廷捐纳了几担白银才获得的。

李举人得知刘姓族人修渠，执意要从梅瓶山经过，派人前往未石城交涉。刘监生坚称要修的水渠，离李姓的老祖远着呢，不让修渠，难道叫未石城的农民饿死不成？李举人怒不可遏，亲自到大衙门讨要公道。

只是，衙门八字开，有理无钱甭进来。偏偏李举人自视甚高，认为自己是堂堂正正从贡院考出来的举人，与刘监生不可同日而语，跟这种人较量，还得拿出银子铺路，岂不让天下人笑掉大牙。再说，盐田湖是乌旗派的翘楚。论实力，在津洲也好，方圆百里之内也罢，乌旗派的势力并不比红旗派弱，如果文的不行，就跟你来武的，不信盐田"虎"会怕你未石城的"狗母蛇"。

第二章
骆官长翻云覆雨　乌红旗喋血千里

一场乌旗派与红旗派一决高低的恶斗，拉开帷幕。

乌红旗械斗，起源于何时，不得而知。至于谁是始作俑者，民间传说直指白太爷。说他为了以汉制汉，遏制汉族反清行为，采用愚民政策，蓄意在汉人之间挑起旗派斗争，使其互相抗衡，互相残杀，把民众对清政府统治的不满，转移到汉民之间的缠斗中。而且像下围棋一样，将乌红旗犬牙交错布设在各个聚落。

以津洲为例，七个社头，六个姓氏比较统一，所从事的行业也相对一致，为了将他们割裂开来，就跳跃式地颁予他们乌旗或红旗。未石城、北闸口、津水港分别位居正北、西南、正东，居民以务农、讨海为主，皆授予红旗；盐田湖、少帝围、桃李园分别位居正南、东北、正中，居民多以晒盐贩盐、水产品加工为生，划为乌旗派；位居中间偏东的元康新社，是本埠的商旅集散地和手工业区，居民来自四面八方，姓氏杂七杂八，那就既不姓乌也不姓红，让它保持"中立"。

白太爷，何许人也？真有如此大的能耐？对此，李举人只是呵呵一笑，并不给出答案。

旗派争斗，李举人光绪年间在粤北连州任县令时，曾与师爷做过探究和追溯。

有记载称，乌红旗派系之争，起源于八旗制。清朝的八旗，是一种以旗统人、以旗统兵的社会组织形式，一个等级差别严重、以旗民优先的制度。而乌红旗，只是表明族群派系归属的一种标志，或可在厮斗时起着凝聚人心、提升士气和指挥引领的作用，并逐渐缔结成牢固的乡会联盟。

到了嘉庆之后，反清复明的秘密组织天地会，余灰复燃。海陆丰籍的骨干，意欲东山再起，均遭镇压。然而，徭民、矿工、农人、疍民暴动，防不胜防；倭寇、山贼、海盗攻城掠寨，肆无忌惮。仅津洲城，百年之内就被暴众、匪寇攻陷，"破城"四次。海陆丰乌红旗械斗靡然成风，一声锣响，血溅四野，村寨焚毁，赤地千里。

咸丰三年（1853年），海丰知县林芝龄强征"栋梁税"致使民怨沸腾，抗税风潮波及农村。次年秋，以黄履恭为统帅，黄殿元为元帅，马逢九为军师的三点会揭竿起义，头裹红布，手举红旗，攻城略地。

清政府调集精锐旗兵对起义军进行围剿。同时招募乌旗派壮丁，配合官军肃清三点会，造成以红旗派为匪，以乌旗派为勇的局面。清兵随后对竖红旗并接应过起义军的乡村，施行逐一清剿，被毁乡村三十六个。乌红旗两派遂结下更深仇隙，更加水火不容。

花面虎李统领带着四百多壮丁，走了一个时辰，来到梅瓶山脚下。只见山坳深处，十几间茅棚正冒着炊烟。抬头看看半山腰，一条自西向东的水渠，就要从奕祖墓地青龙畔的山坡穿过。

李统领挥舞火铳，吆喝东、西片的壮丁上山，把山腰的沟渠填平，把石板砌成的水槽砸断。又指挥南片的兵丁负责警戒，守住路口，发现未石城有人马出动，立即迎头痛击。他自己下了马，带上中片、北片两支队伍，朝山坳那片茅草棚围抄过去。

茅棚区的农工早就觉察出不对劲，纷纷夺路逃往山上。花面虎见茅棚空无一人，就下令拆灶砸锅，放火烧了茅棚。

未石城的农工眼看沟渠被毁，草棚被烧，怒火中烧，就往山下扔石头。盐田湖的壮丁来不及躲闪，有好几个被砸中，血流如注。花面虎急红了眼，一边举火铳朝山上开火，一边指挥兵丁分头追击，捉拿刘姓刁民。

段冀虎与老丈人紧跟参领，翻过一个小山头，看见从高处滚下一块石头，急喊："阿爹小心！"李保乾一点都不慌张，举起青龙刀利索一挑，就把滚石挑下了山涧。段冀虎暗暗佩服丈人身手敏捷，抬头看见向他们推滚石的几个农民正要逃跑，一声怒喝，追了上去，用六刃尖镰撂倒了两人，抽出腰间的绳子，将二人捆了个结实，交给随后赶来的族人押下山去。

段冀虎拼杀的血性被激起了，挥舞六刃尖镰呼唤众人继续冲上山去，追杀胆敢凭险反击的农民。

快到渠坝下时，猝然从沟渠中跳出几个农工，举着铁锤、锄头，围住了段冀虎。段冀虎并不把他们放在眼里，左挑右拨打落对方的械具，再上刺下搠击中一人臂腿，才舞起镰花以示收手，让手下败兵快滚。

正想沿着沟渠追击其他农工，山下却响起收兵的铜锣声。

原来，李统领接到族长派人送来的情报，说刘监生组织了三百名未石城兵丁，由"赤目兽"刘教头统率，从北城门出发，准备在尖竹坑设伏，与修渠的上百农工，形成夹击之势。刘监生还派人到津水港、北闸口告急，估计他们也会派兵丁增援。

为了避免腹背受敌，李举人着令李统领迅速带领壮丁撤出梅瓶山，抢先占领尖竹坑的有利地形。而他同时派主事联络少帝围和桃李园，尽快组织援兵，赶赴尖竹坑，与李统领所部兵丁会合，杀未石城一个人仰马翻。

然而，等李统领带着人马回扑尖竹坑，未石城的队伍已经先到一步。李统管发现竹林里有埋伏，勒停黑马，瞄准一个人影放了一枪。赤目兽刘教头听见枪声，命令兵丁从竹林里杀了出来。花面虎指挥各参领分头迎战刘姓族人。顿时，喊杀声和兵器的铿锵声，此起彼伏。

段冀虎与未石城的农民大多有着一面之交。冬闲时节，他们会把锄头、铁耙送来李记打铁铺翻新。因此，段冀虎在冲杀时，气势吓人却暗中手下留情。但眼下盐田湖的族人已被团团围住，不杀开一条血路，盐田湖必败无疑。他只好使出有杀伤力的招数，一连戳倒了好几个未石城的兵丁，同时拦截企图偷袭老丈人的对手，以保证老丈人毫发无损。众人看李保乾和段冀虎翁婿双双发威，所向披靡，也跟着横冲直撞，奋力搏杀。

此时的李统领与刘教头，单挑独斗已经快半个时辰，依然难分难解。因为近身搏杀，李统领使起四棱铁铜。但他毕竟少了一只手掌，渐渐有些招架不住。背后传来段冀虎的威喝，李统领知道有人救援，回头一瞥，看见本姓族人已突出重围，从两侧包抄过来，心中大喜。哪知刘教头乘虚而入，一棒劈在他的左肩上，痛得他整条断臂都麻了。

幸好段冀虎和李保乾一左一右杀将过来，使他得以撤出厮杀圈。

日已西斜，双方兵丁个个汗流浃背，却不见援兵赶到。搏杀仍在继续，中枪挨刀倒下的汉子越来越多，合计不下四五十人，有的血流如注，痛得在地上翻滚，有的断臂折腿哭爹喊娘。

血腥味充溢着尖竹坑，受惊吓飞走的乌鸦，经不住血与肉的诱惑，压低翅膀折回竹林上空打起旋来，也许它们正在等待一顿荤腥大餐。

就在双方杀得不可开交之际，一阵如泣如诉的唢呐声由远及近，挠心地漫向尖竹坑。渐渐看清楚了，走在前面的是一位身着白色长衫，头戴白色通帽，一条发辫绕在脖颈上的俊朗后生。他神色凝重，双眉紧锁。在他身后，跟着一个眉目清秀的姑娘，头扎两束短辫，上穿水蓝布衫，下着白袜黑裙，手上拿着两册线装书，一看就知道是个学生。

姑娘的身后，是四个苦着脸的唢呐手，令人惊讶的是随之而来的牛车上，摆着两口黑漆漆的棺材。很快有人认出，白衣后生是万泰安的长子万岱源，那个姑娘，是万家大少奶奶的表妹夏文珮。

只见万岱源一手撩起衣摆，几步跨上一块大石头，高声疾呼："父老乡亲们，不要再打了！都是抬头不见低头见的津洲人，我心痛呀！请诸位给晚生一个面子，各退后几步，先听我讲几句话，觉得有道理，双方鸣金收兵，如果不值一听，那就罚晚生在一边跪着。"

乌红旗械斗，大多数参与者没有切身利益冲突，只是被迫无奈而身陷其中。因族规申明，如果族里青壮年，听到惊锣却躲在家里，除了家产会被充公，本人也将遭受"削姓灭籍"的严惩。

此刻，众族人霍然看见黑不溜秋的棺材，一种恐慌和畏惧油然而生，不少人趁势架开对方的刀棒，退后了几步。

万岱源看见厮杀果然停了下来，用双手做传声筒开始劝说："我说大叔小爷们，大伙世世代代生于津洲长于津洲，虽然社头不同，姓氏有别，但论起远亲近邻，大伙还不都是一家人？偶有冲突，还得以和为贵，各让一步海阔天空。大动干戈，拼个你死我活，家里父母妻儿怎么办？修渠之事，家父郑重表态，愿意出面调停。恳求诸位，给在下一点面子，鸣锣收兵，各自回家安抚安抚亲人。"

唢呐手配合劝说，不时吹起哭丧的曲子，让那些兵丁在悲凉中反省。

夏文珮把书册夹在腋下，拼命鼓起掌来，又冲众人挥挥手说："我姐夫说得入情入理。我之所以跟着他一起来，是受甲秀书院三百学子之托。我们呼吁：械斗祸国殃民！挑起事端可耻！邻里和睦是福！合境平安第一！小女子夏文珮求你们了。"

万家少爷和夏文珮一番游说，厮杀的汉子们听得频频点头。他们回头看着各自的头领，只等他俩吭声发话。李统领和刘教头看出手下无心再战，自己也已筋疲力尽，受伤的兵丁得赶紧背回去医治，便顺水推舟，吩咐手下鸣锣收兵，背上伤者，各自绕小路回各自的社头。

唢呐手和运棺材的牛车顺大路回去了。夏文珮跟在表姐夫身后，一会儿夸他聪明过人，一会儿嚷嚷脚痛。万岱源问她，刚才说受三百学子之托，是真是假？

夏文珮笑了笑说，那是我临场发挥的，当然，他们得知发生械斗，个个表示谴责。

万岱源又问，械斗的场面你都看到了，那是要死人的，你一个千金小姐，哪来那么大的胆子，非跟我来不可？

夏文珮头一扭说，你敢来，我当然也敢来。书院的先生教诲我们，家事国事天下事，事事关心，总得实践一下嘛。

两人回到万家大院，已是上灯时分。万家大少奶奶颜文君已在求芳居大门口踱了几个来回，看见夫婿与表妹有说有笑回来，把表妹拉到一旁，气冲冲说，一个姑娘家，也太任性了，姑妈怎么跟你约法三章的？你倒好，放学不回家，跑到尖竹坑看斗架，万一出什么差池，我怎么向你父母交代？

夏文珮低下头，用眼角余光偷瞄表姐，看她虽然脸有愠色，并没真的生气，便抑着嗓子说，我是想亲眼见证一下，老实人是怎么变野蛮的，还有，姐夫冒着风险，我不放心。我下回不敢了，请姐姐息怒。

万岱源见小姨子装出一副可怜兮兮的样子，就过来解围，说，她，今天以一个学生的身份，也发挥了作用。那些五大三粗的汉子，听了她代表学生的喊话，有人还冲她竖拇指呢。好了好了，大家等着吃饭呢，快走吧。

万泰安与龚夫人听丫鬟说，大少爷已回家，正准备过来向二老请安，就迎了出来。万老爷见儿子满头汗，打开手中折扇，为他扇起风来，说，你那"哀歌醒智"的法子，真能息事宁人？真能让杀红眼的双方，就此握手言和？

夏文珮抢上前，绘声绘色说起当时的情形。颜文君在背后咳了一声，夏文珮知道自己又犯错了，索性把嘴闭紧了。

万老爷哈哈一笑，说，你们夏家可是出了个杨排风呀，今天可在津洲露足了脸。不过，你们都别高兴得太早，刘、李二人都不是省油的灯，葫芦大的那头还在后面呢。

万泰安走南闯北见过大世面，是个开明商绅。平日，他总是抱怨老伴没给他生个闺女。自从夏文珮来到万家，老爷子就很少唠叨这个话题了。他常常把不时惹点小是小非的夏文珮，当作开心果，比对三个儿子宽容多了。

乌红旗争斗既然序曲奏响，双方旗主和族长，当然不会轻易因一场"哀歌醒智"而收了心。万泰安父子为平息械斗纷争，四处奔走，几次带着公亲登门拜访斡旋，嘴皮磨起泡、脚底磨出茧也毫无怨言。他们痛陈械斗继续蔓延的恶果，说斗气只会两败俱伤，族人生计无着，又命悬一线，日久必然厌倦和不满，宗族内部也不得安宁。恳请双方头人别再固执己见，而是要摒弃前嫌，坐下来好好协商，妥善解决争端，以免矛盾进一步激化。

万泰安还答应拿出一笔钱，救治双方在械斗中受伤的人。又开导刘监生说，可以在响水潭旁边修建一条引水槽，这样水渠就可以绕过梅瓶山，与李家的冲突也就避免了。最后万泰安承诺，只要刘族长接纳这个建议，修建石槽的费用万家愿意资助一半。

可是，像斗红了眼的公牛，李举人和刘监生根本听不进劝。万家父子的满腔热忱和苦口婆心，全被当成驴肝肺和耳边风，他们只好知难而退。

刘、李两家的矛盾，冰冻三尺，非一日之寒。就近而言，三年前，因为未石城几个游手好闲的地痞流氓，在盐田湖欺侮水上渔民，不但勒索钱财，还强暴了几名渔家女子。

水上渔民被陆上人称为疍家。他们地位卑微，上无片瓦，下无寸地，还要受尽渔霸与陆上人的压榨和欺凌。水上渔民的所谓"家"，清一色只是搁在沙滩乱坟岗旁的一条破船。

他们走出渔村遇到陆上人，不论大小，都得叫声"阿爷"或"阿娘"，还要低头退到路边候着。平时穿一件像样的衣服，被陆上人看中了，也得乖乖脱下来给了他，稍有怠慢，就拳脚相加。地痞流氓赌徒不时窜进渔村，强奸渔女，抢掠财物，疍民不敢反抗。

陆上人还不忘从精神上对其加以摧残。不管你原来姓什么，必须通通更改姓氏，而且只能从"苏、李、徐、钟"中挑选一个；更不许与陆上人通婚，违者全家遭殃；不许走进讲古馆、酒店、茶肆等场所；不得在公共场合唱渔歌，哼小曲。为了生存，盐田湖的疍民哀求李举人开恩，允许他们全都随他姓李，封赏他们为李姓宗门的孙辈后嗣。

孙子遭到欺凌，阿爷当然得主持公道。

端午节赛龙舟，未石城刚造好两艘龙舟，停泊在津水湾，盐田湖的好事之徒，便连夜将龙舟底部凿了个半透。决赛夺标之时，未石城的龙舟突然断为两截，脸面无光，还淹死一个人。刘姓族人当然清楚这事是谁干的。一个月后，暗中派人烧了李举人家一对"包帆"，就是那种可以去深海捕鱼的渔船。

李、刘二姓，就这样冤冤相报，我整你，你整我，从来没有消停过。

现在好了，火山爆发了，双方打得你死我活，恶气是发泄了，可新的仇隙又跟着添上了，且横亘在心口。

恰恰未石城那个伤势最重的中年人，因流血过多，一命呜呼了。

刘监生无法给死者家人一个交代，也丢不起这个脸，就向巡检司署递上状纸，要求判决"狐尾眉"李举人、"三脚虎"李统领等人为死者披麻戴孝，并赔偿一应损失合计白银一万两。

刘监生一手摇着绢扇，一手拄着镶银的拐杖，不容通禀就直闯衙门后堂。他腰背微驼，双眼透出贼光，从脸相一看就知道是个行事刁钻、工于心计、城府极深之人，难怪邑人背后称他"算塌天"。

眼看巡检使骆大人正在把玩古董，刘监生示意跟从将一千两银子连同状纸一同放在他面前，说，骆大人，盐田湖姓李的欺人太甚，连你都不放在眼里，你得为我做主，为未石城做主。今天，我先送上这份薄礼，等水渠修妥，明年有了好收成，我一定孝敬你一份厚礼。

骆大人放下古玩，说，官司的事你就放心好了。不过，你堂堂一个族长，我让你代我向族人征收赋税，却屡屡受阻，也太窝囊了吧。我打算多派几个差人给你使唤。有些刁民，你不给他点厉害瞧瞧，他是不会把钱粮交出来的。

骆官长边说边意味深长地看着刘监生。他心里明白，此次修渠，刘监生的真正目的，旨在让他父亲的坟茔变成庇荫子孙的福地。来自赣州的风水先生告诉他，他父亲所葬之穴为"金龟抱卵"，如果前方能蓄起一汪绿水，那"龟地"就成了活地，刘家后人必将大福大贵。刘监生对风水先生的话深信不疑，在其指点下，以抗旱救庄稼为名，发动族人捐款出力修筑水渠。

刘监生心想，只要把响水潭的水引出来，城北那片稻田的旱情就可以缓解，他又可以在父亲墓地下方筑坝蓄水，"金龟"有活水滋润，就能岁岁年年为刘家下金蛋，真是一举两得。所以，万泰安提出改建一条引水石槽的建议，他是怎么也不会接受的。

第二天，李举人经衙役传唤来到大衙门。他让轿夫把三顶轿子一直抬到衙门口，才停下。跟着他一同前来的，除了大少爷李沛、三姨太乔氏，还有管家、贴身保镖段冀虎及一帮族人。面色冷峻的李举人慢吞吞下了轿，嗅着鼻烟壶，随衙役穿过仪门，走进公堂，看见刘监生及其长子刘巽才等一班人，早已等候在那里，不屑地乜斜了他一眼。

背后传来三姨太的尖叫声，不知谁不小心踩了她一脚。李沛搀扶庶母站好，话没问一句，揪住一个李姓后生，挥拳就打。未石城前来助阵的族人趁机起哄。段冀虎攥住李沛的拳头，压低嗓音说，别让他们看李族的笑话。李沛见是段冀虎，只好作罢，放了那后生，回到三姨太身旁。

尖竹坑械斗发生后，为了人身安全，李举人让花面虎推荐一名身手好的后生当他的贴身保镖，花面虎选中了段冀虎。万泰安父子来李家劝和，作为保镖，段冀虎当然在场。他非常佩服万家父子的真诚和担当。无奈自己充其量是个临时保镖，人微言轻，不敢随便插嘴。但心中对械斗愈来愈抵触反感。

公堂传来"升堂"的吆喝声，巡检使大人装模作样正了正衣冠，在公案前坐下，双眼骨碌碌往堂上一扫，见李举人与刘监生像两只好斗的公鸡，怒目横眉对视着，心内暗暗发笑。

本来，李举人和刘监生都算是有身份的人，见官可以免予下跪。骆官长打了个手势，让衙役抬来两张椅子，让李举人和刘监生一同坐下。

李举人不屑与刘监生同坐，把身子转向一旁，嗅起鼻烟来。骆大人生气了，鼻孔朝天，重重拍了一下惊堂木。李举人手一抖，鼻烟壶差点掉落地上。一种虎落平川被犬欺的羞耻感，使他脑袋嗡嗡作响。

巡检使骆大人官不大，正九品，但架子比一品官还大。他的衙门叫巡检司，老百姓习惯叫它大衙门。他给了李举人一个下马威后，开口了，话像从牙缝挤出来一般：我说原告、被告，皆为本邑乡绅，几经调解无果，真个要继续争斗下去？

刘监生抢先应话：李姓族人，不顾未石城民众之疾苦，先行挑起械斗，无法无天。原告我只求大人，严惩凶顽，还我公道。

李举人不愠不火地说：我盐田湖屡遭未石城侵凌，此次借口修渠引水，断我祖茔龙脉，其所包藏之祸心，昭然若揭。目下恶人先告状，盐田湖自当奉陪到底。

骆大人听后，诡谲一笑，说，世人皆云，衙门八字开，有理无钱甭进来。本官两袖清风，不吃这一套。但如果拒绝本官裁决，官司肯定要打到县、州一级。他们会否像本官清廉如水，不得而知。所以，你们得有丰厚的家底。更别说械斗是要日出斗金的。所以，本官要你俩先亮亮家底，看谁财大气粗腰杆硬。双方都听好了，立马派人回去，将家中现有的银圆，全都抬到公堂上来。然后，以投掷银币决胜负，一次一块，分别往天井的两口大水缸里扔，谁先扔完，谁就输了这场官司。

堂下众人哗然，哪有官长如此断案的？

刘监生脸上挂不住了，在心里大骂骆官长心黑无耻，收了他的银子，不替他做主，反而想出一箭双雕的诡计来摸他们的家底。但姓骆的既然已经在堂上发话了，违拗得过吗？恰好近日账房有大笔的进账，那就借此机会来跟"狐尾眉"一试高低吧。

李举人却哭笑不得，从心里鄙视姓骆的昏庸无能，但为了争回一口气，并从势头上压倒刘监生，只好吩咐管家照办。

一炷香工夫，刘、李二家各由六条壮汉，抬着旗鼓相当的满满三箩筐银圆，来到衙署。李家的三姨太跟在衙役后面，还拎来一个檀香木小箱子。

抓阄后，双方管家充当投币手，轮流往口径五尺的防火水缸抛银圆。每抛一枚，就闪过一道白亮的弧线，配一声"叮当"的脆响，围观的人也跟着咽一次口水。

双方的银圆只剩下半箩筐了，骆官长叫衙役找来两块黑布，罩在箩筐上。这下可就有悬念了，投币的速度无形中慢了下来。

日挂中天，两位管家的长衫，上半截全湿了，摸大洋的手，也一直抖个不停。终于，刘监生的管家，再也摸不到大洋了，紧张之下，一只手抽了筋，五根手指痉挛成鸡爪子。刘监生上前，扯开黑布，箩筐空空如也。

而李举人的管家，像变戏法似的，捏着露出一块大洋轮廓的黑布，向众人示意。三姨太乔氏挪动三寸金莲，甩着散发出香水味的手绢，将檀香木箱往箩筐里一放，一手叉腰，得意地咯咯笑了。

李举人眨眨眼，决定来横的，一把抢过李府管家手中的黑布，用力一抖，只见银光一闪，却不见银圆落下。再打开三姨太的箱子，尽是些珠宝首饰，不见一块银圆。三姨太大惊失色。

骆大人站起来，宣布双方打成平手，没有输赢，案子只能继续再审，请被告与原告当堂举证辩论。

李举人被一口浊痰堵在嗓子眼，半天缓不过劲来，随后的辩论，反应木讷迟钝，言辞苍白无力，条理杂乱无章。这无形之中助长了刘监生的气焰和威风，他慢条斯理地陈述案由和诉讼请求，反驳也言之凿凿。刘氏族人在大门外喝起彩来，李姓一方个个扼腕长叹。

骆大人并没将心思放在两人的对质上，他被天井那块白石板的日光晃得眼花缭乱，不耐烦地拍响惊堂木，做出如下判决：双方参与械斗致伤致残的，由宗族各自负责医治抚恤；刘氏族人在械斗中受伤且不治身亡者，由李举人献棺木一具，挽联一副，并赔偿刘氏族人银圆一千块；未石城暂停在梅瓶山开沟挖渠，由衙门派人勘查清楚后，改日再做定夺。

如此判决，刘李双方都当场表示不服。官长大人袍袖一甩，宣布退堂。

三姨太唆使族人闹事，大声呼喊：公堂不公，衙门偏袒未石城！被衙役一阵乱棍，打得四散逃开了。

刘监生并没马上离去，看盐田湖的人都走光了，叫儿子刘巽才在门口守着，自己转身折回后堂又去找骆大人。姓骆的诡谲地冲他一笑，说：你知道什么叫作敲山震虎吗？我已经拿捏好分寸，给了他一个下马威。你也清楚李举人是什么人，他当过知县办过案子，要不是他当年辞官回来为父亲尽孝，他今日的威风，不知要比我威凛多少倍。如果刚才我一下子判明了，他会认为我偏袒你，肯定要往上告，你就再无近水楼台的优势了。你性急没有用，这个案子只能一步一步慢慢来。

刘监生思忖片刻，说，我当然明白大人是向着我，只要您老人家保证梅瓶山的水渠可以修成，延缓些时日倒也无妨。

再说此时的李举人，他先让三姨太监督仆役把几箩筐银圆送回家，自己在段冀虎陪同下，一声不吭回到了盐田湖。在自家府第前下了轿，被海风一吹，他的头脑清醒了几许。今日姓骆的在公堂上的所作所为，实在卑劣，既拿他当猴耍，又不忘给他颜色看，最后还故意留一手，无非为了放线钓金龟。李举人拿定主意，就是偏偏不上他的钩，更不会接受一应的处罚。

午后，李举人靠在太师椅上，正为自己在司署官长面前的失态而生气。仆人进来禀报，未石城那个死了男人的寡妇，牵着一对儿女在大门外啼哭。李举人手一挥，叫仆人轰他们走。仆人说，已经轰了几回了，他们死活不肯离开。在一旁的段冀虎听了，顿生恻隐之心，斗胆说，他们肯定是为了棺材和钱的事而来。

在一旁正拿猫撒气的李沛听了，恶狠狠地说，做梦，给我把大门关牢，谁也不许再理睬他们。

傍晚，李府大院外传来杂乱的脚步声，有人在嚷嚷，未石城的寡妇带着小孩投海自尽了，尸体已经打捞上来了。

李举人狐尾眉一颤，额头冒出一层冷汗。沉思片刻，他吩咐管家，马上到棺材铺定制两大两小四具棺木，明天给未石城送去。

可是，一切都迟了。

当夜三更时分，未石城联合津水港和北闸口，血洗了盐田湖。绿边红底的麒麟旗，在李府大院门口哗哗飘着，数百支火把，烧红了盐田湖的上空。

幸好早有提防，加上"花面虎"和段冀虎率众拼死抵抗，红旗派的人没能杀进李家大院。

黎明前，红旗派的人提着一个个血淋淋的人头，押着好几车财物，撤出了盐田湖。

天亮后，主事回来向李举人禀报，昨夜族人被砍下首级者，多达十一位，伤者四五十人，另有近半人家遭受抢劫。

仇恨在垒砌，无辜百姓被一步一步推向痛不欲生的边缘。津洲城乌云密布，家家户户关紧门窗，不敢外出。司署官长借口患病求医，逃往玄沄卫。

纵观往昔的乌红旗械斗，第一轮交手后，双方在公亲或官府调停下，理亏一方向占理一方做出让步，或对损失大的一方做出赔偿，然后双方在和解协约上签名画押，事情可以就此了结。

如果调停无效，一方认为吃亏太大，不肯善罢甘休，就会派人去向同一旗派的邻乡宗亲求援。既然是同一旗派，等于同一张脸面，宗亲们当然不会坐视不管。有了后援，下一步就正式向敌对方"约战"，约好时间地点，进行"对决"。被约战方接到战书，当然不甘示弱，同样也会恳请同一旗派的外族，出手相助。于是，第二轮更大规模的"对决"，就会有更多的人头落地，甚至会发展到毁村，就是放火焚烧战败一方的村寨，杀戮来不及逃走的妇孺。

李举人当然知道事态发展的后果，但此时的他已经无路可退，身首异处的十一位族人，必须还给他们一个说法。李举人当即派出几位族老，到周边各镇各乡，拜见乌旗派的族长和旗主，痛斥刘监生对乌旗派的轻蔑、仇视和挑衅，请求族长调派人马，在约定的时间地点，跟未石城为首的乌旗派一决雌雄，替盐田湖死者报仇雪恨。得到承诺、喝了鸡血酒后，族老回来向旗主禀报，李举人即派人向刘驼子下战书。

刘监生当然清楚李举人不会轻饶了他，未接到战书之前，已经频频派人串联各地红旗派宗亲，准备在约定的地点，决一死战。

野蛮与疯狂泯灭了人性。一个月后，乌红旗械斗的熊熊烈火烧遍了整个陆丰县，并不断向外蔓延。三个月后，海丰、惠来、归善数十个乡镇，也卷入械斗的狂潮，抢、杀、烧无所不用其极。

但凡卷入械斗的村落社头，十八岁以上的壮丁，都得上阵厮杀，有时连成年妇女也得参加。更虐心的是，每场械斗，一旦有人被杀死，首级会被杀人者当即砍下抢走，带回去邀功请赏。双方会把斩获的首级高高悬挂在村口，威慑对方，炫耀战绩。而属于己方的无头尸身，会被浸泡在牛尿或盐卤水里，等候日后换回其头颅，再缝合安葬。

这个红黑掺半的恐怖旋涡，成了百万生灵的灭顶之灾。

第三章
审时势举办实业　别仁妻赴穗习艺

乌红旗械斗停停打打延续半年多，共有数百个村社陷入弥天血雾，乌旗派与红旗派各取对方首级均超过千个，受伤及致残者不计其数。各方耗费白银近十万两，糟践荒废庄稼两万多亩，近百个村庄被烧成灰烬，逃亡外乡沦为乞丐者不计其数。

对于旗派械斗，地方官吏知其渊源深远，往往坐视不管。后来收了银子，又暗中挑拨离间，推波助澜。等完全失控了，成千上万的壮丁都在厮杀，他们想管，又管不了了。

直到各地和各宗族的粮仓罄尽，银两花光，壮丁或死或伤再也无力上阵砍杀，乌红旗双方的旗主和族长，不得不坐下来谈判。官府趁机介入，统计双方被取首级者数目，相抵后，责令"胜者"以一个首级二十银圆计算，赔偿"输者"。然后放出风声，缉捕严惩挑起械斗的罪魁祸首。

李举人与刘监生惶惶不可终日，各自花重金收买几个亡命之徒当替死鬼，私下又频频用银票打点各级官吏，好不容易才蒙混过关，保住性命。

其实，清朝旗派械斗，并非海陆丰的"专利"。惠来、惠州、潮州、五邑等地的旗派争斗，同样血迸四野，泪溅成河，难以罄数。

强弩之末，清廷对地方难以有效控制，导致民间武力化突出，械斗之风愈演愈烈。粤西五邑的广府人和客家人，因生存空间被挤压而械斗，从1855年起，至1867年才结束。而械斗持续时间最长的，当属福建泉州"东佛"与"西佛"两大封建派系的乌、白旗械斗，打打停停搏杀了百余年。

甚至随着人口贩卖和劳工输出加剧，还把械斗之风带到台湾地区与新加坡。

长期的暴力械斗传统，使粤闽民间形成"地方军事化"，他们有胆量，也有能量抗衡官方势力。忍无可忍的官府，不得不派兵"清乡""办积案"，除了划界防匪，更是大肆逮捕杀戮案犯，放火烧毁其屋宅，更不忘向其亲属勒索巨款。大批农民因遭镇压与盘剥而破产，只能逃亡异域，"坐上红头船，漂洋过海去过番"。

乌红旗械斗平息数月后，津洲人的生活渐渐回归到原来的节奏。

立夏将至，求芳居龚老夫人要庆贺"开五十寿诞"，李兰舟让冀虎哥陪她一同去祝贺。龚老夫人才四十岁，怎么请柬上写着要"开五十寿诞"？其实，这是民间为了表达祝贺长寿的美好愿望，意为可以在过四十岁生日时，安排、张设庆贺五十寿诞。

李兰舟在家里梳洗打扮一番，往发髻上罩了带一颗珍珠的黑网兜，这是冀虎哥买给她的。然后佩上母亲留下的玉镯，再往脸上抹一点雪花膏。回头看见冀虎哥背后的发辫歪歪扭扭的，扑哧一笑，说，你过来，把辫子编得像毛毛虫，等会儿见了龚夫人和文君姐，她们不笑死了才怪呢。

她动手把发辫解开，从瓷瓶里蘸出些许茶油，抹在头发上，搓匀梳直了，再重新编好。

段冀虎自从械斗平息后，就向李举人辞去保镖一职。李举人一家元气大损，当然也不想多养一个人，就答应了。

李兰舟拎起作为贺礼送给龚夫人的一竹篮夜光螺，就和冀虎哥双双出了门。

几场春雨过后，路边的小草绿了，柳树的枝条抽出了新芽，池塘围堤上的野花也开旺了。冀虎哥看看前后没有人，掐下一朵大红花，别在爱妻的发鬓上。李兰舟乐了，走下石阶，探头往水里瞧，想看看自己戴上红花的样子。段冀虎捡起一颗石子，嗵地扔进水里，水花溅湿了李兰舟的新衣。

远处有盐民扛着竹耙走过来，他俩不敢再嬉闹，拉开距离继续前行。

穿过桃李园的蔬菜地，前面就是津心埔，这里正在大兴土木建造洋楼，工地上人进人出。大楼已经封顶，进入装修阶段，从这路过的人，都要停下脚步观看一番。

这是万家的机械织布厂大楼，高三层，面宽不下二十丈。

李兰舟对段冀虎说："我见过手工纺织机，没见过机械织布机，你以前在老家见过吗？"

段冀虎说："我在济南城见过，那是日本人办的厂，工人脚一踏，机器轰隆轰隆转个不停，速度可快了，织出来的布料，又薄又滑又好看。"

李兰舟指指被脚手架围着的大楼，说："津洲要有新景观了。等万伯父的厂子办起来，我们也可以穿上这种布料了。我想进去看看，大楼到底有多少间房子。"

段冀虎拉住她，说："赶路要紧，我看过，边走边说给你听。底下一层是通透的，用来安放织布机，上面两层呢，中间是会客厅和议事厅，左右各有八间房，是办公用的。"

李兰舟说："难怪要从番邦运来那么多钢筋洋灰，还专门从香港请来那么多师傅。万伯父真是了不起。当初，他花那么多钱买下津心埔，许多人都说不值。现在，荔枝园就要变成织布厂了，谁不称赞老爷子有眼光？"

是呀，万泰安为了买下津心埔，花费了不少心思，也经历了一波三折。但最终，还是戏剧性地如愿以偿，印证了"田缘地福"这句古话。

万家世代经商，是商界的佼佼者，一提起万家的恒衍商号，沿海城镇经商者，可以说无人不晓。津洲是港口古镇，南粤三大良港之一，尽占海运、货物集散、商贸服务优势。万家借势而发，建立一支由四艘商船组成的船队，上至苏杭津沪，下至港澳海南，船队所到之处，都有恒衍商行的分号。

万泰安到的地方多，接触的新生事物当然也多，"师夷之长，兴办实业"的念想，在他脑海里日渐笃定。他带着三个儿子先后观摩了上海江南造船厂、天津面粉厂和广州织布厂，先进的机械化生产，让他们赞叹不已。经过家庭会议的磋商讨论，认为在津洲创办织布厂最为合适。

要兴办工业，首先得物色厂址。实地勘查后，一致认为津心埔是最佳选择。万泰安提着一份点心，来到种满荔枝树的津心埔，跟园主陈老七聊了半天，才说出希望陈老七转让津心埔之事。陈老七摘下一颗荔枝，堵住万泰安的嘴，说："本埠有个大户，早就托人找我，要买下这片果园，被我一口拒绝了。他心有不甘，放狠话说，这块地他要定了，不卖给他，别人谁也买不成。"

陈老七不肯说出那人是谁，但万泰安能猜出非刘监生莫属。刘监生多次对朋友说，未石城的城墙多处出现坍塌，气数泄露，人脉不旺，准备移居城外。万泰安知道这只是一个借口，真实意图是想逐步扩大地盘和延伸势力范围。

万泰安真要办厂，必须买下津心埔，便请陈敬才族长出面，向陈老七阐明万家的诚意和买地的用途。然而，陈老七还是不肯松口。购地之事只好暂时搁置下来。

十多天后，有传言四处散播，说司署衙门正谋划要在津心埔建一座砖窑，烧制城砖，修补未石城的城墙。陈老七分辨不清传言是真是假，心中惴惴不安，向衙门里的杂役打探，有人说好像有，有人又说没听过。

就在陈老七寝食难安之时，刘监生拄着拐杖，出现在他面前，问他后悔不后悔。然后说，只要将津心埔卖给他，衙门建砖窑的事他可以摆平，如果银子不要，愿意用十几亩上好水田和一口鱼塘对换。陈老七是个脑筋转得快的人，刘监生的一番表演让他看出了破绽。他慢条斯理地对刘监生说："如果衙门真的看中了津心埔，那就由衙门的人来跟我理论，至于你，还是早些死了这条心吧。"

其实，陈老七不卖荔枝园，真正原因只有他老婆才知道。他好几次梦见园里某个地方，金光闪烁，好像埋藏着什么金银财宝。梦醒之后，他拿起锄头，又记不清到底哪棵荔枝树下发过光。试着挖了好几个地方，连石头都没挖上来几块，更别说金银财宝了。但陈老七还是坚称，财神爷赵公明一而再，再而三托梦给他，最终他一定能找到宝藏。

就是这么一个糊里糊涂的梦，使他下死决心，坚决不卖津心埔。

岂料，在一个夜黑风高的夜晚，一场大火吞噬了整个荔枝园，草垛和守园的木屋变为灰烬，一百多株荔枝被烧成焦炭。死里逃生的园主恍然大悟了，原来，梦中的金光闪闪是火神现身，告诫他果园将要变成火海。不过，从惊吓中冷静下来的园主，开始怀疑果园是遭人恶意纵火，而幕后黑手，十有八九是刘监生。

他终于拿定主意，与万家签订了转让津心埔的契约。

刘监生知道后，气得七窍冒烟，对万泰安既恼又恨，但又无可奈何。

李兰舟心里想着津洲有了织布厂，乡邻的衣着将会发生什么变化，有人从背后捂住了她的眼睛。李兰舟一惊，差点把竹篮掉落地上。但她很快就回过神来："我知道你是谁，肯定是爱捣蛋的夏文珮。"

夏文珮粲然一笑，松开双手，朝段冀虎扮了个鬼脸，说："我是来找表姐夫的。听说他来工地，验收从香港运来的地砖、扶梯、玻璃窗。但师傅说他一刻钟前就走了，文君姐等着他回古给渡婆婆献祝寿词呢。"

李兰舟挽起夏文珮的手，说："我想大少爷忘不了，应该到家了，我们快走吧。我没别的礼物，恰好邻家大叔出海回来，送了一篮夜光螺，我拿去让老寿星尝尝鲜。"

夏文珮说："你舅妈，我母亲也来了，昨天就从玄沄镇赶来了。说是来贺寿，其实是来看我安分不安分的。"

三人说着笑着，穿过元康新街，走进万家大院求芳居。

求芳居的建筑风格，融汇着北平四合院与苏州园林的文化元素，形成一处一景，小中见大，前园后居，院中有院的特点。

从铺砌绿色琉璃瓦的门楼进去，是一面刻有团花牡丹和鹤鹿松竹图案的照壁。绕过照壁，是一个铺青石板的庭院，一湾如飘带般的荷塘，紧挨着庭院。荷塘里，碧绿如盘的荷叶亭亭玉立，青里泛白的花苞，娇羞欲语。荷塘边摆放着盆景、奇石、花卉。飘带荷塘中间有一座七步平桥，通向大内院。

七步平桥的东西两边，坐落着错落有致、小巧玲珑的"寸壑之园"，太湖石、英德石、斧劈石堆砌而成的假山，寸树苍劲，藤萝婆娑。小巧的亭榭台阁，点缀在荷塘上和假山中。曲径盘旋，山水石泉潺潺，如筝如琴。再看靠近院墙处，古木葱茏，奇卉丛生，箬竹、紫竹、罗汉竹挺秀风雅，看一眼心旷神怡。

把园林景观放在居室之前，可以说是没有先例的。主人的独特构想，令人赞叹。万泰安解释说，男人在外面跋涉奔波跑生意，受气又受累，回到家里，一下子就看到悦目怡情的景观，心情自然也就舒畅了，烦恼与怨怒也会随之放了下来，回到居室对亲人就会更加珍爱。同样道理，远道而来的客人也好，有急事找万家帮忙的邻里也罢，驻步"寸园"，受到诗情美景的濡染，会对万家的人产生亲切感和随和感。

再说大内院，里面的布局跟北平四合院既相似又不同。为了防患海盗倭寇，主人将大内院的主建筑设计成"器"字形格局，就是四角各为一幢坐北朝南的小四合院，中间正房的位置，设计成举办婚庆、寿诞、丁酒等大型活动的大厅，取名"品尚轩"。

今天求芳居真热闹，前来拜寿祝贺的宾客一批接着一批，而第一次走进大院的客人，无不对院落的宽敞气派赞不绝口。

万泰安和龚夫人，在大内院门楼厅欢迎客人。颜文君一边陪同婆婆向客人致谢，一边示意丫鬟引领客人步往品尚轩。

万岱源步履匆匆走进门楼厅，拱手问候过众宾客后，来到父亲身旁，跟他耳语了几句。

管家上来禀报，客人已经到齐，寿宴准备就绪，恭请寿星和万会长到品尚轩就座。

万岱源示意段龚虎夫妇留步，等客人都走前去了，才告诉他俩说："散席后我请二位到家父的客厅喝茶，家父有事要跟你们商量。"

子时过后，寿宴结束，夏文珮领着段冀虎和李兰舟来到"双兰内苑"的会客厅。

万家父子送走了客人，并肩朝内苑走来。万岱源对父亲说："从广州请来的技师已经对大楼做过初步检测，各项指标都符合要求。在上海通过怡和洋行向英商订购的三十台织布机，以及德国制造的发电设备，四个月后可以交货，但必须追加一半的款项汇入银号。织布厂的首席技师准备从杭州聘请，人选基本确定下来了，也草签了合约。"

万泰安抓起万岱源的手，拍了拍："你两个弟弟都随船队去了福州和上海，你既要忙织布厂那一摊事，又要调拨好各家商号的往来货物，你辛苦了。"

万岱源连忙说："爹日理万机，才真的辛苦。里里外外的事，都是你在谋划，靠我，哪能这么顺畅？"

父子俩说着说着来到会客厅。段冀虎夫妇急忙站了起来。

万泰安示意他们坐下，热情地说："你们别客气，快坐下快坐下。"他接过文珮手里的茶壶，亲自为段冀虎夫妇斟了茶，又问过兰舟父亲的身体和打铁铺的近况，话题才转到正事上来。

万泰安对冀虎说："今天留下你们俩，是有一件不大不小的事要跟你们商量。你们知道，万家正在筹建机织厂。机织厂要投产，需要一批技师，都请外地的不行，也得有我们自己培养出来的本地技师。我打算在津洲先物色一位人选，派他去广州织布厂学习，时间一年，一切费用由我负责。学成回来，工厂开工，试用合格，我就正式聘他为技师。并选派第二批人选去培训。这第一批人选，我认为你最合适，你是否愿意承担重任，帮伯父这个忙？"

纳闷了半天的段冀虎夫妇有点意外，互相看了一眼。段冀虎先反应过来了，爽朗地说："看伯父说哪去了，伯父这么信任我，我当然愿意为您效劳，只是我怕自己粗手粗脚的，到头来辜负了您的期望。"

万岱源哈哈一笑说："你可是李一刀的头号徒弟，我爹看中你，准保错不了，你到了省城，就去宾雅报馆找李彧，他已经为你安排好了一切。"

段冀虎知道，李举人的二公子李彧，在广东法政学堂毕业后，不愿从政，而选择到报馆当记者。他是一个有大抱负，又毫无少爷架子的人，一点都不像他大哥李沛，整日花天酒地，游手好闲，还常做些伤风败俗的事。李彧回津洲没少劝大哥走正道，结果适得其反。兄弟俩的关系，属于道不同不可相与谋的那种。

李兰舟见万伯父把目光转向她，支支吾吾起来："伯父真要冀虎哥去，我支持。他虽没读过多少书，但脑子好使。只是，只是，这一去要一年，又离津洲那么远，我和冀虎哥做不了主，得回去问问我爹。"

夏文珮满脸坏笑，揶揄起表姐来："你舍不得冀虎哥走，可别拿亲家公当挡箭牌，谁不知道你们两口子如胶似漆形影不离。"

李兰舟的脸红了："你这丫头片子，竟拿你姐寻开心。你姐可是拿得起放得下的人，爹同意，我没理由阻拦，谁阻拦谁是小狗。"

夏文珮见表姐中了自己的激将法，乐了起来："我是求了我爹半年，他才答应带我去一趟省城的。我在洋行见过一个洋人，眼窝深深的，眼睛蓝蓝的，鼻子又高又大，比猫头鹰还吓人，说起话来叽里呱啦，一句都听不懂。"

在座的人全都乐了，笑得前俯后仰。

万泰安止住笑，对夏文珮说："你真是个活宝。其实，你表姐说的一句都没错，这么大的事情，当然得跟长辈商量商量。"回头又对段冀虎说："代我向您老丈人问个好，我等你们的回话。"

当晚，段冀虎向老丈人说起去省城学艺的事，李保乾放下水烟筒，巴掌一拍说："这等好事，千载难逢，你们就该当场答应下来。冀虎，你可得为我长脸，好好学习技艺，千万不能辜负万家的信任。"

李兰舟嘴一噘，屁股往椅子上重重一蹾："爹，你怎么不听听女儿的想法？"

"常言道，好男儿志在四方。你可不能拖……"李保乾话没说完，见女儿眼里噙满泪水，口气顿时软了下来。"你怎么还长不大，不就一年时间？万家的商船经常去广州，到时爹带你去广州看望冀虎。"

李兰舟破涕为笑："人家只不过是一时半会儿心里有点忧，谁会拖冀虎哥的后腿？"

夜阑人静，段冀虎紧紧搂着李兰舟，好像要把所有的温情和爱意都留下来，储存到她的身体内。即将燃尽的蜡烛爆开一朵火花，段冀虎对李兰舟说："快睡吧，天都快亮了。"李兰舟把头靠在段冀虎的胸脯上，渐渐睡着了。

段冀虎辗转反侧，怎么都入不了眠，思绪像一匹腾空的野马，驮着他回到位于胶州湾的故里。

段家从爷爷的爷爷开始，就以半耕半渔为生，到了爹这一代，也没有改变。爷和爹日出而作，日落而息，耕种着祖上传下来的三亩薄田；农闲时，爹带着哥驾着竹排到海边捕些小鱼小虾，换些油盐酱醋。就这样，三亩薄田和一条竹排，维系着一家八口的生存。段冀虎有幸读了两年私塾，被亲戚带去济南城，送进一家火柴厂当学徒工。

那一年，扛着坚枪利炮的德国人侵占了山东。一个传教士来到段冀虎家乡，准备建造一座教堂。他扔给爹三个银圆，就宣布段的三亩土地归教堂所有。爹到县衙告状，县太爷一听要告洋人，立即叫衙役把爹赶了出来。一位亲戚对爹说："想要讨回土地，只有投奔义和团。"

在哥的劝说下，爹带着哥加入了义和团。义和团势力不断壮大，让外国列强领教了中国人的血性。然而西太后却命令清军剿灭义和团。爹和哥逃回了家乡。段冀虎担心家人的安危，也从济南赶了回来。

不料，有贼人向清军告密。当夜，一队穷凶极恶的清兵包围了段家。爹知道凶多吉少，咬着牙对哥说："我领着老的小的，从前门杀将出去，把清兵引开；你一定要带着冀虎从后门突围，走得越远越好，只有逃往南方，才能躲过这场追杀。"

哥的眼泪夺眶而出，他明白爹是为了段家不致绝后，才这么安排的。等爹挥舞渔叉，带着母亲、爷爷和妹妹冲出大门，清兵拥了过来，哥才拉着冀虎，从后门突围而去。跑到村外，哥对冀虎说："你一定要逃出胶州，逃到南方去，如果你不听话，我们一家七口就白死了。快走！"哥说完推了冀虎一把，转身向传来厮杀声的方向冲去。冀虎不愿离开，他要与家人死在一块儿。

黑暗中有人拉着他往海边跑，他被推上一条挂着帆的小船。拔起船篙，小船顺风起航，徐徐而行。冀虎回头，只见一片熊熊大火烧红了村子的上空。冀虎一头撞在桅杆上，血从额头一滴滴往下淌。他知道，从此以后，只有在梦中，才能见到自己的亲人了。

小船开了一天一夜，进入江浙地界，救他的大叔从身上掏出十个铜圆，塞进段冀虎手里，说："我只能送你到这里。你上岸后先找个地方藏起来。君子报仇，十年不晚，只是不能鲁莽，切记。"冀虎额头抵地，长跪不起。告别大叔，他在一个小渔村躲了半个月，幸得一位同姓渔民的帮助，上了一艘南下的商船，来到湄州。可是，他刚上码头，就被人抓了"猪仔"，听同样被抓的大哥说，他们将漂洋过海去南洋当劳工。段冀虎装疯，趁人贩子不备逃了出来，几经周折，来到津洲。

数年过去，他在津洲立住了脚跟，还当了李掌柜的上门女婿。如今，万家要送他去广州学艺，他听说那里的革命党十分活跃，这可是他梦寐以求的。因此，万伯父一提起，他的心已迫不及待地答应下来了。

万家把行程安排得很紧，说如果老丈人同意，明天，他就要启程，随万家的商船去广州。

天透亮了。他就要告别老丈人和媳妇了，虽说一年的时间并不长，但津洲已是他的第二故乡，李兰舟已是嵌入他生命中的一半。离别，冥冥中变成一根穿过他心肺的线，他每走出一步，就会牵扯出几多疼痛。

然而，他不能因为儿女情长而英雄气短。万家的期望不能辜负，段家游荡在胶州湾上空的亡灵，也该早日瞑目。

上午，段冀虎在津水湾码头上了万家的商船。第二天，商船经过香港，进入珠江口。几个小时后，商船到达黄埔港。段冀虎上了岸，叫了一辆黄包车，直奔安雅报馆。

第四章
红楼落成宾主同庆　风云变幻洋人毁约

入秋，万家织布厂大楼在风雨飘摇中落成了。

这是一幢中西结合混凝土结构的洋楼，令津洲人大开眼界。橙红色的墙体，乳白色的叠柱门廊，整齐划一的拱券玻璃高窗，显示出一种超越和气派。踏上六级大理石台阶，穿过门廊，首层两边是宽敞的厂房。顺着对折式钢筋混凝土楼梯走上二楼，会客厅两旁是车间主管、技师、工艺、机修、质检人员用房。再上三楼，是线条色彩明快、窗明几净的议事厅、厂长室、襄理室、财会室。走廊上，一排哥特式廊柱，立在罗马式护栏中间。

通往天台的出口，设计成一个别致的六角亭。站在天台举目四望，大半个津洲尽收眼底。六角亭的右边，是一个半封闭式蓄水池，发电机一供电，小型抽水机可以从专用水井抽水，注入蓄水池，整栋楼就可以用上自来水了。工厂正式开工前，没有发电，暂由水工用滑轮吊水上楼顶，以保证蓄水池不会断水。

大楼前面的左右两翼，各有一长排通畅高屋，红砖墙，蓝色琉璃瓦屋顶，更烘托出主楼的恢宏壮观。这里将作为印染车间、电机房、仓库和工人宿舍。围墙外的草地，就是晾晒染布的场所。

置设在围墙南面的厂区大门，两旁是砂岩立柱，挂着深黑色的西式铁门。如果你从大门顺着宽敞的水泥路走进去，两边除了成排的紫荆、凤凰、黄槐、丹桂等景观树，还有重檐凉亭和园林石。花坛里，菊花、芍药、茶花含苞欲放，一串红、绣球花开得正旺。凉亭与凤凰竹交相掩映，靠近围墙处，葡萄和紫藤都已上了架。

万泰安父子来到三楼议事厅门口，观看门楣上刚刚挂上的匾额。漆黑光亮的牌匾上，刻着"经纬济世"四个汉隶镏金大字。万岱源吩咐工匠拿来红纱绸，先将匾额蒙上。楼下有人在呼喊："万会长，有电报。"万岱源探出身子一看，是邮政所的邮差。

万岱源下楼，接过一个邮政信封，打开一看，电报发自上海谦信洋行，正文为：发电机组已运抵黄埔港，择日交货。万岱源三步并作两步冲上三楼，将这一喜讯告知父亲。万泰安喜上眉梢，对万岱源说："顺兴号商船和你二弟正在广州，你马上发电报通知岱玮，验收无误后从速将发电机运回津洲。"

几天后，万家顺兴号商船回到津水湾。万岱源请了二三十位码头工人，费了九牛二虎之力，才将发电机、控制箱、联轴器和底座等抬上码头，再几步一停把这些油光锃亮的大家伙，逐一搬进经纬楼的供电房。

众人围着这一庞然大物看了又看，情不自禁地伸出手摸一下，手上凉沁沁的，惬意极了。

万泰安决定举办一个隆重的庆典，庆贺经纬楼的落成和第一部大功率西洋电机在边陲古城落户。

万岱源本来打算等设备全部到位、安装调试成功后，才举行庆典，便对父亲说："现在是万事俱备，只欠东风。我看还是等东风吹到津洲，再好好庆贺不迟。"

父亲摆摆手："万家好久没有大张旗鼓办庆典了，热热闹闹欢庆一下，冲冲晦气，也让津洲的体面人物聚一聚，促进沟通，消除芥蒂。这等好事，晚办不如早办。"

万岱源看看灰蒙蒙的天空，说："这天气又潮又闷，未来几日恐怕会刮风下雨。"

父亲颇为自信地说："吉人自有天相。"

万岱源不愿违拂父亲的兴致，只好召集几个工匠，起早贪黑、脚不沾地忙开了。

果然正如老爷子所祈盼的，万家举办庆典那天，风和日丽，碧空如洗。

艳阳下的津心埔，再不是昔日寒酸的村妞，摇身一变，成了能带给人们变革和信心的曙光女神。

也许，陈老七已经明白过来了，他梦幻中的金光闪闪，其实就是今天这般景致的先兆。

锣鼓喧天，四支舞狮队在大门口尽兴表演。应邀出席庆典的人们络绎不绝。他们一路走来，无不为匠心独运、处处彰显着喜庆色彩的布设，尤其是主体建筑的气派壮观，连连发出啧啧的赞叹。

万泰安父子站在挂满红灯笼的楼下，抱拳作揖欢迎客人们到来。应邀从广州赶回来的李彧，肩挎装摄影器材的皮箱，手抱照相机，不时调整角度，对着客人或厂区，摁下快门。

李彧身穿格子西装，又把辫子藏在鸭舌帽内，新潮得像个来自外邦的洋人，吸引了不少女眷的目光。

李彧是接到万岱源的电报，作为《安雅报》记者前来采访的。

庆典仪式开始，主持人津洲商会协理宣读了英国怡和洋行、德国谦信洋行、香港商社、惠州总商会、陆丰总商会和各分号发来的贺电。接着请万岱源讲话。

万岱源介绍了到外地参观大型工厂和机械化生产的感受，就万家由经商贸易转向兴办实业做了说明，呼吁有经济实力的大户，拓展思路，为富民兴邦而摒弃旧观念，同心协力走商业工业共同发展之路。

惠州府总商会寇副会长上台致辞。他对万会长敢为人先、创办实业十分赞赏。他指出，商富即国富，恃商为国本，必须大力提升商业地位，扩大对外贸易。同时也要学习西方国家的先进工业技术，促进工商业协调发展和繁荣。

万泰安最后上台，他再三感谢各级商会会长、业界同人、各界人士和亲朋好友对万家的扶掖和关爱，然后大声宣布："恭请寇会长和万世坚先生等，为经纬楼揭匾。"

鞭炮噼里啪啦响起，舞狮队在锣鼓声中腾挪翻滚，府县两级会长和万氏辈分最高的族老走上三楼，揭开了匾额上的红绸。掌声哗啦啦响起，万泰安再次向众人鞠躬。

集体拍照是庆典仪式的一个重要环节。先拍府、县、镇三级商会会长的合影，再拍会长与参加庆典人员的集体照。末了，寇副会长又提出要在议事厅与万泰安会长拍几张亲切握手、促膝会谈的双人照。为了拍出好效果，李彧从器材箱取出带反光罩的镁光灯。

离庆宴开席时间尚早，嘉宾们可以自由活动了，或洽谈商贸业务，或饮茶叙旧，或上楼观摩。主人家的女眷和姐妹们一边招待客人，一边轮流请李彧拍照。

经纬楼落成庆典活动，邀请嘉宾出席的范围和人数，是几经淘汰才定下来的。除了海陆丰以外，邀请省城、惠州、汕头的商界翘楚，也就十来人。

嘉宾当中，路途最远的，当属来自合浦县的许家父子。合浦地处广东最西面，与广西接壤。许家与万家是世交，一听万家经纬楼落成，许父欣然携带儿子许锡清，不远千里，前来祝贺。许锡清一表人才，还是个学生哥，在海上颠簸了几天，脸都绿了。可是一到万家，受到无比热情的款待，见到经纬楼既别致大气又和谐超前，所有疲劳与不适全都消失了。他私下对父亲说："万世伯不简单，待人真诚，迥不犹人，值得交往。"

嘉宾们的女眷，把万家大少奶奶颜文君和她妹妹，围了个水泄不通。她俩天生丽质，清纯可人，就像一对出水芙蓉。姐姐身着一袭粉红色印花旗袍，外套一件宝石蓝披肩，一对绣花鞋包裹着娇小玲珑的三寸之足，走起路来袅袅婷婷。妹妹颜文英，长着一张粉嫩的脸，犹如白里透红的水蜜桃，一双秋波盈盈的眼睛，总是含着笑意。她的衣裙，做工精致，袖口、衣摆、裙脚都缀着彩绣绲边。她还是个学子，在县高小学堂读书。

冷不防蹿出个夏文珮，嚷嚷道："我在楼上看前看后都找不到你俩，爬上天台一望，才发现二位被客人的溢美之词粘住脚跟了，挪不开窝了。"

李兰舟瞪了她一眼，说："看你这德行，在客人面前照样没大没小，回去我拿根针把你的嘴全缝上。"

夏文珮装模作样捂上嘴，说："你偏心眼，净听众人说她俩是姐妹花，咋不把我加进去？你现在就对客人们说，我们是三朵姐妹花。"话语一出，惹得众女眷嘻嘻笑了。

颜文君蹲下身子，教四岁的儿子万舒尧上去安抚撒欢的小姨子。万舒尧牵住夏文珮的手，奶声奶气地说："文珮小姨和文英小姨是一对姐妹花，所有的夫人、小姐都是姐妹花。"这下，在场的所有人都惬意地笑了，争相夸奖小舒尧聪明可爱，将来一定大有出息。

万舒尧一一向客人拱手作揖后，突发奇想，拉住李兰舟的手问："大姨母，你什么时候生个跟我一模一样的弟弟出来，我就可以去你家玩了。"李兰舟脸红了，抱起他亲了一口。万舒尧又在她耳边悄悄说："你想不想大姨丈？如果想让他回来陪你，我明天发个电报叫他回来。"众人又被他逗乐了，忍不住捧腹掩唇咯咯笑个不停。

李彧走了过来，正要为众女眷拍个合影，被李兰舟扯到一旁，一开口就问段冀虎想家没。李彧从西装口袋掏出一封信，递给李兰舟，说："这是他写给你的信。冀虎哥一切都好，技艺学得不错，你就别牵挂他了。"

万岱源有事找李彧，看见他就使劲招了招手。李彧跟李兰舟道了别，看万岱源用手指指凉亭，就朝凉亭走去，却见刘监生家的大少爷刘巽才，正对着开满花儿的夹竹桃发呆。再走前几步，又瞅见有一个人背靠园林石，在嚼一根草棍，好像是大哥李沛。正要打招呼，那人却一晃不见了。

因为械斗的阴影未消，李举人和刘监生都没有出席今天的庆典仪式，只是各自派了自己的儿子来充数。

李彧刚才瞅见的人的确是李沛。只因他很不喜欢被父母寄予厚望的弟弟，偏偏今天他又出尽风头，那些如花似玉的少妇小姐，都围着他转，当哥的又恨又忌妒。

本来，李沛是想跟大伙上楼看看新奇，但女眷们都在花园聚着聊天，他的脚步也就挪不开了。他好几次想凑上前，跟颜家姐妹搭个讪，借以一饱眼福。但颜文君好像不喜欢他靠近，双眼远远朝他一瞥，目光冷得令人心塞，他只好识趣地绕开了。

李沛很生气，万家不就建了个破楼，有什么了不起。他毕竟是盐田湖李举人家的大少爷。当年爹在连州当县太爷，朝廷命官，别提多威风了。虽说李家闹械斗破了财，但瘦死的骆驼比马大，我李大公子照样花天酒地，锦衣玉食，还准备纳妾呢。要不是老丈人不答应，我早就将婆娘的妹妹纳为二房了。

李沛像一个吃不着糖，只好咂自己手指的赖皮小孩，他翘起尖削的下巴，嚼着草棍，两片薄薄的嘴唇不时抿成一道弧线。只是眼睛不听话，依然时不时往女人的身上睃趁，且自个想入非非。

李沛渐渐有些按捺不住了，打算溜回家里，拿些银两，上春莺馆找个嫩嫩的粉头发泄一下。但这样一来，岂不白白便宜了万家一顿饭？不行，倒不如先到承办庆宴的三友酒楼喝茶，等开席了吃他个满嘴流油，才有力气去春莺馆跟粉头大战一场。于是，他一个人悄悄溜出了厂区大门。

一道人影闪过。刘巽才没想到李沛也像他一样，有意避开众人，而且就躲在离他不远的园林石后面，现在不知怎么，竟提前先走了。也好，不碰面就少了尴尬，自己可以率性逛一逛了。刘巽才从夹竹桃下走了出来，却见李彧和万岱源朝他走来，想躲开，已经来不及了。

李彧与刘巽才曾经一起在县城龙山书院读过书。毕业后年纪比他小的李彧，考上了省立法政学堂，而他却被父亲召回津洲，干起收租派田、管理作坊的杂碎活。

刘家与李家一直是死对头。前年那场械斗，他竭力反对过，可以说已经尽了全力了。只是，一意孤行的老爹和族人根本听不进他的话。

刘李两家有仇，不该由曾为同窗的年轻人来延续。李彧的为人，刘巽才是清楚的，在龙山书院读书时，李彧经常为他补课，他受人嘲讽，李彧替他解围，这些他是不会忘记的。

万岱源和李彧走到刘巽才面前，一齐朝他伸出手来。刘巽才不知道先跟哪位握手更合适些，就把两人的手拢在一起，故作热情地寒暄起来。

"老同学，你愿意同我握手，说明你没有被家族的仇恨烧煳了脑子，我赞赏。"李彧摘下鸭舌帽，爽朗地笑着。

"唉，我在家里，人微言轻，你是知道的。我苦苦劝说过老爷子，结果差点被赶出家门。"刘巽才身子骨单薄得像用纸糊出来的，说话也没甚气力。

"那年，由于事太多，国内发起抵制美货运动，后又因一名美国海军军官误杀中国妇女，被激怒的广州人一气之下杀了几个美国传教士，我要追踪报道，脱不开身，没能回来。但我在报纸发文抨击，呼吁当局不能坐视不管。后来械斗事态闹大了，我即使回来也无济于事了。"李彧满带自责地说。

"一朝走火入魔，谁劝都没用。事后，我爹一度整日哀叹，我以为他后悔了。后来才知道，他只是心疼家里的银子被掏空了。"刘巽才无奈地说。

万岱源看出刘巽才有几分歉意，就插话道："都说冤家宜解不宜结，年青一代，要有大的胸怀，应该像你们一样。"

"有朋友告诉我，家父经常带家母到定光寺烧香拜佛，祈求赎罪。"李彧把器材箱放在靠椅上，"看样子好像是真的在忏悔了。"

"说实话，我好几次想离开这个家，云游四方。家对于我来说，一点都不值得留恋。"刘巽才的双眼湿润了，"可是，看看母亲和妹妹，我又犹豫了。"

刘巽才的悲哀来自父亲的独断专行。当年，刘监生为了跟大户攀亲，在内人身怀六甲之时，就与津水港的渔霸周掌柜指腹为婚。周家生下的是女儿，刘家落地的是男婴，两家大喜过望，自此即以亲家相称。当儿女长大到了谈婚论嫁的时候了，刘监生择日向周家送礼行聘，却遭到刘巽才的竭力反对。

原因在于，周家之女周尾妹，只长赘肉不长脑子，性子随她父亲，蛮横刻薄贪婪，而且还比别人多长一个手指头。刘监生当然不会向儿子让步，周家也不许刘家悔婚。刘巽才违拗不过，只好认命，但一直没给婆娘好脸色看，也从不主动跟她说一句话。他在等待，等到出人头地的那一天，就要休了搅得家里不得安宁的十一指。

万岱源和李彧没想到刘巽才心中有这么多委屈，而且能对他们实话实说，看来，刘巽才是拿他们当朋友的。

李彧搂住他的肩膀说："只要一个人意志坚定，明天的太阳，就会照进你的心。我相信。"

万岱源伸出自己的手，与李彧及刘巽才的手叠在一起，动情地说："相信明天会给我们笑脸。"说罢，万岱源提议，拍一张三人照。

李彧正要拿出照相机，看见大铁门外来了一帮人，气势汹汹的，知道准没好事。

"万大少爷，不好了，有人来闹事！"在门房看门的门丁朝万岱源一边挥手一边喊。

万岱源把辫子一甩，迎了上去，只见十几个村民，在油料作坊陈掌柜的带领下，正要推开铁门，冲进来。后面还跟着一伙不三不四的人。

这陈掌柜，长着一副嘴长耳朵尖的贪婪相，族人都说他是一头连砖地都能拱出吃食来的猪。

万岱源叫门丁打开铁门，走上前，朝来人拱拱手道："敢问诸位有何贵干？"

陈掌柜指指经纬楼说："你们万家财大气粗，占了桃李园最好的一块地，建成这么大这么高的一栋楼，这不明摆着要阻隔糟践桃李园的龙脉和财运吗？我家油坊和宅基就在大楼的后面，还有几十户村民，所有的龙气和运势全被你们挡住了，我们还活不活？"

又有一位长者挤上前，气呼呼地说："听说洋机器一响，地动山摇的，我们陈氏宗祠里的先人，从此就不得安宁了。你们万家一贯是积德行善的，我们桃李园的族人，强烈要求你们趁早把经纬楼拆了。否则，我们就上大衙门告状，告不赢，就上县城省城再告。"

这突如其来的非难，万岱源一点心理准备都没有，自从买下津心埠到开工建设厂房，从来没有谁对他说过半个"不"字。今天举办庆典，忽地冒出这么一群人，提出如此苛刻的条件，这不明摆着要跟万家过不去？但事情既然发生了，绝对不能冲动。

万岱源向众人深深鞠了一躬，说："诸位父老乡亲，万家能沾桃李园的光办实业，那是诸位对万家的厚爱和支持。万家的工厂一旦投产，肯定会好好回报大家的。至于诸位提及的情况和要求，我看，改日你们派出代表，我们坐下来好好协商，相信谁都不愿伤了和气与情谊。"

万泰安带着陈敬才赶来了。陈敬才搓搓肚皮，对陈掌柜说："好一个陈老板，不看僧面看佛面，我今天来参加万会长的庆典，你不跟我通通气，就跑这里扫我的兴，你是不想姓陈了？我知道你受了谁的挑拨，不跟你计较。先带上你的人回去，有什么事，改日坐下来好好商议。"

陈掌柜年龄大辈分也大，论资排辈应该由他当族长，可是族人深知他是生性贪婪刁顽之人，才一致推举陈敬才当掌门人。陈掌柜一直心中不服，刚才挨了陈敬才的训斥，脸面上有些过不去，想辩解，却被同来的人挡着，便一边跳脚一边嚷嚷："这事我跟万家没完，不做出赔偿，工厂别想开工！"

看着陈掌柜被亲友推搡走了，万泰安抱拳谢过陈敬才，面带笑容说："陈仁兄，经纬楼就在你的地界内，日后有什么事，还得请你多多担待。远亲不如近邻，改日我得好好招待招待厂区四周的邻里乡亲。对了，时间不早了，管家，快请嘉宾们移步三友酒楼小酌。"

在三友酒楼，庆宴一开席，气氛就有点闷郁。喜气洋洋的宾客们被陈掌柜那么一闹，扫兴之余都在替万会长担忧。然而万泰安却泰然自若，只管热情地招呼客人开怀畅饮。渐渐地，大家的兴致被调动起来了，推杯换盏，觥筹交错，笑声掌声酒令声此伏彼起，宴会的气氛很快就热烈高涨起来了。

李彧借着敬酒，安慰万伯父："姓陈的完全是无理取闹，如果他们真的要打官司，我会在省城，找一流的讼师代万家上公堂。"

万泰安一口干了满满一杯茅香白酒："天理自在人心。我估计，协商肯定谈不拢，要见分晓，得上县衙。新上任的知县于祖谦大人，据说还是比较支持兴办实业的。"

事情的发展，果然不出万泰安所料。有人在背后为他撑腰的陈掌柜，拒绝协商，坚持要万家拆了经纬楼。巡检司署接了诉状，以大楼建造期间陈掌柜没有提出任何异议为由，判决他和村民败诉。陈掌柜不服，便亲自到陆丰县衙，击鼓喊冤。知县大人接下他的状纸，答应派人调查后，择日升堂审理。

祸不单行，官司尚未分出胜负，上海那边又传来运载织布机的货轮，在海上触礁的消息。本来说好月底在香港交接机器，并派英国技师组装的约定泡汤了。万事俱备，东风变成了令人寒心的北风，这对万家来说，不啻又是重重一击。万岱源与父亲及两个弟弟商量后，决定由他立即起程赶往上海，查明真相，再找买办和怡和洋行交涉。

如果真相不透明,交涉无果,织布设备近期不能补发,那就向租界会审公廨起诉,要求退还三成定金和已支付给买办的佣金,并按约定赔偿违约金,共计四万余两白银。

万岱源在洋山港上了岸,就带恒衍商行上海分号的掌柜,来到上海英美租界,向怡和洋行大班和买办核实情况,并提出索赔。买办丁向彰跟大班叽里咕噜了一阵,对万岱源说:"很不幸,这是天灾人祸,我们的损失比你大几十倍,只能等保险公司理赔后,再按比例对你做出相应赔偿。"

万岱源怀疑有猫腻,向上海的朋友讨教。好友给他介绍了一位私家侦探。一个多礼拜后,私家侦探查明:因为英国出产的纺织机是紧俏货,供不应求,现货价格飞涨,怡和洋行和买办贪图高利润,将万岱源订购、提前运抵的机器,以另一家洋行的名义,转售给杭州一家织布厂,然后,拿发生在印度洋的爱尔兰号货轮沉没事件掩盖真相,企图让来自一个无名小镇的万岱源当冤大头,吃哑巴亏。

万岱源找怡和洋行理论无果,向英美租界会审公廨递交了诉状,控告怡和洋行和买办犯欺诈罪和侵吞他人财产罪,请求判决被告退还定金和佣金,且赔偿一切经济损失。

开庭会审那一天,万岱源带着会说中国话的洋律师、分号掌柜,在几个朋友陪同下,来到位于北浙江路七浦路口的会审公廨新衙门,出庭参与诉讼。会审公廨名义上属中国衙门,但中英签订《上海会审公廨合同》后,按规定,原告为中国人,被告为外国人的案件,由外国领事担任主会审官"主审",中方专职会审官"谳员"只能"观审"。也就是说,在中国的地盘上,审理涉及外国人的案件,裁决实权却掌握在外国领事手里。

会审公廨的摆设,跟国人记忆中的衙门不尽相同。审判活动区正中前方设有高出地面的法台,摆着长长的审判桌,而不是县衙的翘头案。法台正对面设有旁听席,法台前面左右两侧放着桌椅,分别为中英双方陪审员,书记员,翻译,原、被告及诉讼代理人席位。而维持秩序的警卫人员,也分列成左右两排,左边是长衫套号衣、戴平顶圆帽的中方衙役,号衣前后写着一个"衙"字;右边是来自巡捕房、头缠红头巾的印度籍警员。

须臾,中英方书记员同时宣布:全体起立,请英方领事会审官和中方会审公廨观审官入庭。

头戴花翎身着补服加朝珠的中方观审官,和西装革履大胡子的领事会审官,一左一右在审判台并排而坐。在中国的领土上,一个会审公堂,两样人种,两样文化,两样服饰,就这样对峙着。

会审一个环节接一个环节进行,到了公堂辩论质证环节,双方在唇枪舌剑的激辩中,将庭审气氛一步步推向白热化。而领事会审官对怡和洋行的祖护与对原告的打压,简直一目了然,还不时暗示原告理该撤诉。

庭审进行近两个时辰,领事会审官宣布休庭。与中方观审官及陪审官合议后,他们又回到公堂就座。书记员吆喝:"原告、被告跪下,听候判决!"丁买办代表被告,万岱源作为原告,双双在审判台前跪下。

领事会审官很绅士地捻捻银白色八字胡,挺胸站了起来,傲睨一切地宣布,经合议,现依照律令做出裁决:原告恒衍商行起诉被告怡和洋行,称其将原告订购的织布机高价转售第三方,证据不足,不予采信;鉴于被告怡和洋行因不可抗力,导致未能在约定期限内将原告订购的织布设备交付原告,不能视为违约。本官裁定,驳回原告所有诉讼请求。但支持被告在获得保险公司理赔后,按比例对原告做出赔付。领事最后强调,本裁定为终审判决。

万岱源此刻深深体会到了什么叫作"唤天天不应,叫地地不灵"。想兴办实业,竟然要交这么大一笔学费?幸好洋行有投保,但愿能够多赔些,把损失降到最低。

可是,当他与买办丁向彰到美商旗昌保险公司,询问何时做出赔付时,得到的答复是:经调查,爱尔兰号货轮航行超出了保单约定范围,本公司拒绝赔偿。

四万多两白花花的银子,就这样,全都打了水漂。

第五章
受冷落色诱李大少　现蜃景绑架万岱源

一连刮了几天东北风，彻底送走了秋老虎，迎来了干爽而凉适的初冬。

都说"秋冬进补，开春打虎"。疍家船老大听说李举人近来身体欠佳，特地送来几个上好的金龙胶和一筐龙虾。

李举人一连吃了几天洋参炖鱼鳔，血气得以调和，脏腑亏虚得以复原，精气神也日渐充沛。冬至那天，李举人率领全家，祭拜了列祖列宗。当晚，他满脸春风来到东跨院，住进三姨太乔氏的卧房里。

李举人自从挑起乌红旗械斗后，就再没跟三姨太同床共枕过。

三姨太看见老爷眼神迷离，欲言又止朝她走来，还牵起她的手揉了揉，顿时心旌摇曳，浑身麻酥酥的，好想立刻扑进他怀里。

婢女抿住笑口，端上茶具茶叶，送上糕点，就识趣地回自己的房间去了。三姨太翘起兰花指为老爷泡茶，嘴里哼起了《闹五更》小调：三更里来月照西，上身下身交给郎。好似蛟龙把雨行，情郎行雨在奴身……

屋子飘绕着茉莉花的香味，三姨太脱了上衣，只穿着红兜肚，双手捧起香茶，直送到李举人嘴边。李举人喝过香茶，正要吹灯上床，三姨太说，别吹，亮着灯，你才能记住奴家对你的好。

李举人探手在她最傲人的地方揉搓了一阵子，翻身把她压倒在床上。三姨太娇滴滴地说，老爷别急嘛，妾身要以一种全新的招式服侍你，让你重振雄风，快活得有如腾云驾雾。

半夜，李举人竟然老生聊发少年狂，要三姨太再服侍他一次。谁知，刚开了个头，李举人突觉胸闷，一阵眩晕袭来，冷汗淋淋伏倒在三姨太身上，鼻腔还淌出一滴滴血。

三姨太不敢声张，怕大夫人知道了，又要挨责罚。她轻手轻脚将老爷托起，平放在床上，并用枕头垫高他的双脚，轻抚他的胸口，等鼻血止住后，便使劲掐了掐老爷的人中，直至他"噢"的一声，吐出一口浊气，渐渐醒转过来。

翌日，李举人派人请来郎中。一番望闻问切，郎中说，举人爷面色看似与常人无异，然脉象紊乱，可见胸中郁积之气日久，以致气血亏损，此时切忌用大补，更不可劳心过度。除了汤药调和，还须自解心结，静中求悟，得以舒展阳气，通达机理。言毕开了药方，辞别而去。

李举人细细品味郎中所言，深感言之有理。此后，只要天气晴和，他必与夫人到海边静观潮起潮落，云卷云舒，然后顺林荫小道信步闲游。

为做到清心寡欲，家里家外但凡可以不管的琐事，他都推给长子李沛去处理。在家之时，经常躲在书房里吟诗挥毫，再不敢轻易跨入三姨太的卧室，更别说在她那里过夜。

这可苦了正处于狼虎之年的三姨太。但面对老爷的冷落，她没有流露出任何怨愤，还是一副百依百顺的样子，至于内心怎么想的，就只有她自己知道。

一日，李举人在后院的天井赏花，依稀听见李沛与其母在屏门内嘀嘀咕咕。夫人林氏一直对李沛宠爱有加，言听计从，伸手要什么就给什么。李举人在连州当县令时，已经成婚的李沛还偷偷上妓馆，彻夜不归。李举人因替患疾而终的父亲守孝，辞职回归故里，放浪形骸的李沛有所收敛。但不久就提出要纳小姨子为妾，无奈在老丈人那里碰了一鼻子灰。李沛恼羞成怒，想着法子折磨婆娘，又隔三岔五跑去妓馆放荡。

李举人吩咐账房，没有他应允，李沛想支取任何钱票，一概拒绝。

但林氏不忍心，偷偷拿出私房钱贴补他，李举人常为此事与夫人发生口角。

李沛向母亲讨不到钱，就溜到东跨院，找三姨太要大洋。三姨太嫁来李家，都快六年了，肚皮从来没有鼓起过。因此，对大少爷从来不敢怠慢，每次伸手，都得给他三五块银圆。

李举人知道浪荡子又在编谎话掏他母亲的腰包，故意咳嗽一声，问老伴更衣打扮好了没有。李沛惊慌失措，没等母亲回卧室拿钱，就匆匆逃离了正院。

李举人今天将携同夫人一起去少帝围吴盛福家赴宴，喝送嫁酒，吴族长的千金明天就要出嫁。轿夫早就在大门外候着，李夫人叫婢女带上贺礼，跟随李举人走出前门楼，上了轿子，扬长而去。

李举人与林氏等一走，李府顿时静了下来，麻雀纷纷从屋顶飞下来觅食。

李府宅院是一座富有潮汕民居特色的"四马拖车"，只因李举人半途辞职回家，银两短缺，宅院两侧的左右"火巷"和横排"后包"三列房子无法续建，所以这座宅院，算不上严格意义上的四马拖车。但是这三进三厅堂、两天井、大小二十几个房间的院落，只住着李家七八口人，还有二三十个男女仆人、护院，空空旷旷的，往往大半天也听不见有人走动或说话。

在这静悄悄中，李沛神不知鬼不觉地溜进了三姨太的起居室。

三姨太倚靠在贵妃椅上吃瓜子，斜睨了他一眼说："跟你娘要不到银子，跑我这儿淘金来了？"

"三娘明知故问，羞煞我了。"

"唉哟哟，想不到大少爷的脸皮也有不厚的时候。"

"三娘视我如亲子，在你面前，我的脸皮哪有厚薄之分？只是我手头拮据，整个一副寒酸相，三娘脸面也会跟着无光。"

"别三娘三娘的，丫鬟今天回乡下去了，屋里只有你和我，你就叫我的小名好了。"

"那，我不敢。毕竟长幼有序。"

"我比你还小一个月，叫三娘我听着闹心。不听我的话？那好，你回自个屋子去吧。"

"别别别别，我叫就是了。你可听好了，我现在就叫，小桂圆，小圆圆。"

"唉，小哥哥，小宝贝，小圆圆嘴馋，快过来剥瓜子给她吃。"

李沛怕被人撞见，走到房门口，左看看，右瞧瞧，院子里一个人影也没有。他打了个响指，回来在贵妃椅的另一头坐下。三姨太挨了过来。李沛剥开一粒瓜子，用手指捏着往三姨太的嘴里送。

三姨太说："不是这样的，你要用嘴唇叼着，送到我的嘴里。"

李沛犹豫着，手在微微发抖，两颗眼珠掠过来又掠过去。

"你还是个男人吗？据说你九岁的时候，还垫着个凳子吃你娘的奶，你脸红过吗？你又不是我亲生的……"

三姨太火辣辣的目光，烧掉了李沛心底最后一丝廉耻。他浑身燥热起来，用嘴唇叼住瓜子，朝那个粉嘟嘟的小嘴送去。

三姨太故意往后一仰，李沛重重压在她软绵绵的身子上。三姨太捧住李沛的头，像饿狼觅食恣意在李沛的脸上吻了起来。

李沛的兽性被激醒，动手去剥三姨太的衣衫。

三姨太说："我自己来，你去把门关上。"

当李沛反身回来，走进卧室，三姨太已经一丝不挂躺在床上。

乱伦的丑剧就这样在李举人眼皮底下上演了。一对淫乱男女，像吸上鸦片的瘾君子，一发而不可收。为了偷情，三姨太买通贴身婢女，让她当起信使并负责望风。这下好了，干柴烈火一逮到机会，就肆无忌惮地烧了起来。

一个月圆之夜，李沛看婆娘和儿子都睡着了，偷偷溜了出来，蹑手蹑脚潜入三姨太的卧室。

事毕，三姨太搂着他，讲了一个段子：古代有个皇帝，跟皇后交媾后，把一条腿盘在皇后的下身，很快就睡着了。皇后被压得喘不过气来，就轻轻把皇帝的腿挪开了。皇帝被弄醒，问皇后怎么回事。皇后说，皇上的龙腿整夜盘在臣妾身上，越来越沉，臣妾难以入眠。皇帝觉得奇怪，问，朕我宠幸你时，整个人压在你身上，你怎么没觉得重，反而越抱越紧。皇后说，那是因为我正有所得。

讲完这个故事，三姨太眯眯笑了。

三姨太桃腮杏脸，软玉温香，怎么会将贞操底线，沦丧于诨名"螳螂头"的嫡长子身上？看似不可思议，实则自有个中冤孽。

李沛一生下来，不像爹也不像娘，偏偏跟他四舅仿佛同一个模子印出来似的，李举人与林氏极为失望。李沛渐渐长大了，头大脖子长，两颊无肉下巴尖，一对眼睛尽往耳朵方向长。就因长得不太正经，他去私塾读书，总被同塾当成调侃的笑料。塾师看他常给自己惹麻烦，没少用戒尺打他手心，学业嘛，当然难以取得长进。这也让他更加不受父亲待见。

李父中举登科，朝廷量才授官，遂远赴粤北当县太爷。只因连州土地贫瘠，路途遥远，冬天还下霜下雪，李举人不敢带眷属随任，对长子的管束教化也就鞭长莫及了。

都说母不嫌子丑。正室林氏，就是这么一个只许自己嫌弃儿子十八遍，也不允许别人揶揄儿子一次的人。她一面严苛训诲儿子，为了功名利禄，切切不可放弃学业；一面对儿子提出的要求，只要不是挑梯子摘星星，几乎什么都答应。

李沛虽然在形貌方面被"外甥肖母舅"给拖累了，但脑子并不笨，争辩问题的思路也往往跟别的孩子不同。且记性不错，诵读大学、中庸、论语，三几遍就能背出；而弟弟李彧，虽然长相随父亲，但背书总得先读五六遍。只是，一同背过的书，李沛不出三个月，就忘得一干二净，而李彧却能记住一辈子。

　　个中缘由，用脚指头都能想得出，李沛根本没把心思放在读书上。他心里总惦念着，要给枯燥无聊的生活找些乐子。

　　有一次，他发现邻桌的妹妹长得俊俏，就用零食和银毫引诱她，骗她到庙堂或小树林里玩耍，问她"你跟父母同床睡觉，夜里看见他们在做什么"，"你洗澡时哪里最想洗白白"，或"我给你蜜枣吃，你上我家玩过家家"。小妹妹羞红着脸摇头又点头，他就伸手摸里摸外亲人家的嘴。至于他逃课偷瓜果，爬树掏鸟窝，往水缸里撒尿，躲在巷口偷看女人旗袍里的大腿……就完全称得上"惯犯"了。

　　母亲只知"黄荆条下出好人"，却不懂儿子是因自卑而心生邪恶，故意作践自己，以惹祸来引起家人上心，理会起他来。果不其然，母亲每次打他之后又十分后悔，哄他吃奶，整夜搂着他睡。有人投诉儿子偷窥女人大腿，母亲就以年纪尚小，哪懂男女情事给搪塞过去。

　　李举人知道后，写信让林氏带上两个儿子，一起去连州生活。这样，可让李沛再无狐朋狗友可交，他也可以亲自对其严苛管教。毕竟，面子得要，让朽木变成良材，次之。

　　哪知，野惯了的李沛，才不会自投罗网去连州找肉痛。他说服祖父祖母，当他的挡箭牌，回书父亲：不许长孙一起去粤北受罪。随后，祖父以捐赠银款的方式，托关系将李沛送往龙山书院就读。

　　然而，当书院先生知道他是废柴不可雕的纨绔子弟，也不愿在他身上白费工夫，甚至很少用正眼看他。那些起初有心巴结他的同窗，也先后选择了疏远他。一个自称眼光很毒的同窗，甚至给他下了断言："两腮无肉，绝情负义。"

　　也许是李举人对李沛的厌弃、冷落，使李沛对同样遭父亲漠视、靠喝闷酒打发时光的庶母，多了几分怜悯。他不时找借口来看望三姨太，跟她打情骂俏，陪她喝酒，真真假假说几句安抚的话。失宠而寂寞的三姨太，醉眼迷离地打量他几眼，也没觉得嫡长子长得有多惨淡。想想他在家中，也遭受了相似的不公平，就对他慢慢生出同病相怜的感觉来。

　　不甘孤独终老的乔氏，经不起嫡长子有意无意的挑逗和轻薄，终于弃守底线，让老爷着着实实戴上了绿帽子。

　　然而，尽管乔氏在床上与他赤裸相拥，心里却十分明了，李沛成不了蓝颜知己，不能对其倾吐肺腑之言。

李沛回到自个屋里，翻来覆去想着三姨太讲的故事，终于悟出三姨太的言外之意：皇帝宠幸皇后，都会赏赐些奇珍异宝给她，而自己每次去赴会，都是空着双手。下回，得带上一件贵重的首饰送给她。可是，他哪有钱买贵重首饰？唯一的办法就是摸进父亲的卧室，撬开柜子，偷些银子出来。

可是一连几天，雨下个不停，父亲整天守在家里，他无从下手。左思右想后，他打起了婆娘的主意，从她的梳妆匣里偷了一对耳坠和一支玉簪，独自来到元康新街的首饰行，想用耳环和玉簪换一条珍珠项链。

首饰行掌柜一看，嘴角不屑地一撇，说，亏你还是个大户人家的少爷，这条珍珠项链是从暹罗进口的，你拿十双耳坠和十支玉簪，也换不了它。

李沛心里有鬼，不敢跟掌柜闹翻，垂头丧气离开了首饰行。

迎面走来一个商绅模样的汉子，未走近就冲他喊起话来：这不是举人爷的大公子吗？哎哟哟，一年不见，认不出俺来了。怎么啦，看你眉头打结，莫非遇上不开心的事了？

李沛哪有心思埋睬他，想绕过他回家，再从婆娘的首饰盒偷些更值钱的东西。

汉子拉住他的手，说，俺做东，咱哥俩上酒楼喝一壶，包你什么烦恼都没了。

李沛看他似乎有些面熟，又这么豪爽，正好心里憋着闷气，就随他来到酒楼。

几盅白酒下肚，汉子说，你刚才在首饰行遭奚落俺全看到了，俺知道你手头紧，来，这一百块大洋你先拿去花，花完了你再跟俺说。

李沛满脸疑惑地问，你请我喝酒，又给我这么多钱，你是哪路神仙？

汉子说，贵人多忘事，你真记不起俺了？那好，俺这银圆就不给你了。

李沛说，且慢，既然要我为你做些什么事，怎就不敢亮明身份？

汉子用茶水在桌面写下三个字：白虎鲨。

李沛一看，脸绿了，手中的筷子也掉落在地上。白虎鲨是流窜于闽粤一带海域的海匪头目，生性狡诈残忍，纠集两百多名杀人不眨眼的喽啰，洗劫过往商船，侵扰沿海各镇，罪恶滔天，百姓恨之入骨，故称他"水上妖"。

汉子又接着写下"探子"二字。

李沛长长吁出一口气，煞白的嘴唇哆嗦着说，你们干的是杀人越货的勾当，我不能为虎作伥，我怕遭雷劈。银圆你拿走，我就当什么都不知道。我先告退了。

探子一把攥住李沛的手，说，你有把柄落在俺手中，你不为俺效力，俺让你身败名裂，连狗屎都不如。

你这是大白天说鬼话，想要挟我也不看看我是谁。

乱伦小人还敢嘴硬，你奸淫庶母，该当何罪？

李沛这一惊非同小可，但眼珠滴溜溜一转，摇摇头说，你一个海盗，难道有遁地之术，想以诬陷逼我就范，可笑至极。

探子嘿嘿一笑，说，俺假装商人，四处游荡，又肯花钱，所到之处，没有不被俺混熟的。俺翻墙入室如履平地，津洲哪家大户发了财，哪家娶亲嫁女儿，全都了如指掌。长话短说，俺当家的想干一票大买卖，准备将津洲首户万泰安家的大少爷劫为人票。

李沛使劲抽了一下鼻子，说，你们连万家也敢动？

万泰安一直跟俺作对，断俺的财路，得放他一回血，他才会守善些。但元康新社巡防紧密，不容易下手，只能让你当递眼线的，帮俺牵票子。你只要设法将万大少爷骗到某个僻静角落，俺会再次重重赏你。

李沛拿了海匪的钱，很快就花光了。可是，为白虎鲨牵票子的事，他却迟迟下不了决心，总是推说万岱源每次出门，至少有两三个人跟在身边，无法下手。而白虎鲨因跟盘踞在南澳岛的另一帮海盗发生火并，探子才好长一段时间没来催逼他。

五月末，一场来势汹汹的大雾，笼罩了倚江濒海的津洲城。灰蒙蒙的空中飘荡着似雨非雨的薄纱，大街小巷的石板路，湿漉漉的，探出院墙的红花绿叶，凝着一层细密的水珠。站在高处一看，千年古城成了一幅浓墨淡彩绘就的水墨画。

万家求芳居，就是水墨画中的神来之笔。雾霭之中的莲池、寸璧园、大内院，似隐似现，让人浮想联翩。

院落宽绰疏朗的大内院，石径弯弯，草地翠绿，亭檐欲飞。葳蕤的花树，繁卉叠影，虽有雾气阻滞，依然香气四溢。东南角的院落，叫东玥小筑，住着万岱源一家子；西南角的院落，叫西澜乙宅，住着尚未婚娶的二少爷岱玮；西北角的四合院，取名上若子第，是三少爷岱仰的小天地；而建筑风格有所不同的是东北角的双兰内苑，这里是万老爷与龚夫人的起居室。而每幢小四合院，都有走廊通向品尚轩，平日一家人吃饭，就在品尚轩的小饭堂里。

万泰安给四个院落分别取了独特的名号,有文人琢磨了半天,试着将第二个字连串起来,可"玥、澜、若、兰"四字,怎么都凑不成词汇,更想不出有什么高深寓意。文人请教万会长,万泰安拊掌笑笑道:"敝人没读过多少书,连童生都算不上,只是觉得这几个字暖心而已,你们就不必再根究了。"

大内院重地双兰内苑,名副其实,院子里栽有两株茂盛的玉兰树,居中有一个八角花坛,也种满四季米兰。内苑的东西厢房,没有住人,专门设置成摆放万家珍贵文物的博古室。那些文物,记载着万家先人从串街小贩发展成富商的艰辛历程。双兰内苑与东玥小筑中间,有一道月亮门,通往竹简斋。竹简斋是私塾先生讲学、儿孙们接受启蒙教育的大书房。大内院西墙还有一道门,可以通往后罩房,后罩房居中的祀堂,是专门用于供奉先祖和祭祀神明的。

浓雾涌动,仿佛伸手可以抓住。如梦如幻中,东玥小筑传来拨打算盘的哗啦啦声。万岱源与颜文君正在复核账房交来的账本。颜文君的纤纤细手,像弹奏琵琶似的,把算盘珠子拨拉出一串串脆响。今日的她,头梳凤尾髻,身披绲边绣花短褂,下着百褶花绸裙子,更显典雅大方。

万岱源却眉头紧皱,他正为家里的资金积累逐年下降、收支失衡而忧心忡忡。创办机织厂受挫,洋货大量涌入,百姓消费水平降低,苛捐杂税多如牛毛……万家的生意陷入了困境。

颜文君看夫婿愁眉不展,说:"依我看,爹、你和两个小叔,都尽力了,你就别再自责了。与桃李园陈掌柜的官司,我们打赢了,虽然赔了些银子,给个台阶让他们下,日后也好相处。织布厂一事,上海那边的洋行、买办腹黑,你可以在广州沙面租界,再找其他国家的洋行订购机器。至于各个分号的生意,可以采取一些促销手段,以薄利多销提高营业额。"

万岱源释然一笑:"知夫莫若妻,你是我三生有幸才娶到的贤内助,你的想法与我不谋而合。"

丫鬟阿梅、阿琪走了进来,一个端着青铜面盆和一壶清水,一个托着漆金托盘,上面放着两盅八宝茶。万岱源和颜文君洗了手,用了茶,手牵手走出东玥小筑。此时霏霏大雾已经消散了不少,一缕薄薄的阳光,洒在大内院,让人心情舒展多了。

岱源对文君说:"我去给各分行发几份电报,你带舒尧出去散散步。"说完走出东玥小筑。

文君与丫鬟牵着舒尧的手,来到荷塘边。舒尧用网勺捞起鱼食,放进水里,一群红色、黑色、金黄色的鲤鱼，争相游过来抢食。

街上传来一阵熙熙攘攘的喧闹声，文君叫阿琪出去看看发生了什么事。

半晌，阿琪回来对少奶奶说："海上出现蓬莱仙境，可热闹了，男男女女都跑去海边观看。"

文君高兴得柳眉一扬，说："这叫作海市蜃楼，也称蜃景，是百年难遇的天象奇观。我只听说过，从来没见过。吩咐备轿，我们也去开开眼界。"

文君想起该告知婆婆，请她一同前往观看，便叫阿琪去后罩房祀堂请老夫人。自己回到更衣间，披上缎面锦裙，又从首饰盒中拿出凤求凰帝王绿翡翠胸针，别在前胸。这枚凤求凰，是结婚五周年时，岱源在上海特地为她定制的孤品。

龚夫人一年多前回娘家做客，返回途中遇上雷阵雨，轿夫将轿子停靠在一株百年樟树底下。雨越下越大，轿子漏水，婢女打开黄油纸伞，请夫人到一巨石下避雨。他们刚刚离开樟树，一个霹雳从天而降，古樟冒起一阵黑烟，一根一抱粗的树杈轰然倒地。受了惊吓的夫人回家后卧床不起，夜里接连梦见父母亲在汕头那边的荒山野岭中，被大雨淋得浑身湿透。夫人醒来后，心中更是恻恻不已。

刚从福州回来的万泰安，听夫人说梦见岳父岳母在雨中瑟瑟发抖，不由想起上个月汕头的朋友曾告诉他，岳父岳母的墓地，因排水的沟渠被山石泥土淤塞，下大雨时，黄泥水直淹至两位长者的坟桌前。因为太忙，万泰安本想下个月再去汕头，雇请工人清淤排障，现在夫人因梦见两位亲长在雨中无处躲藏而不得安生，大骂自己太不尽孝道。遂于次日亲自前往汕头，请匠人排查墓园周边隐患，疏浚墓地的沟渠，还特地拍下了照片。万泰安回到家里，让夫人看过照片，又给她讲述了疏浚墓园排水渠的经过。当晚，龚夫人十分释怀地睡了一个好觉。

由于睡眠少了梦魇，心情也不再快快不乐，加上汤药调理，她受惊吓而生出的病也慢慢好了起来。龚夫人似乎感悟到了什么，随后，每逢初一、十五，她都要到安放父亲母亲牌位的祀堂，念经祭拜一番。

阿琪回来了，说老夫人正在诵读经书，吩咐不许打扰。文君只好带上舒尧，由阿琪陪同，乘轿去了津水湾码头。

津水湾岸上和海滩早已人山人海，个个踮起脚尖观看东南方海面出现的奇景。一些孩童骑在父母肩上，欢呼雀跃。有些人卷起衣摆裤脚下了水，站在礁石上观看。

轿夫从渔行借来一张板凳，文君和舒尧在阿琪的搀扶下，站上了板凳。阿琪怕舒尧站不稳，一只手半搂着他。文君举目远眺，只见波平浪静的海面上，雾霭缥缥缈缈，一座古城巍然屹立于雾霭之中，城楼上旗帜飘扬，雉堞间似有兵卒出没，城楼下车马辚辚，人来人往，好不热闹。过了一会儿，古城后面出现一片树林，林中有红墙绿瓦的古寺。

观看的人群不时发出阵阵惊叹声。舒尧指着幻景，对阿琪说："原来海上这么热闹，我们坐船去那里玩好吗？"阿琪笑着说："你能到那里玩，就成了神仙了。"

今年的蜃景，出现在津水湾港门水域上空。津水湾的港门，渔民习惯称它"甲子栏"，因为在这片蔚蓝的海面上，挺立着六十块高出水面四丈以上的礁石，像六十个披坚执锐的武士，守卫着津洲的大门。

渐渐地，楼阁庙宇消散了，阵阵乌云翻卷而来，一声沉沉的闷雷响起，云海间亮起一黄一黑两道光影，似乎两条巨龙在互相追逐撕咬。黄色光影惊慌失措，东躲西藏；黑色光影穷追不舍，势不可当。海滩上的人全看呆了，一个须发皆白的长者惊叫起来："大事不好了，黄龙被黑龙打败了。黄龙可是当今皇上，快快敲锣打鼓给万岁爷助威，救驾要紧呀！"

众人半信半疑，但又舍不得离开。有几个中年人相信长者的话，跑到附近的舞狮馆，借来一副锣鼓；有不少妇人跑回家拿来铜面盆，使劲敲打起来。

也许是这些玩意儿在大海面前太渺小了，一道闪电划过，光影彻底消失了。

太阳从云隙探出头来，雾霭渐渐散开，蜃景随之无影无踪了。

阳光斑斓，津水港的海面上，停泊着数百艘大大小小的渔船和商船。这些船，造型不尽相同，却有一个共同点，就是每条船都要在昂然翘起的船头两侧，镌画上一对凸起的大鱼眼。都说"行船走马三分命"，水上人认为只有鱼不会淹死在水里。有人还说，这对白底黑睛的大眼，可以吓退海妖，看清水路，避免船只触礁。总之，就是为了祈求平安出海，顺风顺水归航。

有幸看到蜃景的人们，窃窃议论着不愿意走开，甚至期盼蜃楼重新出现。

文君本来以为夫婿发完电报会来海滩找他们，可是直到蜃楼隐没了，仍然没看见他的身影。

轿夫还了板凳，文君牵着舒尧坐进轿子，阿琪吩咐轿夫起轿回家。

　　轿子在求芳居临街门楼停下，文君从轿子里钻了出来，询问看门的门丁："大少爷回来没有？"

　　门丁头一摇说："回大少奶奶话，大少爷还没回来。不过有人送来一封信，叮嘱一定要亲手交给你。"

　　颜文君接过信，取出信笺，只见上面歪歪扭扭写着几行字："汝夫在我手中，劳驾大少奶奶携现大洋十万，前往港口牛头礁赎人。不许报官。白虎鲨。"

　　一声霹雳，一阵五脏炸裂之痛，血腥之气随之涌上喉咙，文君只觉得天旋地转，晕厥过去。

　　阿琪搀扶住她，大声呼叫："大少奶奶，你快醒醒！老爷和两位小少爷都不在家，救回大少爷，全靠你了，你可千万不能倒下！"

　　舒尧不明白娘亲为何突然昏了过去，惊恐地搂紧母亲的双腿，哭喊起来："娘！你回来时好好的，你怎么啦？娘，你听见没有，舒尧在叫你呢！"

　　门丁端来一盆冷水，让阿琪用手蘸水拍打大少奶奶的额头。

　　文君依稀听到舒尧尖厉的呼叫，浑身一震，挣扎着站稳身子，溢满泪水的眼睛睁开了一条缝。她看清阿琪惊愕的脸，感觉儿子抱着她的手在颤抖。又看看围上来的邻里，他们咬牙切齿又不知所措。

　　门丁端来一杯茶，请大少奶奶喝下。文君强忍悲痛，让自己冷静下来。夫君已被白虎鲨绑架，在家的老的老，小的小，此时此刻，夫君的安危全系于她身上，千万不能倒下，应该赶紧想办法营救夫君。

　　阿琪自告奋勇，要去大衙门向新派来的城守大人求救。

　　文君摇摇头，她知道白虎鲨一旦见到官府的人，有可能撕票。

　　龚夫人闻讯在阿梅的搀扶下，跌跌撞撞走上前来："这杀千刀的水上妖，丧尽天良，要十万银圆，胃口够大。文君，只要岱源平安回来，要多少钱，就给他多少钱。"

　　"娘，家里一时半会儿，拿不出这么多现银。"文君泪流满面地说。

　　"大少奶奶，时间紧迫，我们还是先到港口，看看大少爷是否真在海盗船上，再做定夺。"阿琪对颜文君说。

　　心如刀绞的颜文君恍然大悟，立即叮嘱门丁和护院关严所有门户，严加看守，然后带着婆婆、舒尧和账房先生一起直奔津水港。

　　在津水港观看海市蜃楼不愿离开的人们，听说白虎鲨劫持了万家大少爷，一下炸开了锅，再看海上，确实有插着旗帜的乌舻船。惊恐、愤怒、无奈之余，众人向万家的老少女主围了过来。

颜文君吩咐家婆和阿琪带好舒尧，用三寸金莲独自爬上鲤鱼石，举目远眺。

颜文君身上的裙裾被海风刮得哗哗乱响，凤尾髻不知何时散开了，一头秀发随风飞扬。她手搭凉棚眺望，只见波涛起伏的牛头礁前，果然有一对挂着黑帆的乌舻船，大船的桅杆上，挑着一面绿旗，上面画着一个"白"字。桅杆下面，捆绑着一个人，文君一眼认出正是自己的夫婿。

李兰舟手攥红缨梨花枪，急急忙忙赶来了。她爬上礁石，告诉文君，盐田湖在家的渔民、盐工，听说万大少爷被白虎鲨绑架，全都赶来了。

果然，一群身强力壮的汉子，抄起渔叉、大刀、长矛来到码头。他们群情激愤，准备驾船前去围攻海盗，逼他放人。文君婉言劝阻他们先别来硬的，请他们推选三名胆大的渔工，驾船送账房林先生前去探探口风，恳求白虎鲨开开恩，折减索要的赎金。

一条小船晃晃悠悠把林先生送到白虎鲨的乌舻船上。林先生一眼看见少东家被五花大绑，捆在桅杆上，扯着嗓门叫了一声"大少爷"，想扑上前去，被两把柳叶刀挡住了。船上的喽啰对他从上到下搜了一遍，没有发现携带刀械，让他站在一旁等候。片刻，满脸横肉、双眼血红、眼眶快要裂开的白虎鲨，从船篷里钻了出来，他双手插在护腰上，呵出一口带有鸦片烟味的浊气。

听完林先生语无伦次的哀求，白虎鲨的脸黑了，将虎皮披风一甩，牛牯眼一瞪，抓起一把利斧，"哐咚"一声扔在林先生脚下。林先生吓得面如土色，浑身筛糠般抖着。白虎鲨不相信津洲首富拿不出十万大洋，一口咬定赎金一分不能少，又威胁说，如果再过半个时辰不把银圆如数送来，就叫万家等着收尸吧。

林先生战战兢兢随小船回到岸上，向龚夫人和大少奶奶回了话。龚夫人擦干眼泪，默念一声"神明保佑"，对账房说："你现在带我去见白虎鲨，我愿意当他的人质，换回大少爷。"

文君拦住婆婆，说："娘，你不能去，去了也换不回舒尧他爹。"

林先生摘下眼镜，犹豫了半天才说："没钱赎不回大少爷，我看，不如、不如将经纬楼作为抵押，向钱庄贷些钱款……"

文君看一眼海上的乌舻船，又看看婆婆和舒尧，说："经纬楼是万家一代人的心血，不到万不得已，我是不会答应的。"

第六章
颜文君携子赴狂澜　夏文珮痴情遭拒绝

　　此时，李兰舟的父亲李保乾，带着几位津洲城守的营勇来到码头。他们听说万家大少爷被海盗劫持，偷偷从军械库找出几颗炮弹，准备前往南澳炮台，开炮轰击海盗船。他们出身贫寒，家人不时得到万家接济，现在万家有难，他们自当出一把力。

　　南澳炮台是鸦片战争爆发时修筑的防御工事。钦差大臣林则徐视察津洲海防时，认为南澳地势险要，居高临下，扼制着汀江、大湄溪与津水湾，是抗击外敌的咽喉之地，特地为驻防水师，增设了四门五千斤的火炮。然而，随着一个个丧权辱国的条约签订后，战事少了，朝廷撤销了津洲水师。南澳炮台废弃多年，营勇手中的炮弹霉迹斑斑，还能放得响吗？一旦大炮打响，惊动海匪，岱源势必更加危险。文君一番感谢之后，还是摇了摇头，不让他们去南澳炮台。

　　李保乾建议派十几个水性好的渔民，带上刀械，潜入水底，偷袭海盗船，救回人质。文君一手捂住胸口，一手指着海盗船的上空。李铁匠顺着她的手势向远处看，发现乌舻船的桅杆最高处，攀附着一个小喽啰，正在东张西望。这白虎鲨真的比狐狸还狡猾，他早就防着有人偷袭，已派人监视着海面的动静。

　　颜文君抬头看看西斜的太阳，咬了咬牙，拨开众人说："我去见白虎鲨。"龚夫人想阻止，又不知道说什么好。万舒尧哭了起来："娘，我要爹，我要跟你一起去见爹。"

　　文君强忍着的泪水奔泻而下，她抱过儿子亲了亲，又把他交给婆婆，带着阿琪下了船。渔工摇动木桨，小船缓缓离开码头。突然，李兰舟用手中的梨花枪一撑，腾空而起跳上小船，她对文君说："我跟你一同去，多一个人多一分力量。"

　　颜文君看她手上拿着梨花枪，说："你不能带上兵器，否则白虎鲨以为我们要跟他拼命。"

李兰舟一抬手臂把梨花枪插进水中，狠狠地说："那就让白虎鲨多活片刻。枪，我回来再取。"

小船在汹涌的波浪中前行，阿琪紧紧搀扶着大少奶奶。李兰舟告诉阿琪，要保护好大少奶奶，也要见机行事，把大少爷救回来。

白虎鲨远远看见来了三个女人，嘿嘿奸笑着迎了上来，等小船靠近了，他走上前，居高临下地说："万家大少奶奶终于肯露面了。白某终于有幸一睹你的芳颜，果然貌若天仙。弟兄们，先把兵器收起，不要吓着这位美娇娘。"

仇人四目相对，颜文君恨不得扑上去狠狠咬他一口，但为了营救夫君，她含恨忍悲，脸上平静如水。

小喽啰放下一架梯子，白虎鲨伸手想拉文君上船，文君退后一步，示意阿琪先上。兰舟挤身上前，"噔噔"两步登上贼船，挡在白虎鲨前面。文君在阿琪的搀扶下，踏着梯子上了船。

万岱源看见爱妻为了他也身陷贼船，而自己嘴巴被堵，不能说话，急得他又瞪眼睛又摇头顿足，示意她不该自投虎口。

文君装作没有看见，对目光淫猥的白虎鲨说："你不是要银子吗？我一个妇道人家，一时筹措不了十万大洋。我愿意留下来当人质，换取我的夫婿回岸，只有他亲自签字画押，钱庄才同意借款放贷。"

白虎鲨双眼骨碌碌一转，冷笑着说："你乃妇道人家，少东家没了你，眨眨眼可以再讨三房五房新夫人。你想用弃卒保车、偷梁换柱之术糊弄我，以为我是三岁小孩？"

文君说："我与夫婿山盟海誓，生死与共，夫婿绝对不会为了银子而置我于不顾。你不放他上岸，十万大洋从何而来？"

白虎鲨想想觉得这番话不无道理，但仅凭扣下一个女人，筹码太轻，便说："你们不是有个儿子吗？如若你真有诚意，就把他一起送来。"

文君一张桃腮粉脸愤然变色："谅你家中也有老有少，何必加害一个少不更事的幼儿？"

白虎鲨恶狠狠地说："我白某人既然浪迹江湖，就不会跟你讲究什么仁义道德。大凡荣华富贵之人，我皆视为肉中刺，眼中钉。要你家十万大洋，只不过是九牛一毛。如若你再敢跟我议长论短，而不把儿子送来，我就先把少东家的手指砍下。"

文君知道自己面对的是一个嗜杀成性的恶魔，再费口舌也是枉然，便对阿琪和兰舟说："大少爷不回去筹钱，他们是不会善罢甘休的。你们去把舒尧接来，他可能还在岸上哭闹着呢。"兰舟和阿琪颤声惊叫起来："大少奶奶……"文君强忍悲痛，对她们挥了挥手。

两人回到岸上，将文君的决定告诉大家，龚夫人紧紧抱住舒尧，椎心痛泣："舒尧太小了，怎么好让他去受这份罪？"

李铁匠左思右想想不出别的办法，只好劝龚夫人放手："万大少爷见多识广，他能回来，肯定会想出两全之计。"

舒尧下了船，一听要带他去见爹娘，破涕为笑，连连催促渔工把船划快些。

当李兰舟将舒尧托上贼船，舒尧被凶神恶煞般的贼匪吓坏了，紧紧抱住娘的双腿。文君蹲下身子，把儿子抱起，朝夫婿走去。白虎鲨伸手拦住了他们，指着文君问舒尧："她是你什么人？"舒尧搂着娘的脖子，说："她是俺娘。"白虎鲨又指着万岱源问："那你又叫他什么？"舒尧说："他是俺爹。"

白虎鲨打了个手势，让手下把万岱源放了。万岱源趔趔趄趄走到文君和儿子身边，张了张发麻的嘴巴，想说些什么。文君朝他使了个眼色，说："你快些回去，筹措银圆的事就靠你了，我们母子等着你。"

岱源担心文君母子的安全，迟迟不愿离开。兰舟和阿琪走上前，说："大少爷你快下船去，有我们在这里陪着他们母子，你放心好了。"岱源捧起舒尧的脸，亲了亲，又帮文君理了理凌乱的长发，才依依不舍下到小船上。两个喽啰挥了挥大刀，驱赶兰舟和阿琪一同下船。舒尧见只剩下他与娘，哭了起来。渔工不敢怠慢，急急划动船桨，离开贼船。

白虎鲨目送小船远去，叫手下拿酒上来。他亲自把盏，倒了满满两杯酒，举一杯送到文君面前，浪声浪语道："今日惊动少东家夫人，实出无奈，为的是兄弟们有口饭吃。来，这杯酒，算我为你压惊，向你赔罪。"

文君怒目而视，气严色厉地说："当年津洲人差点将你逮住，日后必定让你死无葬身之地。我可是堂堂万家大少奶奶，岂有与匪贼同饮之理？"

白虎鲨听了不但不恼，反而假惺惺地说："钦佩，钦佩，大少奶奶今日之胆略，堪称巾帼须眉。如若我白某人能有你这样一位娘子，少活十年也心甘情愿。"

文君脸色由红变青，怒斥道："无耻之徒，劫掠杀戮，戕害无辜，还敢口出狂言，真不知'恶有恶报'之天条律法？"

白虎鲨目眦尽裂，一对牛眼瞪得比灯笼还大。自从他结伙为盗，尚没人敢如此针针见血斥骂他，恼羞成怒中他摔掉手中的酒杯，一步一步逼近颜文君。颜文君举目眺望载着夫婿的小船将要靠岸，长长吁出一口气，深情亲了亲舒尧，抓起他稚嫩的小手，朝岸上摆了摆，说："儿呀，来世我们再做母子。"言毕，她抱紧舒尧纵身一跃，跳入滔滔大海之中。

也许是心有灵犀，已经上岸的万岱源回头一瞥，就看见爱妻抱着儿子一同跳入波涛之中。他愣怔片刻，转瞬发出一阵狼嚎般的惨叫。李兰舟眼快，一把抱住就要栽倒的他。一股股红的血从万岱源苍白的双唇喷射而出。

就在此刻，南澳炮台"轰轰"响起两声炮鸣，其中一发炮弹，正好打在白虎鲨的乌舻船上，"白"字旗被炸碎，苇席船帆着火烧了起来，白虎鲨和几个喽啰，被气浪扑倒在甲板上。

岸上早已怒不可遏的渔民盐工，纷纷跳上渔船，举起刀叉梭镖，怒吼着向海盗船驰去。李铁匠呼唤几个相识的渔民。找来两张大网，驾着几条舢板，朝文君跳海的水域拼命划去，准备营救打捞文君母子。

万岱源在炮声和怒吼声中醒了过来，他挣扎着要登船前往牛头礁，被母亲和李兰舟死死抱住。

白虎鲨的乌舻船在一片混乱中掉转船头，由另一艘贼船拖着，仓皇逃窜。

滨海古城听不见笑声了，自打颜文君与万舒尧蹈海那一刻，就陷入了无尽的悲怆之中。

颜文君和万舒尧出殡那天，津洲城哭了，津水湾哭了，阴云密布的天空也哭了。哭得昏厥过几次的夏文珮和颜文英，一次又一次扑向灵柩，死活不肯离开。

颜文君与万舒尧的遗体是第二天早上才打捞到的，母子俩依然保持蹈海那一刻紧紧相拥的姿势。

夏文珮三天三夜不吃不喝。本来，表姐与小外甥完全可以逃过这一劫。老天爷也太绝情了，就因为自己一句话，她与文君和舒尧从此阴阳相隔。

绑架事发前一天，夏文珮的大姐订婚，夏文珮回玄沄镇去了。原先，文君姐和小外甥跟她约好，同她一起去玄沄，探望姑母姑丈，并向准新娘道喜。可夏文珮听说家里与四周一大片老井的水突然变咸，怕表姐和小外甥吃不惯，就对表姐说："等老井重新淘过，大年初四元山寺庙会开始了，你们再去。"如果不是因为自己这一句话，表姐和舒尧去了玄沄，惨剧也许不会发生。

数日后，熬过大悲大痛的夏文珮仿佛变了一个人似的，她主动喝了一碗汤，走出闺房。她做出一个惊人的决定：接替表姐，让她的爱在自己身上延续下去，还要生出又一个舒尧，还给表姐夫，还给万家。

她对万泰安和龚夫人说："我对不起君姐和舒尧，我不想再上学了，姐夫突然失去至亲至爱的妻子和儿子，我要替我姐专心照顾好姐夫。"

万泰安和龚夫人不同意。但夏文珮坚决地说："不这样做，我会痛苦一辈子，说不定哪一天承受不了，我会跳进海里，去跟表姐和小外甥做伴。"

话说到这份儿上，两位长辈担心又惹出什么不测来，只好含糊其词地说："你有这份心，我们很感激。只是你年龄还小，你表姐夫又整日昏昏沉沉的，你照顾得了吗？你想放弃学业，我们将来如何向你父母交代？"

夏文珮想想答应书继续念，放学回来就去东院照顾表姐夫。

然而，当夏文珮端着饭菜走进万岱源的卧室，却被轰了出来。

但她不灰心，她对表姐夫说："以前你待我如亲妹妹，如今哥你不吃不喝，妹也跟着你不吃不喝。"

可万岱源一点反应都没有，依然神情呆滞，目光恍惚，好像根本不知道她是夏文珮。

万岱源再不是昔日百折不挠的万岱源。痛失娇妻爱子的悲痛把他击倒了，他的精气神仿佛随同文君和舒尧一起沉入了海底。

除了悲痛，更令他备受煎熬的是自我谴责，他整天对着文君和舒尧的照片出神，口中喃喃自语："我糊涂，我后悔，我千不该万不该，不该让你们母子留在贼船上！"

他心若死灰，浑浑噩噩，家人一次次恳求，亲朋好友多番劝勉，要他节哀顺变，坚强起来，他一句都听不进去。他唯一记住的一件事，就是吩咐家人，三餐别忘了为文君和舒尧摆上碗筷，盛上饭。

岳父颜景悦闻知女婿一病不起，一个多月足不出户，除了痛上加痛，更多的是担忧。他已将女婿视为自己的儿子，如果他也倒下，那女儿和外孙不就白死了吗？所以，他先调整说服自己，从失去爱女和外孙的悲恸中走出来，才从县城赶来津洲。他是五杏堂药行的掌柜，又是县城声望很高的名医。

颜景悦为女婿仔细把了脉，察看了舌象，对万泰安夫妇说，岱源面色晦暗，脉象浮迟，只因悲伤过度，胸中郁积的浊气浸淫五脏六腑，致使经络传导阻滞，先用汤药调试调试吧。

然而，最灵验的处方用上了，最稀缺的药引配齐了，女婿依然气息奄奄，白天黑夜梦呓连连。

颜景悦明白心病还得用心药医，他先对女婿进行一次"梦境引导法"。就是在女婿半醒半睡之时，抚摸他的身子，用文君的语调跟他说话：夫君，我和舒尧思念你。我们并没有走远，就住在寸园的台阁里。你要振作起来，别再睡了。你好久没有出门做生意了，这回我和舒尧陪你一起去。别忘了，经纬楼还空着，我陪你去省城，订购德国洋行的机器。你快起床，舒尧等着你一起吃饭呢。

可是，当女婿从梦中醒来，看见坐在他面前的是老丈人，老丈人身后是文君和舒尧的遗像，他俩跳海的那一幕，又浮现在眼前。岱源"噢"的一声，身子往后一仰，又重重摔回床上，翻着白眼。

颜景悦没有失去信心，过些天他又采用"开渠泄洪法"，以悲情激他放声大哭，舒缓他的痛楚。颜景悦让夏文珮和他坐在万岱源床头，让她说起与表姐和小外甥一起生活的往事，说着说着，夏文珮悲痛欲绝放声哀号，颜景悦也跟着掩面啜泣。可是，万岱源的耳朵像被堵死了，一双眼睛更像一对枯井，连泪花都见不着。

万泰安和老伴又过来东院看望儿子了。眼看亲家公费尽心思，夏文珮磨破嘴皮，依然无法让岱源从悲痛中挣脱出来，心情越发沉重。他心目中恒衍商号的继承人和拓展者，不应该如此脆弱，如此儿女情长。不幸发生之后，万泰安的心也在滴血，但他从没在别人面前掉过一滴眼泪，叹过一声气。他依然每天天刚亮就起床，走出双兰内苑，独自到荷塘边打太极拳，一招一式，有板有眼，运掌移步，仿若行云流水。

老伴坐在儿子床头，在夏文珮协助下，给儿子做头部和四肢按摩。可是，儿子毫无反应。老伴既揪心又悲伤，伏在儿子身上痛哭失声。

知子莫若父。万泰安不是没有想出令儿子迈过这道坎的办法，只是不愿意那么做。眼下，他不得不出手了。只见他走上前，扬手狠狠抽了岱源一巴掌，说："你给我听好了，你失去了妻子和儿子，我们失去了媳妇和长孙，亲家公也失去了双亲骨肉，我们不悲伤吗？我们不心如刀绞吗？文珮的自责比你还轻吗？你现在的一切，牵扯着我们每一个人的心肝尖。你不能只顾自己痛苦，你应该想想我们！儿子，清醒过来吧，我们还得继续活下去，我们需要你振作起来，万家需要一个顶天立地的男子汉。"

万岱源紧闭的双眼睁开了，片刻，他如孤狼"嗷"地狂吼一声，号天扣地痛哭起来。

颜景悦从心里佩服亲家公，他相信，有这样沉稳坚毅、历练至深的老将在，万家的大厦倾塌不了，女婿一定能够制服心魔，走出阴霾和悲怆。他辞别万泰安和龚夫人，回县城去了。

表姐夫愿意哭了，夏文珮看到了曙光。她从舅舅和亲家公的"心理诊治"得到启迪，她学会了从细处入手，寻找新的突破口。

一日，夏文珮看见窗台上的君子兰沾有灰尘，想抱它到天井用清水洗一洗。冷不防万岱源从床上坐了起来，声音嘶哑地喊道："不许动，这是你表姐亲手种下的花。"

夏文珮高兴得双眼溢出了泪珠，表姐夫终于对她说话了。她转过身，挑了张檀木凳子，在表姐夫床前坐下，说："你感觉好些了吗？愿意听我说说文君姐吗？昨晚我梦见她了，她牵着舒尧的手，在一个好大的花园赏花。"

万岱源睁大眼睛，问："文君和舒尧在花园赏花？她跟你说什么没有？"

"她对我说：请你告诉岱源，我们母子俩在水边玩，迷了路，后来才找到一处带花园的家。花园里的花太多了，来赏花的游人都叫它花海。我和舒尧爱上这片花海了，我们与花为伴，一点都不孤单。"

"文君真的托你捎话给我了？"

夏文珮从身上掏出一个玉环，说："她让我把这玉环交给你，让你相信她与舒尧真的过得很开心。"

夏文珮把玉手环放在岱源手里，说："就是这只手环。我醒来，发现手里真有一只玉环，心里觉得好奇怪。你仔细看看，玉环是不是文君姐的。"

万岱源仔细瞧了瞧，说："没错，这玉环的确是文君的。看来，你没有骗我。"

夏文珮险些笑了出来，其实这玉环，是她生日时表姐私下送给她的，她一直珍藏着。但戏还得继续演下去。夏文珮装作有点不高兴，嘟着嘴说："反正表姐托付我的，我做到了，信不信由你。"

万岱源把玉环放在胸口，说："见物如见人，我信了。下一回我梦见她时，我会告诉她，玉环我收到了，你就带着舒尧好好过日子吧。"

夏文珮起身坐到表姐夫身边，用手抚着他的后背，说："你的脸红润起来了，但是不能说太多话。你闭上眼睛养养神，我已吩咐厨娘给你做养胃清补的羹汤。"

万岱源听话地靠着腰垫，眯上了眼睛，嘴里轻轻喊着文君和舒尧的名字。夏文珮一只手轻轻拥住他，让他的头慢慢靠在她的肩膀上。少顷，万岱源一个激灵，挣扎着坐了起来，看见夏文珮倚靠着他，沉下脸说："男女授受不亲，你犯忌了。"

夏文珮脸红了，不是因为表姐夫斥责她，而是她第一次与喜欢的人有如此亲密的接触。

阿琪送来莲子银耳枣肉羹。夏文珮伺候表姐夫漱了口，吃了半碗羹汤，他又昏昏欲睡。夏文珮知道这样不好，就说："你好久没看报纸了，我去拿些来，念念新闻给你听。"

岱源耷拉下眼皮，说："我不想听，如今的大清没落了，不是割地、赔款，就是盲目自大、官吏敛财，听了寒心。"

夏文珮说："洞中方七日，世上已千年。自从你跟洋人打官司败诉后，你就不看报纸了，所以，省内省外发生了那么多大事，你都不知道。同盟会在广州发动黄花岗起义，你应该还记得吧？后来就是席卷数省的保路运动和成都血案，还有上海丝厂女工罢工，都察院联名奏参粤督张鸣岐、水师提督李准，等等。"

"哦哦，那你去把报纸拿来。"

"最近，我们书院的同窗，在谈论孙中山先生和同盟会时，提到一个叫陈炯明的海丰人。同盟会元老黄兴举义广州，陈炯明召集海陆丰人加入选锋队，也就是敢死队，准备参加广州起义。结果，副司令黄兴率领一支选锋队，攻入总督衙门，而陈炯明却在起义前夕扔下选锋队，独自出走。黄兴孤军作战，广州起义就这样失败了。"

万岱源满脸疑惑，不相信一个学生会知道这么多，就说："你们消息真够灵通，这些时政新闻连我都不知道，你分明是在瞎扯。快去把报纸拿来。"

"这些消息，是两位父兄在广州加入选锋队的同窗告诉我的，你可别小看我们噢。"

阿琪一听少爷要看报，抢先去了内苑，抱来一摞旧报纸。

夏文珮专门挑选一些时政要闻，足足念了半个时辰，看表姐夫时而激动不已，时而咬牙切齿，便停了下来，说："姐夫，今天先读到这里，你休息一下吧。"

"我不累，你接着念。"

"你额头都淌出汗来了，还说不累？我帮你擦擦汗，你睡下养养神，明天我们再继续，好吗？"

万岱源猛一抬头，一阵晕眩袭来，他整个人打起旋来了。万岱源不敢再逞强，在文珮的搀扶下，躺了下去。

已是夜深人静之时，万岱源仍然被那些轰轰烈烈的大事件激动着，翻来覆去难以入眠。

大清已经气息奄奄，孙中山领导的同盟会，发起那么多次起义，均以失败告终。他们什么时候能够推翻清王朝？如果有希望，他愿意加入他们的行列。只是，父亲一向不让三个儿子过问政治，更不许弃商从政。算了吧，别再琢磨这些了。

闭上眼睛，迷迷糊糊中，文君抱着舒尧蹈海的情景又浮现在眼前。

对了，他卧病在床期间，曾听谁说过，白虎鲨绑架他，很可能有内鬼。也有街坊告诉父亲，他遭绑架那天，李沛带着几个陌生人，在万家附近出没。想起来了，他那天在邮政所发了电报出来，也曾看见李沛在他眼前一晃而过。随后有个乞丐一瘸一拐走到他面前说，不好了，有个寡妇在后山埔榕树下上吊了。岱源赶到那里，连个人影都没见着，正要离开，一根棍棒落下，他晕了过去。

后来，李兰舟来东院看望他时，跟爹确认过，李沛突然人间蒸发，不知去向。父亲综合种种迹象，认为李沛极有可能充当了白虎鲨的帮凶。父亲又到邮政所和后山埔走访，得知的确是瘸子乞丐把他骗去后山埔的。可是派人找遍了津洲和附近几个乡镇，都说那些日子没看见有瘸子乞丐乞讨。父亲亲自去县城，请清军警长秘密调查此事，银子花了不少，结果只有两句话："跛足乞丐应该是假扮的，李沛充当帮凶暂时查无实据！"

这日，夏文珮放学回家，在街上买回两张新报纸，走进东玥小筑，来到表姐夫的卧室，要给他念念时政要闻。

可是，她才读了个标题，万岱源就不耐烦地用薄被子把自己的头蒙了起来，而且赶她回自己的房间去。夏文珮不知道发生了什么事，心里嘀咕着：明明昨天好好的，已经把心扉打开了半扇，今天怎么又关上了？一个七尺汉子，旧病说犯就犯，叫人怎么忍心眼睁睁看着他垮下去？

不行，得使出酝酿已久的那一招，成功与否，全看自己能否真正豁得出去。

夏文珮的心怦怦跳了起来，一张水蜜桃脸憋得像蒸熟的螃蟹。终于，她鼓起勇气，坦然走上前，在万岱源的床榻边坐下，轻轻把绸缎被子扯下了一些，以一种恨铁不成钢的语气说："你不幸失去了最亲最爱的人，你有理由痛苦，有理由对我不理不睬。但你是一个顶天立地的男子汉，你不能再萎靡消沉下去，不能再苦苦折磨自己。现在，我郑重其事地告诉你，我愿意接替文君姐，嫁给你，我要为你生下一群小舒尧。你必须放下痛苦，重振昔日的雄风，做回让我敬重的你。"

万岱源掀开被子，怔怔地看着夏文珮，语无伦次地说："你读书读成二百五了，我生气了！你故意胡说八道，惹我恼火对吗？离经叛道的话也敢说，脸皮真比书本厚！"

"我是说真的，想法一点不离奇。年纪比我小，嫁出去当了娘的，多了去了。现在提倡婚姻自由，嫁给谁，我自己做主。说实话，文君姐在世时，我就特别羡慕她，喜欢你。现在文君姐走了，这些憋在我心里的话，总算可以光明正大说出来了。"

"你疯了，你是我小姨子，就因为求学才寄宿在我家的。我娶你，我成什么人了？再说，文君还活在我心里，我绝不会让她受委屈。"

"你娶我就能忘记痛苦，重新振作起来。我铁了心赖在你们家，一辈子都不走。"

"你赖在我家也没用，我的心会一辈子守着文君，不婚不娶。如果你还执迷不悟，我明天就派人去玄沄，请你的父母把你接走。"

夏文珮没想到万岱源会冷漠地拒她于千里之外，她伤心地哭了，掩着脸跑出了卧室，跑出了东院门楼。

一连几天，夏文珮不再走进万岱源的卧室，一边补做作业，一边教阿琪熬些药膳或羹汤，给大少爷喝，还嘱咐阿琪天气凉了，注意给大少爷盖好被子。

礼拜一，夏文珮走进教室，听见大家都在议论武昌发生兵变，革命党人成立了湖北军政府，改国号为中华民国。至于具体情节，没有谁能讲清楚。据说，这几天，津洲停止发行报纸。

放学后，夏文珮跑了几个报亭，都买不到报纸。夏文珮以此推断，武昌兵变及更改国号之事，是确实可信的。这么重要的消息，一定要告诉正挣扎于痛苦与自责之中的表姐夫。

可是，改国号这么大的事情，仅凭自己一张嘴说出来表姐夫会信吗？还是再等等，等买到刊登这些消息的报纸，再去告诉表姐夫。

一个礼拜过去了，津洲人的议论又有了新焦点，都说清政府调派水陆两路重兵，前来围攻革命党，战斗打得十分惨烈。夏文珮决定不再等报纸了，一回家直奔表姐夫的卧室。

却见表姐夫还在睡觉，西洋床有些零乱，一个枕头被蹬到床尾去了，扇子和半条被子也被蹬落在砖地上。

夏文珮把被子捡起，小心翼翼盖回表姐夫身上。万岱源忽然醒了，看见小姨子要往他身上趴，愠恼了："真要跟我死磕到底？想让我背个居心不良的罪名？如果你还不死心，我只能明天派人把你送回玄沄，并嘱咐姑丈立刻把你嫁出去。"

夏文珮不在意表姐夫的误解，她在意的是，他竟然威胁要把她嫁出去。夏文珮眼泪吧嗒吧嗒往下掉，一扭身从正房直跑到门楼。才下台阶，她与一个人撞了个满怀。

"哟，对不起，撞疼了没有？是谁把夏小妹给惹哭了？"

声音好熟，抬头一看，是红楼落成时拿照相机给她拍照的李彧。他依然戴着鸭舌帽，手里提着一大包点心，身后还跟着一个身材魁梧、穿着工装的汉子。原来是兰舟姐的冀虎哥回来了。

夏文珮用宽大的衣袖遮住颜面，拭干了眼泪，才向两位哥哥问了好，嗫嚅着说："你们早该来看望大少爷了。他不该日复一日地折磨自己，你们可要好好劝劝他。"说完就想走开。

李彧拦住了她："我们大老远跑来，你不去通报一下，还算半个主人吗？"

段冀虎没心情开玩笑。他们从省城回来，各自先回了趟家。李兰舟作为目击者，已向他讲述了文君携子救夫的全过程。其实，段冀虎在广州时，已从李彧口中听说了这一惨剧。只因广州起义失败后，同盟会改变策略，准备在其他城市发动反清起义。李彧是同盟会会员，被派往湖北，以记者的身份开展秘密活动，无法回来。而段冀虎白天当学徒，晚上参加文化培训学习，还要暗中帮革命党做事，他也无法回津洲。

夏文珮嘟着嘴，踌躇片刻，才带着二位走进万岱源的卧室。她撩开纱帐，对蒙面而睡的万大少爷说道："来客人了。"

万岱源恼了，厉声说："别再来打扰我，我谁都不见。"

李彧示意夏文珮别再吱声，自己放轻脚步走近床边，张开双手，抑扬顿挫地念起了李白的《关山月》："明月出天山，苍茫云海间。长风几万里，吹度玉门关。"

李彧的"关"字刚一落声，万岱源唰地掀开绸被，翻身坐了起来，目光直直地看着来人，而浑身却软塌塌，一点力气都没有。

阿琪怕他着凉，利索地抓起长衫，给他披上。

李彧没等他穿好衣裳，就大声对他宣布："武昌起义爆发，湖北成立军政府，中华民国这一新的国号诞生啦！"

第七章
长风唤醒恨天人　密谋起义摧枯朽

李彧既然是被派去湖北，照理应该直接参与武装行动，而眼下保卫战打得炮火连天，他怎么有时间回到津洲来？

原因嘛，很复杂，也很简单。李彧因为年轻直率，对一些倚老卖老的同盟会员，不甚敬重，难免遭到冷落。在湖北，他应邀出席广州起义失败原因分析会，说了经过调查得出的实情，惹恼了同盟会南方支部一位副部长。过后，同盟会有什么重大活动，都没通知他参加，后来甚至将他彻底闲置起来。李彧知道在湖北待不下去了，要求调回广州，获准。武昌兵变爆发，湖北军政府号召各省民众起义响应。李彧只能望空嗟叹，为自己因怄气导致未能参加起义而后悔。

他向南方支部要求回陆丰，策动推翻清朝地方政权的起义，被告知东江同盟会已经安排别人去了。

几天前，李彧接到母亲生病的家书，加上心里一直牵挂着万岱源，就选择段冀虎学艺结业那天，和他一起回到津洲。

此时的海陆丰，早已暗流涌动，武昌兵变的消息传开后，更是群情激昂，就等一声雷鸣。

四月下旬广州起义失败后，同盟会东江分会以香港总公司的名义，在港岛加紧秘密活动。分会长陈炯明，为洗脱广州起义怕死不出兵的指责，精心策划，调动布置人力，准备轰轰烈烈大干一场，从而立威服众，重塑形象。

陈炯明，1878 年生于海丰县联安乡白町村，二十一岁中秀才，二十八岁赴省城就读广东法政学堂，三十一岁任广东咨议局议员，期间加入同盟会，系当时海陆丰举足轻重的人物。

1906 年 2 月，陈炯明与海丰籍青年钟秀南、钟景棠、马育航、陈达生、陈演生、陈月波等，一起创建了反清组织正气社。次年，以正气社为基础的海丰同盟会成立，隶属于孙中山总部领导。

随后，陈炯明与马育航、钟秀南等一同宣誓加入"暗杀团"，准备刺杀水师提督李准、广东将军凤山等军政要员。

同盟会掀起推翻清王朝的斗争，日甚一日。陈炯明将自己的堂兄表弟、族亲挚友作为左膀右臂，派往各县，宣传革命道理，揭露清廷昏庸无道，发动民众揭竿起义，建立共和政府。

1911年9月25日，广州教忠初级师范学堂学生、同盟会会员马柳庭即将毕业之际，接到香港总公司（东江同盟会的掩护名称）的来信，遂向校方请假，只身来到香港。翌日，他在总公司与邓铿、钟秀南会面。两位领导人要他与联络员钟作新一起到香港湾仔机利臣街22号候命。

9月28日，陈炯明在总公司接见马柳庭，边抚弄大胡子边对书生气十足的马柳庭面授机宜。稍后，邓铿向他下达了密令："今晚搭乘开往海丰县凤仪港的火轮潜回陆丰，召集同盟会员，大力发动民众，征用枪械，伺机举兵响应惠州起义。起义经费自行筹措。此系命令，不能违抗。"然后授予马柳庭同盟会会旗一面和两枚小型炸弹，以及启动资金"广毫"两百元。

当晚，马柳庭将同盟会令旗秘藏于棉枕内，将两颗鹅蛋大的炸弹，分别藏于竹篓内装着玉兰树苗的泥土里，躲过了官差的搜查，安全回到陆丰县城东滘镇。

次日，马柳庭换上一身常服，潜往玄氼卫，准备与同盟会安插在玄氼镇担任区巡警局长的罗觉庵会面，却因他出差县城而不遇，遂召集隐伏于玄氼卫防军中营的营长刘介臣、哨官邹品三，以及驻防军中的海陆丰籍士兵，在玄氼镇上帝教堂秘密召开会议。他们均为上年发展的同盟会员。

会议部署了玄氼起义当日的行动：在南坛圩组织五六百民军向玄氼城发起进攻；在玄氼港海面安排数十艘渔船，遍插革命军旗帜虚张声势；由刘介臣营长届时率领所部与巡警在城内作为内应，听到联络信号鞭炮声，即打开城门迎接起义军。

次次日，马柳庭返回陆城，找到罗觉庵并将整个起义计划告知他。

是晚，马柳庭通过亲戚关系，会集拔贡生陈洪畴、绅士王廷桢、邹席珍和天主教传道员蔡麟书等于一室。

歃血宣誓后，马柳庭将同盟会会旗展示于众，并告知诸位："此次赴香港，奉同盟会之命，回陆丰举事，推翻清廷政权，汝等当担起大任。"众人听后情绪高昂，纷纷为筹饷招兵起义献言献策，并成立了起义组织机构司令部，推举马柳庭为临时司令。

陈洪畴当即写信一封，交给马柳庭，嘱曰："吾亲兄陈子和，拥有南坛圩至玄沄城外一带民间武装数百人，可持此信约其一同起义。"王廷桢亦挥书一封，嘱马司令带给博善圩富绅林导纯，便可筹集钱款作为起义经费。

商及秘密招兵一事时，邹席珍胸有成竹地说："让各乡首领挑选壮丁应募，渠道有二：一是原洪门会党所统属的本部基本兵，二是由各乡族'祖尝'支付饷粮的子弟兵。二者经招募、训练即可派上用场。关键是要说服各乡宗亲族长，让其将储备于乌红旗械斗之兵力，用在救国救民上，陆邑幸矣。"

兵员招募在各位革命党人努力下，进展算是顺利，在短短十多天的时间内，共组织民军五百余众，筹措到枪械一百余支。经分片组成三个中队，由中队长负责组织训练。

不过，香港总公司中有人担心文质彬彬的马柳庭，在派系错综复杂的陆丰难以服众，遂又增派广东法政学堂毕业生曾小苏、林蕴川回陆丰，协助马柳庭开展工作。

10月10日，武昌起义爆发。陈炯明被同盟会南方支部派回东江地区，组织民军起义，光复惠州。陈炯明和马育航潜回家乡，召集在惠州府辖下九县一州（俗称"十属"）开展活动的同盟会骨干，敦促他们乘势而起，加紧民军训练，随时准备为一举推翻清政府而战。

湖北革命军与清军在武汉的拉锯战，吸引了清军绝大部分主力，为革命党人在全国范围内举义赢得了充裕的时间。

10月25日，火烧眉毛的清政府为防广东兵变，急派一品大员凤山赴广州，出任镇粤大将军。陈炯明等接到密报，秘密策划暗杀连环计，其中用炸弹阻杀一计，胜率居首。重任落在革命党人李培基兄弟身上。李培基，海丰人，仅十六岁，母亲徐慕兰，其妹徐宗汉是黄兴的夫人。凤山忌惮遭行刺，行踪诡秘，连两广总督张鸣岐也没告知。

凤山一行在广州天字码头上岸，乘八抬大轿沿偏僻小路赴将军府。李培基接报，赶往其必经的街道，上了商铺二楼做好准备。凤山座轿进入伏击圈，三颗添加毒剂的球形炸弹，顺着窗口的木板不偏不倚滚了下来。轰隆隆几声巨响，凤山血肉横飞丧了命，李培基等安然脱身离开现场。

10月26日，陈炯明与时任黄埔陆军小学堂学长（教务军官）的邓铿，返回香港，在湾仔召开东江同盟会各县代表会议，由九县一州代表汇报起义筹备情况，选举产生领导机构，研究起义具体事宜。

出席会议的州、县代表有四五十人。其中海丰县的代表为邓轸（邓铿之父），钟秀南、钟景棠兄弟俩，刘镜清和游克桢等人；陆丰县的代表为罗觉庵、曾享平等。

会议推举陈炯明为起义总司令，林激真为总参谋长，邓铿、严德明等为司令，马育航、钟秀南负责筹划军需粮饷。会议还根据陈炯明的建议，制定红、黄、蓝三色军旗，旗面中间绣一"井"字，寓意"天下九州，井田可复"。同时还规定了起义军的纪律。

陈炯明、邓铿运筹帷幄，对东江"十属"斩木揭竿做了周密部署，并宣布了"十属"领导指挥起义的负责人名单。

邓轸与刘镜清，被派往海丰，他们将联络陈月波、陈演生等策动起义；罗觉庵和曾享平被派回原籍，在陆丰组织扩大同盟会，指挥民军推翻清政权，策应惠州起义。

至于攻克惠州城的重任，当然落在陈炯明和邓铿身上。

陈炯明对光复惠州十属，建立共和政府充满信心，唯一担心的是"玄沄卫"海防军会发起反扑。玄沄卫，明洪武二十二年（1389 年）建置，属广东都司统辖，为全国三十六卫之一。清朝废除卫所制度，康熙三年（1664 年）改设玄沄卫为玄沄镇，派总兵官镇守，但当地人仍习惯称其玄沄卫。

玄沄位于陆丰县城东南面，港湾地形独特，如螃蟹两螯拱卫，且海礁错列，有"一夫当关"之险，是潮、惠两州的门户要塞，自古为兵家必争之地。

时下的玄沄卫总兵李梦说，统辖左、中、右三个营及一座炮台。中营驻玄沄镇卫城内，右营驻津洲，左营及炮台分别驻海丰县捷成、鲔门，共有绿营官兵两千五百多名，统驾兵船三十多艘。玄沄镇卫城内，设有总镇署、游击署、守备署和石桥场盐务署，兵强马壮，枪械配备精良，是一个不易攻破的坚固堡垒。

陈炯明认为，要保证惠州起义成功，必先克服拥有重兵的玄沄卫之敌，才免承受广州和潮汕两路清军东西夹击的压力。故陈炯明一再叮嘱罗觉庵、曾享平：玄沄卫城高墙坚，是光复陆丰乃至惠州的拦路虎，汝等当勠力为之。

曾享平和罗觉庵对攻取玄沄卫信誓旦旦，但陈炯明还是很不放心。

深受孙子兵法影响的他，认为"不战而屈人之兵"才是王道，因此，他更希望通过游说、策反的办法，瓦解玄沄卫。秀才出身的马育航了解他的心思，献策道："我曾听陆邑同窗说过，李梦说任广东南韶连镇总兵时，与时任连州阳山县县令的李举人交往甚密，因疼爱李举人之幼子李彧，素欲认其为义子。李彧曾就读于广东法政学堂，口齿伶俐，智力过人，何不派他前往游说李梦说，让其顺应潮流，反戈一击，为共和立功。"

陈炯明大喜过望，一听李彧因母亲病重请假回家乡，即派钟作新送手令去津洲，让李彧火速赶回东滘，向陆丰同盟会报到，协助马柳庭等共谋起义大计，而"至要之职分，乃择选机缘，潜入玄沄城，策动李梦说归顺革命军"。

李彧对这些当然毫不知情，他正在东玥小筑为万岱源梳理辫子呢。

万岱源听李彧说"武昌起义爆发"，"新国号诞生"，好像被打了一剂强心剂，热血澎湃。他扭头责问夏文珮："你为何不将这些及早告诉我，为何不拿报纸给我看，害我成了井底蛙。"

夏文珮委屈地说："你不是要赶我回玄沄吗？再说津洲的报纸让官府给扣下了，到哪儿买报纸去？"

李彧上前为夏文珮解围，说："我和段冀虎就是活报纸，万大少爷想知道什么，尽管问。千万不要埋怨夏小妹。"

阿琪端上四盅盖碗茶，万岱源摆摆手让她放下茶盘，人先下去。

段冀虎上前拥住万岱源，说："看你一切还好，压在我心里的那块石头落地了。我口拙，安慰的话就不再多说了。李彧此次回来，除了看望你，还有重要的事要跟你商量。"

万岱源一听要商量要事，朝夏文珮摆摆手，让她也下去。

夏文珮不肯走，说："我已经是大人了，又不是听你说事，凭什么赶我走？"

李彧被她逗乐了，说："我们要谈的内容是绝密的，弄不好会掉脑袋，你能保证守住你的嘴巴？"

夏文珮立刻严肃起来，举起手掌，发誓道："我以人格和生命保证，绝不对外人泄露片言只语。"

李彧说："那好，允许你列席旁听。"

回过头，李彧神情凝重地对万岱源说："武昌一役，震惊中外。孙中山先生为创立共和政府，曾领导同盟会和觉悟的民众，向清王朝发起一次次进攻，而武昌起义是个好开端，革命浪潮即将席卷大半个中国。清王朝垂死挣扎，封建军阀还在为儿皇帝效忠，但历史潮流不可阻挡，革命一定胜利。你不能置身其外，应该成为一名推翻没落政权的斗士。"

段冀虎说："近朱者赤，李彧已经介绍我加入同盟会。我们希望你走出痛苦，抖擞精神，跟我们并肩作战。只要齐心协力，起义军很快就能让那个坐金銮殿的儿皇帝，彻底滚蛋。"

万岱源瘦削苍白的脸腮泛起潮红，深陷的双眼也焕发出熠熠神采。他把辫子往后一甩说："今日听君一席话，如醍醐灌顶，也如惊雷贯耳。我这病，有了好药引了，不用再求医问诊了。你们现在都是革命党人，我真能跟你们并肩战斗？"

段冀虎一拳砸向万岱源的胸脯，又突然停下了："这么说，你已答应加盟同盟会，一起为共和而战了？"

万岱源倏忽看见文君和舒尧的遗像，激情瞬间凝成了冰，犹豫地说："我，家仇未报，何以为共和而战？"

李彧站起来，绕着圆桌走了一圈，说："古人云，先国后己，卑让也。又云，志之难也，不在胜人，在自胜也。哎，我差点忘了一件事。听家父说，镇上的人都在议论，说白虎鲨绑架你，是我哥李沛引的路，而且他已经畏罪潜逃。尽管我和他是亲兄弟，但如果真有此事，李沛确实为虎作伥，我会大义灭亲，亲自把他押送官府，让他受到严惩。"

万岱源拍拍鼓凳请他坐下，说："我相信你的为人。但还没弄清真相之前，我等不能因怀疑而冤枉一个人。我们不说报仇的事了，继续探讨加入同盟会的事。"

段冀虎拍拍胸膛，说："我们三个是肝胆相照的朋友，都把道义放在亲人前面。岱源，我再问你一句，你是否愿意成为革命党的一员，一起共谋起义大计？"

万岱源挺起胸，斩钉截铁地说："如能推翻清政府，我义无反顾，赔上性命也愿意。"

李彧握住万岱源微微颤抖的手。"天下兴亡，纵为匹夫也须肩承。欢迎你加入同盟会。"李彧从西装口袋拿出一张纸，递给岱源，"这是同盟会总章，你坐下来，认真看一看。"

夏文珮悄无声息地绕到万岱源身后，跟着看了起来。

"好！以'驱除鞑虏，恢复中华，创立民国，平均地权'为宗旨，我拥护。"万岱源激动得站了起来，"同盟会国内五个部，国外还有四个部，真没想到。交纳入会捐一元，太少了，我交一百元。"

"等等，得先履行一下加盟仪式。"段冀虎说。

李彧摘下鸭舌帽，露出一头短发，把夏文珮惊讶得吐了吐舌头。

"万岱源先生，我作为你加入中国同盟会的介绍人，段冀虎作为见证人，现在依照程序对你问询。你对同盟会总章，是否承认并遵循？"

万岱源神色庄重地说："我承认并遵循同盟会总章。"

李彧叫夏小妹拿来笔墨纸砚，对万岱源说："下一个程序是加盟人填写盟书，我念，你写。如果你能做到，就签上你的姓名。"

万岱源写好盟书，签上姓名和立盟时间，印上指纹。

李彧又说："请万先生起立，举起右手，按盟书内容宣誓。我和段冀虎监誓。"

"立具盟书人万岱源当天立誓：驱除鞑虏，恢复中华，创立民国，平均地权。矢信矢忠，有始有卒。如有渝此盟，任众处罚！"万岱源宣誓完毕，眼里滚动着激动的泪水。

李彧与段冀虎上前握住他的手："由衷祝贺你，从现在起，你就是我们的同志了。"

万岱源从方柜里拿出一封银圆，说："李彧同志，这是我的入会捐，一百元，请收下。"

李彧接过掂了掂，说："这是岱源同志的心意，我们收下后将上交支部长，再由同盟会南方部发给你党员执照。"

夏文珮一个双脚齐跳，蹦到李彧面前，满脸严肃地说："我也要宣誓当党员，做你们的同志，入会捐一元我先交了。"说着，她塞给李彧一块鹰洋。

段冀虎抢过鹰洋还给夏文珮："你还小，等读完书，我们会欢迎你的。"

李彧刮了一下她的鼻子："同盟会是有不少女同志，秋瑾、何香凝、徐慕兰、徐宗汉，都是女中豪杰。你人小志气大，我喜欢。陆丰揭竿起义是迟早的事，你可以先做些宣传、发动工作。"

夏文珮闹着要现在宣誓入会，万岱源气恼，叫阿琪吩咐轿房备轿去玄沄。阿琪没到轿房又折回，禀报有人找李少爷李彧。

来人就是钟作新，陪他来的是李府管家。

李彧看了陈炯明指派他游说李梦说的手令，不敢怠慢，立即带上段冀虎，搭乘载客工友的脚踏车，赶去县城。

马柳庭司令见到风尘仆仆的李彧，很高兴，打算将他留在身边当参谋。

可陈洪畴急了，伏在马柳庭耳边悄悄说，此人眼神藏而不露，面静而不急，是有城府的人，怕日后不会听命于你。马柳庭遂借口津洲也是海防重镇，只有先破津洲，才能断了李梦说退路，故指派他回津洲，策划揭竿举义。事成后，再去游说李梦说。

李彧明明看见马柳庭读了陈炯明手令，脸上还挂着笑，怎么转眼间就变出另外一副面孔？那个陈洪畴跟他嘀咕了什么闲话？但马柳庭没把他留在县城，而是将光复津洲的任务交给他，说明对他还是信任的，遂欣然领命，和段冀虎连夜赶回津洲。

武昌起义快一个月了，清军的反扑越来越疯狂。形势逼人，陆丰同盟会在县城召开了秘密会议。曾享平传达了香港会议要义，对整个陆丰的形势做了分析，认为玄沄卫兵强、将勇、城坚，要一举拿下，必先攻占津洲、博善、吉安，围扼东滘，从而达到断其侧翼的目的。众人一致赞同他的主张。

马柳庭接着对各地举事做了部署与分工：由罗觉庵负责组织玄沄民军和发动海防军起义；由陈子和与李彧指挥民军克复津洲，然后率部协攻玄沄卫；由曾享平策动指挥博善民军起义；由曾小苏、林蕴川攻打吉安等圩集，再与曾享平联合围困县城。各地举义时间定在 11 月 10 日。

前来参加秘密会议的李彧，一听增派陈子和当津洲起义的指挥长，心里难免有些不悦。

经过近些日子的宣传发动筹划，津洲举事已经势在必得，就等一声令下。现在派一个四十八股盟主来当指挥长，明显是想架空他。陈子和是靠乌红旗械斗起家的封建把头，恶事没少做，能服众吗？但为了起义大计，李彧没提反对意见。他认为马司令或是考虑到他还有另一秘密任务在身，才让他当了副指挥长。

回到津洲，已是华灯初上。李彧不顾疲劳，让段冀虎通知几个新近发展的同盟会会员，假装散步，到少帝围的大胆山上开个碰头会。

大胆山，是津洲境内唯一一座平地凸起的小山，东临汀江，西挽湄溪，南临大海，犹如叱咤风云的将帅，迎风而立。树木葱郁，巨石林立的山上，耸着一座古塔"甲秀楼"，宛若将帅背着的宝剑。甲秀楼二层门口有一副对联，写着"书云大手笔，镇海小神山"。这十个字，为山与塔增添了悠深意境和磅礴气势。而山腰，还有一座巍峨石亭叫"进食亭"，侧旁一条雕栏石径从山下直达山上。

月亮还没上来，只有星光熠熠。举目四望，一片苍黑的屋脊，仿佛一只只扑棱着翅膀的鹋鹰，正要引吭高歌，冲上云霄。

山不在高，有仙则灵。这座山原叫待渡山，山下渡口，大小渡船穿梭往来，十分繁忙。只因南宋末年行朝君臣南逃，来到津洲，看中这里地势险要，就在山下安营扎寨。少帝赵昰与赵昺登山远眺，看见前来勤王的宋军船队缓缓驶来，惊魂稍定，胆气俱增，便信口称此山为大胆山。这一御赐封号一直传承至今。而大胆山所在的社区，也从此改称少帝围。

段冀虎与周剑雄、胡见凡、刘巽才来到山上，个个心潮澎湃。

周剑雄也是李彧在县城读高小学堂时的同窗，现为少帝围吴氏私塾学堂的教席。胡见凡是基督教传教士，毕业于李朗神学院，是周剑雄的结拜兄弟。他曾在好几个乡村教堂传道，不久又被玄坛镇初小学堂聘为教员，两年后又重回教堂当传教士。

刘巽才加入同盟会，是李彧特意安排的。巡检司署和城守营房，就在未石城内，要进攻这两个地方，城内必须组织起一支武装力量，作为内应。而组织指挥这支队伍的人，非刘巽才莫属。

一阵寒暄之后，众人在大石头上坐下。李彧向大家传达了县同盟会秘密会议要义，力劝大家服从"指派陈子和为指挥长"的决定。接着，他就动员更多青壮年加入民军，猎枪、火铳和其他兵器是否人手一把，土雷制作了几颗等情况，请相关负责人做了汇报。

段冀虎说："有些上了年纪的大叔，只观望不参与，怕惹祸。"

李彧应道："可见宣传没有深入人心，单靠我们这几张嘴不行。在不惊动衙门的前提下，要让更多民众知道，武昌起义已经攻占总督府和半个武汉，消灭清军大批主力部队，并建立起第一个革命政权。全国各地纷纷响应，清政府已经无力控制和镇压各省的起义。"

周剑雄信心十足地说："虽然时间紧迫，但不少民军的训练还是挺容易上手的。各社头的宗兵，不少人习过武，或参加过乌红旗械斗。一到晚上，我把他们集中在祠堂里，先宣布纪律，再讲打仗的基本常识，然后搞演练，还是像模像样的。胡见凡发动的主要对象是教民，家里大多没有兵器，去铁器铺也买不到，准备明天到外地采购一些。"

段冀虎接过他的话说："眼下各地都在准备起义，估测很难买到，还是由我和家人、伙计，夜里加班，每晚锻造十几把刀锋，应该不成问题。"

刘巽才一拍脑门喊道："乌红旗械斗后，好些大刀蛇矛收缴后锁在祠堂里。只要我拿到钥匙，保证未石城的民军没人空着手。而且，我有个亲戚在城守营队当民军，我让他去兵械库弄几杆枪或三几个炮弹，事成后再重赏他。"

周剑雄问起义时间。李彧答："得跟指挥长商量后才能确定，关键是同志们要不辞辛苦，争分夺秒把准备工作做扎实。"

碰头会结束，大家分开回到各社，向起义骨干分子布置新任务。李彧独自去了万家大院。

李彧夜间频繁来访，门房、丫鬟全都笑脸相迎。自从他与段冀虎探望大少爷后，少东家简直变了个人似的，不但从悲伤萎靡中走了出来，还加强健身壮体，一大早就起来舞棍弄棒，而且三餐饭量大增，体力也日渐充沛。

万老爷与龚夫人露出了笑脸。卧床数月的大儿子，像吃了灵丹妙药，脸色红润了，说话响亮了，不但每天都要看报，还经常躲在舒尧的书房看书。他们猜不透李彧和冀虎是用什么"神力"，使儿子重新振作起来。心存感激之余，对李彧常在他家进进出出，有时还带一些后生哥来东院看望岱源，不但全无介意，还吩咐用人要殷勤款待。

镇上传开武昌起义的消息之后，万泰安心中的疑团似乎有了答案。他揣测这帮后生一定会在津洲搞出大的动静来。他有时想走进书房听听他们说些什么，可是阿琪总在门口守着。阿琪一咳嗽，岱源就会马上出来，扯一些商贸的话题，询问二弟三弟生意做得怎么样，然后送阿爹回内苑歇息。万泰安最疼爱也最信任岱源，他从来不给家里惹祸，加上刚刚经历过一场劫难，万泰安只好打消要岱源说出实情的念头。

万岱源的二弟岱玮和三弟岱仰做生意回来，也会过来问候大哥，陪他说说话，可最近经常吃闭门羹。

岱玮为人诚实沉稳，不耍奸不使诈，在生意场上是一把好手，对大哥十分敬重，大哥要他做的事，不管多难他一定办妥。

这次，李彧提出民军在武器装备上处于劣势，虽然可以在人数上、气势上压倒驻防清兵，但缺少几支像样的钢枪来充场面，唬住敌人。李彧列出清单，希望岱源设法买回几支奥匈帝国生产的曼利夏步枪，和一千发子弹，还注明步枪每支近七十银圆。

岱源私下说服二弟，让他背着父亲从账房支取六百大洋，去香港托人购买枪支弹药。可是，岱玮已经去香港四天了，还没回来。

三弟岱仰带着一盒阿胶片，来卧室看望大哥，见大哥好像有心事，就嚷嚷要大哥说出来，他好为大哥分忧。

岱仰比岱源小五六岁，其实也到了婚娶的年龄。可他在外面游荡懒散惯了，心有些野，脑子也常常缺根筋。生意场上，父亲不敢放手让他独当一面，只让他送送货，收收账而已。没经受过挫折和磨炼的他，不知挣钱艰辛，花起钱来比谁都大方。父亲想为他定一门亲事，好让他多一份责任心，从而改掉好玩懒散的毛病，可他一再拒绝。仆人暗地里叫他"甩手少爷"。但岱仰嘴甜，很会讨人欢心，母亲又偏爱他，事事顺着他，使他的心更不安分了。

兄弟俩喝过工夫茶，岱仰问大哥："你最近气色好多了，又跟李彧来往甚密。爹曾问我，你怎么一下喜欢交友了？我就说，年轻人合得来，话又投机，多聚聚对大哥有好处。爹听了我的话，就没再多说什么了。"

岱源说："大哥要完全恢复，需要一个过程。生意上的事，你要替大哥承担起来，爹的压力才不会太大。你要记住，三分生意，七分做人，你要脚踏实地多向二哥学。再说商场如战场，要多动脑筋，善于抓住商机，更重要的是要讲诚信。"

岱仰敷衍地笑一笑，说："大哥的教导我记住了。我的月例钱花完了，请大哥把下个月的先预支给我，好吗？"

阿琪进来禀报，李彧先生来了。岱源本来不想给三弟钱，又怕他在李彧面前没面子，就从床头柜拿出十块大洋，正准备再劝他几句，岱仰一声"谢谢大哥"，抓过银圆就走了。

李彧在沙发椅上坐下，看岱源有些焦急的样子，就知道枪械还没到手，安慰他别急。他简要告诉岱源，县同盟会秘密会议精神，津洲各社头起义筹备进展情况。夏文珮在屏风外探头探脑，岱源拿起靠枕要砸她，李彧却叫她快进来。李彧开门见山地说："如果让你把书院的同学组织起来，秘密开展推翻清政府的宣传工作，你能胜任吗？"

夏文珮心里乐开了花，举起手又要发誓。

李彧叫她坐下，拿起毛笔和纸张，把他刚构思出来的童谣《稀奇》写下来。然后从怀里拿出一些资料给她，教她如何印制发放传单，为起义营造声势。

两天后，一首童谣在津洲城传开了，小孩会唱，大人也跟着哼：

稀奇真稀奇，

三岁幼儿当皇帝。

金銮殿，金交椅，

摇来摇去哭啼啼。

顺民心，听民意，

快快下台吃奶去。

换新天，犁新地，

创立共和勿迟疑。

　　除了童谣在传唱，一大早起来，还发现门里门外、街头巷尾，有许多传单，净写着清朝政府腐朽无能，邑人要拥护武昌兵变，举义光复津洲，等等。

　　这一招果然灵验，民众猜测已有大批革命党潜入津洲，胆子一下壮了，被邻居好友一动员，个个摩拳擦掌，争先报名当民军。

第八章
民军攻打大衙门　古城光复驱瘟吏

11月8日，陈子和派人送来一封鸡毛信，函令李彧召开一次战前会议，成立起义指挥部，制定攻打未石城方案，同时让骨干人员各司其职，还要每支队伍选一名领队，准备一面旗帜。信末写明他明日辰时抵达津洲，届时由李彧向他复命。

李彧对指挥长的遥控，哭笑不得，但为了起义大计，他认了，不跟他计较。恰好万伯父去汕头未回，他决定下午二时在经纬楼召开津洲起义决策会。

也许大家都等急了，五名同盟会会员和九名民军骨干，都提前半小时来到三楼议事室。李彧知道民军骨干有四个属于红旗派，三个属于乌旗派，便故意问他们，大械斗时，你们水火不容，现在揭竿起义，推翻清政府，你们真能做到同心同德？

七个人异口同声地说，乌红旗有不成文的规矩，上阵时认旗不认人，你杀我、我杀你不能留情；下了战场，认人不认旗，不许夹带个人恩怨报私仇、算旧账。如今一同起义反清，是出于共同意愿，我们当然要同心协力，并肩杀敌。

南国的初冬，没有寒意。议事室里，群情激昂，壮士们说出的话语，掷地有声，折射出一颗颗本色之心和济民兴国情怀。

通过举手表决，津洲起义指挥机构成立，由陈子和与李彧分别担任正、副指挥长，段冀虎任作战司，万岱源为军需司，周剑雄为军法司，胡见凡为军务司，刘巽才为军械司。指挥部将全镇民军编为一个营，各个社头设队，队下面每十个民军为一个排，由段冀虎兼任营长，挑选七位民军骨干分别任队长，几名会使用猎枪、火铳的骨干当枪手。攻城指挥部设在未石城北门外双仁祠，每个社头都要用红布制作一面旗帜，并写上"中华"二字。

接下来研究攻城方案，李彧根据个人记忆和刘巽才的描述，绘制出一张地图。众人围着地图献言献策，作战方案几经修改才最后敲定。发起进攻时间定于 10 日凌晨五时。

傍晚，满脸憔悴的万岱玮终于回来了。他买回五支步枪，一千发子弹，还有八个土炸炮。段冀虎跟万岱源去经纬楼仓库校枪。段冀虎在广州学机械织布时，偷偷学会校验枪械，现在可是双料技师了。

万岱玮这次去香港买枪，遇上大麻烦，差点连人都回不来。恒衍商行九龙分号的掌柜，对军火买卖一无所知。岱玮找门路广的朋友帮忙，朋友引荐他见了堂口的大佬"黑骨仁"。黑骨仁很快就送来了枪支弹药。岱玮叫伙计用草席将"货物"包扎好，装进木箱，天黑后雇黄包车运往码头。路上被三个英国巡警截获，以走私军火罪将他送进监房。分号掌柜得到消息，给堂口大佬送去十根大黄鱼，咬定买枪只为看家护院，求他想办法把人和货捞出来。黑骨仁找了港英警署署长，第二天才把人和货给放了出来。

等段冀虎验完枪械，万岱源回到求芳居，一点睡意都没有，就在寸罄园散步。半个月亮出来了，他只顾看天上两朵白云，差点撞上了心事重重的父亲。

父亲问他："你最近背着我干了些什么，能如实告诉我吗？"

万岱源打起马虎眼："后生人的事，你就别打听了。我跟李彧、段冀虎、周剑雄他们在一起，你怕他们把我带坏了？"

"你在账房里支了钱，又支使岱玮去香港，你们是不是想造……"

"这事，我以后会跟你解释清楚的，请你相信我。"

"我早年希望你读书求功名，你说你厌恶官场，现在你却对生意全无兴趣，反而关心起政治来了。"

"爹，你想说什么？"

"你现在应该关心的是续弦的事。你是长子，我盼望有个长孙。近日，一连有几家大户托媒妁前来提亲，个个都是贤惠可人的大家闺秀。一位是县府衙门洪教谕的大千金，一位是玄沄镇茂祥商行韩儒标家的三小姐，另一家是本埠刘监生的女儿刘巽贞。三家都许诺会送上丰厚的嫁妆。我已与你母亲商量过，认为最般配的应该是韩家三小姐。我准备后天派人前往韩家送婚约，订婚，今晚先跟你打声招呼。"

"爹，别的事我全听你的，这婚姻之事，你千万包办不得。现在都什么年代了。再说我心里只有文君一人，就是仙女下凡我也无意迎娶。"

"人家不嫌弃当填房，你得知足。既然你还惦记着文君，婚事可以放慢些。那你说说，你与李彧神神秘秘到底在干些什么事？"

"我们是发过誓的，我不能说。你就不要为难我了。"

万泰安从怀里掏出一本小册子，在岱源面前晃了晃："外面的传言，我都听见了，你还想瞒我？你可是从来不说谎话的。"

万岱源愣住了，这本《警世钟》是李彧送给他的，他一直藏在床褥下面，怎会落入父亲手中？

万岱源看着父亲，心想，不如以进为退，将他一下："我是看过这本书，从中懂得不少道理。那你呢？认为撰书人所言，是否切中当下时弊？"

"撰书人洞察世事，入木三分。如果能闻钟起舞，中国也许有救。"说完，万泰安把书还给岱源，跨过七步桥，回内苑去了。

求芳居就这样又静寂下来了。可李保乾家的院子，此时依然炉火正旺，叮叮当当的打铁声、风箱呼啦声不绝于耳。段冀虎校完新枪回去，就拿起铁锤，与老丈人、妻子和三个徒弟，一起继续锻造大刀和梭镖。

段冀虎从省城学艺回来，因织布厂没办成而派不上用场，他一点都不着急。倒是打铁铺生意突然好起来了。有几个社头，争相前来定制刀械，说是成立民防队抵御海盗用的，数量也不少。打铁铺的活那么忙，可段冀虎却经常被李彧叫走，去干什么也没说。

可老丈人看传单听传言，已经明白将要发生什么事了，心里不免埋怨起女婿，没有从心里敬重他。

李兰舟也猜出夫君和李彧，正在准备造大清皇帝的反，但夫君不主动说，她也不问。夫君心里藏着家人遭灭门的仇，有了机会谁不想报？

几个徒弟太困了，老丈人让他们先回去睡觉。他点着水烟筒啵啵抽了几口烟，再吸一口气，顿时，两条烟龙从鼻孔里直喷出来。

李铁匠过完烟瘾，开口说话了："孙中山一心发起革命，推翻气数已尽的清王朝，老百姓从心里拥护。只是，他能否坐镇江山，还得看天意。"

段冀虎有些惊讶，平时闷葫芦般的他，竟然说出如此有见地的话，便应答道："爹，天意就是民心。只要仁人志士肝胆相照，矢志不移，推翻清朝指日可待。"

"任何一次改朝换代，都离不开杀戮。可老百姓盼的是太平。"李铁匠喝一口浓茶润润喉。

腰下系着一方席子的李兰舟踩着风箱，停下铁锤，说："老爷子，不把乱臣贼子杀了，天下哪来太平？冀虎哥，我猜出你们是要干大事，我不拦你。

我一向不是胆小的人，只想跟你们一起干。"

段冀虎说："我还有一个想法，爹的武艺超群，参加起义可以大显身手，不知爹意下如何？"

李铁匠看了女婿一眼，说："当年我当师傅，你当徒弟；后来我当丈人，你当女婿；现在你当了营长，要爹当你的手下？"

段冀虎瞠目结舌，没想到闷葫芦消息这么灵通，急忙道："爹，一日为师，终身为父。冀虎永远是你的儿子，是你的徒弟。"

李铁匠哈哈大笑："爹跟你开玩笑呢，你有出息，爹当然要助你一臂之力。"

"那好，就这么说定了。我们一家三口，一同上阵，把清兵杀个人仰马翻。"李兰舟看着郎君和爹，心中充满豪气。

"不行。"李铁匠说，"李家和段家靠你传宗接代，你不能去。"

段冀虎对家人的支持十分感激，为了记下这份情，提议道："我想拥有一把好剑，我们三人一起打造出来的剑。背着它，我不管闯天涯，走海角，都会想起家，想起爹和兰舟妹。"

"好，我藏着一块上好的钢，用来锻造长剑正合适。"李铁匠起身去了卧室，拿来一块黛青色的钢坯。

李兰舟将"司炉"的位置让还父亲，拿起了三号铁锤。

李铁匠用铁钳夹住钢坯，插进火焰随风箱忽高忽低跳跃的煅炉。

一支纸烟的工夫，李铁匠用铁钳夹起烧得通红的钢坯，放在铁砧上，用手里的头号铁锤，试试钢坯的软硬，然后连击两下铁砧。段冀虎与李兰舟抢起铁锤，跟着头锤的节奏，轮流锻打钢坯。锤落火星溅，钢坯在锻击中一点点延伸，红光也一点点暗下去。头锤又在铁砧上连击两下，主锤、三锤停下，李铁匠用头锤继续对钢坯进行修正，然后将钢坯"吱"一声插进冷水里，片刻后再插回煅炉。

就这样七八个来回，长剑的雏形已经呈现。冀虎放下主锤，从兰舟手里接过三号锤。兰舟说要为这把剑取个名字，李保乾说，就叫"青锋剑"。

突然，在真君街李一刀打铁铺值夜的大徒弟慌慌张张冲了进来，对李铁匠说："师傅，刚才来了四个营勇，看见后屋堆放着不少开刃刀械，嚷嚷说，这是谋反用的兵器，先收缴再抓人封铺。我跟他们理论，他们不听，还打人。请你马上过去。"

段冀虎放下铁锤，对丈人说："爹，这事由我来处理，你不必担心。"说完，就跟着大徒弟去了真君街。

李兰舟不清楚营勇是勒索还是发现内情，但知道事情千万不能闹大，必须请岱源哥出面，才能唬住他们。于是，她不顾夜深人静，疾步如风来到求芳居，敲响了临街的大门。

段冀虎一刻钟赶到元康新社真君街，走进打铁铺，只见两个头戴红顶子凉帽，穿着"勇"字号衣的营勇，一手持刀一手叉腰守在前门，另外两个跷着二郎腿在喝茶。

段冀虎上前对喝茶的营勇作了个揖，说："两位军爷可别误会，这些刀械是元康民防队定制的。"

麻脸营勇下巴一拧说："眼线禀告有人想造反，你们拿民防队说事，想蒙混过关？"

段冀虎说："海匪白虎鲨尚未落入法网，万家大少爷怕他卷土重来，出钱为民防队更换新刀械，这也叫造反？"

酒糟鼻营勇脸一沉说："说你造反就是造反，快跟我们去衙门跟骆官长理论去。"

段冀虎正要驳斥，一个响亮的声音从街上传了进来："天下哪来这样的王法？真的不让老百姓活了？"

来人正是万岱源。营勇认出眼前的后生乃万家少东家，连头都不敢抬起。海盗作恶他们当缩头乌龟，受害人为了自卫定制刀械合情合理，但麻脸营勇皮厚，不愿空着手走。

大徒弟把酒糟鼻扯进里间，塞给他八块银圆，说："天有些冷了，我请几位到酒馆喝几盅，暖暖身子。"

麻脸看一眼酒糟鼻，说："不必客气了，既然是万大少爷开了口，我们就不再追究了。"

11月9日，辰时已过，陈子和久久没有露面。李彧带领指挥部成员，在北闸口天主教堂的密室等候，都等得不耐烦了。军务司胡见凡将营、队、排长任命书，各队序列号和民军花名册，交给李彧，只等指挥长到来，让他过过目。军法司周剑雄也拟好了民军条法，等集体表决通过。

十时，传来一阵马蹄声，六七个壮汉骑着马出现在教堂门口。本来说好悄悄而来的陈子和，禀性难移，偏要前呼后拥，招摇过市。他示意随从守在教堂门口，自己傲气十足地走进教堂。

李彧克制自己，将他带至密室，先向他介绍指挥部人员，递上任命书和花名册，再汇报津洲城守署驻兵及起义前准备工作。陈子和从段营长手里拿过作战方案和地图，让他说说如何攻打津洲巡检司和城守署。

段冀虎思路清晰，侃侃而谈，显然已经熟记于心。陈子和挑不出毛病，但也不表态赞许，更没有提出更好的招数。

陈子和对未石城并不陌生，此次出任津洲起义指挥长，他完全可以从南坛调派一两队人马过来配合攻城，可是他却想都没想过要这么做。个中缘由，就是骆官长对陈子和有"恩"。

玄汜卫属军事编制，其总兵官统辖津洲、玄汜、捷成、平海、鲘门等所；巡检司属地方政府编制，又是地方军事管理机构，津洲巡检司管辖包括玄汜在内的陆丰东南片社会治安等事务。陈子和仗势在南坛圩一带欺行霸市，为非作歹，受害人一般先向津洲巡检司署告状。陈子和早就买通骆官长，原告也就注定只有败诉一种结果。如今各地举义反清，骆官长无力回天，不是下台就是毙命，陈子和当然一百个不情愿。所以，他既要威风八面当指挥长，又对津洲的起义漠然置之。

指挥部全体会议结束，陈子和留下李彧，说："你是本地人，明天战斗由你指挥，我坐镇双仁祠就是了。记住，我是指挥长，我有功劳你才脸上有光。"

一场恶战在即，李彧根本没心思想到功劳不功劳。可指挥长总共没说几句话，就大言不惭提出功劳只归他所有。

反清战火熊熊燃起，势不可当。就在津洲召开指挥部全体会议这一天，作为"十属"之首的惠州，出乎意料，"抢跑"成功，城头冉冉升起"井字旗"。

东江同盟会各县代表会议召开后，陈炯明与邓铿从香港潜回归善县城淡水，陈炯明求胜心切，通知派往惠州周边各地组织发动起义的亲信，提前举事。

由于革命党人声威显赫，所向披靡，很快，博罗、紫金、龙川等县起义成功。陈炯明亲自指挥进攻淡水镇的战斗，带领一支当地农民和手工业者组成的队伍，攻占了巡检司署和警署，并将司署官员驱逐出境。

起义军不断扩大，多达一万多人，被编成七个大队。陈炯明将其称为"循军"，取惠州古称循州之义，并以"井"字旗为军旗。后又将其整编为广东革命陆军第一军，陈炯明被推举为总司令，邓铿为司令部参谋长兼循军第二大队大队长。陈炯明自此拥有广东纪律最严明、战斗力最强的一支民军，这也是当时广东唯一一支真正从属于同盟会的军队。这支军队，组成了陈炯明创建粤军的最初班底，也成为广东独立后，陈炯明一跃登上副都督宝座的重要资本。

周边县、镇纷纷被起义军占领，惠州城已经成为一座孤岛。循军要求攻打惠州的呼声日高，但陈炯明仍然希望以"兵不血刃"的最高境界，夺取惠州。

清廷派驻惠州的封疆大吏，一乃广东陆路提督秦秉直，一乃广东水师提督李准。陆路提督秦秉直，辖新军八个营，多为骁勇善战的湘军。除两个营在博罗、坪山被起义军缴械外，尚有六个营镇守惠州、归善。统带洪兆麟，辖两个巡防营，其中一个营，步兵六百余人，炮兵一队近一百七十人，火炮六门，扼守飞鹅岭高地；另一个营，步兵四百多人屯扎环城一带。统带许德普辖巡防营兵两个营，一个营与炮兵队镇守惠州城；另一个营驻防归善县城。

起义军的包围圈越缩越小，惠州城四面楚歌，众情惶惶。陈炯明审时度势，派开明商绅充当说客，劝谏秦秉直投诚。然秦提督乃湘勇出身的悍将，他早与师爷约定，誓不投降，宁与惠邑共存亡。他拨给团练局三百支枪，让他们加紧招募练兵，以协同守城，且在城内挖掘地道，填埋炸药，准备在府城被攻陷之时，引爆炸药，与满城百姓同归于尽。

软的行不通，只能来硬的。邓铿率循军千余人进攻归善县城，在馒头岭与清兵巡防营六百余人相遇，激战两个半时辰，在拉锯战中互有伤亡。民军斗志旺盛，清军不敢恋战而退守原防地。而广西人王和顺组织的"惠军"，也在同日举事，向惠州城挺进，被清军洪兆麟营阻截于城南飞鹅岭。双方血战两天两夜，依然相持不下。

邑人闻悉血战惨烈，惊恐之余又愤恨填胸，认为除了游说巡防营官兵起义，别无破局良谋。陈炯明会见与洪兆麟有交情的惠城绅士苗致信，让其携密函规劝洪兆麟倒戈。加上惠城绅士廖计百、林羡知等从旁鼓动，洪兆麟醒悟，同意率军起义，带所部兵马撤出飞鹅岭。

水师提督李准，是清代维护南海诸岛主权最得力的海军高级将领，由于多次在广东镇压革命党起义，深为革命党憎恶。清军迟迟未能平息武昌兵变，他又被革命党暗杀团炸成重伤，镇守要塞的洪兆麟已经投降，他知道清政府大势已去，遂率清军水师向革命军举起白旗。

为了免使生灵涂炭，李准还派员随同惠州知府徐书祥，前来劝说秦秉直，献城投降。秦秉直登上城楼，只见起义军旌旗猎猎，一声仰天长叹，遂点头应允。

11月9日，大清黄龙旗，从惠州城楼晃晃悠悠飘落于泥尘中。循军井字旗在欢呼声中，高高升至旗杆顶端。陈炯明翘动两撇大胡子，拊掌豪笑。他真没想到，惠州反倒先于玄沄卫，以"不战"而光复，并自此成为他与粤军的大本营。

同日，广东宣布独立。

而夺取海丰县城，已成唾手可得的小菜一碟。

11月7日，海丰知县张恩孝听说大批民军在梅陇圩集结，准备攻城，吓得面如死灰，急忙带着家眷和财物，开北门逃走。

8日一早，陈炯明下令惠州民军司令刘镜清和邓轸，抢先攻占鲘门。两位首领骑着白马，腰插短火枪，背悬大砍刀，率领百余武装，奔抵海丰与归善交界的海边，一举夺下玄沄卫右营千总防地鲘门炮台。然后率领一个小队，奔赴海丰县城郊外。

钟景棠、黄杰群闻讯，带领海丰各路民军汹涌而来，准备跟随刘镜清、邓轸，进攻海丰县城。民军的呐喊声吓坏了海丰城守黄森泉，他见事势不妙，迅即带领三百余名兵勇，冲出东门，逃往陆丰县城，占据了龙台山，准备负隅顽抗。

10日，海丰县城宣告独立。起义军在原衙门内成立海丰县临时军政府，众人推举刘镜清兼任临时知事。

就在海城独立同一天，津洲民军进攻未石城大衙门战斗打响。

三更一过，未石城北门外的双仁祠，亮起了灯火。指挥长陈子和还在耳房呼呼大睡。而指挥部其他六名成员，既兴奋又紧张。他们因毫无作战经验，也为了检查落实战前准备工作，个个通宵未眠。

刘巽才自从当上军械司，做事十分卖力，他按照李彧的要求，选派几名机灵的后生，暗中监视巡检司和城守署营舍，一有风吹草动，迅即向他报告。他召集未石城民军队长刘壮和三位排长，宣布纪律和起义时间，要求一旦听到枪声，立即打开城门，接应城外的民军进城。

周剑雄对枪手和炸炮手进行培训，要他们跟在段冀虎身边，在进攻时一马当先，杀出血路。

胡见凡带领三个排的民军，在西面的鸡公岭埋伏警戒，准备阻击南坛或玄沄卫赶来增援的清兵。

万岱源与司副李云阶负责后勤补给。当他正为准备哪种干粮才合适而举棋不定时，夏文珮看见邻居生男孩满月，正在逐家逐户派送红鸡蛋，大受启发。遂对表姐夫说，以鸡蛋当点心，再发给每人一条红腰围。这样一来，身系红腰围的民军，会显得更加精神威武，清兵说不定还会将鸡蛋当成私密武器。

万岱源朝她竖起大拇指，立即去禽蛋行买了十几篓鸭蛋鹅蛋，又从自家的绸布店拿来两匹红布，送到真君街几位民军的家里，让他们先把蛋煮熟了，再将红布裁成长短一样的腰围，然后一条腰围五个蛋捆裹好。

夏文珮说要当秋瑾，为表姐和舒尧报仇，要求参加明天的战斗，万岱源坚决不同意。夏文珮不让步。万岱源只好答应她找十几位胆子大的同学，配合郎中，为起义军受伤的民军，敷药包扎伤口，喂水喂饭。

半个月亮挂在树梢，满天的星星随寒风一颗颗隐去，阵阵鸡叫声中，天麻麻亮了。战斗进入倒计时。

各路民军，早已集结在未石城北门外城隍庙前。黑压压的三百多号人马，个个持枪携刀，彪悍威猛。奇怪的是，人人腰间系着清一色鼓鼓囊囊的红腰围。

东方的云霞被点燃了，城隍庙后的蟠龙塔，仿若一把出鞘的宝剑，直刺苍穹。未石城的北门城楼，被涂抹上一层瑰丽的红色。

一声枪响，子弹穿过古老城墙的垛口，射向巡检司署的上空。北门城楼下两扇沉重的大门，在吱嘎嘎声中被打开了。

背着青锋剑的段冀虎一个箭步，登上祭坛，迎着曙光唰地亮出十八星旗，一左一右两个旗手，也挥舞起手中的红旗。七支民军队伍的队旗跟着高高举起。

又一声枪响，这是进攻的号令。段冀虎把十八星旗交给主旗手，拔出寒光闪闪的青锋剑，高喊一声"壮士们冲呀！"率先冲进北城门。

"弟兄们冲啊！"起义军大声怒吼着，像决堤的洪水涌进未石城。

起义军迅速分成两路，一路由刘壮领头沿北门街直行再右转，直扑巡检司；一路由刘巽才带路，绕小巷悄悄包围了城守官署和清兵营舍。

城守大人被惊醒了，他知道在劫难逃了。其实，眼线早就向他禀报过，有"乱党"在四处活动，可对局势心知肚明的他，不敢轻易出兵镇压，只怕一朝激怒了"乱党"，末日会来得更快。他先后两次派人向玄沄镇李总兵告急，请求派大兵前来镇压，谁知信使竟然一去不复返。

如今"乱党"果然聚众暴动，包围官署营舍，当然不能坐以待毙。别小看他手中那二十条汉阳造快枪，一百多号人马，鹿死谁手，还说不定。城守给自己壮足了胆，传令下去，快枪队在前，标枪队押后，迅速出击，冲出营舍，与乱党展开搏杀。可是，起义军已用栅栏将东、南两道门堵死。

城守命令快枪手爬上屋顶，居高临下向乱党开火，标枪队趁势突围。起义军早有准备，纷纷举起又厚又大的锅盖当盾牌，抵挡快枪队的子弹。标枪队拥到门口，起义军的洋枪、火铳、猎枪一齐开火，很快就将其逼退。战斗处于胶着状态。城守大呼快扔炸炮，随即有几个导火索咝咝冒烟的炸炮落在起义军阵前，被手疾眼快的民军捡起，又扔回营舍里。

炸炮爆炸了，城守和清兵吓破了胆，急忙把大门关上，用檩木牢牢顶住。周剑雄吩咐五队队长林拱初，派人到柴草市场运来柴火，准备发起火攻。又叫信令兵绕到东翼，告诉刘巽才，敌人突围方向可能转向东门，不可掉以轻心。

巡检司这边，战斗颇有几分戏剧性。

骆官长因为武昌兵变患上了焦虑症，导致失眠，常常以喝酒来买醉。起义军冲至衙署前，他还鼾声如雷做着白日梦。师爷不得不捏住他的鼻孔，将他憋醒。骆官长翻身起了床，正要冲师爷发火，听见衙署外传来枪声和浪潮般的怒吼，吓了一跳。

骆官长穿上官袍，战战兢兢来到衙署前门。透过缝隙，看见十八星旗下，高举枪械刀叉的民军，个个杀气腾腾，人人腰系沉甸甸的红布兜，好像装着小型炸炮，差点没吓尿了。他返回大堂，看见平日作威作福的捕头皂吏，个个像老鼠遇上猫，只想找个洞钻进去，不由怒从中来："刀还没架你脖子上，就个个如丧考妣。都滚往前院去，把顶门的石板抬来，将门顶死。其余的都上屋顶给我守住，不能让反贼翻墙进入院内，城守大人很快就会带兵过来解围。"

巡检司虽然兵力不多，但营勇衙役凭借高墙大院，负隅顽抗，民军想破门而入，没那么容易。民军只好搬来竹梯，准备爬上屋顶，用炸炮从里面把大门炸开。

可捕头营勇抢先一步，占据屋顶，发现民军正顺着竹梯往上爬，忙用枪尖将梯子挑翻。民军连人带梯倒了下去。

李彧举起短火枪，段冀虎举起洋枪，双双扣动扳机，射击屋顶的营勇。可他们往屋脊一躲，子弹从头顶飞过，奈何不了他们。段冀虎怒吼一声："快拿炸炮来，给清廷走狗一点厉害看看！"

一队队长范妈鲁抱来三颗土炸炮，段冀虎和一队长一人点燃火绳，一人用力抛进院子里。轰隆三声巨响，衙署冒起浓烟。起义军齐声欢呼起来。

李彧趁机向衙署喊话："衙门里的人听着，革命军已将你们团团围住，只要停止反抗，交出印信，并命令城守官长投降，可以放你们一条生路。否则，你们性命难保。"

巡检司一片死寂，没人回话。

段冀虎灵机一动，叫民军把腰围解开提在手中，跟着他一起喊："清廷走狗降不降，不降我就扔炸弹！"民军一齐举起沉甸甸的红腰围，摆出要往衙门里扔掷的姿势。

屋顶的清兵吓破了胆，一个个溜回院子，躲往后院。巡检史骆官长一听又要扔炸弹，双腿抖得快站不住了。他一连问了师爷三个怎么办。

师爷听见城守署营舍方向传来阵阵枪声和爆炸声，就对骆大人说，城守大人不会那么快过来救我们，还得设法先稳住乱党。

骆官长寄希望于城守领兵杀将过来，他就可以带上印信和金银财宝，在快枪队掩护下突围逃往县城。如果自己主动开门投降，印信和大笔钱财，肯定会被乱党抢走，那他的巡检史九品官，不就白当了吗？

为了拖延时间，他让师爷透过门缝向起义军回话："诸位义士，先别扔炸弹，骆大人愿意投降。可是，就怕上司怪罪下来，全家老小十几口人，都得上断头台。再说，骆大人管不了城守官长。还是请众义士网开一面，放小的们一条生路，日后做牛做马报答诸位。"

渐渐地，城守营舍那边枪声稀落下来，骆官长以为快枪队镇住了乱党，急忙返回后堂起居室，手忙脚乱收拾起印信公函和金银细软，只等城守率领官兵掩杀过来，立即开门随同他们一起逃跑。

李彧正要派人前往城守署那边察看，周剑雄的信令兵已经来到他面前："清兵火力强，用快枪、弓箭伤了我们十几个人，形势告急。"

段冀虎抽出青锋剑，怒目圆睁，对李彧说："我带四队过去增援。衙署这边，得先拿下，建议启动预案。"

李彧说："好！你可得小心些，对付快枪队，只能智取，不能硬闯。"回过头他朝七队队长打了个手势，喊道："发起强攻，檑木破门！"

憋足了劲的七队长范十三大吼一声："上！给我狠狠地砸！"

只见二十几个民军，用绳子抬起一段又粗又长的檑木，疾速冲至红漆大门前，再煞住双脚，檑木随惯性重重撞在结实的大门上。李彧又指派一位排长，带领民军绕到后院，架起梯子，来个前后夹击。

巡检司大门经不起檑木的接连撞击，轰隆一声倒塌了。李彧和枪手开着枪，一马当先冲了进去。起义军怒吼着拥进衙署大院。衙役捕快营勇吓得或抱头鼠窜，或跪地求饶。

李彧命民军逐室搜寻，未找到骆官长。

而段冀虎带领第四队援兵，赶到城守营舍南门，看见栅栏已被炸毁，清兵正准备往外冲。周剑雄上来报告："原先准备采用火攻，可是风向突然变了，怕殃及居民，只好放弃。"

段冀虎灵机一动，派四名民军，去未石城西门的简记炮仗作坊，把现有的烟花爆竹全都搬来。

风停下来了，可以发起火攻了。段冀虎让民军先扔土炸炮，再用煤油引燃柴火，由两人执持锅盖保护投火手，冲向清兵营舍，将柴火扔向墙根或抛进院内。一时间，营舍大门和两侧，大火冲天，浓烟滚滚。屋顶的清兵哭喊着，很快就不见了踪影。

去西门的民军挑着两筐爆竹，回来了。众人一起动手，借着烟火，冲上前去，把点燃的烟花爆竹，直往营舍里扔。顿时万炮齐鸣，硝烟腾空。

周剑雄看见有四枚威力很大的天花炮，叫四位民军抱起一齐扔向营舍大门。铁门被炸开了，起义军吼声如雷，冲进营舍里面。

几个清兵举着白旗，从营房里走出来，对起义军义士说："我们愿意投降，我们也要反清。"有人认出他们是炮轰白虎鲨的那几位小子，就向段营长做了介绍。段营长握住他们的手说："欢迎你们反戈。马上带路，捉拿城守官长，别让他跑了！"

降兵中的小头目说："城守逃不了，我已吩咐几个兄弟看住他。你们跟我来。"段冀虎手持青锋剑，跟随他们直奔后院的城守官邸。经过官佐室的屋檐下时，看见有人躲在窗后，朝他开枪，急忙一闪，顺势一个鹞子翻身，破窗而入，青锋剑一挥，结束了偷袭者的性命。

监视城守的清兵走上来，朝东厢房指了指。段冀虎厉声大喝："屋里的人赶快出来！"没有人回话，只听见砸窗棂的响声。段冀虎一脚踹开房门，城守半个身子已经钻出临街的窗台。段冀虎腾身一扑，揪住城守，将他揪了下来，用青锋剑顶住他的胸口，喝令他交出官书印信。城守空有一身武艺，却当了阶下囚，只好把系在腰上的布兜解了下来，递给段冀虎。

周剑雄带人对营房进行搜查，许多清兵早就四散逃跑了。刘巽才带人收缴武器，并把俘虏押往巡检司听候发落。

巡检司那边的起义军，已将藏在茅房魂不附体的骆官长和师爷抓获，还从他们身上搜出官府印信和金银珠宝。

巡检司署大堂挂起十八星旗。指挥长陈子和由保镖和亲信簇拥着，在翘头法案前就座。起义军和欢欣鼓舞的百姓，里三层外三层，把昔日的大衙门围了个水泄不通。

脸色煞白的骆官长和城守等人被押上大堂，陈子和敲响惊堂木，历数起清王朝的罪状和无能，让众俘虏跟着他高喊"推翻清廷、建立共和、驱逐洋人"的口号，然后厉声宣布："津洲古城独立，脱离清朝统治。所有清朝吏官，全部逐出津洲，营勇衙役，全部遣散回家。"

全场立即响起雷鸣般的掌声和喝彩声。

片刻，阵阵喧天锣鼓，在大门外响起。各方翘楚商绅，纷纷前来祝贺，乒乒乓乓的鞭炮声，响个不停。前来看热闹的孩子们，同声同调唱起"稀奇真稀奇"的童谣。

第九章
厉兵合围玄沄卫　李彧劝降李梦说

津洲城沉浸在胜利的喜悦之中。万岱源、李云阶与李兰舟，带领各社头的炊事人员，为民军送来一担担菜饭肉汤。李云阶是副军需司，民军起义所需的粮食、布鞋、药品等，全由他解囊捐赠。夏文珮的学生救护班，在郎中指导下，为伤员止血敷药，包扎伤口，再送往医馆。所有伤员全都安顿妥当后，他们才回到大衙门吃饭。

指挥长陈子和没等大家吃完饭，就开始发号施令：本县起义司令部有令，津洲民军，明天开往玄沄城，围攻总兵署，捉拿李梦说。我会带领南坛起义军，在玄沄城外与你们会合。大伙要备好行装，依时启程，决不许随意退出，当逃兵。

陈子和对蹲着跟民军一起吃饭的李彧说："津洲光复的捷报我已写好，回去即派骑手呈送马司令。明天我们在玄沄再相聚。有你当本指挥长的副手，真是天作之合。"说完，马鞭一抽，带着随从走了。

李彧没心情继续吃饭，便召集排长以上骨干开会，部署好第二天移进玄沄城的各项工作，末了让万岱源发给每个民军两块银圆，作为安家费。对五位在战斗中牺牲的义士，同样由万岱源先垫付每人二十大洋的抚恤金。

李彧抽空回了一趟家。起义之事，他之前对父亲只字未提，现在有必要向他解释一下。

乌红旗械斗后，加上大哥李沛不知去向，李府一度门可罗雀，父亲的头发也白了不少。李彧不希图门庭若市、车马络绎不绝，但他担心父亲会因寂寥而病倒。母亲体质虚弱，无法照顾好父亲。庶母倒是一点不显老，齿白唇红，精力旺盛。得跟庶母沟通沟通，让她把这个家撑起来。

步入正房会客厅，父亲送走一批故交刚回来。李举人对小儿子揭竿举义驱逐骆官长出境，心里十分解气，但聚众造反，是乱了纲常的反叛之举，他又惴惴不安。

眼看，一副新潮装束的小儿子，紧挨着他坐下，侃侃而谈，从孙中山同盟会、武昌兵变，到各省宣布独立、惠州城光复，直说得他思潮起伏，心一下敞亮了。

清廷气数已尽，朝代更迭，不可逆转。只是没有皇帝，实行共和，老百姓心中再无至尊圣人可顶礼膜拜，这国家还好治理吗？

三姨太见到小少爷，如同见到气贯长虹的将军，顿觉一潭死水的李府，豪雄之气横溢。她不免含情脉脉，多看了小少爷几眼。

恍惚之中，想起寡情薄义的李沛，话没留下一句，就扔下她，扔下一家老小不管不顾，大半年才给老爷来过一封信，说什么立志从戎，日后求得一官半职，再回家光宗耀祖。而对她，连一个字都没问及。

李彧见三娘目光游离，若有所思，就说："三娘，彧儿不孝，一年到头也没给你请过几次安。咱这个家，日后你还得多担待些。天气冷了，你得多添置些衣裳被褥。我这就去你那边看看，缺少些什么，好吩咐小的们，给你买回来。"

三姨太一听，心醉如醺，立刻吩咐婢女先去准备茶水，自己陪着小少爷，袅袅婷婷而行，一起来到东跨院的居室。

李彧可以说是李家唯一能理解三姨太的人。她出身商贾人家，小时读过私塾，只因其父为了依附权势，将水灵灵的女儿嫁给父亲当三房。三姨太有心机，但心地善良，敢作敢当，又能协调好全家的关系，虽谈不上贤惠，但与母亲相处还算和睦。遗憾的是嫁入李府数年，至今尚无生下子嗣。李彧知道三娘过得憋屈，假如她当年的婚姻可以自己做主，或许现在已经儿女绕膝，日子过得甜甜美美。

乔氏一回到自己的小天地，开始心旌摇荡起来。她叫婢女把茶撤了，换上果酒，并为小少爷拿来个大一号的酒杯。李彧说他不能喝酒，一口都不能沾。三姨太把酒端到他唇边："来，津洲的大英雄，干了这一杯。"

"谢谢三娘。"李彧接过酒杯，顺手放在方几上。

"不行，现在的你已非昔日的你，津洲人都说你有大将风范，顶呱呱的。是不是要三娘，喂你喝？"

"我公务在身，不敢造次。等大功告成，我再陪三娘一醉方休。"

"我知你胸怀大志，但你别忘了，你爹像你这么大时，已经娶了二房。"

"成家必先立业。家里如再逼婚，我就更不敢回来了。"

"在这件事上，我对你是有功的。老爷好几次要为你定亲，都被我略施小计给搅黄了。"

"你懂我，谢谢。我想跟你谈谈今后这个家……"

"我能懂你，你也得懂我。我心中憋屈，还得在众人面前强装笑颜。"

三姨太看着李彧，眼泪潸然而下。老天爷真是造孽，自己一直在意的人是李彧，为何却让不人不鬼的李沛上了床？说到底，李沛充其量是她渴慌了随手抓住的一盅毒酒，假如他有他弟一半的情致抱负，她也不会如此懊悔，如此恨自己。

李彧慌了，不知自己说错了什么，惹三娘伤心，便满怀歉意地说："三娘，你受了谁的气，请说出来，我为你主持公道。"

乔氏目光痴迷，嘴唇哆嗦，语无伦次："有你这一句，我心满意足了。你是知性知情之知己，却不知我好冷。"

"三娘，你在发抖，到底怎么了？"李彧急了，又手足无措。

"我冷，真的冷，你能抱抱我吗？"三姨太想抓住李彧的手。

李彧在省城见惯男女洋人当众搂搂抱抱。但三娘渴望的好像不只是温暖。他确实同情她，但必须让她回归理智，坚强起来。

李彧目光灼灼，语气坦然地说："论年龄，你是我的姐姐；但论辈分，你是我的庶母。你以后的日子，想变充实，想施展你的智慧，那就大胆撑起这个家。家里有织网厂、晒脯场、修船厂，你可以直接管起来。与人合股的盐田，官盐、私盐的账目，你也可以直接去查。这些，我会正式向我爹提出。"

三姨太脸红了，知道小少爷是真的懂她，不无感激地说："你为我指路，我谢你。我会学你，撑起咱的家，一定不会让你失望。"

她咬咬牙关暗自发誓：斩断孽缘！用行动洗刷过去乱伦的耻辱。

翌日清晨，段冀虎叫号兵吹响螺号，起义军在城隍庙前集结。

兵马未动，粮草先行。万岱源已于一个时辰前，带领军需保障人员，先去了玄泷。李彧让他骑着缴获的马匹出发，来迟一步的夏文珮揪住马缰，要跟万岱源乘同一匹马去玄泷。万岱源坚决反对。夏文珮说，革命不分男女，不管当向导，还是当救护排长，没有人比我更合适。

李彧想起自己身负的秘密任务，如果有夏文珮当帮手，那是再好不过了。于是答应夏文珮，跟着主力部队出发。

津洲民军午后抵达玄泷，与陈子和率领的南坛民军，驻扎在玄泷卫城郊六里岭。有城里的内应前来通报，玄沄城晚上戒严，不许任何人进出，没重要的事，不要往枪口上撞。

傍晚，李彧说他必须先熟悉一下玄沄城的地形路径，叮嘱段冀虎、万岱源看管好津洲民军，自己在夏文珮掩护下，潜入玄沄城。

来到位于南门的镇台衙门一看，门前有三重亲兵把守，围墙外有四队流动哨巡逻，估计连苍蝇都飞不进去。

李彧让文珮在茶馆喝茶，自己拿出名帖，来到镇台衙门前，向一位吏员表明自己是省城记者，现有要事求见总兵大人，请吏员带上名帖，向李大人禀报。

李梦说看了名帖，往桌上一扔，心里好不纠结。当年在南韶，他喜欢李彧，想认他为义子，可他母亲说八字相克，没有答应。现在李彧在省城当记者，特地跑到玄沄，要求见他。李梦说断定，李彧不是乱党，就是受乱党之托，前来当说客。

这臭小子，太不自量力。孙中山先生曾致信劝我参加革命，我以"一臣不事二主"为由，断然拒绝。现在乳臭未干的他，竟敢撞上门来，想尝尝军棍的滋味，还是想吃枪子？

回首往昔，对他的聪明、伶俐、可爱记忆犹新。弹指间，他考上了法政学堂，如果不是废除科举，他中个进士，轻而易举。基于对李彧的爱怜，李梦说让吏员传求见者进来见他。

李彧被亲兵卫队搜了身，跟着吏员，在衙署内宅客厅，见到身穿武官补服的李总兵。

玄沄镇总兵李梦说，山东阳谷人，出身武科状元，身高六尺，胆勇足备，神力无比，步射骑射箭法精准，更能将一把五十斤重的青龙偃月刀，挥舞出阵阵寒风。光绪三十二年（1906 年），李梦说署广东南韶连镇总兵。时李举人在连州任知县，两人禀性相近，又是同宗同源，故交往甚密。后李举人因回家为父守孝而离任，李梦说也于宣统二年（1910 年）出任玄沄镇总兵。虽然又在同一县邑，咫尺之遥，两家关系反倒生疏了。

李彧还是像小时候那样，言笑晏晏，一口一个"义父大人"，硬把李梦说那颗凝着薄冰的心，给烘暖了。李彧认为火候到了，直言玄沄城两天内将被数万民军包围，劝说义父不必当大清的殉葬品。

李梦说愤然变色，要他把话收回去，否则将传唤亲兵，将他打入囚牢。

李彧泰然自若，引古论今，说话无不义理通达、言辞诚恳。李总兵口拙辞钝，想反驳驳不过，想生气气不起，至死效忠清廷，与玄沄城共存亡的决心，也就慢慢松动了。

只是，他嘴上还骂乱党受洋人蛊惑，弃顺效逆，有违天理，让李彧从哪来滚哪去。

在玄沄城内做内应的罗觉庵，成立了暗杀团，准备用炸炮炸杀李梦说。当他听李彧说，李总兵意志有所动摇，坦言不忍目睹玄沄生灵涂炭，立即改变主意，派人命令暗杀团暂停行动。罗觉庵要李彧有足够的耐心，明天趁热打铁再去总兵衙署，催促李梦说与革命党首领会面谈判。

李梦说再次见到李彧，虽然说话语气不再偏激，但依然举棋未定，犹有继续观望、等待救援之意。

玄沄城，坐落在津洲西南五十里处的玄沄湾畔，城高两丈，墙厚八尺，周围一千三百二十丈，全城面积约一千四百余亩。城内设有总镇署、游击署和守备署等三府署，及石桥场盐务署。城中兵械精良，军力强盛。故此，欲以革命军各路临时聚合的民军，攻破玄沄卫，确非易事。

曾享平、卓乾初率领博善、湖清等五路民军，也来到六里岭，隐蔽集结在另一村子。因为传来消息称李总兵有可能投降，所以，他们只能按兵不动，就等司令部下达正式命令。

其实，由马柳庭、陈洪畴率领的附城三中队民军，已于13日抵达玄沄城外土龟岭。当晚，在防军营长刘介臣等内线的策动下，马柳庭指挥民军，扑向月色朦胧的玄沄城。因为有内应，他们不费一枪一弹就冲进南门，将镇台衙门团团围住。陈洪畴领引民军们齐声呐喊："李梦说，阳谷人，双亲等你去孝养，缴枪投降回山东！"

李总兵在梦中被喧闹声惊醒，却见亲兵押着进入衙署观察动静的哨官邹品三，来到内宅。李梦说怒不可遏，对其破口大骂，并挥刀将其劈成两段。

马柳庭司令听说革命军内线邹品三被斩，即刻下令进攻镇台衙署。当民军蜂拥冲入镇署围墙时，遭到亲兵机枪卫队居高临下的疯狂扫射。武器简陋的民军当场伤亡数十人，只能退至衙署围墙外，散开队形团团围住镇署，再开枪反击。

李梦说仗恃武器精良，命亲军掩护传令兵冲出重围，传命刘介臣营长与玄沄警察队前来围剿民军。但传令兵带回的消息让他心如死灰，刘介臣营部已竖起白旗宣布独立，警队也已不肯听令。

李彧不顾个人安危，要求进入镇台衙署，劝说李总兵别再心存幻想，拿家人性命当赌注，敦促他尽快与起义军谈判，以免两败俱伤。

马柳庭同意，以司令的名义，写了一封希望双方停火，坐下来谈判的信函，交给李彧。

李彧再次被卫队搜遍全身，才肯放他进入镇台内署。李彧告诉李总兵："陆路提督秦秉直和水师提督李准，都已献城归顺革命党，海丰知县张恩孝也早已弃城逃跑，东江十属，只剩下陆丰县城和玄沄镇还打着大清的旗帜。出于民族大义和百姓利益，义父你还有什么可犹豫的？你还想为大厦将倾的清廷喋血孤城？"

李梦说看过马柳庭的劝降信，摘下嵌有顶珠的官帽，想起自己当年是慈禧太后钦点的武状元，当下乃是堂堂的正二品武官，答应投诚的话，到了嘴边又咽下。他把官帽又戴回汗珠沁凉的头上，正色道："君使臣以礼，臣事君以忠，天理之所宜。不义而苟且偷生，于我如浮云。还是容臣再斟酌斟酌。"

李彧没想到一个身高六尺的武将，会这么恋旧，这么舍不得昔日的荣耀，便对他说："孙中山总理如果知道你已省悟，定会委任你为新军将帅，你可以为民国再立奇功。"

李梦说对李彧在他杀了邹品三之后，还敢来劝谏他，心生感动，便对李彧说："吾自知朽木难以充栋，但共和可否复兴，尚未可知。出自对汝等革命之同情，吾有意与革命党媾和，商议自治前提。"

晓月如轮，枪声隐约，冷风刺骨。

曾享平、陈子和、段冀虎、卓乾初等义军头领，听说马柳庭已带领附城民军包围了总兵署，遂命令集结于六里岭的七路民军，明早从北门进城。

15日早，城内民军打开城门。在龙山高等小学数十位同盟会员的带领下，众首领率民军列队从北门有序行进。一路上，城内街坊燃炮迎接。正午12时，玄沄城内绅士在南城门竖起五色旗和井田旗，与义军一齐庆祝起义胜利。这座明清两朝的军事重镇，终于宣告光复。

玄沄卫的威胁业已解除，各位首领将各路民军安顿下来，然后以都司署为司令部，召开起义军领导人会议。鉴于陆丰县城仍未攻克，会议决定由马柳庭、陈洪畴率领三中队回师陆丰，其他民军继续留守玄沄。为了接管总镇署军械库军需物资，增补万岱源为司令部军需官。

会上，同盟会领导对是否重用陈子和存有不同看法。马柳庭对他甚为倚重，认为他任劳任怨，颇有谋略；而曾享平、李彧认为他是一位投机革命者，而且威望不孚，难以御众。他俩与罗觉庵欲推荐玄沄卫中军副将张颉堂为副司令，却遭到其他民军首领的坚决反对。

11月16日，罗觉庵、曾享平派李彧再入总镇署与李梦说交涉，要其及早迷途知返，速即颁布投降令。李梦说已知官位不可能保留，答应交出枪械，作为交换条件，要求起义军司令签字保证其全家老少安全。

双方协议签订完毕，曾享平派起义军司令部军需司万岱源等，来到总镇署军械库交接武器。没想到狡猾的李梦说，已事先令手下将枪械撞针挫短，革命党拿到手也不能用来攻击他们。当万岱源带领林拱初等正在与李梦说手下交接军械、印信之时，早已蓄谋夺取玄沄卫全部枪械的陈子和，不听罗觉庵、曾享平限令约束，带领所部一百多人蜂拥而入，争夺正在移交之中的枪支，并与民军发生流血冲突。城内军心动荡，秩序大乱。

而范妈鲁、范十三发现缴获的枪支撞针被损坏，怒不可遏，即率部分津洲民军拥向南门镇署大门口，扬言要杀了李梦说。幸好李彧、胡见凡及时发现，拼死将他们拦了下来。

傍晚，宿营在三府署的民军又开始抢夺镇署财库。司令部军需司副手李云阶、林拱初，不得已令卫兵用轻机枪扫射，连毙十数人，才镇压住了乱哄哄的场面。

起义军的内讧与失控，让李梦说萌生了扳回败局的反意，他认为民众已对起义军心生怨怒，而革命党所持有的枪械又不能使用，于是便煽动镇上民众，配合官军捉拿假革命党，还许以每抓获一人赏银十元。

当夜，玄沄城火光通明，总镇亲军及当地拥有兵丁的士绅，分头四处搜掠，一见到陌生人就抓，然后将捉到的"人犯"押至总镇署大堂领赏。时至子夜，已有百余名民军被捕。有三名革命党人提出抗议，痛斥李梦说是清朝走狗，被其挥刀劈死。

夏文珮请假回家洗澡，看见亲军在抓冒牌革命党，便四处寻找李彧和万岱源。有人告诉她，他俩护送伤员去抢救。她猜测去北门西医馆可以找到他俩，就拼命奔跑起来。

李彧听文珮说李总兵杀革命党，立即赶回总镇署。看见亲军正要将罗觉庵等人处死，李彧怒喝一声"刀下留人"，冲进内署中堂，义正词严斥令李梦说，指出起义军副司令罗觉庵及曾享平之弟，尽在拘捕之列，若不立即释放被抓民军，他一声令下，署衙恐怕片瓦不存。

李梦说被义子的气势给镇住了，自知做得确实过分。而总镇署中府副将及城内有名望的绅士见情形不对，也纷纷劝说李总兵放人。

李梦说不敢怠慢，亲自为罗觉庵等人松绑，并下令将所捕之人尽行释放，然后在内署中堂置酒为民军首领压惊。

再说马柳庭、陈洪畴二人，带着第三中队民军，回到陆城郊外磨海村，正要派人联系另外两个中队，于次日举兵攻打县城。手下进来报告，由海丰溃逃而来、盘踞于龙台山的清军守备黄森泉，派书记官前来求见。

原来，黄森泉已知悉玄沄卫被革命军占领，这令他坐立不安。但太过天真的他，自以为只要向马司令求和，就能保住手中掌握的武装力量。于是，黄守备派书记官为代表，出城向革命党求和。

马柳庭对来人说："准降不准和！黄守备必须于明早携带印信及驻军花名册，前来投降。如敢抗拒，数千起义军将于翌日进攻龙台山和县署。"

马柳庭之所以敢说硬话，是他在举兵玄沄之前，就派手下暗中侦查县城军警的实力，知道驻扎龙台山的黄森泉营，辖下官兵只剩二百五十人，一半为潮汕嘉应籍，一半为海陆丰籍，配有日本造村田步枪二百多支，粤造小型火炮一门。而城内县署所辖的游击队七十余人，刀矛杂枪参半，由县知事沈秉铦直接指挥。

县城同盟会员采取各种方式，展开形势宣传、亲情攻势和奖赏策略，瓦解黄森泉营的军心，收到奇效，致使清兵脱逃者达三分之一，携械投降者六十余人。因此，马柳庭对黄森泉的求和不屑一顾。

翌日，县城周边七个乡镇的革命党接到命令，已率领各路民军团团围住县城。陆丰知县沈秉铦如热锅上的蚂蚁，令巡警官谢龙章、劝学总董陈月樵，分别前往海丰和玄沄侦探革命党人是否得势。

谢龙章一行来到陆丰大峰山湖口庵，被陈月波率领的海丰民军截获。陈月波乃海丰豪绅，接到陈炯明协助陆丰起义的命令，带领海丰民军潜伏在湖口庵附近。因知道逃往陆城的清军黄森泉营兵力尚强，不敢轻易发起进攻。

谢龙章乃秀才出身的巡警区官，为人狡黠，能说会道，见到故交陈月波很高兴，心里盘算起如何劝说沈秉铦投降陈月波，从而获得献城之功，同时又可借陈月波的兵力来抗衡马柳庭、陈洪畴的势力。

陈月波率领海丰各路民军来到陆城郊外,被马柳庭、陈洪畴拦下。两人劝陈月波不要贸然进城,恐沈秉锐、谢龙章使诈。陈月波贪功心切,不听劝阻,兀自率队蜂拥入城。

陆丰知县沈秉锐得知大兵压境,惊慌失措,在谢龙章劝说下,最后答应向陈月波移交政权。驻在龙台山的黄森泉闻悉沈知县准备向入城的革命党投诚,立即派营勇涉水过河从东门进城,绕道到南门内的县衙,对着照壁举枪乱射,以示干涉。吓得正在县署内迎接陈月波的士绅仓皇逃匿。

陈月波明白身陷危城乃兵家之大忌,于是,连夜率队返回湖口庵,驰书海丰向钟景棠求援。而县城周边多路民军,也跟随陈月波一同退守于县城西面的湖口村。

当夜,往玄沄探听消息的陈月樵,向沈秉锐报告玄沄卫已将要失陷。沈秉锐自知无力挽回,吩咐家眷收拾细软,做好逃跑的准备。

再说留守玄沄城的各路民军,因争权夺利,拒不接受统辖,已乱成一锅粥。陈子和趁机自封为总司令,三番五次指派手下欲冲进李梦说内宅,说要没收李总兵藏匿的不义之财。李彧、万岱源带领忠勇守义的津洲民军,守在内署中堂,坚决不让陈子和的手下进入内宅。陈子和知道津洲民军有战斗力,不敢来硬的。

一计不成又生一计,陈子和又打起民军口粮发放的主意,指使参谋将民军口粮花名册带回驻营地,想从中作弊签插姓名。负责发放粮食的军需官李云阶,找不到花名册,无法给各路民军派发口粮,引起骚乱,有人甚至放话要解散民军,对革命党的威望造成极坏的影响。

这可苦了罗觉庵。他吼得声嘶力竭,仍然无法约束民军,且乱子一波未平一波又起,根本没人将身为副司令的他放在眼里。他一赌气只身离开玄沄,前往惠州总司令部向邓铿报告。后被陈炯明委任为“循军”第三旅参谋。

三天后,被人称道“宰相肚里能撑船”的曾享平,也气得说不出话来,愤而离开这一佞邪与贪婪横行之地,经博善绕过兵气显赫的陆丰县城,来到各路民军集结的大峰山下。

清晨,寒风呼啸。马柳庭将已经剪去长辫的头发,梳洗一番,才走出村口。他翘首眺望,久久不见黄森泉的书记官前来签盟求降,便命一名小队长化装成菜贩前往窥探。九时，小队长回来向他报告：黄森泉已率领营勇乘着夜色遁逃，兵营内空无一人。

马柳庭、陈洪畴立即命令一中队队长带领民军开上龙台山，占领军营营部，竖起同盟会旗和循军军旗。

接着命令三中队队长带领民军涉过后溪，二中队队长带领民军经后町过迎仙桥，分两路包抄，进攻县衙门。不料县署已经空无一人，沈秉镇闻讯早已躲藏起来。

马柳庭、陈洪畴想乘势夺取警察局枪械，率民军攻进新圩文昌宫警察区署前门，被警长岑建荣等开枪击毙数人。马柳庭指挥民军屡攻不克，怕遭县衙游击队夹击，遂退出县城外，回到龙台山。

当晚，知县沈秉镇担心民军发起夜袭，下令县衙游击队和谢龙章率领的警队紧闭城门，严加防守。

陈洪畴闻报沈秉镇冥顽不化，还想负隅顽抗，一气之下，遂派人去洛洲调动民军前来增援，准备翌早八时围攻县城。

谁知三更时分，惠阳三多祝圩民军首领朱意和参谋赖家鹏，奉循军总司令之命，率二百余武装，突兀闯入陆丰民军营地。其时北风凛冽，阴雨霏霏，寒气侵肤，营房已熄灯火，四周一片漆黑看不见人，加上言语不通，陆丰民军不免惊慌失措。后经晓得客家话的书记员问明情况，才知是误会，于是安排他们扎营于洛洲渡口右侧。

黎明时分，集结在大峰山和洛洲渡口的各路民军举兵攻城。在城内谢龙章接应下，陈月波、曾享平带领三路民军和三多祝朱意所率民军进入县城，驻扎于城内旧圩。其余三路民军，则停驻于城外新圩忠贞祠。

早上八时，蒙在鼓里的马柳庭、陈洪畴再次带兵进攻县城，只见城门紧闭。此时，已抢占先机入城的数路民军，竟在城上满不在乎地作壁上观，造成马柳庭率领的民军与陈月波抢先进城的民军，隔着城墙相互对峙。

后经曾享平尽力调处，城内、城外两支民军的头领，同意当夜八点在新圩开会解决矛盾。陈洪畴才带领城外民军收兵退回龙台山，事态始告平息。

狡诈阴险的沈秉镇，乐于看到群龙无首的革命党，互相扯皮内讧，他才能乱中取胜。他希冀陆城独立后他脱下补服换上西装，能在新政府谋得新职权。于是，他派县丞与海丰民军的头领陈月波密谋，双方达成约定。

11月20日上午，沈秉镇将一概印信移交给陈月波，陆丰县城遂宣告光复。

马柳庭命令部下马上驰报正在惠州的军务处长邓铿，同时在城门和县署竖起五色旗和井田旗。

下午，横刺里又冒出一支带着杀伐之气的民军。钟景棠接到陈月波的求援信，率民军二百多人从海丰赶来。在陈月波、曾享平等人的欢迎下，钟景棠率所部进入陆丰城。钟景棠作为循军总司令部派来的代表，自然要与陆丰各路民军接触，调解他们之间的矛盾，平衡各方的利益。

钟景棠召开民军首领会议，对光复陆丰和玄沄镇进行论功行赏，宣布马柳庭等为革命首要功臣。对此，曾享平愤愤不平。会上，钟景棠想解除县城游击队和巡警军械，陈洪畴、马柳庭极力赞成，作为警署长官的谢龙章为保存自身实力，却公开反对。陈月波因谢龙章已投靠于他，而潭西民军首领林蕴川又是谢龙章的亲戚，两人均以巡警已反正为由，不同意解除其武装。

这样一来，谢龙章与陈洪畴，陈月波与钟景棠，几成冲突之势。而朱意所部三多祝民军，也没有离开陆丰的意思。曾享平考虑到玄沄卫犹未平复，只好极力斡旋。钟景棠同样担心李梦说尚且手握兵权，不愿退位，陈总司令心头之患未能消除，自然不敢挑起陆丰两派民军之冲突。

沈秉锧不得已拿出一千银圆，犒赏朱意外来军，使之离开陆丰。陈洪畴倚仗钟景棠之势力，提出必须成立临时政府机构，以维持陆丰秩序，拟由交情甚笃的沈秉锧任行政官，陈洪畴任军法长，陈树之为县委员，王廷桢掌财政，林程之为安民局长，等等。只可惜没有获得多数人同意，陈洪畴的提议成了一厢情愿。

经过曾享平和钟景棠苦心调停，好言抚慰，陈洪畴、马柳庭、陈月波同意由钟景棠、曾享平统领，再率民军围攻玄沄城。

留守玄沄城的李彧，将海陆丰各路民军云集陆城，知县沈秉锧归顺投降，起义军即将合围玄沄卫的消息，告诉李梦说，又恳求义母规劝李梦说别再执迷不悟。李总兵长叹一声，挥笔写下让部属缴械投降的手令，脱下武官补服，交出印信，于子夜，在李彧和亲军护送下，携带妻妾家眷出玄沄城南门，在码头乘水军兵船出港，逃离广东。至此，李彧也就完成了陈炯明总司令交付的任务。

哪知玄沄镇民众听信谣言，担心海陆丰民军屠城报复，关紧城门倚垣自守。李彧与钟景棠见面后，返回城中，阐明起义军旨在反清，绝无报复普通民众之企图。民众疑虑消除，打开城门迎接钟景棠所部民军二百多人进城。

时势造英雄。陈炯明率领循军进抵广州，一跃成为广东省都督。曾享平被广东军政府任命为陆丰临时革命军政府县长，罗觉庵任广九铁路警察局长，陈洪畴为都督府内勤，马柳庭被军政府保送到日本明治大学留学深造，谢龙章等六七位有功之士分赴兴宁、紫金、惠阳等县出任县长。

独独李彧被新贵们遗忘了，胜利的果实，连咬上一口都没有。

第十章
刘巽才情陷烟花女　刘监生杖责不肖儿

陆丰全境光复，革命军政府随之成立，县署就设在面向穿城河的旧县衙。临时军政府县长曾享平，批准各路民军进入县城，与民众一同庆祝推翻帝制、建立共和之胜利。

陆丰商会谭会长，请东莞谦隆炮竹庄，在县署面前的穿城河也就是印月河上，放了一夜的烟花。

东滘镇各个村社筹集资金，请来白字戏"多好彩"和正字戏"老来顺"，在文庙和城隍庙广场搭台公演，一连三天三夜。两个戏班在营造喜庆气氛和演出技巧上，暗暗较劲，分别推出了一出又一出好戏，这边打打杀杀的武戏刚落幕，那边诙谐风趣的文戏又上了场，好不热闹。

台下的看客，人山人海，但秩序井然。离戏台最近的，都席地而坐，专门犒劳民军；稍远的坐矮凳子，妇女小孩居多；再远的坐长板凳，都是上了年纪的老戏迷；更远的是年轻力壮的男人，都站着看；最外围的是迟到的外地客人，全都站在板凳上远望。还有一些胆子大的，干脆爬上民居庙宇的屋顶，用他们的话说，戏看多看少不要紧，能感受到喜庆与热闹就行。

"多好彩"和"老来顺"斗戏的第二天晚上，突然冒出上百名持枪带刀的民军，一上来就把两个广场所有出入口全都守住堵死。细心的看客发现，这些民军的阴阳头发式变了，身后的辫子没了，个个只留齐颈的半截散发。一会儿又来了二十几个手持剪刀的剃头匠，民军抓住一个男看客，剃头匠就上前，揪起辫子咔嚓咔嚓一阵乱剪，一条辫子就落在地上了。

戏场顿时大乱，惊叫声、哀求声、号啕声此起彼落。害怕辫子被剪的看客成了无头苍蝇，但路口有民军守着，他们除非能插翅飞出去。

一连几天，民军为剪辫子弄得整个县城鸡飞狗跳，人心惶惶。

直到有一天，民军错把一个妇女的辫子给剪了，这下可闯大祸了。那嫂子羞愧难当，双手捂着残发，哭哭啼啼回到家里，跳井自尽了。绅士和民众找到借口了，聚集在县署门口闹事，抗议剪辫活动。

马柳庭得知投井的妇人是他的邻里，心想，为了一根辫子，闹出人命，不值。于是，对剪辫子的事，也就没抓得那么紧了。

剪辫令接近尾声，民军闲下来了，溜出军营惹是生非的也多了起来。更让司令部不安的是，那么多人吃饭，粮食菜蔬都快没着落了。马柳庭心急，上书请示循军参谋长邓铿。参谋长批复曰：尽早遣散，从哪来回哪去。

各路民军听说要让他们灰溜溜回去，顿时炸开了锅，纷纷找领头的评理：要我们起义时，好话说尽，许诺这许诺那，现在清朝官吏一赶走，就要把我们当成穿烂的破鞋扔掉，太欺负人了，我们是不会答应的。那些从来没进过县城的汉子，更是扬言就是不回去，要去县城最销魂的地方享受享受。

说实话，当时征招民军，应征的除了怀有仇恨、怀有正义感的，相当一部分人，是由各地的流氓混混来充数的。一旦对这些人放宽约束，或者惹恼了他们，事情就真的不好办了。

此时，李彧接到省城报馆的电报，催他回去上班。

李副指挥长就要告别津洲的弟兄们了，许多人都依依不舍。而最舍不得他走的人，是万岱源和夏文珮。

李彧告诉几位指挥部的兄弟，民军遣散是迟早的事，我会向陆丰军政府建议，把从各地衙门没收来的钱款，拿出一部分补贴民军，事情可以圆满解决。

他又特地叮嘱段冀虎和万岱源，津洲民军是我们带出来的，一定要完完整整带回去。津洲人是很看重名声和面子的，要让弟兄们遵守规矩，不损害津洲人的声誉，不愧对自己和家人。

李彧要在县城南面十余里的虎洲港搭商船回省城，万岱源他们送了一程又一程，直送到虎洲码头。

万岱源担心外面乱，路上不安全，提出由他送李彧到省会他再返回。李彧呵呵笑着说，那我不就等于没走嘛，我也得送你回来才安心呀。

夏文珮一声不吭，一双眼睛始终没有离开李彧。这个大哥哥的举止言谈，对她简直是一种示范，就这样告别，心里确实不舍。李彧接过皮夹子，看夏文珮心有所思，大大方方握住她的手，说："你是好样的，有闯劲，后会有期。"说完跨上跳板，随船而去。

陈子和从家乡带出来的民军最先出事了。一个绰号叫"裙底三脚猫"的排长，带几个手下去"点春堂"嫖妓，因没带够嫖资被老鸨赶了出去。拂晓，三脚猫几个带上刀枪溜出营舍，用锅灰把脸涂黑，守住大路口，向赶路的商人过客索要买路钱。

晚上，他们再去点春堂，指名道姓要头牌花魁服侍他们。老鸨得知他们是民军，不敢怠慢。结果三脚猫他们，与同样非要头牌不可的嫖客打了起来。

马柳庭知道后十分生气，铁青着脸，要陈子和将嫖妓斗殴的民军赶出县城。陈子和觉得马柳庭伤了他的面子，与他吵了起来，两人还差点动起武来。幸好段冀虎、万岱源闻讯赶来，才将他们劝开。

陈子和愤愤不平，认为马柳庭放纵包庇自己的部下，却故意跟南坛的民军过不去，一气之下，带着三百民军移驻龙台山。

津洲民军的素质和纪律相对强多了。但还是有人经不起诱惑，想学三脚猫风流一把。先是范妈鲁、范十三这对堂兄弟，因家里穷娶不起婆娘，至今还不晓得女人是什么滋味，于是，就偷偷摸摸去娼寨找暗娼。回到民军营舍，还不以为耻，绘声绘色讲给刘壮等人听。

晚上，刘壮来找刘巽才，说要请他喝酒吃狗肉。

两人来到狗肉店，要了一壶酒和两斤狗肉。酒喝光，狗肉吃完，刘巽才浑身发热，轻飘飘的，话也多了起来。刘壮趁机说起点春堂的粉头，上面有多丰挺，旗袍下的大腿有多白嫩。

刘巽才乜斜着醉眼，问："你是不是馋了？要哥带你……"

刘壮没直接回话，却替少主抱起屈来："叔公，恕我直言，你虽然瘦一点点，但不失一表人才。曾叔公指腹为婚，让你娶了只母老虎，侄孙为你叫屈。人生苦短，你正处于得意须尽欢之时，却没见你真的开心过，不值，太不值。"

刘巽才双眼一瞪，说："你小子也太放肆了，敢拿本少爷寻开心？"

刘壮嘿嘿一笑："我看你平日被她压着，这会儿我们是在县城，你可以放胆当一回男子汉，上点春堂乐乐，烦恼也就烟消云散了。"

刘巽才抹抹满嘴肥油："没想到你这贼小子，说起人话来还句句中听，带路，本少爷今晚就要放浪一回，管她是母老虎还是公老虎。"

两人离开狗肉店，来到点春堂，看见进进出出人太多，刘巽才怕碰到熟人，转身就走。刘壮只好领他来到城西的紫嫣阁。刘壮看醉醺醺的刘大少爷被妓女架进大堂，自己转身躲到屋旮旯里。他没有本钱放浪，兜里的两块银圆，得攒起来，等明年娶媳妇时才花。

老鸨接过刘巽才递上的银圆，道过万福，说："谢谢客官打赏，请随老身上楼。"

老鸨从刘巽才的衣着，认准他是个有钱人家的子弟，客客气气把他送上二楼，说："客官，老身为你介绍一下，花房门口，都挂着姑娘的名号，你喜欢哪个，摘下号牌，推门进去便是了。"

刘巽才打了个酒嗝，对老鸨说："你给我挑一个最温婉、最有教养的。"

老鸨装出为难的样子说："客官莫不是要点彩鸾？她是未经事的黄花闺女，你得再加些银两。"

刘巽才把剩下的一把银圆都给了她："别磨磨蹭蹭，快引路。"

老鸨领着刘巽才，来到最靠里的那间花房，摘下号牌，推门走了进去。刘巽才看见一个身段诱人的妙龄女子，低着头，战战兢兢站在床前。

老鸨用手顶起女子的下巴，恶狠狠地说："好好伺候客人。若不听从，我叫人抓两条蜈蚣，放进你的裤裆里。"说完，嘴一撇，腰一扭，下楼去了。

刘巽才看清眼前的女子眉清目秀，楚楚动人，不禁心急火燎起来。他借着酒劲，一把抱起彩鸾，放往床上，动手撕扯她的衣裳。

彩鸾的眼泪夺眶而出，曲着嗓子说："客官，别性急，让小女子自己来。"

彩鸾的嗓音又甜又脆，像一股清泉流进刘巽才干渴已久的心田。他迫不及待捧起彩鸾的粉脸，正想狠狠吻上几口，却见彩鸾嘤嘤哭了。一种于心不忍，使刘巽才缩回了双手。

彩鸾啜泣着，钻进被窝里，解开身上的衣裳，浑身抖得连床都跟着晃动。

刘巽才掀开被子一看，大吃一惊，只见彩鸾白皙润滑的腰背上，隆起一道道青紫的血痕。惊诧之余，恻隐之心油然而生，他定了定神，问彩鸾："是谁把你打成这样的？还有，看你清纯似水，不像是干这一行的……"

彩鸾捂住脸，哭得更伤心了。在刘巽才的一再催问下，她睁开泪眼，怔怔看了他半晌，才说出自己的身世。

彩鸾是县城郊外的董家寨人，父亲董金棠贩私盐发了家，成了财主。为了多添男丁他娶二房却只生下彩鸾。大娘张氏是个刁钻刻薄、佛口蛇心的老妖精，脸上的脂粉足有半尺厚。她对老爷喜欢二姨太和彩鸾，耿耿于怀。但在老爷面前，她总是笑眯眯的，背地里，特别是老爷外出做生意时，就变着法子折磨二姨太母女，还不许她们向老爷告状。

董金棠从家仆口中得知，大夫人暗地里虐待二姨太母女，十分恼火，扬言要休了她。谁知这话不但没能镇住张氏，反而把二姨太和彩鸾给害惨了。张氏仗着娘家有钱有势，不但不收敛，反而变本加厉，甚至把妒火烧到了二姨太的娘家。

那天，娘家兄弟来看望二姨太和彩鸾，与张氏发生争执，气得饭都没吃就走了。恰逢当日有一寡妇被人奸杀，张氏雇人做伪证，指认二姨太的兄弟是凶手，同时花重金买通了仵作。为洗刷不白之冤，二姨太的爹娘到惠州府衙击鼓喊冤。知府大人明知该案确有诸多疑点，可当政陆丰的县太爷，是皇族外亲的世交，知府只好装聋作哑，判决二姨太娘家兄弟有罪，发配边疆充军。

董金棠病倒了，且一病不起。临终前，他只求张氏一件事，就是要她善待二姨太和彩鸾母女。

董金棠去世百日未到，张氏又威逼二姨太，要她答应将彩鸾嫁给张氏的哑巴侄子。母女不从。张氏恼羞成怒，串通邻居，诬陷二姨太与仆人通奸。族长按照族规，将二姨太装进猪笼，沉入江中。而孝服未除的彩鸾，被卖入娼寮。彩鸾拒不接客，才被"龟公"毒打。

听了彩鸾的泣诉，刘巽才怒不可遏。他咬牙切齿地对彩鸾说："这老妖精天理难容。你别怕，我要帮你跳出火坑，你可愿意？"

彩鸾扑通一声跪下，给刘巽才磕了三个响头："小女子本已拿定主意，今夜四更悬梁自尽。少爷若能救我逃离苦海，彩鸾甘愿做牛做马报答你。"

刘巽才伸出双手，扶起彩鸾："先别说报答的话。你待在这里，哪都别去。我会跟鸨母说好，不让你接客。明天，我筹足款项，就来赎你出去。"

刘巽才爱怜彩鸾，但自己是有妻室的人，彩鸾愿意受这种委屈吗？

彩鸾看他欲言又止，就问："恩人，你还有什么话不能直说？"

"我想，我想救人必须救到底。可我，可我家里已有一个指腹为婚的内人，我怕你不情愿……"刘巽才憋了半天，连额头都憋出汗来了。

彩鸾面红了，垂下头，沉吟片刻，说："我当下举目无亲，又身陷虎狼之窝。我看出你是好人，只要你不嫌弃，小女子岂敢图名分而难为你？"

刘巽才一把抱紧彩鸾，嗅着她的秀发，说："你心地善良，善解人意，我会好好待你的。你等着我。"

刘巽才下了楼，对鸨母说："我要为彩鸾赎身，你再敢让她接客，我就一枪崩了你。"

刘巽才找到刘壮，两人行至印月河边。

刘壮是个满脑子鬼点子的人。他不愿做靠天吃饭的农民，学艺当了木匠。后来又从老猎户手中盘下一支猎枪，兴致一来，就放下木匠活，外出打猎。这样一来，他结识了不少朋友，胆识也非同一般。

刘巽才将彩鸾的不幸说了一遍，见刘壮既愤恨又同情，就说："我想替彩鸾讨回公道，还要救她逃离苦海，你可有两全之策？"

刘壮扯下几片柳树的残叶，放进嘴里嚼着，说："你是不敢回家里拿钱的，只能羊毛出在羊身上。谁坑害她，我们就找谁算账去。我回营舍去，叫上几个弟兄……"

"不行，你别忘了民军的规约，要干，只能你我两个人干。我想，我俩乔装打扮一下，先去董家寨踩踩点。等到四更，潜入里屋，再伺机下手。"

刘巽才返回紫嫣阁，问董彩鸾去董家寨的路径，以及她家在村子里的位置。

刘巽才和刘壮潜回民军营舍，偷出两把大刀。刘巽才从彩鸾口中得知，老妖精养了一条恶狗，便在药铺买了砒石，在路边摊买了肉包子。两人出了城，换了衣服，蒙上脸，直奔董家寨。

董家寨是个不小的村庄，但并没有筑起寨墙。刘巽才按董彩鸾所说的方位、门楼特征，确定东面那幢屋前加围院的"四点金"，就是董彩鸾的家屋。

村子黑灯瞎火很安静，村民大多已经睡了。刘壮踩着刘巽才的肩膀，翻上围院的院墙。院子里的大黄狗听到动静，吠了起来。刘壮从怀里掏出肉包子，扔了过去。

院子恢复了平静，刘壮打开院门，刘巽才一闪进了围院，又把院门虚掩上。两人轻手轻脚来到门楼，贴着大漆门听动静。这幢四点金，四墙建得很高，没有梯子根本无法翻过去。

刘壮出去偷梯子，短的倒有一两把，长的没人敢放在室外。两人回到董家围院，背靠背打起瞌睡来。

也许是老天爷可怜董彩鸾，三更过后，大宅门被打开了，一个婢女提着马桶，走了出来。

原来，张氏有个毛病，总要在半夜时分解一次大手，然后叫婢女立马将马桶端走，倒入前院的阴沟，否则她就睡不着觉。

同情小姐的婢女，悄悄告诉二位，董少爷出门不在家。又找出一把锁头，把住着两个男仆的耳房给锁上，才装作送茶，叫开了张氏的房门。刘壮手持大刀，闪身进去，没有看见人影，就往里走，突然肩膀重重挨了一棍。

打闷棍的人是张氏，她开门时听见有异响，趁机躲进门后，抄起防身的木棍。当她看清进来的不是婢女，而是一个蒙面大汉时，就举起棍子狠狠劈了下去，只可惜棍子打偏了。刘壮转身飞起一脚，踢中老妖精的胸部。刘巽才冲进来，把刀架在张氏脖子上。

张氏正要呼救，被刘壮一下掐住了喉咙。刘壮问她钱财放在哪里。张氏抬起膝盖，撞击刘壮的下身。刘壮大怒，铁钳似的大手一用力，张氏吐出长长的舌头，软塌塌瘫在地上。

刘巽才在婢女的指点下，搜出钥匙，打开放钱的柜子，拿了十封银圆和几根金条，包好捆紧，系在腰上。

刘壮抓起一大把珠宝，要往怀里塞，被刘巽才拦住了："够用就好，我们不是来打劫的。"

要离开时，刘壮拉过婢女，说："为了不连累你，你得受点苦。"话音未落，一掌击中她的后颈，婢女瘫倒在几案上。

睡在耳房的家仆被吵醒了，点着灯笼，大喊抓强盗，却发现房门被锁住了。刘壮一个箭步蹿至窗前，晃晃大刀，对仆人说："不关你们的事，再喊就让你们的脑袋搬家。"

翌日一早，刘巽才叫刘壮将鸨母请到茶馆，拿出十封大洋，让她收下。鸨母喜出望外，答应立即将彩鸾连同卖身契一并奉还。刘巽才又叫刘壮雇下一辆马车，跟鸨母回紫嫣阁接彩鸾。

马车回到茶馆，接上刘巽才，直奔博善圩。到了博善，他们不敢停下吃饭，又换乘另一辆马车，继续往望东而去。

午后，马车来到离津洲二十里远的梧里村。刘巽才带着彩鸾和刘壮，来到姑母的家。

为了不节外生枝，三人统一了口径。

刘巽才告诉姑母，董彩鸾父母双亡，无依无靠，亲戚为侵吞家财，将她卖给人贩子，人贩子将她捆绑后装入麻袋，准备带往省城，被正在巡逻的他查获，救了下来，彩鸾无以报答，愿意以身相许。

刘巽才塞给姑母一封银圆，让她去一趟津洲，以原配周氏至今没再生育为由，说服他爹，允许他娶彩鸾为二房。

姑母面有难色，但看在银圆的分上，而且侄子已经是民军头目，就答应下来。

刘巽才安顿好彩鸾，才想起自己没向代指挥长段冀虎告过假，更令他不安的是，董家寨出了那么大的事，他们是否会来县城告状，军政府是否会受理这个案子？

刘壮拍拍胸脯，双脚往交椅上一蹲："我们是在替天行道，你大可不必自己吓唬自己。退一步说，眼下时局乱糟糟的，谁会接下这个案子？关键是，你在曾叔公面前，一定要将指挥部军械司这张老虎皮披好，披出点威风来，你想娶彩鸾，才有几分希望。"

刘巽才把一只手搭在刘壮的肩膀上，说："你真是我的好兄弟，我认下你了。事成之日，哥请你喝酒。"

"你先别高兴得太早，接下来得做好两手准备：一是假如人功告成，带着彩鸾回到津洲，你如何应对你的老丈人？二是姑母无功而返，梧里村待不下去，彩鸾应该藏身何处？"

刘壮这么一说，刘巽才的脑壳一下子大了，他可从没遇到过这么棘手的问题。

刘巽才从小到大，一切皆以父亲的话为准则。处置大事小情，老子会定出甲乙丙丁几条，小子依此照办，回来告诉结果就行。知情的人都说，刘巽才是一头捂着眼罩拉磨的驴。

刘巽才听了刘壮的话，苦思冥想了半天一夜，结果还是扯不出头绪来。

直等到两乘蓝布轿子出现在姑母家门口，没有退路的刘巽才决定豁出去了。

刘监生下了轿，挺了挺弓着的腰背，吐一口浓痰，挂着拐杖，从大门一直走到后厅，没说一句话。

姑丈、姑母、刘巽才、刘壮小心翼翼跟在后面，像一群耗子随着猫，全都不敢吱声，只有姑母不时向侄儿使眼色，打手势。

刘监生在祭案前坐下，抬起拐杖，指指椅子，示意众人别站着。刘监生闭上眼睛，养了一会儿神，终于开口说话了："三妹，你去把那个女子叫来，我要让她亲眼看看，老夫是怎么惩治不肖子孙的。"

姑母估摸兄长是要给彩鸾一个下马威，朝侄儿努了努嘴。

刘巽才却若无其事地说："姑母，我爹发话了，有劳你将彩鸾叫出来。"

董彩鸾听见姑母的脚步声，心一下揪紧了。她虽然没有走出厢房，但知道决定自己命运的时刻到了。她强迫自己冷静下来，既然命运出现了转机，她没有理由放弃；既然横在面前的这道坎迟早要迈过，她只能铆足劲纵身一跃，就算摔个头破血流，也在所不惜。

董彩鸾半低着头，随同姑母来到后厅。她的目光在刘海的遮掩下，往堂上一扫，然后依长幼排序，一一向端坐着的长辈行揖礼后，才在刘巽才的背后站定。

刘监生看这女子不卑不亢，不慌不忙，还坦然站在逆子背后，气不打一处来。他顿顿拐杖，对刘巽才说："不孝犬子，你才当了几天民军，就敢背着父母，私定孽情，是可忍，孰不可忍！"

刘巽才转过头，看了一眼彩鸾，清了清嗓子，说："爹，你先别生气。为儿自从懂事，从来没有违逆过你任何事情，这回，你就高抬贵手，让儿子自己做一回主吧。"

"好哇，你既然要自己做主，何必请你姑母说情？"

"这是两码事。你是我爹，儿子要娶二房，尊长当然应该知道。"

"你有出息了，我得把眼珠子放在头顶上看你了。"

"为儿能有些许长进，全是爹的功劳。"

"你说错了，我可不当张士贵，不冒功。我真后悔，允许你参加民军。"

"爹，刘氏在津洲是三大家族之一，我不参加民军，姓刘的就没人能当上司长，就会被津洲人冷嘲热讽，这话可是你说的。你还说，乱世出英雄，如果清朝真的气数已尽，揭竿而起的有我们刘家一份，说不定还能成为改朝换代的功臣。你怎么现在又反悔了？"

"逆子，这话是父子之间的私房话，你怎好在这种场合说出来？"

刘壮暗暗乐了，插话说："曾叔公，这里没有外人，不必介意。您有远见，话全说到点子上了。叔公就是拿你的话来教诲我，我觉得有奔头，才加入了民军。不是吗，我现在已经是队长了，是叔公的部下。"

刘监生没想到儿子敢将他的军，当上司长，果然底气足了。但君君臣臣父父子子，老子就是老子，就算你当上将军，该教训还是不会手下留情："反了你，我让你参加民军，并没叫你妄自跟不知根底的女子定亲。快拿家法上来！”

守候在前厅的轿夫听见老爷的吆喝，跑了上来，问："老爷，是要小的回津洲取家法不是？"

刘监生手一挥，怒喝道："退下！"

姑丈谢靖与姑母双双上前，为侄子求情。

刘监生扬起镶银的拐杖，说："刘氏家法就在我手中，谁阻挠，我就先惩治谁。"

刘壮跨前一步，双膝跪地，说："族长，叔公是我的上司，有错也是下属的错，要责罚就责罚我好了。"

刘监生摘下瓜皮帽，往桌上一扔，说："家法只惩治家人，你想当替罪羊，没门！"

刘壮不肯起来，说："请族长大人容小的将话说完。县城的民军，上至总司令，下至每个民军，都众口一词说，英雄救美，必成佳偶。曾叔公，你就认下这门亲事吧。"

刘监生见众人都在替逆子求情，而刘巽才还在椅子上坐着，怒火中烧，举起拐杖朝刘巽才抽了过去，被彩鸾用手挡住。

彩鸾就势走到刘监生面前，跪下："伯父，小女子并非没有根底之人。在董家寨，小女子一家也算得上是大户。只因家父董金棠不幸病逝，小女子受尽欺凌，才沦落到这一地步。"

刘监生一愣，侧起耳朵，问："你刚才说你是哪里人，父亲叫什么来着？"

"我是县城附近的董家寨人，家父叫董金棠。好多年前，家父曾经做过贩盐的生意，也常跟我提起津洲这个地名。"

"有这么巧？你真是董金棠的女儿？你说说你爹生肖是什么。"

"家父属龙，如果健在，虚岁六十。"

"没错，金棠兄长我九岁。难怪一看你就觉得有些面善。他以前去津洲贩盐，曾在我家住过。十多年不见，竟然作古了，惜哉惜哉！"

"伯父，你不是在哄我吧？你跟我爹相识？"彩鸾不敢相信。

"你爹为人厚道，他娶偏房时，我曾前去祝贺。你爹因贩私盐犯了官司，后来改了行，我们便少有往来了。你快起来吧。"刘监生胸中的怒气已消了大半。

刘壮捅了捅刘巽才，他领会了刘壮的意思，立即在彩鸾身边跪下："爹，既然为儿与彩鸾门当户对，请您开恩，成全我俩吧。"

彩鸾流下悲喜参半的眼泪，说："请伯父看在与家父是旧交的分儿上，也看在侄女孤苦伶仃的分儿上，就收下侄女吧。"

刘监生看看众人，说："这是天意。不肖子歪打正着，算你踩了狗屎运，我还有什么话可说？"

彩鸾破涕为笑，轻轻扯了一下刘巽才的衣袖，双双给刘监生磕了三个响头。

第十一章
岱源酒后诉孤单 颜家愿续大女缘

第二天，刘监生独自回了津洲，董彩鸾暂时留在梧里村，等相士择了黄道吉日，才来迎娶。刘巽才和刘壮回到县城，如实向代理指挥长禀报了一切。段冀虎出于对董彩鸾的同情，想放过他们，但他们违反纪律，又杀了人，这就难以轻饶了，下令将他俩关了禁闭。

段冀虎暗中派人前往董家寨，探听虚实。结果出人意料，老妖精没有死，而且自知罪孽深重，对遭受抢劫一事，只字不敢提及，更别说告官了。

下午，段冀虎召开指挥所成员会议，要求大家吸取教训，引以为戒，以身作则，管理好民军。最后，大家表决通过，解除对二刘的禁闭。

散会后，段冀虎对万岱源说："你暂且留步，我有话跟你说。"

万岱源把手中的账本放在桌上："你又要给我派什么新任务？"

"据我所知，县军政府很快就会下令遣散民军。而你来县城这么多天，还没有去拜见过岳父岳母，你不想去安抚安抚他们？"

"我是怕勾起他们的痛苦。我任由文君替我去死，我无颜面对二老！"

"这不是你的错，你不去看望他们，二老会更伤心。夏文珮已在上午请假去了她舅家。"

"我知道。那我就请两天假，去跪求二老，宽恕我这没保护好妻儿的薄情郎。我那摊子事，可以交给周剑雄代理。"

万岱源来到县城最繁华的太平街，在门庭若市的"五杏堂"门前站住了。

这是东滘镇药材最上乘、医术最高明的医馆。大门两旁的立柱上，嵌着一副金字对联，右边是"漫言良医多妙道"，左边为"还从大德获长生"，横批是"悬壶济世"。万岱源一步跨进医馆，见伙计们正忙着，就径直往里走，被一个药童拦住了："里面是加工药材的作坊，你不能进，诊脉看病得去左边的诊室。"

万岱源说："我不是来看病的。"

"看你脸色发青，满脸胡子拉碴的，不抓药不看病，来这里凑什么热闹？"

"我是来看望岳父岳母的，我是姑爷。"

"你是姑爷，我还是姑奶奶呢！掌柜家的姑爷，富甲一方，温文尔雅，你想冒充，也不撒泡尿，照照自己。"

药铺里的伙计和抓药的顾客都笑了起来。

药童更来劲了，抓起一把笤帚，大声呵斥道："你走还是不走？不走，我可要叫民军把你抓起来。"

万岱源从未受过如此奚落，进退不得。他无意间从通往诊所的镜面围屏上，看到一个像他又不像他的人：眼眶发黑，脸庞苍白瘦削，半长不短的乱发，连着稀稀落落的胡须，像只刺猬；身上的棉袍，脏兮兮又皱巴巴，一双布鞋看不出颜色，鞋尖露出一对脚指头。这会是他吗？难怪药童要赶他走。

医馆的楼梯响起了橐橐的脚步声，一个戴着椭圆眼镜的长者从楼上走了下来："谁在楼下喧哗？"这是一种很有磁性的声音。

万岱源突然感到有些狼狈，以前他是乘着马车，带着大包小包的礼品，在行人和街邻羡慕的目光中，登堂入室的，而且进颜家大院，从不走五杏堂的边门。今天心一急，怎么糊里糊涂走进了抓药的地方？

药童指着万岱源，向主人邀功："就是这个浪子在胡闹，还胆敢冒充什么姑爷。"

长者走上前，摘下眼镜，一双细长的手不由抖了起来："姑爷，真是姑爷！你终于来了，我们老两口盼你盼了好久了。"

万岱源心一酸，一把扶住岳父的双肘："我无颜见你们二老。您老人家还好吗？愚婿薄情寡义，没有保护好文君、舒尧，实在没脸拜见泰山。"说着，在颜景悦面前跪下。

颜景悦强忍伤悲，扶起女婿，说："那是世道险恶，怎能怪你？"

颜景悦回头瞪一眼药童，斥责道："有眼无珠，还不快快禀报夫人去！"

羞愧难当的药童如获大赦，向姑爷深深鞠了一躬，穿过边门，往颜家宅院通报去了。

颜景悦挽着万岱源，走出五杏堂，再从颜家大宅的正门走进去。万岱源的岳母汪氏闻讯悲喜交加，挪动一双小脚，跌跌撞撞出来迎接，跟在她后面的是文英、文珮和使女。出诊回来的小舅子文哲，一听大姐夫来了，也赶了过来。

万岱源远远看见岳母，就跪拜在地。他满怀悲怆，但怕惹引老人家伤心，硬是强迫自己忍住了眼泪。

岳母扶起女婿，掩脸痛泣。文英、文珮上前劝慰，没有劝住，反而自己也泣不成声。文哲仰起头，但一想起大姐和外甥，泪水还是顺着脸颊，一滴滴淌落在前襟。

颜景悦摘下眼镜，拭干眼角的泪水，说："好了好了，姑爷风尘仆仆而来，我们该高兴才是。风烈天寒，都回厅堂说话去吧。丫鬟，伺候姑爷沐浴更衣，同时吩咐伙房，设宴为姑爷接风洗尘。"

在客厅落座后，大家已经从悲戚中缓了过来，开始家长里短寒暄起来。

丫鬟进来请姑爷前去梳洗更衣。

万岱源痛痛快快洗了个热水澡，刮了胡须，梳好垂肩黑发，换上文哲的衣裳，俨然成了初到丈母娘家的生涩后生。

丫鬟引他来到烛光摇曳的饭厅，一家人已经依序坐好，在等着他入席。

文哲打开封存二十年的参茸大补酒，他要与姐夫开怀畅饮几杯。

这五杏堂泡制的药酒，入口香醇，后劲却特别足。连日劳顿的万岱源，酒过三巡之后，脸色红润，浑身舒畅。又几个来回，渐渐有腾悬飘浮、漫步云中的感觉。当文珮向他敬酒时，只见人影叠动，烛光颠转，一片混沌。

酩酊大醉的万岱源，被文哲和丫鬟搀扶着，来到文君出阁前居住的闺房，身子一挨床，就呼呼睡着了。

汪氏知道女婿不胜酒力，除了过度劳累，主要是心中郁积着太多悲戚和愧疚。她想作为岳母，须得像母亲对儿子那样劝慰他一番，彻底解开他的心结，便带着文英和文珮，一同来到万岱源就寝的卧房。

万岱源在床上又蹬被子，又呢呢喃喃说着梦话。汪氏看出姑爷一时半会儿醒不过来，怕大病初愈的他，酒后受风寒侵扰，就让文英和文珮留下来，守在床边伺候他。

颜家在县城算得上是开明之家。颜景悦医术精良，医德甚佳，备受女性患者的推崇和喜欢。颜景悦深知女人患病，尤其是那些羞于言表的妇科病，往往宁可饱受折磨，也不敢对外人甚至夫婿言明。因而，他对女性患者，在医治时倾注了更多的心力。加上他风度儒雅、为人正直，不少大户人家的媳妇、小姐，缠着要拜他为干爹。遭到婉拒后，就拐个弯认汪氏为义母。这样一来，逢年过节，颜家的干女儿一来就一大串，而且个个都对干爹干娘亲亲热热，孝敬有加。

文英从抽屉里找出一本洋装书，刚翻开，文珮就凑了过来。

却见万岱源翻了个身，口里喊着："渴，渴……"

文英放下新书，端起茶几上解酒的酸梅汤，一试已凉了，就对文珮说："你守着，我去伙房热热就来。"

文珮接过文英手中的酸梅汤说："还是你守着，我腿长走动比你快。"

文珮与文英同一年出生，文珮比文英大三个月。两人性格迥然不同，却很投缘，相处得比亲姐妹还好。夏文珮本来可以来县城读书，可她害怕舅舅家浓浓的中草药味。文珮双眼修长，鼻梁挺直，长得很洋气，像舅舅。因为都是大户人家的小姐，在学堂又常受启蒙思潮的影响，使她们对男女平等、自由恋爱尤为向往。

而文珮是属于精明强干型的，心直口快，开朗豪爽，不拘小节，处事应变能力让人佩服；文英是属于贤妻良母型的，气质如兰，温婉娴雅，很有亲和力，令人印象最深刻的是她说话的声音，清雅动听，很迷人。

夏文珮自从向万岱源大胆表白后，就努力创造机会，接近万岱源。由于她的大胆执着，又恰逢遇上大的社会变革期，她可以说如愿了。她从起义筹备阶段开始，就天天与心仪的人在一起，双双置身于国民革命的洪流之中，她非常期盼有实质性的进展。

虽然万岱源一直在回避她，但越是这样，她的态度就越坚决。因为她发现，自己对万岱源的情感，已经不是单纯的仰慕和赎罪，而是真的喜欢上了他。

文珮早就想来舅舅家，而且希望能与万岱源一起来。但她看他忙得几乎忘了老丈人一家，就借请假之机，装作不经意想起，对冀虎哥说："你该给大表姐夫放个假了，文君姐走了后，他可是第一次来县城。"而她心里，却想让舅母撮合岱源跟她成为一对。

万岱源一到颜家就喝醉了，因为他有一种赎罪被接纳的轻松感。就在舅母吩咐使女好好伺候姑爷时，文珮本想独自揽下这个差事，话将出口又觉得不妥，才改口说，由她和文英一起照料更好。

只是，罗敷有意，使君无心。

文珮刚走，万岱源翻了个身，伸出双手，在空中抓扯着，口中念念有词："文君你不能去，海水那么冷，你快回来，你……"

文英怕姐夫受凉，起身抓住姐夫的双手，想把它们塞进被窝里。万岱源条件反射一把抱住文英，呢呢喃喃道："你别走，文君，我孤零零的，你和舒尧扔下我，我的心，被撕成了两半。"

文英又窘又急，扭动着身子，可她又十分同情姐夫。姐夫是思念大姐，对大姐情真意切，才会做出这样的举动，就让自己当一回大姐吧，或许能给他带来一丝心灵上的慰藉。

万岱源越抱越紧，声音越显凄切："文君，我是为了替你们母子报仇，才活下来的……可我的魂，早就随你而去了，就像一只孤独的大雁……"

闺房外响起脚步声，文英以为是文珮回来了，使劲掰扯姐夫的手，可哪里掰得开。

进来的是母亲。文英满脸通红，想推开姐夫站起来，却推不动。

万岱源嘴里还在念念叨叨："白虎鲨，我与你不共戴天，你还我妻子，还我娇儿……"

文珮回来了，看见表姐夫紧紧抱着文英，忙放下酸梅汤，上前轻轻搓捏表姐夫的手。万岱源的手臂渐渐放松了，文英挣脱开来，扑到母亲怀里，生气地说："谁叫你们让他喝那么多酒？"

母亲见女婿浑然不觉，悠长地打起鼾来，就帮文英把衣裳扯抚平整，带着她与文珮走出了闺房，叮嘱一位细心的使女过去伺候姑爷。

没走几步，就遇上从诊所回来的老爷。颜景悦心里惦记着女婿，为最后一位病人开好处方后，就回家看看女婿醉酒是否缓解了些。

汪氏示意他别吵醒姑爷。她让文英、文珮先回房歇息去，自己神秘地向老伴招招手，将他领进后院的起居室。

汪氏摘下银簪、耳环，哀伤的目光多了一份怜爱："都说女婿是半个儿，我可一直将姑爷当亲骨肉看待。我看得出，君儿走后，姑爷心里好苦，也好孤单。他醉成那个样子，还一直念叨着君儿和舒尧，能嫁给这样至情至性的人，是女儿最大的福分。君儿就是为了报答他的情深义重，才会从容赴难。为了延续这种二生难觅的缘分，我有一个想法……"

颜景悦温情脉脉地看着老伴："那就说出来听听，别卖关子了。"

"这个想法，在你去津洲回来后，就唐突地冒出来一回。今日，见到女婿，我的心思，更清朗了。我想将文英续配给岱源，这样也就两全其美了，女婿还是我们家的女婿，文英也能嫁个好郎君。"

"这，怎么可能？文英哪会同意？岱源心里有没有别的打算，你我更不甚清楚。"

"姑爷至今念念不忘君儿，而文英与她姐，神态容颜十分相像，品性比她姐更温良沉稳。此事由我来开口，姑爷十有八九会接受的。"

"你错了，依我对岱源的了解，他的心里除了君儿，很难装下别的人。至于文英，她是接受新学的人，她的婚姻大事，恐怕由不得你我包办。"

"君儿的婚姻不也是我们做主的吗？你先不要打退堂鼓，让我择时探探姑爷的口风，如若他不反对，文英准保听我的话。"

"对了，你有觉察出来没有，文珮对岱源，似乎特别在意。那眼神和举止，已经不是小姨子对表姐夫那么单纯。别看她言语少，心，沉着呢。何况她在万家，生活了几年。"

"文珮的性格与文君大不相同，能般配吗？还说你了解姑爷。我告诉你一件事，我亲眼看见的，姑爷迷迷糊糊中，一边念叨着君儿，一边错将文英当君儿，抱得紧紧的。"

室外"哐啷"一声响动，好像什么东西被绊倒了。

汪氏侧耳细听，知道有人在房外，问："谁呀？绊倒什么了？"

"舅母，是我。"夏文珮木桩似的戳在起居室门外，心怦怦直跳，手里拿着绣花的布绷，微微颤动着，"我是来请教你，我学绣花，梅花的花蕊，用什么绣线合适？"

汪氏朝老爷眨眨眼，说："梅花的花蕊，当然要用黄色的绣线。"

"谢谢舅母赐教，我走啦。"文珮庆幸舅母没有叫她进屋，匆匆逃离后院。此时的她，脸是滚烫的，心却被委屈和痛怨塞满了。

夏文珮回到西边卧房，痴痴地看着手中的绣绷。绣绷中的手帕，已呈现出两朵并蒂梅花的雏形。这方手帕，她已经绣了好久，原打算绣好后，等表姐夫康复了送给他。可是，揭竿反清以来，她再无暇余拿起绣花针。

现在，这方手帕，她还有必要继续绣下去吗？

夏文珮的母亲是文英的二姑，父亲夏惠丰在玄沄经营着鑫记船厂。文英的姑母嫁入夏家，怀了几次胎，却只生下一个夏文珮。父亲毫不嫌弃，一直视其为掌上明珠。四岁那年，夏掌柜看看内人瘪瘪的腹部，提出要娶细姨。夏文珮抱着母亲哭成了泪人，任夏掌柜怎么哄怎么逗，都止不住眼泪。

夏掌柜心疼，答应再不提纳妾之事，夏文珮才破涕为笑。一年后，母亲奇迹般生下了弟弟，乐得夏掌柜在菩萨面前，把头都磕破了。

九岁时，夏家又面临一场灾难。父亲因与朋友打赌，迷上了赌博，而且越赌越大。夏文珮眼看父亲每天揣着银票出去，晚上双手空空回来，还常冲母亲发火，也再不跟她玩耍亲热。夏文珮就整天睡在床上，不言不语，不吃不喝。父亲起初不当一回事，等号啕痛哭的母亲将他从赌场拉回来，一看女儿昏昏沉沉、奄奄一息，这才吓了一大跳。

夏掌柜跪在地上发誓不再赌钱，还拿起弯刀要削自己的耳朵。夏文珮睁开眼睛，流着泪说："你割自己的耳朵，真痛的是我，不如割我的吧。"说完把耳朵拎了起来。父亲无地自容，解下腰间的钥匙，放在女儿手里："这是钱柜的钥匙，以后就交给你保管。我若戒不了赌博，你叫人把祖坟给挖了。"从此，夏掌柜再也不敢涉足赌场，还认定女儿将来一定有出息。故而，夏文珮要去津洲读书，夏掌柜当然不敢阻拦。

在万家生活的那段时光，夏文珮对美满婚姻和恩爱夫妻，有了全新的感悟。一个念头，越来越牢固地占据了她的心：嫁人，就要嫁像表姐夫那样的男人。当表姐罹难、姐夫卧床不起时，她不顾一切，敞开自己的心扉，却遭到不留余地的拒绝，但她一点都不气馁。

舅舅好厉害，竟然看出自己喜欢上表姐夫，可是，舅妈却胳膊肘往里拐，偏说自己与表姐夫不般配，要将文英许配给万岱源。文英虽然追求婚姻自由，但面对一直被她视为偶像的万岱源，还会反对吗？

对了，不如试探一下文英。如果她拒绝，那自己就不必吃醋了。

夏文珮扔下绣绷，来到文英的房间，对正在看书的文英说："我要问你一个最最严肃的问题，如果你想听，就到我的房间，跟我一块儿睡。"

文英小嘴一噘，慢悠悠地说："你就在这里跟我睡，不行吗？省得我抱着被褥来回跑。"文英有个习惯，除非外出做客，她一般不用别人的被褥，不睡别人的床。

夏文珮双手往腰上一叉，说："打住，看你都快要嫁人了，还穷讲究什么！今晚，就要你盖我的被褥，睡我的床。难道你做了人家的媳妇，还自带一套盖的，自睡一张床？"

文英以为文珮的话是为了逼自己跟她睡，而故意编派的谎言，没在意。但她也知道这个坏毛病得改，就披上棉袄，跟文珮来到她的房间。

两人钻进被窝，还没焐热，文珮又坐了起来，拿起绣绷，把手帕卸了下来，独自发呆。

文英心里奇怪，冷不防从文珮手里拽过手帕，扬了扬，说："给哪个情哥哥绣的手帕，还不快快从实招来？"

文珮急了，抢回手帕，说："你别瞎说，什么情哥哥情妹妹。我倒是要问问你，你喜不喜欢万岱源？"

文英漫不经心地说："他是我姐夫，当然喜欢啦。"想想不对，珮姐好像话中有话，一下坐了起来，盯着她看了半天。"你怎么啦？说话不是编派我就是话里有话，到底发生什么事了？"

"我是认真的，你别不好意思，要如实告诉我。"

"你莫不是自己喜欢上姐夫，故意倒打一耙？"

"我再问你一遍，你喜不喜欢万岱源？"

"你没吃错药吧，怎么非要逼我回答这个问题？"

"因为你已经到了必须正面表明态度的时候了。"

文英想起醉酒的姐夫搂着她的那一幕，脸倏地红了。她又羞又恼，急急披上棉袄，逃回自己的卧室。

文珮望着她的背影，好像答案就写在上面。看来，文英心里也喜欢万岱源，只是不好意思说出，如果舅父舅母对她挑明，她是不会拒绝嫁给万岱源的。那么万岱源爱不爱文英？看他紧紧抱着文英不松手的样子，或许就是装醉故意做给她看的。

想到这，夏文珮的眼泪快要掉下来了，但她忍住了。她想，表姐夫是因为自己一句话，导致失去娇妻爱子的，如果文英能抚平他心灵的创伤，那自己纵有再大的痛苦委屈，也必须深深掩藏起来。夏文珮很想当面锣对面鼓问万岱源，你是爱夏文珮，还是爱颜文英？如果真这样做，舅父舅母会不会以为她疯了，把她赶出颜家？她不愿意放弃，但如果表姐夫真爱亲小姨，她能反对阻止吗？而他，一直都拒绝甚至反感她的爱。

明天一早，必须决然离开这块伤心地，也不再回津洲去，双脚能走到哪，就在哪枉度余生。

再说颜文英，她回到自己的卧室，用冷水洗了脸，心还是平静不下来。表姐不可思议又十分唐突的追问，令她害羞脸红，只能一逃了之。她为何要一再追问自己喜不喜欢姐夫？莫非爱上姐夫的人是她自己？

姐夫确实是个百里挑一的好男子，英气十足，儒雅睿智，更重要的是重情重义，他早就成了自己择偶的标准。可他是属于大姐的，大姐去了天堂，他还一往情深地思念她，可见大姐牢牢占据了他的心，谁都无法替代。文珮应该知道姐夫不会接纳别人，反过来追问她喜欢不喜欢姐夫，这又是怎么一回事？

文英想解开谜团，却越挦越乱，因而彻夜未眠。

夏文珮也因为不舍，不知去哪里流浪而辗转反侧，直到天亮。

万岱源这一觉睡得太深了，直到中午，才醒过来。

吃午饭时，他见文英、文珮不在，就问岳母："两位小妹去哪了，怎么不来用午餐？"

岳母说："文珮一早就回民军营舍去了。文英去学校看成绩，她毕业了，可以出来找工作了。"

万岱源说："她好像希望去海丰读中学。"

岳母说："再读就成老姑娘了。眼下求婚的人一拨接着一拨，连门槛都给踩塌了。"

饭后，颜景悦对万岱源说："你目前的状况，还不能太过劳累，生活得有张有弛，我带你去后花园散散心吧。"

万岱源别过岳母，跟着岳父，一边散步，一边观赏着活色生香的花木。

颜景悦是个大仁大爱的医者，同时也深谙怡情养生之道，这些跟他早年的经历不无关系。他年少时，经常随爷爷到田间地头，以及人迹罕至的深山老林采药，目睹了许多美不胜收的景色。大自然给了他灵性和情致，也给了他博大的胸怀。可是，自从接手经营坐诊五杏堂以后，他再没时间徜徉于大自然的青山绿水间。为了弥补这一缺陷，他请工匠农人，将后花园打造成桃花源式的田园景观，聊以自娱自乐。

桃化源里的山，全被绿树青草覆盖，一条水流潺潺的小溪环绕着小山。溪中有独木小舟可以垂钓、划行。小溪的岸上，架着龙骨水车，阡陌间有菜园，有水田，有围着篱笆的茅草亭。四时开不败的野花、挂满枝头的果子，任你采摘。

翁婿两人跨过小拱桥，躺在桃树下的草地上，聊了起来。颜景悦从辛亥这一年发生的大事说起，渐渐把话题引到女婿身上，正要说出"续弦"二字，汪夫人派丫鬟前来请二位回去吃五果健脾羹。

吃完五果羹，岳母对女婿说："我在砂锅里炖着鹿茸壮阳汤，你晚上睡觉前半小时喝最合适。等会儿我去布庄挑选两块布料，让师傅给你裁两身新衣裳。"

万岱源为自己受到太过热情的款待，给二老添下太多麻烦而不安，更为自己喝醉了洋相百出而羞愧。他借口晚上民军有活动，得回去安排安排，提出晚饭不在家里吃，明天再过来看望二老。

岳母突然伤心起来，叹了口气，幽幽而言："君儿没了，姑爷即使留住了人，也留不住心，我，就不勉强你了。"

万岱源一听，知道自己惹岳母伤心了，很过意不去，说："对不住对不住，愚婿该死！请岳母大人放心，岱源永远是你的女婿。我不走了，晚上再陪二老喝两杯。"

汪氏脸上露出了笑容，对女婿说："这就对了，君儿的家，永远是你的家。你先和你老丈人去书斋品茶，我随后就到。"

颜家的书斋雅致而又整洁，所有家具清一色用黄花梨制作。博古架上陈列着奇石古玩，书柜中叠放着整齐的线装医书。靠南墙摆放着一张八屉书桌和一把太师椅，桌上的托墩，搁着罕见的紫光灵芝。一幅神农尝百草的人物山水画挂在东墙，两旁是岳父特别喜欢吟诵的对联："衍衍无穷花衍秀，生生不息草生香。"书斋中间，是一张明式汉白玉石面圆桌和六把鼓式圆凳。

岳父请岱源坐下，使女端来了炭火正旺的炉子，坐上装满井水的陶壶。岳父吩咐使女忙别的去，卷起袖口，动手洗涮茶具、茶池，准备泡茶。岱源说："让我来。"可岳父不肯。

岳母拿着一盒包装精致的茶叶，来到书斋，笑吟吟地说："这是福建贺掌柜送的武夷山大红袍，请姑爷品尝品尝。"然后在岳父身旁坐下。

岳父一边泡茶，一边问询恒衍商行的生意，两位弟弟是否订婚，又讲到万家家大业大，姑爷作为长子，缺少一位贤内助，一应家计，还得令尊令堂操持，真是难为他们，劝勉姑爷别再沉湎于往事，要勇于拥抱未来，以年轻的心态过好每一天。

岳母接过话头，装作漫不经心地说："姑爷家中兄弟有三，亲家公当下最焦急的，就是没能享受含饴弄孙的天伦之乐。你是长子，你不续弦，两个弟弟就会被耽搁。亲家公可能已为你定下新的亲事了。"

万岱源把头摇得像拨浪鼓，说："媒婆倒来了不少，像打车轮战，家父也要我尽早再娶，我拒绝了。"

岳母心中暗喜，却又皱着眉头叹息了一声，说："你就别太惦记君儿了。如今，她妹文英也长大成人了，你一直都很疼爱她。你是孝子，亲家公盼着有个长媳持家，你也不能再孑然一身。我们老两口商量好了，有意将文英续配给你，这样既连延了夙缘，文君的在天之灵，也得以告慰。"

万岱源愣住了，避开了岳父和岳母的目光，一时不知如何回答好。二老的厚爱令他感激不已，但文君是拼死一搏而换得了他的生命，她至今还活脱脱陪伴在自己身边，我万岱源哪能忘义再娶？另者，文英是一心向学之人，此时谈婚论嫁，岂不耽误了她的前程？

岳父看女婿愣怔着，就说："你先别急着表态，仔细思量思量，再把想法告诉我们也不迟。"

万岱源站了起来，向二老深深鞠了一躬，说："岳父岳母待我恩重如山，我自当一辈子好好孝敬你们。续缘之事，本可亲上加亲，只是未免委屈了二妹。二妹年纪尚轻，我哪好白白糟蹋她的美好青春？"

汪氏想再说什么，被颜景悦一个眼神制止了。

文哲匆匆走了进来，对父亲说："诊所来了一个急症病人，说是出海刚刚回来，未踏入家门就扑倒在地，四肢抽搐，鼻孔口腔有血污，可是脉象又很沉实，我在穴位上扎了针，人有了反应，但口舌依然发僵，话语含混不清。"

颜景悦略一思索，对文哲说："你去药房取半钱麝香出来，我现在就过去看看。"然后起身吩咐汪氏："天已向晚，你该去准备晚餐了。"

汪氏帮老爷穿上长袍，嘴里嘀咕着："这两天怎么啦，尽来些蹊跷的病人。好不容易盼来大姑爷，想聊聊都未能尽兴。"

万岱源帮岳父披上围巾，准备陪他一起去医馆。颜景悦摆摆手，走出了书斋。

当夜无眠。梆子声在寒风中若隐若现。冷冷的月光，透过玻璃窗，在地上慢慢爬行。发情的猫，把屋顶当作乐园，肆无忌惮地嘶叫追逐。

万岱源卧室的煤油灯，是最后一个熄灭的。他在苦苦思忖着明天回复岳父岳母的答词。

两位长辈对他钟爱有加。他们心胸宽广，对文君、舒尧因他而罹难，自始至终没有只言片语的责备，反而为他当下孑然一身、家无嗣后而操

125

心。自己如果不留余地，断然拒绝两位长辈的一番好意，肯定会伤透他们的心。

他对文英一直都很疼爱，但那是兄长对小妹的爱。此时此刻，要他忘却恩重如山的文君，去接纳一个新人，尽管是文君的妹妹，他也万万做不到。

再说，文英是接受新学的人，崇尚婚姻自由，她有自己选择未来的权利。据他所知，近年来，那些为文英而倾倒，频频托人说媒提亲的，哪一个不是门第显赫、良田千顷的望族豪绅，而文英全然不为所动，一一拒绝了。她哪会答应去做填房？

第十二章
夏文珮决意赴省会　万岱玮邂逅多才女

起义军和民众在全境光复的亢奋中，期盼着实质性的惊喜。然而，他们很快就发现，日子，还是原来那张旧面孔，共和的阳光，迟迟没有照射到他们身上。

曾享平走进挂着陆丰临时军政府县署牌子的旧县衙，一下给各路民军的大小头领包围了。他们伸手向新任县长要钱要粮，说跟随他们起义的民军弟兄，已经快要断炊了。

曾享平，原名曾国琮，陆丰县西南镇人，与陈炯明同为清朝廪膳生出身。廪膳生，就是参加科举考试被录取，官府须发给膳食（廪米）的生员，俗称秀才。

曾享平新官上任，两手空空，什么都没有。起义军围攻县城和各个重镇时，府库里能带走的库银，大都被官员卷走了。带不走的，也被民军搜掠一空，落入头领腰包里，拿出来充公的寥寥无几。现在这些头领，反倒向他要钱要粮，难道要逼他把自己给卖了？

早该听邓参谋长的话，把民军遣散。可是马柳庭怕自己没了"司令"这一头衔，都督府就再记不起他了。直等到曾享平催急了，他才答应变卖部分缴获的武器作为遣散费，发给一些急着回家的民军。而那些受了伤未痊愈，冲锋在前立了功的民军，决不同意军政府像打发乞丐一样把他们赶出县城。

曾享平已将陆丰面临的窘况呈报粤军总参谋长邓铿。总参谋长答应妥善解决，并要求他维持好陆丰的大局。

曾享平召集同盟会资深会员和指挥长开会，提出要废除清制，严办匪盗。他主张成立维持治安的县警备队，吸收纪律性强的民军加入。谁知由于名额分配方案中，津洲人数偏多，陈子和带头反对，提案未能通过。

曾享平又提出要对陆丰现有行政区域进行重新划分。他听说海丰正酝酿在县下面设立九个区，所以主张陆丰同样也设立九个行政区，可是马柳庭认为应该设立十一个行政区更合理。

陆丰是雍正九年（1731年），析海丰县东部之坊廓、石帆、吉康三都以置县的。三个都之下设十三个图，图之下是自然村、社、圩，计五百零五个。清代县一级以下的行政区划极不统一，十分芜杂。海陆丰同为以都统图，以图统甲，以甲统户。都、图、甲均为居民自治组织，不设专职官员，由编户推举当地的豪强士绅担任乡官，官府予以监督。基层行政区划如此设置，目的是要实现对每家每户的赋役征收，保证基层社会治安稳定，同时平衡乡村权力。但是层级建制太复杂，管理烦琐且容易脱节。

重新划分行政区域，若报经广东军政府批准，那么，设立几个行政区，便要配备几名区长。加上县署内置总务、财政、教育、实业等四个课，目前尚缺两名课长。曾享平提议，从起义军的佼佼者中遴选区长和课长，这样既能服众，人才也不会被埋没。

可是与会者却本末倒置，议案未形成，不少人已经开始争当区长、课长。结果会议不欢而散。

1912年1月1日，从国外回来的孙中山先生，在南京就任临时大总统，宣告中华民国成立。纪年以成立之年为民国元年，纪月纪日等与公元历法相同。

2日，粤军总参谋长邓铿，派士兵送来陆丰起义军遣散恩饷银圆三千，颁发银质功勋章三百枚，奖状三百张，令曾享平从速解散各路民军。并致函马柳庭，由省军政府保送他到日本明治大学留学深造。

3日，在县署召开陆丰起义军颁奖欢送大会。津洲起义军，包括指挥部成员、司副、队长、受伤民军，获得十八枚银质功勋章，九个排长和二十名民军获得奖状。曾享平特地留下一块功勋章，作为巾帼特别奖，奖给夏文珮。

除此，曾享平还一次性发给民军及伤亡义士数额不同的"恩饷"。这些钱，一小部分是省拨下来的，大多是曾享平几经奔走，从县城商绅处筹得的。最后，他大声宣布：陆丰起义军正式解散，原指挥长负责督促带领各路民军离开县城。

就在欢送大会召开之前，曾享平悄悄约见了万岱源和段冀虎，他有意留下他俩，一个当财政课长，一个当警备队中队长。万岱源对他说："我们曾经发誓同生死，共进退。既然绝大多数弟兄都得回津洲，我们也就不能贪图一官半职而留在县城。"

民军解散，最失望的人是刘巽才。他当初加入同盟会，参加起义，就想借此改变自己的命运，事成后留在县城当个什么长，就不用回去整天听父亲"念经"，被父亲像骡子一样使唤。如今希望破灭，功勋章没拿到，还得返回津洲继续过唯唯诺诺的日子。

刘壮劝刘巽才："你娶彩鸾的事已经板上钉钉，虽然没有捞到一官半职，但不花一分钱就捡了个婆娘，已经很值了。听我的话，赶快回去圆房，想当官，以后再说。"

欢送大会结束半个小时了，不少民军还不愿意离开县署，他们的脸上挂着喜怒哀乐，心中五味杂陈。

段冀虎与万岱源等人，正商量着如何护送伤员回津洲的事。夏文珮来到他们身边，她看都不看万岱源一眼，只对段冀虎说："我不回去了，我要去省城找李彧。"她自从去舅舅家回来后，就故意躲着万岱源，不再主动跟他说话。

正在擦拭青锋剑的段冀虎，不相信自己的耳朵，大声问："你说什么？"

夏文珮一字一顿说："我要去省城找李彧。"

万岱源像打量天外来客似的打量着夏文珮，说："你这丫头越来越无法无天了，广州那么大，你去哪里找他？"

夏文珮打开手里的《广州旬报》，对段冀虎说："这里有李彧的文章，我找到报社，就一定能找到他。"

段冀虎见她态度那么坚决，不由严肃起来："不行，我们把你从津洲带出来，就必须完好无损地将你带回去。"

万岱源觉察出夏文珮是冲着他来的，联想起近几天她的反常举动，猜测她已晓得岳母要他续娶文英的事。

万岱源把说话的语气缓和下来些："你一个从没出过远门的姑娘，独自去数百里远的省城，谁放心，谁敢答应？你的父母将你托付给我家，而你说走就走，将来我拿什么还给他们？"

夏文珮淡定地说："我现在已经是成年人，你们怎么还拿我当三岁小孩看待？"

段冀虎故意上前与她一比高低，说："你足足比我矮一个头，不算小孩算大人？"

夏文珮踮起脚跟，说："你跟我同样年龄时，肯定比我还矮。你们不必阻拦了，我决心已下，不会改变的。"

段冀虎有点生气了："我是代指挥长，又是你表姐夫，我的话你不能不听。"

夏文珮诡异一笑："民军解散了，指挥部撤销了，你再也指挥不了我了。"

万岱源知道来硬的不行，只好用软的方式劝阻她："小姨子，别再任性了，就算我求你了。假如民军个个像你这样，岂不乱了套？"

夏文珮嘴唇一翘，说："求也没用，除非你答应……"

有好几个民军围了过来，又是当着段冀虎的面，夏文珮只好将后面两个字咽回肚子里。

曾享平看见津洲民军好像在争执什么，走了过来，一见夏文珮满脸委屈，就说："你们谁欺负夏小姐了，她可是值得钦佩的女豪杰。"

夏文珮来劲了，向县长拱了拱手，说："既然曾大人看见了，那就请您为我主持公道。"

段冀虎只好把夏文珮突发奇想，执意要去广州的事说了出来。

曾享平乐了，双手一摊，说："正好陈大都督要我去一趟广州，你跟我的马车一起走，不就安全了？"

夏文珮高兴得又蹦又跳："那太好了，家父也正好在省城办事。我到了省城，一定不会给您添什么麻烦的。"

曾享平摘下白通帽，用手指弹弹，说："不过，你得说出你非去不可的理由。"

"理由就是，李彧，不，李指挥长临走时，曾对我说，希望我到省城女子师范学校继续深造。"夏文珮不假思索地说。

"噢，是想到省城读书，那是好事。"曾享平掏出手绢，抹抹嘴唇刚蓄上的一字胡，"我与李彧是忘年交，他能劝降李梦说，是立了功的，我这次去省城，会特别提醒陈都督。"

如果说，夏文珮刚开始时，一半是赌气，一半是冲动，而现在，她可是铁定决心了。她对两位表姐夫说："我的事，县长大人已经批准，你们就不必再婆婆妈妈了。"

既然夏掌柜就在广州，一路上又有曾县长罩着，而李彧与曾县长又是老相识，段冀虎与万岱源再也找不出阻止的理由了，只好把任性的夏小姐托付给曾县长，并一再嘱咐她，到了广州，立即发电报回来报平安。

5日凌晨三时，段冀虎、万岱源率领津洲民军，急行军回家乡。

别以为津洲民军没情绪，都那么听话，其实是万岱源、段冀虎几个未雨绸缪，在遣散令下达之前，就做通了大部分人的思想工作，加上他们以身作则，毫无怨言随大伙一起回津洲，其余的人除了发发牢骚之外，也表示不拖大伙的后腿。

为了让民军感受到家乡人对他们的敬重，段冀虎派胡见凡先回津洲，组织民众举行一个欢迎仪式。

午后，津洲近二百名民军，风尘仆仆回到家乡，远远就听见北门广场锣鼓喧天，鞭炮齐鸣。横幅和彩旗下，各社族长带领民众夹道欢迎壮士们凯旋。

万泰安和商绅们对军政府宣布豁免各种捐税，人人谢天谢地，个个从心里感激举义推翻清朝的壮士们，特地筹集了一百担大米，几筐又大又新鲜的赤点石斑鱼，犒劳民军。

民国元年（1912 年）的春节，津洲举办大型传统民间艺术展演。各个社区拿出看家本领，竞相推出舞龙舞狮、八音锣鼓、英歌舞、攑屏景、挑花篮、扛彩旗等表演节目，广场大街，人头攒动，老少同乐，一片欢腾。

元宵节前一天，广东都督陈炯明委派海丰人邱景云，出任陆丰民国政府首任长官，称县民政长，县署也改称县公署。

邱景云上任带来一个最新的消息：履新一个多月的孙中山，辞去临时大总统职位，袁世凯被推举为中华民国临时大总统。

8 月底，又是邱景云在县公署政务会议上宣布：宋教仁在北京以同盟会为基础，联络四个政治小团体，改组成立了"国民党"。

民国二年（1913 年），邱景云所任县民政长一职，改称县知事，县公署改设秘书、财务、教育、承审等四课。陆丰行政区划也有了变化，废图设区，全县设立附城、玄泷、津洲、河凹四个行政区署。

这些称谓和区划的变化，对老百姓来说，都无所谓。触动他们"痛点"的是，政府恢复了各种苛捐杂税。

这可是邱景云竭力主张、求之不得的事。他借机盘剥税户，截留税额，中饱私囊，又变本加厉，贪污渎职，收贿卖官。

刘监生正为刘巽才参加了国民革命，却没捞到任何好处而发愁，听说邱知事爱财，遂拿出四千两银子，让县城的朋友找官场"牙人"牵线，为刘巽才买个区公署的长官当当。结果，所托非人，只买到一个县公署财务课的课员。而周剑雄，据说在其姐夫帮助下，被派到河凹区公署任副职。

社会变革的新鲜与激动，在人们的记忆中渐渐淡化了，衣食住行、养儿育女才是亘古不变的话题。

万泰安在长子走出阴霾后，睡了几天好觉。可是，当他走进寂寥的东玥小筑时，心中又被另一块石头压上了。

万氏家大业大，子嗣有三，个个仪表出众，阳刚之气十足。然而一场横祸之后，万家大院突然冷清了下来。本来三个儿子，早该是有家有室的人了，如今却个个孑然一身。作为一个颇有声望的家族，一家之长的脸面还有什么光彩？

万家能否早日扭转局面，关键在万岱源。按照传统习俗，兄长未完婚，弟媳只能在大门外候着。偏偏岱源念念不忘文君，拒绝续弦再娶，老二老三的婚事，也就迟迟未能提上议事日程。

众媒婆认准万家有三门亲事可提，个个都想来万家淘一把金，一拨接着一拨鱼贯而入，都快将万家的门槛给踩沉了。

龚氏日渐焦躁起来了，一听见媒人来了就躲。她要老爷腾出时间，会会那些媒婆，挑选合适的人选，尽早把三个儿子的亲事全都给定下来。

万泰安尽管是以开明闻名于外的人，但为了万家的未来，为了解除郁积日久的心病，他同意了老伴的意见，就算大包大揽，也不能让三个儿子再当钻石王老五。

然而，婚姻毕竟是终身大事，挑选合适的人选，说来轻巧，实际操作起来，却往往不尽如人意，而不得不一而再，再而三地放弃。就这样一晃，又一个年头过去了。

谁知东方不亮西方亮，不久，发生了颇具喜剧色彩的一幕，逆转了万泰安的计划。

喜剧的主角，就是二少爷万岱玮。

万岱玮择偶十分挑剔是人人皆知的，然而缘分一到，他不但被月老的红丝线牢牢拴住，而且还冒了"挖大哥墙脚、把本该叫嫂子的丽人抢为己有"的大不韪。

冬至将到，玄沄港热闹非凡。正是渔汛到来的丰收季，渔船进进出出，码头车水马龙。一艘三桅帆船，拖着一连三折的木排，缓缓驶入港湾。木排吃水很深，识货的人远远一看，就知道是产自暹罗或吕宋岛的上好木材。

少东家万岱玮看着船工降下风帆，抛下铁锚，又吩咐木排上的伙计扎牢锚杆，系牢绳索，做好货物验收交接准备。一切安排妥当，他换上整洁的衣裳，披上褡裢，上了码头，直奔寺后街。

来到茂祥杉木行，却见有人在那里吵吵闹闹。挤上前一看，一个又黑又瘦的汉子，躺在一堆杉木上，悠然自得地抽着旱烟。黑汉子一副寒酸相，身上的大褂补丁摞补丁，腰间系着一条粗粗的草绳，一双草鞋扔在地上，两只大脚结着厚厚的老茧，十个蜷曲的趾头连趾甲都看不见。

万岱玮从黑汉子与杉木行掌柜一去一来的对话中，听出了事情的原委：黑汉子一大早就来茂祥杉木行转悠，伙计过来问他需要什么，黑汉子说，想买些木料盖间房子。伙计说，这里不卖搭草房盖土坯屋的木料，您老到别处看看吧。黑汉子不走。直到中午，他指着一堆足够用来建"四点金"的木料，对伙计说，我想买下这堆木头，你开个价吧。伙计朝他翻起白眼，说，看你吃番薯都找不到皮的样子，还想在这里摆什么阔？劝你还是趁早走开，不然，我可要放狗了。黑汉子一点不退却，双手往胸前一抱，说，你可别狗眼看人低，欺负我是乡巴佬不成？两人便吵了起来。

二掌柜过来问明缘由，将黑汉子上上下下看了个遍，然后以嘲讽的口气说，茂祥从来不欺负乡下人。主顾你真想买下这批木材，我破例给你打五折，只要你此时拿出十封现大洋，这堆木材就全归你了。如果没有，那对不住，请你当众翻十个筋斗后走人。

黑汉子黑溜溜的眼珠子一转，说，此话当真？二掌柜说，句句落地有声。黑汉子又说，你做得了主？二掌柜说，做不了主敢给你打五折？黑汉子朝众人拱拱手，说，大伙可都听清楚了？二掌柜不耐烦了，说，赶紧趴下翻完筋斗走人吧。黑汉子嘿嘿一笑，解开草绳，掀起大褂，亮出藏在里面的一千块银圆，说，有劳诸位为我做证，掌柜的眼真毒，不多不少，我就只带一千现大洋。

二掌柜暗暗叫苦不迭，额头直冒冷汗，刚好账房有人叫他，便脚底抹油溜了。黑汉子叫人赶来牛车，请杉木行的工友将木料抬上牛车。杉木行的伙计连忙上前拦阻。黑汉子找不到二掌柜，便躺在杉木堆上抽起旱烟来。

此时，有人嚷嚷道，韩家三小姐来了，有好戏看了。

一位楚楚动人的素衣女子，在侍女的陪同下，走到伙计面前，问他到底发生了什么事。伙计支吾着将事情经过说了，末了朝众人大声说，这是二当家跟他闹着玩的，诸位千万别当真。

素衣女子上前对黑汉子揖了个礼，问，大叔真的想买这批木材？

黑汉子跷起二郎腿，说，镇上的杉木行多的是，而我只要身下这堆木材。

素衣女子坦然一笑，不紧不慢地对大伙说，实不相瞒，今天这单生意肯定赔大了，但茂祥杉木行历来讲究信誉，开弓没有回头箭，掌柜不在我来做主。转身又对黑汉子说，请大叔到账房交钱，银货两讫，这堆杉木就是你的了。

人群中响起一片喝彩声。万岱玮也跟着使劲鼓起掌来。

恒衍商行跟茂祥杉木行做过几笔生意，万岱玮早听说韩家三小姐贤淑聪慧过人，但他都不以为然。今天目睹韩小姐的芳容及其诚信至上的做派，不禁为之怦然心动。踏破铁鞋无觅处，这不正是自己苦苦追寻的意中人吗？

围观的人渐渐散开了，韩小姐和侍女也不见了。万岱玮想起自己的正事，来到杉木行的账房。账房先生一边拨拉着算盘，一边记着账，抬头看见恒衍商行的少东家站在面前，立马起身，让座端茶。

账房先生告诉万少爷，刚才出了点小乱子，二当家被韩人掌柜叫去训话了，木材验收交接的事，看来只能推迟至明天。

万岱玮说，正好，晚辈不曾登门拜访过韩大掌柜，烦劳你派人为晚辈带路，顺便谈谈下一步的合作事宜。

万岱玮随小伙计来到寺前街，买了几盒精美的糕点，依稀听见元山寺传来一阵钟磬之声。他虔诚地闭上双眼，默默许了个愿。

韩大掌柜韩儒标目送二当家走出正院，看见小女儿斯洁和侍女回来了，便斜倚在贵妃椅上，想养一会儿神。门房匆匆走进来，递给他一张名帖，一看是恒衍商行的万少爷，立即吩咐开大门迎接。

宾主客套一番后，进入正题，韩儒标派人通知二当家和账房先生到港口验收木材。他执意要设家宴款待万家二少爷。这正中了万岱玮的下怀。

韩儒标看看时间尚早，拉起万岱玮的手，说，世侄，你难得一来，我带你到逸致轩书斋聊天品茶，客人都说那里是休闲怡情的好去处。

走进书斋，万岱玮立即被一种浓郁的书香气息包围了。

都说玄沄人崇文尚墨，就算普通人家，也要勒紧腰带，供孩子上私塾，进学堂。家长尤为重视书法的教习，儿童的启蒙教育，几乎都是从临摹名家书法开始。故而，玄沄人的书法，常获行家好评，远近皆知。同时，基于书画同源这一规律，许多人还成为绘画高手。

万岱玮绕书斋走了一圈，目光被墙上两屏寸楷条幅吸引住了。他端详了半天，对韩掌柜说，敢问世伯，这寸楷堪称佳作，笔法秀逸，疏朗通透，不知出自哪位方家之手？

韩掌柜摇摇手中的团扇，浅笑不语。

万岱玮纳闷片刻，忽然好像明白了什么，又道，说来惭愧，我经商前也曾研习过书法，只可惜不是那块料。但此后对能写一手好字的人特别敬重。今日有幸看到赏心悦目的墨宝，心生贪念，斗胆想借世伯之口，恳请挥毫者，题写一幅寸楷横幅，馈赠于我。

韩儒标真不敢相信万少爷初次到访，就给他出了这么一道难题。觉得唐突之余，细细一想，这不正好为万家了解小女提供一个机会？

韩掌柜装作面有难色，说，实不相瞒，条幅乃出自膝下小女之手。只是信手涂鸦而已，怎敢拿到贵府献丑？

答案与猜测相符，万岱玮大喜过望，但脸上并没流露出来，他继续欣赏着屏条上娟秀工整的隶书，细看落款字号，与寸楷无异，便说，看来，贵府令千金的隶书也十分了得。他缓缓说道，都说商贾之家铜臭味四溢，晚辈却在这里闻到了墨香，可钦可敬。

韩儒标是个性情中人，忽然冒出一个想法：万家二少爷如此喜爱小女书法，何不借梯上屋，撮合两人成为一对？但想起先前曾托媒婆向万家提亲未果之事，便告诫自己先别冲动，倒不如来个以退为进，再伺机行事。于是，便淡淡说道，世侄所言，真的羞煞愚伯。在玄沄，会舞文弄墨的女子，俯拾皆是。小女信手涂鸦，无非孤芳自赏。万少爷索要横幅，恐怕日后会成为笑话，愚伯自忖，还是免了为上。

万岱玮并不知道韩家向万家提亲未果之事，见韩掌柜一再推却，心里急了，说，晚辈贸然求字，外人看来十分冒昧，但世伯既然将我当侄儿相待，我与三小姐也就有了兄妹之谊。世妹赐以墨宝，纯属情理之中，磊落之举，何以成为他人笑柄？

韩儒标暗暗佩服万少爷的机敏，额首而笑，说，如果世侄真的不嫌弃，那愚伯只好令小女出来献丑了。话毕，示意使女将书斋右侧屏风拉开，再让夫人去闺房请女儿过来为客人运墨挥毫。

韩氏大院上下都被惊动了。使女们都在窃窃私语，今日不知来了何方大圣，老爷竟然要三小姐为他即席挥毫？

贴身侍女早把万二少爷的话传到三小姐耳朵里。韩斯洁莞尔笑了，对贴身侍女说，也只有万家的少爷，才敢如此轻狂，向一个素未谋面的女子，提出这等促狭人的要求。名为索要墨迹，其实是想当场考考我。兵来将挡，水来土掩，我就破例成全他一回吧。

在母亲的陪同下，韩斯洁从侧门来到逸致轩。凝神运笔之时，不禁透过雕花屏风的纱帘，偷偷瞅了万少爷一眼。只见那万少爷风华正茂，仪态优雅，神闲气定之中，自有一种不俗的气质和睿智流露出来。韩斯洁怀春的心花绽放了。

母亲就在身边，她不能失态，咬咬朱唇，强迫自己冷静下来。原想抄录一首李商隐的《无题》了事，心醉神迷之中，又信手在留白处添下不沾边的两行字：芳草茵茵皆送意，梅花点点是天心。

晚宴很丰盛，但万岱玮吃得很少，因为韩小姐没有与他一起共进晚餐。万岱玮偷偷问使女，回答说，韩家有个规矩，为了对客人表示尊重，晚辈女眷不能与客人同桌就餐。

都什么年代了，韩掌柜还不让女儿与客人同桌吃饭，太封建了。

韩掌柜这一招，让万岱玮懂得了什么叫作情不能自已。他心事重重，与茂祥杉木行结完账，收好银票，就立马回了津洲。一到家，他直奔双兰内苑。给二老请过安后，就小心翼翼打开韩斯洁题赠的横幅，郑重其事地放在父亲面前，要求父亲立即托人向韩家提亲。

万泰安本想责备他心浮气躁，强人所难，但看他心驰神往、痴痴迷迷的样子，就说，之前，韩家曾托媒人提亲，他家三小姐原本是说给你哥的，你怎好横生枝节，要与韩家结缘？

万岱玮说，我压根儿不知有这么一回事。就算知道，我也不会对不起大哥。韩家来提亲，大哥一口拒绝，大哥心里只有嫂子。如今我喜欢上被大哥拒绝过的女子，相信大哥不会后悔，一定会支持我的。

万泰安摇摇头，自言自语道，现在的后生人是不是太那个了，自己看中了，也不顾大哥的心绪，就嚷嚷要上门提亲。虽然应了那句古话，肥水不流外人田，能先定下一个算一个，但还得探探老大的口风，以免他日后悔怨。

当晚，万泰安来东院找岱源，先聊聊生意上的事，然后话题一转，说，你还记得前年玄沄韩家提亲的事吗？据说韩小姐至今待字闺中，她对万家可是情有独钟呀。

万岱源见父亲旧话重提，眉头一皱说，这事你就不要再勉强我了，韩家三小姐要选什么金龟婿都有，何必一棵树上……

父亲呷了一口茶说，既然你执意拒绝，那韩家三小姐就与你再无瓜葛了。只是，萝卜白菜各有所爱，你二弟想攀这门亲事，你觉得合不合适？

万岱源如释重负吁出一口气，高兴道，只要二弟喜欢，我当然全力支持。

次日，万泰安托最有人气的媒婆去向韩家提亲。当晚，媒婆屁颠屁颠兴高采烈地回来向万家道喜。

万、韩两家绕了一个大圈，到头来还是结成了亲家。

岱玮的亲事定下了，万泰安催促岱源续娶的理由又多了一条。但该为他选择哪一家的淑媛，更合适些？

岱玮的一句话启发了他，如果能找到一个与文君相像的女子，或许大哥心里更容易接受。问题是人海茫茫，去哪里找一个与文君神形兼似的女子？再说，就算找到了，人家不愿意，你也没有办法。万泰安愁眉不展，坐立不安。

有道是，青山缭绕疑无路，忽见千帆隐映来。

未石城的刘监生为了给董彩鸾治病，特意派马车将颜景悦从县城请到津洲。

人丁不旺，早就成了刘监生的一块心病。长媳周氏过门第三年产下一子后，至今再没怀上。董彩鸾在圆房后次年，有了身孕。但不晓得什么原因，她身怀六甲后一直噩梦缠身，精神恍惚，安神保胎的药吃了不少，病情依然没有好转。刘监生知道颜景悦是医治妇科病的行家，便撺掇镇上几户内人患有难言之隐的人家，不惜雇用最好的马车，请他来津洲为患者诊治。

刘监生这样做，似乎有摆阔之嫌，但出于求嗣心切，倒也无可厚非。其实，刘监生如此费心费力，还有另一不为外人所知的目的。

颜景悦诊治的第一个病人，当然是彩鸾。他以药物治疗和心理疏导双管齐下的办法，很快就让患者睡上了一宿的安稳觉。几服汤药吃下，彩鸾的脉象平实，脾胃舒畅，苍白的脸庞现出了几分红润。

其他几个患者，也都取得不错的疗效。

颜景悦就要返回县城了，当然得去万家跟老亲家和女婿辞别。刘监生对颜大大说，轿子和礼品早就为你准备好了，随时都可以起行，不过时间尚早。吉日良辰不容错过，我先前对你提出一个不情之请，你是否已经同意？

颜景悦怔怔地摊开双手，好像想不起来了。

刘监生嘿嘿一笑，说，你太累，可以理解。但这个忙，你一定得帮。我家犬女刘巽贞，这些天你也见过的，尚未找到门当户对的婆家。我有心将她许配给万家大少爷。可是由谁出面当月老，让我颇费思量，想来想去，唯独兄台你最合适。我想让小女拜你为义父，是希望你我两家再走近些。而你作为准义父，到万家替义女做媒，肯定水到渠成。老朽已经张罗好义父义女互相赠送的信物，这就叫小女上来给义父磕头。至于认亲宴，很快就可以开席。

颜景悦一听，哭笑不得，心想，这未石城的财主，未免太会算计了，而且鬼点子一环套一环的。只可惜，他抱错了佛脚。

颜景悦故意把头摇得像风铃花，说，看病疗伤可以找我，要我当红娘实在开不了口，虽然我也十分喜欢巽贞姑娘。

刘监生碰了一鼻子灰。他哪里知道，自己煞费苦心请来当月老的人，早将万大少爷续弦的红线，系在自家二女儿的手上。只是，万岱源迟迟未做答复而已。

颜景悦的轿子在求芳居大门口停下，万岱源早就在那里迎候。

万泰安乐不可支，他牵着亲家公的手，久久不愿松开。他知道亲家公出诊事毕，肯定会腾出时间，造访万家。机会难得，正好借他之口，好好劝勉岱源挣脱心魔，忘却旧疼，步入新的生活。

两个古道热肠的长者，敞开胸怀聊了一个晚上，在岱源续弦的问题上，更是一拍即合，把岱源的婚事定了下来。

第十三章
图圆梦万韩联袂　求吉日疑云重重

　　早餐过后，万泰安将岱源叫到内苑客厅，当着颜景悦和龚氏的面，以不容置疑的语气告诉他：这么大的一个家庭，听不见孩子的欢笑声和读书声，心里总是空落落的。作为父母，迫切希望享受含饴弄孙的天伦之乐。昨晚，我与你岳父已经商量好了，干脆白菜叶子炒大葱，亲上加亲。我会请行家选个好日子，把文英风风光光娶进来，当咱万家的长房媳妇。

　　面对三位长辈殷切的目光，岱源不敢再执拗不从，只能低下头，听凭长辈张罗。二弟、三弟的婚事，不能再被自己给耽搁。万岱源在心里默默告诉文君，我答应娶文英了，就当是你又回到了我身边。

　　然后，他在三位长辈面前跪下，说，你们已为我操碎了心，我下半辈子，会一一报答你们。再婚之事，承蒙岳父大人厚爱，小妹文英甘受委屈，我自当听从你们的安排。

　　就这样，万家在短短一个月内，接连定了两门亲事。数日之后，又传来万家将与韩家联手创办机织厂的消息。也许，这就叫作否极泰来，好事连连。

　　3月，津洲商务协会在经纬楼召开改制会议。出席会议的除了商会董事，还有药业、布业、钱庄业、典当业、盐业、渔业、运输业、手工业等同业公会的会长。这些新兴同业公会，本来打算自立山头，跟商务协会平起平坐。后来才发现自己错了，县公署不但每季度要对他们谋征双倍的税金，而且每次摊派捐款，数额不比商务协会少，可公文函告仍然只将他们列为津洲商务协会的成员。

　　前些时日，典当与钱庄、渔业与运输，发生利益冲突，事情越闹越大，最后还是万泰安带上协理刘震光帮他们调停，双方才握手言和。同业公会再也犟不起来，只能要求加入商务协会，主事们才应邀参加了改制会议。

　　商务协会的议董李雨鑫，宣读了县公署寄来的公牍，提出遵令修改《协会章程》，改选增补董事和执事人员，推举新的领导机构成员，并策划促进津

139

洲工商业长足发展的举措。

万泰安在会上一再请求辞去会长职务，由协理刘震光接任会长，议董李雨鑫任副会长。刘震光曾在广州沙面一家洋行当雇员，因不满其向国人倾销烟土，愤而辞职才回到津洲。他为人一向公正，经商颇有经验。李雨鑫是鑫记杉木行大东家李云阶的兄长。

会议经过讨论，一一修改了章程，明确了商会对哄抬物价、垄断经营、自相践踏而损害民众利益者，有责任调查处罚，对屡教不改之不法商人，可送官惩办。会议决定将津洲商务协会更名为津洲商会，会长称呼不变，协理改为副会长，议董改为监理，董事更名为会董。

会议重新选出会董，再由会董选出领导机构成员。万泰安得票最多，继续担任会长，刘震光与李雨鑫次之，分别任副会长和监理。刘震光向大会提议，增补万岱源为会董。

万泰安不同意，理由是他已好长时间疏于经商，更重要的是一家不能有两个会董。李雨鑫说，章程没有这一规定，再说当会董只是为商民操劳、为公义执言。不过，他认为增补万岱玮更合适。结果，众人一致举手通过。

万二少爷听父亲说，他已经成为津洲商会的新会董，一点都高兴不起来。

自从大嫂和侄子罹难后，大哥对做生意再也提不起劲来。

而老爷子除了忙商会的事，对自家商行的交易买卖，很少过问。他把时间和精力，都用在"同日迎娶两房媳妇"上，整天忙于张罗各种烦冗复杂的礼仪环节，诸如合婚、定亲、行聘、请期，等等，及其衍生出来的零碎活计，真得花费不少心思。

单说"请期"，男方得送出十二份红帖，包括新娘何时裁婚服、挽面、沐浴、上头，何时出阁等，几乎一个环节就有一份帖子。女方接到庚帖，会郑重其事请相士根据双方生辰八字，进行"推合"。如有相克相冲，便会退回庚帖，要求重新择期。等到过了相士这一关，双方皆大欢喜，女方才可正式回帖，这叫复聘，也叫完聘。完聘回帖包括总帖、开门帖、呈新郎帖、呈亲家帖等十二份。接到回帖，男方就可以准备迎亲了。

可问题就出在"请期"这个环节上。万泰安执意要在同一天迎娶长房、二房两位新娘，而且还要同一时辰进洞房。这可把三大镇的阴阳先生给难倒了。万泰安劳心劳力这么久，却在骨节眼上卡住了，他真有些不甘心。

话说回来，订婚娶新娘，好些形式大于内容的环节，本来可以交由母亲去操办。可是，老爷子却一手包揽起来。

父亲与母亲相处和睦，从来没有红过一次脸。可是在感情方面，似乎又很平淡，别说外人，就连同在一个屋檐下的儿子们，也没看出他们有多恩爱。

母亲是汕头人，至今说话仍带有嗲嗲的汕头口音。咸丰十年（1860年），汕头成为清政府对外开放的商埠，许多洋人蜂拥而入。母亲从懂事开始，就或多或少受到西方文化的影响。外公嘛，子继父业，经营开埠就创立的昌锦绸缎布庄，铺面在最繁华的外马路。

因为汕头是商埠，距离津洲又比较近，因此津洲人几乎将汕头当成第二省会。恒衍商行很早就在汕头设立了分号。那年万泰安坐火船去汕头，察看分号的经营状况，在甲板上遇到了年轻貌美的母亲，并立刻被她迷住了。

婚后没几年，母亲就成为两个儿子的娘。都说生个孩子傻三年，母亲觉得自己的记忆力下降了许多。怀上岱仰三个月时，突然传来噩耗，昌锦绸缎布庄遭奸人纵火，外公外婆双双葬身火海。有人怀疑是与布庄争利的洋人所为，但官府却说是主人自己不慎引发火灾。

母亲几乎被击垮了，整日以泪洗面，而且出现流产的征兆。父亲立即请郎中诊治护胎，十几天寸步不离陪伴在她身边，并倾心照料，才让她渐渐坚强起来，渡过了难关。

母亲经过认真考虑，正经八百地对父亲说，我再没家世不错的娘家了，也不再是千金小姐了，而且人老珠黄，再没心力管好这个家了。你讨一房小老婆吧，我明天就亲自去跟公公婆婆说。

父亲生气了，反问她，你是不是故意要戳伤我的心？我知道身怀六甲的你，此时要经受翻倍的痛苦，所以，我扔下一切生意，就为与你共同扛起这片快塌下的天。可你，厌倦我了，才故意提出让我讨妾，对吗？你我很快就要拥有第三个孩子了，你却因为娘家发生变故，对自己失去了信心？你听好了，你从大都市下嫁给我，我一辈子都感激你。你，永远是那个在船上与我相遇的你。

父亲的真情告白，母亲好像没有听进心里去，几天后跟公公婆婆说了让父亲纳妾的事。公公婆婆只回她一句话，别胡思乱想，媳妇贤惠一个就够了。

这事就这么过去了。以后的日子，父亲与母亲，依然没有碰撞出浪漫的火花来，但他们在平静中，却不时获得"天造一对，地设一双"的赞许。

父亲为了迎娶媳妇，无暇顾及生意，那么，已经老大不小的三弟万岱仰，应该替父兄分担些压力呀。然而，他一直改不掉心浮气躁、贪玩懒散的毛病，爹爹还是不敢让他独当一面。

因此，恒衍商行本部的商贸业务，大多落在了万岱玮身上。他忙得脚不沾地，有时一天要乘火轮在香港和广州跑两个来回，当然对会董这种不痛不痒的虚衔，并不放在心上。

百忙之中，万岱玮最关切的，仍是实现一家人的最大愿望，把织布厂办起来，而且他还准备冲刺新的目标。

雨，淅淅沥沥下着，把经纬楼涤刷一新。绿叶繁花缀满晶亮的水珠，分外妖娆，足以让无暇理睬它们的主人，驻足流连。

万岱玮收下洋布伞，拖着半湿的裤腿，嗵嗵嗵走上三楼。

他昨天从省城回来，去了玄沄镇，与准岳父和未婚妻商定合资创办织布厂一事。早上，他告别准岳父，赶回津洲，准备参加恒衍商行一年一度的掌柜"集议"（后来改称年会），可是因为下雨，路不好走，时间被耽搁，没有赶上。

掌柜集议已于上午结束，恒衍商行掌门人万泰安，在品尚轩设宴招待各地分号的掌柜，还有商行本部的襄理，人秘、营销、财会、审监等课长。下午，分号掌柜都走水路回各地去了，万大掌柜放课长们一个下午的假。

恒衍商行的集议，不仅仅是召集开设在沿海各大商埠的分号掌柜，开一次会议，汇报各分号一年来的经营情况、盈利所得和资金运作安全，还要深化内部沟通，分析市场行情，提出新的投资计划。更必不可少的一个环节，就是上交账本，让商行本部的财会课、审监课进行年度审核。审核过程中发现与本部掌握的情况有出入，掌柜必须做出解释。如果真有弄虚作假，将会被追究责任或解聘。而业绩显著者，可以获得本部更大的资金投入。

分号掌柜，大多是万泰安带出来的业务好手，随着占有股份的积累，成为商行的合伙人。商行本部再投入一定的资金，让他们到考察过的商埠开办分号，在商行本部的监督下独立经营。这些年，七八家分号运营良好，主要是能秉承"货品纯正、花色新颖，整买零售、童叟无欺，专留尾数、以拉顾客"的经营信条，一步步把生意做大。

经纬楼静悄悄的，爹在经理室翻看这次集议的会议记录。一只青黄色的螳螂飞了进来，落在他的肩膀上。万岱玮不动声色想把螳螂捉住，却把爹给吓了一跳："哟，是你！回来了，想跟爹玩？"

"爹，吓着你了！有只螳螂趴在你的衣领上，我怕它受惊抓伤你，才不敢吭声。"岱玮搓搓手，在父亲的后背轻轻拍抚了几下，寻找螳螂，却不见了。

在二楼核对库存物资的大哥，听到脚步声，走了上来，看二弟喜不自禁的样子，就说："老二辛苦了！去广州这么快就回来，肯定大事有着落了，快说来听听。"

爹看看老二的皮鞋，抓住他的手，说："又湿又凉，先去隔壁换上我的衣服，回来再说不迟。"

老大很快递上一盏热茶，让二弟先喝上，再泡上一盏，捧给父亲。

岱玮一连喝了几口，缓过气来。放下盖碗，换了衣服回来，就说开了。

岱玮这次去省城，参观了两家新开办的机织厂，听着发电机轰隆隆响，看着机器咔嚓咔嚓织布，那个感觉仿佛听着天籁，心里别提有多羡慕了！吃一堑，长一智，必须找可靠的洋行，购置改进后的设备，把织布厂办起来，再不能让建好的厂房闲置下去了。否则，那些等着看万家笑话的小人，又会幸灾乐祸地嚼起舌头来。

当父亲和大哥听得正入神时，三弟万岱仰悄无声息出现在门口，一只手托在门框上，一只手抚弄着油光可鉴的头发。他见二哥越说越激动，便插话道："不办织布厂，就有人敢贬损我们万家？你把他的名字说出来，我这就找他理论去。"

大哥拉出一把椅子，示意三弟过来坐下，又把自己还没喝的那盏茶递给他，说："老三，你不进来向爹问安，站在门口嚷嚷什么？"

老三在水果盘里挑挑拣拣，选了个红毛丹，掰开了，才在大哥身旁坐下，说："我看办织布厂是吃力不讨好的事。刘监生不是办了个苎麻织造作坊，那么多工匠，粗粗疏疏的麻布一天没能织出十几丈，而且大多是次品，送人也没多少人要。"

大哥说："你只知其一，不知其二。刘监生的织造作坊，问题出在设备陈旧，又不肯花钱请好的技师，原料净用便宜的下等货，能制造出好产品吗？"

老三看一眼一直没有吱声的父亲，说："替别人挑刺容易，我们也得重新考虑一下自己了。南方不出产棉花，机器得向说鬼话的洋人买，技师得送到外地培训，我看还是少折腾为佳，弄不好白花花的银子又要打水漂了。"

大哥睁大眼睛，说："你以前不是第一个举手支持兴办实业的吗？"

老三双手捋捋鬓发，整整领带，说："此一时，彼一时。那时只觉得新奇，好玩。现在长见识了，才知道办实业投资大，见效慢，又劳神，钱不好赚。"

老二没想到三弟会来个一百八十度大转变，心里有些不快。他用力扇动手中的羽毛扇，回应道："办厂艰难没错，所以，粤东至今仍然没有一家机器织布厂。不过，你知道广东机织棉布的需求量有多大吗？你打打算盘算算，这么大的商机能挣来多少真金白银？如果我们克服困难把机织厂办成，国人的白银就会少一些被洋人赚去，多一些留在我们自己的口袋里。"

万泰安用手指敲敲大班台，看着老三说："做生意你嫌风里来雨里去辛苦，办织布厂你怕费神又怕跟洋人打交道，天底下有哪一种行当，既可稳稳当当赚钱，又能轻轻松松不受累的？"

老三仰头望着天花板，嘴巴嗫嚅着，但话没说出口。

大哥已察觉三弟近来有些变了，做什么事都定不下心，说话更加自以为是，且带着股火药味。得找个时间，好好劝勉劝勉他。至于办厂一事，他和二弟一样，只进不退："兴办实业功在当代，利在千秋。当下商人改行从事制造业的比比皆是。万家的织布厂，不管多难，一定要办成功。只是，上午听各地掌柜汇报，普遍存在资金短缺的问题，而织布机又大幅涨价，恐怕咱家一时半会儿凑不齐这笔巨款。"

老二剥了一根香蕉，递给父亲，说："大哥说得对，织布机是涨了价，资金周转也有点紧。但我们可以找意向相同、实力雄厚的商家合作。爹，我先斩后奏，你可别怪罪我。我从广州回来，绕道去了玄坛，跟未来丈人商量过资金的事。他对兴办实业很感兴趣，答应以合股的形式提供资金支持，和我们共同把机织厂办成，办好。"

"好！老二这步棋走得好。你先说说，目前哪种牌子的织机最受欢迎，货源、价位又如何？"万泰安脸上露出笑容，回头看老三有些坐不住，就沉下脸对他说："你不小了，得多向两位哥哥学习，不能再优哉游哉过日子。我改日再跟你好好谈谈。"

自从万家决定重起炉灶，订购机械设备，把织布厂办起来，万岱玮又考察了几家刚上马的纺织厂，还去广州沙面租界的洋行看过样机。综合各方情况，英国制造的纺织设备性能比较稳定，但价格不菲，且还在涨价；德国的机械，牌子虽没那么响亮，但用起来并不比英国的差，价格也比较合理。

经朋友介绍，他认识了一位叫安德鲁的德国人，是汉诺威洋行的副总代理人，会说汉语。安德鲁听万岱玮说，准备在一个滨海古镇办织布厂，又摇头又耸肩膀，表示不赞同。万岱玮告诉他，津洲毗邻港澳，水上交通便利，居民密集，商贸繁荣，手工作坊遍地皆是，充满活力。如果机织厂创办成功，效益可观，可以带动其他如火柴、五金、化工等制造业在津洲的立足和发展。

安德鲁听后对他竖起了大拇指，说如果多一些像他这样有抱负、敢作为的人，中国的复兴指日可待。安德鲁保证，一定帮他买到价廉物美的设备，为他提供最好的技师。

万泰安捋捋推翻帝制后蓄起的胡子，问老二："你觉得安德鲁可靠吗？"

"安德鲁为人豪爽直率，有正义感，虽然有时喜欢夸夸其谈，但对中国人敬重多于同情，我觉得他值得信赖。"万岱玮语气肯定地说。

万泰安看老三左顾右盼、烦躁不安的样子，离座走到他身边说："我的三少爷，你走哪门子神？今天我们父子四人都在，对创办机织厂有任何想法，就当面说出来，然后我们再表决。老三你先说。"

万岱仰伸了伸懒腰，不大耐烦地说："刚才的话就当我没讲，我全听父亲大人和二位兄长的。要表决，我举手就是了。"

万岱玮急忙说："茂祥商行有意与我们合作，提供三分之一的资金，将来占三分之一的股份，这事大家是否同意？以后可别说我选择与韩家合作，是带有私心。"

万岱源带头举手，说："机械织布厂必须办，与韩家合作，是最佳的选择。我完全赞同。"

万泰安和老二、老三，也把手高高举起，表决全票通过。

但父亲久久没把手放下，神情也多了几分凝重："从现在起，创办机织厂一事正式提上议事日程。老大你以前跟洋人打过交道，有一定经验，过些天你跟老二一起去沙面再考察考察。货比三家，一比就能比出高低来。安德鲁如果真能助我们一臂之力，我们就多了一分胜算。对了，你们可以去找李彧帮忙，据说他已经在省军政府当差。"

"爹，广东军政府解体了。叛军倒戈拥护袁世凯，炮轰都督府，陈炯明潜逃香港，革命军的军权已被袁世凯的亲信龙济光篡夺，真可惜！李彧不再在军政府当差，去了省城《七十二行商报》当编辑。只要去女子师范学校找到夏文珮，就能找到李彧。"万岱玮说。

"总之，我们要以不变应万变。而且办厂的事，要多与茂祥商行通气协商，或请他们直接派人参与。"万泰安叮嘱道，"老大老二的婚事，同样要提上议事日程，因为阴阳先生，至今没能挑出我所希望的吉日，我要亲自去一趟县城，请顺阳日馆择一个可以同时迎娶两位媳妇的吉日，顺便拜访一下陆丰商会的谭会长。我不在这几天，商行的业务，暂时由老三负责打理。"

万泰安与龚夫人宠爱老三万岱仰，是事出有因的。

自从外公外婆遇难后，龚氏就出现流产的征兆。直到龚夫人肚子里的胎儿七个月大时，汕头警局终于捎来话说，已经抓到一个嫌疑犯。万泰安立刻动身赶往汕头。

此时，龚夫人又出现中度贫血的症状。丫鬟按照老爷的吩咐，一大早就前往屠宰场，买龚夫人每天必须吃的猪血。

突然，一阵龙卷风挟带大雨呼啸而来。龚夫人想起老爷最喜欢的娇贵兰花"素冠荷鼎"，止放在天井的石桌上，便挺着大肚子走往天井，想把兰花抱进里屋。谁料离石桌只有一步之遥，她就被旋风给刮倒了。受了惊淋了雨的龚夫人早产了，婴儿瘦小得让人心疼。

看着三小子两岁了，还不会走路，万泰安夫妇觉得特别对不起他。幸好从汕头请来一位老郎中，经他悉心调理，岱仰的身体才渐渐有了起色。此后，夫妇俩对他倍加呵护，还叮咛两个哥哥凡事要让着他，慢慢养成了他跟万家人不太相搭的性格和情致。

万岱仰枯坐着，父亲与哥哥的话一句都没听进去。他的心，早已飞到一个可以让他一夜暴富的地方去了。等到听见父亲让他打理几天商行的事务，他高兴得差点跳了起来，自言自语道："天助我也，一定要在这几天，打起精神赌几场大的，不但要收回本钱，还要赢他个盆满钵满，让父兄们看看什么是轻轻松松地赚钱。"

求芳居的大少爷、二少爷，要在同一天迎娶新娘，必须择定一个与两对年轻人的生辰八字，相宜无忌的良辰吉日，这真不是一般课日先生，轻易就能掐算出来的。

胡管家主张请镇上的方道人择婚日，说他修行不浅，擅长奇门遁甲之术，请他静坐诵经三天，再行卜卦择一吉日，应该可以如愿。龚夫人听后袖子一甩，说："方道人虚有其名，又倨傲不恭，何必花钱买气受？"万泰安难得见夫人也这么认真，便决定亲自到县城请顺阳日馆的名师宇文长择日。

宇文长自称来自河南南阳，是刘伯温第十一代嫡传弟子，因恃才傲物，不屈从于权贵，才流落他乡。

万泰安一到县城，便直奔迎仙街。他前脚踏入顺阳日馆，宇文长后脚已迈出屏门准备外出云游。

宇文长看出来者乃温良厚道之人，又那么虔诚，便叫童子将万泰安引入"戒是堂"。万泰安说明来意，呈上庚帖。宇文长捻了捻颔下三绺长须，说："双凤求凰，凤凰比翼，上有福星高照，下迎喜气东来，非得择一'九星三碧'之吉日不可。贫道将闭门斋戒三日，再于次日子时，为您老卜上一课，故而只能四天后方见分晓。"

万泰安显得有些为难，他不愿闲适于县城这么多天。

宇文长看出他的心事，说："您老平日走南闯北，劳心劳力。这些天，权当偷得闲暇，随性悦目开颜，善甚。"

万泰安觉得宇文先生并非故弄玄虚，想想既然来到县城，不妨尝试一下"一日看尽长安花"的乐趣。先拜会一下总商会的谭会长，然后约几位要好的会董，一起去龙鸣酒家尝尝招牌菜"金包银"；再去看望看望老亲家，邀他去玉照戏楼看一场正字戏，最好是"梁红玉击鼓战金山"。于是，他对宇文先生点了点头。

离开顺阳日馆，万泰安坐上自家的马车，掀开帘布，看着街头的风景，来到西门街谭会长的府上。

谭府管事将他领到宴客厅，呛人的酒味扑面而来。总会长与会董们正在山吃海喝，个个油光满面，双眼发红。

万泰安看看怀表，离中午开饭的时间还早着呢，可他们已经吃得醉醺醺的。万泰安好不尴尬，入席不是，退一边喝茶又难熬。看一眼杯盘狼藉的桌面，万泰安心里打起了边鼓：龙鸣酒家八道名菜全都出现在眼前，如果真请他们去吃盐焗鲍鱼"金包银"，他们不骂你寒酸才怪呢。

谭会长举着酒杯向他走来，又偏过头对大伙说："万会董来县城不先打个招呼，到了吃午饭的时候又姗姗来迟了，每人罚他一杯，我先带个头。"

"总会长，你知道我酒量不行，喝多了会出洋相的。"万泰安端起酒杯，却不敢跟总会长碰杯。

一位交情不错的老友站了起来，替万泰安圆场："泰安兄远道而来，先喝几口热汤解解渴吧。我借花献佛，替他敬总会长一杯。"

"不行，好久没跟他喝酒了，又是来我的府上，这第一杯酒不喝，心里还有我这总会长吗？"

一杯白酒下肚，万泰安舌头麻麻的连话都说不出来了。"好事成双！"总会长又给他斟上一杯。

管事匆匆走进来，请总会长听电话。

半晌，谭会长回来了，脸色不大好看。他压着嗓子对诸位说："刚才，省城的兄弟给我透了口风，说督理广东军务的振武上将军龙济光，正在广州城大举搜捕讨伐袁世凯的革命党人。下来，还要派兵清乡禁赌，你们自重些，可别往枪口上撞。"

"袁世凯正式当上大总统了，又以'叛乱'罪名下令解散国民党，天下能太平吗？现在姓龙的搞清乡禁赌，明摆着就是换一个名堂刮地皮，想让老百姓寸草不留。"

"没什么好怕的，清乡不会清到我们头上，禁赌嘛，陈炯明搞了好多次，结果愈演愈烈。"

"肯定是姓龙的要扩军，没钱买军火、发军饷，变着法子搜刮老百姓。"

"听说，讨袁失败后，陈炯明被通缉而出逃，广东不少将领也被姓龙的收买。但盘踞在大鹏湾的一支粤军，师长姓钟，依然效忠于陈炯明。他们为了生存和扩充，也会以禁赌为名，处罚参赌的土豪，没收赌馆财产。"

"好了好了，别越扯越远了。大家难得聚在一起，一醉方休才是最实在的。"谭会长向醉眼迷离的会董们举起了酒杯，刚才的一番愤激，又被喝酒的声浪淹没了。

酒量有限的万泰安已经头晕目眩，但能借此了解一些政局动向，也算不虚此行。说起清乡，虽然老大有参与反清，但充其量只是名不见经传的一介草民，清不到他头上来。至于禁赌，那就跟万家更没半点关系了，完全可以不当一回事。

酒席散了，谭会长见万泰安说话舌头打结，要留他在家里住。他摇摇头说有事要去会会老亲家。谭会长便让管事扶他上马车，叫马夫用心些，将他送往太平街。

见到两位亲家时，万泰安的醉意已经消解了，他把特地来顺阳日馆择选婚日的事说了。

亲家母说："让你费神了。儿女终身大事，是得慎重。顺阳日馆卜的卦，真的灵验，信他没错。"

"文英去哪了？我好久没见到她了。"万泰安很想看看准媳妇长高了没有。

"文英读书毕业后，我让她去东迅商行当会计，也许将来可以帮亲家公打打算盘。"颜景悦话刚说完，看见女儿朝会客厅走来，便向她招了招手，"嘿，说曹操，曹操就到。颜会计回来了。"

"是谁叫我颜会计，我才学了个皮毛。今天来贵客了？"颜文英嘀咕着走进会客厅，看见了未来的公公，羞窘得整张嫩脸连同耳根都红了，连忙上前施了个礼，躲到母亲身后去了。

万泰安在县城一晃三个昼夜过去了。第四天一大早起床后，他和马夫草草用过早餐，就离开客栈，急急忙忙赶往顺阳日馆取庚帖。一个童子用托盘将系着红丝带的庚帖送到万泰安面前。万泰安掏出四十个大洋放在托盘上，童子摆摆手说："客官不能破了本馆规矩，请速将银圆收回。"

万泰安不解，问："这不是要难为老夫吗，岂能叫你师傅劳而不得其禄？"

"我家师傅早已言明于你，只等客官日后认定所择之日相宜，再谢不迟。"

回到颜家大宅，亲家公与亲家母已在会客厅等候。万泰安小心翼翼打开庚帖，翻到宇文先生批注的那一页，一看，三个人的脸色骤然大变，闭门斋戒三日择定的婚期，竟然是文君和舒尧罹难的忌日。

颜景悦手忙脚乱找出家藏的万年历，认真核对一番，越看越觉得不对劲，这一天根本不是什么黄道吉日，而是三凶七煞的"猡猴日"。

颜景悦吩咐备轿，他要同万泰安一起去见宇文长，请他再好好掐算掐算，这可不是闹着玩的。

一对老亲家忐忑不安地来到顺阳日馆，宇文长的大弟子接待了他们，请他们喝了一盏茶后说："我家师傅天亮时就外出云游了，这一去至少十天半个月才能回来。他料定你们会回来找他，特意让弟子转告：再无别的吉日良辰可择。"

"那、那，你家师傅怎么偏偏选中这么一个大凶大忌之日？"颜景悦皱着眉头问。

大弟子泰然自若道："我家师傅为事主择日，可是一丝不苟、费尽了心机的。"

万泰安手心冒汗，声音嘶哑道："实不相瞒，这一天可是我们两家最不愿提及的伤痛之日。"

大弟子双手合十，说："彼时与此时不可同日而语。请事主不必多虑，依师傅附言行事，必定逢凶化吉。"

回到家中，万泰安与颜景悦夫妇又商议一番，逐渐形成共识：大凡方家名士，才敢剑走偏锋，做别人不敢做的事，择别人不敢择的时辰。既然宇文先生选定这个日子与时辰，肯定自有他的道理。虽然心中疑窦犹存，但万家两位少爷与颜、韩两位千金的婚期，还是依照批注确定了下来。

就在万泰安正为长、次二子择选婚日而颇费周折之时，三少爷万岱仰却在津洲为万家招来了灭顶之灾。

以精明强干、教子严厉出名的万泰安，竟然被万岱仰这个孽障整个蒙在鼓里，连差点把老爹给卖了也全然不知。

有人说，万岱仰是衔着金钥匙、戴着金脚环出世的。从他呱呱落地后，万家的生意便风生水起，很快赚了个盆满钵满。加上他乖巧俏皮，很能讨人喜欢，万泰安夫妇对他多少有些偏爱。

长大后，老伴龚氏提醒万泰安，三小子体弱易疲劳，阅历又浅，少些让他在外面跋涉，再说三个儿子，不能个个都神龙见首不见尾，总得留下个把在父母身边，心里才踏实。万泰安觉得老伴说得在理，也就很少安排老三出远门做买卖，只让他负责向海丰陆丰惠阳三县的客户发发货，催催赊欠货款。

万岱仰不时外出收纳货款，皮箱总是装着满满的银票、大洋，甚至金条。渐渐地，他不再把钱当成钱，而且抱怨父亲总派给他收钱的琐碎活。他决定涉足一种不必风吹、日晒、雨淋的游戏，以实现一夜暴富、令父兄刮目相看的梦想。

这件事，得从去年"五谷爷"圣诞说起。

第十四章
掉陷阱家贼窃地契　现原形逼债万泰安

那天，津洲最大的赌馆"七宝城"传出陈有财"吊花会"中了头彩大奖的消息。陈有财接连梦见蝴蝶在花丛间飞来飞去，按照三十六句歌谣的暗示，他从三十六门"字花"中选中"银玉"这一名项，押上一百块银圆。花会"开筒"了，头彩果然是"银玉"，陈有财欣喜若狂。负责挨家挨户送彩票、收投注的"跑封"，敲锣打鼓将三千银圆彩金送到陈有财家里。陈有财叫家人拿来两吊铜钱挂在跑封的脖子上。跑封得了丰厚的喜钱，敲锣打鼓在桃李园绕了一圈。陈有财一夜发财的消息不胫而走。

万岱仰目睹三千彩金送往陈家的那一幕，心想：一个长生行的小掌柜，能中头彩，我的财运比他亨通十倍百倍。如果我去投注，肯定可以连中多轮头彩。万岱仰决定到"七宝城"小试牛刀。

来到七宝城门口，他遇见了总对他点头哈腰的冯广田。

冯广田朝万岱仰亮了亮手里的银票，说："我是来替赌友下注的，全中了。赌友不愿声张，赌馆让我把彩金给赌友送去。"

万岱仰疑惑，问："你用自己的钱参赌不是更好吗？替别人下注，赢了钱还要给别人送上门去，傻不傻？"

冯广田苦笑着说："这可是命中注定的。我用自己的钱下赌，十赌九输，替别人押注，十赌九赢。问算命先生，个个都说我'有禄无福，唯替他人求谋顺遂'。"

万岱仰问他赌哪一种花式最能稳操胜算。

冯广田不肯说，万岱仰塞给他四个大洋，他生气了，把脖子一扭，将大洋还给万岱仰，滔滔不绝说起吊花会、打麻将、推牌九、斗纸牌、押暗宝、掷骰子的赌法，然后说他样样精通，无论替人赌哪一种，都只赢不输。

万岱仰喜出望外，心想：这分明是老天爷赏赐给他的一个现世活宝，他正担心自己涉足赌场，会招惹来非议和家人的反对，现在好了，有了他当替身，就没有人会来搅破他的发财梦了。但冯广田是否真的手气那么好，万岱仰还是将信将疑。

他约冯广田，晚上到七宝城玩玩"押暗宝"。结果，冯广田屡押屡中，足足赢了一屉篮银圆。就这样，万岱仰走火入魔，一发不可收拾地陷入了赌博的旋涡。

赌博是"戏而取人钱财"的娱乐，源远流长，花样繁多。晚清以来，赌风如沉渣泛起，卷土重来，盛极一时。津洲也不例外，镇里大大小小的赌馆，不下二十余家，街头巷尾席地设局的赌摊随处可见。

万岱仰涉赌不久就迷上了吊花会。因为一旦中了头彩，一赔三十，彩金实在太诱人。万岱仰已经不把钱当钱，在七宝城下注一掷百金，输了连眼都不眨一下。如果押中赢钱，白花花的银子堆在面前，令寒酸的赌棍馋得口水直流，他会暗示冯广田不要急于收钱，他要慢慢享受别人眼馋他赢钱的刺激。

然而，就在他赌得顺风顺水的时候，运气来了个急转弯，冯广田开始大把大把地输钱。只消半个月的工夫，所有赢来的大洋和银票，悉数被七宝城赢回，还垫上好几笔尚未上缴账房的货款。万岱仰年少气盛，哪肯认输，再说，他最受用的就是那种气派和刺激。在冯广田的怂恿下，他向天庆钱庄借了高利贷。

天庆钱庄的掌柜刘钦益既热情，又干脆，不要任何抵押就借给万少爷一大笔款项。

为了扭转颓势，挽回连中三元的气数，万岱仰十分虔诚地到关帝庙烧了香，许了愿。可是关老爷对他的虔诚似乎并不买账，没几个回合，高利贷就全打了水漂。

输红了眼的万岱仰又向天庆钱庄借了第二笔款。万岱仰将银票叠好，放进衣袋里，问冯广田："这回该怎样赌？"

冯广田说："我相信老天爷不会再让我们失手了。不过，最好还是去紫竹观求方道人为我们开一次'天眼'更好。估计他会向你提出一些离奇的条件，你得委屈一下，服服帖帖接受就是了。等他把字花告诉你后，我们就将所有款项悉数押上，来个翻盘大逆转，让七宝城乖乖把赢我们的钱全都吐出来。"

方道人，看似疯疯癫癫，但众人都说他精通奇门遁甲之术，单凭手中四枚铜钱，即可卜出种种卦象，卦卦灵验，更能用"天龙卷地财"之秘诀，开天眼窥窃各赌馆彩筒内的谜底。只是，禀性倨傲不恭，嬉笑怒骂无常，常令人无法忍受，所以常常门可罗雀。

万岱仰按按衣袋里的银票，无可奈何地点点头，随着冯广田来到位于北闸口的紫竹观。

穿过一片竹林，走近以黑白为主色调的屋舍，在画着太极图的照壁前，万岱仰犹豫起来，他担心方道人会问起他家景况。如实回答吧，想必方道人会将他当浪荡子而蔑视他，津洲首富的三少爷，不务正业，沉迷赌博，最后落魄到企图借助方术来挽回败局。如若不实话实说，糊弄他一下，又怕犯了"心不诚"的忌讳，而导致占卜失灵，那不等于白来一趟？

冯广田从院内的草堂走出来，拉拉万岱仰的衣角，说："今天难得道长肯接见我们，你就别再犹豫了。草堂里面正好没人，赶快进去与道长切磋切磋呀。"

忐忑不安的万岱仰探头往院里一瞅，只见身穿黑袍的方道人正手执一卷书册，独自盘腿坐在草蒲团上打盹儿。

万岱仰把夹在手指间的四块大洋，有节奏地放进一个铜盘里，每落下一枚，就发出一声清脆悦耳的叮当声。

方道人宽绰的袍袖一抢，举槌击了一下膝前的铜磬，睁开双眼，目光如炬看了来客一眼，又闭上了眼睛。

万岱仰接过伺童递上来的三炷香，在张天师的神像前跪下，默默许了个愿，然后面对方道人在蒲团上坐下。

"施主何故登门？"方道人开口了。

"小的景仰师太已久，如今专程拜会，求师太睁开天眼，一窥今晚七宝城花会所开之门。"

"施主贵庚？来自何方？"

万岱仰报上自己的生辰八字、宅第的方位和朝向。

"施主乃大富大贵之人，何必对非分之财趋之若鹜？"

"当初只为消遣解闷，谁知越陷越深。当下债台高筑，内外交困，无法向家人交代。"

"施主须知，致富有三种：一曰本富，二曰末富，三曰奸富。以博弈求富，铜臭味最烈，视为奸富，为君子所不齿。"

"师太所言极是。但无论如何，还得求师太扶掖小的一把，帮晚辈渡过难关。"

"山人曾为贫困潦倒者施过'江湖救急'之术，作法催眠令其进入梦游之境，得以窥视彩筒内纸笺所书，醒来即去投注。但此法非到万不得已不灵，对贪婪者更是无法应验。因此，恕难从命。"

"师太，你就救我一次吧，如果本期得中头彩，我将捐赠巨资将紫竹观修葺一新。"

"山人可不喜欢紫竹观沾染上铜臭之味。"

"那小的该怎么做，师太才肯伸出援手？"

"赌海无涯，回头是岸。本观后院有一茅厕，因年久失修，污水溢出，蛆虫横行。你若能折腰将其污秽之物淘尽，山人可破例为你开一次天眼。"

万岱仰愣住了，满脸憋得通红，浑身的汗毛也竖了起来。他猛然站起，怒气冲冲道："你这是刻意羞辱我，拿我当乞丐和下三烂，我堂堂一少爷，怎会屈尊至此种地步？"

方道人不恼不怒，从怀里摸出四枚锃亮的铜钱，大拇指一抹，手掌一反，四枚铜钱如磁石吸铁，牢牢吸附在掌心。须臾，四枚铜钱掉落铜盘，方道人睁眼一看，说："山人适才为你卜了一卦，你不久将有一场牢狱之灾。命数已定，山人无力回天。山人妄词，信与不信无妨，只望日后好自为之。伺童，送客！别忘了让施主带回手信。"

万岱仰本已气恼在心，听了更加怒不可遏，说："你这是一派胡言乱语，本少爷就是再赌输十万八万，也不致犯上牢狱之灾。我迟早会把你的招牌砸了。"言毕，不顾冯广田劝阻，抓起四个银圆，朝张天师的神像砸去，然后拂袖离开紫竹观。

万岱仰敢于在方道人面前大耍脾性，全是纨绔子弟的养尊处优和妄自尊大使然。作为万家的少爷，从小到大，他没有受过任何挫折和委屈，也从不必低三下四向人求情示好，反过来，倒是不少人都得对他毕恭毕敬、俯首帖耳。

目的没有达到，万岱仰一点都不后悔。他对冯广田说："既然我把张天师给砸了，近期就不要再赌花会了，今晚改为押暗宝，我亲自到场坐镇。不过，为了进退有门，我们只带一半借款进赌场。"

万岱仰沉迷赌博数月，可家里人却一无所知，外面也少有传言，原因在于他使了瞒天过海之术：他每次参赌，都是以冯广田的名义下押投注。等到花会开筒的那一刻，他才偶尔在赌场露一下脸。

冯广田一听万少爷要亲自坐镇赌场，不由拍手叫好："有你亲自出面，你的气场足以压倒任何人，今晚非大获全胜不可。不过，押暗宝最好还是到'大三元'，那里下赌注不设限，还有花枝招展的姑娘全程陪着。"说完，嘻嘻笑了。

万岱仰打了冯广田一拳，说："你这童子鸡憋不住想开荤了？我可不稀罕。不过，换个地方也好，财神爷肯定已经在那里等着我们了。"

当晚，两人来到大三元赌场，立即被一个叫阿莲的妖冶女子带到贵宾厅。在那里进进出出的人，都是衣冠楚楚的有钱人。

也许，财神爷真想让万岱仰来个咸鱼翻身。万岱仰选择朝东的位子坐下，阿莲和冯广田一左一右拥在身后，气势跟以往大不相同。万岱仰下注干脆利落，庄家的手一离开套筒，他的赌注便已押下。运气一来，谁想挡也挡不住，每轮十盘，万岱仰能押中八九盘。直到午夜时分，万岱仰望着面前的那一堆大洋和银票，估计足以还清所有借款和货款，他抓一把银圆塞进阿莲怀里，示意冯广田收钱走人。

此时，大三元的掌柜走了过来，一只大手按住万岱仰的肩膀，说："万少爷真人不露相，一出手，大有横扫千军无敌手之势。佩服，佩服。我这里有一张银票，想为你锦上添花，不知道你肯不肯笑纳？"

万岱仰看一眼银票的面额，至少是今晚所赢赌资的三倍，就说："你想怎么赌？"

"你最后再押一盘，中了，我手中的银票归你，输了你空手走人。"

冯广田扯扯万少爷的衣袖，说："太晚了，别再赌了，回去吧。"

可阿莲却嗲声嗲气地说："赌钱就是图个尽兴。凭晚上万少爷大小通杀的手气，必赢无疑。我等着万少爷的赏钱。"

万岱仰扫了众人一眼，所有的目光全盯在他身上，小白脸立时沁出颗颗汗珠，脸色由红变青，由青变灰。心想：堂堂万家少爷，难道让一个赌馆掌柜给吓退了不成？更何况，他下的赌注比我多两倍。"好，既然掌柜向我叫板，万某只好奉陪到底。"

骰子在套筒里激烈晃动的声音，撞击着万岱仰的心。他看似不动声色，可心里却一阵阵发虚，手指也像触了电似的，想伸却伸不直。

套筒打开的一刹那，赌场顿时炸了窝，有人顿足叹惜，有人破口大骂，有人连连叫好。万岱仰双腿发软，有点站立不住，但脸上依然挂着一丝僵硬的笑。

随后一连三天，万岱仰都是以先赢后输的结局，把剩下的贷款全部拱手上交给了大三元。

万岱仰不服气，又向天庆钱庄借了一笔高利贷，还将近期催收的货款也一同拿了出来。可惜，求赢的心越切，他在赌桌上输得越惨。

万岱仰体验到惶惶不可终日的滋味了。五月就要过去，离父亲到账房查账的日子所剩无几。偏偏二哥又提出要把机织厂办起来，结余资金的核对肯定会一丝不苟。怎么办？要填平窟窿，只能寄希望于最后一搏。

万岱仰厚着脸皮，再次向天庆钱庄要求借贷一笔更大的款项。刘钦益这回可没那么干脆了，伸手向他要抵押品，而且言明只有以物超所值的地契或房契作抵押，才肯放贷。万岱仰急成了热锅上的蚂蚁，但在家人面前，他竭力表现出依然如故的平静。

就在此时，父亲为了两个哥哥的婚事，特地亲自出马，前往县城请先生择定婚期。两位兄长也为筹办工厂去了省城。机不可失，时不再来。万岱仰偷偷配了父亲那把一刻不离身的洋锁钥匙，趁着母亲在后罩房诵经，摸进双亲的卧房，打开铁皮匣子，把津心埔的地契偷了出来，送到天庆钱庄当抵押。天庆钱庄认真验明地契是真的，才借出了又一笔高利贷。

与二弟一同去省城的万岱源回来了。他与岱玮在广州找到了李彧和夏文珮。广东军政府解体后，李彧弃政从文，当起报馆编辑。他对万家兴办实业非常支持，带着夏文珮跟岱源哥俩一起见了安德鲁。

安德鲁对李彧很友好，夸他会成为了不起的人物。安德鲁告诉他们，德国在欧洲战场与英国发生战事，打得不可开交。而日本又与德国争夺在山东的权力，双方又在山东打起仗来。英国军队与日本联盟抗德，德国吃了败仗，青岛落入日本人手中。战事使德国对华贸易一度受阻，直到最近，德国的对华出口贸易才解禁，几款新型纺织机的样机，已经从德国不来梅港运抵广州。

安德鲁带万岱源一行去洋行观摩德式织布机，介绍说，普鲁士生产的纺织机性能稳定，价格比较合理，上市后很抢手，合同越早签越有利。万岱源几个一起回到宾馆，对安德鲁和德式织布机进行一番讨论鉴别，认为人可以信赖，机器也值得买。

下午，万岱玮给准岳父发了电报。韩儒标复电说，抢抓先机，看准了就办。万岱玮哥俩便去汉诺威洋行跟供货商签了意向书。

万岱源马上赶回津洲，将考察结果告知父亲，又经他同意，将三成定金汇入广州花旗银行，只等正式合同一签，定金转入供货商账号，纺织机就会很快从德国起运。

万泰安站在三楼的廊柱旁，欣赏着楼下的花木和远处的大海，脸上不由溢出甜滋滋的笑。人逢喜事精神爽，随着小子们婚娶日子的临近，经纬楼不久就会有机器运进，他能不高兴吗？而且他已定下了下一步的计划，老大、老二的喜事一办完，就着手为老三找媳妇。

没妻室的后生仔，就是不着调。你看老三，不知最近怎么啦，说是去追讨欠款，已经好几天没有回家了，不知他是否遇上赖皮的主顾。订购织布机需要一大笔资金，他已提前通知各家分号，准备好上缴的款项。本部财会课的明细账本已经送到他手上，他已看了一半，有几个地方的收支，好像与记忆中的有较大出入。万泰安想下二楼跟岱源核对一下情况。走到楼梯口，才想起岱源和他母亲一同去首饰行选购送聘的金银首饰了。

楼下传来一片喧哗声，一群人蜂拥而至，领头的是天庆钱庄的掌柜刘钦益。又胖又矮的他，头戴西式礼帽，身穿洋布袍衫，手执一把白色的折扇，随从前呼后拥，很有些大商绅派头。

刘钦益不经通报，径直走进经理室，向万泰安施过礼，就自个儿在嵌贝酸枝沙发上坐下。几个马仔绷着脸站在他身后。万泰安正要质问他，为何如此造次？刘钦益抢先开了腔："万会长，经纬楼中西合璧，果然气派。您老不愧为津洲商界巨擘。"

"刘仁兄过奖了，见笑，见笑。仁兄不请自来，有失远迎。"万泰安对刘钦益的突兀造访感到讶异。

"听说万会长准备把一直偃旗息鼓的机织厂办起来？"

"是有这个打算，只是八字还没一撇。谢谢你记挂着。"

"您老可曾记得，几年前我跟你说过一句话？就是你向陈老七买下津心埔的那一年。"

"刘仁兄今天只为翻旧账而来？"

"我当时就好心劝告你，津心埔终归姓刘，不姓万，你买得起，但守不住。你也个是个知道，津心埔是块活地，得靠人气养，得有人脉维系。你万姓族人，户不过百，丁不上千，想跟刘姓宗族较真，是不自量力。"

"可津心埔眼下就是姓万。"万泰安已感觉出来者不善。

"我今天来，就是要让它改姓刘。您老做梦也没有想到吧，这一天会来得这么快！"刘钦益摇着折扇，妄自大笑。

"你不会是痴人说梦吧？只要我万泰安活着，津心埔就没有改姓易名的时候。"面对离奇且极端的挑战，万泰安当然不会示弱。

"那好，你家借了天庆钱庄几笔巨款，还贷期限已到，您老就把这些账给结了吧。"

"刘掌柜，你有没有记错，我们万家何时欠你一个铜板？"

"你是没欠我一个铜板，可有个叫万岱仰的小子，频频替你向天庆钱庄贷款，而且数目不菲。"

经理室冒起了浓浓的火药味，楼下的课长课员闻声都围了上来，但没有人敢吱声。

"刘掌柜，你怎么可以当众胡说八道？"

"胡说八道？"刘钦益啪地收起折扇，朝身后的随从捻了个响指，"先让万会长看看借贷凭证，白纸黑字，签字画押，看他还装不装糊涂？"

一沓用恒衍商行便笺书写的借据，放在了万泰安面前。

万泰安翻看这些纸张，手指微微颤抖着。借据上的字迹很熟悉，可以断定出自万岱仰之手。落款除了签名，还加盖了私章和指印。

冷静，万家人从来都是处乱不惊的。万泰安暗暗告诫自己。他想数一数逆子在天庆钱庄借了多少钱，可是怎么都数不准，就拉过柜台上的算盘。

"万老板，我们已经为你数好了，贵公子累计借贷白银八万六千六百两，连本带息应付还天庆钱庄白银十二万三千九百四十一两七钱。"

天庆钱庄计算利息是以"本滚利，利滚息"的方式，也就是说，债务人借钱庄多少银两，一个月后未能偿还，利息计入本金，下个月一起计息，依此类推，就像滚雪球一样。

万泰安仿佛听见气血撞击胸口的声音，但脸上依然保持着不容撼动的泰然。经验告诉他，万家已经陷入一个他一直没有觉察的阴谋之中。

他把借据叠好，递还刘钦益，说："借条是我家老三签的，子债父还，天经地义。可是我得跟他当面核对一下。恒衍商行从未授权他向天庆钱庄借钱，更不清楚他把这些钱款派往什么用场。"

"你可别揣着明白装糊涂。万会长，这种巨额贷款，少不了要有抵押品的，你会不知道？"刘钦益从怀里掏出一份地契，打开了，朝万泰安扬了扬，"这是你买下津心埔的红印契，如果你还不了这笔钱，津心埔和经纬楼可就真要改名换姓了。"

万泰安凝眸看了眼前的契约一眼，没错，的确是陈老七等人签给他的契约。左下角那个火红的官印，一瞬间变成冒着火星的烙铁，无情地烙在他的胸腹上，他听到了血肉被烧焦的嗞嗞声。

"记住，可以拿出来示人的东西，全都是身外之物，不值得炫耀，无论在我身上，还是在你手中。"钻心的疼痛过后，反而使万泰安变得更加冷静了。事情的来龙去脉一无所知，只能来个王顾左右而言他，缓和一下气氛，稳住刘钦益，为反戈一击留下余地。"人都是赤条条来，又赤条条去。或失或得，都应从容面对，何苦于机关算尽？"

"万大掌柜，你别跟我绕弯子了，我就等你一句话，什么时候还钱？你也知道拖一天就多一天的利息。"

万泰安挺直腰板，不卑不亢地说："恒衍商行什么时候让债权人问过这种话？只是犬子外出讨债，要还钱，也得等他回来，当面给我一句话。"

"假如他躲起来不回家呢？"

"万家的人敢借多少银子，我万泰安就还得起多少银子。"万泰安拿起彩瓷壶，为刘钦益续了茶水。

"好，爽快！"刘钦益收起地契借条说，"我刘某也不是不明就里的人，就给你五天时间，到时给钱给地，悉听尊便。"

万泰安不知道自己是怎么回到求芳居的。当他跨进垂花门楼，绕过照壁，就像被拦腰砍断的大树，轰然倒下了。

龚夫人闻讯，跌跌撞撞走出双兰内苑，一个趔趄，手中的念珠断了，黑色的檀木珠子散落满地。

万岱源陪母亲上街回来后，已有课员将刘钦益直奔经纬楼逼债的事告诉了他。万岱源一万个不相信，三弟会向天庆钱庄借那么多钱。然而，当他看见父亲晕厥那一刻，他知道自己错了，劫难，确实再次降临了。

万岱源背起父亲，一种很沉很沉的感觉压向他。他明白，他背负的何止是父亲，还有这个家。他暗暗对自己说：一定要替父亲，替万家，把千钧重担扛起。

走进内苑起居室，在众人的搀扶下，脸色苍白的父亲被放在床榻上。

龚夫人手忙脚乱掐了掐老爷身上的几处穴位，见老爷没有反应，急得哭了起来。

胡管家请来了黎郎中。黎郎中给万泰安号过脉，翻开眼睑看了看，从药囊里拔出一根银针，吹燃纸煤儿，用火燎了一下，按住人中，用力一扎，一股紫红的血涌了出来。万泰安的喉咙"嘎嘎"作响，咬紧的牙关松开了，长长呼出一口浊气。

黎郎中拧开药罐子，取出一些药散，调了水，用象牙板撬开万泰安的嘴巴，给他灌下。

龚夫人握紧万泰安的手，悲戚地喊道："老爷，你醒醒呀，你不要吓唬我！我和岱源，都守在你床前，你快醒过来啊！"

"娘，先别这样。"岱源扶起母亲，让她坐在床沿，回头问郎中，"我爹没大碍吧？他身子一直硬朗，怎么会……"

黎郎中将开好的处方交给他说："观脉象无甚大碍，主要是操劳过度，张弛失衡，又突然受到刺激，愤懑焦虑交加，导致脉血阻滞，引起昏厥。按我的方子好好调治，别让他再受任何刺激，歇息几天就可恢复。"

送走郎中，万岱源对母亲说："这些年，咱家大风大浪见多了，你也不必惊慌忧虑。爹的康复，是头等大事，我不能伺守在爹身边，全靠娘你劳神了。眼下第一件事，就是立刻派人寻找老三，关键的关键就是要保证他的人身安全。第二件事，要尽快查明事情的全过程，揪出算计咱家的幕后黑手。我听说，三弟曾在大三元赌过钱，当时以为他是偶尔玩玩，没甚在意。现在看来，这是一条线索，我要亲自出马，弄个水落石出。"

龚夫人两眼垂泪，紧紧攥住岱源的手，说："家里的事有我在，你不用惦记了。寻找老三和查明原委的事，多发动些人，众擎易举，这道理，你懂的。"

"我明白，众擎易举，我会照娘的话去做。对了，你先去看看爹的铁匣子，找找津心埔的契约是不是真的不在了。"

龚夫人从老爷的裤腰摘下洋钥匙，叫岱源一同走进里屋，打开立柜，拿出铁匣子。铁匣子完好无损，就是地契的确没了影踪。

万岱源来到前院，叫胡管家通知账房、护院、杂役房的伙计到派事室集中。人一到齐，万岱源开诚布公告诉大家，有人心怀不轨想算计万家，天庆钱庄一夜之间成了万家的大债主，而知道事情底细的三少爷不知去向，万家眼下面临横祸，需要大伙竭诚团结，齐心协力，帮助万家渡过难关。

万家平日待人不薄，大伙心存感激。一听说刘钦益想算计万家，个个愤愤不平。破口大骂过后，众人异口同声说，大少爷你有事尽管吩咐，就算上刀山下火海，我等也在所不辞。

万岱源拱手谢过大家，对当下要做的事情做了安排：由胡管家带领杂役房的伙计和三位护院，分成三路，寻找三少爷；由账房主管林先生牵头办好两件事，一是抓紧核对各地赊欠货款的追讨情况，二是调查三少爷向天庆钱庄借贷的来龙去脉。

三天过去了，寻找三少爷的工作毫无进展。胡管家给各地的分行掌柜、至亲好友、常年主顾发去电报，复电都说没有见过三少爷。各路伙计在县城、重镇的客栈、烟馆、妓院、赌场反复查寻，也没有发现他的踪迹。胡管家忧心忡忡地说，三少爷有可能遭歹人绑架。万岱源摇摇头认为可能性不大。

账房传来的消息，令万岱源的眉头拧得更紧。经与客户核对，有十几笔高额欠款早已偿还，而三少爷并没有上交账房入账，账房也就没有转入商行本部的财会课。这些钱款很有可能被三少爷拿去赌博，据一些赌客说，他或明或暗参与赌博已经大半年了。

林先生还告诉万岱源，最近不时传来清乡禁赌的风声，赌场不敢像以往那样肆无忌惮，除非熟客，一律不许进入，向他们了解情况更是一问三不知。他是花钱从一个叫阿莲的女子口中，获悉三少爷涉足赌场这一消息的。这个女子在大三元当陪赌，实际上是刘钦益的姘妇，看样子水很深，口风很紧，想买通她不容易。她是外地人，带着母亲租住在北闸口。阿莲平日很少踏出大三元，只有初一、十五，才回去看望她母亲一次。

万岱源告诉林先生，这些天，他也一直在设法接近天庆钱庄的雇员。谁知，那些雇员像被施了符咒，个个守口如瓶。

万岱源决定从阿莲入手。可是，怎样才能接近她，怎样才能让她说出其中的奥秘？万岱源想出一个个办法，又一个个推翻了。

就在他一筹莫展之时，段冀虎带着李兰舟出现在他面前。他们是来看望万伯父的，同时问问万岱源，需要他们帮些什么忙。

万岱源苦笑一下，说："明知遭人暗算，又不知人家是如何下手的，也就无法见招拆招了。现在想从一个叫阿莲的女子，也就是刘钦益的姘头那里找到突破口，又苦无对策。"

"阿莲？在大三元做事的阿莲？她母亲我认识，她租我婶子的房子住，我替婶子收房租时，见过阿莲。"李兰舟说。

万岱源双掌用力一击，问："你婶子的房子是在北闸口？"

"没错。阿莲和她母亲是外地人，为了谋生，才搬来津洲。她母亲姓李，与我同姓。"李兰舟说。

"太好了，来，我们三个商量一下。"万岱源示意端茶上来的使女退下，"明天恰好就是十五，机会只有一次。你俩帮我想想，要怎么做，才能让阿莲解除戒备心，说出事情的真相。"

"在外漂泊的人，最缺乏的是亲情。如果在这方面做足功夫，可以事半功倍。"一直在沉思的段冀虎开了口。

"对，你说到点子上了。"万岱源一把抓住他的手，却将目光投向李兰舟，"只是，只有一天的时间，我们两个大老爷们儿，怎么跟她们套近乎？"

段冀虎明白万岱源不好意思直说，就替他把话给点破了："兰舟，你是最合适的人选，这回该你出手了。"

别看兰舟平时大大咧咧，关键时刻她却不急于开口表态，而是低着头想了好一阵子，才突然一拍大腿，说："我有办法了，你们就看我的好了。"

看万岱源脸上露出疑惑的表情，段冀虎对李兰舟说："你就别卖关子了，先说出来听听，我们好帮你琢磨琢磨。"

第十五章
算塌天现身经纬楼　放荡子惹下祸上祸

李兰舟经常替婶子向阿莲的母亲收房租，看她孤零零一个人，有时会坐下来，跟她拉拉家常。阿莲的母亲见兰舟耿直、善良，就拿出点心款待兰舟，有时还要拉她在家吃饭。当她知道兰舟姓李，母亲早逝，就兰儿长兰儿短叫起她来，还暗示想认兰舟为干女儿。兰舟得知她女儿是刘钦益的姘头，不想蹚浑水，就装作没听明白，搪塞过去。现在要接近阿莲，撬开她的口，就得拉近与她母亲的关系，如果她母亲真想认她为干女儿，就爽快答应下来。

下午，李兰舟带上缝给自己的秋衣，去了北闸口。阿莲母亲一听兰舟要送她新衣裳，感动得眼泪汪汪，搂着她说，你这么有爱心，我早想认你为干女儿了。兰舟哧哧笑道，我也巴不得有个娘，正好明天是十五，我会按乡俗带上孝敬你的四式礼，登门认亲，然后我们母女俩一起去城隍庙上香，请神明做个证。阿莲母亲像捡了金元宝，说我这就去首饰行买个纯银长命锁，明天给我干女儿戴上。

两人正要出门，阿莲慌慌张张推门走了进来。在母亲一再追问下，她才支支吾吾说，我听到传言，说是近日官府，要来津洲清乡禁赌，我得回家来躲几天。兰舟说，那你干脆到我家躲几天。阿莲摇头。母亲说，我已经认兰舟为干女儿了，她现在就是你义姐。说完把兰舟送来的新衣拿给阿莲看。阿莲知道盐田湖是官军不敢轻易进入的乡社，转忧为喜，叫了兰舟一声姐，答应一有风吹草动，就到她家去避一避。阿莲母亲留兰舟一起吃晚饭，阿莲也挽留她，兰舟就答应了。

兰舟借清乡禁赌的话题与阿莲聊开了，当阿莲说到她只是帮赌客下注时，兰舟就问她是否也帮万会长的小儿子万岱仰下过注。阿莲立刻警觉起来，说她不记得了。兰舟以姐姐的口吻对她说，万岱仰现在因欠赌债失踪了，你应该把来龙去脉告诉我，我们才能猜出他去了哪里，才能把他找回来。阿莲说，我有帮他下注，但真不知道他去了哪里。

兰舟用起倒逼法，说，我估计万少爷已经被人杀害，你还不肯说出实情？阿莲摆手分辩道，他们只想要经纬楼，不会要万少爷的命。

母亲听说事关万家三少爷的性命，害怕了，要阿莲如实说出知道的一切，撇清跟大三元的关系，不然今后别想在津洲立足。阿莲起身去把院门关上，回来才说出她偷听到的一些真相。

天庆钱庄与七宝城、大三元沆瀣一气，设局算计万家的内幕揭开了，隐藏在幕后策划这一阴谋的元凶刘监生，也随之浮出水面。而冯广田，就是被他们收买后用来引诱万岱仰钻入圈套的工具。

算塌天觊觎万家的财产已久，对万泰安成为津洲首户如鲠在喉。更令他咬牙切齿的是，万泰安夺走了他垂涎已久的津心埔。但刘监生与盐田湖的李举人成为不共戴天的仇敌后，他又说服自己，不能树敌太多。所以，他改变策略，只将万泰安当成亦敌亦友的冤家对头。

刘监生读过《三国演义》，自以为不能称霸津洲，也要成为三国鼎立中的魏国，什么事都不能被李家和万家抢占先机，出尽风头。同时也要寻找机缘，与万家结成联盟，遏制以李举人为首的李姓族人。

万岱源遭绑架，丧妻失子，刘监生自以为天赐良机，托媒婆上门提亲，准备将女儿许配给他。谁知万大少爷悲伤过度，没有应允。

他还从三国故事悟出朝代更迭，唯枭雄能得天下，故而支持长子参加反清起义，让巽才与岱源、李彧一起造反，希望儿子能由此捞到一官半职。如意算盘落空后，他看万岱源与巽才处得不错，又试图通过万岱源的丈人说媒，将女儿嫁入万家。谁知算盘打错，还被全津洲的人当成笑柄。

眼看万家时来运转，不但要同日迎娶两房媳妇，而且还想与韩家联手兴办织布厂，刘监生恼羞成怒，决意使出蓄谋多时的阴招，将万家搅个家破财失人反目，让他们办织布厂的美梦再次变成噩梦。

他要目睹万家的人向他苦苦哀求，而他又毫不留情将津心埔连同红楼一并夺回。

刘监生早就对万家三兄弟的禀性做了探究。老大、老二秉承其父的风范，无隙可乘。而万岱仰好高骛远，贪图安逸，整天想入非非，交友良莠不分，挥霍钱财毫不心疼。要对万家下手，万岱仰就是最佳突破口。刘监生与堂弟刘钦益经过几番密谋，再由他出面与几家赌场，拟定了行事计略，让万岱仰一步步走进圈套，掉入万劫不复的深渊。

而万岱仰对掉入陷阱浑然不觉。他更不知道，赌局中的输输赢赢，大多由赌场庄家操控着。那些妖冶的陪赌女子、端茶送水的仆人，往往递一个眼神、打一下手势，就把赌客的底牌告知了庄家。庄家还会在赌具上做手脚，出老千，什么宝盅藏机、移红变黑、偷梁换柱、釜底抽薪，一次次将赌客的腰包榨干，又毫无破绽。

刘监生等人联手算计万家的阴谋揭开了。可是，万岱仰现在身在何处，却一点线索都没有。阿莲对李兰舟说，刘监生为的是津心埔，不可能绑架或伤害三少爷。刘钦益怀疑三少爷为躲债而藏身他处，也派人在四处寻找他。对了，同时失踪的，还有姓冯的小子。

万泰安能够起床了，眼看整个院子落满玉兰花瓣，他自嘲道，我一辈子自以为非常刚毅，原来却与这些玉兰一样，经不起一场狂风。

他听李兰舟还在咒骂刘监生，就说："子不教，父之过。要骂，你该骂我才是。"

"爹，你刚刚能起床，就别太自责了。"万岱源不无愧疚地说，"我是长兄，要怪，只能怪我，没有尽责带好三弟。"

龚夫人流着眼泪，一只手抚着老爷的胸口，说："千错万错都是我的错，我不该娇纵这个逆子。我天天祈求神明，保佑他像两个哥哥一样有出息。平日，有什么事我都替他遮掩着，还把私房钱都给了他，结果，把他惯成了胆大妄为的败家子。我好糊涂啊！"

段冀虎看着万伯父，说："现在最要紧的不是自责，而是要商量好怎样应对刘钦益。时间紧迫，三少爷不知什么时候回来，如果单纯凭那些借据，可以未经当事人核实为由，拒绝还款。偏偏津心埔的契约落入刘钦益手中，我们的确太被动了。"

万泰安把绣花扇子递给鬓角挂汗的段冀虎，挺直腰杆站了起来，说："万家一贯以诚笃取信于世，虽然欠的是赌债，但赌债也是债。只是家里一时半会儿无法凑足巨额款项偿还天庆钱庄，而津心埔和经纬楼，已成为恒衍商行的标志，是万家的脸面，一定不能落入别人手中。昨天，我已叫岱源发加急电报给岱玮，让他取消与德国供货商的协约，退回定金。然后催促各地分号，尽快将上缴款项汇来。只有这样，我们才能还清高利贷并赎回津心埔的契约。"

"爹，我们是否也给韩掌柜发一封电报，解释一下我们取消订购机械意向，是出于无奈。"万岱源说。

"是该向准亲家通报一下。到时我再亲自登门去向他道歉，相信他会理解我们的无奈。"

"好端端的一个家，全叫老三给搅乱了。老大老二的婚期迫在眉睫，现在哪有心思办喜事，我看不如推迟到年底合适些。"龚夫人忧虑重重地说，她一直怀疑顺阳日馆择定的婚日不吉利。

万泰安坐回太师椅，如炬的目光透射出执着和坚毅："我现在反倒佩服起宇文先生的高妙了，他一锤定音选定这个令人费解的日子，如今，他预示的一些征兆不是出现了吗？婚期肯定不能改，是祸是福，我们一家子都必须扛起来。这就是万家人的品性和胆略。"

胡管家匆匆忙忙走了进来，对大伙说："今天出现一件怪事，前些日子还门庭若市的赌场，都纷纷关了门，连招牌都摘了下来。据说，玄沄镇已被奉命清乡禁赌的官军包围了，连乡下也未能幸免。"

万泰安立即想起县城谭会长的告诫，当时还以为跟自己毫不沾边，现在看来，万家因逆子赌博，输掉半壁江山之后，极有可能还要撞一回官军的枪口。

一大早，艳阳似火，只有几片像羽毛也像棉花的云朵在天上游荡。

天气热，族长万世坚家里散发出来的中草药味，更加呛鼻了。但老伴服了汤药，咳嗽好像没那么剧烈了。万世坚昨晚一夜无眠，他在想着今早如何跟刘钦益见面，如何劝说刘庄主放宽讨债的期限，更不能对经纬楼有非分之想。

堂侄万泰安，是万姓族人的骄傲，也是津洲穷人的福星。谁家遇上厄难，只要开口，堂侄都会伸出援手。自己的幼子万悟尘，从读私塾到县小，也都是堂侄一直供着他。堂侄还说，无论悟尘读到省城还是留学，一切费用，他全包了。这回如果堂侄真被刘钦益和刘监生整垮了，幼子悟尘就算再聪明，也只能回家蹲墙角数蚂蚁，或者去他哥的豆腐作坊磨豆腐。

万世坚撑起油纸伞，从元康新街走至商铺林立的大街，一阵乌云从海上卷来，顷刻间雷鸣电闪，大雨瓢泼。万世坚躲进商铺的骑楼下避雨，抬头一看，他走过的街段阳光普照，一滴雨都没有；将要走的街段，雨丝密得像织布机上的纱线，稀里哗啦地打在街心的石板上，溅起一缕尘烟，一转眼，整段街道水花四进，流水淙淙。

万世坚无心欣赏街景，沿着骑楼下的过道，走到天庆钱庄。

刘钦益一见到万族长就没有好脸色，似乎欠下十几万两银子的是他万世坚，也没招呼伙计为他上茶，只是拼命摇动折扇，为臃肿的躯干驱散热气。

万世坚不跟他一般见识，反倒以恭维的口气对他说："有道是长得像弥勒佛的人，肚量大，是福荫乡里的人。都说大人有大量，宰相肚里能撑船，你就别把万岱仰这孽子逼太急了。他不敢出来认账，我堂侄怎么替他付还贷款？"

刘钦益用手指掏掏耳朵，说："您老人家尽管说，我洗耳恭听。只是明天一早，我铁定上经纬楼找万会长讨钱，分文不能差。"

"现时清乡禁赌风声正紧，你不怕讨债不成，反而招来祸殃？"

"天庆钱庄只是与钱打交道，存入贷出，你情我愿，利率高低，明码标价。禁赌清乡跟我有什么关系？"

"你别揣着明白装糊涂，最好延缓几天，等清乡禁赌的官军撤了，万岱仰回来，我堂侄该还你多少，一分一厘不会含糊。"

"我想的正好跟你相反，就是要趁着清乡禁赌，叫万泰安立马还清贷款。如果闹开了，官军知道万岱仰一掷千金豪赌，万泰安想没事，一个字，难，两个字，很难。你回去告诉万会长，趁官军到来之前，将十二万两银子还清，或是拿津心埔与经纬楼抵债，一了百了，相安无事。任他官军把津洲围成铁桶，刘、万两家都可高枕无忧。"

堂叔的斡旋失败，万泰安并不感到意外。万岱玮没有复电，估计遇到了难处。跟洋人打交道，不管进退，都是他们占便宜。就算在李彧帮助下，洋行同意终止协约，除了扣除违约金，要从银行拿回定金也没那么容易。事情到了这种地步，只能以进为退，先跟刘胖子僵持着，逼迫刘监生露面，再以堂叔是他救命恩人这根稻草，力图使他良心发现，宽容数日，等躲过清乡禁赌，再坐下协商。

但他知道无论刘钦益还是刘监生，都不会坐下来与你慢慢磋商，所以，万会长将正在经纬楼当班的课长课员，都打发去外面办事。

看着东方露出一抹橙红的朝霞，五天期限的最后一日，该来的还是来了。

彻夜似睡非睡的万泰安干脆起床，喝了一杯牛奶，踱着方步，独自来到经纬楼。他站在天台上，看着海上日出的壮丽景观，忧郁一点点被阳光驱散了。

万岱源不知什么时候出现在他身边。他牵住爹的手，觉得有些冰凉，忙把自己的上衣脱下，披在爹身上。

万泰安与长子肩并肩站着，心里涌起一丝暖流。他问岱源："你可知道我为何要请堂叔去见刘胖子？"

岱源以轻松的口气说："请堂叔公出面是缓兵之计，能给刘钦益造成一种压力。刘钦益不想因刘监生而跟我们闹翻，迫使刘监生不得不自己出面。刘监生知道自己是靠使奸耍诈，来实现野心，必定心虚。只要我们沉着应对，他的阴谋注定不能得逞。"

"说得好，有长进。但还要提防刘监生图穷匕见。"万泰安与长子手挽手下了天台。

半个时辰后，刘钦益带着　班打手模样的马仔，气势汹汹闯进经纬楼。万世坚和商会的刘震光、李雨鑫等也随后赶来了。

万泰安彬彬有礼请刘钦益和堂叔在议事室上位就座。他和刘震光、李雨鑫坐在一起。万岱源边打招呼边给客人端茶。

矮墩墩的刘钦益摘下礼帽，往案台上一扣，跷起二郎腿，慢条斯理呷了一口茶："万老板很守信用，一大早就在这里迎候我们，我就喜欢跟你这种拿得起放得下的人打交道。五天过去了，想必您老早就把还贷的款项筹足了吧？"

万泰安不紧不慢地说："刘掌柜，你应该明白，商行与钱庄的运转方式是基本相同的。我们生意一笔一笔做，资金一笔一笔周转，绝不可能累积十几万两银子等着还债。"

"按你这么说，这钱，你压根儿没打算还？"

"我万泰安在还未跟借贷人核实之前，已经把债认了，这还不够吗？"

"你把你家三少爷藏了起来，跟我们玩猫捉老鼠的游戏，我们可没时间跟你耗。"

"这话应该倒过来说更合理些。那畜生借了你那么多银子，又全都在赌馆输光了，还把家里的契约偷去作抵押，可见他一直都掌控在你们的手心里。他如果听我的话，被我藏了起来，还会欠下你那么大的一笔债吗？"

"钱庄从不过问借贷人把钱用到什么地方去，我只知道他是本埠首富的三公子，一诺千金的人。他需要钱我敢不借给他吗？何来'掌控'一说？"

"你们既然如此看重我万泰安，为何还要他拿津心埔的地契作抵押？为何事先不跟我打一声招呼？"

刘震光和李雨鑫也站起来，异口同声质问刘钦益。

"钱庄按钱庄的规矩办事，您老人家日理万机，我打扰得起吗？"

"那你现在不但敢来打扰，而且妄想把脚下这块地、这幢楼改名换姓，变成你的资产。"

"万先生，你太高看我了。钱庄不是我一个人的，我只是履行掌柜的职责而已。"

"既然如此，那就请钱庄幕后的老板出来面议吧。如果他有个堂堂正正的理由，我当然可以拱手相让。"

"你多疑了，什么台前幕后的。既然手头紧，你把地产房产转让出去，这在生意场上随时可见，没什么大不了的。"

"我知道你是替别人做嫁衣裳。我一心想会会那位蓄谋已久的大鳄，看他会给津心埔开出什么价位来。"

"你家欠的是钱庄的银子，津心埔、经纬楼当然归钱庄所有，至于价位高低，我们现在可以协商。"

"我更想知道是谁设下圈套，诱骗犬子狂赌滥贷。"

"我履行掌柜的职责，依规放贷收息，别的一概不管。"刘钦益在万泰安的一再逼问下，已经招架不住了，从脸上到手臂，布满密密的汗珠。

"既然你一问三不知，还是烦劳你将始作俑者刘监生请出来，更直截了当些。"万会长双手抱胸，翘起下巴，如炬的目光，直把他盯得低下了头。

刘震光听明白是刘监生设局诱骗万岱仰上钩，就不客气地对刘钦益说："钱庄是以你的名义在商会注册的，如果你违约欺诈，在他人操控下诱赌滥贷，甚至教唆无知少年偷窃家中地产契据，津洲商会可以立刻注销天庆钱庄的户头。"

"你，你们？！"刘钦益手中的纸扇吧嗒掉落脚下，"别别别，不是我的错。既然你们都知道了，那好，我这就派人去请他出来与你们面谈。"

刘钦益转身对捡起纸扇的协理说："你回去告诉大掌柜，万会长有请。"

协理应一声"是"，噔噔噔走出议事室。

这场舌战，万岱源没有插话，因为父亲一直控制着整个局面，而且很快就将刘钦益逼入死角。

万世坚看刘钦益昨天咄咄逼人，今天为了保全自己，只能供出幕后黑手，他张张嘴想劝刘钦益别再为虎作伥。

万泰安示意堂叔别跟他费口舌，借题发挥说起一些趣闻，逗得在场的人忍俊不禁，只有刘钦益哭丧着脸。

一顶蓝色轿子，被颤悠悠地抬进铁栅门，在经纬楼的石阶前停了下来。刘监生拄着拐杖，从轿子里钻了出来。他昂着头，用拐杖撑直身子，四处张望，想看看经纬楼到底有多气派。

耳听为虚，眼看为实，他暗暗发出啧啧的赞叹声，心里却在为即将占有这幢大洋楼而扬扬得意。

也许是大理石台阶有意作弄他，在他东张西望之时，不大利索的腿脚被绊了一下，他整个人摔倒在石阶上。下人手忙脚乱把他扶了起来。

"我一踏进红楼就捡了大元宝，好兆头，好兆头！"刘监生甩开仆人的手，忍痛继续往上走。

正在家里等着好消息的刘监生，看见管家领着钱庄的协理匆匆走了进来，以为大功告成，没想到是刘钦益供出了他，心里十分恼火。但想想纵使自己不出面，万泰安也能猜到是他在算计报复他。眼下他已掐住万泰安的死穴，没理由怕他，倒是要看看，姓万的失去引以为傲的红楼，将会怎样涕泗横流，呼天抢地。

刘监生在协理引领下，走进议事室。当他看见满屋子的人都瞅着他发出嗤笑时，脸上现出了尴尬。原来，刚才摔那一跤，把藏有护身符的大号香火袋，从忘了系襟扣的领口，掉了出来，挂在胸前，晃来晃去，十分滑稽。

万泰安没有笑，起身给他让座："能在经纬楼见到你，十分荣幸。大楼落成时请你光临，你不屑一顾，现在怎么又费尽心机，想将它占为己有？"万泰安似嗔非嗔一句客套话，不啻一记掏心拳，直击刘监生的软肋，让他一时缓不过劲来。

但刘监生毕竟是老辣奸猾之徒，很快就想出了应对的办法，跟万泰安要起了太极："万大掌柜，今天这种事，本来不该发生在你我之间。我家犬子与贵府大公子，为建立共和，并肩作战，情同手足，你我两家还分得清彼此吗？贵府三公子到钱庄借钱，我全然不知。等最近钱庄收支失衡，难以运作，老主顾贷不到款，股东意见纷纷，我才知道钱全被府上三公子贷走了。"

"看来，刘族长是重情重义的人。那么，偿还债务的事，应该可以再宽容些时日吧？"万泰安借梯上屋，应答时满脸带笑。

"这个恐怕难呀，钱庄的掌柜已经给了你们五天的时间。钱庄现在没有现金还给储户，几家做大买卖的主顾拿不到钱，天天跟当家的吵，而小主顾也跟着闹，还说要到县公署告我们。再不还他们钱，钱庄随时会被夷为平地。"

"要我拿津心埔抵债，你同样没有现金还给储户。"

"您老多虑了，只要你将转让津心埔和经纬楼的契约一签，钱庄就可以拿它到香港汇丰银行贷款，偿还储户。"

刘钦益怕夜长梦多，从皮夹里取出一张预先写好的契文，平摊在案桌上，说："万会长，我们干脆利落些，别再磨嘴皮子了。我已经核算过，经纬楼的造价，连同你买津心埔支付的金额，两项合计刚好与你家借贷的款项相差无几。转让契约已经拟好，请您就在这里签上大名，至于证人、中介，就请在座的万族长和刘副会长代劳好了。"

万世坚生气了，伸手啪地按住草契。他对刘监生进来以后，连跟他正式打声招呼都没有，极为不满。"刘大族长，万泰安是我的堂侄，你不看僧面看佛面，也不该如此逼人太甚吧？"

"对不起，只顾说话，忘了给恩叔请安，小的给你赔罪了。"刘监生假惺惺地向万世坚鞠了一躬。

"老朽哪敢要刘大族长赔罪？如果你还认我是恩叔，那就把这份草契收了回去。"万世坚说。

"那是风马牛不相及的两回事。我跟万会长的纠葛，涉及天庆钱庄是否破产、我哪一天上吊的大事，您老就不要瞎掺和了。"刘监生说。

"你可记得十年前，大概也是这么一个上午，你用衣衫蒙着一颗比竹篮还大的脑瓜，被人背着，走进我家？"万世坚问。

那年，刘监生得了一种怪病，整个脑壳肿得像扣了个大砂锅，请过七八个郎中，没有一个敢下药。后来族里一位长者告诉他，这种病叫"天罩"，如果额上红筋丝侵延至眉头，一切就迟了，就算请来神仙，也只能干瞪眼。你，唯有上门恳求万世坚出手相救，他家祖上曾替人治过这种恶疾。

万世坚当年调停乌红旗械斗时，曾遭到过刘监生的中伤和辱骂。眼下辱骂他的人病了，命悬一线，他说服自己，不计前嫌，收下这个垂死的患者。经数日悉心治疗，刘监生得以死里逃生。

"恩叔是在向我邀功？你别忘了，前年你的孙女差点被人贩子拐走，是我媳妇周氏偶然遇见，大喊一声'来人'，把人贩子吓跑了，才救下你的孙女。我们两家互不相欠，早就扯平了。"刘监生大言不惭，还气咻咻翻了翻白眼。

万世坚哭笑不得，用双手掩着脸，起身离开了议事室。

万岱源按捺不住了，冲着刘监生说："你们想用这种下三烂的手段，侵夺津心埔，不觉得太卑鄙了吗？"

刘监生皮笑肉不笑应道："卑鄙？你弟从钱庄大把大把借钱，你却想赖账，这才叫卑鄙。"

"万家人从没赖过任何人一分钱，也决不让津心埔落入你们的黑手。"万岱源掷地有声地说。

李雨鑫狠狠擂了擂桌子，手指刘监生说："我总算明白了，难怪你能赢得'算塌天'这个雅号。不过，从你目下的所作所为，这个雅号已经与你不甚匹配了。看你把玩杀人不见血的狠招，越来越娴熟，我得恭送一个新的绰号给你，就叫'无痕屠门刀'！"

刘震光也呼地站了起来，指责刘监生和刘钦益蓄谋攫夺他人地产，搞不法经营，下午将召集会董，宣布取缔天庆钱庄。

刘钦益面露凶相，也跟着擂一下桌子，吼了起来："那我们就到县总商会和县公署，告发你们。"

楼下十几个黑衣汉子，听见刘钦益的吼声，冲上楼来，堵住了议事室的大门。

刘监生嘿嘿一笑，从砚台上拿起一支毛笔，蘸了蘸墨汁，递到万泰安面前。

万泰安瞪了他一眼，接过毛笔，在契约草稿上写下几个字。

刘监生迫不及待抓过草契，只见"立约人"一栏写了"鹊巢鸠占"四个字。刘监生勃然大怒，对刘钦益说："动手！"

突然，胡管家推开黑衣汉子，气喘吁吁走了进来，凑近万泰安的耳边低声说："三少爷回来了！"

"在哪里？！怎不将他带进来？"万泰安扔下毛笔，扭头看向门外，却听见楼下传来不同往常的嘈杂声。

胡管家扯着他走出议事室，手往楼下一指。

只见一队穿灰制服的官军，手握洋步枪，押着一个人，吆吆喝喝向经纬楼走来。后面是一个长官模样的人，骑着黑花马，马蹄叩击着水泥路面，发出吧嗒吧嗒的响声。

万泰安揉揉眼睛仔细看，认出被五花大绑的人，正是失踪多日的万岱仰。一阵天旋地转，万泰安感觉自己正往深渊里掉。万岱源急忙从后面扶住了他。万泰安双手抓住栏杆，咬紧牙关，竭力让自己站稳。他想再看一眼万岱仰，可眼前的一切都在虚化中晃动，什么都看不清。

随后走出议事室的刘监生，一眼看出被捆押的人是万岱仰，高兴得差点喊出声来。心想，这回看你万泰安还敢抵赖不？

等那些灰色军服渐走渐近，刘监生顿觉事情不妙，如果万岱仰供出豪赌的钱是从钱庄借贷的，自己和钱庄不也将跟着倒大霉？他回头朝刘钦益使眼色，让他把草契收起走人。又回到万泰安身旁，悲天悯人地说："兄台，你家三小子又给你带来好运了，我们就不在这儿奉陪了。还贷的事，按你的意思先缓一缓，但津心埔留在你手中，也没多少时日了。我们、我们就先告辞了。"说完，手一挥，带着刘钦益等人和黑衣汉子，匆匆下了楼。

可是，他们走不了了，官军兵勇拿枪对准他们，把他们押至围墙下，让他们蹲着，不许乱动。

军帽压得很低、身佩驳壳枪、脚穿马靴的长官，走上台阶，挥起马鞭，狠狠抽了一下廊柱。

胡管家从楼上下来，毕恭毕敬请长官上二楼会客室喝茶。

长官用马鞭指着他的鼻子，吼道："叫你的主子立刻滚下来！"

万泰安在众人簇拥下，从楼梯走下来，对看不清脸面的长官说："军爷远道而来，不必动怒。老朽来迟了，失敬失敬！"

长官用马鞭指着树荫下的万岱仰，问万泰安："这是不是你家少东家？"

兵勇将万岱仰押上前，用枪托顶起他的下巴。

万泰安心如刀绞，张开嘴却说不出话，只是点了点头，又一个劲地摇头。

万岱源看着灰头土脸、浑身抖个不停的三弟，急忙回话道："大人，他是我的三弟，只是不知道犯了什么律法？"万岱源边说边走下台阶，掏出手绢，想将三弟脸上的污垢擦掉。

胡管家看见三少爷反绑在背后的双手，紫中透黑，心痛地上前替他揉了揉。

"你们想找死？都别动！"长官怒喝一声，吓得胡管家脸都白了。

"三弟，全家人找你几天几夜，你究竟去了哪，又犯了什么事？怎么弄成现在这副模样？"万岱源心疼地问。

　　万岱仰悔恨交加，涕泗齐下，哀号道："爹，哥，我错了，我真的错了。我不该听冯广田的话，去玄沄镇赌牌九。我在文昌阁赢了好多银子，想用来还债。前晚官军包围了文昌阁，我被逮个正着，银子也全被没收了。而冯广田却自个儿溜了。"

　　"畜生，你想赢钱还债？你知道你闯下了多大的祸？"万泰安浑身颤抖，走到万岱仰面前，扬起手掌，朝他的脸上抽去，被万岱源挡住了。

　　那个长官想近距离看看这一家子的狼狈相，嗵嗵嗵走下台阶，拔出驳壳枪，顶住万岱仰的脑门，威慑地说："津洲首富的三公子，爱上豪赌，世道真的变了！不幸的是，你已犯下死罪！按照上峰的命令，凡赌博者必以军法治之，杀无赦。"

　　然后，他又用另一只手指指经纬楼说："不但你得死，而且赌者家财一律允公，这幢大楼，终将不再属于万家。"

　　"长官，请你高抬贵手，饶恕小弟一回。我看你很面熟，听口音像是本埠人。乡里乡亲的……"万岱源已经认出他是谁，只是不敢唐突说出来。

　　"万大少爷，贵人多忘事，连我都认不出来了？"

　　"长官，我眼拙，你好像是李举人的大公子李沛？！"

　　"没想到吧？以前你可从没拿正眼看过我。三十年河东，三十年河西，想不到你们万家的人，有一天会成为我的阶下囚！"

　　在场的人个个目瞪口呆，惊诧得下巴都快掉下来了。

　　李沛把驳壳枪塞回枪匣里，对万泰安说："本人奉司令之命清乡缉赌，来了一个连的兵力，两个排的弟兄正在镇上抓人。我宣布，清乡缉赌指挥所，就设在经纬楼，请万老板吩咐下人清理一下，把大楼腾出来供我使用，在缉赌清乡结束之前，所有职员一律不许再进入指挥所。"

　　李沛转身又对身边的刀疤脸说："一排长，你派人上二楼，将西面几个房间，用木板将窗户钉死，然后先将万家三少爷关进最靠西的一号房，并安排兵勇严加看守。等会儿从镇上抓来的人，有身家的全关在二楼，穷光蛋塞进一楼西面的敞房。审讯室嘛，就设在二楼左边靠楼梯那一间。"

　　看着兵勇押着万岱仰上了二楼，李沛问万泰安："刘监生和刘钦益是不是来找你讨债？津心埔的地契是不是在他们手上？"

　　万泰安不敢回答，他知道一旦地契被李沛抢走，津心埔就再也夺不回来了。而且可以看出，李沛的胃口很大，岱仰已经成为他獠牙下的肥肉，万家真要面临灭顶之灾了！

　　有兵勇押着一群衣衫不整的人进来。领头的班长向李沛报告，镇上的主要街道都清查过了，结果出乎意料，那些怀疑设赌的场馆，一个个大门紧闭。砸开了进去一看，空荡荡的，见不着人，只是或多或少搜出一些赌具。倒是在街头巷尾和一些民宅，抓到这些聚赌的人。看样子，很可能事前走漏了风声。

　　李沛对穷得叮当响的赌徒不感兴趣，叫一排长去把蹲墙根的那群黑衣汉子关进一楼敞房，把几个衣着光鲜的乡绅押到审讯室。

第十六章
李沛洗劫津洲城　庶母死谏现转机

　　审讯室传出令人毛骨悚然的惨叫声，起初什么都不肯说的刘钦益，经不起刀疤脸的暴打折磨，只能跪地求饶，供出设局攫夺津心埠和经纬楼的阴谋，并交出地契和借款凭条。

　　轮到刘监生了，他现在成为别人砧板上的肉了，而手持"屠门刀"的是李沛。刘监生内心特别怕死，他明白有命才有一切。在仇人面前，为了保命，就算叫他吃屎，从胯下钻过去，他也不会抗拒。所以，在一排长要对他用刑之前，他就说我有要事当面禀报李长官。当审讯室只剩下他与李沛两人时，刘监生一五一十供出津洲新开了几家赌馆，庄家是谁，此时新旧赌头都藏在什么地方。甚至连躲在天庆钱庄暗室的冯广田，也被供了出来。

　　晚上，二排三排的兵勇开始按照名单抓捕赌头庄家，再根据他们的供词，抓捕惯赌豪赌者。津洲七个社头，鸡飞狗跳，民怨四起，家家户户大门紧闭，不得已出门者也提心吊胆，唯恐遇上官军。

　　时至下半夜，"七宝城""大三元""进禄馆"等十几家赌馆的大掌柜、二掌柜，还有数不清的赌客，全被捆螃蟹一样捆成串，押到经纬楼。期间，发生了几起庄家持枪反抗或逃跑被枪杀的事件。

　　天亮前，经纬楼的临时监房，成了人头攒动的蜂房。

　　天全亮了，二楼那些被捆绑了一夜，像狗一样瘫坐在地上的赌头庄家，挨不下去了，纷纷要求单独会见李长官。这些人，都是"沙场"老手，对官府取缔赌博已经见惯不惊，清乡缉赌队未进入津洲，他们就做好了打点长官的准备。

　　上午，李长官翘着尖削的下巴，用牙签剔着牙缝的肉丝，到每个监房露一下脸，才回到紧挨审讯室的连长办公室，并叫一排长开始逐个审讯，随意提审除一号房以外的赌头庄家。李沛还吩咐他，如果他们喊冤叫屈，要求面见大长官，就送到他的办公室，由他再审。

　　结果，几乎所有赌头都要求面见李长官，而且一见到李沛都会叫屈喊冤，用发麻的双手从内衣口袋掏出银票，捧着送到"青天老爷"面前。李沛看看数额，签下一张"查无实据"的字条，让他交给一排长。一排长在上面画了一个圈，交还赌头，让负责看押的兵勇放人。兵勇带他们下楼，再搜一遍身，有值钱的装进自个儿的腰包里，然后踢一脚让他们滚蛋。

　　赌馆的大掌柜、二掌柜过完堂，接着就是审赌客。家里有钱的赌客，经不起恐吓毒打，大多会写下住址，让兵勇去传唤他的家人，带上大把银子来赎人。那些家里穷得叮当响的赌棍，交不上赎金，只能接受皮鞭和枪托的惩戒，被打个半死才能走出经纬楼。那几个一眼就能看出是有钱人，却拒不承认自己参与赌博，也不让家人带钱来赎人的，只好继续关进一楼敞房里，连一滴水都不给他们喝，还让黑衣汉子替官军管教管教他们。

　　监房腾出来了，李沛叫二排长开始"清乡"，捉拿参加反清起义后被遣散回到乡里为非作歹的民军。没错，是有些地方的民军遣散后，倚仗手里有枪，自称绿林好汉，干起拦路抢劫、鱼肉百姓、绑架勒索、干预政务的勾当。但津洲并没有出现这种状况。

　　李沛这样做，是觉得抓庄家赌棍只完成一半任务，必须同时杀掉五七个民军，回去才好交代，也更能震慑万泰安和关在一号房的那些大鳄，从而实现他的不可告人的盘算。

　　李沛站在二楼走廊，看着第二排兵勇列队走出铁栅门，不由哼起《叹五更》小调。

　　片刻，站外岗的兵勇进来报告，说有自称是连长母亲和婆娘的一帮人求见。李沛一听，气不打一处来。在他必须六亲不认的时刻，怎能放母亲和婆娘进来见他？他让哨兵带话出去，就说大楼里没有她们要见的人。无奈年已老迈的母亲和愁眉苦脸的妻子，相见心切，顶着毒毒的日头，一把眼泪一把鼻涕，守在铁门外死活不肯走。她们一定要确认失踪那么多年的李家大少爷，是不是真的回来了。

　　李沛知道她们是替谁求情来的，就叫警卫拿出好些银两，出去交给母亲，并告诉她，儿子回来了，但眼下公务在身，忠孝不能两全，不能见她们，请她们回家去吧。

　　午后，二排长抓回几个在码头打架的混混，还有几个家里放有枪支的民军。一番严刑拷打，签名画押，讯问笔录送到李沛手上，他提笔就批下三个字：

杀无赦。

次日上午，二排长从二号监房提出持枪反抗、致官军伤亡的三名赌头，连同屈打成招的民军、斗殴的混混，一同押往海滩枪毙。

七八个人没经正式过堂，也不许他们喊冤，就被同时枪决了，整个津洲都感到震惊。关在二楼的刘监生、刘钦益和七宝城、大三元的大东家，都吓尿了裤子。

唯独万岱仰，认为自己闯下殃及全家的弥天大祸，应该死，只有死，才能向父母、向哥哥谢罪，因而，他没有害怕。

李沛这次奉命清乡禁赌，要求回陆丰，回家乡，虽然谈不上衣锦还乡，但完全可以让津洲人对他刮目相看。更重要的是，他要让秘密情人三姨娘，再不敢看偏他。还有，万泰安一家，不就因为有钱，都快被津洲人捧上天了，连三姨娘也对万家老少赏识有加。李沛由妒生恨，早想让津洲首富倾家荡产，声威败落。日有所思，夜有所梦，他曾梦见开枪把红楼那块"经纬济世"牌匾打了下来，挂上"李府春园"的横幅。

在玄坛当场抓获参与赌博的万岱仰，让他惊喜欲狂。来到津洲，才知道刘监生差点抢先一步，夺走他的李府春园。真是鸿运一到，势不可当，连做个梦都能成真。

鹬蚌相争，到头来是我李某人得利。火候已到，该是让万泰安和刘监生把经纬楼"吐"出来的时候了。他叫来一个班长，派他去求芳居传唤万泰安。

李沛特意回办公室换上一身新的灰蓝军装，再派人将刘监生和刘钦益押到审讯室。

刘姓兄弟被推进审讯室，只见冯广田被反剪双手吊在天花板一个铁钩上，双脚还系上一摞砖头。李沛要冯广田说出受何人指使，如何引诱万岱仰参与赌博。冯广田是与刘监生订下攻守同盟的，不敢说。刀疤脸用木棍拦腰抽了他五六下，冯广田杀猪般痛号。

刘监生和刘钦益吓得脸都绿了。刘监生本来就瘦小，被五花大绑折磨了三天三夜，早成了一截干竹笋，阴阳头上的残发像个鸡窝。他眼睁睁看冯广田挨打，感觉每一棍都抽在自己身上。

跪在一边的刘钦益不敢看那根棍子，竭力把头压低。虽然这几天他已瘦了一圈，但下巴的赘肉仍挤压着喉咙，喘气只能张大嘴巴，极像六月天跳出水面的田鸡。

冯广田的惨叫一声比一声弱下去，刘监生怕他被打死，就对他说："我们已经全都招了，你就说出来吧。"冯广田眼睛睁开一条缝，确认话是刘监生说的，知道自己被白打了，像受委屈的小女人哭着说："我好傻，我招，我全招。"

刀疤脸将冯广田放了下来，他脸贴着地，断断续续将受刘族长指使，诱使万岱仰豪赌输钱偷地契的经过，说了出来。

李沛问刘监生和刘钦益："冯广田所言是不是真的？"两人鸡啄米般回答："所言句句属实。"李沛让文书将讯问笔录拿给三人签名，印指纹，然后宣布："清乡缉赌执法队现已查清，刘监生觊觎津心埠，刘钦益为了牟取暴利，两人无视民国约法，与七宝城和大三元等赌馆，狼狈为奸，钱庄蓄意为赌徒提供巨额高利贷，赌场设局窃夺赌徒钱财，行径卑劣，祸患连天，罪大恶极，孰不可忍。"

李沛走到刘监生面前，蹲下身，恶狠狠地说："混球'算塌天'，你好了得，据说刚刚又添了个'无痕屠门刀'的外号。你会玩杀人不见血，我却练就了杀人不眨眼。现在轮到大三元和七宝城的庄家过堂了，你说，我要当着你的面，砍断他们的双手，还是让他们一把把吞下银子？"

刘监生知道李沛是存心折磨他，便哀求道："我与你家是有不睦，但从没损伤过你家老少一根毫毛。你想杀我又不动刀，我求你还是给我一粒枪子算了。"

七宝城和大三元的两个掌柜被押进来了，兵勇为他们松绑，踢他俩跪下。一排长扔下一把生锈的斫骨刀和一块砧板，让他们互相砍下对方一只手。两人吓得像捣蒜一样不停磕头，哀求长官饶他们一命。

李沛把一篮碎银放在他们面前，让两人把银子吃光，即放他们回家。看他们不动手，就抓起一大把，掐住七宝城掌柜的喉咙，硬把银子塞进他嘴里。七宝城掌柜翻起白眼，喉咙咯咯乱响，头一扭，把碎银连同涌起的苦水全吐了出来。

李沛鼻腔一哼，说："愿意把银子吐出来是吗？那好，两人起来，写下自家赌馆把银子藏在什么地方，如有隐瞒，缺一两砍一根指头。"

一个时辰后，三排长和兵勇从两处赌城搜回五六麻袋白银大洋，以及两匣子银票。

去求芳居传唤万泰安父子的班长，已在楼下等候多时，见警卫员向他招手，便揪着万泰安父子上楼，走进审讯室。李沛睥睨一眼，下巴一甩，示意他俩靠窗站着。回头交代班长，把关在一号房的万岱仰押上来。

万岱仰仿佛流浪街头的乞丐，面目全非，衣衫沾满秽物，神思恍惚，两腿发软，连站都站不稳，一副等着以死谢罪的表情。

万岱源看弟弟勒着麻绳的双手，肿得发紫，恳求李沛给弟弟松绑。李沛装作没听见。

万泰安走前一步，拱手替逆子求情："李长官，犬子忤逆堕落到这步田地，酿成无妄之灾，人神共愤，实为万家的奇耻大辱。虽说他是受奸佞之人教唆引诱，才越陷越深的，但万家决不护短，今后将严加管束，恳请大人垂怜，别让犬子双手毁了。"

李沛用手搓搓发青的下巴，鼻腔连哼了几声，说："想不到万会长和万家大少爷，也有求人的一天，如今你们应该知道低三下四求人是什么滋味了吧？"

李沛见两人低眉垂眼，唯唯连声，便给班长一个眼神。败家子身上的绳索被解开了，嗵地给父亲和大哥跪下，有气无力地说："我不听父兄教诲，恣意妄为，贻害全家，只求一死，以诫后人。"

李沛哼哧一声，把驳壳枪往案桌一拍，打开卷宗，开腔说话了："万岱仰违抗政令滥贷狂赌一案，经涉案数位奸人供述认罪，已经真相大白。现由本长官做出判决，天庆钱庄借贷给万岱仰巨额赌资，经营违法，居心不良，已经从七宝城和大三元悉数收回充公，将用于军队扩建。"

李沛从卷宗中拿出万岱仰的借贷凭条，三下五除二，全部撕成碎纸，扔在地上。接着，他又拿起津心埔地契，对万家父子说："万岱仰已将津心埔这块地，全都输掉了，万会长必须签署一份协约，将津心埔转至本人名下。鉴于万会长身为一会之长，纵容子弟抗令豪赌，严重败坏社会风气，万岱仰本应依令处死，念及乃属初犯，姑且以经纬楼抵命，将经纬楼产权收归粤军所有，其后将改建成制造子弹炸药的兵工厂。"

万泰安父子彻底绝望了。李沛几天前刚在经纬楼出现，话里话外已经暗示，他早已对万家的红楼垂涎三尺。万岱源与父亲回家后，商量了半天，认为必须提前做好拯救万岱仰和经纬楼的准备，想来想去，只能把唯一希望寄托在李彧身上，恳求他设法替万家解围，花多少钱都愿意。可是电报发出几天了，一点回音都没有。而眼下，心狠如狼的李沛已经伸出黑手，以万岱仰之命要挟万家就范，拱手献出津心埔和经纬楼。

此时的李沛，心里比谁都急。他看万氏父子没有答应，抓起驳壳枪，对准万岱仰头部，说："要命，还是要楼，你们必须即刻做出选择。"

突然，有兵勇进来报告："李长官府上的老爷与三姨太求见！"

见鬼！在这关键时刻，冒出家父和三娘，想来搅局？没门！李沛绝不允许任何人来坏他的大事，于是，叱令岗哨道："不见，就算天王老子，也别让他们进来！"

哨兵得令走出审讯室，又踅了回来。李沛摘下军帽往案桌上一摔，正要发火，只见脖子上架着一把菜刀的父亲，揪着另一个哨兵，后面跟着三娘，走进审讯室。父亲说："是我逼着他给我开门的。"

李沛挥手让哨兵退下，戴上军帽，把驳壳枪插回枪匣，示意一排长将人犯押回一号房，然后拿下父亲手里的菜刀，给二老道了安，将他俩带到隔壁的连长办公室。

三姨太用鄙夷而又怅恨的目光，狠狠瞪了李沛一眼，拉过一把椅子，想扶老爷子坐下，李举人却一脚将椅子踢开了。

李沛假惺惺道："爹，三娘，你们怎么来了？孩儿有重要公务在身，本来想等办完这宗大案，再回家看望你们，二老思儿心切，倒先看儿来了，孩儿受之有愧。"

"我不是来向你讨孝心的。你作孽离家，一去数年，只给家里来过两封信，我已决意不再认你这个儿子。我今天来见李长官大人，只因万会长的幼子被你拘押多日，且将课以酷罚和极刑，故而前来警示你，赌博与谋财害命相去甚远。重典治赌，也不至于夺人性命。想及若干年前的你，不也吃喝嫖赌浪荡过？"李举人说话铿锵有力，且一点不给李沛面子。

李沛见父亲果真是来跟自己作对的，而三娘好像也是来给父亲助阵的，就沉下脸说："我奉粤军司令部之命，带队清乡禁赌，责任重大，如果履职有疏忽徇情，我这连长就会被撤职。所以，请二老不要在这里削弱我的威望，惑乱军心。三娘，烦劳你送我爹回家歇息去吧。"

三姨太乜斜眼睛瞟了他一眼，说："大少爷，老爷当年可是前呼后拥的朝廷命官，而你，只不过是一个兵头将尾，没多少威风可抖。听听老爷的教诲，分清善恶，留给万家三少爷一条生路。更不能步刘监生后尘，起邪念打万家红楼的主意。"

李沛一听三娘对万家还是那么倾心，气恼与妒火从心中猛然蹿起，愤愤地说："万岱仰毁家暴赌，妄想一夜暴富，毒化社会风气，罪不可恕；万泰安身为其父，无视政令，纵子斗财，责无可推。念及万岱仰系初犯，可饶其不死，但他已拿津心埔抵押赌债，故将津心埔没收充公，完全无可厚非。"说完，李沛摘下军帽，往桌上一摔。

李举人见逆子敢冲他摔帽子，狐尾眉一扬，抓起煤油灯，朝他砸去。

李沛既恨又怕，大吼一声："来人，把这妨害军务的老头架出去！"

三姨太挺身拦在老爷面前，气冲冲道："李沛，你敢忤逆不道？"

李举人要去审讯室拿棍子，被警卫和兵勇抓住双手，架着下楼，直至送出铁栅门外。

三姨太没有跟着老爷走，她一屁股坐上李沛的办公台，声色俱厉地说："你父亲对你无可奈何，而我可以随时叫你变成一堆狗屎。"

李沛看三娘还留在他的办公室，不由有些心猿意马。这么多年过去了，三娘花容依旧，风韵不减，且依然对他保持颐指气使的做派。她不是因眷恋他而来，只是为了替万家说情，所以，尽管房间只有他俩在，李沛还是装出冷冰冰的样子，双手叉腰，眼睛看着天花板。

三姨太双腿往办公台上一盘，说："看来，老天爷可是待你不薄，只是，你不但没有浪子回头，反而换上一副狼心狗肺。你已害死万家两条人命，眼下，又妄图侵吞万家的财产，你还算人吗？"

李沛见她仍一味羞辱他，还威逼他吐出万家那块诱人的肥肉，恨得牙根儿痒痒的。他把房门关上，朝三娘吼了起来："你心中只有万家，一丁点都没有我，我偏偏要叫姓万的生不如死。"

"你敢！你不怕我把你充当白虎鲨奸细的事告诉万家？"

"除非你能抓住白虎鲨，要不然，你空口无凭，谁会相信？"

"李沛啊李沛，你真到了无可救药的地步了？"

"我铁下心要将经纬楼充公，说到底，是为了你日后能在这里纳凉享清福。到时，我只要使个调包计，就能轻轻松松将经纬楼收入囊中。"

"你不会得逞的！如果你不收回成命，我活着也愧疚难当。在我临死之前，我要将你与我乱伦之事公之于众，然后脱光衣服从楼上跳下去。你现在把门打开！"三姨太边说边动手解开上衣。

李沛害怕了，他知道她敢说出就敢做到，只好哭丧着脸跪下，哀求她别毁了自己的前程。

一阵急促的马蹄声由远及近。等铁栅门一打开，师部传令兵骑着烈马飞奔而入，高声呼喊："钟师长手令，李连长快接公函。"

李沛开门走出办公室，对传令兵招招手："我在这，你送上来吧。"

传令兵将特急函令送上二楼，交给李连长，让他在信函回执上签了名。

李沛回到办公室，抽出信笺一看，落款果然签着"钟景棠"三字。看完手令，李沛捶着自己的胸口，仰天发出无奈的苦笑："万家果然手眼通天，肯定花重金买通了军政要员。要不，钟师长明明急着筹措巨资扩建新军，怎会对万泰安一家网开一面？"

三姨太站在李沛身后，把信函的内容看了个遍，讪讪地说："这就叫竹篮打水。给你一个弥补罪过的机会，你不懂得抓住，反而把你爹和我气个半死。还不快把津心埔的地契交给我，把万岱仰给放了？"

李沛极不甘心地把地契扔到三娘怀里，又吩咐守在审讯室的一排长，把万岱仰放出来，交还万泰安。

这时，铁栅门外拥来几十个汉子，他们都是参加过反清起义的民军。他们没带兵器，但抬来了被冤杀的四五具尸体。领头人段冀虎，带头高呼口号，要求官军为无辜民军正名，并发给家属抚恤金。

当段冀虎看见万会长和万岱源扶着万岱仰，在李府三姨太陪同下，缓缓朝他们走来，知道事情有了转机，便让民军别再喊口号。

走出铁栅门，三姨太叮嘱万会长："地契还在身上吧？"万会长摸摸袖子里面的暗袋，说："不敢粗心，还在。"

汉子们围了上来。万泰安拉过两个儿子，一同给三姨太鞠了一躬，说："我们父子三人，在此真心感谢你！你帮了万家一个大忙，没齿不忘！"

三姨太不敢冒功，说："我哪有这么大能耐，是粤军钟景棠师长给逆子李沛下了手令，他才不得不交出地契，释放少东家。"

万泰安又和两个儿子，给民军兄弟鞠了一躬。

民军兄弟看万岱仰已经被释放，问段冀虎尸体怎么处理？三姨太说："我有一些私房钱，全拿出来，让逝者入土为安吧。"

万泰安连忙道："不妥不妥，三姨太的心意，大家心领了。但民军的安葬费和抚恤金，我看都由岱源负责为好，毕竟你们一起打过仗，有袍泽之谊。"

万家的毁灭性灾难，被一只隐形的手给化解了。而津洲人，包括李举人和三姨太，对放浪形骸、龌龊自贱没骨头的李府大少爷，怎么变成一个手握生杀大权、残忍贪婪、六亲不认的兵痞，个个一头雾水。

一切，只有李沛自己才清楚。

李沛是在白虎鲨绑架万岱源那天黄昏，听说颜文君母子不甘受辱跳海，害怕事情一旦败露，万家会向他索命，津洲人会将他沉海，才逃离津洲的。

那天上午，在邮政所面前，李沛躲在暗处，向白虎鲨的探子指认了万岱源，拿了赏银，就直奔元康新街首饰行，买下一条带翡翠胸坠的金项链。他趁着父母去定光寺拜佛，溜进三娘屋里，扬扬得意拿出金项链，要给她戴上。

三姨娘问他哪来那么多钱买这么贵的项链。李沛不肯说。三姨娘抢过项链，要往地上扔，并叫他滚出去。此时的李沛，已被欲火烧得难以自持，为了能让三姨娘与他上床，就编出诋毁万岱源的假话，说，有一漳州大财主的千金，被万岱源拐走，藏在汕头，她的兄弟让我指认哪个是万岱源，正好万岱源去邮政所发电报，我就指着他告诉漳州老表，漳州老表赏给我半封银圆。

三姨娘知道他在说鬼话，联想到万岱源被白虎鲨绑架一事，逼他说出实情，李沛咬定所言是真的。三姨娘一把将项链扯断，扔出门外，说："想不到你会干出这等伤天害理之事。为了几个臭钱，万家丢了两条人命，他们做鬼也不会饶了你。"

李沛狡辩自己没有害人，是三娘胳膊肘往外拐，心里只有万岱源一家，却一点不相信他。

三姨娘又悔又恨，自己扇自己的嘴巴，我有眼无珠，引狼上床，我必遭天打五雷轰。

李沛趁机抓住她的手，浪言浪语引诱她。三姨娘呸了李沛一口唾沫，说："你狼心狗肺，还敢挑逗勾引我？万世伯一家是仗义之人，盐田湖与未石城械斗，万世伯父子磨破嘴皮，还拿出那么多银子抚恤死伤族人，我一一看在眼里。你却恩将仇报，干出这等罪孽深重的勾当。"

李沛被三姨太骂了个狗血淋头，跑去酒肆喝酒。想起万泰安和父亲一旦知晓是他给白虎鲨当眼线，他还能在津洲立足吗？越想心越慌，干脆三十六计，走为上。

他回家收拾一些衣物盘缠，对婆娘说，我要连夜搭乘朋友的船，去外地收账。临走时，想偷偷看一眼娘亲，发现父亲的和田玉鼻烟壶放在茶几上，就顺手一抓，揣进了贴身内衣的口袋里。

连夜逃离津洲后，李沛提心吊胆，先在乡下躲了几天，见没有人追缉他，胆子大了起来，才顺着官道，往省城的方向走。他不敢乘马车，怕目标大，惹人注目，又太花钱。每逢夜幕降临，也不敢住客栈，只是随便找一农家对付一晚。

此时，革命党的反清斗争日趋激烈，南方的保路运动波及数省，民众群起响应。风雨飘摇之中，土匪盗贼横行。

李沛走到归善沙田圩，在穿过一片树林时遇上一伙强盗，他怕盘缠被抢，拼命逃跑。结果还是被捉住，包裹里的盘缠被搜掠一空，还挨了一顿打。好在强盗头目掂量抢到的细软够花上几天，过客又跪下苦苦哀求，才大手一挥饶他一命。荒山野岭中，李沛呼天不应，叫地不灵，终于懂得什么叫作天谴，什么叫作举目无亲，不由黯然落泪。

一位放牛的老汉躲在荆棘丛后，目睹了这一幕，十分同情他，便走出来问他是哪里人，要到哪里去。

李沛看老汉面善，就按自己事先编好的说辞应答他。最后说："看来，老天爷不想让我活下去，我就找棵树吊死算了。"

老汉心生怜悯，劝他道："听我儿子说，反清的革命党在淡水镇招兵买马，你何不去试试？将来捞个一官半职，看乡里的恶霸还敢欺负你不？"

犹如在末路穷途的黑夜看见一缕灯光，李沛谢过老汉，去了淡水。他四处打听在哪可以加入革命党，引起陈炯明的堂弟陈炯光怀疑，以为他是州府警署派来查缉革命党的奸细，就把他骗到郊外，关进砖窑里。后来民军营长陈炯光自称巡警官，对他进行诱审，才知道是误会。陈炯光看他头脑灵活，又读过书，就把他留在营部警卫排。

武昌起义后，陈炯明与邓铿在淡水揭竿起义，并率民军进攻惠州。战斗中，一颗清军的炮弹在陈炯光不远处爆炸，陈营长被弹片击中，从马上跌落。李沛不顾危险，冲上去把腿臂受伤的陈营长背到渠坝后，撕下衣服为他包扎伤口。

惠州光复后，陈炯明将循军陆续调到广州操练。此时的广州，民军云集，治安极为混乱，烟馆、赌场、妓院成为民军惹是生非的场所。为了抗击北洋军，陈炯明将民军中的精锐编练成新军，组建北伐军两个师。又实行禁烟禁赌，遣返不受管制的民军。同时在全省设立了九个绥靖分处，将没有调入广州的民军编为东江巡警军。

新军北伐凯旋回归后，又增编一个旅，总人数达到三万人。而由钟景棠统领的东江巡警军，也有近二万人。随陈炯光驻防惠州的李沛，当上了副排长。不久，东江巡警军改编为广东陆军。

1913 年 7 月，孙中山组织发动"二次革命"，武力讨伐袁世凯。陈炯明在广州以广东大都督兼讨袁军总司令名义，宣布广东独立。袁世凯派遣驻在广西的龙济光率部入侵广东，已被收买的广东新军师长旅长均叛变，陈炯明仓皇出逃。11 月 4 日，袁世凯下令解散国民党，进一步扫清复辟帝制的障碍。

1915 年 12 月 12 日，袁世凯宣布登基称帝，成立中华帝国，定翌年为洪宪元年。陈炯明从新加坡潜回香港，化装成苦力，在陆丰玄沄港码头登岸，召集旧部，组织"讨逆共和军"。1916 年 1 月 6 日，陈炯明在淡水与钟景棠会合，发动驻军和民军起义，誓师"反袁护国"，共和军总兵力扩充至二万多人。

扩军需要大量军费，而且陈大帅还提出，要创办生产枪子炸弹的兵工厂。中校副官陈炯光向师长钟景棠建言，在东江地区实施清乡禁赌，可以肃清打着民军旗号作恶一方的害群之马，匡正民众沉迷赌博的歪风，进而解决军饷和购置枪械面临的难题，兵工厂也可早日开建。钟景棠点头同意。

不知何时，陈炯光手里多出一只很招眼的鼻烟壶，且养成了嗅鼻烟的习惯。

这只和田玉鼻烟壶，洁白无瑕，玲珑剔透，壶里的彩绘栩栩如生。

李举人曾告诉李沛，鼻烟壶是太祖父传下来的，是他去天津时用翻倍的黄金换回来的。可是李沛根本不拿它当回事，为了能晋升连长，他把祖传的宝贝送给了陈炯光。这次清乡禁赌，就是陈炯光安排他回陆丰的。

第十七章
一日迎娶双佳丽　两地拟建联防队

一场足以让万家坠入深渊的灾难，如一场噩梦，悄然离去。万岱玮从广州回来了。

他一走进万家大院，立刻被浓烈的喜庆气氛包围了。三天后，就是大哥与他迎娶佳丽的大喜日子。轿房门口，停着两乘装帧一新的大红轿子。照壁后的庭院，已经搭起宽敞的凉棚，这里将作为摆设婚庆流水席的地方。全家上上下下，还有临时请来的邻里大婶，个个都忙得不亦乐乎。

万岱玮来到举办婚礼、宴请贵宾的品尚轩，爹与大哥正在指点杂役对里里外外做装饰布置。两人看见岱玮回来，嘴角不由一撇，对视片刻，才笑盈盈上前，拉着他去了双兰内苑。

岱玮告诉父亲和大哥，这次万家得以渡过一劫，全凭李彧倾力相助。他亲自去惠州找钟景棠，陈述万家对光复陆丰做出的奉献。钟景棠念及李彧成功游说李梦说投降，却从没向军政府邀功讨赏，为了还他一个人情，遂写信给李沛：赦免对万泰安一家的违令追究和处罚。

事情出现转机，万岱玮与汉诺威洋行协商，要求撤回合同申请。洋行同意，只不过织布机提货的时间要推迟。

万泰安称赞老二决策果断，进退有方，更颂叹李彧是万家的"及时雨"。

万泰安将聘礼清单递给万岱玮，对哥俩说："老二给家里带来的经济损失，虽然已经降到最低，但对声誉的诋损，是难以一时抹平的。你俩的婚礼，要立足于节俭，又要办得红红火火，对内可以冲冲晦气，对外又要让亲朋好友看到，万家人经得起风浪；万家二兄弟更没反目生隙，而是谁跌倒，谁自己爬上来，还要把磕断的牙吞下。"

万岱玮一直将爹看成家中的定海神针。他刚才一番话，一语中的，明白告诉三兄弟，在婚礼上和今后该怎么做。万岱玮伸出手臂一把搂住爹的肩膀。

万岱源看二弟与爹亲热着，也上前一步。他有一事，早就想问爹，却总被别的事给岔开了。他像二弟一样也搂住爹，说："娶文英那天，正好是文君和舒尧的忌日，该用什么方式告知他们母子俩？"

万泰安一拍脑门，说："我也忙糊涂了，当然得告诉他们。宇文先生说了，就在他们母子的忌日前一天，由你亲自去墓地祭奠。你叫个懂行的去冥纸店，定制些屋宇橱箱、车轿马匹纸品，那天好烧给他们母子俩，让他们在上界的日子，过得殷实宽裕些。我和你娘，也要跟你一起去看望他们，让他们少些孤单。"

忌日前天上午，万氏一家，在仆人的陪同下，来到凤尾山文君和舒尧的墓地。摆上丰盛的三生五果饭菜，金银元宝，屋宇家私车马等纸品，万泰安与龚夫人作为长辈，没有作揖上香，只对媳妇和孙儿说起思念与祝愿的话。岱玮和岱仰本来只行默哀礼即可，但想起嫂子的贤淑和对他俩的好，忍不住要给嫂了下跪。龚夫人连忙用红纸将墓碑上万舒尧的名号遮住。万岱源看两个弟弟都跪下，也跟着双膝着地。身后的仆人，想起大少奶奶的良善和舒尧的可爱，个个下跪，泪流满面。

万岱源闭上眼睛，默默告诉文君，明天我就要和你妹妹文英成婚，你祝福我们吧。又对儿子说，小姨明天就要嫁来我们家了，以后你就叫她姨娘，等满月之后，我会带着她，前来看望你们母子俩。

当夜，万岱源做了个梦。梦里的他，与文君和舒尧在海边相遇。三个人手牵手，诉说着离别后的相思之苦。一阵巨浪卷起，岱源一手拉着文君，一手抱起舒尧，大喊快跟我回家。文君从他怀里夺过舒尧，将躲在她身后的文英推到他面前，说，要跟你回家的是文英，你要像爱我一样，好好珍爱我的妹妹。

大婚的日子到了，元康新社比过大年还热闹。万家在同一个吉日良辰迎娶两房媳妇，在津洲称得上空前绝后。两位少东家的婚礼，场面之壮观，气氛之热烈，婚庆节目之别致，邻里们在很多年之后，仍然会对外人津津乐道。

这一场婚礼，抬嫁妆的队伍，从真君街一直排到关帝庙，足足占了半条街。吃喜宴，流水席从上午一直吃到夜里，全镇男女老少只要带上哪怕是两个红鸡蛋，或一尺象征吉祥的红头绳，就可以在宴席上放开肚皮吃个酒足饭饱。

最令人赞叹的喜庆节目是燃放焰火，上了年纪的长者都称其为"打火照"。万家燃放的是戏出人物场景式焰火，就是以五彩火花勾勒出一幅幅立体画景。这种焰火，以竹片为骨架，编排捆扎成可以伸缩折叠的楼阁、亭台、人物、花鸟等形象，再用特制丝纸将各式火药一层一层裹在竹片上，然后装上药线。火药师将好几出"戏"的火药竹片构件，连缀堆放在一起，装进大锅状的"盒套"里，称为一"鼎"。

夜幕降临，十二个两丈高的棚架挂着一鼎鼎等待燃放的焰火，矗立在真君街十字路口。

燃放时间到了，师匠点燃第一架焰火的药线，盒套的底层砰地掉下，将第一出"戏"的火药骨架拉开。须臾，竹片上的火药被逐层点燃，喷溅出五光十色的火花，幻光化彩，勾勒出"仙女散花"的图景。婀娜多姿的仙女，纤手一挥，五彩缤纷的奇花异卉，飞向四方，瑰丽灿烂。

第一出戏随着火药烧尽，渐渐熄灭，嘣地又掉下第二出戏"张生煮海"，以火光为线条勾描出的人物场景活灵活现。而张生架在火上的银锅，含雷吐火，随着火花喷射产生的动力，旋转起来，令人惊叹。

接下来，燃放的戏出为八仙捧寿、双龙戏珠、贵妃醉酒、穆桂英挂帅，等等，其间还插入骏马奔腾、巧妇推磨、农夫车水等小品。火树银花相映，流焰飞星齐明，光彩纵横夺目，令黑压压的街邻目不暇接，喝彩四起，欢声不断。

佳偶天成，新婚宴尔，大家都以为，东院和西院的两对新人，应该同样恩恩爱爱，美满和谐。

然而，万岱源和颜文英，却总是进入不了角色。他们仍然将对方当姐夫和小姨子，客客气气，亲而不热，甚至连称呼，有时也会叫错。

三朝，岱源陪文英回娘家做头趟客，文英将心里的别扭告诉母亲，被母亲刮着鼻子笑话了半天。回到婆家，文英按照母亲的教诲，时时提醒自己是妻子，是女人，而且效仿母亲侍候父亲那样侍候岱源。但是岱源还是没有与她亲近，更别说灵肉合一。

半个月后，他们终于有了床笫之欢。岱源怯怯懦懦，心慌气短，草草了事。而文英在灵肉交融之后，惊愕与痛感久久难以消逝，却得不到安抚，眼里蓄满了泪水。

文英心里明白，岱源是由于姐姐为他赴难，而积下心结。心结不是死结，他那么至真至诚地爱姐姐，终归会像爱姐姐那样爱自己。她一定要帮岱源解开心结。

这日，婆婆要去定光寺还愿，叫文英和使女陪她一同前往。老三失踪时，龚夫人在菩萨面前许下一愿：折减她十年阳寿，换取岱仰平安，经纬楼无虞。

　　龚夫人哪里知道，一条吓人的消息正在津洲流传：白虎鲨卷土重来，洗劫距离玄沄镇十几里远的金湘圩，还杀了男男女女十几口人。

　　在外面办事的岱源，听了传言心里发怵，赶回家里，没看见文英，去内苑，父亲不在，也没找着娘。又等了半个时辰，还不见母亲和文英回来，岱源立即叫护院跟他去定光寺找人。

　　可是，山雨欲来，乱云翻卷，一路上根本没见着母亲与文英的踪影，到定光寺一问，说两位施主早已乘轿回去。岱源一颗心，一半如火燎般焦急，另一半又像落入虎狼窝般害怕。回到求芳居，门丁想跟他说话他也不听，径直冲进东院，在照壁拐弯处，与一个人撞了个满怀。

　　当看清相撞的人就是文英，岱源张臂紧紧抱住了她，嘴里哆哆嗦嗦说："你去了哪了？娘一起回来没？知道我有多担心吗？我没保护好你姐，如果你有任何闪失，我得死一千次，也偿还不了你们俩！"

　　文英紧紧搂着岱源，泪水滚滚而下，说："你瞎咧咧些什么，只是轿子脱榫了，拐进一个村子请人修理而已。"

　　接下来的日子，人们常常看见万岱源与颜文英执手相随的身影。

　　再说说西澜乙宅那一对，情景与东院大不相同。据说，新娘下了花轿，被新郎抱进洞房，新郎官与新娘子就再不肯松手，掀开红盖头，两人含情对视片刻，就亲吻起来，直吻得气喘吁吁。

　　夜里，闹洞房的人前脚离去，心急的新郎官就叫丫鬟退下，抱起新娘子，左转三圈，右绕三环，才把她放回婚床上。此时的新郎官，不再是温文尔雅的青涩儿男；新娘子，也不再是心静如水凝神聚气临摹寸楷的淑女。他们没有生分，没有羞涩，只有渴望，渴望两颗心的碰撞，渴望灵魂与肉体的交合融会。

　　激情过后，新娘子枕着新郎官的臂膀，抚摸着他结实的胸肌。他们喋喋不休诉说着彼此的思念，诉说着对婚后的设想，诉说着怎样恩恩爱爱过好每一天。

　　新郎官对新娘子说："一有机会，我要带你到省城，到京城，甚至乘邮轮去法国，去英国观光。"新娘子说："好，我喜欢！不过，你在家时，要好好跟我学书法，还要陪我去看海，捉螃蟹，陪我上红楼天台看渔火。"

　　颜文英与韩斯洁的到来，给万家大院增添了不少活力和亮色。妯娌两人和睦相处，亲如姐妹，韩斯洁虽然比文英大一岁，但还是称文英为大姐。文英为了分出长幼又表示敬重，就回称韩斯洁为二姐。两人都是知书达理的千金小姐，对内孝敬公婆，体贴夫婿，在外善待下人，惠顾邻里。家里家外被这一对有主见又善于协调的年轻主妇操持得井井有条。

只是有两件事让万家老少心存烦惑和不宁。

其一，订购纺织机的事又出现变故。安德鲁说，以德国为首的同盟国，已被英法为首的协约国打败，也签了停战协定，可是几个月过去，德国的货轮要来中国，经过俄国的海域时，仍然遭到俄国军舰的拦截和袭击，因而迟迟不敢起航。想迎娶普鲁士牌的"洋媳妇"，希望渺茫。

其二，万岱源派人追查跟踪白虎鲨未果。白虎鲨在金湘作恶后，又逃之夭夭，不知去向。仇人不剿灭，恨难雪，心病难除，而且悲剧随时都有可能重演。

眼下，津洲海域一片平静，人们容易麻痹大意。都说防贼一夜，做贼一更。津洲现有的巡护队，纪律涣散，执勤懈怠，认为已经是民国了，没有任何海盗胆敢再次袭扰津洲。

万岱源自从随着遣散民军回到家乡后，就主张用民军取代原有的巡护队，守好津洲的海防和集镇的治安。他动员段冀虎当自卫队伍的领头人，但恰逢李兰舟好不容易怀孕了，段冀虎为了照顾妻子，没有答应。

这两件事，一件事关万家的实业梦，只可惜受战事延误，万家再迫切也无法扭转；另一件事关津洲乃至万家的安危，如果由参加过实战的民军守土护城，那津洲人，就大可不必为盗贼出没而惶惶不安。

父亲要去香港出席潮人商会联合总会成立庆典，万岱源以安全为由，劝他不要去，父亲坚持非去不可。万岱源只好叫上两位身手不错的护院，陪同父亲一同去香港。

几天过去，父亲从香港回来了，万岱源一颗心放下了。可是，父亲却带回一个来自外地的读书人。

父亲回家路过少帝围，看见几个痞子正在殴打一个梅州口音的后生，一声断喝，吓跑了小痞子。父亲上前问后生，因何挨打。后生哥先用客家话回答，怕父亲听不懂又改用官话。万泰安走南闯北，方言官话全都难不倒他，而且后生一开腔，就晓得他是大埔人氏。

后生说他是省立第一甲种工业学校学生，趁放假想对粤东的工业发展状况进行调查，哪知一到津洲，就被小混混盯上了，企图抢他装行李的藤匣。他死不松手，才挨了打。

万泰安扶他站起，看他面相清奇，大耳朵深眼眶宽额头，个子虽高，但体态瘦弱，就说，天快黑了，你又被打得浑身是伤，不如去我家，我请个郎中给你治治伤。

读书人不肯，怕给他添麻烦，还说他所到之处，都在庙堂过夜。

父亲猜他出身贫寒，就说，你不是要调查工业发展吗？巧了，我知道的比谁都多。我家的厂房盖起好几年了，买洋人的机器，从清朝一直拖到民国，至今还没有买回来。

读书人两眼放光，给父亲行了个长揖礼，答应跟他走，因为他找到了很有代表性的调查对象。

万泰安果然很有眼力，他遇上的这个读书人，真不是等闲之辈。

这位后生姓张叫善鸣，因出身于贫苦农民家庭，十四岁才读小学。十八岁时，在"工业救国"思潮影响下，他考进省立工业学校。

时值俄国十月革命胜利，马克思列宁主义开始在中国传播。新思潮使民众逐渐觉醒，张善鸣也逐渐意识到，经过资产阶级民主革命斗争而建立的中华民国，依然处于封建势力和帝国主义势力的统治包围下。普通民众不仅没有摆脱旧封建势力的残酷剥削，反而要受军阀、官僚资产阶级的奴役压迫。

张善鸣不甘心只做识文断字的奴才，更不愿被罪恶社会所同化。他与阮啸仙、刘尔崧、周其鉴、杨石魂等同学，遵循马克思列宁主义的指引，投身反帝、反军阀的斗争。不久前，他与阮啸仙、周其鉴、谭天度等，通过《新青年》，认识了创刊人陈独秀。交谈中，陈独秀提出"救中国，首先得进行思想革命"，"民主和科学是推动社会历史前进的两个车轮"等观点，深深扎根于张善鸣心中。

学校放假了，张善鸣为了调查国民生活现状，探究民族工业发展障碍，决定只身考察粤东。

张善鸣在求芳居住了四天。万泰安一家的劫难与际遇，令他感慨万端，他称其为半殖民半封建社会危机加深的缩影。而万泰安的为人，处世胆略，让他钦敬有加。他向万会长阐述的新思想、新理念，也令其茅塞顿开，心境旷达，故一再恳求他多住几天。

临别时，万泰安塞给他二十块银圆，要他先把身体调养好，今后才有报效国家的本钱。张善鸣也承诺："等你把织布厂办起来，我会再来津洲看望你。"

转眼间一年过去，求芳居又接连传出喜讯。在两位长辈殷切目光的注视下，新的大少奶奶与二少奶奶，在相隔不到一个月的时间内，先后生下了两男一女三个小生命。斯洁是在文英的儿子即将满月时，生下了一对龙凤胎。

龚夫人高兴得跪天拜地，万泰安整天眉开眼笑，连睡梦中都高兴得合不拢嘴巴。万泰安对老伴说，这可是上天对万家以德报怨的回报。龚夫人说，还得谢谢当年顺阳日馆的先生，为老大老二择了个逢凶化吉的好日子。万泰安拿出当年宇文先生批注的庚帖细看，似乎明白了这位高人课日的奥妙。第二天，他叫老伴拿出两百块银洋，用红绸包扎好，又准备了一份丰厚的礼品，亲自前往县城酬谢宇文长先生。

万家的新一代在一天天长大，而镇上不时传来海盗土匪侵掠某一村社的消息，令万岱源惴惴不安。他下决心尽快整肃扩大自治队，以保津洲全境平安无虞。

回想自己痛不欲生、万念俱灰的那段日子，是李彧为他指点了迷津，点燃了他振作起来的斗志。他加入同盟会，投身推翻清朝的战斗。如今他已转为国民党党员，他理所当然地会把国家太平和民众生活安宁的希望，寄托在民国政府身上。可是袁世凯复辟失败病死后，天下更加混乱了。各地军阀都认为"皇帝没了，我就是皇帝"，北洋政府的总统在你争我夺中，已换了好几拨。帝国列强趁机加紧对中国的侵略。

南方的军阀，同样忙于割据地盘，划分门派，互相倾轧。整个中国进入了群雄纷起、兵连祸结、争战不休的军阀割据年代。

孙中山借着北洋军阀把小皇帝请回来临朝，联络南方军阀，建立护法军政府，自己出任中华民国军政府大元帅。但手中无将无兵的他，驾驭不了各路枭雄，几个月后，不得不辞去大元帅职务。

国家乱，地方更乱。就拿陆丰来说，八年换了十任县长，个个像吸血鬼，一上任就忙着搜刮民脂民膏，没有谁体恤过乱世之中百姓的疾苦，更没有人在乎悍匪白虎鲨，欠下陆丰民众多少血债！

政府不管，只能老百姓行动起来，自己管。为文君和舒尧报仇之事，万岱源从来没有忘记，但目前最要紧的是，召集当年津洲民军指挥部成员，开一个会，商量如何组建一支既过硬又可靠，陆上能抵御土匪、水上能抗击海盗的武装力量，使津洲成为社会治安自治的模范镇。

岱源看文英为儿子喂过奶，正在哄他睡觉，就对文英说："我去盐田湖找段冀虎，跟他商量筹建巡防队的事。"文英调侃他说："你这个国民党员，比以前更加忧国忧民了，如果他们个个像你这样，哎，不说了……"

万岱源走出东玥小筑，遇上三弟，他要去港口验收一批来自福建的茶叶，哥俩正好同路。三弟对他说，不如先去尝尝那批武夷山茶的成色，再去冀虎哥家不迟。岱源答应了。

两乘轿子在津水港码头停下，哥俩走出轿子，沿石阶而下。因为退潮，商船靠不了岸，只能由舢板驳运。哥俩在舢板上站稳，船工一声吆喝，摇起长长的橹，舢板擦着水面，轻快行进。忽然，万岱源听见前面一艘单桅船，有人在喊"万大少爷"。岱源循声看去，船头站着一个身材高大的汉子，一身渔民打扮，头戴渔家凸形斗笠，腰系家染的褐色布巾，一时认不出他是谁。

大汉双手拢成喇叭状，喊道，万大少爷，认不出我了？我是范妈鲁呀！

哟，真是范大哥！你怎么回津洲来了？万岱源迎着风拉长嗓门应答，示意船工向单桅船靠近。

范妈鲁一把将万岱源拉上单桅船，伏在他耳边说，我是专程来找你和段冀虎的，幸好在这里碰到了你。我有重要事项向你们禀报。

范妈鲁母亲是玄沄人。外婆去世后，两个舅舅互相推诿，不肯接外公去跟他们一起生活。外公很生气，叫守寡多年的女儿带外孙范妈鲁一同回玄沄，照料他晚年的生活。外公立下遗嘱，在他百年之后，他居住的一幢"下山虎"和租给他人的一个铺面，将由范妈鲁继承。范妈鲁便带婆娘随母亲去玄沄生活，自己在玄沄修船厂当师傅。

万岱源知道范妈鲁性子急，但比较耿直、讲义气，既然特地跑来津洲找他和段冀虎，肯定不是一般小事，就对舢板上的三弟说，我就不去看茶叶了，你自个儿检试去吧。

单桅船驶近码头，万岱源与范妈鲁乘舢板上了岸，直奔段冀虎的家。路上，万岱源问范妈鲁到底发生了什么事。

范妈鲁看看前后没人，才说开了。

前天夜里，海盗偷袭玄沄城，五六十人下了船，悄悄走了一刻多钟才来到南门。事先潜入城里的内应刚把城门打开，却见港口两边的岬角突然燃起几堆篝火。海盗以为中了埋伏，不敢进城，慌忙撤退。

原来，这只是一个巧合而已。回南天，好些海龟会趁着夜色，爬上沙滩产卵，等天快亮时，才返回海里。范妈鲁跟随渔民在海滩寻捕海龟，挖海龟蛋。有人肚子饿了，就在岬角点燃柴火烤海龟蛋吃。没想到歪打正着，几堆柴火烧起来后，渔民才发现有一队黑衣人拥向玄沄城。

而停靠在码头的海盗船，负责放风的喽啰看见，出海港道两边的岬角起火，以为有伏兵，点燃几枚二踢脚作为信号，警示将要进城的众喽啰赶快后撤。范妈鲁为一探究竟，叫两个胆子大的渔民驾小船靠近海盗船，看清桅杆上挂着白虎鲨的旗号。范妈鲁想起津洲万家曾悬红追缉白虎鲨，就让渔民拉开距离跟踪海盗船。

走了两个时辰的水路，海盗船驶到了孤狼岛，停靠在小岛北面野菠萝林前的栈桥小码头。范妈鲁让渔民掉转船头，离开孤狼岛。

今天一早，范妈鲁雇一条快船来津洲，他要向万岱源报告，白虎鲨的贼窝就在孤狼岛。没承想快船一进津水港，就遇上了万岱源。

万岱源乍一听，浑身热血沸腾，终于追寻到仇人的下落了。但冷静下来一想，真要报仇，可没那么简单。选择报官，县知事敢接下这个案子吗？他们会派兵去孤狼岛抓白虎鲨？靠自己，即使津洲巡防队已经组织起来，恐怕也奈何不了白虎鲨。

两人走进李家院子，只见段冀虎与徒弟正在打制一把耕田用的铁耙，看见来了贵客，段冀虎把手头的活交给徒弟，请客人到厅堂喝茶。

李兰舟抱着已满周岁的儿子，见过两位大哥，再把儿子交给爹，准备上街打酒买菜，款待客人。

段冀虎听范妈鲁说了白虎鲨偷袭玄沄城一事，说，以前有清兵驻守，海盗土匪唯恐避之不及，现在县公署让各地自治，玄沄与津洲各为一个区，区署巡警所也就十几个人，谁把他们放在眼里？

万岱源说，白虎鲨知道官府奈何不了他，所以更加肆无忌惮。依我看，他侵凌的下一个目标，很可能就是津洲。上次他绑架我，没捞到一个铜板，还挨了一炮，肯定不甘心。津洲现有的自治队，连小毛贼都防不了，更别说对抗他，他不对津洲下黑手才怪呢。

范妈鲁挠挠寸发不长的光头，说，我也想说服玄沄的富绅，出钱成立一支自卫队。富绅说，还是自家多买几条洋枪，多雇几个家丁更稳妥些。倒是普通人家更热心，他们知道我当过民军队长，撺掇我牵头拉起一支队伍，保玄沄一方安宁。

段冀虎从卧房拿来青锋剑，一下插在板凳上，说，岱源兄一年前就对我提起此事，我有顾虑。因为有人担心我是外地人，难以服众，而且一旦失手，所有的责任都得由我担承。现在我想清楚了，私心也扔海里去了。我和兰舟生下了自己的孩子，我已是正经八百的津洲人。岱源兄要牵头组建巡防队，我举双手赞成，让我挑起风险再大的担子，我也不再犹豫。

万岱源大喜，叫兰舟拿酒来。三杯下肚，万岱源豪情万丈地说，我们哥仨都有一腔热血，为了梓里父老乡亲，舍生取义，在所不辞。

范妈鲁也大受鼓舞，言之凿凿说，二位做证，我一定要把玄沄自卫队拉扯起来。到时两个镇都有自卫武装，我们可以互通情报，互相牵制盗匪，互相增援对方。

送走范妈鲁，万岱源对段冀虎说，我想把胡见凡、李云阶、林拱初、范十三等召来，一起开个会。对了，还要叫上刘壮。大家琢磨琢磨组建巡防队的事。

段冀虎问，怎么还要叫上刘壮？

万岱源应道，如果刘巽才不是去县公署当课员，我同样请他来参加。

段冀虎故意问，屠门刀把你家害惨了，你不记恨他们？日后跟刘姓族人一起做事，不觉得尴尬吗？

我已查过了，刘监生设局陷害万家，刘巽才没有参与。而且他知道父亲的图谋后，发电报回来，劝父亲别把事情做得太绝。

岱源兄真是心胸宽广，我真服了你。只是，让刘壮代表未石城参加会议，别人可能会说，刘监生设局把万家害得那么惨，到头来，万家不但不敢记仇，还得向姓刘的服软。

嘴长在别人身上，爱怎么说随他们去。刘姓是大族，筹建整个镇的巡防队，没有他们的人参加，于情于理都说不过去。刘壮虽然是刘监生的亲戚，但在反清起义的战斗中，他冲锋在前，有胆有识，姓氏观念也比较淡薄，他肯定会来参加会议。

噢，还有胡见凡，估计得花费不少口舌，才能让他脱下牧师袍，回到我们中间来。

我先去见他，劝不动你再出面。我喜欢他默默做事，不事张扬的性子。我有信心让他回来当我们的参谋。

一个云淡风轻的上午，筹建津洲巡防队的会议，在经纬楼召开。

万岱源开宗明义提出会议主旨。经过半个多小时的讨论，与会者一致举手赞成建立巡防队。段冀虎解释如何整顿现有的自治队，如何从民军吸收精干力量充实队伍，尤其要挑选水性好、习过武的青年，进行严格训练，建立一支水陆兼备的巡防队。李云阶谈如何跟商会和大户协商，筹措资金，购置枪械、船只。胡见凡说要制定巡防队章程，以章程管束人，还要找两栋宽敞的祠堂，作为队部，队员轮流值勤。

林拱初认为组建自治队伍，符合官方的主张，但还是要向区署长官曹其峰报告，争取获得他的支持。

段冀虎不敢相信大家对组建巡防队热情这么高，就跟万岱源悄悄交流一下，把计划下一次会议才讨论的问题，提前向大家摊开了：诸位心系津洲百姓安危，功德无量。现在议一议，该给巡防队起个什么名字，水陆两支分队要招收多少人，总队和分队的领头人由谁来担当。

范十三说，我看就叫津洲自治总队，下面再分水路和陆路两个分队，各招八十人。总队长嘛，我看就在万岱源和段冀虎两人中挑一个。

万岱源急忙表态，我管粮草，保障后勤还可以，总队长当不了。

刘壮说，依我看，名称就叫津洲联防队，下面设水路自卫队和陆路自卫队。我赞成一个分队招八十人。兵不在多，在于精；将不在勇，在于谋。依我看，段大哥当大队长比较适合。

正在做记录的胡见凡放下毛笔，说，刘壮自从当了民军队长后，连说话都文气多了。范十三和刘壮两人的建议提得好，队伍的名称，我们再探讨一下。

李云阶对"自治"做过探究，不同意现在就确定队长人选。他说，既然是自治，就要民主一些，由自卫队的成员来做决定。我们可以先拟出一份候选名单，最后经队员投票，得票多者胜出。

林拱初不同意，说，拐再大的弯也得我们几个拍板，干脆现在就定下来。大队长人选你们刚才说了，我提议万岱源当副大队长，胡见凡当参谋；李云阶当陆路队长，刘壮当副队长；范十三熟悉水性，当水路队长，我当副队长。

万岱源说，我看这样，巡防总队的名称就叫津洲联防大队，下设水路巡防队和陆路巡防队。至于队长、大队长，暂时以拱初兄提出的作为候选人，等把队伍拉起来，再进行正式投票。

大家都说好，关键是要把队伍先拉起来。

段冀虎表态支持李云阶的意见，主张大家暂时以候选人的身份，发动民军和现有自治队成员报名，成为预备队员，然后进行半个月的训练，优胜劣汰，留下一百六十名合格的正式队员。最后，召开全体队员大会，投票选出联防大队和巡防队的正副队长。如果谁得票少于六成，立即换人。

第十八章
浪子回头私定终身　议长千金险归佛门

春节过后是元宵节。万家一年增添两口男丁，还有一个丫头，这"上灯"喜宴的规模，肯定又要让津洲人大开眼界。

正月十四，包括龚夫人的姐姐、姐夫，颜家和韩家在内的外地宾客，纷纷提前到来。万泰安让三少爷负责接待客人，安排住宿。除了龚家、颜家和韩家预先在内苑、东院、西院留下歇息的房间，其余的远道来客，分别安排在竹简斋、后罩房住下。大小院落的房间都安排满后，就带客人到兴贤客栈就宿。

万岱仰对客人的招待很殷勤，很周到。客人纷纷称赞他变了，成熟多了，懂事多了，也更帅气了。

经历了那场刻骨椎心的劫难后，万岱仰彻底醒悟过来了。因为无知、贪婪和放纵，使他几乎连性命都保不住，还给家人造成了极大的伤害，这是他一辈子都无法原谅自己的。

他发誓洗心革面，决不再结交不明底细的朋友，决不涉足不该去的场所，而要一心一意经商，正直本分做人。为了表明态度坚决，他去伙房拿来一把菜刀，当着父母与两位兄长的面，要将左手的小指砍下，被岱玮拦住。

万泰安指着他手腕上留下的一道道索痕，语重心长地说："不让你砍这一刀，说明家人是信任你的。浪子回头金不换，一个人在某个时候、某个地点跌倒，并不可怕，可怕的是不长记性，明天又在另一个地方跌得更惨。我相信你，会记住教训，不会再作贱自己。"

万岱仰没有辜负家人的期望，独自去外地从不涉足声色犬马场所，父亲让他收付几笔大额货款，全都分厘不差。这次，万泰安特意安排他负责接待客人，是想让他用行动，向亲朋好友证明一下自己，万家的三少爷，已经从泥沼中爬出来，脱胎换骨，成为万氏一家子信得过、可以撑场面的人物。

日近黄昏，海丰县城的管伯涛一家乘着马车而来。

管伯涛是海丰县议会的副议长，有声望，有学识，受人敬重。但议会在县知事面前往往只是个摆设，副议长更是谈不上什么权力。管家与万家是世交。前年，管伯涛因公务未能参加万家大公子二公子的婚庆典礼，感到十分抱歉。这次不顾路途遥远，特地把家眷都带来了，意在表明他非常重视与万家的情谊。

管伯涛原本只想带上夫人吕氏，可小女管素婷知道后，吵着非一起来不可。管伯涛让她说说理由。她把一个葡萄扔进嘴里，喃喃道，现在不是提倡自由、平等吗？你可以带哥哥出去赴宴会客，就不兴带我出去走走，开开眼界？我十二岁时不也跟着你去过津洲？万世伯一家经历那么大的变故，我得去安慰安慰他，找乐子逗他开心。我还想看看他家的三少爷，现在长成什么样。记得当年，我们在院子里捉蜻蜓，到海边捡贝壳，用破席子当围网捕小鱼，徒手摸虾抓蟹，玩得可开心了。那么好的一个小哥哥，怎么几年不见就变成嗜赌无度的败家子？我一定要当面训训他。

母亲吕氏听了，对管伯涛说，你看你看，都是你把她宠的。带她去万家，不背个没教养的骂名才怪呢。管伯涛却认为女儿的一番话说得在理。管家儿子有三个，女儿却只有素婷一人，管伯涛平时对素婷十分疼爱，还称她为"四季开心果"。管伯涛最后说服吕氏，允许素婷重回故地一游。

站在街门迎候客人的胡管家，接过从马车里递出来的名帖，高喊一声，海丰县管伯涛管议长到！刚走进门房喝口水的万岱仰，匆匆忙忙走出垂花门楼，上前迎接贵宾。

管议长已从马车上下来，万岱仰毕恭毕敬向他请了安。回头看见吕夫人掀开布帘，准备下车。万岱仰迎上去，扶住她的手，让她踏着高低凳下来。万岱仰向吕夫人问过安，腰一躬，手一摆，说，伯父伯母，里面请！就要带客人进里院去。忽然听见车篷里传出娇柔中带着抱怨的声音："等等我，急什么，我还没下车呢。"

万岱仰转身一看，一个清丽妩媚的姑娘探出半个身子，正朝他喊话。刹那间，两人四目相对，仿佛电光流火划过，万岱仰顿时傻了眼，一时不知所措，想过去扶她，觉得不妥，不过去扶她，又有失礼仪。

姑娘有点生气了，冲着万少爷噘起嘴："万岱仰，不认识我了？我颠了一百六十里路的马车，你不过来搀我一下？"

万岱仰缓过神来了，正要上前，却被吕氏抢先了一步。

管素婷人被母亲挡着，目光却像铁屑遇到磁石，直直盯着万岱仰。母亲不敢当面训她，扯了一下她的裙裾，她才醒转过来，连忙举起宽大的袖子，遮住羞红的脸。

蓦然见到当年跟屁虫似的黄毛丫头，如今长成亭亭玉立的淑女，万岱仰为自己愣头愣脑，没有及时上前搀扶她，十分懊悔。

必须马上采取补救措施，可一时又想不出对策，直急得他说话语无伦次，连手心都汗湿了。等走过品尚轩，看见自己起居的小天地"上若子第"时，万岱仰双眼放亮，有办法了。

按原来的安排，管世伯一家来晚了，只能带他们到兴贤客栈就宿。可一家三口，还有两位是女眷，住客栈很不方便。不如将自己住的正房腾出来，让给他们住，自己到内苑的客厅随便应付两三个晚上，相信管素婷会为之高兴起来。于是，他吩咐使女，赶紧将"三舍"正房卧室收拾一下，挂上一方帏帐，再叫仆人将内苑一张贵妃床抬来，作为管小姐的临时闺房。三舍，是岱仰对自己住所的简称。

万岱仰带管世伯一家子跟父母见过面，主客叙了一会儿旧情，万岱仰就带他们到三舍歇息。管素婷一听万岱仰把自己的卧房让给他们一家子住，才笑着对他说了声"谢谢"。

管素婷在宽敞的正房绕了一圈，看着井井有条的摆设，点缀有致的盆花，似乎还能闻到主人特有的气息，心里的气消了一大半。

不一会儿，万岱仰抱来两床新买的绸面被褥和席子，吩咐使女将原来的撤下，换上新的。安置妥当后，万岱仰请管世伯一家，到内苑和三舍中间的临时饭厅吃晚餐，说是品尚轩客人太多，过于嘈杂。

万岱仰请管世伯夫妇在上首位就座，自己和管素婷在他们对面坐下。吕夫人见女儿跟万家三公子靠得那么近，脸上有点挂不住，借口她的座位靠窗，风吹来有点冷，要女儿跟她换个位子。管素婷不愿意，但没有说出口。她解下身上的粉花镶边锦袄，给母亲披上，让母亲回到原来的座位上去。

万岱仰心里很纳闷，吕夫人为何将女儿管束得这么严？是出于男女授受不亲的伦理考量，还是因为他曾经失足，不让女儿跟他走得太近？

当晚，万岱仰在父母的卧室左侧，铺上一张硬板床。忙碌了一天的他，累得饭都吃不下，可躺在床上翻来覆去就是无法入眠。不管他是合上眼，还是睁开眼，管素婷婀娜的身影，总在眼前浮现。

万岱仰清楚，自己爱上管小妹了，而且相见恨晚。管小妹是个集优雅与俏皮、温婉与强势、传统与新潮于一身的时尚少女。万岱仰寻寻觅觅，要找的就是这种类型的女孩。因为她既值得欣赏，又能从势头上压住他，让他服服帖帖。

但一想起管小妹的母亲，万岱仰顿时像被泼了一盆冷水。

该怪谁？只能怪自己。如果肯听父亲的话，他早就见到长成大姑娘的管素婷了。那是在他刚刚迷上赌博时，父亲曾经安排他去参加管世伯乔迁新居的庆典。可是，一心扑在赌台上的他，竟然找了个借口推辞了。如果是在那一次与她一见钟情，心中有个喜欢的人镇着，肯定会及时悬崖勒马，也不至于闹得满城风雨，臭名远扬。

现在好了，尽管自己痛下决心改邪归正，重新做人，但恶名在外，谁还会相信自己？做父母的谁愿意让女儿嫁给一个败家子？

希望的烛光一点点熄灭了。但万岱仰不甘心，他在脑海里一遍遍还原与管素婷相处的一个个细节，还有她与他对视时的眼神，炽热中带着关切、探寻中带着希冀。希望的烛光又一点一点亮堂起来了。

不要退却，不要自己吓退自己，既然认定管素婷是梦寐以求的那个她，就要大胆地对她说：我发誓非你莫娶。

上灯喜宴圆满结束的第二天，外地宾客大多打道回府了。万泰安盛情邀请管伯涛一家多住几天。万岱仰也私下央求素婷不要忙着回去，他有许多话没来得及跟她说。

管伯涛夫妇知道来一趟不容易，加上万岱仰的接待既热情又周到，便答应留下来多住些日子。其实另有一个原因是，管伯涛看出万岱仰对女儿很痴情，有意留下来对他再考察考察。

万岱仰这回可不是一般的高兴了。他在心里规划了一个游览本埠名胜古迹、品尝风味小吃、月夜泛舟汀江的活动路线图。

津洲的名胜古迹到处都有，最令游客流连忘返的是"津洲八景"。文人墨客将其编成一首朗朗上口、男女老少都会背诵的歌谣：少帝伫渡山，登瀛望归帆；鹦鹉啄锦鲤，五马投江边；半海水淹城，梵音通天堂；潮涌人字水，石壁大奇观。这八景，光听名目，就令人如临其境，遐想万千。管伯涛虽然以前游览过几个景点，但依然意犹未尽，加上夫人来了，女儿长大了，他欣然接受了万岱仰的安排。

用过早餐，万岱仰陪着管世伯一家，步行来到津洲少帝山。少帝山就是待渡山，是南宋幼帝赵昰赵昺南逃来到津洲留下的遗迹。为了缅怀这段历史，明代初，一位地方官员，请来一批工匠，用青石建造了气派的牌坊、甬道、进食亭。进食亭里，耸立着刻有幼帝与丞相陆秀夫浮雕的巨幅石碑。与牌坊、石亭相映成趣的是山顶那座直指苍穹的宝塔。登上塔顶，津洲与汀江、湄溪，还有整个港湾，尽收眼底。

万岱仰滔滔不绝讲述着各处古迹引人入胜的传说，不时借题发挥，检讨了自己昔日失足的根源，畅谈了对未来的人生追求，还向管世伯请教一些诸如中国为何总被外国人打败，孙中山对中国的贡献有多大，兴办实业是不是可以救国等问题。管伯涛一一作答，称赞万岱仰是胸怀家国大事，有头脑、有抱负的新青年，很有万家遗风。

万岱仰又带客人观赏了"五马投江边""鹦鹉啄锦鲤"两个景点。在鲤鱼石前面，有许多卖小吃的摊点，散发出一阵阵诱人的香味。管素婷咽了咽口水，对万岱仰说："你不是说要带我们品尝风味小吃吗，我走不动了，就在这里歇歇脚，顺便尝尝小吃。"

万岱仰坏坏一笑，说："我先不告诉你，是想吊吊你的胃口。这里的小吃，很正宗，我们一家一家吃过去，准把你的肚皮撑圆了。"

津洲最令人赞不绝口的小吃，有又脆又白的鱼丸，既好看又好吃，偶尔筷子夹不住掉在地上，足足可以弹起三尺来高；有黄澄澄的鲜蚝烙饼，香味四溢，吃一口酥酥软软，满嘴生津；有七香咸茶，将芝麻和香菜在擂钵擂成半糊状，冲上滚烫的开水，打到碗里，加上爆米花和炒熟的花生、鱿丝、虾米、香菇，吃一口唇齿留香；还有鱼饺鱼面虾肉丸，姜薯绿豆白果汤；等等。

万岱仰陪着客人吃了好几样熟食，管素婷大喊吃得太多了，但看到没尝过的小吃还想吃。吕夫人不让，说明天再吃不迟。

万岱仰知道管素婷胃口好，也真的还没吃够，打算带她尝尝津洲人敢吃且吃得忒过瘾，而外埠人馋得流口水却不敢吃的"海上人参"。

一行四人来到鲤鱼石高高扬起的"尾巴"那里，一堆小山似的生蚝，像一个个压扁了的大元宝，正等着"开云见日"。一位渔家大姐拿起小匕首般的开蚝刀，将刀尖对准蚝壳尾部的缝隙一插，一撬，手腕一转，生蚝的上壳被撬开了，露出奶白色水晶晶的蚝肉。大姐又用刀尖往下一划，剔开柱肌，递给万岱仰。万岱仰用手指拈起鸡蛋大小蚝肉，往素婷的嘴边送。

吕夫人急了，上前阻拦："这是生的，很腥膻，不能吃，会闹肚子的。"

万岱仰坏笑着朝素婷使了个眼色，一仰脖子，哧溜一声，将肥嫩的蚝肉吸进嘴里，津津有味嚼了起来："太完美了！这是最考验食客胆量的名产。不但我是常客，镇上大人小孩都喜欢这么吃。我保证没有一点腥味。冬天是品吃生蚝的最佳时节，生的比熟的更有营养！"

管素婷完全相信万岱仰的话，胃口也被吊了起来，半嗔半恼地对娘说："我有那么娇气吗？看这蚝肉奶白奶白肥着呢，满带着大海的味道。活活的即开即吃，很滋补的。我给二老挑一个公的和一个母的，你们一定要放胆试试。错过了，会后悔一辈子的。"

吕夫人皱着鼻子捂住嘴，直摇头，知道女儿已经中了万少爷的蛊，阻拦不住了，只好拉着管议长去看归航的渔船。

管素婷回头埋怨起万岱仰："第一个生蚝应该是我先品尝，你必须将功补过，亲自撬开一个给我吃。"

万岱仰对素婷行了拱手礼，接过渔家大姐已经开了缝的生蚝，用手使劲将它掰开，将珠光闪亮的蚝斗托着的蚝肉，送到管素婷娇嫩的唇边。

管素婷一连吃下三个生蚝，揉着小腹大喊过瘾！

万岱仰看一眼日头，对不放心女儿又踅回来的管世伯夫妇说："我们去看看我家的经纬楼，然后在那里休息一下，好吗？"

管世伯打着饱嗝，说："歇一歇好。不过午饭就不用回去吃了。"

万岱仰这样安排，是为了找机会单独跟管小妹说说心里话。

管世伯一家走进津心埔，逐层参观了经纬楼，最后登上了天台。

素婷觉得自己的心胸一下子敞开了，拍拍哥特式亭柱大声说："我终于明白万世伯为何不搬往县城居住的原因了。津洲太美了，我喜欢这个滨海小城。"

吕夫人有恐高症，倚着雉墙往下一看，顿觉大楼晃晃荡荡，自己整个人有如被悬在空中。管世伯只好扶着夫人下去，到休憩室歇息。

吕夫人下楼时吩咐女儿别待太久，吹吹风凉快了就下去。

当空旷的天台只剩下岱仰与素婷时，两个人反倒拘谨起来了。他们的目光，像蚂蚁爬行，一点点靠近，快要对接时，又如受惊的鸟儿，各奔东西。万岱仰的一颗心，怦怦跳着，他很想知道自己留给素婷的是什么印象，现在该不该将最想说又最难说出口的话倾吐出来？

管素婷见他心事重重，欲言又止，故意问："怎么了？是不是给你添了麻烦，不高兴了？"

"看你说到哪里去了！我是，我是……"

"有话就说，是什么？别吞吞吐吐。"

"我是担心你很快就回海丰去了，我们不知道要过多久才能再次见面。"

"你真希望经常见到我？"

"我真心希望天天看到你。"

"说这有什么用？我们都长大了，再不能像小时候想怎么玩就怎么玩。"

"是呀，我说这些有什么用？我已经不是昔日的我了，谁还会与我回到两小无猜的年代？"

"为什么？"

"因为我沉迷赌博，差点毁了万家，现在恶名远扬，浑身污臭，连我自己都厌恶自己，何况别人？这几天，我是强打精神，尽力把客人伺候好。当你们也跟其他客人一样，对我说一声告辞，我就该到罗浮山当隐士了。"

"我听说你平日心高气傲，目无余子，怎么愿意告诉我这些？"

"那是过去的我。当下有机会对你说说心里话，我好受多了。"

"我不信你当得了隐士。赌博跟抽大烟一样，要戒断可不容易。令尊与令兄那样威严的人，都没能管住你，我猜你有一天会重蹈覆辙。"

"我差点连小命都丢了，还会重蹈覆辙？别人不相信无所谓，连你也不信任我，我真的好生难过。"

"我很愿意相信你，只是……"

"只是，只是我没把心掏出来给你看？我可以向天发誓：假如我冥顽不化，再次涉足任何污秽场所，必遭雷劈火烧，必下十八层地狱！"

素婷想上前捂住他的嘴，又不敢，双眼溢出了泪水。

万岱仰掏出手绢，递到她面前："对不起，我又惹你生气了。"

"没有，是风吹的。"素婷接过带着体温的手绢，拭了拭眼角，又把手绢还给岱仰。

岱仰说："这方手绢是真丝抽纱苏绣，我还有另一块，你就留着用吧。"

素婷打开一看，果然很精致，绢面绣着一对栩栩如生的鸳鸯，素婷的脸颊泛起绯红，她看见岱仰的眼神，满含恳求，就装作很随意地把手绢掖入袖筒里。

这时，楼梯口传来脚步声。吕夫人在休憩室等他俩半天，见不着人影，不顾恐高症，又爬上天台，催促他们快些下楼，回求芳居去。

晚上，管素婷失眠了。想起万岱仰满脸肃然，手指苍天的样子，心里着实感动了。他的心思，再明白不过了。但，她能顶住压力，打开少女的心窗接受他吗？如果没有爱慕和勇气，为何又要收下他的手绢？要是没有发生那一场变故，该多好啊！

可以看出，母亲对万岱仰，貌似时时显示出世交的亲切，但又有意以客气来拉开与他的距离。万岱仰不是傻瓜，所以，他的内心备受痛苦和惆怅的煎熬。直觉告诉她，万家三少爷并非朽木不可雕，他会知耻而后勇，用汗水换取成就，来补缀昔日的错失与放纵。再说，他对于婚姻大事，并非花花公子似的见一个爱一个，而是挑剔中显示出慎重。将终身托付给他，应该不会看走眼。

泛舟汀江的夜晚，明月亮得出奇。清波摇碎明月的倒影，荡起片片银光，与天边的渔火，相映成趣。徐徐的海风，挑逗着管小妹的短发。依依惜别的伤感，提前在她的心中萦回。明天就要离开津洲了，管小妹鼓起勇气，趁着父母翘首观看天上的流星，将象牙折扇的扇坠，塞到万岱仰手里。万岱仰借机抓住她的小手，管小妹迟疑片刻，才将手抽了回去。

车辚辚，马萧萧，管世伯一家子随着马车，渐渐消失在城外的沃野里，万岱仰的胸腔被一点点抽空，他后悔没有说出至关重要的一句话。回到上若子第，万岱仰拿出带有管小妹体香的镂空象牙珠，心中波涛汹涌。

他丢魂失魄般来到西澜乙宅，想向二哥请教，他该怎么办。二嫂正在一边研墨一边指导二哥练习书法。一对双胞胎在摇床上睡着了。

二哥接过精美的象牙珠，听了三弟的叙说，与斯洁相视一笑，坏坏地作弄起他来："啧啧，出手真快，当了几天侍应官，就有佳丽暗赠定情物了。"

万岱仰又羞又恼，抢回象牙珠："人家诚心诚意向你们请教，你倒拿我寻开心。我走了。"

二哥连忙拦住他："我们是为你高兴，才跟你开玩笑。来，言归正传，我问你，你是否真能做到非她莫娶？"

万岱仰正经八百地说："我不会拿婚姻大事当儿戏，我是铁了心的。"

二哥又说："那好，我带你去见爹娘，你敢亲口对二老说吗？"

万岱仰说："我爱管素婷是日月可鉴，有什么不敢！"

二嫂问："我看得出素婷是个很有个性的女子，以后你会服服帖帖受她管束吗？"

万岱仰说："我平时心浮气躁，处事又有点优柔寡断，能有一个干练有主见的贤内助管着我，我以后就不会再走弯路了。"

二哥搂住老三的肩膀说："你能知己知彼，已经得了七分；二老一点头，这门亲事就有九分把握了；剩下的一分，全看吕伯母同不同意。只要过了这一关，我就可以改口叫素婷弟媳了。"

二哥拥着三弟，要去双兰内苑见爹娘，岱仰反而扭捏起来了。恰逢二老去东院看望了长孙万舒勋，又要来西院看望老二的龙凤双胞胎万舒晔和万伊芊。

韩斯洁迎请公婆在会客厅坐下，用过茶后，才将躲在书房里嘀嘀咕咕的兄弟俩叫了出来。老二将三弟心仪管小姐，而管小姐暗送定情物给三弟的事告诉了二老。万泰安夫妇十分高兴，当场拍板，选一个好日了，请·位实诚的媒婆，到海丰县城向管议长提亲。

管伯涛万万没想到，他一家子因访友在陆丰县城耽搁了一天，刚刚回到海丰，跨进家门，万家托付的媒婆就踏着他们的脚印，笑逐颜开追来了，将写着万岱仰生辰八字的庚帖摆在他的面前。

管伯涛已经料到万家会托人来求婚，现在庚帖到了，他却不吭声，不表态，只让女儿自己拿主意。而吕氏一味摇头，死活不同意。

管小姐从丫鬟口中得知，母亲硬是不肯接纳万岱仰为未来女婿，她咬咬牙，一改往日撒娇、赌气的脾性，带上几件换洗的衣服，断然不辞而别，去了城外的得道庵。临走时在闺房留下了一张字条：我决意削发为尼。

吕夫人见了字条，大惊失色，立即派人将老爷找回来。老爷只说了一句"解铃还须系铃人"，就自个儿在书房放起留声机，品听海陆丰独有的西秦戏曲。

吕氏知道女儿是个说到做到的犟性子，去迟一步，一旦真的削了发，那她可就别想活了。仓皇之下，只好带上丫鬟，马不停蹄赶往得道庵。

素婷起初不肯见她，吕夫人在窗外好说歹说，言明愿意成全她，择日与万家订婚。管素婷才开门从屋里走出来，抱着母亲又哭又笑。

媒婆回到津洲，跨入双兰内苑就笑嘻嘻向主人讨要赏银。万泰安一看知道三小子的亲事成了，郁积在心头的愁结一下解开了。

入冬，一个皓月如轮、群星璀璨的夜晚，万家披红挂彩，鼓乐齐鸣。迎亲回来的万岱仰，胸佩红绸花，在亲朋的簇拥下，喜气洋洋将三少奶奶牵进家门。

三少奶奶最引人注目的嫁妆，是一台来自国外、金光闪闪的留声机，一台手摇缝纫机。

万泰安风风光光办完万岱仰与管素婷的婚事，看小两口恩恩爱爱，相敬如宾，高兴地对老伴说："求芳居娶齐了三房贤良聪慧的儿媳妇，还有你这位淑德慧中的老媳妇，'求芳'之名，已经功德圆满，无漏无憾。"

看到万家又一次风风光光办喜事，刘监生的背更驼了。他机关算尽，到头来落了个偷鸡不成，被津洲人嘲笑了一年又一年。而且，"无痕屠门刀"这个绰号，越传越远，让他羞恼不已。

更令他脸面丢尽的是，长子刘巽才，因为与课长不和，课长诬告他记录县知事的黑账，被县知事给解雇了。

算塌天，算来算去，反把自家的天先给算塌了。

刘巽才回到津洲，觉得没脸见人，整天躲在家里不敢出门。万岱源从刘壮口中得知刘巽才遭人陷害而被罢职，就让刘壮约他在联防大队部见面。

津洲联防大队已经成立三个月，海盗土匪闻之丧胆，再不敢对这个富庶商埠虎视眈眈，一些商人还雇请联防队押运货物到外地。负责后勤的万岱源，觉得钱进钱出都归他管，不合适，得找一个人管财。听说刘巽才回来了，便向段冀虎建议，由他来当财管。段冀虎在队长会议上提出来，除范十三反对外，其他人都举手赞成，万岱源便约刘巽才见面。

刘巽才感激万岱源不但不怨恨他，在他被弃用时还让他当联防大队的财管，立马答应下来。

两支巡防队的弟兄们，听说改由刘巽才当财管，担心月饷和伙食会被克扣。虽经段冀虎和力岱源做了思想工作，还是有一些弟兄对他不大放心，认为有其父必有其子，肯定是手脚不干净，才会被县知事革了职。现在让他管财管粮食，不出事才怪呢。

刘巽才感到十分委屈，对父亲的怨责更加深了一层。而对万岱源不计较父亲对他家的狠毒算计，一碗水端平，让未石城的族人足额加入联防队，还坚持留下副队长的职位让他来担任，心里更加觉得对不起万家。

他决心以实际行动来改变众人对他的误解，收支账目半个月公布一次，还暗地里叮嘱刘姓的联防队员，一定要支持万岱源的工作，并说服父亲定期为联防大队捐赠粮款。

在联防队骨干议事做决策时，只要万大少爷提出和赞同的，他就举手喊行。弄得万岱源生气了，要他好好过过脑子，再开口表态。

他还有一个父债子还的心愿，就是父亲伤害了万家，由他设法予以弥补。万岱源念念不忘要替文君与舒尧报仇，剿灭白虎鲨，这也是联防大队确定下来的一个目标。

段冀虎曾三番五次派人化装成渔民，到孤狼岛探查，虽发现有废置的屋舍，却没有发现白虎鲨的踪迹。段冀虎判断，白虎鲨狡兔三窟，肯定有别的藏身之处。他交代水上巡防队不要灰心，一定要发动渔民，找到白虎鲨的巢穴。还要多跟玄沄自卫队交换情况，不放过任何蛛丝马迹。并放出风声：津洲人等着拿白虎鲨祭旗。

白虎鲨收到探了的情报，气得嗷嗷直叫："我水上妖一向吃软不吃硬。津洲人口出狂言，要拿我的人头祭旗，我今晚就倾巢出动，袭击津洲城，哪个弟兄能砍下段冀虎和万岱源的首级，各赏一百银圆。"

二当家癞头雕叫喽啰把酒坛撤下，对大当家说："这可万万使不得！时下津洲联防队士气正旺，我们只能暂时避其锋芒，按兵不动。我有一计，就是重金收买范十三，他的婆娘是个药罐子，他需要钱。如果成功，再通过他，收买与他同宗的范妈鲁。这样一来，津洲、玄沄都有我们的内线。等他们暴发内讧，分崩离析时，我们再突然出击，血洗津洲。到时还要抢回几个姿色如花的女子，给大当家当三房四房姨太太。"

白虎鲨打着酒嗝，眨眨牛牯眼说："你不愧为我的智囊，明天就安排说客潜入津洲，争取将范十三拉下水。不过，我估计姓范的不会轻易反水，我们得耐着性子，让他一步一步走进圈套。"

第十九章
乌塘寨嫁女蒙奇耻　水上妖魂断荒淫梦

这一等，三个多月便过去了。白虎鲨不敢带喽啰上岸侵扰百姓，只靠在海上抢劫过往的商船，勉强度日。而派出去离间收买范十三的手下，根本无法下手。范十三一下猜出来人的身份和意图，故意请他们喝酒，套他们的话，让他们说出白虎鲨的藏身之处。那些喽啰斗不过范十三，只好知难而退。

暗斗归暗斗，范十三从被抢商船的船东，获得匪帮行踪，几次派人给范妈鲁送情报。可是，等水上巡防队与玄沄自卫队赶到海盗出没的海域，白虎鲨的乌舻船已经无影无踪。

盛夏，一场猝不及防的龙卷风，差点让白虎鲨葬身鱼腹。心有余悸的他听从癞头雕的劝告，准备改变长期在海上游弋不定的老规矩，选择一个易守难攻的海岛，作为长期盘踞的据点。经过勘察比较，最后确定将"家"安在无风三尺浪的双蟾岛。

双蟾岛如万顷大海中的一叶孤帆，岛上怪石嶙峋，树木繁茂，洞穴四通八达。岛的四周礁石环绕，暗流激荡，只有一处可以停靠船只。虽然地势险峻，但岛上淡水资源丰富，野菜野果俯拾皆是。白虎鲨在沿海村庄掳掠一批民工，在岛上修筑暗堡和防御工事，然后把老巢搬迁到双蟾岛。那批民工，也被白虎鲨扣留在岛上当杂役。

白虎鲨行踪诡异，出没无常，令段冀虎、万岱源大伤脑筋。段冀虎决定改变策略，放出烟幕弹，说津洲联防大队发生内讧，范十三因当不上副大队长，赌气解散水路巡防队。而实际上是将水上巡防队化整为零，装扮成渔民，安插到各条渔船上，让他们在海上一旦发现白虎鲨的踪迹，就紧紧咬住不放，直到找到他的巢穴。

这一招果然有效，水上妖的巢穴被找到了，可是没有坚兵利炮，完全奈何不了他。强攻不行，只能智取。老虎也有打盹的时候，只要耐心等待，总能逮到战机。

就在苦苦等待中又过了几个月，刘巽才偶然获得一份重要情报。

在靠近海丰县的海边，有一个村子叫乌塘寨，是一个渔、农、盐三业并举的村庄。刘巽才姨娘家的外甥女就嫁在这个村子里。姨娘的儿子来刘家做客，无意中说起乌塘寨遭受水上妖侵扰凌辱的事。

两个月前，当地驻防粤军奉命北上，跟北洋军阀打仗去了。扬言要剿灭海盗的津洲水路巡防队，也因内讧而解散了。白虎鲨自以为再没谁能对他构成威胁，更加骄横放荡起来。本来他有一大一小两个压寨夫人，却听信睡处女可以采阴补阳的谗言，决意将"后宫"定在乌塘寨。

白虎鲨早就听说乌塘寨的姑娘，个个丰腴标致，面如桃花。原因是村中有一口叫"美人泉"的水井。美人泉长年泉水涌动，清冽甘甜，从未干涸过，因为井中泉源，来自后山的双乳峰。全村姑娘喝了这口井的水，个个水灵灵的，早早就被邻村的后生抢着定了亲。白虎鲨早就对乌塘寨的姑娘垂涎三尺，只因粤军一个营驻扎在附近，才不敢轻举妄动。现在好了，他要把乌塘寨当成自己放纵淫乐的行宫。

他派三当家带上十几个喽啰，来到乌塘寨，软硬兼施，威逼族长与他们达成协议：他们不在乌塘寨杀人放火，抢掠财物，但凡是乌塘寨的女子要出嫁，必须将新娘送上乌舻船，让白虎鲨为新娘开苞后，才允许上轿起行。

有一户汪姓人家，仗着兄弟人多，不买白虎鲨的账，偷偷把小妹嫁了出去。结果第二天一早，发现全家十几口全倒在血泊中。有两个财主为了保住女儿的贞节名声，又能躲过灭顶之灾，只好花重金买来贫苦人家的妹子，送去给白虎鲨开苞。

刘巽才不敢太相信，但为了在替万家复仇上立头功，就秘密带上刘壮，化装成摇拨浪鼓的卖货郎，来到乌塘寨，在外甥女的家中住下。他从姨丈口中得知，当夜宋家的大闺女将要出嫁。

夜幕降临，刘巽才和刘壮躲在海边的野菠萝林里，暗中观察即将上演的悲剧。

二更时分，两个伴娘提着灯笼，陪同低声啜泣的宋家姑娘来到沙滩，身后紧跟着四个手持大刀的喽啰。宋家姑娘蒙着红盖头，在伴娘搀扶下上了小船，几个喽啰驾船将新娘送到停泊在水深处的乌舻船上。岸上负责守卫的十几个喽啰，架起柴火，烧烤偷来的鸡鸭。他们吃完夜宵，留下几人放哨，其余的躲在背风的礁石后打瞌睡。

　　三更的锣声响起，伴娘回到海滩等候。小船把衣衫不整、惊魂未定的新娘送回岸边。懂事的伴娘吹灭了灯笼，摸黑把新娘送回村里。在岸滩值守的喽啰，见新娘回村，才登上小船，消失在黑黢黢的大海里。

　　刘巽才和刘壮连夜从水路赶回津洲。来到大队部时，太阳已升得老高。

　　段冀虎正为找不到刘巽才和刘壮而生气，只见两人蹑手蹑脚走了进来，又使眼色又努嘴，示意他让其他人退下。

　　万岱源听见"白虎鲨"三个字，从耳房走了出来。两位大队长听了刘巽才的汇报，既为掌握白虎鲨的行迹而欣喜，又为乌塘寨的不幸而咬牙。段冀虎让刘壮通知李云阶等几位开秘密会议，讨论如何捉拿白虎鲨。

　　起初以为与玄沄自卫队联合行动，可以轻而易举逮住白虎鲨，真正谈开了，才知道要在黑漆漆的海上，做到手到擒来，难乎其难。八个人从上午一直讨论到日落，先后设计出好几种方案，没有一个称得上是万全之策。

　　白虎鲨把实施淫行选设在船上，说明他具有很强的戒备心，一有风吹草动，锚一起，帆一扬，乌舻船很快就会消失在茫茫大海中。新娘落入魔窟，生命很难保全，整个村子也将再无安宁之日。要确保万无一失，一剑封喉，只能想办法将白虎鲨引入村里，引入闺房。

　　就在段冀虎与队长们讨论擒贼方案陷入无解时，李兰舟在家里等夫婿回来，等得心都快着火了。本来约好午后两人一起去为伯父祝寿和吃寿席。可日已黄昏，还不见他回家，是忘了，还是出什么事了？不行，得去大队部看看他。

　　李兰舟来到津水港朱氏祖祠，门岗告诉她大队长还在开会。段冀虎听见李兰舟的声音，才想起为伯父祝寿之事，从会议室走出来对兰舟说："对不住了，忙着开会，都忘了。"

　　开会开困了的刘巽才也跟着走出来，看见李兰舟穿着红底碎花上衣，就说："大队长夫人像新娘子一样，当了娘还这么俊俏。"

　　李兰舟不好意思了，羞红着脸说："别笑话我了，都快成老婆子了。"

　　段冀虎的脑了灵光一闪，将李兰舟带进会议室，压低声音对众人说："有办法了，就让兰舟扮成新娘，先把白虎鲨给制服了，伏兵再一拥而出。"

　　会议室一下静了，谁都没有吭声。

　　万岱源心里清楚，不管谁扮新娘，都得冒很大的风险，就说："由谁装成新娘，我们可以再作商议。但送上船去，太危险！还得采取引蛇出洞的策略。"

李云阶说："就让新娘的家人去求白虎鲨，说新娘晕船晕浪，一颗簸连胆汁都吐出来，臭烘烘的岂不败了虎爷的兴致。还是请虎爷上岸为好。"

李兰舟一头雾水，不知他们在说些什么。

万岱源心里十分不忍，说："不行，不能让兰舟去冒这么大的风险。要为文君和舒尧报仇，装扮新娘的人选，还得由我来物色。"

胡见凡今天说太多话了，声音嘶哑道："论条件，没有谁比兰舟更合适。她会武术，有胆识。只是怕保乾叔不答应，他就这么一个女儿。"

李兰舟已经听出个所以然了，她坚决地说："我去！我爹会答应的。文君在世，我俩胜似姊妹，为她和舒尧报仇，我不去谁去？！"

万岱源摇了摇头："不行，你不能去。还是让文君从娘家带过来的丫鬟阿琪去。她身体结实，有力气，文君当年待她不薄，视她如亲妹妹。文君罹难，她哭得死去活来，发誓一定要为小姐报仇。"

胡见凡站起来，神情严肃地说："不用争了，就由兰舟假扮新娘，阿琪假扮伴娘，到时相机行事，相互配合，一定叫白虎鲨人头落地。"

万岱源一只手按着隐隐作痛的胸部，说："我回去问问阿琪，如果她同意，新娘还是由她来扮演，我心里的压力也小些。"

散会后，万岱源回到家里，悄悄对阿琪说起要请她假扮新娘，诱杀白虎鲨的事。阿琪一听能替小姐和舒尧报仇，热泪滚滚而下，说："当年没有为小姐殉身，就是要等这一天的到来，现在有了雪恨的机会，我万死不辞。我恳求由我假扮新娘，这样兰舟姐更安全些。"

万岱源心情沉重，拱手向阿琪致谢："小姐有灵，会和我一起感激你。你放心，我们不会让白虎鲨伤害到你。"

第二天，队长们继续开会，讨论如何引虎入瓮，以及一旦虎不上岸怎么办，还有玄沄镇那边，范妈鲁怎样组织兵力在外围阻击白虎鲨的援兵。为了保密，他们把开会的地点移至段冀虎家里，还请兰舟和阿琪一同参加。

第一套方案，引虎入瓮如何实施，很快就确定下来了。第二套方案，一旦鱼不上钩，只能采取强攻。段冀虎叮嘱范十三多准备鱼炮和土雷，说这是海战最有威力的武器。

林拱初担心打蛇不死反受其害，说如果白虎鲨得以逃脱，一定会寻仇报复，乌塘寨很可能被屠村。

刘壮狠狠一拍胸脯，说："我们的顾虑太多了，莫不成引虎入瓮失败了，我们就眼睁睁看着白虎鲨逆施作恶？他不上岸更要打，就是要把他的淫威和嚣张气焰打下去，能毙了他的狗命更好。"

李兰舟呼地站了起来，应和道："没错，要立足于打！就按第一个方法办。我和阿琪会随机应变，一定让恶魔钻入罗网。"

李云阶敬佩兰舟和阿琪的勇气，说："有两位胆识过人的阿妹投入战斗，我更有信心了。我建议按照第一方案，由陆路巡防队与两位妹子，进行一两次演练，重点在于明的与暗的如何默契配合。"

范十三也态度坚决地说："水路巡防队要真刀真枪与水上妖干一回，不是鱼死，就是网破。我要亲自到乌塘寨看一下地形水势，力争把水上妖的退路截断。"

段冀虎对刘巽才说："观察地形你可以跟范队长一起去，并画成地图交给我。而且要及时掌握乌塘寨近期有没有姑娘出嫁。如果有，去一趟玄沄，通知范妈鲁前来参加联席会议。记住，一定要注意保密。"

刘巽才应道："我记住了，明天就跟十三兄先去乌塘寨，绘制好地图让他带回来给你。我和刘壮留下，了解一下村里哪户人家要嫁闺女。我们最迟大后天回津洲，并视情况决定是否通知范妈鲁前来参加会议。"

一张大网悄悄拉开。段冀虎组织指挥水陆两支巡防队，在海边进行夜战演练。万岱源亲自出面，向几家大户借来五六条洋枪。

三天后，刘巽才和刘壮扬扬得意地回来了。

自从乌塘寨族长屈从水上妖，让全村待嫁女子蒙受奇耻大辱后，族长专门召集族人到祠堂开会，向祖先发誓，严禁任何人将这一糗事传扬出去，否则，将会被沉海喂鲨鱼。但凡有女儿要出嫁的人家，更是不敢张扬，而且把礼仪都简化了，对外也一概保密。但姨娘外甥女还是打听到，村西徐家的长女水莲七天后就要出嫁。

尽管乌塘寨的族长立下了严苛的规约，水莲的准婆家还是听到了一些风言风语。所以，特意安排大妗姐提前先来水莲家守着，并且放话，如果新娘真被淫贼开过苞，就要休了水莲。

水莲一家愁肠百结，大骂白虎鲨猪狗不如，必遭雷劈火烧。水莲更是以泪洗面，好几次想寻死。

就在水莲一家人打算逃往他乡避难时，刘巽才和刘壮随外甥女悄然来到她家。一番长谈之后，水莲全家口里喊着恩人，齐齐给刘巽才和刘壮跪下。

津洲与玄泫自卫武装联席会议召开后，范妈鲁乘船回玄泫去了。围歼白虎鲨之夜，他将率领八条船约一百人的武装队伍，协同作战。

水莲婚期前两天，津洲陆路巡防队派出尖兵，装扮成补鼎的、修鞋的、捉蛇的、捕鸟的，来到乌塘寨，天黑后才潜入徐水莲家里。

当夜，族长战战兢兢，带着白虎鲨的心腹，来到徐家，见过水莲，约好交接新娘时间，留下一方红盖头，一个红兜肚，并从徐家拿走两对龙凤喜饼、一只烧鸡。心腹离开新娘家，即驾快船回双蟾岛，去向白虎鲨复命。

而巡防队尖兵也骑飞马回津洲，向段冀虎报告：白虎鲨明晚戌时初将现身乌塘寨海边。段冀虎下令水陆两路人马，在天亮前抵达指定地点，并隐藏在山上或海边偏僻角落。

一弯蛾眉月，颤悠悠挂在灰蒙蒙的天际，沉闷的浪潮声时紧时缓，随着晚风穿过幽深的小巷。乌塘寨家家户户像躲瘟神，早早吹灯关门，只有水莲家亮出些许灯光。

来给水莲送亲的几个姨婶，都躲到邻居家去了，要等到真正的新郎来接新娘时，才会出来凑场面。此时的徐家堂屋，除了水莲的母亲和嫂子，还有两个老婆子在忙这忙那。老婆子挤出一丝比哭还难看的笑，不时对闺房里的新娘说几句安抚的话，背过身子却偷偷抹眼泪。

其时，趁老媒婆走出徐家院门，闺房里披着红盖头坐在床边的新娘，已经换成李兰舟。而徐水莲却被大妗姐带往邻居家躲了起来。两个伴娘，一个是阿琪，一个是水莲的表妹。

老媒婆是受新娘支使，去向白虎鲨求情，说她晕船晕水，一上船就吐个不停，央求虎爷行行好，允许新娘在家里伺候他。老媒婆是被喽啰搜过身才上了乌舻船的。她把两坛好酒放在甲板上，毕恭毕敬跪下，对正在船篷内与三当家对饮的白虎鲨说了新娘晕船晕水的事，哀求虎爷移步新娘家。

白虎鲨气哼哼吼道："皇帝睡后妃是播龙种，我虎爷睡新娘是播虎种。若干年后，我虎爷的儿子遍布四方，比起皇帝老子，人丁要兴旺十倍百倍。我在船上睡女人，图的是荡秋千那种快活劲。今晚的新娘，莫非吃了豹子胆，竟敢扫我虎爷的兴？"

老媒婆连连磕头，说："虎爷威名在外，谁敢不识好歹。只是，今晚的新娘，娇滴滴、水灵灵的。她那双眼睛，会勾人，瞥上一眼，让你心醉一天。今晚风浪大，如果新娘上船后颠颠簸簸，吐晕过去，不但玷污床褥，坏了虎爷心情，还不吉利。"

白虎鲨被老媒婆撩拨得淫火正盛，恨不得立即将新娘搂进怀里。但他清楚，上岸的危险性太大。虽然乌塘寨举全村之力，也斗不过他，但规矩定下了，就不能改。于是，他对老媒婆吼道："不管新娘多娇嫩，就是抬也要把她给我抬上船来！"

老媒婆不敢再多嘴，连滚带爬下了乌舻船。白虎鲨哈哈大笑，对三当家说："这乌塘寨，只出软脚蟹。我虎爷就算给他们做胆，他们也不敢不听我的话。"

半晌，小头目慌慌张张回来，禀报白虎鲨说："大当家，今晚的新娘，性子有点烈。几个兄弟准备将她抬来，可是她手握一把杀鱼刀，对准喉咙，不让兄弟靠近，还放肆至极，骂起大当家来。"

"真敢反了不成？她怎么个骂法？快说！"

喽啰跪下，说："她骂大当家看似呼风唤雨，实则胆小如鼠，更不懂什么是风花雪月。一个如花似玉的女子，落到这种毫无情趣的贼人手里，不如自刎而亡，还保个清白之身。新娘说罢，就拿鱼刀往脖子上戳，幸好伴娘抓住她的手。我们不敢靠近，怕有个三长两短，不好向大当家交差，只好回来向你禀报。"

喽啰说完，本以为大当家会暴跳如雷，没想到他却喜不自胜，夸起新娘来："骂得好，今晚总算遇上天人了！想我虎爷，洗劫过多少村庄，得到过多少女子，没有一个能说出风花雪月四个字！今晚虎爷有艳福，立即掌灯，打道进村。"

三当家上前阻拦，被他抓起一只鸡腿，堵住了嘴巴。

白虎鲨一行来到水莲家。村里的狗不知怎么回事，低头缩颈"呜呜"几声，躲得远远的。

今晚的白虎鲨，内穿红色大褂，外系黑色披风，一个虎头状帽盔，紧紧扣在头上，双目贼光如炬，显得淫威逼人。

水莲家里的闲人已被赶开，屋里屋外尽是目放凶光的喽啰，只留卜两个伴娘伺候新娘。

白虎鲨来到堂屋，摘下帽盔，看见西边耳房门口挂着一对红灯笼，知道新娘就在里面，就急不可耐往里闯，却被伴娘阿琪一把拦住："虎爷是来与我家表姐共度良宵的，却让一班耍枪弄斧的兄弟，如临大敌守在屋里，表姐哪有好心情伺候虎爷？"

白虎鲨眨眨牛眼，摸摸随身的短剑，"嘿嘿"一声，探出半个身子，朝守候在堂屋外的几个喽啰一挥手，喽啰便退至大门口去了。白虎鲨回身又要闯进闺房，又一个伴娘掀开门帘走出来，递给他一套新衣衫："别急，表姐有吩咐，你是半个新郎官，得沐浴净身后，才能与新娘同眠共寝。"

白虎鲨飘飘然觉得自己真成了新郎，也就乐意听从伴娘摆布。阿琪将他引到东耳房，在浴桶里添上热水，搭上浴布，就退了出来。白虎鲨宽衣解带后，在浴桶里草草洗了几把，穿上伴娘给的新衣，没系好带子就走了出来。只听西耳房传出娇滴滴的声音："伴娘，快请虎爷进来喝酒呀！"

白虎鲨血脉暴涨，欲火如焚，三步并作两步跨进闺房。阿琪趁机把白虎鲨携带的短剑藏了起来。

白虎鲨看见身段丰腴有致、披着红盖头的新娘了，端坐在床边，再也按捺不住，冲过去就要抱起她。伴娘端起两只酒杯，挡住了他："虎爷还没跟新娘喝交杯酒呢，怎么成对成双？"

新娘站起来，接过伴娘的酒杯。白虎鲨动手想掀开新娘的盖头，伴娘拍了一下他的手。新娘半娇半嗔道："良辰还没到，头盖掀不得。"

白虎鲨喝下交杯酒，被伴娘引到八仙桌旁坐下。阿琪拿来三只青花碗和三个杯子，倒上酒，对白虎鲨说："表姐知道你酒量超群，让我跟你对饮三杯。"

阿琪举起酒杯，露出藕节般的手臂。白虎鲨端起满满一碗酒，一饮而尽。眼看阿琪的手臂又嫩又白，白虎鲨按捺不住，伸出手想摸上一把。

新娘子重重咳了一声，用脚跺了跺地板。白虎鲨知道新娘子吃醋了，不得不把手缩了回来。阿琪气恼地说："敢在我表姐面前放肆，再罚酒一碗。"

心猿意马的白虎鲨喝下第二碗酒，一把搂住阿琪，说："你乖乖坐在我怀里，让我喝多少都行。"阿琪拼命挣扎。

新娘走上前，骂了伴娘一声，一把将她推开。然后扭着腰身对白虎鲨说："你如果真懂风情，就把最后一碗酒干了，然后，我俩就、就吹灯。"

双眼发红的白虎鲨一手搂住新娘，一手举碗把酒干了。新娘牵着他的手，来到床边坐下。阿琪上来帮他脱鞋。

遽然，新娘一手掀掉盖头，一手攥住白虎鲨的手腕往后一拧，将他压倒在床上。阿琪从枕头下摸出一把牛角尖刀，顶住了白虎鲨的脖颈。

新娘闺房发出瓷罐摔地的脆响，守在门口的喽啰一愣，想进去看看发生了什么事。霎时，从屋顶跳下几个手持刀剑的壮汉。喽啰们知道中了埋伏，一边与壮汉厮杀，一边大喊："有刺客，快来人哪！"

躲藏在其他房间的壮士，闻声跳了出来，截住拥进大门的喽啰，挥起大刀就砍。

房前屋后的一坨坨柴草堆被掀开，津洲义士一蹦而出，迎击从村口赶来的海匪，喊叫声和兵器碰击声响彻夜空。有个海匪趁乱点燃村口的一堆柴火，向海上发出求援的信号。

再说被李兰舟压在床上的白虎鲨，根本没把两个细皮嫩肉的婆娘当回事。他暗暗运气，准备凭着酒劲和强悍武功，发出一声如雷的怒吼，趁着新娘子愣怔的片刻，猛然发力，挣脱右手，来个大鹏展翅，把新娘和伴娘双双击倒在地。

谁知，拼尽全力怒吼挣扎之后，他不但没能将身子翻转过来，反而连左臂也被新娘子用胳膊锁住。

李兰舟死死卡住他的双手，用力将他压回床上。伴娘摁住他的头颅，使他连气都喘不过来，只能拼命挣扎，双腿乱蹬。

外面的搏杀惊心动魄，难解难分。首次参加夜战的巡防队员，虽然人数上占优势，但想要降服击退厮杀经验丰富的群匪，并不容易。

手持青锋剑的段冀虎，几次想杀开一条血路，扑向挂红灯笼的闺房，救援兰舟。可是，从海上赶来的三当家死死咬住他，让他怎么也脱不开身。

李兰舟快支撑不住了，她本想活擒白虎鲨，然后逼他说出，当年绑架万岱源是谁充当眼线。可是，早该来接应的段冀虎，却迟迟没有现身。不能再等了，得先结束白虎鲨的狗命。李兰舟对阿琪喊道："杀死他，赶快给他一刀！"阿琪反应过来了，抓起牛角刀，高高举起，可是，连只鸡鸭都没杀过的她，不知该往哪下手，握刀的手也一直在抖。

"阿琪，这是为文君报仇，你还迟疑什么？就往脑门上捅！"李兰舟又吼了一声。

阿琪惊醒过来了，双手攥紧尖刀，咬紧牙关，眯上眼睛往下一插。这一刀下去，没刺中白虎鲨的脑门，只在脖子上划了一道口子。

白虎鲨明白面对的是津洲的宿敌，要死里逃生，只有使出绝招。他猛地缩起双脚，勾住新娘的双腿一剪，把早已体力不支的新娘掀翻在地，又一记掏心拳，把阿琪击倒在地上，并趁势夺过牛角刀。

兰舟一个鲤鱼打挺，顺手抓起一把椅子。白虎鲨不敢恋战，想夺门而逃，被阿琪猛地一扑，抱住了他的一条腿。兰舟抡起方凳朝水上妖砸去。他身子一闪，躲过飞来的凳子，同时手起刀落，将牛角刀深深扎入阿琪的后背。剧痛使阿琪抬不起头，鲜血从后背汩汩涌出，可她的双手却像铁箍一样，紧紧钳住白虎鲨的腿。

兰舟大喝一声，又抄起一张方凳，横劈过去，白虎鲨急忙往后一仰，却因腿被阿琪抱住，整个人掼倒在地，手里的尖刀也飞了出去。新娘身子一蹲，正想一个箭步扑上去，骑在白虎鲨身上，一柄闪着寒光的利剑飞了进来，插中了白虎鲨的心窝。

段冀虎随着青锋剑冲进屋来，一脚踏住白虎鲨的下腹。他是在突然杀出的刘壮的协助下，一剑绝杀，了结了海匪三当家的。

津洲的壮士和乌塘寨的村民也跟着拥了进来，你一枪我一矛，把水上妖捅成了马蜂窝。

李兰舟分开众人，掰开阿琪的手，一把将她抱起。万岱源看见阿琪浑身是血，奄奄一息，泪水汹涌而出。他跪在阿琪身边，撕下衣摆，为阿琪包扎伤口。

阿琪微微睁开眼睛，眷恋地看了大少爷一眼，喘息着说："我再不能伺候你和老爷了……请你、把我……葬在小姐的……身边。"

肝肠寸断的李兰舟呼唤着阿琪的名字，放声哀号。阿琪慢慢闭上眼睛，弥留之际，气若游丝地说了一声："仇报了，我无憾。"

兰舟轻轻抚摸着阿琪渐渐苍白的脸，像对亲妹妹一样吻了吻她："好妹妹，对不起，阿姐来不及救你，来世一定跟你做亲姐妹。"说罢，哀恸欲绝加上体力消耗过度，一下昏倒在地。

水莲和她的家人，一同给阿琪跪下。壮士和村民们个个泣不成声，泪流满面。

范十三和范妈鲁各带着自己的队伍进村来了，他们在这次围剿白虎鲨的战斗中，发挥了极为重要的作用。

当喽啰发现中了埋伏点燃柴火堆后，在海上巡逻警戒的哨船，其头目知道出事了，立即点亮三盏灯笼升上桅杆，并放飞专门训练过的海雕，向驻守双蟾岛的二当家求援。

隐伏在礁石后面的玄沄自卫队，看到海盗哨船升起灯笼，一齐出击，将其团团围住，把十几个凶顽成性的匪徒，一举歼灭，统统送入海底见龙王。范妈鲁让船工校正哨船航向，让它向双蟾岛方向驶去，警告水上妖的残部，别来送死！然后命令部下将八艘战船的火把点着，一字排开，准备迎击驰援之敌。

范十三也是在看到火光腾起那一刻，下令攻击白虎鲨乘坐的一号乌舻船。水路巡防队十艘双桡船，驶至距离匪船不远处，枪手即向乌舻船开枪，并将引信喷着火星的鱼炮、土雷，一个一个抛上匪首船。鱼炮土雷接连爆炸，炸死炸伤十来个留守喽啰，并引燃船篷和风帆，匪首"旗舰"很快变成烟火冲天的火船。没死的喽啰只好跳入海中逃生，又被枪手打死好几个。

一个多时辰过去，只见乌塘寨海滩的巨礁，飞起筒状烟花的光焰。两支水上武装的壮士们，知道匪首已被击毙，首战告捷，才掉转船头，驶回靠近乌塘寨的浅滩。两位头领带着部分队员，登上小栈桥进村，与段冀虎他们会合，通报战况，庆祝胜利。

天麻麻亮了，李云阶和胡见凡连续审问了几个海匪头目，知道双蟾岛上的癞头雕，因不满白虎鲨骄横纵欲，早就想拉一帮弟兄另立山头，只是，愿意跟他单干的弟兄并不多。现在大当家、三当家毙命，树倒猢狲散，癞头雕肯定也成不了气候。当追问当年万家大少爷被绑架谁充当内奸时，个个都说不知道。

万岱源因为阿琪殉难，无心追查此事。范妈鲁要求将十几个俘虏押回玄沄惩处，让玄沄和金湘的民众知道，正义一定能够战胜邪恶。段冀虎同意了。

乌塘寨的族长，指挥村民筑灶架锅，宰猪杀羊，布置祭台，隆重祭奠阿琪和就义的壮士。然后派青壮年，抬着装敛义士遗体的棺木起行，让他们魂归故里。

第二十章
建粤军壮士被收编　刁蛮妇阻断从戎路

颜文君与万舒尧的墓地新添了一座坟墓。万家为阿琪举办了隆重的葬礼，万泰安在祭奠仪式上，郑重宣布追认阿琪为义女。阿琪下葬，全身裹着白绸，用的是上好棺木，坟茔上立的是青石墓碑。

出殡那天，许多街坊亲友自发来为阿琪送行，岱源的儿子舒勋，岱玮的儿子舒晔及女儿伊芊，段冀虎的儿子李立轩，都为她披麻戴孝。事后，万岱源还给阿琪的父母送去一笔赡养费。

民众都说阿琪既为万家复仇，也为百姓除害，死得其所。万泰安如此厚待阿琪，既代表自家，也代表津洲人，给了逝者最真切的告慰。

津洲的毓秀馆，是文人墨客吟诗作对、谈古论今的地方，最近争相以李兰舟和阿琪为素材，题诗作赋，褒奖颂扬。乡韵书社更不甘落后，它是民间的草根出版社，专门出版潮汕歌册，就是请文人将家喻户晓的戏曲、史事，改编成七字方言叙事歌谣，板刻印刷，线装成册，然后上市出售。他们用最快的速度，推出一本《津城义女复仇记》新歌册，一上架就被抢购一空。烈女殉节蹈海、义女舍身诱杀匪首的感人故事四处传唱。

有人把歌册带到省城。夏文珮在一个老乡的寓所里，发现了这本歌册。翻开一看，字里行间跳出一个个熟悉的名字，有颜文君、李兰舟、阿琪，等等，便用家乡的长腔短调哼了起来：

> 粤东有个津洲城，
> 倚江临海好风光；
> 贤士名人代代出，
> 义烈忠勇声名扬。
> 宣统登基正三年，
> 更有巾帼胜须眉；

此人就是颜文君，

大义凛然薄云天。

夫婿中计遭绑架，

匪首号称水上妖；

百计赎夫未有成，

毅然携儿登贼船……

哼到这里，夏文珮泪流满面，放声大哭。

夏文珮在省城女子学校毕业后，就到广州民生日报馆当记者。她已于上个月与李彧结婚。他们的婚礼很简朴，连双方的父母都没有到场。只是在婚后的第三天，才写信告知各自的双亲。

夏文珮毕业时，校长要她留校当教员，她婉言拒绝了。她向往富有挑战性的记者行业。李彧带夏文珮去跟报馆主编见面。主编对李彧非常赏识，认为他推荐的人选不必面试，当场就录用夏文珮为实习记者。

李彧早就对夏文珮心存爱慕，但时局动荡，让他找不到谈情说爱的兴致，更没时间考虑自己的终身大事。而夏文珮一直忘不了万岱源，等到他与表妹颜文英成婚，才彻底死了心。夏文珮只能用发奋工作来消磨内心的痛苦。她知道李彧喜欢她，但他们在一起的时间很少，李彧也没有正正经经向她表白过。

李彧对当下的局势，深感失望。本来，他有多次机会进入军政界。可是，国民党被窃国大盗袁世凯给骗了，等清醒过来想征讨他，自身已经四分五裂。

孙中山不得已在日本东京成立中华革命党。可是，没有兵权的政党，太脆弱了。被视为辛亥革命策源地的广东，也被袁世凯的爪牙把持着。

孙中山先生认识到，要实现自己的理想，必须拥有属于自己的军队。他以由民军精锐改编成的广东省长亲军二十营为基础，成立"援闽粤军"，任命陈炯明为总司令，任命中华革命党军务部次长邓铿为总参谋长、中华革命党军务部长许崇智为主力支队司令。

援闽粤军，名曰援闽，实则为夺取被皖系军阀所控制的福建，以争得一块民主革命根据地。

孙中山命令陈炯明率领所部，离开省城开赴潮梅地区扩编整训。陈炯明和邓铿自知五六千人的援闽粤军，实力太过单薄，不足以击败皖系军阀，必须大力扩充军队，添置军械，严加训练。他们派出部下，一方面向惠潮梅地方人士借枪，另一方面向海内外热心支持革命的人士募捐筹饷，同时大量招募新兵。

援闽粤军总司令部在省城"惠州会馆"，留一后方办事处，陈炯明任命王乾为总部副官长，主理该处。黄强擅长交际，他知道部队装备殊劣，军费异常拮据，经常到督军府吁请广东督军莫荣新，对援闽粤军的军饷和械弹予以补充。莫荣新乃桂系军阀骨干，当然不会让粤军坐大成势，对王乾的吁请一再敷衍。

王乾与李彧是好友，将莫荣新掣肘孙中山和援闽粤军的事告诉了李彧。李彧用化名写了一篇文章，报道援闽粤军大战在即，却面临军费奇缺、装备落后的困境。文章在《民国日报》发表，引起较大反响，莫荣新迫于压力，不得不拨给陈炯明　笔军饷和一批枪械。

王乾再一次动员李彧跟他一起干，到总部后方办事处先当个中尉执事官，接下来再举荐他担任更高的职务。李彧与夏文珮商量，得到夏文珮的支持，才到后方办事处任职。他协助王乾为援闽粤军筹募大笔军费，获得总司令部的嘉奖。

两个月后，他与夏文珮登记结婚。

夏文珮把潮汕歌册带回家里，恰逢李彧在书房起草呈报粤军总参的军情报告，就把歌册递给他。李彧打开一看，里面写的是发生在家乡的故事，便与文珮一起哼了起来：

> 义女姓李名兰舟，
> 武艺超群挺身出；
> 身藏尖刀扮新娘，
> 引蛇入洞擒淫魔。
> 文君使女来助战，
> 阿琪誓死报宿仇；
> 身中数刀不松手，
> 铁腕锁紧白虎鲨。

李彧读不下去了，掩面而泣。家乡又演绎了一出除暴安良、伸张正义的悲喜剧，故事的主配角都是他熟悉的兄弟姐妹，尤其是兰舟和阿琪，更是令人钦佩。只可惜阿琪，在搏斗中献出了年轻的生命。

津洲这支由民军组成的武装力量，真给他长脸，段冀虎、万岱源他们，都是一块经过淬炼的好钢，必须为他们提供更加广阔的舞台。援闽粤军正在发展壮大，很需要像津洲联防队这样的兵源，应该向援闽粤军募兵处推荐这支队伍，也要发动津洲的弟兄们应征加入新粤军。

副官长王乾听了他的汇报，让他立即发电报给第二支队司令部募兵处，让他们派人前往津洲，招募这支联防队。李彧又给万岱源发去一封电报，赞扬他们为民除害的壮举，告知援闽粤军急需扩充兵力，希望他们以国家统一、实现共和为重，接受收编。

电报发出后，李彧的心情平静了些，他对着电报稿，思忖起联防队的几位主要头领，对于加入新粤军，会有什么反应。

段冀虎嘛，是条铁骨铮铮的汉子，肯定会带头应征。作为一个北方人，逃难来到南方，心中当然希望早日结束南北割据的局面。国家内乱，民何以聊生？他肯定愿意负起匹夫之责。

万岱源也是深明大义之人，家庭历经变故，让他弃商从戎，他应该乐意接受。而对于一向崇尚经商的万家来说，有人进入军界效力，无形中有了一分依托力量，对今后发展实业，未尝不是好事。问题是结婚不久的颜文英，可能会拖后腿。

胡见凡是个有思想、有学识的人，但与旧势力的抗争积极性不高，在职业选择上容易动摇。他一旦对政局失望，就会回归以净化灵魂求取和平的理想中去。当前这种局势，他不可能从军。

最难预料的是刘巽才，虽然其父刘监生是个精于算计，一心想在津洲独霸一方的人，绝对不会放弃这一难得的机会。但他的婆娘肯定反对他弃家从戎。几年前当了个民军的头目，就带回个二房，周氏闹了大半年才平息下来。还有他那个霸道的丈人，如果也对他说声"不"，刘巽才绝对只能应一声"是"。

全十季云阶、范十三、林拱初三位，在家都是独生子，即使他们想报国，家里也不会放他们走。

总之，因家庭与经历不同，头领们会做出不同的选择。但只要段冀虎与万岱源明白，国是家的根，这支队伍走出津洲，寻求更大的发展空间，应该是不成问题的。

现实与李彧所料，可以说相差无几。

李彧发来的电报，几个当头的传阅后，段冀虎显得最为激动。他从枪架拿起一支洋枪，瞄向窗外树上的一只乌鸦，做了个扣动扳机的动作，又把枪放在桌上，对众人说："这一天，我们终于等到了。那年举义，我就盼望军政府能收编我们。现在，我们有机会走向消灭乱国军阀的战场了，我第一个响应。"

万岱源在接到电报那一刻，就已做出决定。看段冀虎已经表态，就毫不犹豫举起右手："我第二个响应！"

刘巽才随声附和道："我也响应。不过还得回去跟老爷子商量一下。"

刘壮举起双手，态度坚决地说："我一定要当兵，家里绝对不会拖我后腿。"

段冀虎对其他几位说："各家的情况大不相同，不要急着表态，回去跟家人商量一下，再做决定也不迟。"

胡见凡见大家看着他，就说："我愿意脱下牧师袍，跟诸位在津洲做点守土安疆的事，是我与诸位有交情，与津洲有感情。至于今后，我想，我还是选择远离政治、远离戕害生灵的战争。"

段冀虎说："战争有正义与非正义之分。没有战争，怎么消灭那些分裂国家、戕害百姓的逆贼和军阀？不过，我还是尊重你的选择。"

李云阶停止绕圈子，自信地说："男儿铁石志，总是报国心。我会说服双亲，负起应负之责。"

范十三歉然地笑笑，说："父母在，不远游。我和林拱初，双亲已经老迈，肯定去不了。但我们会留在津洲，重新拉起一支巡防队，保境卫家园，让上前线的弟兄们，没有后顾之忧。"

段冀虎伸开双手，搂住他俩的肩膀，高兴地说："好主意！那就拜托你们了，一定要守护好津洲。"

中午，万岱源回到家里，看见文英正在教舒勖辨识盆栽花木的名称，也让他晒晒太阳。看着母子俩玩得那么开心，万岱源在路上已经准备好的一席话，到了喉咙口却被卡住了。

弃商投戎，父亲应该不会反对。海盗绑架、刘族算计、李沛弄权，一系列劫难已经使老爷子改变了人生信条。他不希望"人为刀俎，我为鱼肉"的际遇再次出现，他定然支持自己的决定。而母亲，她最后还得听父亲的。

关键是文英。这次联防队为文君、舒尧报了仇，她对他更敬佩更亲热了。

晚上，两个人相依相偎，有温馨，也有激情。已经快两岁的舒勋，跟舒尧一样聪明活泼可爱，老是用母亲教他的谜语来考他。他一回家，小小子会步态蹒跚，端一杯茶过来，让他喝。要离开他们母子俩，踏上军旅之路，实在有些于心不忍。但眼下国体动摇，枭雄作乱，民怨沸反，自己能……国无宁日，家自难保，只能对妻儿说声"对不住了"。

"孩子都这么大了，也该给他断奶了，你不能老是宠着他。"岱源看舒勋掀起母亲的衣摆，扑进她怀里，捧起奶子就吃，有些生气地对文英说。

文英抬起头，见岱源心事重重，却痴痴看她喂奶，脸上腾起一抹红晕，忙把衣摆往下拉了拉。一会儿，文英主动问起联防队收编的事。岱源一愣："你有顺风耳？"文英笑而不答。岱源惶惑的目光落在含着乳头半醒半睡的舒勋身上。

文英牵着岱源的手，轻轻一拽，把世上最亲的两个男人，拥在怀里，一双清澈的秀目慢慢涸出泪水。岱源鼓起勇气说出了他的决定。

文英起身，把舒勋抱回屋里，放在小床上，从背后轻轻抱住岱源，声音迷人、不慢不急地说："我已经接到夏文珮的电报。她说得对，大丈夫安能事一室而忘天下？你就放心去吧，我会把儿子和公公婆婆照顾好的。"

那么，刘巽才也能如愿去当兵吗？

刘巽才跟万岱源一起离开大队部，走到海边路才跟万岱源分开。他没有直接回家，而是一个人去了波涛拍岸的汀江边，足足徘徊了半个时辰，才忐忑不安地回了家。

走进刘家大院，他想应该先去征求彩鸾的意见，但又怕周氏知道了不高兴。踌躇了半天，才拿定主意先去后院见见爹娘。从前院走至通往后院的甬道，却在井台边看见妹妹巽贞，正对着一只落在芍药花上的彩蝶出神。

巽才知道妹妹因反对包办婚姻，与父亲闹得很僵。他是站在妹妹一边的。但在家里，又轮不到他说话，只好装聋作哑。巽才瞅瞅四周没人，想上前安慰妹妹几句，巽贞却示意他不要出声。

妹妹粉面桃腮，亭亭玉立，未石城的老老少少都称她"玉女"。可就是这么一个人见人夸的窈窕淑女，在她呱呱落地时，险些被刚愎褊狭的父亲一念毕命。

那天正午，接生婆走出产房，笑嘻嘻地向父亲报喜："夫人生了个皮肤香润的千金。"正在想着明年元宵大摆灯酒的父亲，瘦脸立马黑了，骂了句"赔钱货"，提来一只尿桶，闯进产房，往架子床前重重一蹾，要母亲将婴儿扔进尿桶溺毙。

母亲死活不肯，苦苦哀求，最后答应将娘家陪嫁的一口鱼塘和十亩水田的契据，悉数交到他手里。父亲把麻花辫狠狠往后一甩，不情愿地挥手让婢女把尿桶提走。

侥幸逃过一劫的妹妹，也争气，长得越来越招人疼爱，三岁时就有不少大户争着要跟刘家定娃娃亲。父亲顿觉脸上有了光，才开始喜欢起妹妹来。

此时又飞来一只黑地蓝点的蝴蝶，盘旋了一会儿也落在芍药花上。妹妹看着一对彩蝶在用翅膀对话，玉兰花瓣般的脸，露出难得的笑容。

巽才顿时觉得自己太没用了，连一只蝴蝶都比不上，没能给妹妹带来快乐。他不想破坏妹妹此时的心境，摆了摆手就离开了她。

刘监生送走一位客人，看见儿子朝他走来，就双手拄着拐杖，立在门口等他。巽才上前怯怯叫了一声"爹"，刘监生耸了耸肩，不相识似的打量了他一阵，才说："昨天有人告诉我，上次联防队剿灭白虎鲨，是你先去踩的点。你曾经当过县公署的课员，有必要觍着脸去巴结姓万的吗？我告诉你，可别惹火烧身。"

巽才眉头一皱，头垂了下来。他不明白为何父亲年纪越大，心胸越狭隘，脾性也越不可理喻。这个时候跟他提联防队将被新粤军收编之事，无异于火上浇油，于是就说："我这个联防队的财管，是你答应让我当的，说什么津洲自治团体的主事，刘姓族人应该占有半壁江山。再说，清算白虎鲨，对谁都有百利而无一弊。让他活着继续作孽，说不定哪一天，未石城也要遭他的殃。"

刘监生顿顿手里的拐杖："这事先不跟你理论，你婆娘刚叫人来说，明天是你丈人五十大寿，而你连寿礼都没准备好，还不快去伙房给你娘帮帮手？"

刘巽才听了有些恼火，这点小事，打理不了，还向公公告状？巽才不情愿地去了正院伙房，见母亲与厨娘正在吃劲地揉糯米粉团，准备蒸制寿桃。而婆娘周尾妹，却在一边龇牙咧嘴扮鬼脸，逗刘彪玩。

婆娘愚钝，连累母亲，巽才心里过意不去，对母亲说："娘，你一双小脚跛来跛去不方便，这种吃劲活，让厨娘和丫鬟去干好了。"回头又对儿子说："阿彪，去东屋拿爹穿的木屐来。"

阿彪正跟娘玩得开心，不情愿地去了东屋，提来一对木屐，因走得快，在院子跌倒了，哇哇直哭。周尾妹走上前没把孩子抱起来，反而把木屐踢得远远的，恶言恶语道："你当的什么狗屁爹？整天在外头替人当看门狗，回了家还摆谱，要人伺候你！"

刘巽才见一无是处且不近人情的婆娘，反而冲他撒泼，勃然大怒："我跟你不用再吵了，没多久，我就要离开这个家，上前线打仗去了。"

周氏瞪大眼珠子，做河东狮吼："你要上前线当炮灰，吃枪子，扔下我们母子不管了？"

"你就在家里好好当你的大少奶奶，又不缺你吃少你穿，只要把阿彪带好就行。"

巽才的母亲姚氏挪动三寸小足，走到门口，看儿子不像是说着玩的，就对儿子招招手。等他走近了，才小声对他说："你说的可是真的？这么大的事，你得跟你爹好好商量，千万别自作主张，惹你爹生气。"

"老爷子我当然要告诉他。至于这泼妇，她同意也好，不同意也罢，我是一定要走的。"

周氏竖起两撇横眉，见巽才铁青着脸，知道他是说真的，拿起一把油纸伞，一声不吭唧唧往外走。阿彪拉住她的衣摆要跟她去，被她连推带搡骂了回来。

董彩鸾挺着个大肚子，从西屋走出来，想劝阻周氏别走。高出彩鸾半个头的周氏，哪里肯听她的话，恶狠狠一甩手，正好打在彩鸾的肚子上，痛得彩鸾差点跌倒。幸好有婢女扶住了她。

刘巽才看见，冲了过来，抓起一把扫帚，要追打周氏，被彩鸾拦住了。周氏一边骂，一边逃，很快就消失在大门外。

刘巽才把彩鸾搀进西屋，问她疼得厉害不，用不用请郎中。彩鸾咬紧牙关，摇了摇头。歇了一会儿，才问巽才，刚才说上前线的事是不是真的。巽才点点头，反过来问她赞不赞成。彩鸾摇摇头说，我哪里做得了主。巽才叫婢女去跟老爷拿些药醋米。婆婆进来看望彩鸾，把婢女拉住，说："姨奶奶有着身孕，不能用药醋。"

刘监生在后院客厅等巽才等急了，听见婢女在门口嘀咕，大少爷跟大少奶奶又吵架了。

这已是家常便饭，刘监生才懒得理。想想大媳妇像母夜叉般凶悍，他曾经后悔过，当初傻了吧唧，怎么会跟"龅牙鳄"指腹为婚。但周氏第一胎就为刘家生下个男丁，他又认为自己没有做错。

刘监生记起屋檐下挂着的半扇猪肉，估计肉笋已经掉下不少，晚上应该有"油炸肉笋"下酒了，便走出客厅。

所谓肉笋，就是将猪肉悬挂在通风阴凉处，任由苍蝇叮咬，好些日子后，猪肉长出又白又胖的蝇蛆，蝇蛆掉落竹箩的面粉里，滚来滚去就成了粉嘟嘟的肉笋，放进油锅里一炸，黄澄澄香喷喷的，好诱人，既补身子，又享口福。只是，除了刘监生，家里没人敢吃。

刘监生正在侍弄竹箩里的肉笋，只听仆人进来通报，周掌柜来了！

伴着一串咚咚的脚步声，亲家公"龅牙鳄"气势汹汹闯了进来。刘监生知道他是因女儿跟女婿吵架，前来兴师问罪的，心里好不气恼。按照惯例，周尾妹一回家里告状，龅牙鳄不找女婿说话，而是直接找亲家公，让亲家公当面责罚女婿，满意了他打道回府，不满意他赖着不走。

刘监生拍了拍手上的面粉，挤出笑脸，迎上前："亲家公来了，有失远迎，有失远迎！我已让下人准备了上好的烟土，包你腾云驾雾成为活神仙。"

龅牙鳄一听有上好烟土，气消了一半，跟着亲家公来到专供抽大烟的西角房"逍遥阁"。两人一左一右往烟榻上一躺，吞云吐雾，很快进入飘飘欲仙的梦幻之境。等过足烟瘾，婢女端来冻顶乌龙泡的酽茶。刘监生用第一口茶漱了口，吐进痰盂里。龅牙鳄也用茶水漱了口，却舍不得吐掉，一下吞进肚子里。刘监生鄙夷地看了他一眼，但脸上依然挂着笑。

刘巽才已经在后厅堂等候了半天。他已做好被骂个狗血淋头，甚至要挨拐杖的准备。可是，从逍遥阁出来的父亲与丈人都眉开眼笑的，巽才暗暗松了一口气，低眉垂眼给两位长辈问了安，才在一旁站着。

刘监生咳出一口浓痰，吐在砖地上，用布鞋底蹭了蹭，才对儿子说："这么大的事，你不先跟长辈商量，倒先对媳妇嚷嚷，看把媳妇吓跑了，还惊动了亲家公。现在你当着老泰山的面，把事情的来龙去脉说清楚。"

刘巽才轻描淡写地把粤军有意收编联防队的事说了。刘监生对周掌柜说："你看这傻瓜，这明明是好事，如果你先跟我或老泰山说清楚，由我们出面跟你婆娘解释，她肯定不敢瞎闹。偏偏你将顺序颠倒了，说话又土里土气，才把婆娘给气跑了。"

龅牙鳄扯开大嗓门，瓮声瓮气地说："姑爷你能长进，将来当个比李举人还大的官，不但光宗耀祖，八面威风，我这老泰山也跟着沾光，周家当然巴不得。你就放心大胆去吧。我那宝贝女儿，脾性烈了些，我已训斥过她了，我回去马上叫人把她送回来。不过……"

刘监生接过话头说:"老亲家有话请直说,都是自家人。"

龅牙鳄捋捋下巴的胡须说:"不是我多虑,而是我女儿担心姑爷一朝鸟枪换炮,会忘了糟糠之妻,有了偏房还想要三房、四房,故而,故而……"

刘监生顿顿拐杖说:"他敢!老亲家你放心,我已经替你想好了,就让逆子当着你我的面,给你立下一份协约,写明在外当兵期间,不得拈花惹草,亲近女色,如有拂违,任由周家严惩。"

龅牙鳄露出狰狞的门牙放声大笑,对女婿说:"我是个粗人,想不出你爹的招数。只觉得亲家公所言句句在理,不知姑爷是否听清楚了?"

刘巽才对这出一唱一和的双簧极为恶心,但又无可奈何。心想,只要能离开津洲,立一纸协约没什么大不了,就说:"还是我爹与岳父大人想得周全,我照办就是了。"

婢女端来文房四宝,刘巽才潦潦草草写好协约。

冷不丁周尾妹闯了进来,抢过协约,一把撕了:"你不能去!如今打仗都用洋枪,你挨了枪子,我就得守活寡。倒不如我现在跳井自尽,一了百了。"话没说完,周尾妹一转身,嗵嗵嗵跑到井台,一只脚跨过井圈,就要往井里跳,被前来打水的厨娘拦腰抱住。

龅牙鳄露出凶神恶煞的眼神,盯着女婿,恶狠狠地说:"我女儿要是有个三长两短,我一定拿你垫棺材底。当兵的事别再谈了,我听我女儿的。"

刘巽才不能成行的消息,一点都不影响队员们应征的热情。联防大队部挤满争着报名的队员。段冀虎和万岱源已经宣布了报名的基本条件:身体健壮,三十二岁以下,家中有兄弟两人以上的。

但一些不符合条件的队员,也争着要去,闹得面红耳赤。最后,两个正副大队长不得不对个别年纪稍大的做出让步。当晚八时报名截止,一共有四十九人正式编入应征花名册。

段冀虎让万岱源给李彧发去电报,说经过严格筛选,已经预定近五十人作为新兵人选,请派人审查并带领新兵前往集训地。

李彧接到万岱源的电报,立即给第二支队司令部募兵处发去函电。第二支队司令部设在潮安,司令许崇智,广东番禺人,曾留学日本陆军士官学校。募兵处直接给津洲发电报,让段冀虎率领津洲预定新兵到潮安报到。

惊蛰那天,津洲应征的新兵在锣鼓和鞭炮声中,告别家乡和亲人,开赴潮安。抵达潮安后,募兵处副处长接见了段冀虎和万岱源,并命令他们明天立即开赴蕉岭。话毕，副处长让段冀虎把背上的青锋剑解下来。副处长拔出长剑，试试锋刃，夸赞是一把好剑，说，只可惜冷兵器已经过时，你带去部队也派不上用场，最好还是托人捎回家里吧。

在蕉岭经过三个月的整编集训，他们被编入由第二支队副司令关国雄兼任营长的第八营。津洲兄弟穿上灰蓝色军装，领到新的枪械，成为援闽粤军的正式兵员。

5月17日，援闽粤军按照作战计划，兵分三路，向福建发起全线总攻。许崇智率第二支队四个营为左翼，进攻武平、上杭。驻守之敌军一击即溃，不足三日第二支队就占领了武平、上杭二县。

而援闽粤军东翼部队，因能顽强战斗，攻打松柏关也随之告捷。三路粤军乘胜向北推进，以钳形阵势进取福州。

以段冀虎为首的津洲弟兄，真没给李彧丢脸。他们冲锋在前，英勇杀敌，关国雄尤为赞赏，遂提拔段冀虎为副连长，调万岱源到营部当粮服课副课长，刘壮等三人也当上了副排长。

第二十一章
玉女求学动春心　先生知性当冰人

"傻丫头，二月初二龙抬头，的确没有谁亲眼看见过龙，之所以会成为民间传统节日，只因它来自一个非常温暖的亲情故事。那年，东海龙王出巡，因太粗心，把小龙女给弄丢了。他日夜思念爱女，每年二月初二，就从海底飞出水面，朝着失去女儿的方向，久久举头眺望，期盼女儿早日回来。人们被龙王的父女情谊深深感动，就把二月初二设为节日，提醒大家帮助龙王寻找爱女。"

一个纤巧轻盈、衣衫素雅的小姐，一边采摘山花，一边与陪同的丫鬟谈论"龙抬头"的民俗，并慢慢向凤尾山走来。

两人手中采集的山花有迎春花、白梅花、李子花和含苞未放的白杜鹃。小姐从衣袖抽出两条绸带，让丫鬟把山花捆成两束，然后一人捧一束，来到颜文君母子及使女阿琪的墓地，把山花敬献在坟桌上。

小姐眉锁愁云，回肠百结，用手轻轻抚摸墓碑，喃喃自语："二位姐姐，轰轰烈烈走了，让世人知道，弱质女子不乏凛然之气、刚烈之勇。二位在世时，吾与汝偶尔相遇，多为歉疚所累，未尝流露仰慕之情。今日，背着家人，前来拜望你们，还有小舒尧，以表缅怀，也借以向二位倾诉胸中凄楚。"

小姐用手绢揩拭眼角泪水，莺莺之声如幽泉滴露："小妹我以长兄为戒，视陋俗如枷锁，求学时在吾师萧夫人府中，邂逅心仪之人，山盟海誓订下终身。然家父避凉附炎，硬迫我嫁给吴家三公子，小妹宁死不从。想必念绝之日，小妹将与二位姐姐，一同在冥界相聚，故特来向二位禀明。"

丫头泪如断珠，但不敢出声，怕小姐悲极伤身。小姐言毕，站了起来，面对墓碑，双手合十，躬身拜了三拜。丫头跟着拜完三拜，催促小姐赶快回去。小姐刚走出两步，禁不住又回过头来，好像就此一别，再无回首倾诉之机缘。

这个小姐，就是刘监生的女儿刘巽贞。丫头就是她的贴身使女立春。

刘巽贞是刘监生夫妇的掌上明珠，虽然刘监生矮小猥琐，但刘巽贞却秉承她母亲的资质天赋，出落得像一株垂丝海棠，纤巧灵气，端庄秀丽，加上心慧手巧，聪颖过人，刘巽贞被邻里誉为未石城的"玉女"。

刘巽贞十一岁那年，要求入读擎秀书院女子班，母亲同意，父亲却一口拒绝。母亲年少时跟随当教席的叔父，读过私塾，便想出个折中的办法，提出让女儿到苏府跟萧夫人学习识字、刺绣、绘画。刘监生眼看女儿越长越出彩，为他脸上添了不少光，心里一高兴，就答应了。

萧夫人是上海人，学识渊博，思想开明，琴棋书画，样样精通。她的官人苏老爷，原为江苏通州一名文职官员，辛亥革命后告老还乡回到津洲，在位于城东十字街的故居赋闲归养。前些年竭力倡导修复通往汀江对岸的顺济桥，谁料在勘测水情时不幸落水，不久卒于家中。

萧夫人十分疼爱天资聪颖的刘巽贞。她对巽贞说，只要你刻苦学习，给我三年时间，我会把你培养成高小水平的学子。

萧夫人说到做到，教她识文断字、写诗作赋时，手里不忘拿着戒尺；休息时，又手把手教她绣花绘画，还常给她讲述大都市的人文风情、现代文明。

刘巽贞像敬重自己的母亲一样敬重萧夫人，心里有什么话也常说给她听，每逢社戏庙会开场，陪伴萧夫人前去观赏的，必定是刘家小姐。而温文尔雅的萧夫人，也将她当作自己的女儿。学习累了，就弹古筝给她听，亲友送来好吃的，总要先让巽贞尝一尝。

萧夫人有个儿子，叫苏禄，在县立第一高等小学念书。苏禄有个形影不离的同窗好友，叫叶丛章。两人学习刻苦，悟性高，有上进心，学业成绩在班中遥遥领先，老师鼓励他们毕业后报考省城的专科学校。

叶丛章的父亲是个盐商，经营生意很有一套，本来家境殷实，日子过得有滋有味。然而，叶父又是个不甘安于现状、做梦都想着发财的人。有一天上街，迎面走来一个手持布幌的相士，上不着天、下不挨地地对他说："客官记性差矣，竟忘了是年乃本命年。可惜，可惜！本当财运当头，却因一叶遮目，看不见海上有座金山在漂。可惜！可惜！"

叶父觉得莫名其妙，只当是江湖骗子的胡言乱语，并不当作一回事。数日后，崖州一位朋友从水路来到津洲，敦请叶父一起到南洋投资开发锡矿，说是不出五年，包他富可敌国。

叶父联想起相士的话，惊愕不已。莫非是上苍有意托相士为他指点淘金之路？叶父越想越深信不疑，不顾家人劝阻，决意带上大笔资财，前往南洋淘金。临走前他与内人约定，五年后一定披金戴银回归。

然而，叶父一去十载，杳无音讯。叶家也由此逐渐败落，当下只靠变卖房产勉强度日。

叶母是个要强的人，她把所有的希望都寄托在长子叶丛章身上，节衣缩食支持他修完学业，期望他日后能有所作为。叶丛章深知母亲维持家计艰辛，立志不负众望。他与苏禄情同手足，志趣相投，同窗多年未红过脸。纵使对一些问题有不同见解，辩论时也是心平气和，从不把自己的观点强加于人。

萧夫人为儿子有这样的同窗深感欣慰，不时慷慨解囊，接济家境日渐拮据的叶家。在课业上，孜孜不倦予以指导，点评诗文，解答算学；闲暇之时，还为丛章讲授律吕、宫调等音乐知识，教会他弹得一手好古筝。

叶丛章也把苏府当成自己的家，把萧夫人当成一位慈母严师，一进苏宅，他必先到客厅给萧夫人请安，遇上人生困惑迷惘，总请萧夫人排疑解难。

岁月如流，丛章与苏禄都长成风度文雅、相貌出众的后生哥。

放暑假不久的一天，一场瓢泼大雨，把整个未石城洗涤一新，燠热也随之悄然而退。刘巽贞在自己识字学艺专用的绣花房，听着雨声，绣着仕女图，口中却在背诵岳飞的《满江红》。

一个眉目清秀的小哥哥，撑着纸伞踏雨而来，走进客厅，亲切地叫了一声"老师"。

刘巽贞闻声从屏风后探出半个身子，与小哥哥打了个照面，不由稚脸一红，垂下头，细声说："先生不在，去北闸口洪家贺喜去了。"

小哥哥见屋里只有一个陌生女子，心有些慌，连应答的话也说不出来。

刘巽贞见他不知所措呆呆站着，心里想笑，忙替他解围："苏少爷正在大书房里。"小哥哥恍然大悟，道了谢，匆匆逃离客厅。

天晴了，苏家宅院静悄悄的。一阵古筝声如幽涧清泉，顺着湿漉漉的回廊流动，那悠悠的颤音，仿若丝绸从肌肤划过。渐渐地，筝声趋向激越，如湍急的溪流汇入大江，随浩渺的江水一泻千里，不时与岸边的岩壁撞出浪花和啸声。猛然，重峦叠嶂横空而出，江水凝噎暗哑，如泣如诉。一声惊雷，劈开阻断的峡谷，江水沸腾起来，冲决岩礁，飞流直下……

古筝的袅袅余音还在胸臆间萦绕，刘巽贞想象着萧夫人弹奏古筝的姿势，手臂一动，一针刺下竟把持绣绷的手给刺伤了。疼痛使她回到现实中，一看绣布中的仕女，竟然长出胡子来，先生描绘的图稿被她毁了。刘巽贞第一次体会到"魂不守舍"的滋味。

其实,刘巽贞从萧夫人口中,早就知道苏禄有个同窗叫叶丛章。只是她从不轻易去大书房抛头露面,一来就躲在绣花房读书做作业,临摹图案,抽纱绣花。放假期间,叶丛章和同窗们在苏家进进出出,巽贞少不了要跟他们"狭路相逢"。但每回巽贞都能"化险为夷",远远听见男子的话音或沉实的脚步声,她就早早避开了。

叶丛章也知道有个被称为"玉女"的刘小姐,拜萧夫人为师,常来苏家上课习艺。但他专心致力于学业,丝毫不敢心存旁念。加上生性腼腆,一听人提及女孩子脸就红,远远看见年轻异性走来,总是垂首低眉匆匆而过。故而,这对少男少女虽然同在一个院落进出,却只留给对方一个空洞的名字和一个模糊的影子。

可是今天,两人打了照面之后,刘巽贞的一颗心像风筝飘荡起来了,而书房传来的古筝声,就是系着风筝的线。巽贞虽然对音律不是很懂,但常听萧夫人弹奏,鉴赏力还是要比一般人高。她断定刚才打照面的小哥哥,应该是叶丛章,而弹奏古筝的人,也一定是他。

此时,古筝又响了起来,巽贞手中的绣花针再也不听使唤了,她放下绣绷,悄悄走出绣花房,来到书房的八角窗台下,想看看叶丛章是如何弹奏曲子的。透过"五蝠献瑞"的雕花窗棂,巽贞看见十个白净纤柔的手指在古筝上滑动跳跃,时而像蜻蜓点水,时而如骏马奔驰,令人眼花缭乱。让巽贞尤为着迷的是,他一头对分的黑发,犹如鸟的翅膀在扇动,整个人沉醉得好像他本身就是那首曲子。

正听得入神,"砰"的一声,古筝的弦断了。叶丛章挺立起身,看看正在泼墨挥毫的苏禄,想自己去拿工具换琴弦。走出书房,差点跟慌不择路的巽贞撞个满怀。巽贞抬起头,恰好与丛章四目相对,两人的脸霎时都红了。巽贞心如鹿撞,掩脸转身,落荒而逃。丛章呆若木鸡,起初以为是幻觉,等巽贞到了转弯处,回过头来睨他一眼,他才惊觉,刚才遇上的就是萧夫人所言的"玉女"。

一次近在咫尺的对视,宛若春天播种,种子穿过眼帘,撒落在各自的心田里。爱慕,沐浴着阳光,生根发芽了。

这天,苏禄一早就去城南布街,向店家收取铺租,萧夫人也带着丫鬟去看望亲戚。萧夫人临走时给巽贞留下三副七言对子,要她在中午前把对子对全。前两副相对容易，巽贞已经对好，吟诵了几遍，觉得还算朗朗上口。第三副有难度，萧夫人所出的上对是：雨沥清波心无漪。巽贞苦思冥想拟出了下对：风摇丹桂室有香。

巽贞斟酌再三，对"室"字不满意，想改为"帘"字，虽然有新意，但平仄对不上。正拿不定主意时，忽听书房传来调试古筝的铮铮声。巽贞心中一喜，何不借此机会，斗胆请叶丛章解惑？可一想起至今未尝与他说过话，现在只剩孤男寡女前去求教，未免太过唐突，如何开得了口？

古筝传出行云盖月般的音韵。巽贞灵机一动，对了，可以送茶为借口，这样两人就不会难为情了。

巽贞用盖碗泡了一盅茉莉花茶，放在托盘上，双手端着送到书房。

"学兄，丫鬟不在，你口渴了吧？先生吩咐我替丫鬟为你送茶，我差点给忘了。"巽贞为自己第一次撒谎而脸红，声音怯怯的。

"刘小姐，你、你太客气了，我、我怎么承受得起？"丛章慌忙站了起来，差点把古筝撞倒了。

"你太用功了，也该歇歇了。"巽贞把茶端至他面前，一手打开碗盖，一股清幽的茶香袅袅而起，在空中浮动。

丛章的喉结滑动了一下，迟疑着抬起双手，却又不敢去接茶碗。

"学兄，请用茶。"巽贞脸上的表情反倒坦然了，她稍稍挪前一小步，目光从他脸上掠过，然后落在盖碗上。

丛章在巽贞坦然的目光中获得了勇气，毕恭毕敬作了个揖，小心翼翼端起茶碗："谢谢学妹。恭敬不如从命，只是，只是无功受禄，心中未免不安，学妹你请坐。"

"怎会无功受禄？我有正事求教于你呢。"巽贞顺势从托盘底抽出纸条，递给丛章。

丛章一看，纸条上工工整整写着三副对子。丛章来劲了，双眼的睫毛一挑，嘴唇一咧，一张脸生动起来了，忸怩随之荡然无存。他信手拈起毛笔，一字一字推敲起来。前面两副对子，用词平仄符合章法，后面一副对子，用"室"、用"帘"都显得拘谨。他将两个字圈掉，添上一个"玉"字。这一字之改，对子的意境就大不相同了。

"改得妙，不愧是县学堂的高才生，钦佩，钦佩！茶凉了，我去给你换热的来。"

"别别，哪敢再劳驾妹妹。"丛章端起茶碗，打开碗盖，呷了一小口，满嘴生香，"刘小姐对子对得好，茶也泡得香，我就不客气了。"说完一小口一小口将茶水饮尽。

巽贞莞尔一笑："惭愧了，以后还得请学兄多多扶掖小妹。"

丛章一颗心渐渐平静了些，嗫嚅着说："只要不嫌弃在下愚钝，自当竭诚为学妹效力。"

巽贞一时兴起，"得寸进尺"道："那你也出几个对子让我试试。"

丛章点点头，在书桌上铺开纸张，凝思片刻，正要落笔，大门口传来丫鬟的声音。

巽贞吐了一下舌头，匆匆逃回绣花房去。心跳渐渐平复了，她揣摩起叶丛章修改的那个"玉"字，蓦地明白了，他是以"玉"字暗喻她。巽贞脸泛绯红，心如鹿撞。

自此以后，只要萧夫人和苏禄不在，巽贞就来到大书房，或与丛章吟诗作对，或请丛章教她弹奏古筝。丛章有时也过绣花房来看巽贞写字刺绣绘画。一来二往，两人相知恨晚，一有机会相聚，无所不谈。两颗悸动的心，越靠越近，相互对视的双眼，脉脉含情。情窦初开的他们，懂得了什么叫作"一日不见，如隔三秋"。

转眼间新学期就要到来了，丛章和苏禄，又要一起赴县城求学去了。丛章一连几个晚上睡不着觉，情思绵绵的他鼓起勇气，给巽贞写了一封倾诉衷肠的情信，准备第二天交给她。

谁知这一天来了不少擎秀书院的旧同窗，他们是提前来给苏禄和丛章送行的。丛章寻不到与巽贞单独见面的机会，就把信笺折卷成一条，塞进笔套，扔进绣花房里。

读了丛章的信，巽贞春心荡漾，热泪盈眶，她心中那只在云空游弋浮沉的风筝，终于被一只温暖轻柔的手给拽住了。

下午，刘巽贞的母亲让她给萧夫人送去一篮佛手。这正中她的下怀。刘巽贞从平时积攒的私房钱中拿出两锭银子，用一方手绢包好，藏在身上，笑盈盈来到苏家。

萧夫人老远就闻到有果香，对这种罕见的珍果爱不释手，找来一个精美的高脚瓷盘，将佛手摆上，放在案几上供人观赏。这一摆，古画中常见的那种意象出来了。巽贞来了兴致，从绣花房拿来颜料和笔墨纸张，对萧夫人说：

"我来试画一幅佛手图。"

萧夫人说："我的女弟子越发聪明了，先生的意图还没说出口，就被你一下猜中了。"

不及半炷香的工夫，巽贞已把佛手图画好。她请萧夫人评点。萧夫人说："有韵味，勾勒也流畅，只是留白多了些，如果画龙点睛题上一首诗，也便更有意趣了。丛章的咏物诗写得好，你去请他挥毫点缀一下吧。"

巽贞用手理一理刘海，此时她的脸连同耳根都红透了。莫非先生知道了她的秘密？但去见丛章是她求之不得的事。既然先生发话，她也顾不了那么多，就顺水推舟来到大书房。

叶丛章正对着窗外树梢的鸟巢出神，看见巽贞来了，心慌慌站了起来。巽贞朝他使了个眼色，先把银锭连同手帕塞进丛章的衣兜里，再打开佛手图，说："这是我的拙笔涂鸦，萧夫人叫我过来，请你在上面题一首诗。"

丛章以为刚才巽贞将他的情书连同什么物件塞还给他，一颗心仿佛掉进了冰窖，头低低垂了下去。

巽贞看出他误会了，压低嗓音说："信我收下了。放进你衣兜的，是我的一点积蓄，给你做上学的盘缠。"

丛章一愣，抓住衣兜一捏，才知道自己误会了巽贞。想把银子掏出来还给她，被她的纤手一把抓住了。顿时，巽贞细润如花瓣的脸更红了，烫着似的将手缩了回去。

丛章想着当下的情景，诗兴勃发，他以佛手隐喻巽贞的纤指，立时在画上题了一首七绝。

巽贞心领神会，又装作浑然不知，拿着墨迹未干的画，回去让先生看。萧夫人赞叹不已，说："丛章的诗有进步，作诗的心境从来没有如此开阔豁朗过。"

巽贞装作没有听出先生的弦外之音，以一种恭敬的口吻说："既然您称赞，我就带回家里去，用心揣摩一番。"

萧夫人说："这样正好，可让令尊令堂看看你绘画长进了多少。"

巽贞把画带回家，挂在床头，一次次品味，连临睡前也要看上几遍。

丛章和苏禄去上学了。这天，萧夫人教巽贞学习李清照的《一剪梅》。巽贞跟着先生读了几遍，又自己慢慢吟诵了几次。萧夫人要她把意思说一说。巽贞说到"一种相思，两处闲愁。此情无计可消除，才下眉头，却上心头"，竟然泪水盈眶，情不能自己。

萧夫人脸上露出了一丝浅笑，伸手抚抚巽贞头上梳成花瓣状的秀发，问道："是不是有什么心事瞒着我？"

巽贞怔怔看着萧夫人，羞怯地低下头，一把搂住先生，把头藏在她的怀里："您真看出我有心事了？"

"既然知道瞒不住，那就说给为师听听，我好帮你出主意。"萧夫人关切地说。

巽贞看着萧夫人慈母般的目光，鼓起勇气，将自己的心事和担忧说了出来。

一晃已到三九寒冬。津洲天寒地冻，缺衣少食的贫寒人家，连大门都不敢出。

苏府的丫鬟上街买木炭回来，脸被冻得红扑扑的，她又搓手又顿足，还是觉得冷。她凑近火盆，烤了一会儿，才缓过气来，对萧夫人说："我路过城西叶公子家，听说叶老太太染了风寒，卧床不起，怕是挨不过这个月，而且已托人捎话，让叶公子一放假立即赶回来。"

巽贞冒着严寒，前来上课，并看看先生的咳嗽是否好些了。一听叶老太太病得不轻，又缺医少药，心里焦急起来，就对萧夫人说："我去去就来。"

巽贞戴上帽子，跑回家里，将梳妆匣里的碎银和小额银票拿了，又回到苏府，全交给丫鬟，求她以萧夫人的名义给叶家送去。

萧夫人替丛章高兴，能遇上这么一位百里挑一的好姑娘，真是三生有幸。萧夫人拿定主意，一定要促成这对年轻人如愿牵手。等丛章放假回来，干脆将他与巽贞的终身大事给定下。这样，巽贞可以不用再魂不守舍，丛章也可以专心致志研修学业。

几天后，丛章独自风尘仆仆赶回家中，他是期考一结束，就连夜步行一百余里回来的。他跪在祖母的病榻前，给她请安，安慰祖母别操心太多，好好养病。又将手伸近火盆，烤暖和了，才帮祖母搓背捶腰。

叶老太太目睹孙子越长越讨人爱，而且比当年的儿子更体贴孝顺，颇感欣慰，堵在胸口的那团浊气随之一呼而出。老太太心情一舒畅，加上天气转暖，汤药疗效日见明显，病情也渐渐好转了。

叶丛章抽空去了趟苏府，他要感谢萧夫人又一次雪中送炭。萧夫人告诉他，巽贞才是真正的送炭人。丛章既感激又惭愧，一时不知道说什么好。

萧夫人指指绣花房，叫丫鬟随她去前院。她要让这对恋人说说心里话。

丛章走进绣花房，巽贞含情脉脉看着他说："你，回来了？"丛章从怀里掏出一个银光闪闪的镯子，上面带着两个小铃铛。丛章把镯子递给巽贞，说："没能送你更珍贵的礼物，送一只镯子聊表寸心。"

"你，家里急着用钱，你哪来的镯子？"巽贞埋怨道。

"你先别急，请听我说。"丛章把长袍的下摆掀起，拉上裤筒，左边脚腕露出一只相似的银脚镯。他晃晃手里的新镯子说："本来它们是一对的。三岁那年，我贪玩掉进池塘被人救起，奶奶吓破了胆，就到打银铺定制了这对镯子，又去定光寺请住持开光，自此成了我的护身符。奶奶问住持，镯子何时才能取下？住持说，小施主结婚生子后。所以，我自小到大，这对镯子从不离身。"

"那你怎么可以随意摘下来送给我？"

"相知难求，相爱更是百年难遇。这副镯子可以保佑我，同样可以保佑你。我此时没有比它更贵重的礼物送给你，望你切莫推辞。"

巽贞热泪盈眶，抖着手将脚镯接过，放在掌心轻轻地抚摸。"这只好像比你脚腕上的新。"

"旧镯子刻的是龙的图案，为了与你的身份匹配，我请打银匠将它翻新，再刻上凤的花纹。一龙一凤，长相厮守，地久天长。"

"看你说的，不怕让人难为情？"

"男大当婚，女大当嫁，天经地义，何必让自己难为情？"

"还以为你斯斯文文的，看你越说越离谱。在县城跟谁学坏的？"

"我要亲眼看着你戴上镯子。男左女右，我是戴在左脚，你应戴在右脚。"

"我要向师娘告状去了。"

一阵轻轻的脚步声，萧夫人笑盈盈地站在他俩面前："谁欺负巽贞了？"

巽贞顺势躲到师娘身后，用手指着丛章说："当然是他。"

萧夫人说："我只听见丛章要亲眼看着你把镯子佩上，哪能说是欺负你呀？不过今天太仓促了。先生知道你俩情投意合，心心相印，想挑一个好日子，为你俩把终身大事定下来，不知你俩意下如何？"

丛章一听，喜出望外，跪下给萧夫人行了叩头礼，说："多谢老师玉成。"

萧夫人扶起丛章，回头从巽贞手里要过镯子，说："巽贞，你也知道这镯子的分量，我想等到那一天，才让丛章亲手给你戴上，好吗？"

巽贞满脸羞红，挽紧先生的手臂，偷偷瞅了丛章一眼，点了点头。

萧夫人是一个生活很讲究情调的人，出于对两位敢于冲破世俗樊篱的年轻人的钦羡，准备为他俩举办一个很有诗情画意的订婚仪式。

十五的夜晚，月色皎洁，寒星含笑。天井的鼓状石桌上，一对红蜡烛摇曳着橙色的光焰，盆栽的墨兰与月季开得正旺，暗香浮动，仿佛空中的明月也透出芬芳。萧夫人沐过手，往石桌上供三盏香茶，烧了一炷香，抬头望着明月，口中念念有词，才将线香插进香炉里，然后在太师椅上坐下。

丛章与巽贞仿照先生的做法，点燃线香，对着明月诉说各自的心愿，行过拜礼，一左一右在先生的旁边坐下。萧夫人各抓起他俩的一只手，让两只手握在一起，说："上有明月清风做证，下有老师为媒。今有弟子丛章、巽贞二人，男未婚娶，女未出阁，因同习一师，相逢相知，两情相悦，愿结秦晋之好。为师自甘充当月老，促成有缘者永结同心。然许婚之事，非同一般，月老郑重征询二位：日后不管棒打鸳鸯，还是祸患加身，是否无怨无悔，永不离弃？"

巽贞半娇半羞，睨了丛章一眼，丛章的目光也朝她睃了过来，一时四目相对。丛章抢先说："今生无怨无悔，从一而终。"巽贞接着说："来世不离不弃，执手天涯。"

"好，对得好！"萧夫人从桌上拿起银脚镯，摇了摇，递给丛章。

丛章掰开松紧扣，小心翼翼将银镯套上巽贞的脚丫，捋向脚腕，再调节好松紧度。

一种酥麻麻的感觉从脚底直往上爬，小腿微微的颤动使银镯发出清脆的叮当声。巽贞等丛章站起，羞答答地说："我也为你准备了一件信物。"她从袖筒掏出一个小巧的翡翠玉锁，打开银链的扣子，递给萧夫人。萧夫人微微笑着，示意她自己给丛章戴上。巽贞的手微微抖着，大半天才扣好佩在丛章颈上的链扣。

一晃冬逝春来。久违的阳光明晃晃的，正是洗洗刷刷、晾晾晒晒的好日子，也是年轻女子展示轻纱薄裙的好时节。刘家的婢女与用人，正在为节日的到来而忙碌，叽叽喳喳在井台洗刷竹筐蒸具祭器。

一个新来的用人，拿起一只漆金雕花屉篮，摁进盛水的木桶里，正要用炊帚刷洗，适逢巽贞与母亲上街回来看见了，巽贞卷起衣袖和裙摆，把屉篮从水里捞了出来，沥干水，再用干布将里里外外的水渍擦净。

一位阿婶过来替闯祸的女佣认错："她是新手，我们几个只顾干活，忘了提醒她，该死！"巽贞放下屉篮，对垂手呆立的女佣说："没事了！以后可要记住，凡是漆器不能浸水，只能用拧干的湿布慢慢擦拭。"

一缕银光在母亲姚氏的眼底一晃。姚氏眨眨眼睛仔细一看，银光来自巽贞的脚腕。奇怪，女儿的脚上什么时候多出一只镯子来？在脚上佩戴银饰物，是长辈为了祈求神明保佑小孩才这么做的。巽贞为何会无缘无故把镯子套在脚上？

女儿已经到了婚嫁的年龄，可挑挑剔剔没有一个看得上眼，又常常心事重重，茶饭不思，一副思慕怀春的样子。姚氏料想女儿心中一定藏有秘密，便对她说："贞儿，看你把绣花鞋都弄湿了，快回闺房换去吧，我也想去你房间歇歇脚。"

巽贞跺跺脚，擦干手，挽着母亲一起来到她的闺房。立春给老太太请过安，一会儿就把热茶送了上来。姚氏示意她退下，拉着女儿的手让她在身旁坐下："贞儿，娘亲疼你吗？"

巽贞一听母亲突然问起平日不曾问过的话，搂住母亲撒起娇来："咱家就我一个千金，你不疼我疼谁？"

姚氏扳开她的手说："跟你说正经事，不许嬉皮笑脸糊弄我。"

"娘，你今天怎么啦？"

"你脚下那只镯子是从哪来的？"

"你，你都看到了？"

"莫非你，私自……"姚氏把后半截话咽住，她愿意相信女儿不敢瞒着她做出格的事。

巽贞听见母亲说出"私自"两字，心里咯噔一声，她想撒个谎搪塞过去，又觉得对不起母亲对她的疼爱。反正这一天迟早要来的，干脆一不做，二不休，把许婚的事如实告诉母亲，争取博得她的同情，然后由她再去说服父亲。巽贞鼓起勇气，将她已与才学品貌出众的叶公子私订终身一事，说了出来。

姚氏顿着三寸金莲，用手指戳了戳巽贞的额头，说："你胆大包天，这回祸可闯大了。我咋没想到，让你跟大上海来的萧夫人学艺，你早晚会把心学野。果真，你把三纲五常全忘了，还偏偏挑了个门不当户不对的落魄子弟。丛章这孩子是惹人爱怜，只是家境贫寒潦倒。你父亲是极爱面子的人，他这一关，我预料你比翻五指山还难过。"

"知女莫若母。娘亲是明了我品性的人，我不在乎贫贱富贵，只在乎情投意合。娘亲既然承认叶公子惹人喜爱，就该竭力为女儿做主，多在父亲面前为叶公子美言几句。"

"就你会打如意算盘，你不清楚你爹的脾气？娘亲的话在你爹面前能顶用？如果是别的事，我还敢顶真，这婚姻大事……"

"事到如今，木已成舟，娘亲千万不可推卸。平日二老开口闭口称我为心头肉，假如你们真的疼爱我，就该成全女儿一回。"

"这些天，我的眼皮一直在跳。劝你还是趁早把镯子退回去。"

"我与叶公子是对天发过誓的，哪能悔婚？求娘亲以我的哥嫂为戒，为女儿的下半生着想，否则，女儿唯有一死才对得起叶公子。"

"呸呸，千万别把'死'字挂在嘴上。你尽给娘亲出难题，我，我只好硬着头皮去试试。"

第二十二章
棒打鸳鸯滴滴泪　血溅洞房点点红

　　一连数日，姚氏迟迟不敢对老爷说出女儿许婚叶公子的事。一直等到媒人出现在刘家前院的客厅。媒婆是替镇上吴税官的三公子提亲来的。姚氏急了，一把拦住老爷，用手掩着嘴巴伏在他耳边说："贞儿已经跟叶家在县城读书的小子订婚了，吴家的媒婆，你找个借口将她打发走。"

　　刘监生像被当头敲了一闷棒，目瞪口呆，满脸的皱纹拢成核桃状。低头看见一只公鸡正在向母鸡求欢，一拐杖打去，公鸡当场毙命，然后气冲冲奔回后院。

　　姚氏颠着小脚跟在后面说："你还没回绝媒婆呢。"

　　刘监生将一筐肉笋打翻在地，悻悻地说："回绝，我跟你说要回绝？你去告诉她，三天后再来，我会让她乐得合不拢嘴巴的。"

　　花蝴蝶般的媒婆被打发走了，刘监生开始吹胡子瞪眼想骂人。下人们见老爷脸色阴得可以拧出水，个个噤若寒蝉。姚氏走进来，边劝老爷别气坏身子，边替他抚胸捶背。婢女泡了一杯参茶送了上来，姚氏端着让老爷喝下。

　　刘巽才不知道发生了什么事，伸着懒腰来到父亲面前，说："今年收租我不去了，由巽祥带上账房的人去就行了。"

　　这无异于火上浇油，刘监生抓起拐杖朝他抽去，巽才一跳跳到屏门外。刘监生咬牙切齿地说："你们个个都是白眼狼，你们想把我气死，好为所欲为。你弟在读书，你叫他去收租？你当不了兵，就什么事都不肯干，这怨谁？你不去收租，你一家喝西北风去？"

　　彩鸾抱着女儿心巧，闻声走进后院厅堂，向公公婆婆一再致歉，半推半扯将巽才劝走了。

　　刘监生骂够了，才想起最最重要的事还没拷问，就支使婢女去将巽贞叫来。

　　自从向母亲坦承私自许婚的事后，巽贞就一直忐忑不安，她在等待雷鸣电闪的到来。她这几天没去苏家，因为萧夫人的娘家兄弟，准备将苏禄送去日本留学，萧夫人和丫鬟也一起去了上海。巽贞一个人躲在闺房里，书读不进，画画不成，常常对着银脚镯出神。丫鬟进来对她说，老爷有请小姐。巽贞知道考验她的时候到了，尽管她早有心理准备，但一路上头皮还是阵阵发麻。

巽贞跨进厅堂时，鞋尖踢在高高的门槛上，差点被绊倒。刘监生本能地叫一声"小心"，扔下拐杖，想上前扶她。

"看你，都这么大了，连走路都心神不定。"刘监生拉着女儿，挥手屏退了婢女。

巽贞向母亲问了安，顺势在母亲身旁坐下。

"贞儿，还记得那年元宵观花灯，我们父女跌成一团的事吗？"刘监生语气亲切地说，"那年你三岁半，骑在爹的脖子上赏灯，高兴得手舞足蹈，爹被绊了一脚，眼看就要跌个狗啃屎。爹虽个头不高，但身手敏捷，头一偏把你搂在怀里。结果，你毫发无损，爹的膝盖骨撞碎了一角，从此以后，爹这条腿就再没那么好使了。"

"爹的护犊之情，女儿终生不忘。要不是爹舍身为我，女儿别说被称为'玉女'，恐怕连嫁都嫁不出去。"

"你知道爹疼你胜过自己，你可不能惹爹生气喔。"

"我恨不得自己是个男儿身，一生一世守候在二老身边，尽心尽力孝敬爹和娘。"

"傻闺女说傻话，你是女儿怎能长留娘家？爹一心要为你找个门当户对、家境富庶的婆家，让你日后风风光光，享尽荣华富贵。今天，吴税官托人前来求婚，他家的三公子相貌堂堂，能跟他家联姻，那可是天作之合。"

"爹，贞儿早就向你表明心志，我的婚事自己做主。你可千万不能乱点鸳鸯谱。贞儿已经是有主的人了。"

"大胆！"刘监生勃然大怒，下巴抖个不停。"这事容得你自己做主吗？自古婚姻全凭父母之命，媒妁之言。我是一族之长，不凭古训治家，能治得了族人吗？你背着尊长私定终身，这事传出去，叫我脸往哪里搁？"

"爹，现在可是民国了。叶公子才学品貌出众，琴棋书画样样出色，我与他情投意合，又是苏府萧夫人为我俩做的媒，只要你和娘一点头，还有谁敢说三道四？"

"放肆！"刘监生怒火中烧，抱起长案上的梅瓶"啪"一声摔在地上。

姚氏从没见过老爷发这么大的火，一张脸早被吓青了，嘴唇哆嗦着。但为了女儿，她还是开口了："老爷你这是何苦，你我膝下就贞儿一个闺女。其实叶公子学成之后……"

"你别插嘴，妇道人家鼠目寸光，能看出个子丑寅卯来？嫁给叶家那小子，将来必定衣不蔽体，食不果腹。一朵金花偏要往牛粪上插，她还是我刘监生的女儿吗？"

"爹，女儿给你跪下了，要打要骂任凭你发落。只是求你不要将我往火坑里推。吴家三少我是宁死不嫁的。他斗鸡走狗，胸无点墨，平日倚仗其父在县署厘金分厂当差，专横跋扈，鱼肉邻里，女儿最瞧不起的就是这号人。你怎能将女儿跟一个无赖捆绑在一起？"

"你真是有眼无珠，吴家三少爷在津洲是一大红人，连区长都得礼让他三分，别人想巴结都得看他眼色，你鬼迷心窍倒说起别人的不是？"

"爹，我再次恳求你，终身大事就让女儿自己做一回主吧。我给你叩头了。"

"够了！你头磕破也没用，立即将脚上的镯子摘下，我这就打发下人退还叶家去。"

"要我摘下镯子，还不如把我的脚给斫了。"巽贞强忍住眼泪，从地上站了起来。

刘监生暴跳如雷，举起手中的拐杖，朝巽贞狠狠劈了过去。姚氏情急之下，用身子将老爷一顶。刘监生一个趔趄，手杖打在椅背上，断为两截……

春耕时节快到了，津洲的集市人山人海，喧嚣声此起彼伏。分布在大街小巷的七十二行，除了长生行，每个行铺都人头攒动，生意火爆。

而那些在七十二行找不到席位的"杂牌军"，也不甘示弱。人家大掌柜坐在铺堂里，日进斗金；杂牌军串街走巷，也得挣一把铜圆回去养家糊口。

于是，走江湖的来了，吞利剑、睡钉床、铁丝勒脖子、石板砸胸脯，还有接骨、拔牙、卖狗皮膏、卖跌打止痛药的；玩杂耍的也来了，耍蛇、耍猴、耍鹰、耍杂技，然后敲锣打鼓向看客讨赏钱；还有"单兵作战"的独行客，如剃头的、弹棉被的、补锅补瓮的、阉鸡阉猪的、磨菜刀锉剪刀的、算命看相卜卦的。

为了招徕生意，他们扯开嗓门拼命吆喝，腔调虽然五花八门，却为市集增添了独特的音韵，同时也激起了交易的热情。

最受小孩妇女欢迎的，当数卖玩具、吹糖人儿、卖各式小吃、卖针头线脑香粉胭脂的那些摊位，他们敲打着各自的器物或摇着拨浪鼓，吸引了一群群妇孺久久不愿离去。

歇午了，凉爽的树荫下，是男女老少扎堆的好去处。舌头长的总会带来一些奇闻逸事，愉悦一下大伙的耳朵。有爆炸性的男女情事传言，更备受欢迎。

"你们听说没有？水门街的吴三少，对上未石城的'独枝花'了。"说话人有意将三少爷的"爷"字省了，多少带着轻蔑的意思。

"小玉女这回亏大了。据说，是吴家送了二十根金条作聘礼，算塌天才点了头。"

"谁不知道刘驼子不是什么好鸟，早想巴结吴税官。两家名为联姻，图的是官绅勾结。"

"刘巽贞知道吴三少是烂仔一个，死活不从。无奈老子逼着，明知是火坑，只得往下跳。"

"刘驼子不知发哪门子神经，'行嫁日'也不好好选，一个月内就要将女儿嫁出去。"

"别人嫁女儿，关你屁事？刘监生听了会打赏你不成？"

说着说着，意见不合的两人争执起来，面红耳赤，唾沫四射。

听到有人吵架，围观的人渐聚渐多，你一言我一语抢着发表自己的高见，场面更热烈了。

刘家大院可就没有这种激昂鲜活的气氛了。用人们个个忙碌着，也个个耷拉着脸，谁也不敢像平时那样，想说就说，想笑就笑。

就连那些上街为小姐采办嫁妆的大婶阿婆，遇到多嘴的掌柜或熟人，问及小姐出嫁之事，也都三缄其口，只字不提。

都说"女看行嫁日，男凭落地时"。婚嫁之日事关重大，女方必须请名师、求神明反复核准。可是，刘监生却一反常态，不管"犯冲"还是"相克"，一句话，吴家必须在三十天内将刘巽贞娶过去。姚氏知道，老爷是怕夜长梦多，更是赌气发狠。

刘巽贞从来没有受过如此逼迫和委屈。但作为弱女子，除了哭泣和哀求，还能做些什么？她好几次跪在父母面前，苦苦哀求二老收回成命。可是铁了心的刘监生根本不为所动。巽贞别无他法，只好选择绝食。谁知刘监生叫立春告诉巽贞，如果她不肯吃饭，就要惩罚所有的婢女，让她们跟着挨饿。

巽贞不能祸及无辜，只好打消绝食的念头。刘监生怕女儿出逃私奔，吩咐护院将闺房的窗户钉死，还请来一位身强力壮的"大妗姐"。大妗姐是教诲、陪侍、保护新娘的临时使妈，刘监生则要她对小姐严加看管，阻止外人跟她接触。巽贞完全成了呼天天不应、喊地地不灵的笼中鸟。

新娘出阁的日子定下来了，所有令人头痛的繁文缛节开始一件一件履行。其中，男方"过大礼"和女方"摆嫁妆"，是双方借以彰显财势和家声的一次博弈。

吴家"过大礼"在先。为了让刘小姐欢心，让乡党们折服，吴家派出几十人的队伍，给刘家送来大笔礼金和各式彩礼。最亮眼的是用金条、银圆分别拼成"囍"字的牌匾；接着是手捧红绸托盘、展示金银珠宝首饰的男女；其次，就是成箱成柜的绫罗绸缎、洋布香纱、五彩绒线；押后的尽为食品，全猪全羊、五谷香茶、山珍海味、酒水鲜果、礼饼糕点，令人目不暇接。

刘家当然也不甘示弱，请来制作橱柜架床、妆台镜屏、七凳五桶的工匠不下三十来个，缝制冬夏服饰、锦被纱帐、绣枕鞋袜的女工塞满两间屋子。刘监生还特地托人从上海、广州、景德镇等地，买回八音首饰盒、系列嫁妆瓷、立式穿衣镜和西洋落地钟。而最丰厚的一笔嫁妆，就是陪嫁良田五十亩，加两个丫鬟。

吴家与刘家越较劲，刘巽贞的双眉拧得越紧，她恨不能插上翅膀，远远飞离这个令她痛不欲生的囚笼。

弟弟巽祥放轻脚步走进巽贞的闺房，手里托着两个果皮已被撑破的红石榴："姐，你见没见过这么大的石榴？这是我在街上买来送给你的。"巽祥在擎秀书院念书，平日姐姐对他十分疼爱。

巽贞不想让弟弟为她伤心，挤出笑容叫弟弟坐在她身边。

巽祥已经长成一个懂事的后生哥，看见姐姐双眼又红又肿，心里像塞着一只秤砣。他很想帮助姐姐做些什么事，以使姐姐转悲为喜。

他趁大妗姐去前院查点嫁妆，告诉姐姐，他的同窗好友辛强，是叶丛章的表弟，一向思想新潮，支持表哥自由恋爱，有什么话可以通过他转给叶公子。巽贞一听心上人的名字，禁不住泪水潸然而下。她紧握弟弟的手，摇了摇头。

巽贞多么渴望能与丛章见上一面。但她知道，一旦叶公子得知父亲棒打鸳鸯，硬要逼她嫁给吴家，对于他来说不啻于晴天霹雳！这样一来，不但于事无补，反而会给他平添许多悲伤，势必影响他安心读书。反复掂量，还是由自己一人扛着为好。

这些日子，她一直在苦苦思索，要采取什么办法，才能使吴家知难而退。若是吴家一意孤行，强人所难，自己又该如何应对？

立春从外面回来，告诉小姐，邻里传得沸沸扬扬，说是有些族老，提议要为文君和阿琪申报立牌坊，而万泰安认为现在已经是民国，再说那是惹人伤心的事，予以拒绝。

巽贞突然想起，文君与阿琪是萧夫人特别推崇的女中豪杰，自己一直想去看看她们，都没能成行。这回，她一定要实现这个愿望，顺便把自己遭受的不幸和委屈告诉她们，希望能从她们身上获得启示。

正好父亲去调停一宗凶杀致死案。大妗姐，经不起巽贞的央求，加上立春塞给她一角碎银，就装作忙别的事，放巽贞主仆出去散散心。

大妗姐一再叮咛，要她们早去早回，千万不能被老爷撞上。巽贞由立春带路，悄悄从后院的角门出去，走了十多里路，来到凤尾山文君与阿琪的墓地。

见墓如见人，二位姊妹的刚烈使她铁下心来：她要在洞房花烛夜向吴三少表明心迹，让他彻底绝望，如若吴三少不死心来硬的，她只能决意一死。

巽贞曾经想过，趁此机会逃往县城，与叶丛章一起私奔。可丛章是叶家唯一的希望，叶母不会同意儿子这么做，他祖母等不到孙子回去，肯定会再次卧床不起。没有办法，只能与立春返回家中。

闺房外传来一阵嘻嘻的笑声，大妗姐扭着水蛇腰走了进来。她向小姐举起一双沾染着红颜料的手说："嫁妆全都准备齐全了，两间大屋都放不下，看得我眼都花了。该放上吉草、莲子、百合、龙眼、红枣的，我都一一放上了；该描金喷红、贴上双喜、系上红绸带的也都办妥了。另外，我知道小姐喜欢写诗绘画，还特地放上文房四宝。现在可以说，万事俱备，只欠东风了。"

正说得高兴，见小姐瞅都不瞅她一眼，才知道自己犯了"禁忌"，只好装模作样捆了自己几下嘴巴。

巽贞拉住她的手说："别打了。既然知道犯错，就处罚你在两天之内，为我缝制好三套出阁之日要穿的内衣内裤。"说完看了立春一眼。立春会意，从柜里拿出一匹白洋布，放在大妗姐面前。大妗姐大惑不解，说："婚庆之日，里里外外都不能穿白色衣裳。"

巽贞说："你就按我说的做，也不许告诉任何人，到时你自然会明白。"大妗姐脸有难色，但又不敢违拗小姐的意思，只好与立春悄悄地裁裁剪剪，缝制起来。

离出嫁只剩一天时间了。刘家又请来一位年轻、模样过得去的女人当贴身大姼姐。贴身大姼姐与打杂大姼姐分工不同，她专门寸步不离伺候新娘。新娘出阁时，她要背新娘上花轿，然后跟着花轿，与随轿舅爷、送嫁姑姐一同到新郎家。新郎新娘拜堂之后，她与陪嫁使女一起送新娘入洞房。在客人闹洞房时，她还要挺身而出，替新娘解围，保护新娘免遭咸猪手偷袭，或发生什么不测。

"妆头"的时辰到了，"好命婆"开始为巽贞挽面、梳妆。双眼含着泪花的母亲声音嘶哑，说不出话，一遍遍用颤抖的双手为女儿拭去眼泪。巽贞知道母亲已经尽了力，她抱紧母亲，脸贴着脸对她说："日后，你要多多保重。"

好命婆劝慰了几句，说："时间不早了，我先为你绞面修眉，下来再梳头，请小姐在凳子上坐下。"

好命婆口念七字吉言，手拿粉扑在巽贞的脸上打上一层香粉，接着将一条两尺多长的丝线绞成"又"字状，用牙和左手控制两个线头，右手的拇指和食指控制"三角形"的两个角，再把丝线按在巽贞的脸上，随着丝线两头的一张一合，互相绞着的线段，在脸上左右移动，脸上的绒毛随之被卷进线段里，然后往外一"拔"，一行绒毛就这样被绞了出来。周而复始，半个时辰过后，巽贞的脸更显粉嫩光滑。

挽好面，修好眉，好命婆请小姐坐到梳妆台前，问小姐喜欢梳什么发型，是双蝶髻、凤尾髻，还是牡丹髻、玉兰髻？巽贞说，她不梳什么发髻，只给她编一条五股麻花辫就行了。

贴身大姼姐朝发愣的好命婆努努嘴。好命婆会意，不敢再多言，拿起发亮的牛角梳，念一句吉言，蘸一下固定发型的刨花浸液，梳一下小姐的秀发。又是一刻多钟，一条修长光滑的五股麻花辫编好了，好命婆用丝绸在辫梢打上一个鸳鸯结，把辫子呈蝴蝶状盘在头上，再用银钗、玉簪别好。

妆好头，巽贞就不能再随意下地走动了。她只能呆呆坐在床上，望着窗外自由自在的云彩，望着她将要告别的姹紫嫣红。

大哥巽才进来与她道别，脸上写满愤激和忧伤。他明了自己什么忙都帮不上，唯有劝慰妹妹听天由命，随遇而安。

一直熬到下半夜，唢呐、鼓钹与琴瑟的声浪，从夜的深处，慢慢淹过来，直到把刘家大院完全淹没。

贴身大姼姐背着从头红到脚的新娘，上了大红花轿。

猝然，一道闪电如巨鞭抽裂夜空，雷声轰隆隆从每个人的头顶滚过，天上撒下豆大的雨点，盛大的迎亲场面顿时乱了套。

吴家三少爷吴秉治胯下的马儿受惊，嘶鸣着腾起前蹄，差点将新郎官掀落地上。就在众人忙着躲雨的时候，雨又渐渐小了下来。仰望天空，如顽童嬉闹的云彩边缘，露出一抹如霜的月光。

坐在花轿里的刘巽贞，被一片炫目的红色包围着，她双手平放在膝盖上，对轿外的大呼小叫全然不觉。在她上轿前，大妗姐哄她哭几声，可她已经再也哭不出来。

大红花轿在北闸口水门街吴家门楼前停下，贴身大妗姐拉长嗓门，高喊一声"压轿"，并顺手撩起轿帘。

听到锣鼓八音赶来看热闹的邻里，伸长脖子，却久久见不到新娘出来。陪嫁丫鬟立春凑近花轿，轻声告诉小姐，该下轿了。刘巽贞呆若木鸡坐着不想动，等大妗姐和哥哥弟弟在轿外一再催促，才低下头，挪步走出花轿。

大妗姐牵扶着她，跨过火盆，跨过高高的石门槛。

刘巽贞头昏脑涨，想吐又吐不出来。她完全成了提线木偶，对自己如何走进吴府宅第，全然记不起了。

上午，吴家高朋满座。刘巽贞又被扶着走出新房，在贴身大妗姐的操控下，完成了会亲拜堂、祭祀宗祖、侍筵敬酒。在喧闹与吆喝声中，刘巽贞被折腾了大半天，只感觉头上的喜帕越来越沉，双腿越来越软。

一直熬到一更时分，刘巽贞被折腾得又困又累，连站都站不稳了，才被送进洞房。

一同进来的大妗姐，并没有让新娘安静下来，她一边整理被褥，一边念叨着必不可少的"四句"："铺床铺席先，绣枕凤朝凰，五男欢跃在床边，夫妻和睦乐绵绵。"张挂罗帐时又念叨："新挂帐，四角齐，四边珠帘无高低，三年抱出两贵子。"

巽贞听心越听心越烦，浑身无力的她，往后一仰躺在床上。

大妗姐吓得脸都白了，手忙脚乱扶她起来，说："姑奶奶，求求你了，千万别破了规矩。新郎官没进洞房没揭盖头，你是不能先躺下的。只有双宿双栖，比翼双飞，才能夫妻添福添寿，举案齐眉。"

洞房外传来一片嬉闹声，一帮纨绔子弟和亲友，簇拥着醉醺醺的吴秉治，嘻嘻哈哈前来闹洞房。卧室一下子被挤得水泄不通，一阵阵令人恶心的酒臭味和汗酸味，熏得刘巽贞忍不住呕出几口酸水。

闹婚的人开始起哄，吆三喝四要新郎揭开新娘的盖头，让他们看看"玉女"的真容。吴三少爷乜斜着醉眼，一伸手，把红盖头扯了下来。

巽贞又羞又恼，想躲又无处可躲，泪珠顺着鼻翼滴答而下。

看着新娘梨花带雨的娇媚，人群发出一阵啧啧的赞叹声，有人装疯卖傻要对新娘动手动脚。

贴身大妗姐拔出藏在发髻里的洋针，左一挑，右一扎，把那些"咸猪手"刺得龇牙咧嘴。见"武"的占不了便宜，几个喜欢搞恶作剧的狐朋，就想用"文"的整新娘。有人拿来一只装满草木灰的马桶和几根鸡毛，要新郎抱新娘坐在马桶上，然后用鸡毛捻新娘的鼻孔。

贴身大妗姐明知故问，玩这个图啥说法？狐朋们说，如果新娘打喷嚏，马桶里的灰烬飞溅而起，说明新娘是如假包换的红花处女；如果灰烬没有动静，就认定新娘的"头盘菜"早已被别人尝过了。

吴三少爷虽然已有八分醉意，但听狐朋要玩这一套，一张脸立马拉长了半尺。他狠狠推了提马桶的狐朋一把，说："你吃饱了撑的，这种玩法是皇帝选妃子才用的，如今皇帝打倒了，谁还兴这个？"

立春趁机夺过马桶，将它藏进凳子床底下。哥们儿不甘罢休，猥言亵语说，吴三少爷以前摸过好几个新娘子的水蜜桃，现在他们也要验证一下，看看玉女的嫩粉包，是金镶玉，还是徒有虚名，一团败絮而已。

刘巽贞被激怒了，脸憋得通红。本来，她准备等客人散去后才向吴三少摊牌，目下，她再也忍无可忍了。

刘巽贞振作精神，站了起来，一个个解开衣襟上的铜扣头纽襻，右手一撩，双肩一抖，大红婚袍滑落脚下，露出一身白得晃眼的洋布素服。

闹洞房的人顿时傻了眼，酒也醒了几分。吴秉治眼睛睁得比鸡蛋还大，大婚之日，怎么身穿孝服，这明摆着是要让吴家倒大霉。吴秉治牙一咬，高高扬起手掌，要掴新娘的耳光。大妗姐装作赔不是，挡在他面前。

刘巽贞踢开婚袍，一手拔下发髻上最粗的银簪，抵着自己细嫩的脖颈，对众人说："诸位听好了，我跨进吴家的门，全是我爹逼的，我决不会嫁给吴三少。我经萧夫人做媒，已与投缘的人订下婚约。今天我来吴家一趟，是为了说清原委，表明心迹。如若你们硬要逼我，我唯有自寻一死。"

吴秉治蒙了，眼前一幕把他吓出了一身冷汗，头上的新郎礼帽，早已掉在地上。跟在后面看热闹的女眷大惊失色，急急挤出去向税官老爷和夫人禀报。

吴税官是轻易不露声色的人，乍一听还故作镇定，扶了扶细边眼镜，把鼻烟壶交给婢女，只骂了一声"胡闹"。等他亲妹子拉着他来到新房，分开众人，见到白衣素服的新娘用银簪顶着脖子，才知道喜事要变成祸事了，镶满金牙的大口半天合不拢，只对着新娘一会儿摆手，一会儿摇头。

吴秉治经过这一惊吓，酒全醒了。他想起刚才新娘所说的话，醋意大发，正要大发雷霆，可看一眼虽然怒目圆睁，却依然婀娜绰约、楚楚动人的新娘，心底的恨意消了一半。他理了理胸前的红绸花，挤出一丝笑容，不无怜惜地说："你先把银簪放下，有委屈慢慢说。"

"如果你真有怜悯之心，那你现在送我回去，我这辈子会感激你大度豁达。"

"你听我说，我好不容易盼来百年好合的日子，你我琴瑟同谐，双双拜过堂，双双进了洞房，怎能说回去就回去？"

"你不必再枉费口舌，我一身素服，银簪在手，还会屈从于你吗？"

吴税官咳了一声，摘下眼镜，用手帕揩揩额头，说："吴刘两家都是名望大族、一言九鼎的人家。我吴家待你不薄，婚聘礼数排场，极尽奢靡豪华。娶你为媳，也是三媒六聘，明媒正娶的，哪有嫁入我家就要悔婚的？"

"我与意中人订婚在前，此事早就告知双亲。只因家父一意孤行，又将我软禁在家。我别无他法，只能等待今日，才得以向各位言明原委。如果你等还想硬逼我就范，那就只好等着收尸！"

吴税官听罢顿觉颜面扫地，愤然道："你还有脸说早有意中人，这是伤风败俗的行径。我现在问你，谁人与你私定终身？"

"告诉你也无妨，此人就是西门街叶家的叶丛章。牵线媒人，苏府萧夫人。"

"你明明是在撒谎！"吴秉治的母亲抢上前指着刘巽贞说，"叶家前天已经收下陈有财十二岁的女儿做童养媳。叶家因此收取了一大笔钱财。"

"你才是在撒谎！你胡编乱造想蒙我？"刘巽贞眉梢一挑，看一眼立春。立春撇一撇嘴，示意不知道有这回事。

吴家的亲友立即嚷嚷起来："这可是千真万确的事，未石城估计就你不知道。"

刘巽贞冷冷一笑，不容置疑地摇了摇头："叶公子是视情义重于泰山的人，有我在，他绝不会去接纳一个童养媳。你们不用哄我，更不要逼我！"

"你真不识好歹，姓叶的家徒四壁，我吴三少爷哪一点比不上他？你说！"吴秉治妒火中烧，暴跳如雷，"你生是吴家的人，死是吴家的鬼，我现在偏偏要当着众人的面，撕光你的衣服，将生米煮成熟饭！"吴秉治扯掉胸前的红绸花，推开大姈姐，朝刘巽贞扑了过去。

一个亲戚怕闹出人命，从背后抱住他。吴秉治拼命挣扎。

"吴三少，你再敢放肆，我立刻死在你面前！"刘巽贞大喊一声，筷子长短的银簪，顶在颏下，眼泪潸然而下。

立春和另一陪嫁丫鬟惊慌失措，劝小姐不是，阻拦新郎又不是，嘤嘤哭了起来。

吴秉治不信刘巽贞会真的寻死，他像一头疯牛，又蹦又跳，一下甩脱抱住他的那双手，推开立春，一个饿虎扑食，搂住了新娘子。

刘巽贞一声惨叫，银簪划伤粉颈，鲜红的血从伤口涌出。吴秉治看见自己的手沾满鲜血，浑身颤抖，想呕吐吐不出，翻翻白眼，晕晕乎乎瘫在地上。

洞房在大呼小叫中乱成一团。大姈姐和立春将小姐抬到床上，大喊快请郎中，快拿金疮药来。

大姈姐用手巾为刘巽贞止血，再敷上云南白药。所幸银簪没有直直插进颏下，否则，神医来了也会束手无策。

吴母面如土色，她深知刘监生不是好惹的，刘巽贞万一有个三长两短，刘家不会善罢甘休。倚在她怀里的吴秉治，闭着眼，呼出一口气来，他只是晕血而短暂昏厥。吴母按住敷在他头上的湿面巾，颤声说："你千万别鲁莽，千万别让这个不守妇道的女人，玷污我们吴家的吉宅！"

惊魂未定的吴老爷手抚胸口，有气无力地说："事情闹腾到这种地步，还有什么大喜可言？这贱人，不知廉耻，辱没祖宗，是招惹祸殃的灾星，留着必定后患无穷。立即派人叫刘监生过来，速速将这贱妇领回刘家去！"

吴税官一言出口，众人哗然，有人赞同，有人反对，有人骂娘，有人扼腕。

吴秉治一下跪在爹的面前，涕泗齐下："她是我的人，我会用家法调教她的。你怎能放她回去？我连摸都没摸着，日后还有脸见人？我咽不下这口气！"

夫人挤到老爷身旁，迟疑地问："就这样白白放她走？"

气急败坏的吴税官大声吼道："什么白白放她走？我是要连夜休了她，让她成为万人唾骂的弃妇！"

第二十三章
有情人生死相随　无赖汉告状泄愤

刘监生一连半个月不敢出门。费尽心思才将女儿嫁出去，当晚就被婆家扫地出门，还换来一纸休书、一张吴家向他索回聘金彩礼的清单。

刘监生成了一头受伤且疯狂的野兽。他那么疼爱女儿，为了她几乎不惜把心掏出来。可是，好心没得好报，反而遭受女儿的反叛和吴家的羞辱。事情已经无法挽回，他发怒也好，咆哮也罢，就是无法消解心底深处的屈辱和疾痛。

这天大的耻辱，不能只由他掮着。追根溯源，祸端就是穷得叮当响却想吃天鹅肉的叶丛章。

为了出这口恶气，也为了让女儿彻底死心，他雇了三个亡命之徒，去到县城，把叶丛章毒打一顿，直打得他皮开肉绽，血流如注。

叶丛章的表弟辛强，将表哥在县城无端挨打一事告诉巽祥。巽贞从弟弟口中得知这一噩讯，断定买凶者一定是父亲。她悲恸欲绝，不顾伤口尚未愈合，跪求父亲让她到县城陪护叶公子。

刘监生气得七窍生烟，连最难听的话都骂了出来，还扬言要打一副脚镣把女儿锁在闺房里。刘巽贞日夜思念叶公子，更担心他无钱就医，病情恶化，以致三餐茶饭不进，夜里噩梦连连。母亲眼看女儿形销骨立，日夜垂泪如雨，害怕再这样下去，女儿活不了多长日子。

妈祖圣诞那天，姚氏装作带女儿前往天后阁祭拜，顺带让她散散心。到了港口，姚氏叫丫鬟打开大屉篮，从底下拿出包袱和盘缠，交给立春，又将吴家的休书，塞进女儿怀里。立春扶着头披纱巾的小姐，上了一条单桅篷船，两人在船头向姚夫人叩了三个响头，然后随船直奔县城虎洲港。

卧床不起的叶丛章，做梦也不敢相信会在县城见到心上人。他忍痛撑起身子，与巽贞抱成一团，哭得昏天暗地。

丛章住的房子，原是与苏禄合租的。苏禄已经去了日本，现在只有即将就读简易师范班的叶丛章，一个人住着。

简易师范班原称师范传习所，是县立第一高等小学的附设教学机构，相当于初中文化程度。主要招录从高等小学毕业的品学兼优者。

丛章遭受毒打后，幸好有同学和女房东帮忙照料，但他手头所剩的一点伙食费，早就花光了。女房东劝他回家里养伤，丛章气恼母亲人穷志短，私自接纳陈家幼女为童养媳，不想回津洲。心地善良的女房东，正为房客没钱请不起郎中而发愁，见巽贞和立春来了，念了一句"阿弥陀佛"，高高兴兴将巽贞主仆迎了进来。

刘巽贞查问叶丛章伤情，让立春淘米做饭，自己直奔太平街五杏堂，请颜景悦大夫来给丛章看病。颜大夫安慰她，丛章虽然伤及腑脏，但认真调理一段时间，可以痊愈。巽贞悬着的心才放下了。去医馆抓药回来，她立即生炉子煎药，然后一汤匙一汤匙把汤药喂进丛章口里。

巽贞也顾不了什么忌讳，她和立春在苏禄睡的那张板床前面，挂起一幅布帘，就把两人更衣睡觉的问题解决了。

巽贞与立春日夜侍候着丛章，问医熬药喂食，买菜做饭洗刷，有时忙得晚上都睡不上一个囫囵觉。幸好丛章年轻体魄壮实，在二人的悉心照料下，身上的伤口渐渐愈合，内伤也慢慢恢复，咳嗽不再带有血丝。

巽贞为了节省开支，执意把立春打发回津洲去，自己一人扛起了所有家务。

星期六晚上，县立一小和简易师范班的师生，结伴前来探望叶丛章。领头的是县立一小的体育老师郑重。他原先叫郑镜堂，去海丰中学读书时，同班同学彭湃说他取名"镜堂"太老气，不如改为"郑重"更有气势，他欣然答应了。郑老师虽然出身富腴之家，但为人谦和，很有同情心，经常对贫弱者伸出援手，加上教学认真，把学生当成自家弟兄，故在学校威望颇高。

跟在郑老师后面的学生叫张威，是第一高小学生会会长，也是叶丛章的学长。张威人如其名，长相威严，思想活跃，疾恶如仇，很有独立见解。他还理了个与众不同的板寸头，更令一些人不大敢接近他。其实他聪敏好学，待人真诚，笑起来很有亲和力。

跟在张威后面的，还有同校的林瑞、庄梦祥、陈雄保、章朝阳，以及师范班两个穿黑裙的女生。

同学们见遍体鳞伤的叶丛章已无生命之虞，纷纷夸赞是刘巽贞带来爱情的力量，叶丛章的病才好得这么快。张威告诉叶丛章，明天，县立一小、二小将联合附城的小学，举行罢课和上街示威游行，声援北京的学生运动，声讨北洋政府的卖国行径，号召民众投入"外争国权，内惩国贼"的抗争中。

星期天，巽贞去五杏堂抓药，刚要回家，听见马街方向传来阵阵口号声。一会儿，一支游行队伍浩浩荡荡开了过来。巽贞情不自禁跟着游行队伍，沿着太平街，来到穿城而过的印月河畔，向县公署的方向行进。

巽贞想起丛章正等着她的药，不敢再跟队伍前行，极为不舍地回家去了。

她一回到小屋，就把所见所闻，一一告诉丛章。丛章依偎在巽贞的怀里，感觉小屋从未如此明媚和生机勃发。他情不自禁地捧起巽贞的脸，久久凝视着，深深印上一个吻。

天气一天比一天热起来了，巽贞一有空，就扶丛章去池塘边的树荫里乘凉。等日偏西了，两人才回到小庭院。巽贞立即动手做饭，丛章扶着院墙锻炼脚力。

矮矮的院墙上方，一起一落冒出两个半截的脑袋，被从里屋出来取柴火的巽贞发现，心一惊。想起前些天也遇上同样的事，便扔下柴火，搀扶丛章回到屋里，把木门关牢。

丛章不明就里，巽贞又不敢直说，怕吓到他，只轻描淡写地说："外面起风了，我怕你伤了风又咳嗽。"

丛章刮一下她的鼻子，说："我没那么虚弱了，我觉得四肢越来越有劲了。"

半晌，听见有人在敲院门，还一个劲儿喊着："屋里有人吗？"

丛章正要回应，被巽贞一把捂住嘴巴。巽贞打开屋门，看见墙头露出两个脑瓜，头发乱得像鸡窝。怎么啦，刚才发现的，可是涂了发油的，怎么一下就变了？

"姐，你在家吗？"院墙外的人提高嗓音嚷了起来。

"是巽祥的声音！"巽贞惊喜交加，打开院门一看，果然是弟弟，还有丛章的表弟辛强。巽贞高兴得像过年的小孩子，又是叫又是跳。丛章闻声，扶着墙走了出来。四个人紧紧相拥，抱成一团。

巽祥和辛强是受擎秀初等小学的师生之托，前来县城观摩学生运动的。临行前，巽祥偷偷告诉母亲，说他十分惦记姐姐，想进城探望。姚氏脸上高兴，两眼却蓄满泪水，回卧房拿了些私房钱，让他捎给巽贞。

辛强也趁着去给外婆送吃的，悄悄对舅母说，明天一早他要进县城办事，问舅母要不要给表哥捎上些什么。叶母面带愁容，拿起装有十几服中草药的布袋，说："你哥生我的气，不回家治伤，我没办法。这是我正要托人带给他的药。你把哑妹和药带上，让她留在城里侍候你哥。"辛强一听连忙摇头，说："哑妹去不得。假如硬要将她塞给我哥，他的病肯定好不了。"

叶母自知背着儿子领了个童养媳，理亏，不敢再勉强。她呆呆站了一会儿，从荷包里掏出八个铜圆，又收拾了一些吃的，连同中草药卷成一个包袱，交给辛强。

巽祥与辛强四更一过就起程，擎秀初小选派几名同学陪他俩一起上路，直到太阳出来，路上有人来往了，护送的同学才趑回津洲。他俩走到离县城还有十几里远的一个村子，再也走不动了。幸好有一辆牛车要进城，他们给赶车的大叔几个铜板，大叔才把他们捎进城里来。

巽贞让巽祥和辛强洗完澡，四个人高高兴兴吃了一顿"丰盛"的晚饭，然后找出好久没用的茶具，烧开水，边喝茶边聊天。

丛章关切地问起家人的情况，巽贞却只问母亲、彩鸾和立春。巽祥不敢提及父亲，辛强同样不敢说到哑妹。巽贞坦率地对弟弟说："母亲的恩泽我永志不忘，而父亲对我来说，已是情尽义绝。我冒天下之大不韪离家出走，今后我会自立门户、自食其力过自己的日子。哥哥骨头软，没出息，你不能学他。你能参加爱国运动，我很赞赏，姐希望你在新民主主义革命中成长。"

巽祥点点头，说："我理解你，也对丛章哥深表同情和歉意。我记住了姐的教诲，我和辛强会把五四精神带回津洲。"

丛章对巽祥拱拱手说："我十分愧疚，让你姐受了太多委屈。最不该的是家母人穷志短，自作主张收下哑妹当童养媳。不过，请你和家人放心，我绝不承认她是我的童养媳，我对你姐立下的誓言，是至死不渝的。"

说到激动处，丛章站了起来，庄重地对辛强说："请你回去后告诉我娘，童养媳从哪里领来，就送回哪里去。我毕业后挣到钱，会把我娘欠下陈老财的，统统还清。"

丛章答应明天学校有人来，让同学带他俩去见学联的干部，让学联的骨干指导巽祥和辛强，并带他俩一起活动，提供资料让他们带回去。

晚上，巽祥和辛强就在叶丛章床前打地铺。辛强与巽祥情同兄弟。辛强经常来巽祥家学习，有时因学习或争论时事太晚了，就与巽祥同床睡一宿。辛强生性好动，睡着睡着，就与巽祥交臂盘腿抱成一团。

辛强知道自己的睡觉不太老实，怕在巽贞姐面前出丑，就悄悄用裤腰带把手臂绑在丛章板床下的椅腿上。哪知半夜起来解手，巽祥却将手绑着的事给忘了，猛然站起来，差点把表哥的床给掀翻了，吓得巽贞以为是屋顶塌了。

礼拜天，巽祥与辛强参观了县学联的会址，列席了会议，参加了抵制洋货的活动，聆听过张威对同学们的示范性演讲。他们在县城观摩了两天，收获满满，嚷嚷还要带更多的同学前来。

两个弟弟走了，屋里一下寂静下来。巽贞把院子和里屋收拾好，边洗手边对丛章说："我在街上看到教会的招聘启事，教堂准备建育婴院，招聘保育员。我想去应聘，你看如何？"

"保育员工作很辛苦，但对你来说又是合适的。只是我很惭愧，又要让你受苦受累了。"

突然，两个头戴黑檐帽，身穿黑制服的人推开院门，流里流气走了进来。见屋里只有两个人，就直接问询谁是刘巽贞，谁是叶丛章。得到应答后，又核对了两人的籍贯，才递给刘巽贞一张传票。

领头的麻脸一脚踏在板凳上，用文明棍敲敲桌上的一个陶钵，对刘巽贞说："我们是陆丰县法庭的差员。有人向法庭递了状子，告你一女嫁二夫，还设局诈取原告巨额钱财。"

麻脸又将文明棍指向叶丛章，说："同时也告发你，身为师范班学子，品行不端，居心不良，勾引霸占有夫之妇。"

另一个娘娘腔的差员接着说："我们是奉陆丰县初级审判厅厅长，也就是县知事之命，前来拘传你俩，前去接受堂讯。时间是今日上午九时。二位现在就跟我们走，以免因延误而罪上加罪。"

不啻平地起惊雷！这吴家，当着众人的面宣布休了巽贞，现在反悔了，把状告到县城，甚至连丛章也不放过，到底想干什么？为挽回颜面？折磨她羞辱她？自己得不到，也不让她跟丛章在一起？

眼看丛章脸色苍白，冷汗淋淋，但他还是一只手撑着桌面，哀声恳求两位差员："这事因我而起，要处罚，就处罚我好了。她是一个深闺女子，受不了惊吓，也不能抛头露面于法堂之上。"

领头的麻脸一听咆哮起来："你小子吃了豹子胆？敢跟我讨价还价？不给你颜色看，你倒卖起乖来。"说着高高扬起文明棍。

"不许打人，他正病着。"巽贞一把抓住麻脸的手，十分冷静地说，"现在可是民国了，我正准备向知事大人讨个说法，我俩依规守矩，光明磊落，与二位刚才所言风马牛不相及。既然卧床不起的叶公子也必须上公堂，那我扶他一同去得了。"说罢，巽贞为丛章擦去脸上的汗，又帮他换上学生服，然后搀着他走出老屋。

走到街上，遇见林瑞、庄梦祥几个路过，围了上来，询问出了什么事。巽贞说："有人将我俩告上县法庭，知事大人令差员带我们去过堂。"

几个学子互相递了眼色，把差员围住，林瑞趁机伏在巽贞耳边说："别怕，你们先走一步，我们这就去向学联报告。"

走进县公署，来到与知事办公室一墙之隔的民事法庭，只见吴税官及吴秉治早已在原告席的排椅前站着，正跟讼师嘀咕些什么，看见巽贞与丛章进来，现出一副咬牙切齿的可恶面相。

娘娘腔差员指指吴税官对面的那张排椅，说："这是被告的席位，你俩先站在那里，等审判长入座才能坐下。"

本来，县一级应该设立初级审判厅和初级检察厅，初级审判厅内，设刑事法庭和民事法庭。因财政拮据，法律人才短缺，陆丰没有设立初级检察厅，只有一处临时审检所，由一位检察监督推事负责。初级审判厅，也一直没有审判长到任，只能由县知事兼理司法，当审判长。再说，陆丰没有正式律师，只能任由原被告请讼师代替。

法堂来了不少人，个个衣着光鲜，表情冷傲，估计是吴税官拉来助威的。巽贞扶着丛章来到被告席，背后"哗"地响起一片喧闹声，有责骂的，也有品头论足的。巽贞抓紧丛章的手，告诉他不必害怕，不必低眉垂首。

等了好一阵子，审判席上依然空无一人，只有两个记者模样的人，手拿照相机在旁边晃来晃去。丛章站得腿脚发软，又不敢坐下。巽贞用力搀扶着他，要他再坚持一会儿。

审判台旁边的门开了，书记官扯开嗓门喊了一声："审判长陈知事到！"大堂一阵骚动，所有人都站了起来，目光齐刷刷投向审判席。

身穿西装、头发油亮的县知事陈应槃，手拿卷宗在审判长席位就座，书记官才喊道"众人坐下"。因为是简易民事案件，只由审判长一人独自审理，检察监督推事坐在书记官对面，履行监督职责。

陈知事扫了堂下一眼，抓起法槌用力一敲，说："吴秉治状告刘巽贞、叶丛章一案现在开审。先由原告陈述案由，随后被告再做辩白。"

陈应檠，广东海南人，省法政学堂毕业，本来是个有司法良知的人，也想在事业上有所建树。可是，社会这口染缸，很快就把他给染黑了。他来到陆丰，发现府库因历年收不抵支，一分钱没存，还欠下一屁股债，气得对谁都吹胡子瞪眼睛。

他急急找来承办税务课征的吴税官，让他先把下半年应上缴的厘金，提前缴付一半给县公署财政科，以保障政府机关正常运转。

清朝向商人征税叫"抽取厘金"，负责征税的机关叫厘金局。广东不称局而称厂，厂之下设分厂、分卡。厘金厂通过分厂、分卡，在通商口岸、水陆要道设税卡征收商税。民国政府全盘接受这种做法。

吴税官就是陆丰厘金分厂的"承商"，他与县公署的财税人员串通一气，压低每年上缴的税款，自己却赚个盆盈钵溢。

吴税官此时正为头脑一时发热，轻易休掉刘巽贞而反悔。他答应陈知事道："在下愿意尽力帮忙大人，但您必须为我儿子伸张正义，将刘巽贞和叶丛章以淫乱罪收监。"

陈应檠也认为此事很荒唐，就让吴税官递状纸起诉。数日后，他听说吴税官已经做好诉讼准备，带儿子在县城等着开庭，他派法警传唤被告。

法堂上，原告吴秉治恶言恶语读了一遍状子。接着，吴家讼师张牙舞爪向被告发起"攻击"，任意歪曲事实，恨不得用脏水将被告淹死。

轮到被告辩白了。刘巽贞不慌不忙站了起来，面无惧色对陈知事说："我刘巽贞举端行正，清清白白。刚才吴家所陈之词，纯属恶言妄断，混淆是非。吴家诬告小女子一女嫁二婚，事情真相是，我与叶丛章相爱订婚在前，津洲苏府萧夫人是我俩的媒人，也是订婚的见证人，订婚的信物就是我与叶丛章脚上的银镯子。"刘巽贞提起自己的裙摆和叶丛章的裤脚，脚一抖，镯子上的铃铛发出脆脆的响声。

陈知事不耐烦地说："这等小把戏回家里耍去吧，你还有什么话要说，快讲！"

刘巽贞环顾一下法堂，接着说："民国提倡婚姻自由，我与叶丛章订婚，已经禀明双亲。家父不仁，嫌贫爱富，硬要迫我嫁给吴家为媳，我万念俱灰，身不由己踏进吴家，只为表明心迹，再求一死。吴秉治要迫我就范，致我受伤。吴家怕惹出人命，当众宣布休了小女子，随即将我遣回刘家。何来小女子一女嫁二夫之说？吴家休书，小女子随身带着，连同颈上伤痕，请审判长和堂上的乡贤士绅，一同验明。"巽贞手举休书，仰起脖颈，绕法堂走了一圈。

法堂一阵骚动，开始有人说出同情被告、谴责原告的话语。而陈知事对被告的证据视而不见，也不叫她将休书传上给他。

刘巽贞又辩驳道："至于说我骗取巨额钱财，更是强加之罪。小女子赤条条来到县城，不带走吴家一根线，一枚铜板。家中婚前收取多少彩礼，在我来县城之前，家母已经如数退还，故诈骗钱财一说，纯属诬陷。"

讼师气势汹汹使出撒手锏："你嫁与吴家为媳，三媒六聘，满城皆知。而今却公然与叶丛章苟合同居，完全是奸夫淫妇之举，有辱斯文，有伤风化，你抵赖得了吗？"

"叶丛章无端遭人毒打，命在旦夕，我与他是未婚夫妻，我不来护理，谁来护理？我俩因未履行成婚大礼，夜间分床而眠，何来奸夫淫妇之实？"刘巽贞据理力争，又转向审判长，说："是非曲直，清清楚楚，请法官明察，秉公而断，判定被告无罪。"

讼师耍起无赖，说："你说自己没有与叶丛章越轨苟合，不如请来一位接生婆，当堂进行验证，看你是否还是处女之身，敢吗？"法堂一片哗然。

刘巽贞没有退却，掷地有声地说："你还有什么阴招，尽管使出来。小女子不会被你吓倒。只要法官大人点头，还我清白，决不回避！"

旁听席有人叫起好来，但没人敢笑。

陈知事见讼师这一招没能镇住刘巽贞，只好自己开口压一压她："看你在法堂之上妄言善辩，振振有词，可见你并非良善规矩之辈。原告铁证凿凿，岂容你抵赖推卸？请原告出示证据，并传唤证人。"

吴秉治手忙脚乱呈上吴刘两家的婚约聘书，警员也带着一个吊梢眼的妇人上来做证。这妇人是讼师花钱买通的，是叶丛章租住地的邻居。

叶丛章不知哪来的力气，猛地站立起来，说："法官大人，当今国运多舛，大规模罢课罢市此起彼伏，陆邑也不例外。大人你却舍本逐末，专为一颠倒黑白的诉讼而躬身其间，令晚辈等汗颜。晚辈与刘巽贞相恋日久，山盟海誓厮守终生，否则，一介弱女子，何以做出以死抗婚之举？在晚辈命悬一发之际，毅然来到晚辈租宿之地，救治晚辈渡过一劫。此情自有日月做证，岂是'奸夫淫妇'一词所能毁谤得了？"

审判长冷冷一笑，举起法槌狠狠一敲，说："你以为国事不靖，本官就腾不出手来，惩治你这等斯文败类？实话告诉你，这场官司真正要惩办的就是你。你乃本县最高学府一堂堂学子，本该率先垂范，恪守律法，却道德败坏，诱骗有夫之妇同栖同宿，家中还收养无知幼女为童养媳，天人共愤，是可忍，孰不可忍！”

大堂又是一阵骚动。只有知情人明白，知事亲自审理这宗案子，其实醉翁之意不在酒，而在于敲山震虎。连日来，县城学生接二连三示威游行和冲击商铺，早已激怒了他，再加上做洋货生意的商贾屡屡向他告状，他早就想好好治一治这些无法无天的学生了。

恰恰吴税官提起伸张正义之事，陈知事暗喜，决定来个杀鸡儆猴：将刘巽贞判归吴家，让吴秉治当场领回；以“夺人妻室，奸淫人妇”的罪名，拘押叶丛章，令他声名狼藉；并借此削弱学生在民众中的威望。

陆丰自治报馆的两位记者，从陈知事刚说的那一段话中听出了弦外之音，发觉此次采访的新闻眼不在案件本身，报道的焦点应该向更深的层面挖掘。

其实，识破陈知事险恶用心的，何止记者和法堂上的人。

县学联对县法庭传唤审讯叶丛章一事，高度警觉。他们先派几员干将，混在旁听的市民中，随时掌握堂讯的动向。又迅速组织约一百名学生，赶来为这对追求婚姻自由的青年助威。一旦发现法庭偏袒原告，判决不公，或带有不可告人的目的，他们将以示威请愿的形式，向法庭提出抗议，要求立即改判。

再说法堂上的刘巽贞，她一开始就看出陈知事完全是站在吴家一边，与吴家同一个鼻孔出气，判决的结果肯定对她和丛章不利。她也知道，吴家并不是真的要她回去，而是为了泄愤，为了报复，为了拆散她与丛章。不能让吴家的阴谋得逞，不能让棒打鸳鸯的结局再次出现，在这关键时刻，只能豁出去做最后一搏。她断然撕下半幅裙摆，准备以写血书的方式，来感化知事，博取法堂上大多数人的同情。

刘巽贞正将食指伸进口里，陈知事已猜出她的意图，抢先抓起法槌，哐地敲在案台上:“诸位肃静！现在，原告与被告对质完毕，案情已经一目了然，男女被告均触犯南京临时政府律法，犯骗婚罪、淫乱罪、霸占他人妻室罪。本官就此做出裁决：判定被告刘巽贞为原告吴秉治的合法妻室，即日逐离县城，由吴家领回家中；判定被告叶丛章拘禁三个月……”

陈知事的判决还没念完，大堂外面响起了激昂的口号声，愤怒的学生冲破警员的阻拦，拥进了法堂。

"抗议徇私枉法，还我民权民主！"

"打倒封建礼教，反对包办婚姻，捍卫恋爱自由！"

"严惩官商勾结，抗议迫害进步学生！"

陈知事见势不妙，想趁乱溜回自己的办公室，被张威等几个学联干部团团围住。叶丛章的国文老师郁新凯大声质问陈应槃："刘巽贞宁死不愿嫁入吴家，为何你还要将她推入苦海？叶丛章是品学兼优的好青年，你肆意诬蔑，居心何在？他与刘小姐情投意合，订婚在前，为何硬要将他俩拆散？"

陈知事气急败坏，想要发作，苦于学生人多势众，害怕群情激愤之下，自己要受皮肉之苦。张威见他不答复，又振臂高呼："全县同学团结起来！驱逐反动知事陈应槃！打倒独裁统治官吏陈应槃！"

陈知事憋得满头大汗，为了不吃眼前亏，只好不情愿地宣布："鉴于学联与法庭意见相左，本审判长收回刚才的判决，至于何日重新开堂审理，另行函告。"

同学们立即欢呼起来，簇拥着叶丛章和刘巽贞走出法庭，沿着印月河，将两人送回租住屋。

满脸红光的同学们，刚回到龙台山下，学联稽查队一名队员气喘吁吁向张威报告："我们在北岸驳船码头查获走私物品，稽查队长陈雄保等人却被推入印月河。"

印月河，是自东往西横贯县城的穿城河，河水汇入漯河，流向大海。印月河水位较浅，从海上接驳货物只能靠内河船。印月河两岸有几个驳船码头，县城不法商人从水路走私洋货，驳船码头是他们起货的必然平台。为了抵制东洋货，学联的稽查队，不时会在这里设伏。

就在张威带领同学们前往县公署旁听断案时，稽查队接到眼线举报，在北岸驳船码头，一艘内河船在运载的瓜菜底下，藏有大批走私物品。学联稽查队长陈雄保带领队员，赶到驳船码头，从该船船舱搜出日本的西药、日用品、纱布，还有一箱鸦片。

陈雄保准备派副队长章朝阳到学联总部搬援兵，并将船家带回询问。突然，从河堤上冲下一群身着学生装的人，跟稽查队员吵了起来。稽查队员阻止他们搬走货物，竟被他们一个个推进河里，然后驾船向西逃窜。

稽查队学生被搬运工和路人救上岸来，船家与货物都已不知去向。有晓得内情的人告诉陈雄保，运货船只是县总商会谭会长的，而假扮成学生的那些混混，领头的也是谭会长的人。

张威让同学们先回学校去，他带上报信的稽查队员来到驳船码头，与浑身湿透的陈雄保、章朝阳交流了情况，即带着他们到县警备大队报案。警备大队长说，那是你们学生内部的事，你们不是有稽查队嘛，自个儿查去吧。

第二天，《陆丰自治报》竟然发表一篇报道，说县城学生为争功请赏发生内讧，守法船家货物遭劫叫苦连天。

学生缉私险些遭害反被泼脏水的事，在县城炸开了锅。

张威、庄梦祥召集学联全体干部，开了紧急会议，决定组织县城学生并发动民众举行大规模的示威游行，要求当局惩办祸国殃民、充当东洋走狗的奸商，缉拿肇事者，还学生清白。

当林瑞等同学把这一消息告诉叶丛章，他再也坐不住了，拍拍胸脯坚决地说："该我向当权者喊一嗓了了，这次示威游行，我就算爬也要爬着去。"

刘巽贞也跃跃欲试。自从经历了那场官司以后，她对县学联和丛章的同窗们心存感激。怀着一种特殊的感情、一种宣泄个人愤慨的渴望，她期盼自己也能在大街上大声地喊一嗓子。她红着脸对林瑞说："我想成为你们中的一员，合适吗？"

林瑞和同学们立即报以热烈的掌声，说："欢迎你加入我们的行列，我们正准备发动更多的民众参加这次游行。"

第二十四章
遭毒手恋人赴黄泉　聚陋室四女诉心曲

又逢"二五八"赶集的日子，县城的马路上，处处可见赤着脚的捐客、农夫低着头，挑着担子，匆匆走过。他们似乎感觉出，今天的圩日，跟往常不大一样。就说光复街，往日这里，市井百姓、大小商贩、山民村姑熙来攘往，摩肩接踵。今天，好些商铺关着门，挂着锁，涌动的人流也没有汇集在这里，而是拥向东校场。

东校场原为县邑城守驻防将兵跑马射箭的训练场，凡有重大集会都在这里举行。此时的东校场，人头攒动，横幅飞扬，气氛严肃。人越聚越多，除了身着学生装的学子，年轻教员，还有不少表情凝重又好奇的民众。

十时，大游行正副总指挥郑重和郁新凯，在欢呼声中走上训练场原有的观礼台，郑重向师生和市民做了充满激情的演讲。郁新凯又历数了政府官员滥用职权、任用私亲、贪污受贿的事实，谴责奸商雇凶掩杀稽查队长等罪行，号召师生和民众发扬五四精神，向封建主义和帝国主义宣战，整肃腐败，严惩凶顽。末了，才宣布了游行的路线和注意的事项。

一场声势浩大，由学生为主导、民众为主力军的示威游行开始了。

游行队伍在此起彼伏的口号声中行进，总指挥郑重与学联的骨干走在队伍前面，郁新凯和几位老师断后。路人远远听见口号声，纷纷退至大街两旁，夹道欢迎游行队伍到来。

今天的巽贞，上穿红地儿白花斜襟短袖衫，下着湖蓝色长裙，举着一面红色小旗，很引人注目。记者发现了她，特地为她拍了几次照片。

示威游行队伍在新圩绕了一圈，沿着马街向大街进发，已经快到县城最大的石桥迎仙桥了。透过印月河畔的柳树，隐隐约约中右边那片高宅大院，就是陆丰县公署。

按照计划，师生先到县署示威请愿，要求陈知事公开表态，惩治官场败类，支持学生抵制日货，答应整肃商界，着令警备大队惩办制造码头事件的肇事者。然后兵分两路，一路开往金马街，专门缉查谭会长名下的商铺货栈，发现东洋货一概收缴，当街焚毁；一路开往西门街，包围谭会长的宅第，勒令他向学生市民认罪，登报澄清驳船码头事件真相，并辞去县总商会会长职务。

冷不丁，从迎仙桥下，拥出五六十个警察，在桥头一字排开，将游行队伍拦住。警察挥动文明棍，叱令学生停止前进，立即就地解散。

郑重和张威上前交涉，领头的警备队中队长断然拒绝让路，身边的警察还破口辱骂学生无法无天，妖言惑众，扰乱治安。

后面的民众不断往前压。学联秘书长庄梦祥认为警察不敢对学生动武，振臂号召师生勇往直前，冲垮警察的防线。师生、市民群情激昂，怒吼着往前逼。

混乱中，叶丛章看见几个便衣警察，举起警棍殴打刘巽贞和其他女生，便侧躬着身朝警察撞去。没撞倒警察，反而招来几根警棍像捶肉馅一样，七上八落抽在他身上。刘巽贞挣脱警察的手，哀号着扑向叶丛章。警察见叶丛章口吐鲜血，才四散走开。郁新凯赶来了，扶起刘巽贞和叶丛章，叫几位老师轮流背叶丛章去太平街五杏堂。

郁老师要挽扶刘巽贞一起去诊治，刘巽贞不肯，说他还要指挥游行队伍，抢救其他伤者，由她陪叶丛章去五杏堂就行。

郁新凯眼见警察公然对学生下毒手，知道陈应槃是在对学生秋后算账，硬拼下去师生将要吃更大的亏，便叫林瑞用喊筒发出"暂停示威游行，组织抢救伤员"的号令。

印月河在呜咽。刘巽贞抱着眼珠一动不动的叶丛章，从他嘴角淌出来的血，已染红她的衣裙。在他们的身旁，还躺着七八个伤势不轻的教师和学生，都在呻吟着。

刘巽贞没有流泪，她完全没有想到，耗尽心血从死亡线上拉回来的心上人，又倒在了血泊中。她觉得自己正在沉入无底的深渊，手与脚全然失去存在的感觉。直到颜景悦大夫上来为叶丛章诊治，她的意识才逐渐恢复过来。

颜景悦为叶丛章把了脉，检查了伤势，清理完口腔里的血污，给他灌下小半碗汤药。刘巽贞想问丛章的伤势如何，张了口却什么都说不出来。颜大夫看了她一眼，目光满含悲悯，转身走进屏风后。

刘巽贞打了个寒战，紧紧攥住丛章的手，她默默祈求上苍，保佑丛章渡过这一劫。郁老师和受伤的张威赶来了，围在他们身边。大家看出叶丛章快不行了，但谁都不敢吭声，好像怕惊醒睡着的叶丛章。

时间在静寂中流逝，丛章的眼睑毛动了动，眼睛慢慢睁开一条缝，他看清楚抱着他的巽贞，站在他身边的老师和同学，嘴角露出一丝笑意，嘴唇嗫嚅着。巽贞知道他有话要说，弯下身子将耳朵凑近他的嘴唇。

"我要走了，能跟你相识、相爱，足矣。来世，我们再不分离……你把我，葬在龙台山上……"

话断了，手渐渐凉了，只有那丝微笑还挂在嘴角。刘巽贞伏在丛章身上，椎心泣血地哭号："你不能走！我们刚刚相聚在一起，你怎能扔下我，独自一人走了？！我们的山盟海誓你都忘了？我们说好长相厮守，不离不弃，你回来，你回来呀！"

三天后，一场规模空前的示威游行爆发了。陆丰县城同时卷起罢课、罢工、罢市风潮。

刘巽贞一身素服，手捧叶丛章的遗像，走在示威游行队伍的最前方。胸佩白纸花的教员、学生举着挽幛和横幅，抬着叶丛章的遗体，默默前行。前来声援的工人、商人、市民群情激愤，排起的队伍比学生的队伍还要长。

广州民生日报馆派来两位记者，夏文珮就在其中。

津洲、玄沄等地的学生团体发来电报，声明他们也同时举行示威游行，声援县城学生的爱国惩奸抗暴运动。

陈知事知道自己被姓吴的和姓谭的害惨了，眼下已经被逼进死胡同。省城的记者来了两位，这件事一经见报，省政府迟早会摘下他的乌纱帽。泥菩萨过河，自身难保，只能丢卒保车，低头认错，先躲过眼前这一劫。

在数千民众的咆哮声中，陈应檠战战兢兢走出县公署大门，立即被众人团团围住。陈知事向死者鞠了三个躬，向学生认了错，道了歉，然后宣布：撤销县总商会谭会长的职务，并课以罚金一万大洋，用来抚恤死者，治疗受伤的学生；为逝者举办追悼会；撤销县警备大队长和一中队队长职务，不得继续在警署留用；清查惩治不法奸商，焚毁查获的日本货物。而他本人，将向县议会做出渎职反省，听候省政府发落。

血的代价，换来了民众的觉醒和胜利。夏文珮决定追踪采访刘巽贞。刘巽贞与叶丛章凄美的爱情故事，为追求自由而表现出的反抗精神，把夏文珮感动得热泪盈眶。津洲又站起一位勇于向封建专制说"不"的女性，夏文珮对自己的同事说，她将把这个故事写成小说，在报上发表，激励更多的女性，敢于向命运抗争，敢于砸碎禁锢人性的锁链，敢于汇入时代潮流并绽放生命色彩。

晚上，夏文珮没去住旅馆，她要陪刘巽贞一起为叶丛章守灵。

叶丛章的母亲是下午才到了县城的，她听到儿子去世的噩耗，当场昏死过去，抢救了一天，才醒过来。刘巽祥和辛强陪着叶母，一同来到县城，明天将一起为叶丛章送葬。

夜深了，老师和同学们都回去了。刘巽贞对夏文珮留下来为叶丛章守灵，很过意不去，但此时此刻，失去爱人的她，又多么希望有一个贴心姐妹，陪着她。

叶母经劝说接受学联的安排，以官方追悼会的形式，送儿子入土为安。她和巽祥、辛强太累了，在里屋打盹儿。巽贞和文珮在院子里一边烧纸钱，一边谈论着人和生命这个话题，一直谈到五更天。

夏文珮告诉刘巽贞："你可千万不能犯糊涂！你无法用自己的命，去挽回爱人的命，但你可以'咬定青山不放松，立根原在破岩中'的勇毅，让自己坚强地活着，去延续逝者的生命，完成逝者的遗愿，同时也焕发自己的青春色彩。"

夏文珮从刘巽贞的言语中听出她有随同叶丛章一起告别这个世界的念头，所以，她才特意陪她聊了整整一夜。

眼看刘巽贞只啜泣，没回话，夏文珮又旁征博引，讲了世界上许多优秀女性的故事，而后指出："你只做一个觉醒一半的女子，将会更加痛苦。既然这个世界一次又一次伤害了你，就必须直面现实，确立足以拒绝伤害的抱负，无畏地去改造这个世界。时代前进的号角越吹越嘹亮，那是青年自我觉醒的动力和引领，必须加快步伐升华自己，向着神往的梦想，勇敢地前行！"

她鼓励巽贞事后先找一份工作，让自己在县城立足。生活安定后，要积极融入社会，多与进步青年交往，从而获取温暖和信心，还要不断砥砺充实自己，开阔眼界与胸怀，使自己成为敢于以天下为己任的新女性。

刘巽贞听懂了，死很容易，活下去才艰难。她与叶丛章的爱是刻骨铭心的，但也不能因为他离开人世而选择死亡。她必须像夏文珮说的那样，用自己的生命去抗争，去完成逝者的遗愿。

天亮了，叶母凄怆的哭声从里屋传了出来，刘巽贞也跟着失声号哭。

用追悼会的形式为逝者送行，是民国后的新鲜事，县城也没有举办过几场。

县公署、县警备大队、县总商会、县学联和几所学校各送了花圈、挽联、挽幛。县城公立学校的师生、社会人士、亲朋邻里和素不相识的市民，参加了追悼会。郁新凯主持追悼会，张威致悼词，刘巽贞代表叶母致答谢词。

颜景悦也来了，看到刘巽贞，心里除了替她难过担忧，还多了一层父爱般的关切。

追悼会结束，该送丛章上路了，扶棺的都是丛章的同窗好友。一身素服的刘巽贞，强忍悲痛，要为丛章捧灵照。辛强担心身心俱伤的她，会突然晕倒过去，坚持由他来为表哥捧灵。

送葬的队伍从土笼街出发，经过迎仙街，路人无不驻足默哀，为这位青年学子惨遭棒杀而流泪。

遵照丛章的遗愿，墓地选择在龙台山南麓的一个山丘上，在那里可以听见同学们的读书声。

灵柩入土的那一刻，叶母捶胸顿足，一口一声"我薄命的儿呀"。她的恸泣，像钢锯，撕裂每一个人的神经。

刘巽贞仿佛看见丛章在天上凝望着她，向她招手。她再也控制不住自己，几次三番要跳入墓穴，夏文珮和几位女生死死拦住了她。

葬礼结束，夏文珮与同事立即赶回省城。叶母因为担心婆婆，不敢在县城停留，巽贞叫弟弟和辛强陪着她一起回去。临行前，刘巽贞叮嘱婶母别再伤心，要保重身体，并将丛章的抚恤金悉数交给她。

租住屋一下空了下来，刘巽贞先是有些茫然，继而有些恐慌。老屋死寂无声，巽贞接连问自己："丛章不再回来了？丛章真的不再回来了？！"

这一问，太多太多的往事，像电闪雷鸣，在她的脑际掠过，她紧紧抱住了自己的头，"啊"地吼了一声，随之，颤声恸哭。

"头七"过去，刘巽贞也哭哑了，哭累了。张威、林瑞等同学，不时抽空前来看望她，安抚她，使她获得一些慰藉。

这天，院子外面又有人叫门，声音带着几分悲切。

来者是丛章的国文老师郁新凯，还有县立二小的学生陈谷荪，以及他的两位女同学。

郁老师向巽贞深深鞠了个躬，说："刘小姐，我是专门来向你致歉的。丛章的死，我负有责任。我对当权者的卑鄙和险恶估计不足，没有制定好应急措施，导致示威师生付出了惨重的代价。我不能原谅自己，我已要求撤销我学联顾问的头衔。"

刘巽贞急忙站起来，把泪水沾湿的鬓发往耳后一掬，声音嘶哑地说："郁先生，请你千万别这么说，更不必自责。要怪，只能怪姓陈的知事太狠毒，怪黑狗子太没人性。"

陈谷荪也对刘巽贞鞠了个躬，说："刘小姐，我们知道你是一个意志坚强的人，县城的师生和有识之士都对你敬佩有加。为了帮你解决后顾之忧，学联极力向第二小学的校董会推荐，希望他们吸纳你为初小班级的实习教员。"

刘巽贞抬起泪眼看了他一眼："谢谢你们的好意和关心。只是，我没有进过正规学堂，恐怕难以胜任。"

两位女生争着说："姐，你能行的。上一次打官司，当着那么多人的面，你面不改色，从容淡定，辩白时又出口成章，对答如流。大家都说你是有知识、有胆略的新女性。你真的可以当教员。"

刘巽贞谦和地说："两位过奖了，比起你们，我恐怕连当学生的资格也不够。"

眼看刘巽贞说话时双眼少了些阴郁，郁新凯拧紧的剑眉稍稍舒展了些："我们担心你一个人待在老屋，容易触景伤情，已经为你在二小女生寓舍安排了一个铺位。明天我派人帮你收拾一下，你就搬到学校去，暂时与女生住在一起，好吗？"

县立二小设在城内旧圩，是早清衙门的旧址，学生寓舍并不宽敞，刘巽贞很过意不去，摇摇头说："这怎么行？挤占学生的床位，又影响她们的学习，我不能答应。"

肤色白净的那位女生拉起巽贞的手，说："姐，我们很崇拜你，在心里都把你当亲姐姐看待。床位是剩余的，住在一起我们可以互相学习，共同进步，是好上加好的事。"

巽贞见他们都十分诚恳，又像是众人协商后定下来的，便答应下来。巽贞非常感激，自己正在为往后的路该怎么走而忧愁时，郁先生和同学们及时向她伸出了援手。

刘巽贞将成为实习教员的消息传出去后，一帮老气横秋的乡绅，气汹汹走进二小校长室，找温校长理论。他们众口一词，认为刘巽贞不守三从四德，在家忤逆不孝，私定终身；大婚之日以死诳嫁，然后私奔，践踏纲常；与学子苟合后，还四处招摇过市，不知廉耻。如此伤风败俗、千夫所指之弃妇，必定诲淫诲盗，误人子弟，怎能登上讲坛，当上教习？

温校长是一个推崇民主、倡导新学的开明人士，在县城的教育界深得好评。他据理力争，对乡绅的发难一一予以反驳。年轻教员也以矛攻盾，竭力为巽贞申辩。地方乡绅理屈词穷，却耍起无赖，扬言要发动全城的乡绅商贾断绝对学校的捐助。

校方迫于压力，不敢安排巽贞给学生上课，只让她做些七七八八的勤杂事务。而那些冥顽不化的乡绅不甘罢休，竟然教唆不懂事的孩童朝刘巽贞扔果皮秽物；有时在街上，还会遇上骂她贱妇、铁扫帚、七煞克星的女人。

面对种种非难和人身攻击，刘巽贞恼怒过，也哭泣过。但她时时以夏文珮教诲她的话为鞭策，没有畏惧，没有退却，她勉励自己咬紧牙关，一定要在县城立住脚跟，一定要让那些遗老遗少对她刮目相看。

她开始勤奋学习，以萧夫人教给她的知识为基础，重新系统学习高等小学的整套新教材，并凭着惊人的毅力和记性，开始自学师范简易班的各门功课。

郁新凯经常过来探望她，刘巽贞感觉他的一个眼神，一句话都能给她带来勇气和力量。而更多时候，她像学生一样，一个接一个地向他请教学习上的问题，还要他教她如何给学生上课。

星期天，郁新凯把她带到教室，让她站在讲台上当老师，他坐在下面当学生，听她讲课。刘巽贞有很好的文化底蕴，校长又经常安排她去听老教师的课，所以，课堂上如何分析教材，读读写写，释疑解惑，引导思考并加以点拨，刘巽贞都做得不错，问题是怯场，放不开，有时顾此失彼。

郁新凯进行点评鼓励后，两人又就为人师表、热爱学生、言教与身教结合、不断提高自身文化素质等问题，展开交流。

刘巽贞好久没见到张威等人了，有一回，她问郁新凯，叶丛章的同窗毕业后都去哪了。郁新凯说："张威、庄梦祥、章朝阳考上陆安师范，将去海丰上学。他们都捎话向你问好，要你坚强地挺起腰杆，做一个不向封建礼教低头的新女性。喔，我解释一下，陆安师范学校，是由海丰、陆丰两县合办，以原来的海丰中学为基础进行扩建改造而成，主要是培养小学教师。"

机会总是留给有准备的人。星期四，三位年轻教师在小食店吃河豚中毒，不能来给学生上课。训导长安排不出人手来顶他们的课，急得像热锅上的蚂蚁。温校长说："刘巽贞正好没事，何不让她试试？"

训导长一拍脑袋，说："是呀，我怎么没想起她，只会干着急。"

刘巽贞对训导长叫她顶课，一点都不惊讶，一口就答应下来。

刚站上讲台，巽贞有些羞怯，虽说是低年级班，但个把学生的年龄并没比她小多少。看着一双双带着好奇的眼睛集中在她身上，她的心怦怦直跳。训导长就在隔壁教室上课，不时来到窗口探头探脑，想听听她的课讲得怎么样。巽贞来劲了，心想，自己作为被告时，在县太爷面前都没胆怯过，何况现在面对的是训导长和学生。

巽贞接手要上的国文课，是学习一首古诗，她以前跟萧夫人学过，自己又跟郁新凯探讨过如何引导学生学好古诗词，她把学生当成叶从章，跳动的心一下平静下来了。

在谦恭简要的自我介绍之后，巽贞转入正式授课，先声情并茂背了一遍古诗，然后领着学生朗读几遍，接着介绍诗人简况，再说文解字。为了加深学生的理解，她按照古诗的意境，在黑板上画了一幅图，边解文释义，边在图上添加人物、船只、亭台楼阁。

巽贞不但把跟萧夫人所学的套数使上了，而且融会贯通，发挥得恰到好处，把一首寥寥数言的山水诗，演绎成一篇咏物抒怀的美文。学生在新教师面前学得认真，一半人当堂就过了背诵和默写这两道关。

下课时，学生对刘老师报以一阵热烈的掌声，还对训导长说，希望刘老师教他们的国文课。

训导长半文半白夸奖刘巽贞说："没想到你能一鸣惊人，真羞煞老夫矣！"

事实胜于雄辩，刘巽贞以其生动的教学方法和敬业精神，博得了学生的称道，很快就成为一名正式的国文教师。那些视她为洪水猛兽的乡绅，不得不装聋作哑接受这个现实。

刘巽贞一双眼睛明亮起来了，她可以在县城挺胸抬头做人了。

元宵节前后，是县城民俗文化活动最繁盛的时候。东滘镇新旧圩各社头的游神庙会，在炮仗声、唢呐声和锣鼓声中，拉开了帷幕。

各社头从正月十二至十九，择吉日将其奉祀的元天大帝、保生大帝、天后圣母、城隍老爷，以及次殿供奉的众神金身，抬出张灯结彩、香火旺盛的庙堂，安放在座台上，由德高望重的长者护拥着，绕本社境域街衢巡游，遍撒神恩，驱邪除厄。各村落福户，在路口设香案贡品祭拜，祈求国泰民安，风调雨顺，五谷丰登，合境昌盛。

神明金身出游，鼓乐仪仗的规格，当然非同一般。轰天炮仗响过，鼓乐齐鸣，巨幅匾额之后，红袍绿衣男女，手擎描龙绣凤的旌旗布幡，缓缓起行。端坐着神明塑像的座台，蒙着红布，摆着花卉，插着罗伞，依序排开，随之移进。

游神，方言叫"攍老爷"，在海陆丰乃至整个潮汕，都这么叫。把神明统称"老爷"，或许是受地方官"城隍老爷"的影响。

攍老爷的座台，是特制的，将直径三几寸的杉木穿过座台下的圆洞，两旁十六个汉子像抬大轿般抬起就行。如果没有座台，老爷的塑像又不是很重，也可用四张结实的八仙桌，捆绑在一起，再在桌腿绑上粗木棒，八个汉子分列左右用手抬着，也很稳当。

跟在神明金身后面的，是整猪整羊、整鸡整鸭整鱼、整箩大寿桃、整箩白米饭等供品。

而真正有看头的，当属后面的民间文艺表演和展示。武舞类行列有舞狮、舞龙、舞凤、舞麒麟、踩高跷，展示类的有扮景、扛大旗、挑花篮花灯，乐奏类的有潮汕大锣鼓、八音锣鼓、笛套锣鼓等。

扮景，也叫"攍景"，就是将古戏曲或传说中最具代表性的一幕景观，通过少男少女的扮演，再现于景台上，并隐情节于静止的造型中，如"牛郎织女""楼台会""昭君和番""穆桂英挂帅"等。扮景的少男少女，百里挑一，华丽的服饰流光溢彩，陪衬景致精巧逼真，令人仿佛置身其中，流连忘返。

节庆活动最早开锣又最迟收场的，要算各社头的连台好戏。大凡庙会的前一天，白字、正字、西秦三个剧种十来个戏班，就咿咿呀呀唱开了，而且都是翻箱底、亮绝活、使出浑身解数的。戏班虽多，可观众还是里三层，外三层，屋顶树上又三层，用万人空巷形容一点都不为过。

县城的庙会这么热闹，学校虽然已经开学，也只好按旧例放假两天。全校的师生，早都回家欢度元宵节去了，外地不回家的，也投亲靠友逛庙会去了。前清旧县衙顿时空空荡荡。

元宵节前一天，郁新凯特地从龙台山跑过来，盛情邀请刘巽贞去他家过节。可刘巽贞想都没想就婉言拒绝了。

郁新凯问她："是不是有人先约了你？"

巽贞把头摇得像风车草。但看到郁新凯有些沮丧，心里有些不忍，就信口编了句谎言："有亲戚约好要来看我。"

郁新凯虽然感到失望，但脸上还是挂着笑："那好吧，反正节庆长着呢。"

看着郁新凯离去的身影，刘巽贞松了口气。因为郁新凯最近总是动员她，加入由郑重和他组织的陆丰社会促进社。自从叶丛章走后，刘巽贞心里的隐痛至今一点都没消减，再说为了教好书，她哪有心思去提倡和促进新文化运动？

刘巽贞在学校正式工作一年多了，郁新凯每逢传统节日，都会提前邀请她去他家过节，全被她拒绝了。她也不知道自己为何这么不近人情。

天阴沉沉的，风把树上的黄叶刮得哗哗作响，麻雀立在钟亭的栏杆上，与她对视。空荡荡的校园见不到一个人影，也听不见任何与人有关的声响，只有悬挂在钟亭里的铁铸云板，在寒风中发出浑厚的颤音。

云板状似如意祥云，原是天圣庙的报时法器，也叫钟板。学校用它来做校钟，校工用铁棍一敲，声音洪亮悠长，整个学校都能听见。

学校的教师和学生真的全走光了，只剩下自己守着一个偌大的校园？巽贞不相信，她从亭子旁拿来一块石头，掂了掂，使劲敲向铁铸云板。

"当……"一声震耳欲聋的轰鸣带着尾音在校园回荡，受惊的鸟雀扑棱着翅膀飞向空中。

刘巽贞将垂在胸前的两条长辫，甩到身后。她想离开钟亭，回宿舍准备做晚饭。她想把饭菜做得"丰盛"一些，自己好好过一次节。

巽贞的宿舍，在学校西南角，由旧县衙的监狱改造而成。宿舍又小又矮又湿，但她已经很满足了。

巽贞从钟亭走下来，看见大门口几只鸡咯咯咯惊叫着飞开了，三辆人力车鱼贯而来，一字排开停在操场上。

从人力车上下来三位身着缎面短袄、呢绒长裙的少妇。校园终于来客人了，刘巽贞双眼粲然一亮。学校就剩下她一个人，不管三位少妇来找谁，她都应该迎上前，向她们问声好。

当她走到梧桐树旁时，揪着辫子的手不自觉松开了，樱桃小嘴也一下张圆了，半天合不上。她做梦都不会想到，来人是津洲万家的颜文英、韩斯洁、管素婷三妯娌。

能在县城见到家乡的人，刘巽贞心里别提有多高兴。只是，万家的媳妇怎么会齐刷刷出现在学校里？她们也许有人在这里读过书，带着妯娌一起来拜访师长？还是出于怀旧，特来故地重游？如果真是这样，那与她并无多大关系。再说，像她这样一个被人骂为"七煞八败"的弃妇，在她们几个的心目中，会有好印象吗？刘巽贞没勇气朝前走，一闪身躲到梧桐树后。

万家三妯娌走进校门，东张西望，心里好不纳闷。明明看见有人从钟亭走下来，而且依稀看出她就是刘巽贞，怎么转眼间就不见了？

万家三妯娌是应颜母汪氏的邀请，携儿带女，一齐来县城赶庙会看热闹的。她们的婆婆龚氏起初不同意，说三个女人拖儿带女进城逛庙会，万一有个闪失如何是好？而万泰安却笑呵呵一口应允，说："难得你们和和睦睦，我很赞成你们一起出去走走。"老伴噘着嘴，还是不点头。

万泰安为老伴捶捶肩，说："你也别太守旧了。三个媳妇都是见过世面的人，自从嫁入万家，忙于养儿育女，很少出去走动。现在孙子孙女都半大不小了，也该让孩子们到外面开开眼界了。万家人，是靠行南走北闯出来的。我七岁那年，我爹就带我去了香港。岱源八岁时，我带他去了省城。不经历练难成才，不见世面充其量就是一只井底蛙。"

龚氏想想当年三个儿子确实是这么带大的，只好答应下来。

能将万家三个媳妇一同请到东溶来，颜景悦夫妇高兴得直夸亲家公旷达。宾主十几口人围在一起吃完饭，颜景悦不经意提起刘巽贞，说她如今在县立第二小学当教师。

刘巽贞的事，万家三妯娌没少听说。颜文英通过父亲，了解得更多一些。此时一听父亲特地提起她，便接过话茬，说："刘家的儿女，都想挣脱封建专制桎梏，刘巽贞是彻底闯出来了，十分难能可贵。"

在书房喝茶时，斯洁手托粉腮，对文英说："大姐，刘巽贞是个奇女子，我同情她，又敬佩她，好想跟她会会面，交个朋友。"

管素婷一听正中下怀，嚷嚷起来："大姐二姐说得对。在娘家时，都说我脾性天下第一犟，谁知天外有天，我该拜刘小姐为师了。"

文英原本打算叫使妈去二小，请刘巽贞来聚一聚，但仔细一想，觉得不妥，这样未免有轻慢之嫌。她跟斯洁、素婷商量后，决定三个人一齐到学校看望她，然后邀请她一起来颜家过元宵节。

三个少妇三朵花，一路上吸引了不少仰慕的目光。

来到学校见不着人，管素婷觉得有些扫兴，她后悔没把人力车留下，担心等会儿得走路回去，一出汗会把扑过粉的脸弄花了。

韩斯洁却不在乎有没有人，她是个总能自得其乐的人，此时已被正门的对联吸引住了。颜文英急于找人，自个儿顺着甬道往前走，看见老大的梧桐树后，飘出一角裙摆，断定刚才看见的人肯定躲在树后。

文英转过身，把手指竖在唇前，神秘兮兮朝斯洁和素婷招招手。等她们轻手轻脚来到身边，文英打着手势，让三个人手拉手"包抄"过去，把梧桐树给围起来。

刘巽贞被不速之客的突袭吓了一跳，缓过神见她们个个笑弯了腰，她也跟着开怀大笑。这是她自从抗婚以来，第一次笑得如此灿烂。

不速之客一来就跟她玩起躲猫猫游戏，使她感觉万家三妯娌一点都没将她列入"另册"，而且此行是专门为她而来的。

三妯娌来到刘巽贞的栖身之地，其简陋和窘迫一目了然：一张挂着苎麻蚊帐的木板床，占去房间一半的空间，床头一个藤皮编的箱了，上面叠放着几件换洗的衣服，靠窗的地方摆着一张书桌，堆着一摞大小不一的书，一只六角形的竹几，四只坐上去吱吱作响的竹椅，这就是刘巽贞的全部家当。唯有挂在墙上的几幅色彩斑斓的刺绣，还有窗台上那盆青翠欲滴的文竹，给小屋增添了些许生气。

虽是陋室，但有贵客到来，顿时蓬荜生辉。

第二十五章
辩论会唇枪舌剑　新青年推崇先驱

自打丛章离世后，家乡终于有同龄姐妹来看望她了。巽贞情不自禁哭了，先是感激涕零和喜极而泣的哭，继而是触景伤情暴风骤雨式的哭。几个姐妹劝着劝着，也潸然泪下。这一场哭，巽贞哭得痛快淋漓，她把胸中郁积的委屈和悲苦，江河决堤般全都倾泻出来。

文英怕她哭哑了嗓子，影响第二天上课，就转移话题，语气优雅、节奏舒缓地说："还有一个人经常挂念着你，你想知道吗？她就是兰舟姐。她托我向你问好，本来她是要跟我们一起来县城的，只因冀虎哥在与皖军打仗时负了伤，送后方医院治疗后，归队前请假回津洲看望家人，顺便慰问一下津洲兵的家眷。他是骑着军马回津洲的，既威武又英俊。兰舟姐跟冀虎哥经常牵着战马去海边，让冀虎哥教她学骑马。兰舟姐好厉害，仅半天就将烈马给驯服了，还一个人骑着马来求芳居找我们，把我吓了一大跳。真服了她。"

刘巽贞大哭一场后，心里舒坦了许多，想起老家有姐妹记挂着她，心中充满感激。她从袖筒抽出手绢，揩干脸上的泪水，说："你们回津洲时，替我好好谢谢兰舟姐，说我也想念她。对了，文英姐你咋没说说岱源哥？打埋伏？"

文英想起刘监生托父亲做媒，想把巽贞嫁给岱源一事，不由忸怩起来，弄着衣摆纽襟上的铜扣头，说："他又没回来，没什么好说的。"

"我来告诉你吧。我家大伯的部队已经回到闽粤边界。兰舟姐的夫君现在是连长，大伯也被调到支队司令部供职。陈炯明跟我娘家是邻居，目前，粤军所属各部分别移驻闽粤边境，随时准备将桂系军阀赶出广东。粤军很快就会打回广东，津洲将士离家也就近多了。"曾素婷快人快语，把从段冀虎那里听来的话全抖了出来。

素婷每次听见有人提及粤军，总忘不了向人炫耀，谁谁是她父亲的发小，她小时经常去他们的府第，就像去自己的家。

巽贞听万家三妯娌谈论起政事头头是道，不免觉得自己太过浅陋寡闻了。

真不该只为求得生存，两耳不闻窗外事，几乎把夏文珮劝勉她的那些话，全都忘记了。有愧，真的有愧！

素婷见刘巽贞好像对时局不感兴趣，挥挥手绢，说："你们个个都成政客了，那是男人的事。还是说说姐妹之间的私房话更有趣，更开心些。"

巽贞歉意一笑，说："我只顾哭，还没谢谢你们呢。几位姐姐，不受世俗左右，特来看望我这个生世不谐的人，论情比同胞姐妹还亲。万家的男人胸怀坦荡，连万家的媳妇，也个个宽宏大度。巽贞我真的服了，自当以你们为楷模，立命修身。"

文英经不起别人夸她，有些不好意思："贞妹的溢美之词，我们几个受之有愧。倒是你，为了一个'爱'字，视世俗如草履，百折而不弯，并闯出自立的新天地。堪称楷模的，应该是你。"

斯洁从心里景仰巽贞，竟以自己小时候不缠脚作比表明自己的态度："我五六岁时，奶奶就逼我裹脚，我那时只是怕痛，也觉得太丑，死活不答应。就是那时没当乖乖女，现在才有一双健康的脚。所以，巽贞妹的抗争，我支持。一个在家事事有人侍候的娇小姐，现已变成一名自食其力的教师，虽然生活清贫简朴，但人格自由独立，精神充实丰盈。事实证明，你胜利了。"

素婷提起自己的裙摆，夸张地说起自己反抗缠脚的往事。她也想称赞一下巽贞，又不想重复两位姐姐的话，就只拿性格和大脚为题，说开了："贞妹的脾性，跟我很相似，认准了，九头牛都拉不回。习相近，心相随。我们会成为好姐妹的。在座四个姐妹的大脚，除了大姐是父亲允许的，其他三人，都是通过抗争才保住的。晚上，我们一定要举杯庆祝一下。"

巽贞用手指拨弄着又柔又黑的辫梢，小声问文英："只顾高兴，差点忘了牵肠挂肚的一件事。从章的家人，都好吗？"

文英在来二小的路上，就吩咐两位妯娌不要提起叶家的事，以免再惹巽贞悲愁，现在巽贞问起，不回话又不行，只好实话实说："叶老太太在从章去世后不久，就跟着走了。叶姆将抚恤金还了债，童养媳也打发回陈家去了。因悲伤过度，叶姆一双眼睛哭坏了。我偶尔路过那里，会拐进去看望一下，临走时给她留下些零花钱。"

"从章他娘的命也是够苦的了。我想过将她和从章的弟弟接来一起生活，可是心有余而力不足呀。我每月的薪水只够养活我自己，他们来了连个住的地方都没有。"巽贞拉开抽屉，拿出一个绣花荷包，把三块银圆和几个银毫、几个铜圆全倒出来，自己留下银毫和铜圆，三块银圆全交给文英。"丛章的母亲就是我的母亲，她有病我不能回去服侍她，请你代我向她道一声歉。我教了一年多的书，就剩下这么一点积蓄，有劳你替我捎给她老人家。同时转告她，得请大夫先把眼睛治好，钱不够，我会再想办法的。"

万家三姐妹的眼眶全湿了，异口同声地说："请你放心，我们回去会替你完成这宗心愿的。这些钱，你留着急用时花。"文英想把银圆塞回荷包里，巽贞坚决不肯。

文英看看天色不早，就对巽贞说："晚上，我父亲母亲邀请你到我家一起过节。我父亲跟你已经很熟，他说起你就像说自家的女儿。我母亲知道你在县城没什么亲戚，说等晚上见了面，一定叮嘱你以后多到我家走动，就当是回自己家。"

巽贞沉思了片刻，才点点头说："恭敬不如从命，我先谢谢令尊令堂的盛情和厚爱。"

巽贞跟随文英三姐妹来到颜家，颜景悦和汪氏高兴地拉住她的手不放。从津洲来的孩子们，一个个彬彬有礼地向她鞠躬，热情地叫姑姑。巽贞感受到了久违的幸福，激动得双眼泪花闪烁。

二更将近，刘巽贞与万家三姐妹赏完花灯，一一道别后返回学校。

躺在高低不平的木板床上，刘巽贞久久不能入眠。她又想起夏文珮劝勉她的那些话。是呀，现在的她，算不算一个只觉醒一半的人？她勇敢过，可是丛章一死，她便陷入惆怅与迷茫。不敢走出校门，是怕那些唾骂过她的遗老遗少，还是因为激情已随叶丛章埋进坟墓，再没勇气去反抗根深蒂固的封建礼教和陋习？郁新凯好几次请她参加社会促进社的活动，她明知其宗旨是革新社会，怎么就一再拒绝？类似的悲剧随时都在发生，为何不敢跟觉悟者一起去改造这个社会？

星期日，全县公立学校教师代表在县劝学所召开讲习会，讨论"国文"改为"国语"，废止文言文教学，采用白话文教科书实施一周年，产生的社会效果。

郁新凯和刘巽贞参加了此次讲习会，都在发言中肯定白话文运动是一次文体革命，实现了文化的大众化，有益于推广和提高国民教育，有利于新思潮新观念的传播与普及。

会后，郁新凯对刘巽贞说，促进社下午有一场"辨析国情、选择出路"

的辩论会，不同观念将发生激烈碰撞，邀请她前去参加，并评判一下哪种社会制度才能救中国。刘巽贞爽快地答应了。但郁新凯想请她吃午饭，她却拒绝了。

如约，郁新凯带刘巽贞来到龙山高小的礼堂，这里是促进社周日举行重大活动的场所。

陆丰社会促进社，由郑重、彭翊寰、郁新凯等十余人创办。该社以"应世界潮流趋势，以革新社会、促进文化"为宗旨，力图"推行教育革新；振兴农工商渔各业；破除迷信，增进人民文化认同；提倡公德，屏除私见；注重实利，革除社会一切不良习惯"。

促进社在各区设立分社，民主选举理事会，组织会员学习各种进步刊物，引领进步青年与封建势力和陈规陋习展开斗争，大力推进文化革新，执意探求改造社会的路径。

会长郑重先介绍应邀到会的主辩者和列席者，宣布辩论的主题，请大家立足于救国救民，就中国应该选择什么主义，走哪条道路，展开辩论。

直至天色已晚，争辩会还在继续，只是个个都已唇焦舌燥。郑重会长看看手表，敲敲桌子，宣布辩论会告一段落，下周同一时间论战继续。

一阵意犹未尽的掌声响起，而意犹未尽的刘巽贞，有点不想离开。

回第二小学的路上，刘巽贞向郁新凯承认，在促进社会员面前，她简直就是一只井底蛙，眼下她更加不敢要求加入促进社。

郁新凯鼓励她别自己把自己看扁了，一年半前他对马克思主义同样一窍不通。只要肯埋头学习，善于辩证分析，多与会员们交流探讨，她也能慢慢理解和把握马克思主义的基本原理，也能了解什么是资本主义和无政府主义。末了，郁新凯再次强调，如果不想继续当井底蛙，参加促进社是最佳选择。

刘巽贞看见巷子里一个年轻母亲正在教幼子学走路，就说："是该从头学起。你把手头有的文献资料借给我，我自学一个月，能学出道道来，弄懂什么是共产主义和社会主义，我就加入你们的组织。"

暑假，郁新凯、刘巽贞、黄振新三人，在东滘城内文庙大厅，开办妇女抽纱编织学习班，使一些赋闲无事的妇女受到就业训练，从而帮助她们谋求生活自立。已经成为促进社正式会员的刘巽贞，手把手教姐妹们抽纱刺绣。毕业于染织工业学校的黄振新，教她们学习手工编结、棒针编织和钩针编织。郁新凯在休息时，给她们讲解妇女解放运动的社会目标，及妇女如何在政治、经济、社会生活各方面，享有与男子平等的权利。

郑重、林启禧、陈自强等，在龙山高小办起失学青年业余夜校学习班。他们用白话文讲学，既传授文化知识，也启迪青年们的觉悟。县城的年轻人，由观望到争相报名，形成了踊跃学习知识的热潮。

陆城古圩社郑家祠堂后院，有一个幽雅的书斋，叫通德斋，是郑家子孙读书会友的地方。郑重平时喜欢在这里研读进步书刊，探求改造社会的真理。渐渐地，书斋也成了促进社成员聚集、交流、谈心的好去处。

一个朗月如盘的晚上，郁新凯和刘巽贞来到通德斋，向郑重汇报：粤军一位军需官前来察看文庙，说如果没有找到更合适的地方，可能会征用文庙为军粮储备仓库。

郑重沉吟片刻说，从顾全国民革命大局出发，对粤军征用储粮仓库，我们必须给予支持。妇女学习班可以另择他处继续开办。这事就交给我吧。

刘巽贞又向会长报告另一件事：陆城的官僚豪绅，不满促进社宣传马克思主义和俄国十月革命，纠集一些虚荣心强的青年，有黄华、陈少歧、宋笃群等，组织了"同进会"，对抗诋毁促进社。并拉拢奉行无政府主义和资本主义改良的黄鹄等人，秘密加入同进会，企图削弱促进社在群众中的威望，破坏瓦解我们的组织。

郑重胸有成竹地说，我已略有耳闻，这很正常。苍蝇不叮无缝的蛋，促进社内部确实混进一些动机不纯的假革命和骑墙派。大浪淘沙，我正在思考如何革旧立新，纯洁我们的队伍，某些人自己现出原形，更好。

郁新凯说，有了对手，就能逼迫我们强大起来；出现假革命，我们就要及早将其清除出去。我听说张威几个已经回来，找个时间我们一起研究研究，议题就是改组促进社，树起新旗帜。

汇报完情况，两人离开通德斋，郁新凯坚持要送刘巽贞回学校。

借着时明时暗的月光，走至二小教工宿舍，当刘巽贞掏钥匙开门时，从暗处走出五个后生，把她吓了一跳。

五个后生有四位是熟人，都是叶丛章生前的同学和朋友。

其中三位在县立一小毕业后，就去陆安师范深造。为首的是已很熟悉的张威。丛章曾特地介绍过他，说他虽然家境贫寒，但学习最为用功，且为人正直乐观，在同学中威望最高，他的家与二小只隔着几条巷子。身材高挑的是林瑞，生于河西乡的名门望族，祖父是晚清秀才，林瑞生性豪爽，多才多艺，在学校常被选为旗手。最有君子风度的是庄梦祥，出身于书香门第，谈吐待人温文尔雅，但遇上原则问题跟你较起真来，也会面红耳赤，你不认理服输，他第二次还会找你辩论。

与庄梦祥牵着手的，是就读于县立二小的陈谷荪，高小毕业后，考上了广州美术专科学校。他天资聪颖，勤奋好学，虽然跟叶丛章不是同校同学，但惺惺相惜，交往甚密，无话不谈。

个头最高的那位，刘巽贞不认识，林瑞称他"山东马"。刘巽贞一看他的做派，还有头上散发出的发蜡香味，猜测他是有钱人家的少爷。山东马抢先伸出手，想跟刘巽贞握手，并自我介绍道："鄙人颜国璠，字子美，曾与郑重一起就读于海丰中学。我俩又跟留学日本的彭湃，是同窗好友。"

刘巽贞对毕业后能去更高学府深造的学子，特别羡慕和敬重。但对颜国璠却有一种强烈的排斥心理，迟迟没把手伸出来。

林瑞机灵，故意与庄梦祥将山东马往后一挤，给张威提供了先与刘巽贞握手的机会。

张威在海丰的陆安师范读书，兼当教务处的誊写员，是学校唯一的工读生。林瑞和庄梦祥有时想接济他，都被拒绝了。他在陆安师范同样很有感召力，林瑞和庄梦祥为了维护他的威望，不管大事小事，总是将他放在第一位。

刘巽贞心中的一丝不悦，在与来人一一握手中消失了。只是，一下子来了六位客人，她的方寸陋室，怎能容得下？她自我解嘲道："你们都是心很大的人，我看就在屋外对空赏月，更有诗意。"

刘巽贞开了房门，从床底拉出几把小凳子，招呼张威他们坐下。郁新凯手脚勤快，已从教室挑来两把课椅。

颜国璠看出刘巽贞不大欢迎他，就解释道："真对不起，叶丛章出事时，我在外地。是郑重兄介绍我跟丛章认识的，我看出他是棵好苗子，就经常请他去我家。我们抨击时弊，畅谈未来，由此成了好朋友。"

林瑞从背后捅了捅他，示意他别再说下去，怕惹刘巽贞伤心。颜国璠却不管不顾，从怀里掏出六块大洋，递给刘巽贞："有劳你转给丛章的母亲，聊表本人对她老人家的歉意。"

张威替巽贞接过银洋，说："这是子美的一点心意，多少能给丛章的家人一丝安抚，不能不收。"他停顿片刻，又接着说："我们每个活着的人，都要团结起来，跟恶势力作不屈不挠的斗争。下面，由庄梦祥介绍一下留学日本回来的彭湃老师，在海丰传播马克思列宁主义、倡导新文化运动的情况。"

庄梦祥语言能力强，说话语速也快，他仅用十几分钟的时间，便讲述了彭湃的家庭，到日本求学后思想上的飞跃，返回海丰组织了哪些革弊求变活动，以及海丰新思潮的蓬勃兴起。

彭湃，海丰城郊桥东社人，祖父彭藩是海丰有名的工商业大地主。彭湃读中小学期间，主张正义，智斗贪官，尤为关心国家兴亡。1917年夏，二十岁的他赴东瀛留学，接触新思潮，眼界大开，几经探索选择加入"建设者同盟"，并在中国留学生中组织"赤心社"，研究俄国十月革命和马克思列宁主义。他因组织爱国学生运动，被日本警视厅警察打伤并逮捕。后彭湃参加研究国际问题的"戈思摩俱乐部"，逐渐接受并深信马克思主义。

今年7月，彭湃在海丰发起成立"社会主义研究社"和组织"劳动者同情会"，主要成员有：郑志云、李国珍、陈魁亚、林道文、林甦、林铁史等人。

他们创办进步刊物《新海丰》，作为宣传阵地，呼唤新一代的崛起，向旧世界发起挑战，为改造封建专制的旧海丰带来强劲的动力。

10月，经广东省省长、粤军总司令、民国政府陆军部总长兼内务部总长陈炯明同意，彭湃出任海丰县劝学所长。他一点架子都没有，海丰中学缺美术教师，他走上讲台，对同学们说，以后就由我兼任你们的美术老师。然后，拿起粉笔，在黑板上画出马克思的头像，边教学边传播民主革命思想。

林瑞想以鼓掌来表达他对彭湃的崇拜，又怕惊动二小的师生，就充满敬意地说："我相信，彭湃先生必将成为海陆丰革命的一面旗帜。"

颜国璠也不无动情地说："是斗士，总会让自己的长剑露出锋芒。"

一只蝙蝠从刘巽贞头顶飞过，而她听得全神贯注，根本没有察觉。

郁新凯担心刘巽贞受惊吓，站了起来，想驱赶这只幽灵般的天鼠。

张威对郁新凯说："郁老师，刘老师已经很勇敢了，她还会怕一只蝙蝠吗？你快坐下来，我们请陈谷荪同学说说，广州正在掀起哪些推动政治文化变革的革命运动。"

大革命的浪潮风起云涌，而陆丰是不是过于平静了些？应该如何打开新局面？大家陷入了沉思。

张威率先打破寂静，对郁新凯说："我们几个正要向你和镜堂老师建议，解散陆丰促进社。理由是它已经鱼龙混杂，缺乏战斗性，跟不上时代的步伐。我们提倡重新成立一个'陆丰青年协进社'，宣传俄国的社会主义，发动更多人加入变革现实的洪流，大胆领导民众采用合法手段，向封建势力发起进攻。"

郁新凯笑了，说："我和刘老师刚刚向镜堂先生提出改组促进社，而你们却有了更好的主张，可谓不谋而合。不如明天一起去通德斋，大家合计合计，怎样组建一个更具先进性，更有战斗力的新团体。"

陈谷荪从怀里掏出两本刊物，双手递到刘巽贞面前："这是陈独秀先生主编的《新青年》杂志，最新的两期，我已读了好几遍，你也学习学习。"

刘巽贞小心翼翼接过杂志，一再向陈谷荪表示感谢。

忽然，郁新凯听见不远处有很沉的木屐叩地声。借着月光四处张望，又没发现谁在附近走动。

第二十六章
智斗腐鼠鹇雏展翅　大兴农运彭湃擎旗

　　炎暑未消，新的学期又要开始了。有一则消息在县城传得沸沸扬扬。说是县长谢龙章，对一些教师经常纠集于龙山高小，诋毁辛亥革命，宣扬激进思想，引发社会矛盾，深为不满，扬言迟早要将这一组织取缔，同时对教员队伍展开整顿，解雇一批不务正业者。

　　谢龙章是毗邻东滘的附城人，辛亥革命时充其量是一名投机者，但他抱上陈炯明的至亲陈月波的大腿，1914年就被派往兴宁当县知事，去年底回陆丰当县长。他与地方势力同恶相济，贪赃枉法，肆无忌惮盘剥百姓，民众对其恨之入骨。

　　陆城进步青年早就想要为民除害，无奈受害者遭其威胁，畏其淫威，都不敢吐露实情，更别说站出来指证他。

　　"罢黜贪官"行动受挫，学子们又要回陆安师范上课。张威与郑重、郁新凯商量后，决定暂缓成立青年协进社，但驱赶谢龙章下台，事关能否为振兴陆丰扫除障碍，不能搁置。一旦姓谢的罪名坐实，张威将发动海丰的同学强力声援，要求革其职，问其罪。

　　新学期第三个礼拜日，初更。郁新凯、黄振新、林启禧来找刘巽贞。郁新凯对她说："我们已经掌握谢龙章两条罪状。其一，谢私设牢房，把本应拘禁在司法监狱的赌博、偷盗、斗殴者，全关押在县政府警队住房后的私牢中，由姓谢的副队长看守，严施酷刑勒索钱财。其二，县城新圩富商陈氏，因得罪谢龙章，被警队以'掷骰子'赌博为由，一番打砸搜查，将陈氏投入私牢，判罚一千五百大洋，谢龙章又暗中勒索八百元，都由谢的心腹、财政局局长林振光经手过交；释放陈氏回家时，警队队长又加码索要八十块银圆。"

　　刘巽贞大骂姓谢的利欲熏心、无耻至极，问郁新凯需要她做什么。

　　此时，沉重的木屐声，从教学区通往教工宿舍的角门传了过来，直至刘巽贞陋室的门口。

"哎哟，刘小姐，让我好等呀，你屋里的灯光总算亮了。"一个嗲声嗲气的声音响起，让听者直起鸡皮疙瘩。

说话的女人像一只养肥的鹅，身上散发着一股刺鼻的狐臭。"哎哟，原来还有几个爱串门的哥儿在，我不会打扰你们吧？"

肥鹅从小房门挤进来，把几盒点心放在竹几上，挨着黄振新坐下，变戏法似的，从身上掏出一把瓜子，唁了起来。

黄振新有些尴尬，胖女人身上除了狐臭，还有一股更恶心的腥臊味。他受不了，暗示同来的两位，出去外面透透气。但郁新凯已听校门外卖糖人的大叔说，有个女人经常来找刘老师，今晚碰上了，倒要看看她葫芦里卖的什么药。

自从县长谢龙章、财政局局长林振光视察二小后，肥鹅就经常来拜访刘巽贞。她总带着手信，自称与巽贞是本家，儿子又是刘老师班里的学生。

每次携带的礼品，分量一次比一次重。刘巽贞一次次拒绝，肥鹅死活不肯带回去，刘巽贞只好把礼品原封不动搁在床底下。

刘巽贞早就觉察事有蹊跷，对肥鹅的戒备心也越来越强烈。可她却像狗皮膏药一样，怎么甩都甩不掉。

刘巽贞明白"午餐"定律，猜她是为说媒而来。可她又很狡黠，一直不肯言明，巽贞也就没理由下逐客令。今晚恰逢新凯他们在，是该跟肥鹅摊牌了，她朝新凯使了个眼色，示意他们先别走。

肥鹅说了一通涉及女人隐私的话，想把三个后生哥吓跑。而郁新凯却不为所动，捧着一册线装书，津津有味地读了起来。

肥鹅眼珠一转，认为当着三位后生哥的面，把话说开了，让刘老师一点退路都没有，岂不更好。于是她嘿嘿嘿几声，把话引到正题上来："亲妹子，你是受人敬重的老师，住这么一间放个屁臭三年的破屋，又孤零零一个人过日子，姐心里老是为你叫屈。姐近日特地腾出一间祖屋，想请你搬过去住，日后你我相互有个照应，姐妹俩想聊天就聊天，想下棋就下棋，嘴馋了还可开个小灶，这样，才不枉费你的青春，你说是不是？"

刘巽贞听完她这一番话，已猜出黄鼠狼给鸡拜年的目的，就说："你对我总以姐妹相称，那你干脆实话实说，是不是有人，托你为我……"

肥鹅双手一拍，打断刘巽贞的话，指指郁新凯他们："我说三位后生哥，我们姐妹俩说说体己话，你们就不懂得回避一下？"

刘巽贞为了揭开肥鹅的庐山真面目，就对林启禧说："你们不是要去看望郑道之的家人吗？替我问问他在日本还习惯吗？"

郁新凯明白她的意思，便带着林启禧和黄振新离开宿舍区。

肥鹅吃吃笑了，一双细眼眯成缝："妹子你真厉害，一发话三个愣头青就乖乖走人了。事情是这样的，县财政局林振光局长，自从来学校视察认识你后，就喜欢上了你，想认你做干女儿。我刚才说的那栋祖屋，就是他家的别院。林局长一表人才，风度翩翩，是个有情有义、爱才惜才的人，如果你认下这位有权有势的干爹，准保摇身一变，成为人人羡慕的金凤凰。"

刘巽贞一听怒火中烧，但想起姓林的是谢龙章的心腹，肯定知道谢龙章干了哪些见不得人的勾当，从他身上也许可以找到清算谢龙章的突破口，便强忍愤怒，装出羞答答的样子，反问肥鹅："有这么好的机会，你早该说呀，何必一个劲吊我的胃口？你说实话，林局长真的只要我当干女儿？"

肥鹅听出弦外音，喜出望外，拉起刘巽贞的手，亲了一口，令刘巽贞起了一身鸡皮疙瘩："妹子真是冰雪聪明。果然被你猜中了，林局长有意娶你为四姨太，莫非你早就看上了他？"

"只是，当四姨太未免太委屈我了，要嫁，一定要享有正房原配的地位。"

"好说好说，我一定把话带到，保你在林家像娇贵的公主，一切由你说了算。"

"我对林振光一无所知。你回去告诉他，我喜欢坦诚相待，如果他真有话对我说，就在听雨阁订个包厢，我跟他面对面谈。"

肥鹅连连应诺，屁颠屁颠回去复命了。

林振光色迷心窍，果然上钩，答应周末晚上在听雨阁二楼羡仙房，与刘巽贞品茗，互诉心曲。

刘巽贞对实施自己的计划，没有充分把握，就去通德斋，找镜堂老师和郁新凯。她告诉他们："我想隔山打牛，请教二位，如何让林振光开口，说出谢龙章弄权枉法、勒索巨款的犯罪事实。"

郁新凯担心刘巽贞的名声和安全，反对她独自去冒险。但又想不出更好的办法，就说了一通倒逼法、激将法、欲擒故纵法。

郑镜堂却十分干脆，只说了八个字：咬定目标，随机应变。接着又补充道："我估计姓林的出于卖弄、炫耀和讨好，会说出一些谢龙章的糗事。可是当发现你的真正目的后，他会反咬一口，倒打一耙，说全是你胡乱编造的。现场又没有其他人证，难以取信于人。"

郁新凯思索了好一阵子，说："我有办法了，我有两个朋友，是陆丰新报的记者，我们可以请他俩进行隐身采访，躲在暗处边听边做记录。这样既可保护刘老师，又让姓林的想反口也反不得。"

周末初晚。梳洗一新、西装领带笔挺的林振光，早早来到羡仙房，刘巽贞却故意姗姗来迟。林振光恨不得立刻将刘巽贞抱入怀中，可刘巽贞却一本正经坐在他对面，一副不容侵犯的样子。一盅茶放在她面前，她只用手指在盖碗上画圈。

林振光说了一席肉麻的甜言蜜语，说得额头直冒汗。

刘巽贞却漫不经心地说："你养得起四房姨太太吗？你当个局长，薪俸也就每月三四十块银圆，连给太太们买胭脂水粉都不太够。"

林振光尽管早已想入非非，但还是带有几分戒备心，只是含糊其词说："人有人路，鼠有鼠道，总之，我一大家子人，从不缺钱花。"

"民国临时约法规定一夫一妻制，你还想娶四姨太，不怕犯重婚罪？"

"你不愧是教师，有律法观念，当然我身为一局之长，也得带头遵守约法。只是，民国政府已经给出解释：姨太太并不属于妻子行列，只是同居一室的家属，当然不算犯法了。再说，当大官的哪个不是三妻四妾。一个男人有了权，有了势，如果不纳几房姨太太，是会被别人看不起的。更何况我家，只有一个男丁。"

"我晓得了。那我们就探讨一下'人有人路，鼠有鼠道'，你就举实例解释一下呗。"

"你也太单纯了。等你嫁过来，自然而然就会明白了。"

"你是在哄小孩子开心吧，不说就拉倒，茶我也不喝了。"

"别别别，我给你说道说道就是了。大凡当官的，总有人想巴结，尤其是在奉公执法的过程中，那些犯了事的人，为了逃避惩罚，或保命，往往都会采取破财消灾的办法，拿钱来换命，或免除牢狱之灾。"

"胖大姐说你跟谢龙章县长，是刎颈之交。县长权力大，赚的都是大钱，而你替他效力，好些钱还得由你经手，他有分你一杯羹吗？"

"我们喝茶聊天，不要扯到具体人身上，这可是官场大忌。"

"喔，原来是这样。你对我连基本信任都没有，那我跟你还有什么好谈的，我告辞了。"

"别别别，我错了我错了，我当然信任你！只是，你得嘴巴严实些，绝不能向任何人透露哪怕是一个字眼。"

"不了解你一年有多少浮财，哪个姑娘会嫁给你，跟你喝西北风不成？谢县长官比你大，你可以不直接说你自己，只说说他，我就能猜出你每回能分多少钱。我听说，谢县长查办新圩陈某掷骰子一案，就捞了不少，难怪谁都削尖脑袋想当官，当大官。"

"谢县长肯定赚得多啦，玄沄有个潮汕商人吸洋烟，被警察拿获，押解县政府，县长私下处罚他一千大洋，分文没有上交。全县粮税征收，谢县长借名收回官办，暗中让我转手承批给郑、孙等商人，他一次牟利两千四百元。"

就在林振光说得忘乎所以之时，躲藏在屏风后面隐身采访的记者，因憋尿憋急了，走了出来，拍拍手上的记事本，对林振光："你今天穿着柳条西服，上直下也直，很好，说话也直来直去的，爽快。你揭发谢龙章弄权作奸、中饱私囊等罪行，我俩已经全部记录在册。念及你有检举之功，这次暂且不追究你的罪责，也不公开你是检举人。但你得在我俩的记事本上，签上姓名，并且保证不再滋扰刘老师。如敢报复，下场你自己清楚。"

数日后，以陆丰旅省同乡会名义发出的铅印传单《揭发县长谢龙章罪行》在海陆丰各地大量散发。传单列举谢龙章藐法包赌、借案勒索、枉法殃民、受贿纵匪、狎妓弄权等二十四条罪状，呼吁社会各界人士，共逐污吏，以解倒悬。

谢龙章的逆行倒施，引起全县民众的公愤，纷纷要求将其驱逐下台。海丰陆安师范学生会，也发文声援，谴责谢龙章，提请将其削职为民，并抄没家产。广东省军政府，碍于民愤，不得已罢免谢龙章的县长职务。

以促进社为首的陆丰进步青年，联合广大民众，扳倒大肆搜刮民脂民膏、激起民怨的奸吏，在陆丰民众中树立了威望，也积累了与贪官污吏作斗争的经验。

1922年冬，陆丰青年协进社在东滘成立，一些追求进步的知识青年踊跃参加，不久便发展到四十多人。而原来一些动机不纯，用虚无主义否定一切，以不切合实际的个人观念去解读和判断社会者，都被动或主动退出这个青年团体。

其时，彭湃已经开始在海丰组织发起农民运动。协进社在探索推动陆丰社会变革新途径时，经常以农民运动作为话题展开热烈讨论。

协进社是一个更贴近民众、更具战斗力的青年团体，宗旨是要推动陆丰进步，厘正社会风气，关注社会最底层的民生问题，带领民众反抗压迫，揭发贪官污吏，减轻民众被盘剥的疾苦和各种税赋负担。

以黄华为首的"同进会"，拉拢黄鹄、林拱初等被清退的原促进社会员，加入他们的团体，并搜罗一群敌视革命的青年当拥趸，跟协进社对抗，以维护统治阶层的利益。

鉴于同进会发出挑衅，郁新凯带领协进社的骨干，在龙山高小礼堂与同进会成员，展开数场论战。

论战以协进社为甲方，同进会为乙方，进行激烈辩论。作为甲方的郁新凯、张威、黄振新等几位辩论高手，思路清晰，批驳有力，屡屡获得热烈掌声。通过论战，使陆城不少青年明白了基本革命道理，为变革旧制度，推进新民主社会取代旧的专制社会，奠定了一定的舆论基础。协进社也获得了穷苦大众的拥戴。

五一国际劳动节，彭湃与一同留学日本的杨嗣震、李春涛等，组织全县师生举行大规模游行，引起封建反动势力的恐慌和敌视。陈炯明闻讯授意免去他的教育局局长（原称劝学所）职务。

彭湃带着一同被解聘的杨嗣震、李春涛、林甦等局员，在自家的得趣书室，以笔为戈，开辟了一个新的战场。数日后，《赤心周刊》创刊号出版，彭湃著文宣告自己彻底脱离封建地主家庭，旗帜鲜明地向反动势力宣战，为唤醒几千年来受压迫剥削的劳苦大众，获得自身解放鼓而呼。

为了到农民中间去，彭湃摘下白色通帽，脱掉白色学生制服，扔了皮鞋，赤脚短褐深入农村，用通俗易懂的童谣宣传革命道理，发动农民团结起来闹革命。

彭湃破天荒的举动，被乡人当成笑谈，反动派骂他"发神经"，家里的大哥也以为他被罢官后"疯"了，连同志和朋友也不赞成他这样做。彭湃的三哥彭汉垣和五弟彭泽，却认为这是彭湃接受新思想后的一种实践和试验。大哥彭银反对发动农民闹革命，劝说彭湃无效，主张分家。彭湃将分得的田地契据，当着佃农的面，放火焚毁，并告诉佃农，今后不必再向他交纳田租。

彭湃以其赤诚换来信任，他在县城郊外的赤山约（"约"即乡），成立了海丰第一个农民协会，六名会员除彭湃外全是彭家的佃农。火种播下，离烈焰燎原还会远吗？

1923年1月1日，海丰县总农会成立，会员达十万之多。农会发表了宣言，制定了章程，喊出了"一切权力归农会"的口号，大胆反抗地主的剥削和奴役，吓得那些土豪劣绅，再也不敢随意欺压农民。

海丰农民运动的声威，正在向包括陆丰在内的东江地区和全省农村传播，相信大规模的农民运动，将会很快在全省各地爆发。

郁新凯眼看大家个个心潮澎湃，接过话题说："农民运动形势逼人，我等已与镜堂兄商量好了，将尽快把海丰农运的烈火引向陆丰。我们也要在陆丰发动十万二十万农民，参加农民协会，向封建剥削阶级发起猛烈的进攻。作为兴起农民运动的先声，协进社要在近期严办几个陆丰的奸官恶吏，同时，为了启发农民的阶级觉悟，我们还要加紧编撰出版社刊《星火》。"

其时，罗觉庵的四兄罗辅平以巨资买得陆丰县长之职，并依样画葫芦，将陆丰第一区区长之职，卖给绅士马子贞。马子贞上任后，极尽暴敛之能事，勒索民众。颜国璠掌握了确凿证据，与庄汉翼专程到凤仪筹饷局，控告马子贞仗势敲诈贪污，马子贞被革职查办。

根据织布厂工人举报，协进社派刘巽贞秘密查清总经理陈甫民如何用公款向新任县长行贿，迫使劣迹昭著的县太爷上任三月有余，就灰溜溜下了台。

协进社不惧权贵，团结工人民众掀起反贪官斗争，会员们在斗争中经受锻炼。

在与贪官污吏展开斗争的同时，陆丰青年协进社派出骨干，带领部分农民前往海丰，向彭湃请教如何发动农民建立农民协会，反抗地主年复一年的剥削和欺压。彭湃也派李劳工、郑志云、余创之、林甦等，先后到陆丰附城，到毗邻海丰的潭涌、东山、浮淘、长埔等乡，宣传农民为何必须拥有自己的组织，农会如何保护农民的利益，带领农民跟土豪恶霸作斗争，如何革除封建恶习，减租减息，取消苛捐杂税。

陆丰西北片的莘田区参城村，有几位当泥瓦匠、鱼贩、船工的农民，探知老朋友杨其珊已经成为海丰农会的骨干，便先后去海丰找杨其珊，请他介绍加入农会。海丰总农会成立时，杨其珊被推选为副会长。家乡农民以他为骄傲和榜样，互相串联，筹划成立农民自己的组织。

东风劲吹，山乡春早。莘田、河凹、吉安等区的十几个村子，陆续建立起农民协会。

《星火》半月刊出版发行了，先后刊载了彭湃的文章《告农民的话》《社会问题与社会主义》等文章。有一位以"莫秋心"为笔名的作者，发表了时论《层层盘剥下农民的生活现状》，还有针砭时政、抨击陈规陋习、提倡男女平等的杂谈，并配上讽刺漫画，很受读者喜爱。

1923年4月初，春意盎然，万物复苏。彭湃带着杨其珊、郑志云等六七人，轮流骑着海丰总农会唯一一匹马，来到东滘镇，组建陆丰县农会筹备会。

彭湃一行来通德斋找郑镜堂。老同学相见格外亲切，是夜几个人留宿通德斋。彭湃与镜堂一宿没睡，彻夜长谈。

翌日，郑重在通德斋召开协进社骨干成员会议，请彭湃做政论专题讲话。

会议决定，协进会成员配合海丰农会骨干，到各地农村做发动农运的工作。

彭湃和郑重到马街、城隍庙等热闹场所发表演讲，又到附城和吉安农村宣传组织农会。他们白天跟农民下田车水、耕田，晚上提着马灯到农村的"闲馆"与农民攀谈，剖析农民贫穷的根源，促使农民觉醒过来，团结一心，加入改变自身地位的斗争行列中来。

彭湃还特地让郑重把作者莫秋心叫来，要跟他探讨农民与土地问题。当刘巽贞来到他面前，说她就是莫秋心时，彭湃好不惊讶，夸她文笔犀利，针针刺中地主阶级的痛处，连插图也很值得欣赏。彭湃对她说："你以莫秋心为笔名，意即'莫愁'，含义深刻。革命者，与封建家庭决裂，走自由之路，是需要勇气和毅力的，尤其是敢于解放自己的女子。但我们绝不需要眼泪，绝不在困难面前发愁倒退。"

刘巽贞满脸羞红，没想到彭总会长心思如此细腻，对他的教诲和鞭策更是十分感激。眼前的他，跟她先前在心里描绘的"彭湃"，几乎一模一样。粗布衣，宽筒裤，六耳草鞋，身材魁梧且很匀称，额挺颐秀，器宇轩昂，眉眼间透出勃勃英气，又隐藏着深深的忧思。

彭湃又勉励刘巽贞："一个有正义感、有胆魄的知识分子，必须走进农村，真心将受苦受难的农民唤醒，引导他们团结起来，形成不容摧毁的力量和组织，让田公地主减租石、还土地，让千万田仔佃户自耕自食，翻身解放。"

郑重捧着一陶钵解暑的凉茶，走进通德斋。几个人一边喝凉茶，一边就如何解决贫苦农民的土地问题，发表起各自的看法来。

6月23日，陆丰县农民代表大会在东滘六驿村林氏宗祠召开。

大会最后还通过彭湃绘制的会旗设计图案，即以红黑两色四块三角形布料，缀连成长方形旗帜，作为农会会旗。其含义就是，不管会员以前属于乌、红哪个旗派，都必须清除成见，团结勠力，同心同德。

郁新凯和刘巽贞，自此分别担任陆丰总农会仲裁部和卫生部主任。

陆丰总农会成立时，会员计有八千余人，每人代表一户，以每户五人计，共拥有人口四万余人。它成为继海丰之后全国第二个县级农会。而且在它领导下，农会组织不断向东南片的津洲、玄沄、南坛、金湘等地区发展。

波澜壮阔的农民运动，以雷霆万钧之势，突破地域，不断向惠阳、紫金、惠来、普宁、五华等县迅猛发展。彭湃将刚成立不久的惠州农民联合会，改组为广东省农民协会，彭湃任执行委员长，杨其珊任执行委员。会址设在海丰县城，各县设立分会。

轰轰烈烈的农民运动，风起云涌。有了自己组织的农民，挺直腰杆，再不向骄横的田主低头哈腰。

陆丰附城有个看不惯穷人得势的恶霸，还想凌辱村里的雇农，他往银毫上吐一口唾沫，扔在脚下，吆喝一位"赤脚佬"捡起，再叫一声爷，银毫就归他。赤脚佬鼻子一哼，朝银毫吐了口痰，从身上拿出盖有大红印章的农会会员证，对恶霸说：我这枚圆圆的农会印章，比你的身家还值钱。那块银毫，你自个儿留着当"脚尾钱"吧。

夏收在即，烫人的热浪滚滚而来，天地成了一口大蒸笼。午夜，一场超强台风，夹带着瓢泼暴雨和倒灌海潮，袭击了陆丰、海丰两县。田园被淹没，房屋连片倒塌，大树被连根拔起，农作物全都被毁，受伤死亡的农民超百人。灾区遍地狼藉，惨不忍睹。眼看端到嘴边的半碗番薯粥，被老天爷打掉在地上，赖以藏身的茅屋土坯房，也被夷为平地，农民叫苦连天。

祸不单行。农民的泪水还没擦干，仅仅相隔十天，一场更猛的飓风与大暴雨又席卷而来。

天灾无情万家愁。海陆丰各地农民，纷纷向总农会告急。

第二十七章
恶绅逼死穷家女　农潮席卷惠潮梅

彭湃派遣省农会执行委员李劳工和余创之等，到陆丰协助该县总农会组织救灾队，并奔赴受灾最严重的沿海地区，乘船到涝区救援灾民。部分人员专门前往灾情较轻的村镇，募集衣服、食物、药品等物资，支援重灾区民众。洪水退下后，又组织农民抢收倒伏或浸泡水中的庄稼，搭盖茅草棚给无家可归的灾民暂时栖身。

彭湃在海丰，驾着小船巡视被洪水淹没的平原地带，沿途指挥各区农会组织船队救人救牲畜，尽量减少灾民损失。

面对强烈要求减租，借此缓解灾情的农民，彭湃知道，农会与地主的一场实质性大较量，帷幕拉开了。

他赶回海城后，召集省农会执委在天后宫办事处开会，讨论如何减租的问题。与会者各执一词，有人提出农会组织尚未巩固，只能采取自由减租的方式；另一派坚持由农会定标准立即减租；从陆丰赶来的执委，认为接连遭受两场天灾，农民根本还不起租谷，主张全部免租。

因意见不统一，彭湃又主持召开海丰总农会执委会议和全县各约农民代表大会。会议最后举手表决，通过执委提出的"至多向田主交租三成"的减租方案。

减租斗争无形中成为对农会干部的一场考验。因涉及本阶级和自身利益，一些混入农会的投机者，卸下平时的伪装，离开农会回到剥削阶级的阵营，有人还向反动县长写信忏悔自新，泄露农会的秘密，变成农会的敌对分子。海陆丰农会立即召开执委会议，宣布开除这些变节者。

而绝大多数农会会员，在抗灾和减租斗争中，感受到农会是真正代表他们的利益，为缓解其疾苦无惧挑战强权的自家人组织。他们激动地喊出"生为农会人，死为农会鬼"的口号。尚未入会的农民希望凭借农会的力量实现减租，争先报名加入农会，每天就有数百人之多。

几家欢乐几家愁。地主豪绅本来就对农会恨之入骨，眼下又要求大幅度减租，这不等于要他们的命？

地主的爪牙强行入户逼租，一粒稻谷也不许减，农民坚持不减租就不让其进门，以致双方动起拳脚来。林卓存的侄子，到竹围村强行收租挨了打，王作新令县政府游击队二十几人，包围竹围村，鸣枪示威，勒索"脚皮钱"五十元，还拘捕了三个农民入狱。

彭湃派代表找县长交涉无果，更下定决心，要替灾民做主，将减租斗争进行到底。

8月15日，海陆丰总农会在海城举行减租誓师大会。陆丰总农会组织一千多名农民代表，前往海城参加扬威誓师活动。

县长王作新眼见农民不把他发布的禁令当回事，便命令警察和县署游击队倾巢出动，同时，急电驻防凤仪的钟景棠部队，请求出兵镇压。

随后，海丰当局宣布取缔各级农会，通缉彭湃。副总会长杨其珊等二十五名农会干部被捕入狱。陆丰紧步海丰后尘，派警察查封县农会会址林氏宗祠，迫使农会的领导人退避偏僻乡村。

地主的收租队带着打手，挨家挨户逼迫农民交租还债，或抢走农民从泥水里捞出来就已发芽的稻谷，或威胁颗粒无收的农户卖儿典妻，偿债抵租。世代为地主做牛做马的农民，被天灾夺去半年来的血汗，又被田主逼上绝路。他们叫天天无门，唤地地不应，只能纷纷逃荒乞讨而去。

中秋过后第三天，东滘镇印月河洗衣码头，有人发现上游漂来一具女尸。经辨别，确认死者是大地主绪柏开家的婢女阿叶。虎洲村的阿叶，因家贫还不起绪柏开的高利贷，被迫卖身抵债，被爪牙抓来绪家当婢女。哪知，才一个多月过去，阿叶就因忍受不了老爷夫人的凌辱和摧残，于凌晨出逃，跳潭自尽。

村农会从厨娘口中获知阿叶寻短见的真相。岂知绪柏开反咬一口，称阿叶是因为偷了他家贵重首饰才获罪寻死。陈尸三天无果，村农会准备抬着阿叶的尸体，封堵绪家的人门，向绪柏开索命。

紧急关头，化装成农民的郁新凯、刘巽贞，出现在朱会长面前。他俩告诉老朱，当下是非常时期，不能由农会公开出面要求严惩为恶者，农会骨干可自称死者的至亲，农友就说是同村邻里，可混在围观市民之中造势，以激起民愤。避免跟当局硬碰硬，反而要利用警察局长良知尚存，呼请局长主持正义，力促警局出面跟绪家谈如何终结案件。

最终，绪柏开害怕事情闹大，引起众怒，自己吃官司，只好买来一口上好的棺材装殓死者，并和母夜叉哭丧着脸，跟在棺材两旁，直到把阿叶送出南城门外。

郁新凯和刘巽贞，在确定没人跟踪后，离开县城，回到楼脚村母姨的家。饥肠辘辘的他俩，一进门看见姨父就着昏暗的灯光，还在编竹篮。母姨已经听见他俩肚子咕咕叫，从灶膛扒出几个煨熟的番薯，叫他俩赶快吃。几个鹅蛋大小的番薯下了肚后，两人不顾疲劳，回到堂屋，拿起上午没编完的竹筐，接着编了起来。

新凯和巽贞来楼脚村一个多月了，白天帮姨父编草鞋、竹篮，晚上悄悄到邻近各村的农友家中串门，鼓励农会干部和会员坚定信心，不要被反动势力吓倒，要团结互助，不公开、不集中地跟不法地主作斗争，迫使地主不敢为非作歹。他们还组织农友，就农会应该吸取什么教训，要不要建立自卫武装，农民运动最终要实现什么目标等议题展开讨论。

姨父累了，回东侧房歇息去了。新凯和巽贞却毫无睡意，就围绕阿叶事件聊了起来。

巽贞小声问新凯，封建帝王统治中国时，农民有没有自己的组织？如果没有，他们又是怎样保护自己的？

郁新凯回答道，中国以农立国，农民占全国总人口的九成以上。清末在"重农"思潮推动下，各地开始建立"农务联合会"这种地方社团组织，以"推广农务，考究种植，使本处区域物产日繁、地无遗利"为宗旨。而掌管农会的却是居住在城市的地主和上层名流。

刘巽贞说，让四体不勤、五谷不分的上层名流来领导农民，推广农务，真的是驴唇不对马嘴。再说清末的农务联合会，跟我们现在建立的农会，有着本质上的不同。

郁新凯说，就是因为这样，清末的许多农会，是有名无实的，经费又无着落，只能相继解散了。

刘巽贞有些激动地说，彭湃同志创立的农会，立足于打破宗族势力、土豪劣绅、旧官僚对乡村的直接控制，从而保障农民在政治与经济上的利益。如果不是遭到反动当局的镇压，农民是绝对不会解散自己的组织的。

郁新凯抿了抿嘴应道，农民只能依靠农会来为他们撑腰。如果民权中的生存权得不到保障，农民肯定会跟国民党渐行渐远，甚至会站到他们的对立面去。

第二天晚上，刘、郁二人摸黑去了郑重副会长隐藏的双敦村，向他汇报阿叶事件的处理结果。郑重对他俩说，火候把握得恰到好处，既惩罚了奸人，也让当局找不到查究虎洲农会的借口。

刘巽贞提出农会组织在反动势力面前很脆弱，如果农会得以恢复，应该建立武装纠察队，反动当局才无法动动嘴皮就把农会给取缔了。

抱有同样观点的郁新凯，立刻表态支持她的主张。

郑重掏出海柳烟嘴，装上烟丝，点着了，连吸几口，才说："纠察队可以成立，但配备武器，既有利，也有弊。到目前为止，农会与封建势力的斗争，仍然保持'文'的方式，坚持讲事实、摆道理，当然还靠人多势众。如果配备武器，可能会引起当局的恐慌和不满。这个问题，得提交省农会研究决定。"

刘巽贞一直担心彭湃等同志的安全，便问郑副会长："有没有彭湃委员长的消息。"

郑重说："我几次秘密派人去海城，向他报告陆丰农会的现状并请示接下来怎么办，可是总找不到人，甚至连其他同志也没找着。"

"彭湃同志会不会也出事了？"刘巽贞焦急起来了。

郑重磕出烟嘴的余烬，自信地说："我这位老同学，机灵着呢，再说他人缘好，一定能逢凶化吉。我想，他很可能去老隆找陈炯明理论去了。"

郑重的猜测是对的，危难关头，彭湃当然不会待在海丰坐以待毙。

他先是在桃山庵召开秘密会议，讨论如何营救被囚农友，反抗王作新镇压农会和扼杀减租运动。说到气愤处，彭湃拍案而起，主张"召集海陆丰农民进行武力反抗，痛快淋漓混杀一场，再来跟反动当局摆道理"。

省农会执委彭汉垣不同意，说："反动派掌握着军队、警察、团勇等武装，如果公开以武力对抗，无异于以卵击石，所以不能硬拼，只能智取。"

彭汉垣是彭湃的三哥，去年当选海丰县参议会副议长，今年初春辞去这一职务，毅然投身农民运动，于6月被推选为广东省农会执行委员、交际部部长。

与会者支持彭湃主张的占了一大半，赞同彭汉垣意见的只有林甦等几个。但回归冷静的彭湃，认为三哥说得对，而且也找到了解决问题的突破口。他对众人说："陈炯明是海陆丰地主豪绅的总后台，去年，他邀我去香港见面，说过支持农会的话。当时，陈是这样说的，天灾嘛，我同意减租，你们可以努力进行。我心里清楚，他的真正意图，是想拉拢我为其所用。现在地方官僚镇压农会，我们不妨反过来，迫使陈炯明将说过的话付诸实践。"

会议决定，由彭湃、林甦、蓝陈润三人赴龙川老隆，找陈炯明谈判，提出释放农友、实行减租、恢复农会、惩办粮业维持会靠山王作新等条件。而彭汉垣、李劳工则留在海丰，做暴动准备工作。

彭湃三人带着十元路费，翻山越岭，徒步跋涉五百多里路，走了六天，才到达龙川县老隆镇。巡逻的士兵听他们说要见陈炯明，不敢怠慢，把他们带到粤军总司令部。

当彭湃等人在大门口等候总司令接见时，陈炯明正在起居室修剪自己的大胡子，一听家乡来人，手一抖，把胡子的尖梢给剪断了。满脸不高兴的他，来到会客厅，一看是彭湃，耸耸肩，哈哈大笑，张开长长的双臂，跟彭湃来了个西式拥抱。回头吩咐卫兵，炒几个菜，备一壶酒，他要为客人接风洗尘。

宴席上，彭湃想起灾后的难民，很少把筷子伸向大鱼大肉。酒过三巡，他就向陈总司令讲述农民受灾的惨状，地主官绅的麻木不仁，驳斥了诬蔑农民的各种无耻谰言，力陈农民提出减租的合理性。

陈炯明虽然没有全部听进耳朵里，但最终还是同意，释放被捕农会干部，举行农租公判会，适当予以减租。并命人起草发回海丰的电报稿。

陈炯明知道彭湃是个有大能量的人，很想利用他在农民中的威望和影响，巩固扩大自己在东江、粤东的势力范围，但他又不想得罪海陆两县的地方官绅。所以，陈炯明跟彭湃打起太极拳。他给海陆两县的县长，发去电报，但两县县长将电报扣住，不予执行，陈炯明又装聋作哑，不再敦促催办。

彭湃秘密回到海丰，起草印发《泣告同胞书》，揭发反动势力镇压农会的丑行，号召民众明辨是非，支持农会。他不久又赶赴香港，利用各种报刊，与敌人展开舆论斗争。

由于被捕农友还是未能获得自由，彭湃再次前往龙川，敦请陈炯明致电催促。陈多方寻找托词，反而要彭湃随他到汕头等地处理一些军政事务。

汕头的官绅土豪，清楚当下的陈炯明，不再是草木知威的人物，但依然对他毕恭毕敬，一呼百应。

那天晚上，陈炯明与驻防军官，接受汕头"潮海关"官员的宴请。散席后，陈炯明让彭湃陪他到公园散步。陈炯明很兴奋，说到激动处，一只手搭在彭湃的肩膀上，语重心长道："你，整天跟大字不识一箩的种田汉混在一起，太委屈了。我的总司令部，需要一名高级参谋。你留学日本，回来又把农运搞得声名鹊起。我劝你换一种活法，跟我打天下，如何？"

彭湃哈哈一笑："老总你太高抬我了，我没读过军校，没上过战场，打仗不是我的强项。您老还是另请高明，才为上策。"

陈炯明打着酒嗝，看见月光下，一对对红男绿女在花丛间嬉闹，就说："我跟你祖父可是忘年交，当年他不同意你去日本留学，我可是替你说了好话的。现在你学成归来，越发儒雅超逸，我家三小姐瑞瑶，对你尤为崇拜。她心灵性巧，倾慕新学，追求婚姻自由。"

彭湃上半句顺着陈炯明的话做出应答，后半句又突然拐了个弯："贵府三小姐思想境界如此不同流俗，全在于老总你教导有方。如果您老不被谗言蛊惑，果决为海陆丰农会做主，救灾民于水火，那么贵府三小姐，肯定越发将你奉为圭臬。"

陈炯明本来想跟小老乡交交心，顺带撒下鱼饵，期望将其收罗于麾下，却被他噎了回来，便顿顿穿着军靴的脚，大声对亲兵警卫喊道："打道回府！"

彭湃已经揣度出陈炯明的居心：他是怕自己领导农运，坐大成势，将来难以驾驭，故而不正面支持农会，不明令释放被捕农友；但他又想让自己当他的随员，拉自己上他的贼船，死心塌地为他效劳。

看来，自己在陈炯明心目中，无异于一块鸡肋。

彭湃摸准陈炯明的心思，干脆反其道而行之，利用陈炯明对他的"器重"，在汕头秘密召开惠潮梅农会骨干会议，要求各县加快发展农会，动员组织更多农民起来斗争，并在汕头新马路荣庆里9号，公开挂起"惠潮梅农会筹备处"牌匾。

惠潮梅地区的官绅、商家，知道彭湃与陈炯明一起来汕头、潮州等地，两人关系"密切"，也听出陈炯明是支持农会的，所以对彭湃募捐筹款救济灾区农友、宣传发动大批农民加入农会等活动，也予以开绿灯。

彭湃借风驶船，乘势而起，穿梭往返于惠阳、潮汕、梅州三地，在各级农会骨干积极配合下，大张旗鼓推进农民运动快速兴起，深入发展。当地农民早就希望拥有自己的组织，一听要成立农会，个个热情高涨，纷纷踊跃报名。

粤东十县迅速卷起农运旋风，短短三个月的时间，建立起农会组织上千个，发展会员十数万之众。

其间，彭湃写信向团中央汇报广东农民运动喜忧参半的现状，呼请团中央给予指导、支持和声援。

第二十八章
国共携手春暖花开　星火闪烁势在燎原

陈炯明心中同样打着如意算盘，企图借助彭湃和农会的力量，巩固自己在粤东的统治地位。没想到彭湃却利用他的"褒奖"，以及赞同惠潮梅成立农会的"言辞"，把三地的农会搞得热火朝天、风驰云卷。

早已回到老隆的陈老总接报，不得不叹服彭湃的魄力，但又担心养虎遗患，怕小老乡将来对他构成威胁，遂给彭湃发去五六百字的电报，言明他是要实行联省自治的，让彭湃不要再去组织发展人民团体。

陈炯明见彭湃迟迟没有返回老隆，又接连几次发函电，催促彭湃赴惠州共商要事。彭湃当然不会上当，他和林甦等公开返回海丰，大力宣传惠潮梅农会在陈炯明倾力支持下如何快速发展。

因为有陈炯明发给彭湃的电报为证，海丰官绅土豪的态度发生一百八十度大转弯，个个向彭湃赔礼道歉。

1924年1月下旬，杨其珊等在押农友全部获准释放，数百农民集中在监仓大门外迎接他们出狱。

次日，彭湃主持召开各约农民代表大会，通报惠潮梅农民运动蓬勃发展的大好形势，号召农友放开手脚，加紧串联发动，首先恢复各约各区农会，时机成熟再恢复全县总农会，并推行减租运动。

郑重派出的交通员终于见到彭湃了。汇报中着重提出陆丰农民迫切要求恢复农会，且实行武装自卫。交通员带回粤东农运势头正旺，海丰区乡（"约"已改乡）农会逐级恢复的好消息，还带回彭总会长的新指示。

郑重召集回到县城的农会骨干开动员会，分析形势，布置任务，要求干部增强信心，深入农村，为农友鼓劲打气，在基础好的乡村率先恢复农会。

与海丰同样，陆丰的农运，并非反动当局一声"解散"就会偃旗息鼓。郑重和郁新凯、庄梦祥、刘巽贞等中坚分子，在农运低潮期间，从未停止到城郊农村开展活动，只是时间大多选择在晚上。当获悉惠来、普宁、揭阳等邻县，农会如雨后春笋竞相成立，他们再也顾不得安全不安全，连白天也经常前往乡村农会干部家中，宣讲形势，鼓励革命人必须愈挫愈勇，才能取得最后胜利。

他们先后发动城郊十几个村子的农会，跟以吊田为威胁，妄图增加租石的地主进行或明或暗的斗争。还派出身手好的农友，对趁机恐吓勒索被捕农友家属的恶棍，予以狠狠惩处。

动员会议召开后，陆丰总农会在县城张贴请愿书和标语，散发有关陈炯明支持潮汕兴办农会，粤东农运快速发展的传单，要求当局允许恢复农会，释放被捕的农友。

海陆两县的农会在艰难曲折中逐步恢复。但土豪劣绅心有不甘，趁陈炯明因其弟陈炯光病逝回海城期间，大肆攻击、妖魔化农会，逼迫陈炯明表态解散农会组织。

抗争与反抗争、压迫与反压迫的较量剑拔弩张。反复无常的陈炯明，见彭湃不肯向他俯首折腰，不肯为他所用，再次授意县政府，下令解散农会。

熬过寒冬，春暖花开正以不可阻挡之势，一步步走来。

此时的彭湃，仍在潮汕和东江各地为恢复农会而奔波和斗争，为推进广东的农民运动而忙碌，还积极投身实践斗争，亲自前往粤北，协助共产党员周其鉴等，与当地反动地主展开斗争，成立农会，组建农民自卫军，开创广宁农民运动新局面。

彭湃还积极参与领导工人运动，派助手李劳工发动组织广州人力车工人，成立俱乐部和协作社，为广州工人运动的发展打下坚实的基础。

海陆丰和广宁农运的曲折发展，使彭湃明白并感慨，会搞农运的同志太少了。培养造就大批农运干部，更有策略地领导农民维护自身权益，跟封建地主进行有理有节的斗争迫在眉睫。

1924 年 7 月 3 日，彭湃创办的第一届农民运动讲习所，在广州越秀南路惠州会馆正式开学，目的就是培养坚忍卓绝的农民运动战斗员，把海陆丰农运经验传播到广东乃至全国。彭湃既是讲习所的主任，又是重要教员。

国共两党开始合作四个月后，孙中山在苏联顾问帮助下，创办了培养军事干部的学校，名为中国国民党陆军军官学校，因其校址设在广州东南的黄埔长洲岛，故被称为"黄埔军校"。

陆丰新到任的县长王集五，摆出顺应民意、向农民让步的姿态，在就职仪式上，放大嗓门，声言要把陆丰建成民国模范县。

教育局局长彭翊寰，加紧改革和发展学校教育。在他悉心规划和不懈努力下，陆丰教育界出现了新气象，全县公立学校由四十余所增至一百一十余所，在校学生由两千余人增至六千余人。是年，他以县立第一高小为基础，创办了陆丰初级中学。同时，还推广农村教育，开设平民学校。他计划效仿海丰，兴办女子学校，结果因筹不到足够资金只好放弃。

陆丰总农会和青年协进社的骨干，或者奔赴广州继续深造，或者回归教育线为培养下一代而耕耘。

张威在陆安师范毕业后，于9月间去了省城，参加广州国民政府政治训练班学习，并加入了中国共产党。颜国璠考上黄埔军校，就读炮兵科。黄振新赴广州参加农民运动讲习所学习，接受农民运动领导策略的专门培训，期间张威介绍他加入中国社会主义青年团。郑重、郁新凯、刘巽贞在龙山一小任教；陈夏威、陈国荪、章朝阳分别到东涪镇第二、三、四小校当校长；庄梦祥、庄汉翼、林启禧被分配到玄坛、津洲等地任教。

刘巽贞与郁新凯，是郑重寄予厚望的一对青年干部，农运低潮时，出于安全考虑，特意安排他们隐蔽于农村。郑重还有另一层意思，就是想促使他俩走到一起。

在楼脚村的同一个屋檐下，他俩一起度过了一段难忘的时光。新凯除了引领农民进行秘密斗争，也没忘记帮助巽贞从情殇的阴影中走出来。可是巽贞对他却一直保持着一种兄妹般的泾渭分明，一说到男欢女爱的话题，她总是三缄其口，或者找借口躲避。

新凯知道巽贞脚腕上一直戴着一只银镯子，也知道这只镯子是她与初恋叶丛章的定情物。他假装一无所知，故意问她，都老大不小了，为何不把银脚镯摘下来？巽贞脸上的笑容立时消失了，撇下他钻进灶间帮母姨做饭去了。

更令郁新凯忐忑的是，在这期间，刘巽贞竟然收到张威几经辗转捎来的三封私信。郁新凯曾漫不经心问她，张威信上谈了些什么？刘巽贞却支支吾吾一个字都不肯透露。

心里直犯嘀咕的郁新凯，假装回房间看书。他明明知道私信不能偷看，却又担心自己的学生会跟老师一样，对刘巽贞切切于心。他要想出一个办法，让刘巽贞主动松口，哪怕是一句话，只要能满足一下自己的好奇心就行。

刘巽贞坐在堂屋门口的矮凳上，专注地阅读张威的信。郁新凯蹑手蹑脚，来到她背后，手里拿着从母姨梳妆匣上抽出来的镜子，装作察看脸上有没有长痘痘，实则不断调整角度，希望能对准巽贞手里的信笺，看到信上的文字。

巽贞发觉了，不揭穿他，伸手拿起地上刚编好的大竹笠，往头上一戴。郁新凯眼看自己的雕虫小技被巽贞发觉并破解，既懊恼又尴尬，干脆把镜子捅到巽贞面前，说："我想照照脸上有没有长痘痘，其实我更担忧心里也跟着长痘痘。"

巽贞吃吃一笑，说："除了工作，我想我应该独自拥有一些个人私密吧？你都过了青春期，哪来那么多痘痘。"

事情有些不可思议。回想张威，平时在同龄异性面前，言语不多，还动不动脸红。但他对刘巽贞无声胜有声的独特关怀，以及看她时的别样眼神，非同寻常。现在想想，自己也太愚钝了，张威可能早就爱上刘巽贞了。作为学生，他应该知道自己的国文老师，自从叶丛章逝世后，就喜欢上了她。难道他不懂得礼让，真想跟老师掰手腕，成为老师的情敌？

张威之前不知给刘巽贞写过多少封信，单说在楼脚村这段日子，就捎来了三封。张威有那么多体己话对她说，她却对一直陪在她身边的自己，一概保密。如果信中不是说些只能彼此知道的情话，刘巽贞是不会对他缄口不言的。

回城前，郁新凯抱着"挽回爱情"的心态，与刘巽贞有过一次促膝长谈。他绘声绘色讲了马克思与燕妮、列宁与克鲁普斯卡娅的爱情故事。刘巽贞却一开口就感激新凯的母姨和家人，在她遇上危难时，给了她家的温暖，给了她无微不至的照顾和关怀。郁新凯坦诚地说：我已将你当作家人，当成比家人还亲的知己。刘巽贞冷冰冰回答道，我们只是同志，患难与共的同志。

个人情感的话题被掐断了，郁新凯只好跟她谈起下一步如何分头开展工作。

1925 年，广州革命政府先后两次调遣军队，发起讨伐陈炯明的东征战役。盘踞海陆丰和潮汕地区多年的"救粤军"大败，陈炯明避居香港，悄然退出军政舞台。

3 月，彭湃宣布全面恢复被陈炯明下令解散的海陆丰农会，由他担任临时执行委员会委员长。并着手建立农民自卫军，指派李劳工任大队长，黄埔军校浙江籍二期生吴振民等任教官。

随后，隶属于中共广东区委的海陆丰支部成立。

为培训农运干部，彭湃在县城"准提阁"举办海丰农民运动讲习所，聘请曾经留学日本的李国珍、杨嗣寰、吴振民、聂绀弩为教员。还将海陆丰农会的旗帜改用全省统一的红底儿缀黄色犁头图案的农会旗。

4月，郑重在陆丰农民代表大会上宣布，县农民协会正式恢复。代表们选举庄梦祥、郑重、张威、郁新凯、黄振新、陈谷荪等为执行委员，庄梦祥任执委会委员长。同时着手筹建陆丰农民自卫军。

广东省农会向省政府要求组建海陆丰农民常备武装，以替代驻防军，获批。兵员从海陆丰农会会员中挑选，给养装备由省政府拨发，制服就用革命军的正规制服。

张威又根据中共海陆丰特别支部指示，将几位入团早、考察合格的青年团员转为中共党员。同时，将县、区农会一些经受过考验的中坚分子，协进社中觉悟高、信奉科学共产主义的骨干，作为入党发展对象。

小暑过后的一个夜晚，皓月当空，清风拂面。郁新凯与刘巽贞来到县城旧圩张威家中。张威拿出一面从广州带回的红旗，上面缀有白色斧头镰刀徽标。他小心翼翼把红旗挂在墙上，说，这是中国共产党的党旗，是党的象征。

接着，作为入党介绍人的他，再次对郁、刘二人宣讲党的宗旨和纪律，党员的义务和权利，然后带着他俩庄严宣誓。

宣誓完毕，张威紧紧握住他俩的手，说，从现在起，你们就是正式的共产党员了。希望你们牢记誓言，当好无产阶级的先锋战士！不过，你俩以后无论对内还是对外，都不要公开共产党员的身份。

大革命的浪潮汹涌澎湃。为支援上海的五卅运动，广州和香港爆发了规模宏大的省港大罢工。海陆丰成立了省港大罢工后援委员会办事处，发动民众抵制英货，捐款捐物支持罢工斗争。

刘巽贞奉命率领慰问团前往香港慰问，为香港罢工工人送去大笔款项和一船援助物资。香港罢工委员会宣传部演讲队一分队队长邓锋，看出刘副团长很有政治素养，口才又好，就邀请她到罢工集聚点，给工人们做热情洋溢的演讲。

此时，大批前往香港务工、参加大罢工的工人，陆续返回陆丰，动员民众继续为省港大罢工提供支援。张威和郑重发动农民协会会员行动起来，为鼓舞罢工工人士气，节衣缩食，踊跃捐款，共筹得两千多大洋。张威派县立一小校长黄振新等人，化装成商人，将捐款送往广州省港罢工委员会。他们分头乘船至香港，准备再转道广州，谁料，黄振新一上岸，就被陈家军的小股残兵捕获。募捐而来的银圆被没收，黄振新受尽非人折磨后遭杀害。

随着党员人数迅速增加，次年初，中共陆丰县特别支部宣告成立，李国珍任书记，张威任委员。

李国珍，出生于海丰县城一个小资产阶级家庭。十七岁考入海丰陆军军官讲习所，结业后任粤军见习排长。十九岁参加彭湃创办的社会主义研究社；同年，获得留学日本公费生的资格，于 11 月与林铁史、黄鼎臣赴东京学习。二十一岁回到家乡，参加反对当局镇压海丰农会的斗争；后加入陈舜仪、林道文主办的新生社，在其油印半月刊《新生》登载反帝反封建专论和杂文，是一个能文能武的干才。

党的领导机构在海陆丰正式成立，使当地的农民运动和革命斗争，从此有了先进政党的领导，有了正确方向的引领，这为灾难深重的海陆丰人民带来了光明和希望。革命斗争有了党的坚强领导，进一步激发了海陆丰人民不屈不挠的反抗精神和开展更加壮阔斗争的勇气。

有了共产党站在斗争的最前沿，强化了革命思想的传播，从而唤醒广大工农大众跟着共产党走。尤其是对进步青年和同盟者，将产生强大的凝聚力和向心力，同时也将赢得更广大人民群众的衷心拥护，并将革命热情转化成强大的革命力量，为取得民族独立和解放浴血而战。

只是革命并非足球场上射门可以一蹴而就。海陆丰农民运动如疾风骤雨，但农民参政经历多次起伏波折，这跟地方封建势力尤其是县政权把持者有莫大的关系。农民很希望有一个清正廉明、为农民协会撑腰的人来当县长。第二次东征，张威率领农民自卫军，配合东征军攻克陆丰县城。战斗胜利后，农民协会公举张威代理陆丰县县长。

地主豪绅是不甘退出历史舞台的，他们勾结军阀余孽进行武装骚扰，煽动乌红旗械斗，甚至派狗腿子篡夺农会领导权。这一切被挫败后，又改变策略，拉拢农民中间少数好吃懒做、品行不端的混混、二流子，挑拨离间，造谣惑众，甚至欺骗一部分农民，组织假农会，与真农会对峙，制造分裂，分化瓦解农民协会。

第二十九章
慈娘唤女把家还　万家妯娌书新篇

初春，省政府不顾农会意见，委派国民党内的新右派李崇年来陆丰当县长。

李崇年敌视破坏工农运动，限制学生集会，利用权力横征暴敛，民众叫苦连天。此时的陆丰农民协会，已经逐步健全成熟，而各个群众团体也在共产党员发动下联合起来参加国民革命。他们将为厘清陆丰官场强势出击。

一场驱逐右派县长李崇年的斗争，由各界人士游行集会、出版专刊披露李崇年罪行开始，到武装农民赴县政府示威，形成声势浩大的"驱李运动"，迫使任职半年的李崇年仓皇逃离陆丰。

次月，省政府派李秀潘接任县长。李秀潘是梅州平远县人，中学毕业后，入读国立北京法政专门学校法律系，于1920年毕业。他是孙中山"三大政策"的忠实执行者，支持彭湃发起农工革命。

陆丰特别支部还争取到教育局局长彭翊寰的支持，由李国珍接任其职，将一批进步知识分子调到龙山中学和各个高等小学任教。

海陆丰的农民运动在扼杀与反扼杀中迅猛发展。

初夏，陆丰召开全县第一次学生代表大会，成立了新的学生联合会，选举产生了县学联执委会，黄柏琴担任县学联会长。

觉醒了的广大妇女，为了自身的解放，也踊跃加入大革命的行列，建立起属于自己的组织妇女解放协会，成为在各项社会活动中占有一席之地的革命力量。海丰派来的妇女干部彭铿当选会长。

短短两个多月，各阶层的人民群众都形成和建立了自己的团体。

随着革命形势的发展，中共广东区委和省农民协会号召联合各界群众团体巩固国民革命的阵营。海、陆两县分别成立农工商学联合会，后改为各界人民团体联合会。郁新凯担任陆丰各界人民团体联合会秘书长。

海陆丰是全省农民运动的中心，支援工人阶级发起的省港大罢工，揭露帝国主义在中国犯下的累累罪行，是凝聚民心，激发群众反帝爱国热情的得力措施。在纪念五卅惨案一周年前夕，陆丰举行各种大规模集会和宣传活动。县立一小师生组织起白话剧团，深入城乡，演出《沙基惨案》《红头阿三》等剧目。

近日，他们正在排练根据真实故事改编的白话剧《帝国主义末日》，准备在县剧院和各地公演。

该剧由县农会宣传部和协进社负责编剧，演员在县城中小学和简易师范班的师生中挑选。

郁新凯、刘巽贞和林瑞，在协进社成员的协助下，十多天拿出剧本初稿。经张威、郑重审阅后，几经修改，才最后定稿。

有人举荐郁新凯与刘巽贞出演男女主角，张威以两人长得不够"农民"为借口，否决了这一提议。其实，他知道两人不乏演出天赋，只是不想让他们在公开场合太引人注目。

再说，党组织为了加快发展，正准备派遣一批党员，以不同身份为掩护，到重点乡镇当拓荒者。他俩是合适人选，可能不久就要出发。

郁新凯与刘巽贞没有演出任务，但还是为剧务忙得团团转。刘巽贞主要负责绘制布景，郁新凯负责制作道具。天气虽然不太热，但两人满头大汗，手里又沾满颜料，不经意往脸上一抹，就成了大花脸。两张大花脸你看我，我看你，都不禁笑起对方来。

难得看到巽贞开心，新凯来劲了，戴上纸糊的白通帽，手执文明杖，夸张地挺起肚子，目空一切在她面前走来走去，把巽贞逗得笑眯了双眼。

两人正笑着闹着，突然，学校传达室的人员匆匆走了进来，递给刘巽贞一份电报。刘巽贞看了电文，脸色变白，双眉拧成两道山峰。新凯从她的手里接过电报，读了起来："母亲病危，速归。我已赶回津洲。哥。"

刘巽才当年从军受阻，一度十分消沉。幸好有彩鸾变着法子劝慰他，鼓励他，又给他生了个人见人爱的小千金，他才慢慢振作起来。后来听说刘壮在粤军当了副排长，再也坐不住了，就去找第五区区长周剑雄帮忙。周剑雄趁姓伍的县长来五区巡视，特地举荐了刘巽才。伍县长听说他曾为推翻帝制打过仗，又是老同盟会员，还在县公署当过课员，答应考虑考虑。刘巽才回家跟父亲一说，刘监生立即闻风而动，使出惯用的伎俩，给伍县长送去一份大礼。可是，伍县长很快就被调走了。

等到去年，徐健行一上任就大行卖官之道。算塌天刘监生使出浑身解数，上下打点，进了比别人高出一倍的贡，终于为刘巽才谋了个第九区的区长。

以上这些，都是董彩鸾替母亲给她写信时，捎带告诉她的。刘巽贞想，大哥供职于僻远山区，都赶回去了，母亲肯定病得不轻，不由眼眶溢出了泪水。她对郁新凯说："我跟母亲好几年没见面了，是她放我冲出牢笼，来到县城的。如果是父亲，我可以断然不理。怎么偏偏是母亲病危？大家都这么忙，我能告假回去吗？"

"既然你哥都赶回津洲了，估计伯母病得不轻，你应该回去看看。你先得向校长告假，再单独向张委员请示。"郁新凯表情有些复杂地说。

刘巽贞犹豫片刻后点了点头。

刘巽贞在北堤路的文具店与张威见了面。张威看了电报，对刘巽贞说："人非草木，毕竟是你的母亲。正好县农会决定免去三区农会会长田德明的职务，他被捕出狱后，一再要求辞职。既然你要回津洲，干脆，由你去接替他的工作，而且还有更重要的任务交给你。这事，我跟李书记、郑会长商量一下，确定后通知你们校长。"

事情一变再变，回津洲似乎已成定局。刘巽贞又回到制作道具的礼堂，把最后一幅布景画好，才去学校找校长，可没找着。

晚上，刘巽贞来到郑家大院，看望因患病在家调养的郑镜堂。郑会长对她说："你的事张威已经跟我说了。根据工作需要，也考虑到你是津洲人，你可能要在那里待上一段时间。你肩上的担子可不轻啊。"

张威来了。他拿出几份中共海陆丰地委和陆丰特支的机密文件，让她看一遍并把重点牢牢记住。收回文件后，张威对刘巽贞说："我已跟李国珍书记商量好，你回津洲后的公开身份，是三区农会的会长，你担负的秘密任务，就是在津洲发展新生力量，创建党的组织。"

刘巽贞从郑会长手里接过一些农会的文件，一时有些茫然。她没想到，自己这么快就要离开县城，回到既熟悉又陌生的家乡，孤军作战，而且还身负双重任务。

镜堂先生看出她心里有压力，就鼓励她道："一个人要成长，必须不断接受挑战。你历经不少磨难，都坚强地挺过来了，组织相信你能负重前行，完成任务。"

刘巽贞看着挂在客厅的《冰雪腊梅图》，说："我服从组织的安排，一定不辜负你们的期望。"

张威又叮嘱道："我们的党，还很年轻，需要在摸索中前进壮大。以前，我们的党，不太重视农村工作，现在已经认识到农民运动的重要性，认识到农会是党加快发展的一大基地。今后，你要把这两项工作一并抓起来。津洲擎秀小学的李开雨校长，是我的忘年交，他曾在粤军旅部当过参谋，颇有军事才能，因不满长官走私鸦片，扣押士兵军饷，才解甲从文。他是个智多星，平时多向他请教学习，遇到什么难处，可以找他帮忙。至于你与上级的联络，我会派人与你接头。明天，县农会执委吴祖光，将送你回津洲，宣布任免决定。"

告别时，眼神中流露出依依不舍的张威，紧紧握住刘巽贞的手，说："你是个总能创造奇迹的人，祝愿你旗开得胜！"

刘巽贞踏着月色，信步前行。想起自己就要离开生活了好几年的县城，离开带领她走上阳光大道的师长，还有帮助她渡过难关的朋友，心中未免有些难舍。但她明白，现在的她，已经不是过去那个为了儿女情长，可以置一切于不顾的小女子，她将成为党的薪火传人，成为基层农会的负责人。

刘巽贞想起与夏文珮一起为叶丛章守灵那晚，自己说过的一句话："只由男性主宰的社会是不公平的，我要为天下女子撑起一片天。"刘巽贞扑哧笑了，当时的她，心虽大，但偏激，幼稚。

刘巽贞不知不觉来到龙台山下，心里一沉，悲从中来。她不顾山上阴风飒然，禽鸣虫叫，跌跌撞撞往上爬。回忆起她与丛章那场刻骨铭心的爱情，她好想放声痛哭一场，但她忍住了。

借着月光，凝望着墓碑上"叶丛章"三个字，巽贞仿佛觉得他就在身旁："告诉你一个好消息，我已经是一名共产党员了。明天，我就要回津洲去了。你曾经说过，你的理想，就是要为拯救积贫积弱的中国而奋斗。这已经成为我俩共同的愿望。你可要自己照顾好自己。闷了，孤单了，就去校园走走，听听同学们的读书声和欢笑声。以后重返县城，我会再来看你。"

刘巽贞不敢久留，眼中早已蓄满泪水，她抚抚石碑上昔日初恋的名字，离开了墓地。

回到宿舍，看到郁新凯留下的字条，知道他等了她好久，也知道他明天将为她送行。

翌日一早，刘巽贞提着藤匣子，来到约定的驳船码头，看见吴祖光和郁新凯已经在那里等她。因为刘巽贞不会骑马，她和吴祖光去津洲，只能走水路。郁新凯随船为他们送行，一直送到漯河口，才上岸返回县城。

今天的刘巽贞，脚下多了一双很舒适的新布鞋。郁新凯昨天制作道具时，发现她的鞋已经开天窗了，两个脚指头都跑出来看人了。

他悄悄到街上买了一双，怕遭拒绝，趁巽贞去见领导，接受任务，独自来到她宿舍，将鞋藏在她枕头下。还在纸上写下一句苏轼的词："竹杖芒鞋轻胜马，谁怕！"放在她的床头。

巽贞从来不愿接受别人的任何馈赠，看了这句词，知道新凯是在鼓励她大胆前行，心里涌起一股暖流，决定破例收下。

海上风浪大，刘巽贞与吴执委颠颠簸簸，快黄昏了才在津水港上了岸。

夕阳下，一股熟悉而又陌生的气息，伴随着亲切的乡音，扑面而来。渔夫和盐工，扛着工具，从她身边走过。疲惫而木讷的他们只顾走路，没有余暇抬头看一看眼前这位剪着清新短发的小姐，是谁家的客人。

三区农会的办事处，设在桃李园。刘巽贞提议先到农会看看，找不着人，就先到客栈住上一晚。路过盐田湖时，看见一幢新居门前站着一个容貌端庄、体态健硕的女子，带着一大一小两个男孩，直盯着她。

刘巽贞走近一瞧，脱口叫了起来："哟，这不是兰舟姐吗？"

李兰舟惊喜地迎上前，抓住巽贞的手，上上下下打量了好一会儿："你剪了新派的短发，把我给骗了，没敢叫你。回来就好，回来就好，姐可是一直想念着你。"

"我也是一直惦记着姐。只是，想回来又心里堵得慌。"刘巽贞说。

"傻丫头，过去的事，都烟消云散了，一切都可以从头再来。对了，这位大哥是？请进来喝茶。"李兰舟边问，边朝客人笑笑。

"他姓吴，是县农会的领导，有公干，陪我一起来津洲。"刘巽贞先介绍吴执委，再向老吴介绍李兰舟。"我的好姐妹，姓李，名兰舟，夫婿是国民革命军第四军独立团的一名副营长。"

吴祖光竖起拇指，说："第四军独立团？津洲出人才，钦佩钦佩。"

刘巽贞又对兰舟姐说："听说我娘身体欠佳，我哥发电报催我回来，我才……"

"我昨天在大街上碰到过姈母，她气色很好，怎么会身体不好？"李兰舟应道。

"那我哥有没有回津洲？"

"你娘没提起，我也不大清楚。"

"我明白了。幸好遇上你，要不我还被蒙在鼓里呢。"

"婶母昨天还在念叨你，你还是先回家看看吧。"

"我已宣布跟父亲断绝关系，家，我不想回去。我们先去区农会找人，晚上可能在客栈住。"

"农会的大门这两天都关着，我刚才还从那里路过。要不这样，晚上你们先在我家住一宿。我明天再去告知婶母，让她接你回家。"

刘巽贞征求吴执委的意见，他同意在李兰舟家里住一晚，说顺便了解一下三区农运发展滞后的原因。

李兰舟的新屋取名冀兰居，是一幢南方常见的"四点金"。李保乾为了兼顾打铁铺的活计，还在老屋住着。兰舟的两个儿子李立轩和段立辕，听说客人要在他们家住，高兴地抢着搬行李。

第二天，已经接到电报的三区农会田会长，带着农会副会长刘友仁、执委刘耀环等几个干部，早早在办事处等候。吴执委请田德明先介绍三区农会的基本现状，又让刘友仁等干部说说平时开展工作遇上过哪些阻力。他在确认田会长一定要辞职后，站了起来，对大家宣读了县农会的任免决定：免去田德明农会会长职务，任命刘巽贞为第三区农会会长，其他同志的职务暂时不变。

接着他以平和的语气，介绍了刘巽贞同志的简历和县农会对她的评价，末了要求三区农会的同志们，全力支持新会长的工作，克服困难，把农运搞得更能满足农民的要求。新老会长完成工作交接后，吴执委在李兰舟家吃了午饭，就乘船回县城去了。

由本埠一个大地主的女儿来担任会长，农会干部心里有些不服气。

但两个礼拜过去，刘巽贞带着他们，跑遍津东、津西近十个已建立农会的村子，他们才晓得，什么叫作"牛角不尖不敢过岭"。

新会长立场坚定、处事果断、思维敏捷而又平易近人，刘友仁、刘耀环等干部，不得不竖起大拇指，由衷敬重起她来。她每到一村，都会先听取群众意见，再决定农会负责人的去留。她敢于跟封建势力"十三太保"展开针锋相对的斗争，迫使他们按规定为农民减租，凡对佃户造成伤害的，按程度深浅做出赔偿。消息一传开，连胆子最小的佃农，也不再向"十三太保"低声下气。

而心里来了劲的刘友仁他们，服气不服输，串联原来就读于擎秀书院的同学，各自在家乡组织发起农民运动，开展减租退租斗争。农民们看到农会能保护他们的切身利益，而且下一步还将没收地主的土地分给穷人，争着报名加入农会。

有刘巽贞身先士卒，刘友仁他们起早贪黑，走村串寨，开始"啃"起最落后的村子。干部们先访贫问苦，同农民们建立感情，然后传播革命道理，以区农会的名义，带领农民清算恶霸地主的罪行，强制他们退还多收的稻谷。农民腰杆硬起来了，把干部当作自己的兄弟，称他们为恩人，成立农民协会，也就水到渠成了。

刘巽贞的母亲听说女儿回来了，悲喜交集，带着使女立春来接女儿回家，可是好几次都扑了空。

其实，说巽才无中生有，发假电报哄妹妹回家，也不尽然。姚氏因为思念女儿心切，刘监生又不许她进城看望女儿，忧郁成疾，前段时间是生过一场病。刘巽才从偏僻的山区回来后，没有别的办法安慰母亲，才出了个歪点子，想骗妹妹回来让母亲看看。谁知邮政所发报机坏了，电报耽搁了一个星期才发出去。

好不容易把女儿盼回来了，却老见不着人，母亲一颗心像被刺藤吊了起来。这天晚上，她特地叫上彩鸾，又让立春抱着小孙女心巧，坐着两乘轿子，来兰舟家等候巽贞。

巽贞是九时多才回到冀兰居的。母女相见，姚氏喜极而泣，巽贞也一把抱紧母亲，泪水一直在眼眶里打转。

姚氏看女儿又黑又瘦，满腹悲楚又强抑在胸中，哭得更加伤心了。巽贞抚摸着母亲白了大半的头发，苍老了许多的脸庞，知道母亲为她受了太多的悲苦，眼泪簌簌而下。

小侄女对巽贞也一点不陌生，围着她姑姑长姑姑短叫个不停，还从母亲手中拿过手绢，要为姑姑擦眼泪。

彩鸾和兰舟趁机劝慰母女二人别再悲伤，该说说话开心起来才是。巽贞抱起心巧，在她粉嘟嘟的脸上亲了一口。

哭红了双眼的立春，知道小姐累了一天，又伤心了好一阵子，立即去伙房打来一脸盆水，请小姐洗一把脸，又拿过梳子，要为小姐梳头。

巽贞温和地对她说："今后，你在我面前，我们是平等的，你不必像以前那样，尽想着要侍候我。我母亲老了，你替我照顾照顾她，我感谢你。但你要记住，你在我们家，地位是平等的，如果有谁欺负你，你告诉我，我替你做主。"

立春愣怔着，心里却暖乎乎的：这个世界上，也就只有小姐，真心不把我当奴婢看待。

天晚了，母亲拉起巽贞的手，要她一同回家里住。母亲说："这么多年过去，立春天天把你的闺房收拾得干干净净。我一想念你，就一个人去你的房间坐坐。"

巽贞抱抱母亲后，坚决地摇了摇头，说："我不想见到曾经叫过他'爹'的那个人。他毁了我的青春，留给我一生的痛苦，我跟他已经恩断义绝。我知道你真心疼女儿，但你不能为难女儿。"

立春还是要求留下来伺候小姐。巽贞生气地说："我再不是大户人家的小姐，而是一个自食其力的普通人。至于你我为什么是平等的，道理，我以后慢慢跟你讲。"

母亲不敢勉强巽贞，既然已经回到身边，以后多跟她唠唠父亲是多么疼爱她，连梦里都惦记着她，相信长大了的女儿，会原谅她爹，回家团聚。

刘监生得知女儿至今孑然一身，又不肯回到家里，整天为农会的事风里来雨里去，心里像被什么梗着。毕竟是家中唯一的爱女，他多希望她能理解他的苦心，早些回到他的身边。可是，凭她的个性，加上这些年在外面学野了，她已经不再是刘家的娇娇女。如今她当上农会的会长，这农会是跟地主对着干的冤家，说不定哪一天就会针尖对麦芒，杠上了，津洲肯定又有人要等着看他的笑话。

不过，自己的女儿当会长，总要比别人当好些。打断骨头连着筋嘛，她不留情，别的人也许会对会长的爹留情。不管怎么说，目下，刘家虽然谈不上官运亨通，也算得上时来运转。大少爷在九区当区长，小姐在三区当农会会长，还有谁，比他更有资本在津洲说第一句话？

至于女儿还跟他赌气，暂时寄居在李兰舟那里，也好，总比住在农会那几间老屋强多了。想想当年，自己也确实做得过分了些。但坏事变成好事，反倒逼出个会长来，刘家的祖坟，真的冒青烟了。

以后，感化女儿的任务，就交给老伴和彩鸾。当然，为爹的也要多一点人情味，多眷顾女儿，让她感受到，父亲是一直为了她好，始终疼爱着她的。相信某一天，女儿会幡然醒悟，体谅父亲的良苦用心，不念旧怨，重新返回她生活了十多年的这个家。

青涩玉女，离家数载，在逐渐淡出人们记忆之时，突然回归，却已是一区之农会会长。喜欢谈古论今的津洲人，诧异之余，当然又要对此津津乐道。

有人预测，刘监生家，迟早又会有好戏看了。而不少女子，却怀着或敬慕，或好奇的心态，徘徊在农会的瓦屋前，也有人干脆找个借口，聚在李兰舟家里，就为一睹女会长的风采。当然，若是能与女会长说说心里话，那就再好不过了。

刘巽贞从心里感激这些姐妹的纯朴和友爱，她像对待亲朋好友那样，热诚地接待她们，尽量腾出时间，陪她们聊天，为她们释疑解惑，帮她们解开心结。她借助看似平平常常的聊天，潜移默化传播革命道理，宣传自己的信仰和追求，鼓励她们敢于摆脱世俗，解放自己，走出人生的新天地。

从一群小妹妹的口中，刘巽贞得知，津洲学堂原先的女子班已经停办了好些年。

事情的起因是，两位大户人家的少爷，同时看上女子班中的一位千金女。为了决出胜负，他们约定，当着千金女的面，攀爬五六丈高的擎天石，谁先爬上，谁就拥有追求娇娇女的权利。结果其中一人失手，摔死在擎天石脚下。死者家属认为学校诲淫诲盗，放纵女生勾引富家子弟，不成体统，便纠集一帮人大闹学堂。而那些反对新学、反对男女同校的老夫子，借故发难，逼迫学校取缔女子班。当时的校长胆小怕事，为了平息事态，只好宣布遣返所有女生。

刘巽贞面对小姐妹们求知若渴的目光，心里沉甸甸的。津洲开办女子班，得益于古城毗邻香港，商贾往来频繁，他们在经商的同时，也将新思想、新潮流带到津洲。不能因噎废食，向封建势力妥协，应该倡导男女平等，尽早恢复女子的在校教育。

刘巽贞想去会一会李开雨校长，把区农会要求恢复女子班的事，郑重向他提出。

古榕参天的擎天石下，来了一位令人眼前一亮的女子。风，吹拂着她齐耳的短发，得体的素花衣裳，勾勒出她轻盈的身姿，一簇从屋檐垂下来的常春藤，若即若离在她身边荡来荡去。此情此景，生动得让人目不转睛。

训导处的青年教师，一番窃窃私语之后，一个个站了起来。他们认为来者是新招聘的教员，情不自禁鼓起掌来，还齐声喊道："欢迎欢迎！共进同行！"

刘巽贞知道他们误会了，忙解释说，我是来找李校长说事的。青年教师尴尬地相互扮了个鬼脸，告诉刘巽贞说，李校长进县城招聘教师去了。

从擎秀小学回来的路上，刘巽贞看见一个十来岁的男孩，用树枝在沙地上写《三字经》，几个年轻女子依样画葫芦，跟着在地上勾勾画画。

津洲的女子很有灵性，大字不识一箩，却能将一本厚厚的《潮州歌册》唱个字正腔圆。她们中的不少人，从小渴望上学读书，但能够如愿以偿的，寥寥无几。目前，县城的女子学校办得有声有色，而津洲，虽然有了高等小学，但学生清一色是男生。

津洲是文化底蕴深厚的古镇，如果也像县城那样，创办一所女子小学，肯定很受欢迎。只是，当下各方面的条件尚不具备，可以先从举办"女子识字班"开始，再一步步发展。凡事开头难，潜在的阻力，也不可小觑。但发展女子教育，既可了却姐妹们的心愿，又可为发展党组织提供掩护，还可以给遗老遗少们一个反击，意义非同一般。

刘巽贞加快步伐，赶回冀兰居。她已跟李兰舟约好，如果回来得早，就一同去拜访万家三妯娌。刚走到大门口，听见屋里传出小孩的嬉闹声。进去一看，万家三妯娌早已在客厅里坐着。巽贞喜出望外，搂搂这个，拥拥那个，说："真不好意思，我应该先去看望你们的，反而让你们先行一步。十分感激你们三位。"

万家的几个小孩，想起在县城见过刘阿姨，都围拢过来，争着要坐在巽贞的身旁。

一阵寒暄之后，心怀好奇的管素婷问刘巽贞："我说大会长，你身为女性，是怎么指挥手下那些大老爷们儿的？"

刘巽贞莞尔一笑，说："这很简单，我只当自己是个会长，不让农会的同人认为我是个女的会长。"

颜文英回味着刘巽贞的话，用迷人的声音慢悠悠地说："你为我们女同胞争了口气，我们以你为荣。"

韩斯洁为女儿系好散开的辫子，说："假如我们能像你一样，也为社会做点事，该多好啊。"

刘巽贞柳眉一挑，问道："你们真有这种想法？"

万家三妯娌全都点了点头。

刘巽贞颇受鼓舞，就把创办女子识字班的想法说了出来，并希望文英、斯洁、素婷来当识字班的教员。

万家三妯娌正为日子过得庸庸碌碌而发愁，一听，立即欢呼起来。

李兰舟看她们都兴高采烈的，就问巽贞："好歹我也念了一年私塾，能给我也派份工吗？"

巽贞想了想说："论年龄你是大姐，论资历你是营长太太，论能力，昨晚看你在舞梨花枪，我佩服得五体投地，我看你当监管最合适。"

"我的天呀，你们四个都是顶呱呱的才女，我哪来那么大的能耐当监管？"

韩斯洁说："你曾经假扮新娘诱杀海匪，智谋胆略过人，让刘会长教教你，当监管不在话下。"

素婷抢在文英前头开了口："教员有了，监管有了，现在就差一个校长了。"

文英把目光落在巽贞身上，说："校长嘛，远在天边，近在眼前。"

韩斯洁掩嘴一笑，说："看你还卖关子，当然非刘会长莫属！"

巽贞打了个暂停的手势，说："大家不要太性急，我们暂时只是创办女子识字班。等条件成熟了，办起女子学校，再设校长不迟。"

大家觉得巽贞说得在理，但她没挂上职，似乎缺少了主心骨。文英便说："不设置校长可以，但必须设置教务长，就由巽贞担任教务长，大家同意的举手。"

结果除了巽贞，屋子里的大人，连同小孩，全都举起手来。

表决过后，兰舟嚷嚷起来："哎哟，光顾高兴说话，倒把吃咸茶的事给忘了。快快，鱿丝、肉丁、香菇已经炒熟了，芝麻、香菜也擂好了，都搁在灶台上。我来摆开桌子，你们去厨房把爆米花、花生米和佐料拿来，先给每个孩子泡上一碗，我们大人也得趁热吃。办识字班的事是大事，我们边吃边议，继续琢磨琢磨。"

这顿七香咸茶吃的时间比吃宴席还长，经过一番见仁见智的讨论，创办女子识字班的事，终于敲定下来。

数天后，津洲的大街和重要场所，赫然出现招收女子识字班学员的启事，办学地点设在双仁祠。

双仁祠，是津洲人民为了纪念清代广东巡抚王来任，两广总督周有德两位"仁官"而建立的祠堂。

举办女子识字班的消息不胫而走，津洲七个社头，无不议论纷纷。其中有人拍手叫好，有人竭力诋毁，更多的是持观望态度，不置可否。

反应最强烈的，当属万泰安的老伴。龚夫人听三个媳妇说都要去当识字班的教员，脸上的笑容僵住了，不容置辩地说："不行，这事没得商量。"等万泰安从经纬楼回来，龚夫人抢先向老爷"参"了三个媳妇"一本"。她认为，作为万家的媳妇，就得在家相夫教子，抛头露面有失体统。撇开万家与刘家有仇不说，当上教员，整天跟刘家的叛逆小姐掺和在一起，心学野了，还会安分守己当贤妻良母吗？

第二天早晨，万泰安看使女正要给老伴梳头，示意她先出去。他拿起亮晃晃的犀牛角梳子，蘸了一下茶籽油，轻轻给夫人梳头。等长长的秀发润滑顺柔了，再往梳子上滴两滴茉莉花油，又轻梳一遍。然后，夫人用修长圆润的手指，将秀发编成三条长长的辫子，再盘成一个随云香髻，最后让夫君帮她别上簪钗。

万泰安等使女给夫人穿戴好衣饰，叫使女将三个媳妇请来。他问清事情的来龙去脉后，将手中的茶碗往漆盘上重重一蹾，说："你们一个个都民主过头了吧，太不拿老夫人当婆婆了！使妈，带她们三个去竹简斋闭门思过。没有夫人开口，谁都不许出来。"

龚夫人从没见过老爷对媳妇们这么凶过，怕媳妇们受不了，就说："老爷，她们都是当娘的人了，各自回屋闭门思过就行了。"

万泰安指指媳妇们，说："你们知道错在哪里吗？错在先斩后奏，导致好事变成坏事。婆婆为你们说情了，还不快快谢过婆婆？"

龚夫人听出话里有话，站起来冲老爷说："我听不明白，什么好事变成坏事，你想替媳妇们开脱？"

万泰安开怀大笑，拉起老伴的手，拍了拍说："夫人聪明，被你猜中了。媳妇们要做的事，可是功在当代，利在千秋的好事，你我不能阻挠。三个媳妇学有所长，却无用武之地，现在正好派上用场，该为她们高兴才是。至于刘家小姐，特立独行，敢爱敢恨，是刘家鸡窝里飞出来的凤凰，此人日后必定大有作为。你我可以打个赌，如果我猜错了，来世罚我当夫人，你当老爷，我好好伺候你就是了。"

龚氏被老爷幽默诙谐的调侃逗笑了，个中道理也认下了。三个受了惊吓的媳妇，明白公公用了先火上浇油，再釜底抽薪的妙招，让婆婆息了怒，也明白了事理，感激之余，齐声恳求婆婆恩允。龚氏平日非常疼爱三个媳妇，媳妇们也十分孝敬公婆，让她们失望，实在于心不忍，再说老爷也站在她们一边，龚氏犹豫了半晌，最后还是点头应允了。

公公婆婆的关卡一过，岱玮和岱仰经不住枕边风一吹，也投了赞成票。万家三妯娌所担心的家人阻挠，就这样化解了。

第三十章
兴学举办擂台赛　攻坚智闯五义馆

津洲女子识字班招生报名开始啦！里里外外冲洗一新的双仁祠大门前来了不少围观的人，可是愿意登记入学的却寥寥无几。颜文英问围观的小妹妹们想入学吗，她们异口同声地说："我们当然想入学，可爹娘就是不同意。"有的又说："要自带课桌椅，我们家里没有。"

小妹妹的话启发了刘巽贞。她认为应该改变策略，变被动为主动，挨家挨户上门做家长的思想工作。为了做到立竿见影，可以先易后难，先动员至亲好友的女儿、妹妹入学，然后展开宣传，发动一个，带动一片。

万家三妯娌，数文英脸皮最薄。本来说话节奏就慢，让她去见不熟悉的人，除了未开口先脸红，一旦争辩起来，人家说三句她连一句都说不完，而且越解释越不知所云。斯洁相对好些，她生性文静但不怯生，只是从不曾低三下四央求过人。素婷虽对登门入室当说客很感兴趣，觉得一旦遇上谈得来的人，说不定可以成为朋友，但她比较发怵与话不投机者接触。

要三妯娌挨家挨户跟陌生人打交道，让她们十分为难。但为了把识字班办起来，她们只好豁出去了。

经过两天的奔走，五个人快要磨破了嘴皮，总算说服了十几户人家，答应在识字班开办时，送女儿前来就读。

开局不利，管素婷深感失望，她垂头丧气地说："没想到津洲人这么封建，这么冥顽不化，与县城相比，至少落后二十年，尽管免费，识字班还是十有八九办不起来。"

李兰舟听了，心里不大服气，就说："依我看，津洲并不比县城落后多少。津洲几百年前就成为海防重镇，通商港口，人口比县城还多，津洲有的，县城不一定有。譬如，外地人都称津洲'小香港'，你们县城有吗？听我爹说，早在二十年前，香港致和公司就有专线货轮通航津洲，十年前，津洲东阳火轮直达香港、广州、厦门等地。外埠商人在津洲经商超过两三百家，其中，不少大的商号还在津洲设有电台，实行联庄经营。当年粤军军工署曾经计划在津洲开办兵工厂，只因陈炯明反对，才把兵工厂建到海丰那边去了。"

管素婷噘了噘嘴。她没想到，李兰舟会一本正经跟她较起真来。从情感上讲，她对李兰舟是尊重的，但憋了两天的话，她是非说不可的，所以，她不想改口。

颜文英知道管素婷其实很喜欢津洲，只不过，内心深处常以县城人自居的她，矫情惯了，一句好好的话，经她的口说出来，就串味了，让人听了心里堵得慌，还容易引起误解。不是吗，眼下的兰舟姐，就是被她的话戗着了，才会不轻不重将她一军。

作为万家的大媳妇，颜文英不能装聋作哑。她为兰舟和素婷各端上一杯茶，嗓音甜润地说："二位在为津洲把脉，劳神了。三妹刚才说津洲人冥顽不化，比县城落后二十年，显然是气话，兰舟姐可不要当真。目前识字班招生受挫，我认为主要原因有两个方面：其一，受'少爷为追女生致死事件'影响；其二，家长对我们几位担任教员，抱有偏见和怀疑态度。"

韩斯洁一副恍然大悟的样子，说："大姐可谓一语中的。津洲是'舟楫云屯，商旅雨集'的口岸之地，各种文化相互交汇，人的观念其实并不落后，希望送女儿入学的家长不乏其人。但津洲人习惯于观望，习惯于跟风。你们看看报名登记的名单，大多是外籍商人的女儿。既然本埠的民众对我们不大信任，我们就必须找机会亮一亮我们各自的才艺。刘会长擅长绘画，大姐精通诗词，三妹熟读四大名著，我略晓书法。我相信，只要家长们对我们有所了解，疑窦可以不攻自破。"

刘巽贞击掌而起，说："我的想法跟斯洁姐可谓不谋而合。我想搞一个'女子才艺擂台赛'，分书法临摹、吟诗诵赋、讲述故事、刺绣画画四个组，召集十六岁以下、有一技之长的女子前来参加，每个参与者都可获得一份奖品，优胜者当然应该更为丰厚些。说是擂台赛，其实就是我们借机展现我们各自的才艺，让街坊知道我们有能力办好识字班。不过，有一事我得先声明，我是你们的妹妹，以后不许再会长长会长短的，行吗？"

刘巽贞话未说完，屋里已经响起热烈的掌声，既赞同举办擂台赛，也同意以后叫巽贞妹妹。

素婷又提出一律自带课桌椅的问题，说有些人家连吃饭的桌子都没有，哪里还有读书用的课桌椅。还有识字课本怎么解决？

刘巽贞夸她问题提得好，说课本的问题，她已经联系了擎秀小学的李校长，动员学生把一二年级的旧课本捐献出来，李校长答应了。至于缺少课桌椅的问题，除了说服能自带课桌椅的，跟没课桌椅的自愿组合外，不够的，怎么解决，大家可以动动脑子，想想办法。

几个人沉默了一会儿，与木材打过交道的韩斯洁说，我们可以找造船厂帮忙，废物利用，让他们把从旧船上拆下来的木板，制作成一排排的简易课桌椅，这样成本应该比较低。

李兰舟说，我有亲戚在造船厂，我等会儿就去找他们，但还是得给他们加工费，钱找谁要？

刘巽贞昨天去看望叶丛章的母亲，把仅有的积蓄都给了她，故而她不敢提出由几个姐妹捐款解决。

管素婷伸了个懒腰，说，我有办法了，擂台赛那天，我们制作一个学员课桌椅募捐箱，请前来观摩的家长捐款，一定不会让我们失望的。

识字班筹备碰头会就要结束了，刘巽贞为了不让姐妹间留下隔夜"仇"，朝李兰舟努努嘴唇，又皱了皱眉头。李兰舟后悔刚才太冲动了，姐妹之间不和睦，以后还怎么一起做事？为了消除不和气氛，但又不让自己太过失分，遂想出一个办法。

李兰舟走出客厅，来到通雕扇门旁边，那里放着一只带镜子的黄花梨面盆架。她用清凉的井水把手洗过，擦干，经侧门轻轻走到管素婷身后，抿着嘴唇，将一只手伸进衣裳里，捂紧胳肢窝，另一只手呈弯折状，快速用力往下压了压。

管素婷听见背后"噗嗤噗嗤"几声脆响，以为谁吃了不容易消化的东西，放屁了，不由缩起双肩，闭紧嘴巴，捏住鼻孔。半晌，正要转身一看究竟，又听见"噗噗"接连数声。只是，并没有等到她害怕的那种味道，便扭过头，看见是兰舟姐正在跟她玩孩提时的嬉闹，憋红的脸顿时露出笑意。她起身一把搂过李兰舟，脸有愧色地说："刚才是我不对，请大姐头多多见谅。"

李兰舟抢着说："是大姐头不好，好胜，气量比针眼还小。"

女子才艺擂台赛，这是前所未闻的新鲜事。凡参赛者，都可获得诱人的奖品，又能评出名次，吸引力可想而知。启事贴出的当天，就有好胜心强的家长带着女儿前来报名。

举行擂台赛那天，双仁祠比演大戏还热闹。五六十名参赛者，分四个赛室，由主办者做了示范性演示后，才逐一登台亮相，展示各自的才艺。

比赛的奖品，有女孩子最喜欢的漆金粉盒、五彩绒线、抽纱刺绣等，各组最具实力的优胜者，还可获得一套质地上乘的文房四宝。这些奖品，全是万家三妯娌拿出私房钱买来的。

这一招果然灵验！连那些鸡蛋里挑骨头的刁钻者，也对颜文英几位的学识才艺大加赞赏。第二天，前来报名的女孩络绎不绝。三个班招了一百余名学员，比原计划超出二十多人。而且，家长们一高兴，争相解囊献捐，课桌椅的问题也解决了。

女子识字班正式开学了，双仁祠传出一阵阵嗓音又尖又细的读书声。津洲的女孩子，有了专门属于她们的启蒙学校。

秋收秋种前夕，是农民更换翻新农具的时节，真君街打铁铺人来人往，比平日更热闹了几分。本来，李保乾已将真君街的生意交给徒弟去打理，他只在老屋做些精细的活计。可是，那些慕名而来的主顾，在真君街见不着李一刀，就直奔老屋而来。在他们的心目中，姜还是老的辣，李一刀亲手打制的农具，才是最好使的，而且还可以在别人面前炫耀一番。

日近正午，津西乡双池村几个前来维修农具的青年农民，蹲在屋檐下，打开用白布巾包着的饭团，准备吃午饭。李保乾上前一看，主食是番薯赤米饭，下饭的是咸菜萝卜干，就对他们说："先别急，中午我请你们吃一顿热饭。"

正好这时大孙子李立轩走了进来，李保乾便吩咐他："去新居跟你娘说，多做几个人的饭菜。"

李兰舟做好饭菜，送到老屋。刘巽贞听说请的是双池村的农民，知道那一带还没建立农会，就借着送茶水，随后也来到老屋。

饭后，巽贞一边陪青年农民喝茶，一边推心置腹跟他们聊起今年的收成来。她从水稻长势好不好，要交多少租谷说起，问了各家的生活状况，摸清了田主与佃户之间存在的矛盾及根源，再慢慢扯到加入农民协会上来。

其中有个叫苏阿九的后生哥，个头最高，身上的衣服补丁最厚，听巽贞说话最专心，回答问题又最简短。只是目光总是躲躲闪闪，不敢用正眼看巽贞一下。

他脸颊有刀砍过的疤，黑眼眸里藏着对老天爷为何待他不公的拷问。而且头发最为特别，像牛啃过的乱草丛。伙伴说他是为了省下理发钱，以池水为镜，用镰刀把头发一绺一绺割下来的。

刘巽贞看出他是个看上去憨厚，心里却憋着一股狠劲的人，便递给他一碗茶，问他想不想加入农民协会，敢不敢跟剥削压迫农民的坏人作斗争。苏阿九不敢相信，一个城里小姐对他说这么些话，而且态度很温和，丝毫没有嫌弃他头发乱糟糟，身上破破烂烂。他壮着胆，一一回答了她提出的问题。

巽贞打开话匣子，讲了海陆丰和全省农民运动的发展形势，农民协会的宗旨，讲了参加农会后农民哪些权益可以得到保护，等等。青年农民听了，精神为之一振，个个摩拳擦掌，跃跃欲试。

苏阿九说，他们早就听说农会是为农民撑腰的组织，只是没人引路，又不懂农会的章法。更担心的是，田主威吓谁加入农会就吊谁的田，父母又胆小怕事，一再阻挠，所以没有搞起来。

巽贞让他们回去后，先在可靠的农民中间开展宣传，着手发展一批积极分子，达到一定人数后，她会派人专门给他们讲课，带他们到已经建立起农会的乡村取经。时机一成熟，双池村就可以正式建立自己的农会。到时再看看，有哪个田主敢吊农民的田！

青年农民脸上的木讷和自轻不见了，他们手舞足蹈，信心十足，答应回去马上行动。临走时，巽贞还送了一面农会的会旗给他们。

青年农民走了，李一刀放下手里的活计，进里屋对巽贞说："我真服了你们农会的人，一顿饭的工夫，几个后生农民，就被你说动了，愿意跟着你起事。难怪有人夸你说话满舌生花。"

正说着，巽祥带着辛强、冯广田来看望姐姐。巽贞看见眉目很像叶丛章的辛强，一股悲戚从心底泛起。她拉住辛强的手，久久没有放开。

辛强从巽贞姐微微颤动的手，感觉到一丝冰凉。他知道，自己的出现，显然勾起了巽贞姐对表哥的思念。为了缓和她心中的旧痛，辛强急中生智，夸张地做了一个请罪的动作，再从兰舟姐手中接过一杯热茶，双手捧着往巽贞姐面前一送，一字一顿说："小的无礼，这么久才来拜会姐姐，本当负荆自责，又知姐姐不忍下手，此刻只好借花献佛，敬姐姐香茗一杯，以之谢罪。"

巽贞被辛强逗笑了，接过茶杯时，想起刚才的失态，脸不由红了。

躲在巽祥身后的冯广田，故意重重咳了一声，走上前来。巽贞上上下下打量了他一阵，说："最近又在替谁当掮客，拉什么人下赌场豪赌去了？"

"天地良心，我早在万三少爷出事那年，就去城隍庙发了毒誓，再不敢做任何有愧良心的糗事。不信，你问问巽祥。"

"这里人多，你不敢说实话，我们还是到新屋那边理论去吧。"巽贞带着巽祥三人来到了冀兰居。

待大家在厅堂坐了下来，巽贞看着冯广田，故意冷着脸说："那你现在都做些什么，如实说来听听。"

"我彻底认命了，重操父业，走街串巷阉鸡阉猪阉牛，周围十八村，没有不认识我'阉猪田'的。"

"如果你真能痛改前非，那我就该对你另眼相看了。"其实，巽贞早就知道，那年他被李沛上了大刑后，就再不敢走邪路了，只是故意要警告他一下。她去津东乡发展农会组织时，遇上了难题，准备交由他和巽祥去实施，"有一个很牛气很闭塞的村子，成立了一个'兄弟会'，要跟农民协会'分庭抗礼'，我无法见到村里的关键人物，我想请你们先去探探路，你们敢不敢当一回开路先锋？"

汀江对岸的津东乡，有一个人丁最旺的村子叫上清村，村里的人清一色姓杨。光绪年间，一个身负重伤、奄奄一息的汉子来到村里，自称是拳馆的师傅，只因弟子替人打抱不平，夺了端州某衙内的小命，连累他一同遭官府追杀，不得已逃亡至再无去路的海边。老族长看他眉宇间隐藏着一股凛然正气，绝非奸佞之人，便收留了他。

这位拳师姓冯名天浩，康复后，为了报答救命之恩，应族长之邀，在上清村办起五义拳馆。冯天浩引以为傲的，是师傅传授给他的独门绝招"五雷啸天掌"，凡得其真传的弟子，在外面与人比试，屡屡获胜。几年前，老族长去世，新族长接任，上清村再也不是原来的上清村了。没多久，村里接连闹出恃强凌弱、房头争斗的憾事来。那些投诉无门的弱者都来找冯拳师，要他主持公道，为他们伸张正义。

冯拳师十分同情受欺凌者，但又不愿得罪新族长和大户。他思来想去，想出了一条自以为两全其美的计策，就是成立一个兄弟会，以倡导立德为先、与人为善、以和为贵为宗旨，来化解族人之间的仇隙。

就在此时，传来了各地纷纷成立农会的消息。冯天浩认为农会确实可以为贫苦农民撑腰，但传承千百年的老规矩也会随之被打破，田主与佃农的矛盾一旦加剧，天下就没有太平可言了。故此，冯天浩放话出去，说上清村已经成立了兄弟会，不许农会的人再来惹是生非。就这样，凡是农会的干部踏进上清村，都会被连推带搡轰出来。

　　鉴于冯天浩在上清村名气大，刘巽贞好几次想亲自出马，去做他的思想工作，都被农会的同事们给拦下了。因为冯天浩的拳馆，大门外挂着一块牌子，上面赫然写着：谢绝闲人与妇孺进入。

　　刘巽贞认定冯天浩是个能干大事的汉子，下决心要把他拉回到受压迫者的阵营上来，同时攻下上清村这个堡垒。但她不敢莽撞，一直在等待机会出现。冯广田的突然到来，使她冒出不妨先试一试的想法。

　　冯广田对上清村的情况十分熟悉，又因其与冯天浩同姓且有一面之缘，不妨让巽祥以拜师习武为名，由冯广田带去面见冯天浩。如果冯天浩答应收巽祥为徒，事情可能会就此出现转机，巽祥可以设法把冯天浩带到农运示范村看看，从而矫正他对农会的偏见。等水到渠将成时，刘巽贞再亲自出面，劝说他支持上清村建立农会，并成为领头羊。

　　冯广田没想到刘巽贞会交给他这么棘手的差事，脑瓜一下子大了，摇头晃脑地说：“我哪有这等能耐，这可不是闹着玩的！冯叔要是翻了脸，一记五雷啸天掌劈下来，我岂不成了肉饼？”

　　“冯师傅是讲究立德为先的人，不会轻易跟你翻脸。说服工作主要由巽祥负责，你适时从中帮衬帮衬。再说，你经常跟村里的人打交道，宣传发动的工作，也要一并担当起来。”刘巽贞说。

　　冯广田抚摸着脑壳，疑虑重重地说：“发动农民起来革命，明摆着是跟你爹这样的大财主过不去。你这样做，不是自拆自家的台、自毁自家的财路吗？”

　　刘巽贞将一绺秀发捋向耳后，说：“难道你对穷人过着什么样的日子，已经麻木不仁了？他们一年到头做牛做马，还是上无片瓦，下无寸地。那么，让家有积谷千担的地主，少收些租，少榨些民脂民膏，就是拆他们的台，断他们的活路？那些剥削者，只要不再作恶，不再骑在穷人头上作威作福，农民革命就革不到他的头上。如果不知收敛，甚至变本加厉，那谁都保不住他。”

　　巽祥很高兴姐姐能将这一艰巨任务交给他。他知道姐姐刚才那番话，是要说给父亲听的。巽祥从小就敬重姐姐，以有这样的姐姐而骄傲。巽贞也很疼爱弟弟，认为他一定会成为有出息的人。巽贞回津洲后，每逢弟弟来看望她，她都会不失时机向他宣讲革命道理，讲述彭湃和农会的故事，勉励他以彭湃为榜样，做一个敢于先从自家开始的纯粹革命者。

　　巽祥揪揪冯广田的耳朵，说：“彭湃的故事你不是已经听过了吗？他编的歌谣你不是也唱过？必须敢于引火烧身，否则，谈什么都只是一句空话。”

辛强有些急了，对巽贞姐说："你好像把我给忘了！我要求跟巽祥一起去上清村。凭我跟巽祥的口才，一定能够劝服冯拳师，让上清村早日竖起农民协会的旗帜。"

辛强的母舅薛鸿儒是湖清圩人，毕业于惠州崇雅学院，东征军占领淡水镇时，他结识了彭湃。彭湃引导他参加国民革命，做有抱负的新青年。薛鸿儒回到湖清，无惧地主豪绅的恐吓，发动农民成立自己的组织，被推举为农会会长。

薛鸿儒曾经带领农会骨干，来津洲向三区农会学习取经，辛强全程陪同。他回去前跟辛强说："刘会长政治素养高，思维敏捷，很能服众，难怪这么快就把三区的农运搞得风生水起。你要跟着她好好干，在农民运动中成长起来，成为有作为的革命者。"

刘巽贞没安排辛强跟巽祥一起去上清村，是有意要锻炼巽祥的独立办事能力。她觉得他俩太要好，一起办事反而容易产生依赖心理，不能更好地开动脑筋。现在，既然辛强要求去，那就答应他吧。

刘巽贞对辛强说："我是考虑三个人去，目标太大。你坚持要去，我可以答应。你们要学会独立思考问题。具体如何行事，我们几个等会儿再做探讨。不过，都要注意保密。对了，我得拿些资料让你们带回去学一学。资料要保护好，政策更要掌握好。"

三天后，冯广田带着刘巽祥和辛强，冒着一阵紧似一阵的北风，一大早搭渡船过了汀江，去了上清村。到了中午，冯广田哭丧着脸独自一人回来了，一见到刘巽贞，就啜泣起来："姐，不好了，出事了，巽祥和辛强被冯天浩给抓起来了！"

李兰舟见他冷得浑身发抖，倒了一碗刚煲好的汤，递给他："别急，有话慢慢讲。到底出了什么事？"

冯广田喝下热汤，缓回气来，说："我们到了拳馆，没见着冯师傅，就一直往里走。来到后厅堂，只见屏门紧闭，却不时传出拳击声和话语声。我听说过后厅堂是不许外人进入的，尤其是冯师傅在对高徒密授五雷啸天掌时。谁知，我的劝告反而激起巽祥和辛强的好奇心。他们搬来梯子，透过屏门的通雕孔隙，偷窥里面的动静。冯师傅发现有人偷师，怒不可遏，叫弟子将巽祥和辛强捆成一团。我向他求情，没用，不得已说出是受三区农会之托，前来劝说他别再抵制农会的。冯师傅听了火冒三丈，要将我一同抓起。我再三恳求，才同意放我回来报信。"

天井里，一只母鸡像公鸡一样，伸长脖子，竖起羽毛，正准备向猝然出现的黑猫发起攻击。它的身后，跟着一群毛茸茸的小鸡。

刘巽贞听完冯广田的叙述，不由陷入了深深的自责：明明知道五义拳馆是个禁忌很多的地方，怎好叫两个嘴上没毛的臭小子去冒险？自己是三区农会的会长，怎就不敢去上清村会会冯天浩？不行，得亲自出马，把两个小子解救出来，顺带摸摸冯天浩的底，弄清楚他一再排斥农会的原因，再寻找应对之策。总之，冯天浩越敢冒犯农会，治馆越是严苛，越说明他是农会急需的人才。

刘巽贞深吸一口气，对冯广田说："你带路，我要亲自去一趟上清村。"

冯广田急了，连连摆手："你去了也进不了武馆，见不着冯天浩。"

刘巽贞粲然一笑："他既然不许女性进入武馆，我就给他来个女扮男装。"

李兰舟拍手称妙，说："我跟你一起去，我倒要去看看这姓冯的凭啥看不起女人，他是从石头里蹦出来的？"

一个时辰后，两个穿戴很绅士的客人，在冯广田的引领下，昂然出现在冯天浩面前。冯拳师收起马步，吩咐弟子继续练习，自己带客人来到上院的会客厅。

刘巽贞用手指顶起鸭舌帽的帽舌，暗暗打量眼前这位彪形大汉，只见他一张方脸，半寸长的络腮胡很显威严，双眼炯炯有神，但不阴鸷，鼻梁笔挺舒展，为方脸增添了几分亲和力。

冯天浩面对两位脸腮灿若桃花的陌生客人，心里很有些诧异。他瓮声瓮气地冲冯广田说："你不是说要带家长来赎人吗？可这两位，怎么看都不像家长。"

"冯师傅真会开玩笑，在你眼中，我们像什么？"李兰舟正了正头上的黑色礼帽，曲着嗓子说。

"你们都是小字辈的角色，好像嫩了点。"冯天浩说。

"我们是来向冯师傅赔礼道歉，请冯师傅放人的，嫩不嫩好像无关紧要。"刘巽贞说。

"这可没那么容易！凡是坏了本馆规矩，蓄意窃取五雷啸天掌秘籍的，至少拘禁一个月。"冯天浩斩钉截铁地说。

"冯师傅身怀绝技，自当受人景仰。只不过，再超群的武艺，只有传承开来才有意义。有人偷师，是为了使五雷啸天掌发扬光大，没有什么不好的。"刘巽贞绕了个弯，把话顶了回去。

"按你这么说，反而是我当馆主的错了不成？"冯师傅脚一跺地，怒冲冲站了起来。

李兰舟怕刘巽贞遭受不测，身手敏捷地朝前一跃，挡在了冯天浩与刘巽贞中间。

刘巽贞泰然自若地笑了笑，轻轻搡开李兰舟，上前一步，对冯天浩说："如果说你真的有错，是错在阻挠农民加入农民协会。你也是贫苦农民出身，你通过拜师习武，改变了自己的命运，摆脱了生活在最底层的困厄。可是，你却不顾上清村农民兄弟的愿望，想以什么兄弟会来取代农会，调和田主与佃农的矛盾，那么广泛、那么深层次的矛盾，你调和得了吗？"

冯天浩没想到有人敢这样数落他，一双铁掌一会儿紧握成拳，一会儿如鹰爪般紧紧抓住太师椅的扶手。从两位客人的言谈举止看，来者绝非一般人，得先弄清楚他俩的身份。冯天浩掷铁块似的问道："你俩到底是什么人？"

刘巽贞朝李兰舟挤了挤眼，两人同时摘下头上的帽子，露出黑亮的秀发。刘巽贞故意说："我俩也坏了贵馆的规矩，不知冯师傅将如何处置我们？"

冯天浩哭笑不得，脸上竟然露出赧然之色，又不敢发火，只好把气撒在冯广田身上："阉猪田，你敢耍弄我，看我怎么阉了你！"

冯广田趁机介绍起两位客人："这里有一位是三区农会的会长，也是巽祥的姐姐；一位是营长太太，也是当年诱杀白虎鲨的那个新娘子。谁是谁，你自个儿认去吧。"

冯天浩眨巴眨巴眼，一拳砸在自个儿胸脯上，立马向两位行了抱拳礼，说："久仰二位大名，在下失礼了，罪过罪过！"

就在拳师低头那一刻，刘巽贞看见他的天灵盖上，有一片寸草不生的疤痕，闪闪发亮。

冯天浩看女会长眉头拧成了结，便赧然道："这是我遭官军追杀留下的印记。当时，我被五六个杀手团团围住，一把夺命长剑横劈而过，我迅捷缩身躲避，剑锋贴着天灵盖唰地削过，一块碗大的头皮连带毛发飞向树上的鸟窝。"

刘巽贞一边还礼，一边慨叹道："英雄多磨难！天灵盖留下了疤，反而为你增添了威勇和霸气。"

两位客人回到各自的座位上。冯天浩转身吩咐手下，去惩戒房将巽祥和辛强带到会客厅来。

李兰舟故意问冯天浩："我俩女扮男装，混进武馆，你不责怪我们？"

冯天浩哈哈一笑："哪里哪里，其实你们一开口说话，我就觉得有些异常，只是不大想去揭穿。你们好聪明，要不，我们还真的无法同处一室说话。"

巽祥和辛强来了，见到刘巽贞，齐齐低下头，不敢吭声。刘巽贞让他们向冯师傅认错道歉。冯师傅却一个劲儿向他们赔不是。

刘巽贞看时机已经成熟，就把谈话引入正题。正说到哪些人可以加入农会时，冯天浩的弟子进来禀报，说族长匆匆而来，想要见他。

两位女士手忙脚乱绾起秀发，再戴上各自的帽子。刘巽贞低声叮嘱冯天浩，先别对族长提组建农会的事。

片刻，族长背着双手，左顾右盼走进会客厅，见堂上有那么多人在，也不入座，就问冯天浩："听说上午抓了两个偷师的小子，你准备怎样处置他们？"

冯天浩指指巽祥和辛强，说："这是一场误会，他俩连'南拳北腿，马步勾拳'都不懂，哪能偷到什么师？我正准备放人，由他们的家长把人领回去。"

"真是误会？"族长看着两位后生，突然身子猛地一蹲，双拳直捣巽祥和辛强的心窝。

巽祥与辛强猝不及防，连躲闪都来不及。而族长的拳头，并没真正打在两人身上，只是在离胸部一掌之隔时停了下来。

几个小子被族长的"突袭"吓了一跳。刘巽贞想上前拦住族长，被兰舟姐一把扯开了。李兰舟双手抱胸，两眼盯着族长，准备在他真正动武时出手。

冯天浩知道族长是在试探两位后生的功夫，放声哈哈笑了起来。他想用笑声驱散客人心中的惊悚，也让族长知道，他并没有说谎。

族长皮笑肉不笑地对冯天浩说："你可不能心软。五雷啸天掌只能传给上清村的人，外人一个都不能教。"说完，拍拍长棉袍，不大情愿地走了，连跟堂上的人道个别都没有。

双池、上清等村的农会先后宣告成立，第三区的农民运动打了个翻身仗，形成了"大村率先开花、小村向大村聚合"的局面。

双池村的苏阿九，被推选为津西乡农会的会长，还组织一伙年轻骨干，成立了农民自卫军小队，并在成立仪式上发誓："生为农会而战，死不向地主低头。"

上清村的冯天浩，当上第三区农民自卫军中队的副队长。他发动自己的徒弟加入农会，成为区中队的中坚力量。

第三区的农运如火如荼，众农友手拿盖有县农会印章的会员证，心中充满了当家作主的自豪感。而地主老财们却人人胆战心惊，暗暗叫苦。

刘巽贞根据县农会的部署，秘密召开全区乡级农会执委会议，要求尚未建立武装队伍的乡村，力争在半个月内把自卫小队建立起来。已经建立的，要着手开展各种训练，保证这支队伍白天不误种地，晚上不误练兵，拉出去能跟敌人打仗。

会后，刘巽贞将苏阿九、冯天浩、卓何合、李日修、梁德东等人留下，告诉他们，县举办农民运动讲习班，区农会决定由他们带着十几位骨干前去学习，希望他们学有所成，不负众望。

苏、冯二人自小连私塾的门都没进过，一听要去县城学习，既高兴又发愁。刘巽贞鼓励他们道："有谁生下来就能识文断字？包括我也没进过私塾。只要你们两只眼睛一颗心是明亮的，又装着让劳苦大众翻身得解放的愿望，你们就不必畏缩，要像小时学走路那样，一步一步朝前迈。"

苏、冯二人你看看我，我看看你，两只大手紧紧握在一起，信心满满地说："我们不仅要为自己，更要为农民兄弟争口气，我们决不让你失望。"

第三十一章
夏文珮倡言办女校　　刘监生长线钓大鱼

白露快到了，新的学期即将开始，李立轩与他弟弟段立辕，又要到县城念书了，一个读初中，一个上高小。兄弟俩一个姓李，一个姓段，可长相兄弟俩都像父亲，尽管父亲长年累月不在他俩身边。

一抹久违的阳光，斜斜照进冀兰居的堂厅，花几上那株开满黄中泛青花朵的"绿云"，散发着阵阵幽香。李兰舟看似大大咧咧，但自从当上双仁祠识字班的监管后，处事开始能压着性子，在家侍弄花草，也讲究起技法来了。

李兰舟送立轩哥儿俩去码头乘船，回到家里，看见文英、斯洁、素婷三妯娌正和巽贞在堂厅里枯坐着，个个愁眉不展，欲语无言。李兰舟晓得她们被识字班人满为患的事困住了，不由放轻了脚步。

新一期女子识字班的招生工作已经开始，随着外埠商人的大量涌入，前来报名的女子比上学期多出了一半，而双仁祠有限的空间，根本无法承接这么多学员。

女子识字班在津洲怎么一下子成了"抢手货"？其一，不分贵贱，贫穷人家的女子不用交学费，也可以入班学习；其二，除了识字教学，还教授刺绣、绘画、珠算等技能，学生喜欢，家长也求之不得；其三，津洲人崇尚文化，而外埠人热情更高，他们携带家眷来津洲经商，希望女儿读了书，学会管账理财，大有用处；其四，专门丌办清　色的女子学习班，没有男女授受不亲之嫌，父母大可不必为横生枝节而烦恼。

如今求学者趋之若鹜，一下子把办学人给难住了。姐妹几个等兰舟回来，又接着商量了半天，还是找不到解决的办法。平常脑筋转得最快的刘巽贞，一时也想不出两全之策，不得不宣布散会，只是嘱咐大家还得继续动脑筋，想出办法后及时告诉她。

万家三妯娌闷闷不乐回到求芳居。文英房里的丫鬟迎上来告诉她们，家里来贵客了，正在内苑与老爷和夫人叙旧。文英前些日子已经收到表姐夏文珮的信，说她将在近期回津洲探亲，猜测一定是她来了，心里一高兴，就拉起斯洁和素婷的手，直奔双兰内苑而去。一看，果不其然。

夏文珮与李彧结婚后一同回过一次津洲，此后文英就再没跟她见过面。此时的夏文珮，依然在广州民国日报馆当记者，她与李彧一样，都是国民党党员，但她还有一个中共党员的身份，只是，李彧并不知情。

上个月，夏文珮在采访省港大罢工领导人时，听说海陆丰工农运动蓬勃发展，先进分子踊跃加入共产党，现有共产党员占了全省的三分之二。这令她十分惊讶，又好不自豪，同时也萌生了回家乡感受一下革命浪潮的愿望。主编对她的想法很支持，于是，她与一位男记者，一同回海陆丰观摩来了。

夏文珮出发前没能跟李彧打上一声招呼，她都记不清自己多久没跟他见面了。自从筹备北伐誓师大会，到国民革命军北上接连攻取长沙、武汉，李彧虽说仍随留守部队留在广州，还是忙得连家都顾不上，偶尔回来一两趟，又恰逢文珮出差去了。

李彧原先是在粤军总部后方办事处当执事官，黄埔军校创办后，他萌生了报考军校，接受正规军事培训的念头。

李彧通过各项考试检测，被录取了，入读步兵科。结业后，他被分配到原粤军第一师扩编的第四军，在第十二师黄琪翔团当少尉见习官，三个月后任步兵连中尉连长，不久又调到师部参谋处当参谋。

国民革命军出师北伐在即，北伐军总参谋长、第四军军长李济深，接到留守广州大本营的命令，还要他兼任国民革命军总司令就职典礼暨北伐誓师大会的总指挥。大典如此隆重，筹备工作千头万绪，军部又抽调李彧到副官组当副官，出任阅兵式主教官。

北伐军十万精兵长驱直入，并不断发展壮大，打败了北洋军阀的百万大军。而留守广州大本营的李济深所部，必须保证后方根据地的安全，还要及时为前线士兵提供军用物资，不仅枪支弹药需要及时送到战士手里，他们的吃喝同样一天也不能中断。李彧作为负责组织运输队的基层军官，能不忙吗？

夏文珮要回海陆丰，在床头给李彧留了一张字条，又将年幼的儿子李懿托付给邻居，就与报馆男同事，乘坐马车离开了省城。

两天后他们来到海丰县，沿途经过一些乡村或圩镇，放眼望去，墙上净刷着令人振奋的标语，红底儿黄犁标的农会大旗，立在众多彩旗中间，猎猎飘扬，十分抢眼。再看迎面走来的农民，个个脸上写着欢愉、自信和豪迈。

马不停蹄奔走了十来天，又熬通宵把通讯稿写好，她让男同事先带稿子回省城交差，自己请假到玄沄镇看望了父母，然后，在娘家丫鬟的陪同下直奔津洲。

因为是李家的媳妇，自己也已为人母，夏文珮不敢像先前那么任性，第一站当然是先去婆家。她拜见过公公婆婆、三姨太和大伯嫂，吃过午饭，侍候尊长们用过茶，叙说了李彧和儿子的近况，才向公婆告假，到求芳居看望她一直惦念着的尊长和姐妹们。

文英带着斯洁和素婷，一起来到双兰内苑，未进会客厅，就听见夏文珮爽朗中带点豪气的声音。阔别多年的表姐妹一见面，文英和文珮便紧紧拥抱在一起。好一阵子后，两人平静下来了，夏文珮转向斯洁和素婷，一一跟她们握手问好。大家在各自的位置坐下，一边喝茶，一边家长里短聊了起来。

万泰安叫人吩咐厨子，今晚设家宴款待省城来的贵客。夏文珮谢过二老，随万家三妯娌到各院转了一圈，看望她们的儿女，给他送上各式小礼品。

夏文珮问起岱玮和岱仰。素婷抢着说，二伯押货去了厦门，岱仰与管家去香港，洋行通知说提花织布机已经运抵维多利亚港。

夏文珮慨叹一声道："亲家公堪称坚韧不拔，这么多年过去，为了圆他的实业救国梦，从不动摇，从不放弃，我真服了他。"

斯洁说："像我们这等没背景的人家，想兴办实业，太难了。加上政府软弱无能，不少洋人认定我们斗不过他们，所以，一次次违约，要么携款潜逃，要么无故中断贸易，而两位老爷子又坚持不用落伍的设备，故而，经纬楼落成多年，还没跟织布机打过照面。这次他们看上了提花织布机，说织出来的布匹有漂亮的花纹，好卖。但愿这一次，能把这个局给破了，老爷子多年的夙愿，也就可以实现了。"

聊着聊着，夏文珮看文英心事重重的样子，就问她："是不是在想夫君了？岱源哥在前线打仗，一切都安好吧？"话一说出，自己的心像被什么扯了一下，脸上不由泛起一抹绯红。岱源哥，可是她少女时代的心仪之人。

文英知道表姐当年爱岱源，爱得很真挚，但自己一点都不吃醋。为了让表姐和缓过来，就用轻松的语气说："既然支持夫君从军，整天提心吊胆，是没用的。心灵感应，他也会跟着走神。不如学会豁朗，认定他不会有事。"

斯洁有意将话题扯到了女子识字班一事上来。文珮与文英常有书信往来，当然知道她们正在办义学，便装出一副妒忌的样子说："三位姐妹的命真好，所嫁的夫君个个出类拔萃，家公家婆更是开明得不得了，竟然同意你们一起赔本办教育。"

文英皱着眉头，慢悠悠说道："家公家婆确为万里挑一，只是，新学期报名的人太多，双仁祠根本容不下。"

夏文珮说："识字班人太多，不如干脆创办一所女子学校！我是在这里读过书的人，在津洲办一所女子初级小学，准保大受欢迎，周边圩镇的女孩子，肯定抢着来报名。"

管素婷手里织着羊毛围巾，心灰意冷地说："你就别挖苦我们了，办识字班都愁没学堂，还办什么女子学校？"

夏文珮是个越遇挫折挑战劲儿越足的人，她提高嗓门说："你们把目标定高一个档次，想办法的思路就不尽相同了，解决的渠道也就更宽敞了。"

文英觉得疯丫头说的不无道理，但脑子却一时转不过弯，不解地看着她。夏文珮为读书比她聪明的表妹被她难住了，嘻嘻哈哈笑了起来。

正笑闹着，使妈过来请客人、少奶奶和小少爷、小小姐到品尚轩家宴厅吃饭。

家宴厅烛火通明，长长的西式餐桌上，菜肴很丰盛。万泰安提议喝一点白兰地，大家知道老爷子心里高兴，就一致赞同。

酒过数巡，一贯恪守"食不语"的万泰安，话语渐渐多了起来。他问文珮："岱源这次北上，之前有没有去看望你和李彧？ 北伐军攻打南昌，该拿下了吧？李彧早就该当军官了，辛亥那年我就看出他是个将才。"

文珮看了文英一眼，说："岱源哥在部队休整时，倒是来过我们家几次。不过，他总是来去匆匆，跟李彧说话还故意支开我，想请他吃顿饭他都没时间。想当年，白虎鲨作孽，他彻底病倒了，我伺候他比伺候皇太子还用心，太没情没义了。"

文英见文珮借着酒意翻旧账，就端起酒杯，以先干为敬替夫君向她赔罪："我知道，当年岱源几近被劫难击垮的时候，是你和李彧，把他从崩溃边缘拉了回来。这样好不好，等哪天不用打仗了，我和岱源，双双上省城，向你们行大礼谢恩，并在最好的酒楼，设谢恩宴，聊表寸心。"

文珮看文英真把酒干了，不服输，也一口把大半杯白兰地喝了，说："在酒楼吃饭没情调，我要让妹夫尝尝我亲手做的菜，让他知道，我再不是当年那个什么都不会的疯丫头。"

管素婷也春心荡漾起来了，想把自己与岱仰的浪漫情事公之于众，却一张口就把舌头给咬疼了。

韩斯洁知道夏文珮曾经爱过大伯哥，怕她喝醉了说出更多令文英难为情的话，就故意向家公提起织布厂应聘技师的事。

万泰安很高兴文珮能敞开心扉，说出年少时的懵懂情事，正要夸她心胸坦荡，一听二媳妇问他技师应聘的事，就用手巾揩了揩嘴唇，说："聘请广州技师的帖子，我已经寄出去了。但愿这次不再是青龙未至，乌龙现身。经纬楼建成这么多年，一直没有真正派上用场，这可不是我们万家的错呀！感谢你爹，相信我，跟我一样，有倔劲，不言败，就算九九八十一难，也要和我闯出一片新天地。"

今年初，广州沙面逊德利洋行派人找上门来，说近期进口提花织布机大幅度降价，这个时候不出手，会后悔莫及。为了保证不出差错，万泰安与韩儒标，特地双双到广州看了提花织机的样机，还对逊德利洋行做了考察，才交了订金。可是，却因省港大罢工谈判无果，被封锁的香港没有解禁，外轮进不了维多利亚港。大半年过去了，大罢工胜利结束，香港的封锁也随之解除了。

一个礼拜前，终于收到逊德利洋行"设备已到香港"的电报。不巧的是岱玮去了厦门，万泰安又偶染风寒，只好先派岱仰和管家去港岛，同时电告岱玮，让他火速赶回跟他弟会合。看来，只要开箱验货不出问题，提花织布机很快就能运回津洲。

文珮朝亲家公竖起大拇指，并示意万家三妯娌举杯起立，说："我又要反客为主了。亲家公为了创办织布厂，倾注了太多的心血，真是了不起。来，我们几个晚辈，虔诚地敬人中之杰一杯，祝愿您顺遂心意，越活越年轻！祝愿经纬织布厂早日上马，开业大吉！"

就在杯盏叮当、笑声盈盈、主客尽欢之际，恒衍商行的商用电台司报员闯了进来。他慌慌张张，被门槛绊了一下，重重扑倒在地。没等爬起来，他就颤声嚷道："香港来电，机器有诈！"

万泰安放下夹菜的筷子，上前扶起司报员，说："天还没塌下来，别紧张，有话慢慢说。"

司报员喘了一口气，把电报稿递给万会长，说："电报上说幸亏二少爷赶到，他带去一位留过洋的高人，看出破绽，决定中止这笔交易，目前正准备向洋行提出交涉。"

事情的原委是这样的：万岱仰和胡管家到了香港，逊德利洋行的买办便带他们去货运码头仓库验货。装着组件的几十个大木箱，一字排开摆在面前，岱仰叫技师拆开木箱，当场组装，以供检测。

一个时辰过后，一匹与样机一模一样的提花织机出现在眼前，再看型号标识，与合同书上的没有差异。岱仰特地从质检所请来的技师，在机器运转了好一阵子后，也认定没有任何问题。岱仰喜形于色，绕着机器左摸右摸，前看后看。买办笑眯眯地对他说，你趁早去银行把钱交齐了，再让总代理在发货单上签个名，这些宝贝，就全是你们的了。

万岱仰和恒衍商行香港分号的经理，钻进买办的老爷车，想当即去渣打银行交款。胡管家心里不踏实，不肯上车，因为买办一再催促他们快些交齐余款，使他不由心生疑窦。他编个理由让三少爷下了车，才对他说，买办心太急，我们不能急。明天请个懂行的人再看看，如果货真价实，再将银票交给银行不迟。

万岱仰坚持设备没问题，他完全可以做主。胡管家说，临行前老爷有吩咐，如果看不懂货，就要看懂人心。

当晚，他们回到分号商行，刚端起饭碗吃饭，岱玮就风尘仆仆赶来了，跟在他身后的是一位三十来岁、戴着眼镜的青年。他对大伙自我介绍说，本人姓孟，机械工程师，是万少爷新结交的朋友，叫我孟工好了。

翌日，岱玮带着孟工一行来到货运码头仓库，再次对提花织布机进行检验。孟工很快就看出了破绽，他撬开镌刻着机械型号的牌子，露出了机身上原有的一些英文字迹。买办的脸色大变，斥骂孟工是疯子，不懂装懂，弄坏了机器，要他赔偿。

孟工冷静地告诉他说，我是从英国留学回来的，是机械专业的硕士，机械师。你们这批机器，是利用二手机子，经过修整，略作改进，然后喷漆翻新的劣等货，原型号的产品是好几年前生产的，你们欺负买主不懂洋文，以劣充优坑害人，心太黑，太没职业道德了。

买办不但拒不认账，反而威胁要将孟工和恒衍商行告上法庭。孟工义正词严地告诉他，逊德利洋行设局坑人，手段卑鄙，性质恶劣，必须悉数退还押金，并做出违约赔偿，否则，真正需要承担后果的是你们！

买办用鼻腔哼了哼，说，那就走着瞧吧，看你胳膊能否拧得过大腿！说完，坐进哐哐当当的老爷车，一溜烟跑了。

孟工对岱玮说，别看他很嚣张，其实很心虚。我会通过租界的一些洋人朋友出面调停此事，但弱国无公理，估计要洋行赔偿违约金，难度太大。

万泰安眼睛盯着电报稿，一言不发，脑海中像放电影一样，回忆着十几年来，他经受了多少磨难，吃过洋人多少亏，赔了多少银子。

龚夫人担心老爷急火攻心，会气出病来，吩咐使女泡来一杯参茶，亲自端到老爷面前，要他趁热喝下，嘴里也尽说着安抚的话。

儿媳们也围了上来，劝慰家公道："天佑良善，我们借助中国的工程师，揭穿了洋人的骗局，我们没有输，我们是赢方，您不要生气。"说着，想搀扶他回内苑休息。

万泰安搓搓脸，腰杆一挺，稳稳当当站了起来，朗声笑道："我再不是往昔的万泰安了，你们不必为我担忧。经商做买卖从来都是有风险的，跟洋人做生意更像走钢丝绳。岱玮请高人验货，是我早就防着的一着棋。得感谢那位孟工，是他让我们不致被人宰了还与人家一起庆贺合作成功。我彻底明白了，师夷技之所长而自强，何止于兴办实业，更要大兴育才之道，让下一代好好念书。发现好苗子，国家再穷，也要送他们出洋留学。文英你们躬耕义教，是好样的，今后还得再加把劲，如果发现好苗子，别忘了告诉我。"

万泰安确实变了，自从红色甲工"四大金刚"之一的张善鸣，在内苑书房与他谈天论地四昼夜之后，他的胸怀、境界、格局，更有广度和高度，更加拿得起，放得下。儿媳们都称他"定海神针"。

这时，使女进来禀报，刘会长刘巽贞来了。夏文珮一看亲家公真的没事，从楠木鼓凳上一跃而起，直奔会客厅，去见一直惦念着的"逆女"。

夏文珮许多年后，还能清晰地回忆起，她在万家最后一次用膳所经历的大喜大悲，以及亲家公随后的大彻大悟。因为她回省城不久，文英就写信告诉她：家公决定将津心埔一分为二，用围墙隔开，把经纬楼前面的仓库、房舍、花园、旷地全都捐献出来，给家乡兴办教育。津洲的有识之士在他的带动下，纷纷慷慨解囊，捐资捐物，协力创办津洲女子小学。

夏文珮没想到，她对万家三妯娌信口说出的那一番话，以及当晚与巽贞的叙谈，竟然成了津洲女子小学诞生的催化剂。

津洲女子初级小学开学那一天，津心埔比赶庙会还热闹，看新奇、凑热闹、送女儿入学的民众，熙来攘往。

开学典礼在花圃旁的操场举行。入座主席台的有新任校长刘巽贞，县教育局黄督学，三区第四任区长曹其峰，擎秀小学校长李开雨，三区农会副会长刘友仁，还有万泰安、萧夫人等嘉宾。台下前排坐着李兰舟、颜文英、韩斯洁、管素婷，还有新聘请的三位十七八岁的女教员，她们都是县立高级小学的毕业生。

教员后面，排列有序地坐着一百五十多名新生，个个面带稚气又神采奕奕。新生后面，围聚着不少学生家长，还有看热闹的乡里乡亲。

刘巽贞新剪一头整齐的短发，身着一袭蛋青色长衫，一双光彩熠熠的秀目，注视着台下单纯天真的新生们。庄重简朴的主席台，因她而充满朝气和活力，吸引了无数殷切的目光。

典礼由李开雨主持，他讲了教育对于一个民族的崛起、一个国家的富强，起着基石的作用，决定着民族和国家的未来。女子学校将为女性走向社会，实现理想，打开一扇大门。

黄督学以高亢的声调，宣读了来自各方的贺信。萧夫人代表嘉宾发了言，鼓励女子学校的师生为妇女争一口气。颜文英上台宣读了女子学校的校规，介绍了课程设置和班级编排。刘友仁代表区农会，对女子小学的创办给予充分肯定，号召在农村中开展扫盲教育。

最后由刘校长讲话。她热诚感谢社会各界与民众的支持，尤其对万泰安先生的义举，一再表示由衷的敬意。她着重阐述了兴办女学的特殊意义和办学宗旨。

"当今之中国，革新之风日盛，西学渐进，师夷人之技以强国随处可见。效仿西方，倡导兴办女学，已为大多数国人所认同。维新派领袖曾说过，女学盛，其国强，可不战而屈人之兵；女学衰，母教失，无业众，智民少，国之所存何在？古人常言，女子无才便是德。这是对妇女的歧视。津洲女子初级小学的创办，就是要冲破封建主义羁绊，启发新一代女子的智慧，养成新一代女子的秉性，康健新一代女子的肌体，以造就未来发愤于社会之基始。"

刘校长喝一口水，又侃侃而谈："今后女子小学的教学与管理工作，全部由女教师执持，说明女子也有能力承担起以往属于男性的社会责任。社会离不开妇女，我们要敢于自己解放自己。教师，尽其所知授好课，引领学生走好未来的路；学生，尽其所能读好书，学好知识，争取长大后有所作为，有大作为。"

　　刘巽贞的讲话博得热烈的掌声，也引起围观民众见仁见智的议论。女子小学的办学模式既接受夏文珮的建议，仿照省女子学校的一些规程，又保留了原来识字班注重技能演练与传习的特点。典礼结束，围观民众再次鼓起掌来。

　　女子小学的创办，又成为津洲人津津乐道的话题。人们各执一词，对万泰安也做出了种种截然不同的揣测。抱否定态度的人，极力诋毁，认为不该让一所违逆古训、尊卑颠倒的学堂，占据在古镇的中轴线上。

　　把女子学校视若芒刺在背的人，排第一号的，非刘监生莫属。本来，为了笼络软化女儿的心，他对巽贞逾越妇道，与万家媳妇一起办识字班，只能睁一只眼闭一只眼。当得知巽贞因校舍不足而发愁时，他曾想过要将废弃的麻布作坊腾出来，给她办识字班，这样既可收买人心，又可借机让老伴出面，劝巽贞回家。

　　这一步棋下着了，他这个农会会长的爹，实至名归，在众人面前就可以大加炫耀一番了。谁知还没来得及开口，对头冤家万泰安竟然有意作对似的，将他垂涎已久的津心埔，捐献出来办义学。

　　万家机织厂没办成，对刘家来说，是值得放鞭炮庆贺的好事。这样一来，刘家麻布作坊的生产销售，就不会受到挤压和威胁。可惜的是，津心埔这块风水宝地被用来办女子学校，真给白白糟蹋了。好些年前，他费尽心机，差一点就要将这块福地攫夺到手，偏偏半路杀出个李沛来。

　　偷鸡不成反蚀把米，不但如意算盘落空，还差点吃了官司。刘、万两家闹到这步田地，本来已成宿仇，可是，万家的老老少少却摆出一副宽宏大量的样子，两家的年轻人为组建联防队依然纠合在一起，还共同谋划剿灭了水上妖。

　　刘监生之所以允许大少爷刘巽才跟万家的人有交集，是他想放长线钓大鱼。如今，万泰安鬼迷心窍，捧着个聚宝盆，却扔出去给黄毛丫头们当泡脚桶。其实，姓万的这样做，是玩障眼法，是为了遮羞。他蒙得过别人，却骗不了我刘监生。

　　透过万泰安的无奈之举，可以断定，万家如日中天的巅峰期已经成为过去，今后必定要走下坡路。只可惜，既然公开宣布捐献出去，半个津心埔名义上已经成为公产，要将它收入自己囊中反倒不好下手。

　　但他绝不会善罢甘休。既然没有招数让逆女回家，不如叫几个混混把学校给搅散了。只是，一旦让女儿知道，父女之间的鸿沟，就再也无法逾越。

对了，听老伴说，新教师中，有一位叫江玉娇的，虽然不是豪富望族之后，但家境还算殷实，称得上是小家碧玉。巽祥对隔三岔五上门说亲的人正眼不看，却对江家之女情有独钟，时不时在老伴面前提起她。听了老伴的话，刘监生面无表情，不置可否。

江姓人氏在津洲没有多少户头，更没有哪一家与刘府称得上门当户对。当年巽才定亲，他是贪图周家在津水港独霸一方，等媳妇娶进门后，他差点没把肠子悔青了。有了教训，他考虑二少爷的媳妇人选，当然早已定下诸多条件，现在听说巽祥喜欢上江家的姑娘，心里当然无法接受。

只是，如果巽祥学他姐，又弄得鸡飞狗跳，那他还抬得起头吗？江玉娇在女子学校当教员，是踏破铁鞋无觅处的人选，因为，他想暗中掌控刘巽贞，掌控女子学校。既然如此，倒不如顺水推舟，成全他们。

当然了，要接纳江玉娇为刘家的媳妇，她必须与当公公的同心同向，并悄悄办妥几件事：一要随时给巽贞洗脑，使她忘却旧怨，回心转意，回到家中；二要了解巽贞四处发动农民加入农会，如果刘家与农民有冲突，她会站在哪一边；三要记住万家是刘家的仇人，对万家三个媳妇，只能好到嘴上为止，私底下要制造事端，离间她们的关系；四要善于从万家媳妇嘴中获取消息，掌握万家的一举一动。

刘监生想，只要将江玉娇这枚楔子打进津心埔，就不怕拿不回自己想要的东西。女子学校这种有违圣典古训的异端，迟早要在他手下声名狼藉，不可收拾。

至于逆女，虽然未能冰释前嫌，但她毕竟为刘家争了光。只是，如果她一犟到底，说不定哪一天会带领农会的人，跟他作对，那该怎么办？

不用操心，当然会有应对之策。一旦她六亲不认，那就叫巽才给县长送一份大礼，请他找县农会的头人，要求将巽贞调到别的区任职。理由是，在自己的家乡当会长，对四亲六戚容易徇私舞弊。只要巽贞不在津洲，女子学校很快就会解散，攘夺津心埔就大有希望。

刘监生一边拨打着如意算盘，一边请媒人到江家提亲。江家受宠若惊，立马答应下这门亲事，江玉娇面带桃红，倚着门框笑而不语，做默许状。然而，刘家在提亲之后，久久不举行定亲仪式。

在江玉娇感到迷惘之时，有一天，媒婆支使人来叫她，说有要紧话对她说。

江玉娇怀着忐忑不安的心情来到媒婆家，却见堂上端坐着刘巽祥的父亲。江玉娇慌了神，想撒腿往回跑，被媒婆拦住了。

问过安，敬过茶，江玉娇低头垂手站在媒婆身后。

刘监生上上下下打量了她一番，觉得长相不妖不娆，身材不胖不瘦，举止拘谨，性情温顺，撇开门第不说，适合当刘家的媳妇。刘监生试探性跟她聊了一阵，心里暗暗叫妙，他认定江玉娇是个胸无城府的憨妹子，只要略施小计，就能将她操控于掌心。

刘监生借故支开媒婆，咂巴咂巴干瘪的嘴唇，大夸玉娇与巽祥很有夫妻相，堪称佳偶绝配，直把江玉娇哄得心花怒放。

"但是，"刘监生话锋一转，说出了不许讨价还价的条件，"为了测试你是否对我忠心，为了你和巽祥的美好未来，你必须暗中帮我做成几件事，而且绝不能对包括巽祥在内的任何人说起。"

江玉娇淡淡的双眉拧成了结，刘家的媳妇不好当呀，自己甘愿去当猥琐的小人？前面两项她勉强可以做到，而后面两项，将会极大伤害她所敬重的万家三妯娌，她是万万不能这样做的。这"算塌天"真是不可理喻，她咬咬牙想一口拒绝，但刘巽祥伟岸的身影和爱意浓浓的眼神，在她眼前晃来晃去，她的心，软下来了。

为了心仪的人，为了这宗亲事不致成为泡影，她可以暂且答应下来，以后再想办法应对就是了。时过境迁，等她嫁入刘家，看刘监生还敢不敢再让她做见不得光的糗事。不过，多找机会亲近刘校长，那倒是必要的，只要得到她的支持，与巽祥的亲事，就是铁板钉钉了。

第三十二章
秋夜裸睡遭棒喝　农友受挫落马寨

一场秋雨一场凉。可今年的秋雨，并非只来一场，而是一下起来，就没想停，弄得气温像跳水一样，一个劲地往下掉。

下雨天，农民不用下地，正是组织他们学习革命道理、时事知识的好机会，同时检查一下农民自卫武装开展训练的情况，了解了解晚造收成是否受到影响。

刘巽贞和李兰舟，戴着竹笠，披着蓑衣，踩着泥泞，到北湖、许家寮、坑尾几个村活动。

从乡下回来的路上，风雨更大，刘巽贞和李兰舟被淋成落汤鸡。两人洗了澡，李兰舟就回自己的房间睡觉去了。而刘巽贞伏在豆油灯下，给县农会写一份要求扩编常备自卫队的报告。

鸡窝里的公鸡打鸣了。她有些饿，而饭桌上只剩一块咸菜。她嚼着咸菜，喝了口半凉的水，才上床歇息。可是辗转了半天，怎么也睡不着。薄薄的被单，抵御不了秋凉，脚腕上的银镯子，也在瑟瑟抖动，发出轻微的叮当声。想叫兰舟拿出棉被来，又不愿太娇惯了自己。

这时，她想起昨天郁新凯托秘密交通员给她送来的一个包裹，还没来得及打开，就披着被单下了床。

不出所料，包裹里除了信函，还有几份《向导》周报和《热血日报》，都是很珍贵的党报。而夹在报纸里面的还有一个沉甸甸的小荷包。

巽贞选择先看信。撕开信封，抖开信笺，屏气凝神读了起来。

一种款款深情，涟漪般从字里行间溢出；一股涓涓的暖流，顺着指尖漫向胸间，轻轻地弹拨着巽贞的心弦。

脸滚烫烫的。郁新凯无尽的眷恋与关切，令她不由回忆起两人在一起时一幕幕触动心灵最深处的往事，还有新凯凝望她时爱意深邃的目光。

郁新凯现在是全县各界人民团体联合会的主席，这个组织半官半民，职能是促使各个社团结成革命统一战线，从而加强对国民县政府的监督。

郁新凯在信末说，你作为校长，必须有一块表，我买不起新的，就从古董店淘来这块旧怀表，送给你。

刘巽贞看了一会儿党报的重要文章，将它们藏在衣柜的暗格里。又取出荷包里的怀表，先放在耳边听听，再睁开眼睛细看。噢，是一块洋怀表。表壳和挂链都是镀银的，做工很精细，翻盖上刻着小鹿和洋少女，图案很美。这是她盼望已久的东西，没想到新凯通晓她的心思，帮她了结了心愿。

巽贞面对怀表，衍生出绵绵的思念，她恨不得展翅一飞，出现在他面前。可是，脚腕上的银镯子一声脆响，又让她陷入了迷茫和困惑：我已把一生的感情给了叶丛章，我还能爱郁新凯吗？

苦苦思索好一阵子，没能给自己找出一个明确的答案。她曾经好几次想去请教萧夫人。萧夫人永远是她的恩师和初恋见证者。她清楚观念新潮的萧夫人会给她一个什么答案。可是，一想起叶丛章孤零零只身游荡在龙台山上，她的心就像冰刀划过，刚萌生的爱意，又被自己断然摁灭了。

头隐隐作痛，别再苦思冥想了。现在肩挑两副担子，需要自己全身心投入，哪能分心顾及儿女情长。也许等到革命成功那一天，郁新凯依然不离不弃，她会退下脚镯，大声向他告白，我们可以开始新生活了。

刘巽贞回到床上睡下。不远处传来一阵婴儿的哭啼。哭啼的余音渐渐变成一种黑沉沉的孤寂，穿越身躯，穿过心膈，涌向鼻翼和双眼，两颗晶莹的泪珠滚落在枕席上。刘巽贞拭去泪珠，坐了起来，对着黑暗出神。如果不是自己的初恋夭折，也许已经有了爱的结晶。如果可心的人还活着，并且一起携手战斗，就算天气再黑再冷，她也丝毫不会感到寒气逼人和形单影只。

不对，在世上，在身边，拥有美满婚姻，但眼下独守空房的人，大有人在。像文英，像文珮，像兰舟姐。自己不能片面夸大自个儿的孤单，而忘了那些为了家国，为了理想，男人离乡背井远赴前线的女人，她们留守家中，不也正在经受着思念与寂寥的煎熬？

她似乎听见兰舟姐起夜的声响，难道她也睡不着？何不过去跟她合床同枕，既可相互温暖身子，又可聊聊贴心话，排遣排遣心中的孤寂。

门没有上闩。李兰舟听见巽贞叩门，起身点着了蜡烛，又立即钻回被窝里，才叫她推门进来。李兰舟知道巽贞身子骨没她壮，已拿出棉被，准备给她送去，可是又怕搅了她的觉，就把棉被搁在柜头上。

"姐,我睡不着,想和你挤在一起睡,也好聊聊天。"

"我也睡不着,想叫你过来做伴,又怕你不习惯,所以没吱声。"兰舟将身子往架子床里面挪了挪,看巽贞把被单加铺在她的被盖上,就说:"不如盖棉被算了,我担心你会着凉的。"

巽贞缩着肩钻进被窝,立即被一种热乎乎的暖意围拢住了,便说:"下一场秋雨就用上棉被,三九天得藏在灶膛里才能过冬,传出去会让人笑岔了气。"

蓦地,她仿佛触电般全身僵住了,一动都不敢动。凭着女性的敏锐,她感觉到被窝里的兰舟姐,浑身上下除了系着一个红兜肚,几乎全是赤裸的。

刘巽贞恍然想起李兰舟曾经说过,夜里穿着衣服睡觉,最没劲。原来,这话竟然并非随口那么一说。

刘巽贞一只脚钩住床沿,想从被窝里溜出来。李兰舟一侧身,左手搭在她肩膀上:"别动,看你浑身冷冰冰的,不怕着凉?"

看巽贞愣怔着,李兰舟又说:"骨子里,我一直是由着自个儿性子活着的人。婚后,有冀虎哥在身旁,我已经不再任性了。只是,他从军后,我日思夜想的,老毛病也就又犯上了。"

刘巽贞真不敢相信,白天行为举止贤良淑德的李兰舟,晚上会是放任天性、毫无拘束的人。

兰舟把巽贞轻轻搂在怀里,说:"女人睡不好觉,容易显老。你看现在的我,孩子都那么大了,可身子、肌肤跟闺女时没啥两样,不信你摸摸。当然,也跟我经常习武练功有关。"

巽贞从没跟任何人有过肌肤之亲,她的心快跳到喉咙口了,但出于好奇,又不想违拂兰舟对自己的信任,迟疑了半天,才怯怯把手伸向兰舟的腹部。

"姐,你真是个奇女子,想起你曾经假扮新娘,诱杀白虎鲨,我觉得跟眼前的你,怎么都挂不上钩。"

"老天爷把每天分成黑白各半,除了让你歇息睡觉,更让你活得率性自在。你还未婚,对人的另一面不尽知晓。"

兰舟见巽贞若有所思,趁势在她的额头上吻了吻:"人的另一面该做些什么事,等你以后披上红盖头,我再告诉你。只是,叶丛章走后,你变得软弱了,不敢重新去爱,更没有做好当女人的准备。"

巽贞吃惊不小,这个几乎没读过书,看似没心没肺的大姐,竟能发现那么多人的秘密。而自己出身大户人家,受了太多的管束和训诫,反而把人的天性都疏忽了。

秋风在屋外呼啸着。屋内两个姐妹相依相拥而眠。进入半睡眠状态的刘巽贞，依稀觉得拥着她的人是叶丛章，可耳边响起的，却是郁新凯的声音，连气息，也是郁新凯的。没错，这么多年来，是郁新凯陪伴着她，走出痛楚的深渊，穿过黑暗和艰厄的长夜，引领她成为一个满腔热血的革命人。

刘巽贞在迷迷糊糊中，看见郁新凯展开一对大鹏般的翅膀，循声飞来，在她头顶上盘旋，好像要用翅膀将她抱住。

刘巽贞使劲挣扎，头重重磕在床架上。疼痛使她清醒过来，她发现自己被两条光溜溜的手臂紧搂着。

挣脱手臂，坐了起来。一缕灯光照在她身上，我的天呀！她被自己吓出了一身冷汗，立即抓起床头的衣衫，手忙脚乱穿了起来。

李兰舟被惊醒了，看见刘巽贞已将自己包裹得严严实实的，就说："对不住，昨夜不知对你瞎咧咧了什么，你就当我什么都没说过。"

刘巽贞揉揉眼睛，定定地看着她，气呼呼地说："你很快就要成为党的人了，必须跟小资产阶级情调决裂。我好像也迷迷糊糊的，得先深刻检讨。"

李兰舟像做错事的小孩，用被子半捂着头，怯怯地说："这就是你平常说的思想不健康的表现？我，我这就跟小资产阶级思想决裂，保证不再……"

巽贞哑然失笑，说："好了，也别矫枉过正，穿太多你睡得着吗？"

一看窗外，天已经麻麻亮了，雨也小了。巽贞就说："干脆别再睡了，今天我们约好去海岬新寨，处理该村农会会长强占地主小老婆为妻一事，还要带上刘友仁等人。我这就淘米做饭去。"

事情就这么过去了，刘巽贞此后再没问过李兰舟，是否改掉了裸睡的习惯。她只知道，耿直的李兰舟，革命立场始终非常坚定。

跟许多出身贫寒的革命者一样，李兰舟没有多少文化，她对共产主义的理解，应该是比较抽象甚至模糊的。但她通过对比，通过现实斗争的感悟，心中慢慢形成一个朴素的理念。

刘巽贞要搬出冀兰居，住进学校去了。原因是她接到党的指示，要她以学校为掩护，秘密建立一个新的联络点。

礼拜天，女子学校静悄悄的。一位年轻货郎，背着装有教学用品的木箱，摇着拨浪鼓来到学校大门口的传达室。值勤的女校工，也就是叶丛章的母亲，一见到他就说，校长知道你今天要来，正在训导处等你。

货郎穿过操场、宿舍、教室，来到花木掩映的凉亭前。

巽贞听见拨浪鼓声，知道陈掌柜来了，走出门口，看见他正在擦汗，就朝他招了招手。

陈掌柜来到训导处，放下拨浪鼓，打开木箱，把教学用品和针头线脑拿出来，放在桌上。看看屋里屋外没其他人，他从箱底拿出几份文件和一沓宣传品。刘巽贞接过，将它们放进布手袋。

刘巽贞向陈掌柜汇报了组织积极分子开展理论学习，培养党员发展对象，初步扭转津洲区农运发展不平衡、不深入局面等情况。

陈掌柜向刘巽贞通报了当前革命形势加快发展，必须把握好党的政策导向等问题。

陈掌柜看着窗外，压低嗓音对刘巽贞说："上级已派来一位新的领导担任海陆丰地委书记，而陆丰特别支部，也已升格为特别部委。"

刘巽贞高兴地说："形势催人奋进！党的领导进一步加强，我相信，革命必将更加波澜壮阔，津洲区也一定会迎头赶上。"

陈掌柜表情又一下严肃起来，解开上衣的纽扣，从贴身衣兜掏出一封密信，递给巽贞："鉴于你已担任津洲女校校长，上级决定举荐刘友仁代理三区农会会长。而你，要把工作重点转向建立津洲党组织。"

刘巽贞皱起了双眉。倾注了大量心血，刚打开三区农民运动新局面，上级却要她辞去会长职务？她心里很是不舍，但上级的出发点是保护她，减轻她的负担，她不得不执行，便对陈掌柜说："我，服从组织的决定。"

刘巽贞看完密信，擦根火柴把它烧了。

陈掌柜定好下一次接头的时间，正准备离开，忽然发现窗外闪过一个身影，他立即改用走街串巷、吆喝买卖的那种腔调，吹嘘有好几所学校都说他的粉笔好用，问刘校长下回该送些什么过来。

陈掌柜真名陈夏威，是陆丰特别部委候补委员，县农会秘书长。他与张威是同学，家也住在同一个社头。派他当刘巽贞的联络人，是张威提出的。

江玉娇出现在训导室门口。陈掌柜朝她毕恭毕敬作了个揖，问她要不要买些香粉发油，可以给她八折的优惠。江玉娇先跟校长打过招呼，才对掌柜摆摆手，说平时很少用这些东西。

陈掌柜转身收拾好箱子，道过谢，拱拱手告辞了。刘巽贞吩咐玉娇，把刚买下的粉笔、墨汁、作业本送往保管室。玉娇走了进来，对校长说："这个货郎斯斯文文，很像落难的读书人。对老人小孩都客客气气的，不少人喜欢买他的货品，只是他好长时间才来津洲一次。"

巽贞笑笑看了玉娇一眼，没有回她的话，只说要出去办点事，得回去换衣服，提起布手袋就离开了训导处。

回到自己的宿舍，拉上窗帘，巽贞把几份文件看了，然后锁进抽屉里。换好衣服，她去了冀兰居，让李兰舟通知几个骨干成员，晚上来冀兰居开紧急通报会。

秋收进入尾声，田间地头，听不见农民的笑声，反而是哀叹一串连着一串。今年的年情，从入夏起，就出现风雨不调。更糟糕的是，秋插后，先旱后涝，且暴发病虫害，水稻经不起老天爷的折腾，普遍失收。

田主担心收不上租谷，农民刚把镰刀挂上墙，就叫仆人守在晒谷埕，等稻谷一晒干，见一箩抢一箩。满脸菜色的佃农，秋收一过，大多就面临断粮的问题，他们能不发愁哀叹？

县部委和县农会派人深入农村，调查农户失收减产情况，以及农民面临的困厄，然后召开会议，做出了勒令田主减租退租的决定。

第三区新当选的农会会长刘友仁、副会长苏阿九，根据上级的指示和刘巽贞的提议，召开秋收后续工作会议，布置核实灾情、定额减租退租，正式成立农民自卫军中队、清剿流窜山区的陈家军残匪等工作，并确定了各项工作的负责人。

减租退租是全局性工作，由各村农会负责人带领持有农会减租证的会员，向田主提出交涉，要求田主按农会议定的数额，减退租石，如若田主抗拒不从，立即向区农会报告。刘友仁将视情节轻重，指派区农会干部前往协调处理，或出动农军强制执行。

冯天浩作为自卫中队负责人，在刘耀环协助下，着重抓好组建与训练工作。一边继续扩充人员，增添装备；一边让从县农军教练所学习回来的骨干带领队员操练。他向刘巽贞保证过，尽快完成农民自卫武装组建训练工作，随时为减租退租及以后的各项斗争，提供武力支持。

区农会执行委员卓何合、刘巽祥和宣传股长辛强的任务，是深入各地，向乡长、族长、地主宣讲减租退租政策，督促乡村农民协会把减租退租工作落实到各家各户，同时调停解决田主与佃农发生的矛盾。

农会干事冯广田的强项在于走村串巷，除了掌握村情民意，防止田主反攻倒算，还要负责打探、监视陈家军残兵的踪迹，及时向刘友仁、冯天浩或苏阿九汇报，以便出动自卫军追剿。

傍晚，刘巽才从九区回来，带回一个斗大的蜂巢，据说是从老虎笼山一棵树龄超百年的桂花树上采摘下来的。刘巽才知道，用这种蜂蜜调上珍珠粉敷面，可以美容嫩肤，于是，他不动声色先把蜂巢送往彩鸾的房间。

这事给周尾妹知道了。她正在因减租退租，准备当刘监生的面跟小叔子刘巽祥干上一架。既然刘巽才如此偏心，那就干脆先拿他和狐狸精开炸。等刘巽才去后院给父母请安，周尾妹哃哃哃冲进董彩鸾的卧房，推开丫鬟，抢过蜂巢，提到天井狠狠一摔，再用双脚狠狠蹂踩。

只因蜂蜜四溅，周尾妹又用力过猛，结果脚底一滑，摔了个四仰八叉。周氏恼羞成怒撒起泼来，向跟自己一样豪横但已升了天的母亲哭诉："刘家上下人人欺负我，个个都是从牛棚狗窝里生下来的，你显显灵，快把他们全都收走吧。"

算塌天听见周尾妹在辱骂全家老少，大骂刘巽才是软壳蟹，当了区长只会对山民耍威风，却一点都没学会先镇住自家的婆娘。

姚夫人走上前，不屑地对老爷说："大房的媳妇刁悍，你这当公公的，不但不敢叱令她跪下思过，连吱一声劝她别再丢人现眼也发怵。当年只要你拉下脸，承认指腹为婚是酒后戏言，也不至于今日如此遭罪。而巽祥喜欢上江家的姑娘，很温顺很有教养的人儿，你却把人家当软柿子捏，还故意吊起来耗着，有么不分好歹的吗？"

算塌天气哼哼地说："我刘监生，吐口唾沫是个钉，在镇上从来都是说一不二。出于吸取教训，我对未来的二媳妇，当然要用心考量考量。"

农会的旗帜四处飘扬，刘巽贞与李开雨也一刻没有闲着。他们以校长的身份，四处家访，主要对象是深明大义、有经济实力的学生家长。家访的主要目的，是动员他们捐献枪支粮款，支援正在前线作战的北伐部队，同时也对本区农民自卫军中队尽一分心力。

减租斗争势如烈火，在各村熊熊燃起。然而，当犁铧图案大旗飘向落马寨，插在钱世德八厅相对的大院门口时，却被一群手持枪械、如狼似虎的团丁给围住了，不但会旗被撕毁，众农友也被打得要么鼻青脸肿，要么头破血流。

落马寨是三区唯一没有建立农会的大村落。

钱世德在"十三太保"中坐第三把交椅，外号"笑面虎"，佃农遍及三乡十八村，是个脸黑腹黑、心狠手辣的土山皇帝。落马寨原叫和安里，钱世德的祖父倚仗妹夫是拥兵上万的新军营总，自己又富甲一方，硬生生将和安里改名落马寨，并且在村口立下一块刻着新寨名的石牌，意为来访或路过的官员，都必须在村口落马下轿。

到了钱世德父亲这一代，寨子人满为患，便在东西两翼建起新村寨，乡民纷纷搬到寨外生活。

落马寨坐落在四面环山的盆地中，风景秀丽，良田千顷。更奇特的是，四面山坡长满金针菜，每逢夏季，漫山遍野尽是金灿灿的花朵，举目望去，让人心旷神怡，难怪文人称其为忘忧草。金针花有一种与柠檬相似的独特香味，会招引来无数蜂群。

金针菜是名贵的食材，乡人采摘下来晒干，可以卖出很好的价钱。可钱世德说山是钱家祖宗的封地，金针菜必须以低廉的价格卖给他，他再高价卖给商铺。就连那些来这里放养蜜蜂的放蜂人，每年也得向他缴纳"花粉捐"，才能放你进出。

刘巽贞小时候听说落马寨到处都是金针花，就随父亲来这里住了一晚。睡觉时还采了一大捧放在床头，那种清幽的芳香，令她久久忘不掉。

钱世德当家时，家族的发迹史进入鼎盛期，他在寨子东翼的中心地带，新建了一座八厅相向、可供百十人居住的深宅大院。院落的两侧，还建有专供民团居住的屋舍，以及用来惩罚佃农的刑羁室和水牢。

钱世德对穷鬼闹农会早就怀恨在心，对苏阿九牵头成立"十人团"更是恨之入骨。但他根本没把农会放在眼里，扬言孙悟空七十二变，也逃不出如来佛的手掌心。双池村是钱家佃户最多的村庄，苏阿九世世代代都耕钱家的田。跟村里的佃农一样，苏家从来没过上一天好日子，还被迫卖掉两个年幼的妹妹，用来偿还父亲治病欠下的高利贷。

穷则思变，苏阿九加入农会，成立"十人团"，就是铁下心，要反抗抵制地主恶霸的层层盘剥，改变穷人的命运。钱世德尽管口出狂言，但在苏阿九当上二区农会副会长后，却觍着脸派人给苏家送去贺匾和大米猪肉。

明白人都看得出，他一方面是想收买苏阿九的心，另一方面想让村民对苏阿九与钱家的关系产生误解。苏阿九知道这事后，叫人将贺匾砸碎扔进茅坑，又将大米和猪肉，分给村里最穷的人，气得钱世德咬牙切齿，发誓跟苏阿九势不两立。

眼下，苏阿九指派农会的人勒令他减租退租，他当然要借机出这口恶气，让苏阿九和农会威风扫地。钱世德不但指使团丁撕碎农会会旗和减租证，没收农友手里的梭镖尖叉，还开枪威逼农友离开落马寨。

当夜，一股陈家军的残匪，流窜到落马寨，为首的马连长与钱世德曾是拜把兄弟。马连长是奔着钱世德敢跟农会作对而来的，他拔出驳壳枪，拍在桌子上，恶狠狠地说，老子手下二十几个弟兄，手里攥的都是硬家伙，加上你的民团，还怕那帮贫民党不成？

马连长的到来，让钱世德的气焰更加嚣张。次日天还没亮，他派出二三十个团丁，去各村抓来十几名抗租的佃农，用棍棒打了一顿，扔进水牢。

冯天浩正在训练自卫军队员，接到村农会的报告，顾不上请示刘友仁，跺地一吼，大刀一挥，率领七八十人，直奔落马寨，包围了钱世德的大院。各村农民协会，敲响铜锣，招集正在田间地头耕作的农友，手持锄头、尖叉、长刀，纷纷拥向落马寨。

喝酒喝得醉醺醺的马连长，正在钱家上院放留声机。忽听寨外传来阵阵喊杀声，以为是东征军杀来了，惊恐万状，带着手下，仓皇冲出西寨门，翻过乌桐山，消失在山沟里。

围攻钱家大院的自卫军和农友，来势凶猛，没遇到多少抵抗，就把民团的武器全缴了。平时狗仗人势的团丁，个个吓绿了脸，纷纷跪下求饶。自卫军民兵和农友，砸毁刑罚室和水牢，救出浑身是伤的乡亲们，又冲进大院，把一大堆装在麻袋里等候入仓的稻谷，分头扛回各自的村里，发给断粮的农民。自卫军还没收了钱家以代征为名暴敛而来的税银，牵走三匹马。只可惜没有搜出藏身后堂暗室的钱世德，让他逃过一劫。

骄横几代人的钱家，从没想过平日只当草芥蝼蚁的赤脚佬，竟敢虎口拔牙，暴力造反，让他们家财折损，颜面扫地。那个马连长，十足的白眼狼，拿了钱家的大洋，没跟农匪打个照面，就夹着尾巴逃得无影无踪。

赤脚佬拥众造反，钱家绝对不会就此息事宁人。只是，当下的形势，今非昔比。陈家军已遭剿灭，被钱世德视为靠山的钟景棠师长，兵败后离开陈炯明，过起隐居生活。而粤军第三独立旅的闫旅长，也杳无音讯。昔日倚靠的大树倒下了，现在只能退而求其次，上县城找保安局局长李沛。

第三十三章
自卫军扬威犁壁沟　津洲区成立党小组

落马寨与盐田湖同属乌旗派，钱世德与李举人是旧交，跟李沛也称兄道弟过。那年李沛带兵清乡禁赌，来过落马寨，钱世德塞给他一箱白花花的银子，李沛令士兵装模作样转了一圈，马鞭一扬就走了。

李沛因禁赌缉毒有功，被提拔为副营长。可没高兴几天，就发生滇军与粤军争抢给养，双方交火事件。李沛左腿受伤，弹片嵌在骨头里，取不出来，自此留下后遗症。

李沛原为贪生怕死之人，但他又十分迷恋手中那把二十响，因为老百姓见了它，一个个战战兢兢，你想在他们面前抖多大威风，就能抖多大威风。可是等他上了真正的战场，子弹嗖嗖嗖从耳边飞过，刺刀白着进去红着出来，一颗炮弹落下，活生生的士兵顷刻间血肉横飞，他怕了，怕得尿湿了裤子，怕得尽念阿弥陀佛。

他认定还是当地方官好，跷起二郎腿，在衙门谈笑风生，饭点未到已有人在酒楼候着，喝醉了还有人伺候，回到家一看腰包，银票又多出了几张。

现在好了，腿脚不利索，骑马都要人扶，怎么上战场？干脆申请到地方任职，理直气壮的。恰逢惠阳县团保局局长一职空着，李沛拿着钟景棠的举荐信去找县长。县长只看一眼信末的署名，告诉他："你只能先当民团的团总，半年后才能让你当团保局副局长。"可是，这民团团总一当当了两年多。

等到李崇年当上陆丰县县长，李沛赶来攀亲。他得知李崇年有吸食鸦片的嗜好，就给他送来两盒印度产的上品鸦片，足够他吸上一年。李县长在与李沛握手时，手心被挠了三下，会意地笑了："算你走运，这可是一人之下，万人之上的位子，你可别忘了，是谁给了你这份美差。"

李沛忙说："岂敢岂敢，你对我恩同再造，卑职自当唯大人马首是瞻。"就这样，李家大少爷摇身一变，成了陆丰县保安局局长兼保安团团长。

李沛在就职酒会上，曾对前来祝贺的钱世德说了一句"有事找我"。现在真摊上事了，不找他找谁，尽管知道他是匹永远喂不饱的狼。钱世德连夜写好求救信，派心腹带上三千大洋、一件古董，火速赶往县城向李沛告急。他在信上诬蔑农会强奴凌主，目无王法，倡行共产，聚匪围乡。还强调若不从速剪除，势必殃及全境，后患无穷。

李沛看了求救信和来人呈上的厚礼，答应择机给三区的农会一点颜色看看。

李沛是个心理扭曲的人，既仇视不可攀仰的达官显贵、鸿商巨富，又鄙视愚钝下贱，上无片瓦，下无寸地的穷人。他忤逆乱伦，偷家里的钱抽大烟、嫖妓女，还与庶母苟合；但又容不得别人干离经叛道的事，曾处死过私奔的男女、偷汉的寡妇，更将强奴辱主、佃户抗租视为重逆无道。

他惯于欺上瞒下，新县长上任后，担心自己保安团长一职被撤换，就在李秀藩面前，信誓旦旦，要在近期内把出没于犁壁沟的土匪范妈鲁剿灭，以保障通往粤东的官道再无匪患发生。但他心里清楚，范妈鲁行踪诡异，杀人越货在犁壁沟，老巢却筑在五十里开外的大山沟双金围。再说，范妈鲁很识时务，这个昔日发小，在他上任第二个月，就派人送来大笔"份子钱"。李沛当然不会真心剿匪，哪个当官的愿意损兵折将，又断了财路？

其时，还有另一伙匪帮，匪首号称"赤面豹"，盘踞在靠近海丰的乌面岭龙头寨。赤面豹与范妈鲁有时称兄道弟，有时势如水火，却从不把保安局局长李沛放在眼里。李沛设下反间计，诱使赤面豹绑架范妈鲁的外公，还撕了票。又派人唆使范妈鲁，借讲和诱杀赤面豹，并夺下乌面岭龙头寨。李沛又趁机焚毁范妈鲁在双金围的老巢。李沛就是这样借刀杀人与抽梁换柱并举，向李秀藩县长交了差，保住了保安局局长一职。

范妈鲁自知农民协会已经建立起自卫武装，时局今非昔比，只好认了，龟缩于乌面岭，过起装愚寡欲、隐忍不发的日子。

李沛早就想杀杀贫民党的威风。县政府的不少官员，对赤脚佬造反，也颇有微词。趁着县长去省城开会，地主豪绅向他告急，狠狠治一治贫民党，同僚们一定会拍掌称快，自己也可以借此立威。

冬至夜，县保安团赵副团长乘着遮篷竹轿，带领执法大队三个中队一百三十多个警兵，还有沿途招集来的近百名地主民团团勇，悄悄向三区进发。黎明时分，他们兵分三路，包围了落马寨周边的双池、北湖、许家寮等农会最活跃的村子。

放哨的农友发现敌情，鸣锣告急。自卫军小分队队长立即组织民兵和农友奋起反击。但敌我力量悬殊，保安团警兵和民团团丁手里拿着汉阳造步枪，而农军小分队只有屈指可数的十几杆鸟铳、"土六八"和一些刀叉棍棒。

在一阵阵密集的枪声中，不少民兵和农友倒在血泊中，两个村的农会会长受了伤。眼看敌人来势凶猛，会长不敢硬拼，下令掩护伤员突围，撤往村外。同时派联络员火速赶往津洲，向区农会报告：农运示范村突遭反动派血洗。

穷凶极恶的警兵和团丁冲进村里，挨家挨户搜查农会骨干和会员，强奸了多名少妇村姑，抓捕了三十多人，放火焚烧了农会的屋舍，还抢走了二三十头耕牛、大批粮食和财物。

刘友仁、冯天浩接到报告，知道事态严重，偏偏刘巽贞不在家，事情发生又过于突然，两人一时有点蒙了。倒是苏阿九、刘巽祥和辛强等人，头脑反应快，主张立马出兵追击，救回被抓农友，夺回被抢财物。

可是，区自卫中队只有七十余人，武器相当落后，大多使用广东兵工厂制造的六八步枪，很难跟人数武器占优势的敌人展开搏杀。就算发动各村农友参战，他们武器更差，而且同样没有实战经验。必须召开紧急会议，研究一下如何以弱攻强，打好这场反击战。

然而，当苏阿九听联络员说，他外公外婆已被保安团枪杀，苏阿九怒目圆睁、咬牙切齿，再也按捺不住了。苏阿九要冯天浩率领自卫中队，跟他一起去追击黑狗子和民团。

冯天浩说："敌人有两百多人，又有那么多农友被抓，我们如果没想出周全的计策，同时取得第二区自卫队的增援，这一仗确实不好打。"

急于报仇和救人的苏阿九，已经无法冷静，冲着冯天浩吼叫起来："等你开完会，黑狗子已经回到县城，被抓农友也早关进大牢里了。不如这样，我先带领第二小队，抄小路将敌人拦截下来，能杀多少赚多少。等你们开会研究出好的打法，再赶来跟我会合。"

刘友仁与冯天浩觉得苏副会长的想法可行，就同意了。而他们的内心，更盼望刘校长快些回来。

也许"心有灵犀"一说是真的。刘巽贞去汕头参加省农会潮梅海陆丰办事处组织的考察活动，眼皮一直在跳。活动结束当午，她倚床小憩，梦见三区农会办事处失火。惊醒过来后，心里七上八下，就火急火燎去码头买船票，搭乘傍晚的火船赶回津洲。

早上八时许，火船驶入津水港。刘巽贞第一个从客舱出来，远远看见李兰舟在码头朝她拼命招手，知道出大事了。

李兰舟接过她的行李，小声向她汇报了保安团偷袭示范村，农友被抓，苏阿九带领农军小队追击黑狗子等突发情况。

刘巽贞焦急地问："冯队长是否也带兵跟着去了？"

李兰舟说："是我把他从马上揪下来的。当时，我们几个商量了一下，没想出好的办法。冯天浩一急，就说，我是中队长，都听我指挥：兰舟骑马去二区搬救兵，友仁组织三区农民随后赶来，我带一、三小队追击敌人。我想起你临行前叮嘱过我，'如发生不测，别人冲动，你一定要保持冷静'。所以，我对刘友仁说，刘校长很可能今早回来，你先召集其他同志，好好研究杀敌对策，我这就去码头等校长。如果半个小时内等不到人，我就回来开会。"

刘巽贞紧绷的心弦稍稍平缓了些，沉思一会儿，对李兰舟说："这样，你骑马去追赶苏阿九，让他带领二小队，以最快的速度，抢先占领犁壁沟西面的牛角岭，阻袭敌人，拖延时间，等候主力和援兵到来。然后，你再去第二区农会，找魏会长，要求他们派自卫队增援。"

看着李兰舟坐黄包车先走了，刘巽贞自己也叫了一辆，直奔耶和典当铺。典当铺与区农会办事处相隔一片住宅区，掌柜是胡见凡。

胡见凡当年没去应征当兵，是想留下来带领未入选的队员，继续把巡防队的旗帜打下去。后来，耶和典当铺的老板要去南洋，跟儿子媳妇一块儿生活，决定将经营了半辈子的典当铺，赠送给帮助过他的胡牧师。胡见凡不肯接受，只答应替他经营三两年，日后业主有家人回国，再完璧归赵。

刘巽贞是当校长前偶然路过这里，被胡见凡请进里屋喝茶。胡见凡对她表达了希望加入农会的想法。刘巽贞没有回话，只让胡见凡带她看看典当铺有多少间房子。

这是一座典型的"竹竿厝"民居，面宽约一丈三，但很长很长，有好几进。前面靠街为当铺，隔一天井是两层的小楼，再走进去有水井、厨房、小字辈的居室，最靠近后面巷道的那一间，是会客室，面前还有一座阳光充沛的小院。这种屋宅，与左邻右舍只隔一道共用的高墙，一旦发生不测，很容易脱身，是个搞秘密活动的好场所。

看完房子，刘巽贞在会客室坐下，亦庄亦谐地说："我批准你和这座屋子一同加入农会。不过，你和它的身份对外必须是保密的，而且不再只为信众服务。"

就这样，耶和典当铺成了第三区党组织和农会又一秘密活动地点。

刘巽贞一下黄包车就走进典当铺，吩咐胡见凡立即去农会办事处找刘友仁，悄悄告诉他，带农会主要干部来小阁楼开会；然后去津洲女校，让颜文英放学后在训导处等她。

刘巽贞从码头一路而来，已经基本想好这场追击战怎么打。这得益于带过兵打过仗的李开雨，私下收她为徒，给她讲过不少军事常识和战例，还把珍藏的兵书及海陆丰军用地图送给了她。刘巽贞平时临睡前，总要认真研读个把小时。

虽然刘巽贞对陆丰的地形地貌已经了然于胸，但毕竟从未指挥过实战，所以，她必须召开紧急会议，听听刘友仁、冯天浩、刘耀环他们的意见。

刘友仁带着几个干部爬上小阁楼，刘巽贞立即问他们，有没有去区公所和警察所，向他们通报保安团血洗示范村事件，并提出强烈抗议？

刘巽祥说，我已经去过了，区长曹其峰因其父亲生病，回县城照料他家的火柴厂去了；警察所的戴所长，直言他们管不了保安团，因为李沛从不把警察局放在眼里。

刘巽贞面带愠色，语气却十分平静地说："我们必须通过县农民协会，向当局提出抗议，要求严惩主凶和幕后黑手。而我们的当务之急，就是利用黑狗子抢掠太多，又押解那么多农友，行进速度缓慢这一有利条件，组织足够的武装力量进行追击，重点是解救被抓的农友，夺回被劫掠的财物。"

刘巽贞变戏法似的，从墙缝取出一幅军事地图，摊开在桌子上："大家先估算一下，我们抄小路，可以在哪个险要地段设伏阻击？其次，这场兵力悬殊的追击战，怎么打？"

冯天浩一见到刘巽贞，心里一下踏实多了，看着地图，就她提出的问题，抢先发表了颇有见地的意见。

刘友仁和刘耀环本来都是学生哥出身，执委卓何合是他俩的革命启蒙老师。第一次东征时，他们师生数人一起投身国民革命，发动农民协助东征军追剿陈炯明残部，所以他们对打仗并不生疏，也说出了不错的建议。

一番紧急磋商后，与会者形成了"虚斩头、实断腰、必截尾"的作战策略。

时间紧迫，刘巽贞一甩短发，站起来宣布："决战犁壁沟，解救众农友！由冯天浩、刘耀环带领自卫军第一小队，绕小路火速赶往犁壁沟南面山坡设伏；由刘友仁、卓何合带领第三小队，赶往犁壁沟北面山坡配合阻击。你们要与苏阿九所带的第二小队，形成三面夹击之势。但不可正面出击，只能据险袭扰，伺机营救被抓农友。由刘巽祥、辛强发动带领各村农友，追赶负责押运财物的民团勇丁，以人多势众吓跑他们，夺回财物就行。"

众人分头出发，刘巽贞藏好军用地图，从后门离开典当铺，来到女校找颜文英。颜文英知道示范村惨遭血洗，要求参加追击黑狗子的战斗。

刘巽贞说，你有你的任务，现在带我去电报房。两人绕个弯来到经纬楼，走进二楼用于"联庄经营"的无线电报房。巽贞示意文英支开司报员，然后递给她一张写有频道波段和呼号的纸条，让她动手向县城一家银号发送电报。

刘巽贞年初就要求颜文英学会收发电报，以备不时之需。此时，用暗语给指定银号发送电报，是突发紧急事件后必须立刻向陆丰特别部委汇报才能启用的一条秘密通道。

发完电报，刘巽贞想起犁壁沟即将打响的战斗，显得有些忧虑不安。这是三区农民自卫军中队第一次参加实战，他们缺乏经验，武器也比保安团差远了，没能想出克敌制胜的妙策，很难打赢这场战斗。

她让文英使劲动动脑筋，然后和她回到耶和典当铺。

日已过午，阴沉沉的天，突然乌云翻卷，呼啦啦刮起北风。

在通往县城的官道上，保安团警兵和民团勇丁，背挎搜刮来的财物，押着用麻绳捆绑成一串的农友，抽打着走路慢腾腾的牛，还要催赶十几辆载满粮食禽畜的牛车，晃晃悠悠来到犁壁沟。迎面一阵凛冽的山风，吹得衣衫单薄的他们直打哆嗦。

犁壁沟中间是一道水流湍急的溪涧，两边的山头虽然不是很高，但坡度比较陡，而且坡上尽是巉岩巨石和林木。溪涧上本来有一座木桥，夏季山洪暴发，桥面被冲垮，只留下十几根桥桩。负重的牛车过不了溪涧，只能从岔道口拐一个十余里远的大弯，在山那边的苦杏垭会合。负责押送牛车队的团丁，早已累得直喘粗气，现在又要多走十余里路，很不情愿，骂骂咧咧不肯动弹。

赵副团长叫来民团头目，训斥了一番，让他立即带领团丁出发，快速赶往苦杏垭。回头又命令前锋中队，加快行进速度，等过了牛角岭，才可稍作休息，吃午饭。

前锋中队虽然没抢掠太多杂七杂八的东西，但一夜没睡的警兵已经困得不行，虽然刮风了，还是有人边走边打瞌睡。坐在竹轿上的赵副团长，见状勃然大怒，对警兵破口大骂。

在他的呵斥声中，走在队伍前头的警兵只好咬咬牙，蹚着没膝的冰冷溪水，小心翼翼走过溪涧。赵副团长知道犁壁沟有土匪出没，所以他不敢跟着前锋中队一起过溪涧，依然坐在竹轿上，吆喝后面的队伍快快跟上。

突然，官道前方的牛角岭，响起螺号和枪声。赵副团长惊慌失措，以为遇上了土匪，吼着让抬轿的警兵放他下来。前锋中队蓄丁字胡须的中队长，命令已经过涧的警兵进入战斗状态，开枪还击。机枪手、步枪手立即分列排开，朝着前面的小树林和乱石丛，开火扫射。

前锋中队打了一阵子乱枪，并没遭到对方的强力还击，以为匪徒吓跑了，便继续行进。没走出多远，溪涧东面山沟口的乱石丛中，还有官道北坡的树林里，立时响起螺号声和喊杀声，而且子弹、石头、竹镖纷飞而至，打得警兵哭爹喊娘，抱头乱窜。

"中埋伏了！"赵副团长吆喝一声，命令前锋中队掉头，杀向北坡，押解农会干部的第三中队，杀向南面的山沟口，务必消灭猖獗的匪徒。

就在这时，牛角岭方向又传来枪声和喊杀声，而且声势比刚才还大，走在最前面的警兵，有人中弹倒下，挣扎一会儿就不动了。赵副团长头皮麻了，一时分不清哪是疑兵哪是主力。回头看见正在蹚水过涧的警兵，也有几个被击中，扑跌进水中，把溪流给染红了。前锋中队的警兵进退不得，一个个猫腰蹲下，朝两边胡乱开枪。

保安团遭受三面夹击，抢来的二三十头耕牛，受到惊吓，纷纷扬蹄窜逃。其中个头最大的一头，冲副团长奔来，弯弯的牛角，差点刺中身旁的护弁。赵副团长双腿发软，后脊发凉，暗自告诫自己，不能逞强，赶快突围逃离，保住性命要紧。

被捕农友知道自己的队伍来了，趁乱躲在路边的大石下，相互解开身上的绳索。长着一副猪头脸的中队长发现了，嗷嗷大叫，十几个黑狗子开着枪扑了过去。已经挣脱绳索的农友，利用石头和树木的遮挡，分散逃开了。没来得及逃跑的农友被黑狗子用枪顶着，在斥责声中站成两排，猪头中队长要拿他们当挡箭牌，掩护他和部下涉涧突围。

扼守山沟口的冯天浩和李日修看见这一幕，传话下去，要队员瞄准了再开枪，别伤着农友。埋伏在北坡的刘友仁，一口气往枪膛里塞进五颗子弹，想带领第三小队冲下山，营救没有逃脱的农友。可是，敌人的后卫中队发现农会武装的意图，集中火力，向北坡发起攻击，密集的子弹和飞箭从头顶呼啸着飞过，刘友仁和三小队不敢唐突，只好继续据险还击。

侦察班长前来向副团长报告，对手不是土匪，是贫民党的自卫军。赵某胆子一下壮了几分。他命令前锋中队发起强攻，消灭牛角岭方向的袭扰之敌，打通撤回县城的必经之路；让二中队一个小队押解农会干部冲出犁壁沟，两个小队迂回到溪涧上游，出其不意从背后袭击山沟口的贫民党。而他和护弁将跟着押解贫民党的小队，率先突围冲出犁壁沟。

命令刚下，犁壁沟岔道口方向又有螺号声传来，高举大刀、双钩枪、锄头的农民，在农会大旗引领下，像潮水般掩杀过来。冲在队伍最前面的，就是刘巽祥和辛强。

保安大队负责殿后的黑狗子和团丁，一下乱了阵脚，纷纷扔下肩扛背拐的财物，朝汹涌而来的农民乒乒乓乓开枪。

"援兵和农友冲过来了，为乡亲们报仇的时候到了，大家给我狠狠地打！"冯天浩振臂高呼，自卫军队员同声应和，把快要冲上山腰的黑狗子吓蔫了。队员们乘势猛砸狠打，石头、子弹、标枪纷飞而下，黑狗子扔下几具尸体，滚回山下去。

刘友仁和卓何合看见猪头中队长扔下他的队伍，跑到断桥前，吆喝随从背他过溪涧。机会难得，刘友仁立即带领第三小队，冲下山来，扑向准备押送农友蹚过山溪的黑狗子，一阵夺命拳脚加利刃，将他们一一打翻，再割断农友身上的绳索，带着他们逃往北坡。

在牛角岭负责阻击敌人的苏阿九，知道各村农民已经赶到，也看见农友已经获救，正准备按计划撤出战斗，却发现敌人前锋中队准备掉头增援山沟口，立即命令队员火力全开，把敌人吸引过来。

战斗处于胶着状态，胜负难分。突然，山谷传来一阵马蹄声，赵副团长扭头一看，一个骑着白额赤马的黑衣蒙面侠，从北坡急驰而下。他举着一个黑乎乎像酒瓶的家伙，策马朝他驰来，手一扬，冒着烟的黑酒瓶从他头顶飞过，轰的一声，在警兵中炸开了。蒙面侠探手从腰间再拔出一个，扔向猪头中队长，一声巨响，把他的两个随从炸倒了。

蒙面侠充满神秘感，且拥有大威力的黑酒瓶，黑狗子竟然不敢朝他开枪。

有数百农友牵制后卫中队和民团，有蒙面侠扬威助战，农民自卫军备受鼓舞，大声欢呼起来，杀敌的劲头也更足了。冯天浩断定蒙面侠是自己人，不由再次振臂高呼："兄弟们，天降神兵了！冲啊！"刘友仁以为冯天浩知道蒙面侠的身份，也跟着大声呼喊："援兵到了，冲下山去，活捉坐轿的狗头官！"

自卫军队员怒吼着从树林里巨石后一跃而出，有的开着枪，有的挥舞着大刀、铁铜、尖镩，杀下山来。

眼看贫民党从南北两面山坡杀将过来，众警兵惊恐万状，争相往县城方向逃窜，没人顾得上落水的猪头中队长。赵副团长为了逃命，调集三挺机枪开路，在警兵和护弁簇拥下，从牛角岭突围而去。而伏兵只在岭上放冷枪，并没有拼死截击。

此时蒙面侠策马来到岔道口，朝企图凭借有利地形，继续顽抗的后卫中队和民团扔出最后两个黑酒瓶。

爆炸的余波未消，一阵急促的铜锣声响起，李兰舟带领第二区的农民自卫军赶来了。黑狗子和团丁知道性命危矣，慌不择路，顺着岔道四散奔逃。

二区自卫军小队和乡亲们，乘胜追杀溃逃的敌人，一直追到好几里外的响尾溪。只见十余架满载食粮牲畜的牛车，全被弃留在路边，负责押送的团丁，早已逃回各自的村寨。

犁壁沟一战，击毙敌人二十多人，缴获步枪四十余支，短枪三把，弹药一批。三区自卫军与农友牺牲五人，受伤十多人。

冯天浩在打扫战场时，从一个受伤的小队长嘴里，得知是钱世德使的坏，立马率自卫军杀向落马寨，包围了钱家大院。钱世德自知罪孽深重，早已收拾家中细软，携带家眷逃亡他乡。

农友高喊放火烧了钱氏屋宅，冯天浩怕殃及周边的农户，说："暂时留着，等落马寨有了农会，办公场所就设在这里。"

再说中共陆丰特别部委，接悉津洲通过商业电台发来的情报，震惊不已，立即通知县农会召开紧急会议，研究对策。会后即派人到其他几个区的农会，通报县保安团洗劫三区农运示范村事件，要求各地严阵以待，随时做好武装斗争准备。

同时，由县农会执委出面，向县政府提出严正交涉，要求严肃追究县保安团血腥镇压农运的政治责任，严惩枪杀农会干部和农民的凶手。

去省里开会的李秀藩，于次日回东溍。他对李沛独断专行十分不满，派人将县农会的控告状转送县参议会，让李沛当面向参议员和农会执委认罪，接受弹劾，并向县参议会建议，革除赵副团长的职务。

三区农会与大地主联盟斗争取得胜利，惩治了狼狈为奸的劣绅、奸官和悍警，鼓舞了全县农会会员，为减租退租运动，树起一面旗帜。

犁壁沟一战，使基层的新生力量得到锻炼，也经受了考验。鉴于津洲几位党的发展对象，"为农民利益忠实而勇敢地斗争"，中共陆丰特别部委做出决定，提前批准冯天浩、刘友仁、苏阿九、李兰舟、颜文英、刘巽祥等人，加入中国共产党。

部委委员张威秘密托人捎来一封信，用隐语祝贺中共津洲区党小组成立。信的后面附着一首名为《携手》的诗：

> 你跟着觉醒者的呐喊前行，
> 追随者跟着你的背影呐喊。
> 穿过夜的黑影为你点亮一盏灯，
> 你的回眸又温煦了同行的路。

刘巽贞读了这首诗，品味出一种觉悟者追随先行者的革命情谊，同时也感觉出隐约的男女之情。但她哪有心思顾及这些，只能装作看不懂。

犁壁沟一战，给自卫军和农友留下一串悬念：那个突然出现的蒙面侠是谁？他怎会有威力那么大的火药弹？

苏阿九和冯天浩一直想问刘巽贞，可是刚一开口，刘巽贞就扯起别的话题。他俩知道党有严格的保密纪律，过后再不敢轻易问起。

刘巽贞故意不揭开这个谜底，不是故弄玄虚，而是要让每个新党员逐渐养成一种习惯，不该问的不问，不该说的不说，从而逐步增强党的纪律意识和保密自觉性。

没想到，这个不是秘密的秘密，一直保持到新年伊始，才揭开了谜底。

那天上午，党小组开专题会，研究新一年党建工作，重点讨论整肃纪律，规范行为，保障农民协会纯洁性和战斗力。

颜文英来到典当铺，听见小阁楼静静的，就对正在烧水的胡见凡说："岱源来信了，他知道我们用手榴弹震慑并杀死黑狗子，从而取得犁壁沟战斗的胜利，夸我们干得漂亮。"

胡见凡指指天花板，示意楼上有人。颜文英连忙捂住嘴巴，可是已经晚了。

在楼上等着开会的冯天浩、苏阿九、刘友仁等人，已经听见颜文英说的话。

颜文英上了楼，冯天浩急急问她："你刚才说，犁壁沟用的火药弹叫手榴弹？那么，黑衣蒙面侠，是不是胡见凡？"

颜文英看看其他与会者，也同样投来好像已有答案的目光，赧然一笑，点点头。

其实，胡见凡储藏的手榴弹，是津洲联防队消灭白虎鲨后，担心其残部卷土重来，让万岱源托最好的朋友，从海丰凤仪镇坎下城粤军制弹厂买回来的，一共有十二颗。

坎下城，有人称它为凤仪的城中城，是一座始建于明代嘉靖四十年（1561年）的海防古城。辛亥革命后，陈炯明出任广东都督，就派军队驻守坎下城，并于城内创建粤军制弹厂。他高薪聘请广州的一级技师来坎下城制弹厂，参照从国外引进的几种手雷研制中国式手榴弹。

1917年，经反复试验，采用金属弹体、拉发点火的木柄手榴弹研制成功，坎下城开始批量生产，成为中国最早制造手榴弹的制弹厂。

颜文英本来不知道胡见凡在教堂藏有手榴弹。决战犁壁沟前些天，万岱源托一位与部队有生意往来的好友，捎话给文英，说北伐第一路军经过苦战，已经攻占九江、南昌，他和段冀虎等安然无恙。还特地嘱咐她提醒胡见凡，储藏在地下室的手榴弹，必须保管好，防止出现意外。

县保安团进犯三区示范村那天，刘巽贞和她发完电报，回到典当铺。刘巽贞让她和胡见凡动脑筋想想还有什么招数可以克敌制胜，打败保安团。

颜文英想起夫君的嘱咐，头脑中灵光一闪，就问胡见凡："岱源说你藏有一批手榴弹，可以用来打仗吗？"

苦苦思索的胡见凡一听，眼前一亮，计从心来。于是，他向昔日的信徒借了一匹马，从教堂地下室取出六颗手榴弹，再找出当牧师时穿过的黑色衣裤。就这样，一个神秘的黑衣蒙面人，从天而降出现在犁壁沟，并用六枚手榴弹，镇住了保安团，扭转了战局。

刘书记噔噔噔上楼来了，她告诉大家，今天的会议很重要，每个与会者要做好发言准备，颜文英要做好详细记录。然后，她从身上取出县特别部委的文件，让刘友仁宣读并对重点语句加以解释。

读完文件，大家结合新一年的党建工作，各自发表意见。其中经讨论获得通过的措施，列入决议初稿，看法不同未能达成共识的，容后再议。

接着，刘巽祥介绍他和辛强下乡调查，发现乡村一些农会纪律性方面存在不少问题。如自卫小队成员私自离队，农会会员任意杀死地主耕牛等。

就拿苏阿九的二弟苏十八来说，因为地主的牛吃了他家的菜，苏十八叫自卫军队员开枪将牛打死，把牛肉分给农友吃了。地主找他理论，苏十八说，如果敢再闹，要像杀牛一样，一枪崩了他。

刘巽贞对此事已有耳闻，听了巽祥和辛强的详细汇报，她生气了。她认为苏十八的行为，违反农会章程和纪律，必须严肃处理。建议将其开除出农会，上报县仲裁委员会核准。

第三十四章
论曲直巽贞生迷茫　甘水井圆就连理梦

苏阿九有些闷闷不乐。他认为如果弟弟欺负贫苦农民，开除出农会他没意见；但对地主狠一点，情有可原，因为他家受过地主太多的压迫和欺凌。

刘巽贞知道苏阿九心里不服，散会时特地将他留下。她先向他讲党的纪律，讲法令，再指出其弟问题的严重性，要他学会换位思考，要他经得起三区十二万民众的拷问。

霜风落叶小寒天到了，离过年也近了。刘巽才满脸喜色，兴冲冲回到未石城，区署的跟从，替他挑回一担年货，全是巴结他的人送的。其中他最喜欢的是一只个头好大的穿山甲。

穿山甲美味且大补，肉和鳞片都可入药，是名贵的中药。刘巽才叫懂行的人把穿山甲杀了，放入沸水中烫，鳞片纷纷自行脱落，捞出来洗净晒干，留着备用；剔出来的一大锅肉，经过烹饪，变成香气四溢的美味佳肴。

小心巧先尝了一块，觉得好吃，让娘给她打一小碗。吃着吃着，听奶奶念叨起姑姑，说多少年没给她滋补过身子了，就嚷嚷着要送一碗给姑姑吃。

坐在大圆桌对面的哥哥刘彪，横了她一眼，说："就你多事，是她自己不回家来，凭什么送去给她吃？"

刘监生搁下筷子，一只手按着胸口，对老伴说："我不吃了！账房送来的账本还没看完。"转身接过婢女递上来的热茶水，漱了口，吐进痰盂，再用毛巾拭了拭嘴唇和胡子，抓起拐杖，扔下一句"白眼狼"，回后院去了。

刘巽才知道爹生气了，叱令吃相恶心的刘彪放下饭碗，靠墙站好，扬起巴掌朝他脸上掴去。在一旁伺候心巧吃肉的彩鸢，赶紧上前抓住丈夫的手，低声说："难得回来跟家人吃一顿饭，闹什么闹？"

站在屏风前等着上桌的周尾妹，一下把两只手的袖子卷了起来。她盯紧刘巽才，如果他那一巴掌抽下去，她就把整锅肉端起来，扔到天井去。

一场风波被化解了，姚夫人为防止大媳妇起醋劲撒泼，当着她的面大声嘱咐巽才和彩鸾:"等会儿,你俩替我给你妹送一大碗过去,让她也吃上口热汤。还要替我劝劝她,别再忙得饥一顿、饱一顿,把自己饿瘦了。"

下午学生放学后,刘巽才、董彩鸾带着心巧,来到女子学校。

小心巧搂着姑姑,绘声绘色讲述她今天吃了多少龙鲤肉,而且是她第一个想起要送香肉给姑姑吃。刘巽贞很疼爱小心巧,在她额头上亲了一口,说:"姑姑怕腥,你就带回去给奶奶吃吧。还有蜂蜜、蘑菇也都带回去,姑姑不缺。"

巽才让彩鸾带心巧出去外面玩,他想跟妹妹唠唠走心的话。

刘巽才没有规劝妹妹回家,而是跟她聊起当下一些引人注目的热点问题。

刘巽贞有些意外,原本一直浑浑噩噩过日子的哥哥,当上区长后,竟然关注起时局来。但刚才那番话,显然另有出处,并非他自己就能说得出来。

刘巽贞问哥哥:"刚才那些话,你是听谁说的?"

刘巽才犹豫了一会儿,才做出回答:"当然是有身份的人说的。我是要你劝劝巽祥,让他别再当贫民党的执委了。"

刘巽贞反问道:"如果巽祥让你辞去区长,你同不同意?"

刘巽才差点跳了起来:"他能跟我比吗?我掌管的地盘虽然不算大,但一切全由我说了算,而且人人都想巴结我。我前天只说一句想吃穿山甲,昨天马上有人给我送上门来。彩鸾说我没去当兵,人生平淡无奇。我骂她是武生戏看多了,以为手里拿杆枪就威风,其实从政比从军更享受。刘壮枪林弹雨打了那么多年仗,才混了个副排长。而我却是因祸得福,才能过上风吹不着、雨淋不到,更不必担心挨枪子的好日子。就算回到家里,大事小情又有爹顶着,真是人生快哉!"

刘巽贞本想尽力拉哥哥一把,让他摆脱父亲的操控,做一个人格独立、站在正义一边的男子汉。可看他一副小人得志的样子,知道多说无益,不必浪费口舌。

彩鸾带着心巧回来了。巽贞一看怀表,蹲下身,抚弄抚弄侄女的小辫子,说:"姑姑要上街办点事,以后再陪你玩。"

一刻钟后,刘巽贞来到元康新街陈记杂货店,看见柜台上摆着招财蟾蜍,店里只有伙计一人,就走了进去。伙计跟她热情打过招呼,随手拿起杆秤的秤盘,往套着铜箍的秤杆头磕了磕。

陈掌柜闻声从里屋走了出来,朝刘巽贞拱拱手,说:"刘校长,贵校订的货在里屋,请进来喝杯茶吧。"

刘巽贞随他进了里屋。陈掌柜拿起白瓷茶壶，倒了一杯热茶，递给她。

陈夏威本名陈夏，从读小学起就崇拜张威。张威介绍他加入社会主义青年团时，他就决定把姓名改为陈夏威。他一直视张威为最有上进心的兄长、最值得学习的榜样。

陆丰特别部委为了拓展津洲在东南片的辐射作用，尽快在各乡镇建立起党组织，进一步壮大农会的规模和力量，决定将三区党小组升格为党支部。陈夏威被任命为东南片特派员，以开办杂货店为掩护，在津洲建立起东南片区党的联络点。另一名共产党员曾广汉，以表弟的身份，在杂货店当伙计。

由于陈特派员经常到其他区检查指导工作，一个礼拜只有一两天留在津洲。刘巽贞要向他请示汇报工作，得先看看柜台上是否摆出招财蟾蜍。

而津洲女校这一原先的联络点，因环境比较复杂，除非特殊情况，暂时不予启用。

刘巽贞没顾上喝茶，开门见山，汇报了近期工作取得的进展：近三分之一的水上渔民已加入渔工协会，参加了抵制渔霸盘剥和强迫交易的斗争；三区工人联合会、妇女解放协会相继成立；党、团培养对象正在参加第二轮培训；等等。

陈夏威敬服刘巽贞的工作能力，听了汇报连说三个"好"，以示认可。

本来还有其他问题要反映，譬如，有的地方闹工潮，工时缩短一半，工薪翻了两番，可工人照样磨洋工，结果工厂倒毙了，工人也失了业。她很想找个人一起探讨，工人罢工提出要求，应不应该有个"度"？这个度，就是既提高工人的生活水平，也保证工厂的生存和发展。

如果站在面前的人是郁新凯，她可以畅所欲言。可当下，她面对的是一张严肃刻板的面孔，再多说，肯定又要挨批评。

接头时间不许太长。刘巽贞一手挎上布手袋，一手拎起装着粉笔墨水的纸包。

陈特派员再次叮嘱她："记住，农民的革命热情高涨与否，跟你我的领导能力，是成正比的。"转身拿来一个鼓鼓的信封，放进她的手袋里，送她走出杂货铺。

刘巽贞的心里，结没解开，反而多了几重迷茫。她想快些回到宿舍，好冷静下来，把纷杂的是非曲直捋出个头绪来。还有那个鼓囊囊的信封，想必是郁新凯捎来的，他在里面装了些什么？

刘巽贞抄近道回学校，快步从水门街的一条小巷穿过。走了一半，想起前面是吴家的宅院，立即转身。谁知却被一个人拦住了。一看，冤家路窄，怕碰上吴家的人，却偏偏撞上孽障吴秉治。

吴秉治西装革履，大分头油光锃亮，却背着一支用红布捆绑着的树枝。他满脸忏悔地对刘巽贞鞠了个躬，说："刘小姐，请原谅我的鲁莽，我等这一天等了好久了。当年我家休你告你，都是我爹的主意。我拦不了，劝不住，我对不住你。今天，我终于等到你了，我要当面向你负荆请罪。"说着，就在刘巽贞面前跪下。

刘巽贞着实被吓了一跳，但脸上只露出冷冷的哂笑。她掉头一看，巷子那头，已经被看热闹的邻里堵住了。

吴秉治解下树枝，狠狠打了自己一下，说："你如果不让我把话说完，我就继续打我自己。"

"你别演戏了，也别糟蹋先贤。想打你接着打，只是快把路让开。"刘巽贞愤愤地说。

"我吴秉治不是无情无义的人，我一直忘不了你。你至今孤身一人，我要带你离开津洲，到香港或省城生活，以弥补对你的伤害，我保证会像伺候公主一样伺候你。"吴秉治站了起来，语无伦次地说。

"吴三少爷，你说得越多，我就越鄙视你。我警告你，别再自作多情，别再肆意骚扰我。"说完，刘巽贞侧身往右虚晃一下，想从吴秉治左边一闪而过，却被他拦腰抱住了。刘巽贞用胳膊肘顶着他的胸膛，大骂吴秉治"流氓""无耻"。

突然，背后一声断喝，一个穿着军校制服的后生，抓住吴秉治的右臂，往后一拧，痛得他随即松开了手。刘巽贞想"呸"吴秉治一口，但还是忍住了。

她对仗义救急的后生说了声"谢谢"，整了整衣衫，踏着掉在地上的树枝，从围观者身旁穿过，择路返回学校。

快到津心埔时，刘巽贞才恍然想起，那后生叫万悟尘，是万世坚的小儿子，也是丛章、苏禄的学兄。

刘巽贞刚打开宿舍门，就看见江玉娇心事重重向她走来。

刘校长问她："怎么啦，没见到我娘，还是她老人家……"巽贞为了让她多跟刘家的人接触，也让母亲少些惦念女儿，偶尔会托玉娇捎话给娘，或代自己向娘问安。

"不，不，不！"江玉娇急忙说，"见到了，见到了，伯母身体还好，只是大嫂周氏又欺负彩鸾姐了，巽才哥一气之下，要带彩鸾姐和心巧去河凹圩生活，再也不回津洲了。大嫂拉起阿彪，闹着要一同去。巽才哥说，好，九区有老虎，多着呢，区公所的大门就留有老虎的爪印，你身上肉多，河凹圩的百姓可以少养几头猪。大嫂怕了，答应不再挤对彩鸾姐母女，只是她们不能跟着去河凹。伯母疼爱心巧，当然不会让她们母女去山区，一场闹腾才算了结了。"

刘校长笑了，说："没想到别的本事不见长进，吓唬老婆倒有办法。"回头看玉娇，一副欲言又止的样子。

"玉娇，你跟巽祥的事进展如何？你这次去我家，我娘有没有跟你说起什么时候定亲？"

一提起定亲，玉娇的眼眶红了，眉目间满是委屈。

江玉娇是个喜欢新生事物又谨小慎微的人，她渴望有爱情的新式婚姻，但又承受不起人言籍籍、满城风雨的压力。自从刘家正经八百向江家提亲之后，刘监生又暗地里与她约法三章，她本来应该一口拒绝，只是，她不敢，她怕失去喜欢的人。她也没胆量撺掇巽祥效仿他姐，两人私下定亲。没有别的办法，就当是为了刘家和睦团圆，她答应下来了。可是，真正要她当"奸细"，事情一旦败露，她在学校还能立足吗？

巽贞姐是一校之长，和蔼可亲，又不怒自威。她整天忙里忙外，那么忘我，但对家里该关心的人，一个不漏。巽贞姐只是恨她爹，跟他断绝关系，并没有跟家里其他人割裂。她除了管理学校，好像还有许多更重要的事情要做。这是巽贞姐的秘密，自己能去向刘伯父打小报告吗？可是，他目的没达到，是不会让她与巽祥走到一起的。要破除这道魔障，唯一可以帮她的人，只有眼前这位女能人。

现在，巽贞姐问起定亲一事，何不干脆把横生枝节的约法三章和盘托出？

刘巽贞听后大吃一惊，刘监生竟然在她身边安插一个说客和眼线！幸好江玉娇是向着她的，否则，不测之事可能早就发生了。玉娇是个向往新思想的女子，也是个尽职的教员，巽祥爱上她没错，应该支持。但要促成刘、江两家联姻，两个年轻人共偕连理，她还得用些心思，想出一个两全的办法。

巽贞伸手为玉娇理了理刘海，安慰她道："别再发愁，你把原委说出来，死结也就解开了一半。车到山前必有路。只要你俩真心相爱，就一定会有终成眷属的好结果。"

玉娇的脸红了，连声说："谢谢姐姐宽宥，谢谢姐姐玉成。"

"敢于将婚姻掌握在自己手里，我当然要助你们一臂之力。来，奖励你一个润喉降火的水果。"巽贞随手从果盘拿起一个又绿又肥的杨桃递给玉娇。

"姐姐真好。对了，还有一事，我听说斯洁姐一家要漂洋过海，去西洋某个国家定居，而管素婷也争着要去南洋，真有这回事吗？"

"斯洁一家是要去德国。她跟我说过，要我找一个人接她的课。"

"为何选择去那么远的地方？语言不通怎么交流？不怕被红头发蓝眼珠的西洋人欺负？"

"不懂外国语可以虚心学。西洋人也是人，只要你把胸膛挺起，把身姿站直，就没人敢欺负你。"

"我是既羡慕，又担忧。"

"海陆丰人漂洋过海去西欧的，多着呢！你就不必多虑了。管素婷也争着要走出国门，她选的是新加坡，说她堂兄在那里经营锡矿产业。至于两妯娌谁能去成，还是未知数。"

"据我所知，津洲除了少帝围的李学丰留学日本早稻田大学，去南洋当苦力的倒是不少。而全家搬到西洋国家去生活的，也就只有胆识过人的万家人，可谓开了津洲的先河。"

"斯洁要去的是德国。别光羡慕了。你还得鼓起勇气，争取把自己和巽祥的事办成。"

"我俩的事，有姐姐鼎力相助，一定能大功告成。"

往后的日子，江玉娇的脸，总是露出花朵绽放般的笑。她支棱着耳朵，等待好消息传来。可是，媒妁一个接一个从家门口走过，却不见有一人跨进她家大门。

半个月过去了，江玉娇脸上的花朵蔫了。刘监生不见兔子不撒手，巽贞姐可能还没想出两全的办法来，刘巽祥连个影子也没见着。家里的双亲，受不了邻里的风言风语，只好大门紧闭，足不出户。江玉娇也不敢去别人家串门，连跟同事打照面也觉得难堪，没课的时候，总是一个人躲在宿舍里，对着镜子发呆。

礼拜天，津心埔静悄悄的，只有西面围墙根下几个工匠在打井，不时传来辘轳转动的欸乃声。

天好久没下雨了，学校的水井，泉涌越来越小，水质也变咸了。

刘校长请来津洲小有名气的打井师傅，让他将水井浚深淘宽，以缓解师生用水的困急。老师傅在校园里转了一圈，认为在西面低洼处再打一口新井，才能做到一劳永逸。

刘校长看看老师傅所选的新井位，花红草绿，叶子嫩得能掐出水来，真的跟别处大不一样，便同意老师傅的主张。

打井的进展速度很快，才两天就挖了一丈多深。听老师傅说，他们开挖的地方，可能是一口很有年头的废井。

江玉娇对打井的事一点都不关心，她从早上开始，左眼皮一直跳个不停。左吉右凶，今天肯定有好事，应该是巽祥来看她，得赶紧把手帕绣好。玉娇刺绣这方手帕，可是费了不少心神，她采用抽纱镂绣的技法，使图案通透中更具立体感，戏水的鸳鸯也更具灵性。

房间的光线有点暗，就差一片垂柳的叶子了。江玉娇揉揉眼睑，带着绣绷、针线和剪子，来到操场旁的花架下，一边穿针引线，一边透过花叶的缝隙，偷偷瞄一眼大门口。

可是，直到眼眶溢出了泪水，还是没瞅见熟悉的身影出现。这个刘巽祥，也许早已把她忘了。说是农会开展扫盲运动，他要给好几个村的农友上课，教他们识字，还为他们讲贫雇农要当革命先锋的道理。

农会的事，在刘巽祥心里，是天大的事，而我江玉娇，却成了可以视而不见的一阵风，一团雾。提亲后大半年不定亲，他也不着急，不过问，不催促。下回见到他，一定不理他，更不许他牵我的手……

突然，打井工地传来一阵大呼小叫，好像发现什么稀奇的古物。

江玉娇收拾起针头线脑和绣绷，放回她和另外两位女教员共用的休息室，转身来到堆满红泥巴的洼地。

老师傅的帮工正在用水冲洗一块半人多高的石碑，碑上的字迹渐次清晰起来了。

刘校长以为新井出水了，也循声赶了过来。老师傅指指石碑，对她说："凭上面一大一小两行字，我敢断定，我选的井址，就是三百年前，津洲迁界禁海时，被清兵封填的甘水井。"

刘校长仔细察看碑面，中间是"江氏茶饮水源"六个字，左下方的落款是"顺治十六年立"。

老师傅看大伙满脸疑惑，长长吸了一口旱烟，往草地上一坐，开腔讲起"古"来。

老师傅祖祖辈辈以打井为生。据其家族宗谱记载，顺治年间，他的先人多次受春江茶馆的江掌柜接济。为了报恩，经过反复勘测，先人在桃李园找到最适宜泡茶的水源。江家买地造井，井水果然清澄甘甜，遂立碑为记。正当江家的茶饮生意红红火火之时，清廷迁界令下，津洲五天之内必须成为无人区，各处水井也被纷纷毁损封填。后清军在甘水井附近构筑炮台。十几年后，朝廷允许复界，津洲城面目全非，甘水井也湮灭于荆棘野草之中。因族谱记载甘水井的位置是在桃李园，范围太广，后人也就一直没有找到。

老师傅的古讲完了，吹燃纸煤儿，又抽了一口旱烟，对江玉娇说："真巧，刚才从校长口中得知，你是江家的后代。能找到你家老祖宗的老井，缘分呀！古井重见天日，如果水脉不变，你们又可以喝到最甘甜的井水了。"

江玉娇说："时过境迁，这口井不再姓江了。但发现它，而且是在校园内，着实意外，也好不高兴。"

老师傅问校长："这石碑要不要照旧立在井旁？"

刘校长说："石碑有三百多年的历史了，见证了津洲的变迁，应该把它放在训导处，作为文物保护起来。"说完，拉着江玉娇的手，一起回到她的寝室。

刘校长诡秘地说："你的苦日子熬到头了，你知道下一步该怎么做吧？"

江玉娇皱着眉想了半天，没明白校长的意思，嘟着嘴说："三十年河东，三十年河西。江家人不再做茶饮生意，早就忘了有这么一口井。再说，老师傅的话，只能算是一种猜测，你咋说我苦日子熬到头了？"

"你是真傻，还是装蒜？中间环节我就不多说了，只说结果。你将发现古井的事，告知那个跟你约法三章的人，我保证不出三个月，就会有大红花轿将你抬进刘家大院。"

"巽贞姐，你又拿我开心了。"

"信不信由你。只是，过了这村，恐怕再没那店。"

"那我，那我二个月后，可就要改口称呼你姑奶奶了，不管坐没坐成花轿。"

"公开场合不行，私下里叫我姐更好。"

第三十五章
妯娌为出国起争执　巽贞获密告知变天

果不其然，十日后，玉娇羞答答地告诉巽贞，她已与巽祥正式定了亲。伯父还亲口告诉她，两人的生辰八字十分合配，成婚的黄道吉日，几乎每个月都有，他会尽快让她成为刘家的二少奶奶。

"不过，"玉娇转身望向窗外，正好看见新砌的井台，表情瞬间晴转多云，"伯父要我拓印一幅井碑的字样给他，说是喜欢先人留下的刻字。"

"早料到他会耍弄花招。"巽贞鄙夷地说，"为了不耽误你的终身大事，你就拓一幅去遂他的意吧。"

送走玉娇，巽贞觉得有点冷。这倒春寒天气，穿衣服真让人头疼。想起羊毛衫晾在屋外，就走出宿舍。

下课钟响了，学生放学了。一阵阵纯真的欢声笑语，从教室门口涌出。花卉开得正旺的校园，充满明丽色彩和盎然生机。

一袭湖蓝色新款春秋衫，在玉兰树下时隐时现，一看就知道是韩斯洁。她依依不舍目送女生们或走出校门，或走回宿舍。校园渐渐安静下来了，她怅然若失地在树荫下徘徊。

看来，万家谁将越洋移居国外，应该已有定夺。韩斯洁就要离开故土，离开女子学校，就让她多看一眼留有她足迹的校园吧。巽贞收下晾衣杆上的羊毛衫，回到屋里。

半晌，韩斯洁步履迟缓地来到门口，看见校长张开双臂等着拥抱她，心中五味杂陈，眼泪唰地掉了下来。

巽贞请她进屋，安慰了好一阵，擦干她脸上的泪痕，才使她稍稍平静下来。

斯洁抬起头，看见墙上那幅奇石春花图，泪水又涌了上来。那是她和巽贞联手创作的画幅，巽贞描绘花石，她作诗题跋。字画浑然一体，而作画的人，却即将远去他国，斯洁能不伤感？

"明天起，我就不再来学校上课了，已与代课老师交接妥当……"

"素婷不跟你争了？"

"本来就没有什么好争的。"斯洁用手绢揩了揩泪腮，说起决定出国前后发生的事。

最先提出要出国的是岱玮。这些年来，政局动荡不安，洋货大量充斥市场，恒衍商行的生意大不如前。安德鲁了解他的心思，鼓动他带上家小，去德国发展，儿女也可以在那里接受西式教育。岱玮说服斯洁，舒晔和伊芊也许遗传了万家走南闯北的禀性，对出国也十分向往。可老爷子顾虑重重，当时机织厂设备快到了，办厂需要人手，所以没有答应。

有一个晚上，来了一位神秘客人，老爷子跟他长谈了大半夜。第二天，老爷子的态度转变了，答应对出国一事做重新考虑。逊德利洋行欺诈事件发生后，老爷子彻底醒悟过来了，同意岱玮一家子移民。谁知素婷回了一趟娘家，听说堂兄在新加坡挣了大钱，回来就怂恿岱仰向老爷子提出，要去新加坡发展。

刘巽贞对神秘客人很好奇，倒一杯水给斯洁，问："你见过那位神秘客人没？"

斯洁摇了摇头，说："是我刚才说漏嘴了，你可得替我把嘴捂严了。那位客人，天黑时来，天亮就走了，头上戴着巴拿马草帽，没人看清他的脸。我估计连老夫人也没跟他打过照面。"

喝了口水，斯洁又接着说出国的事。

老爷子让两家人自己协商，底线就是兄弟俩只能出去一个。岱仰知道去国外创业，要吃很多苦头，又得冒很大的风险，一再劝说素婷放弃。素婷骂岱仰不是男人，说新加坡到处是华裔，堂兄已经在那里掘得第一桶金，只要拿出不多的资金，去与他合股经营，不出两年，就能赚个一本万利。

兄弟协调没有结果，只能交由老爷子裁夺。老爷子认为，岱玮阅历丰富，适应能力强，斯洁在娘家也是理财好手，去德国发展，胜算比较大。而他更看重的是，既要让下一代学习西洋的先进技术；也要向洋人传播礼仪之邦仁爱谦恭的美德，诚信经商的风范。

欺诈事件发生后，老爷子去了一趟广州，会见了孟工程师，还有刚回中国的安德鲁。在他俩的竭诚相助下，织布机的订金退回来了。安德鲁还请来洋记者，迫使洋行象征性偿还一小笔违约金。老爷子感触很深，跟他们聊了一天一夜。孟硕士谈起自己一边打工，一边求学的艰辛经历。安德鲁大力推介德国，说那里工业发达，教育一流，气候宜人，是移民的好去处。还说他愿意充当担保人，帮岱玮一家办妥移民申请、护照签证等繁杂手续。

老爷子让岱玮先跟安德鲁去德国考察考察。岱玮回来后，说德国比安德鲁描述的还要好，而且还遇上了几个旅居德国多年的华侨。龚夫人和斯洁的母亲，起初坚决不同意。后来，一起到清云寺和玄沄寺烧香拜佛，求得了上上签，方丈也称万事顺遂。两位老夫人才不再阻拦。

一阵风，把虚掩的门推开了。巽贞上前关门，差点跟匆匆而来的管素婷撞上。

素婷看见斯洁在屋里，顾不及向校长道歉，就连珠炮般嚷嚷起来："二姐，我是急性子，有话直说。爹看不起岱仰，你跟二哥，不能也看不起岱仰。都说兄长凡事要礼让弟妹三分，你们却反着做，还将岱仰说得一无是处。你们只为舒晔、伊芊的未来着想，我的女儿伊婕就该打入另册？"

"三妹，先别激动。"斯洁站起来为她让座，"你我相处已经不是一年半载，岱玮和我，什么时候看不起三弟与你？我们对伊婕，跟对舒晔、伊芊，你分得出孰轻孰重？"

"平时都是和稀泥，关键时刻见分晓。你们执意去西洋，言语不通，风俗文化不同，开店卖丝绸、茶叶、陶瓷、香料，西洋人会喜欢吗？我们去南洋，华人多，说话交流通畅无阻。我堂兄已在那里扎稳根基，我们今年投资，明年就可以搂红利，这么好的机遇，连傻瓜也绝不会放弃。而老爷子和你们偏偏反对，说到底，就是瞧不起岱仰和我。"

"我也想过要放弃，让你们去南洋。可是，当我看了岱玮带回的几本汉译本后，我又改变了主意。书是安德鲁推荐给岱玮的，我虽不能全看懂，但道理还是明白了一些。论眼前利益，南洋是个淘金的好去处。但你别忘了，我们可以赚到金钱，但学不到先进技术，我们想改变命运的目的难以达到，积贫积弱的中国，还得继续挨打、割地、赔款。"

巽贞有些惊讶地看着斯洁。原来，他们选择出国，不是兴办实业失败后的一时冲动，而是背后站着·位高人在指引。这位高人，就是安德鲁推荐的书。斯洁一家决定去西欧，着眼长远，境界高出一筹，应该给予支持。而那些书，一定要让斯洁留下，自己要接过来好好研读，否则，自己的知识面，甚至思想觉悟，连斯洁也跟不上了。

巽贞正要向素婷表明自己的态度，依稀听见颜文英用渔歌调唱着《七洲洋》，渐走渐近。

> 火船无帆闯七洲，
> 阿妹送兄泪先流；
> 海水阔阔无鸟影，
> 相见无期梦悠悠。
> ……

巽贞感觉文英今天唱得有些不搭调，生硬得好像是在哼唱潮汕歌册。巽贞在给学生上音乐课时，曾对唱渔歌和哼歌册做过比较：

渔歌流行于粤东沿海地区疍家渔民中，是一种传统民歌，以海陆丰尤其是津洲渔歌最为优美动听。渔民为了反抗渔霸的压迫，发泄心头的积愤，也为了赞颂养育他们的大海，讴歌讨海人的胆略和气魄，表达对美好生活的向往，他们把心中的爱恨情仇，用旋律韵味独特的腔调清唱出来，呈现了多姿多彩的渔家风情。渔歌可以独唱、对唱、小组唱，由渔民一代一代口头相传，可以说是水上渔民唯一的文化生活。

渔歌的歌词比喻非常生动，中间和结尾常加上"咧""啰""哇""嗳""呀""咦"等富有特色的衬词和各种形式的拖腔，是名副其实的"唱"。

而潮汕歌册，是将历史故事、古典戏曲，改编成七字一句的长篇叙事诗。吟唱者手执线装直排歌册，凭其领悟水平和音乐禀赋，以四句为一小节，用比较定型的曲调模式哼唱，周而复始。为增强感染力，吟唱者会在字句中间插入如"哩""吁""咿"等衬词，也会灵活用上即兴式的拖腔，唱法主要用"哼"。

渔歌可以在海上唱，也可以在家中唱，历经不断加工提高，曲调不断丰富，自由发挥的空间较大，原创性突出，可欣赏性强。

而哼唱歌册，说白了就是将一个文字故事给音乐化了。把人物众多、情节曲折的完整故事，用歌谣的形式唱出来，相对比较刻板，听者偏重于听故事。

颜文英嘴里重复着"梦悠悠"的唱词，叩叩房门，走了进来，看见斯洁、素婷都在，用肩膀顶一顶她俩，兀自在板凳上坐下。

巽贞揣度文英对斯洁一家即将远行，十分不舍，有意借歌寄情，但又怕引起斯洁伤感，才导致唱串了调。

"哟，三大美女，都到齐了。"刘巽贞想活跃一下气氛，语调亲切而诙谐地说，"此情此景，你们猜猜，我想起了什么……就是那年在县立二小钟亭前，你们手拉手围堵我的那一幕。"

斯洁的耳边，还萦绕着《七洲洋》，略带酸楚地问文英："大姐，今后我们要会面，真的如你所唱，'相见无期'吗？"

"不是吗？如果去南洋，想念家乡的亲人，一趟火船就能回来。"素婷依然心有不甘，抢着说。

文英站起来，一只手搂住素婷的腰，说："远渡重洋去外邦打拼，是要吃很多很多苦头的，也就是说，成本很高很高。能够实现爹所说的目的，才是真的赚到了，才是上上之策，吃苦才更有意义。"

"整个民国就我们万家操这份心，那是自作多情。你说蚂蚁抬得起泰山吗？"素婷翻了一下白眼，有些不屑地说。

"呵呵，枉你是海城人。你可曾问过，你的老乡彭湃先生，抛弃万贯家财闹革命，他是自作多情？更有孙逸仙先生，穷尽毕生心血推翻帝制，他图个啥？你在课堂上，不就常拿他们来激励学生吗？我还听说，海丰出了个'音乐神童'马思聪，十一岁就去法国学小提琴，十三岁就被著名师太收为徒弟，他阔别父母，远涉重洋，你说他算不算一只蚂蚁？"文英说话慢悠悠，虽然显得有些激动，但嘴角眉梢依然挂着笑意。

素婷微微一愣，知道情急之下，说了不该说的话，既贬损万家，也贬损自己。她低下头，不轻不重刮了一下自己的嘴巴。

巽贞不急于开口。她在心里对万家三妯娌做了一番新的审视：文英胸襟坦荡，胸有大志，处事是非分明，但为了当好"大姐"，有时宁可委屈自己，也不据理力争；斯洁恬静儒雅，思虑别出心裁，不甘平庸，执一念，坚而行，不计代价；素婷爽直好胜，精明敏感，快人快语，只是利己心偏重，任性而又缺乏主见。

都说知性可以同居，她们三个相处得还算不错。在大事件上出现一些争执，在所难免，当面锣对面鼓说开了，该认的理认了，该礼让的主动退一步，结局也就皆大欢喜。

巽贞估计文英刚才说的话，对素婷有所触动，想趁热打铁，帮她们做个了断，就笑笑道："万家三兄弟，和睦无间。三位配偶，个个知书达理，聪慧过人，没有什么大不了的事能让你们离心。我刚才打算，让我们来一次投票表决，现在看来，好像……"

"不必了，我知道结果肯定是三比一。二姐，你，你们一家就安心去吧。我有点意气用事，我再不跟你争了。"素婷知道校长提出投票，是为了给她台阶下。其实，老爷子已经拍板了，自己只是觉得没面子，才不依不饶的。现在，事理梳理顺了，"民意"也不站在自己一边，只能以退为进，见好就收，才能显出自己并非没品位的人。

"太好了，我就知道素婷是豁达大度的人。这才叫一家人，才叫同德一心。"巽贞一把抱住了她。斯洁、文英也走上前，四人紧紧拥在一起。

这时，厨房师傅端着一份饭菜，候在门外，不敢进来。巽贞看见了，才感觉肚子饿了，跟三个姐妹嘀咕了一阵，走到门口，对师傅说："不好意思，让你跑一趟。不过，还得多劳累你一下，三位老师都还没吃饭，请你给我们炒四个小菜。加菜的钱，随后给你。"

送走师傅，巽贞从小木箱里拿出一只蒙着红布油纸的陶罐，说："这是立春母亲送我的家酿米酒。今天就当作为斯洁饯行，我们都要喝上几盅。"

一阵欢呼声伴随着热烈的掌声，巽贞的宿舍热闹起来了。三个举止端庄、事事循规蹈矩的少妇，像放青的小马驹，又笑又跳加吆喝，全把往日的矜持和文雅抛至九霄云外。

抿起小嘴，呷过第一口酒后，巽贞提议，让斯洁说说岱玮去德国考察的所见所闻，以及他回来后如何说服家人。

斯洁举起酒杯，说："四位姐妹一起把酒干了，我就说。"

四杯满满的酒，全都杯底朝天了，韩斯洁娓娓道出决定移民德国的前因后果。

安德鲁应召要回国述职了。他闷闷不乐地告诉万岱玮："我估计，公司不会再派我来中国了。我们很快就要老死不相往来了。"

岱玮捂嘴大笑，唰地从西装口袋抽出一本护照，朝安德鲁晃了晃："我才不跟您老死不相往来呢，我早已做好了准备。"

安德鲁大喜过望。等每月一班的越洋客轮到了，他带着第一次跨出国门的岱玮，去了德国。这件事，只有老爷子和斯洁知道。

安德鲁述完职，连酒会都没参加，就赶回家里陪岱玮。随后的日子里，他们参观了电气化生产车间、花园式学校、繁荣的商业街和车水马龙的港口城市，又到法国、英国走了一趟。

岱玮简直换了个人似的，思维活跃，激情澎湃，心也越来越大。

他每到一处，都能领略到西方文明的先进。那些风格迥异、坐落在悬铃木、金合欢、落羽杉之中的民居，美不胜收；那些金碧辉煌、雕塑精湛的教堂，气势宏大、生机勃勃的高等学府，令人肃然起敬；那些宽阔的马路、琳琅满目的货柜橱窗，让你目不暇接。他更深深感受到工业革命的震撼和诱惑，铁路公路港口四通八达，工厂一片连着一片，机械化生产速度惊人。他恨不得将见到的一切，全都带回津洲，让家人亲身体验一番。

此行的收获，是车装船载都盛不下的。而最大的斩获，就是坚定了走出国门、谋求突破性发展的信念。

安德鲁是个有正义感的德意志人，膝下有一对活泼可爱的女儿。妻子气质高雅，热情好客，勤劳爱整洁。她听了丈夫的介绍，对万家人的创业精神钦佩不已，很快就喜欢上这位来自中国的年轻人。她通过安德鲁翻译，对万岱玮说，如果真的来德国安门立户做生意，可以将她父亲在不来梅市区一幢闲置的房子，以最优惠价格卖给他，还会找一位有经验的亲戚帮他打点生意。

岱玮坦言担心语言不通，生意不好做，而且德国的规矩又特别多，稍不注意就会受罚。安德鲁说，会请一位去中国传教回来、精通汉语的老牧师，辅导他一家学习德语，讲解应该遵守哪些规矩，怎样维护自己的合法权益。

跪着擦地板的妻子抢过话题，诙谐地说："你忘了这里还有唐人街，那里的华人，跟你都是一个模子印出来的。他们大多会说德国话，没见他们受过多少处罚，都过得舒舒坦坦的，你怕什么？等法定时间一到，你们像孙猴子一变，就是德国公民了，可以享受平等待遇，受到跟我们一样的法律保护。谁敢欺负你们，我找律师告他们。"

有这对热诚实在、乐于助人的德国朋友，岱玮还有什么可犹豫的？他回到津洲，对老爷子说起的第一句话，就是刚学会的德语："外国人可以来中国淘金，中国人怎就不能去外国挖钻石？"

面对母亲的反对，斯洁的犹疑不决，万岱玮拿出安德鲁为他拍的一摞照片，一张一个故事讲到深夜；又掌出描述西方工业革命的中文译本，一行一行指着，让斯洁好好读读。他带给舒晔和伊芊的特殊礼物，是安德鲁两个女儿的绘色照片。

水到渠成，母亲终于流着泪点头了，斯洁也由惴惴不安变成跃跃欲试，舒晔和伊芊更是巴不得立即启程。不久，安德鲁又发来电报称，不来梅的房子已经修缮一新，注册恒衍公司分号的相关工作已经办妥。

"事情经过就是这样。"斯洁抱起陶罐，将四个酒杯斟得满满的，"我知道有重重困难在等着我们。但我坚信岱玮的那句话，洋人可以来中国淘金，中国人咋就不能去外国挖钻石。来，喝酒！我会记住这些年我们四人亲如姐妹的情谊，记住你们给我呵护有加的爱，还有竭诚的谦让，我要跟你们立下一个约定：哪年春暖花开，我们齐齐再相聚，一定要办一所更大的女子学校。"

祈望随米酒，一同流进血管，激奋写在脸上，离愁和感伤，却凝成泪水，洒在胸前。

也许由于过早经历过坎坷和跌宕，刘巽贞定定地看着斯洁，不自觉生出一种预感：未来山长水远，就此一别，天各一方，恐怕她们再也无缘齐聚一堂，共话人生了。

三天后的那个早晨，津水港薄雾拂面，潮水凝咽。万氏一家长幼，还有巽贞、兰舟、玉娇及邻里，百感交集，声声叮咛，将斯洁和一对双胞胎儿女，送至新修的丁字码头，眼看他们登上"赤柱"号火轮，挥泪依依而去。陪伴他们去香港的，是万岱仰。

中午，"赤柱"号火轮在湾仔码头靠岸，万岱玮手捧一束鲜花，站在接船人群的最前方，迎候他们。

翌日，万岱仰请二哥一家吃完西式早餐，二哥就带着妻儿登上"威廉斯丹"号客轮。

这艘曾被称为巨无霸的客轮，在浩瀚的大海上，像一片树叶。客轮依航线在好几个国家的港口停靠，有大批的旅客或上或下。

"威廉斯丹"号在大洋上整整漂泊了近五十天。当它以一声悠长雄浑的汽笛，宣布抵达汉堡港时，旅客们抹掉满脸的疲倦，又蹦又跳欢呼起来。不知从哪传来一阵雄赳赳的音乐，万岱玮和韩斯洁当然不知道，这是德国军歌《普鲁士进行曲》。随着人流，万岱玮一家和十几个中国人，步履沉重地踏上了德国的国土。

漫长的越洋航程结束了，而在他们的故乡，家人与亲友盼呀盼，念呀念，直到都心急如焚、快要崩溃的时候，才接悉一纸电报：全家无恙，平安抵达不来梅州。

刘巽贞心中的石头落下了，当夜，踏踏实实睡了一个好觉。

已是春暖花开时。当刘巽贞在阵阵花香中醒来，拉开窗帘，一张从窗缝塞进来的纸条掉了下来。错愕中她把纸条打开，上面写着一句令人后背脊发凉的话。

学生陆续来校上课了。刘巽贞将字条藏进贴身内衣的口袋里，又把房间仔细检查了一遍，没发现有什么疏漏，才简单洗漱一下，走出宿舍。她顾不上去厨房吃早餐，先到训导处处理一下学校事务，然后对正在练习写字的李兰舟说，我出去一趟，你等我回来再走。

刘巽贞回到宿舍，拎上布手袋，正考虑要不要将藏在床底的驳壳枪带上，这是犁壁沟战斗缴获的。忽然听见心巧奶声奶气地叫着"姑姑"，并不管不顾地推门而入。

她欢呼雀跃地冲进寝室，一把抱住巽贞的大腿，撒娇道："姑姑，我好想你，我带娘和奶奶来看你了。"随其后，彩鸾扶着母亲，走进屋里来。

巽祥与玉娇婚期已近，为父者决定一掷千金，办一场比万家当年更隆重更风光的婚庆典礼。母亲带着彩鸾，前来央求巽贞，到时回家参加弟弟的婚礼。

巽贞哪有心情听这些，为了及时脱身，只好说，参加婚礼的事，我跟巽祥、玉娇商量后，再给你答复。真不巧，我要出去办事，你和嫂子、心巧先回家去吧。说完，她将文英送她的一盒点心，塞给心巧。

巽贞送母亲三人上了人力车，自己步行前往元康新街。到了陈记杂货店，柜台上没有看见招财蟾蜍。巽贞知道陈特派员不在，但事情紧急，她还是装作买雪花膏，进店问伙计曾广汉，陈掌柜去哪了？曾广汉说，他回县里开会去了，估计没那么快回来。

按照规定，机密情报只能单独向特派员本人汇报。刘巽贞既焦急又失望，只好匆匆回到学校。老师们正在上课，训导处只有李兰舟一人。巽贞小声对她说，有要紧事，通知几位"同学"晚上八时在老地方碰头。

此时的三区党支部，党员人数已经翻了一番多。上个月，经中共陆丰特别部委批准，新吸收李日修、辛强、刘耀环、胡见凡、卓何合等八人为正式党员，并推选刘友仁为宣传委员、刘巽贞兼组织委员，颜文英、李兰舟，分别负责保密工作和妇女工作。同时成立共青团三区支部委员会，由李日修任书记，辛强任副书记。

刘巽贞所说的几位"同学"，是指刚建立党小组时的六名成员。

春插的繁忙时节，天早已黑了下来，有些农民扛着犁耙，吆喝着耕牛，才回到家里。几位"同学"就是跟在他们身后，来到耶和典当铺的。

小阁楼上灯光昏暗，气氛比往日凝重了几分。

支委扩大会议八点准时召开，刘巽贞开门见山地说："我获得了一条未经上级核实的消息，上海发生反革命政变，我们必须高度警惕。原计划发展新党员的工作，暂时放缓。农会与自卫军，暂停一切可能激化矛盾的活动，做好隐蔽队伍、保全实力的思想准备。但并不等于坐以待毙，而是为了更有力的反击。在座党员的身份，都不曾公开，一旦发生变故，宁死也不能暴露自己和组织。未雨绸缪，我们急需制定一个反击预案，请诸位发表意见。"

负责会议记录的颜文英，抬起头问："事情太过突然，上级没做具体指示？"

刘巽贞说："估计明后天的报纸，会有惨案的详细报道。虽然还未能与上级取得联系，但我们不能被动空等，必须提前做好战斗准备。"

刘友仁说："是得先制定一个预案，而且明天就得派人去向部委领导汇报。"

冯天浩把腰围勒紧，问："该不该让自卫军小队长知道？"

苏阿九将对襟衫的襻扣解开又系上，语气既硬又重地说："等真相？我猜都能猜出来！"

"对几个小队长，迟说不如早说。早些认清国民党的嘴脸，可以早些做好痛击黑狗子的准备。"李兰舟撸起衣袖，拍拍案桌，愤愤地说。

"我不赞成！不是不想让他们知道，是时候还没到。"颜文英边说边把冒着黑烟的煤油灯挪开些。

"文英说得对，大家要沉住气。"刘巽贞以淡定的目光看着与会者，先就中心议题发表意见，"犁壁沟阻击战之后，三区中队已经扩编至一百余人，武器装备也得到了充实。对付保安团和民团，还有得一拼，但对付正规军，肯定不行。三区有两个地方，是敌人不敢轻易进攻的。往北有跟梅瓶山相连的三清山，西面有临海的海岬岭。如果大兵进攻，自卫军和党团、农会、工会、妇委会骨干，不得不撤退时，可以在这两个地方，与敌人周旋。另外，还可以撤往津东乡。"

"不会派正规军来对付我们吧？如果是地方武装，来个一二百人，我们粮食有保障，跟他们耗一两个月，不成问题。"苏阿九睁圆冒着愤怒火花的双眼，很有把握地说。

冯天浩将长满络腮胡的下巴一仰，说："兵来将挡，水来土掩！我和友仁各带一支队伍，各占一个山头。遇上强敌，就跟他们捉迷藏，逮到机会，就联手出击，每次干掉敌人一个小队不成问题。"

李兰舟不由喊了一声"好"，喊完自觉嗓门太大而不好意思。她瞄一眼刘巽贞，才接着说："粮食的事，按刘校长指示，我早有准备。将来队伍到了哪儿，我就派人调运到哪儿。"

刘友仁回忆起犁壁沟的战斗情景，面带杀气，目光炯炯，压低嗓音说："别忘了汀江对面的津东乡，也可以成为我们的回旋之地。上清、户亭、苦湖等十五村，都是农会会员超过三百人的堡垒村。敌人如果不是从海上发起进攻，而是靠搭渡船过江攻打十五村，那我们在渡口，就可以将他们打个落花流水。"

群情激愤中，刘巽祥依然保持冷静的思考："津西乡几个示范村，群众非常顽强。遭受保安团偷袭后，他们的斗志更加高昂。农友们都说，既然反动派把我们当眼中钉，我们更要壮大起来，让敌人想拔都拔不出。我想，区里要调拨十几杆好枪发给他们，增强示范村的战斗力，让他们更好地发挥前哨作用。"

"这个提议很好，他们战斗力越强，就越能牵制敌人。"冯天浩说。

"文英，你也说说，我替你记录。"刘巽贞从颜文英手里接过毛笔。

"军需药物前些天我检查过了。"颜文英说，"如果打大仗，弹药可能不足，得设法从香港再购进一些。创伤药品，我已写了信，叫我父亲采购后托人带过来。"

反击预案已经议定，刘巽贞看了一下怀表，说："天不早了，散会吧。下次开会的地点，可能会更改，再另行通知大家。"

第三十六章
黑云压城风雷激　乔装惊会梦中人

　　狂风骤雨就要来了，刘巽贞通过秘密通道发电报给县特别部委，可是没有回音。一连几天，学校订阅的两份报纸，也没有看到国共关系破裂的消息。

　　有行逆施暴，就有见证人。津洲在省城经商读书的商人学子，目睹人头纷纷落地的"清党"惨状。他们极度惊恐，担心自己随时随地成为冤鬼，仓皇失措逃离广州，回到家乡。

　　不明来历的密告，已经被证实。刘巽贞预判，共产党员人数占全国党员总数十几分之一的海陆丰，同样即将面临一场无妄之灾。

　　大街上的传言越说越离奇，竟然说段冀虎和万岱源所在的三十一师，因清除共党，引起内讧，双方全不念及旧谊，都往死里打，死伤无数。

　　那些当年应征入伍的士兵家属，先急后悲，哭着拥向颜文英和李兰舟家里，探问其子弟是否也参与枪杀，或是遭共产党杀害。更有亲属参加农会的人家，父母带着儿子，妻子拉着丈夫，直奔区农会办事处，要求注销名字，当即退会。虽然这种人为数不多，但业已闹得沸沸扬扬。

　　夜幕降临，恐慌仍在发酵，天地沉闷得令人喘不过气。一道闪电从半空劈下，瞬间给津水港和津洲城涂上一抹惨白。接着，轰隆隆一声巨响，茫茫大地和依存于它的一切，都被震得瑟瑟颤抖。天庭的火药库爆炸了，电闪与雷鸣，如接力赛竞相较劲发威。须臾，又像两个巨人挥舞着利剑，在殊死搏斗，云水翻卷，流刃飞火，势破万钧。

　　刘巽祥、辛强和冯广田三个，没等雷公电母完全隐退，就从刘家大院出来。他们打着一盏灯笼，一路上争论不休，直到抵达女子学校。

　　叶丛章的母亲听见有人叫门，走出值勤室，确认是辛强他们，才从腰间摘下钥匙，打开大铁门。三人跟她寒暄几句，就直奔刘巽贞的宿舍。

　　冯广田将灯笼罩扶起，把灯盏的火吹灭，再把灯笼挂在屋檐下。

　　刘巽祥一进门就问姐姐："国民党大举'清共'，会连农会的人也杀吗？"

还在伏案工作的刘巽贞，抬起头来，从容地说："为了以防万一，有必要做好应急的准备，而且要想好撤往哪个偏僻村子安全些。你与玉娇的婚事，最好推迟一段时间，等风头过后再举办。"

巽祥摇摇头，坚决地说："我才不呢，玉娇等我等了这么久，我不能再让她失望，一定要如期迎娶她过门。姐，你一定要参加我们的婚礼。"

巽贞说："你是农会干部，怎么也同意家里大操大办？"

巽祥无可奈何地说："好不容易才让父亲接纳这门亲事，如何操办，有我说话的份吗？"

巽贞理解弟弟的难处，就说："如果没有特殊情况，我会破例回家一趟，为你们送上祝福。"巽贞所说的"特殊情况"，是指必须经过组织批准。

辛强高兴得手舞足蹈，跟巽祥击了一下掌，转身对巽贞说："伯父的脾性你是清楚的。可这次，他似乎变了。他特意请兰舟姐当和事佬，说服李举人同意让他登门拜访，同时伯父亲自给李举人送去了婚宴请柬。本来嘛，未石城与盐田湖势同水火，可随着时代变迁，以及对乌红旗祸害的反思，尤其是农会，不分红旗派还是乌旗派，把大伙都团结在一起，年轻人也渐渐把先前的恩怨抛至脑后。而老一辈虽然好些人还比较固执，但也有不少长者愿意和解。只是，伯父这么做，我和巽祥都认为没那么简单。"

辛强猜得没错。刘监生得知李沛被撤职，曾经高兴得连做梦都发笑。可是上个月，又听说让他当上了保安团执法大队长，虽然官降了两级，但终归还算是咸鱼翻身。刘监生认定应该是李彧为他出了力。

不管怎么说，眼下在津洲，也就只有他刘监生和李举人两家，说话最有底气和本钱。

刘监生明明知道农会是地主土豪的死对头，为何又对巽贞和巽祥替农民撑腰，睁只眼闭只眼？原因之一，他没有能力改变女儿的意志；原因之二，他信奉"朝中有人好办事"，由儿子领着"赤脚佬"来减租退租，总比别人来吆三喝四好些。

更有甚者，他的心底最深处，隐藏着一个极其怪诞的想法。

刘监生的父亲自称通晓天文，晴朗之夜会爬上北门城楼，观看天象，以预测自身命数乃至家国兴衰。刘监生"子承父业"，自诩已掌握了依据北斗七星和二十八星宿变化，推断人事吉凶祸福的本事。

可是全津洲，就连老伴和儿子，都揶揄他："你人老眼花，看星星，没有娃儿的眼睛好使。"

只不过，刘监生用心研读过《三国演义》，这倒是真的。他知道天下分久必合，没有谁注定永远是敌人。所以，他这次以夏文珮曾经对女儿有大恩为由，主动放低姿态，躬身给李举人送去请柬，并希望两家一笑泯恩仇。他还派管家前往县城，给李沛也送上一份请柬，告诉他令尊已经接受邀请，答应拨冗赴宴。刘监生之所以这样做，是为了表明他真心想跟李家和解，根本没记恨李大少爷当年禁赌刮走他多少银子。

一听刘监生如此反常，刘巽贞的眉头拧得更紧了，生气地追问弟弟："婚帖都发出去了？'十三太保'一个都不漏？"

冯广田抢着答话："你爹这回可是黑白通吃。请的人可多了，还有商会的正副会长，跟巽才兄交情好的区长，几个警察分驻所所长，盐勇队队长，各社头族长，等等，帖子昨天已经派送完毕。"

刘巽贞对此事做了一番分析，觉得真的没那么简单。刘监生绝非单纯为了笼络人心、冰释前嫌、张扬家声，他或许是想借此巩固其在"十三太保"中的盟主地位，向农会叫板。既然如此，借婚庆之名，回家看看他葫芦里卖的什么药，未尝不可。

只是，只是，她要去向谁请示报告？陈特派员迟迟没有返回，他是在忙其他事，还是遇上意外了？地委和部委都安全吗？

别慌，先别自乱阵脚，相信特派员很快就会带着上级的指示回来。一个党支部，必须具备独立生存的能力，就算真的与上级党组织断了线，也要带领同志们英勇无畏地战斗下去。

巽贞从沉思中抬起头，问巽祥："管家从县城带回什么消息？他见到李沛没有？"

巽祥应道："瞎忙乎！县城也很乱，军警四处盘查共产党，见到外地口音的陌生人就抓。如果不是身上带着给李沛的请柬，管家差点也被扣押。李沛哪里有空见管家，叫手下接了帖子就赶他走。"

"李沛的手下，是看见请帖里夹着银票，才收下的。"冯广田比画着，补充一句。说完话，听见三更的梆子声响了，就朝辛强、巽祥打了个告辞的手势。

当晚，刘巽贞做了个噩梦，军警悄悄包围各界人民团体联合会办事处，郁新凯正在演讲，抨击蒋介石破坏国共合作，是野心家和刽子手。突然枪声大作，一梭机枪子弹射向他。被鲜血染红的郁新凯倒在讲台上，刘巽贞冲过去，想扶起他，被慌乱的人群绊倒了。

刘巽贞惊醒了。一片漆黑中，冷汗直冒的她，两条腿都蹬到床外去了。耳朵嘶鸣，心跳咚咚直响，像铁棒锤击着沉闷的大鼓。

巽祥与玉娇完婚的日子，越来越近。刘巽贞看似与往常没啥不一样，心里却火急火燎的。盼了这么多天，上线领导还是没有露面，难道真的出事了？上级党组织是否撤离县城隐蔽起来了？他们会派新的同志来三区吗？郁新凯不会有事的，他是否又隐蔽在楼脚村母姨家里了？

刘巽贞如此焦灼担忧，一点都不为过。国民党反动派，已经开始在汕头、惠州等地大肆搜捕枪杀共产党。如果不是阴差阳错使然，海陆丰的天日，早已变色，四千多名共产党人，早已倒在血泊之中。

这得益于，不久前，国民党广东省党部特派员苏民望，来海丰检查党务，使中共海陆丰地委，提前有了戒备心，同时制订了应变计划。

以巡视工作为名的苏民望，身藏一份黑名单，上面写满海陆丰共产党显要人员的姓名。苏民望诱迫农军常备大队长吴振民，听命于省党部，将共产党"清除"出两地县党部及政府。

吴振民在东征时，以国民党黄埔军校特别区代表的身份，留驻海丰，出任海陆丰农军常备大队大队长。他的真实身份，是中共海陆丰地委的军事部长。

吴振民按照地委书记张善铭的指示，与苏民望周旋。他主持召开农工商学妇代表会议，假意扣留几位农工协会领导人；又请特派员检阅枪械残缺不全的农民自卫军，要求省政府拨给一批武器装备。

不久，农军常备大队果然收到一大批枪支弹药。

吴振民哈哈大笑，令副大队长林道文释放在代表会议上扣留的中共党员，并下令在各交通要塞布兵设卡，加强警戒。

地委书记张善铭不顾肺病发作，亲自来到自卫军队部，要求吴振民、林道文，加强自卫军实战训练，办好军事教官训练班，为各地培训党员军事骨干，进一步提高农民自卫军战斗力。

地委书记张善铭，就是当年来津洲搞社会调查，遇上万泰安的那个张善鸣。

作为中共创立初期的成员之一，潮梅籍加入中国共产党的第一人，张善铭1924年赴莫斯科东方大学学习。一年后从苏联返回广东。去年夏，他奉命来到海丰，和彭湃一起开展工作。当彭湃应召赴武汉时，张善铭正式接任海陆丰地委书记。

农民运动如燎原之火，势不可当，海陆丰的革命前景，充满光明和希望。没想到就在此时，国民党右派背叛革命，大肆屠杀共产党人，周边各县，如紫金、五华、潮阳、惠来、普宁等，偶有发起反抗，但没有设立统一领导机构，指挥者忧虑有违上级的意图，只好派代表前来海丰请示张善铭。

张善铭很想联络发动东江、潮汕、梅州各地，同时举行武装起义，反击国民党右派的挑衅和进攻。偏偏在这个节骨眼上，海陆丰地委与中共广东区委失去了联络。

风雨如磐，箭在弦上。各县代表经过酝酿，提出由海陆丰地委牵头，成立中共东江特别委员会，以统一指挥各县的斗争。张善铭没有同意这种主张，只是让代表们先行返回各地，准备同时发动武装起义。

身在武汉的彭湃，担忧海陆丰农民运动将会遭到镇压，数以千计的中共党员，将会随时伏尸于反动派的屠刀下。他派遣三哥彭汉垣，潜回海丰，带回举行海陆丰武装起义的指示。

张善铭断然决定，提前于四月三十日夜起义，成功后即宣布海、陆两县临时人民政府成立。

中共陆丰特别部委接到起义动员令，却因特派员陈夏威被派往潮汕地区串联举行暴动至今未回，故无法将动员令转发至陆丰第三区。特别部委决定，派县农会执委郁新凯，代替陈夏威，前往陆丰东南片，组织发动武装起义。

下午，津洲女校响起上课的预备钟。一个名叫江竹男的女生，在校门口，将一封折叠成"又"字形的信，交给刘校长。刘校长谢了她，回到宿舍，急忙把信打开。

这是一封样式有些特别的信。没有称谓，只画着一只怀表，两根指钟指向整八点。旁边写着一行字：新大众旅社，余思铮。

刘校长一时有些茫然，思忖了一会儿，掏出怀表摁开一看，心里一阵狂跳。上级派人来了，约她晚上八时在旅社见面。

夜晚，一个身穿灰色长衫，头戴礼帽的后生哥，来到新大众旅社，向应侍生问了余先生的房间号，上了二楼。

房门打开，住客看见敲门的是男生，一愣，但他很快就闻到一股熟悉的气息。看看走廊没人，住客伸手将来人拉进屋里。

来人摘下礼帽，露出齐耳的短发，和一张清秀中透出英气的脸。她一声不吱，借着昏暗的煤油灯光，上上下下打量了住客一番。

突然，她像一股刮地旋风，扑向住客，一把抱住了他。滚烫的泪水从闭合的眼角淌出，口里呢喃着："知道我有多担心你吗？同志们都没事吧？我们多久没见面了，没想到会派你来。我盼了一天又一天，组织终于……"

说到组织，她忽地打了一个激灵，立即松开双手。她耳边响起那一夜在冀兰居批评李兰舟裸睡所说的话。

可是，住客的双臂依然紧紧箍着她，颤动的双唇，也从额头顺着眉心往下移动。

她用力挣扎，可嘴唇却失去控制地微微噘起。

一对二十大几的青年男女，在雷鸣电闪般的情感碰撞后，终于相互把珍藏了一生的初吻，献给了心爱的人。

不知时间过去多久，她用力从住客的怀抱里挣脱开来，满脸绯红地说："对不起，我失态了。"

他抬起手，想为她捋捋有些凌乱的头发，她躲开了。

"这是造物主赋予我们的权利，也是我们爱的见证，怎么成了失态了？"他郑重中带着调皮地反驳。

"别油嘴滑舌了，赶快说说上级的指示。"她的心情平复下来，在靠背椅上坐下。

他从条几上拿起白瓷壶，倒了一杯水，递给她，再从中山装的内口袋掏出陆丰特别部委的介绍信和起义动员令。

她先看动员令，惊喜地说："不谋而合，我们已经做好回击反革命政变的战斗准备。太振奋人心了！"

他指指介绍信，说："刘巽贞同志，请你也看看这个。鉴于陈夏威同志执行其他任务，部委派我临时负责东南片的工作，中心任务是确保本片区起义成功，为陆丰县成立人民政府，扫除外围障碍。"

刘巽贞故意不看介绍信，嘴角透出笑意说："郁新凯执委，你先说说为何化名余思铮。"

"因为我思念一个叫'贞'的人。我还为你想好了化名，就叫'柳忆卉'。"

刘巽贞的脸又红了，其实，她早就猜出"余思铮"的含义："特派员同志，你是不是想说：刘郁配？花花肠子。我早就有化名了，但不叫'柳忆卉'，而叫'莫秋心'。现在是研究暴动工作的时间，请你严肃一些。"

"诚恳接受你的批评。我希望先听听三区的情况，然后再探讨起义事宜。"

刘巽贞本来打算问一下，特别部委是否接到她早前发去的告急电报，可立刻想起秘密通道的存在，只有张威才知道。既然新凯没有说起，那她就不能违反纪律。

莫秋心与余思铮表情严肃起来了，一个汇报，一个频频点头。可是，谈到如何举兵起义时，两人却出现意见相左。矛盾的焦点在于，是否将巽祥的婚宴办成鸿门宴。

余思铮认为是最好时机，可以轻而易举将反动派一网打尽。

莫秋心不同意，认为在弟弟的婚礼上，动刀动枪，可能会伤及无辜，也会使人误解是巽祥参与设下这个局。一对新人好不容易走到一起，刘巽贞不忍心让弟弟的婚礼变成流血的战场。

"你看这样行不行，我们先圈定要抓捕的人员名单。如果时间正好对上，我们就在未石城的各个城门口设伏，来个等君入瓮。如果对不上，就实施第二套方案，擒贼擒王，由里及外，遍地开花。"

"请你说具体一点。"

"在夜里发动起义的可能性较大。可先由区工农救党军的尖兵，盯梢查清区公所、警察所、盐勇队的主官夜宿的处所。起义当夜，用出其不意的偷袭，将他们抓获，再让当官的命令部下放下武器。事先埋伏在各处的救党军，伺机出击，尽数收缴枪械，如有反抗，当即击毙。警勇武装一旦解除，迅即分兵拘捕反动地主和渔霸，包围税所，没收税金。与此同时，集结于各重点村落的小分队和农友，也对以'十三太保'为主的劣绅恶霸发起攻击。"

"士别三日，当刮目相看，难怪犁壁沟一战，打得那么漂亮。我基本同意你的意见，只补充一点，不能太过轻敌，特别是捉拿主官这一环节，如果智取失败，只能强攻，必须有打硬仗的预案。明天，我要提前去二区和六区，我估计他们对起义一点思想准备都没有，各项工作都得从零开始。下达完起义动员令，等筹备工作基本到位后，我会返回津洲。因为津洲是重中之重。"

"有话直说，你是不是对我不放心？"

"岂敢岂敢，我希望与你并肩战斗。不过，我还有一个疑问。"

"快说。"

"据我所知，你父亲是'十三太保'之首，你会怎么处理？"

"执委同志，你表达不当。自从我当年逃离津洲后，就发誓与刘监生断绝父女关系。我重返津洲是受组织的派遣，我从未踏进家门半步，心里更没有父亲这个概念存在。既然'十三太保'是专政对象，他当然也在逮捕之列。革命临时政府成立后，区农会将召开一场群众公审大会。罪大恶极的，报上级核准后，该杀的杀，该坐牢的坐牢。"

"好，你不愧为坚定的革命者，我为爱上你而深感骄傲。"

"别发酸了，我刚才……只是一种同志之间的冲动，你千万别误会了。对了，你现在是特派员，需要有很强的时间观念，我还是把怀表还给你好了。"

"别别别，我不说'爱'了，只铭记于心，就够了。"

"真的？那好，就暂时放在我这。天不早了，你也累了，我得回去传达动员令，讨论制定起义行动方案。明天，我会派两个身手不错的后生，暗中保护你。"

"不必了，我带有防身的家伙。"余思铮从枕头下掏出一把锃亮的手枪。

"这可由不得你，我必须向上级负责。明天，我会叫人送一套商人的服饰过来，两个后生，也扮成你的随从。一帆风顺！我走了。"

莫秋心戴上礼帽，捋好头发，深情地看了郁新凯一眼，很快就消逝在夜色中。

第三十七章
深宵查访讨蒋军　披星举义夺政权

四天后，余思铮完成了对玄沄、南坛、湖清等几个区的巡视、动员和工作部署，回到津洲。

晚上，他向莫秋心提出，陪同他去看看水上渔民和工农救党军，他要跟有关人员交交心，听听他们的意见，同时借以熟悉一下环境。

莫秋心带他来到冀兰居，让兰舟姐将他打扮成农民模样。

余思铮怕费事，说走了那么多地方，都没遇见有人盘查，不必过分谨慎。

莫秋心说，那你就在这儿待着，哪都不许去。

李兰舟看出端倪，就劝余同志听她妹的，准保没错。她从衣柜里拿出段冀虎穿过的旧衣服，让他进里屋换上。又拿了一套自己的灰色衣裤，送到另一个房间，心里默念了好几遍巽贞的化名，才把她叫了进来。

莫秋心用猪油调上锅灰，将脸搽成浅黑，再戴上兰舟最近特意为她编织的假发髻，换上大襟衫宽裆裤，俨然一个农村妇女。

她来到厅堂，将锅灰猪油递给余思铮，让他学她的样，往脸上搽，还说："为了更好地配合你，今晚，我还要用东滘腔说话，这可是我在县城生活多年的额外收获。今晚是首次彩排，估计以后，这样的日子，多的是。"

刘友仁和苏阿九来了，看他俩变成一对地道的农民，好几次想笑不敢笑。刘巽贞嘱咐他，今后凡是干部到农村开展工作，一律使用化名。

莫秋心又安排兰舟姐去学校，替换值夜班的颜文英，并且一接到上级的命令，立即亲自送往官帽村。

刘友仁提着马灯，先带他们来到渔工协会。工会的会址设在三区海岛局的旧址，离海边很近。

走进条件不错的办事处，立即闻见桐油灯燃烧散发出来的呛人味道。余思铮第一次见到水上渔民，只觉得他们壮实的身躯，敦厚的样子，跟北方牧民很不相像。余思铮热情地跟渔民兄弟一一握手，鼓励他们挺直腰杆，为平等和翻身而战斗。做完起义动员，他请渔协主席徐娘舵领路，前往渔家兄弟姐妹居住的渔村看看。

说是渔村，其实就是离海滩不远，乱坟岗旁边的沙地上，一片以废旧渔船为屋室的居住区。成百艘旧船，大的三四丈长，住一家子十几口人，小的仅两丈有余，同样也要挤着祖孙三代。这种上覆拱形竹篷、状似橄榄的船屋，承载着一家人的吃喝拉撒洗涮住。

在大人无法站直的狭小空间里，却一点都不杂乱。船头供奉着神明和妈祖；船尾安置炉灶；中间的船舱下，搁置粮食和生活用品。给船舱盖上一块块结实的木板，这就成了可席地而坐的客厅兼饭厅。晚上草席一铺，又成了全家人睡觉的床。再看"屋顶"，由两至三节拱形的竹篷组成，一般中间固定，头尾可以移动伸缩。

遇上特大台风，船屋连船带人被掀翻，打几个滚，算是得了妈祖保佑。如果神明一打盹儿，就得用"夷为平地"来描述了。

成立渔业工会以后，水上渔民的地位有了明显改观，他们从心里感激共产党。

走出渔村，莫秋心问徐会长："你认为，渔民对镇上哪个地主渔霸仇恨最深？"

徐娘舵说："当然是周掌柜周岳。大伙对他又怕又恨，给他起了个外号，叫'龅牙鳄'。"

"龅牙鳄？"余思铮见过鳄鱼，心想姓周的肯定作恶多端、血债累累，"他是不是背有命案？"

徐娘舵说："至少欠下渔民三条人命，是他亲自带马仔把人打死的。"

穿过乱坟岗，苏阿九问莫秋心："周掌柜好像是你哥的老丈人？"

莫秋心一直往前走，没有应答。

余思铮赶上来，关切地问她："是不是犯难了？"

莫秋心站住了，一字一顿说："王子犯法，与庶民同罪，何况一个渔霸？余人偿命，大绖地义。就算是刘监生，也同样依律法办。"

苏阿九不由放缓了脚步，自说自话道："刘校长是唾口唾沫能成钉的人。可自己一个大男人，答应改掉身上的臭毛病，一遇上现实问题，脑筋就岔了道。堂哥最近定亲，女方嫌弃他连一张床都没有，自己竟然应他所求，让他把农会没收地主的那张床，挑回家里给他用。我真浑，难怪总不能写好'觉悟'

两个字。"

四个人边走边压低嗓门说话，很快来到津洲城外。刘友仁迈大步伐，走在前面，不时警觉地驻足观察倾听周边是否出现异常。

半个小时后，他们由官道转入村道，穿过一片广阔的田园，前面就是官帽村了。

官帽村，顾名思义，是在怪石重叠的后架山峰顶，立着一块巨石，形状极似明代的乌纱帽。站在巨石上，方圆十里内，可以一览无余。莫秋心就是看中这一地理上的优势，加上该村群众基础好，才决定将自卫武装的队部设在这里。

没有月光，一片漆黑中，不远处传来永远不知疲倦的海浪声，近前，除了虫鸣，就是蛙叫。

苏阿九手里的马灯，已经引起后架山上放哨队员的注意。当一行四人快进村时，几个手持枪械的民兵扑了上来，拦住了可疑的不速之客。

对过暗号，哨兵认出领头的是区农会会长，就要跑步回去报告队长，被莫秋心喝住了："你等继续原地执勤，我们不想过早惊动你们的队长。"莫秋心一口东滘话，说得还算地道。

进了村子，在一阵犬吠声中，中队长冯天浩，还有教官，已经在半路迎候他们。冯天浩问刘友仁："是否下令农军紧急集合？"

莫秋心替刘友仁回话："不必了，以免惊动村民们。"

不速之客在一座祠堂前停下，苏阿九轻轻推开大门，余思铮和莫秋心走了进去。借着墙上豆油灯的光线，透过一片鼾声，看见一排排睡在稻草地铺上的民兵，没多少人有被盖，大多用蓑衣或者稻草席子御寒。在他们的铺头，搁着一双双草鞋，靠墙的地方，整齐地摆放着枪械、梭镖、大刀、钢叉。

冯天浩请示两位陌生的巡视领导："要不要叫醒他们？"

余思铮摆摆手说："我已看出来了，同志们的军事素养还算不错。我们到外面聊聊吧。"边说边走出祠堂。

莫秋心为了考考冯天浩和教官，用东滘腔问了他们一些备战的细节，民兵的情绪，平时政治学习和军事训练如何穿插进行，末了说："大战在即，不能有丝毫松懈，要以动员令鼓舞士气，加强实战尤其是夜战的演练，要记着你们肩上担负着重任。"

冯天浩抬手敬了个军礼，说："动员令大伙都已熟记在心，人人都做好了痛打反动派的准备，就只等上级一声令下。”

余思铮示意他将手放下，说："我们的队伍，不但打仗要勇敢、从不轻敌，还要有严明的纪律。要注重在战斗中发现好苗子，逐步培养他们成长。"

话刚说完，看见小队长带着一个民兵走了过来，一见到有陌生人在场，不敢对中队长说实话，只是朝他眨眨眼睛努努嘴。

莫秋心走过去，从民兵身上闻到酒味，厉声喝道："有话直说，打什么哑谜？"

小队长收腿立正，说："报告领导，这小子骗我家里有急事，其实是偷偷去喝酒，还跟姑娘在树林里约会，被我逮个正着。请你发落。"

余思铮看了冯天浩一眼，手一挥说："先带下去，让他做检讨，明天再做严肃处理。"

他示意冯天浩和教官跟他来到榕树下，说："你们一个是拳师出身，一个是教练所结业生，带这样一支队伍，肯定花了不少心血。但出现刚才的情况，说明队伍中的一些人员，纪律性和自觉性，还需要进一步提高。记住，纪律松散的人，上了战场肯定不会绝对服从指挥，那么，你想打胜仗，也就难了。"

冯天浩歉意地说："纪律问题，一直是农军的短板。每到农忙时节，大多数队员会请假回家。在家里窝上几天，没人监督，心就野了，晚上喝酒，跟人打架，在闲馆跟人赌博，然后偷鸡摸狗，甚至骚扰小寡妇。这些问题，大多发生在从地主民团收编过来的人员身上。"

刘友仁拍拍教官的肩膀，说："我不大赞成用这种人。如果思想教育工作做不到家，为谁打仗的观念没有转变，战斗力也就发挥不出来。我在想，如果各村成立帮耕小组，不就可以减轻民兵的农事负担，讨蒋军也就可以逐步向'脱产'过度？"

莫秋心扯下一条榕树的气根，缠在手指上："建立帮耕小组，可以缩短民兵请假回家的时间，值得推行。带队伍还要做到赏罚分明，论功行赏制度也要落实。要在民兵中树立作战勇敢、意志坚定的模范，鼓励大家向他学习，向他看齐。"

余思铮感觉三区同志的党性都比较强。发现问题，不是找理由掩饰，而是举一反三，积极想办法解决。

他主动伸手跟几位负责同志一一握手，说："你们很坦诚，有担当，相信三区在你们领导下，能够切实担负起救党之责，同时保证武装起义成功！"

下弦月穿出云层，在更深人静中洒下几缕迷离的光，也勾起未眠者的倦意。

苏阿九送刘巽贞到津心埔，就回农会办事处去了。刘巽贞掏出钥匙，轻轻打开学校的铁门，李兰舟迎了上来。

点亮宿舍的油灯，李兰舟告诉她："我接班不久，巽祥就匆匆来了。明天是他大婚的日子，没遇上你，他好失望，坚持要在学校等你回来。我再三催促他先回去，他留下了字条，才走了。他还说伯母要我过去帮忙，我说学校不能没人守着。"

巽贞看了字条，又看了一下怀表，说："我一忙，全忘了。这时候，估计玉娇已经下了花轿，跨进刘家大院了。明天，明天，我忘了向领导请示，怎能私自回家？"

"你先别急，真抽不开身，我去跟伯母和祥弟说一声。紧要关头，你可不能累倒了。厨房留有热水，我这就去打来。"

李兰舟从厨房提来半桶热水，倒进木盆，试了试水温："你把假发摘下来，我帮你将脸上的油灰擦干净，你再自己洗洗睡吧。我继续去训导处守着。"

"好，先卸装。你晚上就跟我一块儿睡。我估计，即使上级派交通员送来特急密令，也是天亮后的事。"

李兰舟睁大眼睛，眨了眨，说："跟你睡？算了，我还是留下来值班吧，要不会误事的……"

鸡啼第二遍了，从校长宿舍透出的那一抹灯光熄灭了，津洲女校在黑暗中寂静下来。

此时的未石城，恰恰完全相反，灯火通明，鼓乐悠扬，人如游鲫，简直成了不夜城。在刘氏宗祠前的旷地上，来自潮汕的正天香、怡梨春两个戏班，从天一黑就开始演出，大小锣鼓、笛管笙箫、弦胡琴筝，竞相奏鸣，花旦、小生、青衣、老生，粉墨登场，根本没有停下来的意思。

天边流出第一缕霞光，刘家大院里里外外，全都忙活起来了。

主持刘家少主婚庆贵宾宴席的几位大厨，敲响锅勺，吆喝开了。伙房的男女帮工，打着哈欠，三三五五来到大门口，把刚宰杀好的猪、羊、野兔，还有渔民送来的几箩筐石斑鱼、龙虾、青蟹、对虾，抬进偏院的临时伙房。大厨指挥帮工，将这些食材开膛破肚，分类摆好备用。熊掌、鹿筋、狸唇、燕窝、鱼翅等山珍海味，由大厨亲自焯洗切配加工。需要蒸、炖、炸的，大厨分别加上配料，提前下了锅。制作肉丸子、鱼皮卷的精肉，也上了砧板，由大手劲的帮工，削剁捶打起来。

时近中午，摆在戏台对面的流水席开吃了。七十二张八仙桌，早已坐满了男女老少，十道菜肴和酒水依次端上。族人一边看戏，一边大快朵颐。

酒足饭饱后，族人打着响嗝，抠着牙缝，相继离席，走到东边戏台前看"刘玄德智娶孙夫人""李香君血溅桃花扇"去了。

夜幕降临，随着震耳欲聋的鼓乐唢呐声响起，两个戏班的生旦净末丑，纷纷在戏台亮相，恭贺新婚佳偶，琴瑟和鸣，白头偕老，早生贵子。

刘家大院内，款待宾客的盛宴正在进行。看前庭后院，两个宴席方阵，各十二张桌。在前庭入席的，是亲朋好友；在后院就座的，是尊长乡绅。走进后厅堂，另有四张圆桌，座上客除了带"长"字的贵宾，还有铁杆兄弟"十三太保"。

刘巽贞是在夜色已浓时，由兰舟、彩鸾和心巧陪伴着悄悄回家的。

使女立春见小姐回来，高兴得掩面而泣。母亲已在女儿闺房的门口等候多时，当女儿抱住她的那一刻，强忍的泪水还是夺眶而出。巽贞里里外外看了一遍，一切如旧，就像她仍然住在这里似的。巽贞打开梳妆匣，拿出一条石榴石手链。

她们一起来到巽祥与玉娇的新房，一齐向新郎新娘道喜祝福。巽贞拿出手链，亲手给玉娇佩上。兰舟变戏法般掏出一对合欢铃、一双婚庆公仔，逗得大家嘻嘻哈哈大笑。

巽贞看见辛强在门口向她招手，走了出去。

辛强悄悄告诉她，李举人和李沛没有出席今天的喜宴，但昨天派人送来了贺礼。今晚，后厅堂的客人，谈得最起劲的话题，是配合官军平定"赤祸"，及"十三太保"加入县城的白旗会。

加盟白旗会是钱世德提出来的。"十三太保"，除伯父忙于应酬没在座，个个嚷嚷不已，赞成一同加入。钱世德是同意落马寨成立农会并接受大笔罚款后，才允许他返回家园的，谁知他还是贼心不死。

万泰安那一席，商界的居多，好像对政治不感兴趣，他们聊得最多的，是万会长宽容大度，不计前嫌，光临今天的婚宴。

立春匆匆走来，对小姐说："老夫人点了几道你爱吃的菜，正在闺房等你一起用膳。"

巽贞哪有心思吃饭，一种越来越强烈的焦灼感提醒她：战斗即将打响，必须立即回到自己的岗位上去。

巽贞让立春回去告诉母亲，学校有一位住校女生肠胃不适，她得去药铺抓药。

眼前的立春已经长成大姑娘，巽贞一把抱住她，说："今后，你就是我的亲妹妹，我母亲就托付给你了。"松开双臂，巽贞与兰舟急急离开刘家大院。

刘监生听说女儿回来，大喜过望。他做梦都想看看女儿，可是等他赶到大门口，女儿早已消失在沉沉夜色之中。

刘巽贞就这样匆匆而来，急急而去，此后，再也没有踏回刘家大院一步。

也许是女性的敏感，抑或是使命的召唤，刘巽贞心中的焦灼，得到了验证，中共海陆丰地委，就是在当晚发出了起义命令。

为了保密，地委计算好命令送达各部委和支部的时间，特别交通员按路途远近，在不同的时间点出发，确保各地在起义前半个小时接到命令，并在当夜十时一同爆发讨蒋起义。

当报时挂钟敲响十点钟的第一声音铃，中共海陆丰地委军事委员、工农救党军大队总指挥吴振民，向集结在五坡岭的工农武装部队发出进攻号令。系着红领巾的工农救党军，手握钢枪，腰挎手榴弹，怒吼着冲向国民党海丰县政府，并包围了县保安团及警备大队。

海陆两县各区的武装暴动也同时爆发，由于出兵迅捷，敌人猝不及防，几乎没费多少枪弹，就占领了各地区公署，收缴了大批枪支弹药，拘捕了一批反动官吏和恶霸土豪。

津洲区的武装起义，比别的区镇策划得更周全。刘巽祥大婚当晚，津洲救党军中队的民兵，就已经在城门外撒下罗网。只可惜，没有接到拘捕命令，他们只能眼睁睁看着酒气熏天的"众虎"，坐着轿子，大摇大摆出了城门。

刘巽贞与李兰舟从未石城回到学校，直奔训导处，发现只剩颜文英一个人，正在煎煮中药，便问："怎么回事？"

颜文英压低嗓音说："你走后，患病女生的家长，带医生来给她诊脉。医生说无大碍，一剂汤药服下，明天就能正常上课。我怕家长进进出出碍事，就把煎药的事揽下了。"

李兰舟问："特派员他们人呢？"

颜文英慢悠悠地说："女生的母亲，有些神经质，趁我一时疏忽，四处乱窜。

我怕她撞上将要来学校集中的同志们，就设法将她支走。然后请示余特派员，经他同意，启用了从训导处到经纬楼的秘密通道。此时，同志们已在经纬楼待命。"

当年，万泰安在建造经纬楼时，为了防范海盗或突发事件，以排放污水为名，修了一条暗沟。后经进一步改造，变成贯通主楼与仓库、直达海滩礁石丛的暗道。暗道半人多高，有三道铁栅门。经纬楼的进出口在二楼经理室的床底下，仓库的进出口在现今训导处杂物室的大立柜后面。

颜文英为了刘巽贞的安全，向她透露了从女校到经纬楼有暗道的秘密，还为她配了一把钥匙。这个秘密，是家公近期才告诉她的，全家人除了岱源，其他人对此全不知晓。

刘巽贞刚从水缸打了水，准备洗一把脸，一阵急骤的马蹄声，震碎了夜的宁静，在学校门口霍然停下。刘巽贞凭听觉断定，来的不是三区农会的马。

果不其然，从马上跳下的是县特别部委派来的交通员。对过暗号，交通员将起义密函和附件交给刘巽贞。这是以海陆丰地委和起义总指挥部的名义签发的。

交通员来得真够准时，此时距离起义只有两刻钟。送走交通员，刘巽贞让李兰舟火速通知埋伏在未石城的自卫中队，准备执行第二套方案。回头对颜文英说："开启暗道，前往经纬楼召开紧急会议。"

进入暗道口时，颜文英嘀咕了一句："密令提前一个小时送达，不是更好吗？"刘巽贞应道："上级的决定，就是铁的纪律！由不得你质疑。"

第三区讨蒋起义指挥部在经纬楼宣布成立，余思铮任指挥长，刘巽贞任副指挥长。与会同志在两个问题上发生了争执。一是要不要拘捕刘监生。苏阿九、冯天浩、刘友仁主张不抓。刘巽贞认为不抓不足以服众。余思铮说："地委有指示，凡是共产党员、农会干部、北伐官兵的直系亲属，除非罪大恶极，暂不列为专政对象。所以，刘监生暂不扣押。"

二是三位女将要不要直接参加战斗。表决结果三票对三票，不分胜负。还是指挥长说服了她们："这次，我党牺牲了那么多同志，血的教训就是，我们的警惕性不高，过多暴露了党员的身份。实现最高目标，必须经过长期的奋斗，我们今后将更多地在隐蔽中展开斗争。女将今晚的任务，就是抄写即将成立的县临时人民政府的布告，张贴标语，散发传单，组织好明天的庆祝宣传活动，做好庆祝大会和公判大会的筹备工作。"

余思铮看一下墙上的挂钟，站起来发布命令："同志们，时间已到，起义行动开始！出发！"

一场由共产党员指挥带动，以觉醒农民工人为主力的武装暴动，仅仅用两个多小时，几阵子枪响，就宣告津洲区讨蒋起义取得胜利。

刘家的婚宴，虽然没有办成鸿门宴，但宴席留在当政者身上的酒精，大大降低了他们的反抗烈度。

余思铮召集农、工、商、学界代表，在经纬楼召开紧急协商会议，推选大会主席团成员和区自治委员会委员。万泰安以其德才和声望，双双"中元"。

但万泰安以不涉足政治为由，断然辞却了。因他知道，代表们的最终目的，是要选他担任临时政府的区长。他一一向代表们拱手致谢，末了说："我是对政治一窍不通的门外汉，有违诸位厚爱了。不过，任贤不避亲，我向诸位推荐一位青年才俊，他就是诸位熟知的万悟尘。"

万悟尘是万泰安堂叔万世坚的小儿子。万泰安十分喜欢聪明伶俐、勤奋好学的万悟尘，认定他是有大出息的好苗子。万泰安对家境并不殷实的堂叔说："悟尘是可塑之才，今后他读书的费用，一概由我负责，但你不能让他知道。"

万悟尘读完广东甲级工业学校，校方举荐他去英国留学。因为他很有语言天赋，自学一天就能记住几十个英语单词。万悟尘从母亲口中知道自己读书全靠堂兄暗中资助。他不愿让堂兄负担过重，更重要的是，他身受大革命的熏陶，已成为一名共青团员，想尽快投身社会变革中，就选择了入读黄埔军校南宁分校。

谁料母亲突然偏瘫、失语。生母是偏房，只生下万悟尘一人。为了母亲，万悟尘决定放弃当军官的梦想，回家照料母亲。经过一年的专心治疗和细心护理，母亲的病情明显好转，生活基本能够自理。

此时，南宁军校军事教官林廷华，写信给万悟尘，劝说这位天资聪颖的弟子回校复读。无奈万悟尘还是放不下母亲。区长曹其峰知道此事后，惋惜之余，聘请他来设在大衙门的区公署当文书，并准备呈请县政府，批准他当副区长。可是，国民政府和军阀，走马灯似的换县长，陆丰换得更勤，谁会有余暇管这事？

万泰安举荐万悟尘当临时政府区长，自认为是两全之策，既不埋没人才，又能让他在母亲身边尽些孝道。

万泰安不肯当区长的真正缘由，除了他自己，只有远在海城南门街鉴湖，中共海陆丰地委驻地的张善铭才清楚。上个月，他跟万泰安在陆城盖天香茶馆有过一次秘密会面。至于他俩谈了些什么，达成什么约定，只有张、万二位自己才知道。

津洲代表们认为，既然万泰安坚决辞让，万悟尘倒是不二之选，虽然很年轻，只有二十岁，但毕竟是见过世面的人，眼界开阔，既有口才也有内才，处事也稳重成熟，就一致通过了。

早上，元康新街东面的柴草市场，锣鼓喧天，彩旗飞扬。游行队伍、群众团体和各社代表列队入场。

十时，主席团余主席宣布第三区临时人民政府成立大会开始。

刘巽贞以妇女代表的身份，就解放尊重妇女、发展平民教育、扩大女子学校，做了动员。

在一阵鞭炮锣鼓声中，余思铮大声宣布陆丰县第三区临时人民政府成立，并宣读了政府组成人员名单。

此时此刻，两县的县城和各个区，都在召开人民政府成立大会，海陆丰地区的政权，从此掌握在人民手中。

到了新当选区长致辞的时刻了，欢呼声再次响起。颇有军校生风范的万悟尘站了起来，一连向台下鞠了三个躬。他神态自若，不矜不伐表了决心，号召革命民众团结起来，共同建设新生政权。

下午，临时政府召开工农群众审判大会。这场由民众意志自行制裁的审判大会，鼓舞了革命群众，震慑了反动势力和土豪劣绅。

第三十八章
农军北上汝城折戟　临危受命施计却敌

有消息传来，陆丰部委派驻三区首任特派员陈夏威在完成起义串联发动任务后，于返回途中，被"清党"侦缉队抓获。遭摧残三天两夜后，不幸牺牲在刑讯室。

刘巽贞不敢相信，自己的第一任上线领导，就这样英勇就义了。她没有流泪，她在反思今后应该如何跟反动派展开斗争。

周边区县讨蒋起义失败的消息使地委书记张善铭十分纠结。可没有报经中共广东区委批准，要以东江特委的名义，去领导指挥东江潮梅地区的武装起义，是违背组织原则的。

经与郑志云、吴振民、李国珍紧急磋商后，海陆丰地委决定，由国民党海丰、陆丰县党部发起，召开东江潮梅各县市联席会议，成立东江救党委员会和工农救党军总指挥部，并选出救党军总指挥。联席会议筹备组向周边十几个县市发出密函，有近半的地方代表来到海丰县城。

然而，被打蒙了头的敌人已经缓过神来，惠州驻防军第十八师师长胡谦，派遣得力干将刘炳粹团长，率一个团进攻海陆丰。汕头警备区司令何辑五，也磨刀霍霍，准备派陈秉泰、柏天民各率一个团，以夹击之势，一举将东江潮梅的所谓新生政权扼杀于摇篮中。

海陆丰地委接报迅速做出部署，先迎战惠州之敌，由吴振民率领救党军，包括尚未结业的农军教练所学员中队，在海惠交界要塞老龙坳构筑防御工事，截击进犯之敌。同时，调集上千乡村农民武装，前往老龙坳协同作战。

1927年5月9日清晨，雾霭缭绕，老龙坳静得像一条沉睡的巨蟒。一轮红日，急匆匆从山顶跃出，喷薄的光芒，瞬间把西坡山脊上的树林点燃。又过片刻，整个老龙坳，全被涂染成猩红色。

一支着装整齐、行进有序的军队，来到老龙坳山下。负责探路的七八个士兵，爬上一个山丘，端起自动步枪，各自朝山上扫了一梭子，还扔出几个手榴弹。一群受惊吓的山鸟，慌不择路，从老龙坳的树林里飞起，飞向天空。

山上依然一片寂静，探路敌兵正要向大部队发出继续前进的信号，突然，林间砰地传出一声枪响。这是山上的伏兵，有人太过紧张，手一抖扣动了扳机。立刻，像连珠爆竹被引燃，山上乒乒乓乓倾泻下一阵弹雨，把探路的敌兵撂倒了一半。

骑在马背上的刘炳粹，耸了耸蒜头鼻子，侧耳一听，判断对手只是一群乌合之众，遂拔出手枪一抢，命令一营向岭上发起进攻。

二百多人的队伍拉开阵线，边开枪边往山上冲。可是，因地势险要，怒火中烧的救党军又打得勇猛，还有短管火炮震慑，敌人一连发起几轮冲锋，都被击退。

但打到中午，人数不及敌军一半的救党军，有些招架不住了。唯一一门短管火炮，因一中队队长兼炮手彭震负重伤，其他人又不会使用，而成了摆设。敌军在轻重机枪掩护下，以两个营的兵力，再次发动猛烈进攻。救党军三中队队长跃出掩体，振臂一呼，率领几十名战士冲入敌人阵地，展开肉搏，混战中不幸中弹牺牲。战士们白刃相接，顽强拼杀，可是一虎难敌群狼，不少战士先后倒在血泊中。

最不应该的是，早上七时命令乡村农军前往增援，从背后包抄夹击敌人，可他们自以为胜利在望，等到十二时才赶到老龙坳。战机错过，救党军已经元气大损，增援农军又被截阻在一个小山坳。战斗坚持至下午二时，敌人占据了有利地形，双眼血红的吴振民，摘下被汗湿透的军帽，抹一抹脸，下令撤退。

农军常备大队，整体素质良好，大大小小打胜过多场战斗，但从没单独跟正规军打过仗。加上当时只考虑凭险防御，拒敌于境外，而不敢采取诱敌深入，分而歼之的战术，怕削弱新政权的威望，结果防御战失利，敌人长驱直入占领了海丰县城。海陆丰地委和政府机关紧急撤往城郊农村。

刘炳粹知道海陆丰不是那么好惹的，但又不能像乌龟一直缩在城里不动。数天后，他派兵攻下县城南面六十多里外的滨海重镇凤仪。等侦察兵探知农军主力已退却山区，才再次派出一个营，打着农民协会的旗帜，分两路攻打梅陇圩。烧杀抢掠一番后，没有遇到大的抵抗，再进犯另一个区镇。

地委密切注视敌人的动向，在县城失守后，就策划要组织反攻，夺回失地。可是，撤退至县城西北面山区的常备大队，因武器弹药未能得到补充，又没能从首战受挫的阴影中走出来，虽然知道有数千乡村武装集结在城外，还是顾虑重重，一再要求放弃反攻计划，只派出小股武装，配合乡村农军，到城内城外鸣枪呐喊，骚扰敌军。

接悉海丰县城已被国军占领，何辑五指挥东路和中路两个团，向陆丰进发。东路的陈秉泰警备团兵力不如十八师，又不相统属，且受潮汕数县起义的牵制，行动迟缓不前。

遗憾的是，潮汕数县讨蒋起义失败，潮汕农民自卫军为保存实力，选择撤往农运模范县陆丰。这使警备团的胆子壮了不少，紧紧尾随追击，趁势进入陆丰东南片。

中路的柏天民团，也紧跟其后，杀气腾腾扑向陆丰的西北地区。

敌人重兵压境，来势汹汹，地方反动武装摇旗呼应，气焰甚嚣，陆丰县的党组织和人民团体，不得不撤往山区。陆丰县城于13日被敌军占领。

农军常备大队移师陆丰东北面的第十一区莘田，当地农友扶老携幼前来慰问。这里虽然是山区，但农运的发展比较深入，群众基础比较扎实。农军大队通过农会干部发动，在几个村子招募了五六十名乡村农军入伍，充实了大队的战斗力。

三天后，汕头地委委员杨石魂、五华县县委书记古大存，率领农军一百余人，抵达莘田。当晚，汕头市委负责人陈振韬，普宁、揭阳、惠来县委书记陈魁亚、颜汉章、黄符等，也随暴动失败的农军撤至这里。振韬、魁亚、汉章、黄符等几位，都是海陆丰籍的优秀党员骨干，去年被彭湃派往潮汕地区，以加强对各地党组织和工农运动的领导。

各路起义武装，先后向海陆丰集结，原因在于中共海陆丰地委，拥有四千多名共产党员，规模级别比市、县党委都高，在全国也不多见，是惠、潮、梅、紫地区，革命斗争的策源地和旗帜。

形势严峻，敌人重兵围困，退据莘田圩的革命队伍何去何从？

张善铭主持召开海陆潮梅汕党委、农会、农军领导成员参加的扩大会议。与会者分析了整个东江敌我态势，认为无论从人数还是武器装备上，革命势力处于劣势，经不起国民党正规军的围攻，只能暂时避开锋芒，前往敌人兵力单薄的五华地区，休整生息，积蓄力量，另谋发展。

但吴振民、杨石魂等同志认为，在当前敌强我弱的形势下，应将各支农民自卫队整合起来，离开东江，撤往武汉，向国民革命军主力靠拢，避免在东江被敌人各个击破，逐一消灭。

古大存、郑志云、林甦等人却认为，从农民运动发展起来的革命武装，尽管革命热情高涨，但毕竟没有受过正规的军事训练，要征战人地生疏、敌情不明的赣、湘、鄂等省，并非易事。必须采取另一种策略，将队伍分成多股力量，进入敌人忽视的周边山区、农村，深入发动群众，壮大武装队伍，寻找时机继续斗争。

两种不同意见，引起一场激烈的论辩。会议从上午开至下午，个个争得面红耳赤，喉干嗓哑，但多数人赞同古大存等人的意见。

然而，会议主持人张善铭，却支持吴振民等人的主张，最后拍板向北挺进。

会议最后决定，整合各地农军，成立"惠潮梅农工救党军"，由吴振民担任总指挥，杨石魂任党代表，下辖两个团。第一团由海陆丰农军组成，第二团由潮汕农军和新招募的人员组成。同时成立以吴振民为首的中共前方特别委员会。

5月21日，吴振民总指挥检阅了惠潮梅救党军。将士们与前来送行的父老乡亲依依惜别。实际兵力相当两个营的农军，六七十名机关干部，十余名卫生员，为了革命，背井离乡，向北而去。一位军事干部当即写下一首五律：

慷慨离乡去，
浴火赴沙场。
血花开主义，
情泪湿青山。

惠潮梅农军这一去，在五华立足未稳，中路敌军已尾追而至。前特委决定跳出敌人包围圈，离开广东，水陆兼程，开赴武汉。在敌人前后夹击下，惠潮梅农军勇敢迎战，数次击败了阻敌追兵，缴获不少胜利品。

半个月后，惠潮梅农军在湖南与汝城的农军会合。吴振民考虑到与上级党组织失去联系多时，便先后委派杨石魂等同志，到武汉向中共中央报告，请求指明部队的行动方向。可是，等了近二十天，没有回音，只好从汝城乘船直接去武汉。二十几条木船，六七百号人马，沿途在资兴、永兴等地停靠，袭击当地驻军，砸开监狱，救出不少共产党员和工农干部。

7月初，农军到达衡阳，杨石魂终于返回，传达了上级的指示：汪精卫政府也即将与共产党分家，惠潮梅农军不能去武汉，要就地暴动，占据县城。惠潮梅农军只能遵照中央指示，开拔折回汝城，与当地革命武装合编为中国工农革命军第二师。

8月上旬，汝城一名土匪头子，诱使驻韶关的国民党二十六军，突然进攻汝城。工农革命军第二师仓促应战，第一团也就是惠潮梅农军损失惨重，副师长吴振民壮烈捐躯。幸存的干部和战士突围后，化整为零，辗转回到海陆丰或潮汕地区。

广东唯一一支有较强战斗力的农民武装部队，在强敌面前，选择远走湘赣，在战略上犯了大错。失去这支主力军，海陆丰的革命力量，受到严重削弱。

形势急转直下，国民党陈秉泰警备团占据陆丰县城后，首场会议，就将津洲定为必先"端本正源"的清剿之地。数日后，陈秉泰下令二营营长孙会冠，率兵杀向三区。为其带路的，就是原陆丰保安执法大队长李沛。

刘巽贞接到了地委交通员冒死送来的机密文件。文件藏在雨伞的手柄里。这是海陆丰地委在敌人攻占海城前发出的紧急通知：经地委研究决定，将陆丰第三区党支部改组为中共津洲特别部委，直接受地委领导。刘巽贞同志任该部委代理书记。

余思铮看了文件，又惊又喜。刘巽贞感觉肩上多了一种临危受命的压力。余思铮主持召开支委扩大会议宣布地委的决定。与会同志倍感振奋。

会议推选刘友仁为组织委员，冯天浩为军事委员，已经转为共产党员的万悟尘代理宣传委员。至于津洲部委下面设立几个党支部，等部委委员认真研究后再做决定。

余思铮对大家说："知彼知己，百战不殆。陈秉泰的警备团，战斗力是比不上刘炳粹团，但比起保安团，就强多了。敌人远道而来，人生地不熟，而我们可进可退，就看我们如何发挥集体的智慧。"

万悟尘新官上任，当然也想打。他读书时曾与同窗游遍三区的险境胜地，又在南宁军校学了半年多，对打仗一点都不怕。他猜测刘巽贞刚被任命为特别部委代理书记，肯定不会主张撤退，于是，他提议举手表决。

刘巽贞张开手指插入短发往后一捋，说："必须打！地委对三区寄予厚望，我们必须攥成一个铁的拳头，把进犯之敌打疼。而且，还要扬长避短，打得巧妙，打得敌人找不到北。"

会议围绕"打得巧妙"，足足讨论至下午，可以说每个人都把脑汁绞尽了，才拟出一个不错的御敌计策。散会后，区联络员策马扬鞭，以最快速度向各圩乡下达御敌动员令。

苏阿九、冯天浩、刘友仁、卓何合、李日修深入重点乡村，布置战斗任务，强调一旦敌军进犯三区，必须发挥各自地理优势，跟敌人斗智斗勇，打一场令敌人晕头转向的袭扰战。

次日，敌警备团二营，打着农会旗帜，沿着官道，向三区进发。

营长孙会冠，自己长着一张菱形麻脸，却对跟在身边、面相像被猪拱过的李沛，不时露出鄙夷的目光。都怪团长，硬要他带上这个"本土向导"，他不敢不从。

按照以往打仗的经验，孙会冠准备一鼓作气先攻下津洲城，再分兵清剿那些农运闹得凶的村庄。李沛本不赞成这种打法，但他觉察出孙营长很傲慢，也就不敢抓尖卖乖，更不敢提及津洲农军曾经打败过保安团的旧事。

日午，警备营跨入三区地界。途经一片灌木荆棘丛生的山坡，冷不丁从坡上扔下几个土雷和鱼炮，把队伍炸得乱了套，连孙营长的坐骑也差点被炸伤。孙会冠以为遭到伏击，立即下令："二连，给我上，狠狠地打！"可是众士兵噼里啪啦打了好一阵子，山上几条人影一晃一闪，就不知去向了。孙营长认为是造反的暴民故意捉弄他，不必在意，传令继续进发。

半小时后，部队穿过一片树林。吸取教训，一连连长下令开枪射击。只是，白忙活了，根本见不到暴民的踪影。等后卫排要通过树林时，却又陡然遭到鱼炮、土雷的袭击，而且偷袭的人，满不在乎地逃往北面一个村子。孙营长被激怒了，不听李沛的劝阻，决定派一个排，杀进村里去，威迫村民交出偷袭的人，否则放火烧村。

三十几个黄狗子一边开枪，一边提心吊胆地向村子行进。刚到村口，只听惊锣响起，从果林、草寮飞出一阵子弹和竹镖、箭矢。黄狗子朝人影晃动的地方，胡乱扔了十几颗手榴弹。爆炸过后，村子一下静了下来。排长吆喝士兵快速冲进村里去。

黄狗子挨家挨户破门搜索，然而，十室九空。赤贫党和大多数村民已经逃离，留下来的，不是地主富农，就是没有加入农会的乡人。问村长在哪，都说被赤贫党掳走了。

黄狗子搜出几瓶煤油，准备放火烧村。地主富农拼命阻挠，怕跟着遭殃。哀求无果，只能往排长手里塞银票。排长让他们带路指认，放火烧了农会的办事处和几间茅草房，然后扬长而去。

经过几番折腾，日头快下山了，即使赶到津洲，天也全黑了，怎么打仗？孙营长十分后悔，认为中了赤党奸计，净在小乡小寨耗费精力和弹药，而且还损兵折将。

当晚，警备营在双池村住下。孙会冠想让部下好好睡上一觉，明天起个大早，兵分两路，先突袭官帽村，再杀向津洲城。

谁知到了午夜，孙营长和士兵睡得正香，突然枪声大作。孙营长以为被救党军主力包围了，命令三个连的机枪班加一个排，火力全开，封锁住东、西、北三个路口，两个排上屋顶，协同阻击救党军。其余的集中在村子东面，准备掩护营部突围。

敌人从迷迷糊糊直打到头脑完全清醒，却不见有救党军攻进村来。派侦察兵出村查看，他们只捧回几把鞭炮的纸屑。

孙会冠再也睡不着觉，叫来李沛，责问他三区暴民如此狡诈猖獗，为何没有提前如实向他报告。李沛哭丧着脸说："大人你没有问我，我怎敢惑乱军心？"

"那我现在问你，三区的共产党谁是匪首？有没有读过军校又回来当共产党的？跟我要弄这种不入流的伎俩，也太小看我孙某了。"

李沛在已知的冯天浩、刘友仁、苏阿九三人中，猜来猜去，最后怀疑是冯天浩出的阴招。孙会冠狂躁地吼了起来，说如果抓到他，第一枪就要打爆他的头。

蓦地，他想起被惊醒前正在做一个梦，恍恍惚惚中祖母叮嘱他，打仗时千万别伤着您老舅爷。

孙会冠又问李沛："你认识少帝围的范朝晋吗？他是我祖母的兄弟。"

李沛很惊讶地说："你咋没早说，我父亲跟范掌柜可是故交，他是个很仗义的人。"

孙营长应道："我祖母是津洲人，前年我休假还奉祖母之命，来津洲给老舅爷贺寿。明天我带兵攻打津洲，被他知道，肯定得挨他几记家法。"

说完想起自己带领部队一踏入三区，就被津洲人当猴耍了一路，气便不打一处来，恶狠狠地对李沛说："军务大于天，我才不会留半点情面。"

早上六时，天下起绵绵细雨。官帽村笼罩在如纱的烟霭中，出奇地祥和，好像全然不知一场灾难正在迫近。

孙会冠带领两个连作为左翼，踏着泥泞，悄无声息地杀向官帽村。隔着一片水田，瞅见村子最高处的官帽石上，有人擎着一面农会的大旗，上下挥舞。孙营长瞥一眼怀表，已经到了约定时间，可村子的右侧，什么动静都没有。姜副营长率第三连作为右翼，说好六时从靠海一侧发起进攻，现在却连一个屁都没放响。

抬头再看后架山，那面农会会旗，还在迎风飞舞。孙营长明白，这明显是在嘲讽他，堂堂国军的剿赤部队，却假惺惺打着农会的旗帜。孙营长叫旗手将仿制品扔进水田里，命令第一连攻进村去。

一百来人扑进村子里，除了狗吠，没有遇到任何抵抗，逐家逐户搜掠搅腾一遍，全都空空如也。孙会冠知道来迟了一步，正要派传令兵驰告姜副营长，改变计划，直接攻打津洲城，却见官帽石上的犁头旗没了。

须臾，有士兵指着身后官道上的路口喊道："正牌的农会会旗在那边，还有一大队人马逃进高粱地里去了。"

又遭戏弄的孙营长，都快气炸了。工农救党军既不跟他正面交锋，也不干脆逃跑，偏偏跟他耍起"借局布势，示假隐真"之诈。那我就不跟你客气了，一定要将你们打出原形来。

他转身命传令兵去通知姜副营长，率兵向他靠拢，一同追击逃窜的贫民党，一旦逮到战机，就来个合围夹击。

拨转马头时，怒气未消的他拔出二十响，朝官帽石一连打了十几枪，才双脚一磕马腹，带领士兵，紧盯着农会会旗，穷追而去。

冯天浩带领救党军一个小队，冒着霏霏细雨，在翠竹葳蕤的尖竹坑设伏多时。远远看见农会的红旗，穿过树林飞扬而来，知道敌人的追兵快到了，便传话给队员，做好战斗准备。

旗手和诱敌小分队，跑到冯天浩身边，向他报告敌军人数和武器装备。冯天浩让他们到后面的小树林稍事休息。

警备营进入伏击圈了，冯队长厉声发出战斗号令："瞄准了，给我打！打！打！"冲在前面的黄狗子，还没来得及喘口气擦把汗，就被报销了五六个。敌连长命令士兵抢占有利地形，狠狠还击。

冲在前面的黄狗子看看地形，就像个喇叭口，开阔处只有零零星星几棵小树，而机枪手已经把两个小土丘占去了，别处根本无法掩蔽，只好就地趴下，"砰、砰"开枪射击。两挺捷克式轻机枪也"嗒嗒嗒"嚎叫开了。尖竹坑敌我双方正面交锋的战斗打响了。一百余杆步枪、两挺机枪，威力不可小觑，很快就对救党军的火力形成了压制。

倚仗地势坚持了十几分钟，眼看敌人的火力越来越猛，后续部队也准备爬上两边的山坡，冯天浩断然下令，快速撤离。

孙会冠用望远镜看清救党军不过区区三十余人，咂吧咂吧嘴唇，传令下去：全员追击，务必全部剿灭。李沛担心有诈，因为再往前去，就是他家祖坟的所在地，那里的地形他是再清楚不过的。但孙营长看见农会的红旗又舞动起来了，根本无心听李沛啰唆，又掏出二十响朝天开了几枪，催促部队全速杀向梅瓶山。

两个连的黄狗子追到梅瓶山下，气喘吁吁，却看不见赤党的踪迹。孙会冠命令机枪试探扫射，然后由二连上山搜索。黄狗子呈散兵状上爬一刻多钟，半山腰的水渠上方，唰地亮出了一面红旗。随之有人厉声断喝："敌人进入飞石阵，让黄狗子脑袋立刻开花！"

顿时，无数乱石如同飞刀滚雷，从山上连蹦带跳翻滚而下。当年刘监生开渠挖出的石头，成了救党军克敌制胜的神器。孙营长从望远镜看到，几里长的一条水渠，掩藏着数不清的耕夫农妇。他们此时个个成了骁勇的杀手。而警备营冲上山的弟兄，根本无法躲避，全成了他们的活靶子，眨眼间就有三十几人被乱石击中滚下山来。

就在姓孙的连声喊着糟糕之时，传令兵回来向他复命，姜副营长和三连中了敌人的诡计，伤亡不轻，自顾不暇，无法前来会合。

孙会冠爆粗口骂起娘来，让连长下令退兵，狼狈逃离梅瓶山。

回头说说姜副营长和三连，他们不但打输了，而且被耍得更惨，输得更没面子。

负责从右翼进袭官帽村的第三连，他们走的是临海小道，坡陡路滑，加上昨夜都没睡好，故而比约定时间迟缓了半个小时。在离官帽村六七里远的山脚，他们"意料之中"遭到袭击。贫民党隐藏在岩礁后面，左边射出子弹，右边飞出削尖的竹枪。武器是低劣些，但近距离，仍然很有杀伤力。

姜副营长命令后面的第二排，冲下沙滩，包围岩礁。可救党军身手敏捷，不管使用钢枪，还是投射竹枪，出手三次就跑了，而且跑得比野兔还快。顺着沙滩留下的脚印追击，来到跳鱼门，又有一拨子弹、竹枪射来。就这样追追打打，第二排没能抓到一个救党军，反倒折损了小半个班的人马。

三连长策马上前，对姜副营长说："这是蚂蚱斗公鸡，不自量力。我已命令部队加速前进，看他们还能往哪逃！"

姜副营长一勒马缰，说："都说海陆丰赤祸猖獗，现在看来只是泼皮耍赖而已，成不了气候。等我们捣毁官帽村，占据津洲后，驻屯十天半个月，把城里城外的刁民杀掉上百个，监禁数十个，看他们还能兴起什么风浪？"

两人聊得正欢，渐渐走近沙滩上一片看不到边的野菠萝林。二排长上来报告，说刚才逃窜的贫民党，全都躲藏在野菠萝林里。

正在偷闲欣赏海上风光的三连长，手一挥说："继续全速行进，别被无谓的滋扰牵制。"

突然，野菠萝林上空举起两面红旗，有女子在里面甜甜地唱着歌谣：

> 野果果，乐陶陶，
> 裙下藏了个马皇后；
> 会唱歌，会跳舞，
> 亲你一口忘不掉，
> 最后赏你个大红包。

姜副营长看到野菠萝植株，根茎粗壮，足足有两人多高，茎顶簇生条状叶子，长可达四五尺，三面长有利刺。

红旗在挥舞，"马皇后"的歌谣还在诵唱。姜副营长估计里面藏有不少人，心里痒痒的，他很想抓住里面的女党员，看看到底长得像马皇后，还是牛皇后。于是，他命令一排二排，包围野菠萝林，把里面的赤党全都赶出来。

满头大汗的黄狗子们，早已被"马皇后"的歌谣迷住了，争先扑进清幽阴凉的林子里。

一阵阵蜂鸣声响起，且越来越刺耳，野菠萝林上空，腾起一片乌云，数以万计的马蜂，从蜂巢涌出，四散飞开，疯狂地向入侵者发起攻击，把黄狗子蜇得哭爹喊娘。没有挨蜇的赶紧逃跑，反而招来成群的大马蜂追逐攻击，直到把你蜇晕昏倒。二三十个士兵痛得倒在地上，翻来滚去，头上、脸上、身上，迅速隆起一个个大包。一些接连遭受攻击者，还出现呼吸困难、头晕、胸闷、手足麻木等症状。可卫生兵却不敢靠近。

一百来号人马，整个慌了神，乱了套。姜副营长叮嘱三连长不能动，更不能开枪。三连长问副营长，为何暴民躲在林子里没事，弟兄们一进去，就把那么多马蜂招惹出来，还频频遭到攻击。

一个有经验的警卫员说，马蜂最怕旱烟味道，估计赤党身上涂了烟秸秆或烟叶泡过的水，马蜂才不敢靠近他们。

炊事班来了，班长和炊事兵将箩筐套在头上，上山捡了不少柴草，绑成一捆一捆，点燃了，绕着野菠萝林走一圈，才把成千上万的马蜂熏跑了。

黄昏，警备营左右两翼两支队伍，在距离未石城西门约八里外的草地上会合，准备破城，攻占津洲。一匹快马驰来，骑手自称是范朝晋的外孙，专门替外公给孙大营长送来一坛接风洗尘的老酒。

孙会冠接过酒坛，扯开盖子，喝了一口，再把坛子狠狠砸向地头的一块界石，回头对姜副营长说："下令收兵，回县城抢救受伤的弟兄们。"

第三十九章
海滩搏拳高手无胜负　秋收暴动建立根据地

临危受命的中共津洲部委，领导农民武装跟敌人斗智斗勇，有力地打击、挫败了敌人，鼓舞了人民群众的斗志，受到了海陆丰地委的肯定和表扬。

一个月过去了，进攻海陆丰的敌军，表面上实现了对海陆丰的控制，实际上却没有睡过几天安稳觉。他们向上级谎报已经完成剿灭"暴民"的任务，不久，两个警备团奉调移防他县。而刘炳粹也不想在海陆丰久待，看弟兄们刮地皮刮得差不多了，也跟着拍拍屁股走人了。

土豪劣绅非常不满，控告刘团长"妄报肃清"。十八师师长只好另派第三补充团万炳臣营，前来接防。

这可是开展抗租斗争和武装暴动的好时机。地委指示各地，继续整顿基层党组织，健全农会等群众团体，加强农军的扩大和训练，全力领导抗租抗税斗争。

第一次国共合作全面破裂。但中国革命应该由哪一个政党主导？一个决定性因素，就是看谁能得到人民的拥戴和支持。

回头看看刘监生这一典型家庭，经历一场代表贫苦阶层愿望和利益的暴动后，产生了哪些新的矛盾。

刘巽才的丈人龅牙鳄，被临时人民政府枪决后，周尾妹不敢去找新政府理论，却在刘家闹了三天，还扬言要将她爹的棺材抬进刘家。埋由之一，小叔子只保自己的父亲，不保周家的人；之二，是刘家请他来吃喜酒害了他，要不，她爹不会当众辱骂渔工协会，不会放狠话要将徐娘舵沉海。

屠门刀再不敢发威了。"十三太保"大半被砍了头，自己能活着，全仗祖上积了德。龅牙鳄没了，媳妇披麻戴孝来婆家闹，其实是闹给新政权看的，他没必要出去阻止。刘巽才在九区被临时人民政府革了职，把气撒在弟弟身上，提出要跟巽祥分家，被刘监生一顿臭骂，才闭了嘴。

最遭罪的是巽祥两口子，江玉娇更是里外不是人，都快要崩溃了。她一点都感觉不到新婚的甜蜜和浪漫。

洞房花烛夜，暴动的枪声，使新郎官坐立不安。劝了大半夜，终于上床了，却没主动抱她一下，也没亲她一口。

当江玉娇被枪炮声吵醒，发现新郎官不见了。她要到外屋问丫鬟，又怕公婆责怪她没有守住新郎。她正急得团团转之时，看见紫檀木圆桌上，放着一张墨迹未干的纸笺：你要为听见激越的礼炮声而欢欣鼓舞，这是革命对你我终成伉俪的高规格祝贺。

江玉娇盼了一天，没盼回新郎官，只盼来大伯嫂肆无忌惮的打、砸、闹、骂，差点没把屋顶揭下。她本想借三朝回娘家，躲几天，可父母不同意，硬是按规矩叫弟弟将她送了回来。她听出大伯嫂撒泼和不堪入耳的辱骂，简直是冲他们两口子来的，但她不敢出声，也没敢告诉巽祥。

巽祥十分后悔没听姐姐的话推迟婚期，更自责没有参加本次暴动。虽然这是组织考虑到他如果新婚之夜失踪，可能会引起家人恐慌，四处寻找而惊动那些不该被惊动的人，所以，没有通知他参加起义行动。

但他凭大衙门传来的枪声，断定起义已经爆发。于是，天没亮，他就悄悄溜出刘家大院，去找辛强和冯广田，没找着，又去区农会。冯天浩见他来了，就让他带领农军第三小队，负责街道巡逻、会场守卫和看押人犯。

直忙到傍晚，有人对他说，周尾妹披麻戴孝，正在他家"大闹天宫"。他抽空回家，眼前一片狼藉，而大嫂像一匹母狼，一边哭号，一边拿竹竿捅屋顶的瓦片。巽祥强忍怒气，劝嫂子别伤了身子。周尾妹一点不领情，歇斯底里咆哮起来："我要叫我娘家兄弟，把我父亲的棺木抬来，放在你的新房里。"

玉娇闻讯从上院新房走出来，拉巽祥回自个儿家去。巽祥让使女将新娘拉走，转过身平静地对嫂子说："只要你觉得心里好受，解气，你抬来好了，我无所谓。"

周尾妹一甩鼻涕，伸出六根指头的右手，要抓小叔子的脸，被彩鸾从背后抱住了。彩鸾恳切地劝慰她："大姐，你先消消气，我们能理解你的心情，但这不是小叔的错。我扶你回去喝口水。"

"狐狸精，你敢替他出头？想勾引他？告诉你，我父亲没了，我娘家兄弟的拳头，仍然比谁都大，你们别高兴得太早。"周尾妹扬起巴掌，狠狠抽向彩鸾脸上。

巽祥的母亲跛着小脚，上来劝架，被周氏一搡，差点跌倒，幸好被婢女扶住。

巽祥搀母亲回了房，回来对周氏说："你听好了，你父亲已经在公审大会承认，他先后杀死四个跟他争抢利益的人，还无端踢死一个渔民，新政府杀他三次都不为过。你家的人，再敢横行霸道，吃枪子的，就不会只有一个。"

周氏哑了口，半晌，指着巽祥说："我怕你了，我也不敢再闹了。但你也给我记住了，终有一日，我会让你怕我的。"

大家以为是气话，全没在意。哪知，这个看似愚钝的悍妇，却将巽祥的最后一句话，以及她的应答，切骨崩心记了好多年。

周氏果然没再闹腾了，刘家大院似乎已平静下来了。

刘监生好像学会了过"闲看庭前花开花落"的日子。大媳妇看粮仓一半是空的，对阿彪说："你想明年去县城读书，准保饿死在路上。"他只对长孙笑笑。偶尔听见农军又杀了收税征饷的差吏，或协同别的区乡攻陷哪个镇，他只管安详地抽着鸦片，不再妄加议论。

一场大雨过后，水田的秧苗开始吐绿了。万悟尘提出趁农民可以歇歇脚的间隙，举办一期"土地农有与军事斗争"的学习班。余思铮十分赞成，要求区政府机关和群团组织干部都参加，还强调要对骨干成员进行枪支射击和单兵战术训练，提高作战能力。

万悟尘是上过军校的人，平时走路，头不沉，目不斜，肩不晃，且速度快，步伐稳，嗖嗖有风。但又不是刻板做作的那种，闲下来时，又很随性可亲。只是，常常双眉紧锁，一副总在思考什么问题的样子。

五天的学习班，万悟尘做了两天的讲座，面前只摆着三页纸的提纲。他天生一副好口才，话语不俗又好懂，不愧为甲级工业学校的高才生。

万悟尘曾是叶丛章尊崇的学兄，他的饱读诗书、远大抱负、爱国热情，令刘巽贞对他景仰有加。如果要说美中不足，就是有点优柔寡断，因应能力弱，虽有抱负，却在"忠孝两全"上为"孝"所累。巽贞相信只要帮助他跨过这道坎，他的路，肯定会走得更远。

随后一连几个夜晚，天气晴朗，月光皎洁如霜。僻静的海滩上，海风徐徐，成了绝佳的练兵场。部委和农会十几个干部，正在接受战术训练，紧张而又欢快。数名女将，在沙滩上学习长短枪射击、刺杀、策马奔驰。万悟尘记性很好，既念口诀要领，又一次次示范，手把手教授各种战术技巧。冯天浩专门传授搏斗和单兵袭击的招数，他以苏阿九、刘巽祥、辛强、刘友仁作对手，做了演示。李兰舟与巽贞、文英搭手练习近身格斗，好几次将她俩掼倒在沙滩上。

众人的练兵热情高涨，嚷嚷要冯师傅教教五雷啸天掌，连余思铮也跟着鼓噪。

冯天浩抹一把刷子似的络腮胡，清了清嗓门，先从南拳北腿说起，再强调南派神拳的最高造诣，就是创立五雷啸天掌。它遵南拳为骨，聚北拳之威，相容并包，又大大超越原先的局限性。其特点就是拳势刚烈，步法稳健，八面进退，迅疾如风，一旦对手露出破绽，化骨铁掌以五雷轰顶之势，并借虎啸狮吼吐气发力，直击要害，令对手三魂出窍，五脏俱裂。

余思铮捏捏他肌肉结实得像石头的臂膀，说："眼见为实，请老冯给大家露一手吧。老苏，你是虎狮馆舞狮头的，拳也打得不错，你俩当大伙的面比试一下，我们也好借机学习学习。"

苏阿九的拳术确实了得，虽然没读过书，却能将"拳经"倒背如流。他勇武有余，但谋略不足；待人重情义，热心肠，却从不敢跟女性单独相处，更别说任何肢体接触。唯独在刘巽贞面前，他才能表现得落落大方。李兰舟明明知道这些，却故意激他："要不，我跟九弟你较量较量？"

"那那那、那可不行，跟你交手，赢了也等于没赢。"苏阿九低下头勒了勒围腰，转身朝冯天浩抱拳道："论个头，我比你高些，论武艺，我败多胜少。你教了我好些招数，就当让你看看徒弟进步了没。"

一声"开始"，冯苏二人拉开架势，蹲下马步。苏阿九手握凤眼拳，冯天浩竖起柳叶掌，会桥时双方屏气凝神，开打了均如猛虎下山。苏阿九眼到手到，出击快捷，拳如流星，招式狠辣，但追马稍慢，身形沉滞。冯天浩气定神闲，腾挪舒展，掌似闪电，内力无穷，沉桥粘打，如九鼎压顶。

十几个回合过去，苏阿九的挫拳、撩拳皆被破排，他迅疾来个大闪侧，近身摊膀，直逼其左肋。冯天浩抢跨钳阳马，曲掌留中，巧截偷袭，趁对手三字马虚浮，手桥灵掌骤聚千钧厉劲，一声狮吼，化骨神掌穿胸而去。苏阿九欲跪马沉身，已来不及，足足被推弹出七八步之遥，他借势耕拦，撑俯于地，摆下"龙虾卧鼎"之势。冯天浩独步鹤立，欲用"泰山压顶"破解。苏阿九突地使出舞狮绝招"滚地惊雷"，加一记鹰爪拳。冯天浩劈腿沉腰蹲立，呈童子拜观音状，暗运功力于腿膝，蹬踢而出，直击其腋下。

苏阿九一个鲤鱼打挺站了起来，连连抱拳认输。

冯天浩却对他竖起大拇指，夸他大有进步。

大伙还没从屏气凝神中缓过来，李兰舟和刘巽祥不约而同站了出来，提出要跟冯师傅切磋切磋。

余思铮说："好，好，就来个二打一。"

刘巽祥学的是刘家拳，拳路紧凑精悍，步法灵敏多变，含胸蓄气，劲道硬朗，步纵四方，拳打八面，常以无畏奇招制胜。

李兰舟师承他的父亲李一刀，除了偃月刀法，七星拳也颇为了得。七星拳手法凌厉，腿法柔韧神奇，功架大开大合，手、眼、身与精、气、神浑然一体，气势雄猛而又舒展大方。

冯天浩在"会桥"那一片刻，就将对手的功底探出了五分。他从容淡定，又毫不轻敌，凭借掌心手桥灵敏的感觉，发挥搭、截、沉、标的劲力，让左右夹击、前后蹿跳的对手，难以施展解数，又消耗了气力。

辛强看不下去，跳将出来，大喊一声："我来也！"使出一记"躺腿扫百川"，被冯天浩一个"鹞子翻山"化解了。

这是一场"三英战吕布"的血拼，令人眼花缭乱，热血沸腾。

忽然，余思铮听见有人扑哧一笑，掉头一看，是巽贞与悟尘，正在几步之遥的野菠萝树下窃窃私语。

余思铮的心像被野菠萝的叶缘划过。巽贞对悟尘似乎颇有好感，性情投合，很谈得来，而且每次跟他在一起，笑声也多了起来。

余思铮告诫自己，要有定力，要相信历经风霜雨雪的爱，是谁也撼动不了的。假如他与她真的走不到一块儿，那别人顶多也只能在葡萄架下咽口水。但听见她在悟尘面前笑得那么惬意、开怀，他心里还是像喝了陈年老醋似的。

这时，急躁而发起狠来的刘巽祥，欲以"花和尚倒拔杨柳"扳倒冯天浩。李兰舟一招金骨肘落空，趁势一个侧旋，如闪电飞起"倒挂金钩"腿，击中冯天浩的天灵盖。冯天浩以束骨术溜出刘巽祥双臂，辛强亮出锁喉擒拿手直逼而来，冯天浩一声冲天狮子吼，运气发功，使出五雷啸天掌，将刘巽祥击出数步之外。刘巽祥"虾公腰"一挺，直立瞬间使出"罗汉脱袈裟"，哪知脚下被什么一绊，跌倒了。

余思铮为这场精彩的拳艺比试拍手欢呼，但又怕有人受伤，便吼了起来："停停停，擂台赛结果已出，三英战五雷，威震海天，双方打成平手，不分胜负。"

巽贞上前替弟弟拍打衣衫上的沙子，细声问他："伤着没有？"弟弟兴犹未尽，说："哪会，冯师傅只发五分的劲力。能跟高手搏拳，受益匪浅，我会继续努力的。"

巽贞看着身材高挑略瘦、肩宽臂长的弟弟，感觉他在家人当中，越发独树一帜了。渐趋成熟的个性，充满求知和上进的向往，不徇私情，有正义感，使他渐次告别曾经的年少轻狂。不过，他身上还遗留些许少爷习性，自大，不爱吃苦，缺乏定力，可见尚须继续改造和锤炼。

还有辛强，个头比巽祥矮了些，但性格、追求却大体相同，也许是两人形影不离，互相影响的缘故吧。不过辛强心思细密，话比巽祥少，处事交往较有心机。他俩都经受了较长时间的考验，相信能够成长为真正的革命战士。

众人还在为搏击的精彩啧啧赞叹。刘友仁和卓何合也跃跃欲试，在冯天浩的指导下，双双比画起来。

余思铮问李兰舟和辛强，伤着没有，都说没事。他来到巽祥面前，摸摸他被啸天掌击中的胸部，说："撩开上衣让我看看。"巽祥怕痒，扭身闪到一边。

冯天浩走过来，对巽祥说："有血性，等我重新开拳馆时，一定收你为徒弟。回去我拿些跌打药醋给你，搽抹几遍就没事了。"

巽祥用衣摆拭着汗，故意说："你武艺高强，将徒弟分三六九等，没有几个能得到你的真传，我去了也白去。"

冯天浩嘭嘭嘭拍拍胸脯，说："习武练功，立德为先，诚信、忠厚、崇法为本。道无德不足为道，法非诚不足言法。凡不忠不孝不仁不义不尊师重道者，我一概拒之门外，更别说授之五雷啸天掌。否则，就是我这为师者无行无德。人们常说，养虎遗患，殃及社会，养虎者难辞其咎，也终将为虎所噬。所以，我教徒弟，心里自当有一杆秤。其实，山外青山，拳无止境。我只不过是一个引路人，说真传秘籍，见笑，见笑。"

诸位听了冯师傅一番拳德拳品的评介，纷纷鼓起掌来。

余思铮问巽贞："你说说，中国功夫这么厉害，可现在已经是热兵器时代，武术还能盛行吗？"

巽贞亮出刚学会的三崩手，说："我是门外汉，但敬畏武术。它是中国的国术，曾经承载着健体强身、抵御侵犯、捍卫尊严的愿望，是大众化的传统竞技形式。它能磨炼人的意志、耐力和反应速度，过去是，现在仍然是。"

辛强从文英手里拿过带刺刀的毛瑟枪，说："军事技能与武术息息相关，短兵相接的格斗、刺杀，就是武术。"

"我想过这个问题。"冯天浩搔搔板寸头，对余特派员说："远距离对垒，钢枪明显占优势，但功夫高手，眼观六路，耳听八方，对他的击中率，往往很低。如果面对面，高手的出拳速度、反应速度，比出枪瞄准的速度要快。总之，武术是看不见的武器，能跟枪械合二为一，必当如虎添翼，更胜一筹。"

就在李兰舟和颜文英也争着要说说自己的见解时，海上突然刮起了大风。

刘巽贞抬头看看天上的半边残月，顷刻间已被乌云吞噬，天也随之暗了下来，且下起毛毛雨，愣怔片刻，独自一人走向海边。颜文英跟了上去，小声问她："我看你这些天，好像总在琢磨什么问题，是不是担心形势变了，接下来我们将面临更……"

刘巽贞的心像被狠狠拽了一下。自己怎么啦，有了一些迷茫和困惑，竟然被文英给看出来了？

颜文英说得没错，这些天，她一直在思考"未来"这个问题。作为中共津洲部委的代理书记，刘巽贞是得比其他同志想得更深更远一些。

同一弯残月，此时同样悬挂在陆丰莘田圩横陇村上空，掩蔽于此的中共海陆丰地委领导，也在追溯类似的更多问题。

新的一天又开始了，好些领导起床后的第一件事，除了活动活动筋骨，就是隔着栅篱，往村口的方向眺望。

一阵咳嗽过后，张善铭直起身子，一手托着龙眼树。他没有看村口，而是抬头仰望空中的白云。他回忆起昨夜起草的那篇文章，开头是这样写的：

中国共产党目前可以依靠的革命力量，在城市是队伍尚不庞大的工人，在农村是以农会形式组织起来的农民。可他们几乎手无寸铁，将怎么去抗衡国民党二百多万的军队？可见，中国革命，要比俄国的革命，更加艰难、曲折和漫长。只是，共产党人坚信，对共产主义信仰的力量，足以战胜一切艰难险阻。

上午，地委召开扩大会议，总结党领导暴动在认识上存在的问题，分析暴动失败内在和外在的原因，探讨如何组织实施新的反抗行动。退匿于青羌村和陂屯村的海、陆两县党政负责人，一大早就赶来横陇村参加会议。

张善铭做完小结，他让争论了一上午的大家休息一下。

坐在石板上搓草绳的林铁史，不无幽默地说："为了破解'本无路'，我得抓紧多编几双草鞋，才能应付荒坡野岭上的荆棘。唯物主义者，要相信只有经历失败，才能夺取更大的胜利。正义的力量是无穷的，民众反抗压迫和剥削迸发出来的力量是无穷的。"林铁史出身书香世家，是彭湃的中学同学和好友，三年前毕业于日本早稻田大学，现接替吴振民，任海丰县临时人民政府代理县长。

郑重拔下旱烟斗，喷出两条烟龙，掷地有声地说："革命的主力军在农村，以全面抗租来激发农民的积极性，以小暴动促成大暴动，把握性更大。"郑重为人谦和，但又疾恶如仇，本家叔父勾结官府凌辱百姓，他照样将他送上断头台。

杨其珊紧一紧腰带，走向一棵碗口粗的番石榴树，拿它当木桩，边练武边说："我也还是那句话，要将对手打倒在地，不可枉费力气，而要善于寻找战机，瞄准对方的软肋，同时还要强身壮体，苦练内功。必须组织起更强大的队伍，加紧训练，并补足枪支弹药。"

身材纤瘦、面容俊秀的郑志云，用手揉着深陷的眼窝，从草屋走出来，把整理好的会议纪要递给张书记。然后走近郑重，调侃道："镜堂兄，全面抗租一实行，你家又要少收多少担稻谷？郑老爷子肯定又要暴跳如雷了。"

郑重贴着他耳根说："这倒不是什么大事，我捂住耳朵闭上眼不就过去了？我担心的是，躲在大山里，尽吃麦麸木薯野菜，上茅厕屙不出，我的隐疾又开始折腾了，而且以前用过的药都不见效。不过，我不会让自己倒下，一定要跟你们并肩战斗。隐疾一事，你可要替我保密。"言毕，他气恼地捏起拳头，擂了擂尾椎穴。

突然，在香樟树上瞭望的警卫员，双手拢着嘴巴往下喊话："村道上有人，好像是李部长回来了。"

张威别上刚擦好的手枪，利索地爬上香樟树，在树上观望了好一会儿，快速溜了下来，说："是他，终于回来了。我去给他准备些吃的。"

郑重在磨盘上磕了磕旱烟斗，说："今天一群白鹤老在空中飞来飞去，这是吉祥之兆。老李今天回来，准能带回好消息。"

果不其然，来人真是李国珍部长。他几经辗转，在省城找到了"清党"后才成立的中共广州市委，进而找到了主持原广东区委工作的组织部长穆青，而且真的带回了振奋人心的消息。

杨其珊叫警卫员找来半坛子家酿米酒，切了一盘腌过的芒果，说要好好庆祝一番。

张善铭明知自己不能喝酒，但还是带头举起盛酒的碗，说："我平时闻到酒就脸红，但这碗酒，就为李部长带回好消息，我一定喝下。听着，下午扩大会议继续，主要议程是，贯彻'八七会议'精神，策应南昌起义。来，为革命进入转折关头，干杯！"

大家齐齐举起酒碗，在激昂豪迈的笑声中把酒干了。郑志云直向镜堂兄使眼色，可神飞气扬的他一仰脖子，粗瓷碗里的酒已经一滴不剩。

一个多星期过去，中断多时的地下交通线恢复，海陆丰地委正式收到中央关于秋收起义的指示，以及省委有关贯彻"八七会议"精神的文件。

中共广东省委特派员黄雍随之来到海陆丰。他此行的任务，是组建海陆丰暴动委员会，由他和刘琴西分别担任暴委的正副主席，指挥海陆丰及惠阳、紫金毗邻山区的武装暴动，配合与迎接南昌起义部队南下，建立广东革命根据地。

张善铭非常欢迎黄雍的到来，就海陆丰当前面临的形势和周边敌人驻防情况，跟黄雍做了深入交流。

张善铭性格温和，跟同志们相处十分融洽。大家都说他素养高，视野开阔，待人处事理智大度，断事做决策注重发扬民主，对坚持不同意见的人，也善于谆谆善诱。

暴动委员会办公用的茅舍盖好那天，交通员送来南昌起义军即将入粤的消息。地委和暴委的同志，个个情绪高涨，摩拳擦掌。黄雍摘下近视眼镜，提出召开联席会议。刘琴西告诉他，张书记可能病了。

黄雍来到张书记住宿办公的草屋，看见面色青中带灰的他，硬撑着要从木板床上起身，关切地问："哪里不对劲，吃药没有？"

地委秘书刘锦汉从小木柜翻出一包中草药，准备交给负责做饭的蔡婶去煮。

黄雍抚抚张善铭的后背，劝道："你身体不适，还是躺下休息为要。会议，我来主持。"

张善铭下床，坚持要参加会议。张威知道张书记的病不轻，提议把会场搬到他的住处，他可以边开会边倚墙歇着，张书记不同意。张威只好搀着他来到会议室。

黄雍用衣摆拭拭眼镜又戴上，环顾了与会者后说："据省委密报，南昌起义军希望能在广东站稳脚跟，并借以发展壮大。那么，海陆丰应该如何策应起义军，为他们提供强有力的支撑？对此，请大家各抒己见，畅所欲言。"

郑志云看张书记的脸色不再那么苍白，松了口气，就声音响亮地说："必须让海陆丰的政权重新回到人民手中，我们应该举行第二次武装起义。"

"对，再次举行暴动！"刘琴西吐掉叼在嘴角的草棍，霍地站了起来。他是与会者中年龄最大的，今天正好是他三十一岁的生日。"眼下，盘踞在海陆丰的国民党军队，只有敌十八师第三补充团第二营，营长万炳臣。而地方反动武装有好几支，海丰有戴可雄的保安团，马思遂的民团；陆丰有李沛的保安队，乌旗派四十八股盟主陈子和的自治军，还有流窜于西北一隅的杨作梅'讨赤军'，都没有多大的战斗力。"

为了说话声音清晰些，张善铭挺了挺胸："农民的暴动，不是一个命令就可以起来的。如果不考虑群众的切身利益，光喊政治口号，不能成为发动群众暴动的动力。我们要深刻理解为何要求在秋收前夕举义。"

黄雍有些急切地说："老张说得没错，但我们不能坐失有利时机。我认为首战要以攻打县城为目标，可压短时间，为快速攻占惠州打基础。否则，配合起义军占据省城，建立广东革命根据地的宏图大略，何以实现？"

李国珍挠挠好久没理的头发，言道："南昌起义，是我党为挽救中国革命做出的努力和斗争，革命群众很受鼓舞。但毕竟起义军还没抵达海陆丰。以眼下我们的力量，不足以一下攻克两座县城。"

郑重双手比画着说："海边人不管吃哪种海蟹，都会先掰扯下蟹螯。我们可以集中兵力，先攻打海城和陆城周边的重镇，缴获一些枪械，以充实工农讨逆军，武装赤手空拳的农民。蟹螯蟹脚掰断了，只是蟹身的县城孤立无援，我们再多路并进先围攻陆城。如果陆城被我们拿下，海城守军必然惊慌，还有胆子固守？"

天气又闷又热，张善铭的额头却沁出一层冷汗："对于秋收暴动，我仍要强调一句，我们的力量在农村，而抗租抗税和土地农有，可以调动农民投身革命的积极性。所以，要将抗租抗税和暴动结合在一起，而且，要加强党的坚强领导，将扩充农军和整顿党组织及农会结合在一起。"

杨其珊瓮声瓮气地说："虽然敌人对红色乡村的袭扰从没停歇过，但在各级党组织领导下，抗租抗税斗争还在不断扩大，可见基层党组织和群众，并没有被敌人吓倒。"

黄雍知道杨其珊是中共五大中央委员，点点头应和道："很好！还要注意一点，倚托南昌起义军入粤，充分做好舆论宣传工作。要放话出去，说农军即将进攻县城。"

张威表明了自己的态度："我已被任命为陆丰暴动总指挥，那么，这次暴动我会坚持由农村到城镇，积小胜为大胜，最后集中力量攻克县城的路线。"

黄雍很想坚持先攻打县城的策略，也希望这一策略能在紫金和惠阳取得胜利，就对张善铭说："我还得履行特派员的职责，前往紫金、惠阳开展工作，组织指挥这两个地方的暴动。海陆丰的起义，就交给你们了。"

张善铭知道黄雍仍坚持自己的主张，只好示意大家起身，送特派员一程，自己紧紧握住黄雍的手说："我们会深入发动群众，把抗租抗税斗争推进到所有红色乡村，还要没收豪强的财产，分发给贫苦民众。地委和暴委，要及时通报进攻路线及行动进展情况，还要并肩协作，大力支援有困难一方。海陆丰的暴动，我们会根据形势及时做出调整，一旦外部条件允许，我们会提前攻打县城。"

农军集结攻城的传言，四处扩散，敌人惶恐不安。在这节骨眼上，驻守海丰公坪圩的万炳臣营三连，因欠饷纠纷引发内讧，在排长郭其宽率领下，枪杀了连长罗义先等人，后率众向海丰杨望大队投诚。

驻惠东的保安联防主任蔡腾辉接到求援信，命令联防队兵分两路，进袭海丰西陲门户鹅布、赤山二圩。兵来将挡，林道文大队接到情报，携同参战农军，在高湖山设伏，将联防队打了个人仰马翻。讨逆军彭震中队乘势攻下梅陇、青坑。海丰滨海重镇凤仪，也被工人纠察队和农军一举夺取。

驻守县城的万炳臣所部和戴可雄保安团，遭杨望大队和农民武装围袭，自顾不暇，哪敢出城救援。

陆丰的暴动，首战在南坛打响。工农讨逆军津洲中队联合四区农军，东西夹击陈子和自治军。激战一个上午，其副队长重伤垂危，陈子和只好带着残兵逃往惠来县奎潭圩。

集结在陆丰西北部及紫金炮仔圩的陆丰大队，晚上出兵突袭距离县城十五公里的吉安圩，告捷。黄雍、刘琴西率农军攻打惠东高溏，未果。张威领二百余众增援，两支讨逆军合力攻占高溏，击毙巡官和民团团长，缴获大批枪械，并悉数没收几户恶霸地主的财物粮食。

8日拂晓，陆丰大队和上千农民，浩浩荡荡奔袭东滘镇，与据守县城的李沛保安队和杨作梅"讨赤军"，展开一场恶战。李、杨二人接报，陆丰大队已派人迎接起义军先头部队入境，惊恐不已，遂于午夜溃退逃往玄坛镇。

向海丰县城发起总攻，如箭在弦。地委书记张善铭和暴委主席黄雍，召集刘琴西、林道文、杨望、张威等，在公坪圩开会，研究部署破城之策。

9月16日凌晨三时，海陆紫工农讨逆军和农民武装四千余人，分四路进攻海城。林道文、杨望两个大队率先攻下老车站，可彭震及郭其宽所部，却在大液桥和龙津桥遭受敌人顽强阻击，西路农军也在鹿境乡渡口，与地主武装发生遭遇战。

海丰县城没被攻破，惠州的援军也久候未至，万炳臣和戴可雄深知自身与部众已成釜中之鱼。三更时分，他俩各自携部弃城逃窜，经布心圩遁走惠阳三多祝镇。

17日早上，林道文率领讨逆军进占海城。其他几路农军也随后赶到，并将讨逆军总部设在桥东林氏祖祠。

第二次武装起义胜利了，海丰、陆丰全境，又成为革命民众的天下，两县的临时革命政府也随之诞生。而区、镇、乡政权，自此一概由农民协会接管。

为了做好与敌人长期武装斗争的准备，张善铭指示两县临时革命政府，把没收来的粮食、布匹、煤油、药物等大批物资，还有堆积如山的钱财珍宝，分别运往海丰、陆丰、惠阳交界的朝面山和激石溪，秘密储藏于人迹罕至的山洞中。

张善铭知道，敌人很有可能调集兵力，发起反扑。当下起义军因遭敌人阻击，入粤时间一再推迟。但着眼长远，也为了使南下起义部队有一个休养生息的落脚点，海陆丰县委（原地委）、革委（原暴委）和海丰临时革命政府领导人，经深入研究，一再权衡，决定在海、陆、惠、紫、揭五县交界的朝面山，着手建立革命根据地。

朝面山村，位于海丰县最北的青羌区境内，东西北三面崇山环抱，南面为谷口，地势险要，易守难攻。往西北而去，有中峒村，属惠阳高潭区的地盘；向东北翻过一座山，是激石溪乡，为陆丰莘田区所辖。这一带重峦叠嶂，涧深坡陡，林木茂密，屹立着海拔千余米的武顿山、五马归槽山等奇峰。有民谣云"嫁女莫嫁激石溪，出门三步嘴啃泥"，"中峒尽巉岩，离天三尺三，人过得低头，马过先下鞍"。由于地形险要，清朝乾隆年间，曾有个叫牛牯都的好汉，在这一带率众造反，对抗官军。

这片方圆百里的山区，西入惠阳，北通紫金，东连莘田直至潮汕地区，向南百里是海丰城，往东南百里是陆丰城。朝面山、中峒、激石溪三乡，总人口三千多人，激石溪占一半以上。

海陆丰县委选择这里作为后方阵地，着手对县城和部分圩镇实行坚壁清野，连织布厂和枪械修理厂的机器，也悉数搬到朝面山。可见，经过几个月的斗争实践，党的领导者，逐步形成了倚险拥兵，建设后方，攻守兼备，进退自如的战略设想。海陆丰革命根据地自此正式形成。

县委书记张善铭，考虑更为长远。他与郑志云、李国珍秘密商议后，形成了一个只有他们三人知道的决议。数日后，他与警卫人员化装成商人，悄悄来到津洲城，住进了同福客栈。夜里，张善铭独自带着一个细藤匣子，秘密拜访了万泰安会长。

第四十章
津洲城将帅云集　海陆丰敢为人先

一支三万多人的起义军，身着蓝灰色军装，脖颈上系着红领巾，手里打着国民革命军旗号，在原先的"友军"，现在的"敌人"，重重围追堵截下，奔向广东。他们计划先攻占东江，夺取出海口，在博得共产国际的支持下，得以充实力量，再举兵攻占广州，重建广东国民革命根据地，然后发起第二次北伐。

万岱仰是在省城与一家公司洽谈合股创办大戏院事宜时，听到这一消息的。南昌起义军主力之二十四师，正是大哥万岱源与段冀虎他们所在的部队。一种预感，使他决然中断了投资影院业的计划。他在心里对自己说，万家即将再无安宁之日，恒衍商行的鼎盛时期已经到头了。

当他回到津洲，将几份报纸递给父亲和大嫂时，发现他们十分平静，一副波澜不惊的样子。原来，他们已经获悉了这一消息。

此后一段日子，是颜文英和李兰舟最为牵肠挂肚的日子，因为她们听不到任何有关夫君的消息。她们翘首以待，但从焦灼的目光里，又能看见坚毅和自豪。

余思铮从海丰县青羌圩回来了。晚上，中共陆丰县第三区区委扩大会议在耶和典当铺举行。余思铮向参会人员通报了时势动态，传达了省委与县委的决定。

南昌起义军于8月初取道临川南下。虽然路上接连打了两场胜仗，但天气极为炎热，山路崎岖难行，每个战士背负二三百发子弹，还要自扛机枪、大炮，如此超负荷行军，使战士病死不少。加上仓促撤退，部队未能及时整顿，沿途百姓受反动派恶意宣传和欺骗，均闭户远逃，士兵不仅食物不能保证，就连茶水也难以买到，故逃亡者甚多。起义军号称三万之众，实际人数只有两万余人，行军三天，部队实力损失已达三分之一。

进入粤境后，指挥员首先瞄准地处町江、梅江、韩江汇合口的三河坝。9

月中旬末，段冀虎、万岱源所在的第二十四师，作为先头部队进占三河坝。

为了牵制敌人，站稳脚跟，协助当地建立工农政权，起义军按照参谋团事前的决定，兵分两路，一路奔向潮汕，一路据守三河坝。

下旬，起义军主力占领潮州、汕头。革命委员会计划将汕头作为临时首都，等获得苏联答应援助的装备和巨款后，大力扩建军队，再西进夺取广州，并将其确定为正式首都。为了在当地建立政权，自然要有守城并控制周边地区的部队，于是，革命委员会决定第二次分兵。

进入潮汕的主力部队八千余人，经第二次分兵，力量更为分散。第二十军第三师千余人负责警戒潮汕，师部和教导团驻潮州。革命委员会及各军后勤机关驻汕头，城内由兵力相当于一个营的第六团警卫。参谋团随起义军第十一军二十四师，第二十军一、二师，继续向揭阳、丰顺前进，拟攻取惠州，兵员约六千五百人。

为补充兵力，起义军派曾在海陆丰当农军教官的刘立道，前往海陆丰。他在朝面山东面的青羌圩，找到海陆丰县委。刘立道介绍了起义军的计划及目前的困难，请县委在当地代招新兵两千人，并支持招兵费用。

张善铭书记认为招兵事关南昌起义的成败，当即决定从速招募三千名新兵，还拿出一万元作为招兵费用。

余思铮向津洲的同志们宣布完县委的决定，大家立即分头行动，连夜赶赴区、村农军驻地和农会会员家中，进行宣传发动。隔日傍晚，余思铮带领一个排的应征新兵，星夜赶往青羌报到。

两天后，第一批新兵七百多人，经莘田前往揭阳。与此同时，东江革委、海陆丰县委另组织三十个挑夫，肩挑沉甸甸的银圆，取道普宁流沙，奔赴汕头，从经济上支持起义军和新生政权。还依照原计划，调集农军准备进攻陆丰县城，以牵制前方的敌军。

然而，战事瞬息万变。起义军主力从揭阳县城开拔没多久，就遭到敌人六个团的围攻夹击，经过两天三夜的血战，起义军主力伤亡过半，元气大损，士气低沉，不得不于拂晓前退回揭阳县城。

从海陆丰出发的七百多名新兵，在奔赴汕头途中，闻悉起义部队在揭阳战败，联系也随之中断。刘立道只好率队折回，路上遭到地主民团袭击，二十多人遇害。

挑着银圆赶往潮汕的三十名挑夫，到了流沙，侥幸遇上撤离汕头的前委机关和起义部队，遂把银圆移交给前委，分发给起义军各部。

担任前卫的第二十军一、二师，已经翻过流沙西面五六里远的莲花山。而守候在流沙北面乌石山下的敌军一个团，在当地地主武装配合下，利用起义军前卫与后卫之间的间隙，抢占了莲花山，设下了伏击圈。

后卫部队二十四师及首脑机关人员来到莲花山下，遭到敌人的截击。二十四师三个团分前右左三面占领阵地，掩护前委、革委领导和机关人员强行翻越莲花山。不料各团刚接到命令，敌人就从山上呈半环状冲杀过来。

再说第二十军。他们翻越莲花山后，后卫清晰听见后方有枪声，但以为只是小股敌人设伏，故没有派兵救援，导致殿后的二十四师和指挥机关，遭受了惨重的损失。

等第二师师长获知，后卫二十四师遭到围截时，派四团一部回头搜索，路上遇到段冀虎、万岱源一行，才知指挥部与军队已经溃散，不知所终。

第二十军一、二师，官兵成分复杂，党的领导和政治基础薄弱，总共只有五十余名党员。部队南下两个月，忙于打仗，没有时间进行革命教育改造。一旦风生浪起，有些人就会露出原来的真面目。第一师副师长欧学海，就是这么一个投机分子。

他在部队撤离汕头时，就一路上散布反动言论，挑拨离间，涣散军心，蓄谋叛变，却没有人站出来制止。一、二师仍有三千余众，是未来的希望所在。如果发生不测，前委的计划很有可能成为泡影。

段冀虎、万岱源与兄弟们随一、二师来到与陆丰县交界的惠来县奎潭圩。

万岱源与段冀虎在北伐途中已加入中国共产党。他俩从团长口中了解到欧副师长蓄意反叛后，心里焦急万分。但他们又想不出什么办法扭转这种颓势。

5日晚，一、二师进驻陆丰县城城郊。一路走来，几乎没有群众敢跟这支精疲力竭、军容不整的军队接近，因为他们打的是国民党军队的旗号。想向民众打听县委、革委的所在地，没人肯说，有愿意说的，也没一个能说清楚。而反动军官的造谣和煽动，越发放肆猖獗。

此时，海陆丰县委和东江革委接到报告，知道起义军入粤后，接连受挫，部队严重减员，前委已改变原先计划，决定退守海陆丰。海陆丰县委立即派人分六路寻找前委，并准备举行仪式，欢迎起义军到来。

可是，联络员在途中听说，欧学海副师长正在煽动部队向敌军投降，还声称要枪毙一大批共产党员和农会会员，以示投降的诚意。联络员十分惊讶，失望之余，决定放弃与之接头的计划。

海陆丰县委综合分析相关情况后，做出争取分化一、二师，将觉悟较高的队伍拉回来的打算，但时间紧迫，形势急转直下，计划落空。

中共第一、二师师党委，无法与地方党组织取得联系，又闻强敌尾追而来，师党委负责同志匆匆带领部分党员干部，于当夜分头逃离部队。而一、二师师长，失去前委的领导，束手无策，思想动摇，滋生了派代表与敌军接洽投降的念头。

6日晚，据守陆丰县城的敌军，派人来到起义军驻地，要求一、二师师长选出代表进行谈判。欧副师长暗中与敌人密谋，准备对还留在军中的共产党员下毒手。

段冀虎为了挽救这支一同浴血奋战过的队伍，冒着暴露的危险，设法与一、二师中下层的党员同志接触密谈，要他们争取更多的战士，拒绝投降，反戈一击，逃离叛军。他信誓旦旦告诉同志们，自己是当地人，海陆丰革命武装遍及各地，一旦跟他们取得联系，就一定能找到前委领导，找到当地的党组织。

万岱源除了协同做说服工作，还将从战场寻回的四五千块银圆分给几个可靠的战士。他们将银圆装进干粮袋，捆扎牢靠后系在身上，准备脱险后，才交还给师部。

第一师三团罗团长是党性信念坚定的中共党员。他答应暗中做兄弟团及下属营、连长的思想工作。段冀虎与他约好，时机一成熟，就立即行动，将队伍拉上山去。还说，只要拒绝投降的枪声一打响，地方党组织就会闻风而动，派人与我们联络，我们不会孤立无援的。

陆丰第一区委组织委员、农军教导员林瑞接到情报，说南昌起义军来到陆城郊外，遂通知农会负责人发动农民，煮了十多担菜粥，送到郊外，慰劳起义军，并派人向掩蔽在吉安的张威汇报。不料欧学海却下令把几位农会骨干和送粥的农民全都抓了起来。

全然不知情的张威接到林瑞的报告，骑马赶来陆城迎接起义军。情况万分紧急，而当时迎仙桥已被封锁，林瑞连夜泅水游过印月河，往吉安方向狂奔。在离县城仅几里远的路上，他将张威拦住了，告诉他起义军恐怕生变。张威大惊，带林瑞回吉安，向海陆丰县委报告。

缴械投诚谈判会在进行，党员发动士兵逃离叛军的说服工作也在进行。

10日，尾随而来的敌军两个师六七千人，包围了第二十军一、二师。段冀虎率领三营的弟兄，与以罗团长为首的二十军部分党员、战士，奋起突围，向吉安方向奔逃。敌人紧追不舍，路上又遭地主武装的截击，三营的弟兄与罗团长所率的官兵，分头杀出一条血路，各自奔逃。段冀虎与万岱源带领二十几个士兵，逃进深山。罗团长与部众七八十人，因迷路被敌人缴了械，他在警卫员掩护下，趁乱逃脱。

被围困在城郊的一、二师官兵，均遭敌军悉数缴械，绝大多数为敌人所收编。

第十一军二十四师，情况大不相同。党的工作基础扎实，团、营干部一般都是中共党员。骨干力量大多是从原国民革命军叶挺独立团调来的。其中，第七十团团长董朗，就是一名历经战火，党性坚定的中层领导。他是黄埔军校一期毕业生，中共党员，原为独立团参谋，参加过两次东征。

莲花山战役受挫后，董朗率第七十团余部从左翼撤退，向海陆丰方向转移。途中，与七十二团幸存的官兵会合，沿途又陆续收集了一些突围后南撤的战士，队伍增加至一千二百余人。

时间倒回4日清晨，津洲城求芳居的双兰内苑，一夜没睡好的万泰安，天刚亮就在院子打太极拳。客厅的电话铃骤然响起。

万泰安拿起话筒，听出对方是陌生人。但他却借汕头一位旧友的名义，特意给万老拨了这通电话。他在电话中说："二十四师在流沙战败，余部及首脑机关的长官，正向津洲一带港口转移。"

一听二十四师战败，万泰安一颗心猛地往下沉。但他马上冷静下来，想想应该立即将这一消息告诉大媳妇，并叮嘱她，对外只说是她爹从县城打来的。

刘巽贞、余思铮接到消息，又惊又喜，立即派出七八名联络员，四处寻找、打探起义军行踪。刘巽贞想得周全些，对余思铮说："我估计来的人不会少，得提前安排好吃宿的问题。"

5日上午，秋高气爽，片片黄叶，在小北风的逗弄下，亦舞亦蹈。南昌起义前委与革委领导人，或三五人，或一二十人，在联络员引领下，先后来到津洲。虽然他们很憔悴，很疲惫，但是他们胸前的红领巾给津洲带来了一抹庄严鲜丽的亮色。

中共汕头地委书记杨石魂，偕同一批起义军将帅，最先踏进津洲城。刘巽贞去潮汕考察时，见过杨石魂，知道他伴同的人，肯定非同一般，便叫来颜文英，把他们安排住进经纬楼。

傍晚，董朗及所率部队，来到未石城北门。热情洋溢的民众立即抬上一箩又一箩热饭，摆开一盆又一盆菜肴。一番满嘴流油的狼吞虎咽后，战士们打着饱嗝，分散在东校场和旧衙门等处，在苇席和稻草的芳香中，抱枪和衣而睡。而宣传救护队的十几名女兵，以及军乐队的八九个战士，受到特殊照顾，住进了区农会办事处。

忙得"吃饭没"都忘记了的津洲同志们，终于可以坐下来，交流一下警卫巡逻、外围放哨、医治伤病员等工作的落实情况。

苏阿九、卓何合已经通知，相邻二十里外的乡村农会，布置暗哨，派出耳目，一旦发现敌情，火速向区委汇报。刘友仁、辛强负责城郊外围警戒。冯天浩、刘巽祥的任务是重要领导人的安全警卫，街面巡逻。

颜文英、李兰舟的工作是请医抓药，协助救护兵，为伤病员熬药、清创、敷伤、包扎。她俩问明部队的番号后，一颗心提到了嗓子眼。好不容易从两三个伤员口中得知，段营长带领三营掩护部队撤出战斗后，现不知去向；而万军需官发现辎重物资丢失，重新返回战场寻找，此后再也没有遇见。

颜、李二人咬咬牙，忍住眼泪。她们相信，吉人自有天相，他俩与津洲的兄弟们，一定都还活着。两人经商议后决定，暂不向家人提及，也不对外透露部队番号，以免有家眷闹着向部队要人，影响战士情绪。

刘巽贞和余思铮与起义军后勤主任接洽后，给胡见凡、李日修和刘耀环布置了任务：发动群众捐赠援军物资，为部队蒸制三天的干粮，协调好士兵们的洗漱和衣被清洁，组织妇女缝补破裂的军服，等等。

任务落实到人后，余思铮激动地对大家说："我做一百个梦都没想到，起义军这么多大领导，一下子全出现在津洲，出现在眼前。而且，一番洗漱后，个个都那么年轻，那么英俊，那么威武。"

夜深了，沸腾的津洲渐渐宁静下来了。刘巽贞、余思铮查完哨，遇上颜文英和李兰舟，他们一起来到经纬楼前，想看看将帅们睡了没有。刘巽贞尤其关心那位担架抬来的领导，病情是不是缓解了些。

这时，杨石魂朝他们走来，对刘巽贞说："你是津洲的负责人，有些事需要你协调，请随我来。"

十几分钟后，刘巽贞从楼上下来，跟余思铮、颜文英他们走到香樟树下。刘巽贞是一个原则性强的人，时时严守"不该问的不问，不该说的不说"这一纪律。

当李兰舟问她见到了哪些指挥长，有没有提及冀虎和岱源时，刘巽贞瞪了她一眼，说："先执行任务，而且必须保密！为了保存革命实力，开辟新的战场，我们必须尽快召集一批可靠的船工、七八条吨位大的渔船，将起义军的骨干，转移到香港、厦门、海口等安全的地方去。"

星光闪闪，风在驰骋，海在咆哮。

刘巽贞和余思铮，匆匆往渔村的方向走，他们要去找徐娘舵，把挑选落实船工与渔船的任务交给他。

黑暗中，刘巽贞不由想起刚刚见过的众将帅，或身躯伟岸，或气宇轩昂，或心雄胆大，或谈笑自若，个个都是胸怀十万兵，叱咤风云，气壮山河的栋梁之材。

刘巽贞忙完一切，天快亮了。李兰舟打着哈欠，扯着巽贞，要她去冀兰居眯眯眼，文英也说要跟她俩一起睡，三人便一同来到兰舟的新屋。文英与兰舟愁眉不展，忧心忡忡。巽贞安慰她俩道："大凡人与至亲至爱，是有心灵感应的。你们强烈思念他们，说明他们也十分记挂你们。我敢说，他们一定是随大部队去了陆城，不会有事的。"

冀虎与岱源已经整整三年没回过家了。这次他们的部队来到津洲，他俩与那些兄弟们一个都没看见，叫她们怎能安心？唯一值得欣慰的是，他俩都参加起义，叛离了国民党。两对夫妇的心，相知相应，不约而同走上唯义所在的大道。这不正是巽贞所说的"心灵感应"吗？

相信巽贞的话，不再净往坏处想。军人驰骋沙场，以"忠"为大，默默为他们祝福吧，相信不久，他们都会欢聚一堂。

6日一早，津洲城锣鼓喧天，人声鼎沸。几个社头的民众，争相抬着煮熟的猪羊肉块、米饭、鱼虾、菜肴，来到部队驻宿地，慰劳起义军。

津洲民风淳朴，百姓古道热肠。以万泰安为首的商会代表，在余思铮引领下来到经纬楼。他们送来几担大米，几笼鸡蛋，几箱布匹。

送走商会代表，彭湃带着师部经理处副处长，走进放慰问品的房间，对他说："你不必再发愁了。"然后，从装大米的竹笼里，拎出两布袋银圆。

刘监生与李举人，却一直在犹豫着。他们听闻这支部队，是从北伐军南昌大本营反叛出来的，正遭国军步步追杀，原打算不予理睬，然而，当仆从告诉李举人，起义军在津洲纪律严明、秋毫无犯时，老知县知道自己错看这支队伍了。他改变初衷，通知各家各户杀猪宰羊，蒸煮干粮，筹募款项，集中后给起义军送去。据说，他还派人将一瓮上好白酒，作为特殊礼物，抬进经纬楼，说是专门送给长官的。

刘监生坐不住了，担心怠慢了起义军，自己没有好果子吃；但讨好起义军，日后国军追查起来，给你个私通叛军的罪名，更让你吃不了兜着走。最后，他想出一个万全之策，叫人赶着水牛，送去两牛车陈谷杂粮，一车中草药材，还有八卦丹、虎标油、砚壳散等药品。他的小算盘是这么拨的：礼他送了，起义军当然看不上眼，也带不走，等他们一开拔，他就可以如数拉回家里。将来国军到了，想找碴儿也轮不到他。

7日上午，有情报传来：驻扎在陆丰城郊的一、二师，准备接受敌人收编，双方正在谈判；从潮汕尾随而来的敌军两千五百多人，有向陆丰进逼的迹象；距离津洲仅七十里的惠来县城，其驻军也蠢蠢欲动。

张发奎早已做出判断：叛军南下，必与海陆丰农军联合，那无异于放虎归山。

东面是烟波浩渺的汀江，南面是惊涛拍岸的大海，起义军将士耳听万顷涛声，遥望北面尚未消散的硝烟，忧虑一点点凝结在眉梢。

局势恶化，危机四伏，前敌委员会决定，先护送领导干部渡海突围。徐娘舵已联系好四艘渔船，两条独桡竹篷船，停候在津水港。

秋风飒飒秋水长。领导干部告别津洲的同志和群众，在警卫员搀扶下，分头登上渔船，扬帆西渡香港。姜济寰、廖干吾、陶铸，还有不少团、营级干部，水土不服的士兵，也陆续乘上竹篷船，离开津洲。有一位叫欧阳俊竺的女兵，来到码头，再也不肯走，坚决要求留下。几位朝鲜籍与越南籍的战士，被她感动，也表示不走了，誓与部队跟敌人战斗到底。

回头说说从莲花山一役突围出来的七十一团，团长徐成章率领余部二三百人，来到玄沄镇西北面的金湘湾，几经周折，才与中共金湘区委书记黄秀文取得联系。徐成章下令士兵，将武器弹药送给玄沄与金湘的农军。黎明前，他们在农军的护送下，乘船出境，先到香港，再分散到各地。

津洲民众没想到，起义军这么快就走了，个个依依不舍。

几位将帅与先行渡海的同志们告别后，命令董朗率领余部撤离津洲，向海陆丰革命根据地挺进。

一位领导对刘巽贞说："我要亲自把已集结的一千多官兵送往激石溪。希望他们与海陆丰革命群众，像兄弟一样并肩战斗，开辟出一片新的天地。"

然而，重要领导人行进至陆丰南坛、湖清、玄沄三镇的交叉路口，病情反复，又恶心呕吐起来，满脸冷汗，且神志不清，处于半昏迷状态。

一位将领建议就近去湖清港，尽快渡海，将领导送往香港治疗。杨石魂却认为重要领导人经不起波涛的颠簸，还是先找安全的地方安置下来，寻找好的大夫，先将病情控制住为要。

随行负责联络工作的苏阿九，就近安排大家在竹林村住下。谁知，正逢詹姓恶绅与爪牙来竹林村抓人，险些引起交火。

而董朗指挥起义军继续前进。余思铮带领部队避开官道，绕山路经八望乡，来到吉安圩。次日，他们进抵莘田区，下午到达激石溪。

重要领导人病情加重，杨石魂蓦地想起黄秀文。杨石魂原为中共汕头地委委员、市总工会委员长。年初，地委领导与杨石魂主持召开东江工农商学代表大会、农民与劳动童子团代表大会。黄秀文作为陆丰的代表，两次参加了会议。会后，黄秀文曾向杨石魂讲述过家乡的位置，以及农民的革命热情。

金湘党支部书记黄秀文接悉杨石魂的信函，即派出多名党员骨干，上山居高临下监视附近乡镇的敌人，并做好沿途的安全警戒工作。晚上，黄秀文与几位农军战士来到湖清圩，接重要领导人前往黄厝寮村他家养病。

黄厝寮村背靠观音岭，面对金湘湾，全村数十户人家，虽贫寒但敦厚老实，大半加入了农会，群众基础好，革命热情高。黄秀文的家，位于村子的右后方，一个小天井与三间低矮的瓦房，呈"田"字状，当地人称这种格局的小院落为"三间过"。

天亮了，众人草草用过早餐，黄秀文的父亲拿来一团捣碎的蒜泥，对领导说："这是治'打摆子'的偏方，您先试着用用。"

他将蒜泥敷在领导小臂的内关穴上，再用布条系牢。黄秀文的母亲端上一碗浓浓的马鞭草药汤，请他服下。

领导青白的脸上泛起一抹血色，他叫警卫员从铁匣子拿出十块银圆，交给黄秀文的父亲，笑着对他说："黄大叔，真不知道如何感谢你。你管我们吃，管我们住，还将家传秘方贡献出来，我，非常过意不去。"

等杨石魂把话翻译完了，领导又接着说："大叔，请你先将大洋收下。我们的伙食标准，每人每天二毛钱，您老人家就按这个标准，给我们当后勤管家好了。"

一晃数日过去，金湘湾乌云密布，风浪大作，舟人失色。而重要领导人的病，还是未见减轻。

这日，海陆丰县委李国珍部长，在黄秀文引领下，冒雨来到黄厝寮村。李部长告诉领导，县委的同志，对他的病情和安全，十分关切，已经在周边区乡加强了警戒，并且设法从大塘圩约请了一位可靠的老中医，来到西南片秘密联络站所在地溪碧村，想请领导前往该村接受治疗。

重要领导人不愿意因自己一个人的病惊扰那么多人。

黄秀文上前劝说道："我父亲说，按节气推算，这十来天，西北风会越刮越猛。去香港，顶风逆水，没有船家敢冒这个险。请您安下心来，先把病养好再说。"

去溪碧村的路上，重要领导人向李国珍询问海陆丰党组织的发展、农民运动和武装斗争的情况。他称赞海陆丰农民的革命热情非常可贵，又鼓励同志们，不要被眼前的困难吓倒，要怀有远大的革命理想，大胆开辟工农革命根据地，早日建立起属于人民的红色政权。

五天后的夜晚，重要领导人一行回到黄厝寮村。经过老中医全天候精心诊治，加上年轻人的体魄，重要领导人的病情明显好转了，脸上有了些许血色，说话声音响亮，走动也不再显得吃力。大家紧蹙的眉头松开了。

再次来到黄厝寮村的李国珍，给大家带来最新消息：董朗所部抵达朝面山后，海陆丰县委原打算立即动员、指挥部队开展暴动，但发现部队无论是装备，还是士兵情绪，都不适合立即投入战斗。而且还发现，敌军数次派奸细潜入根据地搞策反。

面对现实，一场刮骨疗伤的整编，立即在部队中展开，尤其是以海陆丰革命斗争为现实教材的思想政治教育，使部队的官兵看到了希望，看到了光明，军心渐趋稳定下来了。

妇委会发动妇女，用实际行动让官兵们感受到什么是军民一家亲。战士们很快就理了发，换了新军服，有了新被子、新鞋袜，伤病员也被安置在农民家里，得到了医治和照料。卫生队的十几名女兵，常被老太婆请去家里吃客家菜茶。

县委还调拨大批粮食给部队做军粮，划拨款项为官兵发军饷，部队士气为之一振，呈现出焕然一新的精神面貌。

为了加强对海陆丰根据地的领导，直接指挥新第二师，南方局与广东省委还建立了由香港至海丰各港口直至中峒、朝面山的交通线。

苍天不欺真情汉。23日，船家来报，风向已变，三更时分可以出海。

深夜，天黑得像锅底，还不时下起带有寒意的秋雨。重要领导人和几位将领热诚地与黄秀文的父母握手道别，并一再表示感谢。

众人跨上一条小舢板，它一半搁在沙滩上。黄秀文与民兵将舢板推入水中，然后轻轻一跃，跳上小船。农军队长摇着橹，把舢板摇到快船旁边。

杨石魂一看黑漆漆的大海，一下拉住黄秀文的手，说："你也一起去香港吧，你是当地人，各方面比较熟悉，也便于跟船工交流。"

黄秀文本来就放心不下领导，但又不敢自己提出随船护送。现在好了，如愿了。他别好短枪，暗暗下决心，无论路上发生什么情况，就算搭上自己的性命，也要保证领导们平安抵达香港。

快船在风浪中颠簸了十几个小时。中午时分，船头传来警卫员的欢呼声。战将搀扶重要领导人钻出船舱，他们举目远眺，终于看见香港外围的座座岛屿。

1927年的秋天，是一个激情燃烧的季节。金风飞扬，吹落了片片悲秋的枯叶，也吹燃了潜行的地火，催熟了革命者心中的宏图大略。海陆丰县委、东江革委接到南方局和广东省委指示：着手筹划新的武装起义。

两委和整编后成立的二师师委，密切关注着包括惠州事变在内的形势。此时正当秋收过后，地主加紧催收租石，引发了农民的反抗。俄国十月革命十周年纪念日将到，可借以号召发动农民起来暴动。

国民党陈学顺团为防止海丰县城被我占领，玩起以进为退的伎俩，派兵进犯青羌。新四团与农军奋勇杀敌，一举将其击退。新二师士气大旺。

团部遂下令各连，组织士兵在根据地险要地段开挖战壕，并在石头坪、青羌、石山、中峒设立四大哨口。

海陆丰县委认为机会难逢，夺取政权胜算在握，便着手开展各项前期工作。先对海丰、陆丰的主力农军进行整顿，分别组建为工农革命军团队，选定新的团队长，明确全县农军归革命军团队部指挥。又完整制订了第三次武装暴动的计划，起义时间定于11月7日。

海陆丰县委、二师特委获悉敌人正在调动驻防兵力，决定将起义日期提前。新四团和两县革命军团队，按照原先的部署，迅即举行起义。

11月1日，新四团一营与革命军海丰团队，在陈学顺团闻风弃城逃离的当午，长驱直入，进占海丰县城。与此同时，地方农军向各地反动政权和地主民团发起进攻，占领凤仪、梅陇、公坪等重镇，枪杀了一大批恶霸地主。

新四团二营奉命协同陆丰革命军团队，围攻陆丰县城。而陆丰地方农军，已先行收复了吉安、金湘、湖清等圩镇。陆丰革命军团队集结数百地方民兵，准备当晚进攻东滘，却发现从海城溃逃而至的保安团，与李沛驻县城的保安队主力会合后，已经做好抵抗的准备。敌人兵力翻倍，又未见我二营行动，便退回城郊。

原来，二营已经在下午从西南方向对东滘发起攻击，遭到敌人顽固抵抗，而约好一同攻城的陆丰革命军团队，却不见踪影。战斗打响一个多小时，城门没炸开，只好暂时退出战斗。

当晚，二营与革命军取得联系，并商定作战方案。次日一早，两支部队同时从两个方向发起进攻，战斗十分血腥激烈。李沛与戴可雄两支保安部队，虽有约五百人枪，但已成惊弓之鸟。我二营率先攻破南门，战士们和举着土枪大刀蛇矛的农民，汹涌而入。李沛见势不妙，只好与戴可雄带领保安队，败走玄沄。海丰保安团另一个中队，溃退八望圩。

至此，海陆丰全境二十个区，除海丰捷盛，陆丰玄沄、河凹、八望等三地，仍为反动势力所盘踞，其他各乡镇均已收复。

海陆丰第三次起义提前七天取得胜利，两个县原已建立的临时革命政府，第一时间返城，接管县政权。海陆丰县委、东江革委，二师特委等机关，还有新四团团部、各群众团体，先后从农村迁入海城办公。憋足劲的革命机器，从上到下高速运转起来，维持秩序、大会筹备、筹款征粮、招募新兵、肃清余敌等工作，全面有序展开。人民群众欢欣鼓舞，积极投身于各项建设与斗争中。

7日，海陆丰两县分别举行隆重纪念俄国十月革命大会。

15日和21日，陆丰县、海丰县先后宣告苏维埃政府成立。海陆丰创立了全国第一个苏维埃政权，为共产党夺取并最终建立属于人民的政权迈出了第一步，具有划时代的意义。

11月下旬，为了加强党对第二师的领导，同时理顺军队党与地方党的关系，经报告省委批准，撤销海陆丰县委，成立中共东江特别委员会。同时，根据斗争需要，成立中共海丰县委和陆丰县委，分别由杨望和张威担任县委书记。

第四十一章
女金刚示爱郁新凯　刘巽贞智施惩处令

余思铮自从为起义军领路，来到激石溪，接二连三的新任务，使他再没机会返回津洲城。

他在朝面山，参与了对起义军的整编，还兼了半个翻译；不久又奉命回到陆城，投身于工农兵代表大会的筹备。

郁新凯当选陆丰军事委员会委员长后，手下只有一位科长，他俩忙得连水都不敢多喝。郁新凯知道红四团学生兵多，要求借一两个来救急。恰逢卫生队女兵欧阳俊竺因水土不服一直肠胃不适，递交申请书要求到地方工作。

欧阳俊竺，出身资本家家庭，武汉中央军事政治学校的学员。汪精卫叛变后，她背着父母，与同学纷纷离开学校，跟随部队来到南昌，参加了起义。

女将们在行军战斗中表现非常勇敢，娇小姐的影子荡然无存。当时，正值三伏天气，烈日当空。每个女兵身上，都背着换洗的衣服和毯子，还有沉甸甸的药箱。欧阳俊竺和另外三位身体强壮的女同志，还都背着步枪，弹带里子弹填得满满的。

欧阳俊竺在一次战斗中，发现一位满身泥巴和鲜血的重伤员倒在水田里，她一口气将他背到后方，对他施行抢救。这位负重伤的营长，后来成为将领。

欧阳俊竺身材高挑，皮肤白皙细腻，面部五官颇有立体感，一头微卷的短发，用绸带扎成两束，清纯而又时尚，很引人注目。

她背着背包来到陆丰军委会报到，推门时差点把郁新凯给撞着了。

当她看清眼前的人正是在津洲时见过面并有了好感，整编时又当了他们教官的英俊男子，触电般呆愣住了，满脸飞红，心儿怦怦狂跳，双手不知往哪放好。她深信这就是缘分，心中猛然涌起扑上去吻他一下的冲动。但理智与场合的严肃性，使她立即转过身，狠狠咬了一下嘴唇，她在强制自己不得造次。还好，她的调节措施奏效了，情绪很快平复下来。

郁新凯没察觉异常，以为她从海城步行来报到，累坏了，忙帮她卸下背包，倒了一杯水，让她喝下。

欧阳俊竺从背包抽出军帽，戴上，又整了整军服，朝委员长敬了个礼，大声说："上士欧阳俊竺，前来报到。"

郁新凯还了礼，跟她握了手，说："欢迎你成为新同事。"见科长打开水回来，便介绍道："作训科科长王禄。他对面的办公桌，就归你使用。军委会地方窄，条件简陋，你将就下吧。"

王科长喜形于色，为她端来一杯热气腾腾的水。可当他走近新同事身边时，微笑变成了沮丧，且恨不得扇自己一巴掌。因为他感觉自己的海拔高度，比靓妹子差了一截。

军事委员会的工作可谓千头万绪，纵使调一个排的人来，也不会有谁闲着。当下的中心任务，就是进一步巩固军事占领。

首先是扩充兵员。中共陆丰县委为扩充工农革命军，曾计划招募一千名志愿兵。后因省委无法供给枪械，应征者又大多是无枪可带的农民，只好每人发点路费，让他们回家。新兵招不成，只能退一步，从各地农军中，挑选五百人，集中编练，再将其组建成第五团。但有人持反对意见，认为让农军自带枪支调到别处打仗，积极性肯定不如在自己的家乡；再说，挑选农军扩充二师，本地失去了一支武装力量，顾此失彼。

广东省委是在策划广州起义期间，才认识到建立革命军队的重要性，遂同意扩大第二师，将海陆丰从农军和共青团中，挑选出来的五百二十名新兵，并入二师。终于，第二师第五团成立，由原四团二营营长刘立道任团长，张寿徽任党代表，彭震任副团长。下辖两个营，营长均从四团调人担任。

彭震担任副团长，可谓众望所归。他出生于海丰联安乡前彭村一个贫苦农民家庭。1923年秋，省农会执行长，由曾在海丰教育局供职的彭元章领路，来到他的家乡前彭村，一个只有三十几户人家的小村子。执行长特地为这个偏僻的村子带来革命的火种，似乎他知道，这个倚山面海的小村庄，将会为穷苦人的翻身，为新中国的诞生，留下浓墨重彩的一笔。

二十岁上下的彭震、彭元岳、彭虞长、彭攀等青年，对革命向往已久，无须执行长做过多的动员，就毅然接过革命的火把。就连彭震八岁的弟弟彭骞，也要求跟他一起闹革命。

彭元章与堂弟彭元岳，在村里办起了"儿童读日班，成人读夜班"的农民学校。一个月后，前彭村农民协会宣布成立。第一批会员有二十多人，彭震一家六口，除了母亲和年幼的弟弟彭骞，另有四个堂兄弟，都在农会会旗下宣了誓，正式加入农会。农民赤卫队成立，彭震和父亲、大哥以及堂兄弟，都成了赤卫队员。

1925年夏，彭震担任海陆丰农民自卫军中队长，随后，由青年团员转为中共党员。彭震生性耿直刚强，作战勇敢，善于抓住战机克敌制胜，在海陆丰三次武装起义中，他的作战指挥能力得到认可，在自卫军中颇有威望。作为土生土长的海陆丰人，担任第五团副团长，在毕业于军校的正规军指挥员引领下，相信能够不断进步，迅速成长起来。

郁新凯为扩充兵员，费了好大的劲，而要求实行全民武装，更让他夜不沾席。

按工农兵大会的决议，县、区、乡的工农武装一律改称赤卫队。县组建常备赤卫队，除作战外，还有统率训练各区赤卫队之责。

县、区工会，也将手工业工人、店员、渔民、盐工组织起来，成立了工人赤卫队，接受县总工会和区工会办事处指挥，随时参加战斗。

驻地在海城的共青团东江特委，在团中央巡视员指导下，决定组建一支海陆丰武装少年先锋队，由共青团中央特派员、省委特派员区夏民负责组织、领导和训练。

妇女阶层当然不甘落后。海丰黄坑区成立一支妇女粉枪队，以"草鞋竹笠、荷装束带"的男式装束及刻苦训练、敢于斗争，而闻名遐迩。曾一度开往县城，全城为之沸腾，民众为一睹"女兵"风采，争先拥往红场，导致大街交通阻塞。

郁新凯想，海丰已经走在前面，陆丰必须迎头赶上。他琢磨从津水湾到金湘湾那么长的海岸线，应该列入武装管制的范畴。于是，他与黄秀文协商，在金湘组织一支工农海上别动队，持枪驾船，在各港湾警戒巡逻，打击海盗，抓捕从水路逃亡的反革命分子。

实行全民武装，也包括儿童在内。各地组建手执红棍的儿童团，取代原来的童子军。经过军事学习和训练，儿童团员提高了觉悟和素质，经常执行站岗放哨、监视地主、防止反革命分子破坏等任务。

此时的海陆丰境内的反革命势力尚未彻底铲除。攻克陆丰玄沄与海丰捷盛二城的战斗，几乎同时打响。

作为县军事委员会委员长，郁新凯虽没直接参加战斗，但组织协调赤卫队，营造宣传攻势，保障后勤供给，乃至出谋献策，都少不了他。

玄沄、捷盛二城，都是海防重镇，城高墙固，人多地盘大，城楼下都挖有深达一丈多的门池。虽然调集周边数区的赤卫队，突破了城外多处防线，将主城重重包围起来，但没有火炮，破不了城，架起云梯数次登攀，也未能成功。

11月10日，东江特委书记彭湃，前往玄沄城外的玄武山，成立攻城指挥部，召集津洲、南坛等地的工农武装，协同作战。张威带领围攻玄沄的赤卫队，在靠近城墙的地方，挖掘地洞，将装满炸药的棺材，塞进地洞里，试图炸毁城墙。未料海潮上涨，浸湿了炸药，爆破失败。

盘踞玄沄城内的李沛与戴可雄保安部队、陈子和自治军，得知后惊恐不已，遂派心腹乔装打扮，混出城去，前往省城和汕头搬救兵。驻防汕头的国民军第十一师师长陈济棠，派一个补充营，乘轮船驰援玄沄。这一来，敌我双方势均力敌，一时处于对峙状态。

海丰捷盛，敌人的惊恐度更甚，围城的赤卫队和农民，一度达到三千多人。只因伙食接济不上，只好将没有武器的农民送回村里。此时，正值海丰工农兵大会召开期间，攻城指挥长林道文软硬兼施无果，不得不派人回县城求援。

大会决定由董朗、黄雍率四团一个连前去助战。区夏民带着"卢森堡队"队长李美英，副队长赖月婵，要求参战。彭湃想让女青年武装在战场上露一手，当即同意。

董朗和区夏民率部来到捷盛城下，犹如神兵天降。特别是全为女兵的卢森堡队，也来参加战斗，大大鼓舞了工农革命军每个战士。

20日上午，战斗打响，正规部队、赤卫队和卢森堡队，分三路攻城，激战三个多小时，未见分晓。四团爆破手用炸药将城墙炸开一个豁口，冲锋队飞跃跳上城墙，砍杀击毙敌兵，打开城门。

守敌陈学顺团来不及撤退的残部、马思迩及捷盛的民团、戴可雄一部，知道败局已定，带领部分残兵逃出南门，至海边夺船逃窜。捷盛城内的反动分子，闻知城门被攻破，如鱼惊鸟散，四处逃窜。工农革命武装攻进捷盛城内，消灭大批顽敌和反动分子，并发动群众把捷盛镇的旧城墙给拆了。

围城部队押着俘虏与战利品凯旋，东江特委领导率工农兵代表和民众近万人，前往城外迎接。黄雍、董朗、区夏民过意不去。特委领导说："第一个新政权郊迎十里，没什么不可。将来南京、北平解放，步行百里、千里，也要去迎接！"

海丰全境收复，而玄沅城仍然久攻不下，使郁新凯倍感压力，他好几天没有回家，也好几天没露过笑脸。他在苦思冥想破城之策，可想出一个又推翻一个。

欧阳俊竺似乎更受煎熬。眼看郁新凯眉头拧成两座山和一道川，吃不下饭，睡不着觉，除了焦急，她胸中更多了一份痛心和爱怜。

她很想为他排忧解难，曾建议以修书劝降的方式，勒令反动头子放下武器，率队投降，接受改编，或予以遣散。可郁新凯听后只是摇了摇头。

她想出许多安慰他的话，但又怕说多了惹他烦，只好咬着牙拼命工作，起草文稿，审阅文件，为上传下达穿梭于各个部委，一回来还要接待区乡来人，打电话催问攻城进度。她恨不得能多生一双手，多长两条腿。可无论多忙多累，她那双水汪汪的大眼睛，总忘不了要往郁新凯身上瞟。

更多的时间，她得跟随郁委员长，策马玄沅城，了解敌人动态，慰问围城的部队和赤卫队员，检查后勤保障，协调各村的支前工作。

县常备赤卫队队长许国良、副队长兼党代表张绍良，带着附城、东南、西北几个大队的大队长，来见郁新凯。郁委员长往地上一蹲，摊开地图，与他们研究起攻城策略。他分析道，城里的反动武装，由好几支队伍组成，久遭围困，食物匮乏，迟早会产生怨隙，我们可以抓住机会，加大宣传攻势，并试一试投书劝降的办法。但更应着力调集更多兵力，彻底封锁港口，断绝交通，才能迫敌投降。

郁新凯最后表态，我会尽力做好后勤保障工作，等时机成熟了，将会召集更多农友增援你们，一举破城的那一天不会太久了。

许国良、张绍良、林瑞等人满怀必胜信心，紧紧攥住郁新凯的手，说：戴可雄、李沛自知已无退路，陈子和倚仗人多枪快，想跟我们拼个鱼死网破，我们一定要让他们尝尝革命铁拳的滋味！

郁新凯与欧阳俊竺回到县城，已经灯火通明，机关饭堂早就关了门。

从马厩出来，饥肠辘辘的欧阳俊竺对郁新凯说："我提议，到街边的小吃摊吃碗面条。"

郁新凯勒了勒腰间的皮带，说："没胃口，不想吃。"

欧阳俊竺帮他拍拍后背的灰尘，温存地说："你别一个人就想把全盘责任都扛在自个儿肩上。从科学角度看，压力越大，思维越受限制。要学会放松，舒缓心态，这样大脑活泛，破解难题的概率也就更高。"

郁新凯想想她说得有道理，便一挥手，随她来到街上。

在一个小吃摊前，欧阳俊竺要了一碗汤面，郁新凯点了粿条汤。欧阳俊竺马上改口，对摊主说："那我也换成粉条。哦，入乡随俗，应该叫粿条汤。"

粿条汤端上来了，却见欧阳俊竺的嘴唇朝前一努。郁新凯以为她看见什么熟人了，就转过头往街对面的骑楼瞅了瞅。欧阳俊竺趁机将碗里的几片肉，夹给了郁新凯。

郁新凯吃了几口，往欧阳俊竺面前看看，抬头问摊主："怎么一份没有肉？"

欧阳俊竺连忙捂住他的嘴："别嚷嚷，是我不大喜欢吃肉。"郁新凯明白了，要把肉片夹还她。

欧阳俊竺双手掩着碗，说："你的体力脑力消耗比我大，得多补充点营养。再说，都沾了你的口水了，还好意思还给我？"

"那好，只此一回，下不为例。"

"如果你认为这是多大的事，就把油炸面虾给我，不就扯平了？我在武汉，从没吃过这么新鲜的海虾。"

郁新凯用筷子在碗里翻了翻，见只有两三块虾肉，就对摊主说："大叔，加一盘油炸……"

话没说完，就被欧阳俊竺打断了："你把碗里的给我就够了。"

欧阳俊竺用亲昵的口吻说："小两口吃饭，大概也都这样。这叫作我中有你，你中有我。"

郁新凯警觉起来，说："你可别胡思乱想，什么'小两口'，还玩小时候的'过家家'？"

吃完晚饭，他俩沿着河岸，走回县苏维埃政府。欧阳俊竺用手里的柳条，轻拂郁新凯的脸，说："我参加南昌起义，除了向往革命，还有一个秘密，猜中有赏。"

欧阳俊竺好几次鼓起勇气，想挽住郁新凯的胳膊。但郁新凯似乎具有特异功能，总在她靠近那一刻他就会避开半步。

"你不会说是为了逃婚吧？"

"真聪明，可谓'心有灵犀一点通'。"

"过奖了。谁都知道，新女性，大多以挑战包办婚姻为起点，迈出了走向革命的第一步。"

"新男性，不也是如此？"

"同样是叛逆，女性所承受的压力，要比男性大无数倍。她们的可钦佩度，也与之成正比。"

欧阳俊竺心中的爱火，腾地蹿了起来，她毅然决定，向郁新凯坦承自己的一见钟情。

"我一生中，最正确的选择，就是投身革命。我千里迢迢南下，在必然中，与你相识，又在偶然中，与你重逢，而且同处一个屋檐下。你说，除了缘分，还有别的解释吗？"

"这是小资产阶级意识，是知识女性的通病。"

"不，你应该知道马克思与燕妮的故事吧？革命者从不排斥爱情。以前的我，眼前晃动着的都是纨绔子弟。现在的我，呼吸着苏区的新鲜空气，也遇到了相见恨晚的人。"

"你绕这么大的弯子，想请我当证婚人？"

"我是想请你当我的新郎。"

"你，你没发高烧吧，尽说胡话。"郁新凯拨开下垂的柳条，语气严肃地说，"你我相识，也就一个多月。而我，几年前就有了意中人。"

"你不必掐算时间，我对你，是一见钟情。我私下了解过了，你至今还是单身，也没正式交往的女朋友，我有权利爱你。而且，一句话，开弓没有回头箭。"

"感情，是两个人的事，你不能强人所难。"

"我向来是敢爱敢恨的人。我与你，两情相悦，志同道合，是天生一对。我已发过誓：非你不嫁。"

郁新凯越听越惊讶，真没想到，爱情可以这么霸道。

借着从商铺透出的昏暗光线，不时有路人好奇地回头看他们一眼。

郁新凯不想再争执下去，他心中已有退"敌"之策。哪一天，刘巽贞来城里开会，就让她在欧阳俊竺面前亮亮相，甚至说上一句："别傻了，我与新凯，早已心心相印。"欧阳俊竺是理智之人，就此来个急刹车，断了念想，日后再帮她找个般配的对象，她就不会再胡思乱想了。而他一定要以此为契机，向刘巽贞表明心迹，从而确定两人的恋爱关系，并早日步入婚姻的殿堂。

郁新凯暗暗乐了起来，回头对欧阳俊竺说："天已晚，你也累了，就不用去办公室加班了。"

"那么多数字没统计，我回宿舍也睡不着觉。你放心，工作时间，我只是你的部下，我的脑子里只有工作。"

两人一前一后来到军委会，王禄焦急地迎了上来，对郁委员长说："晚上召开联席会议，临时通知的，研究土地革命事宜。土地委的肖科长，已来催了好几回了。"

"哦，差点误了事。那我开会去了，你们也别熬太晚，早点回去休息。"郁新凯边走边说，很快就消失在树丛后。

推行土地革命，是海陆丰新政府的首要任务，也是广大农民最迫切的期盼。这场土地革命，已经着手准备了好几年。

海陆丰土地革命，是在没有先例的情况下，率先进行的一次大胆探索，难免存在一些偏差。但它的开创性，为后来者积累了经验。

土地革命，是对沿袭几千年封建土地制度的一场颠覆，农民与地主，必然在这场"零和博弈"中，实现角色主体的倒置。

刘巽祥是区苏的土地科长，知道土地改革阻力很大，但身在其位，得谋其事。他向江玉娇讲述了土地革命的必要性，以及上级下达的任务。此时的江玉娇，还沉浸在先结婚后恋爱的甜蜜期，也就默许了他将以身作则的决定。

奇怪的是刘监生，却一反常态，说服家人，遵照土地科刘科长说的办。

刘监生已经探知，新政权已颁布《惩处反动派令》。他暗自揣测，应该是得益于女儿和少子，才暂时没有动自己。眼下，他再不做出甘愿舍弃一切的样子，保命的最后一根稻草，恐怕就捞不着了。故而，他吩咐家人，不管见到谁，都得低眉顺眼，更不能抵制土地政策。

且说陆城军委会的郁新凯，惊悉震惊中外的广州起义爆发。翌日，又有喜讯传来，久攻不下的玄沄卫终于破城，郁新凯长长呼出一口气。

玄沄被工农武装围困一月有余，城内粮草皆尽，军心动摇。李沛、戴可雄与陈子和，面和心不和，早已无心继续负隅顽抗。

区夏民奉命率七位卢森堡女队员，借玄南乌泥村天后宫重光庆典之机，化装成沓沓信女，混入城中。半夜，城内好几个地方砰砰叭叭响起枪声，保安队却连一个嫌疑人都没抓到。第二天早上，走上大街一看，到处贴满号召群众驱逐陈家军余孽，警告反动派继续顽抗死路一条的标语。

李、戴、陈估计已有大量贫民党潜入玄沄城，担心他们是来执行斩首行动的，个个愁云挂眉。当夜，乌云笼罩的玄沄湾，下起大雨，副官匆匆来报，城门已被乔装的女香客夺取。戴可雄、陈子和、李沛，欲哭无泪，各自带领队伍，弃城逃窜。

玄沄城的民众，纷纷放起鞭炮庆祝。

玄沄卫郭残城破，东江特委趁士气正旺，命令四团一营随郑志云挺进陆丰西北部河凹圩，消灭杨作梅的"讨赤军"，以及当地的民团。

杨作梅带领残部，逃入封建地主的"天字号"堡垒昂塘村，龟缩在叶姓大地主的洋楼里。此楼占地四亩，高两层，有近百间厅房，全用钢筋水泥筑成。

进攻部队包围了洋楼，大力开展政治宣传攻势。杨作梅和昂塘的大地主，知道硬撑无益，于深夜带着亲信和残部溃逃。此役缴获机关枪两挺，步枪一百余支。

其时，前去协同攻打玄沄城的三区赤卫队，在玄沄成立了新政权后，队长冯天浩、党代表刘友仁，率队回到官帽村。

刘巽贞没有随苏阿九他们出城迎接。一个礼拜前，组织部部长吴鉴良带来中共陆丰县委的决定，宣布撤销原三区区委，成立中共津洲区委，由刘巽贞任津洲区委书记，领导三区、四区党的工作。

临别时，吴部长对巽贞说："让你在自己的家乡担负重任，你要经得起组织的考验。至于要求调往别处工作，我回去后会向县委反映。"

刘巽贞对捕杀地主豪绅，一直持慎重态度。这次刚被任命为津洲区委书记，就要求调离津洲，表面看，是担心有群众怀疑她，镇压反革命态度不坚决，在惩处家里人时徇私包庇。深层次的原因，是她通过对斗争实践的反思，认为以惩处令来反击反动派，会带来极大的负面影响，反而不利于革命斗争的推进。只不过，遍地开花式的暴动还是发生了。各地先后举行了一场又一场的武装起义，以之推进革命终极目标的实现。

刘巽贞没有盲目执行杀戮政策，但该镇压的，她还是坚决予以镇压，只是要求，杀人，一定要经过区裁判小组裁决。

常备赤卫队返回后，区委布置了新一轮镇压行动。根据群众检举和干部平时掌握的情况，一份涉及几十人的名单送到裁判小组手里，吴税官、李举人、刘监生、刘巽才、吴秉治、周剑雄、周尾妹等人，名列其首。

作为区裁判小组组长，刘巽贞面临着严酷的考验。但她秉承以罪责论杀伐，让裁判小组的成员，逐一列举出"拟杀者"的罪行。然后，她对裁判人员说："对'十三太保'中已被镇压，其家人借敌军反扑，对农民进行反攻倒算的，或者胆敢破坏土地革命的现行犯；负有命案、恶贯满盈的盐勇队长、警察所长，以及畏罪逃亡香港、汕头、惠州等地，现返回的大地主；地痞流氓，为非作歹，或为敌人通风报信，供粮引路，或挑起事端制造房头、村社矛盾的，均可处以死刑。"

刘巽贞公正客观的分析裁夺，使与会者口服心服。最后表决时，辛强、文英、兰舟、徐娘舵等，一致举手赞同她的裁决意见。

气人的是，冯广田带赤卫队员押解周剑雄、刘巽才去任职地途中，两人假装内急，钻进树林后双双脱逃了。

刘巽贞指示新政权发出通缉令，除了刘巽才、周剑雄，还加上曹其峰的名字，因他目无法纪，一直没来津洲接受调查。

冬至，是"时年八节"的民俗中一个比较隆重的节日。新粮入仓，新糖上市，又软又甜的糯米丸，是一定要吃了。有讲究的媳妇，炊煮时加上姜块，上碗撒一把炒熟的芝麻、花生末，那个香呀，路过的人闻了，也得咽口水。

小孩饱尝之后，生出向玩伴炫耀的心思，不约而同，用筷子将甜丸串成糖葫芦状，拿到巷口，跟小伙伴们一比高下，看谁家的丸子大，谁家的丸子甜。

今年的秋收，家家户户比娶媳妇还来劲。黄澄澄的稻谷晒干了，不必往地主的粮仓里送，只要缴纳一成的公粮给新政府，剩下的全是自家的了。

重视冬至，还有一个原因，是民众要拿它来预测整个冬季乃至明年是否风调雨顺。诸如"冬至乌，过年苏（晴暖）"；"冬至南风百日阴"；"冬至冷，明春暖得早"。

可今年的冬至，有点令人捉摸不透。中午前，晴空万里，暖和得可以脱下棉袄；过了午，乌云挟着雨，骤然而至；近黄昏，天冷得令人直打哆嗦。

晚上，万悟尘来找刘巽贞，向她汇报县苏发展财政会议精神。他知道刘校长从个接受邀请去别人家过节，特地带来一白瓷大碗糯米丸。

刘巽贞皱了一下眉头，掀开小饭桌上的竹罩，指着大盆小锅的甜丸、菜粿，说："我都快成剥削阶级了。要不你拿回去，要不明天借两个箩筐，由你挑着去街上卖。"

万悟尘将屉篮放在板凳上，自我解嘲道："这岂不成心叫我斯文扫地？不如这样，权当暂存贵处，明日我来生火加热，再陪你一块儿吃掉。"

"提醒你一句，明天轮到你下乡巡视。现在开始汇报。"刘巽贞拿过本子和自来水笔，说道。

别人都说万悟尘身上有一股傲气，但在刘巽贞面前，他的一举一动，全称得上谦谦君子。而且，偶尔与她四目相对时还会脸红。

万悟尘记性好，像背书一样，把新政府将要推行的财政经济举措，以及接下来的任务，复述了一遍。他对开拓财源，保障供给，加强商品物资流通，发展进出口贸易，建立金融新秩序，成立海陆丰劳动银行等问题，侃侃而谈，还不时加入自己的看法和建议。

刘巽贞认为他的意见，可以在区党政联席会议上提出来，讨论修改后，形成文件。说完话，她看了一眼怀表，又看了看屉篮。

万悟尘装作没察觉，说："告诉你一件振奋人心的新鲜事，海丰县第五区凤仪市赤卫队拘押了外国传教士，差点引发一场外交风波。"

凤仪，人称"小香港"，船舶穿梭，商贾麇集，清代曾设县丞驻于此。年初，广东省政府又将其设为镇级市。凤仪市有基督教和天主教两座教堂，外籍传教士平时就不大守规矩，与军警勾结，嫁祸关押平民，还涉嫌充当间谍，最近又对新政权刻意诋毁。

赤卫队公开拘留已经认罪的意大利和英国两名牧师，准备驱逐出境。港英当局与意大利驻港领事闻讯大惊，从香港调派一艘英国兵舰，驶至离凤仪港不远的海面。

第五区区委命令工农革命军三大队布防海边，阻止其登岸；并商请来凤仪访问的五华县参观团，及随团的上百名赤卫队员，准备协同作战。

英国军舰见凤仪沿海戒备森严，慢速驶入港口，放下一条汽艇。艇上的主教擎着一面白旗，还有一位海军军官及数名士兵，也摇晃着手帕，用扩音器高喊："我们是来接领神甫、修女的，别无他意。"

主教呈上致海陆丰红色政权的书函一封，并附上要求领回的八名男女教士名单。

双方通过书函往来进行交涉，五区新政权在最后复函中特别指出，鉴于行为不端的华人嫌犯史某，已加入英籍，为顾全邦交，可予释放，而非屈于武力威胁。吾人有亿万觉醒民众的伟大力量，一切怙恶势力俱不足怕。嗣后，凡外籍军舰，未经允许，切莫再擅越吾界，否则，将自作自受。

刘巽贞听得很解气，手一挥，喊道："痛快，不费枪弹，就把开兵舰威逼我们的洋人给镇住了，干得漂亮！"

万悟尘也激动地说："这是中国外交史上的新纪录，南北政府任何军阀外交部长都办不到。谁说工农兵掌权后，负不起邦交责任？"

说到激动处，两人不约而同站了起来。巽贞转过身要将文件收藏起来，发现自己的裙摆跟悟尘的衣摆竟然缀连在一起。一看桌上缝补衣裳的针线不见了，明白是万悟尘做了小动作。她从针线筐拿起剪刀，要将万悟尘衣摆连着她裙摆的那块布剪下。万悟尘急了，连连拱手求情，口里喃喃道："别别，我只有这件长衫没打补丁，开会或面见贵客时才会穿上，你可得手下留情。"

巽贞哼哼一声："想用这种方式'拉郎配'？太有创意了！只是胆子未免太大了，而且行为非常幼稚！看在你又求饶又作揖的分儿上，饶你一回，以后可不许再淘气。"

看万悟尘额头沁出密密的汗珠，刘巽贞扯过毛巾，递给他："当然了，纯正的同志关系不受影响。"

第四十二章
红四师平定白旗队　通缉犯绑架祝寿女

像破土而出的春笋一样，新生事物，是需要成长过程的。

在洋人面前吐气扬威的新鲜事，正在传播。怎料，由陆丰传来的一则失实情报，却引发了一场不亚于地震的虚惊与混乱，波及大半个海陆丰，甚至成为敌人反扑的可乘之机。

其时，军阀之间为争夺在广东的地位，引起混战，仍在继续。陈济棠所部第十一师，奉命往潮汕地区集结，途经陆丰北部的山乡田心坝。我方派驻该区的情报员没弄清楚敌军下一步的去向，就用电话向正在陆丰指导工作的郑志云报告，声称敌人将要进犯海陆丰。郑志云要他再次核实。情报员随后回复称，情报无误。郑志云立即致电东江特委，报告敌军由北向西南移进，次日可抵达海城。

东江特委立即召开联席会议。按原预案，为避免与敌人正面冲突，决定第二师及东江特委向海丰北部青羌圩转移。两县的机关团体，一时乱了套，纷纷争先撤离。面对谣言四起，海城、凤仪、公坪等地的群众，扶老携幼，纷纷逃往山上去。

隔日，公坪区委报告称，并无敌军入境，只是路过而已。一场虚惊过去，海丰县委及机关团体返回县城，恢复了正常工作。这场风波发生于1927年12月28日，故称为"二八"事件。

一个情报人员的一次武断，酿成很坏的影响，将东江特委、两县党委及新生政权，缺乏战备观念和实战经验的弊端，全暴露出来了。

但坏事可以变成好事。各级党委和新生政权，深刻吸取教训，强化战备意识和战备值守，提升对敌情动态的研判水平；同时健全情报网络，整顿培训情报队伍，增进情报人员敌情观念和甄别情报的能力，防范杜绝重大情报误报、漏报、迟报事件再次发生。

国民党反动派是绝不允许红色政权就此建立起来的。驰赴潮汕的陈济棠，任命陈耀寰为海陆丰保安队主任，率部进驻与陆丰交界的揭阳河婆圩。陈济棠还援手戴可雄、李沛、杨作梅等地方反动势力，招兵买马，扩充队伍，准备协同发起反扑。

另外，反动势力一直没有停止对新生政权的隐蔽破坏。

他们印发大量所谓《海陆丰起义之革命纲领》等传单，诬称新生政权将杀戮包括平民百姓在内的"二十种人"。

这是敌人使出的离间计和阴毒的舆论战手段，跟污蔑共产党"青面獠牙、杀人放火、共产共妻"如出一辙。

东江特委的领导，看过这份传单，认为这种狗屁不通的"伪纲领"，群众肯定不会相信。因而，没有及时组织人员将反动派伪造的"纲领"彻底收回销毁，也没有及时向人民群众澄清事实，造成一些人群与村落，以讹传讹，将假"纲领"当成真文告。特别是在陆丰一些党组织力量比较薄弱的地区，引起一定范围的恐慌。

李沛、戴可雄及陈子和，认为东山再起的机会来了。他们密谋打民众牌，利用"乌红旗"余毒，挑唆乌旗派的村民起来反抗。并倚借陆丰反动地主组织"白旗会"的残余影响力，公然竖起"反共救乡"的白旗，啸聚了五百多人。又派人前往惠来百岭村，说服肖觉等反动头子，带领民团加入"白旗队"。

离陆城不远的博善区，封建会道门组织了一个"长发党"。其头目都戴着盔冠，手执拂尘，装扮成神道的样子，扬言刀枪不入。成员也个个长发披肩，身穿画满神符的白背心，佩带"宝剑"或粉枪。他们与白旗队串通一气，也想在新生政权面前显显"神威"。

一群反共急先锋，同恶相济，推举马思遽为总指挥，带领白旗队和长发党等反革命武装，倚仗武器精良，我第二师又不驻在陆丰，遂发起突然袭击，攻陷南坛、博善等地。次日又击退守城的赤卫队，占据陆丰县城。

东江特委委员刘琴西，率领为避免与敌人硬拼，撤出城外的县赤卫队一百多人，正在等待下乡巡视的张威和郁新凯，指挥吉安、河东两支区赤卫队前来会合。傍晚，两支队伍抵达城郊，连夜向县城发起猛攻。马、李、戴等不敌，败走第十区博善圩。

返回东滘的陆丰县委、县苏，立即通知召开四乡农民武装大会，动员发起联合行动，消灭白旗队。

马思遽、李沛接到线报后生出一计。他们煽动乌旗派族长，指使十区上埔乡几十名村民，颈系红布条，携带枪械，伪装赴会，作为内应。岂知，白旗队未到，这些受欺骗的村民，竟然先在会场开火，秩序顿时大乱。

话说陆丰的农民运动，发展并不平衡，后进的乡村不少，尤其是一部分同宗同姓的大村落，族权没有被根本动摇。大地主大恶绅逃走了，家族的小头目仍在操控着整个村庄。而陆丰东南片，一些农民头脑中残存的乌红旗观念，常常被反革命分子利用。

刘琴西、张威从抓获的上埔村村民口中，获知敌人的阴谋，遂指挥县、区赤卫队一面准备迎击白旗队匪徒，一面跟踪追击暴乱的村民。

谁料，县赤卫队队长许国良率部众追至上埔乡，遭到上千乌旗派村民的包围，才知中计。战士们因不熟悉地形，误入咸草丛生的泥沼湿地，战斗力无法发挥，阵亡百余人，许国良牺牲。

白旗队匪徒乘隙再次攻占东溜，并推举肖觉为临时县长。一时间，陆丰有近三成区乡，插起了白旗，不少农会会员和群众遭到地主恶绅的反攻倒算。

新年伊始。因"二八"事件遭到省委严厉批评，并做了调整的东江特委领导，在海城红场召开东江农民代表大会，动员各县做好年关暴动工作。出席大会的有海丰、陆丰、惠来、潮阳、紫金、五华、惠阳等县的代表超百人。

会议期间，东委领导接悉广州起义军已经抵达紫金正向海丰进发的报告。张善铭即派刘琴西率第二师五团前往接应。

广州起义，是中共在大城市建立工农民主政权的尝试。它和南昌起义、秋收起义，链接成中国革命战争由中共独立领导的伟大开端。

分头撤退的广州起义军在花县会合。为形成统一领导，部队召开党的会议，决定将以军官教导团为主的三支队伍，整编为一个师。

红四师在隆重的气氛中，在庄严的军旗下，宣告正式成立，并决定奔向海陆丰与红二师会合。

1928 年 1 月 5 日，红四师抵达海丰县城。东江特委在红场召开数万人的群众大会，热烈欢迎红四师到来。东江农代会代表、红二师官兵参加了欢迎大会。

红四师休整两天后，在东江特委主持下，召开了首次党员大会，选举产生了新的领导班子，由袁裕任师委书记。

调整后的师领导，叶镛仍为师长，袁裕兼师党代表，徐向前任师参谋长，陆更夫任师政治部主任。

又一支劲旅的到来，加快了平定白旗队匪乱的步伐。次日，东委领导率领红四师十一、十二团，东进陆丰戡乱。白旗队在县城立足未稳，自知不堪一击，弃城败走七区。

郁新凯引领红十二团，进攻上埔乡。摇着黑旗参加匪乱的乌合之众，远远看见来的是正规军，枪声又那么密集，纷纷弃械投降，当了俘虏。

师长叶铺指挥十一团追击白旗队。海陆丰保安主任陈耀寰，接报带领保安队前来增援。红军的机枪连大显威风，战士们英勇杀敌，将敌人逼至河边。忽见一队非妖非道的人众，手挥拂尘，口中念念有词，冲了过来。战士们十分诧异，不敢贸然开枪。

赤卫队长大声喊道："他们是反动组织长发党，号称刀枪不入！"

缓过神的战士们一排排子弹扫过去，长发党应声倒了一片。那些没死的也不再装神弄鬼，抱着头四处逃命。陈耀寰、李沛、杨作梅惊恐万状，趁乱率部下逃窜。此役，歼灭敌人二百多人。

为粉碎敌人的谣言和阴谋，挽救被蒙蔽的群众，东委领导在陆丰县城举行敬老茶话会，派人持大红请柬，邀请数十位老人，到新政府的礼堂做客。张善铭等亲自到大门口迎接，对赴会者一一亲切问好，送烟、递茶、派糖果，一声声大叔、大婶、阿爷，叫得长辈们乐滋滋的。

东委领导与乡亲们并排而坐，嘘寒问暖，向他们介绍共产党的宗旨和政策："我们共产党是领导农民兄弟开展打土豪、分田地、废除封建剥削和债务等革命行动的政党，引领你们推翻封建势力、建立农村革命政权的先锋队。国民党反动派，把我们毁谤成连老人、小孩甚至残疾者都不放过的杀人狂，其实，我们要消灭的，是骑在穷人头上的贪官污吏，不给农民活路的土豪劣绅，以及替他们卖命的帮凶、爪牙，怎么会把我党所倚靠和保护的亲人，也就是你们，当成仇敌？"

他朝一旁的郁新凯手一挥，立即，几十个受骗参与暴动的农民，被带了上来。东委领导同志，一一为他们解开绳索，对他们做了一番政治教育，揭露敌人黑白颠倒的险恶居心，拉他们当替死鬼的阴谋。

随后，又发给每人两块银圆，做回家的路费。被蒙蔽的农民感激涕零，后悔不已。

老人们目睹了这一幕，无不对东委领导竖起大拇指。

为宣传阐明新生政权镇压反革命的出发点，纠正打击面过宽的错误，张善铭让秘书处以东江特委的名义，起草一份文告，再抄写发布到城镇和乡村。

文告的标题为《中国共产党东江特别委员会布告》，正文部分，先阐明本党领导农民暴动的宗旨，接着揭发敌人大造谣言、炮制伪纲领的卑鄙，着重指出："查老人、小孩、妇女，本党扶助抚慰的重点，曾几何时列为杀伐对象？即如此次上埔乡之妇孺及长者，受反动派之欺骗而反对本党，而本党不但不加责罚，反且抚慰有加，给饭给钱，送其回返故里；民团团丁亦是贫苦人民，倘能识诚来归，自当赦免，保其安全。最后希冀民众明辨是非，站稳立场，切记不要上反动派的当。"落款处，特委六位委员的名字全在上面。

至此，海陆丰施行一个多月的"镇反"行动，政策上的偏差得到扭转，"团结和依靠广大贫苦人民，争取中间阶层，只打击消灭一小撮顽固反革命分子"，成为新的共识。镇反失控的局面，已从根本上刹住。

年关将近，刘巽贞接到县委组织部通知：经层层挑选、严格政审，决定招录你为东江党校首届学员，参加为期一个月的学习，请依时前往海丰县城报到。

刘巽贞既激动，又担心。激动的是组织对她的信任；担心的是，第一次听说有"党校"这么个机构，她从没正规读过书，课能听懂吗，一个月后能完成学业吗？

只不过，刘巽贞的人生，从来没有"退却"二字，凡是遇上越有挑战性的难题，越想前去体验和破解。她抓紧处理好手头的工作，又委托万悟尘临时主持区委工作，交代颜文英参加完弟弟文哲的婚礼后，立即赶回，暂时代管津洲女子学校。

昨夜，无风，但出奇地冷。拂晓，推开房门，只见袅袅雾气下的花木，闪烁着亮晃晃的霜晶，似雪非雪，分外妖娆。

城郊大路口，人来人往，为年关将至而忙碌的乡亲们，因寒冷而拱背缩肩。倒是那些或挑或扛、负重前行的人们，一点都不觉得冷。其实，只要生活有奔头，天气再冷，心里仍然是暖和的。

一阵马蹄声，震落小草叶尖上刚融化的霜水。三匹矫健的骏马，鼻孔喷着白汽，奔驰而来。马背上，三个英俊的后生，身披棉袍，头戴六角鸭舌帽，令人眼前一亮。为首的将马鞭往前一指，双脚往马腹一磕，轻尘扬起，人与马很快消失在通往县城的官道上。

这三位，就是被万悟尘称为"巾帼三杰"的刘巽贞、颜文英、李兰舟。

刘巽贞是以到陆安师范学校进修为名，而暂时离任的。

李兰舟现为津洲苏维埃妇女解放协会会长、妇女粉枪队长。她将参加县妇女工作会议，并观摩考察模范区。颜文英是为了参加弟弟的婚礼，也为了看望父母。

颜文英和李兰舟还有一个共同的迫切愿望，就是寻找已经半年没有音讯的夫君。尽管她们坚信夫君一定活得好好的，但不知他们身在何处，又没有只言片语的家书，她们能不牵肠挂肚，寝食难安吗？

区苏已向县军事委员会打报告，请求协查万岱源与段冀虎二人的下落。可是一直没有回复。

万悟尘对"巾帼三杰"一起去县城，不大放心，想让冯天浩派人护送。"巾帼三杰"将马缰一勒，三匹快马全都立了起来，顺势从棉袍里唰地抽出两支手枪、一把二十响，那样子，要多威风，有多威风。

万悟尘尽管看得嘴巴半天合不拢，但他还是叮嘱三位路上不可大意，在复杂地段必须拉开距离行进。

刘巽贞一行是临近中午到的县城。她们把马匹系在河畔的柳树下，兴冲冲地走进县苏维埃政府大院，东张西望寻找军委会。

心里好像藏着事的王科长，见来了几位陌生人，看衣着与言谈举止，知道是从大宅院里走出来的人，故意不大想搭理。问起郁新凯，只说办事去了，估计今天不会回来。

刘巽贞看科长对面的办公桌上，文件摆放得整整齐齐，还放着一小盆色彩斑斓的金鱼草，断定其主人肯定是个女的。郁新凯怎么没在信中提及过她？

人没找到，科长又爱搭不理，三人有些扫兴。颜文英说，不如先到我家去，填饱肚子再找人。刘巽贞说，科长有事瞒着我们，而且不是小事，还是先到郁新凯家问问。

刘巽贞自从奉命回了津洲，就不曾重返县城，更好久没去探访过郁家二老，还有新凯的小妹新月。

来到北堤老街，走进新凯的家，他的父母看着三位不速之客愣怔了半天，也看不出哪个是相识的。郁母忙叫小女出来接待客人。新月一眼就认出为首的是巽贞姐，高兴得一把抱住了她，眼角还泛起了泪花。

刘巽贞三人将鸭舌帽摘下，散开了齐耳的秀发，郁家二老才颤声说，原来是阿贞回来了，好，回来好。闺女们，快坐，快上茶。

郁家二老虽然脸上带笑，但还是掩饰不住心里的忧愁。

巽贞将新月拉进房间里，问她是否发生了什么事。

新月起初支支吾吾，看巽贞姐要跟她急了，才说出事情的原委。

昨天，是郁新凯父亲的五十寿辰。欧阳俊竺前天无意中听郁母提起此事，就说，真凑巧，我父亲也是这一天生日。我要来为伯父祝寿，也等于给我的父亲祝寿。我要亲手为寿星做一个西洋蛋糕。

郁家二老听了，心里乐开了花，嘴上却说，你那么忙，可不敢再给你添麻烦，有这份心就够了。

郁新凯心里清楚，欧阳俊竺一次次向他示爱无果，现在学会了迂回战术，打起了外围战。他得泼一盆冷水，莫让她越陷越深，就说，小户人家，搞什么噱头，多煮些长寿面，卧几个鸡蛋，我晚上敬老爷子喝一盅，就行了。

而怜爱欧阳的母亲却说，一个大小姐，孤身一人来到南方，举目无亲，她不嫌弃俺家，理该给她一份亲情。再说，多一个晚辈给老爷子祝寿，有什么不好。

新月没有表态。俊竺姐是个好姑娘，对哥哥的爱都快把自己的脑子烧糊了。但她心里明白，哥哥爱的是巽贞姐，他俩是风风雨雨走过来的，缘分深着呢。如果可以挑选，她肯定选择巽贞姐做嫂子。

俊竺姐毕竟不是喝井水长大的，举手投足全是城里人的做派，有时说话直爽得叫人脸红。她曾悄悄对新月说，追求爱，是新女性自由的象征，她结婚后，为了革命，暂时不会考虑生儿育女。

郁新月很崇拜她的新思想，但又屡屡暗示要跟她结拜为姐妹。欧阳俊竺却自信地说，我只希望叫你小姑。

欧阳俊竺是借助一家面包店才做成西洋蛋糕的。就在说好要来祝寿的傍晚，她提着蛋糕往郁家赶，路过迎仙桥时，却听见桥下有女子在呼喊救命。欧阳俊竺没有一丝迟疑，趱身奔往桥下。

因天气寒冷，又是快吃晚饭的时候，没有多少人注意桥下到底发生了什么事。

直到桥头一个卖炸豆腐的想起这事，下去看了看，却见人没了，蛋糕也被踩烂，才嚷嚷开了。

欧阳俊竺突然失踪，东滘镇被赤卫队翻了个遍，可任何踪迹都没发现。

今日一早，有人在县苏维埃政府门口捡到一封信，是写给郁新凯的。

郁新凯立即向县委书记汇报。此时，张威已经调往紫金县任县委书记，接见新凯的新书记叫杨望，是一位不苟言笑、做事雷厉风行、对敌斗争很坚定的年轻领导。

欧阳俊竺是被不法分子绑架了。但绑匪声明他们不是绑匪，也不为钱，只是他们没理由死，却被列入死亡名单。既然非死不可，就得死个明白，故而选择无奈之举，以换得与主宰其命运者，进行一次敞开胸怀的面谈，虽死无憾。又说，若贵政府运用武力，不给他们一吐块垒之机会，人质将会香消玉殒。

郁新凯认为绑匪并非冷血贪婪之徒，语气诚恳，似有什么隐情，请求允许他单独赴约。

杨望沉思片刻，同意由他赴约谈判。但为了安全，一定要安排隐蔽人员暗中配合，同时，在确保人质安全的前提下，争取将绑匪抓捕归案。至于县城，将继续戒严。

绑匪用路边留纸条的方式，将碰头地点更改了三次，最后定在虎洲港海面的一条渔船上。郁新凯只身驾舢板上了这条船。

刘巽贞耳朵听着，一颗心高高悬了起来，手心沁出了冷汗。她首先担心郁新凯的安全，其次认定自己遭遇情敌了。幸好自己提前一天来到县城，要不，他冒这么大的危险，去营救人质，而自己却一无所知，日后，心会有多痛？现在，她虽然帮不上忙，但可以在心里为他祈愿，让他心中多一分力量和智慧。

李兰舟与颜文英来到县城的兴奋劲，全被绑架案清了零，她们心急如焚。但是，她们在郁家二老面前，又得装出一副无须惊慌，很快就会有好消息的样子。

过午了，可谁都没心思吃饭。巽贞劝颜文英和李兰舟先去办该办的事。而她们一个劲儿摇头，一定要等郁新凯和人质平安归来再走。

巽贞知道她俩难得来一趟县城，跟双亲或儿子会面的念头很迫切，便沉下了脸："我说大姐们，你们一个明天要开会，一个弟弟要成婚，都守在这里，于事无补，反而让大家更为不安。我代表你们守在这里，一定能等到好消息。如果你们再不走，我可要下命令了。"

就在郁家愁云密布，刘巽贞要下逐客令之时，虎洲港海面的渔船上，气氛并没想象中那么剑拔弩张。

此时，郁新凯与绑匪也没就释放人质，展开讨价还价，而是陷入一场激辩。

再看绑匪，并非凶神恶煞之徒，而是老熟人曹其峰和周剑雄。

当郁新凯看见从船舱钻出来的人竟是两位国民政府的区长，十分惊讶："是你们绑架了县苏的人？"

"我们也是迫不得已才斗胆冒犯一下贵党的人。不过，我们只是暂时限制一下她的自由。她连一根头发，都没受损。"曹其峰平静地说。

"人是不是在船上？你们立刻将她放了，我来给你们当人质。"郁新凯一拳砸在船篷上。

周剑雄哂然一笑："我们再蠢，也不会将人质放在船上。我们只是要向共产党讨个说法，我们犯了哪条王法，罪当该死？"

"公理自在人心，你没犯法，为何不敢去接受调查，还要抗拒逃逸？加上又公然绑架新政府干部，你罪不当死？"郁新凯回话声音不大，但力道很足。

"有位记者说，共产党领导穷人闹革命，喊得最多、最响亮的一句话就是'摧毁旧世界'。推行民主，建立新社会，新制度，这也是我等青年人所希望的。但是，这个过程注定要将剥削者一概打倒吗？"曹其峰看着郁新凯，说出心里最抵触的问题。

"革命，必须清除阻碍革命进行的反动势力，铲除剥削制度，建立人人平等的新秩序，使受压迫的人民得到解放。"郁新凯抹一把下巴，正色道。

曹其峰眼望船篷外的海面，苦苦一笑："国共两党，本来已经携手合作，这对加快中国革命的进程，是完全有利的。"

曹其峰边说边摘下挂着的竹筒，倒出半碗水，自个儿喝下，又倒了小半碗，递给郁新凯。

郁新凯接过水，尽管口有些渴，但并没喝。

周剑雄抢过陶碗，一气儿将水喝了，把碗往船板上一蹾："水里有毒，我替你喝了。我听刘巽才说，你早就爱上了他妹妹，他也承认你俩很般配。但我就是不明白，共产党可以爱上地主家的小姐，为什么政治上一定要针锋相对？"

曹其峰调侃道："你这个绑匪，真不知天高地厚，竟然做起媒婆来。说正题，国共两党，都将土地改革列入革命纲领，国民党采用温和的方式，得到了中产阶级的拥护；共产党却要通过武装夺权，无条件没收一切土地，有产阶级会支持吗？"

"有产阶级不答应，劳苦大众就只能永远贫穷下去，这合理吗？不彻底摧毁封建土地制度，就不能实现'耕者有其田'，广大耕田种地者，如何摆脱受剥削、受压迫，如何合理地成为土地的主人？"郁新凯用不容置疑的口吻应道。

"你说的不无道理。但我要说的是，可以采取避免流血冲突，又能实现社会变革和进步的办法。"曹其峰边说边看看海岸上那座小山。

周剑雄也看看岸上的小山："你也知道，好些地主拥有土地，是他们几代人积攒起来的，一下全分给农民，他们心里接受得了吗？"

"你想为地主阶级喊冤叫屈，可你想过他们是盘剥了多少代农民的血汗，才拥有了那么多土地的？共产党人是总结并吸取了历史的经验教训，才选择了'消灭剥削阶级，建立人民民主政权'这条道路的。而且对外还要反抗帝国主义侵略。你们必须投入反帝反封建的历史洪流之中，而不是螳臂当车。"郁新凯站了起来，双手叉腰说，"言归正传，请你们回答我，被绑架的人质在哪里？"

"别杀气腾腾的。我们也曾是热血青年，我们也景仰革命，可我们已经深感失望。北伐尚未成功，国民党竟冒出两个政权，同一阵营的军阀，为了争夺地盘，也兵戎相见，自相残杀。这次国民党要求党员重新登记，我们都没去。我们现在已是局外人了。"曹其峰双眼迷茫，垂头丧气地说。

"那你们就加入我们的营垒吧。"郁新凯向他伸出了手。

周剑雄下巴一翘，说："我虽然参加过反清战斗，但厌恶血腥，我要远离政治，重操旧业，回去当一名教师。"

"我只想美美吃一顿水晶鸡，再上断头台。让所有的鸟主义，都统统见鬼去吧！"曹其峰又看了一眼岸边的小山，一只风筝在天上飘着，"剑雄兄，别再浪费口舌了，人质已被放了，抓捕我俩的大兵马上就到了，你我的悲情牌也白打了，就等着束手就擒吧。"

周剑雄也已看到风筝，打开怀表核对过时间，对郁新凯说："你的同志，只是在老曹家睡了一觉。她一醒来，其峰的母亲就会亲自送她回县政府。我们这样做，只是想告诉贵党，我们不是敌人，我们也在思考，也在重新选择人生的路，我们不该成为无谓的牺牲品。"

这时，一条舢板靠了上来，船上坐着四位荷枪实弹的战士。郁新凯顺着船竿一溜，下到舢板。为首的班长告诉郁新凯："欧阳俊竺同志已经平安回来，陪同的大娘向杨书记磕头求情，欧阳俊竺也希望从轻发落劫持者。杨书记将处置权交给你，抓不抓人，我们听候你的命令。"

郁新凯松了一口气，回头对渔船上的曹其峰和周剑雄说："你俩先回去吧，老老实实在家待着。我们会对绑架事件造成的恶劣影响进行评估，再对肇事者做出惩处决定。"

第四十三章
东江党校开先河　年关暴动传捷报

郁新凯是在杨望书记的办公室，见到欧阳俊竺的。

他从上到下仔细地打量了她一番，才关切地问："受伤了没有？现在还害怕吗？"

欧阳俊竺像什么事都没发生过一样，说："我是从枪林弹雨中走过来的，有那么脆弱吗？"说着，调皮地摆出新疆舞的姿势，一左一右扭起脖子来。

杨书记笑了，说："不愧为'女护世'，而且是刚柔兼济的'女护世'。"

"没有保护好你，也没有及时找到你，是我失职了，对不起！"郁新凯絮絮叨叨道起歉来。

欧阳俊竺眼角湿润了，说："应该是我感谢你才对。为了一个小兵，你不顾个人安危，孤身赴约。万一有个三长两短，我一辈子都……"

郁新凯怕她再说下去，忙问："你真的认为绑匪可以从轻发落？"

"我是这么想的。我在曹家醒来时，身上盖着厚厚的棉被，一位慈祥的大娘，守在床头。她给我下跪，说她只有一个儿子，从没做过对不起老百姓的事。他是为了死得明白，才出此下策。"欧阳俊竺平心静气地说。

"这样吧，欧阳同志你先回去休息一下。"杨书记拿起她的军帽，替她戴上，"我跟小郁交流一下情况。"

欧阳俊竺整整军服，摆摆手告辞了。

天快黑时，郁新凯从杨书记办公室出来，又到县赤卫队队部找张绍良，要求赤卫队加强治安巡逻和安全警戒工作，避免类似事件再次发生。

离开赤卫队队部，郁新凯才想起，还没跟家人报个平安呢。突然，欧阳俊竺从路边的柳树后跳了出来，说："不想给我压压惊吗？昨天没给你家老爷子祝寿，反让他担惊受怕，不为我，也应该为伯父伯母压压惊。"

"你，点子真够多。是该压压惊！我去买一瓶酒，外加半斤卤鹅。"郁新凯说。

"为了尽兴，酒得多买一瓶。我去买一盘炸豆腐，半斤花生米。"欧阳俊竺一把拉住他的手，两人肩并肩走着。

郁新凯抽回自己的手，正经八百地说："请你注意影响，本来就够引人注目的了。"

当他俩迈进郁家大门时，发现家里坐满了稀罕客人，不约而同"哇"了一声。

欧阳俊竺一眼认出贵客来自津洲城，热情洋溢的脸上，又多了几分笑意，可心里却有点酸溜溜的。她断定，那个身材比她娇小的女区委书记，就是她的情敌。

真是造化弄人。她阅人无数，也不乏执着的追求者，却只对郁新凯一见钟情。而且屡遭拒绝，却爱得愈加坚定。

昨天傍晚，她突遭绑架，心里一点都不害怕。昏迷前的那一刻，甚至想到该由谁来救她。果不其然，今天，他为她，扛着那么大的压力，只身赴险，舌战绑匪，以一身正气，镇住了通缉犯，扭转了局面，并安然归来。这充满浪漫色彩的一幕，只由她和他担任男女主角，谁敢说他俩有缘无分？她，铭感五内，入心入肺地爱他，谁也别想阻挡。

今晚，本可借题发挥，以没有男人在身边，随时都会受到伤害为由，唤起郁新凯的怜惜之情，从而答应做她的护花使者。岂知，半路杀出个程咬金。也好，这道坎迟早是要跨的，不妨来个先下手为强，借酒卖痴，让刘同志看出，她与新凯，如胶似漆，关系非同一般，使她自此断了念想，识趣而退。

酒菜上桌，香气四溢。这顿酒，既是压惊酒，又是庆贺酒。颜文英与李兰舟，虽然已吃过晚饭，但还是应邀一起入座。

一张八仙桌，上座是郁家二老，左右是三位客人和新月，欧阳俊竺与郁新凯虽然是主角，但只能屈就于下座。

欧阳俊竺才不管什么座次，能跟新凯坐在一起，就是最尊贵的座位。

酒过三巡，主客之间的彬彬有礼，渐渐被酒精给冲淡了。欧阳俊竺亲自把盏，单独敬救美英雄三杯，还为他夹了几次菜。

郁新月已看出端倪，为了不冷落巽贞姐，她不顾自己不大会喝酒，也频频举杯，向她，还有文英姐、兰舟姐敬酒。

郁新凯起初还能把控住自己。巽贞难得来看望一家老小，他得为她营造一种宾至如归的氛围，不用很客气，却能感受到温情脉脉。可是，欧阳俊竺的任性和反客为主，使他跟巽贞连话都没聊上几句。

刘巽贞脸上一直挂着微笑，她觉得这个北方姑娘的确够豪爽，也很可爱，而且举手投足，透露出对新凯的一往情深。

欧阳俊竺已经进入酒量的临界点，编出来的敬酒词，越发妙趣横生。郁新凯又不好当着大家的面伤了她的自尊。加上连日来过于疲劳，满脸红得透紫的他，终于醉倒了。

欧阳俊竺看出他是真的醉了，脱下军衣，在新月的帮助下，搀着他去卧房休息。

天不早了，巽贞原先说好晚上跟新月一起睡，现在满屋子酒气，便对文英和兰舟使了个眼色，三人站起来，向二老和新月道了别。

走到门口，巽贞不放心新凯，就踅回他的卧房，想看看新凯酒劲缓过来没，却见欧阳俊竺伏在新凯身上，正忘乎所以地亲吻他。

巽贞一下傻了，本能地咳了一声，欧阳俊竺好像什么都没听见。巽贞狠狠往红砖地跺了一脚，欧阳俊竺身子一颤，但嘴唇并没挪开。巽贞像囫囵吞下一把蟑螂，掩着脸，匆匆离开了郁家。

翌日，刘巽贞与陆丰十几位首届学员，背着包裹，列队步行七十里路，来到海丰观音山下的东江党校报到。这群年轻干部，意气风发，一路上欢声笑语。四个女同志，成了大家说笑和献殷勤的对象，刘巽贞心中的所有不快，早就忘得一干二净了。

东江党校设在观音堂。这是一座富有明清南方庙宇特色的禅院，坐北朝南，古柏翠松处处可见。前座为天王殿，两侧是钟鼓楼，东西各有三间配殿，后座正中为观音殿。大小殿堂，有数百尊神形姿态各异的塑像，或立、或坐、或悬。前殿另有四大天王、护法金刚等。

开办党校的目的，是发挥红四师战士多为知识分子的优势，培养一批具备政治军事才能的党员骨干，解决根据地人才奇缺的问题。党校的建制很规范，设校委会，委员中有三位是朝鲜籍战士，刘锦汉为书记兼校长。下辖教务处，分政治、军事、技术、编纂四门学科；经理处，分总务、宿舍、伙食三个部。还有包括翻译、速记、刻印在内的一应工作人员。

党校首期招收学员一百人，定额分配到海丰、陆丰、紫金、普宁、惠来、惠阳、五华等县。学员报到的第二天，就是除夕，全体学员接受入学考试和体检。有学员考试不及格，当即通知该县，另派新生补充。说是学员，其实跟刘巽贞相似，大多数是在基层摸爬滚打了好些年，立场坚定，成绩斐然，担负着县或区党、政、军一定职务的尖子。

新生下午领到一张课程讲授和训练课目表，有理论课程和军事学课程，还有几次观摩活动课。

教官多为原教导团的优等生，有三人毕业于苏联红军军官学校，两位朝鲜籍教官毕业于广东法政学校；还有三位女教官，一位与朝鲜籍教官是校友，另两位曾就读于武汉中央军政学校。

当晚，学员们按要求，成立了生活委员会，在自理自治的前提下，由组织生活、体育运动、文化活动、事务裁判、清洁卫生等五位委员，对学员的课余生活，进行管理、协调、处置。

刘巽贞以最高票数，当选组织生活委员。几天过后，还被女教官刘慕，私下认为姐姐。

票数第二的苏惠，当选事务裁判委员，她与刘巽贞是同桌。

苏惠原名庄启芳，参加革命后才改的名字。她是海丰县田墘镇人，比刘巽贞年轻些。1925年未满十六岁就参加了革命，任海丰县妇女解放协会执委。现为共青团东江特委常委、妇委书记。

刘巽贞与苏惠长相身高、脾性爱好十分相似，学习劲头、工作能力不分伯仲，学员们称她俩为"双生花"。加上教官刘慕，众人都把她们仨比作女版的"桃园三结义"。

学员当中还有一对是夫妻，被称为"革命伉俪"。女的叫郑振芬，大眼睛，细眉毛，圆脸庞，头发盘绕成燕尾圆髻。

郑振芬，出生于海丰县海城镇一个贫苦家庭，在民生布厂当工人时就参加了革命工作，现为海丰县委妇女委员。

郑振芬的丈夫谢振鸿，是梅陇圩谢厝巷人，其父为晚清秀才。在郑振芬和谢振鸿夫妇的影响带动下，谢振鸿的三个哥哥和一个弟弟，全都参加了工会，成为工人纠察队队员，并投身海丰三次武装起义的多场战斗。

大年初一，党校组织学员参观海丰县农民协会和红宫、红场。

未曾到过海城的人，心里除了景仰，总觉得她很有几分神秘。去年底，一位笔名杨白的记者，来到海丰，经过数日的跋涉，完成了从县城到区乡及农村的考察、访问。他将自己的感受，写成通讯《东方红城漫笔》，发表在共青团中央机关刊物上，称赞海丰人民革命热情澎湃，率先建立红色政权，实现了"耕者有其田"的理想，社会秩序良好，处处呈现欣欣向荣的景象，更赞誉海城是令人景仰的未来之城。

类似的报道，还不时出现在中共中央的刊物上，也出现在中央巡视员的报告中。

今天，百名东江党校的新生，要在未来之城度过建立红色政权后的第一个春节，他们能不激动吗？

从教官宣布外出参观那一刻起，观音堂就欢声笑语不断。学员们回房间换上最整洁的衣服、鞋袜，胸前别上自来水笔，衣兜插着笔记簿，早早聚集在殿前等候出发。

教官按座号将学员分成十个组，然后列队出发。队伍最前面，是一个身材魁梧的男生，举着一面鲜艳的党旗。

过年的海城，俨然一片红色的海洋。建筑物的墙壁是红的，牌坊是红的，春联是红的，灯笼是红的，彩带是红的，城外西南面谢道山上新整修的文峰塔，也是红的。就连男女老少的每一张脸，都是红通通的。

新命名的马克思路、列宁路，热闹非凡。"西厢记""八仙过海""水漫金山"等十台古装"扮景"，喷火舞龙队，虎狮武术队，钱鼓舞队、高跷队、妙龄少女花篮队，八音锣鼓队，正从街上巡游而来。每到宽敞的路口，各支队伍轮番表演，群众围得水泄不通。演出进入高潮，喝彩声迭起，连珠炮噼啪而响，海城又成了欢乐的海洋。

学员们参了位于县城东郊龙津河畔的海丰县农民协会，这里原为建于明代的"天后宫"。林甦为大家讲述海陆丰农民运动的蓬勃发展过程，以及三次武装起义对周边地区的重大影响。学员们被广大农民不折不挠的斗争精神感动得热泪盈眶。

随着一路飘扬的红旗，他们来到仰慕已久的红宫、红场。顾名思义，这一宫一场，及其附属建筑物，墙壁、门窗、柱子、桁梁，全都涂上了凝重的深红色。这里人山人海，汇聚着足有五六万的工农群众。

家祉赤化的如火如荼，蔚为壮观的气势与庄严，融汇了古典与现代相互交融的建筑群，冲击着学员的视觉，让他们再一次领略到新生政权的感召力和震撼力。

红宫，原为明代学宫，五进院落式布局。前为六柱牌坊式棂星门，进去是拱桥泮池，风火式硬山顶前殿，庭院东西两厢为配殿。拾级而上，就是可容四五百人的学宫主殿堂——大成殿，又称"文庙"。海丰县第一次工农兵苏维埃代表大会在此召开时，特将会场四周建筑全都刷成红色，会场内墙壁也用红布覆盖，以之迎接中国第一个红色政权的诞生，并将学宫改称红宫。此后，新生政权的许多重要会议，都在这里召开。

大成殿后面，是五代祠，规模比大成殿略小。从旁门出去，屹立着一座五间开面的二层洋楼，这就是农会开设的平民医院。

红场，位于红宫、平民医院东面，只隔着一道墙。

红场的大门，像一座俄式风格的凯旋门，气势恢宏，昂然壮丽，令人肃然起敬。两侧硕大的组合方柱，托举着单墙拱券式门额，很像古代武将的凤翅盔冠。门额装饰着线条流畅的卷曲蕉叶花萼纹浮雕图案，与上方正中的五角星，皆呈金黄色。门额下方的"红场"二字，艳红如火，字体雄浑庄严，凸显于金色浮雕之上，分外夺目。再看东西门柱的正面，上刻一副对联，"铲除封建势力，实行土地革命"，表达了千千万万劳苦大众的心声。

红场的围墙，也颇具特色，呈波浪状，犹如随风舞动的巨幅飘带，环绕在绿荫繁花之下，也像奔涌不息的波涛，一浪推着一浪。

走进红场，几乎一眼望不到边。广场正中偏后，高高屹立着一个司令台。上上下下全都染成红色的主席台的台柱中间，悬挂着四个大红灯笼。后面墙壁上，张贴着马克思、列宁的巨幅画像。红场中央，设有传声装置。

红场原为明代"社仓"，占地三十多亩。海丰红色政权建立后，东江特委决定在这里开辟一座广场。新政府发出开展"星期六义务劳动"的号召，成百上千的工人、农民、士兵、干部利用休息日，前来参加土地平整，及红台、红场大门、围墙的建造。

红场竣工不久，就在这里召开了有五万多人参加的大会，庆祝红色政权成立。随后，董朗、颜昌颐等率领的南昌起义部队，与叶镛、徐向前等率领的广州起义部队，在此胜利会师。故人们将主席台称为司令台。

今天，数万人聚集在这里，共同度过一个革命化的春节。整个广场，用红布扎起四个演讲台。在台上入座的，是工农兵代表，有男有女，他们轮流演讲，宣传革命道理，描绘理想未来。台下坐着的群众，来自县城和附近乡村，每当听到激动人心处，就会爆发出雷鸣般的掌声和喝彩声。最后，大家一齐欢唱《国际歌》等歌曲。红场，成了歌声的海洋。

教官刘慕，娓娓动听地介绍红宫、红场，学员们边参观，边做着记录。

从红场出来，刘慕提出为刘巽贞和苏惠画一幅速写，以作纪念。短短几分钟，一幅以红场大门为背景的双生花速写画好。其他女学员看了，也嚷嚷着要画个集体的留影。

此时，一位二十来岁的女子，拱着手走过来，向刘慕和大家拜年。她一头蓬松的短发，身穿蓝色粗布工装背带裤，腰间别着驳壳枪，一副战犹未酣的样子，让人顿生敬慕之意。

女子走到刘巽贞面前，亲切地拉住她的手，问她学习紧不紧张。女学员立即发出窃窃私语："快看，她的装束、气质、眼神，洋溢着革命新女性的风采，我们也要像她一样，向旧世界发起勇猛的冲锋。"

佩枪女子笑笑，对大家说："我刚才带领海城一班青年妇女，给兵营的战士们送了印着斧头镰刀图案的年糕、粿品。然后，我们又应邀去工农兵俱乐部玩耍，看战士们拉风琴，吹笛子，打网球，还争着去荡秋千，踩摇桥。我自己也跟着乐了一天。"

有人一路小跑而来，悄悄跟她说了什么，佩枪女子歉意地跟大家摆摆手，匆匆走了。学员们朝刘教官围了过来，问询那女子是谁。刘教官故意卖关子。刘巽贞问苏惠，苏惠也捂着嘴不肯说。刘巽贞喊着要胳肢她，苏惠才压低声音说："她叫区夏民，海陆丰妇女粉枪队和卢森堡队的指导员兼教官，也是乔装女香客夺取玄沄卫城门的女将，东委领导人称她'红色花木兰'。"

刘慕情不自禁地对大家说："海陆丰粉枪队和卢森堡队，可以说是我们党领导下最早建立的妇女武装。"

海陆丰大地上的这个春节，没有看见穿长袍、着裙子的少爷或小姐，没有地主逼债行凶引发的惨剧，没有劣绅神棍乘机摊派勒索，处处显示出人民当家作主的新气象。这是劳苦大众过得最舒心、最尽兴的一个革命化传统节日。

然而，就在海陆丰人民沉浸在节日的欢乐之中时，红二师、红四师与地方农民武装，趁反动派放松警惕，正在向邻县敌占区发起进攻。

东江特委在省委再三催促下，专门召开军事会议，研究决定执行省委"改守为攻"策略，派出中层领导干部，到周边各县，敌人统治相应薄弱的地区，与当地党组织，策划、发起年关暴动。红二师、红四师作为暴动的中坚力量，分别出兵紫金、五华和惠来、普宁，拔除靠近海陆丰边界的白色据点，消灭地方反动武装，扩大革命势力范围，在巩固中发展革命根据地。

同时，加强对地方农民武装的军事训练，克服地方主义及不易指挥的毛病。组织宣传人员，深入敌占区，开展各种政治宣传活动，为暴动营造强大的舆论攻势。

此刻，粤系军阀张发奎与桂系军阀李济深，为争夺广东的霸主地位，已经杀红了眼，战火从广州烧向惠州，烧向粤东。老百姓深受其害，苦不堪言。

地处粤东潮汕平原，西邻海陆丰的普宁县，群众除了饱受战患之害，还要遭到反动地主的趁机报复。

元旦前一天，年关暴动的枪声响起。普宁工农革命军与上万高举钢叉、长矛的群众，分成四路，向八区、九区、五区、二区发起进攻。暴动三天，枪杀反动地主数十人，没收地主财物近千担，收缴田契、租簿二十几箩。

暴动取得的胜利，使广大农民革命热情高涨，强烈要求攻打果陇村。这是一座全国最大的庄姓村落，位于普宁县的中心地带，是既反动又狡猾的大地主庄大泉的巢穴。如果攻下果陇，等于攻下县城的一半。

然而，天公不作美。在攻打至果陇腹地大寨时，一场突如其来的冷雨狂风，使缺乏训练的参战农民，纷纷逃离战场，找地方烤火去了。进攻受挫，南北两路总指挥，都中弹牺牲。果陇没有拿下，我方伤亡二三十人。

攻打其他圩镇的战斗仍在继续。陈济棠所部两个营急急赶来增援。在县城保安队、民团上千反动武装配合下，发起反扑，大肆烧杀抢掠。土豪劣绅趁机威逼农民加入"联乡会"，缴纳田亩捐、联乡会费、保安队费。

普宁的暴动，是在敌强我弱，基层组织建设尚且薄弱的情况下举行的。面对敌人的步步进逼，普宁的工农革命武装，奋起抗击来犯之敌，均告失败，只好撤往偏远的村庄。县委机关也暂时退避至山区。

这时，传来东江特委调派红四师增援普宁暴动的消息。群众备受鼓舞，准备了许多好吃的食品，慰问红四师。谁知，县城保安队又杀了回来，把慰问品全都抢光，还将农民准备用来焚烧其工事的煤油，泼向农民的房子，放火点燃。

在盼望与失望数次交替之后，大年初九，红四师十一团，在师长叶镛、参谋长徐向前率领下，终于抵达普宁。随同十一团前往的，还有海陆丰赤卫队三百余人。

革命军增援部队的到来，极大地鼓舞了普宁工农武装的士气。但反动势力也不甘示弱，纠集更多的地主民团，要与红军与工农武装一决高低。

激战了两天。红军与工农武装占领了果陇外围的多个村庄。入夜，连续发起攻势，但无法攻陷果陇。

果陇地主民团，枪多人众，弹药充足，十分凶悍。县保安队为了相互倚仗，也移驻果陇腹地大寨。

午夜，我方部队在战斗中击毙县保安队队长，并乘势向大寨进逼。战斗转入举步维艰的巷战。

悠长狭窄的巷道，两边的窗口，都躲藏着敌人。尤其是巷道尽头，筑有一面布满枪眼的高墙，敌人机枪手躲在高墙后面，凭借枪眼疯狂扫射，而两侧窗口又不时有冷枪射出，使闯入巷道的红军战士，纷纷倒在血泊中。

有战士提出必须破解敌人居高临下的优势。他们用叠罗汉的办法，让部分战士爬上屋顶，向隐伏在窗口和高墙后的敌人扔手榴弹。就这样一条巷道一条巷道地搜索、推进。直至次日中午，牙咬得咯咯响的众战士拼死一搏，以智勇取胜，消灭了龟缩在最后几座高墙大院的顽敌，号称不可攻破的果陇，插上了红军的军旗。但顽固狡诈的庄大泉已逃之夭夭。

第十一团战士不顾疲劳，休整一天，又连夜奔袭封建大地主的另一据点和尚寮。又是一场势均力敌的血战，红十一团付出不小的代价，才换取了完全胜利。

历时一个多月的鏖战，工农革命武装占据了近半个普宁县。但我方伤亡惨重，其中，英勇捐躯的红军指战员，超过百人。

广东当局，对海陆丰的赤化，一直视为心腹之患。在正规军无暇顾及的情况下，只好退而求其次，起用盘踞在惠阳多祝、布心一带的土匪头子蔡廷辉，委任其为海陆丰守备司令，聚拢七百人的土匪、民团，并加以装备，让其伺机滋扰进犯海陆丰。

除夕，为惩戒敌人，留守海丰县城的红四师第十团派出两个连，在赤卫队配合下，进攻深受匪敌摧残的布心区，击溃地主武装，帮助该区十二个乡成立农民协会，并召开了武装誓师大会。

蔡廷辉恼怒不已，于大年初二，率六七百兵匪，进袭占领了海丰赤山圩一带。

红四师十团一个加强营、海丰县常备队及赤山、梅陇赤卫队奉命连夜出击，分四路发起反攻。而毗邻惠阳几个区的农民武装，则负责警戒监视境外地主民团的动向，并准备截击逃窜之敌。

初三拂晓，蔡廷辉正要率部向梅陇进发，突然，哨兵发现已被重重包围，四面山头，尽是飞舞的红旗。

红军神速出兵，又占据有利地形，令蔡廷辉大惊失色，指挥乌合之众发起数次冲锋，均被击退。

蔡廷辉想孤注一掷，率残部轮番反扑，无果。经过四个小时的恶战，我军全面出击，蔡廷辉腹部被击中，无心再战，带着残兵败将顺山沟逃出赤山区。

是役，缴获敌人德国造迫击炮两门，炮弹十二箱，轻机枪两挺，步枪一百余支，弹药十余担；击毙包括数名连长、排长在内的敌兵近百人，俘虏三十多人。

战后休整数日，第十团奉命全部开赴陆丰南坛，准备攻打惠来奎潭圩。

奎潭，地处交通要道，是客商熙来攘往的贸易重镇，也是汕头、潮州诸地与海陆丰，乃至惠州、省城往来的必经之地。

此时的奎潭更成了海陆丰与惠来反动武装的大本营。白旗匪乱失败后，险些丧命的李沛，及戴可雄、马思迹、陈子和，全都逃到奎潭。地主民团头子肖觉，退守老巢百岭。他们除了与各地土豪劣绅，加紧勾连，还派人游说逃亡香港、惠州的海陆丰籍大地主，捐赠大笔款项，用来招募散兵游勇与地痞流氓，补充扩大保安队和民团，并扬言要杀回海陆丰，血洗共产党人。

肖觉乐得麾下多了几个马前卒和鹰犬，常指使他们协同奎潭区保安队，四处搜捕共产党，袭击乡村农会。奎潭区兵营乡等地，因毗邻陆丰并受其革命浪潮影响，成为惠来县最早兴起农民运动的乡村，故屡遭反动武装围剿烧杀。

有杀戮就有反抗。兵营乡为配合海陆丰武装起义，发动各村农友和自卫队三千多人，手携土枪、土炸炮、大刀、尖镖，攻下奎潭圩，严厉惩处刽子手多人。

北平《晨报》转登《广州特约通讯》的报道："惠来与海陆丰交界之奎潭圩，被兵营寨及附近十余乡之农民约三千多人，携土枪、炸弹、利刀来攻。旋被攻陷，奎潭之右翼分子，被杀殆尽。"

东江特委根据省委"向惠来发展并准备举行暴动"的指示，从海陆丰抽调一批党团骨干组成宣传队，深入惠来各地开展宣传活动，并着手组建扩大工农武装。

为开辟进军惠来的通道，必先拔除奎潭、百岭等反动据点，彻底消灭白旗队残部和奎潭的反动武装，东委领导与红军第十二团，进抵南坛圩，与第十团会合。

东委决策人主持召开战前会议，决定首先攻打百岭村，由红十二团担任主攻，津洲、南坛、玄沄三个区的赤卫队配合。战斗于1928年1月16日打响。

百岭村，全村围在一丈多高的寨墙内，绝大多数村民信仰天主教，村前建有高高的教堂和神父楼，加上一座座地主宅院，全成了战时的坚固工事。寨墙下各主要路口，还插满尖利的竹钉，村内道路，堆置着农民耕地的犁耙，可谓层层设防，固若金汤。攻寨战斗接连打了三天，仍然未能拿下。红四师党委书记唐维亲临前线指挥战斗，不幸中弹牺牲。报仇的怒火成了勇猛冲锋的动力，第四天晚上，终于将百岭寨攻陷。

广东当局早已有所警觉，为使奎潭成为进攻红色政权的桥头堡，在戴可雄与马思遽所部被陈耀寰调往揭阳河婆后，李济深又调派钱大钧师一个补充营，进驻奎潭。敌人在外围修起工事，架设铁丝网，在圩内筑起多个炮楼，扼守各个重要路口。进攻难度，可想而知。

主攻部队红十团摸清情况后，派人从海丰运来缴获的两门迫击炮。东委决策人接到报告，决定亲自前往奎潭，指挥这场战斗。

东委领导与红十团指挥员分析敌情，拟定作战方案，认为敌人是杂牌军，兵力分布松散，难以形成统一指挥，应以大兵压境之势，威慑敌人，再由易到难，逐个击破。

东江特委签发命令，调集惠来、陆丰近两千赤卫队参战，并发动附近村庄的农友，组成运输队和救护队，提供后勤保障。郁新凯率领陆丰常备队，及东南数区的赤卫队，前来参战。

战斗前夕，东委提议组织敢死队，以警卫连为尖刀，以四营做后盾。

2月13日夜，红十团警卫连与陆丰、惠来赤卫队包围了奎潭圩。次早，战斗打响。敌人凭借工事，用火力压制我方部队的进攻，然后杀气腾腾发起反冲锋。我方故意避其锋芒，迅速撤退，躲藏在掩蔽物后面放冷枪，待敌人军心涣散，筋疲力尽之时，我部队又从两翼渐次合拢，一阵猛烈扫射，迫使敌人退入防线以内。

红十团虽有数千农民武装配合，但大都缺乏实战经验，组织又不严密，难以形成较强战斗力。唯郁新凯所带的队伍，经过多次实战锻炼，作战勇敢，进退有序，令人刮目相看。

战斗呈拉锯状态。时值隆冬，又下起冰刀般大雨，我方战士仍能坚守阵地，敌兵却叫苦连天，骂声四起。但交火并未停歇。

15日，叶镛带着师部的同志从普宁赶到奎潭，协同指挥作战。东委领导同志认为，两天的消耗战已经磨蚀了敌人的锐气，可以展开全面进攻了。

一声令下，连队架起迫击炮，瞄准敌人指挥部所在的炮楼，打出第一发炮弹。谁料第一门迫击炮出故障，炮手被炸伤。幸好第二门炮的炮弹正好命中敌巢，敌指挥部顿时乱了阵脚。第三发炮弹，又将铁丝网炸出缺口。

迫击炮的轰隆声，使敌人闻之丧胆。我部队立即从两翼发起攻击。敢死队率先扑向钱大钧的补充营，东委众领导，一马当先，冲在队伍前面。战士们备受鼓舞，勇往直前，猛打猛攻，势如破竹。

龙溪河北岸的溪沙村，是直通奎潭圩的主要渡口，为了便利红军和北岸赤卫队快速渡过龙溪河，进攻奎潭圩，在开战前夕，县委书记黄符到溪沙村发动群众建造"渡船"。全村男女老少出动一百五十多人，砍伐直径半尺以上的刺竹。经过六天六夜的苦战，赶造了十五只竹排渡船，让红军和赤卫队快速渡河，从防守薄弱的西南面发起进攻。

在战斗中，兵营乡赤卫队协同红军，截击缴获敌人企图接济奎潭圩守敌的子弹两万多发，爆破小组还炸开奎潭圩寨墙，为爆破炮楼打开通道。

敌人的炮楼一个个哑了，红军和赤卫队蜂拥而上，左砍右杀。敌人的防线崩溃了，补充营及保安队和地主民团，除了互相指责，就是争先夺路逃命。

冲入镇内的赤卫队，往炮楼淋泼煤油，放火烧毁。又焚烧沿街多家肖觉名下的商铺，没收了一大批不法地主的财产。

年关暴动一系列战斗，开创了东江工农革命军以弱胜强的战例，拔除了重要的白色据点，使海陆丰与惠来、普宁连成一片。

第四十四章
刘巽贞中峒揭谜团　剿赤团狂妄下战书

"救星来了！""红军打胜仗了！"喜讯在潮汕大地迅速传播，给当地农民带来巨大的鼓舞和力量。各区农友意气风发，争相报名参加红军和乡村赤卫队。

拔除百岭、奎潭等反动据点后，2月3日（农历正月十二），东委领导率领红四师进驻兵营村和圆墩村，并在兵营村召开农民代表大会，成立兵营乡红色政权，选举出主席、执委和赤卫队队长。

兵营乡新政府是惠来县第一个红色政权。此后，这里成了红军的联络点和情报站，村里的赤卫队除了配合红军作战，还负责接待从前线送来的伤员，再转到陆丰南坛的红军医疗所。

前线的战士在冲锋陷阵，英勇杀敌；后方的青年干部，也在为巩固壮大红色政权而拼搏，为成长和更有担当而埋头苦学。

刘巽贞在观音堂党校，以如饥似渴的学习劲头，有疑必问的求索热忱，悄悄地影响着同学们，并成为他们攻坚克难的动力。连教官们都承认，她对新生事物的感悟，比其他人要深刻，是一块好钢，一定会成为一名优秀的领导干部。

同学们好不惊讶，她哪来那么充沛的精力，每逢课间休息，"阅览室"就会出现她的身影。那里有报纸和内部刊物可以借阅。

刘巽贞从这些报刊中，汲取了不少政治养分，认识到"斗争就是人生的幸福"与"暴力革命的历史必然性"，懂得党的理论必须在实践中不断升华。同时，也感受到牛天暴动的硝烟弥漫，出征战士浴血奋战的大无畏精神。她还从内部刊物的字里行间，看到郁新凯的名字，以及他的模范事迹描述。

这是一个能牵动情思、激起心中涟漪的名字。以前总觉得他是离她最近的一个人，也是彼此不可或缺的一个人。可是现在，他的一切变得扑朔迷离。她与他，从相识相知，到心心相印，很不容易。在津洲并肩作战的那段日子，她努力消除叶丛章留下的心理阴影，准备与他融为一体。当她鼓起勇气，准备接受他的爱时，他突然离开了津洲。等他们重新见面时，她发现，有一个人霸道地横亘在他俩中间。历经数年，一点一点铺展起来的那道栈桥，在离他只有咫尺之遥的那一刻，訇然断折了。

都怪自己，在两性问题上，一直没有勇气将"玉女"的面纱摘下。平常日子，她与新凯两个人在一起，她会用简短的一句话，一个眼神，来表达自己对他的关切。他们每天的工作，都安排得满满的，没有暇余顾及个人的私情。渐渐养成一种习惯，仿佛两个人就如两棵并排的树，没有枝叶纷披交错，但距离只有咫尺之遥。既然他就在身边，她也不急于要打破这种和美的情致。

作为革命者，在刀锋上行走是必然选择，也是家常便饭。刘巽贞不怕牺牲，但她每次听说郁新凯参加战斗，一颗心就会被一根无形的线扯住。她甚至生出一种奢想：每次战斗都同他一起出发，直到跟他平安归来。她知道作为战士，不应该这么矫情，但她又无法控制这种爱的条件反射。

只是，她从不将这种异常告诉郁新凯。她不愿让他知道，因为他，她会变得这么儿女情长。她强迫自己，改掉这种懦弱的表现，学会真正的坚强。

现在可好，他冒着危险营救他的女部下，而女部下却以公然示爱作为回报，并赤裸裸向她发起挑战。他们真的到了如胶似漆的地步？还是欧阳小姐的一厢情愿？虽然郁新凯已写信给她，专门解释那是欧阳俊竺酒后失态，他与她只是纯粹同志关系。刘巽贞也相信自己与他一路风雨走来所建立的感情不至于那么不堪一击。

但欧阳小姐敢于那么做，说明她是不顾一切的，该后悔莫及的是自己。为什么一直不与他确定并公开恋爱关系，白白让人家有了冠冕堂皇的可乘之机？

郁新凯请她相信他，会圆满处理好这件事，而她认为单靠他的力量，根本无法使一个走火入魔的姑娘恢复理智，不再搅局。

来到党校后，她试图用全身心投入学习来忘掉这些不愉快，但又非常希望能跟新凯见上一面。她会坦白告诉他，她已经在万悟尘的引导下，渐渐走出昔日的心理阴影，并做好与他永世相随，不离不弃的准备。

悲伤，思念，埋怨，担忧，期盼，五味杂陈。这个欧阳小姐，怎么专门跟她过不去？要怎么做，才能使她正视现实，放弃任性，退出竞争？在这方面，犹如一张白纸的她，苦苦思索之后，还是一丁点办法都没有。

刘慕教官是个心细如丝的姑娘，她发现刘巽贞的发奋学习，夹带着一种狠劲。一天晚自习，她看见刘巽贞一个人待在阅览室，正用自来水笔在毛边纸上画两个人，一男，一女。女的朝男的夸张地努起双唇，她又画上一只手掌，捂住了女子的嘴巴。

刘慕咳了一声，巽贞立即将毛边纸揉成一团，塞进衣兜里。刘慕好像什么都没看见，说："累了吧，今晚没风，也不冷，上钟鼓楼赏月去。"

刘巽贞想推辞。刘慕吹灭煤油灯，拉着她往外走。

登上钟鼓楼，放眼远眺，星光闪烁，月影婆娑，薄纱轻笼的四野亦幻亦真，尽收眼底，顿觉神清气爽。

此情此景，让月下人的心境，如有天籁拂过，空灵而又曼妙。没有山花幽香的诱惑，没有绿水微澜的烦扰，最是互诉心曲的好时光。

一对萍水相逢的姐妹，因为清澈、纯洁、聪明，相互倾慕，一见如故，很快成为知己。刘慕以表姐为了逃婚，出国日本为引子，说起了个性与婚姻取向的问题。

刘巽贞深有感触，第一次主动亮出脚上的银镯子，说出了自己泪血迸射的初恋，说出了当下爱情遇到的挑战。

她怕刘慕误会，有意隐去竞争者的身份和姓名。但刘慕听了一半，就猜测撬墙脚的人是欧阳俊竺。因为只有她，才敢为爱而不顾一切。

作为欧阳俊竺的同学，好友，刘慕答应，在巽贞结业之前，一定帮她处理好这件事，还预祝巽贞与心上人终成眷属。当晚，刘慕给欧阳俊竺写了一封长信。

清晨，观音堂提前一个小时吹响起床号。今天是校外观摩活动日，又是急行军训练日。参观地点：后方基地中峒村；研讨课题：后方基地建设与战斗力的关系。

学员和教官们，在东江特委财经委员会后勤处长的陪同下，首先来到中峒兵工厂参观。

然后，参观者顺着清澈见底的溪涧，边走边议论。走过木桥，前面就是印刷厂"湖山书舍"，红二师师部百庆楼，军人俱乐部，红军军需处等。

再往前是军服厂。这里有二十几台缝纫机，全是从有钱人家抄来的，大多为英、美、德品牌。还有约三十位手工裁缝。年初，红四师与红二师会合，军服厂在短短的时间里，赶制了三千多件油布衣，发给每个战士。为了减轻军服厂的压力，已在多个地方设立军服分厂，保证部队过冬有足够的衣被御寒保暖。

翻过一道山坡，就是肖家祠。远远可以看见旗杆夹上的红十字标识。有人叫了起来："红军医院到了！这可是我军的第一所医院。"

红军医院弥漫着一股浓浓的草药味。这里伤病员不少，但设备十分简陋。十几位医生，有原参加起义的国民革命军医务人员，有同情革命应聘而来的海陆丰籍郎中。鉴于中成药和西药极其匮乏，他们治疗伤病员，大多以草药为主。

有几位中医师，独辟蹊径，大胆采用山民野夫提供的偏方，几经试验后，再用来治疗枪伤骨折，疗效很好，战士们赞不绝口。

敢于直面困难，就能激发出战胜困难的力量。随着红色区域的扩大，红军医院已在部队及农民武装的常驻地设立了七八所分院，以适应作战的需要。

学员们对血洒沙场的伤病员，十分钦佩，争先为他们端水敷药，洗衣喂饭。也对救死扶伤的白衣战士，满怀敬重和感激，他们排好队，向伤病员和白衣战士深深鞠上一躬。

刘冀贞直起身，准备去采访一位伤势较重的伤员，看见刘慕和苏惠、郑振芬，在大门口向她招手。

刘冀贞来中峒时，就跟刘教官说好，希望借此机会，能跟红二师的有关部门，核实一下段冀虎、万岱源他们的下落。

刘冀贞对段、万二人的失踪有过几种假设，其一，陷入重围，成了敌军的俘虏；其二，立场动摇，跟随原二十军的官兵，向敌人缴了械投了降；其三，已经阵亡，只是没有找到遗体。

第一、二种假设，很快就被她自个儿否决了。两位兄长都是铁血汉子，绝对不会乖乖当敌军的俘虏，更不会向敌人缴械投降。看来，只剩下第三种可能了。既然是牺牲，那也要找到负责战后收埋战士遗体的同志，问询核对一下情况，以便对兰舟、文英有个交代。

此前，郁新凯也专门为这事，派王禄科长到海城寻找原七十二团幸存的同志，了解段、万二人的下落。可部队正在前方打仗，好不容易找到一位知情的小战士，他说："天快黑了，三营掩护我们撤退，我听见有人在呼唤万课长，又有人说营长受伤了。顷刻，敌人又发起冲锋，我们撤出战斗，追赶前委机关去了。此后，就再也没见到三营的兄弟。"

颜文英与李兰舟，认为小战士的最后一句话，不能当作结论。她们坚信，自己的丈夫依然活着。刘巽贞认同两位好姐妹的想法，回信告诉她们，她会尽力探寻二位兄长的踪迹。

刘教官她们与刘巽贞踅回百庆楼。师领导都不在家，留守的政工干事接待了她们。

政工干事有着浓重的赣南口音，在女同志面前，头一直不敢抬起来，跟他说了半天，只听懂要查找陆丰籍的兵员。他进里屋翻了半天花名册，回来摇摇头说，没有这一籍贯的士兵。刘巽贞不甘心，将段冀虎、万岱源的名字写在纸上，请他再认真查核一遍。

政工干事摘下眼镜，揉了揉眼睛，说："你早把名单给我就好了。你要找的二位，一度与部队失去联系，不知所终，后来，又戏剧性地出现在大家面前。段冀虎，原七十二团的少校，现任第五团第二营营长，上月中旬，开往紫金去了，整个团都去了。万岱源，上尉军需官，懂经济，被东江特委经济委员会要去了。"

刘巽贞不敢相信自己的耳朵，说："那你刚才怎么没在花名册找到他们？"

政工干事用袖口擦了擦眼镜，说："对不起，听差了。我查的是四团的花名册，参加八一起义的士兵，都在四团。"

这时，天快黑了，教务长吹响紧急集合的哨子，几个人只好匆匆告辞了。他们吃了晚饭后，将集中在小礼堂听战斗英模事迹报告。然后在战士们的营舍歇息，第二天凌晨四时集体行军回海丰。

回党校的路上，刘巽贞对政工干事所说的话，还是将信将疑。段、万二人原来都是眷顾家庭的人，东征北伐炮火连天，也不曾断了家书往来。可是，南昌起义受挫，起义军余部汇集津洲，他们却没有相随而行，没有回到故乡。当时局势错综复杂，可以理解。但他俩回归部队已有一段时间，为何不向家人报一声平安？

重重疑问一直纠缠着刘巽贞。当晚，她顾不得自己有多累，请假进了县城，去东江特委机关找万岱源。可是，扑了个空。经委的同志说，他去香港洽谈生意去了。

刘巽贞知道，港英政府是禁止商人与海陆丰共产党做生意的。而巩固苏维埃政权，扩大武装割据，必须有物资保障，必须发展对外贸易。万岱源赴港，将冒很大的风险。

两个大男人，过家门而不入，如今，又只顾投入"扩区联片"战斗和发展对外贸易，怎么就不向家人报一声平安？

踏着夜色回到观音堂，从一棵古松旁边走过，刘巽贞隐隐闻到一股松香的味道，她停下脚步，用手拍一下树皮皲裂成千沟万壑的树干，脑际忽地闪过一种异想：两位兄长，出生入死，随时都有可能变成屹立在红土地上的松柏，他们不想让家人再经受一次痛苦，故而选择了沉默。

此时，远在五华县潭陂乡红五团指挥部的段冀虎，鼻子痒痒打了个喷嚏，差点将刘立道团长照看军用地图的蜡烛给吹灭了。

再过几个小时，红五团就要打响捣毁潭陂敌巢的战斗了。

潭陂，是五华与陆丰交界处最后一个反动堡垒。敌人凭借四面环山、易守难攻的险要地势，尤其是匪巢本部云壁寨墙坚垒固，两座高达五层的炮楼，火力可控制东西南三面开阔地，且寨中囤积大量粮食与弹药，可供长时间防守之需，故极为嚣张。

官僚地主钟问淘是潭陂的头号反动人物，曾在五华县团保局任职。为负隅顽抗，他勾搭上芒山天主教堂的牧师，获得大笔资助，又勾结埔陂、大坪的土豪劣绅，收容桂粤军阀混战留下的散兵游勇，拉起一支号称"剿赤团"的反共武装。近日，他特意在云壁寨召开联合铲共武装大会，并派人向红二师下战书，扬言要与共产党一决雌雄，让共产党兵败潭陂，有来无回。

五华地处紫金东面，南部与陆丰接壤。有不少替东家挑海盐、贩咸鱼的苦力，和以手工技艺谋生的匠人，经常往来于海陆丰。眼看农民运动风起云涌，他们深深感受到：穷人要翻身，要免遭地主奴役剥削，就得加入自己人的组织。于是，他们纷纷在海陆丰加入农会。

回到家乡，他们绘声绘色地向亲友讲述抗租减息斗争，再拿出会员证，亮明自己的身份，鼓动亲友向海陆丰农民学习，做农会的人，跟不法地主对着干。就这样，五华各地，三三五五组织起不少小范围的农民协会。

古大存以省农会特派员身份，回五华发展农民运动。他形象地评价五华早期的农民协会，"是从海陆丰挑盐、挑咸鱼挑回来的"。

古大存的到来，使农会迅速发展壮大，而且县、区、乡三级，都成立了农民自卫队。

在海陆丰为策应南昌起义军南下，举行第二次暴动期间，五华乘势而上，组建了以古大存为团长的工农革命军第七团，狠狠打击了地主豪绅，逮捕枪决了武装镇压农会的"资本团"团总。

海陆丰红色政权建立，为五华工农革命群众树立了榜样。古大存率领五华参观团，在海丰观摩学习一个礼拜。回去后，参观团分赴各区，大力宣传建立属于人民的政权，推进土地革命和年关暴动。年初，基础较好的第八区，按照海陆丰的模式，成立了五华县第八区新政府。

年关将至，连吃败仗的张发奎，无法在五华立足，继续往东溃退。桂系军阀陈铭枢乘胜挥兵追击，所部第十一军全都开往兴宁。

五华县委抓住这一机会，策划并掀起几场暴动。工农革命军第七团和农民赤卫队，沿着琴江北上，攻占了几个地主武装力量薄弱的圩镇。

古大存战前派人联系过红二师，以为红四团很快就可以向五华推进，故决定先大胆北上，再适时回南，与红四团会合后，一举拔除靠近陆丰的反动据点。

盘踞在潭陂的钟问淘截获情报，说工农革命军的主力，并不在龙池圩。"剿赤团"的何团总，从交椅上一跃而起，虎声虎气地说："龙池是共产党的团部所在地，既然他们敢唱空城计，我们何不来个先发制人，乘虚而入，打它个屁滚尿流！"

钟问淘也觉得机会难得。自从向共军下了战书，他便派出多名探子，随时监视红军的一举一动。眼下如果能把共军的团部给端了，这场仗，可就先赢了七分。

钟问淘抚抚鬓发半白的大背头，叫人拿来好酒，给踌躇满志的何团总壮行。看他一口把送行酒喝了，钟问淘却将自己的那杯往桌上一放，说："等你凯旋，我再把这酒喝了。"

龙池距离潭陂只有两个时辰的路程。古大存本来留一个营在这里驻守。可桥乌乡战事告急，他又以为红二师下午可以抵达，便仓促率主力驰援桥乌，故团部只留下焦副营长带一个连守卫，还有龙池区赤卫队曾队长，带一百多人的赤卫队协防。

接悉"剿赤团"一个大队耀武扬威直奔龙池的消息，焦副营长起初有些着急，认为要守住团部，应该在郊外设伏，截击敌人。冷静下来一想，觉得不妥，面对强敌，只能智取，不可硬拼，于是心生一计。

眼看向古大存团长告急的战士策马而去，老焦从曾队长手里接过纸烟，抽了一口，又还给他："别慌，听我的。将计就计放敌人进来，诱使其进入迷宫一样的方氏古村落，然后将东西南三个栅门，全都封死。等主力部队赶回，再来个瓮中捉鳖。"

焦副营长的应敌之策果然奏效。何团总一大队人马，在几近荒废的古村落里，左冲右突，就是无法突围。想翻墙，太高，又找不到梯子；要破栅门，人一露头，子弹嗖嗖而来，顷刻就有七八个团丁丧命。

在纵横交错、坡陡路窄的巷道里，工农革命军一个排的战士，不时在暗处袭击他们。耳边一声枪响，就有团丁应声倒下。

蓬头垢面的何团总束手无策，只能骂骂咧咧，拿手下出气。众团匪如笼中困兽，无可奈何地蜷缩在方氏祠堂内，连大气都不敢出。

天色向晚。古村落西栅门外，一个卖香烟的男孩，趁人没注意，塞给曾队长一张纸条。曾队长假装内急，来到茶馆后面的茅厕。躲在茅厕等候曾队长的人是钟问淘的拜把兄弟赵贡生。他以钟问淘的名义，塞给曾队长一张五百两银子的银票。

未几，东栅门枪声大作，还听见有人大喊："剿赤团援军到了，村东顶不住啦，快来人呀！"曾队长从腰间拔出二十响，往村东方向打了几枪，吆喝赤卫队赶往东栅门阻击敌人。

赵贡生趁乱打开西栅门。已成惊弓之鸟的何团总，庆幸自己捡回一条命，不敢恋战，携众团匪往北逃回老巢。

焦副营长发现敌人逃窜，率领战士追击，被躲在牛棚掩护的团匪开枪击中胸部。等抬回团部，他已经流尽最后一滴鲜血。

古大存在路上接到报告，立即掉转马头，赶回龙池圩。而留守的一连长已经查明何团总与匪徒得以逃窜的原因，并将准备潜逃的曾队长和赵贡生抓获，拘禁在团部。

次日，龙池召开誓师大会。古大存着令将曾队长、赵贡生押至台前示众。他宣布了两人的罪状，下令将叛徒和帮凶就地枪决，群众人人拍手称快。随后，他做了激动人心的演讲，台下不时响起掌声和欢呼声。

大会结束，古大存陷入深深的自责。队伍出了叛徒，剿赤团匪首给溜了，焦副营长又牺牲了，这一连串事件，暴露出自己思想上的麻痹，指挥上的失策，必须认真反思，向上级做深刻检讨。

午后，传来桥乌暴动告捷的喜讯，接着，又有哨兵报告，红二师的队伍，已经抵达龙池境内。

宛若一股强劲东风吹来，古大存脸上的阴云一扫而光。他匆匆洗了把脸，整了整军服，才带众人前往郊外迎接。

可是，出现在古大存面前的，只有红二师的第五团。

师党代表颜昌颐告诉他："刚接到东江特委命令，陈耀寰在陆丰西北部作乱，董朗师长率红四团，奔赴河滇圩，与陆丰县团队会合，清剿陈耀寰匪帮。我按原计划，率领红五团驰援五华，帮助你们拔除白色据点，扩大根据地区域，使五华、紫金、惠阳与海陆丰革命根据地连成一片。"

东江特委是在前天才获悉，陈耀寰在陆丰黄沙乡设立大队部拟进犯河滇的。

陈耀寰龟缩在陆丰西北部，一直没有忘记海陆丰保安队主任的身份，也不时做着反攻成功的美梦。他收编了李沛、戴可雄、杨作梅的残余兵力及部分地主民团，计五百多人枪。虽然离圆梦尚遥不可及，但伺机作乱，劫掠一批财物，杀死一批共产党，出口恶气，也不是什么难事。

目下，红二师、红四师驱兵境外，海陆丰防卫不堪一击。而军阀混战，陈铭枢又打赢了，缴获不少战利品。他想起陈耀寰曾向他要装备，遂将搬不走的枪械全给了他。

得获一军之长的垂怜，陈耀寰光秃秃的脑袋一下大了，耸动双肩狂笑起来。机不可失，趁着天时地利人和，他放言要在七天之内，先将客家三个区收入囊中，再一举向南推进，夺下陆丰。他哪里知道，梦想再美好，终归只是梦想，当红四团的军号在拂晓吹响时，他的美梦也随之变成噩梦。

着眼大局，面对红四团调回陆丰，古大存当然能够理解和接受。

晚上，颜昌颐主持召开军事会议，与两支部队营以上的干部，一同研究如何攻破潭陂，肃清以钟问淘为首的匪徒。

红五团副团长彭震听到反动势力向工农革命军下战书，乘虚偷袭革命军七团团部，拍案而起，主张第二天立即攻打钟问淘的老巢。

刘立道团长不愠不火，说："这可是敌人的激将法，说明我们面对的敌人，也不尽是草包，而且十分嚣张。虽然昨天他们一个大队差点被我们包了饺子，但却全部得以逃脱，说明隐藏在暗处的敌人，随时都会对我们构成威胁。再说明处的钟问淘，肯定会加紧构筑工事，其复仇的气焰正盛。而我们对敌人了解甚少，贸然出击，可是兵家之大忌。"

段冀虎拨亮蜡烛，仔细看着地图，说："五华在多个地方举行暴动，声势大，但兵力分散。敌人派一个大队进犯龙池，说是先发制人，其实是为了刺探。随着红五团进军五华，他们肯定会加强防范，给我们制造更多麻烦。"

脸上总有一丝忧郁的古大存说："潭陂不好打，并非只是寨高垒固。关键是钟问淘利用姻亲关系，早将周边的径溪乡、华下圩、犁石凹乡，捆绑在一起，形成掎角之势。近日又搞了歃血为盟，约定一方受敌，邻村必须立即出兵增援。"

颜昌颐在古团长身边坐下，满有信心地说："民间有句老话：大难临头各自飞。什么歃血为盟，说到底，就是为了拉个垫背的。"

段冀虎说："颜书记一言中的。我们可以逐个击破，先切断他们之间的勾连，以佯攻牵制侧翼的兵力，再出其不意，将重拳砸向主攻目标，让'剿赤团'连北都来不及找。"

古大存露出欣慰的笑："你们不愧久经沙场，我心里有数了。我们会发动各乡党组织，领导更多的农民，投入这场战斗。"

彭震见没人支持他的意见，颇为失望。为了表明他杀敌心切，便用胳膊肘顶了顶古大存："团长，你是否催促一下，叫描绘潭陂地形的同志，快点将草图拿过来。"

段冀虎一把将袖口卷起："还是眼见为实更好。我想带几个人，扮成农民，到云壁寨走一趟，看看地形，摸摸敌人如何排兵布阵。再说，两三层的炮楼见多了，五层高的炮楼，还真没打过。"

五华的孙副团长说："我已派人以走亲戚为名，潜入云壁寨。可是，姓钟的日前贴出布告，非本寨人氏，只许进，不许出。故侦察员仍被困在寨里。"

刘立道对孙副团长说："我估计，这场战斗需要大批炸药，你得做好准备。"

孙副团长说："会议结束，我马上布置专人去办。"

刘立道清了清嗓子，正要宣布作战方案，有战士慌慌张张前来报告：驻扎在山神庙的红五团一营三连，几乎所有干部战士都出现腹痛、恶心、呕吐，甚至呼吸困难的症状。

颜昌颐宣布会议暂停，带上卫生队，立即赶往山神庙，诊断病情，组织抢救，确定发病范围，寻找发病原因；其他领导立即返回部队，查看有没有类似情况发生，要求战士停止进食饮水；动员镇上的郎中，参加诊治抢救工作。

此时，山神庙附近的村民，也有不少人发病，症状基本一致。

卫生队贺队长与当地郎中经过一番测试与商榷，认为应该是饮水中毒，毒源可能是断肠草。

战士很快就从山神庙旁边的水井里打捞上一网袋捣烂的断肠草。这种藤蔓状植物，花叶很像金银花、夜来香，走进山里，要采摘多少就有多少。

抢救工作立即展开，卫生员与郎中各出奇招，调制、煎煮出多种解毒止痛的汤药。

贺队长想起，万岱源近日从香港带回一批西药，可导泻利尿止腹痛。他提请刘团长，派人连夜赶回红军医院，调运急需的药品。

忙到天亮，幸好中毒不是特别严重，战士和居民的病情基本控制住了。

经群众检举揭发，赵贡生的家人有重大的投毒嫌疑。赤卫队前往抓捕他们时，已经人去宅空，只在院子里发现了一些断肠草的枝蔓和残叶。

由于抢救及时得法，加上西药发挥了不错的疗效，三四天后，险遭暗算的一连官兵，还有无辜村民，终于转危为安。

一场投毒事件，激起战士们更加昂扬的斗志，群众对工农红军也更加拥戴。攻打潭陂的战斗，就是在这样的气氛下，拉开帷幕。

指挥部在综合各方情况后，确定了由南到北、自西向东、先弱后强的进攻路线和作战方案：借助紫金的赤卫队，先将与其接壤的径溪乡打下，再往东进攻华下、犁石凹两地；肃清外围之敌，瓦解掎角之势后，才集结兵力向北，围攻潭陂，彻底消灭"剿赤团"。

袭击径溪乡的部队，在四更天的黑暗中行进。段冀虎率红五团二营，绕小路，于潭陂通往华下的要道设伏，以阻击增援之敌；孙副团长率五华工农革命军佯攻华下、犁石凹；彭震率红五团一营，在紫金赤卫队配合下，主攻径溪乡。

岂料，天公不作美，大风夹着寒雨，扑面而来。红五团的战士，为了御寒，出发时都披着油布衣，故无大碍。衣衫单薄的赤卫队员，自发参战的农友、妇女，全身已被淋湿，冷得直打哆嗦。队伍中的干部党员，鼓动大伙以跑步抵御严寒，同时也可加快行军速度。

红五团的战士被冒雨行军的农军所感动，纷纷解下油布衣，给身体单薄的妇女和农友披上。

幸好翻过一座大山后，风小了，雨也停了。各路队伍也于天麻麻亮时，如期抵达目的地。

一阵军号，撕裂云空，战斗在径溪、华下、犁石凹三地同时打响。各路队伍，或布阵牵制，或设疑兵虚张声势，或直接发起进攻。一时间，枪声、土炮声、鞭炮声不绝，冲杀声此伏彼起。剿赤团分队从睡梦中惊醒，慌乱应战，不时从黑暗中传出哈欠声和骂娘声。

天，被从云缝中透出的几缕阳光点亮了。只见四面山头，红旗飘舞，数不清的工农革命军，举着钢枪、粉枪、矛戟、刀剑，潮水般汹涌而来。敌人从惊愕中缓过神来了，扣动扳机反击，从炮楼、工事后射出阵阵密集的子弹。我方架起土制大炮，轰击敌人阵地，掩护进攻的战士。

大炮发出的巨响，震耳欲聋，命中的地方，烟火升腾，一片焦黑。只是，每打响一次，就得往炮筒重新装上火药，塞进铁片、碎瓷、铅珠，耗时长，射程也不远。

唯有的两挺机关枪，难以有效压制敌方的火力。战士们只能借着草垛、牛栏、树木迂回前进，有些农友就地取材，扛着门板抵挡敌人的子弹。

"剿赤团"为了反守为攻，组织了几次冲杀。我方不从正面应战，而是迂回到侧翼，再突然分几路杀回，让敌人首尾左右不能相顾。战斗进入短兵相接阶段，农友和妇女们的矛枪、砍刀、锄头，这下可全派上了用场。平日受尽地主民团压榨欺凌的怒火，全迸发成搏杀的无畏和勇敢。敌人抵挡不住，丢下十几具尸体，狼狈逃回据点。

佯攻的部队以声东击西、有雷声没雨点的方式，诱使敌人分散兵力，疲于奔命，又追击无果。等到敌人发现上当，原路返回，我方的主攻部队，已乘虚而入，攻占了一个村庄。

遭受猛烈进攻的径溪，眼看土木工事一道道被摧毁，情急之下，最先在后架山点燃狼烟，向歃血为盟的兄弟求救。但半天过去，没有援兵到来。等看清东面山头，也升起袅袅的烟柱，才知道挨打的不止他们一家。但仍心存侥幸，希望实力最强的盟主，能派兵增援他们。

第四十五章
妙计火烧云壁寨　共擎风雨结同心

钟问淘在云壁寨，听炮楼上的人向他报告说，径溪、华下、犁石凹先后发出求救信号。钟问淘放下青铜手炉，叫亲随请来何团总，问道："共产党哪来那么多部队，竟敢同时攻打两乡一圩？"

何团总从脖子的赘肉中抬起下巴，舌头像没捋直似的说："我也正犯糊涂。您是总指挥长，也没见谁来禀报一声。烧个烟柱，多省事，我们就得兴师动众？"

钟问淘拎过暖炉，烘着手，说："那可是我的姻亲，更有盟约在先，没道理袖手旁观。不如派三大队去华下看看有谁扛不住，就扶掖谁一把。"

晌午，"剿赤团"三大队从潭陂出发，往西南方向行进。走了十几里，正要爬上鸡笼山，突然遭到守候多时的红二营的阻击。

三大队苟大队长命令部下，退入两侧相思林。他有些惊讶，共产党竟然想到并派兵在鸡笼山设伏，潭陂与两乡一圩还有什么掎角之势可言？

临行前，何团总叮嘱他，到了华下，得先试试水的深浅。如果共产党处于颓势，即可投入战斗，事后再向他们邀功索赏。如果他们气盛如牛，就在郊外放放枪，喊喊"援兵到了，冲呀"，然后三十六计走为上。

目下，路没走出一半，就遇到红军截击，钟大老爷的姻亲们，可别怪我不仁不义了。还有何团总，素与老爷的姻兄姻弟，貌合神离，从没想过要为他们损兵折将。也好，这叫天意，就跟共产党玩玩猫捉老鼠的游戏，耗上个把时辰后，即可堂而皇之回去复命。

段冀虎在山上等了半晌，敌人既不发起冲锋，也没分兵迂回移动，只有小股散兵窜来窜去，这边打一梭子，那边连放几枪。良久，终于等来一次三几十人的冲锋，但山上一开火，匪徒早已趴在地，并凭着机枪的掩护，旋即溜得无影无踪。

段冀虎有些失望，两腮的咬肌停止了跳动。本以为，敢向革命军下战书的反动武装，一定很强悍，正好让战士们先练练手。但他们好像不想在这里过招。

刘壮请求让他带一个排，穿插到敌人背后，截断其退路，至少可以给其致命一击。

段冀虎摇头否决。刘团长交给他的任务，是只阻击不追击，否则招惹敌人的主力出动，对整个战局不利。他当然只能服从。

一声闷雷，天又下起冷冰冰的雨。鸡笼山的枪声，一下稀落下来。苟大队长似乎也看出，山上的反军并没横下心来要将他往死里打。

时间也算耗到头了，可以回去交差了，于是，他悄悄下令，撤离鸡笼山。红二营虚张声势追到山下，见匪徒消失了，也就停住了脚步。

黄昏将至，攻克径溪乡的战斗，进入尾声。两千多名战士与农军，团团围住了径溪乡的老寨。随着轰隆隆一声巨响，径溪最后一座炮楼被炸塌，剿赤团第六大队队长毙命其中。不一会儿，恶绅族棍的老巢陈家大屋的大门也被撞开，吓破胆的残匪浑身颤抖，举着枪向红一营投降。

径溪的老百姓，从家里拥了出来，欢呼雀跃。有人特地拿出准备留在清明祭祖用的鞭炮，点着了，顿时噼里啪啦地响了起来。村民们在鞭炮声中，手舞足蹈。

接着，又是历时两天半的激战。犁石凹和华下，得知径溪已被我军占领，潭陂援兵也屡败于鸡笼山，未免军心动摇，应战没了章法，还起了内讧，遂被相继攻破。工农红军的旗帜在两个村子的石楼屋顶猎猎飘扬。

是役，共缴获机关枪五挺，短枪十几把，步枪百余支，击毙剿赤团两名大队长，扣押反动地主二十余人，俘虏团匪近百人。另没收粮食数千担，其他财物一大批。

紫金的农民赤卫队，完成了助战任务，带着战利品，回师高溪。

红五团与五华的工农革命军一鼓作气，于次日凌晨，兵分三路，进袭潭陂。

钟问淘对姻兄姻弟或成丧家之犬，或为阶下之囚，连连慨叹。他瞥一眼一向骄横的何团总，说："我后悔听你的拨弄，向共产党下了战书。刚一交锋，就连失三地。唇亡齿寒，潭陂再也守不住了，我担心你我项上的脑瓜，说不定要搬家了。"

何团总拍拍鼓起的肚腩，说："总指挥长，你经营云壁寨多年，堪称固若金汤。凭共产党那几条破枪，能蹭下云壁寨几根毫毛？您老尽管在梅花厅弹弹月琴，品品香茗，就等我的捷报好了。"

"兵临城下，我还有这等闲情逸致？我得去前沿防地督督战。"钟问淘顿顿拐杖说。

"在前沿布防，只是为了挫挫共产党的锐气，消耗共产党的兵力。"何团总掏出鼻烟壶，吸了吸，"我把主力屯在寨子里，还在寨墙外布下铁耙竹签阵，就是要让您老像诸葛亮一样，坐在城头，摇着鹅毛扇，就能退敌于百里之外。"

钟问淘被姓何的这么一吹捧，有些飘飘然起来，暗问自己是不是焦虑过头了。

云壁寨，是钟问淘耗了七年心血才建成的一个巢穴，其防御能力设计，堪称一绝。寨子很像出家人化缘的钵，环形墙体均向外倾斜，连梯子都架不住，更别说攀爬。寨墙全用板状山石垒起，糯米粥搅石灰填缝黏合，非常坚固。从上到下布满一千多个枪眼，不留任何死角。东西两座五层炮楼，居高临下，视野开阔。朝南的寨门，上面是暗堡，将墙上方形石块抽下，就是射击孔。

次日下午，求胜心切的段冀虎率二营战士，追击云壁寨外围村落溃败的残匪，最先来到云壁寨前的缓坡上。他抬头放眼一看，两道剑锋般的浓眉高高扬起，心里嘀咕开了："难怪姓钟的敢这么张狂。"

彭震副团长所率的一营，还有五华工农革命军第七团及赤卫队，也随后进入前沿阵地。

彭震为了摸清敌人的火力分布状况，命令机枪手向寨子开火。一梭梭子弹打出去，像搅了马蜂窝，两座炮楼从上到下，立即还以一阵密集的循环扫射。

彭震又让一营炮队，把三门迫击炮全架起，先将炮楼轰塌。两轮六发炮弹飞出去，四发命中目标，可是，炮楼纹丝不动，只飞溅出几块碎石。

指挥长刘立道赶来了，听了汇报，立即召开阵前会议。会议一结束，拔寨攻坚战斗正式打响。

负责攻打西面炮楼的段冀虎派刘壮率领敢死队，穿上油布衣，披上浸湿的棉被，在机枪和土制火炮等一应火力的掩护下，抱着炸药包冲向敌方炮楼的根墙，予以引爆。岂料，狡猾的敌人，早已在寨墙下排布了铁耙阵，而且遍地插满锋利的竹签，根本无法靠近。炮楼与寨墙上的枪眼，轮番向敢死队射出飞蝗般的子弹、箭弩，有三名队员被先后击中，英勇献身。刘壮为了掩护战友撤退，肩部也受了伤。

抢送炸药炸毁炮楼，是众将士寄予厚望的拔寨手段。如今初战失败，刘立道只好下令暂缓进攻。

夜幕降临，工农革命军第七团发起佯攻，骚扰敌人。红一、二营各组织二十名战士，悄悄挖起地道。一听要用"棺材炸弹"炸毁炮楼，赤卫队员争着过来挥锄抬土。

天亮透后，炮楼上的敌人，发现红军正在挖掘地道，惊恐万状。何团总向三个大队长发令：人人下死劲开火，枪炮齐鸣，掩护本团铁血队，炸毁共军正在开挖的地道。

匪徒们来劲了，顷刻间，枪声大作，火炮轰响。挖掘地道的战士被打得抬不起头来。突然，云壁寨的铁门打开了，两支铁血队，在交叉火力网掩护下，冲向东西两座炮楼前方，将点燃的炸药包和土雷快速扔进地道里。一串沉闷的轰轰声过后，地道变成两个豁着大口的土坑。

寒冬腊月，战士们在刺骨的北风中瑟瑟发抖。包围云壁寨已经三天三夜了，原来制定的进攻预案，几乎全都没能奏效。刘立道亲临一线，展开攻心战，直说得嘴唇发麻，只换来敌人一阵阵机枪子弹。战士们好不焦急和沮丧，但又无可奈何。

正午，数百名农民，给部队送饭送茶来了。还有一些人挑着柴火，说是给战士们夜里烤火取暖用的。

段冀虎没有心思吃饭，他在新挖的掩体里，对着一只推着牛粪蛋的屎壳郎出神。

一个农民大叔，扛着很大一捆柴火，往坡上走来。不知哪来一阵疾风，将大叔连人带柴担刮倒，柴火捆顺着山坡，直滚到沟壑里去了。

段冀虎看着滚动的柴火，灵机一动，情不自禁喊道："我有办法了，我有办法了！"

黄昏，古大存带着民运干部，回到华下乡，挨家挨户动员民众，挑上自家的柴火，带上麻皮和麻绳，支援工农革命军攻打云壁寨。还专门派人去深山沟，采割既长又有韧性的藤蔓。

四更时分，约有两千担柴火，源源不断送到红军的阵地上来。战士和村民们按照段营长的要求，将柴火里三层外三层捆扎成滚筒状的庞然大物，长和高足有六七尺。

五更天，战士们推着庞然大物，向云壁寨挺进。敌人的哨兵，借着火把的光亮，看见一个个黑乎乎的大碾子滚动而来，却没瞧见人的影子。诧异之余，庞然怪物越滚越近，终于有人辨认出是一捆捆柴火，云壁寨立时炸开了锅。

钟问淘跌跌撞撞爬上炮楼，扯着嗓门大喊："开火，开火，不能让柴火靠近寨墙！"

何团总是从姘妇的被窝爬出来的，衣衫不整来到暗堡，接过一挺机关枪，咬紧牙关扫射起来。

红军随即发起还击，枪口一致瞄向敌方的射击孔。

庞然大物在枪林弹雨中加快了推进速度。躲在庞然大物后面的战士，两人一组，都弯着身子，一任敌人的子弹从头顶呼啸而过。

庞然大物越来越迫近了，恐惧万分的剿赤团，集中所有机枪向它们疯狂扫射。用藤条和麻绳层层捆扎起来的庞然大物，有二十来个外层的绳索被打断而散开了，但战士们仍然推着小了一圈的柴火捆，继续前进。敌人见状，连三赶四扔下手榴弹和土雷，柴火捆被炸飞起火了，好几个战士倒在血泊中。然而，更多的庞然大物正在加快滚进。

"剿赤团"的铁血队，企图从寨门冲出来，却一次次被专门伺候他们的机枪打了回去。半个多小时后，云壁寨的高墙下，已被一百多个庞大的柴火捆团团围住。一声令下，战士们往柴捆上泼煤油，并用火柴点燃。刹那间，呼啦啦响的火焰冲天而起，云壁寨成了烟熏火燎的烤全羊。

数以千计的工农战士，如咆哮的狂澜，席卷而来。段冀虎率领战士，用櫋木撞开寨门，杀进寨子里。敢死队抱着炸药包，冲进西面的炮楼。一声巨响，炮楼的木梯被炸毁，石墙被炸出一个大豁口。炮楼上的匪徒，成了火笼中的困兽，为了保命，只好打起白旗。东面的炮楼，知道大势已去，从射击孔挂出一串枪栓，以示愿意投降。

彭震与段冀虎，分别带领战士，直捣钟氏大屋和"剿赤团"匪部。顺着石阶往上冲时，遭到敌方铁血队阻击。幸好我方早先潜入的侦察员，带着二十几个农友，从背后向敌人发起突然袭击，使铁血队前后受敌，又无路可逃，终被歼灭。遗憾的是，钟问淘与何团总，及其家眷亲随，已经从暗道逃出云壁寨，不知所终。

攻陷云壁寨，是红五团堪称经典的一场战斗，段冀虎的"滚薪焚寨"战术，更是令人赞不绝口。

短短十几天时间，红五团在当地工农武装配合下，所向披靡，铲除了五华南部的反动营垒，构筑起一道拱卫海陆丰革命根据地的屏障，获得了东江特委的通令嘉奖。

而陆丰那边，也传来了红四团击溃陈耀寰匪帮，击毙匪首马思逮，收复黄沙圩等地的好消息。

段冀虎终于有了如释重负的感觉，他从战斗中，夺回了一名指挥员的尊严和威势。红二师挺进紫金时，他跟自己打了个赌：如果能在年关暴动中，节节取胜，给人民群众带来解放的欢欣鼓舞，也足以告慰为革命捐躯的弟兄们，他将与万岱源一起回津洲，看望家人，抚慰抚慰津洲阵亡弟兄的家眷们。

如今，无颜面见家人和父老乡亲的愧疚与自责，已经渐渐消隐，对家人的思念越发强烈。

此时，东江特委发出通知，要求各地开展"慰劳红军周"活动，用各种形式犒劳部队，向英勇无畏的红军战士学习，出钱出力支援军队建设，积极动员青年农民，踊跃参加红军。

适逢海丰县召开工农兵大会，决定将红色政权，改为县人民委员会。慰劳红军周期间，海丰县人委发出布告，规定实行征兵制，按照新制定的《征兵条例》，拟新征三千名兵员，扩充工农革命军海丰县团队。

海丰观音堂东江党校，按照特委通知精神，加紧排练节目，准备在红二师回师海丰时，到部队驻地慰问演出。

刘巽贞掐着指头数，过完慰劳红军周，她在党校的学习也就即将结业了。她的内心，非常矛盾，既希望快些回到津洲，又巴不得继续留在党校学习深造。

随着红二、四师的频频出击，一个个封建反动堡垒土崩瓦解，以海陆丰为中心的东江革命根据地，以星火燎原之势，建立起来了。

只是，红二、四师也为此付出了沉重的代价。年关暴动两个月的时间，长眠于红土地下的红军指战员近五百人。

刘巽贞捎信回津洲，要求万悟尘发动更多的年轻人，踊跃报名应征，参加红军，为红二、四师增添新生力量。

还有一件事，就是她要在学习结束，路经陆城时，与郁新凯好好谈一谈。如果他还一如既往爱着她，那就快刀斩乱麻，与他确定恋爱关系，并公之于众。

刘巽贞来党校进修，时间不长，但教官们的言传身教，使她有了"胜读十年书"的收获，思想境界得到极大的提升，视野更加开阔。单说婚姻观念，就有很大的变化，她深刻认识到，自己对初恋的执迷与不舍，很大程度，是受封建礼教贞节之规的束缚。刘慕教官一言中的，鼓起了她挣脱无形羁绊，彻底释放自己的勇气。她决定，要当着郁新凯的面，把佩在脚腕上的银镯子摘下。

其实，郁新凯早已通过书信，就欧阳俊竺强吻他之事，向她做出澄清和道歉。元宵后，郁新凯来海城开会，特地到党校看望她。一番感人而又浪漫的真情告白之后，他正式向她求婚了："巽贞，嫁给我吧，我会用整个生命爱你。"

刘巽贞相信自己不会看错人，更不会爱错人，但还是没有当即接受他的求婚。她平静地告诉他："你还是先把欧阳同志的问题处理好吧。如果她能真的回到同志的位置上，我结业后，会给你答复。"

刘巽贞说的没错，欧阳俊竺对郁新凯一往情深，个性又是那么倔强，处理不好，会两败俱伤。刘慕已在信中告诫过她，不能无视现实，我行我素，在"剃头挑子一头热"中，把自己烧成灰。而她还是振振有词为自己辩护，说郁新凯总有一天会为她的执着而感动，明白相处多年却没有擦出火花的关系，只是同志式关系，纵然捆绑在一起，也没有幸福可言。

欧阳同志这么倔，一副撞了南墙也不回头的样子，如果自己跟郁新凯确定了恋爱关系，她岂不伤透了心？欧阳同志为了革命，孤身一人，万里迢迢来到海陆丰，本应给她姐妹般的关爱，可她却偏偏爱上了和自己早已心心相印的人。我该怎么做才能让她少受些刺激，少受些伤害？

刘巽贞把自己的担忧告诉了刘教官和苏惠。刘教官戳了戳她的前胸，说："在这个问题上，你不能心软。一个人痛苦，总比三个都痛苦好些。我已写信，叫那个脑子烧坏的丫头，抽空来一趟党校，让她当面听听你的坎坷往事，听听你与郁新凯，爱意炽热，表面却平静如水的缘由。"

苏惠也帮腔道："我百分百支持你。如果她来了，我会立场坚定地劝说她，不该夺人所爱！"

白话剧《妹送情哥当红军》，午后进行第一次排练，党校书记刘锦汉担任导演。先睹为快，学员们一下课，就来到观音殿左侧的青石庙台观看。观音堂的僧尼，对不哼不唱的白话剧，颇为好奇。起初只是聚在禅房的门口，勾着头瞄上几眼。后来左顾右盼，没见到住持的身影，胆子大了起来，便移步往前，站在离学员三步之遥的一侧，津津有味地欣赏起来。

扮演男女主角的演员，由长得俊、不怯场的教官担任。他俩演得很投入，表情动作很到位。充当配角的全是学员，苏惠和郑振芬也在其中。配角们演着演着，情不自禁笑了起来，引得台下的观众哈哈大笑，连僧尼也忍俊不禁。

观音堂住持静能师太，听到闹哄哄的笑声，从方丈室踱了出来。她头戴灰色圆形硬胎僧帽，手里捻着佛珠。

当她悄无声息地出现在台前时，把僧尼们吓了一跳，一个个抱头鼠窜，逃回禅房。

一位女居士从门口进来，对刘慕教官说，前殿来了一位穿军服的女子，半张着嘴，说话很痛苦的样子。

刘巽贞随刘慕来到门口，远远一看，好像是欧阳俊竺。等走近了，不由打了个激灵。只见她两腮潮红，喉颈肿胀，像鹅脖子，嘴合不拢，话吐不出，还不时有口水从嘴角淌下。

两人一下慌了，搀着她，来到作为女学员宿舍的禅房。刘慕问她怎么回事，欧阳俊竺示意拿笔与纸来。刚刚赶来的苏惠，一听生病的女战士就是欧阳俊竺，瞪大了眼睛。但被刘巽贞一催促，知道救人要紧，急急跑出去叫卫生员。

陆丰苏维埃军委会听说东江党校编了一个很不错的白话剧，就派欧阳俊竺来要剧本副本，准备排练后在全县公演。欧阳俊竺本来身体有些不适，感觉忽冷忽热的，但刘慕与她有约在先，不趁此机会赴约，日后恐怕就没时间了。

可她来到海城，类似感冒的症状加剧了，头部与身子一动就痛，整个喉咙火辣辣的，像塞着一个鸡蛋，吞不下，吐不出。

刘巽贞倒了半碗水，端来让她喝。可是，她喝不了，也咽不下。

卫生员来了，拿出清热利咽的桔梗丸，用水泡开后给她灌下。可是，药液全都从嘴角流了出来。这是在哪撞的邪，连药液都咽不下，还有什么办法？

几个僧尼闻讯前来探望，个个心急如焚，又不知所措。

刘慕的心越揪越紧，主张立即送往中峒红军医院。可是，天已黑了，路又那么远，还得翻山越岭，病人受得了吗？

刘巽贞突然想起，家里的使女立春，曾经喉咙肿痛，后来用鱼腥草治好了。她向僧尼借了一盏灯笼，准备到后殿的山坡上寻找这种草药。虽然事过多年，但她依然记得，鱼腥草叶子长得像猪耳朵，捏碎了有股鱼腥味。苏惠说："我们一起去，我帮你提灯笼。"

在山坡上仔细寻找了半天，一棵都没见着，而她们已被冻得瑟瑟发抖。想想草本植物过冬，一般在向阳的低洼地，存活率可能更高些。

她们绕了一个大弯，来到靠近水田的山脚，终于找到了鱼腥草。

回到宿舍，巽贞向欧阳俊竺扬了扬手里的草药，说："终于找到了，你先忍一忍，我和苏惠去厨房煎煮，一会儿就好。"

煎药人回来了，刘慕接过冒着热气的汤药，让巽贞和苏惠先去吃饭。巽贞不肯，说："我已想出一个好办法，就是嘴对嘴喂药。"

巽贞好不容易将一碗汤药喂完，只是，病人的咽喉肿得太厉害，药汤根本没咽下多少。

夜渐深，欧阳俊竺喉咙的疼痛似乎控制住了少许，但还是无法进食。刘巽贞估摸可以吃第二遍汤药了，就让苏惠陪着浑身发寒的欧阳，自己来到厨房。

她把洗干净的鱼腥草，用井水煮沸片刻，即将炉火熄了。当她端着汤药走出厨房，却见一位僧尼打着灯笼，陪着静能师太，守在门外。

"阿弥陀佛。"师太行过合十礼，说："老衲在方丈室闭关修行，刚才听弟子说，有一位女施主患了喉疾，未知是否痊愈？"

巽贞顿时大喜，给长老请过安后说："莫非您治过此类恶疾？"

静能师太说："未曾视诊，不敢妄断，敢劳施主带老衲一觑。"

欧阳俊竺躺在床上，盖着三床被子，还抖个不停，一声声呻吟，全都从鼻腔呼出。

静能师太一边安慰，一边为她把脉。接着用调羹撬开欧阳的嘴，借着烛火，看清喉疾的症状，说："施主邪入少阳，舌苔薄白，六脉浮弦，乃因肺脏受了风寒，致咽喉瘀血肿胀，像附着蚕蛾，故此疾人称'喉蛾'。施主咽喉两侧皆肿，故又称双蛾。老衲有独门奇方，可保施主无虞。"

静能师太回到方丈室，吩咐弟子去柴房的墙角壁缝，采掘来要用的特殊药材和药引。然后关闭房门，独自在寝室调制，末了才添加上少许冰片粉末。

静能师太再次出现在患者床前，三更已过。

她用小竹管装上药散，叫患者张开口，往喉咙一吹，药散全附在患处。接连三次，欧阳俊竺火辣辣的喉咙，仿佛被冰泉浸过，凉飕飕的，疼痛也慢慢缓解了几许。她长长呼出一口气，慢慢闭上了倦乏的双眼。

送走静能师太，郑振芬劝巽贞先去睡觉，由她来守护患者。刘慕因要修改剧本，不能留下。她朝郑振芬使了个眼色，示意她别再跟刘巽贞争执。

四更时分，欧阳俊竺醒了过来。守候在她身旁的巽贞，早听见她肚子咕噜咕噜响，便问："好些了吗？是不是饿了？"欧阳俊竺张了张嘴巴，点点头。

巽贞说："你好好躺着，我去给你弄点吃的。"欧阳俊竺又点了点头。

巽贞早有准备，很快煮来一碗粥，里面加了青菜汁，放了点盐，还滴上几滴香油。

欧阳俊竺一小口一小口喝下粥，巽贞又扶着她上了一次茅厕。回来时，欧阳俊竺比画着要她一起躺进被窝里。巽贞说："床小被子也小，我躺下，挤着你，你睡不舒服。别管我，你好好睡，病才康复得快。"

欧阳俊竺用被子蒙住头，不想让巽贞看见她眼角溢出的泪水。

天亮了，诵经堂梵音缭绕，佛号长鸣。

欧阳俊竺在佛号声中睁开眼，看见巽贞趴在床头睡着了。此时学员们都到前院操练去了。不知谁给她披上一条薄被。

"巽贞姐，对不起，让你熬了个通宵。"欧阳俊竺像在自言自语。

巽贞依稀听见谁在叫她，一下醒了过来。扭头一看，宿舍并没别人。"欧阳同志，你说话了？"

"我能说话了？！"欧阳俊竺小声重复了一句，虽然声音有些嘶哑。有如极其珍贵的东西失而复得，欧阳俊竺高兴得猛地掀开被子，从床上跳了下来。"我的病好了，我可以说话啦！灵验，妙方，真是奇迹！"

想起自己刚到观音堂时的情景，欧阳俊竺一把拥住刘巽贞，一任滚烫的泪水滴落在她的脖颈上。

激动之余，刘巽贞伺候欧阳俊竺喝下一碗加了肉汁的粥。随后，两人说起了悄悄话。说着说着，好像因什么事，欧阳俊竺跟刘巽贞急了起来。不过，欧阳俊竺的急，是态度十分诚恳的急。而刘巽贞，只是羞羞答答、躲躲闪闪地回避。

因陆丰急着等剧本回去排练，欧阳俊竺虽然身子仍很虚弱，还是坚持立即赶回去交差。她谢过静能师太和同志们，从马厩牵出她的马。刘巽贞挽留不住，只好送她到山门外。

慰问红军周落下了帷幕。东江党校首届学习班也结业了。学员就要回到各自的战斗岗位了。刘慕带着苏惠，对刘巽贞说："我们正好有事，跟你结伴去陆丰。"

到了县城，刘慕将巽贞、苏惠带到宁庆客栈，说，接到特殊任务，三个人就在这里住上一晚。刘巽贞本想立即去找郁新凯，但教官说有任务，当然不敢独自离开。

午后，刘慕对巽贞说："今晚有一场重大活动，你好好洗个澡，再洗个头。我要把你打扮得漂漂亮亮的。"

当刘巽贞在教官督促下，沐浴后把头发扇干，刘慕动手将她一头秀发编成两条短辫，再系上红绸蝴蝶结。

欧阳俊竺和苏惠哼着歌，像百灵鸟一样飞进客房。她俩送来一套全新的粉红色裙装，让巽贞换上。

刘巽贞早已心生疑窦，往靠椅上一坐，说："你们莫非要把我打扮成谁的伴娘？不说清楚，恕难从命。"其实她心里已猜出了几分，只是，那个他，连个人影都没出现，她也还没正式答应过他，事情怎么能跳跃式地发展到这一步？

欧阳俊竺板起脸，严肃地说："你是东江党校首期学习班的优秀学员，一位大领导指示，要你当面向他汇报学习心得，我们三个只是奉命行事。"

刘巽贞的心，在疑惑迷乱中猛地往下一掉，好不失望。既然是组织决定，她只能无条件执行。欧阳俊竺趁机往她脸上涂了一层雪花膏。

华灯初上，刘慕与欧阳、苏惠，陪着刘巽贞，来到县苏维埃人民委员会的大礼堂。礼堂灯火通明，人声喧哗。最引刘巽贞注目的是，礼堂的正墙，贴着一个大大的"囍"字。礼台正中，端坐着张善铭和杨望等领导同志。

有人走上来，为刘巽贞胸前别上一朵红绸花。

张善铭看了看怀表，站了起来，拍拍手，礼台上的领导也跟着站了起来，台下顿时一片寂静。张善铭伸出一只手，画了个圆，大声宣布："同志们，今天，是郁新凯与刘巽贞结为革命伉俪的大喜日子。婚礼现在开始。请新郎、新娘入场。"

全场响起了热烈的掌声和叫好声。

刘巽贞一下蒙了，也许是幸福来得太突然，她手足无措，头不敢抬起，进退、转弯、鞠躬，全都听凭苏惠和欧阳俊竺操控。

而新郎郁新凯，由县委秘书长陈谷荪、县人委常委陈兆禧当伴郎，从主席台的侧门走了进来。郑镜堂眼看这对历经风雨的年轻人，终于等来喜结连理这一天，脸上绽放出由衷的笑容。

婚礼按议程进行着。来宾饮着茶，吃着糖果，时而起哄，时而喝彩。郑镜堂介绍了两人的革命历程，诚恳地祝愿他们早日生下红色接班人。彭湃与许冰作为证婚人，宣布新郎新娘成为合法夫妻，鼓励他们成为矢志不渝，携手跟党走的模范伉俪。

当新郎新娘被伴郎伴娘推着撞在一起时，刘巽贞缓过神来了，感觉到眼前的一切，是那么甜蜜，那么美妙，那么充满诗情画意。

一声"新郎新娘交换信物"，郁新凯为新娘戴上祖传的玉镯，刘巽贞急了，对着欧阳俊竺干瞪眼。苏惠示意她打开手中的绸帕。绸帕被打开，现出一枚亮闪闪的银戒指。刘巽贞将它在胸口捂了一会儿，才给新郎戴上。

众人起哄，要新郎新娘公开自由恋爱的经过。

郁新凯红着脸，蜻蜓点水般说了几句。刘巽贞羞羞地只说了一句："他是我重生的启蒙人，后来我们成为有共同理想的战友，现在我们结婚了，从此就是不离不弃的革命伴侣。"

就在领导的一番鼓励祝福之后，欧阳俊竺突然走前一步，说："作为伴娘，请领导们允许我向新人致以热诚的祝福。大家都知道，我曾经一时为情所困，想横刀夺爱，是新娘的大度、宽容、对战友的挚爱情怀，使我看到自己的渺小、自私和丑陋。我心服口服地退出竞争，由衷祝愿新郎新娘永浴爱河，百年如新。但我，还是无怨无悔地爱着郁新凯。"

此言一出，整个礼堂先是鸦雀无声，继而一片哗然。所有领导和来宾，全都惊讶地看着她。欧阳俊竺不慌不忙地说："我也爱着刘巽贞。只不过，现在的爱，是同志式的爱，是战友的爱。我还爱着海陆丰，爱着这里的人民，爱着苏维埃的红土地。"

第四十六章
管素婷翻脸闹分家　颜文英惊迎不速客

大年初二，按照乡俗，女儿必须携同夫婿，回娘家给双亲拜年。

由于路途较远，万岱仰与管素婷，一大早就起程，携同女儿伊婕，带着一马车礼品，还有万家二老的问候，直奔海城。

初四，万岱仰一个人先回津洲，管素婷与伊婕，则要等到元宵将至才会返回。

万家是礼仪之家，老少豁达明理，家庭上下和睦。就连对街坊邻里，也谦和友爱，谁家偶有不测，总是第一个伸出援手。

可是，世道在变，人心不古，万家的声望，随着一场变故的发生，一下跌至谷底。

元宵刚过，一件如果发生在往常，打趣揶揄一番就可以过去的小事，却触动了管素婷的某一根神经，致使她撕破脸面，上蹿下跳，掀起了一场分家风波。

管素婷原是心胸狭隘之人。嫁入万家之初，岱仰还只是个刚回头的浪子，生意上也没什么大的建树，管素婷当然不敢像在娘家那样任性。她效仿起林黛玉，小心翼翼做人，谨小慎微做事，对谁都只说三分话。所以也就有了万家三妯娌，胜似亲姐妹的传说。

等到二伯岱玮一家子确定要去德国，管素婷长吁了一口气，她暗暗告诉自己，苦日子终于熬到头了。在这个节骨眼上，她明明不想也不敢去国外闯荡，却吵着要下南洋发大财。其实，她是有意要彰显一下岱仰和她在这个家的位置。

这次回娘家，母亲吕氏又没少对她吹风挑唆，使她觉得自己真的太傻，当冤大头当到了家。

万家三兄弟，老大弃商从戎，当了什么次长，每年那点军饷，还不够支付用人的薪水。老二织布厂没办成，脚底抹油，溜到西欧，带去一大笔钱财。

现在听说已经站稳脚跟，扭亏为盈了，可一分钱没往家里汇，本钱是家里的，赚了却吃独食。最吃亏的是自己这一房头，岱仰现在是家中的顶梁柱，一个人行南走北，支撑着恒衍商行的大小生意，赚了钱都由账房和老爷管着。岱仰和她，真是吃了大亏，还没地方叫屈。

风波的导火索，仅仅缘于两个小屁孩的两小无猜。

舒晔与伊芊随父母越洋远行之后，万家大院一下子寂寥了许多。等素婷的女儿伊婕渐渐长大了，舒勋终于有了玩伴，他好不高兴，像对亲妹妹一样呵护着她。

舒勋已到了入学年龄，颜文英要送他去擎秀小学读书，万泰安不肯。他已经失去一个长孙，舒勋再不能有任何闪失。他坚持请一位师范毕业生来家里教舒勋，同时兼顾伊婕的启蒙教育。颜文英找来一位女师范生，万泰安一看直摇头，说为了培养孩子的阳刚之气，先生必须是男的。

家里办私塾，上学只需到大书房竹简斋，舒勋与伊婕当然巴不得。这对相差四岁的小兄妹，又多了一层同学的关系。两人同时上课，同时吃饭，同时玩耍，不亦乐乎。

春节期间，伊婕去外婆家做客，舒勋一起床就念叨妹妹什么时候回家。伊婕回来后，两人更是形影不离。舒勋一吃完饭，擦完嘴，就直往"上若子第"跑，跟妹妹玩捉迷藏、搓竹蜻蜓、背《三字经》。

现在的"上若子第"，在装修与家具摆设上，可是既奢华又应有尽有，而且比另外三个院子，更多了几分西洋气息。

那天，两个小屁孩玩过家家玩累了，伊婕打着哈欠，要上床睡觉。使女伺候她睡下，她又不肯让哥哥走，要舒勋陪她一起睡。舒勋吐了吐舌头，说哥哥是男子汉，不能跟女孩子睡一块儿。伊婕想想说，大人不也一男一女睡在一起，怎么我们就不可以？舒勋见妹妹快哭了，才答应陪她睡一会儿。

此时的颜文英和管素婷是被老夫人硬拉着，再一次去天后娘娘宫观灯会。龚夫人求孙心切，两个媳妇进万家好些年了，均只生下一胎。她亲自带两个媳妇去观灯，是图个"钻花灯，添男丁"的好彩头，希望膝下有更多的孙子。婆婆还让媳妇分头找寻龙灯里存留的蜡烛，说是谁找到了，带回家里，往床下照一照，来年就能生下贵子。

管素婷铆足劲，抢在文英前头，在龙灯里找到半截蜡烛。她喜气洋洋回到家，直奔寝室，却见舒勋与伊婕脸贴着脸搂着睡在小床上。

本来，都只是几岁的小屁孩，没什么可大惊小怪的，可管素婷却像是受了奇耻大辱，勃然大怒。当她正要发作之时，到口的恶言却变成一丝冷笑。她用冰凉的双手，捧住脸颊，自言自语道：这足以作为大房欺负她三房的铁证。她必须撕破脸皮，借机发难，提出分家。

使女见三少奶奶脸阴得可怕，慌忙解释说，是小姐玩累了，要上床睡觉，又不让哥哥走，本来是用枕头将他们隔开的，不知怎么拥在了一起。素婷叱令她闭嘴，对外只许说舒勋是趁使女不在时，爬上床搂着伊婕睡的。

龚夫人与文英听到管素婷站在后西院门口撒泼骂人，赶过来看看是怎么回事。

只见管素婷捶胸顿足，大骂舒勋居心不良，小小年纪，竟对妹妹耍流氓，将来那还了得，并一口一句立即分家，再不跟大房的人一起过日子。

颜文英把满脸委屈的舒勋拉到身边，慢条斯理辩解道："三妹，舒勋一直将伊婕当亲妹妹，才七八岁的孩子，懂什么耍流氓？"

龚夫人睁大眼睛看了看素婷，随口补上一句："哪门子心思？小题大做！"

管素婷看老夫人替大房说话，气不打一处来，话锋一转，使起暗箭伤人来："这是上梁不正下梁歪的结果。你不是常跟私塾先生眉来眼去吗，还当我是睁眼瞎！有其母必有其子，今天老爷不在家，但婆婆在，现场也看到了，我坚决要求分家，再不跟大房的人一个锅吃饭。"

龚夫人呵斥素婷不得信口开河，胡说八道。

管素婷却越说越起劲："还有，那个万悟尘，你心眼里的美男子，不也三天两头去学校找你。你俩窃窃私语，一聊就是大半天，谁人不嘚嘴咋舌？"

颜文英的心像被刀狠狠剜了一下，平日笑脸可掬的三妹怎么翻脸比翻牌九还快。而且什么脏话，什么捕风捉影，诬人清白的恶言，全都眉头不皱一下就随口而出。

冰冻三尺，非一日之寒。现在看来，管素婷是早有预谋，而且想用极为龌龊的手段，将她置于"死地"，使她在分家一事上，完全失去话语权。

没错，这几年恒衍商行的生意主要由三叔在经营。选择在二叔出了远门，岱源又好几年没回家的当口，提出分家，时机把握得很准。不该的是，竟然使用这种伎俩，还用杀伤力最强的"伤风败俗"来诋毁我，将我推至进退维谷的绝境，真乃居心叵测。

其实，对于家产与财富，颜文英早已看得很淡。现在她最大的心愿，只有一个，就是岱源平安无事，早日回一趟家，好让苦苦思念他的老老少少一展愁眉，不再引日成岁。

虽然巽贞已经写信告诉她，岱源与冀虎安然无恙，都已回归部队，只是前方战事吃紧，暂时无法告假回家。她与兰舟，久受煎熬、几近崩溃的心，才踏实了下来。眼下，三房闹着要分家，完全是司马昭之心。她相信，岱源一定会像她一样，视钱财家产如粪土，同时，对向她泼污水之人嗤之以鼻。

想到这，文英眉舒目展，像什么事都没发生似的，只对婆婆说："我先带舒勋回去，你也累了，该歇歇了。"说完，她摸摸舒勋的脸，拉着他，一脸坦然地回东院去了。

龚夫人气咻咻的，用手指指着管素婷，扔下几句话："难怪你从海城回来后，脸上就再没实诚地笑过。正月刚过一半，你就按捺不住，想把万家给拆了。告诉你，没门！等老爷回来，看他不把你的嘴给缝上才怪！"

然而，世事无常，老爷与岱仰从厦门回来后，听说三少奶奶闹着要分家，老爷竟然一口答应了。

万岱仰不敢相信，管素婷会擅自挑事，给他出了这么一道难题。他打心底没想分家，就一边向双亲和大嫂道歉，一边正告管素婷说："我和二哥还小的时候，是大哥与父亲一起奋力打拼，才奠定了万家的基业。大哥弃商从戎后，二哥接手，恒衍在商界才更加出类拔萃。而我一时失足，差点将这个家毁了，我今天再怎么拼搏，也只是在弥补过去的损失。"

可是管素婷一句都听不进去，还蹬鼻子上脸，说："恒衍商行，今后主要靠我的丈夫经营。所以，分家时，最好还是将西澜乙宅也划归我们，才不会让三房显得太寒碜。"

万岱仰气得话都说不出，拂袖就走。可是，晚上被管素婷吹了半夜枕边风，第二天，万岱仰也改了口，同意分家。

听说万家散了伙，父子兄弟分开过，整个津洲，轰动起来了。知情人纷纷指责管素婷，称她犯贱，是十足的丧门星。

万泰安却心如止水，一脸淡然地说："树大分枝，男大分家，这是常理，没什么可大惊小怪的。"

管素婷坚持分家，有着一个深层次的原因，却对谁都没有说。

这次回娘家，临别时，父亲管伯涛私下跟她说了一席话："古人云，人无远虑必有近忧。又曰，一山不容二虎。你要学会审视世事，不能懵嚓嚓过日子。

如果还有想不明白的，夜里打电话问我。"

父亲作为国民政府的县议长，对女儿说出掏心窝子的话，就是担心她会举错旗，站错队，将来惹火烧身。

有了这份警戒心，管素婷对大伯的身份也产生了怀疑。再想想颜文英，同样是在学校当教员，她常常早出晚归。说是身为校长的助手，总得多为校长和学校排忧解难，有时忙不开，还跟刘巽贞合铺一起睡。只是，大凡她夜不归宿，第二天，就会有大事件发生。

综合种种迹象，管素婷断定，颜文英是一个跟共产党走得很近的人物。

潜在危险就在身边，一朝国民党破了津洲城，一家子人必定受到株连，家财也会一夜之间被抄个精光，她和岱炜岂不要吃哑巴亏？明知太平日子渐行渐远，倒不如先做个恶人，闹开了，把家分了，也就没了后顾之忧。

数日后，在万泰安主持下，一家子人吃了一顿散伙饭，万家随之宣布解体。

万家大院，也做了一番改造，甬道该堵的堵，隔墙该砌的砌，门户该改的改，形成了品尚轩并入双兰内苑，竹简斋并入东玥小筑，西澜乙宅与上若子第相连互通的新格局。

恒衍商行的业务，父子经过磋商，也做了交割。

经纬楼是恒衍商行的脸面，生意照做，运营依旧。只是房产所有权归二少爷万岱玮，由万泰安代管。

一个其乐融融的家，转眼间分崩离析。笑声稀落了，往来的人少了，连每天去向两位长辈请安，也得多绕好些路。

颜文英说服自己，经受住现实生活的考验，学会过独立生活，学会靠自力更生过日子。她决定，先从改变饭来张口、衣来伸手的生活方式入手，裁减用人，只留下一个使妈照料舒勋，做一些日常家务，其他两个使女，打发去内苑，让她们伺候二老去。

新学期即将开学，刘校长怎么还不回来？夫婿万岱源应该从香港返回海丰，并收到她的信了，怎么不给她回信？

乍暖还寒的春夜，又冷又潮。舒勋问娘亲，为什么不让使妈烧火盆？文英说，烧火盆，空气不好，你觉得冷，娘为你暖暖床。

娘儿俩躺在被窝里，谈论什么时候才能见到爹的话题。文英哄他说，你在心里默念一百遍，明天起床，说不定就能见到你爹。舒勋听娘的，闭上眼，嘴唇嚅嚅而动，渐渐睡着了。

颜文英回到寝室，一个人对着洋油灯出神。

夜，很静，凝神细听，能听见露水掉落在花叶的滴答声，也能听见大海波涛追逐激起的混响。

窗纱拂动，花儿开得正旺的垂笑君子兰，散发出淡淡的幽香，撩拨着寂寥者的思绪。文英不由想起大姐和舒尧；想起阔别已久的夫君；想起这次分家，素来注重家声的公公，竟然不经权衡，就一口答应下来。

突然一个灯花爆开了，吓了她一跳。

文英缩着双肩，来到舒勋的卧房，想看看他蹬没蹬被盖，却听见院门被敲响了。使妈起身，想去开门，被文英拦住了。

文英细听叩动门环的节奏与轻重，是那么熟悉，心里一阵狂跳。但她又不敢相信自己的耳朵，以为只是一种错觉。

志忑着挪动脚步，慢慢打开大门，只见一个搬运工打扮的黑汉子出现在眼前，文英吃了一惊。

跟在身后的使妈，仔细打量着来人：头上披着一条麻袋，遮住了半边脸，身穿褐色粗布棉袄，下着打补丁的宽裆裤，一只裂开口的褡裢，抹布似的搭在肩上。

大半夜，门房怎么放这人进来？使妈陡然紧张起来，上前一步，像护崽的母鸡护着女主人，厉声问："你是什么人，怎么进来的？"

文英已闻到一股久违的气息，但面对消瘦得超乎想象的身影，她又怀疑自己，是不是思虑过多，脑子不好使了。

不速之客扯下麻袋，笑呵呵地说："想考考你们的眼力，果然给我蒙住了。"

"你，你，亏你还玩笑得起……"文英百感交集，双腿发软，就要瘫在地上。

不速之客一把抱住她，喊道："文英，对不起，你没事吧？"

文英战栗着，一双细眉拧紧了，又松开，双眸闪着盈盈的泪光。她用手捂住双眼，感觉奔涌而出的泪水滚烫滚烫的！不是脑子失常，也不是幻觉，舒勋的爹回来了，真真切切回家了。

"都怨我，太自私了，直等到现在，才告假回家。"万岱源见到爱妻如此激动与悲戚，不由一下陷入了深深的自责和歉疚中。

使妈打了自己两下耳刮子，连声向大少爷赔不是，然后扶着大少奶奶进了屋，小声问："是先去向老爷报喜，还是先烧火做饭？"

岱源听见了，说："还是我亲自去向二老请安为妥。"

文英一字一顿说："应该是请罪。只是，看你这副模样，不把公婆吓晕了，才怪呢。"回头看了一眼壁钟，说："王妈，你去悄悄禀告老爷和老夫人，饭我来做。注意，动静别弄得太大。"

王妈一走，文英按捺不住了，一把抱住岱源，忘情地吻了起来，一只手在他身上四处摸索。饱经饥渴煎熬的女人，此时能紧贴夫君的胸脯，嗅着他含有汗酸和薄荷草般的体味，感受他如阳光般的体温，整个人酥麻酥麻的，好像连骨架都快散了。

岱源热烈地回应着，吻了嘴唇，又吻鼻子，吻双眼，吻额头，直吻得文英娇喘不已。

看爱妻双眼迷离，一张如带露梨花的脸如痴如醉，岱源躁动起来了，一只柔软的手，贴着滑润的肌肤向上游动。

文英如触电一般，浑身酥软，发出声声浅吟。岱源顺势一蹲，抱起文英，向寝室走去。

墙上的大壁钟"当"的一声，响了。文英一惊，挣扎着让岱源放下她："王妈很快就要返回，二老肯定也跟着过来，洗澡水还没烧，你先去把衣衫换了，要不，公婆会更心疼你的。"

岱源第一次听爱妻说话这么含混急促，皱了皱鼻子想笑话她，却听见母亲嘟嘟哝哝已走进客厅："我鄙视那些乱嚼舌根的，都说大少爷仍在二十军，升职当了大官，还娶了姨太太，不回津洲了。这不，等于扇他们一巴掌了……"

龚夫人话没说完，依稀看见岱源的身影，就挣脱使女的搀扶，一声"儿呀"，踉踉跄跄扑进里屋。

岱源迎上前，扶住娘，声音哽咽，半天说不出话。

娘先捏捏儿子的臂膀，抚抚儿子的脸，才紧紧搂住他："儿呀，娘担惊受怕，做过多少次梦，终于把你盼回来了。你爹，他也没少念叨你。"

随后而到的万泰安，上上下下看了岱源几眼，张开双臂，抱住老伴和儿子，看老伴眼泪直流，就说："别哭了，都好好回来了，该高兴才是。"

他没看见舒勋，叨念起来："这小子，整天问我，爹去哪了。现在爹就在眼前，他可能还在梦里找爹呢。"

"阿公，我在这。"舒勋光着脚，披着小棉袍，迷迷糊糊撞进人堆里，"津洲城外来客船，吵醒你们了？"

大伙先是一愣，继而哈哈笑了起来。

文英拥着他，揉揉他的脸，将他拉至岱源面前："睁大眼，看看他是谁。"

舒勋仰起头，怔怔瞅了一会儿，抽噎着扑向万岱源，身上的小棉袄掉在地上："爹，是爹，我梦见火船，原来你坐火船回来了，我还以为你迷路回不了津洲呢。"

舒勋一席亦梦亦真的话，弄得一家人既心酸，又忍不住想笑。

文英拿来一套干净衣衫，催促岱源赶紧洗个热水澡去。

等他从浴室出来，王妈已做好了吃食，端了上来。她为大少爷煮了卤肉虾仁面线，也给其他人做了白果百合银耳羹。

舒勋不吃甜汤，要跟爹一起吃面线。

岱源狼吞虎咽，吃了一海碗面线，又捧起剩下的一碗甜汤。

文英怕他吃得太急，说："公公婆婆等着问你话呢，甜食迟些加热后再吃。"

岱源憨态可掬笑笑，放下甜汤。他早在心里编好了应对父母的说辞，便轻描淡写地对二老说："娘从小就说我命大，所以总能逢凶化吉。以后，你们就不必老为我担心了。这次没有及时给家里报平安，事出有因。部队忽南忽北，番号也经常变动，你们回信往哪里寄？到了海丰，我跟冀虎说好，等打了几场胜仗后，就回家看望家人。现在，我俩不就好好回来了吗？"

别看岱源说得轻巧，莲花山一役溃败后，段冀虎坚持往东滘方向撤退，追赶前卫部队，没想到竟陷入了危机四伏的险境，好几次离鬼门关只有一步之遥。

起义部队一、二师在陆城被强敌包围后，段冀虎与万岱源带领弟兄们，杀出重围，逃往深山。

敌人为了斩尽杀绝，穷追不舍。正规军、保安团、民团纷纷出动，一连数日，对方圆二十里的山头，展开拉网式的搜捕和围剿。

岱源和冀虎，率领突围的二十几个兄弟，往西北方向奔逃。饥肠辘辘的他们，来到一个位于山坳的小村子。村子也就二三十户人家，没看见大人的身影，只有七八个小孩正在小溪边的洼地玩耍。

段冀虎叫刘壮带几个战士摸进村里，从每家弄一套男人的衣服，再找些煮熟的米饭或番薯，然后给每家留下一块银圆作为补偿。

当刘壮与战士们用步枪挑着衣物，准备离开村子时，两个胆大的孩子追了上来，问他们为何偷村里的东西。

这时，一个蓄着长须的老大爷，牵着一头怀孕的母牛拦住了刘壮。刘壮一边解释，一边向他赔不是，还带他查看留在各家的银圆。

老大爷拿起银圆，掂了掂，摸了摸，又用指尖捻着银圆，用嘴使劲一吹，放在耳边细听。鉴别完银圆，老大爷的脸色，由阴转晴。他拍拍刘壮的肩膀，示意可以走了。

刘壮几个走到村口，老大爷尖着嗓子，又将他叫住。刘壮以为他反悔了，准备多给他几块银圆。

老大爷追了上来，对刘壮说："往西北方向走一个半时辰，登上虎门嶂次峰，西南面有一个山洞，可容几十人，洞口有草木掩蔽，不易被人发现。这个秘密我从没跟其他人提起过。"

躲在林子里的同志们填饱肚子，换上便服，按照老大爷指引的方向行进。

队伍来到虎门嶂次峰，天边的晚霞已经烧尽。凭着一抹余晖，战士们没能找到老大爷所说的山洞。

万岱源让携带银圆的战士，集中在一起，相互清点一下银圆是否丢失，布兜是否结实。

他不无自信地对战士们说："二十四师是决不会向敌人投降的，他们跟前委机关，或许已在某个地方汇集，并跟东江特委取得了联系。眼下这些钱，可以解决部队的燃眉之急，意义重大，不能有任何闪失。"

黑暗中，一根树枝打在段冀虎的伤口上，痛得他气都喘不过来。

万岱源呼叫救护员，没有回应，才想起她已经在突围时牺牲了。

幸好当时有一个战士，从她的药箱抓了一些药，揣在衣兜里，此时正好派上用场。

不敢烧柴火，怕招引来敌人。又困又乏又冷的战士们，在蚊子的轮番轰炸和野兽的嚎叫声中，度过了一个夜晚。

天刚麻麻亮，远处传来时隐时现的枪声，而且不止来自一个方向。哨兵急忙把大家叫醒。

看来，敌人是真跟他们较上了劲。说不准，是某个指挥官，误以为他们身上尽是金条银圆，故而调派大批兵力，对这片大山，展开地毯式搜查，以图一举两得，人财俱获。

未几，另一个哨兵前来报告，说往西一里处，果然发现一个山洞。段冀虎下令，哨兵伪装好自己，继续加强警戒，其他同志躲入山洞，但必须做好战斗准备。

段冀虎认为，敌人想在这片大山找到他们，绝非易事。估摸瞎折腾一番后，就会望山兴叹，草草收兵。

谁料，事实与臆断大相径庭。敌军指挥官也许是求财心切，也许本来就是个狠角色，经过两天两夜的搜索一无所获后，竟然下令放火烧山。

天干物燥，整个虎门嶂，顷刻间被漫山大火和滚滚浓烟包围了。

段冀虎十分懊悔，自己咋没料到敌人会出此狠招，要是昨夜率领弟兄们突围而去，就不会这么被动了。

段冀虎吩咐万岱源，赶紧带两个可靠的战士，将银圆埋藏在洞穴里的洞中洞，再堆上几块大石。又叫几个战士去灌木丛生的山坡寻找野果子，让大家填饱肚子，准备夜里拼死突围。

夜幕降临，月色忽明忽暗，段冀虎一马当先，率领弟兄们，闯过熊熊烈火，顺着山沟，往西而去。不料，行踪被敌人发觉，急速增派一个排在山脚伏击。

战士们将生死置之度外，左冲右突，奋力厮杀。在唯一一挺机关枪的掩护下，刘壮指挥津洲弟兄，裹挟着段营长和万次长，冲出敌人的包围圈。断后的战士，直到打完最后一发子弹，才分头撤退。遗憾的是，他们大多没能躲过敌人的追杀。

天亮时，突围出来的十一个人，来到破鼓岭。这里漫山遍野尽是竹子。饥肠辘辘的弟兄们，拨开草丛，掰下刚露出地面的竹笋嚼了起来。

刘壮爬上山顶，想看看四周有没有村庄，可眺望了半天，连炊烟都没看见一缕。

敌人的搜山行动是否停止，二十四师有没有留驻海陆丰，上哪里才能找到农民协会？一个个问题，一重重困惑，令万岱源与段冀虎十分焦灼，又无可奈何。

万岱源嚼着生竹笋，安慰起大家来："山上竹子这么多，肯定会有人上山来的。"

可是，足足等了两天，连个人影都没看见。

刘壮自告奋勇，要求一个人下山，寻找农会或党组织。

他将自己打扮成农民，顺着羊肠小道，往东走了一个多时辰。一路上没看见村庄，只在河岸的狭窄处，发现了哨卡，有十几个黑衣黑裤、荷枪实弹的团丁把守着。

刘壮一边骂娘，一边察看周围的地形。结果只留下一声长叹，他垂头丧气地返回破鼓岭。

整整五天过去了，终于有山民上破鼓岭砍竹子了。

蓬头垢面的刘壮上前跟山民搭讪，才知道隘口的哨卡撤了。也许敌人以为，围困了这么多天，山里的"叛军"早已饿死，成了野兽的美餐。

刘壮看山民是老实人，便问他在哪里能找到农会。山民说，四十多里外有个梅坞圩，逢一四七是集日，去那里准能找到。

霜降那天，刘壮混在人群中，来到梅坞圩的青石街。他向一个卖蒸粿的大嫂买了半篮子菜粿和九层糕，然后问她是否认识农会的人。大嫂听口音知道他是外地人，连连摇头。刘壮好不扫兴，掏出一块银圆，递给大嫂。大嫂嚷嚷道："我是小本生意，哪找得了？得去杂货铺换零钱。"

这一切，被一个独臂汉子看在眼里。他尾随刘壮，来到贩卖私盐的地方，压低嗓音对刘壮说："想找农会，请跟我来。"

刘壮半信半疑。独臂汉子看前后没人，拿出一本农会会员证让他看，又抖抖空荡荡的袖子，说："我姓娄，是入会的人。这条手臂，是叫保安团给砍的。我叔是会长，你有什么难处，他能帮你摆平。"

隔天夜里，十条黑影随着刘壮，悄悄来到梅坞圩的牲口市场。独臂汉子将身旁的黑脸大叔介绍给段冀虎，说他就是梅坞圩的娄会长。

两人聊了一阵子，段冀虎觉得来人可信，便叫大家随娄会长出发，前往朝面山与起义部队会合。

过了四更，娄会长带领大伙来到乌面山，说翻过前面那道坡，就是二十四师的驻地激石溪。

半坡有一排茅屋，亮着灯。娄会长说，这是负责把风和传递情报的联络站。大伙走累了，进去喝点什么，暖暖身子。

每人一碗糯米酒下了肚，娄会长像鸭子嘎嘎笑了起来。十来个人在他诡诈的笑声中，一个个晕乎乎倒下了。

醒来时才发现，他们全被关在岩洞里。枪支和南卜途中所发的军饷，早被搜掠一空。

臭烘烘的岩洞里，还关着另外三个人。衣着光鲜的中年人告诉他们，这里是土匪钻山虎的寨子，他们被绑票了。

土匪的寨子叫龙头寨，关人的洞穴叫神仙洞。一道铁门，令肉票们与世隔绝。

匪首钻山虎也真够狠，段冀虎他们一关就是半个多月。睡稻草，盖麻袋，吃食比喂猪的强不了多少。段冀虎的伤口发炎，万岱源拿出藏在鞋底的一枚袁大头，给了守门的喽啰，才换来一把蒲公英和灯笼草，还有一小撮盐。

万岱源向喽啰打听绑架他们的原因。原来，山寨的探子听说，一队"叛军"，携带价值连城的金银珠宝，潜入海陆丰交界的山区，并屡屡从国军和保安团的包围圈逃脱。匪首钻山虎接报，乐得双眼大放异彩，派几个小头目随着探子，往各地蹲守，设计诱捕"叛军"。结果猎物进了神仙洞，金银珠宝却不知所终。

钻山虎坚信金银珠宝就在肉票的口中，丢不了，喝令摆上酒菜，庆贺一番。等酒足饭饱，他再亲自提审，讯问金银珠宝的藏匿之处。没想到，吃得太急，被鸡骨头卡住了咽喉。二当家先后派人到山外请来两个郎中，才将鸡骨头取出。钻山虎自认晦气，一怒之下，连看都不往神仙洞看肉票一眼。

直等到咽喉之伤痊愈，他会说话了，才由喽啰们陪着，来到神仙洞。

钻山虎细看为首的段冀虎和万岱源，觉得十分眼熟。正要问话，却有人抢先开了口。刘壮双手交叉抱在胸前，不屑地说："这不就是当年的范妈鲁吗？摇身一变，成了落草为寇的山贼，祖坟肯定冒了青烟。"

小头目一把擒往刘壮的前襟，挥拳就打，被钻山虎挡住了。

万岱源和段冀虎，也认出了范妈鲁。想起辛亥那年，为推翻帝制，曾经并肩作战，情同手足。现如今，竟遭手足算计，身陷牢笼半个多月，真是太冤了。两人不约而同慨然大笑，步回地铺，往稻草堆上一躺，只拿屁股对着钻山虎。

当晚，钻山虎在大堂摆下丰盛的谢罪宴。酒至半酣，他叫军师拿出封在牛皮夹里的山寨地形图，交给段冀虎，说："我因遭母亲的娘家人陷害，被沉海，一气之下杀了人，先在双金围落草为寇，又中了李沛的奸计，才把老巢挪到这里。没想到竟将自家兄弟给绑了。我愧对诸位乡党，连死的心都有了。既然弟兄们来了，这龙头寨的大当家，非你等莫属，寨中寨'鹰啄龟'的秘密地形图，从此由你俩掌管。"

段冀虎手托形状诡异的牛皮夹，好像要掂量一下山寨地形图的分量，然后说："你们真的愿意听我的话？"

钻山虎拔出一把短剑，往手臂上一划，血汩汩而出，一一滴入盛酒的陶碗中。然后请段冀虎和万岱源在第一、二把交椅入座，他与山寨头目端起血酒，单膝跪下，说:"我等歃血为盟，从今天起，你俩就是龙头寨的大当家和二当家，请接受小的们一拜。"

段冀虎哈哈大笑，对钻山虎说:"如果你真的听我的话，那就金盆洗手，率众加入起义军。我这营长，日后就由你来当。"

道不同，不相为谋。谢罪宴的肉啃了，酒喝了，范妈鲁把膝盖跪出了血，还是谁也说服不了谁。

志不合，不相与随。数日后，段冀虎、万岱源和刘壮，磨破了嘴皮，还是没能将放纵恣肆惯了的范妈鲁拉上正道，只好拱手告别，离开龙头寨。

钻山虎除了将掳掠之物完璧归赵，还另外赠送三托盘银锭，被段冀虎拒绝了。鹰啄龟的大小头目将万岱源、段冀虎一行送至山下，看着他们直奔朝面山而去。

耳汝尔 著

长缨舞西风

CHANGYING
WU XIFENG

长篇革命历史小说

（下册）

天上雷公
地下海陆丰
——民谣

中国言实出版社

第四十七章
夫妻久别柔情万缕　风云突变苏区失陷

更深夜阑，下弦月追逐着我行我素的流云，时而缠绵缱绻，难舍难分，时而怅然若失，戚戚自叹。

万岱源打着手电筒，送二老回双兰内苑。父亲想向他解释分家一事，岱源拍拍父亲的手，示意他支持父亲这样做。他对父亲说："您未雨绸缪，有远见，我百分百赞同分家。至于将家产大多划归三弟，合情合理，我没有任何异议。"

返回家里，假装睡着的舒勋溜下床，从屏风后冲出，拉住了他，振振有词要爹跟他一起睡。

王妈好一阵劝，又伏在他耳边许诺了什么，小家伙才不大情愿地回自个儿的房间睡去。

东玥小筑静下来了，文英特地点亮一对红蜡烛，使卧室增添了几许温馨与喜气。

岱源从酒柜找出一瓶香槟酒，打开尝了一小口，觉得口感醇香柔和，才拿起两个高脚杯，各倒入三分之一，双手端着轻轻摇了摇，朝文英走来。

"这杯酒，我敬你。"岱源歉疚地说，"这些年，让你受委屈了。但我没有一天不思念你，思念儿子，思念父亲母亲。不管日子多么艰辛，处境多么险恶，你总像一盏灯，一声家乡的螺号，温暖着我，激荡着我。所以，我没给你丢脸，也没让津洲人蒙羞。"

"听起来，怎么像在向党组织做检讨。"文英将两杯酒接过来，搁在西式床榻前的小几上，任性地斜倚在岱源怀里，"我不喝酒，你身上的迷人气息，比酒更醇，更醉人。"

岱源轻抚着文英花瓣似的脸庞，本想再说说心里话，是文英挑逗性的言语，激起了他阳刚的躁动。他轻轻解开文英的丝绸内衣，忘情地伏下双唇，让爱怜惬意地书写在娇妻雪白的肌肤上。

文英早将矜持抛至九霄云外，她像波涛中的一条鱼，热切地应和着灵与肉的撞击，一任体内的每一个细胞，在震荡中尽情地释放出原始的亢奋。

一场电闪雷鸣与春暖花开交集更替之后，满面酡红的颜文英，突然羞涩起来，用缎被蒙住了脸。她在被窝里坏坏地想，冀虎哥是跟岱源一起回来的，兰舟姐今晚肯定比她更有激情和活力。

月色朦胧，盐田湖在螺号声中，送最迟一批讨海人驾船出了港，又渐渐恢复了梦幻般的宁静。

唯独冀兰居仍透出一抹迷蒙的灯光，还时而传出窃窃私语声。

李兰舟经历一番"久别胜新婚"的放任后，睡眼迷离，意犹未尽地拥着夫君，不时问些"想我时难受不"的私房话，脸上还挂着笑。

是报晓的公鸡，把她吵醒了。她兀地坐了起来，迷糊中发现自己一丝不挂，脸唰地红了，刘巽贞批评她裸睡的那番话，随之在耳畔响起。

不对，我是跟自己的夫婿，也不对，革命同志应该叫爱人，我是跟爱人在一起，跟离别几年的爱人在一起。我为爱人赤着身，是情理之中的事，不应该受到批评。巽贞妹一旦自己结了婚，就会明白这一切。

段冀虎也醒了，见她坐着自言自语，怕她受凉，就将被子拉高，盖在她光溜溜的身子上。

李兰舟顺势溜回被窝，趴在段冀虎身上，抚摸他壮硕的胸部，最后双手停留在两个伤疤上。段冀虎怕痒，又躲闪不了，只能用双手紧紧箍住她。

李兰舟知道五天的假期稍纵即逝，她希望能将自己整个地融进冀虎哥的身躯里，永远不再分离。情意缠绵之时，她张开大口，又在他的胳膊上狠狠咬了一口。

段冀虎的眼角溢出两行热泪，他捧住兰舟的脸，细细地看着。他明白，兰舟这一口，隐含着无限的眷恋之苦和幽怨之切。他今生今世，再也不会忘记，这一铭心镂骨的告白。

李保乾在老屋与冀兰居之间绕转了几个来回。本来他有钥匙，那种半尺来长，插进锁眼，拨动门闩，就能打开大门的钥匙。但他几次抓起漆门的门环，又放下了。他迟疑了好一会儿，才将钥匙系回裤腰，走了。

李保乾昨夜与女婿喝酒，竟忘了将铁具图纸拿回老屋去。

区苏维埃政府为了发展经济，扩大与香港、澳门的贸易往来，决定新造三艘商船。万悟尘将造船所需的铁构件，全部交给李保乾打制。

徒弟催他来拿图纸，他却怕惊扰女儿和女婿。他们离别好几年，好不容易夫妻团聚，就让他们好好多处一会儿吧。

晚上，万岱源如约来冀兰居找段冀虎，准备一起去看望当年同时从军、现已捐躯的津洲兄弟家人。

万岱源是在西澜乙宅，也就是三弟的家吃完洗尘宴，才步行至段冀虎家的。

三弟听说大哥回来，自知有愧于他，故迟迟不敢踏进东院。管素婷暗骂岱仰没出息，她先叫伙房准备一桌丰盛的酒席，然后拉着岱仰，上双兰内苑，向公婆请过安后，说："难得大伯回家，二位尊长高兴，我们一家子也高兴。我们诚心邀请公公婆婆和大伯一家吃顿饭，算是为大伯洗尘，又怕大伯不肯赏脸，有劳二老，与我俩一起移步东院。"

万岱源正打算去西院会会三弟，却见三弟夫妇拥着二老，出现在门口。岱源将他们迎进家里，吩咐王妈用最好的冻顶泡茶。哥弟俩热切寒暄起来。素婷放下手里的桂芳斋糕点，插话说："晚上，我家略备薄酒，为大伯接风洗尘，恭迎大伯与公公婆婆光临，也恳请大姐侄子一同赴宴。"

岱源没有推让，一口答应下来。颜文英推说刘校长进修结束，下午回来，她得去学校帮忙收拾一下宿舍。

管素婷起身走到文英面前，扬起手掌，抽了自己两记耳光，垂下头说："我是个连自己都觉得恶心的小人，我捕风捉影，信口雌黄，伤害了大姐。我错了，向你道歉，愿意接受大姐的任何处罚。"

颜文英看出她是真有几丝悔意，岱源又一再向她使眼色，便淡然道："算了，明人不翻旧事。清者自清，我从来就没把你的话放在心上。"

婆婆拉住文英的手，称赞她豁达大度，又顺势牵过素婷的手，让两人的手交握在一起。文英浅浅一笑，答应带舒勖一起过去吃饭。

万岱源忧虑的后院问题，在洗尘宴的欢快中算是化解了。

即将散席时，颜文英挽着万岱源的手臂，说："岱源难得回来一次，理该全家吃一顿团圆饭。明晚，我俩请公公婆婆和三叔一家到东院吃饭。我会孝敬二老一道合口的荤菜。"

说到团圆饭，龚夫人放下盖碗，眼眶一下湿润了。

万泰安知道她又想起岱玮一家子，便说："二小子前天刚发来电报，我也念给你听了。他们一家子不但适应了那里的生活，生意也大有起色。从香港分号发给他的茶叶、香料、丝绸，几乎供不应求。他还加入了华人组织，当上了小头目，你就别再操心了。"说完，掏出手帕，为老伴揩去眼角的泪水。

管素婷想逗婆婆开心，叫伊婕端着一漆盘蜜饯，送到婆婆面前。伊婕很懂事，嗲嗲地对祖母说："奶奶，别挂念舒晔哥和伊芊姐了，有我和舒勋哥孝敬你呢。"

龚夫人笑了，在伊婕脸上亲了一口，悄声对她说："回去告诉你娘，天气湿冷，蜜饯伤脾胃，小孩更不能多吃。"回头牵住文英的手，问："明天你会上哪道荤菜？"

文英揉揉婆婆的手背，说："你猜？食材我已吩咐王妈预订好了。"

"炖羊肉？"

"真玄乎，让您给猜中了。"

津洲人有在冬季吃炖羊肉的习惯。选取新鲜羊肉，加入十味中药，细火慢炖，药香肉香四溢，连邻里都馋得直流口水。这款独特的药膳，可以滋补身体，旺盛命火，祛除五劳七伤、疾患虚损。

万家吃炖羊肉，比别的人家讲究，为了除腥去臊，羊肉必先用甘草和生姜汁腌渍过。炖肉，专门选用紫砂锅，汤水用中火烧开后，改用文火，半个小时后，捞出药料包，加入五味小料，肉香正浓时，再捞出小料包，去浮油，放入五味果脯。用这种方法烹饪出来的羊肉，色、味、香、质俱佳，肉嫩而不腻，味香而不膻，汤鲜而不油，实为药膳美食中的上品。

"是该给岱源补补，我也好跟着享享口福。"婆婆说。

"我在娘家从不吃羊肉，嫁过来后可吃上瘾了。"素婷凑上来对婆婆说。

"冬至那天，因操心岱源，全家没顾上吃炖羊肉。明天，就将它当主菜，让众人吃个够。"文英想吊吊众人的胃口，牛哄哄先夸口一番。

岱源看婆媳仨你一言我一语，聊得兴起，就对大家说："我还有点事，得出去一下。"说完便离开了西院。

万岱源来到冀兰居，刚要叩门，院门就咿呀一声打开了。开门人李兰舟见是岱源哥，眼角不由溢出泪水，上上下下打量了他一番后，才破涕为笑，手舞足蹈把他迎进厅堂里。

段冀虎递一杯茶给万岱源，招招手让李兰舟跟着坐下，让她说说津洲捐躯战友家眷的情况。

三人经过商议，确定了抚慰的对象，段冀虎从内衣口袋掏出一沓海陆丰劳动银行发行的银票，交给万岱源。万、段二人刚要动身，只见刘巽贞行色匆匆走了进来。

两位大哥不约而同向她敬了个礼，才请她入座。李兰舟又惊又喜，问道："怎么缓了这么多天才回来？"

刘巽贞将一袋糖果塞给她，伏在她耳边说："我被欧阳俊竺'算计'了。由张善铭等领导证婚，我与新凯结婚了。"

李兰舟愣怔片刻，扯开嗓子喊了起来："好事，喜事，大喜事！"被刘巽贞一把捂住了嘴。

"有什么好声张的。"刘巽贞表情有点严肃地说，"知道这事的人，仅限于你们两口子和岱源兄两口子。"

万岱源脸上露出由衷的笑容，他已听文英说，巽贞现在是中共津洲区委书记。怀着敬意，他上前握住她的手，说："几年没见，你成了不让须眉的佼佼者，令人钦佩。"

"兄台，你过奖了。"巽贞平日一听人夸她，脸就红，此时，更多了几分柔媚，"你们在前线冲锋陷阵，浴血搏杀，你们才是当之无愧的佼佼者。"

巽贞与岱源第一次面对面、手握手站着，心中不免泛起一丝微澜，脸也控制不住红了。手指刚一触碰上岱源的掌心就想抽回。

记得当年，刘家曾托颜大夫向万家提亲，如果万家不拒绝，她的人生轨迹，也许只是平庸温顺地相夫教子，也就不会有坎坷、屈辱和荣幸、崛立交错的大起大落。

岱源也在想，那一年，自己粗鲁地拒绝刘家的求亲，肯定会挫伤巽贞的心。后来，她为追求婚姻自由，经受了种种磨难和凄怆，使他好长时间，心里很不是滋味。如今她重浴爱河，步入婚姻殿堂，他心中的负疚感，可以更替成真诚的祝福了。

令他倍加感动的是，刘巽贞尽心引领扶掖文英走上革命道路，现在的颜文英，无论境界、胸襟、情怀，都有了质的飞跃。一想到感激，万岱源的手不但没松开，反而握得更用力了。

刘巽贞突然意识到自己与岱源哥握手的时间大大超出了常规，想立刻把手抽回。可是，岱源哥一点都没想松手。刘巽贞的脸越憋越红，比熟透的西红柿还红。幸好天黑着，帮她遮掩了尴尬。

这是她心里第三次有了鹿撞的感觉。第一次是叶丛章为她佩上银脚镯时，第二次是成了郁新凯的新娘那夜，而今只是同志老乡之间握一下手，怎么就有点不能自已地浮想联翩，便暗骂自己忒不正经，没出息。

此时，岱源转头应答冀虎的问话，巽贞趁机将纤手抽了出来，藏在背后揉了好一会儿。

万岱源也觉察自己有点失态了，不好意思起来，一双眼睛不知往哪看合适。

段冀虎上前为他俩解围，邀请刘巽贞跟他们一起去慰问牺牲战士的家属。

刘巽贞缓过来了，神情有些凝重地说："局势有变。东江特委昨天收到一份情报，说李济深将调集六个师，陆路从东西两面进攻海陆丰，水路则由海军战舰，封锁海面。省委前次改组东江特委，指定两位工农出身的干部任委员。他们看了情报认为有诈。特委正在甄别情报的真伪。而郁新凯，却从金湘湾出现巡逻舰、盘踞在上砂乡的陈耀寰突然袭击河滇等迹象，断定情报可信，要我提前返回津洲，做好迎击敌人的准备。"

段、万二人眉头一皱，脸色顿时冷峻下来，胸脯一起一伏的。哥俩相互看着对方的眼睛，大脑飞速运转，目光很快就给出了答案。

实际上，这份情报说的都是真的。海陆丰成立苏维埃，建立红色根据地，早就刺痛了国民党军政要员的神经。

数月来，国民党右派掌控的各大报纸，无论上海、广州，还是香港，早就鼓噪不休，大肆造谣污蔑、武装恫吓，处心积虑营造进剿海陆丰的舆论。

粤桂军阀混战终于结束，李济深掉转征伐矛头，将锋芒对准红军和海陆丰革命根据地。

但元气尚未恢复的各部，认为红二、四师与常备农民武装有上万人之多，进攻海陆丰，费时日又消耗实力，谁都不愿拿自己的部队来与气势正盛的红军硬碰硬。

李济深恩威并施，先提升第十一师师长陈济棠、第六师师长黄旭初的官职，再命令他俩从速举兵出击。又下令广东海军总司令调遣多艘军舰，扼守海面。数日后，又调遣第十五、十六两个师，随后进逼海陆丰。

东江特委已接获情报，但敌人对红色区域实行重重封锁，东江特委军情闭塞，连一张报纸都看不到，根本不知军阀内讧已经偃息。

广东省委错误估计当时的政治形势，放大了粤桂军阀之间的矛盾，夸大了东江革命武装的战斗力，要求海陆丰以成立东江红色政权为目标，发起整个东江的暴动，以抵御敌人的"围剿"。

新近就任省委常委、军委书记的张善铭，不同意在整个东江发起全面暴动。

团中央特派员从海陆丰回到香港，向省委报告了红二、四师兵力得不到补充，苏维埃财政困难，枪弹缺乏的情况。省委致信东江特委，认为红军不必全部调回根据地固守，应以连、营为单位，继续分头出击。

东江特委领导人前往普宁、惠来一带，策划指挥新的暴动。会上有人提出，反正海陆丰难以坚守，不如出兵东江，既可扩大影响，亦可使海陆丰的群众更加认识到我们的重要性。

此时，派往周边各县的侦察员，纷纷送来敌军步步进逼的情报。军情紧急，东江特委立即结束莫衷一是的争论，确定了"发动群众力量，用全民作战的方法来消灭敌人"的总策略，战术上，采取"严防死守，坚壁清野，处处骚扰，步步袭击"的方针。

东江特委还发出"关于东江严重时局宣言"，号召全东江工农群众和革命士兵，坚决反抗一切军阀的进攻，誓死保卫海陆丰红色政权。

然而，反"围剿"的部署大多来不及实施，群众尚未组织发动起来，东路进袭之敌第四军十一师三个团三千余人，由副师长余汉谋带领，已经抵达与陆丰交界的揭西河婆圩。保卫海陆丰新生政权的重任，也就落在了红二、四师身上。

段冀虎和万岱源很懊悔在这节骨眼上告假回家，两人商量了一下，约好明早四时，策马赶回海城，段冀虎再连夜奔赴部队驻地五华。

就在这一天，敌副师长余汉谋函令偷袭河滇失败的海陆丰保安主任陈耀寰，赶到河婆圩列席军事会议。

余汉谋正襟危坐，略胖的圆脸微微上仰，一副运筹帷幄的样子。

十一师参谋长李扬敬，三十一团团长李振球，三十二团团长香翰屏，由蔡廷辉海陆丰守备队改编的补充团团长张瑞贵，个个眉头紧蹙，满脸疑虑，发言时只有三言两语，好像都不愿意多说。倒是列席会议的陈耀寰，在做汇报时，东拉西扯说了一大堆，谈到红二、四师和农民武装，全然一副心有余悸的样子。

余副师长将不屑的目光从陈耀寰发青的脑壳挪开，用拳头敲了敲桌面，制止他继续在众人面前扬红军威风，灭自己志气。

余副师长以海陆丰三次武装起义两次失败的事实，为众将官鼓气。一番动员之后，才让参谋长按作战方案做了部署。末了，他又对陈耀寰说："你要亲率杨作梅、李沛的保安队，还有陈子和的自治军，准时在黄沙待命，并整合尚存的地主民团，积极接应，确保三天后一举攻占陆丰城。"

会后，他叫勤务兵拿来笔墨纸砚，当即写下"青锋出鞘"四个遒劲的楷体字。陈耀寰满脸阿谀，言道："师座，可否将墨宝赠予卑职？"

余汉谋放下手中的大号狼毫，说："不可。你没看见尚未落款？本座要等攻克海陆丰，再题跋落款，以作纪念。"

次日，敌十一师冒着绵绵春雨，小心翼翼踏上陆丰县境。先头部队虽然有保安队引领，但士兵个个如履薄冰，沿途更不敢随意搜抢粮食，唯恐农民在里头掺上毒药；口渴了不敢饮用井水，只喝河水。要不就抓几个农民，让他们打上井水尝过后，看看没事，才敢饮用。

敌人慢腾腾向陆丰西北重镇河滇圩进发。水唇乡农会闻讯，组织赤卫队数百人设伏拦截，并派人向东坑乡求援。

水唇赤卫队凭借有利地形，居高临下抗击进犯之敌，让其先头部队一时乱了套，纷纷向后溃退。

东坑赤卫队队长接报，率一千多名队员，驰援水唇。半路突降大雨，粉枪的火药全被淋湿，枪打不响，衣服冰冷，只能中途退回。驻扎河凹的陆丰工农革命军一连，因要执行警戒任务，也没敢前往助战。水唇赤卫队与敌军冒雨激战四个小时，终因敌众我寡、装备悬殊而告败撤退。

第二天，张瑞贵率领补充团，天未亮即进袭东坑乡。因农民武装极少跟正规军打仗，敌人炮火又猛烈，还遭其包围，东坑赤卫队坚持不足一个时辰即被击败。补充团随后进占河滇圩。

余汉谋让杨作梅统领地主民团，留驻河滇，令李沛及戴可雄的保安队当向导，全师向吉安区逼近。

因敌人重重封锁消息，我秘密交通又出现失误，陆丰县委对敌情知之甚少，正在按照东江特委的指示，在各区召开保卫海陆丰新生政权誓师大会。河滇失守的消息传来，县委以为是李沛、戴可雄的保安队骚扰，故指派驻河凹工农革命军县团队两个连前往收复。

未料，县团队两个连行进至黄沙坑，即与敌三十一团前锋遭遇。副团队长指挥战士退入路旁的树林，再向敌人射击。激战半个小时，敌军的迫击炮班赶到，向树林打了十几发炮弹。副团队长不敢恋战，只好下令撤往莘田。

拦截进犯之敌接连受挫，东江特委改变原来的兵力部署，决定从驻扎在普宁的红四师，抽调几个连回返陆丰。

可是，一切都已晚了。敌十一师三十一团长驱直入，早就抵达地处陆丰中部的重要门户吉安圩。

胆量陡增、气焰炽热的余汉谋所部，行军大摇大摆，旗帜也举得高高的。

吉安正在召开全区保卫红色政权誓师大会，突然发现大批敌兵像蝗虫一样扑了过来，正要反击，敌兵先开了枪。数十名参加大会的干部群众被敌人当场枪杀。吉安遂被敌军占领。

余汉谋突然想起，踏入陆丰，沿途看到不少刷在墙上、贴在柱子上的标语，言道："共党的赤化手段五花八门，每到一处，不可大意疏忽。我命令：李振球率三十一团，与陈耀寰的保安队，往西经公坪，进攻海丰县城；香翰屏率三十二团，向南进攻陆丰城；张瑞贵率补充团，分驻河溪、河凹、吉安。本座率直属营，殿三十二团之后，进驻东滘。"

敌人大兵压境，陆丰整个西北片，短短几天，即沦为敌占区，交通线也随之中断，形势危急。而东江特委和陆丰县委，一直得不到准确情报，至此还认为，只是陈耀寰勾结军阀混战之溃军所发起的反扑。东委电令陆丰，派红四师驻陆丰的六个连，会同吉安赤卫队、少年先锋队，及一区民众两千多人，向吉安的敌人发起总围攻。

在离吉安数里之洗鱼溪，红四师由叶镛率领的六个连，以及农民武装，与正向东滘进发的香翰屏三十二团撞了个正着，双方随即展开激战。红军极力组织数次冲锋，但真正参战的只有四五百人，屡屡被兵力两倍于我的敌军击退。血战一个多时辰，红军伤亡过大，独力难支，不得不撤出战斗，退走海丰柯塘、青坑。是役，红军阵亡及被俘者百余人，被缴枪械近百支，付出了沉重的代价。

知己不知彼，连面对的是敌人一个正规师，都不清楚，焉能不败。

也许是心有预感，郁新凯在总围攻队伍出发后，即说服县委书记杨望，将党政机关撤退至莘田山区。

午后，余汉谋率三十二团和直属营，进抵陆丰县城。余汉谋看见县城的屋舍商铺，全被涂成红色，遂令师政训处贴出通告，并逐户知会，要求民众从速将墙上的红颜料清洗干净，一律改涂为白色。

而奉命进攻海城的李振球三十一团，及陈耀寰保安队，一大早就出发，午饭时已到达距公坪仅二十里的平田。

公坪位于海丰县城北面三十多里处，是阻击敌军的一道最好屏障。东江特委曾打电话给驻扎在紫金的红二师，命令红二师四团原地待命，以防备敌黄旭初所部第六师的进犯，抽调五团赶回公坪区青羌。不料电话突然中断，命令未能完整下达。

红二师师长董朗尽管不很明了东委的部署，但还是亲率五团二营，穿插至吉安通往公坪必经的地带，进行拦截阻击，却在平田与李振球所部遭遇。双方隔着一条小河，展开殊死恶战。敌人以机枪掩护，一次次企图冲过木桥。段冀虎看敌人一拨又一拨压了上来，下令宁死也不放一个敌人过桥。

李振球命令陈耀寰率保安队涉水过河。河水虽只齐胸口深，但保安队迟迟不敢挪动脚步，反成了红军的活靶子。双方死伤越来越多，段冀虎担心师长的安全，硬让战士架着他先撤。敌军的迫击炮打响了，而且新增几挺机枪。董师长知道遇上了劲敌，派警卫员返回阵地，传达撤退的命令。心有不甘的段冀虎，只好无奈服从。

此时，为了筑牢公坪这道屏障，临时主持东江特委工作的郑志云，从海城匆匆赶往公坪，找区委莫书记等人，商议迎敌之策，并决定于当晚，召开全区拥护海陆丰红色政权武装示威大会。

可谁也没想到，他们也遭遇了与吉安如出一辙的结果。三千多人的示威大会，才开了一半，会场就被敌人包围。子弹横飞，二十几个农友当即仆地毙命，区委莫书记等人被捕。

为了夺回失地，隔日，公坪区集结农民武装一千多人，发起反攻，终未能取胜。返回海城的郑志云，组织动员数千工人、农民赤卫队，冒着迷蒙的大雾，再次攻袭公坪圩。工农赤卫队和革命群众怀着"用我们的鲜血把敌人淹死"的决心，一连发动五次冲锋，但因装备太差，又缺乏作战经验，结果以近千人的牺牲而告败。

李振球所部继续向南进发，途中击败了工农革命军海丰独立营。日近中午，他们抵达海城。恰逢附城数百人的尖锋弓弩队在红场集结，一阵突如其来的枪炮声，令尖锋弓弩队惊慌不已。队长高喊一句"举起武器，消灭敌人"，即被流弹击中。尖锋弓弩队几十人想从大门突围，遭到敌人的密集扫射，一个个在大门口倒下。其他的队员，纷纷翻越围墙逃离。

枪声、爆炸声惊醒了东江特委的领导们，在错愕与愤慨之余，他们仓促命令所有机关撤离县城。而敌军已经开进大街口，幸好被工人炸炮队发觉，从楼上扔下十来个土炸炮，炸死敌人尖兵排七八人，使后面的敌人恐慌，不敢贸然前进。东江特委与海丰县党政机关，几百位男女同志，趁此机会，在东江军委的指挥下，朝西南方向的梅陇圩撤退，重伤病员由战士们用担架抬着转移到埔子峒。

李振球没想到凭一个团的兵力，易如反掌就能攻克声名赫赫的红城，不禁沾沾自喜起来。翌日，即派二营长张应良率部攻打沿海重镇凤仪市，并试图与先期到达凤仪海面的敌舰取得联系，打通海上通道。

但在出发时，他还是没有忘记提醒二营长，路上切不可大意。果不其然，张应良带兵进剿凤仪途中，先后遭到从吉安退却海丰柯塘的红四师，以及海丰东南各区赤卫队的伏击、围袭。只是，难以奏效，敌二营最终还是占据了凤仪市。

维系四个月的苏维埃政权，数日之内瓦解，但革命者的斗志并没有丧失。

次晚，趁敌人立足未稳，东江特委调集红四师五个连、海丰非敌占区的农民武装万余人，于黎明时分，浩浩荡荡杀向凤仪。又是一场血战，炮火轰鸣，硝烟弥漫，喊杀声此起彼落，就连周围村庄的农妇，也赶来呐喊助威。近午，红军和赤卫队攻进市区，包围了敌营部所在地中兴旅社，还击毙守军营长张应良。

瞭望监视海面的渔民赤卫队来报，数艘敌舰试图在西面沙滩登陆。红四师叶镛师长派出一个连，赶到白沙湾，在山脚架起迫击炮和土炮，轰击在海面游弋的敌舰。敌舰立即开炮还击。

就在受困于中兴旅社的敌兵准备答应缴械之时，敌舰之海军陆战队突然在港口登陆，并火速驰援二营，还送来大批弹药。

战局发生逆转，像打了鸡血的敌兵，配合海军陆战队，发起数轮反冲锋。同时，海上的敌舰也连连开炮轰炸市区，为陆军部队助威。红军和赤卫队知道敌我兵力悬殊，纵使夺回凤仪，也无法守住，只能不舍地看一眼牺牲的战友，含恨退出战斗。

叶镛等红四师领导认为主力应该迅速转移，决定将由海丰补充的士兵悉数遣散，让他们携枪回乡，率领赤卫队继续战斗。其主要原因是他们地方观念重，大多过不惯军队生活，不时有人开小差。师领导便同意让未能一同撤退的二连，约一百人，继续留在青坑一带，协同工农武装开展对敌斗争。

深夜，红四师退走陆丰金湘，乘船渡海抵达惠来神泉镇。上岸后，直奔奎潭兵营乡，与刚从普宁退兵至此的东委领导和红十二团会合。

红四师移师惠来，是保存实力的无奈之举。他们哪里知道，继余汉谋部之后，敌第五军十五、十六师和由蔡廷辉改编的补充团，也从西南多路并进，屡屡击退红军与农民武装的阻截，一步步向纵深推进。而从紫金县城出发的敌第七军六师，师长黄旭初指挥三个团，也已攻克龙窝，并兵分两路，杀向东江特委和红二、四师大本营中峒。且各师之间还架设起军用电话，确保联络指挥畅通。

坐镇龙窝的敌六师师长黄旭初，看了一眼余汉谋部数日之内收复两个县城和数个镇区的战报，一声不吭就将战报扔回给机要员。他有些后悔，自己出手慢了些，让陈济棠捡了大便宜。他也对余汉谋心怀鄙夷，肥肉都让他给剐了，偏偏留中峒这块最难啃的硬骨头给他。

不过，皮之不存，毛将焉附。县城与重要乡镇都拿下了，区区一个中峒，地理上毫无回旋余地，只要封堵所有进出通道，红军不饿死也得憋死。是该出兵了，第五军两个师，已经直压梅陇、赤山，若再踌躇不前，恐怕连骨头也没得啃了。

黄旭初戴上眼镜，看似文质彬彬，恬淡寡言，但细观其面相，宽额、弓眉、鹰眼、口角上扬，就知其精于心计。他对共产党更是个狠角色。

3月18日，中峒保卫战打响。战火由外围防线向中心区域蔓延，敌人一步一步进逼，师长董朗、参谋长王备率红二师与农民赤卫队，寸土必争，先后在鹰峰山、公孙嶂等要塞，据险截击。敌人攻势凌厉，炮火密集，步枪机枪火炮，一齐发威。我军居高临下，穿插迂回，火力遏制不了敌人，就用山石当檑木，梭镖当投枪。没有火枪的赤卫队，就从侧翼向敌人发起突袭，挥舞长斧、腰刀、尖镩展开白刃战。

黄旭初不满部队的进军速度，跟团长们立下军令状，对士兵则施以奖赏制，谁杀死一个"叛军"，赏大洋一块。

戟头坳一役，是保卫海陆丰新政府最为惨烈的一场战斗。红四团与紫金、五华的常备赤卫队，抱着决一死战的决心，投入这场要隘攻防战。恶战近一个时辰，几轮血肉横飞的较量，敌我尸首堆叠，鲜血染红了山岗，空气中充斥着浓烈的血腥味。但是敌人兵强势众，前队倒下了，后队又冲了上来。

段冀虎率领红五团二营，从石岩赶来增援。断崖前，他看见一个军官骑着高头大马，在随从簇拥下，正在指手画脚，便断定必是敌人总指挥，他令刘壮带上两个枪法拔尖的战士，潜下山脚，将其干掉。

为了缩短射程，他们一直绕到离敌酋不足八十米处，躲在树后一齐射击。刘壮一枪先打中战马，黄旭初被嘶鸣的坐骑掀翻在地上，也借此逃过一劫。

刘壮他们暴露了，敌警卫连的短枪机枪火力齐射，将三人打成了马蜂窝。刘壮瞪着血红的眼睛，朝家乡的方向看了最后一眼，轰然倒在血泊中。

段冀虎凭枪声猜测刘壮凶多吉少，想派人救援。

此间，敌人又一支狼虎之师赶到，旋即就要对戟头坳发起更为凶狠的夹击。

黄旭初求功心切，怕别的友军抢在前头，攻入中峒，故孤注一掷，将后备团都押了上来。

敌我双方进入僵持状态。突然，红军的右后侧响起突突突的机枪声。原来，敌第五军十五师已经如狼似虎扑向戟头坳。

敌军用两个师的兵力，进攻东江特委和红军的后方基地，可见他们是下了血本，一定要将红色根据地从地图上彻底抹去。

扼守隘口的红军与赤卫队，利用有利地形顽强抵抗，为朝面山、中峒和激石溪后方机关撤退赢得了时间。四五百名勇士用鲜血，换来了后方机关、医院、兵工厂、军服厂人员的安全，以及大量储存物资的转移。

戟头坳失守了，红二师师委表决通过，将伤病员转移到各乡村，而部队急行军开赴惠来。为了轻装行进，还将两门迫击炮和数挺机关枪埋在荒野里，后被敌人掘起。

黄旭初率部乘胜追击，攻占高溏，进抵中峒和朝面山。本以为"叛军逆党"的后方腹地，充满灵异和神秘，现在看来，除了原始的自然风光，其余的一切，都是那么破败不堪。师指挥部的屋顶长满野草，士兵住的是茅草房，所谓生产服务设施，实际就是几处简陋的旧屋舍外加几台老掉牙的机器，还有阅兵台，充其量就是废木板搭成的小戏台。

可当黄旭初站上阅兵台，放眼四望，隐隐觉得有一股浩然之气，在山水间氤氲升腾。他定了定神，叫士兵将军旗插在阅兵台上，说："气系于命，源于土。那就以血淹之，以火燎之。"遂对部下吼道："斩草除根，烧尽杀绝。"

第四十八章
反"围剿"转战潮普惠　回马枪直捣海丰城

　　红二师翻山越岭，经激石溪撤至陆丰东坑乡。余汉谋闻讯即派香翰屏率三十二团前往东坑围剿，企图一举歼灭红军。红二师鏖战一昼夜，黎明前主动撤出战斗。急行军一百多里，于黄昏到达惠来县城郊外的苗村，与正在攻打这座古城的红四师会合。

　　建立四个月的海陆丰红色政权，被绞杀于襁褓之中，至此旗偃鼓息。国民党当局以几个师的兵力，继续进剿各个圩镇和乡村。在中共党组织和各级苏维埃人民委员会的秘密领导下，工农革命武装与人民群众，没有屈服，没有气馁，他们发起反攻县城的战斗，也为保卫家乡洒下热血。

　　就在各路敌军大举进攻海陆丰之时，东江特委领导与红四师党代表袁裕率领红十二团，也未尝一天不在战斗。他们驻扎于普宁，又经常乘隙前往惠来组织群众暴动，攻打地主武装。敌人十分恐慌，先后调派十一军独立营、广东守备军二团独立营，以及二十六师七十七团进袭普宁。

　　红十二团与普宁工农革命军第六团、农民赤卫队，历经数场拼杀，曾一度退入潮阳、普宁、惠来交界处的大南山。后又从敌人的"围剿"中，突围而出，并摆脱敌军的追击，辗转来到惠来。

　　红四师兵败凤仪后，经金湘到惠来神泉港，上岸后西行，至兵营村与红十二团会合。经过大小数十次战斗，红四师十、十一团剩下的兵力，可以直接参加战斗的，不足五百人。

　　东委领导发现不少战士产生悲观情绪，便要求军队中的政治机关，发挥作用，加强战士的思想政治教育，同时进一步强化部队党的组织建设，健全党务工作制度。

　　部队中的十几位女兵，成立了"铁血宣传队"，深入连队，开展政治宣传教育。她们还由兵营乡妇解会主任领着，到村民包括开明地主家中，开展拥军动员，使全村老少都拿战士当亲人一样款待。

经过多方努力，又受到惠来农民日益高涨的革命热情的感染，红四师战士的消极情绪得到扭转，斗志日益昂扬起来。

东委领导与惠来县委负责人方凤巢、吴乃桐等，在兵营寨内的黄氏高岗祖祠，召开了全县农民代表大会。大会讨论了当前的形势和任务，一致通过"为着自己的出路及援助海陆丰，实行武装暴动，攻占惠来县城"的决议。大会产生了攻城总指挥部，并提出"胆大敢死就是红军"的口号。

惠来农民群众的革命积极性不断高涨，但其正规武装力量却是薄弱的，年初才组建的工农革命军第五团，只有一百余人。虽然不少乡村成立了赤卫队，但大都以铁叉、刀棍、长矛为武器，枪支寥寥无几。

攻城指挥部命令工农革命军普宁第六团守候在盐岭，准备拦截敌人的援兵；命令工农革命军潮阳第三团，在潮惠边界伺机从背后袭击敌人。

进攻惠来县城，必先肃清外围的敌人。冷江圩是兵营至惠来必经之道的一个重镇，驻扎着敌二十六师七十六团的第一营。该团团部与第二、三营四个连，全屯守在惠来城内。

1928年3月8日，红十二团一部，协同周边各乡的农民赤卫队，向冷江发起进攻。前来增援的敌二营四连，遭到我方伏击。午后，冷江被我军攻占，营长被击毙，三个连几乎全被歼灭。

惠来城里的敌人大惊失色，急忙将分散的兵力往县城收拢，并派出官吏豪绅在城郊四处造谣，蛊惑民众。伪县长连夜修书，使人送至汕头，向二十六师师部和敌团长颜鼎臣告急。颜鼎臣率该团独立营二连赶回惠城。

10日，红四师会合工农革命军惠来第五团，向敌人发起试探性佯攻。还派出工会、农会骨干进村入户辟谣，动员群众协同红军攻城杀敌。指挥部还派人潜入城内，组织秘密力量，作为内应。

12日拂晓，农民赤卫队在南门与北门设伏，红四师及惠来第五团聚集西门展开进攻。各村汹涌而至的数万农民，手举锄头、棍棒，为红军呐喊助威，给予战士极大的鼓舞。

敌人凭借墙高城固，壕深沟宽，顽强抵抗。我军连续几次冲锋，都未奏效。敌人派两个连从北门出击，企图偷袭我方侧翼，被我方伏兵包围歼灭。

早先潜入城里的内应人员，组织工人农民分头进行骚扰，一天就向敌人驻地扔了七八次土炸弹，还大呼"红军已经入城，快快缴枪投降"。敌兵惊恐万状，哭爹喊娘。

15日凌晨，因援军杳如黄鹤，惶惶不安的敌军，打开东城门，弃城逃跑。城里的污吏劣绅，也跟着逃出城外。红军与工农武装占领县城，放火将县政府烧为灰烬。

敌七十六团逃至五十里外的一个村庄，与前来增援的七十七团相遇。该团由副师长公孙长子、团长向卓然带领，一路接连遭到我潮阳第三团及赤卫队的截击。

第二十六师两个团会合，副师长即令部队杀回惠城。午后，红军于西门阻击失利，撤出县城。

向卓然自恃有两个团的兵力，气焰十分嚣张，于19日晨，自率一个营，进袭我红军所在地虎皮山，被我击溃。

22日，叶镛率领红二师来到惠城苗村。东江特委领导即召开联席会议，重新部署攻城计划。

为加强对敌政治攻势，部队采纳一位战士的奇思妙想，借放风筝将传单散发到县城里面。战士们将书写好的大批传单，捆成一束一束，随风筝飞上县城上空，当绑在传单上的线香烧断捆束传单的绳子，传单即哗啦啦随风散开，撒落城中。

花花绿绿的传单从天而降，令敌兵既惊愕又好奇，纷纷争抢观看，一时秩序大乱。团长向卓然抢过传单看了一眼，满嘴脏话破口而出。他愤愤然登上城墙，想看看到底是怎么回事。

眼力敏锐的段冀虎从指挥所出来，看见城楼之下，一个敌军军官在堞墙间探头探脑。刘壮牺牲后，段冀虎总想亲手杀掉一个敌酋，为他报仇。他看到机会来了，便从战士手中拿过一支汉阳造，推上子弹，死死瞄准堞墙间那颗忽隐忽现的头颅。就在向卓然只顾跟部下说话，忘了躲进堞墙后的那一刻，段冀虎一勾食指，子弹飞出去，恰好命中他的头部，整个人一晃，就再没爬起来。

敌军大为震惊，单杆枪一发子弹，就将向团长击毙，那还了得？

许多士兵动摇了，为了活命，他们手里拿着传单，整排整排逃出县城，向红军投降。可惜当时红军尚未意识到，可以趁机争取投诚的敌兵加入我军，故只收缴其枪械后，就让他们自行走散。

敌副师长公孙长子怒不可遏，命令颜鼎臣率三营出城，冲袭西门的红军。心有余悸的颜团长，在警卫簇拥下，才走过吊桥就被红军伏兵击中腹部，险些丧命,三营哗然,立即逃回城里。陷入绝境的公孙长子解围无方,守城无计,于 24 日天亮前弃守逃离县城。

我军再次攻破这座具有数百年历史的古城,取得了海陆丰革命根据地失陷后的最大一次胜利。

至此,惠来全境已没有敌人的正规军。中共惠来县委在人民群众的欢呼声中,于苗村召开了全县工农兵代表大会,正式建立惠来县苏维埃政府,领导群众没收地主土地,分配给少地无地的农民。

红二、四师胜利攻占惠来的消息传到海丰梅陇。由郑志云主持的东江特委,寄希望于红二、四师在潮普惠发展,可以反过来牵制"围剿"海陆丰的敌军,同时也可以跟彭湃会合。故于 3 月底,也将东江特委机关迁到惠来。

刚刚结束战斗的段冀虎与随特委机关来到惠来的万岱源,紧紧拥抱在一起。

部队乘隙简短休整。彭湃恢复主持东江特委工作。他在党政军联合会议上,提出将红二、四师合并为一的建议,但未能获得通过。

会议继续讨论下一步的斗争部署,基于将潮普惠三县打造成一个新的割据局面,决定红二师留一个营驻守兵营乡,其余各营开往普宁,协同普宁第六团,攻打桥墩、石塘;红四师全部开赴潮阳,潮阳第三团随同撤回,协力攻打城田、砂陇;特派袁裕前往揭阳,指导当地暴动。

惠来被"叛军"攻占的消息,极度震惊了国民党反动派。敌第八路军总指挥部急调重兵一万余人,星夜驰赴各县予以"进剿"。第一路,由第七军第六师师长黄旭初率所部,从紫金开赴普宁、潮阳;第二路,由广东守备军第三团,从广州乘运兵船经汕头转赴潮阳,与第七十六、七十七团余部会合;第三路,由第五军军长徐景唐率第十三师,并指挥第四军第十一师两个团,从海陆丰进击惠来;第四路,令海军司令陈策派中山、广金两舰,开赴惠来神泉、靖海等港口,配合陆军的进攻。

敌人以十倍于我之兵力,四路夹击,进剿潮普惠,还大造舆论,要在五日之内,歼灭红军。

红二师进军普宁之初,在普宁第六团配合下,先后向桥墩、石塘、垄头等乡村,发起进攻。

首战桥墩,因敌人援兵赶到而失败。撤回驻营地后,师参谋长王备睡不着,来找段冀虎,问他下一步准备怎么打。段冀虎也在琢磨如何灵活应变,以少胜多的问题。段冀虎提出初步想法，王备结合自己的经验，进行补充归纳，形成了一致认可的打法：打得下则打，打不下就转向另一个村庄；占得住则占，强敌反扑就退避远处；敌人退则扰，放枪扔炮能杀几个算几个。

4月上旬，敌第六师三个团随黄旭初汹汹而来，普宁境内的敌人已超过五千。敌我力量相差太远，红二师不得不一步步往南退却，撤往三坑一带的山区。

红四师在潮阳开局比较顺利，接连攻占了大港、溪头等乡村。因为与之并肩作战的潮阳第三团是一支有训练、能战斗的农民武装。该团是在潮阳县委书记林国英等领导下成立的。该团以张秉奎为团长，马伟卿为党代表，下辖三个营，共有四百余人枪。

进攻沙陇一战，更打出了红四师与潮阳第三团的威风。清明前一天，我军再度反攻被敌人夺回的大港。敌二十六师师长颜德基，指挥七十七团一、三营增援，并亲自上阵督战。颜不善骑马，是坐着长竹杆软椅敞轿而来的。

战斗愈打愈激烈，我军指战员冲进敌军防地，与敌兵展开肉搏战。刀刃相持，铁拳挥舞，血肉横飞，我军击毙敌人数十人。红十一团派一个短枪班，专门偷袭颜德基。一阵抵近射击，打死了几个轿夫和护弁，连敌轿和绸垫都弹孔累累。只可惜颜德基在手枪连掩护下侥幸逃脱。

再说敌第五军军长徐景唐，率所部从惠州经多祝、田心，进入海丰，留下第十五、十六师接替第四军第十一师，驻守海陆丰，自己带十三师并指挥十一师进剿惠来。

徐景唐首战矛头直指兵营，采取的战术是"杀鸡用牛刀"。第十一师团长香翰屏率三十二团从奎潭悄悄出兵，突袭兵营。而张瑞贵的补充团，看似即将攻打泠江，却虚晃一枪，掉头直奔兵营，与三十二团形成两面夹击之势，企图全歼红二师一营。

敌众我寡，红一营两个连仓促迎敌，奋勇拼杀一日，夜间突围后往北而去。

次日，敌军数路并进，势不可当杀向惠城。东江特委和惠来县委，没料到敌人来得这么快，慌不择路，只好迁往北面毗邻普宁的山区临樟乡。

暴动屡屡失败，敌人步步进逼，红军困境重重，战士们的焦虑与不安日增，部分同志提出了"红军离开东江"的口号。

东江特委在临樟乡东面的盐岭村，召开了紧急联席会议，讨论如何应对当前的局势。郑志云等主张回师海陆丰；部队的同志认为应该向粤北方向发展，那里是粤赣湘交界的山区，有足够的回旋余地。

其实，省委已下达指示，认为恢复海陆丰红色割据，是当前之首要，除西北向紫金、五华，东南向惠来、普宁、潮阳发展，不许红二、四师调往外地。

红二、四师的领导不敢再坚持自己的观点。会议通过了打回海陆丰的决议。师领导遂召集分散各乡的部队，到盐岭集中待命。

敌十一师张瑞贵补充团，从惠来向北搜索，发现并包围了在盐岭待命的红军。红二、四师几经拼死血战，牺牲数十名官兵，分路突围。

是役，东江特委与部队失去联系。董朗、叶镛、徐向前等率领红二、四师六百余人，经河凹撤回激石溪。在突围中散失的三百余人包括伤病员一百来人，由红四师党代表袁裕及十一团党代表带领，分散在惠来的临樟和普宁的三坑打游击。一部分伤病员被转移到潮阳打铁寮山洞疗养。这些红军战士，后来大部分逐批离开潮普惠，去香港找省委或辗转回家乡，有些人则留在大南山坚持战斗。

4月中旬，省委常委、军委主任张善铭，中央南方局军委委员、省委军事特派员赵自选等八人，奉命奔赴海陆丰，以加强对反"围剿"的领导。

张善铭几人，在遭遇敌人盘查时机智脱身，后于当晚被凤仪前来围乡的敌军抓获。张善铭身体有病，但面对敌人的绷扒吊拷、灌压烙剐等百般摧残，始终没有暴露自己的身份和党的机密。两日后，他惨遭反动派枪杀。年仅二十九岁的张善铭，将其坚忍不拔、矢志不渝的崇高品格，随同赤诚的热血，洒落在他深爱的海陆丰大地上。

自"四月政权"沦失后，海丰、陆丰两县县委和苏维埃委员会，均遭不同程度破坏。各地的农民武装，除了战场上牺牲和敌人进村被抓捕，大多被迫解散，人员纷纷逃往外地，枪支和刀斧、长矛、尖叉，也大都埋入地下。

特委转移惠来后，原海丰县委书记陈舜仪，及返回海丰的特委委员杨望等，毅然挑起领导海丰人民对敌斗争的重担，恢复了海丰县委的工作。

海丰县委着手对农民武装进行整顿，成立了工农革命军海丰独立师，以留在县城周边活动的彭震为师长。下设十个营，即海丰九个区加上惠阳高溏，各组建一个营。然而，各营的人员与武器，参差不齐，只有四个区能够集中作战。

而陆丰的情况更糟。郑镜堂因病情越来越严重，无法撤离，组织安排他在家隐蔽治疗。不久遭叛徒出卖，不幸被捕。此时的他已病得不能站立，只能由其母亲和妻子搀扶着，走向敌人的监狱。反动当局残忍至极，对这样一位身患重病的人也不轻饶。只是种种严刑拷打没能撬开他的嘴，敌人只能用门板抬着他去刑场。一直被学生们视为领路人和兄长的郑镜堂，牺牲时刚满三十二岁。

敌人攻占陆丰后，我党政机关迅速撤往莘田山区。县苏维埃人民委员会常委庄梦祥和吴祖荣等，仍坚持在玄沄、金湘一带活动。不料，在金湘召开二区党委会议当晚，村子遭陈子和自治军包围。庄梦祥为掩护吴祖荣和与会同志脱险，鸣枪把敌人引开，不幸被捕。他坚贞不屈，正气凛然地倒在敌人的屠刀下。

隐蔽于莘田一带的县委和县苏，却因变节者出卖，于 4 月 12 日，被敌人破获。

敌军占据陆丰一个多月后，主持县委工作的彭元章，获悉津洲等东南各区的农民武装，在县委属下的东南特委领导下，仍在秘密开展对敌斗争，便派郁新凯前往串联策动，准备一旦条件成熟，即集中向县城发起反攻。

其时，东南特委书记杨少岳因卧病不起，县委指示由刘巽贞负责东南特委的工作。为了更好地隐蔽身份，便利工作开展，按照县委的意见，刘巽贞以"去外地另谋高就"为名，离开津洲，到湖清小学当副校长兼区教育会监事。

郁新凯准备让作训科的王禄带一同志去玄沄，而他自己则前往湖清。可欧阳俊竺硬要跟他一起去。郁新凯不同意，说遇到敌人盘查，她即便不吭声也会露馅。欧阳俊竺说，如果你扮成商人，我就扮成上海来的姨太太；如果你装农民，我就把脸涂黑，装哑巴。敌人对单身汉的盘查，比对有女眷相随的要严厉很多。再说，我以红军战士的身份出现在党员和群众面前，更能鼓舞士气。郁新凯认为她说得在理，就答应了。

郁新凯与欧阳俊竺，在湖清区一个叫径秣的偏僻小村庄找到了刘巽贞。新凯与欧阳大为惊喜。因为他们看出，尽管巽贞用白布将身子束得很紧，又套上宽绰的斜襟衫，但还是掩饰不了腹部的隆起。巽贞红着脸，承认自己已经有孕在身。

惊喜交集之余，郁新凯与欧阳陷入了沉思。这孩子，来得真不是时候。形势如此严酷，巽贞又挑着这么重的担子，小生命能顺利出世，健康成长吗？郁新凯将一根稻草嚼烂了，还是说不出让巽贞打掉胎儿这句话。

刘巽贞知道他在想什么，故意将手按在腹部，轻松而又坚定地说："孩子是我们的未来，无论多么艰难，我也要把他生下，把他带大。"

欧阳拥着巽贞，说："要是我，也一定会这么做。"

谈话转入正题，郁新凯说出县委的计划。刘巽贞沉吟了一阵，说："单凭东南片的力量，想一举夺下县城，恐怕没那么容易。但震慑一下敌人，让革命群众看到希望，形成凝聚力，倒是可以的。"

郁新凯在各区的串联策动工作进展顺利，就等王禄过来汇报玄沄那边的情况。谁知，吴祖荣派人送来消息说，王禄私自返回县城，探望父母，没在约定的时间回到玄沄。

郁新凯觉得不对劲，为了县委和县苏的安全，立即与欧阳俊竺赶回莘田。谁知他们前脚踏入麻园村，王禄就领着敌四十七团一个连和保安队，随后赶到，并包围了村子。

王禄回到县城，当晚就被李沛的保安队抓获。在官爵的诱惑与刑具的折磨下，王禄叛变了，供出了县委和县苏的藏身地。

郁新凯一边果断鸣枪示警，派人向彭元章报告敌情，一边指挥县团队拼死抵抗，掩护党政领导和机关人员转移。酣战一个上午，坚持到最后一批勤杂人员离开麻园村，郁新凯准备下令县团队撤退。

趴在树上观察敌情的欧阳俊竺，发现王禄与敌连长在村口的柴草堆上指手画脚。欧阳平日最恨变节者，她从敌兵的尸体旁捡起一支步枪，绕过果林前行，她喃喃自语要将叛徒击毙。

郁新凯看见了，想命令她回来，又怕将她暴露给敌人，只好带上几个战士紧跟上去。

欧阳将枪架在树杈上瞄准，竟一枪击中王禄的胸部。敌连长大惊，随中枪的王禄一同滚下柴草堆，然后悄悄起身，寻找偷袭他们的枪手。他看见有人从果树中露出半个身子，遂举起驳壳枪。

欧阳转身看清敌连长瞄准的是郁新凯，而自己已经来不及拉枪栓上膛，只能一跃而起，像小时候与母亲玩老鹰捉小鸡那样，张开双臂，挡住了接连飞来的数发子弹。

郁新凯反应迅速，抱紧欧阳往背后一抢，转身向偷袭者扣响匣子炮。随行的战士也向敌连长开枪。有一群黑狗子闻声赶了过来，郁新凯见敌连长已逃窜，下令战士们边掩护边撤。

郁新凯背起欧阳，一路小跑回到我方阵地，呼唤卫生员过来抢救。

欧阳缓缓睁开双眼，挣扎着从郁新凯的怀里抬起身子，用苍白的嘴唇，往他脸上深情吻了一下，无限眷恋地说："我叛离家庭，投身革命，一点都不后悔。现在，我要走了，要走了，但我已把爱，留给了你，我，死而无憾。你和巽贞，要好好活着。等胜利了，带上孩子，一起来看我……"

欧阳俊竺闭上了楚楚动人的眼睛，脸上留下一丝永恒的微笑。

发了疯的敌人就要冲进村子了，郁新凯强忍悲痛，在村农协会长引领下，将欧阳俊竺的遗体藏在村后的山洞里。会长对他说："我们会在向阳的山坡上找一块墓地，安葬这位英勇的女战士。有我们全村人守着，她永远不会孤单。"

不敢哭出声的郁新凯，追上北撤的县团队。前方传来消息说，最先撤出的队伍，在抵达山珠湖时，遇上从北面赶来增援的敌人。县委常委彭元章、陈谷荪、吴鉴良等人被捕，敌人从他们身上搜不出大洋，认定他们是当大官的，遂就地执行枪决。随行的机关人员大多被枪杀，少数向北逃亡。

郁新凯心如刀割，与县苏委执委、秘书长林铁史商量后，决定将县团队剩下的战士分成两支，由林铁史带领一连，夜里出发，潜往河滇，与西北特委会合。郁新凯则带领二连，前往湖清一带，找东南特委。

祸不单行，郁新凯率二连路过吉安附近的张埔村时，遭到敌人追兵截击。郁新凯胁下中弹，二连长与战士们将郁常委背到新寨村，安置在一家农协会员家里，再连夜找来郎中进行救治。敌人还在四处搜索，二连长经请示郁常委同意，让战士自行分散，隐蔽在各个村落里。

数日后，红二、四师主力辗转回到海陆丰，先后与东江特委委员杨望、颜昌颐等取得联系。

当下，各路匪军已经完全无所忌惮了，除了在军事上大肆"围剿"，还着手扶植地方反动势力。广东当局很快委任钟秀南、曾享平为海丰、陆丰县长。在邓彦华率第五军接防后，又组建起善后委员会。

敌人还采取"悬红购缉""戮力探捕""悔改自新"等手段，追缉共产党人，竭力破坏共产党的组织和秘密交通线。海陆两县党委、转移至惠来的东江特委、隐蔽于香港的省委，三级党组织的地下交通线，均遭摧毁，联系完全中断。

4月30日，红二、四师负责人和海丰县委，在省委军事特派员赵自选主持下，召开了联席会议。

会议讨论和制订了反攻海丰县城的计划，成立攻城总指挥处，兵分北、东、西三路，赵自选任总指挥兼北路指挥，林道文、陈飞分别任东、西路指挥。

林道文还负责联络隐藏于敌营中的我党秘密力量。

国民党第五军，不少士兵原为省港大罢工的工人，其中一小部分还是中共党员。驻守海城的四十八团，就潜伏着十多位中共秘密党员。他们是在参加广州起义失败后，因赶不上队伍，才重新回到第五军的。省委曾派人秘密组织他们开展"兵士运动"，只是，工作刚布置，该军已奉命开拔东江，致使联络中断。

进驻海丰后，林道文经其原联络员，设法与秘密党员取得联系，并策划他们在敌军中发展党员，建立支部，适时发动士兵倒戈策应红军。还商定作战时，他们枪口朝天，起义时以倒戴军帽、左裤脚卷起作为标记。

另外，两位在敌营当厨师的潜伏人员，也伺机向攻城指挥处报告了十六师师部存放的军饷、弹药、粮食等情况，以及当夜敌军的口令。他们原为省港罢工委员会的干事。

第四十九章
损兵折将兵暴落败　突围受挫二师解体

　　5月3日凌晨，皓月当空，天河隐退。几颗不眠的星星，注视着海丰县城郊外，有几支队伍正在行进。也许皓月与星辰已经猜到，又一场将会把天地染红的血战，就要开始。她们好想给这几支疲惫的队伍，注入抚慰伤痛的爱意。

　　四更末，红四师三个先遣组开始行动。他们穿上敌军服装，假装成屯守城外五坡岭的驻兵，准备潜入县城，接应后续部队。第一先遣组，从水深齐胸的龙津河，涉水而过，钻过排水道口的木栅，摸入城里。第二先遣组，经西城门哨卡直接进城，再左转，来到离城门洞不远的巷口。他们能顺利行进，原因在于哨卡与巷口的守兵均是我潜伏于敌十六师的同志。第三先遣组，由一排长带几个红军战士，拟经龙津桥进入东城门。

　　当晚，已对红军的行动有所察觉的敌人，加强了警戒，仅龙津桥上的巡防哨兵，就有五六人之多。此时，哨兵发现桥上有人大踏步走来，便厉声喝道："站住，什么人？"红军一排长不慌不忙应道："驻五坡岭第一营的。"哨兵又问："往这走，干吗去？"一排长回答："去老邮局查岗。"

　　红军战士过了龙津桥，有说有笑走进城门洞，又有哨兵叱问："口令？"一排长大声应答："纪律。"

　　在哨兵带着困意的乜斜中，再往前走，便是一座茶楼，他们与涉水而入的第一先遣组会合在一起。

　　一排长带两个战士，摸向驻设在平民医院的敌军师部。到达枋铺桥时，又有哨兵查问口令，一排长应答后，装作要与哨兵搭讪，一闪身想夺下他的枪，双方遂厮打起来。桥那一头的守兵见状赶过来相助，并开枪报警。先遣组事先约好只动刺刀不开枪，这下坏事了。躲在茶楼后的红军战士，听见枪声，立马跑过来，向敌人开火。

　　骤然爆响的枪声，撕裂古城的宁静和酣梦。城内的敌军，有的惊慌失措，乱成一团，没穿上裤子就去抄枪；有的则误以为是十六师在收缴蔡廷辉警卫队和钟景棠保安队的枪械，发生摩擦而已，故而躺在被窝不起床。等发现情况不妙，也不敢立即出击，只下令固守营地，严防待敌。

集结在城外的红四师和梅陇、赤山的赤卫队，在向导引领下分数路飞奔入城，与先遣组会合。他们身后跟着上千手握粉枪、长矛、三股叉的农民。一声号令，战斗开始，枪声、冲锋声、喊杀声，响彻全城。

红四师一连，主攻敌善后委员会。驻守的敌军，先听见跑步声，却没看见夜袭者的人影。一声口哨，卧倒在大门前的红军战士，一齐向敌人开火。守兵凭借掩体，疯狂扫射，阻止红军前进。激战一刻多钟，冒出另一股敌兵，从背后夹击一连，红军石排长头部中弹，当即牺牲，党代表腿部也被击中，血流如注。一排战士迅即掉转枪口，咬牙切齿予以还击，打垮了偷袭的敌人。而大门前的两个排，用手榴弹开路，再发起冲锋。敌兵被红军的气势吓破了胆，扔下二十几具尸体，弃守而逃。善委会反动头子，手臂挨了一枪，也跟着狼狈逃窜。

红二连进袭设在南丰布厂的临时监狱。守兵与狱卒听见县城枪声四起，腿先软了，红军一冲进来，胡乱开了几枪，就抱头鼠窜。赤卫队战士用斧头、砍刀，劈开狱中"囚徒"的脚镣，救出被捕的党员和革命群众二百多人。

在准提阁，先遣组凭一身伪装军服，顺利干掉敌人的双重岗哨，再从大门进逼内院。随后的三排翻墙而入，抢先控制敌人的部分枪支。而敌连长，曾被最早的枪声惊醒一次，后听说可能是师部跟两支地方武装发生冲突，懒得理睬，骂了一声娘，又蒙头而睡。等士兵惊呼"大院被共军包围了"，他才一个侧翻下了床。突兀的枪声大作，使他惊恐不已，命令各排分头突围。后院的敌兵仓皇打开东西两道侧门，用机枪扫射一番后，争先夺门而逃。

红三连攻打县府，以及赵自选率红四连进攻敌师部，这两场仗可就不好打了。

上任不久的反动县长黄植南，原系敌三十一团副团长，不缺作战经验。城郊响起枪声时，他就觉得不对劲，指挥士兵在鼓楼架起多挺轻机枪，准备御敌。红军一进入射击圈，步枪抢先打响，几挺机枪也随之喷出长长的火舌，暴露在旷地上的战士，接二连三被击中。三连长组织了四次冲锋，只因伤亡过重，均未能攻进县府。

敌十六师师部设在红宫后面的平民医院。红四连知道肩上的担子很重，但赵总指挥亲自参战，士气很旺，个个摩拳擦掌。然而，他们遇到的对手，其武器装备是极强的。战斗打响，敌师部卫队架在楼上的数挺轻重机枪，居高临下，子弹密如飞蝗，打得红军战士连头都抬不起。有战士甩出几颗手榴弹，两颗落在石阶上，三颗被敌人从楼上扔了回来。

总指挥赵自选与师长叶镛，心里好不焦急。刚刚通信兵来报，力园、南湖进攻失利，红二师进攻五坡岭、观音堂依然没有动静。这红二师，到底出什么事了，怎么没有依时投入战斗？

力园，是海丰守备队头子钟景棠的宅第。钟景棠原为陈炯明手下一名师长。他于海城的老巢，规模仅次于陈炯明的都督府，围墙很高，大门为纯铁铸造，楼上天台有铁栏杆，易守难攻。袭击力园的红五连，起初采用智取方式，一律穿上缴获的敌军装，假装奉十六师师长之令，前来收缴守备队的枪械。当值的连长不知真伪，吆喝部下跑上天台察看，一时不敢妄动，也不开门。红五连见智取不成，遂发起进攻。但地形对我不利，守备队火力也不弱，铁门又十分牢固，扔了几个手榴弹想炸毁铁门，但都没有爆炸。战士们多次冲锋，都被挡在铁门之外。

红七连负责进攻南湖畔的陈家楼，这里驻扎着敌教导团一个营。这个营，经我负责士兵运动的秘密党员一再宣传发动，不少士兵已经同意起义，并接受了任务。可是战斗一打响，敌营、连长却躲得无影无踪，负责捕杀他们的同志找不到人，一时不知所措。而后，秘密党员看红七连进攻的兵力寥寥无几，愈加犹豫起来。其他有秘密力量潜伏的敌营连部队，也出现类似情况，他们只知道朝天放枪，不知道掉转枪口向敌人开火；只知道说服头领投诚，却不敢枪杀不肯就范的长官。

枪声时密时疏，火光忽亮忽熄。聚集在街头巷尾的数千农民，挥舞着冷兵器，高喊着"杀杀杀"，为红军助阵。受伤的战士和赤卫队员，一个个被担架抬走，消失在弥漫的硝烟中。

赵自选快速为手枪换上弹匣，再一脚蹬在断垣上。他用攥紧的拳头顶着下巴，听着子弹划过的一声声尖叫，陷入了沉思。

一连串进攻受挫的报告，撞击着他的必胜信念，使他渐渐意识到，攻占海丰城，并没有想象中那么容易，而战士们恐怕再难坚持下去了。

就在赵自选为进与退犹豫不决时，四周的枪声，手榴弹、迫击炮爆炸声，霎时激烈起来了。

叶镛一拳砸在土墙上，对总指挥说："估计是敌人调集兵力，开始反扑了。"

"逆势难挽，可能还会腹背受敌。不能让战士们承受更大的牺牲。你，命令号兵吹号吧。"赵自选说。

"冲锋号？"叶镛问。

"冲锋号加'要弹药'号。"

"那可是战前约定的退兵号？"

"对，先让部队冲锋，再悄悄退出战斗。"

"嘟嘟嗒嘟，嘟、嘟、嘟……"嘹亮的冲锋号，撕裂阴沉的夜空。

此刻，传令兵跑来报告："红二师在抵达城郊时，意外遭到地主民团拦截。段营长带两个排，率先突围，已经入城，他听说敌军师部久攻不下，请求前来增援。"

叶镛问："来了多少人？"

传令兵答："约五六十人。"

话音刚落，一发迫击炮弹，呼啸着落在指挥所前的石榴树下，轰隆声中，瓦砾纷纷掉了下来。

"吹响'要弹药'号，命令段营长掩护撤退！"赵自选顾不上满身的灰土，又转身对叶镛说："你地形比我熟，由你指挥部队出城，这是命令。我等红二师的人赶到，再跟他们随后撤离。"

赵自选话毕，推开拦阻的警卫员，急步奔向红四连的阵地。他匍匐至机枪手身边，捡起剩下的一个弹匣，塞进怀里，再从机枪兵手中接过捷克式机枪，并对身旁的连长下了撤退命令。

敌师部参谋长，从对峙的火力渐次减弱，觉察出共军正在撤兵，便命令兵士下楼，冲上街道拦截。躲在矮墙后的赵自选，嗒嗒嗒扣动机枪，吓得敌人急忙趴下，半天不敢动弹。

此时的段冀虎，听说赵总指挥跟几个战士留在后面打掩护，即带十几人赶了过来。半路，他从敌人的尸体上，摘下一支带血的盒子炮。当快到敌军师部时，有战士发现背后竟有一股敌人尾随，离他们只有百步之遥。段冀虎猜出敌人的意图，决定先设法将这群刁滑之徒干掉。

月色迷离。段冀虎吩咐战士们，以街两旁的门洞、墙角为掩体，等尾随的敌人走近，再狠狠开火。而他已清晰听到街口那边的阵阵枪声，便带四个战士前去增援。他叮嘱警卫员，一见到赵总指挥，必须不顾一切将他强行架走，护送回部队驻地。

岂知敌军参谋长断定包围圈中有共军的长官，特调来几挺机关枪，用密集的扫射封锁了整个街口。

段冀虎双手紧握盒子炮，左右开弓，眼看就要冲到赵自选所在的断墙下。突然，一颗狰狞的子弹，射中他的胸膛。他瘦削的身子一颤，正要举枪还击，颈部又挨了一枪。段冀虎坚持站立着扣动扳机，直至两把手枪子弹打光。他想倒向矮墙，护卫赵自选，又一颗冲击力很强的子弹击倒了他。段冀虎不知道自己的鲜血喷溅多远，但他半眯的双眼，看见天上的月亮，是血红血红的。

赵自选怒吼着打完最后一发子弹，扔下捷克机枪，以一个鱼跃式翻滚，从断墙后迸射而出。他用浏阳话大喊一句："为了驱散黑暗，迎接光明，我豁出去了！"他快速接过段营长手里的盒子炮，装上弹匣，手臂一甩，子弹随之飞向敌人。就在他手指突然抽筋僵住时，一颗手榴弹落在他身边，他用左手捡起手榴弹准备扔还敌人。他想再喊一句"战士的血和身躯是要留在战场上的"！手榴弹爆炸了，他血肉模糊的躯体，扑倒在段冀虎身上。

红二师主力部队与农民赤卫队，终于赶到五坡岭了。

红二师的违误，事出有因。两天前，敌军驻陆丰四十七团，对红二师驻地激石溪一带进行"围剿"。红二师凭借群山沟壑，与敌军巧妙周旋，才摆脱了追击。他们急行军至海城郊外，又遭反动民团阻截。

红二师虽然来迟了，但一进入阵地，就向五坡岭发起猛烈进攻。早就严阵以待的敌军两个营，盘踞山上，全力抵抗。双方激战至天麻麻亮，师长董朗得知城内敌军援兵将至，不得已下令退阵，撤往埔子峒，再移驻莘田山区。

"五三兵暴"，是红二、四师在海陆丰发起的最后一次威震敌人的反击。虽然没有夺取海丰县城，但令敌军官兵以及从外地潜回的土豪劣绅，成了惊弓之鸟。

敌第五军军长徐景唐接报后，即饬令邓彦华及其他各师，调集兵力，会同警备队、保安队及各地民团，勠力"会剿"海陆丰和潮普惠的红军，以绝其根株。

红二、四师自此陷入更为艰苦卓绝的困境。

敌人三天两头的"会剿""清乡"，使枪伤未愈的郁新凯不得不经常变换藏身地点，在一户人家停留六七天后，就让农友乘夜背他到另一个村子。敌人"清乡"，像玩走马灯，今天党军，明天保安队，后天地主民团，且大多天一亮就将村子围了。郁新凯掌握这一规律，就跟敌人玩起捉迷藏，每日天麻麻亮，拄着拐棍上山，躲藏起来，等十时一过，敌人走了，再回到村里。

有时，敌人在村里抓不到人，就往山上搜。那一回，郁新凯躲藏在长满荆棘的墓穴里，一个敌兵见杂草歪歪斜斜，用刺刀向墓穴连捅数下，把他的脑门给划伤了。郁新凯咬紧牙关不吭声，才不致暴露。

一个多月的折腾，加上只靠草药治疗，郁新凯不但胁下的创口没能愈合，还患上了水肿病，全身浮肿，一摁一个窝。更挠心的是后背和四肢长满疥疮，剧痒难忍。

郁新凯的境遇，几乎到了生不如死的地步。但他毫不气馁，毫不动摇。巽贞和她腹中的孩子，是他最大的精神支柱，他不时掏出结婚戒指，一遍遍跟它说话。他缅怀为他捐躯的欧阳俊竺，一次次复述她最后的遗言。这一切，令他热血沸腾，斗志昂扬。他在心里对他们保证："为了家人，为了战友，为了革命，我一定要坚强地活着。"

这天，他从清乡兵士的对话中得知，离这二十里外的坑口圩有个驼背郎中，诊脉准，下药狠，很有一手，只是此人从不肯到外村出诊。农会负责人同意派人背新凯往坑口圩就诊，但为了安全，只能将他藏在离坑口圩五里远的关帝庙，再由农友去坑口，恳请驼背郎中发发善心，前来诊治。

坑口圩的关帝庙，前后两进，规模不算小，平时香火很旺。自从前殿被剿共的兵士放火烧毁后，庙祝跑了，香火冷落了许多，平日很少有人来这里烧香上供。

郁新凯被农友藏在后殿的祭坛下，透过帷幕的裂口，可以看清前殿的情况。只是，饿极了的老鼠，会不时窜出来，往他的脚指头狠狠啃上一口。

过了一炷香的工夫，关帝庙来了一位小家碧玉的香客。她心怀虔诚，落落大方，胆子也比一般小女子大，乌鸦在树梢聒噪，她只当没听见，老鼠从裙下窜过，她也不理睬。

女子摆上供品，燃上香烛，跪在蒲团上，朝赤脸美髯的关帝爷拜了三拜，再双手合十，向关帝爷诉说心中的祈求。

郁新凯在祭坛下，渐渐听出个头绪。姑娘姓祁，叫灵芝，原为潮州人氏。只因哥哥不忍心看恶犬撕咬一个农民，将它打死，得罪了陈姓恶霸。本来就是小姓人家，这下可闯了祸。托人向恶霸求情，竟提出要拿灵芝为狗抵命，入陈府当婢女。灵芝知道陈姓恶霸对她垂涎已久，宁死不从。祁父听说海陆丰没有恶人当道，遂决定背井离乡，前来东滘镇投亲靠友。不料时局已变，亲戚一家七口，因奸人陷害，被杀了五个，家产也被哄抢一空。

祁家在旧友帮助下，选择到坑口落户，可脚跟还没站稳，不知哪来的媒婆，像苍蝇见了血，整天嗡嗡嗡尽往家里钻。祁母不胜其烦病倒了。灵芝因人生地不熟，不敢得罪媒婆，只躲在里屋朝媒婆翻白眼。她心里崇尚的，可是自由恋爱。

烦苦焦躁之时，听说坑口的关帝庙，签诗最准，许愿最灵验。灵芝便将希望寄托在关圣人身上。因她从小就知道，关帝爷是以忠孝节义留威于世，是老百姓的守护神，便带上供品和虔诚，向关帝爷讨教祈福来了。

当她拿起签筒摇出第一支灵签时，从祭坛上飘下一张黄纸，上书："生命诚可贵，爱情价更高。若为自由故，两者皆可抛。"灵芝大吃一惊，关帝爷真的显灵了？

真巧，她以前曾听上中学的姐妹念过这首诗，难道关大人也喜欢洋人的诗作？不对，黄纸上墨迹未干，一定是有人在操弄。她顺手抓起一块断砖，大喝一声："是谁？快出来，不然我可要砸砖头了！"

祭坛下的郁新凯连忙告起饶来："别别别，我不是坏人，我只是想鼓励你，才写了这首诗给你。"

果然有人。祁灵芝壮着胆，拿起烛火，绕到阴森森的祭坛后面，只见一个衣衫褴褛、浑身浮肿的后生躺在地上，好像病得不轻。她从他的面相及刚才所写的诗，断定他是个不一般的人，就问："你患了重病，怎么不去就医，反而藏在这里？"

郁新凯说："家里穷，又怕吓着人，只能等到晚上，才敢去圩上找郎中诊治。"

灵芝看他胁下有血污，眼珠子一转，说："你是怕遇上清乡的匪兵吧？"

郁新凯说："凶神恶煞的，估计你也害怕。"

"别支支吾吾了，你不是坏人，我也不是坏人。我有办法帮你把病治好。我扶着你，你能跟我走吗？"

这时，农友回来了，看见多了一位陌生女子，便问郁新凯是怎么回事。

灵芝说："你是他亲戚吧？怎么将他一个人扔在这里？还不快背上他，跟我走。"

农友道："一个小小妹子，口气真够戗人。让我们跟你去哪儿？"

灵芝故意嘴一撇："你们不明说，我也不说明。等到了我家，你们就清楚了。

谁骗你，谁背后长尾巴。"

农友看小女子很实诚，就问郁新凯去还是不去。然后伏在新凯耳边嘀咕道："我去找的那个郎中，疑心很重，好像怕我们算计他。"

经一番商洽，三人说好天黑后，由灵芝在十字路口等候他们。

掌灯时分，农友背着新凯，左拐右拐来到佗峰医馆。谜底揭开，原来灵芝就是祁郎中的女儿，而祁郎中的背脊一点都不驼。

祁郎中在女儿的劝说加撒娇之下，答应收下这个带有两处枪伤的病人。灵芝得寸进尺，要求让病人驻馆留医，还说一有风吹草动，由她负责将病人藏到柴草房里，可保安然无虞。祁郎中平素一身傲骨，但敬重惩恶扬善的人，虽然知道得冒极大风险，还是点头应允了。

一晃半个多月过去，在祁郎中用心治疗和灵芝悉心照料下，郁新凯伤口结痂，浮肿消退，疥疮脱落，仿佛变了个人似的。可祁郎中却说："你的元气尚未完全恢复，得再调理一个礼拜，方可离去。否则，阴阳失衡，三脏失调，脉乱气虚，三个月后，你还得再来找我。"

然而，郁新凯已经接到通知，要他尽快投入到恢复陆丰县委、开展夏季暴动的工作中去。再说，保安队每逢乡民上圩赶集，就四处搜查抓人，一旦自己被发现，岂不连累了灵芝一家。所以，就算他此时再羸弱再失调，也不能继续留在佗峰医馆。

灵芝听见农友向父亲结算医药费，被父亲拒绝了，才知道郁新凯要走了。她一下子蒙了，胸口像被谁掰扯得隐隐发痛。她第一次爱上一个人，可他马上就要离她而去了。她极力编造种种留住他的理由，只是都被郁新凯给一一否决了。

灵芝想用女性的柔情和眼泪来绊住他，但郁新凯丝毫不为所动，灵芝只好答应让他离去。当夜，眼眶发红的她，跟他整整聊了一宿。灵芝想反悔不让他走，但又说不出理由，想想突然问郁新凯："你说蒲松龄的《画皮》所讲的故事，是不是真的？"

郁新凯答道："《聊斋志异》的故事，来源于民间，真中有假，假中有真。作者为了歌颂自由和抗争，赞美人性的真善，警示世人，鞭挞腐朽，对原有的传说，进行整理加工，才有了一个个感人的故事。"

"你说陈氏，为了夫婿，受辱不说，还吞下疯子的痰唾，让我钦佩不已。"

"这叫作'患难见真情'，是一种美德。"

"那我做到了吗？你，你感受到了吗？你，怎能说走就走？"

"你的恩惠，我永志不忘。但我已有爱人，我们的孩子，也快要出世了。"

灵芝忍不住嘤嘤抽泣起来。

郁新凯一下子乱了方寸。半晌，他缓过劲来，严肃地说："凭你意志力脆弱这一点，说明你离党员的要求，还有好大差距。"

灵芝怔了一怔，怯怯地问："共产党员不许掉眼泪是吗？"

"作为合格的党员，必须学会驾驭个人感情，而不能被感情所左右。"郁新凯为她拭去脸上的泪珠，"记住，坚强些。你申请入党的事，我提请陆丰东南特委批准后，你就能成为中共党员了。"

灵芝破涕为笑，紧紧握住郁新凯的手。

郁新凯从怀里掏出包在手绢里的戒指，递给灵芝："它不是金的，但我再拿不出值钱的东西留给你做纪念，你一定要收下。"

灵芝生气了，把戒指包好，塞回郁新凯怀里："我又不能嫁给你，怎收？不过，你已经留下比戒指更贵重的东西给我了。"灵芝从床架上拿下一个匣子，打开来，里面放着郁新凯在关帝庙写下的诗。

东郊的山头，露出第一抹朝霞，来接郁新凯的农友在屋外等着，郁新凯告别祁郎中和婶母，看一眼灵芝闺房的窗户，走出了佗峰医馆。

嘴唇快咬出血的祁灵芝躲在窗后，透过窗纱，目送郁新凯缓缓走过。等医馆的排门上了闩，她扑倒在床上，用被单将头裹住，痛哭起来。

郁新凯离开坑口，只身赶往河凹圩。一路上，他时而深深地自责，时而信心十足地自勉。他骂自己，偏偏在党组织遭受破坏之时，伤病缠身，卧床不起。好在，现在他康复了，必须与同志们加倍努力，让地下潜行的火种，再一次形成燎原之势。

陆丰县委和不少区委被破坏后，尚存的党组织和共产党员，转入秘密状态。一个月后，陆丰西北特委与省委派来的同志，通过新开辟的交通线，取得了联络。随后，召开了西北各区区委联席会议，宣布陆丰临时县委成立。

盛夏，东江特委派人找到刘巽贞，向她传达了特委的指示，要求陆丰尽快正式恢复县委，并指定郁新凯、刘巽贞在内的五人为委员，另外五名委员，交由会议推选。并告知，为加强党对粤东地区的领导，经省委批准，已将东江特委和潮梅特委合并为新的东江特委，由彭湃担任书记，郑志云、杨望、林国英等人为委员。

刘巽贞竭力将腹部勒紧，与万悟尘化装成夫妻，翻山越岭去河凹，找到临时县委书记林铁史。刘巽贞从鞋底取出东江特委已经改组扩大的通知，再口头转达了新一届特委的指示。

能接悉上级的指示，林铁史喜出望外。作为"回赠"，他告诉刘巽贞，受重伤的郁新凯身体基本康复，已经通知他参加会议。刘巽贞一时成了丈二和尚，便仔细问了他的情况，才知道好久未曾通联的他，原来是为伤病所困。她在心里狠狠骂了一句"真是无冤不成家"。这句话，既是骂新凯，伤病那么重，竟然瞒着她，没顾及她的感受；又是骂自己，时局困顿，作为妻子，数十日没有丈夫的消息，怎没托人探询一下？

直等到特别会议召开前一刻，郁新凯风尘仆仆出现在她面前，看他精气神还不太糟，巽贞一颗悬着的心，才放下了。

一天的会议，先学习，再酝酿党务整顿、纪律处分、恢复基层党支部等问题；下午，代表们推选出新的陆丰县委，又增补了遭破坏的区片党委负责人。新当选的县委书记吴克绵，向大家布置了反"会剿"和夏季暴动的工作。其间，他公布了一个令人振奋的数字：在敌人"斩尽杀绝"的淫威下，各地发展吸收新党员二百多人。然后，不无自豪地说："这是抽向反动派的一记响亮耳光。"

天黑了，郁新凯约刘巽贞在榕树下见面。也许是要说的话太多了，两人不知从哪说起好。新凯伸手按住巽贞的腹部，似乎感觉到小家伙在动弹，就说："他已经不单是我俩的孩子了，你一定要保重好自己，更要让孩子平安出世，健康成长。"

巽贞把自己的手搭在新凯的手上，问："你的意思是说……"

"麻园村保卫县委那场战斗，欧阳俊竺在我险遭偷袭时，为我挡住了子弹。她，跟我们永别了。临死前，她叮嘱我，等胜利那一天，让我们带着孩子，去看望她。"说完，新凯一把抱住了妻子。

巽贞浑身一颤，泪水涌上眼眶，哽咽着说："她是我们的亲人，将来，就让孩子叫她亲姑姑。"

郁新凯正想问问爱妻，这段困厄的日子是怎么挺过来的。他还要告诉她，他已把对她的爱，融入血液、注入骨髓，即使多次被病魔折磨得昏死过去，他也能在冥冥之中，听见她的召唤而复活过来。

这时，有人过来催促马上出发，郁新凯来不及吻一下爱妻，也来不及告诉她欧阳埋葬在哪座山头，就匆匆随来人走了。

郁新凯是新一届县委的常委、军委主任，他要连夜赶往激石溪，与红二师商定发动军事攻势和解决红军给养问题。

而刘巽贞，新当选县委委员，兼东南特委书记，她要尽快通过交通线，向东江特委和海陆惠紫军事暴动委员会汇报，新的陆丰县委已经成立，新一轮对敌斗争即将展开，并要求派遣有经验的军事干部，加强对陆丰军事斗争的指导。

芒种前后，留驻埔子峒的红四师，在赤卫队的强烈要求和配合下，于赤山圩、银瓶山等地，与敌四十八团和蔡廷辉重新拉起的守备队，打了几场仗，胜负各半。但红军行踪暴露，敌军对红四师的包围圈一步步缩小。红四师退至南坳村，准备于次日突围，试图东进与红二师会合。

尾随而来的敌四十八团，派人向山上的红军喊话，劝红军投降。

红四师将计就计，派代表与敌营长见面，答应两天后提出具体方案。敌人即飞报副军长邓彦华。红四师借机撤离南坳村，退回埔子峒附近的白木洋村。

敌人发现中计，调遣两个团的兵力，从四面八方包围白木洋。红军仓促退上茅禾山，据险御敌。帅长叶镛，因患疟疾，蹲在茅厕里没出来。粗心的卫生员以为他已经上山，竟阴差阳错把他给扔下了。

身体虚弱的叶镛，从茅厕出来，发现队伍都上了山，便加快脚步追赶战士们。谁知没走多远，双腿一软倒下了。冲进村子扑了个空的敌人，发现村后茅禾山下，有人在往上爬，就吆喝来二三十人追了过去。

山上的红军官兵，看清是叶师长被敌人活捉了，立即集中火力向敌人扫射，并派一个排下山营救抢人。但敌人的主力赶到，一切都已经迟了。

叶镛被押解到敌十六师的临时师部，也就是平民医院。邓彦华恩威并施，假惺惺地说，你未过而立之年，死了太可惜。只要你命令红军投降，即可获得高官厚禄，否则，将悬尸于海城的城楼下。

叶镛坚贞不屈，严词拒绝。诡计多端的邓彦华，使起反间计，假冒叶镛的名义，发出《告第四师全体官兵书》，说国民党已经授予叶镛少将军衔，劝红军官兵早日投诚。劝降书除了四处张贴，还派人偷偷送往红二、四师的驻地。

叶镛得知此事后，大声怒斥敌人无耻，再次表明自己宁死一百次也决不投降。

邓彦华劝降失败，诱降无果，只好将叶镛押解回广州，秘密杀害。

红四师失去了主帅，但信念坚定的官兵，在悲痛中，选举出新的师委和党代表，并推举师参谋长徐向前担任师长，领导红四师继续战斗。

董朗与红二师抓住驻西北片敌军调防的空当，与郁新凯指挥的农民赤卫队协同作战，向反动武装发起反击，几经浴血恶战，恢复了莘田区苏维埃政权，捣毁了反动县长曾享平苦心经营的老巢，攻下了河凹、河滇等地。

被惊动的敌军，调遣更多兵力，对红二师展开没日没夜的围追堵截。

红二师师委在与陆丰县委的联席会议上，提出新的应对策略：从桂坑村向东突围，杀开一条血路，游击于惠来、普宁，打通联络东江特委的通道。他们的这一决定，获得海陆惠紫暴委的同意。

然而，陆丰与惠来、普宁的边界，早有重兵把守。驻惠来的敌十三师闻讯，即派补充团阻截。尾随而来的敌四十七团和警备队、保安队，分数路夹击。一场惨烈血战，从天亮打到黄昏。董朗足部受伤，师参谋长林祖霖被俘，政治部主任邓树元壮烈捐躯，近百战士阵亡，是为红二师组建以来，付出代价最为沉重的一次战斗。

红二师从惠来退回陆丰，全师尚有四五百人，几场恶战下来，损兵折将过半，而给养弹药紧缺，士气受挫，眼下仅伤病员就多达上百人。冲破封锁线，挺进潮惠普，已经不太可能。师委只好下令退出战斗，转道折回激石溪。

部队后撤时，包括朝鲜籍战士金山等在内的四十余人，因迷路留在陂沟附近，不久辗转入境惠来，与东江特委取得联系，游击于大南山一带。

敌人趁势大肆展开反动宣传和引诱行动。红二师部分战士，经不起挫折的考验，一连副连长威逼诱骗二十余名士兵投敌之后，又有约五十人往朝面山向敌军缴械。

董朗因此受到留党察看半年的处分，只负责对地方赤卫队进行培训和整顿。

暴委会决定撤销红二师番号，护送愿意离开东江的军官去香港找广东省委，又将愿意留在海陆丰坚持斗争的士兵，分散到红色乡村当赤卫队员。

在风雨如磐的时刻，曾令敌人闻风色变的红二师，被画上一个令人扼腕长叹的句号。

第五十章
风雨如磐鹰折翅　夏收暴动又流产

　　海陆丰在重兵压境之际，依然执行"以革命的进攻，粉碎反革命的'会剿'"这一方针。

　　敌人除了严加戒备，四处搜捕盘查，还命令第十三师联合第十一师，会同各县保安队及地主民团，分头对红军驻扎的大南山各村发起围歼清剿。

　　大南山，方圆一百多里，横跨潮阳、普宁、惠来三县，散落大小村寨不下百个。主峰望天顶位于西南面，高三百二十余丈。这里的山民，几年前就建立了农会，掀起抗租抗息农潮。眼下，形势危急，东江特委准备在这里建立新的革命根据地，开展游击战争。

　　暴动抗租，是最受穷苦农民欢迎的一种斗争形式。饱受摧残、饥肠辘辘的他们，一经党组织发动，迅即取出埋藏在地下的枪支、刀叉，报名加入抗租暴动队。他们四处出击，围攻为害一方的地主民团，撕毁当局的收租布告，换上苏维埃政府严禁收租的条令，抓捕制裁下乡收租者。一时间，地主豪绅纷纷向县政府或驻军长官告状。

　　本来，徐景唐在捕获叶镛之后，已经放松了对红军的清剿。得知海陆惠紫又在发动夏收联合暴动后，大发雷霆，命令所辖各部不遗余力对共军实行第二期"会剿"。并从揭阳等地，调遣四个团，与第十六师，编成五个支队，张牙舞爪杀向红四师所在的埔子峒，杀向掀起抗租浪潮的村庄。

　　郁新凯所率的陆丰县工农革命团队，是在配合红二师东进惠来失败后，撤至黄竹寨的。

　　这是一个只有数百人的村子，地理位置特殊，群众基础较牢固。如果将北面的河溪、西面的河凹、南面的吉安，连成一条弧线，那圆心正好就是黄竹寨，而从这里往东，翻过几道山岭，即可进入普宁地界。

　　郁新凯之所以将县团队撤往黄竹寨，是打算在这里休整半个月。

　　没想到第三天，就接到县委和暴委的通知：为粉碎敌人的"会剿"，决定在夏收期间，组织发动广大农村展开抗租斗争，你们要配合乡村武装，有力保障抗租暴动的胜利，并恢复苏维埃政权。

郁新凯不敢怠慢，当晚召开排以上干部会议。次日，各排就把擅长做群众工作的战士，编成工作组，派往各村，组织策划夏收暴动。郁新凯乔装打扮，潜入驻扎着敌军的河滇、吉安，与西北特委负责人会面，研究制定暴动具体方案，召开党群动员会议，还派人到外县购买军阀混战时散失的枪支。

眼看水稻成熟，田野一片金黄色，各村各寨的农民兄弟，高喊着"开镰啰"，下到田间地头，五六天工夫，就把稻谷收回家里。没等地主老财上门抢谷收粮，各地的抗租暴动就像浪潮般迅速掀起。

郁新凯将县团队三个连，分别派往武装力量较薄弱的乡村，协助当地农民开展抗租斗争。又指派几名精干的战士，前往敌人驻地，监视敌军的动向。

这天，郁新凯率二连和农民赤卫队攻打新屯村的地主武装。昂塘的逃亡地主，回村没多少时日，听说共军又搞暴动，近邻新屯村正遭围攻，担心会被波及，连忙派爪牙带上厚礼，去向驻吉安圩的国军求救。

没想到新屯村的武装民团不经打，扛了不到一个上午就举白旗投降了。二连和赤卫队分了地主的粮食和财物，午后即向北溪村进发。

路经麻园村时，郁新凯被一位大嫂拦住了。她是该村已遭杀害的农协会长的老婆。大嫂告诉郁新凯，涂寮村一个地痞流氓说欧阳俊竺安葬的地方，坏了他祖父墓地的风水，三番五次带人上山，要将欧阳同志的遗体挖出来扔进山沟里，幸亏村里的老人仗义，每回都将他强行赶走。大嫂怕他不会就此死心，要郁新凯带人教训教训那个地痞。

郁新凯掏出身上仅有的两块银圆，塞给大嫂，让她放心回家去。

他转身朝安葬欧阳俊竺的那个山头鞠了一躬，然后命令二连继续开往北溪，他要带几个战士去涂寮村，惩治那个流氓。

这时，负责监视敌军的战士，气喘吁吁向郁新凯报告，驻吉安的敌军一个作战连望北而来，可能已经察觉到县团队的行踪。

二连长担心郁常委的安全，提出不如整支队伍一同开往涂寮村，再去北溪。

郁新凯握枪的手微微抖着。二连长从他瞪圆的双眼，看出他已经否决了他的提议。因为北溪村的党组织早就跟郁常委约好，等打下新屯村，县团队即前往北溪村，协同当地农民发起抗租暴动，镇压处罚不法地主。

二连长有些不明白，郁常委为何把欧阳俊竺的墓地看得那么重。这是一件不算很大的事，他为何非要亲自去一趟不可？

郁新凯看二连长还想说什么，一只手按在他的肩膀上，轻轻一推又一扳，然后贴近他耳边说："该显显你的身手了。设法将敌人引进冷牛坑，再协同北溪村的赤卫队，给黄狗子当头一击。我，教训完那个无赖，就带上正在附近活动的三连一排，从敌人后面发起夹击。别忘了，蒋家军不擅长打夜仗。"

由敌副营长率领的作战连，一路走来提心吊胆的。他们在冷牛坑路口与小股共军打了个遭遇战，却不敢穷追而去，怕共军使诈。

副营长命令部队继续向昂塘进发，却听见甘蔗园一阵乱响，突然跳出几个人，说是有匪情相告。

郁新凯惩处了涂寮村的地痞，刚爬过一道坡，就接到二连长诱敌失败的消息。郁新凯对错失一次战机深感自责，想尽快赶往北溪村，便选择走小路。正穿过一片甘蔗林，骤然响起杂乱的枪声。其中一颗子弹，击中了他头部的左侧，他的耳朵连头皮被削去一块。

原来，新屯村的陈老财，昨天应邀来麻园村会友，侥幸躲过一劫，还无意发现郁新凯的行踪。恰好赶来剿匪保境的国军路过，便向国军长官告发。于是，敌副营长就派兵在郁新凯必经之路设了伏。

中弹的感觉，郁新凯并不陌生。可这一次，脑壳除了被巨力一击，似乎还听见耳骨碎裂的爆响。郁新凯没有死，他被俘虏了。

他被押回县城，关进刑讯室里。行刑者让他尝尽各种酷刑，但没能从他口中撬出任何想要的东西。作孽一整夜的行刑者，已经筋疲力尽。敌团长梁若谷出现在刑讯室，举起烧得通红的烙铁，摁在他的小腹上。郁新凯昏死过去了。

郁新凯醒来时，已经是第二天。他披镣戴铐，被牛车拉着，来到县城的大街。四个敌兵爬上牛车，将他架了起来，其中两个从后面狠踢他的腿弯处。

郁新凯明白，敌人是要他以下跪的姿势示众。可他宁愿即刻死去，也不愿向反动派屈膝。耻辱，激发出惊人的爆发力。郁新凯深吸一口气，双臂左右一抢，身子往后一仰一翻，滚下牛车。牛车后的敌兵围了上来，想把他重新抬上牛车，被副营长制止了。他从心里佩服这个铁骨铮铮的硬汉。

郁新凯拖着脚镣，一步一步朝前走。他的一只眼睛和半边脸，已经被凝结的血污遮掩了。他从另一只眼睛，看见了熟悉的街道，熟悉的面孔。他想：

敌人不会给我多少时间了，我要向同胞们发出最后的呐喊。

敌人早有准备，往他嘴里塞上口枷，再勒上绳子。郁新凯无法吐出口枷，只能咿咿呀呀痛骂反动派滥杀工农群众，惨无人道。

有一个女子，一直跟在押解队伍的后面。她是郁新凯的妹妹郁新月。

由于国民党军队、保安队、县署游击队，四处搜查抓捕共产党，新月和父母早就躲到了乡下的母姨家里去。今天，父亲胃病又犯，她想到药铺为父亲抓些药，才偷偷回到县城。

一拐入马街，她看见一大队匪兵押着血淋淋的共产党要犯游街。新月平时晕血，故躲在围观路人后面，不敢抬头。但听他们称赞人犯有骨气，是条好汉，按捺不住，挤前一看，心里咯噔一下，那不就是自己的哥哥？

新月的心，像被利刀划过。哥哥怎么被打成这样？她想冲上前撞倒匪兵，拉哥哥逃跑。可是，逃得了吗？再说，哥哥的叮嘱，她能不听吗？

哥哥在得知郑重老师牺牲后，他的家人也被关进牢里，就一再叮嘱她：如果有一天他落入敌人手中，他只会承认自己是共产党余思铮，而不会供认自己是郁新凯，这样，才能避免父母和她受到牵连，也能保护嫂子和即将出生的侄子。

新月想不出营救的办法，哥哥已被押至龙台山下的刑场。这里早已守候着很多人，有看客，更有荷枪实弹的县署游击队，外围还有凶神恶煞的黄狗子。有人指着监斩官，说他是十六师四十七团的副团长。新月想上前向监斩官求情，可是他会刀下留情吗？再说，哥哥会允许她向仇敌求情吗？

忽然，人群中一阵骚动，新月看见刽子手肩扛白晃晃的屠刀，走向哥哥。"不要！"一声痛绝腑脏的哀号，从新月凝噎的喉咙迸出，她不顾一切，扑了过去。

斜刺里冲出一个人，将她拦腰挟起，挤出人群，一任她拼命挣扎。此人是曹其峰。

来到路边一棵树下，曹其峰放下她，说："你不能去送死！当局早已安排不少便衣混在人群中，谁敢靠近犯人，都会被乱枪打死。"

这时，从山下走来几位穿黑衣黑裤的收尸人，还有三五成群的农民。领头的"收尸人"是陆丰县委常委、暴委总指挥张威，他不顾城门贴着缉捕他的悬赏令，带领二十多名敢死队员，准备劫法场。可是，敌人突然提前了行刑时间，他们来迟了一步。此时的郁新凯，已经人头落地，肢体分离。

次日凌晨三时，反动当局下令继续陈尸示众的刑场，遭到敢死队的偷袭。看守刑场的六名警兵，被张威、林瑞等敢死队员悄无声息结束了生命。他们收拾好郁新凯被砍成碎段的遗体，安葬在龙台山的南坡。张威和林瑞在土坟前发誓，一定要替郁老师报仇。

在返回隐蔽地龙珠村的路上，张威对林瑞说，他担心有孕在身的刘巽贞承受不了这一沉重打击，让林瑞吩咐前往东南片的干部和交通员，暂时不要把郁老师牺牲的消息告诉她。

敌第六、十六、十八三个师，对海陆惠紫实施轮番"会剿"，所到之处，不是屠村，就是烧山，不少红色村庄变成了瓦砾场和无人区。而中共广东省委指示四县暴委，必须坚持不懈领导各地发起夏收暴动，早日建立东江苏维埃政权。

陆丰县委和暴委，正在研究如何执行省委指示，加强对夏收暴动的领导，促使西北片和东南片在暴动中，壮大红色武装的声威和力量，并围攻收复陆丰县城。

郁新凯牺牲的消息传来，使领导们十分惋惜和痛心，同时又担心噩耗传到刘巽贞的耳朵里，怀有身孕的她，会不会因承受不了而崩溃或发生意外？如果真是这样，恐怕很难找到更合适的人选来主持东南特委的工作了。

陆丰县委一直对东南片寄予厚望。那里地域广，人口多，南面玄沄、湖清、津洲三区均临海，而博善、南坛东北部的陂洋乡为山区，群众基础较好，有一定的对敌斗争经验。加上东南特委重视情报工作，特委、区苏委与赤卫队，在敌人大举进剿时，往往能及时转移，敌人一撤走，又很快返回继续开展工作。

为了执行上级的指示，刘巽贞带领几位干部，冒着危险，分赴各地，为东南片区掀起新的暴动，积极组织发动群众，秘密开展作战训练。一度情绪低落的农友，在党的领导、同志的鼓励下，又激发起对敌斗争的积极性。

东南特委拥有较强的领导班子，且善于利用社会关系网络，掩蔽保护自己。

组织委员曾招钦，出身玄沄一户贫寒人家，觉悟高，特别能吃苦，协调能力强，与各区党组织联系密切，颇能凝聚人心。而他在普通人眼里，只是一个继承父业的箍桶匠。

宣传委员陈宗尧，毕业于广东省立一中。其父为湖清有名的富绅，产业遍布渔、农、盐、工、商，在东南片有一定影响力。他表面帮助父亲经营油坊、商铺，暗地里却是坚定的革命者，曾担任中共南坛区委书记、县苏领导成员。

区苏和农协负责人薛鸿儒，公开身份是湖清商会的副会长，虽然出身书香门第，但几个兄弟受他影响都投身革命，其家乡就在离湖清很近的竹湖村。

东南特委的机关，就隐蔽在湖清西面的深田湖村，但有些秘密会议，却在陈宗尧家里或竹湖村召开。

刘巽贞名义上是湖清小学副校长，每周只上三节"修身"课。而兼职区教育会监事，也是虚衔。在敌人的轮番"会剿"中，她总能应对自如，加上有陈宗尧和薛鸿儒的掩护，往往都是有惊无险。但她还是做好了身份一旦暴露的应对准备。

敌四十七团占据县城后，派一个排进驻湖清圩。有一个逃亡惠州回来的保长，揭发刘巽贞曾是津洲农协的会长。敌排长传唤讯问刘巽贞，她哈哈大笑说："我当会长，是为了气死和惩罚我名义上的父亲，当绝情断义的刘监生遭到报应后，我就不再当会长了，而是当了校长。"排长又问她是不是共产党，刘巽贞反问他，你们都说共产党是青面獠牙的，你看我像吗？排长叫湖清小学的校长来对质，校长说确实是这样的，她只当了几个月会长，后来就不干了，她哥哥还在九区当区长，她不可能是共产党。排长看她细皮嫩肉的，也不像共产党，加上陈宗尧偷偷塞给他两根金条，就把刘校长给放了。

刘巽贞当然不敢松懈大意。她知道斗争形势越来越严峻，敌人越来越凶残，自己肩负的担子，跟自己的身子一样，越来越沉重。她每天总让姜运兰帮忙，用白布将她的腹部勒平。姜运兰是她在县立二小任教时的学生，现为湖清共青团负责人。

6月底，有消息传来，敌第六师将移防潮汕。东南特委认为举行暴动的时机已经成熟，便在深田湖村秘密召开各区党政联席会议。玄沄区委书记林翰藩、区苏主席戴志梅、津洲区委书记刘友仁、区苏主席万悟尘、湖清区委书记王文琴、区苏主席薛鸿儒、南坛区委书记魏瑞如、博善区委书记林鸿勋等参加了会议。

刘巽贞在会上做了动员讲话："根据上级指示，我们必须以革命的暴动来还击敌人的'会剿'。抗租抗税打土豪，是激励广大农民起来斗争的唯一途径，也借以告诉国民党反动派，革命的烈火是扑不灭的。你们回去后，要把掩蔽的农民自卫武装重新组织起来，按约定时间举行连环式暴动。东南地区赤卫大队，已经做好准备，将全力阻击进犯我区的敌军正规部队。"

东南赤卫大队，是由原津洲赤卫中队扩编而成的常备武装。大队长冯天浩，经过血与火的洗礼，在指挥作战、打击敌人上，愈加有勇有谋。

接到东南片将全面举行连环暴动的报告，四县暴委陆丰总指挥张威，担忧大于高兴。

眼下，要用武装暴动瓦解反动阵营的指挥者，是一位怀胎数月的母亲。张威对刘巽贞，从知之深，到爱之切，一直只有自己知道。现如今，他再不想隐瞒了。叶丛章罹难后，他就准备大胆向她表白。可是，郁老师先他一步，像卫星一样拱卫着她。他不得不强迫自己，斩断单相思的烦恼根。现在，老师已经壮烈牺牲，他抚慰她、陪伴她、保护她的愿望，越来越强烈。

出于对连环暴动冒险性的忧虑，和对刘巽贞母子安危的担心，张威向县委书记吴克绵提出，他要到东南片去，协助当地特委开展暴动。

吴书记说："敌人悬赏五千大洋通缉你，你不怕暴露自己的行踪？"

张威应道："共产党人，生来就是为了战斗。没有战斗，哪能听见胜利的欢呼？敌人悬赏通缉，只能证明他们多么焦灼、愤懑、恐慌。"

吴书记不同意，说要派军委主任林铁史去。

张威急了，把正在擦拭的手枪啪地拍在桌上，说："我是陆丰暴委总指挥，你不批准，我也非去不可。"

吴书记吓了一跳，第一次看到张威跟他急红了脸，沉吟一下，伸手掸了掸他沾满泥灰的短装粗布衣，说："既然你决心已定，我就不拦你了。但不能当光杆司令，把县团队三连带上。"

张威知道自己太冲动了，歉然道："对不起，我是为了替郁老师报仇，请你原谅。"

化了装的张威和警卫员，在交通员引领下，来到深田湖村，与刘巽贞见了面。他左看右看，看不出她有悲恸过的痕迹，心里暗自庆幸。他让警卫员从包袱里掏出十几颗鸡蛋，还有一包中药，内有当归、黄芪、枸杞、红枣等滋补药材。

张威买补药时，身上再也掏不出钱来，就拔出身上唯一值点钱的自来水笔，交给药童，让他替他把钢笔给当了，把欠款给还上。

张威红着脸对刘巽贞说："这些，是同志们托我带给你补身子的。"

刘巽贞向张威道过谢，等姜运兰为他端上一碗水后，即进入工作状态，向他汇报东南片区目前敌我力量的基本状况：以冯天浩为大队长的东南赤卫大队，在敌军攻打津洲城时，完成掩护干部和群众转移的任务后，主动撤往津东乡，但现已在龙岭村集结待命；各区掩蔽在山区或偏僻农村的赤卫队，已经重新组织起来，也做好了战斗准备。敌军在六个主要圩镇各留下一至两个排的兵力，还有当地的地主民团，对连环暴动应该构不成大的威胁。

张威直直看着刘巽贞，沉思片刻说："当前，敌军大兵压境，红二师已经解体，红四师虽说转战于潮汕地区，但兵员锐减，形势十分严峻。省委指示我们在这个时候举行暴动，恢复苏维埃政权，任务之艰巨，你我心中都很明白。但敌人越是变本加厉，我们越要以革命的进攻，去反击反革命的侵犯。革命者的字典里从来没有'悲观'和'害怕'，我们要用血肉之躯，将革命不断推向前进，死而无憾。"

刘巽贞一颗心隐隐痛着，但脸上还是挂着笑。她深邃的眼神，总映射出革命必将胜利的坚定光芒："你对形势的分析很客观。没错，革命者，就是要在乌云密布的时候，用鲜血染红胜利的曙光，还要让曙光化成普照劳苦大众的骄阳。"

张总指挥是个内心强大的人，但在此刻，他威严的脸上，罕见地露出了初阳般的柔情。面对自己爱慕的人，他很想敞开心扉，将暗恋变成明恋。可是，他不能说出"郁老师已经牺牲"这句话，而且，他和她都肩负着创建东江红色政权的重任。

张威一改平时演讲式的说话习惯，改用温和中透出坚韧的语调说："明天晚上，县团队三连将悄悄进驻东南片，与东南赤卫大队并肩战斗。连环暴动很快就要开始，我建议你和机关干部，提前转移到陂洋山区去。这样，我跟冯天浩就可放开手脚，率领各自的队伍，把留驻的或是赶来增援的敌军，杀个片甲不留。海陆丰，非常需要一场胜利，来鼓舞同志们的斗志。"

刘巽贞脸上的笑容僵住了："暴动没开始就躲到山区去，我还是特委书记吗？我知道你是出于善意，但你对这里的情况没我熟悉，我是不会离开自己的战斗岗位的。"

"我是暴委总指挥，你必须听我的。你有孕在身，行动不方便，郁老师又不在你身边，我有责任和义务，保护好你们母子。"

刘巽贞觉得眼前的张威，完全不像往日的张威。虽然所说的话都是出于对她的关心，但却一点都不顾及她作为特委书记的感受。他闭口不提新凯牺牲，她也装作什么都不知道。她不希望县委和暴委，因为"余思铮"牺牲，而让她放弃领导这场夏收暴动。

其实，刘巽贞早就接到"余思铮"被敌人杀害的消息。只是送信人和特委的大多同志，都不知道他是刘书记的爱人。

在津洲时，刘巽贞从李开雨的言传面授中，懂得情报的重要性。她在县城、南坛、津洲等地，都安设了眼线。他们通过打电话、发电报或飞鸽传书等方式，传递情报。所以，余思铮惨遭碎尸的噩耗，她翌日一早就知道了。她五内俱崩，却独自将眼泪和痛楚，强忍于心中。

就在张威与刘巽贞相争不下之时，冯天浩浑身是汗唓唓喳喳走了进来，看见张威也在，愧然朝他抱抱拳，才向刘巽贞报告："我犯错了，本大队上次从陈子和自治军缴获的四箱子弹，今早打开一看，全因受潮而锈迹斑斑，根本无法打响。我失职，但我怀疑是陈子和故意耍了我们。暴动在即，现在怎么办？"

刘巽贞一听，柳眉一扬，一拳捶在桌子上："仅仅是被陈子和给耍了？我看你得在战备意识上找问题。你先说说，现在队员们每人有多少发子弹可用？"

冯天浩脸憋红了："一百二十多人，每人平均不足十发。"

刘巽贞霍地站了起来，或许用力太猛，腹部出现痉挛性疼痛，但她顾不上这些："你是大队长，你说该怎么办？"

"我打算带领敢死队偷袭南坛，争取搞到三四千发子弹。"

"你这不等于告诉敌人，我们的队伍又集结起来了，而且发现没有弹药？狡诈的他们还会依此推断，我们将会有大动作。"

张威揪揪好久没理的板寸头，说："这还真是个急迫而又棘手的问题，我建议立即召开特委扩大会议，让大家群策群力，想想办法。"

"报告，我有办法。"姜运兰端着热水瓶，走了进来。看刘书记朝她微微一点头，就接着说："我姑丈范十三，现在是虎洲港货运码头的二掌柜，他利用往来于香港的货船，在船舱的暗格夹带一些军火，提供给内地的地主民团。我们可以让他为赤卫队带回一些。只是，由我去找他帮忙，他不会轻易答应。"

冯天浩搓搓络腮胡说："我去找他，抢也要抢几箱回来。"

"老冯你今天怎么啦？以前没见你这么毛躁。"刘巽贞说服自己先冷静下来，说话的语气也平和了，"还是由我亲自去一趟吧。我跟范十三曾有一面之交。前些年，他的大女儿想入读津洲女校，范十三不同意。我上他家家访，聊着聊着，他不但答应让大女儿入学，还说等二女儿长大，也同样送她上女校。"

冯天浩急了，说："我反对，你是书记，是暴动的主心骨。虎洲港离县城太近，敌人出没无常，太危险。"

张威权衡再三，认为要在短时间内搞到弹药，只能走这步险棋。去虎洲尽管危机四伏，但毕竟是在暗处，那里水草丰茂，湖汊交错，有利于隐蔽。加上有范十三这棵大树庇护，风险可以降到很低。等弄到弹药送回来后，再让姜运兰以产期临近为借口，让刘巽贞在虎洲多待几天，这样不就等于将她转移到安全地带了吗？

于是，张威用鞋尖磕磕冯天浩的脚后跟，说："时间紧迫，既然想不出别的办法，只能由刘书记去冒一次险。晚上，你派人护送她们乘船去虎洲。必须绝对保密，不能让任何其他人知道此事。"

然而，刘巽贞与姜运兰一去三天，一点动静都没有，把张威急得如坐针毡。直等到离连环暴动五六个小时前，龙岭村来了几个挑私盐的"汉子"，他们将藏在盐担子里的一万发子弹交给了冯天浩。

张威和冯天浩两只大手紧紧攥在一起，异口同声说："真是女中丈夫，什么都难不倒她。"

当晚，张威和警卫员及几名战士，带着三千发子弹，来到县团队三连的驻地牛皮垭。三连长老胡高兴得唱起潮剧曲目《斩庞洪》。

7月11日黎明，东南片抗租抗税的枪声，率先在津洲、南坛等地打响。暴动由村到乡再到区，像连珠炮，且虚虚实实，令敌人惊恐万分又晕头转向，不知该往哪出兵。

驻守各圩镇的敌军连排长，争先打电话到县城，向四十七团团部告急求援。团长梁若谷，准备从西北片抽调两个连，驰援东南片。可刚要打电话，驻守西北片的三营长已先给他来电话，说共军在每个村举行暴动，有几千暴民正在聚集，即将围攻营部所在地河滇圩，请团长火速派兵增援。

梁若谷手下除了镇守县城的第一营，已无机动兵力可派，只好打电话到海城，向十六师师长邓彦华请求派兵救急。邓彦华骂骂咧咧放下电话，参谋长就向他报告，共军在海丰柯塘、梅陇、赤山等地举行暴动，规模不小，请求增援。话没说完，紫金、惠阳两地驻军也发来电报，同样请求派兵驰援。

因杀害了区夏民而常做噩梦的邓彦华，气急败坏地打电话给驻惠州的第五军司令部。军长徐景唐，刚接到三十九团全歼几支土匪的喜报，心情还不错，给邓彦华的答复也蛮客气的：鉴于朱毛红军向赣南移动，军部将调兵北上"合剿"，十六师辖区的防务，当勉力自强。

邓师长仗着自己和徐军长都是广府人，觍着脸继续央求，徐军长终于态度有所松动，答应让参谋长协调一下。结果只从惠来、普宁各调遣一个营，增援海陆丰。

东南片暴动第三天，继攻克津洲、南坛之后，县团队三连和东南赤卫大队，在各区农民武装和农友的配合下，又收复玄泩、湖清等地。战士和赤卫队员缴了敌军及民团的枪械，向劣绅恶霸宣读了县人委会的公告，勒令他们交出租簿，打开粮仓，将已征收的粮食，退还给农民。还搜缴了地主的田契，让当地农协随后分发给农民。

按原先计划，张威与冯天浩率领三连和赤卫大队，乘势攻下博善、奈湖二圩，就可以和县团队一、二连及西北赤卫大队会合，然后包围陆丰县城。

博善是距离陆城只有三十三里的一个镇，驻有敌四十七团三营两个排，一个保安中队。博善东面的奈湖圩，却是被从南坛溃逃出来的陈子和自治军占据着。

张威与冯天浩本来说好先进击奈湖，收拾了陈子和的自治军，再集中兵力，攻打博善。

但张威担心周边敌军会派兵增援海陆丰，到那时夺取县城可就难了。于是决定放弃出兵奈湖，抢先进攻博善，得手后即扑向陆城。

冯天浩认为陈子和十分狡猾，惯用的伎俩就是借刀杀人，不可掉以轻心。张威想了想，说：你派出一个小队，协同南坛的赤卫中队，于夜间向奈湖发起佯攻，虚张声势放放鞭炮、敲敲铜锣，让陈子和不敢轻举妄动就好了。

7月18日拂晓，张威和胡连长率领三连，从南面的乔冲乡乘渡船过河，奔抵博善，向敌军驻地鳌峰园发起攻击。冯天浩指挥赤卫大队，攻打博善东面保安队和民团的驻地林氏府。

张威与三连悄悄摸向鳌峰园，静得有点出奇，没看见外围有岗哨，而且大门洞开。张威觉得不对劲，正想扔个手榴弹刺探一下，冷不防从两侧的巷子里，冲出一群群匪兵，开着枪向他们包抄过来。同时，鳌峰园屋顶和大门口，机枪突突突震天骇地嚎叫起来。

中了敌人的埋伏了！而且敌人的兵力远远不止两个排！张威处变不惊，

很想放手一搏，可工农革命军县团队，是群众心目中的希望，作为指挥员，不能意气用事。张威咬咬牙，下令边战边退。

原来，驻惠来第十三师派一个营增援陆丰，营长心里畏惧，找借口只派一个连先行。这个连抵达博善时天色已晚，被当地的地主老财用好酒好菜给挽留下来了。他们告诉带兵的长官，有内线送来情报，共军今晚将要攻打博善，只要贵军协力把共军给剿了，每人发给四块龙洋。

埋伏在鳌峰园四周的敌军，发现共军武装没有中计，下令全力追击。

再说东南赤卫大队，在进攻林氏府时，却遭遇了匪夷所思的诡异之事。

淡月孤星，冯天浩带领一中队从东街进击。蹑足行至进士亭，听见一个亦幻亦真的声音："我是林氏府宗主，平生仰重有修炼的武师，如果你能取下进士亭上的匾额，我即下令博善全境服从追随于你。否则，你将有来无回。"

第五十一章
出内奸张威笑九泉　别东江开赴新战场

冯天浩知晓林氏宗主与上清村族长是姻亲，在博善颇有名望，也讲义气。心想，若真能使他顺服，未尝不是好事。再说，我已好长日子没有施展拳脚功夫了。

身后的队副劝他别上当。血液里江湖义气尚存的冯天浩，拍拍天灵盖上发亮的伤疤，仰天一笑，瞅见街道两边亮起了火把，遂决定放胆一试。他把佩枪交给队副，与中队长车誉耳语一番，即独自迎着火光走向进士亭。忽然，从火把后闪出一群壮汉，将他团团围住。为首的丸子头朝他摆下了龙形拳招式。

冯天浩疾步向前，攘臂就打。几个回合后，冯天浩逮到战机，倒吸一口气，看准丸子头胸腹，穿掌而出，并低声吼道："看掌！"丸子头难敌扛鼎之力，飞出十几步远，撞在柱廊上，喷出一口血沫。

一个手持长剑的褐衣人，猛一跺地，发起偷袭，剑尖一晃刺向冯天浩。老冯左膝往下一蹲，仰身躲过。剑手抡剑劈下，老冯来个倒拽青牛，趁剑手踉跄之际，如伏虎腾空，掣出铁掌，拍中其脑壳，立时眼珠暴凸，鼻血涌出。

守在林氏宗主身旁的保安队特务排长，偷偷举枪瞄准冯天浩，被宗主气哼哼斥退了。

又有一名紫面大汉暴跳而起，挥舞鬼头刀，砍向冯天浩。老冯身如陀螺急速翻旋，紫面汉数刀落空，仍紧紧追迫。等紫面汉气喘如牛，老冯陡然来个卷龙破壁，使出通背猿臂，将紫面汉举刀的手臂挫断。

冯天浩趁势借一景观石飞身攀住进士亭檐口，一手搭在匾额上。特务排长开枪了，一颗子弹从冯天浩浓密的络腮胡下哧溜穿过，另一颗却钻进他的下腹。队副看见大队长被击中，与警卫扑上去，将他背起往回跑。车誉转身扬枪瞄准特务排长，指动弹飞，特务排长倒地。林氏府两旁旋即拥出数十个黑狗子。

府前广场枪声大作。而林氏宗主，早被众特务硬生生架起送往后院。

再说教导员何誓达，他率领二中队，从西街发起掩袭。月晕而风，只见二三十个浑身血淋淋的白衣"女鬼"，披头散发、喊冤叫屈扑了过来。赤卫队新补充的队员，遭了惊吓，毛发直竖，手脚僵拙，别说开枪，连阵脚都一下乱了。

何誓达厉声叱喝道："不必害怕，这是敌人在装神弄鬼，用子弹将他们打回现形。"

可没等何誓达开枪，黑狗子和民团已从"女鬼"背后杀了出来。赤卫队员尚未完全反应过来，就被密集的子弹扫倒了一片。更阴毒的是，在黑黝黝的墙旮旯里，还有一个个幽灵从背后朝他们放冷枪。

等赤卫队打出几分士气时，大队部通讯员却带来揪心的坏消息：东路出兵失利，大队长负伤。

何誓达心凉了：计划泄露，腹背受敌，大队长负伤，士气怎么提振！他无奈之下命令撤出博善镇。

两支队伍退至广乌村，隐约听见东南方向传来枪声，怀疑是敌人援兵赶到。何誓达见大队长昏迷不醒，又担心遭敌军夹击，遂令后备队甩掉尾随的黑狗子，与佯攻奈湖的小队会合，撤往十里不见人影的陂洋。

天渐渐放亮了。张威从赤卫大队通讯员口中获知，赤卫大队也打了败仗。至此，他才醒悟自己与老冯太小看对手了。

张威与所率三连，在敌军追袭下，退至郊外，准备利用地形对敌人发起反击。可是，敌人看清攻打他们的不是红军，而且人数不足他们的三分之一，胆子壮了，气势也更加嚣张。张威利用渠坝和山坡，组织了两次反击，都未能奏效，反而牺牲了好些战士。

三连被敌人追撵了十几里远，逃到属于南坛地界的潭头村，被一条河给挡住了。这条河叫渡头溪，河面宽，水流急，一直有人在这里摆渡。可偏偏今天，摆渡人和渡船全都不见了。胡连长派几个战士分头寻找渡船，又让张威带其他战士躲藏在竹林里，而他率一个排折回高粱地阻击敌人。

敌人没过多久就追上来了，发现高粱地里有伏兵，一气扔出十几颗手榴弹，另加一阵疯狂扫射。胡连长和几个战士因受伤被捕了。敌人押着他们来到渡口，得意忘形地狂叫，声称如果隐藏在竹林里的共军匪首不出来投降，将一个个打爆俘虏的头。

张威知道战士们大多打光了子弹，便传话下去，让他们想办法逃出敌人的包围圈。等到战士们消逝在掩映的草木丛中，张威才探出头回应敌兵：你们抓错人了，你们出价五千大洋，要的是我的人头。你们先把我的人给放了，我愿意陪你们一起上县城领悬赏花红。

忽而，张威看见河面驶来一条小船，就命令簇拥在他身边的七八个战士全部下船逃往对岸去。

张威准备继续跟敌人谈判，用他换取胡连长下船。冷不丁耳边一声枪响，警卫员扑倒在地上。他闻声转过头来，旋即被副班长用枪托砸晕了过去。原来，内奸就在身边！

敌人如狼似虎扑了过来，将张威五花大绑捆个结实，连同胡连长等，一并押往陆丰县城，囚禁在龙台山敌团部所在地魁星楼旁边的监狱中。

张威清醒过来时，想起"副班长"是潜伏在县团队的奸细，气得咬牙切齿。他大声吼道：给反动派当帮凶和走狗的人，绝对没有好下场。

在革命队伍中暗藏的这个奸细，并非受国民党特务机关派遣，只是他自己想替被农会镇压的外公外婆报仇，冒名顶替混入县团队的。才半年多时间，他就当上副班长，可见他挺会伪装的。他之所以选择连队被国军包围时露出原形，一是他所仇恨的共产党高官，此刻身边只有一个警卫，他有能力操控局面，且功劳只属他一人；二是五千大洋太诱人了，既能报仇又能一夜暴富，他不想继续潜伏下去。

只可惜，他兴高采烈地到县政府领赏金，当官的只扔给他二十个银圆。一个月后，他被林瑞率领的惩奸队活活勒死，沉入漯河。

四十七团团长梁若谷，生性凶残，杀人如麻，对共产党更是从不手软。他亲自审问张威，一会儿诱以高官、厚禄、美女，一会儿水火酷刑伺候。敌人摧残折磨张威整十天，只换来张威的愤怒痛斥和昂然蔑视。

梁若谷五次三番在张威面前威风扫地，不想空费心机，下令将张威处以极刑。

就义前，张威拖着铁镣从铁牢走出，来到半山腰的凉亭，深情扫视一眼母校。敌人问他有什么要求。张威要了笔墨和纸张，凭栏写了简短遗书："母亲大人：儿死矣！为革命而死，死得光荣！儿张威拜上。"

张威扔掉墨笔，捧起手铐上长长的铁链，砸向悬在头顶的铜钟。一阵沉雄激荡的轰鸣响彻云霄，吓得敌人两眼发直，脸色煞白。

梁若谷听见钟声，差点被热茶呛岔了气，一阵剧烈咳嗽过后，才命令行刑的刽子手："以最能震慑逆党，解我胸中之恨的手法，回敬共党匪首的嚣张。"

敌人出动大队人马，前头吹着号，后面是刽子手和骑着高头大马的行刑官，中间才是背插斩标，满身血污的张威。队伍向宁阳埔刑场行进，张威一路高呼："父老乡亲们，又一个共产党员就要与你们告别了！敢革命，何惧死！为了劳苦大众，杀身只当头点地。兄弟姐妹们，拿起刀枪，拿出血性，最后的胜利，属于工农！"

到了刑场，昔日的政见相左者，现为面目狰狞的刽子手陈少岐，将张威捆在木桩上，先用利刃割下他的双耳，再一刀一片割下他身上的肉。张威将剧痛化成怒吼，化成对国民党血腥暴政的痛斥，直至流尽最后一滴血。

海陆惠紫四县的夏收暴动，再次刺激了东区善后委员徐景唐的神经。徐景唐只好调集更多部队，编成五个支队，每个支队划定区域，定下时间，展开"务必肃清共匪叛军暴民"的血腥大"会剿"。

8月下旬，四县暴委主席杨望，带领暴委参谋长、巡视员等人，秘密潜回海城北面的五狮垭村。他召集附城、梅陇、公坪的区委负责人，提出整合海丰独立师尚存的力量，在三个重镇，分别同时举行新的暴动。他反复强调，这样可以让农民看到希望，受到鼓舞，也使敌人惊悚恐慌，不敢太过放肆嚣张。

几位区委负责人敬重这位锐气昂扬的后生哥，答应回去后，先一个个动员鼓劲，再整合训练尚存的赤卫队，最后就等暴委的决定。

谁知，杨望等了几天，各区连一个口信都没反馈回来。杨望失望之余，执意要在敌军的眼皮底下，收拾个把变本加厉的地主老财，挑战一下敌人的飞扬跋扈。

9月1日，杨望接报称，海城陈姓大地主派管家带一队荷枪实弹的民团，吆吆喝喝到新寮村收租。有一个佃户，还不了高利贷，管家指挥民团抓走他的婆娘，回去给老爷当奶妈。

杨望怒不可遏，率领工农赤卫队三十多人，准备在路上截击管家和民团，抢回佃户的老婆。她可是婴儿嗷嗷待哺的母亲。

杨望心急劲头足，一个人抢在前面来到双桂山。陈老财的狗腿子们押着农妇正好来到山下，杨望立即向他们开枪。管家和民团听见枪响，一边还击，一边架着农妇往县城方向逃窜。

杨望为了救回农妇，奋力追赶。怎料适才的枪声，惊动了县警备队和五坡岭的敌人，他们遂汹涌而来，向杨望和随后赶来的赤卫队开枪。

冲在最前面的杨望，来不及卧倒，猝然中弹。他似乎没感觉到自己被击中了，还举枪朝敌人射击。可是，手枪在眼前一晃，子弹并没打出去，他的手指已经不听使唤了。他咬紧牙，抬起枪，再勾一下扳机。然而，迎面而来的又一颗子弹抢在他前头，穿过他的胸膛。他向路旁退了两步，靠在一株凤凰树上，不让自己扑倒在生他养他的土地上。

东区善后委员徐景唐，为第一期"会剿"取得可喜的战绩，频频举起酒杯。他已确定了7月底拉开第二期"会剿"，所要对准的，就是东江最后一支正规武装，红四师。

敌第一支队，进袭围攻埔子峒，出动的是四十八团加一个机枪排。红四师和海丰工农革命军一营，奋勇反击。无奈敌人火力太过猛烈，我方牺牲数十人后，不得不弃守。

敌第一支队立功心切，紧追不舍。数日后，红四师又先后在东门、深坑坳与敌四十八团激战，均以不敌而择机后撤，算是保存了部分实力。

刚刚进入海陆丰时，拥有一千多人枪的红四师，现在只剩下五分之一。

风狂雨骤，黑云压城，红四师粮食来源中断，濒临饥饿边缘，别说行军打仗，如何生存下去，都已成了难题。

暴动委员会召开军政联席会议，决定将红四师化整为零，除师部留少数红军集中活动外，其余的战士，三三两两分散到农民家中。群众吃什么，他们就吃什么；群众下地劳动，他们就跟着下地劳动。当敌军围村搜剿时，人来得少，他们就和农民赤卫队一起把敌人消灭；人来得多，他们就跟群众一起"跑反"。

至此，夏收暴动，以杨望牺牲和红四师解体为收尾，宣告破产。

海陆丰的革命斗争，陷入国共合作以来的最低谷，周边的潮阳、普宁、惠来、紫金、五华等，也未能例外。

敌人为了斩绝根株，四处搜索追捕共产党。东委领导与同志们不得不跟敌人玩起猫抓老鼠的游戏，先后转徙于白马仔、临樟、盐岭、苏林等村子。

敌人每到东江特委隐匿过的地方，非烧必抢，非杀必淫。整个大南山区，一直处于他们的铁壁合围之中。

6月，东江特委主要领导，避居惠来潘岱村西北面的一个水帘洞里，都快三个月了。

　　这个水帘洞，与西游记花果山的有得一比。洞口上方，怪石嶙峋，一挂瀑布，飞流而下，使岩洞成了极隐蔽的处所。

　　潘岱的水帘洞，洞口约一人高，洞内蜿蜒曲折，宽敞处一丈有余，狭窄的地方，两个人侧身才能通过。岩洞阴暗潮湿，幸好在进洞后约六十步的地方，有一露天的豁口，半个戏台大小，像老天爷特意留下的天井。郑志云等同志，经常在这里开会议事，谈论未来，或晒晒太阳。

　　平日，东江特委的同志，昼伏夜出，与敌人展开周旋。攻城略寨的大动作搞不起来，但传播革命火种，秘密发展党员，建立新的交通联络站，掌握敌人动向，伺机东山再起，这些工作，还是不能中断的。同时，还要争取与各县党的负责人取得联系，鼓励他们继续发展地下力量，开展隐蔽斗争，等条件成熟了，举行新的暴动，就有一支信念坚定的队伍投入战斗。

　　住在附近另一个山村的袁裕，会经常过来通报情况，参加特委的行动，偶尔想松弛松弛脑筋，就用小石子玩玩"下九归"游戏。潘岱村的农会执行委员林娘圆，负责为他们送饭和秘密传递情报。他的儿子，负责在山上望风放哨。

　　红色村庄的农民群众，认定共产党是他们的救星，冒着生命危险，想方设法保证东江特委领导的安全，使得敌人的搜捕行动，一次次落了空。

　　有一回，郑志云等去了惠来雷岭一个村子，在周大叔家，与潮阳县委负责人接头，研究健全党支部和建立交通站工作，随后又召集群众，开展土地革命宣传。这时，望风的农友前来报告，敌人搜山的队伍，突然掉头包围了村子。周大婶立即拿出一些农民的衣衫，让东委和县委的同志换上，再将他们藏在院子一角的干牛粪堆里。

　　敌人搜遍整个村庄都没抓到人。敌排长觉得牛粪堆可疑，就叫兵士将牛粪翻开。周大叔挑来两畚箕湿牛粪，往粪堆上一倒，对排长说："农家人当柴火烧的，你们城里人觉得稀罕，我给你装一麻袋带回去。"排长叫兵士用刺刀往牛粪堆捅了捅，没发觉有异常，才很不情愿地走了。

　　9月中旬，东江特委机关转移至惠来羊公坑村。29日，东江特委召集惠来、普宁两县党的负责人开会，传达中共六大精神和省委"绝对禁止盲动"的指示。

　　敌人接到线人情报，派一个加强连围攻羊公坑村。

　　因观察哨失职，等发现敌情时，村子已被包围。

　　秋风萧瑟，乌云漫卷，松涛怒啸。警卫员和二十几个红军战士，拼死抵抗，掩护东委、县区领导和机关干部突围。一番生死搏杀，子弹横飞，郑志云，方凤巢，彭奕等近十人，在战斗中英勇牺牲或被捕后遇害。另有近半的战士阵亡。

数日后，东委负责人和袁裕等奉调，在随行医生陪同下，从苦棚村坐船出海，经香港赴上海，投入新的战斗。

东江的革命火种不能熄灭，斗争越残酷越不能没有党的领导。新任东江特委书记林道文与古大存取得联系后，遂将特委机关转移到丰顺八乡山，以其作为根据地，继续坚持革命斗争。

敌酋邓彦华接获各地呈报，自以为"共党余孽未尽，匪气仍炽"，下令组织海陆惠紫四县大搜捕联盟，实行"焦土"政策，凡是红色乡村，房屋乃至茅厕，一律烧光；无论男女老少，一律杀光；耕牛农具粮食，一律抢光；未成熟的农作物，一律毁光；农民一次购买粮食超过二角钱，一律没收。

海陆丰革命根据地，许多红色村庄成了火海，除了断垣残壁，田园荒芜，野草丛生，纵横数十里，找不出一个人来。

工农革命军和农民赤卫队无处立足，不少人将枪支掩埋起来，远走他乡，去了惠州、香港、澳门，或漂洋过海，去了南洋。

化整为零的红二、四师官兵，处境更为恶劣。幸好山区那些视红军为亲人的群众，常常冒着生命危险，掩护保全红军，不顾一切，为红军排忧解难。敌人把红军藏身的草寮烧了，等匪兵一走，农民就与红军一道，砍柴割茅，重新把草寮盖起来。过几天敌人卷土重来，索性把整座山都烧了。可山火一灭，另一个山头又搭起新的草寮。

中共中央和广东省委，牵挂着这些红军将士。他们是经过战火考验的中坚力量，是革命的火种，也是党的宝贵财富。

海陆紫特委更敬重幸存的红军将士，只是，在这非常时期，护送这么多同志出境，困难确实不少。一是必须恢复或建立安全的交通线；二是需要抓紧筹措足够的路费；三是还得物色安排可靠的群众护送。

海陆紫特委为此成立了遣送红军出境委员会，指派专人解决各种困难，着手安排红军官兵，分期分批离开东江。

就要告别这片战斗过的红土地了，战士们心里十分矛盾。新年将至，红四师师部经与赤山区委商定，在瓦窑村举办元旦军民同乐会，红军男女士兵和农民阿哥、阿妹，表演了舞蹈、武术，唱起了山歌、戏曲。台上台下，欢声笑语，掌声喝彩声，此起彼落。

有一个红军战士，坚决要求留在海陆丰，继续坚持斗争。他的名字叫麦胜标，湖南人，是红二师的号兵。只是遣送委员会不予批准。谁知，等到该他出境时，他却突然病了。领导征询过大夫后，才答应让他留下。

红二师营长符锦惠，浙江人，看麦胜标被允许留下，他和潘玉田、陆海平也强烈要求留在东江，宁死也要跟反动派战斗到底。

红四师十团团长白鑫的出境，弄得遣送委员会的办公室主任，十分头痛。白鑫官不大，但架子大。

他听说经樟木头乘火车去九龙，容易出事，就坚持要走水路，自以为从海上坐渔船到香港，无须经过盘查，比较安全。

眼看起程日期已经延缓了一个多月，他还是固执己见，不肯从陆路赴港。

恰好此时，海陆紫特委接到省委通知，称为了拓展省委筹措活动经费的渠道，要求抽调擅长经商、人脉较广的万岱源，到省委机关工作。不知这个消息，怎么让白鑫给打听到了。白鑫认识万岱源，知道他经常进出香港，故向办公室主任提出，要跟万岱源同行，一起去香港。办公室主任巴不得他早些上路，而且从水路赴港的交通线已经恢复，就同意了。

万岱源对白鑫的印象并不佳。"五三"兵暴受挫后，敌人加强了对红色区域的封锁，购买粮食尤其是消费品极不容易。一天，万岱源去红四师了解缺粮情况，看见白鑫从身上掏出几张港币，叫一个农民去圩集为他买香烟。万岱源从农民手中拿回港币，交还白鑫说："眼下农民兄弟连烟丝都没得抽，你要他跑那么远替你买香烟，不怕暴露目标？"白鑫很不高兴，又自知无理，便翻翻白眼走了。万岱源好不纳闷，他哪来的港币？

没过多久，白鑫的享乐主义行径又让万岱源给逮到。他拿出一个金戒指，要农民替他拿去换炼乳。万岱源朝农民撇撇嘴说："你忙你的农活去吧，白团长的营养品，我去给他买。"白鑫发火了，跟万岱源吵了起来。万岱源指着刚送到的大米，严肃地说："我好不容易筹集到两担白米，还亲自给你们送过来。大家饭都吃不饱，而你，却想喝炼奶。我叫兄弟们把人米挑回去，给你换成炼奶好了。"战士们闻声围了上来，嘀嘀咕咕说起团长的不是。白鑫自认倒霉，灰溜溜回团部去了。

万岱源本不愿意跟白鑫一起走，但冷静下来一想，他毕竟是红军的一团之长，保护外籍同志安全出境，是每个东江人的责任和义务，于是，就答应下来了。

起程那天，乌云密布，还下着小雨。万岱源与白鑫经过乔装打扮，戴上竹笠，披上蓑衣，俨然地地道道的农民。他们在交通员的带领下，专挑行人少的小路走。直到黄昏，才抵达海丰鲘门港。

路上，白鑫似乎要解释港币和金戒指的来历，喋喋不休说起他的弟弟乃国民党储备司现任司长云云。

万岱源从白鑫看似平和的叙述中，揣摩出他对国民党高官显爵的垂涎，还有对东江特委领导消不了的宿怨。他想批评白鑫，又怕争吵起来这家伙会做出异常举动，只好以张善铭、赵自选、叶镛等人为革命无畏献身的事迹，来激勉他，感导他。

午夜，他们随出海捕鱼的渔船，离开鲘门港，向西而去，于早上驶入香港海域。上岸后，交通员带他们来到柴湾联络站。该站负责人叫香姐，是彭汉垣同志的嫂子。

三天后，香姐派人送白鑫登上开往上海的客轮。当天上午，万岱源在联络站见到省委的负责同志，向他汇报了海陆紫党代会后相关决议落实的情况。翌日下午，有一位同志前来带他去省委报到。

其实，党军、保安团、警卫队、土豪劣绅之间，并非铁板一块。当红色风暴危及他们的利益，动摇他们的根基时，他们摒弃前嫌，通同一气，共同将枪口对准共产党。现在共同的宿敌不复存在，他们旧日的积怨，如沉渣泛起，稍有冲突，即可掉转枪口，指向阵营内的冤家债主。故而，他们好几次差点上演刀枪相见的全武行，也就不足为奇了。

滨海重镇津洲，也许是离县城有点远，也许因为一把火的代价太过沉重，故未尝化成"焦土"。但经过三番五次的"清剿"，农业失耕，工场关门，商业凋敝，民众实已苦不堪言。

只是，瘦死的骆驼比马大，这里的民脂民膏，比起别的圩镇，可丰腴多了，虎豹豺狼，都争相要来这里，撕噬几口。

其中，最令他们垂涎三尺的，当推恒衍商行的经纬楼。

第五十二章
官帽村付之一炬　津心埔电闪雷鸣

津洲虽被多次破城，却免遭付之一炬，并非偶然。

早些时候，余汉谋率十一师，攻占陆城、海城等要地之后，见西路、北路之友军，迟迟不予出兵，心里好不恼火，常常对着电话骂娘。

后来，他才想明白，自己立了首功，友军必然嫉妒，肯定会寻找借口，拖延进发时间。说不定，还会幸灾乐祸地等着看孤军独支的十六师，会被反攻的共军，一举打得七零八落。为了避免成为笑柄，他命令部下，在友军没有抵达之前，不得恣意妄为，只许在县城周边，虚张一下声势即可。

邓彦华所部接防后，获悉红军在潮普惠，又遭重创，胆子一下肥了不少。他对几个团长说："共匪回天乏力，无须再假装'仁慈''宽大'，再者，当下军饷告紧，你们看着办吧。"

四十七团团长梁若谷，当即对副军长竖起大拇指，应道："均座英明。"这家伙，不仅心狠手辣，还是个舍命不舍钱的财迷。既然副军长都放话了，他的双手再不多沾几许血腥，同时把瘪瘪的腰包填满，那就太对不住均座了。

梁若谷与四十七团进驻陆丰后，只留一个营镇守县城，另外两个营，由保安队和民团领着，分头进发，杀向红色乡村，并驻留各圩镇。

夏收连环暴动失败后，张威被捕英勇就义，何篁达带领赤卫大队余部撤往陂洋，东南特委机关也随后转移。变得更加神经质的敌人，开始新一轮篦发式搜捕和追击。刘巽贞无法与县委和特委取得联系，只能在姜运兰陪同下，走水路潜回津洲。

数日后的晚上，线人送来情报，称敌军将调派一个加强连，再次进剿津洲。刘巽贞连夜指示刘友仁，在官帽村召开区委紧急会议。

台风即将到来，天气热成烤炉。到了夜里，发烫的风像疯子在舞蹈，黑暗中的树木、庄稼，发出阵阵啸鸣。

热炸了的天气，使与会者的情绪，更加容易激动。尤其是苏阿九、李兰舟、卓何合、李日修几个，极力主张宁可战死，也要为余思铮、张威等同志报仇，更为苏维埃争一口气。而李兰舟心里，更多了一层为丈夫段冀虎雪恨的狠劲。

万悟尘不容置疑地摆摆手，否决了他们拼死一战的主张。

他分析道，进攻津洲的敌军第九连，是加强连，人数超过一百八十人，配有四挺机枪，两门迫击炮，且纠集了保安队和几个村的民团。而眼下的津洲赤卫中队，是新组建的武装队伍，队员大多是村级赤卫队选送上来的，只参加过三两次实战，人数也只有区区八十多人，就算发动群众参加战斗，也无法与轻机枪和迫击炮相抗衡。

还有，周边几个区，均已被敌人再次占据。而县团队和东南赤卫大队溃败后，不可能在短时间内恢复战斗力，更无法驰援津洲。当下，津洲赤卫中队，是东南片唯一能给群众带来希望的武装力量。如果逞一时之勇，硬打硬拼，纵然侥幸获胜，敌人必调集重兵"围剿"，那时，恐怕连登船逃往海上都成了奢想。

刘友仁赞同万悟尘的观点，强调津洲不能寄希望于孤军作战即可获胜，而要正视现实，保存实力，等该爆发的时候再爆发。

李兰舟嘟嘟囔囔道："前次敌军进犯，赤卫中队在仙公庙一带跟敌人干了一仗，打死十个黄狗子，然后撤向海边，乘船转移到津东乡麒麟山。这次怎就不能打？我发誓要亲手杀死十个匪军，还有八个没有着落呢。"

颜文英也认为没跟敌人交手就撤，会影响赤卫队在群众中的威望，同时，敌人为追剿赤卫队，会壮起胆子过江，对津东半岛实施"会剿"。

刘巽贞综合大家的意见，说出自己的看法：先派一个小队，在离官帽村十里远的蔗寮埔，跟进犯之敌打一场遭遇战，然后假装溃退，经梅瓶山逃往三清山，让敌人以为赤卫队已经溃散于惠来山区。赤卫小队摆脱敌军的追击后，再从三清山绕个大弯，回津东乡跟赤卫队主力会合。这样一来，敌人认定赤卫队已被消灭，也就不会乘船过江"会剿"津东半岛了。

末了，她特别强调，以麻痹敌人为手段，保全党组织，保存赤卫队实力，其真正目的，是使党和党的武装，得以发展和壮大。每个共产党员都必须排除困难，履行这一责任。

散会后，刘巽贞叫住了颜文英和李兰舟。刘巽贞离开女子学校后，颜文英代替她当上校长。她和兰舟以学校工作为掩护，留在津洲。刘巽贞担心，敌人一旦掌握段冀虎和万岱源的真实身份，会将她俩列为红军家属而加以迫害，要她俩也转移到津东乡去避避风头。

颜文英摇了摇头，不紧不慢地说："我想好了，不能离开津洲。我的党员身份，应该还没暴露，作为教员，或单独，或带领学生参加一些社会活动，合情合理。如果敌人想找碴儿，我会给出得当的解释。"

李兰舟卷起衣袖，抢过话头说："冀虎和岱源，近三年几乎没在津洲公开露过脸，敌人未必知道他俩是红军，何况他们回归队伍后都用了化名。而我们也只对外说他们在打仗时失踪了，不知去向。如果敌人有怀疑，我们就反过来向他们要人。一旦还纠缠不休，我就干脆跟他们拼了。"

刘巽贞露出苦涩的微笑，但语气却是严肃的："每个革命者，除了要经得起各种考验，还要学会理性应对各种风险。记住，真正的勇敢，不单凭血性，更需要智慧。"

在海上踟蹰多日的台风，终于张牙舞爪扑向津洲。连日瓢泼大雨，引发山洪和泥石流，冲垮淹没了不少道路。为风雨所困的敌军第九连，睡了三天懒觉，等天放晴了，才从南坛动身，向津洲进发。

东拐西绕来到蔗寮埔，突然前方枪声大作。敌第九连施连长正为道路难走而骂娘，听见前方传来枪声，遂命令一排和机枪班进入阵地，协同保安队从正面发起反击；三排和民团顺着两侧田埂，穿过荔枝林，截断共军的退路。

只是好些地方积水还没消退，路不好走，低洼处甚至连路都看不见。等三排和民团蹚水上了坡，迎面一阵子弹加几个手榴弹，打得他们惊慌失措，只好趴在泥泞中还击。

施连长气得嗷嗷直叫，命令迫击炮手向共军开炮。在两个排火力全开的密集枪声中，迫击炮接连向果林轰了七八发炮弹，共军阵地的枪声渐渐稀疏了。

施连长指挥部队冲进果林，全歼共军。等追到果林尽头，才发现他们背着伤员，正往梅瓶山方向溃逃。施连长没想到传得神乎其神的津洲共军，竟然如此不堪一击，传令两个排继续追击，自己带领三排，直奔官帽村。

一路上虽然没再遇到阻击，但坡塌桥断，又折腾了近两个小时，才来到官帽村。民团率先冲进满目疮痍的村子，除了发现二十五个看家的老头，其他村民天亮前已都转移到海岬岭去了。施连长下了马，发令将村子洗劫一空后放火烧了。官帽村顷刻间冒起滚滚黑烟。有十几个长者，为了救火而被烈焰吞噬，他们守不住家，只能与家一同化为灰烬。

下午，率队追击赤卫队的副连长，派通信兵向施连长报告：共军除少数人逃往惠来的深山僻岭，俱已歼灭，部队正准备向津洲聚集。

施连长拊掌大笑，用马鞭指指津洲城，喊道："弟兄们，跟我冲进城去，晚上大鱼大肉任你们吃个够！"

施连长策马来到未石城南门外，只见以刘监生为首的十几个地主老财，带着眷属和仆人，还有被威迫而来的族人，早就恭候在那里，拱手作揖，欢迎国军到来。

大块头、眯缝眼的施连长没有下马，只摘下军帽朝他们挥一挥，就领着数十号人马，奔向元康新社，又拐个弯在桃李园绕了一圈，惹得一群黑狗白狗对他们吠个不停。最后，施连长骑着马，带着兵士杀气腾腾闯入女子学校，把正在上课的女生给吓哭了。

施连长早就看见女子学校后面的红色洋楼，心里暗暗骂起娘来：这津洲果然是个膏腴之地，有钱人不但多，且放个屁也尽带洋气。

这时，一位绰约多姿的女子来到他面前，气冲冲又慢悠悠地质问他："长官，你为何带着荷枪实弹的兵勇，闯入学校？你去看看，有多少学生，都被吓哭了。"

施连长眯着眼，把目光停留在女子的脸蛋上，说："你是管事的？报上名字来。"

"我姓颜，名文英，是本校的校长。"

"那你给我听好了，我姓施，是国军第四十七团第九连连长，女子学校已被征用，从现在开始，学校停课，你通知教员和学生通通离开。"

随后赶来的李兰舟一听，怒不可遏，她将颜文英往身后一拉，大声喊道："你讲不讲王法？津洲闲置的公房到处都是，你为何偏要征用女子学校？"

施连长拍拍腰间的二十响，哼哼道："这个铁疙瘩，就是王法。老子就喜欢这里有花有草的，你们想违抗军令？老子奉命清剿共军，你想第一个往我枪口上撞？"

颜文英听出弦外之音，知道来者不善。别看他满身赘肉，可眯缝眼里，诡计多着呢。他之所以上门挑事，目的在于打草惊蛇，让共产党浮出水面，然后一网打尽。

切切不能上敌人的当，必须冷静下来。

颜文英扯了李兰舟一把，上前一步，对施连长说："长官，贵军号称国民革命军，你咋就忘了'国民'二字？想必你家也有儿有女，也正在学校念书，如果有人硬生生逼迫他们停课，长官你可答应？"

施连长竭力睁大眼睛，瞪着颜文英，说："别跟老子耍嘴皮子，本连长剿共安邦，何尝不是为了国民？"

李兰舟将辫子往后一甩，真想顺势一拳打扁狗连长的脸。但刘巽贞的临别告诫，使她咽下了哽在喉咙的怒气。

"长官，你不能因意气用事，而毁了百余位女孩的学业，你不怕家长埋怨你？请你三思。"颜文英推断敌人已经怀疑上女校和她们，她只好采用以进为退的策略。

蓦地，李兰舟看见几个兵士手握上了刺刀的枪，押着战战兢兢的学生，还有江玉娇等几个老师朝校门口走去。她按捺不住了，冲上前，张开双臂，将兵士拦住。

"李兰舟，都什么时候了，还玩老鹰捉小鸡的游戏！"一声断喝，从兵士的队列中，钻出个刘监生，他顺势将兰舟往后一拽，"看你性子太急，担心刺刀划伤学生的脸，说一声不就得了，冲上去干吗？"

刘监生朝正要发作的兵士打了打拱，又走前向连长深深作了一揖，说："长官一路辛苦了，鄙人已在福来喜酒楼备下薄酒，专门为连长大人和诸位排长接风洗尘，切莫推辞。"

刚才李兰舟的抗拒举动，施连长已经看在眼里，他以为事情会按他想象的那样发展，谁知，却冒出个拍马屁讨好他的土豪，把场面给圆了。看来，想借征用学校来把事情闹大，似乎没人敢接招，而大门外围观的民众越聚越多，还是顺坡下驴吧，反正老子已记住姓李的了。

施连长下了马，朝刘监生和围观者抱抱拳，扯高嗓门道："本连长奉命到津洲剿匪，免不了要动刀动枪，因怕伤及无辜学生，才强令学校停课。这样做，全是为国民着想。等剿共军务完成，学校可以复课。"

颜文英装作刚明白过来的样子，喏喏而言："原来是一场误会。长官如果提前通告一声，全校师生，也就不会受到惊吓了。"

颜文英回头向江玉娇招招手："你的家公担心你，专门来到学校，还不快些过来向他问安。然后，你和老师们，帮内宿的学生收拾收拾，分头送她们回家去吧。"

刘监生本来对施连长的傲慢十分不满，但一听军队去了女校，立刻慌慌张张赶了过来。女校是不能出事的。镇上的人都在传，要在玉娇和素婷中间，选出一人当教务主任，而玉娇的胜算更大些，他心里别提有多高兴了。自从发现江家茶饮水源的石碑后，刘监生就认定，这是上天赐给了他翻盘的机会，把津心埠从万泰安手里夺回来是早晚的事。所以，兵荒马乱之时，他更要把经纬楼和女校保护好。

他强装笑颜，再次大声宣布，长官和校长都是爱民如子的，我要福来喜拿出最好的酒，孝敬长官。

晚上，施连长带着副连长和三个排长，应邀到福来喜酒楼赴宴。

施连长来津洲之前，团部已经接到几封举报信。其中有人告发"算塌天"刘监生，是红黑通吃的两面人，说他的女儿和儿子，都是农会的关键人物，很可能就是共产党，只因有刘监生庇护，他们依然逍遥法外。谁知，一到津洲，这老家伙就自己找上门来，对他大献殷勤。干脆"成全"他吧，就把他的接风宴变成鸿门宴。

酒足饭饱后，施连长乜斜着眯缝眼，对刘监生说："你家窝藏着两个共党分子，你却假惺惺设宴为我等洗尘，真是煞费苦心。你可知道，这接风宴，其实就是你头颅落地的鸿门宴。"

刘监生嘿嘿一笑，说："连长大人太抬举鄙人了。我是'十三太保'的盟主，跟赤贫党势不两立。如果我家真有赤党分子，我早把他们的头拧下，挂在宗祠的旗杆上了。"

施连长欠欠身，一拳重重擂在酒桌上："你的女儿当过农会的会长，你的小儿子是农会的执委，你还敢抵赖？"

"连长大人请别动怒，个中缘由，请听我一一给你解释。"刘监生喝了口茶，提高嗓门说，"我家逆女，因私定终身被我拆散，恨死了我，宣布跟我断绝父女关系。她当会长，是故意跟我作对，整我，糟践我，后来气消了，就洗手不干了。而我的小儿子，是我故意安插他进农会当卧底的。这样我们'十三太保'，对农会将要干些什么，都能提前知道，从而做到有备无患。我保证，他们，绝对不是共产党！"

"那你女儿和儿子现在去了哪？怕遭国军杀头而躲藏起来？"

"我家逆女，是该找个男人成个家了，而津洲女校是女儿国，她就应聘去湖清当副校长。至于当卧底的小儿子，据说随队伍逃往三清山，那是为了继续潜伏。连长大人真是神勇，一出手，就把共军打得屁滚尿流。我估计，此时的赤贫党已经作鸟兽散，各自逃亡他乡或隐藏在荒山僻野等死。"

施连长有些飘飘然起来，就问刘监生："津洲哪些人是共党分子？据查，段冀虎和万岱源系南昌兵变的叛军人员，有没有回过津洲，是否当上红军？"

追查段、万二人，是保安队长李沛向梁若谷提出的，说这两人是叛军的基层军官，在接受国军收编时又率众逃脱，追捕无果，极有可能回归叛军改编的红二师。梁团长特地吩咐施连长，务必查清他俩的身份和下落，如果有人指认，见人抓人，见不到人找其家属要人。

刘监生不假思索道："苏维埃的头目万悟尘，农会的会长刘友仁，另有一个叫苏阿九，一个叫徐娘舵的，应该就是赤党分子。至于段冀虎和万岱源，可能有两三年没回过津洲了，有人说他俩早已马革裹尸，到底有没有当上红军，我确实不清楚。"

施连长将酒杯倒过来往桌上一扣，说："你是个十足的老滑头。"

"长官你可以不相信我，但我百分百实话实说。你剿灭了共军，造福津洲，我还是要盛情犒劳你和弟兄们。"刘监生说完拍了拍手掌。

等候在门外的管家，手捧放着十根金条的托盘，走了进来。刘监生揭开红布，将托盘往施连长面前一搁，说："不成敬意，请连长大人笑纳，日后需要鄙人效劳，尽管吩咐。"

几天后，施连长在女子学校，召开一个善后会议。会后，他将地主老财留下，一个个进行单独问话。结果，他们像跟刘监生统一过口径似的，只是将他说过的话复述一遍。问起其他的，也全都说不出个子丑寅卯来。施连长没有生气，反而请他们跟兵士一起吃午饭。地主老财明白他的用意，只好从怀里掏出一两张银票，塞到他手里。

施连长相信地主老财不会欺骗他，但还是派人传唤了万泰安。

万泰安对施连长胁迫女子学校停课，心里早已窝着一团火。此时又遭他咄咄逼人的追问，就没好气地应答道："岱源和冀虎不是随北伐军打北洋军阀去了？我们把人交给政府，交给国民革命军，如今活不见人，死不见尸，连一张阵亡通知书也没看着，你们反倒查问起我来，要我说出他们的下落，问我他们有没有去当红军，真是岂有此理？！他们好几年没回家，也没写信给家里，我已多次向政府要人，你反倒给他们安了个'红军'的罪名，想以此堵住我们的嘴，这岂不令人心寒彻骨？"

姓施的被万泰安戗得直翻白眼，可手头没有任何证据，只好自认倒霉，叫手下送万泰安回家。

副连长主张杀鸡儆猴，把共党头目的家人关进牢里，并放火烧了他们的家。施连长不同意，说他已有办法让共党匪首自投罗网，等鸟入樊笼，再一网打尽。

下午，他派保安队小队长，去抓捕渔工协会的主席徐娘舵。

小队长和手下在船屋区扑了个空，听见海边传来鞭炮声，而且看见有人在放火烧船，就赶了过去。

沙滩上有两艘个头好大的拖网船，船底朝北呈侧立状。渔民抱来好些稻秆和山草，直往船底下的火堆里扔。

小队长不明就里，问带路的痞子，木船好好的，为何要放火烧？痞子说，渔船在海水里泡久了，船底会长出海藻、马牙子、牡蛎等寄生物。放火熏燎半个时辰后，渔民会用工具将寄生物清除干净，并对缝隙进行修补，然后涂上桐油。经过熏燎、维护的木船，可以加快航速，延长寿命。

鼻孔朝天的小队长，让痞子看看，姓徐的有没有在海滩上。痞子躲在树后，勾着脖子瞅了半天，说有，那个头上缠着黑头巾的大汉就是徐娘舵。

海滩看热闹的人太多，不好下手，又容易逃脱。小队长对痞子说，你去把徐娘舵骗到这里来，就说他婆娘突然发病，快死了。

徐娘舵被捕了，小队长押着他来向施连长邀功请赏。

施某人没想到，这个面如雕石、衣衫补丁摞补丁的疍家汉子，会是渔工协会的头头。他亲自动手解开徐娘舵身上的绳索，说："你只要回答我三个问题，我就放你回家，还赏你一百块银圆。第一，包括你在内，津洲有多少共党分子？第二，共党头目都躲藏在什么地方？第三，津洲赤卫队到底有多少人？"

徐娘舵摇摇头说，我只是渔工协会的当家人，这可是合法组织。其他的，跟我没有关系，我哪里知道！

姓施的变脸了，可还是问不出什么来，就示意手下对他用刑。施刑的兵士用铁锤锤击徐娘舵的手指，他每回答一次不知道，就有一只手指在铁锤下肉绽骨碎。

别看徐娘舵手上的老茧硬得连指骨都被挤压变了形，但这双手却是灵巧之手。他能够将带鱼的头部吃出来的骨头，清洗后，拼接成惟妙惟肖、展翅欲飞的白鹤或凤凰。不少津洲人家的小孩，都玩过徐舵公的鱼骨飞鸟。

如今，徐娘舵的十个手指全都血肉模糊了，叫人目不忍睹。施连长叫兵士停下，将徐娘舵捆在大铁门外示众。

姓施的心里盘算着，徐娘舵被捕受刑一事，一定会传到赤贫党的耳朵里。赤贫党不会见死不救，可能会派人拿钱赎人，他可以假装放人，然后顺藤摸瓜，抓住赤贫党的重要头目；也可能在夜里组织武装营救，那他就设下埋伏，等鱼都进了竹篓，再来个一锅炖。

隐蔽在津东乡苦湖村的刘友仁和苏阿九，接到老徐被捕的消息，当晚乘船潜回津洲，来到冀兰居，与颜文英和李兰舟商量如何展开营救。

正如姓施的所料，他们议来议去，也就"一文""一武"两种办法。"文"的，筹措赎金，由徐娘舵的家人，托请李举人出面赎人；"武"的，组织渔民封港罢渔，码头工人罢工，分散敌人的注意力，然后趁乱偷袭敌人连部，营救老徐逃出虎口。

颜文英不大赞成武力营救，说那是敌人设下的陷阱，最好的办法是花钱赎人，她愿意负责筹措这笔赎金。

李兰舟想听听父亲的意见，他正在老屋为他们望风。

徐伯父是父亲的老友，父亲从不因他是疍家人而看不起他，还经常替无端受辱的他打抱不平。

可老屋没人。父亲去哪了，怎能擅自离开？

片刻，一位大婶匆匆赶来，告诉她，渔村的徐舵公咬舌自尽了，你爹去津心埔看个究竟。

李兰舟双耳"嗡"的一声，心随之猛地往下一沉，急忙赶回冀兰居，却见父亲已在屋里。

他抽着旱烟，心情沉重地说："徐舵公是下了狠劲的，舌头几乎咬断，血淌了一地。他女人一边痛哭，一边偷偷告诉我，晚上给他喂饭时，他再三叮嘱不必找郎中给他敷药，更不要惊动乡里乡亲。"

刘友仁咬着嘴唇，半晌才说："老徐是在暗示我们，不要组织营救，他不愿意别的同志因他而被捕。"

"老徐同志，是条硬汉，铁骨铮铮的好党员，我们，送他上路吧。"颜文英站起来，朝津心埔方向低头默哀。

屋里的人，也跟着起身肃立，哀悼老徐同志。

一个月后，敌九连因剿共不力，被调回县城。驻南坛的敌八连，也因为连长经常酗酒和驻营地失火，被调往西北片。

正规军刚走，李沛就带领三个中队近四百人枪，开往东南片，留下第二、第三中队，分别驻守玄沄、南坛，自己率第一中队前往津洲。

李沛再不是十余年前的李沛，如今的他，是可与县长平起平坐的善后委员，又统领着一支六百人枪的保安总队。腰杆一硬，巴结他的人像走马灯似的，不但钱来得快，还有人专送妙龄女子供他享用。他是死过几回的人，当然不会错过迟来的桃花运，在三个月内，就接连娶了两房姨太太。

遗憾的是，女人都是醋缸里泡大的，两个少妻争宠斗狠，弄得他犹如镜子里的猪八戒，有时简直成了随叫随到的店小二。

这次他乘隙进驻津洲，除了准备大捞一把，也想让自己的耳根清静几天。谁料，才一个礼拜过去，三少妻耐不住寂寞，乘马车从县城追了过来。

李沛拥着她，劝她回盐田湖的家中暂住。三少妻粉脸一拧，细腰一扭，指着女子学校后面的经纬楼，说："我要住洋楼，我要每天在天台唱戏给你听。"

三少妻撒娇的一句话，撩起了李沛十年前的旧梦。对呀，怎么把这事给忘了。那时，他只是陈家军的一个连长，就有胆略窃夺经纬楼，虽然美梦没成真，但也耍尽了威风。如今，他已由乌鸦变成鹰鸳，在陆丰，除了县长曾享平，他说一，没人敢说二。将经纬楼占为己有，只是黑下一张脸，动动嘴皮子的事。

李沛此次率队接防津洲，真正原因是，不满梁若谷总像狗一样支使他，每次剿共，保安队总打头阵，损兵折将不说，还要替他背黑锅。他好不容易拉扯起来的队伍，再这么折腾下去，岂不又要成光杆司令？现在好了，可以独自主宰陆丰东南五六个区，他首先要把津心埔打造成威势显赫的"行营"。

晚上，他请总队廖参谋喝酒。此人外号"军师"，这些年跟他出生入死，不离不弃。李沛好几次险些被俘，都是他急中生智，化解险情，保护李沛脱离险境。当然，李沛也没少犒赏过他。

隔日，李沛按"军师"的策划，派自己的副官前往经纬楼，将一纸"知会函"送到万泰安手中。

万泰安自从李沛带领大队人马，占据女子学校，就知道冤家路必窄，贪婪成性的他，迟早会狠狠宰万家一刀子。

果不其然，李沛以陆丰善后委员会的名义知会他，称经纬楼曾收留、窝藏大批叛军匪首、共党要犯，触犯国法律令，故上峰勒令没收经纬楼，以设立善后委员会津洲办事处，维持陆丰东南地区之治安。

万泰安淡然一笑，对尤副官说："请你转告李委员，他所定罪名是否有违事实，太过臆断？我们老百姓，怎知道谁是叛军，谁是逆党？他们打着国民革命军的旗帜，挂着国民革命军的番号，我们敢拒其于门外？"

尤副官看万泰安不卑不亢，彬彬有礼，而且所言句句在理，心中不免有些为难。但他知道李委员的脾性，不敢在万会长面前示软，依然责令他尽快腾出大楼。

李沛碰了个不软不硬的钉子，但他估摸万泰安已有七分心虚。他早就派人调查万岱源的去向，以及颜文英是否参加共党组织的暴动。可是，也许姓万的使用了化名，一直弄不清楚他的下落；而颜文英，虽有嫌疑，但也不能确定她就是共产党。不管怎样，他完全可以"通共""亲共"的名义来治万家的罪。下一步，就是先制造舆论，再来个霸王硬上弓，将保安中队开进经纬楼，谅他万家这回再也没有靠山可找了。

李沛摁灭金鼠牌洋烟，吐出一串烟圈，叫来文书，让他起草一份跟知会函内容类似的告示，张贴到各个社头。

没想到好戏刚刚开锣，就闯出个砸台撬桩的刺螺头。

未石城的刘监生看了告示，暴凸的眼珠子差点没掉在地上。他懊悔自己心不够狠，出手不够快，眼睁睁让别人抢先拔了头筹。不过，明眼人一看，就知道姓李的是弄权欺世，仗势窃夺，而他刘监生，是光明正大经县政府确认，对津心埔拥有无可厚非的土地业权。别无选择，必须公开戳穿李沛的假把戏，也趁机向万泰安索回津心埔。

刘监生叫账房先生写了十几份"声明"，张贴在县善后委员会告示旁边。"声明"的内容，比李沛的告示，更加令人诧异，但却有理有据，让人不信也得信。

声明称，经陆丰县国民政府、县地籍整理办事处审查确认，津洲桃李园津心埔一地（计拾壹亩捌分叁厘），土地权业，归属刘监生所有。万泰安多年前以不法手段，骗取霸占津心埔，政府不予承认。其于津心埔所建造之洋楼屋舍，应即日起自行拆除，并将土地归还刘监生。声明还附上"土地所有权状"的具体内容及登记编号。

一石激起千层浪，乱舌弹出万般音。津洲城顿时热油锅撒盐——炸开了。

刘监生敢跟李沛叫板，视善后委员会的告示为废纸，原因在于，如今的他，背后站着个在县税捐征收处当主任的儿子，而儿子的背后，又站着个陆丰县资深县长曾享平。

刘监生与曾享平的叔父曾询，有生意往来。刘监生知道曾享平在省里当官，就让刘巽才拜曾询为义父。去年四月，曾享平再次出任陆丰县长，组织民工修筑广汕公路陆丰至奎潭段，因资金匮乏，难以为继。刘监生得知后，答应捐赠一万现大洋，贴补修路费用，并请曾询将刘巽才推荐给曾享平。曾享平念及刘巽才在辛亥之年参加过光复战事，便让他担承税捐征收之职。

刘监生之所以能窃取津心埔的土地业权，除了多年苦心经营，恩威并施将江家操控于股掌中，更得益于县政府施行"正本清源"，大肆为契约被焚毁、土地被没收的地主，补发官方土地状。

津洲女校打井，发现"江氏茶饮水源"一碑，让算塌天从绝望中看见生机。江玉娇按刘监生的吩咐，拓印了石碑字样给他。有了石碑和族谱记载，还不足以证明津心埔就是江家的，必须找到当时的契据凭证。刘监生许以重金，诱使江玉娇的父亲，翻遍江家祖居的里里外外，一无所获，又将目光转向江氏宗祠，仍是白费力气。

刘监生折腾了几年，还是不肯罢手。他相信江家祖先精明过人，迁界之前，一定会将津心埔的契据，藏匿在一个别人意想不到的安全角落。可惜先祖因暴病突亡，来不及将秘密告知儿孙，致使秘密随逝者杳然而去。刘监生认为，秘密一定藏在江氏宗祠，要亲家公瞄准不容易受损毁的地方，继续用心寻找。

算塌天人虽猥琐，智商却不低。几乎被他逼疯的亲家公，果然在楠木神案的夹层中，找到了津心埔的官方契约。刘监生没有食言，遂以重金换得这张顺治年间的老契据，还有江家族人将津心埔转让给刘监生的合约。

入夏时，县政府为地主老财补发土地状，这真是天赐良机。刘监生将遭焚毁的田契先补办完，再让巽才给地籍处处长打电话。处长见刘老爷子要求确认的土地业权，面积大，契据又是顺治年间立下的，尽管有转让合同，还是沉吟了大半天，迟迟不肯办理。刘监生递给处长一张银票。他细细看了看银票的数额，两个嘴角一翘，接过了刘监生填写好的土地状，盖上了一应私章和官印。

梦寐以求的土地状，已经到手，只是鉴于十年前的教训，他没有轻易公开索要。俗话说，马有失蹄，老虎也会打盹儿，他要等待万家失蹄、打盹儿的这一天到来，再一招置其于死地。那时，纵使万家心再不甘，情再不愿，也无力回天。

万万没想到，多年前搅黄他美梦的李沛，仗势弄权，抢先伸出黑手，剑锋直指津心埔和经纬楼。

不过，此时的刘监生，一点都不把他放在眼里。李家的浪荡子，妄图空手套白狼，是日头下做梦，只会激起众怒；而我刘监生却是有了官方凭证，才要索回津心埔的，合情合理又合法，就算官司打到省城，打到京城，也保证立于不败之地。

当然，李沛是临死也要蹭破几方草席的狠角色，不会轻易服软认输，一场恶斗在即，得想好应对之策。

数日过去，刘监生专心等着李沛出招，那浪荡子却屁都不放一个。而万泰安，也只作壁上观，别人问他如何应对，他却王顾左右而言他，不露半点口风。

李沛、万泰安不接招，使刘监生反倒心里没了辙。绞尽脑汁，终于想出一个"假道于虞以灭虢"的妙计，即先与万家联手，扳倒李某人，再图穷匕见，让万泰安在红印契面前乖乖交出津心埔。

他花了一个下午的时间，想好了游说万泰安的言辞。

晚饭后，刘监生更衣时，刻意咬紧牙关，挺直一年更甚一年的驼背，直到额头微微出了汗，才走出卧房。管家已带上一份见面礼，在客厅等他。两人拉开距离，悄悄来到求芳居。

门丁对刘监生说，万会长有吩咐，有事明天去经纬楼谈。刘监生赖着不肯走。恰逢颜文英从外面回来，经不起他一番好说歹说，才答应带他去见家公。

刘监生一见到万会长，就言之凿凿地说："我斗胆贴出声明，本意在于为仁兄你解围，助万家躲过一劫。"

见万泰安支开使女，才接着说："我拥有津心埔的土地状不假，但我也清楚，经纬楼和女校的房舍是你的。面对李沛的狼子野心，你我两家必须联手，带上他贴出的告示，双双上县城，向县长大人和梁若谷团长告发李沛，控诉他玩弄权术，妄图侵吞刘家地产，霸占万家洋楼，强烈要求将仗势作恶的他，降职并调离津洲，以平民愤。"

万泰安不敢相信，刘监生是以"侠士"和"同盟"的身份来到万家的。他的手中，可能真的握有津心埔的新契约，但万泰安对此一点都不担心。

这辈子，屠门刀不知跟他斗了多少回合，他对刘监生的为人、品行，称得上了如指掌。这个长相有欠缺的人，浑身挂满坏心眼，总想兴风作浪，不择手段谋取不义之利，尤其醉心于并吞四郊沃土良田。今晚，屠门刀像鬼上了身，竟然向一个他要"加害"的人，提出联手扳倒"共同的敌人"。

自鸣钟敲响十二下，已经摸清访客底细和意图的万泰安，点了点头，答应三天后给他个准信。

刘监生以为万泰安已被逼入死角，只能选择与他"合作"，心中窃窃自喜。回家的路上，他与管家有说有笑。快到未石城东城门时，看见黑狗子押着一个人走过来，急忙拉着管家躲进小巷口。等保安队去远了，他才走了出来。刚刚穿过城门洞，却被喘着粗气的家仆拦住了："不好了，老爷府上被抄，二少爷被他们带走了。"

第五十三章
军库择址选定红楼　李沛倒戈借刀杀人

刘监生听说巽祥回家仅半个时辰，即被抓捕，仿佛当头挨了一棒，拐杖甩出老远，双腿一软，瘫坐在又潮又脏的石板路上。

刘巽祥与辛强化装成农民，从津东半岛渡江潜回津洲，任务是与李兰舟碰头，将她设法弄到的粮食和药品，从大胆山下的石洞取出，搬上船，连夜运往津东乡苦湖村，以缓解区里和赤卫队缺粮少药的窘境。

刘巽祥，因第二天将与东南特委交通员接头，本来只能躲在冀兰居，哪都不能去，可他听说江玉娇生病后，竟偷偷溜回家里去。

刘巽祥被捕，并非李沛布控有多严密，而是他大嫂周尾妹出卖了他。

周尾妹等这一天已经等了好久，等得身上掉了不少肉。她父亲被贫民党枪决后，她曾用六个指头的右手，指着小叔的脸，放出狠话："你要记住，终有一日，我会让你怕我的。"如今，她这句话应验了。

还有一个原因，就是家公即将夺回津心埔，刘氏家业必定更加显赫，灭了小叔，就可独霸刘家财产。血脉偾张的她，看清楚二小子还在家里，借口回趟娘家，偷偷来到女子学校，向保安队告发：共军头目刘巽祥，刚刚潜回刘家大院。

刘监生回到家中，看见老老少少哭成一团，唯独周尾妹一个人端坐门口，在咂手咂舌吃石榴，脚下扔了一人堆果壳。

半响，管家急匆匆来到后堂，向刘监生禀报，多人证实大少奶奶并没有回娘家，而是去了保安队。

刘监生叫仆人将周尾妹五花大绑，吊在前院的柚子树下。自己抄起家法，准备狠揍她一顿。

周尾妹一点都不害怕，反而对他破口大骂："老不死的，没错，是我告的密。不过，你敢打我一下，我就连你也一起告，就说你包庇、纵容共产党，还占我便宜。"

刘监生对娶了周氏这么一条疯狗做媳妇，早就悔青了肠子。疯狗无法调教，只会乱吠乱咬，再闹下去，他刘监生就别想活了，还是装屁先忍一忍，暗示管家将她放下，免得她再兴风作浪。而最最要紧的是，不惜一切代价将巽祥救出来。

没有别的办法，要使巽祥免遭皮肉之苦，刘监生不得不觍着脸，带上一份厚礼，亲自上门，向李委员赔礼道歉，澄清无意跟委员大人过不去，只是想让万泰安知道，津心埔并非姓万。

在县城的刘巽才接到家里的电话，埋怨父亲做事太过莽撞，又骂二弟中共产党的毒太深，惩戒惩戒未必不是好事，末了答应求曾县长帮帮忙，请他跟李委员通融通融。

可是，刘监生等了三天，等不到巽才任何消息，电话打过去，又老是没人接听。他估计，可能是曾享平奈何不了李沛，要不就是根本没有开腔。营救巽祥一事，只能暂时搁置下来。

刘监生不确定巽祥是不是共产党，但对他为共产党做事，一直是睁一只眼，闭一只眼。

没想到姓李的浪荡了谋取经纬楼碰了钉子，会拿巽祥做筹码。刘家就这样在他面前认栽？到底是巽才没能说动曾享平，还是曾享平压不住姓李的？不行，必须亲自去一趟县城，会一会曾县长。

就要动身那天早上，驻津洲保安中队突然倾巢出动，大街小巷五步一岗，十步一哨，全是黑狗子的身影。

上午，几位骑着高头大马的长官，在警卫排的簇拥下，来到津洲。

队伍前面驾白额栗色马者，乃第五军副军长兼第十六师师长邓彦华。陪同他一起抵达的，还有师部参谋长和梁若谷团长等军官。

邓彦华一踏上津洲，就爬上高处，用望远镜将滨海重镇的地形地貌，看了个遍。一群人在施连长引领下，还专门视察了津水港，对航道水文做了详细了解。

中午，挂着"保安总队指挥部"牌子的女子学校，大门内外肃立着两列保安队队员。李沛上前立正、敬礼，毕恭毕敬将邓副军长、参谋长、团长一行迎进会客室。保安队喊起"欢迎长官莅临视察"的口号。

下午，邓彦华一行离开津洲后，李沛那张螳螂脸，阴得足以拧出一盆水。他把邓彦华送给他的柯尔特式手枪，狠狠摔在地上，用脚踩了几下，还在心里骂道："这白话佬，病恹恹的，拿一把美国破枪，就想换我一座学校、一栋洋楼？"

古人云：螳螂捕蝉，黄雀在后。

第五军计划在汕头港至珠江口中间建立一个军需物资集散站，让海运而来的枪械、弹药、被服、药品，等等，储存在集散站仓库，然后，根据需要进行调拨，从陆路运送到各支部队。

邓彦华曾任广州国民政府要员，私下与商团合股做过生意，转任军职以后，那些商团撺掇拉拢他倒卖走私军用物资。为了避开稽查，必须在不显眼的沿海港口，设立一个物资集散站。这正好与军部的计划不谋而合。

本来，军部的物资集散站拟建于凤仪。邓彦华到陆丰巡防检阅时，从梁若谷口中得知，津洲港口更具优势，航道深，来往船只不多，又有现成可征用的仓库。邓彦华喜出望外，便以巡视为名，由驻守过津洲的施连长带路，来到津洲。

邓彦华从港口回来，即与李沛在办公室密谈，直奔主题，说出军部的计划，要李沛做好征用的前期工作。

李沛十分诧异，事情怎么就这么巧，好几次想说，集散站放在津洲不合适，这里早就被陆丰善后委员会征用了，告示业已贴出半个月。可每一张嘴，就被梁若谷给打断了。

邓彦华临走时，回头再次看看经纬楼，转身卸下自己佩带的手枪，递给李沛，说："送老弟一把新的好枪。记住，此计划在军部高层通过之前，必须保密，你就暂且缄口几天吧。"

刚要抱得美人归，却眼睁睁看她被别人抢走了，李沛心里别提有多恼火了。但当着副军长的面，还是挤出笑脸，连连点头应诺。

煮熟的大鹅就要飞了，李沛当然不愿意背黑锅，替白话佬做什么前期工作。许多天后，偶尔想起，才去了一趟经纬楼，阴阳怪气地对正在审阅商务合同的万泰安说："祝贺你，你的红楼，价位升级了。这回可是第五军青睐你，与我半毛钱关系都没有。他们要在这里设立军需集散站，估计你也得罪不起，那就趁早收拾收拾，将红楼腾出来，免得横生枝节。"

饱经风霜，已磨炼成"定海神针"的万泰安，指指墙上，那里挂着万岱源身着戎装的全身照，正色道："我儿子弃商从戎，以国民党党员的身份，加入国民党最早的'党军'，先后参加了援闽、东征和北伐战争。现在可好，人失踪了，而你为了攫夺红楼，还凭空给他安上共产党的罪名。如果真是这样，请问，那是谁的错？等你抓到他，证明他是共产党，再来连我一起抓，不迟。"

李沛没唬住万泰安，反而遭他一阵奚落，便自我解嘲说："我剿共，是执行上峰的命令。我一个堂堂善后委员、保安总队队长，国军从不拿我当回事。打仗，要我们冲在前头；执勤，几乎全包了。可是，粮饷、弹药，从不摊一点给我，连战利品，也得捡他们挑剩的。国军不拿我当人看，我得自己争气，多抓些共产党，多敲敲竹杠，要不，我就得饿死。"

正说得起劲，勤务兵走了进来，说："三姨太被开水烫伤了，请你回去。"李沛哼哼一声，也没跟万会长道别，就奔下楼去。

回到女子学校，走进装饰得很媚俗的起居室，却见少妻哼着《百花赠剑》的唱段，扑了上来，动手动脚要跟他亲热。李沛知道受骗了，正要发火，一阵急促的电话铃响起。接完电话，李沛气得吹胡子瞪眼，一张螳螂脸青中带灰，仿佛家里祖坟被人挖了。

原来，留守县城的四中队惹事了，队长已被梁若谷关进大牢里。

前天夜里，四十七团二营三排排长，应约溜出来喝酒，直喝得醉醺醺的。回龙台山时，他在迎仙桥头，看见一位楚楚动人的妙龄少女，顿时淫性勃发。他悄悄尾随至一小巷，拔枪威逼，要少女就范。少女拼死抵抗，被三排长用手枪砸晕过去。发泄完兽欲后，三排长听见巷口传来脚步声，立即仓皇逃逸，慌乱中把手枪落在现场。

遭蹂躏的女子，是保安总队四中队队长的堂妹。经连夜调查，中队长确定是四十七团的官佐所为。

早上，一个负责送鱼菜的大叔在营区嚷嚷道："六驿酒肆的酒保捡到一把驳壳枪，不知是哪位老总丢失的，酒保已经把枪交给保安队。"

正在为丢枪而着急的三排长，怕受上司责罚，找个借口溜出营区，一个人去向四中队要枪。一个小时后，口吐鲜血的他，被几个大汉架着扔上一辆人力车。车夫将三排长拉至龙台山下，扶他下车时才发现，坐车的人已经去了逍遥国。

梁若谷认为保安队无法无天，不把他这团长放在眼里，下令包围保安中队驻地，缴了他们的枪械，还将四中队队长关进监狱里。

气得青筋暴涨的李沛，放下话筒，吩咐马弁备马，他要立即赶往县城，找梁若谷理论，让他交还所有枪支，释放四中队队长。

三少妻扭着水蛇腰，拦住李沛："官人，且慢！大丈夫报仇，十年不晚，你犯什么急？姓梁的敢这么做，肯定已做好准备，你算账不成，反会被他控制起来。到时，保安队岂不成了砧板上的鱼肉？"

"不找梁某人讨回公道，我这口气咋能咽下？他撺掇姓邓的，从我手里抢走红楼，现在又下了我兄弟们的枪，明天再编个罪名将我推上断头台，我还能活出个人样来？不如率性带领弟兄们一起杀回去，以解心头之恨。"李沛为了不被三少妻看扁，越说越躁狂。

三少妻眼珠子一转，说："官人，单凭你手下这支杂牌军，做盐不咸，做醋不酸，不如……"

三少妻凑近他耳边，嘀嘀咕咕起来。三姨太嫁给李沛之前，是戏班演武生的戏子，她按戏剧的套路，为李沛献出"合纵连横"的计策。

李总队长传来廖参谋，将三姨太所出的计谋，说成是自己想好的因应之策，问"军师"可行不可行。廖参谋对梁若谷心存芥蒂已久，巴不得四十七团早日滚蛋，好让保安总队一统陆丰，就对李沛竖起两个大拇指。

次日，李沛让廖参谋进县城，就打死三排长一事，向梁若谷跪地谢罪，以慰藉亡灵，并以整顿惩戒为名，将四中队调去南坛。

当晚，尤副官奉命带着四个跟班，来到万世坚家里。万世坚以为保安队是来抓他去坐牢，就说："你们稍候片刻，我烟瘾大，得多带些烟丝。"

尤副官说："万族长，别误会，我是奉李总队长之命，前来向你请安的，并对之前不时骚扰搜查贵府，表示歉意。"

万世坚将一头灰白参半的长发，往后一捋，左绕右绕，缠成一个发髻，说："你不必假惺惺地装好人，黄鼠狼上门，你心知，我肚明，有话直说。"

尤副官让手下去大门外候着，悄悄对万世坚说："我这么晚来拜访你，是有一事想请你帮忙，你得绝对保密。你可能不知道，我们李总队长，可是个特别顾念家乡情的人。眼看国军第十六师屠杀了数不清的共产党和无辜百姓，烧毁无数村庄，李总队长从心痛中幡然醒悟。他决定不再继续为虎作伥，有意与陆丰工农革命军和东南亦卫大队结为盟军，联手攻打四十七团，最后将他们赶出陆丰县境。李总队长希望跟共产党长官坐下来谈判，为了表示诚意，将以弹药和大米作为见面礼，官越大，见面礼越丰厚。"

"你们李队长真想立地成佛？"万世坚尽管不知儿子他们隐蔽在哪里，但粮食弹药紧缺，他是清楚的，"我是一个糟老头子，你们找我说这事，有什么用？"

"您老人家就别推辞了，相信你有办法跟万区长取得联系。我们李总队长这回可是真心的，只要见到共产党的长官，见面礼立即送上。"

"你们太高抬我了。不过，倒有一个办法，就看你们是真心，还是假意了。"

"您老快说，晚辈愿闻其详。"

"你们不是关押了那么多共产党和农会的人吗？如果真有诚意，就把他们放了。到时，一定会有人把你们的想法带给共产党。"

尤副官两眼放光，朝万世坚鞠了一躬，说："您老真是高人，我这就回去向总队长呈报。"

隔日，保安总队指挥部的临时监狱，牢门大开，七八个共产党嫌疑人和十几个农协会员，全被释放了。李沛公开对他们宣布，保安总队愿意跟共产党合作，合纵连横，驱逐四十七团出陆丰。

李沛还特地把浑身是伤的刘巽祥请到办公室，向他赔礼道歉，请他尽快向工农革命军和东南赤卫大队的负责人，转达保安总队的诚意，促成双方派出代表，进行结盟谈判。如果双方达成协议，他将派人游说杨作梅和陈子和，把讨赤团和自治军也拉进来，这样，合纵连横局面形成，共同抗击专横跋扈的国军，完全不在话下。他还郑重承诺，只要见到共产党方面的代表，不管是否谈出结果，都会献上一份见面礼。

陆丰保安总队愿意弃恶从善，与共产党合作的消息，在东南各区镇，快速传播开了。被困于荒山野岭数月，风餐露宿、缺粮断炊、弹药告罄的各级工农武装，如区乡赤卫中队，东南赤卫大队，县工农革命军独立营，得知保安总队与四十七团真的结了仇，遂将这一传闻，当成改变生存状态的契机。他们派人下山，通过可靠的乡绅，向各地保安队确认是否真有此事。随后，有两个乡的赤卫队，派出代表与保安队洽谈，还真的收到百发子弹和两担赤米。

刘友仁和万悟尘听了刘巽祥的汇报，决定赌一把，就当作权宜之策。他们趁着月色，派人驾小船，送苏阿九到汀江畔的沙地上与廖参谋见面。半个小时后，苏阿九安全回到船上，船舱里果然多了半箱锃亮的子弹和四箩大米。

苏阿九带回廖参谋的要求：希望与贵党更高级别的长官会谈。

李沛的"合纵连横"，使一些乡村党组织和工农武装负责人放松了警惕，甚至产生了观念上的动摇，主张摒弃前嫌，与保安队合作，联手攻打县城，夺回陆丰乃至海丰。

也有人认为，这是刘巽祥叛变投敌后与李沛合演的一出苦情戏，用抛饵钓鱼的诡计，让隐蔽起来的党组织和赤卫队全都曝光，然后，李沛与四十七团再撒下大网，一并打尽。

刘巽祥觉得自己很委屈，从一开始，他就没拿李沛的话当真，更不会因为李沛放了他，就对他心存感激。但反动集团内部争权夺利的矛盾已经公开化，这是不争的事实。武夫军阀操控县政权，既想利用地方势力镇压革命，巩固统治地位，又极力限制地方势力尤其是陈炯明余孽的发展。我们可否利用这一矛盾，与地方势力联手，攻打邓彦华的十六师，刘巽祥一点都拿不准。

几经周折，刘巽祥找到了东南特委的交通员，由他带着来到特委机关的驻地下梧村。一位相识的同志告诉他，刘书记半个月前去了海丰，参加中共海陆紫特委召开的党代会，不知何时才能回来。

刘巽祥在下梧村度过一个不眠之夜。等到次日下午，远远看见农妇打扮的姐姐，与随行的姜运兰出现在村口，高兴之余，心里却又涌起一股酸楚。

姐姐怀孕好几个月了，除了姜运兰，特委其他同志都不知道。

刘巽贞看见弟弟，又喜又惊。喜的是，弟弟被羁押多日，居然获释了；惊的是，他来得突然，又心事重重，估计遇上了什么难事。

她顾不得歇口气，就问弟弟："是区委派你来的？发生了什么事？"

巽祥让姐姐先喝口水，才说："李沛准备搞合纵连横，联手工农武装，将梁若谷所部赶出陆丰。"刘巽贞一个惊呛，把口里的水全喷了出来。她放下陶碗，从只有两条腿的"办公桌"前站了起来，让巽祥把事情的原委说清楚。

巽祥看着姐姐，将获释时李沛对他说了什么，廖副官如何要求与我方领导会面，以及自己对此事做出的判断，一一说了出来。

刘书记从斜襟衫里抽出手帕，为弟弟揩了揩额门上的汗，说："你长大了，也成熟了。李沛是一匹狼，诡计多端，贪得无厌，血盆大口一开，连大象都敢吞下。他根本不会跟共产党站在一起，只是想在我们最困难的时候，利诱、控制工农革命武装，借我们的势力，来抗衡大小军阀，最后，又借军阀的手消灭我们，他即可坐收渔利。"

这时，特委军事委员在门口喊了声"报告"，刘巽贞回了声"进来"，迎上前去，对他说："知道你要汇报李沛兴妖风的事。这样，下午召开特委扩大会议，传达海陆紫党代会精神，并讨论是否与保安队合作的事，你让党委秘书通知下去。"

刘书记这次挺着个别人看不出的大肚子,翻山越岭,避过敌人重重封锁和严密搜查,去到青羌大山沟,参加党代会,比别人多受了不少罪。但会议让她很受鼓舞。前来巡视的省委常委陈郁出席会议,传达了中央和省委的指示精神,指出当前党的任务是揭露反动派的政治欺骗,争取更多群众团结在我党周围,孤立打倒反动军阀,争取革命新的胜利。

军事委员走了,刘巽贞回来又对巽祥说:"特委将召开扩大会议,揭穿李沛的阴谋,并通知各区党组织,不再与保安队的人接触,已经暴露隐蔽地点的,尽快转移。同时报告县委,建议以新政府的名义,展开宣传,揭露敌人的险恶用心,增强我党同志和革命群众的信心,保存壮大实力,等待时机,迎接新的战斗。我想,必要时,不妨教训教训这个阴毒的家伙。"

巽祥要走了。做晚饭时,姐姐特地把"珍藏"的三两咸猪肉,让姜运兰切下一小块,拿去炒白菜。吃饭时,姐姐看弟弟瘦了,把几片肉尽往他的碗里夹。巽祥知道姐姐比自己更需要营养,夹起肉片尽往姐姐嘴里塞。这把姜运兰看得眼泪直打转。

姐姐再次嘱咐弟弟,天黑了,走路要多长个心眼。看出弟弟依依不舍的样子,就粲然一笑说:"不必担心我,该担心的是你自己。记住,你不能再回津洲,更不能回家。"

数日后,李沛接到由驻南坛保安中队转来的一封信,称陆丰工农革命军独立营,将派出代表,与保安总队在南坛流芳旅馆举行结盟会谈,信末署名是"教导员何誓达"。李沛喜出望外,指定廖参谋为全权代表,尤副官陪同赴会。

为了表示诚意,廖参谋与尤副官备上贵重的见面礼,提前一天住进旅社,还吩咐随从预订好庆贺酒宴。

谈判当天八时,两个随从端着面包油条豆浆,上楼伺候长官用餐。可敲了半天门,都不见应答,顿觉有些不妙。他们急忙叫来警卫分队长,破门进入廖参谋的房间,一看,廖参谋倒在床榻前的血泊中,是被利刃刮的喉,早已气绝身亡。再打开尤副官的房间,他被一条军用绑带勒着脖子,捆在柱子上,露出半截紫黑的舌头。从杀人手法看,很专业,不像是赤贫党所为。

几个值勤的警卫知道自己失职,使劲抽起自己的嘴巴,但又再三辩解,夜里没人从房门进去过,也未听见房间里面有任何动静。

警卫分队长怒喝一声"别吵了"，让他们赶紧查看现场。很快就发现后窗台留有胶底鞋印痕，可以判断杀手是从这里悄悄进入房间的。再看两人身上所带的财物和手枪都在，又排除了盗贼劫财的可能。根据现有线索，可以推断，应该是四十七团侦察排干的。

警卫分队长打电话给驻南坛的保安中队，让他们派人彻查此案。他自己立即带着手下赶回津洲，向总队长当面报告。

李沛一听廖参谋和尤副官被杀，脖子上一凉，三角脸唰地白了。他从分队长手里接过绑带，问："你敢断定不是共产党所为？四十七团怎会知道我们要跟共产党谈判？"

分队长战战兢兢应道："共产党历来是比较讲究信用的，再说他们非常需要弹药和粮食。而我们要跟共产党联手的事，已经不是秘密，如果四十七团派人盯紧廖参谋，他俩又提前住进旅馆，那就证明……都怪在下失责，太过麻痹大意，请李委员处罚我。"

"我怀疑何誓达的信件是梁若谷伪造的。我们中了他的奸计，他却趁机杀鸡儆猴。要不是他一再虐凌我，羞辱我，而且得寸进尺，巴结姓邓的，要从我手里夺走红楼，我会这么干吗？我不能在一棵树上吊死，他们再跟我来硬的，我就炸了经纬楼，拉着弟兄们上乌面岭，与钻山虎合伙，当山大王。"

李沛将要炸毁经纬楼，上山落草为寇的话，传到了梁若谷的耳朵里。梁若谷抓耳挠腮，慌了。看来，不能把姓李的逼太急了，他可是什么事都干得出来的狠角。为了不负邓副军长的重托，他得退后一步。

此事经过曾享平几番斡旋，最后，以李沛交出经纬楼，保安总队移驻西北片各区协防为条件，梁若谷答应释放四中队队长，发还被缴的枪械，不予追究李沛罪责。

李沛有"通共"把柄抓在人家手里，只好借坡下驴，点头应允。

李沛的保安总队开拔后，四十七团三营翟副营长率一个连接防津洲。第二天，翟副营长走进经纬楼，向万泰安下了最后通牒，说军部电令，你务必七天之内，腾出整栋楼房，从第八天开始，这里将由车队接管，包括万家在内的任何人，非请不得踏入该楼半步。

万泰安移步把房门关上，大声质问："现在不是战时，贵军凭借哪条王法，动动嘴皮就要无偿征用红楼？大凡仁义之师，以德服人，绝不与民争利。如今国民政府已颁布《中华民国民法典》，维护私有财产所有权，而你们无端窃夺百姓房产，这不是将律法践踏于脚下？"

翟副营长装出愣头愣脑的样子，说："要论法，你可以去南京问国民政府。我只是奉命行事，履行军务。"

万泰安哭笑不得，甩袖离开经纬楼。此后一连数日，他再也没在经纬楼露过脸。

皇帝不急太监急。刘监生听说经纬楼将成为邓彦华的军用仓库，外人一概不得进入，脑壳"嗡"的一声，涨得比水桶还大。这邓某人也太仗势欺人了，明明刘家已正经八百将"声明"贴得满大街都是，他却有眼无珠，一声招呼也不打，倚官挟势，强取豪夺，还有没有天理？难道自己花费了那么多心血和银两，全都打水漂了？

不行！我刘某人天生一副死要面子不要命的脾性。巽祥已脱离羁押，隐藏起来，他再没什么可害怕的。本想与万泰安联手，共同阻遏邓彦华的霸道行径。可是，关键时刻，他却借口出远门，躲开了。万家想当缩头乌龟，我更要挺身而出，让津洲人看看，我，才是津心埔的主人。

想想姓邓的，空有个副军长的头衔，岂知强龙斗不过地头蛇。他真敢无法无天，我就跟你来个鱼死网破，我那"屠门刀"的绰号，可不是白叫的。如何阻遏这群强盗，我已与刘钦益谋划好了。

老狐狸刘钦益，鬼点子就是多。自从当年李沛清乡禁赌，将其钱财搜刮一空，钱庄破了产，他自此风光不再，只能替族长跑跑腿，管管手工作坊。他恨官军恨得入骨。一听要对付邓彦华，嚷嚷一定要将事情闹大，使之成为震惊海陆丰，让邓某手下望而却步的惊天之举。

最后通牒的前一天，经纬楼似乎一切如常，出奇地平静。货物进进出出，职员来来往往，直看得翟副营长气不打一处来。作为一名副营长，听命于邓副军长，却遭到一个商人如此之轻蔑，心底别提有多恼怒。但限令时间未到，他又不敢随意造次。

明天接管经纬楼，他已做好事态恶化的准备：如有人强行阻挠，即实施抓捕，关进牢里；如有人胆敢武力反抗，就毫不客气当场击毙。总之，十时之前，必须驱散清退大楼里所有闲杂人员，宣布经纬楼已由第五军接管，成为禁止擅自进入的军事重地。

风暴潮的到来进入倒计时。就在所有人都为万泰安捏一把汗之时，他却突然消失得无影无踪。除了颜文英，谁都不知他去了哪。

原来，他孤身一人，去了汕头。

说来，世上的事也是太巧了。日前，滨海商埠汕头，随着人口规模扩大，经济发展及城建水平提升，经广东省政府批准，正式升格为市，并设立市政府。合浦人氏许锡清，荣任汕头市政府首任市长。许锡清，就是十几年前，万家经纬楼落成庆典时，随其父亲一起来津洲祝贺的那个学生哥。

万泰安原只是打电话向汕头恒衍分行的掌柜探询一下第五军军长徐景唐是否还在汕头。这一问，居然问出惊喜来，除了确认身兼广东东区善后委员的徐长官，仍在汕头主持处理"会剿"善后事宜，还意外获知，许锡清已荣升汕头市市长。于是，他连夜去了汕头。

许锡清拨冗会见了万世伯，听到给他留下深刻印象的经纬楼，将被第五军无偿征用一事，心里很不是滋味。他答应为世伯出面，请徐军长过问此事，让部下遵循善后之要义，放弃征用经纬楼。

徐景唐，在许锡清任广东省铸币厂厂长时，两人就已相识。许锡清近日的就职典礼，他也前来捧场。可一听许市长为征用经纬楼一事说情，笑脸顿时僵住了，半晌，才含糊其词地说："我会问询一下部属，稍后再给你回音。"

万泰安满怀希望，却被泼了冰水，心里凉飕飕的。既然徐军长不给许市长面子，那经纬楼真的要改名易姓了？不行，经纬楼是恒衍商行的标志和象征，如果毁了，商行的职员心中还有什么豪气和底气？

不能放弃，不要叹惜，必须抢在通牒最后期限之前，赶回津洲。他还有"神龙见首不见尾"的最后一招，就是让翟副营长转告邓彦华：经纬楼隐藏着一个天字号机密，想要拿到秘诀，除非邓军长亲自登门，万泰安才肯予以传授。

万泰安撕掉了第二天乘坐小火轮的船票，专雇一条三桅帆船，乘风破浪，全速飞往津洲。谁知，夜里风急浪高，帆船的头桅戛然折断，船底也被礁石刮破漏水。人一倒霉，喝凉水也塞牙。三桅船驶入神泉港，船主提着灯笼上码头，四处打听有没有船家要走西线。恰逢一外埠商船将在津水港卸货，万泰安便改乘外埠商船赶回津洲。

当商船穿过薄雾，缓缓驶入津小港，万泰安一看怀表，离最后通牒期限，只剩下一个时辰。

第五十四章
亡命徒布下炮仗阵　万会长水淹火药桶

万泰安不停催促人力车夫跑快些，可正赶上渔船归航靠岸，码头与海边路，全是人，任车夫一再大声吆喝，也没多少人给他们让路，车夫只好拐入阡陌小巷。

在颠簸中左拐右绕，万泰安终于来到津心埔。抬头一看，经纬楼悠然屹立于金灿灿的晨曦下。万泰安胸中的焦灼与煎熬，顿时舒缓了许多。

下了车，往经纬楼独立围院的大铁门里一看，吓了一跳，这是怎么回事？只见从大门口直至一楼门廊的甬道，以及楼前的草坪树下，密密麻麻铺着一排排箭炮和连珠炮，红得耀眼，其间还有圆形的踩炮，小臂粗的开天雷、霸王鞭、轰地响等"杀器"。且每隔四五步，就竖着一炷又粗又长的竹芯佛香，佛香脚下系着可以将其拉倒的麻绳，正袅袅冒着青烟。

万泰安推开大门，从立柱后跳出手执佛香的"屠门刀"："谁？！想找死？"一看是万泰安，鼻腔哼哼了几下，鄙夷又狂傲地说："你回来迟了！炮仗阵已经摆布好，快进来，等一会儿老狐狸就要来封路了。今天，这里的一切全由我做主，你不许阻挠。我敢打包票，姓邓的抢不走津心埔。"

"你们是怎么进来的？值夜班的门房都去哪了？"

"你不能怪他们，我们是用刀架在他俩脖子上，逼他们开的门。人也早被我们弄走了。"

"你想干什么？会出人命的！他们有枪，怕你几挂鞭炮？"

刘钦益拿着一把佛香和半笼连珠炮，跑了过来："你们快进去，我要封路了。"

刘监生推着万泰安来到大楼下，只见门廊里堆着摔地炮、组合烟花，更具杀伤力的是用炮筒发射的礼花弹。看来，两个疯子是把全镇甚至东莞爆竹厂，所有的烟花炮仗全都搜罗来了，一旦炸开，足以把大楼震塌。不行，必须设法阻止他们不计后果的癫狂。

谁知，再往里走，发现还有更吓人的可疑物，就是一字排开的三只木箱。刘监生费力拎起一只绕着引火线的煤油桶，放进一个木箱，锁上一把铜锁，把钥匙别在裤腰上。刘钦益回来了，目露凶光，满脸杀气。他吹燃引火的纸煤儿，点燃墙上最大的一支火把。

万泰安知道经纬楼即将毁在这两个活宝手里，怒声叱责道："你们私自闯入我的商务楼，还把它堆成火药库，到底要干什么？想把大楼炸平？你们是真不要命，还是脑子叫猪给啃了？这种办法斗得过姓邓的吗？"

"你发什么飙？为了守住津心埔，我可下了大血本。我知道你不会将洋楼拱手交给姓邓的，我也不愿意受你连累而失去我的福地。等会儿他们将动枪动炮武力夺楼，那我就先帮你把楼给炸了。洋楼没了，剩下废墟，姓邓的还征用个屁！楼没了，津心埔这地，就是我刘监生的了，你也可以睡一个安稳觉了。"刘监生无比得意地说出了自己的盘算。

万泰安没想到，"屠门刀"年事越高，心计越毒，出手越狠。邓某人欺公阔法，让他捞到一根稻草，趁机跳将出来，赤膊上阵冲在最前方。为了攫夺津心埔，甚至全然不顾激怒一军之长，还自以为必是最后赢家。

"我正在跟第五军的徐军长办交涉，你凭什么炸我的楼？快把木箱的钥匙给我！经纬楼，永远姓万，绝不姓刘，你别痴人说梦。"万泰安伸手抢刘监生腰间的钥匙，被刘钦益拦住了。

刘钦益威胁道："洋桶装的全是火药，一磕碰，我们仨都得炸成碎片，洋楼也会炸成鸟窝。不过你放心，四十七团的人不进来，炮仗阵就不会开炸，火药桶也还是火药桶。"

"你们这样做，不仅害了我，也害了你们，还会害很多人。听我的，赶快收手吧。"万泰安好言劝告道。

刘钦益嘿嘿一笑，从挂在身上的敞口布袋里，抓出一个鸡蛋大小的摔地炮，对万泰安说："想看看它的威力吗？"随手往门廊处一扔，"轰"的一声巨响，摔地炮炸开了，冒起一阵带火的黑烟。

万泰安耳朵半聋了，想夺过敞口布袋，被刘监生拦腰抱住："别费劲了，地上还有一堆呢。"

经纬楼传出的爆炸声，惊动了一墙之隔的十一连戴连长。戴连长叫醒昨夜喝酒喝昏头的翟副营长。他睡眼惺忪地看一眼怀表，立刻像受惊的狗从床上蹦了起来，冲出门外，命令兵士全体集合，二排、三排外围警戒，一排跟他准备接收经纬楼。

翟副营长面带威严，大踏步而来。跟在后面的一个兵士，手拿一张十六师的布告。姓翟的正要走进经纬楼，却被一片耀眼的红光刺花了眼，错愕之余，破口骂起娘来。

突然，一个摔地炮，划着弧线，落在大门口，"轰"一声炸响了。幸好他反应快捷，急速闪身避开，才不致被炸中。

刘钦益站在大门内四五丈远的柏树下，举起又一个摔地炮，对副营长吆喝道："命令你的手下，不要跨进经纬楼。否则，踩炮、箭炮、开天雷、霸王鞭一响，把你们炸成烤全羊，可别怪我。"

这时，看守经纬楼的门房，领着万家老少，跌跌撞撞来到津心埔。刘监生和刘钦益的家人，也拉三扯四随后赶来了。而抢在他们前头潮水般涌来的，是看客，心态各异、表情惊悚而又好奇的看客。

人群中还有一个引人注目的后生哥，戴玳瑁框眼镜，留两撇弧状小胡子，客家口音。他是广州《越华报》驻惠州记者，姓陶。两天前他收到一张字条，上面写着：津洲将发生军阀攘夺富商洋楼事件，请拿起你的笔，为百姓伸张正义去吧。

记者边走边问一位穿校服的女学生，发生什么事了？女学生应道，副军长鱼肉乡贤，霸占红楼。记者惊讶，用这句话当标题多亮眼。记者加快脚步，跑向津心埔。

哇，洋楼好壮观！咋回事，地面晒起爆竹来？记者问一荷枪实弹的老总，大楼主人是开爆竹厂的？答曰，不是。两个姓刘的局外人蓄意搅局，企图阻止军队进去接管大楼。

好有创意，下大血本，场面震撼，堪称奇人妙想！记者举起照相机，连连按下快门。

大楼的主人躲哪去了？怎么由局外人控制场面？从枪林弹雨中走过来的军队，真被一地鞭炮给吓住了？陶记者向当官的出示记者证，要求进去采访。旋即，一颗摔地炮在他旁边炸开了，爆炸的巨响和气浪，差点将他掀翻，幸好有老总扶他一把。

翟副营长铁青着脸，汗珠从下巴一滴一滴往下掉。今天，算是跌破了眼镜，见识了一种敢把脑袋别在裤腰带的人，而且胆大泼天，谋略不凡，不但公然挑衅，还狠狠打了他的脸，令他进退维谷。

都怪自己，小觑了刘监生这个吃了豹子胆的千年龟精。刚才，他倚着栏杆，露了一下脸，扬言已在一楼安放了三桶火药，谁敢来硬的，立即点燃引信，把红楼炸为平地，明年好同过一个忌日。副营长相信他的话不只是吓唬，所以，他不敢贸然发令让兵士冲进去。

翟长官让刘钦益叫万泰安出来说话。刘钦益不屑地应道："有我们哥俩在，轮不到他说话。如果你还识大体，就马上宣布取消征用经纬楼，并带着你的弟兄，从哪来，回哪去。如果你不听劝，那就朝我开枪好了。我们已准备好多套对付你的办法，请长官好自为之。"

连长勃然大怒，想朝他开枪，被副营长瞪了一眼，才把枪收回枪套里。

翟长官指指人山人海的围观者，还有记者，压低声音说："我们遇上亡命之徒了。如果大楼炸了，会死多少人，而我们又怎么交差？你去挑选几个枪手，架好梯子趴在围墙上，准备狙击，但前提是必须两人同时击毙，否则就不能开枪。"

连长正要去布置，值守连部的班长匆匆跑来，说："梁团长刚刚打来电话，催问经纬楼拿下没有。我说我们遇上凶悍的刁民了，楼下堆满爆竹和炸药，部队进不去。团长很生气，说有比炮火连天的战场更骇人的吗？过程我不管，我只要结果！"

副营长和连长你看着我我看着你，脸上的汗，像虫子不停往下爬。副营长开口了："传令下去，让弟兄们听我的枪声，一齐朝天开枪，分散他们的注意力。而你带一个排，以迅雷不及掩耳之势突击强攻。"

须臾，砰砰叭叭的枪声接连响起，排长带领一排迅速冲进经纬楼，临危不顾踏进炮仗阵。

踩炮率先炸响了，被绊倒的佛香也点燃了连珠炮的引线，刹那间，万炮齐鸣，火焰迸射，硝烟腾空而起，比战场惨烈十倍。兵士们有的被气浪掀翻，有的眼睛和脸部被炸伤，有的裤裆被撕裂而血肉模糊。

有几个老兵侥幸跑前几步，进入箭炮阵。一个摔地炮飞来，箭炮阵顷刻喷出火化，立时，数个清的箭炮像排枪发起威来，射出一束束焰火，直把冒险强攻的兵士，个个炸得皮焦肉绽，哭爹喊娘纷纷往后退。

刘钦益趁机架起铁皮炮筒，压低炮口朝大门轰出一个礼花弹。礼花弹爆开，里面的火药球随迸射出的火束飞向人群，再第二次爆炸，吓得兵士和看客惊慌失色四散逃开。

首次突击强攻告败，翟长官思索片刻，说："里面还有一个万泰安，他是很聪慧的人，绝不会眼睁睁看着大楼被炸。只不过他对我们怀有敌意，故意躲了起来。我们必须争取得到他的协助，制服两个疯子。"

此刻的万会长，根本无暇顾及刘钦益如何轰击官军，他必须打起十二分精神，紧紧盯住"无痕屠门刀"和三个火药桶。

刘监生贼心不死，再次兴风作浪，蓄谋窃夺经纬楼，万泰安真的一点思想准备都没有。坚持以和为贵的他，对刘监生或明或暗的挑衅，总能从容化解。他要打理恒衍商行那么大一摊生意，当然不会时时关注屠门刀什么时候又要作妖。

这次，浪荡子李沛借"通共"之名，又想趁火打劫，却逼出个苦费心思多年的"屠门刀"替他挡枪。没想到半路又杀出个邓彦华。津心埔、经纬楼，成了万家的魔咒。

汕头之行无果而终，正准备豁出老命，跟邓彦华来一场唇舌之战，没想到比他更焦灼的"屠门刀"来了个越俎代庖，与本家死党悍然摆下夺命炮仗阵，看似可以阻止武夫进占经纬楼，然而，大楼又分分钟可能毁于他们一念间的疯狂。

必须先稳住这对鬼上身的狭路冤家，争取巧妙周旋化解危厄。

大热天，刘监生死死攥着火把，烤得那张核桃脸，都快冒烟了。万泰安劝他把火把换成佛香，遭到拒绝，又献起殷勤，为他递布巾，端水送茶。万泰安乘机用脚尖顶了顶木箱，估摸一下火药到底有多重。很快，他辨出真假来了，断定上铜锁的火药箱，装有整桶的火药，另外两只木箱，可能只是用来充数吓唬人的。

万泰安的嘴巴也一刻未曾闲着。他围绕"退一步海阔天空"，费了不少口舌，都被"屠门刀"粗鲁地打断了。而心里却在寻思，如何将火药箱里的导火绳割断或弄湿。

可是，这刘监生警觉得很，就连尿憋急了，也没给万泰安一丁点靠近的机会。他挥舞火把，将万泰安赶出仓室外，闩上房门，抓过一个古董花瓶放在地上，卷起宽裆裤的裤腿，三下五除二，就把内急解决了。

时间，像老牛推磨一样，碾压着每一个人的神经。

把伤员送回连部抢救的戴连长，给翟长官送上一碗水，翟长官没接，附在他耳边说："你去打电话给驻惠州的师部，就说接管经纬楼受到炸楼威胁。"

半晌，连长回来，答案全写在脸上。师部接电话的是邓彦华的副官，他只听了个开头，就开始训人，直训得连长差点将话筒砸在地上。连长满肚子气，将副官的话，逐字逐句照搬给副营长。

翟长官黑下脸，命令三排排长：将两位疯子的家眷捆起来，押着他们走向炮仗阵，让他们劝说人犯放弃抵抗，否则，就让人质充当开路的炮灰。

两个疯子的家人，被一个个捆成活禽市场的鸭子，排成两行，推着走向大门口。然后由躲在后面的兵士喊话："家人沦为人质，快快放弃顽抗，马上出来谈判。"

然而，两个亡命之徒丝毫不为所动。躲在禾雀花树下的刘钦益，还对家人破口大骂，说他们不听话，偏偏跑来找死，咎由自取。说完，恶狠狠扔来两个摔地炮，把老老少少吓得又哭又号。

三排排长一双斗鸡眼不停眨巴，自己退后一步，对兵士喝令道："全体都有，上枪刺，押着人质前进，目标经纬楼！"

吓得浑身发抖的老老少少，在叱骂与推搡中挪动脚步。兵士虽然用刀尖对着他们的后背，但自己知道炮仗的威力，不敢太过靠前。

又有一群看热闹的街坊，来到津心埔。走在最前面的，却是纱裙飘忽、黛眉紧锁的万家大少奶奶。

颜文英是在公公去汕头那天下午，借口看望在县城读书的儿子舒勋，去了东滘。

颜文英此行的真正目的是要协助公公，弄清楚刘监生是如何拿到津心埔土地所有权状的。很快，父亲的好友，帮她查清了事情的来龙去脉。她又请教过县城有名的律师，同一块土地，一前一后冒出两份土地证，怎么办？律师告诉她，当然是年限早的那一份有效。当事人可以向法庭起诉，要求撤销年限晚的那份土地证。至于二三百年前的土地契约，随着朝代更迭，已经失去法律依据。

颜文英想给公公一个惊喜，没打电话就赶回津洲。一到家，留守的使妈告诉她，刘监生使坏，阴谋炸毁经纬楼，现在各家的人，都聚拢在津心埔。

颜文英眼看兵士用刺刀逼迫一群无辜的人，往铺满爆竹的甬道走去，而江玉娇、董彩鸾、姚夫人、心巧和立春，首当其冲。

"你们不能这样做！"颜文英一声断喝，冲向大门，张开双臂，拦住人质，大声叱问，"满地炮仗，经过风吹日晒，火药捻子一踏就着火，是谁下的命令，要让无辜妇孺血肉横飞？"她虽然腔调高，但语速还是不急不慢。

三排长用二十响指着她，呵斥道："你算老几？我们是在执行师部命令。立即给老子滚远些！"

躲在人群后的万岱仰怕大嫂吃亏，想上前向副营长解释，被管素婷拉住了，不痛不痒地说："你上去添什么乱？老总会有分寸的。皇帝都不急，当太监的急啥？"

颜文英看见官威更大的长官走过来，后面跟着记者，就噔噔走到他面前，说："看你并非枭恶之人，却要做出枭恶之事。你不怕记者的笔头，也不怕触犯众怒？"

翟副营长将双手往后一背，拉下脸说："津洲人个个敢在太岁头上动土，连你也训起我来。我是军人，只知军令如山。如果你害怕血肉横飞，还是趁早离开为佳。"说完，将脸背向一边。

颜文英刚才一番话，听见的人都替她捏一把汗，可翟长官却没有动怒。

翟副营长出身贫寒，向来同情弱者。师部之举，实属造次，他没打算要将事情做绝。但上峰初衷不改，他别无选择。他寄希望于奇迹出现。譬如，方泰安使出浑身解数，说服或制服两个魔头，化解危险；又譬如，老天爷助他一臂之力，下一场阵雨哪怕是小雨，让所有炮仗全都哑了，兵士即刻包围经纬楼，两个神经病束手就擒。可是，整整一个上午过去，不见任何转机出现，老天爷也根本无暇垂怜于他。他心里急得直蹿火。

颜文英看翟长官双眉拧成了结，改用温婉的口吻说："军人也是父母所生，五谷所养。殃及无辜，欠下人命，你的下半生，必将受到良心的谴责。大楼今天进不去，可以明天再进，唯独生命，无法重来，对不？"

翟长官没想到，自己会被一个楚楚动人的女子，像训孙子一样，训得两只耳朵直冒烟。正要发作，猝然看见刘钦益像一只顽猴，一蹦三跳，蹿往楼下门廊，似乎去向刘驼子通报什么情况。翟长官担心刁钻狂妄的他，又将使出狠招，再没心思跟颜文英辫扯短长，一个人走出大门外。

"当兵的听着，都给我停下脚步，否则立即点燃炸药桶！"只听一声怒吼，刘钦益又蹿回树下，并用"隔山打牛"的手法，向副营长抛出一个摔地炮。

刘钦益从小就喜欢玩摔地炮。他叔父是开炮仗作坊的，他经常偷出火药和砂纸等，琢磨制作出不同威力的摔地炮。最初只用来吓唬邻家女孩；半大不小时，就成了与人打斗的武器；等到发生炸人致伤事件后，才专门来打猎，曾炸死炸伤过野猪、豹子和狼。

他的"隔山打牛"，就是让摔地炮打着旋从手里飞出去，再从半空直线降落，命中目标。

估计阻吓武器没炸中副营长，刘钦益双手又掏出四个摔地炮。他吆喝家眷们蹲下，又厉声叱令后面的兵士退开。忽然，三个摔地炮在黄狗子面前炸开，黄狗子不得不往后缩。可最后一个却失手了，落入第二区的炮仗阵。顿时，火花四溅，一场惊天动地的雷鸣电闪开始了，霸王鞭、开天雷、轰地响竞相炸开，把十几个人质吓得全跪扑在地上，凄厉的鬼哭狼嚎不绝于耳。

立春时刻记着本家小姐的嘱托，看见老夫人的衣裙被炸烂，脚腕有血淌出，急忙挣脱绳索，使出吃奶的力气背起她，往外逃。董彩鸾和江玉娇也相互解开身上的绳子，抱起心巧，跑向大门外。

刘钦益的姑爷见丈母娘昏死过去，像狼一样嗥叫起来："兵痞炸死人啰！婆孙双双没命了！"

里三层外三层的看客，霎时乱成一锅粥。耳朵被震聋、人被吓蒙的，拼命往外逃；没看清发生什么事，炸翻哪些人的，却一个劲往前挤。淹没在人潮中的兵士，抡起枪托砸人，挨砸的人气不打一处来，还以一记老拳，再伸手抢夺枪支。而不长眼的刺刀，又把后面的人给捅了。场面失控，卷入厮打的民众越来越多，惨叫声也越来越尖利刺耳。

三排长为了镇住场面，朝天开了数枪，没想到脚下被谁一绊，仰面跌倒，子弹射穿一个后生的下颚。这下更乱了，受害者的兄弟揪起排长，向族人大吼："是这斗鸡眼开的枪，射杀我弟！大伙跟他们拼了！"

在震耳的爆炸声和喧嚣声中，只有趴在围墙上负责突袭的连长，脸上堆起了笑，准确地说，是奸笑。他一手举枪，一手扶着梯子，透过弥漫的烟雾，看见刘钦益想逃入大楼，立即扣动扳机。等得不耐烦的枪手，见连长的"发令枪"已响，也纷纷朝刘钦益瞄准射击。

可是，疯子命大，三蹦两跳，毫发未损溜进了大楼。

甬道的炮仗，在节骨眼上爆炸，军方拿人质当挡箭牌进占人楼的图谋受挫，刘钦益心花怒放。虽然，第一道防线已随之溃决，但他还有第二道防线。大楼前的炮仗阵，威力比甬道的更强，匪兵敢不望而却步？

不过，如果匪兵不肯善罢甘休，硬要闯入第二道防线，最后，只能一不做，二不休，来个鱼"溜"网破，由他引爆炮仗阵，本家族长点燃火药桶，然后，两人趁着万炮齐鸣，烟火四起，逃出经纬楼。

刘钦益将拇指和食指圈着压住嘴唇，吹响口哨，从门廊往左拐，想告诉本家族长，御敌之策不变。同时补充一句，有记者在场，今天的事肯定上报纸，能闹多大，就闹多大。

走廊尽头的盥洗室，传出哗哗的流水声。刘钦益急于要向本家族长表功、献策，一点不把潺潺水声当回事。

惴惴不安的刘监生，看见刘钦益来了，抖着双手拔开窗闩。刘钦益眉飞色舞，对他说了军方的惊恐万状，说了下一步只能胜不能败的策略。刘监生转忧为喜，连连点头，塞给他几个熟鸡蛋。正想问问家人的安危，冷不防有几颗子弹嗖嗖射中了走廊的栏杆。

刘钦益回头看见右侧围墙溜下几个匪兵，朝他开枪，便弯下腰，窜到大楼右边，朝匪兵甩出几个摔地炮。

刘监生担心万泰安耍奸使坏，又将窗户关上。耳边似有水流声响个不停，估计是万泰安心慌意乱，忘了将水喉关上。为了提防万一，他还是把火药箱挪离窗口，放到木架上。

躲在盥洗间的万泰安，听见刘监生把打开的窗门又关上，松了一口气。万泰安自从劝说刘监生不成，被反锁在仓室外，就知道，危险正在一步一步逼近。他围绕扑灭火把，淋湿火药桶，想出一个又一个办法，可是都不能保证一招制胜。后来找到一圈橡胶管，准备用它连接盥洗间的水喉，再猝不及防往仓储室喷水。只是橡胶管太短，又无法将它固定在水喉口。失望之时，看见洗手台的水槽，有水溢向地面，灵光一闪，有办法了。

他不动声色，溜上二楼，将各个房间的面巾、抹布、被单，装进杂物袋，拿到楼下，用它们把盥洗间的地漏口、走廊的排水口，全都堵死，再拧开所有的水喉。他要让天台半间屋子大的蓄水池，倾其所储之水，全都灌往一楼，来个水漫仓储室。

看到盥洗间慢慢上涨的粼粼之水，万泰安一颗心，仿若过火焰山借到了芭蕉扇，一下子舒畅了许多。

渐渐地，水涌出盥洗室的门槛，顺着走廊，向仓储室漫去。

这时，炮仗阵的爆炸，在甬道的拐弯处，停了下来。大门口，也不再像捅了马蜂窝，乱哄哄的。三排的兵士，卸下了刺刀，一字散开，缓缓向大楼行进。

翟副营长也许明白了，逼迫人质做挡箭牌，威慑不了两个中了魔的疯子，反而会激使他们失控，走极端。故而，他改变策略，只让二排长带领兵士，在大楼草坪前待命，这样既给亡命之徒压力，又可等围墙下的枪手制服或击毙疯子后，迅速接管控制大楼。

躲在树下或景观石后的连长与枪手，隔着草坪上的炮仗阵，不时向疯子喊话，要他们放弃抗拒，停止犯罪行为。还许诺，只要合理，军方可以答应他们的声请，不予追究他们的罪责。

刘钦益越听越不耐烦，凭借廊柱的掩蔽，频频以摔地炮回敬喊话者。

刘掌柜今天怎么啦？明明不是自己的事，却上蹿下跳，无所不用其极，无所不显其能。他明知胳膊拧不过大腿，还针尖对麦芒，寸步不让，一副撞了南山不回头的样子，连家人死活也全然不顾。

陶记者对"人咬狗"式的人物特别感兴趣，从景观石后探出头，对刘掌柜说："我是记者，愿意为你们主持公道，请你相信我。你有什么要求，可以直接跟我说。"

刘掌柜阴阴一笑，说："那好，你让扛枪的全部退出围墙，再叫翟长官空着手进来，由你陪同，在一楼大厅，你问啥，我说啥。"

陶记者眉头一皱，说："你先听我一句劝。古人云：宁可千年不悟，不可一时着魔，切切勿入歧途。"

刘钦益听到"着魔"二字，一张冬瓜脸立时变了形，瞪眼、抿唇、鼓腮，仿佛一只气鼓鼓的蟾蜍，正要扑向惹怒它的蛇蝎。

陶记者自知失言了，害怕跟着吃摔地炮，连忙把头缩了回来。

突然，仓储室响起嘭嘭的捶门声。接着，窗户被打开，传出刘监生歇斯底里的吼叫："不好了，我们中计了，屋子进水啰！"

刘钦益一拳砸在栏杆上，冲过来一看，从盥洗间溢出的水，已经淹向仓库。

"我头晕耳鸣，还冒冷汗，眯了一会儿眼，水就涌了进来。"刘监生怕遭责怪，辩解道。

刘钦益不顾布鞋裤腿已湿，转身想去关掉水喉，却见万泰安手握黄杨木扁担，拦住了他的去路。这扁担，油光滑亮，两头各嵌一个铁环，连着铁吊钩。这是挑水工的工具，现在成了对付刘钦益的武器。

刘钦益怒目而视，伸手掏摔地炮，被万泰安用扁担一挑，一戳，再一拽，肘弯顿时麻了，布兜随铁吊钩一滑，就要掉落水中。刘钦益扬起斜踢脚，将布兜剩下的几个摔地炮，踢飞到半空。好一阵子，摔地炮砸落在草坪上，第二道防线的炮仗阵霍然炸响。而刘钦益趁万泰安愣住的刹那间，又飞起一脚，把他踹倒在水里。

刘钦益拍开仓储室的门，对不知所措的本家族长大吼："动手，点火，引爆火药桶！"

刘监生被爆炸声震得几近虚脱，浑身抖得像筛糠，他听不清刘钦益说了什么，但看手势明白是要他点燃引信。他一手扶着木架，一手将快要熄灭的火把伸向木箱，可怎么点，也不见有火花喷出。

刘钦益火冒三丈，推倒几个木架，擎起插在青瓷罐中的另一支火把。

一道黑影劈空而下，刘钦益刚抓起的火把，差点被打落地上。退后一步，回头一看，是万泰安。瞅着落汤鸡般的万会长，刘掌柜嘿嘿笑了。

万泰安二话没说，又抢起扁担，劈向刘掌柜攥着火把的手。刘监生为护住火把，冷不防往袭击者的腿弯一踢。万泰安猝然跪倒在地上，扁担飞了出去，头重重地撞在墙壁上。

刘钦益似乎为了炫耀自己才是胜者，用火把在万泰安身上绕了三匝，才由下往上，点燃三个火药箱的引信。看到火花四溅，他大喊一声"快逃"，扔下火把，拉住刘监生的手，冲向门廊，冲下石阶。

两个亡命之徒，穿过浓烟滚滚的草坪，很快就窜逃至围墙下。刘监生掉头一看，不见万泰安，心里一紧，觉得事情有些不妙。他扯住准备攀梯翻墙的本家，正要说出心中的忧虑，从树后冒出几个兵士，枪口对准他俩，围了上来。

被鬼上身的疯子扔下的万泰安，此时依然一动不动，但保住红楼的强烈意念，在他脑海里不断膨胀，并产生逆转的力量，一点点启动了失去的知觉。

万泰安缓缓睁开双眼，看见三个呈品字形的木箱，都在冒烟，浑身的汗毛唰地全竖了起来。他狠狠咬一下嘴唇，从水中爬起来，一把抱起上面挂铜锁的那个木箱，将它放在地板上，双手撩水想把引火绳浇灭。可是，水太浅，木箱里仍有火花溅出，万泰安一急，抱起木箱，冲向盥洗间。

就在此刻，急于要揭开谜底的陶记者，听见仓储室有动静，几个箭步闯了进来，看见万泰安抱着冒黑烟和火花的木箱，冲了出来，他按下了照相机的快门。

水花飞溅，心如火燎。万泰安疾步奔向盥洗间，猛地往水里一扑，顺势将火药箱按入水中，并翻了个个儿。

　　外面炮仗的爆炸声遽然停了，盥洗间水喉的流水也断了，经纬楼陷入一片寂静。只听见记者在嚷嚷道："惊天地，泣鬼神！万会长奋不顾身，抱起喷出火花的火药箱，扑进水里。大智大勇排险情，光耀红楼！"

　　一阵飞步踏水声，颜文英气喘吁吁闪身而入，眼见公公与火药箱泡在水中，眼泪夺眶而出。她顾不得长及脚踝的纱裙，蹚水上前，想把公公从没膝的水里扶起，可是手一滑，自己反倒跌进水里。

　　翟长官和戴连长在陶记者引领下，走了进来，看见万家媳妇，一手抓起公公的手臂往肩上搭，一手搂着他的腰，再使劲往上挺，两人赶紧伸手帮忙，扶起万会长。

　　翟长官看万会长脸色苍白，额头有一大片瘀肿，歉意地说："对不起，由于我们的疏忽，让你蒙受这么大的惊吓和危险，卑职向你赔礼了。"回头又对连长说："传卫生员，背万会长上楼更衣，并做初步诊治。"

　　颜文英说："不必麻烦长官了，我们自己会处理。"

　　走廊传来婆婆呼唤老爷子的声音，颜文英忙应道："我们这就出去。"

　　龚夫人挣脱岱仰和素婷的搀扶，不顾三寸绣鞋成了水鞋，循声而来。先被满屋子的水，吓傻了眼，再看浑身湿淋淋的老伴，还有一半露出水面的火药箱，打了个寒战，哽咽着说："你逞什么能？没了这栋惹是生非的楼，万家的日子可以过得更清净，更舒坦。身外之物，值得把命赌上？楼没了，头顶这片天还在；你没了，万家的天就塌了！"

　　颜文英看着公公，好想对他说："万家有你这根定海神针，再无惊涛骇浪可怕！"

第五十五章
困岩洞遗孤险丧生　遇奸佞故人相救助

　　一股爱的暖意，激荡着万泰安。是呀，输一回又怎么了？

　　在家养伤的万泰安，心一宽，气一提，每天看看日出日落，风卷云散，身体很快就恢复过来了。再看家里的大大小小，好像什么事都没发生过，该出门谈生意的谈生意，该相夫教子的相夫教子，该迎来送往的迎来送往。总之，万家的那一片天，依然蔚蓝，依然高远。

　　只有一个人，就是三少奶奶管素婷，对红楼被霸占，心痛如割。不过，她在明的一面，不得不效仿婆婆，说些宽慰公公的话；而心底处，却将婆婆的"高论"视为自欺欺人，并试图将它颠覆过来，从而激使公公恢复原有的血性，放手一搏，夺回红楼。

　　她几乎每天都要去津心埔走一走，看看发生了什么变化。回来后，借着给公公婆婆请安，今天说红楼大门口堆起掩体，架起机枪；明天说牌子还没挂，要等高官剪彩后才揭牌。却只字不提被羁押在监房的两个亡命之徒。

　　婆婆告诫她，万家人不恋旧，别哪壶不开提哪壶。

　　自从发生炸楼未遂事件后，婆婆一改"妾妇之道，以顺为本"的旧规，摇身一变，成了万家的垂帘听政者，常常摆出一副说一不二的样子。

　　管素婷无法唤起公公收复失地的勇气和信心，心里别提有多憋屈，但婆婆的话，又不敢不听。

　　这天上午，万泰安在院子里打太极。一串不寻常的鸟鸣，引起他的好奇，便屏气收势，驻足细看。一只红嘴、红脚、尾巴好长的蓝鹊，落在玉兰树上，冲他抖了抖双翅。

　　万泰安猜测羽毛这么漂亮的鸟儿，应该是家养的。他叫人拿来一碟金黄色的小米，放在地上。

　　可鸟儿不敢贪嘴，展翅绕双兰内苑盘旋一匝，就飞走了。

　　万泰安还在回味鸟儿飞翔的优美姿势，电话铃响起。是许锡清从汕头打来的。

万泰安心存感激，那么忙的大人物，还不忘打电话安慰他几句。

许市长由衷夸赞万世伯智勇超群，令人钦敬。

万泰安一头雾水说：贤侄，你拿老朽开心了，老朽愚钝，怎么承受得起你的嘉赞？

许市长说：我是看了《越华报》，才知道这回事的。惊天地，泣鬼神！据军方评估，仅凭那一桶火药，足以将一楼炸塌。

万泰安没想到，记者真把他护楼一事登了报纸，还附上照片，就乐呵呵地说：匹夫逞一时之勇而已，不足挂齿。

许市长说：我特地拿着报纸去见徐委员徐军长，你猜他说了些什么？

万泰安：这还用猜，他在庆幸红楼没有垮塌，过些日子军需仓库可以挂牌剪彩了。

许市长说：错了错了，徐军长也是有血有肉的人。他说万会长明知大楼已被征用，还舍生化险，义勇可嘉，军队还有什么理由去征用他的楼房？

万泰安说：请徐军长别再吊老朽的胃口了。

许市长说：徐军长当着我的面，摇电话接通邓副军长，传下口谕，征用经纬楼一事，有违善后安抚之要义，亦为共产党制造攻击之口实，着令撤销该项谋划，坐实物归原主。放下电话后，又对我说：这篇报道，看似未曾论及军方是非，其实，字字令我难堪。

万泰安惊喜，一再感谢许市长。放下话筒，他捧起老伴的脸，"啵"地亲了一下，说，世事无常，公理自在人心。我刚悟出什么叫"舍"，却意外衍生出"得"来。先给你透个底，经纬楼很快就会完璧归赵。

龚夫人一脸淡漠，说，别忘了，此乃身外之物。不过，我想弄明白一件事，怎会冷不丁冒出个记者米。

万泰安沉吟片刻，摇了摇头。

果不其然，数日后，徐家军撤出经纬楼，翟副营长亲自登临万家大院求芳屈，将该楼所有的钥匙，悉数归还万会长。

至于"屠门刀"，还有"老狐狸"，对抗国民革命军，造成人员重伤，本要执行死刑，因邓彦华生病辞职，没人认真追究，加上刘巽才四处花钱托关系，两人被处以关押三个月，各交罚金三万元，结案。

一场闹剧，随秋风落叶，烟消云散，成为往事。

已是深秋开镰收割的时节。可是，田野上，看不见往年一望无际的金黄，也听不着如谷穗一样沉实的欢声笑语。

挥舞着镰刀的农民，似乎感受到丰收在望，但又十分担忧，地主收租的锣声，在村前的晒谷场响起。

刘巽贞正准备按照上级的指示，着手实施秋收暴动，旋即又被告知，放弃暴动计划，暂停无谓的盲动。

然而，被惊动的反动当局，已经调兵遣将，成立了大搜索联盟。

东南特委和工农武装，面临更为严酷的考验。而就在此时，身怀六甲的刘巽贞，临盆的日子一天比一天迫近。

刘巽贞患上了严重的产前焦虑症，也一度陷入无所适从的重重矛盾之中。

为了打破"女子不如男"的旧观念，不让别人看出有孕在身，她一直用白布束缚腹部。最近听人说，这会极大影响胎儿的发育，极有可能生下来就成了畸形儿。真会这样吗？如果将腹部放开，会不会把同志们给吓着了？

作为东南特委书记，肩负艰巨的任务，面对敌人一轮又一轮的进剿，她几乎没有余暇顾及腹中的小生命，她很不希望他在这个时候来到人世。然而，作为母亲，她又时刻提醒自己，这个小生命，承载着她与郁新凯刻骨铭心的爱，承载着郁新凯的未竟之志，她必须完好无损地生下他，并抚养他长大，成为像他父亲一样的革命者。

还有一个困惑，就是在哪里分娩比较合适。回婆家生，几乎没有多少街坊知道郁家娶了媳妇，而县城又是反动军警最集中的地方，她随时有被拘捕的可能，风险太大；回娘家生，她跟父亲水火不容，更可怕的是，跟周尾妹生活在同一屋檐下，只要她再狠毒一次，后果就不堪设想。要不顺其自然，在哪开展工作就在哪生，一有不测就将婴儿托付给可靠的乡亲喂养，可这样太委屈新生儿了，郁家二老肯定也不会同意。

经权衡再三，她拿定主意，冒最大的风险，回婆家生产。这样，郁家就能最先感受血脉传承的喜悦，婴儿也可以得到最好的呵护。她把决定托可靠的人，捎话给小姑郁新月。

几天后，小姑奉公婆之命，前来探望嫂子。经交通员安排，刘巽贞来到离村子六七里远的芦花溪，在渡船上跟小姑见了面。

郁新月回到县城，悄悄告诉爹娘：得悄悄准备好婴儿的衣物，而且嫂子爱干净，得将老屋清洗清洗，嫂子回来生一大胖小子，不能让她受委屈。

满腹愁肠的二老，喜极而泣，动手做起方方面面的准备。

县委领导也惦记着刘巽贞即将当母亲一事。烈士的后代，革命的接班人，义不容辞，应该把他保护好。可是，阴毒的敌人，采用夜伏昼出、铁壁合围的清剿方式，给红色政权和工农武装，造成极大的威胁和破坏。

必须提前物色一位可信赖的同志，来代理她的工作，保证东南特委和各区党组织在反"围剿"斗争中，避其锋芒，保存实力，渡过困厄。

结合传达四县暴委的指示精神，解决东南赤卫大队的给养问题，陆丰县委吴书记与组织部部长等人，化装成挑夫，秘密来到后圳村。他们看望慰问过刘巽贞后，即与她进行了一个半小时的工作会谈，初步确定了特委书记代理人选，下一阶段的工作方向，以及第二天上午召开扩大会议的议程。

就在谈话进行到一半的时候，刘巽贞隐隐感觉腹部一阵阵发痛，但她没有流露出任何痛苦的表情。会谈结束后，她召集特委部门负责人开了个碰头会，布置了两项紧迫任务：立即通知特委委员、各区委书记参加明天的扩大会议；东南赤卫大队加强外围警戒，保证会议顺利召开及与会者的安全。

入夜，在阵阵呼啸的北风中，刘巽贞担心的事发生了，越来越厉害的阵痛告诉她，产期提前了，回想昨晚被她忽视的见红，可以确定，此时她已经进入临盆状态。

同屋的姜运兰醒过来了，她先调一碗蜂蜜水让书记喝下，再叫来隔壁的大婶。房东大婶是一位热心肠、有人缘的村妇，一直将刘巽贞当女儿看待，村民称她半个妇委，半个接生婆。

大婶叫小姜关上柴门，守在屋外。她掀开刘巽贞的上衣，伏身侧耳，贴着肚皮听了听，再伸手往腹下一摸，一股温热的羊水涌了出来。她抽出被血水染红的手，凑近油灯看了看，回到床前对巽贞说，阿妹，快生了。别怕，有婶在，准保你们母子平安。

大婶褪下巽贞的裤子，盖上被单，叫小姜进来，守在产妇床头。自己回到隔壁，搜出藏在竹筒里的几个鸡蛋、红糖，准备做一碗姜醋糖水鸡蛋给闺女吃。又找出当年自己生子时，婴儿穿的小衣裤，包裹婴儿的小被子。还把一些破旧衣服，撕剪成布片，备用。而灶台上，已经烧好一大锅热水。

四更天，刘巽贞有惊无险，生下一个比一般初生儿小三分之一的男婴。也许是一直遭受不公平待遇，他提前半个月来到人间，而且又黑又瘦，十分赢弱。

　　什么都不懂，又尚未做好心理准备的刘巽贞，对小生命的到来，显然有些不知所措。她虽有一对丰满的乳房，可是婴儿那张乏力的小嘴，吮吸了半天，吸不出一口奶来。

　　上午，东南特委扩大会议如期召开。刘巽贞早早来到开会的祠堂。吴书记见她脸色苍白，十分憔悴，问她是不是生病了。她双手捂着脸，用力按了按，说，没事，昨晚没睡好。

　　会议开了一半，村子北面骤然传来枪声。不久有观察哨前来报告，芦花溪方向出现两个排的匪军，赤卫大队正在全力阻击。

　　刘巽贞请示吴书记，会场是否转移。

　　吴书记镇定地说，依我看，这只是敌人在例行清乡，不是冲我们来的，否则，不会只出动两个排。既然已按预案将渡船藏了起来，又有东南大队在北岸跟敌人周旋，他们过不了河。会议内容多，还是继续在这里开吧。

　　中午，与会同志分头到农友家吃了饭，正要继续开会，西南方向的观察哨匆匆跑来报告，有一个排的正规军，从玄沄方向而来，直奔后圳。刘巽贞暗暗叫了一声糟了，怎么没掌握玄沄驻有正规军的情报？现在必须抢在敌人前头，将与会同志转移到安全的地方，同时，把其他相关人员撤出村外，以免节外生枝。

　　刘巽贞自责地对吴书记说，是我过于轻敌大意，没摸清玄沄一带的敌情，以致出现两面受敌的被动。时间紧迫，请县、区领导，立即跟特委同志向西转移，其他同志朝相反方向撤离。

　　组织部部长拔出手枪，说，只有一个排的敌人，不如放他们进村。参会同志都有枪，还有警卫班，这里群众基础好，干脆来个关门打狗，将他们干掉算了。

　　刘巽贞说，我不同意，这样太危险，我必须首先保证领导和同志们的安全。请吴书记采纳我的意见。

　　吴书记用力点了一下头说，好，听你的。

　　半个小时后，与会同志翻过村西的鸡冠山，再穿过一片松林，来到荆棘杂草密不透风的山沟。走在前头的刘巽贞，绕过荆棘，拨开茅草，钻入山沟深处，才停下脚步。出现在大家面前的，是一个灌木掩蔽、十几平方米大小的岩洞。

　　安顿好大家，刘巽贞准备循原路往回走一趟，看看会不会留下暴露行踪的痕迹，却见姜运兰抱着包裹着婴儿的襁褓，随后赶来了。刘巽贞问她怎么不将婴儿留在大婶那里。小姜说，我担心敌人听见婴儿的啼哭声，会逼迫大婶交出产妇，这样一来，事情就复杂了。

早上，为参不参加会议，刘巽贞与小姜发生了争执。小姜要她为自己身体与婴儿着想，向吴书记请假。刘巽贞认为这次会议很重要，她绝对不能缺席。小姜拗不过刘书记，只好答应暂时保密。

为了不让大家看出"破绽"，刘巽贞往身上多套了两件衣服，多穿了几条垫着草纸的裤衩。现在，姜运兰把儿子抱来了，想瞒已瞒不住了，只好接过襁褓，让姜运兰先钻进岩洞里。

吴书记见到襁褓，心中的疑窦一下解开了。他小心翼翼地抱过婴儿，百感交集地对大家说，同志们，请你们记住这一刻。我手里抱的，是郁新凯烈士的遗孤，小刘书记昨晚才生下的。她为了参加会议，竟然不让我们知道她已经当了母亲，为了大家的安全，还亲自带领我们翻山越岭转移。这看似小事，可我从中体会到，共产党员的忠诚和坚强！

话未说完，鸡冠山方向传来枪响，还有敌人搜山的吆喝声。刘巽贞从吴书记手里接过婴儿，紧紧搂在胸前。

生不逢时的婴儿，半眯着眼睛，在她怀里蹬腿挥臂，一副烦躁不安的样子。刘巽贞眼眶红了，默默对儿子说，你从出生到现在，没吃上娘一口奶，还要跟着大人东躲西藏，爬坡钻山洞，娘，对不住你呀。

山上的敌人一边打冷枪，一边顺着山间的小路往前搜索，脚步声和叫骂声越来越清晰了。婴儿也许受到惊吓，打了一个寒战，哇地哭了起来。这一声哭，不啻一声霹雳，使岩洞里的二十来人，顿时紧张起来，许多人迅速拔出腰间的手枪。

刘巽贞急忙用手捂住儿子的小嘴，又用目光示意大家保持安静。

有人掐着手指，计算山沟上来了多少敌人。忽然，洞外响起嘶啦声和轰隆声，接二连三的石头，从山坡翻滚而下，杀气腾腾砸向沟底。有一块撞在洞口的石壁上，一个弹射，飞进洞里，落在组织部部长的脚下。大家吓得吐了吐舌头，谁都不敢吭声。

敌人的"敲山震虎"，连一只蛤蟆都震不出来，有人心有不甘，又朝山沟打了一阵子乱枪。

枪声在山洞里发出混响，刘巽贞担心儿子又被吓哭，掀起衣摆，罩住襁褓中的儿子，并用乳房堵住儿子的小嘴。

刘巽贞，把注意力集中在敌人的一举一动上，却忽视了对新生儿的眷顾。她的儿子，在臂弯和乳房的逼仄空间中，起初还会以四肢的伸屈，来表示抗议。慢慢地，只剩下偶尔的扭动，接下来，他好像睡着了，身子与腿脚不再动弹了。

敌人总算折腾累了，骂骂咧咧走了，山沟也随之寂静下来。刘巽贞长长呼出一口气，稍稍松开臂弯，蓦地觉察襁褓里的儿子，有些不对劲。她急切掀起衣襟，打开襁褓一看，儿子双眼紧闭，手脚发硬，浑身紫黑紫黑的，一动也不动。

姜运兰哭了，立即将婴儿抱出洞口，用手为他扇起风来。

吴书记一手揪住自己的头发，嘴唇微微翕动，却不知说些什么，才能缓解小刘书记的痛苦。

五区委的陈书记搓着双手，对吴书记说，婴儿憋气太久，得赶快抢救，我来试试吧。他走到姜运兰身边，用手指撑开婴儿的眼睑，看了看，再试了试鼻息，又掏出婴儿的小手，为他把起脉来。

吴书记看他出手不凡，蓦然想起，老陈出身郎中世家，医道不浅，心中倏地亮起一丝希望之光。

放下婴儿的小手，老陈对身后的刘巽贞说，婴儿气闭不通，手足厥冷，估计刚才口鼻被堵，导致冠脉缺血，必须马上施救。

刘巽贞一听婴儿有救，心如刀绞的痛楚，稍稍减缓了些。她拭去眼角的泪水，说，需要我做些什么，请讲。

老陈又搓搓手，对姜运兰说，你去荆棘丛中找找，挑选不容易折断的硬刺，掰扯几根回来备用。

回头又对刘巽贞说，请你将婴儿竖着抱起，并用一只手托住他的头部。老陈口中一边念念有词，一边有节奏地揉搓、轻拍婴儿的背部；继而，又用手指弹击婴儿的足跟。

可是，新生儿依然昏厥不醒，毫无反应。

姜运兰捧着一把各不相同的硬刺回来了。老陈挑选韧性最好的一种，放进嘴中衔了片刻，取出来，对准婴儿足底的涌泉穴，用力一戳，捻了捻，拔出来，再从伤口挤出几滴黑紫的血。

婴儿被平放在地上，岩洞里的同志，个个为他揪紧了心。可小家伙似乎并不领情，连动弹一下都没有。

老陈不急不躁，从口中取出又一根硬刺，对准婴儿的人中，力道适中地往下一扎。大伙屏声息气，静静等候奇迹的出现。

老陈捻动硬刺，快速一拔，人中冒出一颗血珠。婴儿咳了一声，手足一抖，哇哇哭了。

心碎了一地的刘巽贞，也哭了，泪飞如雨地哭了。

一个内心强大、意志坚定的女子，当着众人的面，仰天恸泣，滴滴泪，尽是血。这其中，有郁新凯牺牲的悲，有差点捂死新生儿的痛，也有儿子失而复得的惊喜。

同志们悬着的心放下了，个个热泪盈眶，又人人露出由衷的笑。

翌日深夜，一条竹篷船，驶入印月河，悄悄停靠在县城迎仙桥下的码头上。冷风凛冽，河堤上一个人影都没有。刘巽贞母子，在冯天浩、姜运兰等人的护送下，来到北堤老街的郁家。

为了同志们的安全，刘巽贞不肯让护送人员在县城久留。冯天浩和姜运兰忧心忡忡，迟迟不愿离开。经不起再三催促，他们告别刘书记，回到船上，顺穿城河离开县城。

郁家二老与小姑新月，惊喜交集，泪眼婆娑，他们争相抱着郁家传宗接代的小祖宗，亲了又亲，看了又看。

婆婆叫小姑点燃艾草，把房间熏上一遍，然后扶嫂子和侄子上床歇息。她自己一边念叨着坐月子要注意的事，一边在灶台上忙开了。她要卧几个荷包蛋，给媳妇补补身子。

这么多年过去，刘巽贞又找回了家的感觉，找回了亲情的温暖。

清早，刘巽贞叫小姑去一趟马街，请五杏堂的颜大夫，来家为新生儿号脉诊断，同时也开个方子帮她催催奶。

颜景悦刚用完早餐，一听北堤老街郁家的姑娘来请他出诊，二话没说，背起药箱，坐上人力车，一刻多钟就赶到老街的横巷口。

随后而来的新月，引领颜大夫走进郁家小院，直奔嫂子的房间。

颜大夫在房门口停住脚步，问道，我可以进去了吗！

叔，快请进，给您老添麻烦了。一个耳熟而甜润的嗓音，使颜景悦立时想起长女颜文君。

走近一看，一个系着头巾的女子，靠在床头，怀里抱着黑黑瘦瘦的婴儿。而她一双秀目，如秋水般波光粼粼，给陋室增添了不少亮色。

叔，我是津洲的刘巽贞。久未登门拜望，您与婶母一切可好？

哎哟哟，你看愚叔这双老眼，一个字，拙。叔与你婶子，一切如故。平日没少惦念你。几时回的县城？

颜景悦嘴上跟巽贞说着话，心里却直犯迷糊。几个月前，颜景悦目睹郁家的独子在龙台山下，惨遭刽子手乱刀处死。后来，他从文英口中知道，这位顶天立地的殉难者，就是刘巽贞的夫君。他为巽贞自豪，也为她扼腕长叹。

目下，猝然在郁家见到刘巽贞，而且还出现一个婴儿，他是愣怔了片刻，才把有点乱的头绪给理清了。

颜景悦缓缓打开药箱，让心中的万般感慨平息下来。

经过一番细心的望闻问切，他啧啧称奇地对巽贞说，你们母子，也许是独得上苍的庇荫，虽然气血、筋骨都很虚弱，但先天还算圆满，五脏六腑都无大碍。你，积劳积郁过度，易受风寒浸淫，坐月子期间，重在滋补元气，化瘀去垢，消除郁积。至于赤虾仔，也真命大，除了补血理气、润脏降逆，关键是要有足够的奶水。

颜景悦为母子开了处方，还列了木瓜、鲫鱼、猪蹄等膳食单子。他掏出五个银圆，让新月去五杏堂抓药，再去市场置办食材。

巽贞说什么都不肯让新月接下银圆。颜大夫生气了，说，你与文英情同姐妹，你就是我的女儿。我现在只不过是尽一份娘家的礼数。这一个月内，我三五天就会来一次，食材、用药我会安排人给你送来。你尽管敞开胃口，该吃的吃，该喝的喝。同时，每天保证足够的睡眠。只要你身体早日复原，婴儿健康发育，我才无愧于"叔"这个称呼。

一晃冬至将到。这天中午，小雨初晴，郁家虚掩的院门被推开了。一位客人，用食指钩着一袋二十斤上下的赤米，走了进来，看见竹竿上晾着片片尿布，以为是走错门了，正要退出，被新月叫住了。

来人是曹其峰，自从郁新凯就义之后，他就成了郁家的常客。每逢初一十五，他总会送来一些柴米油盐，顺带看望郁家二老。

此时的曹其峰，跟在津洲当区长的曹其峰，仿佛变了一个人似的。以前的曹其峰，西装革履，头发油光可鉴，一副踌躇满志的样子，开口民主博爱，闭口为民前锋。如今的曹其峰，仪态举止判若两人，一身松松垮垮的粗布唐装，半脸野草般的胡须，不时乜斜双眼对着天空发呆，一副没人敢惹他又懒得惹别人的样子，大有随性而来随性而去的桀骜和自在。

新月起初被他的邋遢吓着了，拒不让他进门。但郁家二老，却被他的执着和真诚打动了。曹其峰对二老说，我们两家虽说非亲非故，但新凯有恩于我。我冒犯过新生政权，是新凯保住了我的命；新凯义薄云天，用鲜血引领后人走向新世界，我怎能对养育他的白发人，不管不顾？

新月曾跟嫂子提起过曹其峰。嫂子问她，你觉得他是不是冲你而来的？新月把头摇得像拨浪鼓，说，他其实是个正人君子，除了孝敬爹和娘，对我好像总保持一种距离，也从来不跟我开任何玩笑。

新月关上院门，见曹其峰仍然呆站着，就说，很惊讶是吗？如果我说出谜底，你能保证守住秘密吗？

曹其峰觉得事情有点大，一本正经地说，如果不该让我知道，就别说出来，我现在就回去；如果应该让我知道，你就别把哥当外人。我，可以向你亲哥发誓。

新月哈哈笑了，说，那好，我告诉你，我的嫂子，亲嫂子，十来天前生下一个小子。我嫂子是津洲人，你认识的。

当刘巽贞抱着婴儿出现在堂屋时，曹其峰惊讶得以为是在做梦。

他仔细看了婴儿的面部轮廓和五官，说，很像，是造物主的杰作。庆幸郁家，香火得以延续。

刘巽贞与曹其峰像久别的故人，聊了起来。刘巽贞问他，离开津洲后，目前在哪里高就？

曹其峰应道，自从脱离国民党后，不再问津仕途，又没别的本事，只能回家帮助父亲管理火柴厂。

刘巽贞说，据传你在学校是高才生，在津洲时又常言要锐意革新，现在怎么了，连说话都老气横秋的？

曹其峰自嘲道，我现在成了一朵闲云。我只有来到这里，才能找到自我的感觉。而在别处，包括我家，我几乎忘了自己会笑，会说话，会生气。一犯糊涂，就乜斜着双眼，对着天空发呆。我能回忆起往事的许多细节，却记不住昨天父亲为我拒绝相亲订了哪些话。有人教我，用舞剑、练拳，来矫正自己，可是，徒劳。

刘巽贞皱着眉头说，应该是心理的问题，建议你去省城找西医看看。

曹其峰摆摆手说，不想去，估计去了也没用。噢，对了，你给小子取名字了没？

刘巽贞笑吟吟地说，我想好了，叫上晗，郁上晗。

就在他俩聊得正酣之时，一个胖女人，鬼鬼祟祟，来到横巷口。她装作扣鞋带，在郁家门口的石阶坐下，双眼透过门缝，贼溜溜直往屋里望。

可是门缝太窄，什么都没看清。她装作等人，躲进郁家对面的杂货铺，一双贼眼，紧紧盯着那对障人耳目的木门。

终于，郁家的院门打开了。一个衣着朴素、体态轻盈的女子，送客人出来。只是，就那么一闪，没等胖女人看仔细，那女子已经把院门关上了。

因多年未见，养肥的鹅纠结了半天，还是拿不准到底是不是她。杂货铺人进人出，肥鹅太占空间，不好意思再待下去，只好对掌柜说，改日再来。

三天后，是一场冷雨成全了肥鹅。颜大夫从郁家出来，天空骤然下起纷纷扬扬的雨。那不轻易露脸的女子，攥着一把伞，急急跨出了院门。

胖女人的贼眼一亮，浑身赘肉一抖。没错，就是她，终于让我逮着了。

当年，她为林局长说媒，磨破了嘴皮，跑断了腿，结果，丰厚的媒人钱，一分没拿到，还险些挨打。这个小妖精，神秘地消失了好些年，如今骤然出现在郁家，还带回一个崽。姓郁的是赤党大头目，早已上了断头台，肯为他生下遗腹子的女人，一定有着不简单的来头。胖女人阴阴一笑，转瞬消失得无影无踪。

晚上，曹其峰堂姊的外甥偷偷打电话告诉他，林振光到警卫队向主官告发郁家，说原共产党要犯郁新凯的姘头，藏匿在郁家，还为他生下一个崽。林振光断言，郁某的姘头，一定跟郁某是同一路货色，不缉捕归案，必成遗患。林振光更像一条疯狗，连曹其峰也被咬上一口，称他是脱党分子，经常进出郁家，肯定已被"赤化"。

曹其峰没时间理会告发者怎会是林振光，当务之急，必须抢在警卫队出动之前，将刘巽贞母子安全转移。

苦苦思索，一筹莫展之时，听母亲说要去看戏，曹其峰脑中灵光一闪，有了主意。他吩咐堂姊的外甥，安排两个小混混，伺机在戏院放黑枪，制造混乱，拖住警卫队。曹其峰搁下话筒，在家门口叫了人力车，火速赶往北堤老街。

为了不惊动街坊，他以跟刘巽贞约定的方式，用当时不多见的手电筒，透过门缝打光，向刘巽贞发出暗号，叫开郁家的门。

曹其峰告诉刘巽贞，林振光已向警卫队举报，军警即将出动，你们母子，必须立刻离开县城。他回头问郁大叔，周边农村有没有可靠的亲戚？

郁大叔说，我有个妹妹在郊处的棋盘村，那里巷道九曲十八弯，可以到那里避一避。

刘巽贞几年前曾跟新凯在那里发动农民加入农会，对姑母和村民的印象不错，便同意了公公的建议。

郁新月抱来小上晗，对嫂子说，我陪你们一起去。我要代替哥哥，全力保护你和小侄子。

刘巽贞用手指刮了一下小姑的鼻子，小声说，我到了那里，姓名就叫柳忆卉，记住。

刘巽贞见婆婆泪水盈眶，搂住她的肩膀，说，你们二老多多保重，不必为我们担心。记得，如果黑狗子追问，你们就一口咬定，是一不认识的村妇，临产腹痛，倒在院门外，你们经不起哀求，才收留了她。她拿钱让你们帮她请大夫。就这样在家住了几天，傍晚已经乘船回乡下去了。

第五十六章
重拾刀枪打出新威风　东江苏区迎来阳春日

苏区的腊月，难熬的腊月。

虽说没有冰天雪地，但凛冽的北风，夹杂着冻雨，呼啸而来，大小村子仿佛被冻僵了，半天看不见一个人影走动。

蜷缩在某个旮旯里的幸存者，从稻草堆里探出头，悻悻发出一声长叹。他们历经过一次次"围剿"，侥幸把命保住了，可家早已化为灰烬，庄稼也颗粒无收。

想起闹农潮的那些年，想起新生政权成立的第一个春节，他们是那么欢快，那么幸福，那么扬眉吐气。翻身做主人的好日子，什么时候才能重新回到他们的身边？

陆丰县委为了应对"会剿"，决定在全县实行党员职业化，把脱产半脱产的党员，分散到乡村、圩镇，从事教书、小贩、手工、苦力等行业。这样一来，党员既能深入到群众中去，身份又得以掩护，还能调动激发群众的斗志，领导他们跟土豪劣绅展开各种秘密斗争。

这一举措，使群众感受到党的顽强生命力，从而充满信心和希望。其中的坚定分子，积极向党靠拢，在最黑暗的时刻，毅然跨入党的行列。各地遭受破坏的党组织，从而逐步得到恢复、健全和发展。

省委为此专门致信陆丰县委，肯定和表扬了这一做法。

形势在悄悄发生变化。西北特委，利用敌军防线收缩、反动集团内部矛盾日益尖锐，加紧领导群众开展对敌斗争，掩蔽在山区的武装队伍，也恢复了游击活动。

只是，因为敌人大举进驻山区，陆丰县委与海陆紫特委失去了联系。

为了避开敌人对山区的封锁，加快东南地区革命势力的恢复和发展，陆丰县委决定将机关迁往南坛北面的蓝坑村。

1929 年 5 月 26 日，中共广东省委为加强对陆普揭惠边区的领导，指示陆丰县委将机关迁驻南阳山区。6月，秘密转移工作完成，陆丰县委机关迁到龙坑、深堀等村。同时，遭受破坏的中共南坛、玄沄等区委、区苏，也在这里重新建立。

南阳山区，西北与揭西县河婆镇接壤，西南与陆丰县河滇圩交界，北面、东面毗邻普宁县里湖等潮语区，东南与惠来奎潭相连。而南阳山脉向东南延伸，横跨奎潭，即进入大南山区。

随着陆丰县委机关的进驻，南阳山区成为联系大南山根据地与海陆惠紫的桥梁，也是指导陆丰革命斗争的中枢。

夏末，分散躲藏在深山僻野的工农武装人员，纷纷回到各自的村镇，寻找自己的队伍。他们热切期望重新拿起武装，消灭反动派武装势力，恢复红色政权。掩蔽于津东与汀江两岸的津洲赤卫队，也悄悄集结起来，重新回到官帽村。

陆丰县委看到革命形势在渐渐复苏，决定将武装人员组织起来，以西北的激石溪和东南的芹菜洋为驻营地，各成立一个连，伺机进行对敌斗争。而津洲赤卫队，作为独立中队，继续活动于汀江一带。

次月，红军第十七师第四十九团，在海丰朝面山正式成立，由彭震任团长，王乾任政委，下辖三个营。海陆丰停顿了半年的武装斗争，又揭开新的序幕。

王乾，又名王国梁，出生于海丰东流圩。高小毕业后到海丰蚕桑学校学习，后又从陆军军校退学。曾任红四师独立营连长、营长。先后三次参加海陆丰武装起义。因作战勇敢，研读过兵法和古今军事史，且能巧妙运用，是个扬名东江的常胜指挥员。敌军一听说是王乾领兵来袭，往往未曾开战先胆寒三分。故敌人视他为克星，总想除之而后快。

正当烈火再次熊熊燃起之际，传来彭湃在上海被捕就义的噩耗。海陆丰人民的优秀儿子，从此长眠在黄浦江边。

刘巽贞听到这一噩耗，含泪在工作笔记上写下一段话：头颅，携惊雷落地，如同回归沃土的种子，必将长成擎天大树；鲜血，随誓言抛洒，在苍茫大地，化成永不褪色的旗帜，引领后来人，岿然前行不息。

革命群众为完成英烈未竟的遗志，纷纷拿起红二、四师留下的枪械，投入到新的战斗中。

红四十九团由刚成立的二百人，猛增至四百多人，且呈不断壮大之势。至鼎盛时期，共拥有一千多人枪，成为东江地区，战斗力最强的一个团。

12月3日，彭震率领红军三个营，攻打海丰县城。遭到保安队、警备队和民团的拼死抵抗。彭震发起数次冲锋，无奈缺乏重武器，均未能奏效。

主动撤出战斗后，王乾就下一步如何开展军事斗争，提出自己的主张：避强攻弱，多点开花；先发制人，抢占重要圩镇。

年末，红二营先侦察，后出击，一举夺取通往惠阳的边界门户高溪，为红四十九团的大本营筑起又一道屏障。海陆紫特委决定，新年伊始，红军主力挺进陆丰西北部，以点到面，逐步恢复原来的红色区域。

1930年1月，红军从激石溪出发，直捣莘田圩。敌人远远看见红军如猛虎下山，一个连的警备队被吓破了胆，仓皇向河凹逃窜，被红七连绕道截断了退路。警兵悉数成为俘虏并缴械，红军一枪未发，占领了莘田要地。

翌日，红军继续东进，兵不血刃收复河凹圩。消息传到陆城，反动县长曾享平如坐针毡，即纠集保安队、警备队和民团四百多人，开赴河凹，扬言工农武装乃乌合之众，再无当年之勇，警兵合力足以将其击溃。

他们懵懵懂懂闯入红军的伏击圈，被当头一阵飞蝗般的弹雨，打得晕头转向，扔卜半地尸体，争相往县城方向溃逃。

红军吹响冲锋号，数百战士一跃而起，怒吼着杀向山下。无路可逃的敌兵，连枪都忘了开，纷纷跪地求饶。战士们不肯让包围圈外的敌人轻易逃脱，一直追至七八里外的三塘口，指挥员才下令收队。

这场伏击战，缴获的枪械足够武装两个排。更重要的是，震撼了陆丰全境，使反动派成了惊弓之鸟。

红一、二营却随团部，悄悄撤回激石溪休整。几天后，他们驱兵紫金，攻下炮仔圩，再回师海丰，夺取海、陆两城往来的必经之地柯塘圩。

红三营，肩负着在陆丰发展壮大革命势力的任务。第七、八连与独立连，既各自为政，又互为犄角之势，密切配合。一方与强敌较量，另一方或出兵相助，或负责钳制周边的敌人。

红三营营长林君杰，为尽快在陆丰打开局面，采取大胆灵活的游击战术，接连打了几场胜仗。他率领两个连，绕道东进，偷袭与惠来交界的大坪，解除了地主民团的武装。次日掉头向南，夜宿深坑村。天刚刚亮，又出奇制胜，攻下陂沟圩，击溃了盘踞之敌。

红三营与独立连从陂沟出发，再次绕道大坪，抵达距离河滇十余里的麻坑村。

初春，梅花盛开，漫山遍野一片雪白。团政委王乾骑着马，匆匆来到陂沟，他给林君杰带来一则好消息：河凹昂塘反动地主叶少贤，刚刚运进一大批军火，足以让三营一半的战士个个鸟枪换炮。因而，他建议先围攻昂塘寨，夺取这批全新的武器。

这可让林君杰犯难了。他已经做好明天攻打西北重镇河滇的部署，连圩内的武装接应，也已安排妥当，再说先攻打昂塘有点舍近求远。而且昂塘是一块硬骨头，时雍楼异常坚固，其拥有的兵力与武器完全不是民团等级的。

王乾同意他的意见，明天先拿下河滇，再联合各乡的农民武装，彻底端掉叶少贤的老巢。

黎明，红军分数路挺进，突袭河滇。在酣睡中发出喃喃梦呓的警备队员，被枪声惊炸了窝，个个如巢穴着了火的蚂蚁，顿时乱了套。有四五个警兵只穿个裤衩就去抓枪，被两名手持伯克门冲锋枪的红军战士，一阵突突突，全倒下了。随后赶来的步枪兵，啪啪啪一番点射，将几个一跳下床就扑上来夺枪的警兵，一个个干掉了。其他四十几个，慌不择路，趁乱或跳窗，或从后门，亡命奔逃。

而满脸横肉的警备队长，一看阵势不对，偷偷溜至马厩，翻身骑上几天前才抢掠来的黑马，扬尘而去。

第三天早上，林君杰率领七连、八连，正面攻打时雍楼，王乾率领独立连和农民武装，分两路进攻昂塘的左右两翼，喊杀声和枪炮声，顿时响彻整个村寨和山谷。

攻防对打了不足半小时，叶少贤的民团，纷纷从工事溃退，甚至连时雍楼也人去楼空。王乾急于要看到昂塘寨刚买来的军火是否还在，就急步走进洋楼一层的客厅，一看，屏风前果然堆放着二十几个军火箱。王乾用手扶一扶军火箱，沉甸甸的，挺有分量，说明枪械还在，没被分发下去，心里松了一口气。

须臾，一个身穿中山装，胸前垂着金色怀表链的年轻者，神态悠闲地从屏风后面走了出来。他自称是叶少贤家的三少爷，举手用小指理理头发，才叫了声"王政委王大人"，然后走向王乾。

王乾喝令他站住："楼主叶少贤逃哪了，怎么只有你在？"

三少爷不慌不乱，压低声音对王乾说："我有紧急军情要向王长官禀报，你可千万别急躁。情报关系红一团的生存，且只能跟你一个人说，请随我来。"

王乾绕着他打量一番，没发现他身上佩枪，言道："有话大厅不能说？别耍什么坏心眼，要不，我的枪可不答应。"

"叶家是官宦之后，深知过门是客之道。"三少爷把王政委领进房间，关上门，神秘兮兮地对他说："追仰高祖叶向高，福州府福清人氏，明代三朝首辅。因受魏忠贤加害，忧郁而死。子孙有一分支流落粤东昂塘，开基兴业至今。高祖传下一把大汉金刀，制作精良，刀鞘刀柄用黄金制作，长约八寸。成吉思汗会将此款宝刀，打赏最威猛的勇士，其军队故而更加所向披靡。宝刀遗世极少，价值连城，至少一把可在省城置换两幢豪华洋楼。"

王乾听说过大汉金刀，但他认定叶家先人再显赫，也不会有这种稀世之物："你情报不说，胡扯宝刀干啥？我这就叫人将你拘押起来。"

"言归正传，首先代表全家全村感谢你，亏你及时传递情报，才使敝人一家和昂塘民团及时退离，新购置的军火也全都转移。家父为了表达谢意，决意让我将大汉金刀赠送于你。"三少爷说到激动处，喉咙被噎住了，咳出一口痰，吐在地上，用脚踹了踹。

王乾怫然作色，拔出手枪对准他，呵斥道："你是什么人？满口胡言乱语，我什么时候认识你和你父亲？"

就在这时，林君杰和一排排长来到时雍楼，从窗口走过时，听见屋里有人要送王政委金刀，就和排长停下脚步。

"现在没有外人，你就不必演戏了。没错，我跟你是刚刚才相识，可家父对你已是没齿难忘。不过家父年纪大了，以后，就由我三少爷负责跟你联络。有重要军情，你就放心交给我。"

"你越说越离奇，我什么时候跟叶少贤有过往来，你们父子是想笼络我，还是想栽赃陷害我？哈哈，真是瞎了眼！"

"我错了我错了！怎么忘了让你先看看金刀。"说着，他从后背拽出金刀，并顺势拔出刀鞘。一道寒光闪过，刀尖直刺王乾。

枪声响了，三少爷倒下了。林君杰带着一排长冲了进来。林君杰见状大呼卫生兵过来，让她一定要救活三少爷。可是，子弹从胸口穿过，人已经断气了。

事情发生得太过突然，王乾愣怔着说："我们中了叶少贤的奸计了，我怎么把这个邪门疯子给打死了，他拿着刀是要刺我？"

林君杰从三少爷手中抽出刀鞘和刀，一看，应该是把好刀。然后他来到大厅叫战士把军火箱撬开。顿时，众人傻眼了，木箱早被开了封。掀开木盖，里面全是石头。

林营长的脸一下僵了。刚才，三少爷和王政委的对白，他全都听见了。但他坚信王政委是清白的，对革命是绝对忠诚的。

只是，这件事不管是真是假，都是大事，如果政委没有主动向组织说清楚，那他是不能装作不知道的。他拿出大汉金刀，自问，这到底是真的还是假的？

红军屡战屡胜，令反动当局如芒刺在背。可国民党新军阀争权抢地盘引发的内讧，日益加剧，无暇顾及海陆丰。广东省政府，为给海陆丰官僚地主壮胆，调派两艘军舰在海面游弋。

这天，有海军陆战队一个营在玄沄湾登陆，并抵达陆丰县城。县长曾享平大喜过望，拿出二十封袁大头奉送营长，然后调遣警备、保安五个中队，配合陆战步兵营，于次日杀气腾腾扑向河滇。

敌军行进至河凹，兵分两路，企图包抄剿灭驻扎在河滇的红三营和独立连。

林君杰获得情报，知道遇上强敌了。擅长排兵布阵的王乾，泰然一笑，连夜召开战前分析会，制定了御敌之策：凭借地形，关门打狗；牵牛上树，斩蹄断角；侧翼夹击，多路牵制。

对王乾心存疑虑的林君杰，反复琢磨政委提出的计略，认为无懈可击。他劝诫自己，疑行无成，疑事无功，大敌当前，应该齐心协力，以击退敌人的进犯为先。于是，在肯定了政委的战法之后，他又补充道：要随机应变，立足于保存实力，伺机把来敌打痛，又不盲目跟强敌硬拼。

东方露出鱼肚白，趾高气扬的海军陆战队两个连，看在曾县长奉送袁大头的分儿上，答应打前锋。东路敌军沿着漯河来到河滇黄沙村。埋伏在山坡上的独立连连长苏阿儿和政治指导员万悟尘，看敌兵进入各自的攻打范围，先后下令向陆战队扔去一串串手榴弹，连人和石头都给炸飞了。

陆战队凭着火力强悍，发起反击，独立连边打边往山上撤。陆战队看山势比较平缓，就紧追不舍，想要分两路包抄，把敢于给他们下马威的共军一举消灭。

谁知，他们越往前追，发现坡度越陡。而独立连看见陆战队紧追而来就撒腿后撤，等陆战队喘不过气停下脚步，独立连又倚借粗壮的树木，回头给他们一顿狠揍。海军陆战队陷入山地战，如同海牛攆山兔，有力使不出。

独立连打一阵子撤一阵子，还不时做出挑衅底线的动作，或喊几句激怒人的话语。直到把陆战队两个连，引入找不见路的深山老林。独立连又突然杀个回马枪，毙他三五个、六七个，直打得陆战队晕头转向，找不着北。

忽儿间，苏阿九远远看见一个受了轻伤、快跑不动的敌兵，被敌连长用手枪指着吼斥，不由怒火骤燃。他向身边的战士要过一枚手榴弹，使出能让手榴弹拐弯的独门技巧，从侧面甩出手去。手榴弹听话地避开树木，在敌连长的身后炸响。

敌连长被炸亡命，让武器精良的陆战队惊恐起来，自知在树林里对打搏杀没胜算，便纠合残兵，翻过山岭，看日头辨方向，由机枪手掩护，爬山路，逃入密林，朝河滇继续进发。

独立连没多久就干掉机枪手，尾随陆战队，紧追不放。

再说陆战队另一个连和保安队，看前锋上山追击红军去了，以为很快就能将小股共军吃掉，返回跟他们会合。陆战队营长急于求胜，指挥部队继续快速行进。红七连利用道路倚山临水的优势，对沿河而来的敌军，发起猛烈攻击。敌人招架不住，想找地方掩蔽，不少敌兵一脚踏空，旋即掉入河中，不被淹死，也会被冻个半死。有些敌兵，只好躲在岸坡的竹木后面，胡乱开枪。

西路敌军沿着崎岖山路行进，走入谷底，四面山头瞬间冒出滚滚浓烟，敌人知道陷入包围圈，个个心惊胆战。抬起枪正要射击，山上猝然滚下阵阵檑木乱石，砸得他们哭爹喊娘。还没缓过劲，又瓢泼般飞来一阵阵弹雨。

敌军未踏入河滇的山门，已损兵折将一小半，嚣张气焰也就所剩无几了。等进入河滇的"前院"，立即遭到接报赶来增援的红二营五连的夹击。

陆战队指挥官没想到会在山旮旯栽跟头，他们更不愿将这三面环山、一面濒河的地方当坟场。可他们已在曾县长面前夸下海口，不夺取河滇，会让海军陆战队蒙羞。

黄昏已近，攻不进圩集核心区域的陆战队，在巷战中频频挨打，反击时又屡屡扑空，指挥官无心再战，传令边打边撤。退兵令一下，敌军立时乱成一锅粥，保安队和警备队，为了逃得快些，纷纷扔下枪械和物资。陆战队怕天黑再遭截击，窜逃时同样洋相百出，全无半点正规军的样子。

当夜，红军官兵和河滇的农军，带着丰厚的战利品，各自回到驻地。

打了胜仗，独立连许多战士换上了新枪支。高兴劲还没过的苏阿九，来找万悟尘，要他换上便装，一起到镇上的小酒肆喝一杯。

两人醉醺醺时，苏阿九一个劲夸赞王政委是智多星。

万悟尘半捂嘴巴靠近苏阿九的耳边，说，你信不信，我跟王政委实际上是表兄弟，我的母亲与他的母亲是堂姐妹。那年，我跟他约好一起考中央军校，后来我因母亲生病从军校退学，他也跟着我，同时退了学。

那，那以前怎么从没听你提起过？你是喝醉了说胡话吧？

你不怕、不怕丢脸，可我怕，他现在是师、团领导，而我只是连指导员。

我去跟政委说，让他重点培养你，提携你。

你可别胡来，我不要裙带关系，要自己拼搏，多杀敌人多立功。

红四十九团数战皆捷，再显军威，尤其是恢复了山区根据地，使海丰、陆丰、紫金三县边界地区连成一片。鲜红的旗帜，重新在空中猎猎飘扬。

武装斗争如火如荼，推动了红色政权的建立和恢复。东江特委、东苏政府、海陆紫特委，领导东江人民浴血奋战，迎来了第二个革命高潮。以海陆丰为中心的东江红色区域，乘势而上，在不断巩固与壮大中，逐步走向复兴。

根据革命形势发展需要，原红十一军改编为红二师，彭震任师长，王乾任政委，下辖两个团，原红四十九团改为红一团。

1931年春，为加快苏区创建发展，东江特委按照省委指示，决定对革命根据地进行行政布局调整，在潮惠普和海陆紫两块根据地的中枢地带，成立陆惠边区县。

11月，在陂洋圩金坑村，东江特委宣布新的任命决定：提任刘巽贞为陆惠县委临时书记，主持党的工作，陈允厘、马作仁继续担任县委委员，协助临时书记开展工作。

冯天浩向临时书记表示祝贺，刘巽贞甩甩头，什么都没说，却在心里激励自己，一定不能对不起党和群众的托付。

刘巽贞明白，没有属于陆惠县的武装力量，要巩固好根据地，只是一句空话。她让冯天浩、林其夏、曾海滨等，分头召集边区分散在各地的赤卫队员，又派人寻找红军和工农革命军兵败时，埋藏在山沟里的枪支弹药。很快，一支六七十人枪的武装连成立了。冯天浩请来红一团的干部当教官，对武装连进行编练。

为提高红军素质，东江特委军委办事处，特地挑选陆惠县委驻地金坑村东面的金竹陂，举办少年军事训练班，不定期调训武装骨干，还将有潜力的骨干输送到大南山军校学习。

陆惠根据地的红色区域不断扩大，两个多月后，就与海陆紫根据地及潮惠普大南山根据地，完全连成一片。三块根据地互为掎角，遥相呼应，再也不怕被敌人拦腰截断，红军开展军事斗争，也有了比较广阔的迂回空间。

而且，陆惠县面海倚山，地势独特。东北面重峦叠嶂，山高林密，易守难攻；西南片丘陵起伏，面向大海，津洲、玄沄、湖清、金湘四个港口，毗邻香港，战术转移或采购武器药品，非常便利。红一团就是利用这一优势，在武装连和广大农友的配合下，击退从海上登陆，偷袭陆惠根据地的国民党海军王牌陆战队，收复了一度被敌军占据的玄沄、津洲、湖清数城，稳固了苏区疆域，捍卫了红色政权。

及后敌军进攻激石溪，围困大南山时，活动在陆惠根据地的红一团，曾多次奔袭驰援，协同红二团，击退进剿之敌，有力支援了兄弟根据地乃至中央苏区。东江特委书记颜汉章和军委书记袁策夷，率领特委与军委机关，两度迁至陆惠县山区开展工作，陆惠根据地发挥了重要机关驻地和革命指挥中心的作用。

由海陆紫、潮惠普和陆惠三块根据地构成的东江苏区，呈现一派新气象。

已经成为陆惠县委书记的刘巽贞，感觉肩上的担子太重了。她事必躬亲，没日没夜地忙，完全忘了自己还有"母亲"这重身份。只有在某个相对平静的夜晚，她才会想起寄养在棋盘村的儿子。上晗都两岁多了，可她每年最多只跟他见三两回面。

儿子活泼可爱，十个月就会说话。但小姑郁新月为了防止节外生枝，只教上晗称巽贞表姑。母子俩数月半载相聚片刻，他没叫她一声"娘"，而自己也只能在心里喊他一句"儿"。更甚者是儿子不让她亲近，想抱他一下，必遭抗拒，而且是手挠脚蹬，大哭大叫。刘巽贞的内心充满愧疚，也充满隐隐的酸楚。

有空想想儿子，已经很奢侈。眼下，武装连和赤卫队扩编，急需枪支弹药，一直无法解决，常令她夜不成寐。范十三答应帮忙，从香港走私一批过来，可根据地财政匮乏，拿不出钱来。除此以外，保证县委、县苏机关正常运转，扩大武装割据，建设好新生政权，都需要经费。

她对县苏主席陈荫南说，除了没收地主财产，征收税费，还要设法开辟一条创收渠道，让县苏政府的钱袋子不再瘪着。

第五十七章
岱源携眷流亡海外　借刀杀人王乾堕身

正是山民忙于采摘石榴的日子，龙潭乡党支部宣传委员傅秋桐，手拿两个拳头大的红石榴，带着从南洋回来的大哥傅世尧，来到刘书记的办公室。

刘巽贞和姜运兰正在吃午饭，主食是番薯，下饭菜是腌萝卜缨子。再看两人的穿着，跟农民并无二致，身上是打了补丁的粗布衣，脚下都系着草鞋。傅世尧惊讶得半天合不拢嘴：这就是共产党一介堂堂县级干部的生活标准？

傅世尧是在辛亥革命那年过番下了南洋的，他历尽艰辛，勤奋创业，现在已是马来半岛的橡胶园主。这次回来，是想为家乡做点贡献。他先去香港考察一番，看到经营模式新颖的百货商场，生意十分火爆，令他跃跃欲试。住酒店时，他意外遇上昔日的金兰之交万泰安，遂提出两人合股做生意，在陆城开办一家百货商店。万泰安答应回去考虑考虑。

傅世尧回到家乡龙潭村，才知道上月母亲生了一场大病，是姓刘的书记让红军医院，把母亲的病给治好的。

为了感谢挽救母亲生命的刘书记，傅世尧让弟弟带他去县公署一趟。当看到共产党的县委书记在破旧的祠堂角办公，身上穿的，三餐吃的，比农民还差，傅世尧一颗心颤抖起来了。他断定，这个政党有崇高的品格，一定能实现自己的宏大目标。

傅世尧微笑着朝刘书记点点头，说："你们特别不容易，有什么困难需要我帮忙解决吗？"其实，他已从弟弟嘴里了解了不少情况。

刘巽贞赧然一笑，不想在华侨兄弟面前抖家底。直来直去的姜运兰替她开了腔："不怕你笑话，我们不能像国民党那样横征暴敛，所以，苏维埃政府开拓财源、保障供给面临很大的困难。比如，我们的武装队伍，缺乏物资保障，经常出现战士吃不饱，新兵没枪使，打仗没弹药，伤病员缺医少药等情况。"

傅世尧在屋子里踱起步来，绕了几圈才说："我想单独跟刘书记聊几句。"等傅秋桐和姜运兰走出屋外，他对刘书记说："我与万泰安打算合股在东滘开办一家百货商店。到时，你派个懂行的来协助管理。而商店每月的盈利，属于我的那一份，全归你和新政权支配。还有，我回南洋后，会发动华侨捐款，支援你们。"

新年快到了，陆丰县城南堤路中段，新开张一家港味十足的百货商店。商店取了个既好听又不俗套的名号，叫"仨客迷"。顾客问商店总司理曹其峰，这名号有何讲究？曹司理轻抚油光滑柔的头发，正了正清爽挺括的领带，憨憨笑道："信手拈来的。你们多光顾几次，自然就会明白。"

仨客迷百货商店，玻璃柜台敞亮，商品琳琅满目，女售货员长相端庄、制服时髦，还有从留声机流淌出来的幽婉歌曲，让顾客陶醉而忘返。最令人惊羡的是，橱窗里摆着三架锃亮、轻巧的西洋自行车，牌子分别为英国的"凤头"，德国的"蓝牌"和"钻石"，标价在一百一十大洋左右。

仨客迷出售这么贵重的商品，"功劳"应归属于副司理兼采购部部长万岱仰。他坚持走高端路线，做特色品牌，进货渠道也锁定在香港的百货连锁批发公司。

元宵将至，曹家别院迎来两位神秘客人。一位是中共陆惠县委书记刘巽贞，一位是仨客迷商店原始资本投入者、占有一半股权的万泰安。而曹其峰是另一半股权所有者傅世尧的代理人。

曹其峰与万泰安是老相识，他在津洲当区长时，两人就有了交情。此时的曹其峰，已经是中共党员，引路人就是刘巽贞。

刘巽贞约万泰安和曹其峰在曹家别院秘密见面，目的是就建立从津洲到陆城再到根据地的交通线进行磋商。

刘巽贞清楚，万泰安不是共产党员，不能当交通站的负责人。但近些日子，她总是梦见跟万伯父有过接触的上级领导，都支持她发展万泰安入党。其中有李国珍、张善铭等。他们都说现在是非常时期，一切愿意为共产党的主张而奋斗的人，不问他们是否属于非无产阶级，都可以申请参加共产党，只是必须经过长达两年的预备期考验，还需要经高一级党委批准。

刘巽贞当然不会将梦境当真，但还是决定将津洲的交通站设在经纬楼，由万泰安当其负责人。理由是，掩蔽于香港的广东省委，已经习惯将津洲作为传递情报、输送紧缺物资、护送重要领导进入内地的第一站。所以，利用经纬楼、仨客迷和陂洋山货店这个"铁三角"建立秘密交通站，将成为东江根据地秘密交通枢纽的重要一环。而经纬楼，无论明处或暗处，都具有独特的优越条件。

然而，事情并不像刘巽贞想象的那么简单。

刘巽贞把万会长独自请到井台边的小凉亭，轻言轻语聊开了。

岂知，当刘巽贞说起在经纬楼建立交通站时，万世伯摇头晃脑，断然拒绝了。他说，我一个儿子去了香港，一个儿子旅居德国，老伴整天提心吊胆的。眼下又要在经纬楼建交通站，一有不慎，老婆子还能活下去吗？

刘巽贞愣住了，自以为很有把握的事，竟然落空了。但她不相信万伯父是贪生怕死的人，准备以彭湃、张善铭等英烈宁死不屈的事迹来激励他。谁知万世伯摘下头上的绅士帽，从里层掏出一张字条，塞给她，说是要去跟陆丰总商会会长洽谈换届的事，向曹其峰拱拱手就走了，还装作不经意说了一句："津洲教堂适合建交通站。"

回想起来，万泰安最早接触的中共领导干部是李国珍，时间就在第二次东征胜利后，引荐人是她刘巽贞。

当时，李国珍听了刘巽贞的介绍，对万泰安向往革命，愿意为党的事业尽力，十分赞赏。

李国珍紧紧握住他的手，说："鉴于你的特殊身份，我们暂时不能吸收你入党，但你可以通过实际行动，支持共产党，为革命做贡献。"万泰安怔怔地看着李国珍，虽然有些失望，但还是点了点头。

遗憾的是，曾经留学日本的李国珍，已经为革命英勇捐躯了。

而张善铭，担任东江特委书记后，曾数次约万泰安在东滘秘密会面。万泰安视张善铭为莫逆之交，所以向他提要求无须遮遮掩掩。他递给张善铭一份书面材料，说："我希望成为你的同路人。"

张善铭接过材料，快速看了一遍，说："没想到你的蝇头小楷写得这么灵动。我会把你的申请转给特委组织部。但日前需要你保持原有的身份，为党组织、为革命提供财力上的支撑。"

"你要我怎么做？"

张善铭与他窃窃私语，然后说："你可以利用商行的分店和商业电台，为我们提供一些情报；掩护党的重要领导，往返于东江及港澳；为根据地提供紧缺物资，如布匹、药品、火药、纸张、油墨等。"

"谢谢你和贵党信任我。"

"不过，你今后只能与东江特委保持单线联络。我会派一位隐藏很深、代号叫'青斑'的同志，当你的单线领导，而你也将会有自己的代号。不过，你不能向任何人透露你的隐秘身份，也不能跟其他党组织或同志发生交集。一旦遇上卒极之事，东江特委书记会亲自去找你，通过接头暗语与你会面。"

这些，刘巽贞当然并不知情。

别院大门打开又关上，万会长消失在夜色中。心里有些惆怅的刘巽贞，想起他留下的字条，打开一看，一颗心猛地直往下沉：难怪省委交通员像断了线的风筝。她想跑出去，把万伯父追回来问个明白。

字条是颜文英写给她的，平静的语气中透出离别的不舍：省委遭破坏，岱源被港英警方驱逐出境。经批准，我将跟随他一起赴南洋。未知后会何期。

隐蔽于香港的中共省部级机关遭破坏，那是上个月的事。翻开香港1月15日的《中国日报》等，头版头条都刊发了"香港警署一举破获中共南方局、广东省委、香港市委"这一消息。万岱源就是在前一天，因叛徒出卖而被捕入狱的。

万岱源知道认识他的人很少，自己还没暴露身份，就对提审警员说，只是去探访朋友不遇，天晚了，在朋友的房间借宿，以致平白无故被抓。万岱源连真实姓名都没有说出，只报了一个早已准备好的化名，叫"范戴远"。

完成审讯程序后，嫌犯又被用卡车载回侦探部，在大厅排成队。大厅的西墙有一面大玻璃窗，里面用黑布帘遮住。嫌犯逐人被叫到窗前站立两三分钟，先后两次。大家心里明白，这是叛贼在暗中指认他们。

十多天后，所有犯人被押解到香港荔枝角监狱。据说，这个监狱是专门羁押等候出境的政治犯。狱方用阿拉伯数字为犯人编号，再将男女犯人分开关押。男性犯人全被关在二楼大厅，而十来个女同志，被关在一楼的一个房间里。

关押男犯的大厅，靠墙处全是厚木板搭成的单人床铺。万岱源与林道文、陈舜仪、卢永炽的床挨在一起，这样，想交流情况，研究对策，可就方便多了。

卢永炽是个身材魁梧、满脸麻子的大汉，不管面对什么人，一开口非得说上几句白话不可。万岱源早就认识他，可直到被捕后，才知道他就是省委书记。

按照监狱的规定，有亲属在港的犯人，可以食用亲属送来的饭菜；每隔三天，允许家属探监一次。卢永炽是在香港出生的，他的姐妹也在香港，家里算是比较富裕的。

万岱源，也算得上半个有亲属在港的犯人。他原打算不让家人知道他被捕的消息。可恒衍商行驻香港分行的司理，有一批紧缺物资、一笔款项，等"范老板"来取，却迟迟不见他登门。经请律师帮忙打探，才知"范大主顾"已经被捕入狱。

司理用暗语发报，将消息告知万会长，并派人带香港律师去津洲，与万家商量营救事项。文英经请示区委批准，随同家公赶赴香港，着手展开"捞人"行动。并通过律师，先给"范戴远"交了个底。

基于以上情况，狱中同志研究后决定，通过卢、万两家前来探监送饭的亲属，设法与省委幸免于难的领导取得联系，报告狱中同志的情况和代号，然后将组织的指示或营救方案，藏在鱼菜里带进监狱。

他们用粥汤在上厕所带回的草纸上，写下一份寻物启事的样文。准备等颜文英来送饭时，偷偷交给她，并告诉她接头地点和暗号。按照事前约定，寻物启事在专栏贴出后，党组织的人看到了，就会派人来暗示的地点接头。

一旦秘密交通线打通，到时送进监狱里的鱼，就得选择个头大些的。因为传递情报的字条，一般都是藏在鱼肚里送进来。

颜文英第一次来送饭，英籍狱警看她是女性，举止文雅，眼神凄婉，一副楚楚可怜的样子，破例允许她上二楼，直接将饭菜交给范戴远。当然，她也是用了化名的。

夫妻久别，重逢于监狱中，没有抱头痛哭，没有柔情似水，四目相对，千言万语只浓缩成一句问候，一声叮咛，除此之外，就是只有他俩才懂的眼神交流。

颜文英不负众望，成了地下党组织与被捕人员的特别通讯员。她化装后，几经辗转，在中环的中央旅店，见到了一位上级领导，向他汇报了狱中同志们的情况，以及主要领导在狱中的编号。

后来她才知道，这位上级领导，竟然是南方局常委、临时省委代理书记。

获悉党组织正在设法营救被捕人员，同志们眉头舒展乐观起来了，经常互相鼓励，或聚在一起讨论时局，商议对策，还不时哼哼曲子唱唱歌。几十个人，除了一个从上海派回香港的美院学生，被捕后变节，供出两名与他接洽过的同志，就再没听说谁叛变投敌了。

这天，颜文英又送饭来了。她为了让同志们吃饱些，每次都将盛饭的陶钵装得满满的。红眼差佬在检查时，故意用筷子胡乱搅拨一阵，直搅得饭菜撒了一地，又没发现什么，才让文英进去。

范戴远看见了，想发作，被林道文用眼神制止了。

吃完饭，颜文英收拾好盆钵，准备回去。林道文装作被饭噎着，起身将一张纸条塞给文英。文英迅速把纸条藏进短款外套的暗袋里，正要跟大家告别，红眼差佬从铁栅门走了进来，训斥她磨蹭太久，有不轨之嫌，要对她进行搜身检查。

眼看狱警对文英从下到上又摸又捏，范戴远急了，大声嘶喊起来："警察差光天化日污辱妇女，打死摩罗差！"

范戴远朝颜文英眨了眨眼，晃了晃肩膀。颜文英会意，微微一翘下巴。突然，有人抱起陶钵啪地摔在楼板上，警察受了刺激，打了个喷嚏，把唾液全喷在颜文英身上。

颜文英又羞又恼，哭丧着脸，扯下外套，扔在地上，用脚踏了踏，说："沾了别人口水的上衣，还怎么穿，我不要了。"边说边冲下楼去。

红眼警察自讨没趣，走开了。范戴远捡起外套，追到楼梯口，抛给文英："我说'屋里的'，天气冷，不穿外套会着凉的。是我连累了你，我真该死！"

20世纪30年代，香港政府的法律，基本仿效英国宪法。不同政党的存在是合法的，而作为公民，只要不煽动罢工，张贴传单标语，没有破坏社会治安秩序行为，是不能定罪判刑的。

狱内的同志，就是依据相关法规，坚持斗争，争取早日出狱。大家都知道，被香港当局驱逐出境后，当事人想去哪里，是可以自由选择的。

至于出狱后投身何处，同志们经过交流，都有了各自的设想。化名许嘉腾的林道文，说他出境后，秘密带上省委的介绍信，将去上海寻找党中央。陈舜仪使用林德玄这一假名，他选择去厦门找李国珍，他还不知道李国珍已经遇害。

范戴远提出要去海南避一避，然后潜回澳门，这样可以继续为广东省委工作。万泰安在探监时告诉他："必须学会卧薪尝胆。我已经安排好了，出狱后你直接搭乘客轮去新加坡。"

营救工作在紧锣密鼓进行中。狱中同志的家属，想方设法筹措律师费，聘请辩护律师，向法官提出交涉。万泰安拿出大笔款项，通过颜文英，交给党组织。党组织委托同情革命的香港知名人士，出面保释几个骨干领导出狱。

香港当局知道卢永炽是为首人物，但碍于其系香港居民，故判决交纳五千港元后即可保释，且言明必须依法在停留限期内自由出境，若期满仍滞留香港，保释作废，再予逮捕。省委代理书记派人再往监狱与卢接洽，告知出狱后如何与党组织接头，以及接头时间、地点和暗号。因安排周全，卢顺利出狱，并很快由一位同志接应后，从水路护送至上海。

而林道文，虽然也交了数千港元的保释金，可他就没那么幸运了。

集体引渡落空后，驻港侦缉队费尽心机，却颗粒无收，队长梁子光极不甘心。他念叨着"棺材既然打开，就得有人垫底"的口头禅，想出了又一诡计。

他买通了狱官和司机，使递解林道文出境的囚车在半路抛了锚。等车修好，赶到码头，去上海的意大利邮轮已经起航。有人上来说，可以乘坐快艇，追赶客轮。

林道文被押上快艇。可开出西博寮海峡后，快艇不是往北而去，反而拐向西南。

林道文被引渡回广州。不久，应海陆丰反动派的要求，又被押解到海丰县城。

反动派押着他游街示众，他利用这个难得的机会，痛斥敌人的罪行，鼓励海陆丰人民，百折不挠，坚持斗争，直到苏维埃全面胜利。沿途民众，无不掩面哭泣。

反动派被狠狠打了脸，只好奉命将他押回广州。至3月底，林道文在狱中被残忍杀害。

他的夫人杨梅芳在香港监狱闻知丈夫被引渡，曾用丝袜自杀未遂。后同样被引渡回广州。狱友告诉她，林先生已经就义。当晚，杨梅芳以撞墙诀别于世。

陈舜仪被押上开赴厦门的小火轮时，发现有可疑人员在盯梢。他明白了，狗特务是不会真给他自由的，必须设法摆脱他们的监视。火轮渐渐靠近厦门码头时，陈舜仪纵身一跃，跳入海中。他想游向别的船只，躲藏起来，等特务走后，才上岸。结果还是没能逃出敌人的魔爪，因为岸上，早已埋伏着一批警察。

陈舜仪遭逮捕并押回广州，虽受尽十八般酷刑，仍没向敌人吐露一丝党的秘密。清明前夕，他与夫人周淑琴，还有其他几位同志，同时从容就义。

范戴远在选择自由出境路线时，一直坚持要去海南，蓝晶希望能跟丈夫一同前往。而党组织获悉林道文与陈舜仪已遭逮捕，便要求他俩听从万会长的意见，隐姓埋名去新加坡蛰伏一段时间，等脚跟站稳了，再继续为党工作。

范戴远与蓝晶答应服从组织的安排。万泰安通过律师，订好去南洋的船票。

途经东南亚的邮轮就要启动了，押解政治犯出境的警察，将一纸港英总督签署的"驱逐令"塞进范戴远手里，傲慢无知地警告他：离境后，就算你死了也不许再出现在香港。

邮轮离岸了，范戴远看都不看一眼，将驱逐令撕成碎片。蓝晶接过，揉成一团，扔进大海里。

夫妻俩在惊涛骇浪中颠簸了几天几夜，才晕乎乎踏上新加坡的土地。

曹其峰的一声咳嗽，打断了刘巽贞的沉思。时间不早了，刘书记跟曹其峰说了几句加快筹建地下交通站的话，就离开曹家别院，到约定地点与姜运兰会合。本来，她打算顺便去棋盘村，看看儿子上晗。可姜运兰告诉她一个令人痛心的消息：红二师政委兼红一团政委王乾，坠崖身亡了。

刘巽贞的心像被利刀划过，且停止了跳动。她让姜运兰和警卫员掉转马头，连夜赶回县委驻地金坑村。

"昂塘事件"发生后，王乾直到国民党海军陆战队率部进犯河滇被打败，他才回到东江特委与东江军委机关驻地激石溪，向军委书记袁策夷汇报这件离奇而又诡异的事。

东江特委书记袁策夷跟王乾很合得来，他了解王乾的为人，相信王乾的党性。但是，昂塘运进军火这条有价值的情报，是袁策夷单独告诉王乾的，再无第三人知道。那么情报又是怎么泄露的呢？很硬刚的叶少贤不战而退，并把军火提前转移，可以断定他事前获得了红军进攻昂塘的消息。如果真是王乾泄密，三少爷送大汉金刀也就说得通了，可为何又遽然变成要刺杀王乾而被击毙？如今，真与假，可以说已经死无对证。

袁策夷向东委颜书记汇报，一起研究分析此一诡事，颜汉章建议先找行家鉴定大汉金刀的真伪，同时调查叶少贤三子的真实身份和社会关系。结果，公坪圩一古董铺的老板如是说，大汉金刀谁都没见过，但敢断定送来的金刀是赝品；而叶少贤只生了两个儿子，不存在什么三少爷。

既然金刀是假的，三少爷也是假的，那就说明此案，完全是叶少贤或国民党特务机关使了反间计，栽赃陷害王乾，以达到不可告人的目的。故此，这件事情也就被搁置起来了。

可是，树欲静而风不止。上个月，广东省委转来一份机要件，要求东委协查"王乾加入国民党案"。还附上几张照片，一张拍摄自国民党党员总名册，王乾的名字就在总名册上；另一张是王乾填写的国民党入党申请书，用放大镜查看入党人相片，可以认出是王乾，各个栏目填写的内容基本与王乾的简历对得上，连字体也相同。而加入国民党的时间，是在他入读中央军校南宁分校的三个月后。这些材料是我党内线从国民党地方党部获得的。

然而，王乾一口否定曾经加入国民党，这跟他加入共产党之前的考察，以及后来的干部政审，答案是一致的。

这样一来，事情立马就变复杂了。昂塘事件也就被重新翻了出来。

颜汉章指示袁策夷，不能冤枉一个好人，也不能放过任何伪装成好人的坏人。袁策夷派人带上大汉金刀，秘密前往海城，请县城最大的古董行鉴定，得出的结论是：金刀刀柄与刀鞘花纹很精致，刀刃很锋利，金的成色、光泽与刀的制作手艺，很符合那个年代的特点，无可挑剔，金刀是真的。

颜书记对袁策夷说，这个案子，要么是敌人使了连环计，无中生有，借刀杀人；要么是王乾真为潜伏的国民党特务。不能草率，先宣布停职，关押审查。军委要紧锣密鼓深入多方进行调查，取得更具说服力的证据，如果真是蛀虫祸殃，还要不惜一切代价，揪出他的同党，捣毁整个特务组织。

王乾被关进有守卫日夜看押的禁闭室。但他告诉自己，对军委做出的决定必须坦然服从，他坚信自己对党绝对忠诚，对敌斗争原则立场绝对坚定，态度绝对坚决，完全问心无愧。他是因为被敌人视为眼中钉，而遭反动派设局栽诬的无辜者，说明敌人对他惧怕和憎恨到了极点。他要耐心等待组织深入调查甄别，得以澄清正名，还以清白，然后满怀豪情回到战斗岗位上去。

军委保卫科科长带人来到津洲，向独立连做调查。独立连此时正在津洲休整。首位受调查者，当然是万悟尘。万悟尘证明自己跟王乾是同时报考中央军校南宁分校，又同时要求退学的，他以人格和党性保证，王乾并没有在南宁加入国民党。

可是，当调查人员问到苏阿九时，他无意中说出万悟尘与王乾是表兄弟。这就难怪了，万悟尘敢把话说得那么硬气，原因在此。

无巧不成书，省委又发来一份机密件给东江特委，称内线顺藤摸瓜，又查找到同时在军校加入国民党的，还有万悟尘。

万悟尘做梦都不会想到，昂塘事件会牵连到自己，现在他跟政委已成了一根绳子上的蚂蚱。他更不明白，他俩咋就一夜之间变成了国民党。如果否定不了，那他不单犯下欺瞒组织罪、包庇罪，更严重的是，他会像王乾那样，被定性为国民党派往共产党的卧底，或者叫作潜伏者。这回，他不但百口莫辩，更可能会死。

就在被关押十天后，寄希望于通过申辩能澄清自己的万悟尘，听到王乾已经坠亡的噩耗。

激石溪东江军委驻地。仍在接受审查的王乾，满头黑发全都盖了雪，尚未而立的人，憔悴和苍老得令人无法相信。

又到石榴吐子该采摘的时候了。秋高气爽，经报告袁书记批准，王乾想去崖壁上采摘石榴，尝尝新，呼吸呼吸新鲜空气，调节调节心情。两个守卫紧跟着他，三人来到踏石岭上的崖壁上，守卫提出替他采摘石榴，王乾坚持要自己亲自动手。

当王乾的两个衣袋装满四个红石榴后，王乾才发现，左脚被一条银环蛇给紧紧地缠绕住了。他急叫守卫上来，用刺刀把蛇挑开。守卫刚应答一句，只听王政委一声惊叫，随着松动坍裂的石头，一下坠入幽幽崖底。

直到警卫排在崖底找到他时，那条三尺多长的银环蛇，仍然紧缠在他小腿上。

万悟尘开始不再配合调查组，他对保卫科长说："古人云：石可破，而不可夺其坚；丹可磨，而不可夺其赤。我已将审讯当作对党忠诚的一次考验，但我决不会让我的儿子，无端背上一个间谍后代的恶名。"

保卫科长拍着桌子，要他有问必答，万悟尘却无论问什么，都只回答一句："我没有加入国民党，我是绝对忠诚绝对可靠的中共党员！"

那夜，津心埔陈掌柜的大油坊失火，火势随同黑滚滚的浓烟腾空而起，直冲孤寒的星空。

此时的独立连，被连长苏阿九带着，以班为单位，分头去几个村庄训练赤卫队。

苏阿九已经是立春的丈夫。刘巺贞做通母亲的工作，让她答应将二十出头的使女立春，嫁给苏阿九。立春认识苏阿九，也同意接受这门亲事。老妈姚氏一同意，立春就嫁到苏阿九的村子，把苏家老两口，乐得四处夸奖媳妇好。

独立连战士下乡去了，保卫科调查组只能参加救火，临行时保卫科科长提醒守卫人员，一定要盯住万悟尘，别让他发生任何意外。

半夜，大火被扑灭了。保卫科科长回到女子学校，第一件事就是查看万悟尘有没有好好待在禁闭室里。当科长打开锁头及室门，被吓了一跳，里面连人影都没找到半个。

万悟尘失踪了，有人帮助他脱逃。

就在"昂塘事件"和"王乾坠崖"还没调查出可信的结果之时，广州国民政府，命令第三军军长、东区绥靖委员李扬敬，调遣一个师的兵力，在当地二十支警卫队的配合下，向东江赤区，发起新一轮"进剿"。

第五十八章
一声召唤赴香江　破局组建清道工

　　这天，刘巽贞与刚履新的军委主任陈开芹、红三营营长林君杰，县游击队队长冯天浩开会，研究制定反"围剿"之策。她要求充分发挥山区或沿海地带的地理优势，以游击战的方式，与进袭根据地的敌军展开巧妙周旋，避强击弱，随机应变，一口一口吃掉分散孤立之敌，不打得不偿失的消耗战。

　　会议没开完，姜运兰大步流星进来报告，东江特委领导一行数人，骑着马，已经来到村口。刘巽贞宣布会议暂停，携同陈开芹几个迎了出来。

　　徐国声书记和政治保卫局局长林甦，带着古大存，走进位于旧祠堂角的陆惠县委书记办公室。

　　一纸秘密调令，摆在刘巽贞面前。因工作需要，省委决定调刘巽贞赴香港接受新的任务，要求她四天之内往九龙联络处报到。而徐国声对外只宣称，抽调刘巽贞到粤北当巡视员。这纸调令，下得有些突然，连徐书记都感到意外。

　　刘巽贞暂时搁置了对破解敌人反间计的思考。她正忙着恢复根据地建设和对敌斗争，可马上就要离开战斗多年的海陆丰了，心里当然十分不舍。不过，能到省委机关工作，又让她精神振奋，充满憧憬。

　　午饭后，一说话就能听出是海丰梅陇人的徐国声，独自来到刘巽贞的卧室，压低嗓音说："我要去一趟津洲，秘密会见万泰安，把耽搁了的'铁三角'交通线尽快建立起来。既然你准备先回津洲，再乘船往香港，正好给我引引路。"

　　三营长林君杰一听两位书记要一同去津洲，双眉不由拧成了个一字。

　　近日，敌军长李扬敬调遣第六十四团，进驻与津洲相邻的惠来县泠江镇，这对陆惠县东南地区构成新的威胁，令人不得不防。林营长准备派便衣短枪队随行护卫，以防不测。

　　经过刻苦训练，已经能够双手使枪的姜运兰，缠着刘书记，要求陪同她去津洲。刘书记硬是不答应，因为姜运兰很快就要跟林君杰结婚了。

徐书记不同意林君杰的提议，认为人员多了反而容易引人生疑。他指指随行警卫班长彭骞说："我带了两名警卫员，再从你们短枪队抽两三个人就够了。"

一行人乔装成商贾之家走亲戚的样子，骑在马上的两位书记俨然一对夫妻，在众人簇拥下，于黄昏时分来到津洲的嘉华旅馆。

徐书记让刘巽贞安排一下，晚上八时，他要跟万会长面谈，除了探讨建立交通线等问题，还要就万悟尘一事向他做解释：对某一位发现疑点的同志展开调查，是党的纪律，是纯洁队伍的必然要求，每一位同志都必须无条件接受。至于会晤之事，"青斑"同志已经提前通知了万会长。

另外，徐书记想以座谈的方式，会会湖津区的同志们，鼓励他们更加努力开展工作，发动更多的人民群众，踊跃投入对敌斗争、打土豪分田地和红色根据地建设。

刘巽贞用旅馆的座机给万会长打电话，就说有故交想在雅静的地方请他喝茶。接着，她雇了一位人力车夫去盐田湖，把李兰舟接来旅馆。

局势变化出人意料，物是人非，刘友仁已转战大南山，颜文英漂泊海外，万悟尘再无音讯。通知湖津区干部参加座谈会一事，只能交给李兰舟了。而地点，也得由她定。

八时整，刘巽贞陪同徐书记走进经纬楼二楼的会客室。刘巽贞介绍他俩认识后，就退了出来。她下楼吩咐警卫班长彭骞，让每个警卫员耳朵眼睛放机灵点。

她和快速赶来的李兰舟来到大门口值勤室，看见胡管家正跟值班门房聊天，就把管家叫到外面，问他明天有没有商船去香港。

胡管家说，明天一早，本行的瑞恒号商船，等再装上一批禽蛋和蔬菜，就可以起航赴香港。瑞恒号船体大，有暗舱，带个把人不怕红毛水警盘查。

刘巽贞让李兰舟陪胡管家一起去港口，悄悄跟舵公说好明天有人要搭他的顺风船去香港，还问了起航的时间。

徐书记说好九时整开干部座谈会，可时间已经超过半个多小时，会客室的门仍然没有打开，可见二位一见如故，相谈甚欢。

今晚繁星闪烁，夜气沉垂，随海风游弋的萤火虫忽隐忽现，留下一道道警觉的弧线。

桃李园西面的木材加工场，管事的是李兰舟的堂叔。这里的仓库，常被区委、区苏用来召开秘密会议。

此时，湖津区党政军负责人，除了李兰舟，该到的都到了。他们只知道，有上级领导来津洲，说好九时跟他们一起开座谈会，却不知来的是哪位领导。

坐在小炭炉上烧水的铜茶壶噗噗响开了，宣传委员胡见凡往茶缸里扔了一把茶叶，泡上水，给大伙各倒上一杯。独立连连长苏阿九和赤卫队队长卓娘超，听见外面有异响，拔出盒子枪，走出院子，绕工场一圈才回来。脸色白皙、额头长刀刻般抬头纹的刘元，是新来的区委书记，刚从玄沄调过来的。他对组织委员郑开云和区苏主席薛鸿儒说："有关队伍内部是否存在奸细的话题，得注意把握分寸，更要凭事实、证据说话，不能疑邻盗斧，影响团结。至于谈工作设想，倒可以放开了讲。"

经纬楼会客室的门，终于打开了，万泰安送徐书记走下楼来。

忽然，一阵慌乱而急骤的脚步声，由远及近。一群贩卖私盐的盐贩子，手里拿着扁担，像被狼撵急的兔子，慌里慌张跑了过来。刘巽贞拦住一个，问他是不是遇上了盐勇。挑夫气喘吁吁地说，不是盐勇，是数百人的白军，从惠来那边开过来的。

从港口回来的李兰舟，举起灯笼也截住一个相识的大哥，问他到底发生了什么事。大哥上气不接下气地说："六十四团的白狗子偷袭津洲，被我们撞上了。他们紧追而来，是想要堵死我们的嘴。"

那位大哥话刚说完，不远处就响起了枪声。

万泰安一把拽住徐书记，说："旅馆你不能去了，不如回楼上继续喝茶。咱们静观其变，如果他们胡来，我自有办法应对。"

刘巽贞赞同万会长的应对办法，就对彭骞他们说："你们也到大楼里去吧，大门有胡管家和门房看着。"转身朝李兰舟一招手，跟她耳语道："取消座谈会，让苏阿九率独立连火速赶往海边，接应保护领导。同时分兵配合卓娘超的赤卫队，阻击偷袭的敌人。"

刘巽贞怀疑有人走漏风声，仔细梳理一下，又觉得不大可能。

原来，事情完全出于碰巧。驻防泠江的敌六十四团，为了阻遏陆惠匪区的赤党势力向惠来渗透发展，特调派一个加强连，扼守在与津洲交界的石岐乡。

昨天，敌连长接到报告称，派去收捐纳饷的一个班，有去无回，集体失踪了，很有可能被津洲的共军给围歼了。敌连长雷霆大发，决意还以颜色，命令三个排，二更时分包围津洲城，三更发起突袭，把津洲城杀个鸡犬不宁，而且凡是抢得动的，全抢回来。

谁料，从东路进发的那个排，才踏上津洲地界，就撞上一伙挑私盐的苦力。盐贩子起初以为遇上盐勇，本想奉上买路钱就会被放行。等看清黑压压五六十人是扛机枪的军队，盐贩子慌了，扔下私盐，拔腿就跑。敌副连长不想让偷袭提前败露，下令排长率兵追赶，在郊外将他们干掉，尽量不要开枪。

没想到盐贩子个个是夜猫子，黑暗中视物、走路，没有人可跟他们比。当兵的追到桃李园，人都不见了，却发现一幢气派的洋楼亮着灯，便分一半兵士把洋楼包围起来，一半兵士追向桃李园住民区。

楼外传来砸门声、狗吠声、呼叫声、斥责声，随着又响起枪声。桃李园像油锅里撒盐，陷入一片鸡飞狗跳和反抗拼斗的慌乱。

大楼里的万泰安却不慌不忙。他从抽屉里找出钥匙，领着大家来到二楼司理室的卧房。移开一张欧式双人沙发，揭开靠墙处的砖面活动盖板，一个洞口赫然出现在众人面前。

万泰安将钥匙和手电筒交给刘巽贞，说："你带徐先生乘隙突围后，赶往津水港，你们一上船，即叫舵公立刻起航。徐先生和随行战士，可在湖清港停靠后上岸，记得安排精干人员护送。而你再随船前往香港。"

刘巽贞拥抱一下万会长，率先进入暗道。徐书记跟万会长道过别，跟着警卫员，沿梯子走下暗道。大伙弯着腰，深一脚浅一脚相随而行。半刻钟后，刘巽贞打开第一道铁栅门，让大家依次通过。再过半刻钟，大伙终于听见海浪的哗哗声。

当徐国声从礁石群中钻了出来时，身后的津洲城，枪声大作，火光四起。刘巽贞对他说："我们已经跳出火力圈了，独立连和赤卫队，不会让偷袭的敌军得逞的。"

彭骞手握盒子枪，登上礁石，四面环顾，发现一个黑影朝他们疾奔而来，便和警卫员迎了上去。黑影说话了："是我，李兰舟！"刘巽贞对众人说："自己人，是来带我们上船的。"彭骞便退回徐书记身边。

刘巽贞叫李兰舟加快脚步，在前面探路。她和彭骞紧跟徐书记小跑起来。其他警卫员负责断后，提防敌人察觉尾随而来。

当刘巽贞一行登上瑞恒号商船时，津洲东面与北面枪声更加激烈。看样子，应该是独立连与赤卫队，跟偷袭的敌人干上了。

半晌，枪声渐次稀落下来，好像元康新街方向冒出一片火光，然后，枪声逐渐在城郊消失。刘巽贞估计敌人知道津洲不好惹，担心给他们来个反包围，于是，就在大街上放火烧几间商铺和民房，回去好交差，然后下令撤兵。

瑞恒商船驶出港口了，刘巽贞临危不乱和津洲兵民御敌有方，给徐国声留下深刻印象。

翌日中午，刘巽贞随瑞恒号商船抵达九龙半岛，正好赶上第一次接头的时间。她将自己打扮成赴港投奔亲戚的落难女子，手里挽着紫花布包袱，蓬头垢面，颔首低眉来到佐敦道英皇公园。

公园不大，游客不是很多。她选择能看清大门口动静的那张排椅坐下，侧身趴在椅背上打起盹儿来，眼睛却偷偷打量着每一个进进出出的人。

遽然，公园附近的英军营房方向响起激烈的枪声，把众游客吓得脸都绿了，纷纷尖叫着逃离公园。可很快就被赶到的香港警察给拦住了。

香港警方获得情报，说庙街有共产党在开会，便派出一队警察前来缉拿。

差佬一个不漏将游客赶回公园里，要他们逐人接受检查。

刘巽贞知道危险正在一步步迫近，便装作扣鞋带，将包袱里的手枪，藏进花丛下。然后，拎起包袱朝大门走去，准备装聋作哑应付敌人的检查。

蓦地，蹿出一个身穿工人装的男子，拉着她的手，绕到公园厕所的后面，从掏粪工运大粪的小铁门溜了出去。

刘巽贞被男子带到码头，等他摘下蓝帽子，才看清救她的人是邓锋，就是省港大罢工时，在九龙指挥部担任演讲队分队长的那个邓锋。对过接头暗号，刘巽贞一颗揪紧的心才完全放松下来。

邓锋现在的公开身份，是港英政府华民政务司的助理，秘密身份是中共两广省委政保局地下交通站专线负责人。他对刘巽贞说："出于工作的需要，组织接受我的建议，让你假装我失散多年的妹妹，改名邓司岚，你要编好失散后的故事。首先要通过我老婆那一关，让她确信你是得知自己的身世后，变卖自己的家产，回来香港寻亲的。"

下了渡轮，邓锋又对她说："我已在铜锣湾礼顿道租好房子，门牌97号，一幢临街的二层小洋楼，一楼作为铺面，二楼作为你的起居室。至于你的工作，等省委领导跟你见面时，就会做出具体安排。"

数日后的一个夜晚，一位商人模样、浓眉大眼的后生仔，有些面熟，说是要买新上市的西湖龙井，走进刘巽贞新开张的杂货铺。刘巽贞示意伙计熊仔看好店面，将来人迎进里屋。来人口中念念有词："满城春色宫墙柳，错，错。"刘巽贞答道："雨送黄昏花易落，难，难。"

接头暗语对上，刘巽贞领着他上了二楼。

借着不很明亮的电灯光，刘巽贞认出这位二十五六岁、笑得很灿烂的年轻人，就是曾经战斗在东江的红四师政治部陆主任。

在海陆丰为苏维埃而战的日子里，陆更夫跟刘巽贞偶尔见过几次面。他特别阳光的笑，让刘巽贞记忆犹新。而陆更夫却是因为听了不少关于刘巽贞的故事，才对她笑得那么亲切真挚。

寒暄过后，陆更夫放下茶杯，坐直身子，压低嗓音，表情严肃地对刘巽贞说："现在开始谈正事。这次省委调你来，是要交给你一项特殊而又重要的任务。省委三人组决定，打破困局，秘密组建一个外围党支部，代号'三七支部'。这个支部，专门吸纳东江地区遭通缉追捕而流亡香港的党员干部，及战时与部队走散或受伤而隐迹香港的原指挥员。关键一条，他们必须信念坚定，斗志昂扬，不曾向敌人屈膝，不曾叛党。"

刘巽贞好不诧异，这跟她预想的一点都不沾边："这岂不成了地下党的地下党？组建三七支部，目的在于……"

陆更夫目光坚定地看着刘巽贞："一旦省委遭受毁灭性破坏，三七支部将作为应变力量，秘密展开行动，联络幸存的负责同志，转移身份暴露人员，设法营救被捕领导，镇压铲除叛贼，举荐或抽调政治素质过硬的干才，填补领导成员后继乏人的缺陷，尽快重组省委，继续领导两广革命斗争。如果到了危局难挽的地步，可以越级向中央汇报，并执行中央的指示。"

"这个支部由谁领导？"

"组建特别支部，是省委三人组决定的。而我是决定的唯一执行者，负责秘密组建，单线领导。鉴于省委机关多次遭受破坏，特别支部须有严苛的保密纪律。所有成员，包括我，一律以代号相称。成员之间，不问姓名、籍贯、家庭，不问自己属于哪个部门领导，不说自己负责哪项工作。偶尔遇上熟人甚至亲人，不能相认，还要及时摆脱。最重要的环节，是要对每个人的身份和经历，进行严肃甄别和审查。至于特别支部在成员中的称谓，由你自个儿定。"

陆书记的这番话，使刘巽贞顿感压力倍增。她心里清楚，任务越艰巨，要求越严苛，说明组织对她越是寄予厚望，故而就算上刀山下火海，也不能推辞和退缩。不过，她还是如实说出了自己的担忧："我初来乍到，人生地不熟，如何单独开展工作，一点头绪都没有。"

陆更夫看出刘巽贞已经接受这个任务，很有感染力地笑了起来："来，喝茶，放松一下自己。我让你当邓锋的妹妹，并以女老板的身份打掩护，不就先为你铺好了路？有了这层身份，你就可以跟各式各样的人接触。而语言是沟通的桥梁。现如今，大凡追随共产党、组织发动武装暴动者，大多是年轻人，流亡香港后，往往只能当苦力。你先暗中观察，再用方言跟其搭腔，很快就能明了他是哪里人，再通过正反面的试探，即可摸清他的底细。"

刘巽贞展颜一笑："我真笨。不过，确实没想到会交给我这么不一般的任务。"

"你虽是邓锋的上线领导，但不能对他透露'三七支部'的存在。"陆更夫又叮嘱道，"香港是个花花世界，你必须学会喝酒、抽烟、打麻将。这种上流社会女子的做派，可以掩饰你的真实身份。而且，你得快速学会香港话。"

刘巽贞流露出一丝为难，但还是认同地点了点头。

"今后，我俩的联络代号，我称'昆仑'，你叫'秦川'。"

"昆仑与秦川？好，看似遥远而缥缈，实则颇有深意。"刘巽贞钦佩陆更夫考虑问题周全，且能未雨绸缪，"两广省委有你掌舵，相信会少走弯路，再现艳阳天。"

陆书记摆摆手，说："记住，要学会独立判断，不能过于理想主义，对上级也不能过于迷信、盲从。"

片刻，他从怀里拿出一份报纸，指着前任书记章汉夫被捕的消息说："你初来乍到，但还是有必要让你知道，组织正在营救章汉夫等同志出狱。你要尽快打开工作局面，看能不能在这件事情上帮一把。"

刘巽贞点头承诺："我一定尽力而为。"

杂货铺该打烊了，陆更夫告别刘巽贞，步行离开礼顿道，前去轩尼诗道搭乘有轨电车回住处。

一连几天，刘巽贞打扮成有亲和力的中年妇女，在劳工市场、物资搬运站、人力车行，转悠来转悠去。她不时找人问路，跟衣衫不整的人搭讪，跟拉她的人力车夫聊天。这样做，果然能碰上一些海陆丰人。只是，有一搭没一搭聊开后，却发现没有一个符合昆仑提出的条件。刘巽贞心里不免急了起来，怀疑自己是否在某个环节出了错。

这天，刘巽贞去希慎道茶品批发行进茶叶。回来时，一个穿黄色工号背心的瘦高个车夫，拉着人力车闯入她的视线。刘巽贞两只眼愣直了，这不就是多年没见面的林瑞吗？

回到自家的杂货铺，刘巽贞让林瑞帮她把一盆白木香搬到后院，然后在他直起腰时，问道："我已春归年暮，老得让你认不出来了？"

一直低眉垂眼的林瑞，被女主顾辛辣的调侃和幽怨，给刺激了一下，抬头认真打量了她一会儿，双脚一跺地，喊了起来："我的天呀，我真到了老眼昏花的地步了！师、师、师母，你真的是师母，久违的亲人！只是，只是我好像不应该在这里遇见你！"

林瑞迟疑地握住刘巽贞的手，心中五味杂陈。

林瑞是在师长、同窗、战友，一个个惨遭反动派杀害后，仍矢志不移坚持战斗的笃志者。揣着一颗百折不挠的心，他多次带领工农武装袭扰进犯的敌军，惩处反攻倒算的地主老财，成了陆邑"匪首"，被登报悬红通缉。他的家，早被抄掠洗劫了五六次，母亲惨遭杀害，父亲、兄妹逃亡他乡。为了躲过敌人的追捕，他在一个僻远的灰窑当工人，但从未停止领导群众开展对敌斗争。

当肃清潜伏敌特弄得人人自危时，身为陆丰附城区委组织部部长的林瑞，被诬为可疑分子。他不得不在乡亲们的帮助下，东躲西藏，辗转逃来香港。

他成了断线的风筝，在港岛游荡了一个多月。直到双台风将至那天，他救了一个送火柴盒回工厂的女孩，她因挑两只大筐而被风刮倒，人差点掉进街上无盖的沙井。事情由此出现转机。

这个女孩叫彭平，是彭汉垣的小女儿。彭平带着浑身湿透的林瑞，来到位于丹顿街的租住地。林瑞见到了革命先驱彭湃的母亲周凤及其弟媳杨华。

杨华告诉他，海陆惠紫有不少革命者流亡香港，不时来她家里聚集。虽然他们试图跟香港地下党取得联系，可是，由于原所在党组织遭敌人破坏，不少同志已经牺牲，有关党员组织关系的材料也被销毁，他们无法证明自己的身份，无法回到组织的怀抱。

林瑞松开刘巽贞的手，环顾一下带楼层的商铺，猜测她来香港，一定带着什么任务，就说："师母，你不会只来当老板娘吧？"

刘巽贞将竖直的食指往嘴上一嘘："别嚷嚷！"林瑞遭反动当局通缉，肃清敌特时差点丧命，刘巽贞早有耳闻，只是不知道他来了香港。现在遇上了，女人的直觉告诉她，这位兄弟，身上依然焕发着对革命的坚执和激情，他可以成为得力助手。

刘巽贞让林瑞拧开水喉，洗洗手，再递给他一方毛巾，说："我打算召集那些被迫走避香港的同志们，成立一支披坚执义的队伍，继续为党战斗。你看怎么样？"

"我就知道你是挟风带雨而来的人。这个想法好！我全力支持。我明天就把那些流亡香港、革命热情从未消减的兄弟带来见你。也许你不信，我这个原组织部长，已经暗中审查过他们了。"

"我还没审查过你呢，你就审查起别人来了？我需要的是，赤胆忠心、有大担当、有一定建树的党员干部。明天，你带我去见周凤老太太和杨华同志，我想请她们推荐一些来自其他根据地的流亡者，让我认识认识。"

对的思路，对的方向，遇上对的人，把困阻刘巽贞多日的难题破解了。她有选择地跟一些屈蛰于香港的党员干部见了面。因为有林瑞、杨华先替她把关，刘巽贞不但减少了工作量，更重要的是减少了不必要的暴露。

这些被迫屈身于香港的干部，少数带有原所在党支部的密写介绍信，但大多什么都没有，其中有几个按时间论，已超过"脱党"的期限。只是，他们到香港后，一直都在寻找党组织，政治上也不曾动摇，还自觉参加革命活动。但要恢复他们的党籍，加入特别支部，不管脱党期间是否有人证明，都必须进行严格的政审。而重中之重就是他们是否背叛党，或者向敌人悔过自新、认罪自首。

就在刘巽贞为如何进行秘密政审而发愁时，陆更夫给她带来一个好消息：省委组织部即将召开东江地区组织部长会议。

刘巽贞的愁眉展开了，她把准备吸纳进特别支部的人员名单，交给陆书记，由他指派组织干事，将候选人名单列入脱党人员名单中，让县委和特委的组织部部长，对他们进行甄别和审查。如果个别人尚有疑点，再派专人进行深入调查。

为了不招人起疑，刘巽贞为特别支部起了个土气的代称"清道工"。通过政治甄别和筛选，第一批十几位流亡者，被吸收为"清道工"成员。

刘巽贞当然不会忘记，"昂塘事件"给党组织和部队，带来多大的影响和损失。作为处事缜密、政治敏锐、容错率极低的女性领导人，她又以无主题闲聊的形式，对"清道工"的主要成员，进行"面试"。

刘巽贞历经淘洗和磨砺，对辨识人、审视事，自有自己的独特办法。她从战士们的举手投足、一颦一笑、谈吐语速，以及对自身各种境遇所表现出来的心态，可以揣测出他们的个人素养、胸怀禀性乃至意志力和执行力。

她深知，一个组织，除了严明的纪律，还必须形成严密的团队整体。纪律如铁般冰冷，而团队整体却需要爱心、温暖作为黏合剂。刘巽贞知道，要关心了解每一个兵，就得立足于好好爱护他们，让每一个战士感受到集体力量的坚韧、互勉互爱的挚诚，从而形成凝聚力和战斗力。

第一个接受无主题闲聊的是巫振国。他是江西人，原红一营教导员，曾与段冀虎并肩战斗到最后。身负重伤的他从死人坑里爬出来，被一位进城的农友发现背回村里，藏在旧戏台的暗间里养伤。他现在是港岛跑马地快活谷马场的马房管理员。

轻松的交谈，却让刘巽贞感受到他的耿直、刚毅和无畏，他甚至已经把活着看成自豪与荣耀，也把每一天当作生命的最后一天，准备随时将其奉献给自己的信仰。

彭碧求是在哥哥忌辰、她生日那天，被刘巽贞请来吃午饭而聊了起来的。她曾任海丰县团委宣传部部长，奉命与哥哥彭叙赴香港营救被捕的同志。碧求与哥哥假扮成夫妻，身上带着营救需用的钱款。营救行动失败，临时省委留彭叙当巡视员。他返回曲江移交工作时，被捕牺牲。与党组织失去联系的碧求，经人介绍，与嫂子一起到香港大律师艾伦的寓所当"洋务工"。

彭碧求才思敏捷，坦言哥哥的牺牲，是她渴望在枪林弹雨中重塑自己的精神感召。刘巽贞告诉她，战场并非只有一个，回到组织的怀抱，就是重生的开始。碧求点点头说，此刻，哥哥已经在她心里复活了，她以后的战斗，就是她和哥哥两个人的战斗。

唯独不必面试的是姜运兰。她新婚一个礼拜刚过，李扬敬派六十一、六十五两个团，"屯剿"陂洋山区。林君杰率红三营在半月湾阻击敌人，血战时身中数弹，英勇就义。自此，姜运兰刻苦训练双手持枪，左右开弓。她要以双倍杀敌，为爱人报仇。刘巽贞特地调她加入"清道工"阵列。

刚满十二岁的彭平，缠着刘巽贞，要求成为真正的战士。周凤老太太替她说情，让刘巽贞带上她。刘巽贞看彭平机敏灵活，嘴巴严实，适合当小情报员，就破格同意她成为"清道工"一员。

刘巽贞又亲自查看过几个骨干成员的就业场所或居住地，发现有几处可以利用起来搞秘密活动。比如，刘策、林瑞入伙的太平山人力车互助社，阿漪的雇主莎梦妮位于铜锣湾道的洋别墅，香港大律师艾伦的豪华寓所，庄武的"第二故乡"小西湾渔村。

姜运兰在阿漪的引荐下，成为莎梦妮家的又一名帮佣。莎梦妮是港督高级顾问的女秘书，常常夜不归宿。

彭碧求发电报给艾伦，说近期香港治安告急，问他是否雇请一位男佣来守夜。艾伦同意。马瑜哲得以入住艾伦寓所。艾伦是英国人，回伦敦休假期间，整座房子都交给用人管理。他的寓所，侦探警察不敢轻易进入。

3月15日，刘巽贞接到密写通知：两广省委明天将在深水湾一个小渔村召开常委扩大会议，请做好拱卫工作。

刘巽贞召集三个组长开会，布置任务："为配合上级机关的行动，全程监视港岛侦探、警队今明两天的动向；排查深水湾沿岸小渔村有无可疑人员进出；在通往深水湾公路的寿臣山路段，布兵埋伏，一旦发现军警，全力阻击，至少延阻三刻钟以上。"

林瑞很想参加伏击战，但心里清楚掌握敌情也非常重要，就带头表态：全组出动，包括辅助力量，加强对警队、侦探部的监视，利用送烟、请吃饭等方式，向认识的华人警察试探情报，然后及时向"清道工"工长反馈。

庄武说："我干老本行，将以买龙虾海参为借口，前往深水湾小渔村，逐个排查。"

刘策与巫振国、彭碧求耳语了几句，满有信心地站起来说："我带领行动、策划两个小组，以黑布蒙面，在寿臣山设伏，如有敌情，必尽力拖住敌人。"

刘巽贞将各个环节捋了一遍，说："我会安排人在礼顿道的电话亭等林瑞的电话。如有紧急情况，我即坐出租车赶到寿臣山或深水湾。记住，'清道工'要多长一双眼睛，多带一对耳朵，千万别出差错。"

第五十九章
陆更夫抱恨志未酬　潘洪波迷财投罗网

1932 年 3 月 16 日早上，春光明媚，港岛一片宁静。十一时，骤然变天，疾风迅雷，从天而降。大街上，警笛鸣响，三辆囚车和一辆满载警察冲锋队的敞篷大卡车，呼啸而来，驶入总署侦探部。

林瑞透过铁栅门，看见从囚车押下来的人，不是西装革履，就是长衫礼帽，大吃一惊，顿觉情况不妙，立即转身打电话到礼顿道。

刘巽贞接到电话，也断定出事了，即派彭平去密告香姐，让她向隐蔽在不同街道的省委直属机关，发出一级警报，敦促同志们尽快撤离或转移。可是，彭平一踏上轩尼诗道，就差点被骑警的马给撞倒了。

一切已经迟了，各区警署早已倾巢出动，在驻港侦缉队的配合下，对港岛和九龙重点区域展开大搜捕。

时至中午，在寿臣山设伏的同志们，满怀愧疚与懊丧回到艾伦寓所。刘策派姜运兰到礼顿道向工长汇报：港岛各街区的军警表面按兵不动，实际上调派大批水上警察，包围了深水湾小渔村。等庄武听见枪声觉得不对劲，带众人赶到小渔村，警察已经清了场，囚车也早已开远了。

刘巽贞悔恨得直想撞墙，是自己的疏忽酿成大错，竟然没有考虑到警察会出动水师，驾警艇从海上对小渔村发起突袭。但事情非常蹊跷，省委内部一定又出了问题。

第三天，邓锋通过莎梦妮，打探清楚事情的来龙去脉。

14 日黄昏，驻港侦缉队秘密抓捕了廖亦通。廖是两广省委常委、省委驻港特派员。敌人看他衣着考究，一副公子哥儿的模样，故意以重金利诱，许以十根"大黄鱼"，来换取屯港共产党的机密。他脸一别，装出不屑一顾的样子。可当他一听妻子被擒，正在隔壁受刑，立马变成另一副模样，浑身傲气变成摇尾乞怜。

凌晨，荷里活警察总部侦探部将他放了，让他照常前往深水湾参加常委扩大会议。

警察总部电令港岛南区香港仔水警队倾巢出动，天亮前弃艇步行抵达小渔村外围小山头，形成包围圈，九时半收缩包围圈，突击抓捕参会的共产党要员。

敌人太过狡猾，"清道工"执行拱卫任务失败，林瑞和庄武陷入深深的自责，一个是没有发现廖亦通被捕叛变，一个是排查会场安全出现疏漏。

刘巽贞劝勉大家振作起来，除了吸取教训，提高情报收集能力，最要紧的是，抓紧转移身份可能暴露但未被抓获的同志，全力营救入狱的省委领导，严惩屈膝投敌、出卖同志的叛徒。

警方的搜捕行动仍在继续。

刘巽贞十分期待省委常委、三人小组成员潘洪波，快快回到香港。他可以暂时不露面，但必须与秘密通讯点接上线。按照规定，如果两广省委"告急"，三七支部与一号领导脱线，必须尽快与幸存的二号或三号取得联系，并执行他下达的任务。可二号领导，似乎人间蒸发了，危急关头，省委怎能群龙无首？

不能再等了，应变力量必须在危难时刻发挥作用。刘巽贞当机立断，派彭平去找香姐，因为只有彭平才知道经常变换住所的香姐此时住在哪里。刘巽贞启用一号领导授以她的特权，用暗语指派香姐设法找到必须离开香港的同志，于第二天晚上十时，到港岛石澳湾集中。而船只由庄武负责联系，撤离人员上船后，他将与孟仔连夜护送他们去汕头。其领队，再按香姐提供的地址，找到汕头地下交通站。介绍信经过验证无误后，交通站会护送他们去潮安，再经大埔转往闽西，进入闽粤赣苏区。

办完了最紧迫的，刘巽贞开始策划搭救入狱同志。港英的法律，政治犯不适用死刑，但可罚款，保释，严重的递解出境，或判活刑坐牢。

阿潇告诉工长，可以找莎梦妮帮忙。莎梦妮虽然是交际花，但对国民党常在香港抓政治犯很反感，对在押的共产党人也很同情。因为当年，她在广州的初恋情人就是被国民党当成共产党给杀害了。

刘巽贞将陆更夫交给她做生意的钱钞，拿出一部分当酬金，让姜运兰给莎梦妮送去，就说她受亲友之托，恳求梦妮姐帮忙救出被错抓的无辜者。

莎梦妮收下酬金，坦然在港府政要面前为政治犯喊冤叫屈，要他们向警察总部提出交涉。侦探部迫于压力，释放了几个抓不到证据的嫌疑人。莎梦妮答应等重要嫌犯移交法院后，会找大律师罗文锦出庭辩护，争取让这些嫌犯获得保释。

此刻，陆更夫与其他五位"要犯"，被关押在陈昌利监房。他在狱中坚称自己姓张名清泉，从没做过违反香港法律的事。敌人百般威胁利诱，让他自首，告发同党，供出在港地下党的秘密，均遭拒绝。

中共中央也高度重视陆更夫等同志的营救工作，派团中央巡视员唐洵，潜入香港，协助营救狱中同志。

鉴于警方查不到证据，又有莎梦妮喊冤叫屈，罗文锦出庭辩护，法院只好判处陆更夫、翁泽生、王兰英等人，取获担保释放，递解出境。

5月6日，陆、翁、王等人，乘坐皇后号邮轮离开香港赴上海。

刘巽贞知道，港英当局名为将犯人递解出境，实际是想假手国民党反动派，将这些政治犯杀害。

她让孟仔通过港务公司调度员，买通"皇后"号船长，让他协助解救递解出境的犯人。孟仔和庄武雇下一条快艇，准备在邮轮开出蓝塘海峡时，接下陆、翁、王等同志。

可是，驻港侦缉队派特务控制了船长，不让邮轮停下，海上营救计划失败。而侦缉队，早把陆更夫他们乘坐的轮船名号、起航时间，陆更夫等人的相片转到上海码头。

邮轮驶经嵊泗列岛时，水性好的翁泽生奋身跳海，终得逃脱。而陆、王等人刚踏上杨树浦码头，立即再遭逮捕，被羁押在龙华监狱。不久被广州公安局特别侦缉处引渡回广州，关押在南石头监狱。

陆更夫、王兰英早将生死置之度外。他们在监狱中，坚持同敌人进行顽强的斗争，受尽了惨无人道的拷打和折磨，却自始至终不向敌人低头折腰。当局下令处以极刑。陆更夫于7月15日在广州慷慨就义。王兰英也于次年从容赴死。

初夏的一天，一则鲨鱼吃人的消息，在港岛传得沸沸扬扬。那天上午，一个戴白通帽、佩人墨镜、着白色休闲服装的绅士，驾小艇到龟背湾钓鱼。半晌，浮标翻了个身直往下沉，绅士以为钓到大鱼了，使劲拽住钓竿。谁知小艇一晃，绅士扑通掉进海里。片刻，海面泛起一缕血痕，绅士再也没有浮出水面。

一同在龟背湾垂钓的人都说，他已成了鲨鱼的午餐。

听说变节者已被处决，政治犯也已遣送出境，潘洪波终于露面了。

潘洪波从北江回来，获知两广省委领导除了他，几乎全被一锅端了，吓得舌头半天缩不回去。他化装成流浪汉，逃往九龙秀茂坪猴王庙附近的农村，躲了起来。用他的话说，他受了惊吓，心脏不适，病倒了，躲在一户农民家里养病。

其实，真正的原因是，他担心廖亦通不会放过他。因为廖娶了个侨商的女儿当老婆，平时喜欢摆阔气，讲享受。潘总看廖不顺眼，老想找碴儿压制他。而廖表面对潘客客气气，暗地里却较着劲。

如今廖亦通已经喂了鲨鱼，警方的大搜捕也早就结束，他以"得老天爷眷顾"的心态回到港岛。

通过秘密通讯点，他联系到团中央巡视员唐洵。只是，能保证省委运转的同志，递解的递解，转移的转移，只剩下寥寥十来人，工作怎么开展？

他按按打过发油的头发，对唐洵说："省委的工作，你与幸存的同志，临时负责处理一下。我得去一趟上海，向中央汇报，要求增派人手到香港来，否则恢复省委只是空谈。"

唐洵新来乍到，情况不大熟悉，虽然知道中央恐怕一时难以派人赴香港，但还是没有反对。

7月初，潘洪波从上海回来。果然不出唐洵所料，中央让他回香港后，与唐洵等人组成中共两广临时工委，由他任书记。然后，从东江等地抽调人员，充实省委机关。

两广临时工委成立后，有一天，潘洪波在翻阅东江干部档案时，忽然想起，陆更夫在位时，曾经秘密组织了一支应变力量，自己怎么将这事给忘了？

潘洪波在报上刊登了一则寻找表弟"秦川"的启事。

当在蓝桥咖啡阁与"秦川"见面时，潘洪波十分惊讶。原以为"秦川"是关中大汉，没想到居然是一位楚楚动人的女子，连抽烟的姿势，也优雅得令人着迷。

潘洪波提出要将三七支部并入临工委机关，并让"秦川"当两广工委常委兼秘书长。

"秦川"拿出补妆用的小镜子，看看身后没有可疑人员，说："这样不符合三七支部建立的初衷。通过这次营救狱中同志，转移身份暴露人员，铲除反贼，我才真正体会到陆书记的智慧与谋略。最近，我们正在追查一名内奸，代号叫作'鼹鼠'。他被侦缉队收买策反后，又潜回临工委某个机关。这颗定时炸弹必须尽早挖出来，请潘书记支持我们的工作。"

潘洪波思虑了好一会儿，才效仿洋人，做出个 OK 的手势。本来，潘是个自视甚高的人，可在"秦川"面前，似乎一下矮了半截。当然，这跟她摆出很有说服力的事实依据有关。

这天，刘巽贞在公交电车上发现被人跟踪。她拉低遮阳帽，在人流密集的路口，跳下电车。但那个穿长衫戴礼帽的人，也跟着跳下电车。刘巽贞又搭上另一辆电车，那人紧跟不舍，也随后上了电车。

刘巽贞镇定下来，在车厢的最后一排椅子上坐下，手伸进坤包，打开了勃朗宁手枪的保险。那人却不识好歹，撩起长衫挨着刘巽贞坐下。当他感觉有硬硬的家伙顶在自个儿腰间，才摘下遮住半张脸的礼帽。刘巽贞一看，是徐国声，便收起手枪，压低声音说，我先下车，到前面的御苑茶馆见面。

异乡遇故人，倍感亲切。但受纪律约束，是不能相认的，无奈身份特殊的他缠得太紧，估计是有要事相告，再说她也好想了解一下家乡的情况。

徐国声递一杯茶给刘，说，我来香港十几天了，怎么一直没遇见你？刘答，我的工作特殊，今天赶巧被你碰上，你没向其他同志打探我在哪个部门吧？徐说，没有，规矩我懂。不过我已调来省委。刘说，或许将来可以通过某种渠道接触，但你不能对别人说遇见过我。徐道，我明白了，一定。刘问，东江的情况怎样？我好想家乡的战友们。

一提起战友和同志们，徐国声的表情顿时凝重起来。

在刘巽贞离开海陆丰的这段日子里，苏区遭受反动派变本加厉的摧残，刘巽贞的许多战友、亲人，都已为革命献身，连完整的尸骨都没留下。

主政广东的陈济棠，电令李扬敬，率第三军及张贵瑞、张达两个师的兵力，分头进攻大南山、陆惠、海陆紫苏区，对苏区和游击区全面进攻，实行"进剿""屯剿""清剿"。同时展开政治诱骗，威逼群众"自新"，破坏我党地下组织，强化保甲连坐，搞"集中营"。而且建炮楼、架电线、筑公路，四面封锁，烧山伐林，步步为营压缩苏区。

红三营代理营长冯天浩和湖津独立连连长苏阿九，率领余部拼死抵抗，保卫东江特委、军委撤往惠来，重返大南山隐蔽。战斗中，特委和军委干部多人伤亡。冯天浩为营救被敌人捕获的特委书记杨善南，与刘巽祥和辛强率领战士夜闯敌营。一场恶战，杨善南终于获救，而冯天浩、刘巽祥和辛强却壮烈牺牲了。独立连损失过半，苏阿九率残部和赤卫队，退守濒临大海的海岬岭。

张贵瑞派外号"独眼龙"的郑营长，带一个营将海岬岭团团围住，达半个多月之久。苏阿九与战士们躲藏在石洞里，粮绝水断仍不肯投降。敌人用火烧、炮轰、手榴弹炸，全无济于事，便从鸦片馆抓来苏十八，许以保长一职，让他带路进入石龙宫。为了增加筹码，还抓来苏阿九的父母和妻子，以及战士们的亲人。

李兰舟组织新寮、上清等村的赤卫队员，三十多人，想在半道截击敌人，救回人质。父亲李保乾，为了两个未成人的孙子，将女儿打晕后反锁在农友家中，自己率赤卫队堵截敌人。因寡不敌众，全都倒在血泊中。李保乾被机枪打中，伤势严重，不肯就擒受辱，纵身跃入海中。

苏父看见逆子苏十八走近石龙宫的洞口，怒目圆睁，如一枚出膛炮弹，将他撞了个倒栽葱。苏父连中数枪，话没喊出就掼倒在大石上。苏十八却像跳棋的棋子，从岭上弹跳翻滚而下，血肉横飞，一命呜呼。

立春见状，为不动摇夫婿苏阿九和战士们战斗到底的决心，一边喊话，一边与婆婆携手跳下断崖。乡亲们也纷纷蹈海而亡。

苏阿九听见妻子和母亲对他喊话，要他活着为家人报仇，便对战士们说，与其白白饿死，不如跟敌人同归于尽，这也是报仇的一种方式。遂集中剩下的十多颗手榴弹，每人一枚捆在衣服里面，然后带领二十三名战士，假装投降，钻出石山洞口。独眼营长吆喝兵士团团围了上来，苏阿九和战士们分头冲过去，抱住敌人，拉响了手榴弹。

刘巽贞拭尽夺眶而出的眼泪，扯下遮阳帽上那朵白色绢花，放在面前，闭上眼睛默哀。她用这种方式，寄托自己的哀思，为鲜活得历历在目，却已化为英魂的亲人和战友们送行，也向正气凛然、宁死不屈的乡亲们表达由衷的敬意。

徐国声看她已经调整好情绪，才接着说，两广工委调我来任宣传部部长，可中央又要求东江特委派人去上海汇报工作。东江特委让我向两广工委说明情况，先去向中央做汇报。我到香港后，中央得知杨善南已牺牲，又通知两广工委，我不能调到工委任职，去上海汇报完工作后，仍回东江任特委书记。

刘巽贞叮嘱他路上小心，多多保重。然后理理头发，戴上遮阳帽，离开御苑茶馆。

中秋，一轮明月躲在阴戾的云层里，久久不肯露面。

潘洪波拎着一个长方形礼品盒，来到礼顿道 97 号。上了楼，他指指盒子，对"秦川"说，今晚，是中秋佳节，你快看看我给你带来了什么礼物。

刘巽贞倒茶的手一抖，说，你与我是上下级关系，你给我送礼物，我绝对不敢接纳。不过，我倒是有情况向你汇报。锄奸工作有了新进展，锁定范围缩小至工委招待所。至于谁是"鼹鼠"，眼下尚未有定论。

老潘打开礼品盒，拿出一件旗袍，说，今晚不谈工作，你先把旗袍换上，让我瞧瞧合不合身。

刘巽贞早已闻到老潘身上有酒气，挪了个座位，离老潘远一些，说，你给你夫人寄去吧，这旗袍大一号，我穿不了。

老潘将茶杯一顿，说，你是老板娘，必须穿得亮丽一些，这是工作的需要。

刘巽贞怕闹僵了，对今后的工作不利，只好站起来，拿着旗袍比画了一下。

老潘趁机从背后箍住她的腰，说，这件旗袍是我经过目测，为你专门定做的，你能穿上去，让我欣赏欣赏吗？

刘巽贞后脊梁一凉，用力甩开老潘的双手，对楼下的伙计喊道，熊仔，客人喝醉了，你上来，送他去搭车。还有，别忘了让他带上礼品盒。

12 月，中共两广工委和香港市委，准备组织广州起义五周年系列纪念活动。港英当局接到来自"鼹鼠"的密报，早有防备。

9 日，团两广工委兼团香港市委书记容敬良，在牛池湾主持纪念座谈会，缅怀先烈，并以广州起义为专题，为与会共青团员及进步青年上了一节党课。然后率领与会代表，到尖沙咀散发传单，举行"飞行集会"，抨击蒋介石不顾东北三省沦陷，出动百万军队、两百架飞机进攻江西苏区。

骤然，数十名警察一拥而上，围堵住飞行集会的人员。容敬良和几位演讲者被捕。

刘巽贞接到林瑞的报告，心一下就被揪紧了。她知道，不管容敬良是否叛变，都必须未雨绸缪，向两广党团工委机关发出警报。她坐上林瑞的人力车，来到剧院附近的电话亭，按潘洪波提供给她的电话号码，用暗语向对方发出迅即转移的警报。

她还不计较潘洪波对她有轻薄之举，设法与他接头，然后将他转移至鹅颈桥一家机器厂的工人房隐蔽。还说服老潘，由她将工委的经费、机要档案等，临时寄藏在可靠的地方。

三天后，潘洪波想起，自己还有一张渣打银行的存折没拿出来。

都怪可恨的"秦川"，大惊小怪。容敬良被拘，他又不知道我住哪，整个港岛直到现在风平浪静，可她硬逼着我立刻转移，导致忘了将钟摆盒里的存折取出。不行，那可是我几年来的积蓄，不能白白便宜了那些洋人。

黎明前，他潜回寓所巷口，观察了好一阵子，不见有任何异常，便上去开门锁。埋伏在附近的便衣侦探，围了上来，将他逮个正着。

刘巽贞对老潘逃离工厂宿舍，在租住屋被捕十分惊讶。预感告诉她，杂货铺不能继续使用。她叫熊仔上好排门，挂出暂停营业的牌子，然后上楼简单收拾一下，带上重要文件，由林瑞和他的工友，拉着人力车将他们送到港岛北角炮台山。那里有她新近租下的一套铺面。

刘巽贞预测，如果潘洪波变节，供出的第一个人肯定是她。

果然，在刘巽贞离开礼顿道约一个时辰后，杂货铺被英国差佬破门而入，翻了个底朝天。

"清道工"五人会议在人力车互助社秘密召开。综合各方信息，刘巽贞认为，"鼹鼠"兴风作祟的可能性很大。从团工委的活动看，座谈会地址是临时变更的，所以暂时没事；而"飞行集会"时间很短，敌人却几乎将所有演讲者都抓获，可见警方事前已获得准确情报，并设下埋伏。再说潘洪波就逮，容敬良并不知道潘的住处，敌人却很有把握连续数日在潘的寓所附近蹲守，说明另有他人向警方提供潘的身份和住址。

那么，内奸又是如何窃取情报的？众人将目标锁定工委招待所，已发现什么苗头？

工委招待所对外素称养生会所。中央或地方特委来人，需在港逗留的，经交通站确认后，往往都安排在招待所住下。招待按级别定接待标准，客人的身份不言自明；工委领导到招待所与来人会面，酒后兴起，常常忘了隔墙有耳；有些同志麻痹大意，将机密文件带到招待所，且不做妥善保管。如此等等，都会给内奸留下窃密的机会。

这次潘洪波被捕后，侦探在搜查招待所时，抓了几个工作人员，但第二天就放了出来。敌人真拿招待所当私人会所，罚了款就结案，还是另有不可告人的目的？

必须对招待所严密监视，且加快"诱鼠入笼"行动。

敌人十分阴险，仍会继续利用潘洪波，诱骗中央或属下几个特委派人赴港，然后实施抓捕。而目前被潘视为心腹之患的，就是已经确认他叛变的秦川。他必须借港英警察之手，逮到她，再从她嘴里，挖出三七支部。

估计此刻，拿着"秦川"肖像画的便衣侦探，一刻都没闲着。"清道工"必须变被动为主动，抢在敌人前头，铲除变节之人。

半个月后，港岛好像恢复了往日的平静，大搜捕带给市民的惊恐，渐次消失。但看不见的暗流，仍在不停地交汇和涌动。

圣诞节的余温，被维多利亚湾的寒风掠走了。原工委招待所的邵经理，应约来到一家小酒馆，与副理老葛见面。按照工委秘书处的指示，已经暴露的工委招待所，以停业整顿为名关闭了，新的接待处将开设在春园街，他们很快就要到新的处所工作了。

恋旧的人喝酒，很容易醉，一醉，话也多了。邵经理强迫自己打起精神，乜斜着双眼，对老葛说，上面来了个同志，因陆路不好走，耽搁好些天了。他明天将抵达香港。以前工委招待所的保密工作，是你负责，对吗？可不能出什么纰漏。

邵经理打了个酒嗝，趴在桌上，像睡着了。老葛摇摇他的肩膀，问，联络站已被破坏，他怎么找到工委？

邵经理呢呢喃喃说，这位同志，曾经在香港工作过，住招待所比回家还熟……你就别担心了……

老葛又问，他是不是来当一号的？可邵经理已经打起了呼噜。

好不容易把邵经理送上公交车，老葛躲进电话亭打了个电话。

四更时分，一个人影出现在原工委招待所门口。在寒风呼啸中，他用湿布擦掉外墙上的脸谱粉笔画，然后打开院门，走向甬道旁的指示牌，把上面的美女香烟广告画撕下。粉笔画和广告画，是标志招待所有危险的警示暗号。

早上，一个农妇，挑着水灵灵的各式蔬菜，抬头看看三层的招待所，推开虚掩的大门，呼唤着厨师的名字，直往后院的厨房走去，却被屏风后的人给拦住了。农妇嚷嚷道，这是刚摘下来的，多水嫩，大厨最喜欢我送的菜，你们怎么不让进？

一个长着吊梢眼的家伙攥住她的扁担，将她直往外搡，还不许她瞎嚷嚷。农妇不依不饶，说，不买就不买，可老板欠我的菜钱，你叫他出来还钱。

吊梢眼想从背后拔枪，被一小头目打手势制止住了。他给农妇几张零钞，说，老板出去了，菜钱我先垫上。厨房的菜已经买了，你过些天再来。边说边把她送出招待所。小头目哪里知道，这农妇叫姜运兰。

礼拜天，深夜。巫振国、林瑞带几位组员，在油麻地一家商铺的骑楼下守候。

从砵兰街红灯区出来的老葛，戴着皮绒帽，用围巾裹着半张脸，登上一辆人力车。

车夫将他拉到"清道工"守候的街口，停了下来。巫振国上前，将老葛从车上揪了下来，拖进一家玉器铺。

事情太突然，老葛一时吓蒙了。等他看清劫持他的人都穿便装，强装镇定地问，你们是什么人？不怕街上巡逻的警察？

巫振国说，什么人由得你问？你不要命现在可以叫警察。

老葛摘下礼帽，鞠了个躬说，不敢不敢，想必兄弟们手头不宽裕，我可以把身上的钱都给你们。

林瑞用二十响顶着老葛的胸口，冷冷地说，我们不要钱，只要情报。

老葛直起身，说，我只是路过，有什么情报？要抓暗娼，满街都是，我这就带你们去。

陈雄保戳戳他的脑门，说，你怎么答应梁大队长的，现在是不是过了期限？

老葛拿出烟盒，弹着香烟，轻蔑地说，我不认识你们，也不晓得梁大队长。真是撞上鬼了。

陈雄保用大手钳住他的脸颊，说，你敢骂人？新来的共产党要员，已经在电影院接上头，而你却在砵兰街眠花宿柳，看梁队长不崩了你。

老葛手中的烟盒掉在地上，说，不可能。想想马上又改口，我不知道你在说什么。

巫振国假装对林瑞说，看来，我们抓错人了。凭他这副鸟样，怎么会是"鼹鼠"，送他上路吧！

老葛看林熙拽出一条细铁链，猛地推开陈雄保，想夺门逃跑，被林熙绊了个狗吃屎，并顺势一骑将铁链套在他脖子上。

老葛急了，连声求饶，别别别，误会了误会了，你们真是侦缉队的人？我是"鼹鼠"，真是"鼹鼠"，快把铁链松开。

林瑞蹲下，拍拍他的脸，问，想弄清楚我是怎么知道你是"鼹鼠"的吗？

老葛说，肯定是梁队长告诉你们的。

巫振国说，你好健忘，亲口告诉我们的人，是你。那你接着说说，你是怎么知道潘洪波的身份和住址的？

"鼹鼠"知道上当了，但铁链勒得他快断气了，只好边哀求，边说出事情的始末。

那天，潘洪波来招待所，会见一位将去江西瑞金的老同学。为了在老同学面前显摆，他不顾保密制度，说出自己现为两广工委书记的身份。"鼹鼠"关注老潘多时，此时正伏在门外偷听他们谈话。随后，"鼹鼠"秘密跟踪老潘，掌握了他的住址。为了不引起怀疑，他没有立即向侦缉队报告。

而团委活动方案泄密，也是"鼹鼠"作祟。容敬良在招待所向团中央特派员陈斐琴请示工作，将方案草稿落在椅子下，被"鼹鼠"捡个正着。

林瑞站了起来，打了个响指。"鼹鼠"顿觉铁链咔嚓一声勒陷了他的喉结，挣扎着蹬起腿来，几分钟后就一动不动了。

半个小时后，"鼹鼠"鼓着一对死鱼眼，笔直地躺在太平间里。那是离油麻地不远的，伊利沙伯医院的太平间。天亮后，他将与太平间里的其他同伴，一起被送往火葬场。

第六十章
妙计锄奸不幸中弹　替顶事发身陷囚笼

"鼹鼠"被处决，梁子光咬牙切齿，把气全撒在潘洪波身上，叱令他必须在十天内，搜寻到"秦川"的踪迹，并一举肃清三七支部。

潘洪波可是悔青了肠子，一个堂堂两广工委书记，当了叛徒，害惨那么多同志，现在又要任人呼三喝四。侦缉队心狠手辣，三七支部又为他准备了与"鼹鼠"同样的下场。此时要他亲自出马，寻找"秦川"，不等于送死？可是，既然上了贼船，不跟贼走，梁子光肯定会剥了他的皮。

要怪，就怪"秦川"太愚憨，如果听他的话，带上黄金白银逃往上海或天津，两人在花花世界，尽享人间天堂的生活，来世也无怨无悔。可偏偏现在成了不共戴天的冤家。

都说不是冤家不聚头。她越纯粹忠贞，越让他着迷，纵使真能找到她，也不忍心将她交给梁子光。只要她点头，他会冒死带她逃离香港。

有了这种痴心妄想，他不让侦缉队在大街张贴悬赏通告，认为只会使她隐藏得更深。他还将出卖灵魂换来的赏金，偷偷存入渣打银行，把存折时刻带在身上。

寒风刺骨，枯叶漫舞。礼顿道出现了一个蓄大胡子、戴金丝眼镜、穿长袍的老先生。他专找人力车夫派香烟问事。他说，跟他生活了近十年的养女，与一后生私奔了，据说在礼顿道开杂货铺。他担心养女受骗，特地赶来看看，她却突然搬家了。他好想知道，是哪位师傅帮她搬的家，又把她拉往哪里去，谁肯实情说出，奖赏鹰洋两枚。

刘策获知潘洪波露面了，要求带人将他干掉。"秦川"不同意，因礼顿道人流密集，有警察巡逻，且有便衣在暗中保护他，容易引发枪战，误伤民众。一旦失手，暴露了"清道工"的行踪，潘洪波又成了惊弓之鸟，想再找到他就难了。

终于，有个车夫将信将疑向老先生讨赏来了。潘洪波核对了时间、长相，喊了一声"没错"，即让车夫拉他前往炮台山。

到了堡垒街西段，车夫停下脚步，请老先生下车。老先生问他，有没有看见养女进了哪幢屋舍？车夫说，她到了街口就叫停车，我拿了工钱就走人，哪有工夫注意她去了哪儿？

隔些日子，一群自称从新界过来的乞丐，沿着堡垒街，挨家挨户乞讨。为首的还是个驼背，头戴破毡帽，脸上贴着膏药，乱发垂肩，看不出真容。跟在后面的，一个是捂眼罩的独眼，一个是瘸子，一个胳膊绑着竹片。他们衣衫褴褛，端着破碗，拖着打狗棍，说是乞讨，却不接残羹剩饭，只要小钱，说是攒着治病。

过了要饭的时间，他们钻入街后的破败院落，躲在没人居住的旧屋里。打开破包裹，里面应有尽有，他们啃鸡腿的啃鸡腿，喝小酒的喝小酒，嚼酥糖的嚼酥糖，要多快活有多快活。

初三那天，新来两个囚首丧面的乞丐，因惹面馆的店小二生气被赶出来，差点撞倒驼背乞丐。为了赔不是，其中一个掏出半包香烟，说是刚才路上捡的，递给驼背乞丐一根。驼子正犯烟瘾，一口气吸了半根，然后眯上双眼，吐出一串烟圈。

这一幕，正是"秦川"希望看见的，她在暗处关注这群乞丐多时了。驼子吸烟的动作、神态，佐证了她先前的判断。经与刘策商量，一个"诱鱼入笙"的方案定下来了。

港岛北角往东至筲箕湾一带，住民不多，庙宇却不少，阿公岩最为密集，每天前来上供朝拜的人从不间断。你看，三个衣着整洁、绾着发髻的姑嫂，提着香烛供品，来到街口，招招手，登上人力车，道一声"阿公岩谭公庙"，即辚辚相随，向东而去。

蜷缩在屋檐下捉虱子的驼子，闻声拨开乱发，双目暴突，认出其中穿浅绿格子衣衫的就是"秦川"。驼子大喜过望，扔下破碗、打狗棍，对同伙吆喝一声，刚才坐车的就是债主，追，抓活的！

这一喊，几个乞丐，还有游荡在附近的便衣，像打了鸡血，盯紧人力车，急追而去。

从堡垒街往东，尽是坑坑洼洼的泥路，还有雨后留下的一摊摊浊水。车夫路径熟，走起来并不太费劲。潘洪波和八九个侦探，在后面紧追慢赶，鞋底下的烂泥越积越厚，累得他们上气不接下气。

穿过太古船坞工匠住宿地，以及穷人住的木屋区，三个女子和人力车不见了。

顺着车辙，搜索到几里外的采石场，发现三辆人力车被扔在草地上，却看不见一个人。有侦探看见车上挂着几瓶五颜六色的汽水，争先跑过去抢。枪声响了，第一颗子弹嗖地打掉了潘洪波的破毡帽。

潘洪波知道中计了。现实远没想象中那么美好，他对"秦川"痴情难断，而"秦川"却略施小计，将他引诱到这里来，肯定是要让他死得很惨。梁子光这个狗养的，定下最后期限，活要见人，死要见尸，否则……他别无选择，只好下令，一个不留，往死里打！

枪战从一开始就十分激烈。刘策与巫振国的行动组，占据了石场的制高点，吸引了敌人的火力。而情报组和策划组隐伏在两侧，准备悄悄包抄过去，堵死潘洪波一行的退路，一个不留全歼。

顷刻，路口又赶来两个端冲锋枪的侦探，一阵轮番扫射，压住了行动组的火力，又使侧翼两个组难以动弹。

邓司岚知道，锄奸行动必须速战速决，否则，惊动警察，麻烦可就大了。她向姜运兰和彭碧求打了出击的手势，又示意制高点上的刘策掩护，她要带两个女将干掉冲锋枪手，解除眼下的主要威胁。

林瑞命令林熙、陈雄保投掷"轰天雷"。四五枚手榴弹开花，炸倒了三个乞丐。彭碧求杀敌心切，趁着烟雾从断石后跳出，直奔冲锋枪手。她连扣数下扳机，没伤着对方要害，反被他横扫而来的子弹射中胸部。

邓司岚和姜运兰趁冲锋枪手与彭碧求对射那一瞬间，纵身跃步跳出，连开数枪，打死冲锋枪手。邓司岚感觉背后有黑影一闪，转身追了过去。

刘策带领行动组的战士，开着枪冲了下来。领头的探长挨了一枪，顺势倒在路边松树下诈死。等刘策走近，一颗子弹斜飞而出，穿过刘策的小腹。随后赶来的巫振国怒吼一声，与庄武、孙应材一齐开枪，将探长打成血窟窿。

躲在工棚里准备逃跑的潘洪波，透过土坯墙的裂缝，看见"秦川"一步一步搜索过来，便将身子贴紧石柱，妄图出其不意袭击"秦川"，将她劫为人质，再威逼其部下放下武器。

"秦川"闻见一丝烟草味，知道潘洪波躲在工棚里，她声东击西扔了块石块，迅即破门而入并扣动扳机。潘洪波中弹倒下的那一刻，也朝秦川开了枪，射中"秦川"左肋。"秦川"强忍剧痛，靠在土坯墙上，对出卖革命与同志的败类，补上两枪。

姜运兰眼看孙应材中弹倒下，而另一个冲锋枪手仍在扫射。她趁枪手换弹匣那一刻，举起双枪左右开弓，逼得枪手躲往双骑石后面。两人隔着双骑石，你来我往对射五六个回合，都没击中对方。林瑞和陈雄保赶来增援，陈雄保扔出最后一枚手榴弹，手臂却被子弹击中。姜运兰趁机伏下身子，透过骑石下的豁口，瞄准了开枪，击中冲锋枪手。

救急卫生员阿漪，一任汗水和眼泪在脸上交织，面对头部中弹的孙应材，自知回天乏力。她抬头发现岚姐不见了，想起工棚刚才传出枪声，冲了进去，看见倚在墙上的岚姐血流如注，惊叫一声。阿漪扶岚姐坐下，打开急救包，为她包扎。

"你可记住……银行存折的……"躺平的潘洪波，双眼无力睁开，嘴唇艰难地嚅动着，气息如丝地念叨了一句话，"密码、密码……5、2……7、4……"

姜运兰听见阿漪的惊叫，冲进工棚，看见潘洪波的腿动了一下，嘴巴还在说话。她不懂这是回光返照，两只食指本能一扳，两枚子弹已飞往叛徒身上。

战斗直至巫振国、马瑜哲等人追杀逃跑的便衣，将他们一一击毙，才算完全结束。三七支部伤亡不轻，刘策、彭碧求和孙应材牺牲，四人受伤，邓司岚伤势最重，因失血多，脸色苍白，正处于半昏迷状态。曾当过护士的阿漪，除了包扎，已为她做了加压止血和防止窒息处理。

林瑞提醒大家，这里不能久留，牺牲的同志必须找地方掩埋，伤员更要尽快找大夫救治。

众人商量后分了工，将长眠的战友放在人力车上，由巫振国探路、庄武、马瑜哲、孟仔拉着直奔柏架山，将他们掩埋在不易发觉的隐蔽处。其他同志护送大姐，绕小路回到铜锣湾道，等天黑后住进莎梦妮的小别墅。莎梦妮作为随行人员，陪港督大人乘皇家空军飞机回英国述职去了。然后，由阿漪到附近的天主教圣保禄医院，恳请外科医师戚修士，也就是她表哥，来为伤员做手术。

目送牺牲的战友远去，林瑞令姜运兰当前哨带路，陈雄保负责断后，自己和林熙轮流背着大姐，迅速撤离采石场。他还吩咐轻伤的同志，到了铜锣湾，经医生缝合敷药包扎后，立即疏散回家，只留下他和姜运兰、阿漪，陪护大姐。

黄昏，港岛东区乌云密布。大批警察与侦探，对太古和北角一带，展开篦发式搜查，搅得人心惶惶，鸡飞狗跳。

华灯初上，戚大夫提着外面套着藤匣子的药箱，在阿漪陪同下，来到莎梦妮的别墅。走上二楼一看，床上椅上全是伤员，且都是枪伤，一个还咯着血，吓得转身就想走。

阿漪拦住他，指着咯血的大姐说，她对我有再造之恩，比你还亲，她救不活，我也活不了。你是基督徒，履行"仁爱和忠信"，"爱人如爱己"。现在，你想临阵脱逃，对得起"白衣天使"这个称号吗？

林瑞上前，对戚修士说，如果你怕受连累，你可以走。不过，天主教教义有一句，"义人必因信得生"。请你相信，这几位是因义而受的伤，他们必须活着，劳苦大众才能有盼头。

戚修士苦着脸，放下药箱，搓了搓太阳穴，朝林瑞点了点头。静立片刻，他闭上眼睛，扣上双手，低头祷告起来。祷告完毕，又在胸前画了个十字，才打开药箱，对阿漪说，你留下来当帮手，其他人包括轻伤的，先到楼下去。

挂钟敲响十一下。终于，戚修士扶着楼梯，满脸疲惫地走下楼来。洗了手，喝了一大杯水，又为受了轻伤的姜运兰、陈雄保、林熙，清创缝合包扎妥当，才脱下沾满血污和汗渍的白大褂，递给阿漪，让她将血迹搓洗干净，又扯下乳胶手套，扔进垃圾桶，软塌塌倚靠在沙发上。

林瑞双手合十，由衷谢过戚修士后，问，我大姐危险解除没有？

戚修士一激灵，坐直身子，从身上掏出梳子，把头发梳理整齐，说，她很坚强。子弹击断一根肋骨，再穿透肺部，幸好没有伤及主要血管。麻药不够，在只有局麻的情况下，疼痛是常人难以忍受的，但她没有哼哼一声。病人因缺氧导致昏迷，如果不再咯血，能挺过今晚，或许可以起死回生。说完，他戴上手表，提出要回医院。

阿漪到别墅外望风、叫车，陈雄保、林熙搭乘人力车，回艾伦律师寓所躲避起来。只是他俩不知如何告诉碧求的嫂子，小姑回不来了。

阿漪顺便买了夜宵回来，她告诉表哥，外面已经戒严，出去很危险。

戚大夫看了看手表，说，我是医生，上夜班很正常。我会特地拐过几个路口，才回医院。明天中午，我争取多带些特效药过来。

挥手送走戚大夫，林瑞和姜运兰上楼看望大姐。

一晃二十多天过去，在戚大夫的精心调治，阿漪与姜运兰的悉心照料下，大姐已经可以下床走路了。问题是，莎梦妮即将回香港，大姐必须尽早转移到别的地方调养。

临走那天，在大姐指点下，姜运兰、阿漪对别墅做了细致检查和清洗，只为不留下任何可疑的气味和痕迹。

晚上，林瑞打来电话说，附近的电影院散场，可以出门了。大姐告别姜运兰和阿漪，坐上林瑞指派的人力车回堡垒街。

熊仔和彭平又惊又喜，提前打烊，装上铺面的排门，再把室门闩上。彭平是大姐受伤后，被叫来杂货铺帮忙的。这段日子，林瑞来过杂货铺两回，拿走大姐一些衣物，并叮嘱熊仔、彭平，有人问及，就说大姐初一那天就出远门进货去了。

熊仔看大姐身体虚弱，还带回一些药，联想起报纸登载的采石场发生警匪枪战，猜测大姐肯定参加了那次战斗，而且受了重伤。但他不敢直言询问此事。

最牵挂大姐的是彭平，她因太小没参加行动，所以不知道大姐中弹了。这二十多天，没见到大姐，真把她给憋坏了，但她严守纪律，从不向任何人打听。

彭平从伙房出来，端给大姐一碗藕粉鸡蛋羹，说，你一下瘦成这样，难怪我梦见你被海怪困在孤岛上。现在你平安回来了，得好好补充营养，我每天尽给你做好吃的。

熊仔走过来，絮絮叨叨说，邓锋大哥与嫂子，来看望你三回了，都扑了空。我说，大姐去福建进茶叶，还去别的地方进红枣枸杞鲍鱼干，估计没那么快回来。

大姐颔首而笑，说，这些日子，辛苦你们了。以后，我哥我嫂再问起，就说我从福建乘船至汕头采购货物，被人贩子绑架，关在地牢里不知多少天，幸亏有好心的大娘帮忙，我才逃了出来。

忽地，楼下响起敲门声。熊仔下楼，透过门缝，看清是邓锋夫妇，把门打开。

邓太太一听小姑回来了，大呼小叫冲上二楼。邓太太是个话痨，爱炫耀，说话磨磨叽叽，没完没了，但对小姑还算不错，因为小姑长得水灵秀气，为她长足了脸。不过，此人真正的毛病是心胸狭窄，疑心病很重。她总怀疑老公拿积蓄资助小姑，要不，她与姑丈在紫金开杂货铺，被诬陷走私银圆而遭官军抄家，姑丈也成了刀下鬼，她咋还有那么多钱钞租店铺做生意？

但老公每月领了薪酬，几乎全都交给她，她又抓不到任何把柄。

邓太太听说小姑去汕头进货遭人贩子绑架，最后死里逃生，嚷嚷道，你一介女子，心太大了，钱赚再多也是身外物，命要紧。春节快到了，你婆家没了，得回娘家祭神拜祖，给父母磕个头，有空嫂子带你去黄大仙祠进"头炷香"，保佑你苦去甘来，平安晋福。

邓先生朝邓司岚使了个眼色，说，你嫂子关心你，还说要为你再找个婆家呢。

邓锋嘴上调侃妹妹，心里却为她担忧。从采石场枪战发生前，妹妹就让他订了去厦门的船票，事发后又一直没有露脸，邓锋猜测枪战是妹妹组织实施的，她订船票是为了制造不在香港的假象。但驻港侦缉队死了那么多人，他们绝不会就此息事宁人。

邓司岚一听嫂子要为她找婆家，满脸娇羞地拥住她，用在陂洋学的客家话说，世道这么乱，我哪有心思考虑这些，你就饶了我吧。

看小姑脸色苍白，瘦了一圈，邓太太又说，进货干吗跑那么远，眼下恶人当道，碰上了倒八辈子大霉。你过两天就回嫂子家住，嫂子为你调理调理身子。

邓司岚看看怀表，知道林瑞快到了，他要向她汇报两广工委的近况。邓司岚便以天太晚为由，让彭平打手电筒送哥嫂下楼，叫车送他们回去。

邓锋夫妇坐人力车刚走，车夫林瑞拉着人力车来到楼下。

林瑞让熊仔坐在人力车上数星星，他上楼跟大姐说说话。

潘洪波叛变，两广党团工委和前来香港汇报工作的同志，二十多人被捕，其中有一半是海陆丰人。目前，团两广工委负责人赵任英、中共香港市委联络人林德隆，成立了中共两广临时工委。只是，他们与中共中央和地方特委的联系，全部断了线。

大姐问林瑞，两广党团工委，还有哪些领导仍被羁押在监狱里？

林瑞说，中共两广工委组织部部长陈允才和他妻子高天梅，工委常委陈均华及其妻子宋伍，共青团中央巡视员陈斐琴。

大姐说，我与陈允才以前见过面，但他不知道我此时在香港。高天梅在港岛开凉茶铺，掩护两广省委机关工作。陈均华和陈斐琴都是坚定的革命者，我们砸锅卖铁也要营救他们出狱。

林瑞挠挠头说，我试图通过香姐联系林德隆，他们可是老乡。可林德隆拒绝跟我们接触，他根本不知道有"外围力量"存在。

　　大姐说，那就打通关系，让林德隆以探监为名，与陈允才会面。陈允才应该知道我们的存在。只有取得临时工委的支持和配合，营救才有可能成功。

　　心里的难题解开了，林瑞嘟起的嘴唇放下了，答应将大姐的话转告香姐。

　　大年三十，邓司岚应嫂子之约，回花园道娘家祭拜神明祖先。她乘公交车转人力车到动植物公园，从花园道拐入南巷，再走几分钟就到家了。邓司岚手提一只烤乳猪，走过一处种着果树花木的宅基地，顿觉背后仿佛有个黑影跟着。驻足细看，没发现异常，只看见伸向巷道的芭蕉叶在飞舞。

　　斜对面就是"娘家"了，她按按被风吹乱的秀发，迈大了步伐。刚要敲门，从花木丛中蹿出两个黑衣人，扑了上来，一个伸出一只手捂住她的嘴巴，另一手用左轮顶住她的后背；又一个黑衣人迅速拿出帆布头套，罩在她头上。

　　烤乳猪啪地掉在地上。真遭绑架？！不对，黑社会大多用刀，而这两个都用手枪，应该是秘密抓捕。莫非包打听掌握了她除夕回娘家的准信，特地在南巷守株待兔？没容多想，她被塞进一辆轿车。她拼命挣扎，被黑衣人一拳打晕过去，并戴上手铐。

　　轿车很快来到荷李活道，顺斜坡爬上半山腰的中区警署。

　　邓司岚被直接带往审讯室。摘下头套，她被使劲一搡，跌坐在四脚固定于地的靠椅上，黑衣人打开她右手的手铐，将其反锁在扶手上。

　　邓司岚透过铁门铁窗，看见外面有四个荷枪实弹的差佬守着她。邓司岚将早就准备好的口供，重温了一遍。可是，却迟迟没人来提审。等了约一个小时，铁门打开，进来一个洋差婆和一个华人差佬。洋差婆一坐下，就拿出香烟来，差佬摁着打火机，为她点上。

　　洋差婆摆出一个用兰花指夹香烟的姿势，可让人觉得画虎不成反类犬，邓司岚差点笑了出来。

　　邓司岚装作打了个哈欠，伸手向洋差婆要烟抽。洋差婆走过来，给了她一支烟，并为她点着。

　　香烟在邓司岚的纤纤细指中，成了炫目的点缀，从她唇如花瓣的小嘴吐出的一串烟圈，让洋差婆看傻了眼。她在心中问自己：这么妖冶的女子，会是共产党？

　　审讯开始。回答了姓名、年龄、性别、住址等之后，洋差婆面露凶相，问，你知道你犯了什么罪吗？

　　听了华人差佬的翻译，邓司岚耸耸肩，应道，我是遭黑社会绑架的，怎么送到这里来？我一个女人，做点小生意，招谁惹谁了，犯了什么王法？

别装傻，你的代号叫"秦川"。说说你的上线是谁？你掌控了一个什么组织？就是危害社会治安的组织。

"秦川"？你当我是戏子，想给我安一个艺名？啥叫上线？哦，是针线吧？我从小娇懒，连扣子都缝不好。至于组织，我跟什么姐妹会、联合商会，从不沾边。

华人差佬拍了一下桌子，斥责道，你要如实回答，若再花言巧语狡辩，看我不揍扁你。

洋差婆示意他别发火，又问，你曾经在礼顿道97号开杂货铺，你应该认识潘洪波，他常去找你。他被捕当天，你的杂货铺为何突然关了门，人也逃之夭夭？

有这回事？来跟我做买卖的人，没有一个姓潘的。倒有一个自称姓龚的"咸湿佬"，常借买茶叶、香烟之类，调戏我，骚扰我。这人喝了酒，趁店里的伙计不在，总对我动手动脚，还威胁诱骗我给他当二奶。我惹不起，总躲得起吧？再加上礼顿道寸土寸金，房租太贵，铺子又多，生意不好做。所以，我早就想搬家，早早租下了堡垒街的铺面。这跟什么人犯了罪被捕，有啥关系？！

那你搬家，为何没搬走货物和日常用品？

我已经将大多货物存放在堡垒街，想等安顿好了，才来搬旧铺剩下的东西。可是，过几天回来，家已经被抄。有人说我是得罪了黑道上的人，要不是躲得快，人也会被整死。你说我还敢回97号去？

采石场发生枪战那天，你在哪？做了什么事？有谁可以证明？

采石场火并，我是出远门回来才听说的。让我想想，应该是事发前两天，我就去福建安溪进茶叶。要我说谁能证明，那天我一大早去码头搭船，除了我店里的伙计，还有船务公司验票员可以证明。对了，船务公司卖票给我，我坐他们的船外出，得为我做证呀。

洋差婆问乏了，想抽烟，也想再一次欣赏嫌犯抽烟的姿态，就起身又递给她一根香烟。等嫌犯烟抽完了，她也再次品鉴过了，才对嫌犯说，今天的口供，就录到这里。回牢里你再好好想想，有什么需要补充更正的，下次提审说清楚。

邓司岚被捕，全是邓太太惹的祸。这个香港女人，就是爱显摆，喜欢往自己脸上贴金。当确认老公没有拿钱补贴小姑后，她忘了他对她的告诫，竟在邻居面前夸耀小姑尽管被拐卖到穷乡僻壤，可邓家的人根底好，照样长得娇气靓丽，做起生意也风生水起的。

她哪知道，当说出小姑的铺面在礼顿道 97 号时，伪装成卖货郎的包打听，一双贼眼，就牢牢盯住了她。没多久，包打听又从她口中获知邓小姐将于除夕回家祭祖的准信，才与警署设下了绑架式的抓捕。

"工长"突然失踪，令众人心急如焚。两天后，孟仔从警署的哥们儿那里了解到，侦探部的确抓了个女嫌犯，叫邓司岚。

巫振国、姜运兰救人心切，提出夜间劫狱。林瑞知道大姐有个"哥哥"，在港英政府供职，担心劫了狱，会连累他们一家。

林瑞顾不得违反纪律，通过熊仔，找到邓锋，提出准备劫狱。邓锋坚决反对，认为这样反会害了他妹，证实了她的罪名。

邓锋说，已经通过关系，弄清警署三次提审，都没问出可以定罪的口供。而警方，除了潘洪波的供词和某些可疑线索，也没掌握其他确凿的人证物证。

邓锋与林瑞经过磋商，决定由邓锋以哥哥的身份出面，走司法程序，聘请已经返回香港的艾伦为辩护律师，力争使裁判司署法庭判定，邓司岚涉嫌领导共产党组织，参与枪战案罪名无法成立。

营救工作进展比较顺利，由于审讯口供没有破绽，警方派人到厦门调查，有茶叶商证明，她腊月初三确实在其茶行订了货。搜查邓司岚于礼顿道和堡垒街的处所，没搜到任何有用的物证，反而带回一张与其口供吻合的船票。加上有大律师辩护，邓司岚很快就可以保释出狱了。

谁料，天海无常，风生水起，一波未平，一波又生。

按照惯例，小姑出狱，踏入娘家大门之前，必先为她驱除晦气。作为嫂子，邓太太为此忙得不可开交。她请裁缝为小姑缝了一套新衣衫，上街买了新林新鞋，又准备了粟草、艾枝、竹叶和跨火盆用的旧铁鼎，还有一长串爆竹。

另外，又在酒店订了个房间。小姑走出监仓，她哥须把她领到酒店，用粟草等泡过的水洗头、抹脸，再冲个凉，换上新衣衫，套上新鞋袜，才可跨火盆回娘家。

午饭后，邓太太正要把新衣新鞋送往酒店，一个满头白发的码头搬运工，带着一个村妇，后面跟着一男一女两个小孩，挡住了她的去路。村妇衣衫褴褛，两个小孩更像泥猴。

邓太太以为来了一群乞丐，没好气地说，日头都跑西边去了，锅盆碗碟也已洗干净了，还要什么饭？

别误会，别误会。搬运工抱拳打了个拱，指着村妇，不无怜悯地说，这位弟妹是来找亲人的。她说她姓邓，五六岁时被人贩子拐了，卖到潮安。我恍然想起，大约二十几年前，邓伯曾疯了似的在码头寻找丢失的女儿，所以，斗胆将他们带来你家问问，不知是否对得上号。

提起当年，村妇嘤嘤哭了，说，我只记得俺爹专门替人写书信诉状，我有个哥叫阿锋。我命苦，不久前把孩子他爹克没了，逃来香港快一个月了，在街上四处寻问，没有人能说清楚。今天幸好遇上这位好心的大叔，才带我们母子仨来到这里。

邓太太的柿饼脸一沉，吼了起来，我家被拐的小姑早就找到了。你想冒充，也得先找个镜子照照自己。快走，不然我可要拿扫帚了！

邓锋在里屋听见一个女人在哭，声音有些耳熟，侧耳细听，心尖一颤，急急走了出来，仔细打量起门楼外披头散发的女子。

大叔看邓锋表情凝重，便叫村妇把情况说详细些。

村妇低着头，啜泣着说，我原姓邓，现名香草，五六岁时被人贩子拐掠到潮安，卖给一户做泥瓦活的人家当童养媳。去年，孩子他爹从屋顶摔下，家里为治他的病，已经一无所有。孩儿他爹临死前告诉我，当年他偷偷问过人贩子，人贩子说我是从香港花园道捡来的。他爹还说，如果日子过不下去，就回香港找娘家人帮扶一把，不能眼睁睁看儿女饿死。

邓锋十分惊讶，但眨巴双眼看了半天，没从香草身上瞅出当年任何印记。心里嘀咕起来，如果真是亲妹妹，咋就一点眼缘都没有。不对，可能是这女人偶尔听说邓家有个妹妹走失，于是借坡下驴前来冒充。

邓锋掏出一张十元的港币，示意大叔带他们走。大叔接过港币，对香草说，你抬起头，仔细瞧瞧邓先生，说不定能找到小时候的印象。

香草愣愣地看着邓锋，只见他白净的脸上蓄着小胡子，有棱有角的白衬衫蓝西裤，锃亮的皮鞋，分明是有地位的人，他不像当年又黑又瘦的阿哥。再看宅院，窗明檐净，草绿花红，很炫人眼目，也不像当年的家。香草摇摇头，仰天叹了口气。

邓太太从大叔手中夺回港币，对邓锋说，充什么阔佬？打发一个要饭的，给十元钱，你以为你日进斗金？

　　大叔有些不甘心，将邓锋拉到一边，说，我细看这女子，眉目跟你蛮像的。你好好回忆一下，再拿旧事跟她核对核对。如果真是冒牌货，立马就会露馅。

　　大叔的话，缓和了邓锋的排斥意识。他清楚，是什么缘故，使他一时难以接受眼前的事实。但如果错过与胞妹相认的机会，他会痛悔一辈子的。

　　邓锋朝香草招招手，带她来到厢房，详细问她一些只有当年他俩才知道的往事，又让她脱掉左脚的布鞋，问她小趾怎么没了。香草说四岁时被毒蛇咬过，因没及时医治，导致把小趾截了。邓锋又看了她头上的发旋，没错，有两个，一个还很靠近前额。

　　一切都对得上号，看来，父母苦苦寻找的妹妹，就在眼前。邓锋陷入了两难，不认，于心何忍？要认，邓司岚冒名顶替一事定然败露，她出狱的希望，恐怕就要破灭了。司岚平日偶尔会对嫂子来一句：我总觉得自己不是你亲小姑。邓锋明白，她是在为自己留退路。现在亲小姑猝然出现，多疑、翻脸无情的老婆，肯定会闹个地覆天翻。

　　不行，为了确保营救邓司岚一事不受影响，小妹暂时不能相认。邓锋将大叔叫进厢房，说，我爹娘已经作古，我家丢失的小妹，去年已经认上了，现在你又领来一个，我夫人怎能接受得了？你是好心人，我给你五十元，你暂时将他们安顿在你家。

　　邓太太忽然出现在厢房，手指冲邓锋一戳，吼道，你到底有多少秘密瞒着我？看来，这个土里土气的乡下人，才是你亲妹妹。而你，自从认下邓司岚，就借口陪上司喝酒、跳舞、看电影，常常三更半夜才回家。我真蠢，竟然相信你。原来，你暗地里娶了二奶，却让她假冒妹妹，我还得对偷我老公的婊子，笑脸相迎，客客气气。你未免欺人太甚了，我跟你没完！

　　邓锋看老婆变脸比翻书还快，而且怀疑他金屋藏娇，自己又不能道出实情，只好大声怒斥她蛮不讲理，十足的醋八婆！

　　香草从邓锋的表情和拿钱给大叔的慷慨，感觉这个家跟她并非毫无关系。现在男女主人吵起架来，令她十分惶惑，她不敢上前劝阻，只好出去把院门关上。邓太太跟在她身后，怒冲冲推了她一把，将刚关上的院门又打开，还跳到巷子里，捶胸顿足，呼唤邻居出来评理。

　　邓太太之所以一反常态，是她完全接受不了香草和两个流着鼻涕的孩子。如果老公初衷不改，只承认邓司岚才是他亲妹，那她根本不会发飙，更不会无中生有，将邓司岚当出气筒肆意羞辱。

南巷的远邻近居被惊动了，正发愁日子过得太平淡的大家，纷纷走出家门，围了上来，表面上是劝架，实际是想从邓太太口中听些重口味的隐私，比如"邓先生何时跟情人勾搭成奸"，"有没裸着堵在床上"，"老公平日跟不跟原配行房"。

这一切，恰恰被包打听逮个正着。他为又有赏金可领而心花怒放。如此看来，监仓里的邓小姐，应该是冒充的，单凭这一条，她就别想保释出狱了。

梁子光听了包打听的禀报，更加坚信邓司岚就是"秦川"。为了让香港警方承认"三七支部"的存在，一雪采石场枪战无人生还的耻辱，决定在证据上来个移花接木，让邓司岚咸鱼不得翻身！

他请求警方对邓司岚的住处再行搜查。而他私下收买一个华人差佬，将一册密印线装书，藏进杂货铺二楼的壁瓶内。

梁子光的诡计得逞了。因为冒名顶替，艾伦大律师不肯再为邓司岚辩护。而再次搜获的《世说新语》线装书，拆开书页，在其背面涂上碘酒，立即显现出两广工委的文件和会议纪要。

邓司岚是在再次受审时，才知道"不幸从不饶恕不幸的人"。她在法庭上自我辩护道，我的经历跟邓锋的妹妹很相似，遗憾的是忘了自己的家乡在哪里。认识邓锋后，他强烈希望认我为妹妹，我举目无亲，从小就缺乏父兄的关爱，便答应下来，这样可以给双方一些温暖。至于线装书，我家里除了账本，根本没有这类东西，明摆着有人栽赃陷害。听律师说，可以对线装书做指纹鉴定，恳求法官还我清白。

结果，邓司岚被法院以欺诈罪、妨害公共秩序罪，判处有期徒刑六年。

第六十一章
坐穿牢底邂逅郭坚　历险化隙母子相认

立夏未到，一场突如其来的特大台风，袭击了香港。满目疮痍的港岛，处处听得到凄厉的哭声。而哭得最让人挠心的，当属水上渔民。那天，来不及返航的渔船，全被卷入滔天浊浪，船上的渔工，无一生还。就连港内以废船为居的家属，也因来不及上岸而溺死了数百人。

邓司岚没想到，自己脱下囚服，换上旧时衣裙，即将获得自由之时，两耳充斥着的，尽是悲凉和凄怆。她在差婆的吆喝下，从潮湿的牢房走了出来，脸上看不出喜怒哀乐。

这是风暴后的第一个晴天。炽烈的阳光，打在广场的残枝败叶上，打在满地皆是的玻璃碎片上。邓司岚渴望阳光，可抬头眺望天空时，却被耀眼的大火球给灼伤了，眼前一片漆黑，双眸流泪，火辣辣地痛。

就在此刻，一辆警车呼啸着驶入监狱，警察从车上拉下几个面黄肌瘦的女人，架着拖进监仓。犹如被一记重锤击中，邓司岚肋下的旧创陡然隐隐作痛。

她弯下腰，张大口，翕动鼻翼，深深吸了口气，再慢慢呼出。倏忽，她闻见一股久违的焦膻味，一股浴血战旗在烈火中燃烧的味道。

说来难以相信，自从得知冯天浩、刘巽祥为营救东江特委领导而牺牲，苏阿九和战士们怀揣手榴弹，与敌人同归于尽后，她便开始闻到这种味道。直至被关进域多利的女监仓，透过逼仄阴森的空间，她也常常能够嗅到这一浓缩着悲壮的味道。

血旗燃烧的画面，挥之不去；血旗燃烧的焦膻味，刺激着静默的神经。她失眠了，整个礼拜整个礼拜地失眠。

坐牢一年多后，女监仓关进一个犯游荡罪的女子。

这个女子，是从大南山的一个村子，几经辗转才逃到香港来的。她因找不到亲戚而在街上流浪乞讨，被差佬捉后，判刑一年而投监。

她，曾是大南山地区妇女赤卫队队长，见证了粤东最后一块革命根据地，在轰天炮火和硝烟中沦失；也见证了东江党的组织和红色政权，在反动派一次次围追绞杀下，遭遇了灭顶之灾。

遥想当年，革命先驱，为了砸碎半封建半殖民地枷锁，发动成立了最早的、农民自己的组织——农民协会；培训建立了最早的工农武装——农民自卫军。中共领导下的一次次武装暴动，就像一阵阵巨雷，震醒了沉睡的大地，动摇了反动统治的根基，也播下了永不熄灭的革命火种。

红二师、红四师在东江会师，将海陆丰人民的武装斗争，推向高潮，从而开辟了革命根据地，建立了最早的红色政权。

历经八年血与火的洗礼，为实现"东江一片红"，一大批党和军队的优秀儿女，冲锋陷阵在最前头，与反动派殊死拼杀最无畏。他们只知前仆后继，死而后已，却从不卑怯退缩，折腰而降。无数党员、战士、工农群众，用鲜血和生命，捍卫心中那面红旗，屹立不倒。他们笃守心底的理想信念，作为经受任何严酷考验的精神支柱，在革命的史册上写下光辉的一页。

邓司岚，每听完一段忠坚者悲壮捐躯的往事，就会在女监床头墙壁上，刻下一个五角星，以之作为对英烈的缅怀。

邓太太和香草又来探监了。域多利监狱举办落成九十二周年开放日时，邓锋认识了一位女性华人狱警。邓锋后来给她一笔钱，让她为太太和妹妹探监提供方便。邓司岚此后开始不时收到邓锋写给她的纸条。

邓司岚让妇女赤卫队长替她打掩护，她背着其他狱友，细细品读邓锋字条上的每一则消息。然后跟报纸上报道的，综合起来，分析还原事情的真相。而这一次，邓司岚看完字条，差点哭出声来。

透过泪帘，她看见了"清道工"的战友们，为了再次营救又一批中共省部委领导人，用誓死不贰的壮举，告诉敌人，只有恪尽职守、战斗到底的轰轰烈烈，没有临阵畏葸不前，在尸冢之间选择偷生的苟且。

1933年初春，中共两广临时工委派人到上海及中央苏区，寻找并向中央汇报工作，两广临委只剩林德隆独撑局面。次年秋，新的省部委领导机构香港工委成立，可未及半年又遭破获。

香港法院判处郑怀昌、陈光等人，驱逐出境，递解上海。而国民党却对他们下达了绝杀令。

林瑞、巫振国为了完成身负的使命，救挽地下党高层干部，他们吸取教训，改变策略，找来一艘个头大的渔船，准备用它逼停客轮，将同志们硬抢到渔船上来。可是，港英军警早有戒备，当巫振国、庄武驾着渔船，准备在横澜岛海域逼停客轮时，遭到水警队四面包围袭击。

一场激战，弹雨横飞如泼，手榴弹、炮弹炸出的水花和浪涛，震魂夺魄。只因寡不敌众，阿漪、林熙、孟仔、马瑜哲先后牺牲，巫振国、庄武被机炮击中，从起火的渔船跳入海里，又遭乱枪扫射，再没浮出水面。营救中共香港工委领导人行动，在"风萧萧兮，易水寒"的悲壮中，告败。

终于，邓锋给她带来振奋人心的好消息："求解放者"盼望的红旗，已经在陕甘边区高高举起。

邓司岚通过香草，带出字条给林瑞，让他们以热血青年的身份，参加抗日救亡运动。不久，春草带回喜忧参半的消息：驻港侦缉队无视国共合作，依然在秘密追查"清道工"。林瑞和姜运兰按照她的指示，同时也是为了探路，与原金玄区委书记朱荣等同志，向旅港同乡会负责人钟秀南申请，要求回海陆丰参加抗日，得到钟秀南的支持。

1938 年 2 月，以朱荣、林瑞、姜运兰、吴乐为负责人的海陆丰抗日服务团四十多人，携带大量药品、枪支、弹药等抗战急需品，回到内地，汇入抗战洪流。

风撩动着身上已经发黄的衣裳，邓司岚回忆着六年囚禁生涯的片段，缓缓走至监区的大铁门前。洋管教将释放凭条交给看守，他做了登记，又递给邓司岚，让她签名，然后退还入狱时被扣押的怀表等随身物品，再打开大铁门上的一扇小门。

邓司岚透过小门，看见邓太太与香草早已守候在大门外，一见到她，急急奔了过来。

邓太太昨夜准备了一大通忏悔的话，要对邓司岚说，她将恳求司岚继续当她的小姑，搬到她家去住。

可是，当邓司岚跨过铁门槛，走向邓太太和香草时，一辆黑色轿车飞驰而至，挡在她们中间。

旋即，车开走了，邓司岚不见了。

轿车开至石塘咀一个小村子，开车的中年人才转过身来，对邓司岚说："你将乘船离开香港，今后会有同志与你接头。下面我说一遍接头暗号，你可要记牢了。"

邓司岚不敢问他是谁，她知道自己的脑子已经钝化了，只能用情景记忆法尽快记下暗语，然后向他复述一遍。西装革履的开车人听完她的复述，打出一个请下车的手势，让她换乘大树下的人力车。人力车夫同样一声不吭，只顾埋头赶路，七弯八拐将她拉至卑路乍湾。

已经长成大姑娘的彭平，从芦苇丛走了出来，一时千言万语涌上心头，与大姐紧紧拥抱在一起。她没多说话，急急让大姐登上停靠在岸边的机帆船，并对船老大喊道："起航。"

船老大一声吆喝，机舱突突突冒出一阵黑烟。邓司岚站在甲板上，与彭平挥手告别。一个年轻船工拉紧绳索，校正风帆，大声喊道："顺风顺水龙抬头！"片刻，机帆船离开小码头，乘风破浪，飞驰而去。

邓司岚问年轻船工，船开往哪里。船工说要将她送往陆丰虎洲港。邓司岚急了起来，她有许多情况要向南方工委汇报，可是连面都没见就离开香港，她长期的思考不就白费了？再说，回去又不知向谁报到，岂不成了无帆无舵的孤舟？

其实，彭平安排她立刻离开香港，是出于无奈。邓锋想过要向南方工委请示，可他与上线领导一直没联系上。没办法，只能走为上计。因为他已获得可靠情报，驻港侦缉队暗中勾结黑社会，准备将邓司岚秘密劫持至广州。

船开至南丫岛的下尾咀，船老大按照东家的吩咐，从等候在那里的一条小舟接上一个后生。后生哥身材颀长，眉毛高挑细密，目光犀利沉稳，身上穿的虽是粗布长衫，却给人一种干净利索的感觉，俨然一个中规中矩的教书先生。

后生向船老大道过谢，询问船何时才到虎洲港。船老大一听口音，断定他可能是津洲一带的人，而且长年在外漂泊。

船老大猜得没错，此人小时随父母迁居津洲，十几岁后开始在外面求学闯荡，天南地北走过不少地方，现在能将方言说到这份儿上，已经很不容易。

后生哥姓郭名坚，在津洲修完高小学业，考上省立凤仪水产学校，毕业后去上海复旦大学半工半读。"九一八"后，因父亲的洋杂店受到冲击，经济困窘半途辍学，进入上海一家大公司当店员。期间受地下党人、董事长儿子影响，觉悟有了质的飞跃。后来郭坚又被他介绍到哲学家艾思奇主办的培训班学习，思想日臻成熟。经"董少爷"介绍，他入了党，并被派往中央苏区，担任"党训班"政治教员。

不久，组织安排他随中央特派员钟仲衡，来到香港，在中共香港工委秘书科工作了几个月。

这次，他奉命从香港回家乡，将与从广州回来的郑重等人会合。这个郑重，是海丰县凤仪镇人，字千里，时为中共广州市委军事委员会宣传干事。

郭坚搭乘这艘船，是地下交通员跟邓锋商量后临时安排的。

邓锋当年因冒认邓司岚一事，引起港英警方的怀疑。幸好曾受恩于邓锋的莎梦妮替他解围，又在港督面前为他说话，才免遭追究，躲过一劫。莎梦妮不相信风流倜傥的他会是地下党，更猜不到他已是中共香港市委的候补委员。

船老大看看水域开阔了，就声音沙哑地对郭坚说："我要加大油门啰，你该进舱歇歇啰。"

郭坚进入船舱，借着电灯光，发现里面除了堆放着一些货物，还蜷坐着一个女子。这个女子，身材纤巧，仪态娴雅，只是好像很疲倦，正眯着眼打盹儿。

怪了，眼前的女子怎么越看越面熟。可他琢磨了半天，还是不敢相信自己的眼睛。事隔多年，他怎会在一条小船上，遇上昔日常在梦中出现的"玉女"？

事隔这么多年，他印象如此深刻，得益于前年他在暹罗，曾经遇到一个跟"玉女"极其相像的女子。不过她不叫刘巽贞，而是姓苏名惠。

刘巽贞其实并没有真的睡着，她微微张开眼缝，警惕地观察着这个在下尾咀上船的不速之客。凭她的敏锐与记性，很快就认出，眼前这位清清爽爽的后生，应该就是李兰舟的远房亲戚。只是，她没心思搭理这位有些色眯眯的后生。谁知，那只藏在袖子暗袋的怀表，咚地掉落舱板上，她不得不伸手把怀表捡起。

郭坚的额头沁出一层细汗，终于按捺不住了，语无伦次地说："如果不是我眼拙，你应该是刘校长。我是、我是李兰舟的侄子，可能你认不出我了，她是我表姑。"

刘巽贞用衣袖擦擦怀表，喃喃自语道："谁是李兰舟？我认识李兰舟吗？"

"那你应该认识颜文英吧？对了，她现在已经化名杨殷，你们以前一直形影不离。我在新加坡遇见了颜老师，还有她的先生万岱源，他现在化名关翊希。不过，我们得为他们保密。"

郭坚在水产学校读书时，刘巽贞和颜文英这对美在骨子里的靓女，就已经在郭坚心中占据了不可替代的位置。敬重之余，他暗自发誓，今后选择妻子，就要以这对姐妹为范本。

"你去过南洋，被卖了'猪仔'？"

"比猪仔的待遇好些，不过不是个人行为。颜老师很想念你。"

思念只是一缕丝，莲藕的丝。

郭坚知道刘校长心情不好，明显对他怀有戒心，便咧了咧嘴，不再说话。片刻，他好像想起了什么，语气亲切地说："刘校长，你读过岑参的诗吗？我，至今还能背《轮台歌奉送封大夫出师西征》。"

刘巽贞眼睫毛一扬，抬起头，着实看了他一眼，应道："还是叫我的名字合适些。而我只喜欢王维的《老将行》。不过，'卫青不败由天幸'，值得商榷。"

郭坚惊喜，却若有所思地说："是的，'誓将报主静边尘'的'主'字，同样值得商榷。"

"这是哪儿跟哪儿，我们不能要求那个时代的诗人，用当代思想写诗。"

对上了！真是令人诧异，组织交代他回海陆丰后，一定要找到的人，竟然在逐浪追波的舟船上找到了！

郭坚握住刘巽贞伸过来的手，心怦怦跳着："我认识你很多年，而你是现在才认识我。你应该比我大一岁，但你永远是我的小妹。"

刘巽贞抽回自己的手，正要问颜文英和苏惠的情况，年轻船工来到船舱口，伏下身子喊道：前面发现日军的军舰，你们要做好准备。还有，快把舱里的电灯灭了。言毕，盖板砰的一声罩上了。

关掉电灯，船舱里一片漆黑。刘巽贞对郭坚说："你刚才提及颜文英夫妇和苏惠，已经吊足了我的胃口，我很想知道他们的景况。"

郭坚在马来亚和泰国，的确能经常碰上讲福佬话的海陆丰人，而上述三位，可就不是一般的偶遇了。

郭坚碰上万岱源和颜文英，是在一次筹赈动员大会结束后。他刚离开会场，就发现有日本浪人要追杀他。情急之下，他躲入一家华侨酒店，而酒店的老板和老板娘就是万岱源和颜文英。

两人都穿着马来人的传统服装。万大少爷头戴船形无檐帽，身套无领上衣，长裤外面围着短纱笼；万少奶奶穿宽敞如袍的卡芭雅装，头披色彩鲜艳的纱巾。郭坚是经过一番仔细辨认，才认出颜文英的。

万岱源和颜文英衣着变了，姓名也改了。赴新加坡后，一位来自广州的关姓老华侨，因儿子和媳妇回唐山时发生海难，双双不幸离世，老华侨看万岱源夫妇对他悉心照料，决意认他俩为儿子和儿媳。为长远计，万、颜答应了，从此更名为关翊希和杨殷。

郭坚身负重任，经常在南洋活动，万岱源和颜文英，早就听说过他的名字，只因不想暴露身份，他俩只能尽量避免跟郭坚发生直接交集。

万岱源当年被港英当局驱逐出境时，身兼中共中央南方局宣传部部长的林道文指示他：长期掩蔽，积攒资本，听从召唤。谁知，林道文牺牲了，南方局不久也撤销了，他和颜文英成了闲棋冷子。

但，人在，党在，使命在。只要活着，就得履行党赋予的使命。他俩先接手一个旅馆，用以掩护自己的身份。三年过去，又盘下规模不小的华侨酒店，前年开始在吉隆坡投资锡矿开采。

本来，全面抗战爆发后，他们就想回国，可被驱逐出境第二年就来到新加坡的舒勋，在莱佛士学院毕业后，坚持要以华侨的身份，前往昆明攻读空军军官学校。万舒勋现在的名字已改为关啸飞。

为免使津洲二老知道此事后提心吊胆，关翊希决定暂缓回国。现在，他们已经有了一个可爱的千金，取名伊柚，四岁了。

说是长期隐蔽，万岱源夫妇却没少参加工运、学运工作和反帝反殖斗争。他们以南洋总工会委员的身份，资助各商埠举办工人夜校，吸收工人参加学习，通过读书唱歌，灌输革命思想，使侨胞的政治觉悟日益提高。

他们还发动近百名流亡党员、热血工人、进步学生，分批回国，通过父亲万泰安帮助，把他们送往中央苏区或东江革命根据地，加入红军的战斗队列。

郭坚见到万岱源夫妇，仿若见到最可靠的亲人。他放心大胆地在酒店住了一晚，美美睡上一觉。天亮前，万岱源叫司机开车送他回马六岬。

郭坚随后请示南方工委组织部门，查明万岱源的真实底细，才知道他是资深的老前辈，被捕后才遭驱逐出境。

又一次会面时，郭坚向老前辈言明自己的身份，并在他的帮助下，安排一批英国殖民当局禁止出境的专业人才，乘船经香港回到祖国大陆，再通过地下交通线送往延安。

就在万岱源翘首等待南方工委召唤他归队时，郭坚却因奸细告密而遭英殖军警追缉。万岱源冒着危险，掩护乔装成海员的他，混上运输锡矿的货轮，有惊无险躲过鹰犬的检查，平安返回香港。

刘巽贞对郭坚有了同志式的轻松感，又让他说一说苏惠。

1928年春，苏惠与党组织失去联系。为躲避国民党的悬红追捕，她在亲友帮助下，搭乘一艘货船，来到新加坡。她先是在陈嘉庚的工厂做工，并很快与当地党组织取得联系，后被调到中共南洋临时工委任机要秘书。

1935年春，她陪同泰国侨党负责人到澳门，参加越南党代表大会。冬季，她在香港中共南方工委领导下，做恢复党组织的接头与联络工作。1937年，被中共南方临时工委派到上海，负责南方工委与中共中央联络站的工作。

马达很响的机帆船，穿过日本军舰封锁的海域，船工松了一口气，打开船舱罩，招呼舱里的二位，出来透透气。

大海浩瀚无垠，雄浑磅礴。刘巽贞走向船头，迎风而立，看海鹰掠空而过，脸上露出微笑。咫尺铁窗，糟践了她最绚丽的青春岁月，眼前扑面而来的，是吞天沃日、奔腾不息的惊涛，催人奋进。如不死鸟的战友们，仍在天南地北战斗，她不再孤单了。她和他们，将用钢铁般的翅膀，扑灭倭贼的凶焰，驱散天上的乌云雾障。

午夜，刘巽贞与郭坚回到东滘。刘巽贞最想做的第一件事，就是与儿子团聚。她在坐牢时，知道郁新月已和曹其峰结婚，郁上晗作为小姑的"陪嫁"，跟小姑和姑丈一起生活。

郭坚安排刘巽贞在他姐夫的旧宅里歇息。郭坚对她说，我明天去海城，希望能跟海陆丰党组织接上关系。而你就当放假，去找你小姑，尽情跟你儿子亲热亲热。

第二天，刘巽贞打着一把油纸伞，来到北堤老街的婆家。她单膝给公公婆婆跪下，请求二老宽宥她没有尽到做媳妇的义务。

告别公婆时，她把所有的积蓄四块银圆塞给婆婆。

曹其峰早就爱上郁新月，但她坚持要等嫂子回来给她做主。嫂子杳如黄鹤，而上晗一天天长大。为了让上晗得到保护，新月答应曹家的求婚，但提出一个条件：我唯一的嫁妆，就是郁上晗，曹家上下必须像亲儿孙一样对待他。曹家二老和曹其峰一口答应，专门腾出旧圩的别院，作为他们婚后与上晗一起生活的住所。

郁新月打开院门看见嫂子，似幻似真，拥着嫂子哭成泪人。

在焦急中等了半个时辰，刘巽贞才看见日思夜想的儿子。他背着书包，满头是汗，气喘吁吁冲进客厅，提起茶壶，就往嘴里灌水。

刘巽贞坐在红木圈椅上，正用绣花针挑脚底的血泡，见状忙说："别急，先擦擦汗，等我往壶里兑些热水，再喝。"

上晗圆圆的脑瓜一拧，问："你是谁？新来的使妈？我好渴，等不及了。"

刘巽贞起身，扯下毛巾，上前为他擦汗，百感交集地说："我，不是使妈，我是你娘，生你的亲娘。"

"我不认识你，姑姑才是我娘。你骗我。"上晗不接毛巾，自个儿用衣袖胡乱抹了一把，抓起一个梨子，张口就咬。

刘巽贞心一酸，眼泪夺眶而出，茫然不知所措地呆立着。

新月从卧房走了出来，表情严肃地说："上晗同学，忘了规矩了？气喘吁吁就喝凉水？先放下书包，把手洗干净，再挺直身子坐在圈椅上，姑姑有话对你讲。"

上晗眨眨眼睛，把梨子放回果盘，按姑姑说的，放下书包，洗了手，端端正正坐在椅子上。

刘巽贞拎着热水瓶，往茶壶添了些热水，倒出半杯，试试水温，放在上晗身边的几子上。

新月托起嫂子的纤手，亲了一下，又抓过上晗的小手，也亲了一下，然后把两人的手叠放在自己的手中，一本正经地对上晗说："你梦里不是常常喊着要亲娘吗？现在亲娘就站在你面前，咋又说是骗你？"

上晗脖子一梗，说："我所梦见的亲娘，跟你一样，头发长长的，还梳了两条辫子。她没有辫子，怎会是我亲娘？"

新月故意虎着脸，说："我的小祖宗，姑姑的话你也不信？你娘是新思想的人，一直都留短发。你要姑姑把辫子剪下，接在你娘的短发上，你才肯叫娘是吗？"

上晗咬着嘴唇想了半天，摇了摇头。

新月懊恼地说："都怪我，担心黑狗子搜查，把你爹和你娘结婚的照片给烧了。要不，你一看照片，就会立刻认出她真的是你娘。"

曹其峰买菜回来了，又惊又喜。新月对上晗说："你现在可以问问你姑丈，他可从来没骗过你什么。"

曹其峰的仁客迷百货已因日军封锁港口，供应商断货而倒闭。

曹其峰不用问就知道是怎么回事了，笑呵呵地说："平时念叨个没完，现在娘亲就在眼前，不磕头也罢，连叫声娘也没有，这就是大不敬了。等会儿阿公阿嬷过来一起吃饭，知道你不肯叫娘，准生气。"

上晗下巴一扬，不假思索地说："我梦见我爹，我说他长什么样，你们都说对。可我梦见我娘，明明是长辫子的，现在倒要我认一个像中学生的她，阿公阿嬷要生气，我也没办法。"

刘巽贞向新月和其峰使使眼色，示意他们先别急。看儿子已经齐胸高了，五官和脾性跟他爹一模一样，歉疚之余，当娘的心里已经很欣慰，很幸福了。唯一的遗憾，就是新凯没能看上一眼自己的儿子。

礼拜天，阳光灿烂。新月和其峰一起去参加青年抗敌同志会活动，唯独留下巽贞母子在家。其中一个目的，就是要通过单独接触，消除上晗对母亲的隔膜和排斥。

巽贞从旧皮箱翻出一些旧衣裳，闻闻有霉味，还发现蟑螂屎，就拿到井边，抖抖干净放进洗衣盆，顺带把上晗搁在洗澡房的校服鞋袜，一同拎出来清洗。

上晗做完作业，悄悄走出厢房，想瞧瞧"天上掉下来"的娘亲在做什么。一眼看去，她正在搓洗他的校服。小家伙气冲冲走过，从搓板上抢回满是肥皂泡的校服，说："小姑教我自己的衣服自己洗，你别碰我的东西。"

说完，自己端来一个小木盆，自己放吊桶打水，不时偷偷回过头，瞅瞅那个短发齐耳的娘，生气了会是什么样子。

巽贞担心他力气小，吊桶打水提不上来，就说："儿子，衣服你自己洗，娘帮你打水。"

上晗不服气地说："你别门缝里看人，你能干的我也能干。"

曹家的屋宅，地势偏高，水井也淘得深。巽贞怕儿子逞强伤了身子，且有危险，执意要替他打水。上晗一把将她推开，说："姑姑平时不让我打水，现在姑姑不在家，你管不着我。"

巽贞不敢来硬的，只好站在儿子背后，攥着吊桶绳子长出的那一段，像拔河一样沉下身子，以防他失手出现意外。

上晗看不见"娘"，以为她生气走了，回过头来找寻。就在这一刻，装满井水的吊桶，咣地撞在井壁的砖块上。上晗脚没站稳，吊桶的重量加上反撞力，瞬间把他反拽进井里。

巽贞虽有提防，站成丁字步，但事情太过突然，手里的井绳猛地一拽，她像被谁从背后狠踹一脚，双膝嗵地跌跪在石板地上。幸好井绳在手腕绕了一圈，又有井台卡着，她才不致随着掉进井里。

巽贞从惊恐中蹦出一个念头：拼上性命，也要将儿子救上来！她咬紧牙关，用受伤的膝盖顶住石井圈，屏气后仰，使狠劲将井绳一点点往上拔，然后一点点挺直右腿，稳稳蹬在井圈的边沿。

井里传出上晗的惊叫声，巽贞全身唰地冒出冷汗，心里却暗暗称赞儿子有种，还能攥住井绳不放。她从咬紧的牙缝蹦出含混的声音："晗儿，别怕，按娘说的做。"

可儿子没回应。不行，儿子肯定听不清。巽贞使尽全身气力，让身子一点点往后仰，喘了口气，才大声喊道："儿子，你听好了，一定要牢牢攥紧绳子。现在，吊桶离你有多远？"

"吊桶，吊桶就在我脚下面。"

"你可以小心地往下溜一点点，直到脚能够着吊桶，再用脚尖将吊桶的水倒掉。"

片刻，井里传出哗啦的水声，巽贞感觉双臂的拽力缓解了些许。她又对儿子喊道："犟小子，好样的，再勇敢些。你把双脚踏在吊桶的横梁上，然后腾出一只手，抠住井壁的砖缝，用力往上攀。我会同时将你往上拉，你很快就能上到井口了。"

"我找到砖缝了，你可以向上拉了。"

巽贞应了声"好"，正要使劲，猛然眼前一黑，顿时天旋地转，感觉自己就要晕厥过去了。

长期囚禁的凌虐，肺部中弹留下的隐疾，加上极度惊吓，体力耗尽，她能不瘫倒？

人悬在半空，井绳没往上拉，反而一点一点往下滑，娘又不说话，上晗浑身发抖，知道什么叫害怕了，哇地惊哭出来。

儿子求生的号哭，刺痛了娘的心，也成为她生命潜能的爆发点。巽贞一个抖擞，从混沌的意识中清醒过来。她嘶哑地对儿子说："坚持住，娘开始用力，你要站稳，不能松手……"

井绳，一寸一寸往上拽，血，顺着井绳一滴一滴往下淌。

邻居大叔大婶听见隔壁传来嘶叫声，感觉不对劲，争相赶来看看怎么回事。可是，院门关着，他们推不开。巽贞听见拍门声，大呼："把门撞开，快救我儿子！"

院门轰然倒下了，大叔大婶扑向井台，七手八脚将悬在井中的上晗拽起。一口鲜血从刘巽贞嘴里喷出，失去知觉的她，仰面向后倒去。

上晗眼尖反应快，一下从背后抱住母亲，大哭道："娘，是我害了你，你不能倒下！你醒醒，我再不淘气了。娘，你醒醒！"

一位大婶抓起巽贞的双手，只见大片的手底皮已被掀开，手腕血肉模糊，可以看见白花花的骨头。

第六十二章
日机狂炸群情愤激　立辕觉醒投奔延安

1938 年 8 月 18 日，农历七月廿三。日军一个轰炸机中队，耀武扬威飞临津洲城上空。

津洲人第一次见到日军飞机，是在去年 10 月。那天，一架机翼涂着红色实心圆形的"大铁鸟"，伴随着刺耳的嗡嗡声，在空中兜了个圈，撒下许多红红绿绿的传单。日机飞得很低，可以清晰看见驾机的日本兵。

虽然轰鸣声震耳欲聋，连屋顶的瓦片都"哗啦啦"直响，但男女老少为了看稀奇，都跑到屋外或旷地上，仰首观望。

今天，势头大不相同，一下来了七架，其巨大的轰鸣声和气浪，震得整个津洲城颤巍巍抖了起来，一些年久的民居，墙灰"沙沙沙"直往下掉。

刘巽贞也跟着乡亲们，跑出屋外观看。说真的，她也从未见过日本战机，但她知道，一下子飞来这么多军机，肯定不是为了让津洲人看热闹而来。

刘巽贞作为陆丰民众救亡团体协调委员会副主任，带着一支工作队，前天才来到津洲。她把民协会办事处设在津心埔觉新初级小学，也就是原来的女子学校。而海陆丰旅港救工团分队正副队长林瑞和姜运兰，和他们的六七个队员已经几天前就住进这里。

上午，民协会工作队、救工团分队，与郭坚组织的津洲青年抗日同志会成员"会师"了，并一同参加了筹赈宣传演出工作协调会。

会议结束，青抗会成员江玉娇、黄贤忠，带领救工团的同志，前往未石城开展抗日救亡宣传。而民协会和青抗会的队员，由郭坚指挥，沿着元康新街、大街、中街，直至津水港，边走边发海报边演讲，号召群众为抗日捐款捐物，踊跃欢送子弟上前线抗日。三支队伍，只有林瑞他们统一制服，胸佩证章，一色的背篼装满标语、传单、漫画。

队伍出发近半个小时，就见排成箭形编队的日寇飞机，穿出云层，从海上飞了过来。飞机青灰色，个头大，飞得很低。刘巽贞"没吃过猪肉但见过猪跑"，脑际登时蹦出"轰炸机"三个字，心里一下慌了。她抓过一把铁皮喊话筒，喝令乡亲们就地卧倒或躲到大榕树下。可乡人受好奇心驱使，个个手搭凉棚，面朝天空，想看看飞机的翅膀，是不是跟鸟一样扇着飞来。

倏忽，为首的大铁鸟一个俯冲，像饕餮巨兽向观瞻的人群狂啸着撞来。驾机的飞行员，像坐过山车，刺激得暴眼咧嘴，仿佛就要狠狠咬谁一口。俯冲的铁鸟，直至快要擦着树梢，才抬起头往上飞，那邪恶相和嗷嗷怪叫，吓得观瞻者四处奔逃。

可有人没跑，他们发现怪诞的事情了：大铁鸟下蛋了，从腹部接二连三往下掉，在阳光下闪着贼亮贼亮的光。鸟蛋越来越大，变成巨大的橄榄，还带有尾巴，直冲脑门砸了下来。愣怔的人们缓过神来了，想躲闪，可是，已经迟了。

水桶大的航空炸弹打着旋砸向人群，砸向民居，砸向街头。"轰隆、轰隆"数声惊天巨响，津洲城在山崩地陷中剧烈摇晃，一排排民宅像骨牌轰然倒塌，腾起的烟雾火光，连同人体的碎片，还有瓦砾、石块、树枝，冲天而起。

七架轰炸机，肆无忌惮地盘旋，俯冲，投弹，逞凶施恶半个多小时，才掉头飞走了。留下了满目疮痍和一片撕心裂肺的恸哭哀号。

刘巽贞立即派人通知郭坚和林瑞，宣传活动暂时停止，全力扑灭轰炸引发的大火，抢救坍塌屋宅下的民众，抬送受伤人员就医，安抚死者家属。

乍然，她想起正在冀兰居背课文的上晗。我的天啊，差点把他给忘了。不过，飞机是从东边飞来的，盐田湖被忽略了，上晗不会有事。

据统计，三轮轰炸，炸死二十九人，伤者过百，炸毁房屋六十多间，工场作坊十几处。其中，救工团一位队员牺牲，民协会工作队傅队长被弹片击中大腿，青抗会黄贤忠也负了伤。

刘巽贞第一次直面日寇的狂傲与残暴。针对一个港口商埠，一日之内，轮番轰炸三次，其意图除了实施战略封锁，更要从心理上击垮国人的意志，陷国人于极度恐慌之中。

刘巽贞一边指挥乡亲们救火救人，一边思考着大片国土沦陷这个问题。她咬咬牙对自己说，绝不做亡国奴，要祭出血性，同仇敌忾，英勇顽强抗击侵略者，用血肉之躯筑起钢铁长城，捍卫中华民族的疆土和尊严。

今日她亲身见证日军轰炸机的强大威力，意识到日军武器装备堪称先进、精良，足以碾压中国军队，故而再次拷问自己，就是要为下一次宣传演讲，准备好说辞和答案。

刘巽贞作为海陆丰早期中共党员，忘我战斗，时刻准备为党奉献一切。可是，眼下她却遇上一道无法跨过的坎：海陆丰的党组织认为她已经脱党，不再具备党员资格。这，对于她来说，比押往刑场枪毙，更要难受。

回东溘后她才知道，海陆丰现在有两个互不发生交集的地方党组织。一个是受原南方临委常委饶彰风派遣，由流亡海外回来的刘腾光、蓝训材任负责人的中共海陆丰区工委；一个是近期由广东省委常委、军委书记尹林平委派，由郑千里担纲的中共海陆丰工作委员会。而海陆丰工作委员会，是经两县党员代表选举产生的，将整顿各地党组织，统一党的领导，审查原有党员，并发展新生力量。

在郭坚安排下，刘巽贞与郑千里，在一家西医诊所的里间见了面。

郑千里长着一张白净的娃娃脸，留三七分发型，身高臂长，像校园排球队的主攻手，浑身上下充满革命的激情。别以为他尽显单纯与稚气，到了激愤时，脸一沉，不怒自威。他的公开身份是海陆丰留省同学回乡服务团团长。

刚见面，郑千里安慰刘巽贞说，只要经组织政审过关，无发现违纪问题，报上级批准，就可恢复党籍。

可是，看了她的个人历史自述材料，郑团长圆润的脸上挂满疑问。接下来进行刨根问底式审查谈话，然后决定派专人展开深入调查。

如此反复三次，刘巽贞都过不了关。问题的症结在于，当年省委"一号"指示刘巽贞组建应变力量，为何在两广省委的档案中，没有查到任何记录，更别说正式文件。

郑千里初次翻阅刘巽贞的个人自述材料，简直就像在读文笔流畅的自传。她与剥削阶级家庭决裂，坚持自我改造，革命品质、革命贡献、革命经历，无一不令人敬佩。可是，问题偏偏出在"三七支部"这个至关重要的环节上。两广省委真的曾经做出这么一个决定？还是刘巽贞眼看东江苏区，将在敌人灭绝性进攻下沦陷，提前跑到香港隐匿避难？

问题越来越复杂，"三七支部"存不存在成了悬案。刘巽贞有信念动摇、投机革命的嫌疑，被列入可以劝退的老党员名单。

郭坚坚信刘巽贞不是贪生怕死之人，绝不会欺骗组织，一再想替她"翻案"。可是，陆更夫、徐国声等人已牺牲，潘洪波变节被处决，人证物证俱无，怎么翻案？

刘巽贞当然不希望蒙受委屈和耻辱，但她毕竟当过县委书记，懂得组织原则和纪律，她提出了申诉，但对肩负的职责，从没懈怠过。

当前，东江地区的抗日救国运动，正逐渐形成高潮，她必须不辞劳苦做好民众团体协调工作，把救亡运动一步步推向前进，并着力将津洲青抗会训练成有战斗力的抗日武装。

刘巽贞这次回津洲，身边多了个小"保镖"。郁上晗听说母亲要回自己的家乡，老问她外公外婆长什么模样，是不是特别疼爱她和外孙。

坠井事件发生后，刘巽贞答应上晗，无论她走到哪，都会像系在腰带上一样带着他。刘巽贞故意问上晗，如果有人提起爹，你如何回答？上晗咬咬手指头应道，就说我姓刘，我爹在澳门做生意，没跟我们一起回来。刘巽贞刮一下他的鼻子，称赞他聪明。

刘巽贞和同志们来到滨海古城，就把儿子安置在李兰舟家，并吩咐他不要随便告诉陌生人，他俩是母子。李兰舟见到上晗，既惊喜又悲伤。巽贞受了那么多苦，还好得了这么个儿子，算是老天爷有眼。

李兰舟将上晗看成自己的儿子，有什么好吃的全拿出来给他，看他吃饭不带劲就用汤匙一口一口喂，被他逗乐了就情不自禁亲他一口。

郁上晗老老实实在冀兰居待了一个多礼拜，复习功课，练练书法，喂喂小鸡，跳跳绳，可最后还是没管住自己。那天，细舅母对他说："你知道吗？你有个四岁的表弟，叫刘梓嘉，想不想跟他一起玩？"

郁上晗如小鸟飞出鸟笼，心里别提有多欢跃，可脸上却很平静。他急于要见的人，是生养母亲的外公外婆。背着娘亲，郁上晗跟细舅母去了未石城。江玉娇已经孀居数年，仍然不敢无视尊长，便先带上晗去后院拜见公公婆婆。

上天垂怜，梦想成真！刘监生和姚氏，一人一边抱住上晗，老泪纵横，泣不成声，久久不肯松手。然后，他俩在天井当中跪下，磕了十几个响头。董彩鸾热泪盈眶，带着心巧和梓嘉，来跟姑姑的儿子见第一次面。

二老在众人劝说下，抹掉眼泪，露出笑颜。姚氏叫婢女抱来她的楠木梳妆匣，取出她特意预备着的纯金长命锁，亲手给上晗佩上。刘监生只管往外孙手里塞果品点心，忽儿想起什么，回到卧房，拿来一个象征招财进宝、蟾宫折桂的金蟾玉坠，挂在上晗脖颈上，嘴上念叨着："你是至亲的亲骨肉，是我唯一的亲外孙。"

上晗心里不喜欢外公，但还是跟对其他长辈一样，表现得彬彬有礼。他被外婆拥着坐了一阵子，颇为自如地应答了好些问题，才随心巧去她的房间。心巧已是县立三中的学生，早就长成一个大姑娘。她指指东院，对上晗说："你还有一个大表哥，是我爹跟大娘生的。都订了婚的人了，还三天两头在外面浪，家反而成了旅馆。"

心巧送给上晗一个八音盒，带他来到西院，给细舅母请安，跟梓嘉玩捉迷藏，叠飞机。

姐弟仨玩得正欢畅，忽然，天上接连响起轰天雷，刘家大院像当年地震一样颤动起来。外面有人敲起铜面盆，拼命喊叫：日本人的飞机又来了，挨千刀的狗强盗又要扔炸弹了！

心巧正要到院子里看看来了多少飞机，只觉大地一晃又一晃，立时，爆炸声、坍塌声、惨叫声，交互响起。

心巧担心屋顶塌下来，砸中两个弟弟，急忙弯下身子罩住上晗和梓嘉。一会儿，娘和婶子扶着战战兢兢的奶奶，走了进来。奶奶夸奖心巧做得对，让她也蹲下，她要趴在他们上面，用老迈的身躯，保护这群心肝尖尖。而娘和小婶，手搭手站成一个"人"字，遮护着祖母和三个未成年的孩子。

刘监生听出爆炸声最先从港口方向传来，担心起长媳和小孙子的安危来，拄着拐杖，急匆匆到前院大门外东张西望。突然，一颗炸弹掉落在左前方刘有财的院子里，一声巨响，吓得他腿一软，跌倒在地上。

刘监生的担心，完全应验了。日军的飞机从西而来时，周尾妹正跟刚会走路的小儿子，在娘家的天井，逗弄一只从海上捞来的大海龟。日机从周家上空嗷嗷飞过，把小儿子吓哭了。周尾妹一手卡着粗壮的腰，一手指着飞机，破口大骂，比男人骂的还粗野。

一架飞机打了两个旋，再一个俯冲，掷下几枚炸弹。平日像螃蟹横着走路的周尾妹，怒目圆睁，冲着炸弹，连呸了二口唾沫。一枚炸弹随最后一口唾沫，落在天井，轰然炸开，周尾妹母子与海龟瞬间化为碎片和血沫。

更令人惶恐不安的是，距离觉新小学三十几米远的那棵老榕树，一枚一抱粗的炸弹，卡在它裸露的虬根间，随时都有爆炸的可能。

民协会工作队副队长齐桦读过军工学校，知道炸弹的引爆原理，自告奋勇前去排险。经检查，齐桦认为弹头的引信没有触地，火药没被引燃，炸弹不会轻易爆炸。

刘巽贞、姜运兰、林瑞、李兰舟等人，围了上来，一看，个个倒吸一口冷气。炸弹那么大，又卡得那么紧，排险简直无从下手。经讨论，最后同意黄贤忠的意见：先拿绳子捆住尾翼束腰处，将绳子套在两根交叉成十字的木棍中间，由四个人抬着，再找来一把锯子，锯掉一条树根，炸弹就不会受卡了，然后把它抬到海边，由齐桦设法引爆。

刘巽贞忽然到血旗燃烧的焦腥味，冒出一个大胆的想法：日军用它来摧毁我们，我们怎不以牙还牙，用它来消灭日军？不如将它秘密藏在少帝山下的石洞里，将来肯定能够派上用场。

天黑了，少帝山下，六名勇士朝地洞口塞上最后一块石头，才筋疲力尽瘫倒在沙滩上。

再一次遭受疯狂轰炸的津洲城，惊恐、悲伤、仇恨，在发酵。

工作队的工作重点转向救苦救难，发动民众，有钱出钱，没钱出力，协助福德善堂，抢救伤员，掩埋死人，安置无家可归的蒙难者。

郭坚从东滘赶来了。刘巽贞与他，还有队长们商量后决定，后天在津洲召开东南片区抗日救亡动员大会。而学生募捐队，在台下和大街开展义捐救国活动。下午，召开救亡团体座谈会，研究以青抗会为掩护，筹建抗日自卫队，收集购买枪支及秘密展开训练等问题。

还要选派几名有军事常识的党员，以普通青年的身份，加入青抗会，将来作为自卫队教官。

李兰舟为刘巽贞没有恢复党籍而抱不平，发了一通牢骚后，提出不如津洲自己成立一个党支部，被巽贞用手掌捂住了嘴。

李兰舟凭女人的敏感，觉察出郭坚看巽贞的目光，充满爱意，就刻意留远房表弟吃了饭才走。郭坚同意了。

上晗看母亲默默埋头扒饭，就夹了一块肉，放进郭叔叔的碗里，说，我已是半个主人，给你夹菜，你可不能推让。不过，我想求你给我弄一把驳壳枪，我要上前线打日本人。

郭坚使劲点头，说，我可以答应，但前提是你必须学好文化，而且再长高些。

上晗放下筷子，从卧房里拿来外婆给的长命锁，塞到郭坚手里，说，我把它捐了，就换你一把枪。

刘监生听说几个区要联合召开动员大会，还让万泰安等代表上台发言，他坐不住了。本来，对于抗倭救亡一事，他一直表现得有些麻木，不得已才从腰包撮出几个大洋，扔进筹赈箱。原因在于，现为县参议长的儿子巽才，听"高人"说，广东是英、美、法、葡的势力范围，日本不敢动广东。

结果，东洋强盗杀到津洲来了，夺走他家两条人命，炸沉他家一对三桅渔船。这笔血债，我给你记上了！

仇恨，激发起刘监生"为家国必御外侮"的意识。他很想成为上台发言的代表，他要当众痛骂日寇，而且在救亡献金这个环节上，一定要压过万泰安。老天爷真不公平，两次轰炸，万泰安和李举人两家，一概毫发无损。

想在大会上发言，本来不是难事。可听说主持大会的人是刘副主任，自家的贞儿，她会同意吗？

这么多年过去，刘监生总想忘掉忤逆任性的女儿，可就是忘不了。尤其在女儿杳无音信时，他的念想更加强烈。他懊悔了，觉得自己最对不起的，就是女儿。一念之差，父女恩断义绝，致使她一生颠沛流离，想想就心酸得暗暗垂泪。现在，女儿就在眼前，是该向女儿认个错了，而且要恳请她和小外孙一同搬回家里住，他要好好弥补弥补对她和孙子的亏欠。

只是，如果女儿还是不肯搭理他，怎么办？对，打悲情牌，拉老太婆陪他一同去兰舟家。他叫老伴跟兰舟约好，说晚上她要来冀兰居看望贞儿母子。

县流动剧团在街头上演抗日短剧，有《放下你的鞭子》《最后一计》等，观看的群众，不时发出唏嘘声和激昂的口号声。过场的间隙，剧团的团长还教群众唱《义勇军进行曲》。刘监生和老伴是戏迷，但怕女儿久等，不敢叫轿夫停下。

当刘巽贞看见父亲搀着母亲走进冀兰居，一点都不意外。她匆匆上去搀扶母亲。刘监生看出女儿并没因他出现而反感，心中暗喜。他接过随行婢女带来的礼品，示意她在门外候着。

姚氏将上晗搂在身边，看女儿脸色憔悴，苍白如纸，眼角生出浅浅的鱼尾纹，偶尔还有一丝白发在烛光下一闪，顿时老泪婆娑。

刘监生捏了捏老伴的手，说："贞儿带着生龙活虎的儿子回来，这是上苍对你我的最大恩赐，你还不满足？贞儿是胸怀大志的人，只是我这当爹的，做了糊涂事，后悔一辈子，真没脸见女儿。"

刘巽贞没想到刘监生会说出这么一番话，心里生出了丝丝酸楚。但她不知父亲葫芦里卖什么药，所以，没有接他的腔。

刘监生挺了挺佝偻的腰背，又说："这次日军用炸弹杀我邑人，毁我屋舍作坊船只，使我幡然醒悟。前方抗战，比我们遭飞机轰炸，要惨烈十倍百倍。前方将士拿命护卫后方，如果他们吃不饱，没有足够的枪支弹药可用，仗也就难以打胜，广东全省，随时都会沦丧。故而，老爹我不再将抗日当作身外事，而是要在动员大会上疾呼，捐资救亡，支援前线，做抗战将士的牢靠后盾。"

上晗将信将疑瞥了外公一眼，偷偷问外婆："外公说的可是真的？"

刘监生拉过上晗，凑近他耳边说："外公要为你们母子争脸，要在动员大会上捐最多的钱。"

上晗拍起手来，说："外公，等我长大了，你为我买一架飞机。我要架着飞机炸日本，为舅母和表弟报仇。"

"有志气！不过，更要为所有中国人报仇。"李兰舟夸奖道。

刘巽贞提起茶壶，为二老续了茶水，语气平和地对父亲说："你我都快成陌生人了，但时局在变，人也在变。那么，我也可以搁置与你断绝父女关系一事，跟你聊聊如何言行一致，为救亡图存尽责。"

刘监生大喜过望，欣然说："贞儿，有你这句话，为父甘愿砸锅卖铁，支援抗战前方。"

"你当年不是自诩能一呼百应吗，那你就多出一分气力，发动我哥，发动未石城的大户，发动原先'十三太保'的后人，在国难当头之际，勠力同心，慷慨解囊，为前线多捐一支枪，多买一发炮弹。我们会将全县捐款汇总后，派专人送往武汉，交给国民政府军事委员会。"刘巽贞一边说，一边暗中观察父亲的反应。

刘监生嘴巴应着"好好好"，眉头却越皱越紧。

刘监生终究还是刘监生，别看他在女儿面前一副信誓旦旦的样子，其实，作为算塌天，他心里还藏着另一个算盘。长媳孙子毙命，自家渔船作坊被炸，激发了他必御外侮、在动员大会上振臂一呼的冲动。而另一方面，他也想借女儿作为民协会副主任的身份，彰显提高自己的威望，巩固其在津洲乃至东南片区的声名。

年初，北闸口与上清村发生械斗，上清村死了好几个人。北闸口与未石城都属红旗派，族长何庆声托请刘监生带族佬出面调解，上清村族人任刘监生磨破嘴皮，就是不肯与北闸口讲和修好。没办法只好央求万泰安出面，经一天的斡旋，双方终达成协定，平息事态。这事明摆着打了刘监生的脸，让他气恼了好长一段日子。

刘巽贞故意将刘监生一军:"如果你做不到,我也不勉强你,只是你在大会上开腔,底气就没那么足了。"

刘监生立即举起右手,做发誓状:"为了女儿我豁出去了,我一定尽力效劳,不给你丢脸。"

姚氏急了,抢过话头,说出自己最想说的话:"你这老头子,女儿长女儿短绕了半天,还没实诚请贞儿母子回家住呢。对我这当母亲和外婆的来说,这才是头等大事。"

刘监生拍拍老伴的手,说:"先谈公务,后谈家事,我忘得了吗?贞儿,爹娘年纪大了,唯一的愿望,就是有儿孙陪伴。只求你,让爹一点一点弥补往时的过错。"

刘巽贞双手将短发往后一拢,一放,说:"我是恨过你,而且是刻骨铭心的,但现在我又要感激你。如果不是你的冥顽不化,扼杀了我的初恋,或许我只能规规矩矩,做一个足不出户、三从四德的女子。现在,我从最难最苦中闯过来了,依心而行,无憾今生。"

抗日的烽火,在宁折不弯的中华儿女心中熊熊燃烧。

岭南大学二年级学生段立辕,正和他的同学们,为学校即将南迁香港,学子何去何从各执一词。

段立辕对广东当局和国军,充满失望与愤慨,国难当头依然灯红酒绿,打起仗来一触即溃,稀里糊涂将广州拱手让给日本人,无数同胞因之惨遭凌辱杀戮。一声长叹,他想起父亲段冀虎,他当年背离国民党,破茧成蝶,成为工农红军的指挥员。对此,段立辕曾经不甚理解。现在,他长大了,也经受了太多残酷现实的冲击和淘洗,才知道父亲的选择,是明智和必然的。

段立辕站在椅子上,挥舞拳头,发出号召:"只为河山泪,放下课本,扛起枪炮,踏血摇旗抗日去!"同学们立即报以热烈掌声。

四个出身豪门世族的同砚,提议去重庆,而以段立辕为首的"三人联盟",坚决反对,认为要抗日,只有去延安。双方争论了大半天,谁也说服不了谁。

段立辕的联盟者,讲了个故事:去年夏,来自暹罗的秦姓华侨及数位青年,到南京要求参加战地服务团,但报名处冷冷清清,办事员让他们找殷实的大户做担保,还说没有担保就不能报名。这让华侨青年非常气愤,他们满腔抗战热情,却被狠狠泼了冷水,于是决定改变初衷,投奔延安。

这个真实的故事,让段立辕的三人联盟,变成五人联盟。

校园到处都在议论，学校南迁，日本人是否会随之将魔爪伸向香港。段立辕的哥哥李立轩，是本校的一名讲师，对不具权威性的议论充耳不闻。他与妻子罗曼，忙着收拾衣物和书籍，只等学校一声令下，立刻随同事与学子离开广州。

李立轩性格很像外祖父李一刀，直爽谦和，处事沉稳，喜欢钻研，做任何事都要做到最好。他记住祖父赴难前写下的遗言："传承李段两家血脉，保护好母亲和弟弟，切不重蹈父亲的军旅险途。"李立轩践行"教育救国"理念，选择当一名清贫的大学教师。就连挑选配偶，也只接受在本校附中执教的学妹。结婚后，他好几回要接母亲来省城一起生活，均被母亲拒绝了。她说，凭她一手打铁的技艺，在津洲足以养活自己。

李立轩最不放心的是弟弟，他思想活跃，胆大果敢，在文学创作上取得的些许小成就，使他生活上更加率性而行。从他身上可以看见父亲当年的影子。他被同学们称为"夜行者"。这外号来自他的座右铭：我是一个夜行者，我在先驱的脊梁寻找睡着的火种，只为黑夜的长河，消失在民族的血脉中，只为模糊了容颜的大地，在斑斓中绽放璀璨。

是时候做出抉择了，段立辕召集四位联盟者，聚集在校外的一户农舍。一曲光未然的《五月的鲜花》，让大家热血澎湃，神思飞驰。最后表决，除一位发现患上肺炎的同学抱憾放弃，其他四人都毫不迟疑举起了右手。

临行前，段立辕将两封家信扔进邮筒，一封给哥哥，一封给母亲。他告诉他们："我在抗战的枪炮声中真正长大了，不必担心我。为寻找真理而去，必为实践真理而归。"

由于邮路阻滞，加上日军要对每一封信严格检查，近两个多月后，李兰舟才收到段立辕的信。而此时的他，已经到达延安，进入中国人民抗日军政大学学习。

第六十三章
捡枪组建义勇队　日寇侵凌津洲城

　　刘巽贞一次次说服自己，恪守纪律，耐心等待，一定能够通过审查回到党的怀抱。可是，新的一年来了，组织依然没有给出任何答复，她也再没见到郑千里。

　　郭坚倒是时不时能遇上，可他爱莫能助，只是一味安慰她："你现在担任民协委副主任，担子已经够重了。你的情况比较特殊，但我心里一直认定你是同志和战友。归队的事，组织肯定不会忘记。老郑他实在太忙了，我也一个多月没跟他碰头了。"

　　郭坚心里其实比刘巽贞更急，他已向郑千里反映过好多次。可郑书记始终没给出正式答案。

　　郑千里，比郭坚小好几岁，在中山大学读书期间加入共产党。他刚到地方工作，要求自己嘴严心正，坚守原则，事事谨慎不出纰漏。

　　尤其对刘巽贞的问题，他更是慎之又慎。刘大姐的工作热情越高，越容易引起国民党的注目，这不利于共产党的掩蔽和安全。所以，恢复她党籍一事，也就更加遥遥无期。他这样想，只要她是忠诚的党员，资格没恢复，她也会毫不懈怠地为党工作。

　　近期，国民党掀起了全面抗战以来的第一次反共逆流。中共广东省委制定出应对措施：转变党的工作方针，从一般的社会活动，转到学校学生中去，从城市，转到农村中去。这无形使刘巽贞回归党组织的步伐，被再次放缓了。

　　刘巽贞自然也嗅到了这股火药味，对国民党的背信弃义，十分愤慨。她既然回不了"家"，干脆就以民众自发组织的形式，建立一支救亡义勇队，一旦日军进犯海陆丰，就跟他们真刀真枪搏杀一场。

　　建立武装，首先要解决的是武器。听从香港回来的人说，省城与珠三角沦陷，国民党守军溃败逃散，不少军人跑过中英街，躲入香港。港英政府责令他们必须放下武器，才能入境。所以，沙头角常留有国军扔下的枪支。

刘巽贞派林瑞带黄贤忠等人去沙头角，蹲守三天，捡获二十多条好枪，雇船老大悄悄运回津洲，藏在胡见凡的教堂里。

日机空袭，炸毁了耶和典当铺，胡见凡只好重操旧业，回到教堂当神职人员。这也是刘巽贞授意他这么做的。

有了枪没子弹也不行。在虎洲港协助军火贩子走私枪械的范十三，因吃过官司，不敢再顶风作案。刘巽贞只能请郭坚通过各地党支部，寻找当年曾在中峒修械厂干过的师傅，将他们秘密请到官帽村。三个师傅将捡来的废弹壳进行加工，重新装药，装配底火，然后加上弹头，造出一颗颗"复装子弹"。

成立救亡义勇队，必须经过县抗日动员委员会审核。刘巽贞让江玉娇以青抗会的名义，找大伯刘巽才帮忙。刘巽才跟周剑雄关系不错，周现在是国民党陆丰党部主任委员、县抗日动员委员会主任。黄贤忠与江玉娇一起进县城，找到县抗日动员委员会，将申请报告呈给周剑雄。周主任对家乡年青一代，能像当年的他们一样，秉持家国情怀，踊跃抗日救亡，颇感欣慰，大笔一挥，公章一盖，二话没说就给批了。

抗战全线告急，反动派不敢公开对共产党下狠手。东江特委采取半隐蔽的方式开展各项革命工作，广泛发动和组织群众进行抗日，严格考核、秘密任命一批县委书记，调整健全县委领导班子，促使各级党的组织迅速恢复壮大。

为在东江日占区后方开拓游击区，香港海员工委书记曾生，从香港带领百余名共产党员、进步青年和学生，回到坪山组建惠宝人民抗日游击总队，与王作尧指挥的东宝惠边人民抗日游击大队，并肩战斗。

东江下游沦陷一年多，两支人民抗日武装发展到七百余人，并初露锋芒，打了雅瑶、榴花塔、鸡心石等几场阻击战，毙伤日军百余人，还建立起抗日游击基地。

号角声声催人急。作为中心县委书记，郑千里希望海陆丰，也能拉起一支抗日武装队伍。他知道津洲已经开始筹划，就特地来陆丰视察，还想亲自到津洲看看。

郭坚向他汇报了刘巽贞准备组建抗日武装一事，要求中心县委尽快批准她归队。郑千里有点犯难，说："那就请你转达我的意见，先把抗日队伍拉起来吧。"

北风，抽打着印月河畔的垂柳，柳条上的叶子，已经微微泛黄，但还不肯随风飘落。

刘巽贞接到通知，来县城参加抗敌民运与治安防范会议。

会上，县长欧汝钧滔滔不绝说了半天，不时还有语惊四座的话语插入："抗战不是一年半载可以了结之事，必须抱定积小胜为大胜的精神。我们不但要外御敌寇，也要内安邦本。不能只顾推进救国运动，而忽视本土治安秩序之安宁。尤其不宜分散浪费有限的抗日资源，成立什么救国常备武装，等等。要在学生中推行'新生活运动'，以中华民族固有之德行礼义廉耻为基准，埋头读书，实现生活军事化，达致复兴民族。"

末了，他厉声宣布："鉴于多个抗日民间团体撤离陆丰，决定撤销陆丰民众救亡团体协调委员会，成立'陆丰民众御侮后援会'。"刘巽贞不用再听下去，就知道自己将被免职。结果，在宣读"后援会"委员名单时，她才听见了自己的名字。

欧汝钧在抗日救亡运动风起云涌之时，大做抗战表面文章，下令将通往海城、河滇的公路，挖了许多大坑，并将河滇境内一座桥梁炸毁，自诩其为"抗日行动"。后来，他发现几个抗日民众团体，都被共产党领导，遂限令团体成员撤离陆丰。

刘巽贞沿着北堤，踽踽独行。她很想找个人说说话，不知不觉，来到龙台山下。龙台山是她的伤心地，北坡安葬着叶丛章，南坡长眠着郁新凯。这两个男人，是她生命中的四月天，一个让她懂得了爱情，一个引领她走向革命。而她对他俩，也倾注了穿心蚀骨的爱。她准备上山，去跟两个男人说说心里话。

几个穿校服的小青年，议论着龙山中学停课闹学潮的话题，从她身边走过。刘巽贞对此事已有耳闻，遂改变主意，转道直奔这座县立第一中学。

走进学校大门，只见门柱、树干、护坡墙上挂着"抵制贪污专制""驱逐学棍校长马斯臧"等横幅。全校师生都没上课，大多集中在操场上，听学生会干部演讲。

忽然间，一个戴金丝眼镜、头发油光锃亮的中年人，在几个鬼鬼祟祟者的掩护下，从钟亭的石阶走了下来，想要溜出学校的大门。有学生发现了，喊着口号追了上来。

刘巽贞断定戴金丝眼镜的人是马斯臧，装作蹲下系鞋带，冷不防伸出一只脚，把急着逃跑的男子绊倒了。

马校长摔了个狗吃屎，挣扎着爬起来，想继续逃窜，可是已经迟了。赶过来的学生将他团团围住，发现他上衣口袋鼓鼓囊囊的，好像用报纸夹藏着什么，抽出来一看，竟然是欧汝钧责令他协查赤党分子的密信，以及学校准备呈报警察局的黑名单。在怒不可遏的口号声中，马斯臧被押回教务处。

一群女学生拥着刘巽贞，称赞她好功夫，还邀请她代表人民群众，控诉马斯臧的罪行。

刘巽贞不想招人注目，以有急事为由，婉言谢绝了。她对为首的女同学说："国难当头，马斯臧与欧汝钧同穿一条裤子，搞特务政治，不就等于充当日本人的帮凶，决不可恕。"说完，匆匆离开龙山中学。

回到小姑的别院，听见郭坚正在厢房，绘声绘色为上晗讲上海的抗战故事。上晗时而咬牙切齿，时而挥手欢呼，还一再追问一些感兴趣的细节。

故事讲完了，郭坚让上晗写一篇听后感，才起身来到客厅。

刘巽贞看出郭坚情绪不太好，说话时眼睛不敢直视她，便关切地问道："遇上什么烦心事了？莫非是被撤职了？"

郭坚用茶水在桌面写了"三民"二字，又一撇一捺打上个叉。

刘巽贞又问："三民中学黄了？"

三民中学是东江华侨服务团，通过原十九路军将领翁辉廷的关系，在惠来奎潭创办的一所抗战中学，学习内容同陕北公学相似。校长吴棣伍及一半的教员是中共党员。

郭坚嘴角露出一丝苦笑，在桌面写了"取缔"二字。

巽贞猜得没错，三民中学是被惠来当局取缔了，理由是设备简陋，不符合办学要求。郭坚和同志们已把部分学员送到揭阳南侨中学续读，另一部分安排回海陆丰参加抗日救亡工作。

巽贞故意说："学校黄了，你也跟着蔫了？"

郭坚终于说话了："我的五脏六腑水源充沛，有那么容易蔫吗？是中心县委认为我过于暴露，准备将我调离县委，去东南区委任职。"

"这也没啥大不了的，普通人都能做到能屈能伸，何况你是共产党员。就说我，民协委副主任不也没了，义勇队的成立更得无限期延后，我照样保持面带微笑，任风去云留。"刘巽贞昂然自得地应道。

郭坚的哀兵之计，一点都不起作用，反遭巽贞一阵奚落。看来，想消除两人之间的隔阂，让心靠得更近些，还得另想办法。

郭坚搓搓有些发凉的手，正色道："吸取三民中学被取缔的教训，激发起我们去夺取更重要阵地的决心，龙山中学就是新的目标。东江特委已经做出相关指示，还要求将它办成'抗大'式学校。你恰好成了先行官，过几天就可接获聘书去学校报到了。"

第三天，东滘城爆发中小学生示威游行，"破坏抗战有罪！逆行倒施当诛！"的口号，一声更比一声高。

同日，有识之士和社会团体，纷纷向省政府寄出控告信。

半个多月过去，陆丰迎来新任县长张化如。张化如也是军旅出身，但为人正派，为官清廉，拥护中共提出的抗日民族统一战线，抗日态度坚决，关心黎民疾苦，反对封建豪绅势力，是东江特委的统战对象。

受排挤迫害而离开的抗日救亡团体，欢欣鼓舞返回陆丰了。他们联合中小学校，成立了歌咏队、演讲队、美术宣讲队，准备到农村演出。刘巽贞是这些组织的协调人，还被推举为艺术指导。

这天，海燕歌咏队举行演出彩排，刘指导为使乐器伴奏与队员演唱节奏协调，情感和谐，费了不少心思和口舌，连说话的声音也哑了。

午饭后，她想上街买些胖大海泡水喝。走至迎仙桥头，一辆黑色轿车，因方向盘突然失灵，本来要右转爬上引桥的缓坡，却反向朝左边的人行道撞去。一位面容姣好的夫人，正手扶桥栏石柱，观赏桥下穿梭的行船和怡然自得的垂钓人。而发现险情的使女，已被吓蒙了，眼看轿车冲了过来，却喊不出声来。

刘巽贞一声断喝，连跨三个箭步，迅捷推开使女，再一手抱住夫人，倚借栏杆疾速退转两圈。而失控的轿车，像认准了方位，轰的一声撞向还留有夫人体温的石柱。

轿车是走私钨矿的行业把头汤兆龙的座驾，开车人是汤兆龙的儿子，他驾技尚差就私自升车上街显摆。

轿车的车头撞毁了，惨不忍睹。姓汤的小子清醒过来了，一看闯了大祸，也不瞅瞅伤了人没，扔下轿车，捂着胸口跑回家叫人去了。

刘巽贞松开双手，看夫人脸色煞白，便问：是不是腰扭伤了？夫人惊魂稍定，双手相扣，弯腿屈身，朝她揖了个大礼，然后摇了摇头。刘巽贞扶起使女，看她只受了些皮外伤，便拱拱手，想告辞回家。她在心里自嘲道，这些天尽撞邪了，幸好冯天浩教的那几招没荒废，要不，想出手也出不了。

夫人拉住巽贞的手，邀请她到家里坐坐。使女也不肯让恩人就这么走了，还快言快语道："夫人刚才是去筹赈站，给前方将士捐过冬的棉衣款，回来时被桥下的景致迷住了。没想到会遇上开车不带眼珠子的愣头青。"

使女踢了轿车一脚，指指前方的茶馆，对夫人说："不如我去订个座，请侠女姐姐暖暖身子。"

巽贞拦住使女，摆摆手："多谢二位美意，你们没伤着要害就好。我有急事，先走一步了。"

海燕歌咏队在县城演出成功，县长张化如大受鼓舞，要求文化专干加紧组建陆丰抗战剧团，还乐呵呵地说："这个'班主'我当定了。"周日，他派秘书室助理秘书，去曹家别院，请刘委员来府上议事。

刘巽贞随助理秘书走进一座幽静的宅院，看见迎客堂主位坐着县长张化如夫妇。刘巽贞眼睛好使，一下认出县长夫人，就是她在迎仙桥无意出手救下的人。

县长夫人池氏起身，像迎接贵客，更像迎接自己的亲闺女，拥着她走向内宅明间，使女早在几桌上备下香茶糕点。两人围绕池夫人认刘巽贞为义女一事，窃窃私语了半个时辰，才回到迎客堂。

池夫人喜不自禁地告诉夫君："巽贞已经应允认我为义母，我要挑个吉日，到城隍庙进香，再举行一个仪式。以后，她，既是我，也是你的女儿了。"

张县长低眉含笑，说："相遇是缘，相惜随心，相依无形。难得！难得！"他让巽贞在身旁坐下，递给她一份聘书，说："龙山中学是全县的最高学府，为改变旧观念，革新办学模式，扩大办学规模，培养更多的栋梁之材，将对管理层进行改组。教育局已将马斯臧革职，暂由我兼任校长。我代表学校，正式聘请你为训导主任。"

龙山中学闹学潮，促使张化如产生革旧立新之意。东江特委通过统战关系，致函表示全力支持他的主张，并推荐一位复旦大学教育系毕业的高才生梁荫源，担任龙山中学校长。

梁荫源到任后，东江特委指示海陆丰中心县委和陆丰县委，选派一批中共党员去学校任教或就读。

新的校规，新的课程，新的管理模式，使龙山中学的面貌发生了很大变化。从校长到班主任、科任，无不以身作则，引领学生树立"勤奋读书、团结爱国、严肃活泼、遵纪明礼"的新风尚，还推行民主作风，由学生自己管理自己，形成一种朝气蓬勃、积极向上的校园氛围。

面对学子的要求和形势的需要，学校扩招了一个春季班和一个高中简易师范班。此举既为培养思想进步、教学理念出陈易新的小学教师，也为造就一批抗日军政干部。

刘巽贞建议将体育课改为军训课，并聘请县政府督导员、实为中共党员的郑建文任军事教官。校长出面向县政府借来三十余杆旧步枪，组织学生进行搏杀、射击等训练。还举行夜间野营作战演习，提高学生的军事常识，培养勇敢战斗精神和应急能力。

陆丰抗战剧团成立后，学校擅长表演的师生，放假期间与剧团演员一起四处巡回演出。进不了剧团的，就加入歌咏队、演讲队、美术宣讲队，共同把陆丰的抗日救亡运动推向新的高潮。

为了践行理论联系实际，刘巽贞组织一个数十名学生参加的"教育调查团"，由她带队，深入社会最底层，进行访问调查，让学生接受深刻的阶级教育。调查团在玄沄、湖清、南坛访贫问苦，众师生无异于经受一场灵魂的洗礼。按计划，津洲是最后一个点，并且将在那里形成调查报告初稿。

调查团来到东南片区，郭坚以小学教员的身份，加入他们的队伍，当起向导和讲解员。

龙山中学师生调查团抵达津洲，受到民众的欢迎。负责打前站的刘巽贞，为调查活动做了周密安排。齐桦和他的小组也重返津洲，要求参加这次活动。刘巽贞先前的学生江竹男，现为觉新小学的教员，成了老师的助手。

郭坚、李兰舟、江玉娇、黄贤忠领着调查分队，深入各个社头、家庭，了解贫寒阶层在官绅压榨下的生活状况，当场剖析贫困的根源，提出社会制度变革的方向。调查团将在疍家渔村举行最后一场演讲汇报会，各分队都不敢掉以轻心。

1940 年 3 月 28 日，清早。一个佩墨镜，戴白手套，骑着锃光瓦亮脚踏车的男子，后座捎着一个少女，来到官帽村南面的白沙浦。男子是万岱仰，车后的少女是他的千金万伊婕。

今天是万岱仰的生日，女儿带着照相机，要为寿星拍几张阳光沙滩照，祝愿老爹年年如初升的骄阳。

万岱仰抗战前想买一辆西洋轿车，因父亲反对，赌气从上海买回这辆英国产的"白金人"自行车，花了两千两百块鹰元。自行车从车头灯到撑脚，除了牛皮车座是橙色的，全身镀着白银，光彩照人。为了和爱车相匹配，万岱仰定制了白色的骑行衣裤，加上墨镜、白手套，洋人派头十足。

万家父女正玩得高兴，忽然，伊婕看见海平线浮出一艘冒黑烟的船艇来，似乎还听见突突突的马达声。万岱仰拿起挂在车头的望远镜探视，只见一艘扬着膏药旗的舰艇，船头对着白沙浦，飞驰而来。

坏了坏了，日军的军舰要在这里登陆，肯定是冲着津洲来的！必须迅即回去，鸣锣警告乡亲们，日寇来了，赶紧逃命！

骑着车气喘吁吁经过未石城南门，万氏父女开始厉声大喊，日寇来啦，已在白沙浦登陆，快逃！快逃！快逃！起初民众不大相信，直到港口方向响起炮击声，各社头敲响铜锣，才知道日寇真的来了，津洲顿时乱成一锅粥。

狡猾的日军，分乘两艘轻型舰艇，入侵津洲，一路在白沙浦登陆，一路从港口上岸，形成包围圈，想让津洲人成为瓮中之鳖。

可怜老百姓，拖儿带女，挎着包袱，赶着猪和牛，在哭喊声中汇入人流，挨挨挤挤、跌跌撞撞前行。

调查团有刘巽贞和郭坚压阵，显然比较沉得住气。大小领队短暂磋商后，同意按照刘主任的意见，师生分乘预约的两条渡船，过汀江前往津东乡，再绕道经奎潭回学校。至于演讲汇报会只能取消。

刘主任要齐桦他们一同离开，齐桦却坚决要求留下来。

送走调查团师生，津洲西面和北面枪声大作，日军已经阻断民众逃生的两条主要道路。无数逃亡者，大多被持枪的日兵赶回津洲。

跟许多家庭一样，留下来守家的万泰安、刘监生，都为儿孙们的安危焦躁不安。打探消息的人回来了，禀报的话也大同小异：津洲来不及逃离的老老少少，都被押往大衙门广场，日本军官和翻译，在戏台上宣讲"建设东亚新秩序"，明摆着要给津洲人洗脑。

万泰安怒骂一句"妖魔装菩萨"，朝墙角的"泰山石敢当"连踢三脚。刘监生听后将信将疑，自说自话：敢情跟扔炸弹的不是一路货？

津洲人第一次真真切切见到东洋人了。入侵津洲的日军，系海军陆战队第三大队第一中队，兵员约一百八十人，指挥官牛岛贯一中尉。此人矮墩墩的个子扛着一张西瓜脸，总装出慈眉善目的样子。

日酋训话结束，日军手攥三八大盖，挥着膏药旗，在旧衙门前叠罗汉，或争先骑在青石狮上照相。

夜幕降临，日本兵的暴虐兽性再也掩藏不住了，开始肆无忌惮地奸淫、烧杀、掳掠，牛岛贯一的伪善和建设东亚新秩序的谎言，顷刻被撕成碎片。

举着火把牵着狼狗的日本兵，四处搜查抗日分子。街人害怕逃跑，霎时就被狼狗扑倒，日本兵认定他们为"不轨之人"，一个个捆了起来。当抓到第十个时，日本兵押着他们来到棺材铺，用刺刀逼他们躺进棺材里，然后泼上煤油，放火焚烧。

一个军曹和三个伍长，结伙上街寻找花姑娘，看中一个从药铺走出来的少女，悄悄尾随，来到北闸口她的家。午夜，邻里发现少女一家四名女性，全都倒在血泊中。

次日，日本兵以五人为一组，拿着铁镐枪托砸门，入室抢劫，哪家找不到值钱东西，就抓女子，如果连女子都没有，就往柴草堆扔一把火。

第六十四章
妙计制敌炸沉运兵舰　冒名回穗引来交际花

有侵略，必有反抗；遭凌辱，唯以血洗雪。

一个衣衫破烂、满脸污垢的小乞丐，左手握打狗棍，右手拿半边陶碗，看看街上没人，从李兰舟的老屋一闪而出。他避开日军把守的街口，绕小路来到元康新区后街六巷的教堂。小乞丐哀求胡神甫给他一些吃的，却悄悄塞给他一张字条。胡神甫转身去了厨房，看过字条，从身上掏出卷成香烟状的情报，藏进半截煮熟的玉米里，返回门口，递给小乞丐。

半个小时后，小乞丐确认没有人跟踪，才回到老屋。在屋里等候他的李兰舟，推开厨房火灶的活动墙，让小乞丐钻进灶膛，顺土台阶下到暗道。他们举着豆油灯，扶着泥墙弯腰前行，走了大约五十米远，从一个壁橱钻出，来到冀兰居东大房与后罩房之间的密室。

在冀兰居设置密室，是李一刀的主意。他说兰舟的母亲托梦给他，言道当年海雕没有叼走兰舟，不会轻易饶了她，得给女儿造个藏身之所。

郁上晗摘下破凉帽，将半截玉米交给娘。郭坚、齐桦冲他竖起大拇指。

昨日，郭坚化装成捡字纸的老头，在"百姓坟"附近，与二弟郭作平接头，吩咐大刀队做好战斗准备，但不能轻举妄动。姜运兰与郭作平是抗日大刀队正副队长，率领三十余个队员隐蔽于汀江边的鹿角村。大刀队其实就是救亡义勇队，名号是周剑雄托人捎信让改的，说这样可以掩人耳目。

刘巽贞几个看了胡见凡提供的情报，总算明白日军为何突然派一个中队进犯津洲。

情况紧急，刘巽贞叫大家坐下来，研究制敌方案。齐桦提出夜袭日军指挥所，兰舟主张破坏运兵船，郭坚建议在码头设伏。想法提出一个否决一个，最后，刘巽贞说出"用炸弹炸毁日军舰艇"的计策，齐桦、李兰舟拍案叫绝。可郭坚摇头反对，认为炸弹不是手榴弹，想扔就能扔，那么大的个头，就算装在船上，靠近敌舰，也不能保证它会爆炸，一旦敌人发现用机枪扫射，炸舰不成，反而会牺牲许多我们的同志。

像田鼠偷偷溜出去的上晗回来了，带回一条令人瞋目的消息："日军仍然在街上抢人，还专挑漂亮女子，连玉娇舅母、伊婕姐姐也被抢走，已押往大衙门。"

刘巽贞横眼立眉，说："立刻制定夜袭的详细方案。"为了让上晗回避，也为了防止他在外面乱跑，刘巽贞写了一张字条，叫他带去末石城交给彩鸾舅母。上晗很想知道如何攻打日军，不肯去，直到母亲"下命令"，才不得不"执行"。钻进壁橱时，巽贞又叮嘱他，要走小巷避开日军，发生意外更要随机应变。

亲人们惨遭杀戮蹂躏，像一把锯子，撕扯着大伙的心。可是，要粉碎日寇的阴谋，仅凭大刀队，充其量只能给日军挠痒痒。

郭坚皱着眉头说："如果有援兵，或许可以一试，现在仅凭我们二三十杆枪，弄不好，很有可能引发日军屠城。"

齐桦一拳打在石柱上，说："那就要求我们出手要稳准狠，一招制胜。"

"说得对，必须一招制胜。"刘巽贞大声应和，"大刀队人是少，但我们还有对日本恨之入骨的人民群众。此次复仇反击，必须采取'多点开花'策略。"

刘巽贞摊开自己画的津洲地形草图，一一说出"多点开花"的作战构想。大家在脑子里过了一遍"电影"，觉得构想可行。经认真推敲，又做了补充和修改，方案才确定下来。可郭坚担心航空炸弹是哑弹，坚持要大家拟出第二套方案。

议好反击预案，刘巽贞对郭坚说："你还忘了一件事，这么大的动作，必须获得党组织批准。"

郭坚一拍胸脯说："没问题，我这就代表中共陆丰东南区委，批准这次行动，并指定刘巽贞同志为指挥长。"他用手指敲敲桌面，又说："但刘巽贞同志，只能负责指挥佯攻日军指挥所，不得参与海上突袭行动。"

刘巽贞笑笑道："我是指挥长，我一票否决你的意见。"

李兰舟明白郭坚的用意，故意开玩笑缓解气氛，说："都什么时候了，你们怎么还闹别扭？这场战斗是蜜蜂斗狗熊，只有将狗熊的鼻子叮痛了，蜂蜜才能保住。巽贞常跟狗熊斗，攻防进退有分寸，所以叮咬狗熊鼻子，只能交给她。我们先听听指挥长如何排兵布阵，再由郭书记拍板，好不好？"

郭坚意识到自己有些反常，见李兰舟帮他化解了尴尬，便带头鼓起掌来。

刘巽贞哪有心思理会李兰舟的玩笑，搓搓自己的脸，表情凝重地说开了："敌我力量悬殊，只有智取，方为上策。前期工作尤为重要，关系此役胜负。郭书记已经拍手同意，我就开始点将排兵。李兰舟，负责落实两艘双桅艚船，找两位胆大、可靠、技术过硬的舵公；并派人去港口，对那些为日寇驳运货物的船只，做些手脚，以阻延日寇抢掠所得财物，搬上运兵舰。"

大姐头拱手应诺："没问题！你一说舵公，我就想起一个人，我父亲的结拜兄弟天顺伯。去年日机轰炸津洲，他的老伴和儿子都被炸死。天顺伯有一种独特的本领，能听出十里外将刮来什么方向的风，渔民都叫他顺风耳。他的弟弟海生，也是不错的舵手。"

刘巽贞帮她把发髻上的簪子插好，继续说："胡见凡，以教友遭枪杀的名义，到棺材铺，定做一口棺材，棺材的底板，要凿上一道弧形凹槽，打磨光滑，再淋上茶油。棺材尾部的后挡板，要做成活的，可以随时抽掉。棺材的用途，既可藏匿炸弹、枪支上船，取掉后挡板，放在船头，就变成炸弹出膛的炮筒。胡见凡没参会，由我负责转达。"

"大刀队分成三个组，由郭坚同志指挥。第一组，郭作平当组长，监视日军指挥所及营舍，伺机发起佯攻。第二组，姜运兰任组长，和江竹男化装成中年妇女，带上短枪班，在日军押解被掳姐妹赴港口的路上，配合家眷围阻抢人，趁乱干掉日本兵，掩护玉娇、伊婕她们逃跑。第三组，郭坚同志兼其组长，埋伏在堆放遭劫财物的天后宫附近，击毙看守日军，封锁道路，防止日寇狗急跳墙，放火焚烧天后宫。"

"齐桦，先检查藏在石洞里的炸弹，然后和黄贤忠化装成驾船去港口钓鱼的渔民，用你的单管望远镜，观察日军运兵舰上的留守兵力、武器装备，还要测定炮位死角。你枪打得准，一旦艚船逼近运兵舰，日寇必然阻击，你可就要发挥狙击手的作用了。"

齐桦起身立正，决然应道："一定不辜负你对我的信任！"

"而我，负责组织实施水上突袭行动。哦，对了，我还得做一件事，跟万岱仰，及在家休假的刘巽才会面，策动他俩去大衙门找日军翻译官交涉，要求以钱赎人。日军肯定拒绝，就退一步要求见家眷一面。若获准，乘隙暗示玉娇和伊婕，要勇敢机敏，做好带动众姐妹逃跑的准备。如果能递送一两把刀械给她们自卫，更好。"

刘巽贞运筹帷幄、背水一战的谋略与胆识，令人佩服之余信心倍增。

郭坚看她还没说出行动时间，便问："何时出击？"

"敌不动，我不动；敌若动，我先动。要通知侦察敌情的同志，牢牢盯住日本兵，一有异动，立刻上报。"

4月的第一个夜晚。死寂的街道，游荡着带有腐尸味的幽魂。眺望夜的边际，幻动着暗紫色的凝雾。一幢幢棱角已经模糊的建筑，等待日出，又扇动成鲜活的翅膀。

月黑复仇夜。黑暗中一双双眼睛，紧盯着日寇的一举一动。

大衙门日军指挥所，灯光摇曳，纷纷攘攘，比前些日子热闹多了。下午，日军的炊事班，杀猪宰鹅，好像是要庆祝即将满载而归。而驻扎在营舍里的日本兵，一进一出，争相到杂货店买香烟，一买就是一整条。种种迹象表明，侵略者以掳掠、摧残、震慑为目的短暂占领，已经接近尾声。

夜色渐沉，嘈杂的指挥所也渐次寂静下来。可牛岛贯一却毫无睡意，他被难熬的欲火折腾着，且越烧越旺。下午，在视察"战利品"时，他看见又白又嫩的万伊婕，仿佛饿狼遇到肥美的羔羊，恨不得立即扑上去撕啃一番。

反正，混成旅团参谋长布置的任务已算完成，凌晨撤离津洲也安排就绪，是该叫那个娇媚的花姑娘来灭灭火了。他理理鼻尖下的小胡子，叫门外的侍从进来，说："传那个姓万的少女过来陪我喝酒。"

侍从会意，很快就将万伊婕送至中队长的办公室，出去时哐啷一声把门带上。

牛岛眼冒绿光，将一把钢勺插进兔肉罐头，递给万姑娘。抖得如风中孤叶的万伊婕，不敢接，双手紧紧护着自己的胸部。

牛岛舔了舔沾了肉汁的手指，脱下白衬衣，露出长满黄毛的躯体。

万伊婕被羞耻激醒了，悄悄从卷起的衣袖抽出剃须刀片。这是父亲看望她时塞给她的。父亲在包装纸上写着：自卫，对准狗强盗的脖子划下。

可眼前的禽兽，让她恶心得想吐。她咬咬牙，将刀片按在自己的手腕上，喊道："你敢过来，我就割脉！"

牛岛听不懂她说什么，但明白她要干什么。看似娇滴滴的俏千金，敢威胁大日本军官，等一会儿肯定更刺激，更销魂。不如即兴演一段歌舞伎，让俏千金看看，我牛岛并非只是一介武夫。待她神思恍惚，再来个出其不意。

牛岛把白衬衣系在腰间，一边唱，一边比比画画，好像很沉醉的样子。冷不防，他从背后一把抱住万伊婕，顺势将她放倒在地板上，然后掰开她的手指，把刀片扔至墙角。

牛岛将万伊婕压在身下，疯狂地撕扯她的衣衫，对着柔嫩的部位又嘬又咬又拧，犹如血盆大口的魔兽，恨不得一口将她吞了。

万伊婕动弹不得，只有眼泪是自由的。她想起鞋底还有一只刀片，看来，只能留给自己了。爹，娘，阿公，阿嫲，我还不满十六岁，但我活不了了，我只求即刻死去。

一阵密集的枪声乍然响起，牛岛贯一神经质地抽搐一下。但他心有不甘，狠狠地在万伊婕雪白的胸上咬了一口，才起身抓过军服披上。拉开室门，他厉声叱问侍从："怎么回事？中国军偷袭？"

侍从答道："好像是指挥所被围了。"牛岛贯一拔出撸子手枪，朝屋顶打了一梭子。从睡梦中惊醒的兵士，抓着三八大盖已经拥到院子里。牛岛贯一拍一下王八盒子，命令部下立即抢占制高点，迎击进犯之敌，又令队副打电话给驻守天后宫的日军："快速抢运财物上运兵舰，同时通知战队舰艇，启动点火装置，准备提前开拔。"

牛岛中尉正要给驻屯营舍的部队打电话，却听见那边也响起激烈的枪声。牛岛有些奇怪，怎么光听见枪响，没见到发起攻击？

此时，万伊婕趁没人注意，逃出牛岛办公室，躲藏在后院一个水缸里，上面罩上一个菜筐。

驻守天后宫的日军电讯兵，因信号不好，登上鲤鱼礁，用手电筒向运兵舰发出信号，对方也做出"收到"的回应。

等候在汀江口的两艘双桅艚船，船底响起哗哗的水流声。涨潮了，战队是该上弦出鞘了！随着三下竹浮筒的敲击声响起，艚船拨转船头，升起了风帆。

昂立船头的天顺伯，拿起装酒的葫芦，拔开塞子，吮一口含在嘴里，鼓起腮帮将酒喷在手掌上，搓一搓，一只伸向星空，一只兜着耳廓，屏气凝神，聆听风神的脚步声。半炷香工夫，天顺伯呵呵笑了，喊道："风神起步了！老天有眼，赐我回天之力！"

刘巽贞抬头一看，果不其然，原先软塌塌的布帆，须臾就被嗖嗖的东北风吹鼓了起来。刘巽贞拍拍桅杆，长长呼出一口气。

天顺伯回到船尾，攥紧舵把，吆喝道："起锚，前面的艚船打满帆驶进，后面的艚船打半帆随行，两船之间的牵绳保持半丈距离。"

船工们应了声"明白",各自忙开了。海生为大哥紧了紧腰间的水布,攥住他长满老茧的手说:"哥,记住了,你在前,我在后,我一定等你跨过我的船,才会打左舵。你切切不可逞强!"

天顺伯对海生说:"细佬,今晚的风有些踉。你也别忘了,我竹筒敲响第二遍,你就立即打左舵。只要我的座驾,船路不偏,一个蜻蜓点水,我就跨过你的船。快回去,别磨叽。"

风越来越大,船速越来越快,隐约可以看见日舰黑耸耸的轮廓了。

齐桦提醒天顺伯,一定要对准右边个头大的指挥舰,并确保撞中舰身中段偏后的要害处。天顺伯用浑厚的嗓音应道:"绝对不出偏差!"

齐桦回到船头左侧,在刘巽贞身边趴下,将步枪夹在臂弯,端起望远镜观看日舰的动静。

李兰舟将步枪挪到背后,守着船头中间"洞口"大开的"炮筒"。为了防止炸弹滑动,一根系在桅杆上的绳子,绑住了炸弹的尾翼。等到艚船靠近日舰,巽贞下命令,她就挥起弯刀,将绳子砍断。

快进入深水港区了,两艘艚船船身一倾,绕过浅滩,箭一般驶向敌舰。渐渐可以看见日舰上影影绰绰的灯光,跑来跑去的人影。

猝然,日军指挥舰上的探照灯唰地亮了。它先往左侧扫一扫,又慢慢转向右侧。顿时,艚船被耀眼的强光罩住了,众人的心一下绷紧了。

日军指挥舰发现有可疑船只靠近,大呼小叫起来。李兰舟弯下腰,对趴在脚下的刘巽贞说:"也就三杆枪,我要求参加战斗。"

刘巽贞抬起头,说:"不行,你只管看好炸弹。我与齐桦,自有办法对付。"

话音刚落,日舰上的机枪与轻型舰炮开火了,子弹嗖嗖从头上飞过,炮弹却落在艚船的右前方。刘巽贞问齐桦:"风急浪高,枪口忽高忽低,打瞎探照灯,有把握吗?"

齐桦抹一把被浪花打湿的脸,说:"第一次打海战,心里没底。"

"掌握渔船颠簸的节奏,瞄准探照灯,调整'提前量',多打几枪就有经验了。"刘巽贞说完,率先扣动了扳机。

齐桦屏住气,按刘巽贞说的,接连开了几枪,都没打中。他认为扣扳机的食指反应慢,就将它放进嘴里狠狠咬了几下,才让它回到自己的岗位。终于,他把探照灯打瞎了。可是,另一艘运兵舰的探照灯立时亮了起来,只是,它部分光线被指挥舰给挡住了。

天顺伯借着灯光，看见红褐色的船帆已被打成筛子。但风速正猛，只要把稳船舵，撞上日舰的致命处，是不成问题的。他眯眼估算一下时间，拔出腰间的竹节烟杆，敲响竹浮筒，喝令船上人员后撤。

距离日舰越来越近，敌人的火力也愈加密集，刘巽贞命令齐、李二人随船工后撤。齐桦起身，将耳朵贴紧棺材细听，炸弹没有发出晃动的声响，再将手伸进"炮筒"口一摸，确认炸弹仍保持设计姿态，就让李大姐砍断麻绳。天顺伯大声催促他们快走，否则就来不及了。

三人退至船尾，就在舵公天顺伯身边。刘巽贞借日舰探照灯扫来的光，看见天顺伯粗粝得像砂岩的脸，充满杀气，就说："您老把船舵较准卡牢，也跟我们一起撤。"

李兰舟最敏捷，脚板轻踩一下架在两船之间的木板，就稳稳跳到海生的船上。然后转身伸出手臂，扶挽刘巽贞和齐桦一把。等他俩有惊无险跌落在船头甲板上，她又对天顺伯喊道："大伯父，你卡稳舵把了吗？快跳过来，我接你！"

就在天顺伯抄起斧头，准备跳船时，一阵强劲的横风刮来，他的艚船猛地一抖，同时，日舰一发炮弹在船的右侧炸响，艚船的航向一下偏了。天顺伯回到舵手位，咬紧牙关，扳正船舵，可是受后面艚船影响，他的"座驾"要偏不听话了。天顺伯再次敲响竹筒，让弟弟将船头错开，并举起了斧头。可是海生没看见大哥过船，不肯转舵。

子弹如飞蝗，打得桅杆和船头木屑纷扬四射。只有十几秒的工夫就要撞上日舰了，后面的艚船再不转向掉头，就要坏事了。

天顺伯不再犹豫，抢起利斧，大吼一声："细佬，往左拐舵，别管我，要不就便宜日本人了！"天顺伯边说边劈下斧头。"梆梆梆"几声，套在船尾头梁上的牵绳被砍断了，他的船一下成了脱缰的野马。

大哥没有跳船，海生打了个冷战，觉得不妙，他要驾船追上去。

一位年长的船工，抢过海生手里的舵把，使劲往左一扳，又有船工解开帆索，重新调整船帆的迎风角。载着刘巽贞他们的艚船，一下改变航向，朝着西南方向驶去。

海生缓过劲来了，撕心裂肺地大呼："大哥，快跳海！"李兰舟也扯开喉咙，吆喝船工，掉转航向，把天顺伯接回来。只是，天顺伯已经听不见这些了，他与他的"座驾"，正在渐去渐远。

刘巽贞上前安抚海生："行动前，天顺伯托我给你留下一句话：津洲人，祖祖辈辈把家园看得比命还重，杀强盗保家国，向死而生。"

海生推开众人，爬上桅杆，看见大哥的船，如离弦利箭，对准日军指挥舰，飞驰而去。他忍不住号叫起来："大哥，你快掉转船头！"

可是，号叫无法改变眼前的一切。身中数枪的天顺伯，用腹部顶着舵把。艚船劈波斩浪，以千钧之势，准确撞中指挥舰右舷。那颗两百多磅的美国产航空炸弹，成了一枚巨大的滑膛炮弹，顺着凹槽，射向日舰。

一道闪电，一声霹雳，瞬间腾空而起的火光，照亮整个港口。紧接着又是数不清的连环爆炸，日军指挥舰在鬼哭狼嚎中倾斜，慢慢往下沉。

这一串巨响，把抢先撤到港口的牛岛贯一吓得趴在地上，指挥刀也掼出老远。他从日军指挥所遭袭开始，就担心水路被中国军切断。不出所料，中国军竟然使用新式武器，袭击战队舰艇。趁对手还没再次出手，得迅速撤至幸存的舰艇上，再组织反击。他命令部下跟他登上驳船，用机枪开路，驶向另一艘运兵舰。

把守天后宫的日军，知道舰艇遭袭，战利品已经无法运走。鬼子班长不甘心，拔下插在香炉上的火把，想扔向易燃的纱布，被埋伏在对面小楼的郭坚和黄贤忠，一人一枪打掉了军帽，露出一颗光头。光头不甘心，捡起掉在地上的火把，可黄贤忠没再给他机会，枪响弹发，结束了他的性命。

日军守兵发起反击，机枪步枪一齐朝小楼胡乱扫射。守候在渔行盐铺的大刀队战士，带领举着蛇矛、尖枪、刀斧的民众，蜂拥而来。一场你死我活的肉搏战，让心底惊惧的日兵很快败下阵去，扔下枪械窜奔码头，争先恐后爬上准备好的驳船逃命。

日舰中弹爆炸，日军押解中国姑娘的队伍，正好走到中街。轰隆隆巨响与冲天火光，吓得日军腿都软了。正要催促姑娘们加快步伐，冷不丁，从巷口拥出黑压压的众多家眷。

机枪手骂了一句"八嘎呀路"，端起歪把子，朝人群扫射。姜运兰从黑暗中跳出，双枪左右开弓，把机枪手的脑瓜开了瓢。一个日兵端着刺刀向她刺来，被江竹男一扬短枪，击中后背。

满腔仇恨的民众，一齐上前，跟日军展开缠斗，让他们有枪也放不得。三十来个被掳的女子，趁乱四散逃开，把日军气得嗷嗷直叫。短枪班混在人群中，近身而战，快速出枪，击毙了七八个日本兵。日军小队长知道残局无法挽回，率兵灰溜溜逃往港口。

为庆祝中国军队连获两次粤北大捷，广州珠玑街时达利钟表店二楼，南洋归侨、钟表店经理关翊希与夫人杨殷，广州越惠小学校长夏文珮，共同举起酒杯，一饮而尽。男女主人，在夏文珮的鼓动下，还跳起马来亚的瓦鸟布兰舞。

关翊希与杨殷在武汉会战前，就打算回国。那时，广东这片国土，还在国军手中，李彧也答应托人帮他们办理回国护照和签证。广州沦陷后，一切泡了汤，只好另起炉灶，通过万岱玮，请求在羊城经营西药行和矿业公司的安德鲁帮忙。

安德鲁既同情又敬重万岱源，颇费一番周折，才以在新加坡使用的姓名，为他们办好入境定居手续，使关翊希一家在广州安下身来。

安德鲁经常来蹭饭吃，为了不受日军骚扰，总是主动对人亮明身份，说他是德国日耳曼人。

关翊希与杨殷一直认为李彧夫妇应该都是中共党员，故而将与中共地下党接上关系的希望，全寄托在他们身上。没想到，李彧随部队撤到翁源后，就像断了线的风筝，再也没能联系上。

幸好夏文珮没有随军迁居粤北，但不知什么原因，也是一个多月后，才带着十岁的儿子李懿来到珠玑街，与一别十余年的表妹表妹夫一家见面。

叙旧中，杨殷当然要问起李彧，但夏文珮总是答非所问。被表妹逼急了，才如实直言，李彧是三民主义的信徒，对共产主义没有兴趣，但在家中允许兼容并包，从不干涉文珮的政治信仰，只要求她不要参加惹人注目的公开活动。

年初，关翊希夫妇终于与中共粤东南特委接上关系，夏文珮成了他们的单线领导。特委交给他们的首个任务，就是站稳脚跟，为不断壮大的党组织和东江游击队筹集经费。

现在的关翊希，一副金丝眼镜，一抹浓密的一字胡子，满头锃亮的黑发，配上西装马夹领带，十足的风流倜傥，几乎没人能认出他就是当年的万岱源。而杨殷，一袭粉地儿蓝花旗袍，勾勒出曼妙的曲线，鬈曲熨帖的秀发，遮住了半张脸，加上红唇粉腮黛眉，也再不是昔日那个温婉朴实的万家少妇。

只是，在夹缝中求生的生意，很不好做，虽然不时有安德鲁关照。

为了拓宽增收渠道，关翊希在黄埔北江村开了个盛昌贸易行，收购猪鬃与桐油。这两项都是战略物资，价值不亚于军火。中国猪鬃制成的刷子，很好用，从油漆兵舰、飞机、军车，到清刷枪膛、炮管，都离不开它。而桐油，是制造油漆、油墨的主原料，大量用于军械的防水、防腐、防锈和印刷，快干且不导电。

国民政府以香港作为进出口的集散地，输出数以万吨的猪鬃、桐油、钨砂等，再从盟国换取美金或武器、西药、棉纱。

而日本侵略军，当然不会坐视利益受损。别说是战略物资，所有的工商企业，日伪当局都对其实行全面统制，胁迫建立各种"公会"，实行"以华制华"，或以"委托经营""军事管理""租赁"等形式吞并，以加强对民族工业、商业贸易和物资的攫盗和掠夺。

盛昌贸易行，开业不到一年，经不起各种滋扰盘剥，被迫宣告倒闭。贸易行的牌子换了，经营者也变成了安德鲁。不过，暗地里关翊希与安德鲁达成协定，由关翊希出资四成半，每月分三成的红利。

大年初二，朔风凛冽，一片肃杀。但在爆竹声与孩子们的嬉笑声中，久违的太阳还是从低垂的乌云里，探出头来。互贺新禧的男女老少，也随之走出家门，走向大街小巷。

关翊希汇入珠玑街的人流，来到十八甫的一家茶楼。他将在这里会见一位姓康的先生。夏文珮是昨天接到广州地下党的通知，才用信鸽传给关翊希一张密写纸条，告诉他组织的安排。

眼下的广州，已经被蹂躏得面目全非。

但十八甫茶楼的生意，还算不错。关翊希没有在订好的贵宾房入座，而是借上盥洗间，对茶楼的几个角落，都认真溜了一眼。发现没有异常，才蹑身往回走。冷不防有人从背后将他轻轻一推，他顺势与那人走进贵宾间。

"聊聊百家话题，姓雷的人家走失一个儿子，原来跑到天上去了，你知道他叫何名字？"那人抽了一口香烟，先开了口。

关翊希抬手请客人入座并回话："大千世界，还有谁能威震乾坤，当然是雷神。"

两人相视一笑，即转入正式话题。康先生一气问了关翊希几个问题。

关经理一边回答问题，一边仔细打量康先生：商贾打扮，身材不高，面容清瘦，但目光犀利，言语简洁，心思敏锐，天生热心肠。

康先生认真地听着，不时插话，满意时就揉着耳垂点点头。

贵宾间的气氛融洽起来了，康先生喝了一大口茶，向关经理介绍起红色抗日武装的壮大、省委机构的变更。

遭遇滑铁卢的东江抗日武装力量，按照上级的指示，大胆重返东莞、宝安、惠阳边界地区，边休整，边坚持抗日。队伍逐渐恢复发展之后，宣布成立广东人民抗日游击队，逐步建立抗日根据地，开展独立自主的抗日游击战争。

而中共广东省委，遵照中央和中共南方工委指示，为加强对沦陷区工作的领导，决定将原广东省委划分为粤北省委和粤南省委，两委机关分别设在韶关五里亭和香港。

康先生又点燃一支烟，才向他传达了粤南省委的指示，决定将时达利钟表店设为地下联络站，关翊希任站长，由粤南省委书记直接领导，夏文珮、颜文英为该站情报交通员。

告别前，康先生以亲切的语气对关经理说："你的担子更重了，除了要为党组织和游击队提供经济支撑，还要搜集敌特机密情报，掩护重要人物过境南下或北上。而这一切的前提，就是要提高警惕，保证自己和联络站的安全。别忘了，在你们身边，还有其他同志，同样在战斗着，只是你不能跟他们会面。"

康先生给关翊希留下亲切的印象，等好长一段时间过去，关经理才知道，康先生就是粤南省委书记梁广。

时达利钟表店的牌子打响了，生意做大了，必然招来不少高官显贵、社交名媛光顾。

其中一位来自南京的绝色女子，更成了时达利的钻石级消费者和推销员。她姓孔名霁妘，毕业于金陵女子大学，能说一口流利的英语，身上洋溢着一种令男人着迷、女人忌妒的妩媚和性感，走到哪里，都能成为一道夺目的风景。

前些日子，三辆轿车同时在钟表店门口停下。孔霁妘陪契妈陈璧君来挑选手表。陈璧君看中一款瑞士百达翡丽腕表，孔霁妘二话没说，亲手给契妈戴上，然后递给关经理一张支票。

情人节，她又携同《广东迅报》和《南支日报》的社长唐泽信夫，光临时达利。这回，孔霁妘给自己挑了一块江诗丹顿淑女表，买单的却是蓄着仁丹胡子的唐泽信夫。

广东伪省长陈耀祖上任，孔霁妘作为其姐的契女，送了一只花篮。晚上这个花心的伪"舅舅"，借着酒劲，把垂涎已久的契外甥女抱上床。第三回合时，陈耀祖答应送时达利独有的美国名表给她，以实现她一个礼拜手表不重样的愿望。

因为是大主顾，孔霁妘一到，关翊希就得亲自接待，除了打折，还得请客人光临经理室，敬烟敬茶，喝蓝山咖啡。一来二去，孔霁妘成了关经理的座上宾，常常约请品茶，吃西餐，上舞厅跳舞。起初还请夫妇俩都去，后来，就只约关经理一个人了。

渐渐地，孔霁妘把关老板当成倾诉心曲的对象。她坦言，广州城钟表店多的是，她每次只来时达利，是因为老板极像她情窦初开时爱上的表哥。表哥当年因为过不了门第和学历这道坎，她失恋了，恋人也自此失踪。不知是为了报复，还是自甘堕落，富家名媛从此沦落为交际花。

其实，孔霁妘对关翊希所言及的心声，只是她内心世界的冰山一角。孔霁妘的真实身份，是一个双面间谍。

孔霁妘失恋后赌气加入军统，成为军统上海站的特工。后被派往广州，策反陈济棠的空军，暗中监视李宗仁，还暗杀过几个汉奸。前年，孔霁妘在南京活动时，被日本特高课缉获，经不住酷烈刑拷而变节，成为一名日本女间谍，并被派往香港。

她偶然在一次派对上，结识了真正的交际花莎梦妮，还攀上亲认她为表姐。由于千娇百媚，有着许多男人无法抗拒的吸引力，又通晓英语，加上莎梦妮的引荐，她成了英国军官争相献宠的女神。

孔霁妘物色好目标，使出从含羞投怀送抱，到锦被下鸾颠凤倒的惯技。一个个猎物，在领尝了欲死欲仙的极致刺激之后，为满足女神的好奇心，口不设防，把英军海陆空布防乃至油库、弹药库的位置，都泄露无遗。

哪知，孔霁妘还是抛却不了一个"情"字。她不顾触犯特工的大忌，爱上英国军情六处派驻香港的军官莱顿，还坦言愿意跟他结婚并去英国定居。由于军务在身，莱顿没有立即答应。

港英情报机关D组，对孔霁妘关注已久，认定她并非一般的交际花，准备派人诱捕她。莱顿得知后潜入孔霁妘的住所，把半只手铐放进她的坤包。孔霁妘知道自己处境危险，连夜乘船逃回广州。

日本特务机关长，臼田宽三中佐，说是要在寓所为她洗尘，将她足足蹂躏了一整夜。

孔霁妘综合各方情报断定，日本迟早会因香港而跟英国殖民军开战。

711

最近，又从对她垂涎已久的日军情报参谋口中，钓出一则消息：一份代号"花开，花开"的绝密行动计划，锁在华南派遣军司令官的保险柜中。

孔霁妘骨子里是个多情种。既然爱已被莱顿唤醒了，纵使铁下心将它埋入土中，还是会悄悄发芽的。换个说法，明知爱是一剂毒药，会毒死自己，但总比在极度空虚和迷茫中疯掉，要好受很多。于是，她把饥渴的目光，投向像极表哥的关翊希。

那么，如何让关翊希接受她的爱？难道她又得使出惯用伎俩，偷偷在他家中安装窃听器，然后摘下钟表店门口那面德国国旗，指认他是伪装的中共间谍，从而胁迫他乖乖投入她的怀抱？只是，这样做，得不到真爱，且一点都不浪漫，更别说她尚未掌握确凿证据。

那就用软的，只当他是失而复得的初恋，多为他招徕主顾，将与他生意息息相关的情报，透露给他，还可以引荐日本商人跟他做更大的生意，并充当他的保护神。同时，也要更好地展示自己花蝴蝶般的艳逸与妖娆。

第六十五章
花开计划剑指何方　文珮御辱命殒珠江

这天，两个日本兵陪同一名日语教师，敲开越惠小学的大门，向夏校长递交一份通知函，声称下礼拜将对学生的日语水平进行抽查。

日本侵略者为了巩固占领区的殖民统治，助推武力扩张步伐，竟然煞费苦心开辟精神战场，在占领区推行"同化""皇民化"等奴化教育，创办日语学校，普及日语教学，培训殖民师资。还以广播、传单、广告、电影、戏剧等形式，鼓吹发展大东亚文化，日中提携共荣。

此时的广州城，除了被炸毁或搬迁，只剩下十几间小学和三几所中学仍在继续上课。在日军刺刀的威逼下，大多数学校都增设了日语课。夏文珮也不得不在课程表上，排上两节日语课，做做样子应付日伪教育机构的"督查"。

而她和杨殷，则主动报名进入日本人办的日语学校，学习日语。这样做便于跟日本人打交道，套近乎，消除他们的疑虑，进而结交一些日本商人和军人，直接从他们口中，获取有价值的情报。

渐渐地，她们发现，就读的学员中，有些居然是舞女或妓女。日本特务机关诱使她们来学校培训，结业后从中挑选一些姿色出众的活跃分子，参加特务训练，然后派遣她们潜入重庆、成都、昆明等城市，进行情报、破坏活动。日特称其为"美女蛇行动"。

文珮和杨殷还通过郊游、看电影、请吃饭等方式，接近日本教师。一位名叫水野恭子的神户女教师，心地善良，待人谦和，与她俩成了好朋友。

夏文珮为了挫败日特的"美女蛇行动"，故意把日语学得一塌糊涂，这样就可以读完一期再续一期。加上有水野恭子帮助，她不太费劲就掌握了那些舞女、妓女的去向。

关翊希将相关情报上报粤南省委，统战部门再通过秘密管道，传递给军统部门。国民党特务机关，即以"张开筌口捉鱼鳖"的办法，潜入一个捉一个，潜入一双捉一对，从而使日伪的如意计划完全破产。

周末，夏文珮在水野恭子的住所见到她的未婚夫秋田清一。他是华南派遣军副官部部员。

交谈时，水野清一说起陈璧君及其干儿子，言辞中充满怨恶和轻蔑。

夏文珮第一次听见日本人如此评价陈氏，便说："秋田君，没闻到你身上有酒气，怎么尽说酒话？"

水野勒了勒和服的腰带，起身移步，倚着门框往屋外睃巡了一阵，没发现人，才回到夏文珮身边，压低嗓音说："秋田君与我，都是反战人士，我已看出你是热爱母国的人，以后若是遇到麻烦，需要帮忙，我俩自当效力。"

夏文珮感激水野对她的信任，但未经确认，她不敢贸然往深处说，也不敢暴露自己的身份，只是用赞赏的口气说："我明白什么叫作'正义自在人心'了，真得好好感谢你们。"

她回家后准备将此事向关翊希汇报，可接电话的杨殷告诉她，关老板不在家，被孔小姐一个电话叫走了。

孔霁妩借口有用法币套购外汇的管道，约关翊希到酒店吃晚饭。饭饱酒酣后，关翊希驾车送她回寓所。可孔小姐赖在车上不肯动，说被他灌醉了，罚他抱她上楼。

到了三楼的卧室，关经理气喘吁吁。孔小姐屁股刚挨着床，就顺势将关经理一扳，让他压在她的娇体上。

关老板看她两腮绯红，双眸醉意迷蒙，就说："你可不要拿我当花花公子，我有家有室，胡来不得。如果我图刺激和新鲜，伤害了你，对你太不公平。我不想背上玩弄女性的罪名，变成你心目中的渣男。"

"有两条无法估价的情报，你想听哪一条？"孔霁妩伏在关翊希耳边，嗲声嗲气地说。

关翊希应道："当然是你急于告诉我的那条。"

孔霁妩楚楚可怜道："我一片痴心，又要付诸东流了。前些日子，我已隐约向你透露过。眼看，花，很快就要开了。"

关翊希装作信口胡诌："你是'抒云水情怀，立须眉气概'的奇女子，而我只是为了养家糊口，找门道多赚点钱的生意人。你何苦偏偏用情于我？"

"你根本不是铜臭熏人的市井之辈，你是一个特工。你不是戴笠的人，否则，军统早就知道我还活着。你应该是徐恩曾的手下，但你在女色面前只当柳下惠，你没资格说你是中统的。结论一个，你是中共的奸细。"

"你想怎么猜就怎么猜，但我快断气了，请先放我起来。"

"本小姐姿色卓群，身份再了得的人，都以舔我脚趾为荣。故而，你越不懂风情，我就越有理由相信我的判断，反过来，征服你的欲望，也就愈加强烈。"孔霁妩边说，边脱下上衣，露出如脂似玉的胴体。

关翊希抓住她撕扯衣服的双手，说："请你不要毁了你在我心中的形象。"

孔小姐不管不顾，伏下身子，忘情地吻起关翊希："我才不管你是哪个山头的，就算你是共产党间谍，只要你今晚好好陪我，我也会把绝密计划，弄出来给你。否则，我现在就嚷嚷你强奸。"

关翊希已经接到指示，要尽快查清驻穗日军的战略动向。这不仅仅涉及一次战役的胜负，而是关系到反法西斯战争战略布局，如何调整的问题。情报当然重要，但利用色相去换取，超越了共产党人的纪律和道德标准。况且，孔霁妩开的只是口头支票。

关翊希正在想着如何巧妙脱身，才不致招惹孔霁妩恼羞成怒。陡然，楼下停车的地方，发出一声玻璃碎裂的尖响。关翊希趁孔小姐一愣，推开她，走到窗前一看，昏暗的路灯下，有一个很像夏文珮的黑影一闪而过。

"有人把车窗玻璃砸了，我得下去看看。"关翊希整整西服领带，夺门而出。他快步往楼下走，脑子里却想起数天前，夏文珮向他讲述的，东江游击队在百花洞的一场战事。

曾生在百花洞设伏，共毙伤包括长濑少佐在内的日军近百人，被华南派遣军司令视为"进军华南以来最丢脸的一仗"。

而后，驻穗日军派遣师团长菰田康一中将，率领104近卫师团一部，进犯海丰沿海，封锁白沙湾，占领海外援华物资集散地凤仪港，然后主力悄悄向西移进。另外又将陆军第38师团，第18、51师团一部，第1炮兵部队，从北线调往西南，压向黄江圩和深圳河一带。

日寇是向西进击，"围剿"东江抗日游击队，洗雪长濑少佐殒命之耻，并向西江方向推进；还是虚晃一枪，剑指九龙、港岛，直下南洋，与英美开战？

在焦灼的等待中，中共地下情报组织传来消息，证实水野恭子与秋田清一是日本共产党党员，忠诚可靠。

关翊希指示夏文珮作为联络人，转达"斗争同盟"的指示，冀望协助谋获绝密文件。

好大的一阵北风，从马路上的法国梧桐，揪下片片黄叶，划出道道弧线，狠狠甩入时达利钟表店二楼的玻璃窗。站在窗前说悄悄话的杨殷和夏文珮，不约而同打了个寒战。她们都还没换上冬装。

楼下一声喇叭响，孔霁妘扭着水蛇腰，钻进关翊希的轿车。车门一关，轿车扬长而去，只留下一股黑烟。

"你老公总跟那个女人出双入对，你不吃醋？"身穿青灰短袖西装裙的夏文珮，接过表妹递给她的大花披肩，围在肩上，裸露的双臂，有了几分暖意。

"他说是为了工作，我还能说什么？"杨殷脸上挂着笑，但眼里流露出几许惆怅和委屈。

"已是小雪节气，记得当年在你们万家，吃羊肉总吃得嘴角流油。"夏文珮看懂表妹的眼神，知道自己失言了，马上把话题引向吃食上来。

"你一说，我口水也咕咕冒出来了。礼拜六，我让张婶买一大腿回来，保你吃个够，记得把李懿也带过来。"万家大少奶奶，嘴上回着表姐的话，脑海中却浮现出孔霁妘挑逗老公的几个恶心画面。

这个女人妖娆风骚，媚意荡漾，看老公的目光，好像一口气要把他吸进眼眸里。而一颦一笑间，眉峰唇谷，游弋着一丝杀气。杨殷多次提醒老公，离这个交际花远点。

可关翊希却很淡定地说："她是日、伪、顽的谍报储存器，心情灿烂时，就会透露一二则秘密。我知道自己的使命，能与她保持足够的距离，决不会被她牵着鼻子走。"

话是这么说，可英雄难过美人关，天底下，有几个男人能经得住这种妖精的勾引？你看，这不是又要出去举杯对饮了吗？

其实，对于关翊希来说，他这样做，是迫不得已的明知山有虎，偏向虎山行。关翊希应邀与孔霁妘去巴克咖啡厅说说话，一是对前次匆匆一别表示歉意；二是他对秋田清一能否完成任务，没有把握，认为必须开辟另一管道，以增加胜算的概率。

他认为孔霁妘毕竟是训练有素的超级特工，如果愿意出手，成功的把握可能更大一些。再说，她绝对不是冷血的敌手。因而，他要对她晓以民族大义，许以重金，让她伺机窃取机密"花开"计划。

按理说，关翊希在床上"临战怯阵"，孔霁妘应该恼羞成怒，至少将他逐出自己的视野。可没过两天，她又搔首弄姿出现在他面前。

在孔霁妘的人生信条里，有这么一条：越是得不到的东西，越要好好珍重。

所以，她根本没有怨恨关翊希。

孔霁妡起初怀疑钟表店是德国人的谍报据点，专门收集英、美、苏的情报，后来渐渐发现，关翊希的服务对象应该是中共，可她已经不忍心对他下手了。除了他是初恋情人的翻版，更让她折服的是，他有超凡的自我驾驭能力和对爱的信守。

她明白自己总缠着关经理，女主人少不了要对她翻白眼。别看她明里大度豁达，暗地里肯定醋劲十足，恨她恨得牙根痒痒。可孔霁妡对此完全可以熟视无睹。

既然她敢于撇开信仰、主义和职守，冒险帮助值得景仰的人做些事情，对于他背后那个不友好的女主人，抱着醋坛子兀自呛个半死，她只有偷着乐。

轿车的尾气消散了，楼上姐妹俩从羊肉的吃法，说到男人的花花肠子，心里堵得慌的杨殷不禁问夏文珮："还是没有李彧的消息吗？"

夏文珮像被马蜂蜇了一下，脸上的五官一时间错了位："我既然宣布'休'了他，就不再稀罕他的任何消息。不过，上旬，他从韶关托人捎来二十块大洋，给李懿当生活费。"

"你没把事情的原委弄清楚，就由着自己的性子，把他回家的路都给断了，不后悔才怪呢。"

"我尚未人老珠黄，他移情别恋，我也可以找个暗恋我的人，让自己重返青春。"

"你从小就倔强、任性，眼里揉不得沙子，连姑丈都被你降服了。但丈夫不同于父亲，不是简单'休了'他，就能降服他。我清楚，你心里还深爱着他。我让翊希给你弄张特别通行证，你带上懿儿，去翁源找他，消除误解，重归于好。"

"你别多此一举了。我跟他，一个共产党，一个国民党，注定没有好结果的。"

"以前，你们凤凰于飞，琴瑟和鸣，不也过得挺好的？"

"当时，认定他能跟我志同道合，我先走一步，他赶上来，携手同行。现在，他却走岔了道，怎么劝都不回头。不过，我的中共身份，他对外一直守口如瓶，还暗中为我做了不少工作。"

问题到底出在哪里？李彧，真是花心萝卜，官大了就露出原形？看似一身正气，真的被国民党这口大染缸，给染黑了？

这得追溯到几年前。武汉会战处于胶着状态，广州岌岌可危。地下党负责人老崔指示夏文珮，做好随军迁徙韶关的准备。

夏文珮急了，说，我有学校和那么多学生做掩护，我要求继续留在广州。

老崔说，你的身份虽然没有暴露，但你有另一重身份。到那时，日本特务就会盯住你的。

夏文珮解释说，日军每到一处，少不了要笼络利用中国人。我"利用"价值大，他们不敢对我怎么样。

老崔考虑到确实需要有人潜伏下来，再说越惠小学是应急通信站，便同意她以放不下学校为由，继续留在羊城。

而李彧听文珮说，不管时局怎么变，她仍会坚守自己的岗位。李彧没有硬要她随军，只叮嘱她，性子不能再毛毛躁躁，而且凡事学会多角度看问题。

谁知没多久，就传出他与司令部女机要员肖芷凝出双入对的流言。

与夏文珮相识的军官太太，开始为她打抱不平。有人指责李彧一心想攀龙附凤，就图那女子有个在省政府当要员的叔叔；有人诋毁机要员长得寒碜，上不了厅堂，无非是年轻几岁，奶子比别人大些。

关系较好的还跑到学校，逐一将李彧与机要员，双双进出靶场、舞厅，两人骑同一匹马，在宿舍喝酒等狗血情节，告诉夏文珮。

更让夏文珮无法忍受的是，李彧居然以制定防御方案为由，一个多月没有回家，连给夏文珮问一声为什么的机会都没有。

夏文珮哪里受得了这种背叛和打击，一气之下，写下了与李彧断绝婚姻关系的"休书"，托人交给李彧，并抄一份送报社，在报纸登载。她要改写只有男人休掉女人的历史。

"休书"见报了，夏文珮希望李彧回来向她解释、道歉，并恳请她撤销离婚声明。人没等到，日寇已经在大亚湾登陆。夏文珮与李彧，自此日东月西，别说见面，连音信也都断绝了。

这是她失去大女儿以来最悲伤的日子，夏文珮躲在被窝哭了一夜。天一亮，她决然带着儿子搬往学校居住。

世事真难料，天气也尤为反常。冬天了，连日普降大雨，珠江水一下涨了好几尺。

1941 年的下元节前天，星期二，天仍阴着。水野恭子一早在电话亭给夏文珮打电话，用暗语告诉她：上午九时半，秋田清一将与你在先施公司附近的日文书店会面。

夏文珮目送儿子走进教室，自己化了淡淡的妆，才乘公交车，赶往书店。秋田身穿便服，一本书把脸都遮住了。就在夏文珮与他擦肩而过的瞬间，他将一块印章石料塞进夏文珮的手提包里。

夏文珮回到家里，从印章石料中取出蜡封的微型胶卷，装进唇膏里。她用信鸽传书，约关翊希下午三时在沙面岛的西餐馆见面。

沙面岛是英法租界，四面环水，有东、西两座栈桥作为出入通道。东、西栈桥分别由法、英领事馆雇用的越南人、印度人持枪驻守。曾经挂起过"华人与狗不得入内"的牌子。但这里的银行、洋行、公司需要雇用大量的华人员工，前来洽谈生意的也大多是华人。在一片抗议声中，辱华牌子才不见了踪影。

关翊希与夏文珮都是这里的常客，一个是生意场上的主顾，二十年前就在岛上留下一串串脚印；一个曾在这里当过洋行买办的家庭教师。

他们选择在这里交接情报，原因一个，安全系数比较高。而市区，动不动就搜查，戒严。

广州沦陷后，日军新任特务机关长矢崎，派出大量密探，把广州城搅得鸡飞狗跳，乌烟瘴气。

随着时间的推移，日军警戒稍稍松懈下来，市区恢复了平静，夏文珮感觉自己的呼吸也随之顺畅起来。

信鸽平安返回了。夏文珮除了再补补妆，还在心里准备了好些话，要在见面时向关翊希诉说。

本来，从西餐馆后门进来的关翊希，接过唇膏盒子，就准备离开。但，被失意和孤单折磨得经常失眠的夏文珮，却不希望他咖啡没喝完就走了。面对春心萌动时大胆表白过的男子，夏文珮百感交集，怯怯问了一句："还记得文君姐母子罹难后，我对你说过的那些傻话吗？"

关翊希放下咖啡杯，正要感谢她当年给了他再生的勇气，眼角余光却瞅见一辆日军大卡车从东桥开来，车一停，二十几个宪兵咚咚咚跳了下来。

夏文珮心里咯噔一下，暗骂自己"矫情"，示意关翊希迅速从后门撤走，她负责断后。关翊希要她一同离开，夏文珮不同意，认为目标太大，反而会坏事。

夏文珮相信秋田清一是可靠的，那日军怎会像苍蝇闻到血，这么快就出现在她与关翊希接头的沙面岛？不管如何，她必须确保翊希万无一失离开这里。

倏忽，她想起翊希的轿车坏了，是坐人力车到桥头步行进来的。如果日军从两侧包抄过去，一定会发现急急离开的他。夏文珮把手伸进手提包，拨开手枪保险，准备在关翊希有危险时，立即开枪，引开敌人。

关翊希出了后门，正往西边教堂的方向疾走。一辆停在树下的小车车门打开了，孔霁妘探出头，招手让他赶快上车。小车启动了，关翊希担心夏文珮的安全，要孔霁妘去西餐厅把她叫出来，一起撤离。

孔霁妘加大油门，说："不行，宪兵很快就会把两座桥都控制起来，迟了连你我都插翅难飞。"话没说完，小车驶过教堂，向着西桥飞驰而去。

果不其然，宪兵分队长丸山准尉，刚从驾驶室下来，就命令士兵封锁东西两座桥梁并在桥头架起机枪，然后逐一搜查公共服务场所。

夏文珮想趁乱离开西餐馆，关键是要看看关翊希已经走出多远。她拎起手袋，快速来到后门，往巷道两头张望，没人，远远看见西街尾有一辆小车，一个急转弯就不见了。

夏文珮断定关翊希遇上熟人，乘他的小车走了，悬着的心放下了。她装作要去网球场看人打网球，没走出几步，两个日本宪兵追了上来，冲她比画着刺刀，喝令她返回西餐馆。

她趁机躲入盥洗间，悄悄把手枪和弹夹放进抽水马桶的水箱。然后扭着细腰回到原来的座位，动手往关翊希喝过的咖啡里加了些水。

六七个日本宪兵凶神恶煞般闯入西餐厅，命令所有顾客举起双手，接受检查。领头的曹长，跟着一个东张西望的上等兵，绕行一圈，在临窗的厢座停了下来。

曹长像赴约似的，在夏文珮对面坐下，用丑陋的撸子枪，戳了戳她的手袋，并张开戴着白手套的手，慢慢伸入袋中。摸了半天，掏出一本日语读本，他故作惊讶地问："你的，喜欢大日本文化，顶呱呱的良民。书，上午，日文书店，刚刚买的？"

夏文珮先用日语再用汉语回话，是刚刚买的。

曹长一连几个"哟西"，翻了翻书，没发现异常，又指指面前满着的咖啡，问："你的客人，没到？还是被惊动，走了？"

夏文珮笑笑应道："还没到。既然你已入座，那就请你赏个脸，我给你加块砂糖，可好？"

曹长晃晃头："不，不！我想请你到司令部见一个人，你可愿意？"

夏文珮拿回日语书，用餐巾擦了擦，放回手袋，又用日语说，没关系，当然可以，走吧。

长满络腮胡子的丸山准尉，已在曹长的后面站了一会儿，当他看见此行要找的女人，桃腮杏脸，风姿绰约，举止娴雅，瞳孔顿时放大了。

他嘴角往左边蛮横地一咧，对曹长"叽叽咕咕"了一阵，让曹长继续带人搜查，而他要先押夏校长回司令部讯问，再跟秋田清一当面对质。

夏文珮被推上卡车的驾驶室，在司机身边坐下，丸山准尉随后跟着上来，故意把半个屁股压在夏文珮的大腿上，被夏文珮用手肘给顶开了。

卡车沿珠江北岸新堤大马路驶去，夏文珮看见江边有几个学生，正在对江面上横冲直撞的日军巡逻艇指指点点。她想起儿子李懿也该放学了，晚上，她可能回不了家，他又得自己做饭，自己一个人吃了。

夏文珮正襟危坐，半侧着脸，目光从滔滔江水上掠过，端庄中透出楚楚动人，眉宇间充溢着不容冒犯的凛然正气。

丸山闻着夏文珮身上散发出来的体香，心猿意马。这个看不出年龄的俏佳人，似乎一点都不害怕，也全然不把他放在眼里。不就一个小小的校长，已经成为猎物，还敢蔑视日本皇军的威严？那我就先撕碎你的高傲，让你声泪俱下向我求饶。

淫邪的征服欲占据了丸山的整个大脑，他倏地掀开夏文珮的薄呢上衣，一手搂住她的腰，一手插进她的双腿之间。

夏文珮在震怒与羞辱中爆发了，她一边拼命反抗，一边破口怒骂。

丸山非但不收手，反而变本加厉，他扯掉夏文珮的上衣，又把她淡粉色的内衫撕裂。日军司机看花姑娘露出雪白的胸肩，也腾出右手在她身上乱抓乱摸。

夏文珮抵挡不住两匹恶狼的侵凌，想抢夺丸山的手枪，可是手够不着。前面不远外就是海珠大桥，羞怒相激的夏文珮，看看江边两排排档之间正好没人，突然伏下身子，一口咬住司机的左手腕，双手攥住方向盘，使出拔山之力直往左扳。

卡车一个急转弯，窜上人行道。司机慌乱中想踩刹车，却一脚踏在油门上。丸山看着滔滔江水，发出哀号："不要！不要！"

发疯的卡车剐倒一张石椅，咣当一声撞向江畔的护栏，冲出数米栽入江中。没等岸上的人反应过来，已经快速沉入洪水之中。

夏文珮义薄云天牺牲了。江边一位从惊愕中缓过神来的学生，对一同来游玩的同学说："我听见一个尖厉的声音在高呼：我要让恶寇为我陪葬！"

第四天，《广东迅报》在不起眼的角落，登载一则只有几句话的消息：大日本皇军一辆卡车因发生故障，于新堤大马路海珠桥头坠入江中，车上的皇军准士官与驾驶员已被救起，卡车正在打捞。

这则消息，前面一句是猜测，第二、四句是事实，第三句是欺骗。因为根本没有人被救起，甚至连尸体也没找到。

第六十六章
柯麟唤醒休眠者　　中统逆施惊天案

关翊希强忍悲恸，托人找宪兵队和警察局，了解卡车掉入珠江的真相。宪兵队起初否认夏文珮在车上，后来改口说，她是重大间谍案嫌疑人，早死晚死都得死。而警察局负责调查此案的探员，却愣头愣脑地说：有人看见驾驶室内发生打斗。

宪兵队怀疑夏文珮与关翊希有某种关联，但秋田清一拒不承认自己窃密，那夏文珮与他在日文书店偶遇，也就无罪可究。宪兵队调查夏文珮，无法查清她是否服务于军统或中共。至于关翊希，有安德鲁和孔霁妘替他遮瞒，宪兵队也只能干瞪眼。

关翊希夫妇准备在"头七"晚上，带上李懿，悄悄去江边祭奠夏文珮。谁知，日军突然宣布广州全城戒严，实施灯光管制。

1941 年 12 月 8 日，香港全境，淹没在雷鸣般轰响的炮声和滚滚硝烟中。

海珠桥头坠车这一无头案件，因为战事，似乎被人遗忘了。

但夏文珮葬身珠江的消息，还是传到战时省会韶关十里亭金凤坪，传到第七战区司令长官抗战指挥部。按理，最心痛彻骨的人应该是李彧。可是在同僚面前，他并没有表现出多大的悲伤。

夏文珮，实现了"死要死得壮烈，足以让自己感动"的意愿，却留下一个天大的遗憾。她至死，都未能解开一个秘密：她的爱人李彧，是一名仅有几个人知道的中共党员，他的"移情别恋"，全是为了保护她而自编自演的一出戏。

李彧，代号"天梯"，单线领导柯麟，任务是长期休眠，只等非常时期，才会被唤醒。

李彧在广州军政府当军务处秘书时，与时任国民革命军第一军政治部的领导，及广州农民运动讲习所的主任等人，常有接触。李彧向他们提出加入共产党的要求，但都没有给出明确的答复。

后来，有人介绍他认识了公开身份为医生的柯麟，两人成了好朋友。经过一年的暗中考察，柯麟接到指示：同意李彧入党，成为中共地下组织的一员。同时交给他一项特殊任务：长期蛰伏，不许对包括家人在内的任何人，透露自己的中共党员身份，也不许与任何地方组织发生关系。

柯麟，海丰县海城镇人，一个文质彬彬的逸群君子。在海丰中学读书时，就向往革命。考取广东公立医科大学后，他加入了共青团，不久转为中共党员，任该校团支部书记，一毕业即留校在附属医院当医生。

1927年9月，身为医务处主任的柯麟随第四军回到广州。

广州起义前夕，军部作战参谋李彧，从教导团的铁哥们儿处获知"将有重大举动"。遂以看病为名，前来军部医院找副院长柯麟，要求参加战斗。

柯麟一口拒绝，并对他进行严肃批评："你是揳入第四军心脏的一枚钉子。不管起义能否成功，都不得有任何轻举妄动，否则，你将受到严厉处分。"

李彧又一次体验到卧底的煎熬与孤独，但他必须坚守党的纪律和自己的诺言。

起义失败后，柯麟随同副总指挥一起潜往香港避难。几个月后，两人辗转来到上海。党组织派副总指挥去苏联学习，而柯麟却被留了下来，让他加入中央特科情报科。

柯麟以医生身份做掩护，在威海卫路开设了达生医务所，坐堂行医。中央政治局以此为秘密联络点，每月在这里开会一次。柯麟巧妙安排，使达生医务所成为密探活动的死角，保证了中央领导人的安全。

后来，柯麟借着为叛徒白鑫看病，摸清其藏身之地，使中央特科锄奸队一举处决了这个叛徒。

一年又一年，李彧不但没能跟柯麟见面，也没有接到党的任何指示。他成了独来独往的棕熊，进入长期休眠状态。

夏文珮看他一个人在家时，常常悒悒不乐，以为他因没晋升遭冷遇而生闷气，就劝慰道："应该是他们看走眼了，没什么大不了的。别把自己闷坏了，晚上我陪你看电影，一家三口都去。"

李彧拉妻子在身边坐下，说："你瞎猜些啥，我是鼠腹鸡肠之人？我是想着有一天能上前线，真刀真枪跟敌人干一仗，那才叫酣畅淋漓。今天是周末，很好，晚上全家一起看电影。"

后来，夏文珮又发现，李彧看报纸，对涉及时政方面的报道，总是看了又看。

夏文珮一直试图通过潜移默化的引导，促使李彧与她同向而行。她轻轻抽走他手中的报纸，言道："我想给你寻找几份政治导向鲜明、能拓宽视野和审视角度的报刊，让你看了，准保脑洞大开。"

"你忙完学校忙家里，还要忙……就不必为我分心劳神了。你要相信我，我真的很好，只是尝试要求自己，静下心来，思考一下人生而已。"

柯麟与李彧中断联系多年，除了有意让他韬光养晦，累积实力，另一个原因是柯麟的工作经常变动。按照党的安排，他离开上海后又辗转东北、厦门、香港等地履职，好几次身临险境，已做好垂死一搏的准备，但最后被他用智慧，或同志们出手，给化解了。

柯麟心里系念着李彧，像他这种不列入文字记录的特密地下党员，如果上线出现意外，很可能会湮灭成一生只坚守在期盼中的孤旅者。柯麟曾请示过上级，是否将他唤醒，划归广东省委领导，被上级给否决了。

上级领导，对培养优秀卧底这项工作，自有独到的见解。他认为，只要心不死，路就不会断。经受得住非人考验，才能磨炼成一把百折不弯的利刃。一朝让他出鞘，准能一剑封喉。

1936年，柯麟接到新的任务，举家从香港移居澳门，履行党交给他的新使命。

柯麟由于身负特殊任务，一直与上级领导保持单线联系，红色特工身份隐藏得很深，连亲弟弟都不知道他是中共党员。

李彧是在广州沦陷前才被唤醒的。他化装成病人，来到澳门镜湖医院，找柯大夫把脉开处方。

一别十余载，昔日风华正茂的柯副院长，额头上已添下几道岁月的印痕，人也显得更为沉稳和干练。与之对比，自己这些年，两鬓不也冒出了好些白发，何尝不是显老了许多？

李彧交给柯麟几份情报。柯麟看了，给他一个紧紧的拥抱。

此时的李彧，身为司令部少将高参、政治督察员，已经可以接触到较高层次的政治军事机密，而且手下还有几位"消息灵通"的好兄弟，为他提供谍报。

柯麟指示李彧，秘密掩护隐蔽在张发奎军部、公开身份为战地服务团的中共特别支部；暗中保护八路军驻韶关办事处人员安全；团结身边一批开明的高级军官；查明余汉谋是否与日军达成什么协议。

还约定每月中旬第一个礼拜天为情报交接日，由李彧将伪装好的情报，交给理发店一跛腿的师傅。而这一切的前提条件，是确保自己不暴露。

只是，没过多久，南大门落入日本人手中，李彧随集团军撤往粤北，他又进入了半休眠状态。

元宵节翌日，夏文珮罹难三周月。夜晚，李彧出现在珠江北堤日军卡车坠江处。冷月凝霜，江水呜咽。李彧迎风伫立，默念着生前未能告诉爱妻的一席话，然后点燃自己写给她的祭文，一任泪水与悲怆随灰烬撒入江中。

随后，他来到西堤码头，登上一条小游艇。关翊希如约带着李懿在艇上等他。

李懿见到一别数年的父亲，哭成了泪人。他责问父亲："为何扔下我和娘亲不管？娘被江水卷走了，你直到现在才露面，我再不会管你叫爹！"

李彧无言以对，安慰儿子说："别哭，你娘也许是想念你那病逝的姐姐，到另一个世界陪你姐姐去了。爹现在接你去一个没有日本人的地方，你跟爹住在一起，我们可以天天看见彼此，晚上还可以睡在同一张床上。"

李懿躲在关翊希身后，说："我不跟你去，我要等我娘回来。我要跟伊栯妹妹一起在关叔叔家生活。"

李彧不敢勉强，拿出一张支票，递给关翊希："请你和杨殷相信，我李彧还是当年那个李彧。拜托了，懿儿就交给你们了。"

关翊希不肯接，李彧硬是将支票塞进他衣袋里，并扯了他一下。

两人来到船头。李彧小声告诉他："港九失陷，驻港代表海军少将陈策、参议刘璟、第七战区司令长官余汉谋夫人上官贤德、南京市市长马俊超的夫人，等等，一干国民党军政机关高官及家属，来不及撤离，幸有中共地下党和东江游击队施以援手，才得以安全转移到大后方。"

关翊希粲然一笑，说："这叫危难见真情。据我所知，还有不少民主人士，以及赫赫有名的文化精英。"

"这场大营救，是在日军严密戒备下展开的，涉及寻找隐匿人员、联络接头、乔装掩护、武装护送、沿途补给等一系列细节，动用多少人力，冒着多大危险，花费多少智慧和心血，堪称虎口惊天大营救。"

仰望天空，一轮皎洁的满月，洒下一江粼粼银波，再看岸上，商家挂出的元宵花灯，一下子暗淡了许多。李彧自我调侃似的说："民主人士，文化精英，国民党怎么连想都没想起他们？”

小游艇靠岸了，李彧拥着儿子说了不少安抚的话。放开手，一眨眼，他便消失在夜幕中。

太平洋战争爆发，日本侵略者的铁蹄，踏遍东南亚各国。

大批南洋华侨，被迫仓皇回归母国故里。因广州、汕头被日军占领，海丰沿海被封锁，漂洋过海而来的华侨，纷纷选择在津水港上岸。

南洋华侨拖家带口渡海回国，沿途常遭日本军舰拦截炮击。死里逃生踏上津洲码头，衣食盘缠告罄，想返回遥远的家乡，兴叹之余，只好打算一路乞讨而去。

面对每天少则十几人，多则三四十人的难侨，靠福德善堂微薄的施舍，根本解决不了问题。从东北沦陷开始，数百万侨胞筹赈数十亿元，支援祖国抗战，还以血肉之躯投身抗日洪流。现在战火烧遍东南亚，赤子们不远万里逃回故土，怎能让他们吃不上一顿热饭？

刘巽贞召集乡绅商户族佬，一起倾听难侨，在异国他乡遭受日寇种族大清洗的控诉，以及死也要死在故国的心声。然后趁热打铁，选派代表，成立由万岱仰为会长的助侨赈难爱心会，再发动群众，发扬同胞有难八方支持的传统，慷慨解囊，为难侨献金捐物。

爱心会下设接待站，刘巽贞当站长，齐桦当财务保管，李兰舟、江玉娇，还有江竹男和她的学生，负责登记接待、安排过境食宿、资助路费衣物、病者诊疗等具体工作。就连上晗这小子，放学了也过来跑前跑后帮忙。

接待站没有出现刘心巧的身影。刘巽才担心日寇为报仇再次入侵津洲，所以，不顾女儿反对，大包大揽将她嫁往澳门。上晗也就少了一个至亲的玩伴。

津洲人的热诚，温暖了一个个难侨的心，除了赞不绝口，那些患病者康复后，硬要给工作人员磕头。更有一些南洋进步青年，要求接待站引荐他们加入抗日游击队。林瑞、郭作平便秘密护送他们前往东江游击区。

此时的刘巽贞，整天忙着难侨接待工作，心里却想着如何带上大刀队，痛痛快快杀敌去！

可就在这时，县城的干妈池夫人，托人带来一封信给她。

信上写着：李沛叫警察局副局长来找你干爹，说有人告发你是共产党，且当过区委书记，近日又在津洲组织武装队伍，炸沉日军机动舰。看来，不让外人知道你是我干女儿，是对的。你以后可得凡事小心。

李沛，这个杀人不见血、吃人不放盐的刽子手，早就怀疑刘巽贞是共产党，先后两次派人暗中调查。可是，就在谜底将要揭开时，派去的人失踪了，再也没有回来。这使李沛更加坚信自己的判断。

但李沛又不急于一枪崩了她。刘巽贞反叛刘家，让刘监生名声扫地，李沛心里暗暗叫好，认为多留她一天，刘家就多一天不得安宁。但如果她真是共产党，那更好，再次狠狠收拾刘家，也就有理有据了。

可是，手握生杀大权的他，有时却身不由己。有些人趁他走霉运，就往他脖子上下绳套，告诫他不要动不动拿共产党诬赖人。

最早那次，已经过去好多年了。刚刚扶为正房的三少妻，去剧院看戏回来，哭说遭人调戏。李沛派心腹带上贴身婢女，让其暗中指认。婢女误将县长范国彦的儿子，当成调戏三少妻的流氓，被心腹开枪打死了。范国彦来陆丰赴任才一个多月，独子就成了流氓案的替死鬼。白发人送黑发人，范县长要李沛为他儿子陪葬。李沛在他府上门口跪求一天，县长仍不松口。

李沛知道范国彦是董彩鸾表妹夫的姑丈，都为大埔人，便央请刘巽才求县长饶他不死。刘巽才说，你求我没用，得求董彩鸾。董彩鸾提出一个条件：不许再给我家小姑扣共产党的帽子。李沛发誓答应。董彩鸾请来表妹夫妇，向范县长求情。最终，以枪手伏法，李沛赔偿一匣子金条、一柜银圆，并被贬到粤西，当国民精神总动员会会长才算了结。

直至广州沦陷前，李沛以水土不服为由，把近些年的积蓄全花光，才调回陆丰，当上警察局长。有一次，他遇见担任民协会副主任的刘巽贞，在县府礼堂给民众团体头头讲话，一时喉咙像被骨刺卡住了。他把发过誓的事忘得一干二净，也不顾眼下国共合作，只想把骨刺拔掉。

没承想，出手太拙，反被一直告诫他"别做太绝"的李彧，套上了"紧箍咒"。

四宝在学校上体育课回来，鼻孔舌尖出血，县医院说他患上了怪病，治不了。四宝是李沛与三少妻所生，金贵得像皇太子。李沛用轿车送儿子到省城求医，大夫拒绝接受，只好打电话求弟弟。李彧为侄子办理住院手续，请最好的医生临床诊断，大胆下药。儿子的病治好了，李沛上门感谢弟弟。

李彧对他说："治好侄子的病，是我应该做的。可你在外面，常拿我当招牌，四处招摇撞骗，让我总被人戳脊梁骨，你知道我有多难堪？如今你返回陆丰，当上警察局长，家乡的父老乡亲又向我告状，说你派人冒充流亡南洋回来的赤党分子，四处寻找当年党组织的领导人，还悬赏五百元法币。真是荒唐绝顶！你如果再这样，我只好登报声明，与你断绝关系。"直把李沛训得脸面一会儿红，一会儿绿，答应不再祸害家乡人。

上个礼拜，从看守所调来的马猴，向他告发刘巽贞："她是共产党头目，曾担任过陆丰东南区委书记。我反水前，是共产党的乡级支部书记，是她的下属。"

李沛碍于弟弟对他下了紧箍咒，不敢亲自向县长汇报，只派副局长去探探口风，结果被张化如给呛了回来。

这事被刘巽才知道了，派粮政股股长去警察局找李沛，说，你们寅吃卯粮，超支透支，这个月的粮饷没办法划拨给你们。

李沛再犯浑，也不敢同时得罪县长和财政科长，只好将浮盛之气先压下。他要等时局变了，连刘巽才一起收拾。

李沛会这么想，说明这些年，他没有白混。眼下的时局说变就变。没多久，除了震惊中外的皖南事变爆发，国民党反动派又制造了南委事件、粤北事件等反共连环案。

这让李沛脑门的青筋，瞬间突起，都快暴了。他准备与军统驻海陆丰特务组组长郑邦英联手，抓捕刘巽贞、扳倒刘巽才。

且说海陆丰中心县委书记郑千里，获知刘巽贞率领大刀队发起奇袭，炸沉日军一艘机动舰之后，觉得之前对待她未免有些太过教条。他经过一番考虑，打算向中心县委建议，由她担任驻陆丰县委临时特派员。

然而，中心县委很快就接到上级发来的紧急通知：国统区党员干部执行"隐蔽精干，以待时机"方针，各级党组织暂停一切活动，已经暴露的干部全部撤往游击区，其余的必须寻找社会职业做掩护，隐蔽下来。

为了保存党的力量，重组后的陆丰县委书记黄闻，批准刘巽贞转移到东江抗日根据地。

刘巽贞最近一连梦见自己带着上晗，一会儿在海上，一会儿在大山中，与看不清人脸的日军战斗。一听上级批准她到游击区打鬼了，高兴得在儿子脸上啵啵亲了几口。可是，一转身，却因上晗的"何去何从"跟郭坚掰扯起来。

此时的郭坚，已跟上晗建立起不错的感情。他俩只要在一起，郭坚不是辅导他学习功课，陪他做游戏，就是讲些名人励志、科技进步的事，开拓他的眼界。

因为郭坚发现，上晗的智商比他还要高，对感兴趣的事物，总要打破砂锅问到底，好几次将他逼入难堪的"死胡同"。

郭坚多次向刘巽贞建议，让上晗留在县城上中学，毕业后由曹其峰送他去国外的大学读书，相信他一定会有大出息。

可在刘巽贞眼里，上晗顽皮好动，喜欢我行我素，不是潜心读书做学问的料。眼看就要进入青春期，一朝小鸟放出笼，估计很难管束住他。再者，战事正紧，日军飞机常来轰炸县城，太不安全，更何况他们母子有约在先。所以，她坚持只能等打败日本侵略者，再送他去接受完整的学校教育。

郭坚自知在上晗的问题上，说话没有底气，只能退而求其次，表示等到了根据地，他会想办法让上晗留在游击总队机关。可话没说完，又被刘巽贞给噎了回来。她说，上晗早就知道有个小鬼队，跟我说好一定要进小鬼班。

最后，两人把上晗叫来，当面征求他的意见。上晗脱口而出说："天下兴亡，匹夫有责。你们都上前线杀敌，我也要参加小鬼队，并且要求队长，发给我一把二十响。"

郭坚又一次白费了心思，噘着嘴看了刘巽贞一眼，戴上凉帽，怏怏地走了。这么多年过去，他一直把她母子当作自己的亲人，可不管他说啥做啥，她总是绕着弯子躲避他，不给面子地拒绝他，以致有时两人会为家长里短的小事，争个面红耳赤。

郭坚就要跨出冀兰居的大门，被从后面赶上来的上晗拉住了。上晗冲他皱皱鼻子，又朝客厅努努嘴。"我娘猜你还有话说，怎么一赌气就走了？"说完，小家伙一闪躲进厢房。

郭坚一拍脑门，又折了回来，好像什么事都没发生，问刘巽贞："你还记得我表姑的小儿子段立辕吗？"

"当然记得。他不是省城沦陷后去了延安？怎么啦，有消息了？"刘巽贞看郭坚没有坐下说话的意思，只好自个儿站了起来。

"我表弟在抗日军政大学毕业后，留校当了两年教员。可他一心想回到父亲战斗过的地方。这回，终于如愿以偿，上级派他带着两位毕业于中央党校的青年干部回广东工作。"

"只可惜，兰舟姐被我们安排去了曲江，要不，她该多高兴。"

"表姑在韶关曲江，这会儿肯定也正乐着。伺候媳妇坐月子，她也升级为祖母了，能不乐吗？为了落实'隐蔽精干'，让她离开津洲'冷冻'一段时间，转移敌人视线，有利于继续潜伏。"

"幸好岭南大学从香港迁到曲江后，立轩的妻子才怀孕，新生儿才少遭了一次罪。"

"表姑去曲江，你说会不会遇上李彧？"

"兰舟姐性格犟，可能不会主动去找国民党的高官。我要先关心一下段立辕，他们到了哪里？安全吗？"

"他们三个乘船到了澳门凼仔，暂时住在亲戚家里。因我舅舅在澳门船务公司当轮机长，上级通知我，撤退时前往澳门，护送他们坐渡轮经伶仃洋抵达宝安，再送往羊台山根据地。"

"所以，你不能同行，就担心我们被人贩子拐了，卖到南洋，对吗？"刘巽贞罕有的幽默了一次，"放心吧！延安派来的同志，是革命的干才，你一定要保护好他们。而我和姜运兰几个，说白话比当地人还顺溜，还有林瑞护送，一定能平安到达大岭山。"

上个月，林瑞送齐桦和郭作平去东江游击区，带回了彭骞在铜锣径伏击日寇大获全胜的好消息。这场战斗，发生在横岗至碧岭之间一条狭长的峡谷中。这峡谷，人站在入口处一声喊叫，声音会在两边峭壁间回荡，仿若敲打铜锣，所以叫作铜锣径。

这次战斗规模不大，毙伤日本骑兵四十余人，打死战马十五匹，缴获七匹。宣传干事用排笔在马匹身上，写了"曾生游击队缴获日军的战马"两行白字。大洋马一路走，老百姓一路围观，还不停地欢呼："都过来看看喽，东江游击队缴获了这么多东洋战马！"这个消息很快传遍东江敌后游击区，振奋了不少抗日军民的心。

彭骞，就是当年红四十九团团长彭震的弟弟。他因机警过人，反应敏捷，先后当过徐国声、古大存的贴身警卫。革命低潮时，遭敌人悬红通缉，被迫流亡澳门。后来听说"清道工"在香港跟敌特开展秘密斗争，便寻踪而来，可是刘巽贞已经被捕入狱。他留在香港跑单帮，当起小鱼贩。

曾生组织爱国人士回家乡抗日，他和彭平是最早报名的。如今，他是广东人民抗日游击总队惠阳大队大队长，一个屡战屡胜的指挥员。日军、伪军和国军顽固派，恨他恨得牙根都快咬出血。

当年的小红军在抗日战场大显身手，刘巽贞萌生出加入彭骞大队的渴望。可是，陆丰县委开给她的介绍信，抬头写着东江前线特委组织部。到了游击区，顶多安排她做做民运、统战或后勤工作。想要当彭骞的兵，上一线参加战斗，恐怕难。

刘巽贞就要奔赴新的战场了。晚上，她去求芳居看望万泰安和龚夫人。他俩身体与精神状况还不错。巽贞对龚夫人说了许多安抚的话，却只字不敢提夏文珮牺牲、岱源回广州做生意之事。龚夫人拿出相册，指着岱玮一家在德国照的全家福，说："西院两口子，也不带大小回来让我们二老看看，亏他们为人父母这么多年。"

告别龚夫人，万泰安送巽贞走出双兰内苑。巽贞偷偷问伯父："岱源与文英有新的消息吗？"万会长摇摇头说："岱源曾暗示过我，没有消息就是好消息。"

刘巽贞又来到觉新小学，看望刚刚接任津洲支部书记的江竹男。她对竹男说："当前是党遇上困难的时候，你和黄贤忠首先要掩饰好自己的身份，保护好自己；其次，严守保密纪律，运用单线层级领导方式，由一人领导、发展多人，再由多人领导、发展更多的人；再者，要积聚民众觉醒的力量，蓄势待发，一朝可以出手坚决出手。"

第六十七章
夜乘孤舟撤往游击区　变态日寇凌辱众裸女

翌日，几位从海丰凤仪港驾船逃来津洲的渔民告诉刘巽贞，日军又攻占了凤仪等多个港口，那里的山、河、海，都在炮声中抖动，惨况不忍卒睹。

香港失陷，国外援华物资运输通道被斩断，位于港岛东面八十多海里的凤仪港，成为海上军需物资应急中转站。

日寇当然不会听之任之，调遣海陆空三军一个旅团以上的兵力，对以凤仪港为主的红潟湾沿海诸港，发动"C三号作战计划"。

日军兵分三路，在飞机轰炸、兵舰炮击之后，分头抢滩登陆。

主攻部队在突袭凤仪港时，遭到国民党守军的奋力阻击。然而，只有一营兵力的国防军，抵抗不到两个小时，就已溃不成军，扔下一百多具阵亡战士的遗体，仓促逃往山区。

另外两个日军登陆点的国防军和盐警队，虽然奋力阻击，同样因伤亡过多而退却。日本兵将太阳旗往高处一插，即向纵深区域挺进。

红潟湾沿岸，沦为法西斯的施虐地，不计其数的战略物资，全被劫掠。更令人切齿的是，日寇还在怒涛滚滚之中，举行部队检阅仪式。

数日后统计，有一百五十艘运输船、三百多间民房和国防军宿舍被焚毁；有几个村子的村民惨遭集体活埋，上百名妇女被强奸摧残致死或自尽；有近十万吨的军需物品被劫掠。

刻骨的痛，让刘巽贞彻夜难眠。凤仪港被日军占领，海面实行封锁，从津洲走水路去大鹏半岛，遭遇日寇巡逻艇概率很高。而此时偏偏天公不作美，一连几日又刮大风又下雨。

刘巽贞利用下雨天，请林瑞为老师，与上晗面对面，一起学习抗战理论文章，学习林瑞带回来的东江游击队机关报《前进报》。当他们已经等得很不耐烦时，船老大递来了话："今晚风向顺，只是雨停不了。"刘巽贞一跃而起，果决回了话："只要船能走，下刀子都不怕。"

一更的梆子，在东边月牙西边雨的那一刻敲响。刘巽贞与林瑞、姜运兰、上晗，用锅灰将脸庞和身手涂黑，把头发搓成鸟窝，再穿上打满补丁的衣衫，登上一条独桅竹篷船，向西而去。

小船在茫茫大海穿行一天一夜，有两次差点遇上日军的巡逻艇，幸好是在夜间，船工又及时掉转航向，才化险为夷。

四更时分，竹篷船降下风帆，减缓行速，慢慢向大鹏半岛最南端的西涌口靠近。

船老大拿起带铁锥的长竹篙，从船首的落篙孔，使劲插入水底，先将船头固定。船工用另一支竹篙，轻顶崖壁，让船尾靠近石岸，再把船尾也固定下来。

雨停了，天黑得瘆人，哗哗的海浪拍在礁石上，发出可怕的撕裂声，从手臂的汗毛划过。多亏船老大练就一双超厉害的夜视眼，才能将他们顺顺利利送到大鹏半岛。

林瑞攥紧上晗的手，对刘巽贞说："姐，从这里上岸，走两三里路，就是西涌村，村里有可靠的堡垒户。我们上他家歇歇脚，天亮了，再去下一站，得走二十多里的山路。"

上晗迷迷糊糊中看见远远的右前方，有一星火光，划着弧线晃来又晃去。他问运兰姐："那是不是天上的星星？怎么晃个不停？"

姜运兰知道这是轻度晕船的反应，故意逗他说："你是一路坐船过来的，那颗星是挂在摇篮上的，能不晃吗？等一下上了岸，你还能感觉山和地也都在晃。"

正说着，突然狗吠起来了，火光亮成一片，有人在吆喝，有人在奔跑，还有几声尖厉的枪响。

"有敌情，不能上岸。"正要跳上崖岸的林瑞，搬回搭在船舷上的跳板，压低嗓门说。

刘巽贞侧耳细听了一会儿，对船老大说："大叔，情况有变，能不能另找其他地方上岸？"

船老大爬上怪石嶙峋的岸坡，站在高处，往西涌村方向眺望。也许看到了什么，他冲远处吐了三口唾沫，再双手合十高高举过头顶，口中念念有词。

回到船上，他从腰间摘下手臂粗的竹筒，呷了一口酒，说："不赌不知时运高！好侄女，叔在津洲就敬重你一个人。叔今夜就跟香港那边的日本人赌一把，干脆送你们到盆仔湾。湾上的水头沙村，有我一个好哥们儿，为人仗义。有他扛着，你们什么都不用怕。"

大叔一句"香港那边"，像一根火柴，点燃了刘巽贞多年前的记忆。那时她率领三七支部，战斗在港岛上，队伍人不多，却令敌特吓破了胆。现在，她带着儿子杀回来了，她和儿子将活跃在与香港遥遥相望的游击区。她真想对香港大喊："还记得我吗？深圳河隔不开我们！"

林瑞有些不放心，对船老大说："大鹏湾是日本军舰的锚地，伪警察的巡查快艇又窜来窜去，不会有危险吧？"

"后生仔，大叔敢去，你怕什么？凡人做大事，脑子除了顺着常理往深处想，还要绕开事理倒过来想，备好另一着棋，要不哪来死中求生？大叔为你们祈祷过了，会保佑你们平安无事的。"

太阳爬上青丫峰，照亮茅屋顶的露珠，照亮袅袅升腾的炊烟，水头沙村又开始新一天的生活了。而此时，刘巽贞一行沿着临海的崎岖小路，翻过几道山坡，正朝葵涌乡急急行进。

上晗从来没见过这么多大山，起初很兴奋，总是抢在林瑞前面，说要给大家带路。等到了横头岭，陡峭的青山把他给镇住了，双脚也不听话了。林瑞蹲了个马步要背他，上晗回头看一眼娘，娘却装作没看见。上晗朝林瑞扮了个鬼脸，只好咬咬牙继续赶路。

刘巽贞跟在他后面，鼓励他说："想当战士，为乡亲们报仇，就得先练就一副铁脚板。过不了这一关，以后怎么扛枪杀敌？"

满头汗珠的姜运兰，正赶上经期来了，听大姐这么一说，也加快步伐赶了上来。

正午，来到葵涌乡，林瑞找遍整个村子，都没看见卖麻花卷的箭头。箭头十五岁，是地下交通员。按规定，从外地前往游击区的同志，是向北去坪山圩，还是西行到盐田涌，都得由他安排。现在遇不上他，只能选择去盐田涌港，因为那里毗邻梧桐山，经常有游击队出没。

刘巽贞同意林瑞的意见。大鹏半岛这一带的人，都说一口不同于粤语的"占米"话，想讨一碗水喝，打打手势主人能够明白，如果问其他的，那就费劲了。四个人在村口大榕树下吃了自带的干粮，休息片刻，就继续上路，顺着海滩，直奔盐田涌。

傍晚，四个饥肠辘辘、筋疲力尽的外乡人，走进盐田涌的黄碧围村。林瑞让刘巽贞三人在路边的雨亭歇息，自己左拐右拐，来到村子东面的丰登米面作坊。远远一看，咋啦？以前人来人往的热闹哪去啦，难道今天不营业了？再看，大门虚掩，门楼左侧没有挂出石秤砣。

糟了，这个交通站也出状况了。难怪一路走来，没遇上碓谷舂米的村姑，连双手合十等人施舍的乞丐，也不见了。

林瑞折回原路，走进一家小客栈。他掏出一包香烟，抽出一支递给掌柜，问："老板，这丰登作坊好好的，怎么几天不见，就关门歇业了？"

掌柜一听，脸色一沉，晃晃手中的鸡毛掸子，示意他赶快走人。

林瑞把整包香烟塞给掌柜，强挤出笑容，说："别赶我，我祖母的娘家就在盐田涌，如果论辈分，我可能要叫你舅爷。你不信？我俩说的话，都是同一种腔的白语，因为我是祖母带大的。好舅爷，求求你，透个底。小的是来向邢老板收粮款的，空着手回去，怎么向东家交代？"

掌柜看他会哄人，也真的急了，将他扯进店里，双手捂着嘴巴，凑近了说："姓邢的说不定连命都没了，你还收哪门子款？半个月前，夜里，两卡车日本兵，包围了丰登作坊。好像没杀人，只抢走满满一车米面。几天后又撤走一半的兵。怪异的是，作坊里碓谷舂米的活，一直没有停过，可邢家的老少，还有雇请的女工，却再也没有出过大门。倒是日军的卡车，来得勤，两天一趟，来时载些稻谷麦子，去时载走的，是加工好的大米和面粉。"

"奇了怪了，村子这么大，日本人怎么就只跟他家过不去？还有，村里人真不知他家发生了什么事？"

"没有人走出宅院，咋知道里面发生了什么事？偶尔有个把不明就里的外地人，上前叫门不应，就推门走了进去，却再没看他出来。对了，日军还从外地抓来一批村姑村妇，送进大院里。羔羊进入狼窝，可想而知。夜静更深时，常传出惨叫声，我听了整夜睡不着觉。"

"你估计现在作坊里有多少日本兵？"林瑞问。

"至少有二三十个，还有四五挺机关枪。"掌柜的把香烟还给林瑞。

一种不祥告诉林瑞，黄碧围不能久留。他快步回到村口的雨亭，对大姐说："交通站已被日军占据，交通员不知去向，我们必须赶快离开这里。"

刘巽贞看看四周没人，嘴巴一努，示意他进高粱地里说。

林瑞摘下竹笠，边走边把进村后看到和听到的，一一说了出来。

刘巽贞越听眉头拧得越紧。

这小鬼子，葫芦里卖的什么药？看来，他们显然已经知道，丰登作坊是中共的交通站，所以，门前既不挂旗也不设岗哨，而是躲在屋里守株待兔。显然，他们又确实需要这间作坊为部队加工粮食，所以才会不时有谷麦运来，大米和面粉运去。

至于，老邢和他的家人，这么长时间没有露面，只有一个可能，就是已经遇害。

当然，这些只是猜测。必须查明事实真相，弄清邢掌柜与箭头失踪，是否有内在联系，同时还要核准作坊里的日军人数、武器、哨位警戒等情况，并尽快提供给地下党或游击队。所以，他们不能甩甩手就离开黄碧围。

林瑞和姜运兰听大姐说不走了，当即表示反对，他们一路上把人姐的安全放在第一位。可上晗却支持娘的意见，认为只有这样，加入游击队才有见面礼。

一场争论，双方各不相让，直到大姐下了"命令"，才告结束。

二更时分，四个蒙面人从后夹山的甘蔗园出来，轻手轻脚摸向丰登作坊。一墙之隔，作坊外面一片漆黑，只有萤火虫飞来飞去；作坊里面，灯火通明，还隐隐传出砻磨碾谷和碓房捣米的声响。

林瑞打前站，顺着大院外墙，悄无声息绕了一圈，没有发现日军的流动哨。奇怪，大门不设防，四围没暗哨，日军真的这么大意自信？不可能。噢，想起来了，老邢的作坊是前后院各留有一小一大两个晒埕的"三座落"大宅院，后院左右两排厝手房，屋顶是平的，白天用来晾晒谷物，晚上专供防盗贼的守更人值勤。没错，日军肯定把哨位设在屋顶，一会儿爬树上去探查大院的情况，可得小心再小心。

在一棵高大的香樟树下，四个蒙面人有三个争着要上树去侦察。结果，上晗以眼力好，攀爬利索，不易被发现的优势，获得探查敌情的优先权。

他像猴子似的嗖嗖几下，就爬上树干的顶部，然后一蹬一搭，人已站在伸向宅院的枝杈上，顺着枝杈又往上爬了半丈高，大半个宅院的景况，就在上晗的眼底下了。

可是，才几分钟工夫，上晗就缩回了身子。刘巽贞借着作坊火把映出的余光，看见他低垂着头，匆匆溜下树来。姜运兰问："怎么啦，是不是被日军的哨兵发现了？"

上晗不停喘气，半天才回答："在前院做苦力的那些婶子、阿姐，全都没穿衣服，赤裸着身子，好可怜呀。"

众人惊愕。林瑞搓搓上晗的脸，说："你在上，火光在下，你可能看花眼了。"

上晗以不容置疑的口气说："我揉过几次眼睛，绝对不会看错。"

林瑞又问："有多少日本兵在站岗？"

"前厅大门，院子中间的月牙门，后院的厅堂，几乎有门的地方就有日军守着。不过，屋顶好像没有人。"

"有没有看见主人家的人？男女老少七八口，或老或少总能看见一两个。"

上晗说："没有，我眼睛看得到的地方，一个都没看见。"

林瑞急了，对大姐说："日本人如此丧心病狂，老邢同志恐怕凶多吉少。我得上去看看。"

姜运兰正要说一声"小心"，他已噌噌噌爬上了香樟树的半腰，很快就隐入繁茂的枝叶中。

林瑞的担心一点都不为过，而且现实要比他料想的和上晗看到的，残忍、血腥一百倍。侵略者的狠毒，已经达到"只有你想不到，没有他们做不出"的地步。

事情，得从十八天前那个夜晚说起。

火把舔着夜空。日军步兵精编小队杀气腾腾包围了丰登作坊。陆军少尉黑山奈矢，是体型壮得像牛的狠角色。他站在门楼的台阶上，假惺惺摘下军帽，对着围观的村民鞠了个躬，皮笑肉不笑地说道起来："中日亲善。从今天开始，丰登作坊只负责为皇军加工粮食。"

邢家的女佣赵妈见势不妙，想给通往后院的月牙门上道锁，被一个日本兵用枪托打趴在地上。

硗间碓房的女工，看见这么多日军蜂拥而入，吓得抖抖瑟瑟，个个不敢吱声，不敢动弹。

黑山奈矢推开月牙门的木门，与随从等走进后院，这里是晾晒谷物的大晒埕和邢掌柜一家老少的生活区。几分钟的工夫，日军控制了宅院的每一个角落。

黑山叫把守月牙门的士兵将木门闩上，不许任何人进入。

邢家的大黑狗半低着头，跟在主人身后，发出低沉的嗷嗷声，眼睛警觉地盯着不速之客。黑山叫过邢掌柜，让他安抚一下黑狗。就在邢掌柜伸手挕着黑狗背脊的毛发那一刻，黑山拔出军刀，朝黑狗拦腰劈下。

黑山朝邢掌柜深深鞠了一躬，说："真没想到，我的军刀这么锋利，我深表遗憾。"

邢掌柜咬紧牙，强忍断指之痛，不让自己发出呻吟。他一瞧黑山那张充满杀气的脸，那对阴鸷的眼，还有那把闪着寒光的军刀，一颗心遽然不再跳动了。

蜷缩在耳房瑟瑟发抖的邢家其余几位老少，听见人和狗的惨叫声，从房间走了出来。

邢掌柜的老伴看见孩儿他爹齐齐断了几根指头的手掌血肉模糊，立即返回里屋寻找止血药散和布条。等她回来时，他爹已被押往后厅堂，而公婆儿媳孙子，已全被关进了柴草房。

妇人理理裙衫和发髻，想从人中处留有兔唇痕迹的日军班长身旁绕过，去为丈夫包扎伤口，却被拦住了，绑在西小厅的石柱上。

此时的邢掌柜，已被捆在交椅上。黑山奈矢威逼他供出其他交通站的地址和联络员名单，以及向游击队提供过哪些情报。

邢掌柜矢口否认自己是交通员。黑山拿出一张他与箭头走出门楼的照片，说："箭头已经供认，你还想抵赖？"

箭头因伪保长告密而被捕，但他受尽酷刑，并未吐露任何地下党的秘密，而且在试图越狱时已被日军杀害。

黑山不急不恼，叫兔唇上来，在他耳边嘀咕了几句。兔唇去柴草房抢来正在吃奶的婴儿，像拎兔子一样拎着婴儿的小脚。两个士兵会意，端着上了刺刀的步枪走前一步。

柴草房传出凄厉的哭号声。

黑山问邢掌柜招还是不招。邢掌柜怒睁双眼，把一口血沫吐在黑山脸上。

黑山叫兔唇带四个士兵，把邢掌柜的老伴和儿媳押至后厅堂。

邢掌柜知道他们要干什么，怒吼一声："住手！我说。"

他回头对日军翻译说："我答应招供，但有一个条件，得先把我的家人放了，送他们离开黄碧围。"

黑山点头表示同意。

"把绳子解开，我要跟家人说几句话。"邢掌柜双手抱胸，走近悲愤交集的家人，朝他们使了几个眼色。看家人会意了，他突然大吼一声："我们跟小鬼子拼了！"

邢家男女老少向日本兵扑了过去……

就在后院血雨横飞之时，前院的日军也开始对作坊的女工进行凌虐。

几天后，日军又掳来十几个村妇和妹子，说是要加快大米面粉的产出量。

新来的妹子中，有一个扎着两条短辫的姑娘，细皮嫩肉的，一看就知道是城里人。日军个个对她垂涎三尺，她当晚就被带到后院，遭受黑山这个人渣的多次摧残。阿妹整日泪流不止，她忍受不了非人的蹂躏和苦力劳作。

一晚，趁日军抬完米面装完车，聚在一起喝酒，而虚掩着的大门，只有一个哨兵看守，阿妹冷不防撞倒哨兵，夺门逃跑。很快，她被抓了回来，吊在庭院里的槐树下抽打了半天。

黑山借此宣布一条新规：所有女工，不论白天黑夜，不许穿着……

身心饱受摧残的女工，对恶魔般的日军敢怒不敢言，却絮絮叨叨埋怨企图逃走的阿妹，连累了大家。心已死了一百回的阿妹，向大家磕了三个头，起身向屋墙撞去，幸亏被赵妈拦腰抱住，劝慰了半天，才不再寻死。

阿妹感恩赵妈，私下坦言相告，她叫闵半梅，是邢掌柜的外甥女。

闵半梅原在从化县城一家诊所当护士。上月初，日机轰炸从化市区，炸死了她的父母，也炸毁了诊所。她举目无亲，无依无靠，只好来黄碧围投靠姑丈姑母。没承想刚到横岗，就被日军抓了。她跟一群村姑村妇被押上卡车，来到黄碧围村。

当她在姑丈的作坊前下车时，竟然有些惊喜，兴冲冲想去后院找姑母，却险些被日军的刺刀给捅伤了。守门的日本兵警告她不许靠近月牙门。她想姑丈姑母总会走来前院，可等了几天，却连他们的影子都没见着。亲人见不到，自己天天被轮奸，她能不逃吗？

赵妈以前常听邢夫人提起她在从化的娘家，不时夸奖她的兄弟和外甥女，只是战火无情，阻断了她与娘家往来的路。赵妈来邢家几年了，虽从未见过夫人娘家的人，但基本情况还是知晓的。听姑娘言及家里诸事，又跟女主人平日念叨的基本对得上，就认定她真是老板的至亲，遂对她加以保护和照顾。

林瑞从香樟树上下来，他证实上晗所言都是真的，还猜测邢掌柜一家，很可能已经被活埋。理由是，后面庭院那片花卉被毁了，花地明显被深度挖掘过。

上晗不顾黑暗，摸索着去墙根撒尿，因憋久了撒不出，"嗞嗞"吹起口哨。

这是当年姑姑教他的办法。冷不丁，有一个黑影在眼前一晃而过。他紧握打狗棍，悄悄跟了上去。可是，黑影不见了。他回到香樟树下，对娘说："好像有人发现我们了，这里不能久留。"

姜运兰也说，她闻到了陌生人的气息。她把准备好的几块石头，塞到各位手里。

林瑞同样感觉有异常，便对大家耳语道："应该不是日军的潜伏哨，很可能是国军的细作。因为他们也怕暴露行踪，按理对我们威胁不大。但还是必须马上离开，大姐你带着运兰、上晗，按说好的路线离开。如果没有意外发生，我会去高粱地与你们会合。"

就在刘巽贞三个准备撤出小树林时，听见有人压低嗓音在叫"大姐"。刘巽贞仔细辨听，好像是郭作平的声音，便应了一句。

三个黑影围了过来，当先的果然是郭作平。

东江抗日游击总队新组建一支主力大队，代号"珠江队"。大队长彭骞，急于弄清楚丰登作坊到底发生了什么不测，特地派出一个侦察小组。郭作平因曾在作坊住过一两宿，被派来引路。

他们已经在西侧对宅院做过探察，绕来东侧时，发现影影绰绰中有几个人，同样也对邢家大院感兴趣。暗中观察了许久，郭作平终于从撒尿时吹口哨这个细节，发现了上晗，确定这几个人是大姐他们。

这时，作坊后院传出一阵喧哗声。侦察组长小叶，爬上院子东北角的芒果树，他希望有新的发现。只见一个日本军官，一手操着酒瓶，一手拿皮带抽打一个士兵，其他的士兵，从东西厢房拥出，围着看热闹。

小叶看见有日本兵挑着梯子朝厝手房走来，立即从芒果树上溜下。他悄悄发出命令，由郭作平和林瑞断后，其他人经后夹山撤离黄碧围。

一个多小时后，他们来到坳背村一座大祠堂。第三中队政治指导员钟若潮，在焦急的等待中，看见侦察人员回来了，兴冲冲迎了上去，却发现他们还带回几个陌生人。他把小叶叫到一边，问他怎么回事。

钟指导员是泰国华侨，听不大懂小叶带客家腔的国语，两人越说声音越大。

第三中队队长吕苏，听见正院传来嚷嚷声，知道小叶他们回来了，便对大队长说："这么晚了，他们嗓门还这么大，可能任务完成得不太圆满，我先去看看。"

吕苏从寝堂，也就是临时会议室走了出来，顺火巷来到正院，借着昏黄的灯光，看见条凳上坐着四个疲惫不堪的陌生人，其中一个还是小孩。郭作平向他敬了个礼，介绍说："这是陆丰县委安排撤往根据地的同志。我们在黄碧围侦察时遇上了他们。"

吕苏一对又粗又黑的浓眉，朝小叶一扬，似乎在告诉他，直接将陌生人带到临时大队部，他已触犯纪律，只是碍于客人的面子，没有当即批评他。

钟若潮知道吕队长的意思，便以夜深为由，叫值勤兵送陆丰的同志先去歇息。

"且慢，怎么这么匆忙？"一声语气平缓却能听出严威的问询，从侧门传来。只见主力大队的大队长，忽地从门洞走了进来。

吕苏哪里知道，大队长更急着要知道侦察结果，吕苏前脚刚走，大队长后脚就跟着过来了。没想到祭堂会有这么多人，他便倚着门框想听听大伙在说道什么。蓦地，透过影影绰绰的灯光，他看见一个似曾相识的身影。当指导员叫人将他们送走时，他急忙喝住，径直走到似曾相识的身影前面。

看一眼那张至今记忆犹新的脸，大队长先开了口："你是当年的刘书记，刘巽贞同志，对吗？"他说到"刘巽贞"三个字时，声音有点颤。

刘巽贞端详了一会儿，很快认出眼前的汉子，就是当年的警卫班长彭骞。只是，他怎么出现在新组建的主力大队这里？对了，他应该是来"珠江队"当领导的。

彭骞以为灯光昏暗她没看清他，提高嗓音说："我老得太快，你认不出来是吗？我是彭骞，那年跟随徐书记去过你们津洲，该想起来了吧？"

刘巽贞紧紧握住彭骞伸过来的手，激动地说："你记性真好，彭、彭大队长。绝对没人会想到，我们十年后，就在这里相见。"

彭骞请刘大姐坐下，告诉她，苏区完全沦陷后，红军战士几乎没有几个人能活下来。他流落到澳门当泥水工。而前彭村一百七十多人的村子，包括他七八位亲人在内，有八十一人倒在国民党反动派的屠刀下。

刘巽贞心情沉重又充满敬佩地说："要革命，就会有牺牲。你的家乡，与千百个红色村庄一样，以大无畏的气魄，接受了这一残酷现实。但火种已经撒下，烈焰燎原，不会太远！"

彭骞又旁挪一步，把手伸向姜运兰，说："你是当年的陆惠县团委书记，姜、姜、姜运兰同志？"

姜运兰抿嘴一笑，与彭骞并肩比一下高低，说："当年，你跟我一样高，现在，你至少比我高了三寸。"

彭骞对当年的两位党团书记充满敬意，感慨不已说："你们壮心依旧，燧火燎原这一天，必将到来。目前，东江抗日武装正在不断发展壮大。最近又成立了主力大队，就是我现在带的这支队伍。它以惠阳大队为基础，又从第三大队抽调部分精干力量过来。用尹书记的话，叫作'强强联合'。珠江队的活动范围，不受地域限制，哪里有敌情，就快速扑向哪里，我得让战士们练就一双飞毛腿。"

吕、钟二位对刚才的失敬，表示歉疚。他们走上前，向大队长的"老领导"敬了礼，又叫值勤兵去伙房弄些吃的来。

一顿番薯"夜宴"，填饱了肚子。彭骞问刘巽贞："丰登交通站遭破坏，你们怎不赶紧躲避，反而冒险抵近，发生意外怎么办？"

"一个交通站被日军占领，又设下陷阱，等我们的人上钩，居心险恶。既然我们撞上了，就必须弄清大院里到底发生了什么事，交通员是否还活着，并想出下手营救的办法，然后，尽快向组织报告。这个险，我们不冒不行。"刘巽贞如实说出自己的心思。

第六十八章
卖烧酒携子闯敌营　珠江队首战无悬念

低垂的云，压着绿绿的山，沉闷的雷，在天边逛荡蹒跳。出早工的沙牛，哞哞叫着回来了，不时啃一口路边的青草。

坳背村的大祠堂里，一场攻打邢家大院的诸葛亮会，就在临时会议室开始。刘巽贞、姜运兰和林瑞应邀参加会议。

听取了小叶和林瑞的汇报，参会人员对日军用变态手段，凌辱沦陷区的同胞姐妹，个个怒火满腔。政委谭天度，扶扶那副与他的资历很匹配的近视镜，请大家别只顾生气，而要把仇恨化成克敌的智慧和勇气。

彭骞背剪双手，对着墙上用木炭画成的黄碧围地形草图出神。一抹阳光斜照在他身上，刘巽贞一眼看去，心里暗想：这不就是活脱脱的彭震？

彭骞面容清朗，剑眉大眼，话语轩昂，身材魁岸，年轻时的一脸稚气，早被岁月磨去。眼前的他，跟当年的彭震，无论神态与形貌，实在是太像了。

谭天度年纪比彭骞大两轮，曾是彭震的战友，也常常以"骞弟"称呼彭骞。

刘巽贞昨晚一夜无眠，眼前总是浮现出无数画面，全是英烈们为红色政权、为新中国崛起、为消灭日寇，踏着血路，无畏赴战的情景。其间，还穿插了众先驱喜怒哀乐、可亲可爱如兄弟姐妹般的片段。

其中有一个画面，刘巽贞记得特别清楚。那就是在经纬楼见到起义军领导，短短十几分钟间，她真切领略到领导人险夷不变的革命风采。她还牢牢记着领导人发人深省的教导：我们抱无穷之希望，决然迈出第一步，就是要以誓死不悔的精神，沿此希望之路径以前进，就算赴汤蹈火，献出生命，也不足吝惜。要唤醒更多有志者，历尽苦难而淬火成钢，去开创一个新纪元。

是呀，无数先行者，为开创一个新纪元，率先垂范，躬身践行。在他们引发感召下，兄弟姐妹、妻儿亲戚，都踊跃投身到革命洪流之中，在动荡战乱的岁月中，历经生死考验，血荐轩辕，成了为革命视死如归的红色家庭。同时，更激励唤醒万千劳苦大众，以无往不胜之血性，以舍我其谁之勇猛，捍卫中华，收复河山。

这也就透彻地诠释了"星火可燎原""春风吹又生"这一铁律。

"下面，该小刘同志发言了。"谭政委看刘巽贞一直在深思，便点了她的将，"我听说你曾用日寇的航空炸弹，击沉日寇的运输舰。那黄碧围这一仗，你也得出一个妙招。"

刘巽贞骤然想起，自己连一个正式战士都不是，本来就不该参加会议。现在谭政委点了她的名，这不等于让她在中队长、小队长面前"公然"越界吗？想到此，她冲谭政委抱抱拳，歉然说："我初来乍到，不，应该是路过的，就不浪费大家的时间了。"

吕苏对钟若潮说了几句悄悄话，估摸刘大姐一时半会儿也想不出什么招数，就按着自己原来的思路说："攻打一个大宅院，日军纵使武器再好，也难以完全发挥。我们人多，只要团团围起来，不让他们喘气地打，准保他们一个都活不了。"

彭骞摇摇大葵扇，说："我提醒一下，作坊里面有那么多女工，如果日军拿她们当人质，我们怎么打？还有，邢掌柜一家死生未知，一旦只是被日军关押起来，那我们如何多备下一手，做到一开打就能控制住局面，枪一响就能把敌人的注意力吸引到我们身上来？"

刘巽贞微微颔首，暗暗赞许：彭骞考虑问题，的确比别的同志深入周全，让他当主力大队长，是不二的选择。

她转过头抽抽鼻子，隐隐闻到从酿酒作坊飘来的酒香。看看窗外，阳光明晃晃，而天空灰蒙蒙。这种天气，炎热且压抑，连墙角那只大蜘蛛，也受不了，老在蛛网上爬来爬去。她记起林瑞刚才说过的话：邢家内院的日本兵，很放纵松散，有人酗酒也不受管束。

真这样就好了！她终于想出一个智袭的办法。

彭骞已经听了好几位队长的发言，都没说出令人叫好的绝点子。他看见刘大姐眉头已经舒展开了，却还是不想开腔。他猜测，大姐可能认为自己只是"客人"，不想太抢别人风头。他只好走到她身边，用大葵扇给她扇扇风，说："你是前辈，又在黄碧围村逗留过，我请你为攻打丰登作坊支招。"

刘巽贞朝他拱拱手，说："岂敢岂敢，我是怕自己说不好，反而打乱了大伙的思路。既然一定要说，我只好布鼓撑门了。"

听了刘巽贞的歼敌之招，会议室一下静了下来。彭骞放下葵扇，看着谭政委，嘴角轻轻一抿一放。谭政委托着下巴推敲了半晌，眉头一扬，叫一名战士把郁上晗叫来。

诸葛亮会结束了，几位中队长和指导员，带着小队长，匆匆回到部队驻营地。

下午，三个中队按照作战会议的部署，各自进入自己的战位。

第一中队在小苍山设伏，警戒驻扎在横岗的日军加藤大队；第二中队开赴派下村，准备阻击沙头角日军源氏中队可能派出的援兵。

要求参战没获批准的姜运兰和林瑞，只能参加警戒去了。

担任主战任务的第三中队，先直插马峦山，在山丘和树林的掩护下，再掉头向东南行进，悄悄隐伏于黄碧围的多尼山。彭骞大队长，亲自指挥这场战斗。

午后，秋蝉的嘶鸣声，一浪高过一浪。虽说秋分已过，可秋老虎的威力，一点都没收敛。眼看日头快要落山，黄碧围还是热得像蒸笼。

一阵叫卖烧酒的吆喝声，清脆响亮，由远及近。"傅记回春酒，醇香过三家，入口甘爽顺喉，解暑益气不上头。要买快快来，迟了过别村。"一妇一幼两个乡下人，满头大汗，各自用背篓背着两竹筒烧酒，来到丰登作坊的大门前。

有路过的村民，故意挑逗卖酒的嫂子："傅掌柜进城逛烟花巷，找老相好去了，大热天让你们母子出来卖酒，也太不地道了。"

卖酒嫂子不嗔不恼，回答道："我家掌柜脚崴伤了，能飞着进城？你无中生有，搬弄是非，当心喝水咬着舌头。"

那小孩听见有人说爹的坏话，生气了，但他是个哑巴，只能用咿咿呀呀和手势来表达他的恼火。

那位大叔识趣地走了。哑巴挪挪肩上背篓的绳子，走向撒满谷糠的门楼，敲起邢家的大门。两个哨兵透过门缝，已经看见刚才的一幕，也闻见了浓郁的酒香，但却不肯放他进去。嫂子见状也走上来，大声对里屋说："我们每个月给邢掌柜送一次烧酒，你们赶快开门。"

正在后院给黑山扇扇子的翻译官，眯着眼快睡着了，听见有人叫卖烧酒，一下活了过来，乐呵呵地告诉黑山："想什么来什么，爽透心脾的美酒送上门来了，是否去弄些给您消暑解渴？"

光着上身，露出密匝匝胸毛的黑山，咽了下口水，手舞足蹈起来。

翻译官一路小跑，来到前厅，听见卖酒嫂子自称要给邢掌柜送酒，便叫岗哨打开半扇大门，放他们母子进来。

一个赤身裸体的女工，看见有生人进来，立即低头抱胸躲进碓房。

翻译官示意卖酒的小孩，放下背篓，拔开竹筒的木塞。小孩嘻嘻一笑，将木塞使劲一拧，摇摇竹筒，酒香顿时溢出，翻译官眼珠子一下放出光来。翻译官摘下军帽，露出寸草不生的光头，弯下身子，一连吸了几鼻子酒的浓香。

小孩用酒吊子，打起一提酒，请光头翻译品尝品尝。

翻译官的口水快淌出来了，却拔出撸子手枪，瞄准妇人，说："这酒有异味，你们在酒里下了毒！"

小孩听不大懂白话，却明白翻译的意思，就昂起头来，把酒吊里的酒，咕嘟咕嘟喝了，然后将木塞塞回竹筒，扯扯娘亲，做出要走的样子。

翻译官掉转枪口指着小孩，让他拔开另外三个竹筒的木塞，叫当娘的逐个尝上一口。

天黑下来了，丰登作坊的火把、灯烛亮起来了。刘巽贞趁日军不备，又刚好有个女工探出头来，便将一个写着"鞭炮一响，提防豺狼，保护自己"的纸团，扔进碓房。

翻译官看喝了酒的卖酒人什么事都没有，还背起竹筒吵着要回家去，就对围上来的兵士哇啦哇啦了一阵。随即，四筒烧酒被日军抢走了。卖酒的母子，一分钱没拿到，哭哭啼啼被赶出了邢家大院。

哑巴小孩不甘心，哭得很凶，被他娘硬拽着离开了。躲藏在村后菜园凤尾竹下的小叶，听见哭声，即向多尼山发出猫头鹰的叫声。

彭骞接到暗号，知道烧酒已经成功"卖出"，就传话下去，按照第一方案，半小时后下山，在日军醉醺醺时，发起进攻。

日军开饭了。黑山叫兔唇拿两筒烧酒犒劳部下。前院与后院的士兵，除了站岗的，以班为单位，聚拢在宽敞的院子当中，舔唇咂舌喝起回春酒。几口销魂汤下肚，兴致来了，有人剪刀石头布猜起拳来，嗓门一个比一个大；有人喝着喝着，涕泗俱下，捂着脸啜泣起来。

负责正面进攻的吕苏，带着一小队，悄悄扑向邢家大院前门。二小队和三小队，扛着竹梯子，分别由彭骞和谭天度率领，摸向宅院的左右两翼。

彭骞攀上靠近后院的香樟树，看见喝醉酒的日本兵或迷迷糊糊，或东倒西歪，认为进攻的时候已到，即令掷炮手点燃土雷、鱼炮，投向丑态百出的日军。爬上厝手房屋顶的游击队员，迅即端起机枪、步枪、手枪，一齐扣动扳机。

吕苏和谭天度，听见二小队打响了，也命令一小队、三小队迅即发起攻击。一时间，邢家整个大院电闪雷炸，枪炮齐鸣，火光烟雾腾空而起。

游击队的突袭，让"不设防"的日军惊慌失措。但他们毕竟是训练有素的正规军，武器也远远优于游击队。喝醉、没喝醉的日本兵，都抄起歪把子和三八大盖，架起掷弹筒，利用遮挡物展开反击。前院大门和后院堂厅前，掩体里的歪把子，疯狂地吐着火舌，掷弹筒炮弹也接连炸响，很快就把游击队火力压了下去。

吕苏所率一小队突击组，同时扔出四枚手榴弹，炸开大门，正要发起冲锋，日军又一机枪手从影壁后蹿出，将歪把子架在排木门槛上，扫了一梭子弹，就击中了突击组长。

突击组长忍痛向前跑了几步，可失去感觉的腿脚不听话，身子摇摇晃晃就要扑倒在地。

吕苏冲上前扶住他，朝突击组高喊："全体卧倒射击，别让日军抬头！"他观察一下敌人射击的火力面，又喝令两翼的游击队员，紧贴立面墙迅速向门楼逼近。

臂弯里的突击组长越来越沉。吕苏将他放在地上，双手轻轻摸索一会儿，知道他受伤的位置在右腹部。女卫生员冒着纷飞的子弹冲了上来，背起突击组长，退至大树下。

吕队长匍匐前进，看准喷着火舌的歪把子刚一转向，猛抬身子，朝日本兵连射五六颗子弹。

一颗掷弹筒炮弹在小队长附近爆炸，卫生员看见有战士突然倒下，放下已经包扎好的突击组长，跑了过去。

此时，已经冲至立面墙下的队员，又扔出两个手榴弹，炸翻了日军机枪手和掷弹筒射手。游击队一拥而上，冲进大门，见到穿黄色军服的就开枪，还边打边吆喝："作坊里的女工，穿上衣服，躲在屋里别出来。"几个躲在树后、风柜后的日本兵，负隅顽抗，被爬上砻间碓房屋顶上的三小队，一阵点射，击倒两个。

醉意未消的日本兵，胡乱打了几枪，扔了几个手雷，就退往月亮门前的掩体。屋顶的战士，用交叉火力，又把掩体里的日本兵干掉了几个。

须臾，一个日本兵押着四五个女工，从碓房走出来，喝令游击队放下武器。

吕苏示意身边两个战士，绕向侧门冲进屋里，从背后击毙日本兵。一声号叫，又有一个日本兵押着闵半梅和赵妈，走了出来，堵住门口。

双方僵持了几分钟，猝然闵半梅猛一转身，用手抓住日本兵的步枪，将枪口直往下按，并呼喊赵妈快跑。吕苏迅捷开枪，击毙日本兵。另一日本兵砰地打死一个女工，正要拉栓，已被小队长先下了手。

一小队的战士，冲进庭院，他们不会使用掷弹筒，就从日本兵身上摘下手雷，炸开了月牙门，炸哑了日军的又一挺机枪。

只受轻伤的日军曹长，趁着黑暗，快速攀上梯子，想翻过屋顶跳墙逃往横岗搬救兵，被三小队的战士发现，朝他连开数枪。日军曹长身子往后一倾，顺瓦楞打了几个滚，重重砸在外墙根的草地上。

大院里战斗打得十分激烈。刘巽贞母子与三小队八个战士，正分头在邢家大院外围警戒巡逻。谭政委接到情报，称十几里外的梅沙村，出现一股来路不明的伪军。为防止伪军听见枪声赶来增援，被包围的日军趁乱逃窜，政委特意做出这一安排。

上晗听见有重物从屋顶跌落的闷响，抢先赶过去，只见黑乎乎的一团，便擦着一根火柴。刘巽贞看清是日本兵，死的样子有些古怪，像一头正在拱草的猪。上晗手脚利索，三下五除二，就从日军曹长的枪匣里拔出一把 14 式手枪。

前院的战斗进行了半个多小时就停了下来。趴在窗后的赵妈，看见游击队把小鬼子一个个给毙了，便招呼众女工穿好衣服，带上包袱，快快逃离。

吕苏怜悯她们受过心灵创伤，就安抚道："别害怕，等战斗结束了，我会派人护送你们回家。"

后院的战斗仍在继续。一阵大风呼呼刮过，火光摇曳中，彭骞手持匣子枪，大踏步走了进来。闵半梅一看，估摸是来头不小的长官，就嘤嘤哭着朝他跪下："长官，你们是活菩萨！我姑丈姑母一家全在后院，长官你得把他们救出来呀！"

赵妈也挤上前，说："还有三个新抓来的妹子，被押去陪魔头喝酒，至今没有回来。"

彭骞搀起闵半梅，问道："你对后院的屋舍熟悉吗？你姑母是否告诉过你，后院有藏人的地洞或夹墙？"

赵妈一听，知道游击队还没找到邢家的人，大哭起来："我来邢家好几年了，从没听说过这些。邢老爹，邢太太，多好的人。他们一大家子，怎会到现在还没找着？"

老邢同志，是东江游击总队队长曾生小学时的同窗。曾生带彭瑨等人从香港回到家乡坪山，组建抗日武装，秘密发展的第一个交通员，就是老邢。这些年，老邢是把自己的脑袋系在腰带上，来为党和游击队工作的。

彭瑨当然记挂着老邢，一听丰登作坊被日军占领，交通线中断，他不顾刚与国民党顽军在东莞北栅打完一仗，就率领珠江队，进抵坳背村。他对谭天度说，要不惜一切代价，把老邢及其家人营救出来。可现在仗打了一半多，后院两侧的厢房、厝手间都查找过，老邢一家连个人影都没见着。于是，他抽身来到前院，想向知情女工了解情况。

一定是被日军当作人质，拘押在后院的堂厅、卧室或耳房里，三个村姑可能也跟他们在一起。不能一味猛攻猛打。彭瑨让吕苏带几个战士，穿上日军军装，混进后院，寻找老邢一家。

彭瑨又叫来会说日语的宣传干事，要他向日军喊话，劝他们缴械投降。宣传干事穿过月亮门，走向围墙只有胸口高的草棚，扯开喉咙，先喊一遍日语，再喊一遍国语，投降吧，缴枪不杀！战士们也跟着他大声呼喊。

谭天度派通讯员通知各个战斗小组，如果日军拒绝投降，开枪时要瞄准了再打，以免误伤邢家老少和村姑们。

话一传下去，枪声一下稀疏下来了。可是，躲在堂厅前面掩体里的八九个日本兵，不但拒不投降，还叽里呱啦骂了起来，且对准传来劝降声的方向，机枪、步枪一齐开火。

藏身堂厅屏门后面的黑山、兔唇、翻译，一边朝游击队开枪，一边把怒气发泄到三个村姑身上，脚踢拳打，揪住头发往墙上撞，还要她们放声号哭惨叫。

姑娘们趁恶魔折腾累了，逃入右边的卧室，钻入架子床底下。

从酒醉中清醒过来的黑山，狂傲劲直往脑门上冲。他让翻译官替他回话，称黑山家族和所有皇军，矢志效忠天皇，宁为玉碎，决不向中国人缴械。

彭瑨对已穿上日军军服的吕苏他们说："现在是近距离对峙，想混进去很难。改变策略，上屋顶，人手一支火把，砸碎瓦片，查看老邢一家和姑娘躲在哪个角落。在确保人质安全的前提下，可以伺机袭击堂厅前掩体里的日军。"

吕苏几个一走，彭瑨快速走过月牙门，看见墙角有一摞十几个套在一起的大箩筐，还有两个齐胸高的牛车木头轮子，不由停下脚步。他踢踢非常结实的大箩筐，又看看晒埕前的石条椅和旁边两棵树，揣摩出门道来了，回头向二小队队长说出自己的谋划。

小队长正要说"还是由我打头阵"，彭骞已经把一人多高的箩筐放倒，猫着腰往箩筐口一坐，手脚撑住筐沿，一用力，箩筐缓缓向前滚动，直滚到晒埕边，被焦黑的石条椅给挡住了。

他从箩筐一蹦而出，躲在箩筐后。日军发现了，打过来一梭梭子弹，却大多被箩筐给"吃"掉了。

小队长一边呼唤火力掩护，一边带几个战士，推着两个牛车轮子滚动前行，来到晒埕边，让车轮掉个头，倚靠在箩筐两旁的树上。就这样，一道与敌人近距离对峙的"工事"拼搭好了，只等着吕苏的信号。

一刻多钟后，站在堂厅屋脊上的吕苏举起火把，先往前再往左挥舞着，告诉彭骞，堂厅和左卧房有敌人，但没人质。然后往右画起圆圈，表示人质可能在右卧房。

这时，钟若潮押着一个臭烘烘的日本兵，来向彭骞报告："我去上茅厕，抓到这个躲在粪坑里的日本兵。经审问，他已供认，邢掌柜一家九口，在第一个晚上，就被残忍杀害，埋在我们身后的花地里。"

彭骞怒火焚胸，立刻下令，集中火力，狠狠地打，为邢掌柜一家报仇，先将屋檐下方的日本兵，一个不留全干掉。

两挺捷克机枪，两挺缴获的歪把子，加上几十杆步枪，同时吐出愤怒的弹雨，打得日军抬不起头来。就连掩体下半部的谷壳麻袋包，也着了火，冒起烟来。

幸存的日军掷弹筒射手和装弹手，缩着身子往后挪，企图发射炮弹，被三小队突击组发现，几个人一齐开火，射手中弹倒地。装弹手嗷嗷叫着，将掷弹筒瞄向石条椅，单臂举起炮弹，却被小队长一发手枪子弹，给打爆了头。

旋即，堂厅的屏门，也被打烂，倾塌在地。受了伤的兔唇，浑身酒气，倚在墙根，发出狼般的哀号，被一颗飞进来的手榴弹，炸了个面目全非。

众战士开着枪，一拥而上。钟若潮指挥二小队搜救右卧房的村姑，其他小队负责消灭堂厅和耳房里的残敌，争取活捉敌酋黑山奈矢。

房门紧闭的右卧房，传出村姑的惊叫声。彭骞叱令日军不要做无谓反抗，立即释放人质，缴枪投降。

感觉卑躬屈膝生涯即将终结的翻译官，如实翻译了彭骞的话。他极不情愿就这么死了，翻脸跟一直拿他当狗的黑山争执起来。

翻译官提出与游击队谈判，以释放三个村姑为条件，换取他俩性命无虞。黑山立时睁大一对牛眼，反唇相讥："你曾自称半个中国通。中国人说，犯我中华者，虽远必诛。游击队想用我炽热的血，去祭奠他们的交通员，我偏不！"

游击队开始砸门，黑山让翻译传话，如果再硬来，立即杀死人质。

翻译官以进为退，摘下军帽狠狠摔在地上，说："那就先把三个花姑娘杀了，然后你剖腹，我饮弹自尽。"

黑山咯咯狞笑起来，说："这样太便宜花姑娘了。我们已经让她们的肉体和灵魂下了十八层地狱，她们必须一生一世痛苦下去！而我，为了黑山家族的荣耀，不能死在这里。"

也许是黑山的话激恼了翻译官，他突然扑向房门，企图拉开门闩，冲出去向游击队投降。可是门梁有暗卡，门闩拉不开。

坐在交椅上的黑山，本来正要告诉翻译官："我俩不用死，我们有逃生通道可以逃之夭夭，那是他在搜掠邢家的贵重物品时发现的秘密。"谁知怕死的翻译官竟敢违逆他，去给游击队开门。顿时，黑山变成一头受了伤的野猪，他一跃而起，抽出军刀，从背后一刀劈了翻译官。

黑山阴黠一笑，扔下军刀，挪开墙角的大柜子。躲在床底下的一位妹子，看见黑山在搬动木柜，猜测日军可能挖了暗道，黑山准备独自逃命。

可她借着烛光细看，什么都没有，唯独墙脚一块花岗岩方石上，挂着一个铁环。

黑山拿起墙角的木棍，穿过铁环，用力一扳，石砖从墙脚滑了出来，露出一个不大的洞口。

这时，屋顶传来捣砸瓦片的嘎嘭声，把黑山吓了一跳。他急急趴伏在地上，用力一撑，头部与肩膀插入洞口。洞口有些窄，而他明显长膘了，只能收腹蹬腿，一点一点往外挤。谁知，越拼命挣扎越被洞口卡得更死，他进不得，退不了，无法动弹了。

大宅院外面，一片漆黑。沿着后檐墙根巡逻的刘巽贞母子，忽然发现右面墙脚漏出一缕光线，一会儿就没了，觉得不对劲，悄悄走过去察看。这一看，令他们倒抽了一口冷气。

墙脚出现一个洞口，伸出一条握着枪的手臂，外加一个圆乎乎的脑瓜。也许被脚步声惊动了，那人砰砰开了两枪。

刘巽贞将上晗往后一拉，躲到菜园的草寮旁。

枪声惊动了巡逻的战士们，纷纷赶了过来。屋顶上吕苏已看清敌酋黑山企图钻墙洞逃窜，就对巡逻的战士们喊话："魔头准备破墙潜逃，一旦发现，当即击毙！"说完从屋顶扔下两支火把。

刘巽贞对上晗说："举起手枪，对准日军头目，就由你来处死这个两条腿的禽兽。"

上晗紧张起来，手抖着，说："我只打过步枪，夜里怕瞄不准。"

也许魔头听出屋外有人说话，又胡乱放了几枪。

"上晗，你不杀他，他就杀你！想想他们奸淫烧杀犯下的罪孽，握紧枪，对准敌人，我数一二三，你就扣动扳机。"

砰砰砰几声枪响，魔头的脑壳开了花。

战场打扫完毕。珠江队首战告捷，全歼日军三十一人，俘虏两人，解救女工二十七名，缴获枪支弹药粮食一批。

钟若潮叫来一帮村民，动手挖开邢家九口的葬身地。渐渐地，土坑露出了已经腐烂的尸体。

赵妈搀扶闵半梅，跪在土坑边，双双哭成了泪人。

九具尸体用白布包裹后，被抬到大门外，与四位在战斗中牺牲的战士放在一起。

表情凝重的彭謇，带领全体战士列队肃立，向英勇捐躯的四位战友，向坚贞不屈的老邢同志及其家人，敬礼默哀。谭天度致完悼词，彭謇接着对战士和乡亲们说："我们千万不能忘记，长眠的战友和遇害的亲人，更不能忘记亡国的危机，正在威胁着中华民族。一寸山河一寸血，万里烽火万里兵。我们一定要勠力同心消灭日本法西斯！让他们早日滚出中国去！"

仪式结束，钟若潮将从日军身上搜出的邢家财物，交给赵妈，让她购置棺木，与乡亲们，将四位烈士和老邢同志一家，安葬在多尼山上。

吕苏吩咐几名战士，在本村妇女协助下，将家在邻近村庄的女工，连夜送回家去。而那些路途遥远的，暂时随部队转移到坳背村，第二天再分头护送。

早已哭哑了的闵半梅，听说明天要将剩下的女工送走，拿来一条绳子，说："我家远在从化，父母双亡，姑母姑丈全家也死在日本人手里。我要替他们报仇，我要求参加游击队！如果长官不肯收留我，我就自个儿吊死在槐树下，只求跟姑母葬在一起。"

彭骞觉得这女子虽然值得同情，但说话不该带着胁迫。他想起一个细节：她自称是护士，可刚才卫生员在给伤员包扎伤口时，她却只顾哭，没有伸手相助，完全看不出有救死扶伤的职业自觉性，何况这些战士都是为了解救她们才受的伤。

眼看闵半梅哭得很伤心，身边的女工也开口替她求情，说她在日军面前敢反抗、不怕死，现在又举目无亲，部队应该收留她。

刘巽贞巡逻刚结束，不明白为何那么多女工围着彭大队长，就走了过来。彭骞把她叫到一边，把心中的不解对她说了出来，让刘大姐劝闵半梅打消加入游击队的念头。

刘巽贞趁老乡给战士们送来吃的，拿起两个热腾腾的番薯，递一个给闵半梅，与她边吃边走边聊。

刘巽贞突然问她："你哪一年读的卫校？救死扶伤是护士的本职，刚才见到鲜血淋漓的伤员，你好像很害怕？"

闵半梅一愣，说："我是战前在广州卫生学校毕业的。我受东洋恶魔凌辱过，觉得自己很脏，没把自己洗刷消毒几遍，我怎敢上去？"

刘巽贞认为闵半梅的回答是出于真性情，再看相貌，也长得清秀，到游击队当护士挺合适。她回来向彭骞说，这个姑娘知书识礼，又有个性，可能游击队正缺这样的医务人员。

彭骞相信刘大姐的眼光，回头就对吕苏说："你们的卫生员受伤了，那个闵半梅就去你们二中队吧。"

回坳背村的路上，天边露出半边残月。彭骞特意放慢脚步，等着跟刘巽贞走在一起，对她说："我没料到这场仗打得这么轻松。敌人毫无警惕性，连岗哨、巡逻哨都没有。"

刘巽贞应道："这是小鬼子故意设下的圈套，想诱捕更多地下党。"

他又小声告诉刘巽贞："你们报到的事，没有交通员，急也没用。据我所知，近期，东江前线特委、军委和游击总队的领导们，将要召开联席会议，地点可能就在盐田涌或坪山。所以，就算你们自己去大岭山，也可能见不到机关的同志。"

彭骞停顿一下，又补充道："主力大队刚组建，需要像你这样的干部，因为谭政委可能要调到别的大队去。"

刘巽贞应了一声"哦",就再没下文。但她心里已经有了主意。是呀,没有交通员,不如在坳背村多逗留几天,协助部队做做民运工作,发动群众踊跃投身抗日洪流。等联席会议召开后,再去向东前委组织部门报到。

第六十九章
众领导会聚乌蛟腾　关翅希西进履新职

　　进入冬季，寒风凛冽，万物肃杀。而日伪军夹击绞杀游击队的攻势，并没有放缓。缺衣少食的东江游击队，在敌人的"合击清剿"中迂回穿插，灵活机动捕捉战机，果断利落消灭敌人。

　　正如彭骞所言：战斗是衡量意志、勇气、智慧、能力的标尺。刘巽贞、姜运兰、林瑞、郁上晗，以冲锋陷阵在前的出色表现，获得领导认可，得以实现到一线当战士的愿望，正式成为珠江队的队员。

　　年末，珠江队配合港九大队刘黑仔短枪队，在九龙狮子山，全歼日军一个小队。巽贞、运兰、林瑞、上晗，打扮成新郎随新娘回家省亲的模样，诱使日军沼田小队改变进兵路线，陷入伏击圈。刘巽贞几个巧妙脱身，抢先占领山沟口，阻断敌人退路。他们立了功，游击总队政治部批准给予表彰，珠江队遂破格提拔他们当了干部。

　　如今，刘巽贞、姜运兰分任二中队一小队副队长、副政治服务员，林瑞为三中队文书，而郁上晗正式加入小鬼队，任副班长。

　　新的一年即将到来，一份密电，从延安嘀嘀嘀发出，飞传至九龙新界沙头角白水涧村。这里隐藏着东江游击队的秘密电台。译电员将电码译成文字后，即由机要员将电报处理成麦秆粗细的小纸棍，藏在扁担缝里，然后火速送往二三十里外的羊台山白石龙村游击队总部。

　　这是一份给华南抗战带来新生机的电报。中共中央转来南方局给游击总队的指示：为领导沦陷区的党组织和抗日武装斗争，决定成立中共广东省临时委员会。尹林平、梁广、连贯为委员；尹林平为书记。同时，改组成立新的东江军政委员会，由尹林平兼主任。

　　尹林平与梁、连研究后，决定于元宵过后，在沙头角乌蛟腾村，召开广东省临委和东江军政委联席会议。

　　会议召开前两天，彭骞率珠江队二中队来到乌蛟腾村。

这个村子是客家村落，三面环山，树木繁茂，四通八达。而且群众基础好，近两百户人家，都具有反帝爱国思想。抗日出了名的港九大队，经常在这里出没，游击队总部的秘密电台，也隐蔽在附近的白水涧村。

彭骞此行，不是杀敌端碉堡，而是负责这次重要会议的安全保卫工作。保证重要领导人绝对安全和会议顺利召开，是重中之重。

为了开好这次会议又不扰民，村长专门组织群众，上山伐木、砍竹、割茅草，在村子左边的旷地上，搭建起一个以木板为墙、四周立着篱笆的大茅棚，还有几排茅草房，作为大会会场和参会人员的临时宿舍。战士们又用红布、松枝、横幅和标语，将主席台和会场装扮一番，使气氛更显庄严与隆重。

政治部对会议期间的安全警戒工作，早就做了周密部署。港九大队监视防备沙头角外围日、伪、顽军队；二中队二小队，在乌蛟腾四周的山头，设立潜伏瞭望哨，形成第二道警戒线；三小队与本村民兵自卫队，在靠近村子的外围巡逻蹲守，防止国民党或日军特务、探子潜入。而彭骞亲率一小队，负责维持会场秩序和保护重要领导人安全。

联席会议开幕那天，会场门口的哨位上，站立着四个精神抖擞的卫兵，每人右肩后面背着带刺刀的步枪。副卫兵长是个女同志，短发，短袄，六耳草鞋，腰间的皮带束着装有手枪的枪套，左臂一枚红袖章，令人眼前一亮。走进会场的领导尹林平、梁广、连贯、曾生、王作尧等，都不由朝她多看了一眼。

这个副卫兵长，唯有东前委副书记郑千里，才知道她姓甚名谁。

第一场会议是中共广东省临委扩大会议，宣布了三名委员的职责分工，成立了东江军政委员会。

南方局还批准对游击总队领导干部重新调整：原副总队长曾生任总队长，尹林平任政委，原参谋长王作尧任副总队长，原总队长梁鸿钧任参谋长，杨康华任政治部主任。

第二场会议，通报了一年来反"合击清剿"的战绩，以及对敌斗争的经验教训，特别检讨了战术上大多采取正面防御，打消耗战，给部队和根据地带来严重损失等问题。会议确定了"长期打算，埋头苦干，等待时机"的基本方针，形成了十条决议。会议号召党和部队激扬斗志，战胜困难，主动出击，粉碎日伪的军事"围剿"和经济封锁，在战斗中不断发展壮大。

会议期间，陆续接到中共中央、南方局发来的重要指示，为广东党和部队拨开了迷雾，指明了斗争方向，也使乌蛟腾会议，为今后打开敌后抗日游击战争新局面，奠定了坚实的思想基础。

副卫兵长刘巽贞经请示领导同意，她利用暇余时间，把战士们和村抗日群众团体发动起来，组织了一场抗战歌咏比赛，由二中队战士、民兵自卫队、妇女姐妹会三支队伍，展开角逐。

她还指导村里的宣传队，重排一出抗日山歌剧。该剧以乌蛟腾老村长李世藩为原型，讲述他带领村民抗击日寇，被捕后遭非人摧残，至死拒绝说出游击队藏身地、粮食埋藏点的真实故事。

28日夜，小戏台火把通明，山歌剧在掌声和口号声中落幕。尹林平意犹未尽，叫郑千里把彭骞和刘巽贞请来他"宿舍"。尹书记对刘巽贞在做好会场警卫工作的同时，又办好一场歌咏比赛和改编排练一场山歌剧，给予表扬。然后转过身子，问郑千里："你们都是海陆丰人，以前很少接触？据说，刘同志的党籍，至今尚未恢复？"

郑千里十分惋惜地笑笑，凑近尹书记耳边，说："她奉命调往香港，秘密组建应变力量那段历史，至今无法甄别清楚。"

尹书记鼻子一耸，搓搓板寸发，让其他同志先回去休息，只留下彭骞和刘巽贞问话。

尹林平身材魁梧，嗓门大，声音特别洪亮，但他向刘巽贞询问建立应变力量一事时，嗓音却压得很低。

刘巽贞没想到尹书记会亲自过问自己的党籍问题，但回话语调依然很平静："十一年前，中共两广省委书记陆更夫，决定组建一支党的应变力量，取名'三七支部'，职责就是搜集提供重要情报，保护省委机关，开展锄奸肃反活动，等等。后来，由于单线领导叛变，我又被捕，三七支部成了悬案。"

尹林平深邃的目光，停留在刘巽贞粗布棉袄的红袖章上，半晌才一击巴掌，说："建立一支党的应变力量，使党生生不息，好谋略！我近日就在思索类似的问题，可你们十年前就尝试过了，值得好好总结。"

彭骞见刘巽贞不停地眨着眼睛，就解释道："会议召开前，尹书记提出要把地方党组织分为两重，一重保持现状，并加紧与部队的结合，推进敌后抗战；另一重则是绝对秘密，不和部队接触，也不和第一重组织发生关系。这样做，是为了保证第一重组织遭受破坏后，第二重组织还能保存下来，继续战斗。这是鉴于广东地方党组织屡遭破坏而采取的一种应变措施。"

刘巽贞抬臂握拳，表示拥护这种对策，还不假思索地说："在敌我力量悬殊，形势十分险恶的情况下，用两条腿走路，秘密保存一支应变力量，是上上之举。"

这时，警卫员进来报告，说曾总队长来了。尹林平忙让警卫员请他进屋。曾生披着黑色长款棉大衣，走了进来。彭鳌和刘巽贞立即起身让座。

曾生看见刘巽贞，不显生分地说："一听声音，我就知道是你。不错，为庆祝会议召开，活跃气氛，搞了两场计划外的演出，我代表同志们谢谢你。"

曾生是在澳洲与国内读过大学的高才生，谈吐风雅，沉稳睿智，一举一动保持着读书人的风范。当年，他率众从香港回家乡抗日，看到日军犯下的滔天罪孽，即削发明志，且至今矢志不移，一直光着头。筹建游击队时，没有粮饷，缺少武器，没有经费，他说服母亲，把祖上传下来、自家赖以为生的十几亩田地，一一卖掉。刚开始，他对军事一窍不通，但时势造就人，在战火熏陶下，在对敌斗争的磨炼下，渐渐成长为一位威名远扬的指挥员。

如今的东江游击总队，下辖七个大队，战士三千五百多人，已开创了大岭山、羊台山、坪山等抗日根据地。

刘巽贞对曾生赧然一笑，说："我是一个好不容易才回归部队的老兵，有弥补过去、多做工作的冲动。领导不责备我唐突，我就偷着乐了。"

话一说出口，刘巽贞马上觉得有些不妥。老兵？在领导面前自称老兵，似有摆老资格之嫌，领导肯定不爱听。没想到，曾生却风趣地说："我也三十几岁了，在十三岁娶新娘十四岁当爹的农村，我也算得上老了。可我又不敢老，不把日本人赶出中国，人民不当家作主人，我怎么敢老？"

夜阑人静，刘巽贞躺在铺着稻草的地铺上，翻来覆去睡不着。她打开怀表一看，已经是3月1日的凌晨三时了。这次参加乌蛟腾会议的安全保卫工作，收获不少，其一是认识了那么多党政军高层领导人。他们一个个年轻有为，品貌出群，一个个心雄胆大，笃志力行。而且从未停止孜孜求索，难怪决策指挥能力和军事韬略水平能日益提升。他们，一定会成为捍卫民族尊严的英雄。

就拿尹书记来说，他出生于江西兴国县一户贫寒农民家庭，只读了一年半私塾，二十四岁就当上了工农红军闽南红三团营长、团长。

尹林平在第三次反"围剿"战役期间，曾被战士们称为"半天雷"。他丹田气足，嗓门忒大，吼一嗓子能鼓舞士气，怒喝一声又能把敌人吓个半死。

国民党第九师从兴国高兴圩向吉安方向逃窜。先头部队第九独立旅进到老营盘地区，正值山洪暴发。拂晓，浓雾笼罩，尹营长率领红军悄悄向敌人发起攻击，干掉哨兵后直接摸到三团指挥部。敌参谋长出来帐篷外解手，突然往回跑。尹林平以为偷袭被他察觉，怒吼一声："看你哪里逃！你们已被铁血独立营包围了！"有如惊雷轰顶，敌参谋长吓破了胆，白眼一翻，耷然倒下。战斗随之打响，敌指挥部一半军官成了俘虏。

尹林平主张大胆深入敌后，采取跃进式策略开辟游击区，形成梅花点布局，再集中兵力端掉敌人据点，使各点连成一片，然后发展成新的抗日游击根据地。

东江游击队，知识分子甚至留学生多，港澳同胞多，归国华侨多，女战士多。尹林平对来自五湖四海的他们大胆信任，真诚爱护，还充分发挥他们的聪明才智，团结他们一道战斗、工作。

乌蛟腾会议结束后，省临委任命李果为海陆丰特派员，负责恢复整顿壮大海陆丰的党组织。

这天，两个虔诚的基督教徒画着十字，走进津洲教堂。胡见凡将他俩引至密室，王文瑞正在密室里等着他们。衣着光鲜、佩着墨镜的那位摘下礼帽，问王、胡二位："你俩看出我是谁了吗？"王、胡摇了摇头。他耸了耸肩，慢慢摘下墨镜。王、胡立即认出是曹其峰，一时有些意外。

曹其峰咧嘴一笑，将五指并拢的手，朝身着粗布唐装、戴着鸭舌帽的"随从"一摆，介绍道"这位，是中共广东省临委派驻海陆丰的特派员，李果同志。"

王文瑞走上前，用力握住特派员的手，自我介绍道："本人陆丰东南区委书记王文瑞，现在津洲古竹小学当教员，兼县立第三中学的音乐课。"

王文瑞在龙山中学读书时，已是中共党员。而他的堂哥又是海丰党组织领导人，近期因身份暴露而遭通缉。南坛的反动头子故意放出风声，称："连古人都懂得'攘外必先安内'。眼下地下党，明里暗里又鼓动'泥腿子'反捐抗摊派。三天不提戡乱，就要上房揭瓦啦。"王文瑞根据陆丰县委的指示，找个借口离开南坛，东南区委也随之转移至津洲。

李果听了王文瑞的工作汇报，认为陆丰把东南片区党的工作重点放在津洲是正确的，而且整顿、审查、劝退工作措施也比较得力。

他口齿清晰、吐字利落地对王文瑞说："根据上级指示，将实行特派员制。各地正式恢复党的组织活动，严格执行单线联系原则。除了教师、学生，还要注重培养工人农民加入党组织。"

晚上，李果在曹其峰引领下，秘密会见万泰安。万会长是党员暂停组织活动期间的特设监督员。李果请万泰安对津洲支部管辖的第三区党员，扎根群众的表现，做出评价，再对今后陆丰和东南片区党的工作提出建议。

万泰安称赞津洲支部的新老党员，严守纪律，保持党员本色，以"勤学、勤业、交朋友"掩蔽自己，树立威望，取信群众，值得肯定。

李果让曹其峰上天台看看四周有没有异常情况，而他与万会长，通过代号和暗语接上了头，两人促膝私语，密谈了半个多时辰。

万会长特别提起江玉娇和江竹男两位女党员。江玉娇经多年考验才入了党，目前仍然以教员身份作掩护。但她一直希望前往游击区，上前线参加战斗，为丈夫报仇。

而江竹男，担任津洲支部书记期间，表现很不错。她辞了教职，通过亲戚关系，进入第三区区公所任文员。遂利用独自管理区公所的档案柜，将我区委的文件，秘密藏在暗格里，并为党组织搜集了不少情报。可有人却说她脚踏两只船，把她给免职了。

时间不早，万会长送客人走出经纬楼，曹其峰塞给万泰安一个装着玉坠项链的首饰盒。

万会长的孙女万伊婕，大后天就要出嫁了。万泰安手捧沉甸甸的首饰盒，长吁了一口气。

话得从三年前日军侵凌津洲说起，万伊婕死里逃生回到西澜乙宅，命是捡回来了，可人却整个垮了。活泼可爱、冰雪聪明、优雅中带几分高傲的千金小姐，从此成了无法复原的记忆。

万伊婕昏昏沉沉睡了两夜一天，中间像恶鬼缠身惊醒过几回，在母亲和祖母的苦心安抚下，才又睡着了。终于，女儿起床了。只是，她已变成一个木头人，脸色苍白，神情恍惚，目光呆滞，不管你问她什么，都一味摇头。管素婷慌了，叫来只会唉声叹气的岱仰，又去内苑，把瘦了一圈的公公请了过来。

万伊婕茶饭不思，大夫来了一位又一位，药吃了一个疗程又一个疗程，可病情就是没有好转。夜里一做起噩梦，撕心裂肺的尖叫声，常把半个大院的人都惊醒。没办法，万泰安只好打电话给县城的亲家公。颜景悦安慰他别太焦急，可让岱仰带上伊婕，搭乘班车来县城，由他试着调理一段日子。

伊婕听说要去县城，死活不肯走出房间，还拿出藏在床头的刀片比画起来。没办法，最后只能由岱仰乘班车去县城，雇轿车载老亲家来津洲给伊婕看病。

经过亲家公每礼拜两天，前后一个多月的精心治疗，万伊婕的病情渐渐好转了。留下的后遗症就是有时说话前言不搭后语，尤其经不起惊吓，半夜狗吠猫叫，谁家放鞭炮，都会把她吓得裹起被子爬进床底，半天不敢出来。

又一个春天来了，几场透雨，使郊外的山花开得特别娇艳。万伊婕昔日的同窗，抱着一大捧五颜六色的花儿，前来看望她。万伊婕一样一样闻过后，唯独留下几枝橙黄和白色的曼陀罗花，其他的却要同学自己带回家去。当晚，她把插着曼陀罗花的花瓶放在床头，踏实睡了一觉。

几天后，曼陀罗花凋谢了，伊婕让使女带她到野外采摘。使女问她为何只喜欢曼陀罗，伊婕说："她是天使之花，高贵典雅而又神秘。很久很久以前，她自愿代替无辜的人投入地狱，却被冥王遣回。她不愿食言，仍一直在黄泉路上徘徊。冥王不忍，同意她将种子撒在通往彼岸的路上。来年，盛开的曼陀罗花铺成一条七彩的通途，让离开人界的灵魂，顺着花路走向重生。"

万泰安知道曼陀罗浑身有毒，就打电话请教亲家公。颜景悦细致问过伊婕的近况后说，只要不误吃，在她的卧室放置这种花，可以起到镇惊安神，促进睡眠的作用。

管伯涛和吕氏，又一次双双前来看望外孙女。伊婕患这场病，二老显得比女儿女婿还焦急，可以说把心都操碎了。这一次来，吕氏更是做足了功课。她特地去粤东第一古刹开元寺拜会高僧，题了一大笔香火钱，并烧香礼佛许愿，请回活佛开了光的神符、桃木剑、朱砂手串，悉数带来津洲。

伊婕看外婆和母亲，口里念念有词，一个忙着为她佩戴朱砂手串，往房门顶挂桃木剑；一个把神符烧成灰，让她就着冷水吃下，又焚化一张放进五谷粟草水里，要给她洗脸净身。伊婕忍无可忍，说："你们已经反反复复摆布我多次了，我一看就起鸡皮疙瘩。我要闭目养神，你们出去，别来烦我。"

卧室静下来了，伊婕看着曼陀罗花陷入沉思。她蓦然发现，这个看似开明、洋气的家，原来是那么虚伪，那么愚昧。长辈们明明知道她落入日军的魔爪，明明知道日寇个个都是淫魔，况且她逃回家时的情状，又是那么吓人。可父亲、母亲，祖母、外婆，没有人敢直面现实，没有人给过她一次把受辱经过倾诉出来、让她在亲人面前尽情宣泄痛哭的机会，反而以"恶鬼缠身""犯上桃花煞"的名堂，来掩饰耻辱，自欺欺人，以致那份痛楚和屈辱，至今只有她一个人扛着。

回忆魂碎泪迸肠绝那一刻，她竭力反抗不得，求死不成，但最后侥幸守住了一份尊严。总之，她并不懦弱，只要家里人给她力量和勇气，让她一吐为快，也不至于至今还是病人。

伊婕累了，迷迷糊糊睡着了。

会客厅里，刚遭外孙女甩脸色的吕氏，听使女说伊婕好像睡着了，满面扬扬自得。她很有把握地对管伯涛说："千年古刹的菩萨就是不一样。看出来没，佛法无边，小心肝宝贝已经恢复得差不多了。如果趁热打铁，给她冲一冲'喜'，保证完完全全可以扶正祛邪，转祸为福。"

管伯涛凡事都听内人的，加上确实感觉伊婕好多了，就连连"嗯"了几声，表示赞同。

吕氏又把想法告诉女儿，说："海城非富即贵的人家多的是，我早为伊婕物色好了婆家。我主张将她嫁给县长曾镇南的弟弟当儿媳。"

都说知女莫若母。要是早前，别说县长的侄子，就算县长的少爷，伊婕也不一定看得上眼。可现在，能给县长当侄媳妇，也是很不错了。只是，伊婕情绪忽好忽坏，管素婷当然不敢贸然提起此事。

等到有一天，伊婕的同桌出嫁了，管素婷借题发挥，提出要将女儿嫁给海城的大户人家。伊婕竟然没有反对，只是嘟哝道："咋不让我嫁省城，你们不是更有面子吗？"

本来，万伊婕早就有了离开津洲的念头。因为她发现，无论大街上，还是海滩边，总有人在背后对她指指戳戳，说长道短。她知道，海城和陆城都曾被日军侵占过，她担心会在那里再次发生不测，遂表示，真要把她嫁了，就嫁到日本人到不了的地方。

恰逢心巧从澳门回来为祖父祝寿，特地前来看望当年的老师管素婷。心巧在津洲女校念书时，管素婷是她的国语教师。

心巧现在是一家赌馆老板的儿媳妇，穿戴也颇有洋人的格调。

心巧无意对管老师说："唯一庆幸的是，日本人至今不敢滋扰澳门。"管老师一听，心里压着的石头一下落了地，立即将伊婕从卧室拉出来见心巧，说："真没想到，你的愿望很快就能得以实现了。"

其实，万岱仰有朋友在澳门，当然知道这些，只是嫌弃赌城地盘太小，不愿将女儿嫁到那里去而已。

既然心巧哪壶不开提哪壶，把事情说开了，伊婕又不反对，管素婷也希望通过"冲喜"，彻底驱除女儿身上的魔障。万岱仰不敢怠慢，就亲自去了一趟澳门。

没过多久，就有西装革履的澳门小伙子前来相亲。心巧巴不得多一个姐妹在身边，当然尽力撮合。结果，一位在澳门总督府当差的年轻人，成了万伊婕的未婚夫。

远在德国的万岱玮与韩斯洁得知伊婕将要出嫁，而且会按西方习俗在教堂举行婚礼，就寄了一套名牌婚纱给伊婕。

几天前，万岱玮又寄来一封信，说柏林一位华侨朋友的公司因经营不善，濒临破产，准备把公司盘给他，可他现有资金不够，想请父亲帮忙，先周转两万美金给他。

万泰安看后，把信藏了起来，怕让老伴知道。这小子，捐那么多钱给民国政府买军机，也不先跟老爹打一声招呼，眼下需要钱了，就伸手向老爹要，以为老爹是开花旗银行的？

两万美金，要是放在五六年前，也就十几万法币。可当下，通货膨胀，物价飞涨，两万美金，按黑市估算，拿八百万元法币，也不一定换得来。

再说恒衍商行在沦陷区的几个分号，掌柜虽然使尽浑身解数，仍然摆脱不了现实的冲击，倒闭了一半，生意是越做越小。

都说瘦死的骆驼比马大，外人可不管你生意好不好做。万泰安依然必须日掷千金，今天抗日救亡捐献，明天慈善公益赞助，后天赈灾济困募款，暗地里还要提前筹集一笔资金，秘密交给"陌生人"带走。

入不敷出，使他把昔日的积蓄逐渐掏空了，唯独剩下保险柜里二十根约两百市两黄金，是作为"储备金"，用来应对不测风云的，即使全部拿去兑换，也凑不足两万美金。

万泰安当然知道，岱玮的目的是要家里把钱转到国外去，通过投资来保值甚至升值。本来，这单生意可以让岱仰来接。可是，岱仰的财政大权，都由管素婷掌控，要她拿这么多钱去国外投资，她肯定不答应。再说，这个以自我为中心的女人，早已忘了，她还有一个大伯子和一个二伯子。

自从管素婷怕受大伯子连累，借题发挥闹分家之后，万泰安就将她视为"同路不同心"的人。而岱仰因耳朵轻，嘴巴不严，万泰安很少跟他提起岱源的事，故他对这些年一直在海外漂泊的大哥，发生了什么事，一家都去了哪，知之甚少。偶尔问起，父亲也只是含糊其词地说："你大哥在外面发展，一切还好，大小也平安，不必挂念。"

广州沦陷后，万岱源与颜文英冒名顶替潜回广州，万岱仰夫妇也全然不知。因为，父亲仍然不时收到从南洋寄来的"家书"。

年初，万泰安悄悄去了趟省城，与万岱源一家三口，还有李彧的儿子李懿，在海珠大戏院楼上的包厢秘密会了面。万泰安搂着已经读小学的孙女伊柟，心里有些不是滋味。

颜文英从手袋掏出一张纸币，让伊柟和李懿去附近的书店买书。

两个小孩被支开了，万岱源便小声告诉父亲，近半年来，他先后三次遇到以前的生意伙伴。他们认出他是当年恒衍商行的万家大少爷。万岱源当然不能承认，故意与文英说了一通马来语，意思是"你们认错人了"，然后再用白话说：我们是来自新加坡的华侨，我生下来就叫关翊希。事情虽然搪塞过去了，但组织知道后，考虑到他与文英的安全，决定调派他们去桂林开展工作。

桂林是南方几大战区的指挥中枢、大本营，中、美、英三国的军政人员云集，重庆一些显赫人物的亲属，各国情报人员也经常在桂林出没。万岱源此去，就是要协助当地恢复党的组织，推进党的工作，发动群众成立抗日自卫军，创建敌后根据地，开展抗日斗争。

"你们是赤着脚在刀锋上行走的人，得时时警惕，事事小心。"万泰安神情凝重地说，然后又问文英："舒勋，喔，应该叫关啸飞，快毕业了吧？何时从美国回来？"

文英双眉一扬，说："爹，你记性真好。没错，就叫关啸飞。啸飞在美国鹿克高级航空学校学习，接受更严格的飞行训练。等取得飞行合格证后，就回桂林，加入美军第14航空队中美空军混合大队。"

万泰安有些遗憾，喃喃道："咱家出了个飞行员，却不能声张。真憋屈！"

岱源攥紧父亲的手，说："爹，没关系的。只要他回来后，为收复国土、消灭法西斯尽力就行！"

万泰安露出暖心的笑容，一会儿又问文英："李懿也跟你们一起去桂林？"

文英说："李懿在我们的疏导下，开始想念他老爸了，李彧近日会来接他去曲江。"

"你们去桂林，需要安置一个新家，手头很紧吧？"

岱源朝文英眨眨眼，说："不会，我们把时达利盘给别人，就有一笔钱。"

万泰安从皮包掏出四根金条，塞到文英手里。回头看看演出已进入尾声，就起身掀开包厢的布帘，左右瞅瞅没人，提前下楼去了。

第七十章
大饥荒实为人祸　济苍生红楼易主

清明节快到了，津洲人都在忙着准备三牲粿品，祭祀祖先。

一觉醒来，万泰安正要去寸壑之园打太极，顺便看看荷花长出叶子来没有。怎么耳边尽是嗡嗡的虫鸣声，他眨眨眼睛巡视一番，发现有成群的蜜蜂，绕着庭前院后的湘妃竹、琴丝竹，飞来飞去。仔细一看，竹子开花了！

万泰安像被针锥刺着，吓了一跳。都说"竹子开花，活人搬家"，这可是不祥之兆呀。昨天路过桃李园，仿若听谁在说，今年的竹子，枝梢不抽新芽，却挂满一梭一梭的花苞，他没在意。现在看见家里的竹子都开花了，他才一下警醒起来。

万泰安叫来胡管家，两人急急跑到桃李园、盐田湖，又叫工友骑脚踏车送他们去郊外的尖竹坑，一一察看。没错，无论一小片一小片的竹林，还是绵延好几里的竹海，无论四季常青挺拔秀丽的凤尾竹、粉单竹，还是浑身金黄的金刚竹，直耸云霄的刺竹，都纷纷扬扬开出颜色有别、形状大同小异的花儿来。

竹子的花，色淡而小，并不惹人注目。从绿色或紫色的花苞，伸出半透明的细丝，挂着长舌状的花瓣，一簇一簇的，或乳白，或淡黄，或褚红，就像吊着无数微巧别致的风铃。

花是开得热烈，可有些竹子已经出现竹叶疏落、竹秆枯槁的状态，两者形成强烈对比。

万泰安和胡管家都不曾见过竹子开花，而民间的谚语和父辈的忆述，足以使他们不寒而栗。

这漫山遍野的竹子，真的会因一次难得的花开花落，而悲壮地死去？更重要的是，战乱正炽，老天爷又要造施什么灾难，降临到芸芸众生头上？春旱？饥荒？瘟疫？

是不对劲！都说"清明时节雨纷纷"，可据报纸报道，自去年冬天至目前，全省有七成县域，没有下过一滴雨。

清明是插秧时节，而老天爷，总让一个越来越灼人的火球，从早转悠到晚，还一个劲地刮西风。稻田尽是一垄一垄的土疙瘩，干得直冒烟，秧苗往哪插？春种眼睁睁被耽误了，人心的恐慌一天天暴涨。

在焦灼的渴望中，谷雨过去了。天，终于下了一场透雨。农民立即抢抓时机，把水田和旱地全都起畦栽上番薯苗。

哪知，这只是老天爷一场恶意的捉弄。当一望无际的番薯地，绿油油长得正旺，根部开始结薯块的时候，一夜间，地底下冒出数以万亿计的乌刺头虫，把叶子连叶柄全都吃光。心如火燎的农民全家出动，到田间捕杀乌刺头虫，可是虫儿密密麻麻，根本无从下手。不少小孩儿还被粗如手指、长相狰狞的虫子给吓哭了。

这场虫灾，不知最早在哪里暴发，反正大半个广东，数以千万亩的番薯，在近一个月内，全部被乌刺头虫吃光。饥荒的到来已经不可逆转，饥饿的威胁一步一步逼近，人多地少的潮汕地区，尤其是海陆丰，灾难的肆虐，显然要比内地更早来临。

本来，对于海产丰饶，商业繁荣，交通发达的沿海地区来说，就算早造完全失收，也不应该引起这么大的恐慌。以津洲为例，平日有大批的洋米，从东南亚源源不断运来，而镇里的粮商，粮仓里囤积的稻谷大米，就足够津洲近五万人吃上半年。退一步说，还有一个浩瀚的大海，渔民一次出海，一对拖网渔船就能捕捞一二百担鱼虾。

然而，问题就出在，这几种抵御、缓解灾情的管道，早就被日本人给掐断了。

日军进犯广东以来，即对海面和港口实施严厉的封锁。他们不准渔民出海捕捞，不许商船运载货物进出港口。目的除了切断国际交通线，使援华物资进不来，也让中国以易货形式偿还英美的农产品和矿产出不去，从而影响全国战局。后来，他们强行将大吨位的商船全部征用，小号商船和渔船，统统凿沉、烧毁，或当炮击靶子，炸成碎片。海运断绝，千万民众的生命线，也同时被切断。

都说日军没有固定的后勤保障，战线过长，补给困难，只能采取"以战养战"政策，不仅要求作战部队就地解决给养，而且还要向本土输送粮食。

当饥荒席卷而来，日伪军再也抢不到粮食时，就派汉奸潜入国统区，高价抢购粮食，且收买期货，刺激粮价，冻结粮源。

旱魃横行，势如猛虎，民众叫苦连天，潮汕专员公署召集各县县长开救济粮荒会议，提出要平价籴米，打击囤积居奇的不法米商。

更为丧心病狂的是贪官污吏，趁灾打劫，制造混乱，牟取无良之暴利。陆丰县长左新中，以"存粮备荒"为名，封存县城几家地主、粮商的米谷。暗中却与财大气粗的大姓米商勾结，一次就用三十八艘民船，将县城五千七百担稻谷经滺河运往外地，高价出售。

官商沆瀣一气，米业奸商把市场操纵在自己手里，要不连续三天关门不卖，一旦开卖，又一天连涨三次价，而且限量购买。

为了生存，饥民们不得不廉价变卖家产，抵换粮食。而大批破旧的房子，没人要，只好拆下桁桷，当木柴出卖。渔民没有房屋，只好毁掉渔船，劈成柴火，换些番薯填肚子。

有豪绅财主以最低的代价或换或买，置下几百亩土地，以及几十间房子或宅基地。一些中小地主，一个转身，就成了良田望不到边的暴发户。

进入夏季，荒情进一步加剧。饥肠辘辘的人们，想起还有一个近在咫尺的海。有工具的渔民，便在浅水区钓些鱼，捞些小鱼小虾。等退潮时，海边露出大片大片的滩涂，黑压压的灾民，争相在滩涂上刨蛤蜊、毛蚶、小丝螺，钩竹蛏子；到露出水面的礁石撬牡蛎，捉青蟹。

海吃空了，灾民只能拿米糠、野菜、树叶、草根来充饥。很快这些也吃没了，就上山或到旷野剥树皮，挖香蕉头、猴头、马甲头、薯莨、土茯苓等，捣碎煮熟后当饭吃，尽管又苦又涩，根本咽不下口。

能吃与不能吃的都吃光了，最后饥民只好吃观音土、海草。

祸不单行。饥荒的鬼门关尚未渡过，烈性的霍乱又在此时暴发。肌体极度虚弱的饥民，对瘟疫毫无还手之力。

那时，人口较多的镇圩，都设有专做善事的堂口，叫善堂。一些乐于行善积德的乡绅、贾商、居士，为了应对天灾人祸，赈济贫民，慷慨解囊，捐建了这么一种带有宗教性质的慈善机构。善堂还接受社会各界的捐赠，故拥有一定的地产和基金。

津洲是陆丰人口最多，也是比较富庶的镇，发生饿死人的事相对较迟。因为有万泰安、胡见凡等人四处奔走，发动各个宗族的大户，捐款捐粮，分别在福德善堂、元康新街和少帝围，搭棚垒灶，架上几口最大的铁锅，一日一次向饥民布施汤粥。

然而，饥饿的人太多，津东、津西的灾民闻讯也纷纷拥来，等候施舍的队伍，一排就是二三里长。而施粥站筹到的粮食，毕竟有限，坚持了十来天，就熄火关闭了。

大批大批的饥民撑不下去了，善堂凄厉而恐怖的铜锣声，越来越频仍地响起。

都说树挪死，人挪活。为了生存，数以万计的人，选择离乡背井"走饥荒"。他们扶老携幼，一路乞讨，逃往兴宁、梅县、五华、江西、福建等地。然而，许多人还没逃出灾区，就已饿死在路上。

求生无门，不少人只好再次折返广东。年幼的儿女们走不动了，回去也得饿死，父母狠狠心，把他们卖给了当地农人，以换回一点吃的。更不忍的是，有些人甚至连妻子也卖掉了。

万泰安目睹种种惨状，心痛欲裂。遗憾的是恒衍商行，一直只经营布匹、花纱、茶叶、海味、火油之类。万家也一直不习惯囤粮。所以，饥灾降临，生意惨淡，万家只好典当一些古玩银饰，换取米粮度日，三餐所吃也是清汤寡水的。因为他还要时不时接济世坚叔等长辈老友和左邻右舍。

万泰安知道，仅凭当地民力，难以阻遏荒情发展。为了使灾民渡过难关，他四处奔走，求见县、州官员，请求将海外华侨筹捐的救济款，拨一部分给津洲。还提议由政府组织运输队，用沿海盛产的海盐换取外省的粮食。只是，均以无果告终。路上，又发生车祸，万泰安受了伤，不得不返回津洲。

就在万泰安一筹莫展，几近绝望之时，董彩鸾与江玉娇提着点心，出现在双兰内苑。她们听说万世伯为了筹粮赈灾，四处奔走，以致胸部受了伤，特地前来探望。

"你们太有心了！"龚夫人放下煎好的汤药，牵起她俩的手，拍了拍，"不必太记挂，经郎中调治，瘀血消散，疼痛减轻，已无大碍。"

江玉娇端起床几上的汤药，试试已不烫嘴，就拿起调羹，一勺一勺给万世伯喂药。她边喂边说起觉新小学学生严重辍学之事。

董彩鸾拧干湿毛巾，为万世伯揩了嘴，擦了手，然后借口向龚夫人请教调理气血招数，与她走进卧室。龚夫人问她："怎么瘦成这样？"彩鸾埋怨道："都怪家公抠门，家里本不缺粮，却只许吃两顿，而且天天番薯粥加酸菜，吃得直吐酸水。"龚夫人说："这年头，不饿死就是造化了，忍着点吧。"彩鸾说：

"我是真想不通，家公在乡下和家里囤那么多稻谷，却不让家人吃饱，也不拿去卖，到底为何？巽才回家曾问过，家公应道，其一，目下你们没必要知道；其二，等知道了你们也要装作不知道。对自己的亲儿子，有必要这么绕吗？"

彩鸾发完牢骚，叮嘱龚夫人，不要将这些告诉外人。

送走刘家妯娌俩，龚夫人将董彩鸾所言，对老伴复述了一遍。她当然明白，彩鸾就是想借她之口，让万世伯晓得这件事。

万泰安喜出望外，感觉自己的伤痛好了一半。刘监生在乡下和家里藏有这么多粮食，对津洲饥民来说，无疑是福音。他愿意四处游说乡绅、大族、行商、坐贾，慈悲为怀，博施济众，并一同出面，迫使刘监生启封卖粮，使活着的饥民，不再被饥饿和瘟疫推向绝路。

只是，万泰安对再次动员乡绅捐金赈灾，很没把握。刘监生一生嗜钱如命是实，但犟起来连九头牛都拉不回，也是邑人皆知。据说先前已经有好几拨人，在他面前碰了一鼻子灰。

清明过后，有几个粮商，天天往刘家大院跑，提出要与他合作，把他家的谷子，运到香港，以最高时价，卖给日本人，让他赚个盆溢钵满。

刘监生像猪鼻龟伸了伸脖子，摇头晃脑说："真可惜，你们来晚了。春节前，巽才逼着我救济灾民，把囤粮卖了，我就随便找了个下家，把余谷给卖了。现在拿什么跟你们合作？"

粮商根本不信，刘监生就带他们到伙房，搅动锅里的番薯粥，说："你看我家老少吃什么？如果仓满廪暴，我们用得着挨饿？"

哄走了奸商，刘监生回到吞云阁，躺在烟榻上抽了一泡大烟，然后哼着小曲，又去后院伺弄他的"面粉肉笋"。

刘监生囤积那么多粮食，最初，当然就是期盼有一天，米价飞涨至不能再高时，才开门粜米，狠赚一笔。这样他就可以摘掉屈居第二的帽子，成为津洲首富。可是，冥冥之中，他又觉得，在这个千载难逢的时刻，这些谷子，一定可以派上更大的用场。至于具体是什么，他又说不清楚。

等到听说万泰安为吁请政府放粮赈灾，四处奔走，差点连命都搭上了，他一拍大腿，顿然开悟，心底的谜团豁然现出谜底。没错，他苦苦等待的，就是要老冤家陷入这种情状。只要他在饿殍遍野面前，悲心大动，且有意力挽灾厄，那我刘某人一生最大的夙愿，应该有望得以实现。

该对万泰安出手了！当然，还得不露痕迹，欲擒故纵，切忌操之过急。

不过，刘监生也怀疑过自己，是不是把万泰安想得太高尚了？经纬楼，毕竟是万家的门面，恒衍商行的象征。他真的愿意拿它来置换粮食，赈救一群无足轻重的灾民？

但，是赌徒，总得赌一把。于是，他授意媳妇董彩鸾，借探望之名，装作无意说漏了嘴，向万泰安抛出诱饵。至于他上不上钩，只好听天由命。

刘监生在坐立不安中等了三天，一点动静都没有。直到第四天下午，下人进来禀报，北闸口何族长何庆声，前来拜访。

何庆声是个话匣子一打开就合不上的人，而且说一句话要重复好几遍。他告诉刘监生，数日来，万泰安在少帝围族长吴盛福陪同下，一一拜见了津洲和周边村子的殷商、大户。万会长说他已经找到囤有大批粮食的卖家，恳请诸位同献爱心，博施济民。

只是，所会之人，无不连连向他诉苦，都说从抗日救亡到航空救国，从反哺归侨到周济饥民，他们已经捐献了无数次财物，到头来倒把自己给捐穷了。可万泰安与吴盛福赖着不肯走。无奈之下，只好拿出半封银圆，把他俩打发走。

刘监生兴奋起来了，这是鱼儿即将上钩的前奏。他又问何族长，可知总共筹了多少善款？何族长说，顶多也就几千块，有什么用，就算有米商给他面子，也只能换几担白米。刘监生又问，他有没有说卖家是谁？何族长说，他始终不肯透露。

刘监生奖励何庆声一泡上好的云南烟土。临走还切一小块让他带上。

何族长前脚刚走，吴盛福后脚就跨进了刘家大院的门槛。他过足了茶瘾，才对刘监生说："有人愿意拿大街黄金地段十间商铺，来换你五百担粮食，交由福德善堂，逐日向灾民施舍汤粥。刘大族长若答应行此大善，救人于危急，日后定然福寿绵长。"

刘监生一听，知道话是万泰安教他说的。他装作专心泡茶，偶尔天南地北扯些听来的趣事，就是不肯做出正面回答。

吴盛福这次为赈灾，陪同万泰安早出晚归，脚底起茧嘴皮冒泡，而且跟万会长一样，带头捐了善款，实属难得，但又事出有因。去年他内人生了一场怪病，求定光寺的住持惠顿法师诊治。惠顿法师让他积德行善信佛，他答应了，并落到实处。说来也巧，自从他开始行善后，他内人的病竟渐渐好起来了。所以，此后大凡做善事，他总能走在前头。

面对吴族长不依不饶的游说，刘监生似乎恼了，说："这是哪位大仙在寻我开心？如果我有五百担粮食，足以买下本埠的真君街。"

又过了一天，满头白发、步履还算稳健的万世坚来了。自从万悟尘含冤蒙难后，万世坚一下苍老了许多，但有一种念想一直支撑着他，使他没有倒下。万泰安要接他到家里住，他不肯。他坚持在街口摆张书桌，替人写写书信、帖子，挣些零花钱，而主要的生活来源，还是靠万泰安接济。

万世坚说话不拐弯抹角，句句戳中刘监生的痛点："这些年，你我都是磕磕碰碰走过来的，不经意站在镜子前，才发现自己老了。我知道你一生要强，不会认老，还铆足了劲，想夺取津心埔那块地。津心埔，是老天爷赏赐给万家的宝物，水淹不沉，火烤不蚀。而你家超千担谷子，虫蛀、霉烂、发黑在即，如果给韶关那边的高官酷吏知道了，朱笔一钩，充公，看你不悔青了肠子？算塌天，你信不，你的那片天，这回真的就要塌下来了。"

"叔台，别吓唬我了。你说我有积粮，我认了。但一担给一根金条，我也不卖。您老既然知道我的心事，就请万会长前来跟我当面洽谈好了。我也早想着要救救受灾的难民。"刘监生知道万泰安耗不下去，就要上钩了，自己就不必再藏着掖着了。

津洲城轰动起来了，一则让绝望者看到盼头的消息，在飞快传播：万泰安将用经纬楼换取刘监生一千担稻谷，交给福德善堂，赈济灾民。奄奄一息的饥民，自觉有救了，挣扎着多喝几口井水，激勉自己要坚持到善堂开赈施粥那一天。

难道万泰安真的豁出去了，心甘情愿拿经纬楼换取区区几百担粮食？

无须疑惑，大凡抱负远大者，必有过人之节，独到之见。万泰安心里永远有这么一本账：唯天下百姓，乃商贾之衣食父母。经纬楼不是自己呱呱坠地就带来的，是万家以经商的方式，赚了百姓的钱而建造起来的。现在衣食父母快要饿死，用洋楼换些粮食挽回他们的性命，天经地义。

当然，还有一个更重要的原因。大前天，他接到青斑转来李果先生的密信，说：游击队闹粮荒，只靠吞糠咽菜怎么杀敌？请务必筹措五百担粮食，走水路运至大鹏半岛，交给东江游击队。

万泰安约刘监生在茶楼包间密谈，对他说："你不是挖空心思要夺取经纬楼嘛，现在成全你，就拿一千五百担粮食来换。不过，对外只能说仅换一千担。我打算把另外五百担，悄悄运往香港售出，你就派人夜里在大湄溪小码头，将粮食装上我的船。有一条,你必须绝对保密,这五百担也不能写入契约中。而一千担的那批稻谷,你在乡下直接加工成大米,分批交给福德善堂,由堂主验收支配。"

刘监生喜极而悲,舌头打结,老泪横飞,指天发誓应诺。

可是,当他看见万泰安如释重负站了起来,脸上泛出一抹红光时,心里不由咯噔了一下:"这是怎么了?事已至此,万泰安怎么咋看都仍然是赢家?"

不行,我得让他明白,我才是真正的赢家!刘监生眼珠子一转,也站了起来,装作很不好意思地对万泰安说:"要我替你保密,我完全可以做到守口如瓶。不过,你得回拨二十担粮食,就二十担,给我当封口费……真是的,万会长,这话我实在有点说不出口……"

万泰安双唇一咬,脸色紫了,伸手一把揪住刘监生的前襟。

刘监生眨了眨花白眉毛下那对老鼠眼,不急不缓地说:"老哥们,别动怒。我知道你一生都在做善事,而且是非同一般的善事。你是有气量的人,连红楼都舍得给了我,再这么一次性赏我一笔封口费,有什么大不了的?"

万泰安仰起脖子,看着窗外金灿灿的阳光,慢慢松开了那只暴起青筋的大手。

经纬楼置换粮食的合约签署,过程还算顺利。签署场面,与二十多年前发生过的颇为相似。地点同样在经纬楼,双方见证人也基本保持原班人马。不同的是,经纬楼前面的觉新小学,已属公产,不包括在其中。关键一点,万泰安这回是心甘情愿的。

万泰安在契约文书签名印指纹后,三少爷和管素婷急急赶来阻挠。万泰安竖起沾着红印油的食指,对他们说:"我做出这个决定之前,已经跟你们通了气,你们再怎么反对,也是无效的。经纬楼名义上是岱玮的,但只要我活着,我就拥有处置权。何况,我已征得岱玮与斯洁的同意。孩子们,目光放长远些,大凡身外之物,无论你多么喜爱或看重,都不能将其永远占有或带走,自古至今,尽皆如此。"

刘监生让管家收好签妥的契约,双手抱拳,向万泰安深深鞠了个躬:"我说贤老弟,你这一生,几乎无人能够看透。就说我俩,斗了大半辈子,争土地,争人缘,争势头,无止无休。过了知天命之年,你不为自己,却将红楼拱手相让于我,我真不明白,你到底图个啥?"

万泰安看刘监生既迷惑,又露出几分最后赢家的得意,哑然而笑:"你拨弄一辈子算盘，就是没算清人生这笔账。而我十分明了，人比楼高，命比天大。"

"就是就是，我看你，不管死生去来，总是站在高处，一脸爷的做派，一副不近人间烟火、无仇无恨的样子。今日，我送你一个雅号，就叫'半圣'。你是否乐意接受？"

万泰安哈哈大笑说："史上只有三个半圣人，称半个的是曾国藩。我何德何能，敢跟他抢封号？"

第三天，刘监生的护院和仆人，从落马寨和梧里村搬运粮食出村，被闻讯赶来的难民给包围了。万泰安早有安排，让押送人员给每个灾民发放一筒大米。结果才两天，就分掉了一万多筒。

福德善堂六个施粥站第一锅稀粥煮熟了，饿民念叨着万泰安的名字，吃上了已经两个月没见过的米粥。每人还领上一小包缓解霍乱的盐粉。

万泰安知道几百担粮食对于灾民来说，只是杯水车薪。看着盐田湖一座座堆得比山还高的盐坨，他提出成立一支运输队，用板车将海盐运往湖南、江西，换回粮食，使更多的灾民能够渡过饥荒。

可是，海陆丰盐场公署驻津洲盐警队队长，黑着脸，打断了万泰安的话头，说："我可做不了主。食盐历朝历代只能由政府专营，官运官销，禁止民间私自贩卖或换置他物。再说，路途那么遥远，土匪蟊贼十分猖獗，还可能随时发生战事。您老，还是死了这条心吧。"

以盐换粮计划夭折，旱情的威胁仍在继续，政府的赈灾行动迟迟未见落实，饥民仍在死亡线上挣扎。

干旱与死亡，什么时候才是个头？终于，老天爷开眼了，给冒烟的大地降了一场豪雨。雨水洗去津洲城的尘垢和晦气，滋润了四野和枯萎的草木，给幸存的灾民带来生的希望。

大雨冲刷后的经纬楼焕然一新，院内的树木也抽出了新芽。刘监生挑了个黄道吉日，带着长孙刘彪和长孙媳范氏，一起登上经纬楼的天台，好像为了宣示土权。

这个刘彪，是个只长赘肉不长脑子的公子哥，因厌恶读书，又不务正业，家里人对他颇有微词。母亲周氏死后，也就只有阿公才惯着他。他爹刘巽才，曾在县电话所为他谋了个稽查员的职位，可他嫌弃天天上班太累，跑回津洲，当起大街小巷的"巡察"。

看着风景，刘彪恭维起阿公来，却有些前言不搭后语："饥荒年，别人倒了大霉，您老这把无痕屠门刀，挥一挥就把红楼给砍到手了。您老，真令我佩服得五体投地。"

刘监生拍拍垛墙，说："成大事者，藏于心，行于事，不谋于众。我此一生，以命立誓，就只盯住一个人，津洲万大会长。苍天不负有心人，我终于赢了，赢得万泰安心服口服。"

长孙媳范氏为了显示自己有文化、记性好，插上话来："据家父说，陆丰全县，饿毙人数……"

长孙媳背出一长串数字，被刘监生打断了："女人无须过问政事，你只要谨记'三从四德'，就算我烧了高香。但你适合管账，先尝试三个月让我看看。"

范氏的父亲是县府民政科户政股副股长。范氏之所以下嫁津洲，是刘巽才许给她家丰厚的"聘礼"：负责疏通关系，提拔范氏的父亲任民政科地政股股长；赠建一幢大宅，供她父母和兄弟居住。

刘监生看长孙媳对刘彪挤眉弄眼，挺起无法挺直的腰背，看着不远处一群农民在抢种瓜秧菜苗，说："我要你们学精明些，管好这个家，记住哪块土地该收多少租，哪个作坊今年赚多还是赚少了，你们对饥荒的数字，记那么清楚干吗？"

第七十一章
运谋侦察直捣虎穴　强攻奇袭威震敌胆

万泰安将经纬楼换取一千担粮食，救济饥民一事，还是传到了刘巽贞耳朵里。

刘巽贞对此没有做出评论。史上"富好行其德"、毕生不倦"赈恤贫穷"者，数不胜数。但万伯伯似乎超越了为行善而行善，而且体现出一种同休戚、共祸福的取向。

海陆丰大饥荒，东江下游几个县，同样也遭遇了大旱与霍乱。幸好这里去年晚造没发生涝灾和虫害，收成还算正常，饥荒的威胁相对轻些。

面对灾殃，游击区里的战士们，也是勒紧裤腰带，过着半饥半饱，吃野菜、咽野芋的苦日子。可这并没有阻滞作战行动的进行，一声令下，战士们依然个个生龙活虎，裹血力战。

5月，饿瘦了半圈的刘巽贞参加了两场虎口拔牙的攻坚战。

福永，是宝安西面濒临珠江口的一个重镇，伪军吴东权部一个中队，盘踞在一座高达四层半的炮楼里，扼守着宝安至太平唯一通道的咽喉，对东江游击总队在这一带的活动，构成很大的威胁。

为了拔除这个据点，在乌蛟腾会议前，珠江队就抽调九名战士，组成由一小队政治服务员何通率领的短枪队，化装成赶集的老百姓，在黄昏时对炮楼发起突然袭击。短枪队瞄准院了和炮楼两道铁门正好都打开，迅速出手，一举击毙数名伪军，并攻上二楼。

可是，立刻遭到两挺机枪和二十多支步枪的火力压制。短枪队自知敌我兵力悬殊，不得不撤出战斗。姜运兰在这次战斗中受了轻伤。

战后的总结分析会认为，福永炮楼不但十分坚固，而且驻兵多，火力强，要想攻下，必须进一步摸清敌情，调集足够的兵力，包括外围火力支持，并选择在夜间展开进攻。尤为关键的是，必须首先解决如何破开两道铁门这一难题。

4月初，港九大队获得一批TNT炸药，送到总队部。这些炸药的来历，颇具传奇色彩。

一场飓风过后，海上漂来几个状如巨球的"水底龙王炮"——水雷。曾听渔民说，这些水雷是美军空投下来的，也有人说是英军水下布防留下的，可能拴水雷的铁链被海浪打断了，水雷便一个个浮上水面，漂到沙滩上来。

渔民们还说，日军处置这些水雷，一个办法是用炮击引爆，另一办法是把它拖到岸上拆毁。曾有渔民出于好奇，偷偷看过日军拆卸水雷。战士们不顾危险，按照渔民的指点，进行"逆安装"：先把水雷顶上的六个触角拧下，再卸下引信，然后用锤子轻敲凿子，把水雷顶上的圆盖撬开。就这样，战士们从每个双手环抱不过的水雷里，掏出了几百斤烈性炸药。

总队部派参谋主任周伯明，带着炸药来到珠江队，与队长彭赛、政委卢伟良一起反复试爆，获得成功，再着手培训爆破骨干。

摧毁福永炮楼的战斗如箭上弦。彭赛对卢伟良说："吸取上回的教训，我们先派一个侦察小组，潜入福永，展开侦察，这样就可掌握突袭的主动性。"

充满青春朝气的周伯明，一甩鸡冠花状的整齐头发，说："我赞成，最好男女搭配，不易引起敌人怀疑。"

卢伟良在长征途中曾任保卫局侦察员，由哪位战士挑此重任，当然心中有数，便说："我推荐三小队队长邱特任侦察组长。"

彭赛呵呵一笑，对周伯明说："我与老卢所见略同，只是被他抢先开了口。那我推荐李玉珍当女侦察员，她参加革命前，是马戏团的头牌特技女演员，胆大心细，身手了得。"

卢伟良伸直食指，左右摆动几下，说："李玉珍样样都行，就是口音过不了关，容易露馅。"

周主任说："我力荐刘巽贞同志。她机警灵敏，经验丰富，白话、国语、福佬话，都说得不错。与邱特假扮成夫妻，准能巧妙瞒过敌人，圆满完成任务。"

彭赛心里也想推荐刘巽贞，可是话到嘴边，却变成李玉珍。不知什么原因，凡是危险性大的任务，他总是尽量不让她参加。也许在他的潜意识里，至今依然把她摆在领导的位置上。

侦察小组出发了。刘巽贞装扮成村妇，还按邱特的要求，用锅灰"彩妆"了一番。两人头戴竹笠，各挑两半箩桃子，随着人流，递上出入证，顺利通过福永哨卡，在距离炮楼不太远的堡垒户住下。

堡垒户老杨夫妇，热情招待乡下来的表弟和表弟媳。只是，他们对据点驻军的情况，了解甚少。

下午，表弟和表弟媳装作卖桃子，在炮楼西面公路的十字路口吆喝起来，招徕路人买些回去让家人尝鲜。而他们的目光，却不时巡睃着炮楼。

满脸饥色的路人，大多匆匆而过。邱特埋怨生意不好，挑起桃子，扯着嗓子在炮楼周边转悠，实际是在观察炮楼的火力点和部队进攻的路线。

这是一幢砖石结构的四方形庞然大物，坐镇于主干道十字路口的东北角，在福永圩可谓鹤立鸡群。炮楼的正南和东南面，各有一座山丘，其中间是一片果园。炮楼底层唯一一道小门朝北，拱卫着这道门的是一个大院。大院东西两面是两排瓦房，屋顶各伸出一柱不小的烟囱。大院是伪军吃喝拉撒洗的地方，距离居民的住宅区也就七八十步远。

院落东北面的大门和炮楼的出入口，装着结实的铁门。炮楼每面墙从二层至四层，有许多倒"丁"字形枪眼，以及外宽里窄的机枪射击孔。三楼还有东西南北四个瞭望口。最顶端的天台，有垛墙，垛口架着轻机枪，两个来回走动的哨兵，不时举起望远镜眺望四方。

邱特刚一走开，刘巽贞就跟叫卖香蕉的大婶聊了起来。她问大婶："炮楼里住的兵多不多，咋不见有人出来买我们的水果？"

大婶说："被游击队打怕了呗。现在连操练刺杀，都躲在大院里，除了哨卡换岗、征粮收税什么的，出动一些人马，其余时间，没多少人出来。"

刘巽贞又好奇地问："碉楼里肯定住好多人，一顿不知要煮几大锅米饭？"

大婶说："我经常在这里卖水果，也不清楚楼里到底有多少人，只知道伙夫每天要买好多青菜、咸鱼，还有少许猪肉羊肉。"

看来，汉奸兵的伙食，也没好到哪里去。刘巽贞挑了两个又红又大的桃子，送给大婶，又问："不知他们请不请帮厨？"

大婶瞪大了双眼，用手指戳一下巽贞的额头："你真傻假傻？不怕黄狗子吃你豆腐，把你压在灶台上？"

晚上，天很黑，邱特与刘巽贞又来到炮楼附近，一个扒墙攀壁上了土地庙的屋顶，一个伏在南面的小山丘，四只眼睛紧紧盯着伪军的一举一动，可是收获甚微。与白天不同的是，除了天台上时明时灭的探照灯，还在驻地外围增加了四人一组的流动哨。

779

总之，换了防的敌人很狡猾，光凭外围窥探，难以摸清碉堡里面的底细，必须变更侦察方式，力求有新突破。回到家里，邱特问老杨，有没有找到了解炮楼内部情况的人？老杨吧嗒着烟杆，抱愧地摇了摇头。

刘巽贞想起卖香蕉大婶说过的话，就问老杨的婆娘："平日是你提菜篮子上菜市吧？替伪军送米送菜的挑夫你可认识？"

老杨的婆娘先是一愣，很快明白过来了，说："看我这脑子！送菜的人是我伯父的妻舅，都叫他槌叔，不久前才跟伪军的炊事长认上亲。炊事长看他憨厚老实，就让他跟着上街买米买菜，再挑回军营，然后干些打水劈柴的粗活。"

老杨在鞋底上磕磕烟杆，踩灭烟灰，说："这人呆头呆脑，胆子又小，从一数到百都数不全，找他没有用。"

"不，不，他数不全一百，我可数得全四万万。"刘巽贞莫名其妙回了一句，然后很有自信地说，"我有一个办法，说出来，大伙合计合计。"

第三天早上，刘巽贞手提一只竹篮，在没多少人的菜市场转了一圈，买了一把春菜，然后走向出口处的鱼摊，买了两条沙丁鱼。

这时，炊事班长跟槌叔买好菜，正要往回赶。因今天卖肉的来得迟，耽搁了时间，炊事班长不断催促槌叔加快脚步。槌叔挑着满满两筐瓜菜，在跨过出口处的石阶时，脚一打滑，人被绊倒，青菜苦瓜撒了一地。

炊事班长挎着一竹篮小毛虾、猪肉和杂七杂八的，也不放下帮把手，只是吆喝他快起来，赶紧把青菜收拢好，伙房等着开饭呢。

槌叔额头磕破流血了，挣扎了半天也爬不起来。炊事班长一急，上前踹了他一脚。槌叔"哎哟哎哟"叫了起来，说："我脚崴伤了，痛死我了。"

正递钱给鱼贩子的刘巽贞听到哀号，转过身来，仔细一看，惊叫起来："老舅，原来是你，伤得重不重？我扶你起来。"

可任她怎么用力，老舅坐在脏水里，就是动弹不了。

满头大汗的炊事班长跺着脚，想雇别的人把菜挑回军营，可没人愿意。

刘巽贞看炊事班长心急火燎，就动手把撒在地上的瓜菜捡回竹筐里。

鱼贩子见槌叔还在痛苦地呻吟，便对刘巽贞说："大妹子，既然你老舅伤得这么重，你就替他把菜送往军营。槌叔交给我来处理。"

炊事班长嘴一咧，连说几个"好"。槌叔也比画着，让外甥女帮他一回。

刘巽贞装作很无奈，挑起两筐青菜，对炊事班长说："你等会儿得给我工钱，还得补点药钱给我老舅。"炊事班长又一连说了几声"会的"。

到了军营大院，岗哨见挑菜的是陌生人，不让进。炊事班长做了解释，又补上一句："可别耽误连长吃早饭哦。"哨兵犹豫了一下，看连长的勤务兵前来催问早饭做好没，就放行了。

刘巽贞把菜挑到伙房，伸手向炊事班长要工钱。哪知老家伙却说："别急，你得帮我洗洗菜，把早饭整出来，迟了连长会骂人的。"

伙房的炊事兵见槌叔的外甥女长得标致，就你一言我一语附和着挽留她。

刘巽贞忙了一阵，把连长的小灶饭菜刚弄好，勤务兵拉长脸又来催促。炊事班长把饭菜装进屉篮，递给勤务兵。勤务兵不肯接，要他亲自送上四楼，去向连长解释。

炊事班长揩了把汗，看见刘巽贞似乎向他递了个眼色，就对勤务兵说："这是槌叔的外甥女，你带她上去向谷连长解释解释，这样，你我才不用挨骂。"

刘巽贞羞红着脸，跟在勤务兵后面，经过炮楼的岗哨时又被拦住。勤务兵回过头，骂了一句"没长眼是不"，岗哨立即把枪收了回去。

刘巽贞走进一楼，眼睛一扫，只见墙角立着枪架，堆着弹药，另一边有一台小型发电机，还有乱七八糟的生活用品。

沿着木板楼梯上了二楼，一阵汗酸味、烟草味扑面而来。一群衣衫不整的汉奸兵，围成两团，有人打麻将，有人观看四个新兵蛋子掰手腕。另一人翘脚躺在挂着蚊帐的地铺上抽烟，估计是当官的。再看东西两面的射击孔，都架着轻机枪，旁边竖着枪架，摆着二十多支步枪。

刘巽贞放轻脚步，登上三楼。几个守在楼梯口等吃早饭的兵，发现来了个养眼的少妇，嘘嘘吹起了口哨。一下子，三楼所有人的目光，都聚拢了过来，并引起一阵小小的骚动。刘巽贞装作害羞，一只手半遮着额头，却把该数的数了，该记的都记住了。

上了四楼，也许有谷连长在，那些兵不敢那么散漫。谷连长办公、睡觉有一个独立的房间。趁勤务兵敲门的那一刻，刘巽贞已经把这层楼的人头枪械点了一遍。

连长看见送饭的是一陌生女子，瞪着眼正要发火。刘巽贞害怕地躲在勤务兵身后，怯怯地说："长官大人千万别生气，都怪我老舅走路不小心，跌伤了，耽误了开饭的时间，让您饿坏了。小女子是特地来向您赔罪的，甘愿替老舅接受您的责罚。"

刘巽贞的柔声细语，使谷连长的火气消了一半，加上眼前的她，给人一种轻盈抢眼、有教养的感觉，恼怒瞬间被压抑已久的渴望取代了，便偷偷伸出咸猪手，摸了一下她的大腿。

刘巽贞立时为姓谷的准备了一坨口水，但她忍住了，一转身，躲到椅子后，娇嗔地说："长官好福气，天天有风景看。我长这么大，第一次爬上这么高的楼层。不知长官您，是否成全一下小女子，让我登上天台，一览福永的风光。"

谷连长一生对纤柔中带点任性的女子，毫无抵挡之力。但作为军人的警戒心，还是有的，遂耸耸肩，虎着脸，说："我看你胆子不小，还得寸进尺，莫非是共产党派来的奸细？"

刘巽贞腿一软，脸唰地白了，一副要哭的样子："长官您可吓死我了！我爬了四层楼，给您送饭，您还拿共产党吓唬我，以后我再也不敢来了。"说完装作要下楼去。

谷连长大喝一声："站住！"又打量了"邻家少女"片刻，坏坏一笑："跟你开个玩笑，看把你吓得脸都绿了。真想看风光，就上去瞧瞧。记得，到外面，可不许乱说。"

刘巽贞在一惊一乍中，把整座炮楼的兵员人数、武器装备、火力配置、岗哨位置，全然熟记于心。

等她离开炮楼时，听见公路上传来引擎声，两架军用摩托和一辆吉普车，开进了军营大院。十来个日本兵拥着一位前来视察的少佐，登上炮楼，在天台上比比画画。半个小时后，姓谷的和副连长等人，送日军少佐一行下楼，直到他们扬长而去。

真的好悬！如果延迟一刻钟，刘巽贞势必遇上日本兵，能否安然脱身，那可就不好说了。

邱特与刘巽贞午后回到珠江队驻地佛子凹。彭骞根据两人的描述，画出了福永地形图。作战会议围绕这张地图展开讨论，确定了负责主攻的突击队及其后备队，负责西北、东北、东南方向警戒的掩护队，确定了进袭的时间和路线，末了才研究突击队攻打炮楼的每一个具体细节。

最后，彭骞对突击队正副队长邱特、刘巽贞说："短兵相接，以少胜多，第一要领，就是队伍一直保持勇猛的气势，才能镇住敌人。"

1943年5月2日晚，夜黑如漆。彭骞、卢伟良率领珠江队，从佛子凹蔗园埔出发，直奔福永圩。

腰间插着两支二十响的邱特，率领清障组，悄悄干掉流动哨后，立即指挥突击队扑向军营大院。谁料，一个战士被树枝绊倒，弄出动静，被大院的哨兵发现了。

一声枪响，天台的探照灯唰地亮了，光束把院子照得明晃晃的。炮楼上的机枪与步枪随之一齐开火，子弹如飞蝗嗖嗖而下。隐伏在山丘上和土地庙屋顶的枪机班，立即还以激烈的连射。

卢伟良吩咐身边的枪手，目测好距离，调好标尺，先把楼顶的探照灯打瞎。而掩蔽在果园的战士，虚张声势，在冲锋的呐喊声中，架起拼接的长梯，发起佯攻。

大院那边，由三小队副队长张新带领的爆破组，不顾枪林弹雨，贴着院墙，迫近大院铁门，迅速安放好十斤重的炸药罐，并立即点燃。"轰隆"一声巨响，地面一颤，第一道铁门被炸毁，同时也把楼上的敌人吓得忘了开枪。

"快！第二爆破组上！"邱特一声大吼，第二爆破组四位战士，迅猛冲向炮楼门洞的两侧。邱特与战士们集中火力，打得门洞里的伪军不敢露头。爆破组用铁丝将炸药罐挂在铁门环上，引燃导火索。又是一声巨响，第二道铁门随着火光迸射，硝烟腾起，豁然洞开。

趁着浓烟未散，刘巽贞指挥突击队战士一拥而入，冲进炮楼。昏暗的火光下，只见地上横着几具尸体，侥幸活着的守兵纷纷逃往二楼。突击队以机枪扫射开路，紧跟着冲上二楼。

谁知，敌人抢先一步，把桌子、椅子、弹药箱一股脑儿堆在楼梯口，还长枪短枪竞相开火，封锁住这唯一通道。邱特双手左右开弓，带领战士冲了三次，都冲不上去，有两个战士受了伤。刘巽贞建议把土地庙那边的火力组调过来，再组织强攻，邱特同意。

又一轮搏杀开始了。火力组副射手身子半蹲，双手托着勃朗宁机枪的两条腿，一步一步往上走。机枪手先来个急骤的点射，逼退障碍物后的敌兵，至楼梯口再变成扇面扫射。随后的战士看准空隙，扔出几枚手榴弹。

负责排障的刘巽贞，掀起桌椅、弹药箱，传给后面的战士，再扔往地上。排障完毕，刘巽贞掩护机枪手和战士们，杀上二楼，一阵"缴枪不杀，优待俘虏"的怒喝，震得整层炮楼发出混响。而炮楼外面，战士们瞄准三楼以上的枪眼、瞭望口和垛口射击，还齐声呐喊："顽抗是绝路，投降才能活命！"

有伪军不想白白送死，准备游击队一冲上来就放下武器。

突击队一鼓作气，以两挺机枪轮番扫射加上手榴弹开路，杀向三楼、四楼。刘巽贞直奔谷连长的房间，踢开房门，空空的，连人影都没有。她提起马灯，在缴械的伪军中逐个辨认，还是没找着，倒是看到了勤务兵。勤务兵一眼认出，一下明白她在寻找谁，就手指朝上做了个暗示。

刘巽贞对邱特和张新说："谷某和副连长应该都在天台，而且把三、四楼的机枪全部调集到楼顶，明摆着准备负隅顽抗，也许他们认为援兵很快就能赶到。"

刘巽贞猜得没错，在突击队炸开第一道铁门时，敌酋谷连长就知道大事不妙，连忙打电话向驻守沙井的119团阮团长求救。姓阮的命令他们一定要死守炮楼，他会派一个连驰援福永。游击队攻上二楼，如热锅上蚂蚁的他，又拨电话向西乡的日军求援，谁知电话刚接通，电话线就被邱特割断了。

姓谷的心存侥幸，认为沙井的援兵四十分钟后可以赶到，就悄悄叮嘱两个排长，一旦守不住，必须将机枪扛上楼顶，只要凭借掩体守住天台，援军一到，上下夹击，便可反败为胜。他哪知道，119团的援兵早已在半路上被负责阻击的二小队给击退了。

就在姓谷的拿着望远镜东张西望时，几枚从楼下扔上来的手榴弹，把天台炸得抖了几抖。五六个突击队员乘着烟雾，冲了上去，刘巽贞厉声喝令："姓谷的连长站出来，立即命令部下缴械投降！"

掩体后的敌酋借着马灯的光亮，循声望去，认出是几天前潜入炮楼的女子，气得血直往脑门上涌，手臂一甩朝她开了两枪。刘巽贞迅疾一闪，子弹从耳边飞过。机枪手和战士们掉转枪口一齐射击，把姓谷的打成了血筛子。

躲在矮墙后面的副连长，哆嗦着举起双手，叱令部下："都看到了吧，想活命就听我的，统统把枪放下！"

战斗进行了三十多分钟，全歼伪军一个中队，击毙敌连长以下四十余众，俘虏五十多人，缴获机枪六挺，长短枪七十二支及大批物资。而珠江队只有三名战士负伤。

珠江队趁热打铁，当夜组织群众，摧毁日伪的"永固工事"。大家又挖又砸又撬，把炮楼拆得面目全非。

福永之战告捷，为推进大岭山和羊台山两块根据地连成一片，铲除了又一"拦路虎"，也为部队普遍开展爆破战、地雷战，提供了范例，开了个好头。

5月，一支号称广东反共救国军海军第四大队的水上武装，从金湘湾流窜至大亚湾。这支伪海军，原为盘踞在红潟湾龟灵岛的一股海匪，日军为了阻遏东江游击队向稔山半岛发展，采取"以华制华"伎俩，收编扶植他们作为"肉盾"。

这股伪海军有一百五十多人，颇有海战经验，五艘俗称"大眼鸡"的大木船，每艘配备两挺机枪，三十来支步枪。伪海军游弋在马鞭岛附近海域，把整个大亚湾封锁起来，严重威胁着游击队的"东进"计划和海上交通线的安全。

曾生指示护航大队，要不惜一切代价，巧妙用兵，把伪海军这只拦路虎，一举打成死老虎。

7月6日，进行第二次海上侦察的战士回来了。护航大队大队长刘培与政委赖仲元决定，组织精干特攻队，奇袭马鞭岛。为了迷惑敌人，特地抽调刘巽贞和姜运兰参加战斗，让她俩装扮成渔妇，分别坐在船头。这样可以使敌人放松戒备，有利于特攻队贴近敌人发起突袭，而且短兵相接，又能让敌人的火力优势难以发挥。

晚上，副大队长叶基率领十八名特攻队员，分乘三条由渔民驾驶、单桅独帆的小艚仔，乘着夜色，悄悄驶向马鞭岛，渐次向敌船靠近。

这一带水域，最深处达四百多米，常有渔民来这里垂钓下网。伪海军指挥船的哨兵，发现几条小船偏离航路，朝他们驶来，觉得可疑，便打亮手电筒，照向前面的小艚仔。仔细一看，除了把舵划桨、整理渔网钓具的渔工，船头还坐着一个年轻美貌的渔妇，心一痒，口水差点淌了出来。哨兵凶横地吆喝船工把艚仔划过来，接受检查。

第一特攻组组长叶振明，等的就是这句话。他用胳膊掣开捕鱼的手网，对哨兵说，你看后面谁来了！哨兵不知有诈，回过头去，叶振明立即使劲抛出手网，罩住哨兵，狠劲一拽，把哨兵拉下船来。坐在船头假扮渔妇的刘巽贞一跃而起，一刀结果了他。

船尾的哨兵感觉不对劲，赶过来看个究竟。

四个身佩二十响的特攻队员，随着叶组长的一声令下，飞身攀跃上船，迅即击毙脖子伸得像鹅的哨兵。叶振明一个箭步冲至桅杆下，一打滚抓起敌人的机枪，朝船舱一阵狂扫。伪军惊恐万分，争相举手求饶。伪海军大队长陈强，躲在横舱板后顽抗，被战士彭灵一个点射，击中腹部。陈强装死，偷偷举枪瞄准彭灵。刘巽贞迅捷扣动连发手枪，陈强身子一仰，掉入海里喂鱼去了。

左侧敌船的伪军刚听见枪响，以为是在做梦，等手榴弹炸响，才发现指挥船遭袭，立即抄起枪械向指挥船的前甲板开火。一阵密集的子弹飞来，叶振明被击中。他推开要为他包扎的刘巽贞，手指轻机枪，让她开火阻遏敌人，掩护第二特攻组进攻。

战士魏辉抢先抓起机枪，一气将子弹打光。就在他准备为机枪换上新弹匣时，一颗反弹的流弹射中他的颈部。

刘巽贞接过机枪，借着船舱烧起的火光，朝侧卫敌船的伪军一阵狂扫，打得伪军叫爹喊娘纷纷趴下。

叶基所率的第二特攻组赶到了，瞄准目标以集中火力压制住了侧卫敌船的反击。姜运兰趋势将双枪往腰间一插，迅捷抽出两枚手榴弹，同时投掷，炸哑了船上的机枪。

特攻队员们乘势跃上"大眼鸡"，却遭到几个喽啰的偷袭。手枪组组长王健连开数枪，击倒两个喽啰，再扣扳机，子弹被卡住了。一个手持鬼头刀的喽啰，趁黑从侧面飞手劈出大刀。王健肋下被砍中，因剧痛伴随晕眩，一个趔趄，栽进海里。姜运兰怒不可遏，掉转枪口，左右开弓，将喽啰打成血葫芦。

第三特攻组早已直奔敌人的后卫船，发现众喽啰纠集在船尾和桅杆下，准备逃窜，疾速掷出两轮手榴弹，炸得敌人血肉四溅，鬼哭狼嚎。尚存一口气的急急打起白旗，争相举手投降。

伪海军停泊在虎头门的另外两条"大眼鸡"，远远听见枪声大作，本来想要赶来增援，但是，姓邵的中队长看见遇袭的指挥船上，手榴弹炸出的光焰，照亮了半边海面，而且顷刻间几条船都燃起大火，浓烟烈焰随着接连爆炸，腾空而起，他彻底慌了。

中队长知道大势不妙，贸然赶去增援等于白白送死，不由长叹一声："都怪兄弟们命不好，明明已经鸟枪换炮，没想到混了个番号变成'海军'，不足三个月，就已经灰飞烟灭。还是逃命要紧！赶紧开船，开船！"

有特攻队战士爬上桅杆，目送另外两条"大眼鸡"灰溜溜逃往外海。自此，为虎作伥的伪海军，再也不敢返回大亚湾。

第七十二章
破铁壁金蝉脱壳　反扫荡转败为胜

1943 年，饱受战火摧残的万万生灵，从战争的波谲云诡中，渐次看见一缕曙光。

盘踞在华南的日本南支派遣军，已陷入困境。不过，困兽犹斗，他们会更为狂嚣地挣扎并反扑。

南支派遣军第 23 军司令官田中久一中将，刚上任时，并没把东江游击队放在眼里，甚至嘲讽他的上任酒井隆，对一伙东藏西躲的流寇，草木皆兵，束手无策，太有损司令官的荣耀了。直到日占区被游击队搅了个地覆天翻，尤其是广九铁路这条交通大动脉，始终无法全线通车，才知道自己遇上"难缠的对手"了。

适才，总司令官畑俊六，又一次对他咆哮发火，使他手一抖，把装着妻子和儿女相片的镜框，摔碎在地上。

田中久一决定，调集一万兵力，采取"铁壁合围"战术，在飞机、火炮配合下，将铁路沿线的共军杀个片甲不留，尤其要把他们的老巢，炸回混沌时代。为了保证举兵奏捷，他召见了特务机关长臼田宽三中佐，让他起用隐秘力量，配合这次"万人大扫荡"。

一片秋色斑斓，笼罩着战时省会韶关。帽子峰南麓，坐落着一个规模不小的建筑群，寂静中透出几分紧张与焦灼。这里原为省立韶州师范学校，现系国民革命军第七战区司令长官司令部。

忽然，长官部电讯室传出一阵小小的骚动。原来，他们破译出一份日军密电，是南支派遣军司令部发给 104 师团的命令。

机要员肖芷凝趁同僚都不在机要室，迅速记下密电概要。下午，李彧送档案回机要室时，肖芷凝神不知鬼不觉把一颗牛奶糖，塞进李彧的手中。

肖芷凝，就是广州沦陷前，曾被传言"黑"得一塌糊涂，说她存心勾引李彧上床的那个"苏妲己"。

有人说她平日很清高、冷傲、不苟言笑，但只要跟李彧在一起，立即变得柔情似水，小鸟依人。甚至还造谣她一旦风骚起来，纵使李彧有一副铮铮铁骨，也会被她折腾得直不起腰来。

其实，这些都是吃不着葡萄的馋女，无中生有添油加醋编造出来的谣言。但肖芷凝是省政府某要员的侄女，这倒是真的，肖芷凝在心里景慕、敬重李彧，也是真的。而李彧当时没有出面辟谣，或者断绝跟她的往来，一是身正不怕影子斜，二是以为这样可以保护留在省城的夏文珮。

肖芷凝是个五官标致、身材丰满的姑娘，摘下军帽，乌黑柔顺的长发，惬意地垂在肩上，配上迷人的红唇，颇显妩媚性感。不过，一旦生气，她会皱起鼻子，噘起嘴唇，像一个被宠坏却总是未能满足心愿的小孩。

她喜欢读西方文艺复兴时期的小说，尤其是讲述爱情的世界名著。在西方文学的浸淫下，她把母亲的教诲全抛在脑后，并重新规划了自己的人生：做一位个性解放、灵魂自由、爱情轰轰烈烈且带有悲剧色彩的新女性。

夏文珮遇害，恰好那几天她不在长官部。因此有人怀疑，是她借刀杀人，清除了"爱情"道路上的障碍。这使她痛苦得想从帽子峰的悬崖跳下，也想过用子弹堵住毁谤者的嘴。但，最终坚强战胜了任性，她说服自己，将这种出于嫉妒和报复的中伤当作耳边风。

日子一天天过去，她发现自己真的爱上了李彧，尽管叔叔告诫过她多次。起初，她只是为了让李彧从丧妻的痛楚中走出来，不顾别人的唾沫星，主动找机会安抚他、体贴他、陪伴他。后来才发现，这个李彧重情重义，坐怀不乱，至大至刚，值得她托付终身。

既然是真爱，就不怕以前的流言蜚语被坐实。只是，她的表白，遭到李彧的严词拒绝。但她没有气馁，没有放弃，也不撒娇使性子。李懿这小子的到来，使她找到了突破口。也不知磨了多少嘴皮，李彧终于答应，将儿子李懿交给她照料，跟她一起生活。

李彧之所以这样做，首先，休眠多年的他被柯麟唤醒后，再也没跟他见面，而是按照新的单线领导的指令，把搜集到的情报，送到指定的地点。当前，地下党和游击队急需涉及日、伪、顽的高层机密；其次，不知芷凝使了什么手段，李懿着实喜欢跟她在一起。

有一天，李彧去肖芷凝的宿舍看望李懿，三人一起吃了晚饭，李彧正要告辞，肖芷凝提出要他陪她出去散散步。

来到江边，看着疲惫的夕阳即将慢慢隐去，他们聊起了李懿将随学校转移到乡下读书的事。聊着聊着，李彧表情凝重起来了，他静静地看着芷凝，说："这些年，你对我的好，我全感受到了，我从心里感激你。只是，我清楚自己给不了你幸福，故只能选择回避。不过，我还是想问你一个问题：如果出于国家利益，我需要你提供一些高密级情报，你敢拿给我吗？"

肖芷凝以为他是在考验自己，便回答道："女人在爱情面前，是毫无招架之力的。我已决定把一颗心给你，所以，我可以无视……"

李彧嗓门不高但掷地有声地说："我要你撇开爱情，从国家的前途考虑。"

肖芷凝有些明白了，正色道："我现在守护的就是国家利益。作为机要员，我一秉至公，你是清楚的。除非你能告诉我，真正的原因。"

"真正原因是，我不会当汉奸卖国贼，反之，我会用它换取抗战更大更快的胜利。"李彧说。

"你是隐藏很深的情报贩子？还是廿……八？"肖芷凝一只手伸向腰间的手枪。

而李彧的手，却很诗意地往山坡上一指，说："眼前这么多山花，姹紫嫣红，竞相开放，你觉得美吗？"然后压低嗓音喃喃了一句："别忘了有'伏寇'在偷窥。"

肖芷凝装作把枪匣子往后挪了挪，才把手收了回来，说："是很美，赏心悦目。"

李彧又问："你能一一说出它们的名字吗？"

肖芷凝摇了摇头。

"这就对了！所以，你还是不要知道我的身份为好。你只需知道，我们这样做，是在为国家与民族的尊严尽一份责任。"

肖芷凝抿紧嘴唇，忽扇着长长的睫毛，把李彧看了一遍又一遍，心想，本以为是正经八百、坦诚相见的谦谦君子，如今变成云遮雾绕、神秘莫测的陌生人。

不行！他肯定是在试探我，不要轻易上他的当。除非他愿意透露为哪一方服务。

李彧见她不吱声，就说："我权衡过了，我让你这样做，一旦被发现，势必会连累你。如果你不知道我的身份，到头来或许只是渎职，而你知晓了我的身份，你将承担的罪名肯定会大大升级，你明白吗？"

"既然很清楚是如临深渊的冒险，何不来一个优雅的转身，我俩携手步入婚姻殿堂，与李懿一起，共享一番天伦之乐？"

"战火连年，大半个中国的黎民命悬一线，多少人在颠沛流离之中，而我们作为军人，却贪生怕死，苟且偷安，我们活得有价值吗？"

"你连自己的真实身份都不肯告诉我，我有必要拎着头颅，跟你朋比为奸？"

这一次的聊天，是在李彧的意料之中结束的。

随后，他俩又有过几场类似的谈话。尽管她软硬兼施，他依然不肯说出自己的真实身份。只是，凭他一张嘴，凭他一腔虚伪者假装不出来的热忱和真诚，硬生生让肖芷凝在猜疑中，向他提供了第一份机密情报。

开了这个头，就再也无法收手了。遗憾的是，她还是没有收获爱情。但越是这样，她对诡秘的他越是倾心，而且认为他真的是为了她，而不是因为罪恶与私欲，才对她有所隐瞒。

她也想过跟踪他，看他把情报送往哪里，给了谁。李彧好像知道她的心思，指着儿子的相片说："他已视你为亲人，抚育他的责任将会落在你身上。还是那句话，你知道的越少越好。"

肖芷凝双眼泪光闪烁，心里有了几分悲壮。

午后，回到宿舍的李彧从牛奶糖里取出情报，用密写药水重新抄写一遍，卷成发簪粗细的一条，装进毛笔的笔套里，再滴上几滴蜡油，然后把原稿烧了。

晚上，他装作会见朋友，着长衫戴礼帽，来到风度中路基督教堂附近，将情报塞进一棵老银杏树的树洞里。

很快，这份万分火急的情报，被地下联络员藏进皮包的提手里。

而另一个联络员提着皮包，自北向南，沿着铁路、公路，再转入山间小道，还经过敌人的几次搜查，直至第三天夜里，才送到长圳村，交给中共广东临委书记、东江游击总队政委尹林平。情报寥寥三四十字，却令尹书记着实吃了一惊。

日军将调集一万重兵，对广九铁路沿线国军占领区，及我方抗日根据地，实施"大扫荡"，可谓下了大血本。而且，为了配合这次行动，还决定起用潜伏在游击队内部代号为"达摩"的奸细。看来，这个特务，来头不小，隐藏也够深。

时间紧迫，尹林平让通信员立即出发，通知省临委、军政委和部队主要领导，参加紧急会议。他与警卫员一跃跨上战马，趁着月色，直奔大岭山大王岭村。

反"扫荡"紧急会议开始。领导们一听日军出动那么多兵力，而且有航空兵和炮兵配合，个个握紧了拳头，眸子里闪烁着火花。

兵来将挡，水来土掩。领导们认真分析敌情，各自提出了粉碎日寇图谋的策略，并一致达成了"打得赢就打，打不赢就撤"的战术共识。会议一结束，部队的领导迅即赶往各个大队，通报敌情，做好战前动员，研究御敌措施。党政部门领导也不敢怠慢，他们必须回去布置机关转移、群众撤离及坚壁清野的工作。

尹林平把曾生留了下来，两人面向地图，对日军的进攻路线、"扫荡"可能采取的招数，进行认真分析。

夜深了，尹书记从内衣口袋拿出情报原件，递给曾生，说："在我们的队伍中，隐藏着一个代号叫'达摩'的日本间谍。此事你我先别对外声张，但要吸取以前的教训。大战在即，凡是部队转移到某一个村庄，必须加强警戒，严防身份不明的人员溜出村子。而且，要外松内紧。打完这一仗，要尽快成立一个保卫科，刻不容缓揪出'达摩'和其他内奸。"

两人直到公鸡叫了三遍，在警卫员催促下，才各自回到临时住所就寝。

孰料，日军104近卫师团师团长铃木贞次中将，与参谋长齐藤二郎大佐，一个心高气傲，另一个诡计多端，两人一阵磋议，竟然命令部队，比原计划提前十二小时展开"大扫荡"。

11月11日凌晨，日军两个联队，一个骑兵大队和一个炮兵大队，以及伪军许廷杰所部第30师，兵分三路，对广九铁路沿线的横沥、宝安南面的莲花山、珠江口西岸的怀德，先行发起进攻。

驻守广九铁路横沥至平湖段的国民党顽军，是第七战区广东游击挺进支队，他们已经接悉日军进犯的情报。

上校支队长徐东来，平日对中共游击队，围追剿杀，凶残至极。可这回，从望远镜看见日伪军张牙舞爪掩杀过来，炮弹嘶嘶、子弹嗖嗖从头顶飞过，一个屁没放，即率部逃之夭夭。铁路沿线杨参化大队、刘光大队、黄文光大队等两千余众，也"理所当然"与上司保持一致，朝日伪军胡乱放了几枪，就掉头作鸟兽散，逃往惠州、博罗。

国军的一触即溃，全在铃木贞次的预料之中。他在战前军事会议上的讲话，就没拿国军当回事，反而认为中共的东江抗日游击队，对广九铁路通车威胁最大，势必在此役一举歼灭。

就在国军仓皇溃逃之时，彭骞率领珠江队，正在莲花山与西路日军先头部队展开搏杀。他从望远镜中看见，在日军的扫荡部队后面，有一群日本军官，趾高气扬，骑着白额长耳战马，在一个小山头上观战。

为了给敌酋一个下马威，彭骞叫两个枪法最好的战士，沿着杂草丛生的山涧，爬上旗鼓岭，狙击日军指挥官，而且必须第一枪就命中目标。两个战士不负彭大队长的期望，以淬火成钢的本领，一枪就将近卫师团参谋长菊池大佐击落马下。

敌酋毙命，把日军激怒了，他们以三面包围之势，汹汹掩杀而来，还出动了骑兵中队。鉴于敌我力量悬殊，珠江队在激战三个小时，毙伤日伪军四五十人后，从日军包围圈尚未合拢的西北面，依序撤向大岭山。

王作尧所率的第五大队，也在百花洞、连平一带，凭借有利地形，奋力阻击日伪军的进攻，在毙敌数十人后，分头向大王岭村方向转移。坚守在怀德后山的张英中队一个班，占据村后一个乱石山，连续打退日寇十来次冲锋，从早晨拼杀至中午，七名战士捐躯，剩下的三人也身负重伤，但有力阻遏了敌人的攻势，掩护部队和机关得以安全撤离。

九时许，占领横沥至平湖的大批日伪军，在飞机和火炮的轰击下，嗷嗷狂叫着拉开阵势，分数路向大岭山东北面展开进攻。顿时，炮火连天，沙土飞扬，硝烟四起。第三大队大队长邬强和战士们，每击退敌寇一次进攻，就遭受一次炮击和轰炸，战士伤亡越来越严重，只好下令退向大岭山纵深处。

日伪军重兵压境，东江游击队三支主力部队一千六百多人，被团团包围在纵横不足十余公里的大岭山中。敌人妄图来个瓮中捉鳖，加紧封锁交通要道，并在环绕大岭山四周的所有村庄，驻兵扼守，形成了"铁壁合围"的阵势。

中午，三架日本军机呈品字形，飞临大岭山上空，慢速盘旋侦察，然后扔下数枚炸弹，末了又撒下几大摞"劝降"传单。

形势十分严峻。本想将敌寇主力吸引到大岭山，以缓解羊台山和坪山两地的压力。没想到敌人采取"分区聚歼"战术，孤注一掷，把大岭山围成滴水不漏的铁桶，意欲将游击队全盘通吃。

敌机飞走了。从大王岭村出来的尹林平，踏着日本人的传单，与曾生、王作尧、杨康华，还有彭骞、邬强等，在树木的掩蔽下，登上妈山，观察敌情，研究破袭突围对策。

彭霄满脸自责，对领导们说："珠江队中了敌人的诡计，仓促退入大岭山，导致队伍被困，我应该先做深刻检讨。但对于面临的局势，我还是要提出自己的见解。敌寇的'铁壁合围'已经形成，各支'扫荡'部队，将会对大岭山实行分割蚕食，拉网'清剿'。但我估计他们不会在午后发起总攻，极有可能就在明天拂晓，我们必须在夜间突出重围。"

王作尧也要做检讨，被尹林平一个手势制止住了。尹书记扯开大嗓门，镇定自若地说："我与曾生负有更大的责任，没估计到敌人会提前行动，致使后面的补充决定，没能及时送到你手中。大家先别自怨自艾。没错，眼下的重中之重是突围，我们要用智慧和勇敢，挫败敌人的阴谋，坚决粉碎'铁壁合围'。"

尹林平最大的特点是临危不惧，在危急关头，总能发挥中流柱石的作用。大伙听了他一席铿锵有力的话语，纷纷鼓起掌来。

曾生让参谋把地图铺在草地上，朝大家招招手，说："都坐下吧，我们来个诸葛亮弹琴，谈谈如何破局。"

一番各抒己见的献计献策，使指挥员们定下了迎敌与突围的方案：一、如果敌人下午开始总攻，则利用有利地形，居高临下，大量杀伤敌人，以空间换时间，坚持至黄昏再突围；二、如果下午无战事，则派侦察兵四处探明敌人兵力分布情况，从而确定部队夜里多路突围的路线；三、由民兵组织群众撤离大岭山中心区，转移到山下一望无际的甘蔗园里，并实行坚壁清野。

不出彭霄所料，不擅夜战的日军，下午一直按兵不动。

游击队各级领导抓住这个有利时机，做好突围的动员和部署，并宣布了突围安全纪律：未经总部批准，任何人不得下山；严禁战士和机关人员无故单独行动；突围时力求不与敌人接触，并严禁发出声响或做出任何惊动敌人的举动。

当夜零时，珠江队与第三、第五大队，分别朝南、北、东三个方向，按照侦察兵选定的路径，悄悄从敌人包围圈的间隙，穿越而过。尽管险象丛生，好几次差点被日伪军的游动哨发觉，但指挥员沉着应对，逢凶化吉，部队顺利抵达预定目的地。

翌日，被重重包围的大岭山，依然有袅袅炊烟升起，只是好像比前天少了些。铃木贞次从山坡下来，回到指挥部，情报官正在门外等候。两人走进密室，情报官一丝不苟地立正敬礼后，才说："昨晚十时，我发射了一红两绿三颗信号弹，唤醒了'达摩'。依照约定，'达摩'会每两天递送一次情报，藏在指定地点。我已派通晓白话的情报人员，化装成游医，潜往庙径口村的后土娘娘庙。如果行动顺利，我们将很快获得'达摩'送出的第一份情报。"

三天过去，大岭山的炊烟，依旧准时冒起。只是，傍晚回来的"游医"，满脸沮丧。他向情报官报告："我在娘娘庙的暗房里，守了三天三夜，没见有谁前来朝拜。神像的底座，怎么掏都掏不出东西来。想走进庙径口村，远远看见有民兵在放哨。我怕一进村就被扣下，只好空着手回来向你复命。"

情报官大怒，抽了"游医"几记耳光，说："'达摩'是训练有素的特工，有超强的执行力。你下一次再拿不到情报，就等着吃师团长的军刀吧。"

又是两天过去了，"游医"换上另一种装束，满怀希望而去，结果，还是垂头丧气而归。

铃木贞次听完情报官的汇报，似乎一点也不着急，依然手捻拨子，弹拨着二尺来长的五弦琵琶。他好像要用乐音告诉情报官，游击队已成釜底游鱼，就算插上翅膀，也飞不出他的五指山。只等又一个联队集结到位，即可下令发动立体式总攻。假如"达摩"能够提前送出情报，那此次"大扫荡"，就更无任何悬念了。

然而，"达摩"一点都不争气，"游医"一连三次，全都空手而归，更别指望实施什么计划了。

不能再等了，铃木贞次虽然心中疑团难释，但还是下达了命令：于20日拂晓，以骑兵大队当先，各路部队协同进击，血洗大岭山，活捉曾、王两匪首。

天刚亮，六架日军轰炸机呼啸而来，扔下数十枚炸弹。二十门山炮，也一齐发威，足足打了半个小时。大岭山仿佛挨了无数次五雷轰顶，烟火腾空，山摇地动，吓得林中的走兽四处逃窜，折翅的飞禽哀鸣坠地。

狂轰滥炸一停，蚂蚁般的日伪军，跟随骑兵中队，嗷嗷狂叫向大岭山进发。

包围圈越缩越小，而大岭山却十分诡异的死寂一片。等气喘吁吁爬上峰顶，伪军全都傻眼了！他们兴师动众，调集万余兵力，围了十天，结果，大王岭村空空荡荡，只有村口立着不少戴竹笠、穿破衣衫的稻草人，还有一堆堆牛粪干仍在冒烟。而人，别说游击队，就连村民，都见不到一个。

铃木贞次的额头与脖颈，青筋暴突，鼻孔像牛一样喘着粗气。他想起自己必须以破腹向天皇谢罪，但自裁之前必须把脸面先挽回。

"游医"一连三次进入大岭山腹地，却一直没有发现共军在唱"空城计"，这还算帝国的情报人员？

铃木贞次一脚将"游医"踹倒，再用皮靴像踢足球一样，狠狠踢了他一阵。等到踢累了，骂累了，才抽出武士刀，扔到他面前，说："你是帝国最大的耻辱，请选择你唯一的归宿吧！"

"游医"内脏爆裂的尸体被抬走了。铃木贞次命令部队，反复搜索大岭山的每一条山沟，挖地三尺也要找到游击队，而且要在金桔岭、大径、寮步等地，建立据点，让共军无家可归。

然而，游击队在日酋淫威暴发之时，又狠狠反抽了他数记耳光。

就在日军对大岭山进行狂轰滥炸的数小时前，跳出包围圈休整了近十天的游击队，做出了"敌进我进""到敌人后方寻找战机"的反"扫荡"决策。

与日伪军"进剿"大岭山同步，第三大队政委卢伟良率领所部，挺进东莞至樟木头铁路沿线，袭击了茶山、常平、樟木头等火车站，歼灭了伪军四十余人，破坏了该段的路轨和通信网络。

彭瘦与政委卢伟良率领珠江队，返回宝安与东莞边区，偷袭了塘厦、天堂围、平湖等站点。还在日伪军物资供应线设伏，击溃水乡伪军一个团，俘虏一个排，打得敌人摸不着北。

王作尧与副大队长周伯明率领第五大队一部和手枪队，以水濂山为基地，伺机发起反击。手枪队大闹日军盘踞的东莞城，杀汉奸，撒传单，炸毁公路桥。二中队多次夜袭日军在大岭山新设立的据点，把追兵引入山沟，聚而歼之。还来个反封锁，切断据点内日军的粮食供应，使日军饿得肚皮抽筋，又惶惶不可终日。

鉴于日本军机对根据地的威胁，游击队总部命令彭瘦，抽调精干人员，组成一支"大雷"尖刀队，在宝安大队全力配合下，偷袭西乡日军机场。

这个机场，有侦察机、攻击机、轰炸机近二十架，整天像恶魔一样，呜呜嗡嗡在天上飞扬跋扈。

彭瘦早就想杀杀空中魔鬼的威风，几次派人对机场进行抵近侦察，但都收获甚微。因为，西乡机场除了西面临海，其他三面都挖了一人深的壕沟。又把从壕沟挖出来的泥土，堆成环绕机场的土坝，上面立着木桩，牵着铁丝网。你在壕沟外，是看不清机场情况的，想翻过壕沟，日军的巡逻哨会立马朝你开枪。

而且，机场一个中队的守备兵士，除了翻译官，全是日本人，地勤人员也大多是日军从朝鲜和我国台湾地区招募来的"军夫"。纵使胆子大，精心伪装混进去，可一让你开口说话，准露馅。再说，周边有三个日军据点紧挨着机场，北有黄田，南有宝安、南关，三地的兵力加起来超过一个大队。对于没有重武器的游击队来说，要袭击西乡机场，无异于狮子嘴边拔胡须。

总队部的命令正式下达，而且要求"突得进，炸得中，退得出"。

眼下，急需解决的问题，就是摸清机场整体布局、兵力部署，尤其是飞机停靠位置，及其与营房、哨楼、工事的距离，然后挑选骁勇善战的战士，组成包括清障组、爆破组、火力组在内的尖刀队。

前期工作是关键，可如何打入机场，展开有效侦察却把彭骞给难住了。大队的其他领导，同样一筹莫展。

傍晚，宝安大队大队长曾鸿文，风风火火来到彭骞面前，乐呵呵地说："我给你带来一个好消息，日军在宝安县城抓民夫。据伪军透露，民夫将送去维修机场跑道。"

曾鸿文平时喜欢跟彭骞开玩笑，彭骞以为他又胡编一通吊自己的胃口，就仰起下巴看着夕阳，说："我也告诉你一个好消息，等会儿夕阳又要从西边冉冉升起。"

曾鸿文假装生气，转身往回走，被彭骞一把揪住，问："真有这等好事？"

曾鸿文捏住鼻子，模仿彭骞的声调说："都什么时候了，我哪有心情寻你开心。日军真的在抓民夫，上午刚刚开始。"

仿佛雨夜孤旅蓦然看见灯光，彭骞紧绷了两天的脸肌放松下来，一拳打在曾鸿文的肩膀上："机会总是留给做好准备的人，但成功只青睐无往不前者。机会来了，我们可以迈出关键的一步了！"

但到底派谁去侦察，彭骞与曾鸿文争执起来，他俩都坚持派自己的队员去更合适。后来，两人达成共识，各退让半步：本着不易引起敌人怀疑、胆大心细、应变能力强、配合默契的原则，先由两个大队各推荐三四个人选，再让他们说出侦察思路和应变对策，最后由两个大队的领导进行评断定夺，确定二至三人，为特派侦察员。

郭坚自从到宝安大队，担任二中队政治指导员以来，总觉得自己在战士的心目中，威望平平，所以强烈要求参加这次侦察活动。他找来珠江队小鬼班副班长郁上晗，跟他嘀咕了一阵，由他拉刘巽贞一同加入，凑成特殊组合，参加竞争。结果，他们以侦察思路独到，应变配合默契，获得大队领导的认可并且胜出。

次日，郭坚"一家子"打扮成憨厚的挑夫，出现在县城大街上，被迎面而来的日军一下挑中了。日兵用刺刀比画着叽里呱啦一阵，让他们汇入民夫队伍，等凑到一定人数就押往机场。

检查过出入证，又一一搜身后，郭坚"一家子"穿过立着拒马阵的哨卡，走进只打开一条缝的大木门，进入机场。一看，郭坚的头一下大了："糟了，日本人太狡猾了，让你进了机场还是灯下黑！"

原来，日军为了防止民夫偷窥或闯入禁区，用一道一人多高的苇席墙，将机场隔成两半，一排步枪上了刺刀的日本兵，如临大敌守在警戒线前。而需要维修的跑道就在南面，民夫没任何理由可往北边跑。

日军的警戒心很强。机场自苇席墙至最南端，除了跑道，就是东南角有几间房子，屯守着一个小分队。至于飞机，还有营房、弹药库、油库、指挥哨楼，看来应该全在机场北边。如何因应施策，获得闯入禁区的机会，一窥机场的"真颜"，是得跟搭档们好好合计合计。

中午，太阳很猛，见证智慧的时刻到了。假装成哑巴的上晗，满头大汗，指着滴水无存的开水桶，向娘比画着要喝水。旁边的民夫看见了也嚷嚷起来，说口渴肚子饿，再也没力气干活了。翻译官挥舞着鞭子说："开饭时间还没到，谁敢起哄闹事？"日本兵也举起枪托，打砸嚷嚷的民夫，要他们老老实实继续干活。

又一堆水泥浆被独轮车运走了，上晗扔下锄头，翻了翻白眼，晕倒在跑道上。刘巽贞扶起他哭着哀求翻译官："孩子中暑了，快不行了！请你行行好，找一些治中暑的草药和打一碗水给我。"翻译官猴脸一拧，不理睬。民夫们看不下去了，停下手里的活，发出不满的"嗬嗬"声。

郭坚放下铲子，上前恳求翻译官救救孩子，末了说："如果我儿真死了，传出去还有人敢来修跑道吗？"

翻译官想想这一家子干活很卖力，老实巴交的，真的死掉一个，肯定会激怒民夫，而且以后抓苦力怕是更难了。他挠挠发鬓，看见小队长朝他走来，就跑去向他请示，说只有机场北面的山坡地才能找到治中暑的草药。小队长"哟西哟西"答应了。翻译官便对刘巽贞招招手，指指苇席墙的小门说："里面有水井，不远处有山坡。"

郭坚抱起上晗，喊着"儿呀儿呀，你快醒醒"，想趁机跨过苇席墙这道警戒线，却被翻译官抽一鞭子，拦住了。他只许当母亲的背着儿子往里走。

翻译官带着母子俩，穿过苇席墙的小门。刘巽贞睁大双眼，只见左边停机坪上，整齐排列着十几架机头装着螺旋桨的飞机，或银灰色，或深绿色，机身和机翼贴着红膏药，在阳光下很刺眼。她边走边装作转头看背后的儿子，把停机坪上飞机的架数，停放的位置，都记下了。上晗也眯缝着眼，偷偷观察飞机哪个部位可放炸药包和手榴弹，它们距离防御工事和营房有多远。

刘巽贞在翻译官的吆喝下，将上晗放在靠近伙房的凤凰树下，从井里打起半吊桶水，用手捧着想喂上晗几口，可喂不进。

刘巽贞央求翻译官说："我儿子快不行了，请你帮忙找两棵山芝麻好吗？"翻译官不耐烦地说："什么山芝麻水芝麻，你自己找去。"

刘巽贞隐隐闻到一股汽油味，便装作寻找草药，穿过一片小树林，看见杉木搭建的哨楼旁，有一座大瓦屋，门前有兵士守着。一辆装着汽油桶的大卡车，停在屋子前面。刘巽贞断定那里就是机场的油库。

她在草地里拔了三株山芝麻，回到凤凰树下，当着翻译官的面，用水洗洗，剥下根部的皮，放在口里嚼了嚼，然后硬塞进上晗嘴里，再灌下几口水，把上晗苦得差点吐了出来。

上晗装作渐渐醒了过来，比画着问娘，这是哪里？眼睛却东看看，西瞧瞧。他呕出一些苦水，弯腰捂着小腹，示意肚子疼死了，要屙屎。

刘巽贞双手合十，朝翻译官拜了拜，说孩子要拉屎，不知哪里有茅厕。翻译官捂住鼻子，朝西面停着摩托车和吉普车的营舍一指。上晗借着上茅厕，在两排日军宿舍溜了个来回，没找到弹药库，只发现了两处隐秘工事，架着一挺重机枪，两挺歪把子。

第七十三章
渐露峥嵘东纵成立　婚宴投毒谍影无踪

26日夜，天气突变。乌云翻腾，北风劲吹，稀落而冰凉的雨点打在脸上，令人直打哆嗦。

彭骞扯下警卫员给他披上的日式风衣，紧了紧腰带，率领"天雷"尖刀队和后备队，悄无声息地扑向西乡日军机场。

尖刀队清障组摸过壕沟，悄悄干掉了流动哨，再用虎头钳剪断铁丝网。郭坚带领爆破组十一名战士，率先钻过铁丝网。他们手抱炸药包、煤油桶，身上绑着两个一捆的手榴弹，向停机坪匍匐前进。他们看不清巡逻的哨兵，但能隐约听见皮鞋磕地的脚步声。

火力组紧跟爆破组，也进入机场。三个机枪手扛着轻机枪，与扛弹药箱的副射手，猫着腰，随刘巽贞，从侧面向日军主营房方向移动。珠江队政治指导员、"天雷"尖刀队总指挥陈一民，带着手持冲锋枪和步枪的第二梯队，默默跟进。

最后才是由郁上晗当向导的短枪组，顺着土坝下的小路，直扑哨楼和油库。

遽然，一声闷雷响起，雨点仿佛被惊醒，一下大了起来。也许是远处闪电一瞬间的光影，让哨楼上的日本兵发现了异常，立时，探照灯由暗到明亮了起来。停机坪前穿着雨衣的哨兵，借着灯光，看见一个个趴在地上的黑影，正朝他快速爬来。没顾得上问口令，哨兵直接扣动扳机，鸣枪示警。

枪声，似乎被冷沁沁的秋雨给淋湿了，不，应该是被雷声给遮掩了，机场竟然没有反应。衣衫单薄的战士们，大多已被雨水淋湿，打起寒战。而令陈一民着急的是，短枪组迟迟没有干掉探照灯。

又一声枪响，日军营舍的士兵被惊醒了，顾不上穿雨衣，争相抄起枪械，冲向工事，冲向停机坪。而有人却骂起娘来：为何设下那么多重岗哨，敌军却神不知鬼不觉摸到眼皮底下，才被发觉？

但骂归骂，他们还是抓起九九式步枪和弹箱，小步跑向防御工事。

陈一民眼看行动已经被发现，命令各小组进入指定位置后，立即发起攻击。话音刚落，日军弧形防御工事的轻重机枪，嗒嗒嗒喷出一串串火舌，而营舍屋顶，也响起枪声。顿时，西乡机场枪声爆响，子弹横飞，就像爆竹铺里失了火。

已经冲至敌人防御工事和营舍前的火力组，利用掩蔽物，分开卧倒，瞄准蜂拥而来的日军，展开猛烈还击。机枪手和十几个战士，趴在一堆木料后，边开枪射击，边扔手榴弹，很快就压制住企图冲向停机坪的一股日本兵。刘巽贞和几个战士，把路边三辆废弃的带斗摩托车横成一排，成为冲锋枪手的掩体，牵制住另一路日军火力，保证炸机行动顺利实施。

郭坚带领爆破组，趁探照灯照向机坪前的哨兵，迅即开火甩手雷，一下清除了拦路虎。又抓住敌人不敢朝停机坪射击这一漏洞，命令爆破组迅速奔跑前进，两人一组，先用炸药包炸毁敌机。

然而，秋风秋雨作弄人，四个炸药包虽然都用油纸包着，但导火索还是被淋湿了，火柴怎么点都点不着。郭坚大喊："改用手榴弹，砸开机舱或挂在机头，别忘了泼上煤油！"

这时，负责监视海面的日军机动巡逻艇，发现情况不妙，掉头冲上沙滩，艇上的日兵扛着机枪匆匆上岸，气喘吁吁赶了过来。郭坚带两名战士迎上去，打他们一个措手不及，两轮点射加几个手榴弹，击毙炸死数人，另外几个吓得掉头就跑。

短枪组的行动，有些迟缓，因为他们遭到哨楼上和废油桶前三挺机枪，和十几杆步枪的阻击。战士们用手枪打探照灯，老是打不中。短枪组长匍匐前行，爬上一棵带刺的木棉树，砰砰砰三枪，把探照灯给灭了。

就在双方因探照灯瞎了而愣怔那一刻，轰隆一声巨响，一架飞机被炸中了，旋即腾起熊熊火焰。敌人疯了，狂号大叫发起反扑。

在日军轻重机枪和长短枪形成的火力网压制下，火力组几乎抬不起头来，数十个日本兵乘势从两侧包抄过来。战士们扔了几轮手榴弹，还是没能阻止敌人的进逼。陈一民从土堆后跃起，带领战士送来四箱弹药，自己抓过一挺轻机枪，架在摩托车上，怒吼着左右扫射。另外两个机枪手也站立起来，死死扣住扳机，一任子弹倾泻而出，把敌人吓得直往后退。

小树林里的短枪组，几次想冲过去炸毁油库，都被日军的密集扫射给打了回来，且有几个战士中了弹，两人已经牺牲。上晗凭着路径熟，带着战士韩铁头，三绕两拐，来到油库的后面，拔出腰间的手榴弹，慢慢靠近大门口穿雨衣的哨兵，一人一个把日本兵的脑壳给敲碎了。油库大门紧闭，上晗把手榴弹的拉环一扯，塞进门缝里；铁头也同时把手榴弹扔向卡车的油桶。两人转身拔腿就跑。

一颗照明弹升上天空，机场一片明晃晃的。哨楼的机枪手发现两个奔跑的黑影，掉转枪口追着黑影打了一梭子弹。

说时迟，那时快，如几声落地的惊天霹雳，手榴弹在油库和卡车中炸开了。紧接着就是一桶桶汽油的连锁爆炸，暴烈的气浪掀开屋顶，掀翻汽车，灼热的烟焰冲天而起，油库成了一片火海。

短枪组的战友扶着受伤的上晗，情不自禁欢呼起来。

停机坪那边的爆破组受到鼓舞，死劲砸开机舱盖，将四个手榴弹扔进机舱。只见火光一闪，又有一架飞机被炸开了花。

此时的清障组，早已肃清守卫机场大门的日本兵，正与从机场东南面赶来的日军守备分队展开激战。

戴着大竹笠站在土坝上的彭骞，从战斗一打响，就用望远镜观察着各小组的行动。因天气不利，炸药包没有炸响，爆破组只能用手榴弹摧毁飞机，无形中拖延了时间，给火力组增加了压力。

彭骞决定亲自带后备队一个排前去增援，政委卢伟良不同意，坚持由他带兵出击。正争执着，油库霎时炸响，火焰映红半边天，彭骞与政委互撞一下肩膀，说："你看，油库那边比放焰火还热闹，火力组不再需要增援。你一定要去，就带二排增援清障组，协同他们歼灭日军守备分队，以免撤退时两面受敌。"

卢政委率队刚走，彭骞掏出怀表，掐起时间来。战士们冒雨战斗，作为指挥员，心里很不忍。再说夜袭只能速战速决，与曾鸿文约定的时间，没剩下多少了。

是呀，宝安大队虽然负责外围阻击，但与珠江队一样，面临的都是劲敌。敌我对决时间越久，消耗越大，对我们越不利。既然突袭目的已经达到，同志们也在霜风冷雨中鏖战了一个多小时，只等老卢协助清障组消灭了守备分队，即可下令收兵。

一刻多钟后，机场东南面的枪声渐渐疏落下来，日军营舍也冒烟起火了。

彭骞放下望远镜，叫通信兵发出信号，命令"天雷"尖刀队撤出战斗。通信兵举起信号枪，对着天空一勾手指，三颗红色信号弹，嗖嗖响着照亮了夜空。

彭骞转身又命令后备队第三排，占领有利地形，准备阻击部队撤退的"咬尾"之敌。

刘巽贞与郭坚是快到机场大门，才知道上晗受了伤，两人急得心里直打鼓。等到两位战士搀着上晗来到面前，又听他声音响亮地说"没事，只是腿上擦破一块皮"，才放下心来。

卫生员赶过来，为他包扎伤口。郭坚一个下蹲，背起他，刘巽贞接过卫生员的蓑衣，披在儿子身上。三人踏着泥泞，随队伍消失在黑暗中。

日军的"万人大扫荡"，以建立在大岭山的据点，因屡遭游击队袭击滋扰，补给中断，难以立足，上千驻军灰溜溜撤走为惨淡尾声，宣告彻底失败。

这是一场检验东江游击队战力的决定性战斗，让回到大岭山根据地的万千军民，欢欣鼓舞，斗志空前高涨。

1943年12月2日，这支鏖战在华南敌后的游击总队，改用新的番号，广东人民抗日游击队东江纵队在坪山土洋村宣告成立。

东江纵队成立，在国内外引起极大反响。东江纵队的民族大义、百折不挠，在抗日战场英勇杀敌的传奇故事，点燃了无数爱国青年的热血；而人民抗日武装的不断壮大，又促使一部分顽军、伪军，从民心向背中醒悟过来，厘清了黑白是非，选择走上新的道路。从而，激起一股投笔从戎与弃暗投明，齐头并进的新热潮。

面对东江纵队的不断壮大，日、伪军和国民党反动派，恨得牙根痒痒的。他们绞尽脑汁，派遣一批批特务和间谍，隐藏在反水人员当中，更多的是混在大批知识青年之中，打入东江纵队内部。

回顾三四年来的反特斗争，值得吸取教训的事件不少。省临委和部队当然知道锄奸的重要性，大会小会也强调了多次，但战事频仍，敌特又故意制造种种假象，使侦破工作陷入了困顿。

如今，东江纵队正式成立，各地严密的情报系统已经建立起来，在政治部组建负责反特锄奸的保卫科，也被提上议事日程。

原反特小组组长李卫帮，直言自己水平有限，特别推荐段立辕担任保卫科科长，刘巽贞当保卫科科员。

段立辕是在抗日军政大学学习期间入的党，一年后毕业，曾在抗大政治部保卫科当了半年干事，还自学过刑侦学教材，在侦查破案方面，有一定的理论知识和实践经验。他之前任敌工科副科长，李卫帮在肃敌锄奸工作中遇到困难，常找他帮忙，让他出点子献计策。

刘巽贞是个多面手，阅历丰富，心思缜密，搞侦察很有一套，据说当年在香港，指挥并参加过多次锄奸行动，有她加入保卫科，简直是如鱼得水。

保卫科是个重要部门，政治部主任杨康华看了李卫帮的报告，认为推荐段立辕当保卫科长，跟他想到了一块儿，可以立即批准。可是，让刘巽贞进保卫科，他可就不敢拍板了，得提交司令部党委会议决定。个中缘由，尽在"据说"二字之中。

东纵司令部党委会议，对刘巽贞能否任职政治部保卫科，莫衷一是。支持一方的观点是，着眼现实，从数次深入虎穴淡定侦察，以及在战场上的表现，足以证明，她是一名忠诚且出色的战士。

反对一方则认为，在省委机关屡遭破坏的敏感时期，出现历史空白，难免令人心生疑虑。恰恰领导她的两任书记，一位被捕牺牲，一位被她处决。而这支队伍的成员，连应变组织的名称、归谁领导、为谁战斗，都不知道。疑点太多，还是谨慎为好。

尹林平剑眉一扬，声音洪亮地说："有些事，我们不能墨守成规。十余年前的省委，能够未雨绸缪，建立一支秘密的应变力量，来应对残酷现实，是很有远见又不得已的选择。单线领导，是为了保证党的安全，在组织遭受毁灭性破坏之后，幸存的同志一时得不到证明，是正常的。我们现在不也把党组织分为三个梯次吗？用人不疑，疑人不用。下面，请大家举手表决。"

一心想在前线抗日的刘巽贞，对自己被调到保卫科当科员，有些不大情愿，只是出于服从命令，不得不在最后期限，才去傅家祖祠报到。她哪里知道，在她看来这么小的一次工作变动，竟然提交到党委会，而且是尹政委的一席话，为她多争取了一票，才得以通过的。

大年初二，她随组织科范干事来到保卫科，一看，坐在向南位置上的，竟然是李兰舟的小儿子段立辕，顿时愣住了。

范干事完成了交接工作，走了。段立辕以不带任何感情色彩的语气，做了自我介绍，再手一摆，介绍了副科长李卫帮。然后，他从抽屉拿出一份文件，满脸严肃、抑扬顿挫宣读起保卫科的工作纪律和职责。末了，才逐一列述了刘科员所要负责的工作。

段立辕看刘科员已经做好记录，从上衣口袋拔出自来水笔，拧开了放在记录本上，说："现在召开保卫科第一次会议。请李副科长先谈谈，'大扫荡'突围路上发现的各种可疑迹象，然后分析一下日敌间谍，可能潜伏哪支部队，哪个部门。"

"敌特很狡猾，我、我们目前尚未掌握特别有价值的直接线索。在'大扫荡'前天晚上，大岭山上空，出现一红两绿三颗可疑信号弹，经反特小组调查后认为，发射信号弹的位、位置，应该就在庙径口村一带。"李卫帮拍了一下自己的嘴巴，以示对说话结巴的惩罚。

"听重新返回大岭山根据地的战士说，在当夜突围后，向南行进的路上，发现有一些树枝，朝着当时撤退的方向，被刻意扭折了。而且大凡岔道口，都出现这种迹象。"刘巽贞说。

"可是，当晚向南突围的，除了珠江队，还有前进报社的工作人员、记者，医务所的医务人员、伤病员，以及部分挑运物资的民兵。人数这么多，范围这么大，要找到奸细，无异于海底捞针。"李卫帮紧皱眉头说。

段立辕甩了甩自来水笔，说："是我们在突围时采取了一些防范措施，使敌特不敢轻易出手。日军'大扫荡'，明面上已经失败，接下来肯定会对我们耍阴招。保卫科面临的暗战，我估计很快就会打响。"

李卫帮使劲点点头说："没错，这就需要各部门高度警惕，全员戒备。但又不能搞草木皆兵，而要内紧外松。"

"哦，对了，后天，1月28日，将在坪山召开军民万人大会，庆祝东江纵队成立。梁鸿钧特派员与李静，也将在这一天结婚。"刘巽贞说着话，眼前突然一片黑，两三秒钟才缓过来。

段立辕站起来，凝神思索着说："这可是保卫科面临的第一场大考。作为敌特，你说他会放过这么难得的机会吗？"

一个多小时后，段立辕布置好所有工作，拉高夹克的拉链，站了起来："越是到了紧要关头，我们越要沉得住气。至少，要让敌特也放松警觉，充分暴露出来。那么，他们离末日，也就不远了。"

会议结束了，刘巽贞走出保卫科，走出贴着大红春联的傅氏祖祠，装作散步，慢慢向着位于村西的东江纵队司令部，也就是天主教堂走来。她要对司令部的建筑布局和周边环境，做一个全面的了解。

土洋村，背靠犁壁山，东连大鹏半岛，紧挨着葵涌圩，西接盐田、沙头角，南濒大鹏湾，与香港隔海相望，地势十分险要。附近的沙鱼涌，是当时华南的主要交通口岸。

前年春末，根据战争形势的发展和敌后抗战的需要，抗日游击总队将指挥部由龙华迁至土洋村，设于天主教堂。

这座教堂，为意大利神甫所建。太平洋战争爆发后，神甫匆匆撤离土洋村，回国去了。

教堂的外观及装饰，均呈意大利建筑风格。教堂由主楼、礼拜堂和附属用房等三部分组成，皆为砖木钢梁结构，房屋后面，有走廊连接着，供人员往来。

居中的主楼面阔三间，与东侧如护臂长长伸出的礼拜堂，呈曲尺状，朝南的大门口都建有拱形门廊。主楼的二楼伸出连通一气的阳台，明间的瓦屋顶，又耸起一座宽一丈有余的骑顶楼。骑顶楼上面是围着栏杆的天台，有哨兵在天台凭栏远眺。

教堂主楼原为神甫寝室和会客室，现是曾生、尹林平、王作尧等领导人工作和歇息的场所。而礼拜堂的正厅，则作为会议室和作战室，两厢是资料间。

附属用房改为警卫工作人员的工作用房、厨房食堂。主楼西侧还有两间加建的小平房，作为电报房和马厩。

有两个小孩，脚下垫着石头，正趴在厨房外墙的摇头窗下，伸长脖子往里瞅。也许，他们闻到了灶台炒菜的香味。

楼房后面还有一块平地，是战士们的练兵场。

司令部四周，长满乌柏、龙眼、赤榕等古树，枝叶繁茂，青葱翠绿中显出刚遒苍劲，仿佛环绕东纵指挥中心的一道绿色围墙。

别忘了，应该向段科长建议，到时，可在树上增设几个隐蔽哨。

刘巽贞正低头想着哪个环节有些不妥，一阵沙沙的脚步声传来，一抬头，段立辕已经出现在她面前。

他看看前后没人，朝她敬了个礼，说："论辈分，你是我娘最好的姊妹，我应该叫您姨母；论党龄资历，你身经百战，我得叫您老前辈、老领导并向您学习；但论工作关系，我只能叫您刘同志，或刘大姐。由于我们是同乡，曾有领导反对我们同在一个科室做事。所以，今后在单位里，我对您，凡事只能公事公办。您可别……"

话没说完，只见衣着整洁的彭平和闵半梅，手挽着手，哼着《长城谣》，朝他们走来。她们刚去给报社杨社长拜年，才回来。

彭平见到大姐，高兴得又蹦又跳，又搂又抱，连贺年的话都忘了说。她回头看看闵半梅，正深情款款跟段科长说着话，便冲大姐扮了个鬼脸，拉起她的手，直往村子里走。

刘巽贞已经看出端倪，但还是故意问彭平："怎么啦？我们正谈着工作呢，你咋就硬生生把我们拆开了？"

"人家好不容易见一次面，你想在那里讨人嫌不成？今天是大年初二，我带你去找上晗、林瑞哥、运兰姐，还有郭坚主任，我们聚一下。"

"他俩真的对上了？段科长真的喜欢上她？"

"是小闵主动向段科长示的爱，而且是死心塌地的。"

闵半梅刚开始是在医务所当护士，因喜欢以伤员的事迹作为素材，写了不少通讯，在纵队的《前进报》发表，杨社长看好她，把她借调去报社当实习记者。她跟以前的搭档彭平合得来，一有空就回医务所帮忙，打针、喂药、包扎伤口，唱歌也很好听，伤病员们对她离开医务所，很不习惯。

大年初四，上午，庆祝东江纵队成立万人大会在坪山乡举行。人山人海的广场，红旗漫卷，鼓锣喧天，雷鸣般的口号声，此起彼伏。主席台上的曾司令员，满怀壮志豪情，挥舞手臂做着报告，激起了万千军民的阵阵掌声和欢呼声。

各村组织群众，杀猪宰羊，挑粮送菜，前来慰问部队。近两百名青年，当场报名，要求加入东江纵队。

由于安全措施落实到位，整个会场，秩序井然，没有出现任何异常。而且，同一时间在大岭山、羊台山举办的庆祝活动，也没发生期待中的"意外"。

午后，返回土洋村的刘巽贞，来到司令部的小食堂，准备为梁鸿钧与李静的婚宴，亲手做两道有津洲特色的菜肴，一道是脆口鱼丸，一道是香煎蚝烙。

其实，这只是一种掩饰，段科长交给她的真正任务，是防止"闲人"混入厨房，确保纵队主要领导都参加的喜宴菜肴"原汁原味"。

部队实行一日两餐制，虽然晚上加菜，但战士和工作人员，已经在五时前就美美吃完晚饭。小食堂现在就只等着新郎新娘和重要领导人、亲友们到来。

司务长看刘巽贞帮厨动作有板有眼，连连夸她不仅打仗勇敢，进了厨房还是好手。说着说着，还悄声告诉她，这顿饭，名义上是梁鸿钧和李静请客，实际是东纵领导专门设宴，祝贺两位相守多年的情侣，终于结成革命伉俪。

梁鸿钧，生于湖南湘潭一户贫苦农民家庭，二十二岁投身北伐并随部队参加南昌起义，曾转战于闽粤赣湘边区，并随部队上了井冈山。参加长征到达陕北后，当红五军的团政委。在抗大学习毕业后，担任延安警备司令部参谋长，不久被中央派到广东，历任东江军政委员会书记、游击队军事指挥。

梁鸿钧戎马倥偬二十三年，一直没有结婚。他来广东已经五年多，很早就认识了李静。李静当时是流动宣传队负责人，后又当上游击总队女子中队队长，现时为纵队卫生队副队长。

梁鸿钧与李静相识相爱，却迟迟不敢结婚，除了战事频仍，更关键的一点，是他担心，一旦自己在战场倒下了，按李静的性格，她将会守寡一辈子。

等到最近，在尹林平、曾生两对夫妇一再劝说下，他感受到组织的关心和同志们的热诚，才正式向组织递交了结婚申请。曾生与尹林平共同的一块心病，终于可以卸除了，特地破例以部队的名义，两人自掏腰包，办两三桌酒席，作为对新郎新娘的由衷祝贺。

冬天的太阳，早早就下山了。司务长特地借来一盏汽灯，正在为它打气。准备在婚宴开始前点上它。

一阵哐锵哐锵的鼓钹声，在司令部门口响了起来。早有小孩跑回村里，向大人们通报，葵涌拳馆的舞狮队来为部队贺年添彩。土洋村一下热闹起来了，男女老少如潮水涌向洋教堂。

这是春节才有的喜庆节目，司务长和两个炊事员，放下手头的活，走到屋外，踮起脚尖，透过走廊的立柱，隐约看见灯光明亮处舞狮队的彩旗在海风中飘拂着。

刘巽贞不敢离开厨房，更别说灶台上的大鼎正在煮着鱼丸，她得适时添些冷水进去，慢慢把鱼丸煮熟。

倏忽，摇头窗似乎"欸"地响了一声，有个人影从窗前一晃而过。

刘巽贞忙把司务长叫进来，让他到屋后看看，是不是有小孩闻见香味，躲在窗下想偷点吃的。

司务长和炊事员绕到屋后一看，没人，倒是村道上好些人赶着去看舞狮，闹哄哄的。不过天已麻麻黑了，看不清这些人是谁。

刘巽贞听司务长说窗后没人，觉得有些蹊跷，便过来检查摆在窗下长条桌上的瓶瓶罐罐和食材。

好像没什么异样。再仔细一看，一坛米酒的红布封口似乎被人打开过。对，没错，这两坛酒是曾生夫人送来的，坛口本来用干荷叶加红布封着，还系着红线绳，现在，整个封口都松动了。

司务长打开红布封口，抱起酒坛，闻了闻说："蛮香的，嗅不出有杂味。没事，厨房的东西都一直这么放着，从来都不会有事。是你看花眼了吧？"

"酒坛的封口肯定被人动过。如果是被口馋的小孩动过，那就可以断定没事。我担心是另一种可能。"刘巽贞说。

"开席的时间都快到了，又没有外人进来过，别多虑了。"年轻的炊事员敲敲锅勺说。

"不行，这坛酒一定先不能喝。我去叫人把医务所的韦所长请来。"刘巽贞解下围裙，急急走向门口。

年长的炊事员悄悄对司务长说："我倒一小杯试试，准保虚惊一场。"

话被刘巽贞听见了，猛一转身，看见年长的炊事员端起酒杯正要喝上，便大喝一声"放下"，蹬步一跃，抢起围裙朝他抽去。

小酒杯被打掉，掉入养着几只青蟹的木桶。

刘巽贞黑着脸，对年长的炊事员说："犯酒瘾是吗？等会儿我买两大坛灌翻你。"

司务长没想到刘同志出手这么迅捷，不由吐了吐舌头，正要用筷子把酒杯从水桶里夹上来，兀地愣了，叫了起来："惨了惨了，刚刚还张牙舞爪的青蟹，吐出大堆泡沫后不动了。"

一阵轻叩门板的声音。段立辕走进厨房，嗅了嗅，说："好香！真的好香！"

他背过双手看看已经备好的菜肴，对司务长说："婚礼已经在祝福声和鼓钹声中完美谢幕。梁特派员很开心，想单独跟尹书记说说体己话。不过他吩咐，婚宴六点准时开始。"

刘巽贞满脸自责，把段科长扯到一边，告诉他刚刚发生的事件，要他找个借口让领导们多聊一会儿，好延迟开席的时间。而且得暂时对领导们保密，以免扫了大家的兴致。而她和司务长，将对每一道菜，做一次最原始的检验。

段立辕脸上的肌肉唰地绷紧了。他拿过煤油灯，照照木桶里的青蟹，又照照酒坛子。刘巽贞看他擎油灯的手，微微抖着。

此时，一只流浪狗耷拉着舌头想走进厨房。段立辕眼眸一抢，放下煤油灯，一边喷喷喷跟狗打招呼，一边用树枝戳了一片肉，再用筷子蘸了蘸酒坛里的酒，滴在肉上，然后把肉递到狗的嘴边。

结果，跟青蟹一样，只过了一会儿，流浪狗就汪汪一阵惨叫，抽搐着前呕后泻，很快就瘫倒在院子里，不再动弹了。从它的呕吐物，隐隐闻见一股苦杏仁味。

段立辕紧咬嘴唇对刘巽贞说："立刻把这两坛酒隔开封存起来，把狗和青蟹锁进柴草间，将沾染过酒液的地方全都冲洗干净。"还叮嘱厨房的人："绝不许对外人提起刚才的事，违者别怪我关他禁闭。对外面就说，不小心打碎了一坛好酒。只等婚宴结束后，我会向领导当面汇报这事。我现在就去叫李副科长过来，保护好屋后的现场，再去礼拜堂，请领导们一起过来入席。"

一场紧张的忙碌，使刘巽贞自责的心情稍微舒缓了些。点燃的汽灯咝咝响着，被挂在屋梁下的铁钩上，小食堂一片明晃晃的，比白天还亮堂。

婚宴推迟一刻钟开席。直到八时半，赴宴的人们，喝光了司务长准备的高粱酒，微醺中各自敞开心胸，把昔日的误会、委屈和怨怼，一股脑儿倾吐出来，化成一阵哄堂大笑。最后，余兴未尽的赴宴者，嚷嚷着重复了无数遍的祝词，簇拥着新人，把他们送回主楼的洞房。

第七十四章
接力援救克尔脱险　领导合影林平遇刺

　　月牙在寒风中抖抖瑟瑟，徐徐坠入夜的边陲，土洋村除了偶尔几声狗吠，一片寂静。战士和乡亲们，听着大海的变奏曲，大多已经进入梦乡。

　　段立辕提着马灯，一声不吭，跟着刘巽贞来到厨房的后面。他一路在想，如果不是眼前这位母亲的好姊妹机警，晚上的婚宴，将会是怎样一种场面？

　　守着现场的李卫帮，从树上下来，用力搓搓刚长出头发的脑壳，再往手上哈哈热气。他们交流了一下情况，就开始对摇头窗下二十米半径的现场，进行细致勘查。

　　因好久没下雨，杂草丛中，没有留下任何脚印。但段立辕用手电筒照看摇头窗时，发现玻璃上面有两枚指印。段立辕让李卫帮刮来一些锅底的黑灰，撒在玻璃上，拍拍窗框，又用嘴将黑灰吹干净，再从简易工具箱拿出一块医用胶布，贴在痕迹上。采样成功，胶布上留下了指纹图像。

　　段科长把放大镜放回工具箱，说：“基本可以确定，这两枚指纹，出自成人。至于是不是投毒者留下的，还是未知数。”

　　刘巽贞却专注于地面，她在窗子左面十步远的荆棘丛中，捡到一个米黄色小纸团。她按段立辕的吩咐，用一张纸把纸团包了起来。

　　勘查没再发现其他线索。他们三个冷得缩着脖子，来到保卫科。段立辕从工具箱中拿出指纹胶布，又细细看了一会儿，才放进办公桌抽屉一个盒子里。

　　刘巽贞小心翼翼把纸团打开，覆上一张纸将它压平，再捻着一个角对着灯光照了又照。可以认定，这张纸是从部队常用的记录本上撕下的，上面有铅笔在上一页纸写字时留下的痕迹，占了大半页纸。

　　刘巽贞像画素描一样用铅笔在纸上轻轻扫着，纸上的笔迹渐渐浮现出来。

　　负责检测敌特投放哪种毒药的韦所长来了，他是学西医的临床医生。两位科长把他迎进大门左边的角房。

韦所长扶扶近视镜，胸有成竹地说："从狗中毒至暴毙的症状、时间，以及从狗的口腔闻到苦杏仁味，我初步认为，酒液含有氰化物，但不是砒霜。氰化物与砒霜，都无色无味，但前者比后者毒性更烈。砒霜在大的药铺可以买到，而氰化物，市面基本没有，我也只在实验室见过一次。我建议将酒液送到省城化验一下。对了，谁要是动过酒坛子，记得把手清洗干净。"

李卫帮送韦所长走出祠堂，叮嘱他一定要保密。回来时，看见段立辕与刘巽贞刚刚洗过手，正对着捡到的那张纸出神，估计可能发现了有价值的线索。

没错，这页纸，果然非同一般。它是一封情信的复写件，不仅提供了线索，似乎还揭开了一个姑娘的私密情怀。

信是写给港九大队短枪队队长刘黑仔的，内容能看清的部分，归纳起来就是：黑仔哥你威震敌胆，屡立战功，是抗日的传奇英雄，是东江人民的骄傲，我钦佩你，要向你学习，希望能与你见上一面，亲口对你说声我要嫁给你。下面的落款清清楚楚写着"彭平"。

经过进一步分析，三人认为，这页纸，闻起来有细微的杏仁味，很有可能就是用来包氰化物的。至于纸上的笔迹，刘巽贞觉得十有八九是彭平的。

指纹已经成功提取，包毒药的纸也有了"主"，段立辕一副胜券在握的样子，好像立马就能将狗特务揪出来似的。然而，随着对案情的进一步讨论推演，两位同事提出来的问题，让他不得不冷静下来。

仅凭一张纸，怀疑彭平是实施"富士山计划"的达摩，站得住脚吗？既然是特高课派遣的间谍，会傻到在现场留下写着自己名字的纸团？彭平习惯把记录本带在身上，就能保证不被别人偷偷撕去一页？提取彭平的指纹，无异于认定她是嫌疑人，如果是无辜的，将会造成多大的伤害？

问题一个比一个尖锐，解答的难度也一个比一个大。段立辕站起来，用草梗拨拨油灯的灯花，罩上灯罩，说："无论如何，得先打开一个缺口，我准备明天突击调查彭平。"

刘巽贞一听，摇了摇头，语气平缓而坚决地说："我不同意。就这样将彭平定为重点怀疑对象，我觉得太过草率。彭平是彭汉垣的女儿，从小就参加革命工作，一向立场坚定，是非分明，战斗勇敢。说她有可能迫于无奈当内奸，我绝对不会相信。我依然坚持刚才的观点，这是敌特玩弄的移花接木诡计。"

段立辕也不肯让步，说："你别太过自信，更不能包庇她。好好想想，在我们的队伍中，出过多少叛徒。这些人在暴露之前，不也个个很热血，很革命？"

刘巽贞相信自己的判断，执拗地说："教训应当吸取，眼睛更应该擦亮。明明是敌人故意转移目标，嫁祸于人，企图把我们的侦察视线，引向错误的方向，我们还真上当了，傻不傻？"

李卫帮开腔了，说："既、既然已经牵扯到彭平，是有必要对她进行调查。但基于先别打草惊蛇的原则，我们可以先从外围入手。比、比如问问跟彭平要好的人，彭平下班后记录本一般都放哪，有没人借过她的记录本做笔记？她平日单独活动多不多，都去了哪里？是否见过她常跟陌生人接触？"

刘巽贞赞同李副科长的建议，说："案件要调查，但不能先入为主，我们目前掌握的，只是间接的事实，还没搜集到直接的证据。更重要的是，不能把整个保卫科的精力都集中在彭平身上。我有预感，这次暗杀失败，敌人不会善罢甘休。加强警戒是当务之急，最好能从别的大队，调来一些政治可靠的陌生面孔，暗中加强对重要领导人和重要部门的保卫。"

段立辕似乎一句都听不进去，还是坚持直接接触彭平，只是答应改变一下方式。他让刘大姐假装旧伤复发，由李卫帮去医务所把彭平请来，他和大姐像聊家常一样向彭平了解情况，李卫帮在里屋做笔录。

刘巽贞看段科长已退让了半步，只好表示同意。

村里的公鸡打鸣了，李卫帮也打起了哈欠。段立辕搓搓脸和手，对二位说：天快亮了，我们各自回房间眯一会儿吧。

傅家祖祠，只有大门两旁有两个角房，一左一右归段科长和刘巽贞使用。李卫帮在厅堂的右角，用篾片夹板隔出一间，作为自己的休息室。

翌日早上，战士们出操回来，吃了早饭，由小队长分头带着，开始进行文化学习或战术操练。

穿着白色护士服的彭平，背着药箱，满脸焦急地跟着李副科长，匆匆走进保卫科。

说来也怪，也许是连日操劳，昨夜又没睡着，刘巽贞的旧伤，真的隐隐作痛起来。

彭平看大姐脸色苍白，问她要不要上医务所让大夫检查一下，被大姐拒绝了。

打完针，大姐让彭平挨着她在板凳上坐下，两人聊起了家常。

段科长不时插话，借机观察彭平的表情。

大姐问彭平："有没考虑找个合适的人选，组建一个家庭？"

彭平羞涩地捂住白里透红的脸，说："那也得等打败小鬼子后再说。"

"我可听说你给谁写了情信了。"

"大姐，你是咋知道的？难道你有火眼金睛，还是偷看了我的笔记本？"

"年龄都这么大了，谈上恋爱也是合情合理的事。你就说给大姐听听，好吗？"

"那我们到房间里说去。"

"保卫科的同志，有严格的保密纪律，会为你守口如瓶的。"

彭平感觉有些异常，愣怔着看看大姐，又看看段科长，脸上一对酒窝凹成了一条线。"咋啦，怎么好像是在审问我，我哪里做错了，违反哪条纪律了？"彭平将薄薄的双唇用力咬住，表示她不想回答。

大姐看段科长朝她使了个眼色，就避开某些细节把昨晚发生的事说了。

彭平像重重挨了一记闷棍，全身僵了，人也蒙了，随后一阵痉挛，呕出几口酸水。

大姐知道她最大的弱点是经不起委屈，但没想到反应会如此激烈，急忙掏出手绢为她揩去嘴角的污物，一手轻拍她的后背，嘴里念叨道："当年打过恶战的人，如今娇气起来了，把来龙去脉说清楚不就得了。"

李卫帮从里屋出来，递给她一杯茶，平和地说："先、先别着急，浊者自浊，清者自清。你、你能把寄给刘黑仔那封信的内容说一说吗？"

一听到刘黑仔，彭平仿若忘了刚才的失态，一对酒窝也红得发亮。"我哪有给他寄信，我只是剃头挑子单头热，自己写给自己看而已。"

"那你把笔记本拿出来，让我们核对一下，行不？"段科长问。

彭平从护士服口袋掏出加了封皮的笔记本，连同铅笔，递给大姐。

大姐翻了翻，前面都是上护理课的笔记，后面好几页纸全写着给刘黑仔的情书。而最后一"封"，与捡到的那页纸，笔迹完全吻合。翻过它，后面确实留有被人撕去一页的断口。

段科长看过笔记本，又问彭平："本子里撕去的那一页，你用来干吗？"

"我视笔记本为宝贝，我哪忍心撕它！最近半个月，部队接连打了几场仗，新增二十多个伤员，我忙得不可开交，好久没打开笔记本了。"

"那么，会是谁撕了它？"

"我确实不知道。狗特务太可恶，怎么偏偏瞄上我了？"

"昨天晚饭后一个小时，你去了哪？"

"我回集体宿舍躺了片刻，六点前到医务所，我值夜班。"

"你的回答，我会逐一核实。笔记本暂时由刘大姐保管两天。你还有什么要补充的吗？"

"我想起来了，会告诉大姐的。"

"你要好好想想，那页纸是被谁撕去的。哦对了，麻烦你把石柱下那块玻璃板拿来给我。得用双手拿，以免摔碎了。"

放下玻璃板，彭平问段科长："伤员等着我换药，我可以走了吗？"

"可以走了。记住，今天的事，绝对不许说给任何人听，这是纪律。为了你的安全，一旦你有事需要离开土洋村，得跟我说一声。"

彭平走后，段立辕立即拿出工具箱，对玻璃上的指纹进行提取和比对。结果，有一枚比较接近，另一枚完全对不上号。

保卫科随后逐户走访了村里的群众，尤其是那晚赶去司令部门口看舞狮的村民。但看热闹的老老少少，当时都被鼓钹声吸引住了，哪有人去注意司令部厨房的后窗，有谁在那里逗留过。结果，当然还是一无所获。

段立辕没想到自己上任后遇到的第一宗间谍案，会如此扑朔迷离。但他没有气馁，而是以愈挫愈勇的语气对刘巽贞和李卫帮说："潜伏在我们身边的敌人，像海上吹来的风，看不见，摸不着。所以，我们必须让自己的嗅觉灵敏得像狼狗，眼力明锐得像猫头鹰。"

接下来的工作，当然是继续秘密走访排查。无奈，狐狸太过狡猾，猎人只能望"林"兴叹。

俗话说，抓贼不成反遭贼笑。躲在暗处的敌特以为你笨拙，对你的走访排查根本不当一回事，反而时时都在寻找机会，寻找猎人容易放松警惕的时间和节点，准备来一个大翻盘。

元宵节后第三天，香港启德机场上空，发生一场激烈的空战。

中美联合航空大队飞虎队中尉唐纳德·克尔，率领二十架战斗机，为十二架 B-25 轰炸机护航，对启德机场发起轮番轰炸，但很快遭到日本军机的拦截和反击。飞虎队先发制人，击落日军三架战斗机。克尔驾驶着 P-51 野马式战斗机，一举击落了两架日机，自己的座驾却被机场的高射炮击中并起火，受了轻伤的他只好跳伞逃生。

九龙地面涌出大批日本兵，紧盯着降落伞，准备一举活捉美军飞行员。幸亏刮来一阵强劲的南风，将降落伞吹至新界观音山九龙坳，受伤的克尔掉入丛林中。

一个十四岁的小男孩，在观音山上，目睹了启德机场上空的激战，后来又看到一队又一队日军，跟随降落伞，朝九龙坳蜂拥而来。这小孩是东江纵队港九大队交通员李石，刚完成送信任务，从手枪队那边回来的。

李石奔向九龙坳，在茂密的树林中找到高鼻子、黄头发的克尔。

一阵手脚嘴巴并用的沟通，知道情况危急的克尔，在李石的搀扶下，来到观音山芙蓉别村，躲在村子附近一个山洞里。小孩为他受伤的手臂和腿部做了简单包扎。

李石下山，找到港九大队女战士李兆华。两人冒着随时遇上日本兵的危险，连夜赶到西贡向大队领导汇报。大队长蔡国梁，代号"大田"，即派刘黑仔带人将克尔转移到黄竹山村。临行前他嘱咐，要不惜任何代价，确保美军飞行员的安全。

随后，又派大队部英文翻译谭天，随沙田短枪队队员，掩护克尔转移到日军刚搜查过的吊草岩村。

日军出动了一千多兵力，对观音山和周边地区，进行穿梭清查、合围搜捕。黄竹山村和吊草岩村两位交通员，在日军渐渐搜向克尔所隐藏的洞穴时，故意朝相反的方向逃跑，以引开敌人，遭到日军追杀而牺牲。

十多天过去，筋疲力尽的日军还是一无所获。而此时的克尔，正与谭天和小鬼班战士陈勋，藏在一座荒废已久的破炭窑里。

小鬼陈勋，才十三岁，战士们都叫他陈仔。陈仔既作为联络通讯员，随时向大队部通报情况，又要早晚下山，去村里取来水、鸡蛋和饭菜，以及敷治伤口的中草药。

几天后，部队发放生活费，谭天和陈勋各领到只够买一包纸烟的五角钱。陈仔晚上自山下回来，从小口袋里掏出一个小纸包递给谭天，说："这是我拿生活费买来的几粒糖、两块小芝麻饼，准备送给克尔中尉。请你替我翻译一下，可要说清楚点。"

谭天很感动，克尔听后更为感动，双眼含着泪花。他抚摸着陈仔的头说："谢谢你，你真可爱！这是一份珍贵的礼物，我舍不得吃。我将原封不动带回去，给我的同事和亲友们看一看。"

事后,克尔多次跟谭天说:"无法理解,一个这么小的孩子,在这么艰苦清贫的日子里,先想到的不是自己,而是我这个陌生的外国朋友。你们是怎么教育他的?怎样教育自己的队伍,教育人民的?"

谭天没有慷慨激昂,只是心平气和地说:"中国共产党,一个不谋私利,只为人民,只求国家独立、民族崛起的政党。她每个成员忠诚履职、率先垂范的作用,远大于宣传。她所从事的事业,追求的目标,得到广大人民群众的拥戴。"

陈勋听见他俩在聊天,就插话说:"没错,我们的队伍,绝大多数都是觉醒的农民、工人、学生、教员,还有少数像我这样的小孩。我们最初抱着保卫家国的情怀,扛起枪杆,冲向战场。我们在部队的教育和战斗的磨炼中,得以茁壮成长。"

半个多月过去了,"克尔争夺战"仍在继续。港九大队一边与日军周旋,一边突发奇兵,由刘黑仔率手枪队潜入九龙市区,用计时炸弹炸毁启德机场飞机,袭击日军巡逻艇,端掉日军军火库,智擒特务头子东条正之。

驻防九龙的日军联队长佐野,眼看市区被搅得昏天黑地、鸡犬不宁,无可奈何地吹吹胡子,下令将搜索部队调回市区。

一个人静星疏的深夜,克尔在刘黑仔和三个战士护送下,来到马鞍山下的海滩,登上一条独桅小船。护航大队第二中队队长赖祥,带着打扮成渔民的队员,驾驶另一艘装满鱼虾的渔船,负责掩护。两条船巧妙躲过日军的巡逻艇,有惊无险抵达大鹏半岛南澳乡水头沙村。

踏上南澳,天亮了,刘黑仔松了口气。从半岛直至坪山一带,已经建立起抗日民主政权,日、伪、顽军队,一般不敢轻易进犯这里。

但刘黑仔又知道,保护克尔,容不得出任何差错,明岗暗哨一个都不能少,而且还得陪他住进堡垒户陈桓家里。

克尔打量起下达完命令的刘黑仔,二十出头,瘦瘦的,精力充沛,皮肤尤其是脸部黑黢黢的,一跟自己打照面就咧嘴而笑,显得很热情。可克尔不大喜欢他,他本来肤色就黑,还穿一身黑色唐装,戴一顶黑色礼帽,腰间又勒着日本军官的皮带,别一把上等的驳壳枪和两个手雷,手上还拿着一支银嘴烟斗,好像故意拿战利品来标榜自己。

第二天晚上,不再提心吊胆的克尔,因思念家人而睡不着觉,一个人跑到村外的梅花树下看星星。他完全不知道,危险正在悄悄向他逼近。

一匹母狼因狼崽被村民打死，带领狼群前来寻仇报复，克尔成了它们攻击的第一个目标。母狼低嚎一声，发出进攻的信号，狼群张牙舞爪扑向克尔。暗中跟随保护克尔的刘黑仔，迅捷出手，瞄准野狼发出绿光的眼睛开枪，打中为首的母狼和一匹公狼，其余的全被吓跑了。

克尔终于相信，这个原名叫刘锦进的黑小子，果然身手不凡，而且很具侠气。翻译称他"孤胆英雄"，介绍他只身潜入日军司令部营救战友，杀了敌人一个班，成功救出战友且毫发无损，也是可信的。

克尔想把自己的银翼勋章送给他，答谢他的救命之恩，可刘黑仔知道勋章对克尔很重要，坚决不肯接受。

这天，阳光灿烂。克尔在华侨陈桓夫妇的院子里，用烟盒纸，把自己跳伞隐藏、身临绝境、获救转移、安全回到阳光下的惊险经历，画成五幅漫画，并用英文做了说明。陈桓是护航大队女卫生员陈坚的父亲。

虽然刘黑仔看不懂英文，但从漫画里，他看出了克尔对这次惊险"旅行"的刻骨铭心，以及对侵略者的恨和对中国人的敬重。

一阵马蹄声由远及近。克尔冲出院子，看见三男一女骑着战马，谈笑风生向村口走来，后面跟着几位衣着参差不齐的警卫人员。克尔猜测，一定是东江纵队的司令官来了。

克尔仔细打量来者，三个男人皮肤比刘黑仔白一些，也算不上魁梧，但个个神采奕奕、器宇不凡，他们和刘队长一样，都戴着绅士帽。克尔断定中间穿短靴，一身牛仔打扮的青年应该是司令员。另外两个，都穿着唐装，很像儒雅的商人，克尔就不敢妄自猜测了。

四人下了马，直接朝克尔走来。走在最前面才二十多岁、身穿唐装的先生，摘下礼帽，用流利的英语向他发出问候，使克尔像见了亲人，一把紧紧拥住了他。

"我叫黄作梅，港九大队国际工作组负责人。"年轻"唐装"松开拥抱，向克尔鞠了一躬，又用英语做了自我介绍。然后指着一身牛仔打扮，上来跟他握手的曾生说："这是东江纵队司令员曾生同志。"

精通英语的曾生，向克尔敬了个军礼，用英语说："你是一名英勇的国际主义战士，中国人民感谢您！"

黄作梅正要介绍另一位穿唐装、年纪略大些的先生，只见克尔好像被他亲切的微笑迷住了，两人已经握上了手。黄作梅故意放慢节奏说："他是东江纵队的又一位领导，政治委员尹林平同志。他代表我们党对军队实行无限制领导。"

该轮到认识身后的女士了。克尔看她肤色白净，佩着眼镜，穿着西洋套裙，温文尔雅，很像大学的讲师，便问黄作梅："这位女士，是哪位领导的夫人？"

没想到，她立即流利地飙出一句英语："中尉先生，您弄错了，我是港九大队国际工作组成员兼英语、日语翻译，我叫林展，还待字闺中呢。"然后双手下垂搭放在腹前，双膝微屈，上身前倾弯腰，向他施了个礼。

克尔目瞪口呆，连忙道歉，惹得大家哈哈大笑。为了表示歉意，克尔从航空服里掏出一部袖珍相机，说："这是一个春暖花开的好日子，我要给将军、政委和中国朋友拍一张合影。我想最好到长满野花的村外拍，那里有大山和树林。我回去后会指着背景告诉我的战友，这是一个藏龙卧虎的圣地。"

东江纵队两位重要领导人来到水头沙村，一方面为了看望慰问历险获救的克尔中尉，另一方面下午要召集护航大队领导在这里召开"东扩"会议，研究如何把与大鹏半岛毗邻的稔平半岛，打造成由护航大队牢牢掌控的抗日根据地，并努力向东发展，把海丰、陆丰的沿海地区，开辟成新的抗日基地。

尹林平被克尔的纯真逗笑了，忽然想起，报社有个女记者说是要来采访克尔，怎么这会儿不见了，就问身边的林展："她不是骑着自行车跟在你后面吗？"

林展回头看看刚才走过的村道，说："她半路说要去大鹏古城拿一篇稿子，随后会自己赶来。"

五位东江纵队的精英，姿态轻松，面带微笑进入镜头。克尔一声"OK"，按下了快门。

突兀，背向众人，双眼盯着一片乌桕树的警卫班长，大喊起来："树林里有刺客，赶快保护领导！"

说时迟，那时快，他拔出手枪，冲了过去，看见树荫下火光一闪，立即张开双手，站成一个"大"字。他要用瘦劲的身躯，挡住已经出膛的子弹。

两边的警卫员一听有刺客，飞速扑了上去。刘黑仔也猛一转身，飞快掣出驳壳枪。

枪声响了，警卫班长中弹了。几乎同时，又有两发子弹呼啸而来。

刘黑仔大声怒吼："我是刘黑仔，有本事冲我来！"同时迅速扣动扳机，一连打出十几发子弹。

曾生与尹林平齐声喊道："保护好克尔！"

尹林平话刚喊出，胸口猝遭重重一击。他明白自己被刺客射中胸口了，仍抬手想从背心口袋拔枪还击。

"危险，我掩护你回屋里去！"黄作梅不知尹书记中弹，吆喝一句，搀着他直往陈家庭院跑。林展和三个警卫员，也迅即将曾司令员和克尔架起，紧跟在黄作梅后面。

陈坚的父亲陈桓，迎拥尹书记进客厅，惊叫起来："领导受伤了！"

曾生和众人围了上来，只见他左臂膀的衣服已被血洇红了一片。

尹林平脸上挂着自嘲的笑，声音洪亮地幽了一默："我感觉是用胸膛去顶子弹，怎么伤口跑到臂膀上去了？"

警卫员急急打开急救包。林展轻轻拽开尹书记上衣的按扣，揭开衣服，看见他贴身穿着马甲背心，被撕破的口袋插着一支袖珍勃朗宁。

尹林平平时不佩枪，今天早上，夫人余慧知道他要去大鹏半岛，特地要他穿上背心，带上口袋手枪。现在看来，就是这把手枪，挡住了偷袭的子弹，弹头滑向臂膀，才使他不致倒下。

枪声已经惊动长头沙村，民兵和村民们如惊涛般涌来，朝着树林开枪或投标枪。

三个藏身树林的蒙面杀手，没想到对手眼睛那么灵，反应那么快，顾不上沉住气瞄准就放枪。拉枪栓时又听见刘黑仔一声断喝，更慌了神，只好咬紧牙关一个劲地扣扳机。

三个杀手一身山民打扮，用的是九七式狙击步枪，由特务曹长带队。

特务曹长知道硬攻不行，正想匍匐潜行，偷袭陈家宅院，扭头一看，持枪的民兵和拿着大刀锄头的农民，潮水般涌来。曹长胆寒了，知道就算死撑下去，也已毫无意义，只好发出"收兵"的命令。三人扔出两轮手雷，转身一阵飞奔，就无影无踪了。

就在特务曹长发出收兵命令前一刻，气喘吁吁的闵半梅，骑着脚踏车，从村道拐弯处的几块大石后，冲了出来。她看见村口发生枪战，又有手雷在警卫员当中爆炸，就扔下脚踏车，尖声喊着追进树林里："我看见敌人正朝西面逃窜，警卫员和民兵们，快跟我来！不能让狗特务给跑了！"

正喊着，一个树桩绊倒了她，她的腿受伤了，裤子也被尖利的茬刺给剐破了。

十七岁的警卫班长牺牲了，刘黑仔和两个战士也受了伤。警卫班长临咽气前对副班长说："敌人知道我们的行踪，晚上让领导和克尔走水路回土洋。安全保护，就靠你们了。"

副班长一抹眼泪，命令两位警卫员，带领民兵，对方圆十里展开搜查，重点放在杀手逃窜的方向。

副班长回头问闵半梅："伤不要紧吧？你距离林子比较近，看清埋伏的杀手到底有几个？"

闵半梅说："我远远听见枪声，就知道出事了，才猛蹚一阵赶了过来。树林里当时应该有三四个狗特务。可惜我手上没有枪，要不，我一定打爆他们的狗头。"

中午，警卫员与分头搜查的民兵回来了，他们向副班长报告，刺客在海边有接应的汽艇，早溜了。

第二天，受了轻伤的尹林平，不肯回土洋村，坚持按原计划，在水头沙村召开"东扩"会议，以作为对当地抗日民主政权的一次检验，同时也昭告小日本：东纵将士，并非派几个刺客就能吓倒的。

午后，克尔随领导们来到土洋村东江纵队司令部，受到热情接待。在一种语言不通，但处处感受到至亲至爱的气氛中，他与游击队的战士们，极为友好地相处了好几天。还和战士们一起观看了纵队东江流动歌剧团的演出。

而许多人并不知道尹书记受伤了，因他要求从长头沙村回来的同志，不许提起此事。

第七十五章
雨夜遇袭大姐失忆　引蛇出洞达摩规避

　　克尔致东江纵队的感谢信译文，杨奇执笔的通讯《克尔脱险记》，连同克尔画的漫画，一起在《前进报》刊发了。克尔高兴得像发表了鸿篇巨制，要了两份油印的报纸，藏在航空服里，说要带回航空大队，带回美国。

　　3月中旬，克尔依依不舍告别土洋村，在游击队的护送下，经粤西北到梧州，安全返回"飞虎队"桂林基地。

　　而保卫科，是在克尔来到土洋村的十分钟后，就知道尹书记在水头沙村遇刺。段立辕仿佛看到"达摩"磨刀霍霍的样子，可就是看不清他的脸面身形，气得他直想找个人把自己痛揍一顿。

　　翌日，保卫科倾巢出动，带上警卫班副班长，来到水头沙村，对刺杀现场进行侦察。他们在村道旁边的怪石丛中，找到一枚火药味很浓的手枪弹壳。

　　带回这枚弹壳，与从刘黑仔伤口取出的弹头比对，竟然完全吻合。

　　三个杀手都使用狙击枪，为何刘黑仔中的是手枪的弹头？而捡到弹壳的地方，据副班长回忆，当时好像只有闵半梅在那里出现过。

　　就像刘巽贞不相信彭平是投毒者一样，段立辕也矢口否认闵半梅跟那枚弹壳有关。部队文职人员哪有枪？即使有枪小闵也不敢打！

　　此次重要领导人去水头沙村看望克尔和开会，事前是保密的。一直等到傍晚，才通知相关人员，而且只说："明天早上你到小操场集中，跟同志们一起出发。"那么，到底是谁，通过什么渠道泄露了这个消息？而且还猜出有一、二号领导参加？

　　保卫科就此展开秘密排查，确认当晚没有人单独外出，只有闵半梅由彭平陪着，去葵涌圩十字街杂货铺，买了一块肥皂和一包牙粉。彭平说闵半梅没有离开她半步。至于闵半梅去大鹏古城取稿子，也确实是杨奇安排她去的。

　　那么杂货铺呢？段科长问过杨康华主任，他手一摆说："那里可不劳你们费心。"

不管怎么说，闵半梅仍是疑点最多的人。李卫帮和刘巽贞建议，将闵半梅列为重点调查对象，并设法提取她的指纹。

段立辕从心里一百个不能接受，他看着李卫帮鼓起的下巴说："你们忘了她在协助警卫员追击杀手时，还受了伤？是不是看她常来找我，故意使用阻吓法，让她离我远些？我可告诉你们，我们只是普通同志和战友，丝毫不会影响我坚守纪律，坚持原则。"

看他俩脸上仍挂着问号，段科长像开机关枪一样，说出一大堆事实和理由，如家庭出身、亲人遇害、抗日热情、申请入党，以此来证明闵半梅没有嫌疑可言。

段立辕说话时尽量不夹带个人感情，但说着说着，恍然发现，他以前一再拒绝她、躲避她，是多么的残忍和虚伪。她对他执着的追求、如痴的表白，他一一全都记忆犹新，而且许多细节，一想起来就会变成他情思中的一波波涟漪。

闵半梅身材窈窕，肤色白皙，乌黑的短发整齐干净，微微噘起的嘴唇，使她看上去像个被宠坏的孩子，而略带忧郁的眼神，常令人萌生出想要冲上去保护她的欲望。

自视是从高等学府走出来的段立辕，从来就心气高，又知道保卫科长身份特殊，所以，对爱意炽热的她，一直采取冷处理的办法。现在他有些后悔了，他劝别人不要伤害她，而自己不正一直都在这样做吗？

刘巽贞好像看穿了他的心思，故意"以其人之道，还治其人之身"，抛出了一个个发生在闵半梅身上的巧合，硬要将段立辕拉回直面现实的轨道上来。

"你跟小闵是什么关系，我无权妄自猜测。我们只对事不对人。我认真梳理了一下闵半梅的经历和际遇，一是有太多蹊跷，二是都太惨了。她父母都被日军飞机炸死，从业的诊所也被炸毁，来黄碧围投靠姑母，姑母一家在她到来之前，全被日军残忍杀害。而邢家的帮佣赵妈，也在'大扫荡'前死于非命。还有，她的家乡在从化县城，这个地方确实被日机炸惨了，现在偏偏又是日占区。你说，这一切是不是太巧又太惨了？"

李卫帮恍然大悟地"喔"了一声，说："我、我明白了，越蹊跷而且越惨，就越有可能是故意编造。目的就是博取同情，又让我们无从寻到真相。"

"对了，她当时要求参加游击队，中队长不答应，是我替她求的情。如果她真有问题，我是负有不可推卸责任的。"

"别说了，你们都成为福尔摩斯了。"段立辕认为在日寇穷凶极恶的年头，亲人接连遭害，故土无家的现象十分普遍，没有什么值得大惊小怪。但想起重要领导人两次险遭不测，尹书记甚至差点踏入鬼门关，挖出内鬼迫在眉睫，他才放软了语气，同意对闵半梅进行不公开调查。

最快捷的办法，当然是从指纹比对入手。那天，闵半梅来找段科长，李副科长说他和刘姐出去办事了。闵半梅转身就走，被李副科长叫住了，请她帮一下忙，把柱子下那块晾干的玻璃，拿来放在段科长的办公桌上。

这个故伎，是提取最全最清晰指纹的绝佳办法。只是，结果却让段立辕成了赢方。闵半梅的指纹，跟投毒那晚发现的指纹，没有一个对得上。

指纹比对失败，只能派人暗中监视她。可同样毫无所获。李卫帮托人给从化地下党负责人带去协助调查函。结果，久久没有回复。

锄奸工作云遮雾绕，与"达摩"的交锋，举步维艰。这场暗战，与明刀明枪的战场搏杀相比较，保卫科的人，简直连头都不敢抬起。

东江纵队成立后，不断壮大的部队，士气越发高涨，纷纷伺机出击，陷坚挫锐，打得日寇伪军叫苦不迭。

捷报频传，记者也闲不住了。闵半梅接到任务，半夜将随东莞大队政委及他所带的二小队一同出发，前往梅塘乡，与驻地记者合作，围绕"斩断日军广九通道"这一题材，采撰一篇特写。

回南天的黄昏，土洋村被浓雾笼罩着，潮得有点腻。闵半梅来到保卫科，要跟段立辕道个别。

刘巽贞本来想托她为儿子带去四个糯米油角，两个发粿。上晗现在是飞鹰队小鬼班的副班长，正在长个头。刚要开口，又突然把话咽了回去，觉得还是托别人带去妥当些。

天已向黑。半梅邀立辕去海边散步。她说她最喜欢看立辕穿藏青色工人装，头戴一顶鸭舌帽的样子。还说他穿着白背心，在篮球场传球投篮的姿势，很好看，很有独特气质和风度。

听了不少甜言蜜语，段立辕那颗压力很大的心，轻松了许多。他看半梅穿着布面胶底鞋，从沙滩上走过，留下一行清晰的鞋印，画面特别有诗意。

半梅又说，她准备专门写一批女战士，为革命奉献青春的事迹，如果主编同意，她第一个要写的将是巽贞姐。她让立辕说说巽贞姐年轻时投身革命的故事，以及曾经当过哪些地方的领导。

段立辕对刘巽贞的认识，大多来自母亲李兰舟的讲述。在他看来，除了父亲，刘巽贞是母亲心目中最引以为傲的翘楚。她是陆丰县第一个女共产党员，发誓为革命奉献自己的一生。母亲就是在她引领下，才成为党的人，成为一名战士。

闵半梅对刘巽贞在津洲担任农会会长那段历史，似乎更感兴趣，连具体到哪年哪月，都问得很清楚。只是，在获得准确答案后，她的脸色一下变了，双腿也抖个不停。幸好天已黑了，段立辕一点都没察觉到，唯独，他无意碰到她的手，感觉有些冰凉。

三天后的午夜，细雨霏霏。刘巽贞起夜后再也睡不着了。

咫尺之遥的大海，和着绵柔的春雨，在絮絮叨叨的呓语中，弥漫出真切而熟悉的气息，招诱起枕上人，对往昔的追忆，对久别重逢的渴望。

刘巽贞不由想起儿子，想起儿子的父亲，想起牺牲的战友，也想起幽灵般的"达摩"。但为了明天的工作，她强迫自己闭上眼睛入睡，也不许耳朵去辨听一切声响。

然而，好像被一声闷雷惊醒了的大海，恼怒了，山摇地动般咆哮起来，磅礴的气势是那么张扬和霸道，胜似战鼓声中千军万马掩杀而来。良久良久，狂傲的喧嚣，渐次平静下来了，但空灵中，仍有未尽的威赫在游弋，在躁动。

有一个真实的声音，从土地庙的方向传来，是带着焦急、哀怨、恳求的嚷嚷声，越来越清晰。这是谁呀，半夜三更，出什么事了？刘巽贞看一下怀表，起了床。反正睡不着，不如就去看看。她披上衣服，别上手枪，戴上竹笠，拿着手电筒，走出傅家祖祠，循声走向土地庙。

原来，是耍猴的爷孙俩，一觉醒来，发现猴子挣脱链子，不见了。爷孙俩庙里庙外都找遍了，没找着。举着松明火把的老头快哭了，拦住路过的巡逻哨，哼哼叽叽说猴子是他的命，而他眼花腿瘸，孙子又耳聋，恳求战士们帮他把猴子找回来。

巡逻哨看着爷孙俩，帮不是，不帮亦不是，正为难着，看见刘大姐来了，就指指她，让大爷找她帮忙。

刘巽贞用手电筒四处照照，在庙后的桃树上，发现了调皮的猴子。这家伙，正在偷吃枝头青涩的桃子。

老头对刘巽贞谢了又谢，抱着已被淋湿的猴子，回庙里睡觉去了。

刘巽贞离开土地庙，远远看见医务所亮着灯光，以为刚从前线送来重伤员，就快步朝那里走去。医务所原为村里的私塾，可容纳五六十张病床。

到了医务所门口，灯忽地灭了，黑暗中只剩下雨的滴答声。没事就好，她松了一口气。

一阵风吹来，几滴雨打在脸上，凉凉的，刘巽贞打了个哆嗦，转身绕近路回保卫科。

为了锻炼夜视能力，她没有摁亮手电筒。走着走着，来到巷道的交叉口。她稍稍迟疑了一下，把拇指伸向开关，但料定不会有人，还是不肯往下摁。

也许就是这一执拗，导致她没能躲过一次厄难。假如那一刻打亮电筒，朝左右巷口晃一晃，抑或事情的结果可以改变。

可惜，现实没有如果。突然，从刚走过的巷口拐角处，蹿出一个黑影，没容刘巽贞完全反应过来，后脑旋即遭到硬物重重一击。

一阵剧痛，恍若一道黑色的闪电，穿透脑瓜，迅即向全身蔓延。刘巽贞咬紧牙，没有惊慌，没有发出尖叫，只想回头看看袭击她的是谁。可是，双腿和身子不听话，感觉整个人急速掉入一个无底黑洞。她扑倒在雨水里，意识顿时消失，更没有气力挣扎。

而她手里握着的电筒，却在她倒下时，亮了起来，光束直指天空。

李卫帮是在刘巽贞打开祠堂大门时，就醒了过来的。看她出去这么久还没回来，心急了。雨稍稍大了起来，他披上蓑衣，扣上斗笠，走下祠堂外的石阶，想看看她到底干啥去了。可是，村里静悄悄的，除了滴滴答答的雨，看不见一个人影。

正想回去，倏忽陈家巷那边亮起一束光，照得空中的雨丝一闪一闪的，而这束光一直没有动弹。

一种不祥袭上心头，李卫帮掀掉蓑衣，拔腿就往陈家巷跑。

天放亮了，医务所忙碌起来了。昏迷不醒的刘巽贞，躺在病床上，脸色苍白，嘴唇发青，四肢一动也不动。她的头部，紧缠着不知用过多少遍的绷带，伤口上的纱布，透渍着股红的血。枕头旁边，放着一块七八斤重的三角状石块。彭平做完一切该做的，就一直守在大姐身边。

李卫帮一遍遍告诉自己，刘姐命大，会醒来的。可当他看见韦所长进来，又上去恳求他："至、至今人事不省，我看应该向领导报告，马上送往东莞城，由德国传教士开的普济医院治疗。那里已经收治过我们好多伤病员。他们一定能把刘大姐抢救过来的。"

韦所长说："东莞城戒备森严，不到万不得已，伤病员不往那里送。再者，刘同志是颅脑受伤，一路翻山越岭，反而会造成新的伤害，还是继续观察一段时间再说吧。"其实，刘巽贞不能送东莞城就医的主要原因，是她的级别不够。

彭平不知道这一不成文的规定，认为韦所长说得对，劝李副科长不要太心急。大姐再次受伤，彭平心如刀割。但作为医护人员，她不敢放声大哭，只好偷偷抹眼泪。她最担心大姐因颅脑损伤，引起肺部瘀血等并发症，她得按照韦所长的吩咐，时时守在大姐身边，密切观察她的病情变化。

段立辕从陈家巷回来了。他连夜带领战士和民兵，对前后几条巷子展开搜查，没有发现可疑人员，只在出事交叉巷口的一处屋檐下，发现半枚胶底鞋的鞋印。它与闵半梅在沙滩上留下的鞋印，很相似。

只不过，闵半梅在事发前已经随部队去了梅塘，嫌疑可以排除。段立辕想过比对一下鞋印，可条件所限，案发现场的无法提取，而沙滩上的鞋印，也因下雨早就消失了。

敌特为何冷不防将暗杀目标转向刘巽贞？他会是"达摩"吗？行凶时不敢开枪，可能考虑动静太大，不易逃脱，那为何不用利器，而选择石块？如何在村里和部队中，寻找那双跟闵半梅同款的胶底鞋？

这个披着面纱的鬼魅很张狂，罪恶行径一次接着一次，充满挑战的火药味，他真拿保卫科当摆设？

杨康华主任来看望伤病员了。他站在刘巽贞的床前，久久没有离开。韦所长告诉他，伤者后脑创口长六厘米，为钝器所击，幸亏有竹笠护着，才不致颅骨碎裂，加上发现及时，失血不是太多，应该不会有生命危险。

杨主任让段、李二位到所长办公室来。段科长向他汇报了现场发现的线索和疑点，又指着石块和被砸塌了的竹笠，补充道："凶手力气大，下手狠，初步推断是个男的，但个头不是很高。"

李卫帮认为现在下结论有些为时过早，他掂掂石块，又看看段立辕，想表达不同见解，但又担心口吃，领导听起来费劲，就把到了嘴边的话又咽了回去。

杨主任看他欲言又止，伸手往他肩膀上一搭，说："有话就讲，没什么好磨蹭的。"

李卫帮赧然而笑，放慢语速说："明明许多线索都牵扯到某一个人，可、可经进一步查证，又往往不得不把她排除在外。为什么会这样？我怀疑是敌人算计好了，刻意在一些节点上制造假象，迷惑我们，使我们一直团团转，故而奸细一直没能揪出。"

杨主任从李卫帮手里拿过石块，嗅了嗅说："这块石头，没带泥土，没有异味，应该是从石匠作坊的废石堆捡来的。可以查一查，有谁去过那里，并挑走了石头。"

段立辕掏出记事本，把杨主任的判断和提议记了下来，心里暗暗佩服领导心细见识广。

"海陆丰有句谚语：人行有脚印，鸟飞会落毛。"杨主任的双手，很契合语意地比画着，"我们办案，要注重证据，立足于绝不冤枉一个好人。这样，才不会让真正的坏人乘隙溜了。对于死心塌地为反动派、法西斯卖命的人，我们决不留情，一定要狠狠给他一记重拳。"

杨康华说话从容不迫，言简意赅。他出生于广州一个知识分子家庭，十七岁入读中山大学法学院，在革命浪潮中久经历练，对敌斗争经验丰富。

段立辕面带愧疚说："达摩继续行凶作恶，一个原因，是我们保卫科锄奸不力，没有形成威慑力，我应向组织做检讨。"

"杨主任在对敌特罪行控诉大会上，一再规劝迷途者回归正义，回归人民，与反动派法西斯一刀两断。可'达摩'，像跟我们有着血海深仇，不但不回头，反、反而以暗杀向我们再次发起挑战，想借此奚落我们。"李卫帮愤愤地说。

"我的规劝，除了治病救人，还有一个目的，就是敲山震虎。"杨主任抬高声调说，"破案，既斗智又斗志，你们平时不妨研究研究包拯、寇准、狄仁杰。不能继续被动下去了，要伺机放出烟雾，引蛇出洞。明天，你俩到我办公室来，我们一起琢磨琢磨，争取拿出一个诱使鬼魅现形的方案。"

谷雨天，杜鹃啼。昏迷半个多月的刘巽贞，醒过来了。彭平第一个发现大姐缓缓睁开眼睛，高兴得泪水哗哗直流。

不过，脑伤留下的后遗症，使大姐记不起因何躺在病床上，也忘了水头沙村遇袭之后发生的事情，而且不时头晕耳鸣、恶心呕吐，还常常整夜失眠。好在她对重要领导人遇袭前的所有往事，全都记忆犹新。

韦所长的解释是，因为严重脑震荡，导致逆行性遗忘，对近期发生的一切，会忘得一干二净，而对较为久远的记忆，却不会有大的妨碍。

刘巽贞听彭平说，自己已经住院二十多天，急了，一再央求医生批准她出院。

彭平掏出小镜子，递给大姐，说："你脑后一大片头皮不长头发，你怎么出去？"

刘巽贞把小镜子塞回彭平的衣袋里，嘟囔道："又不是缺胳膊少腿，差几根头发怕啥？只要医生告诉我，怎么做能恢复近期记忆，我就立马出院，病床也好腾给别的伤病员。"

"我已问过韦所长，他说你尚不能出院。如果你肯听话，我这就找块布料，帮你缝一顶帽子。"彭平像哄小孩哄着大姐。

两人正争执着，忽然间，大姐的脸灿烂起来了。只见郁上晗挽着一只竹篮，领着郭坚、林瑞、姜运兰，急匆匆走了进来。

一声声切切于心的问候，一句句朝夕惦挂的诉说，一遍遍溢出泪花的庆贺和欢笑，还有早日缉凶、安心养病的祈盼，充斥着整个病房。刘巽贞不忘问一声长高半个头的上晗："你们不会是擅自行动，偷着来的吧？"

郁小子轻抚母亲头上的伤疤，说："得知你遭偷袭时战事正紧，我又代理着班长，更不敢告诉他们，只有命令自己多打鬼子为你报仇。部队今天开始休整，我们几个请了假就来了。对了，还没让你看看我们的战利品呢。"

郭坚抢先拎出藏在身后的网兜，往刘巽贞身边一放，变戏法似的掏出一个罐头："这是我们攻打新塘火车站缴获的日军的兔肉罐头，我们每人分了两个，凑来四个慰问你。"

郭坚自从听说刘巽贞受了伤，且一直昏迷不醒，那颗本来就无时无刻不牵挂着的心，仿佛被谁吊了起来。他恨不能来到她身边，照料她，护理她，用爱唤醒她，同时协助保卫科揪出凶手来。

可是，几天就一场战斗，还要在基础好的乡村建立民主政权，组建培训民兵队伍，做伪军的分化瓦解工作。他这个中队指导员，纵有三头六臂，也忙不过来。

今天，终于来到她的病床前，看她康复得不错，心里那块石头才落了地。只是人太多，他不能跟她说说体己话，也不敢做出任何亲昵之举。但他趁上晗起身拿慰问品，挤上前在心上人的床头坐下，一只手从背后偷偷抓住她的手。刘巽贞想挣脱，又怕动作太大被人发现，只好任由他握着。一时间，郭坚感觉整个人都快飞起来了，他好希望时间就这么定格下来，让他永远攥着她纤细柔软的手。

姜运兰眼眶红红的，她多么想跟大姐单独相处一会儿，她有许多私房话要跟大姐说。可是，大姐看样子还不能下床，她就坐在另一边的床头，双手轻轻搂着大姐，还把头靠在她肩上，嚅动嘴唇喃喃而语。

郭坚怕被姜运兰看出自己的小动作，立即把手缩回，站了起来。

林瑞有一丝失落，他与刘巽贞战友情谊的建立，比谁都早，比谁都久，可是却不能像他们一样，做出一些亲昵的动作来。他只好帮上晗掀开竹篮的布帕，对巽贞说："我们攒了两斤鸡蛋，两斤红糖，还特地买来一些金针菜花，听说吃这个，有助于身体康复。"

韦所长听见金针菜花，走了过来，抓起一把，对刘巽贞说："金针菜也叫忘忧草。它除了能当菜吃，还有药用效果。别看它花儿绽开很漂亮，且有一股特殊的柠檬香味，却含有秋水仙素，一种有毒的植物碱。鲜吃时得用开水焯过，再放在水里泡一泡，就可以放心吃了。"

探视时间到了，彭平送上晗和郭坚他们走出医务所。

刘巽贞一个人在床上，发了一个午的呆。她回忆起郭坚抓她手的那一刻，两只手都在微微颤抖，还有透过肌肤的温暖。但忘忧草的柠檬香味，让她的思绪一下拐了弯，犹如触碰到记忆深处的一个开关，使她成百上千次追问自己：我是否不久前在某个地方，闻过这种香气？

可是，她苦思冥想了几个昼夜，仍然想不起是什么时候、在哪个地方闻到过柠檬香味。

彭平劝她别再胡思乱想，否则，失眠肯定会加剧。

刘巽贞一遍遍暗骂自己：总说巾帼不让须眉，却让一块小小的石头给废了？！明明忘忧草的芳香，像一根刺，深深扎在肉里，可是为了挑出这根刺，皮开肉绽了，还是挑不出来？

不行，这根刺就算扎在骨头缝里，也要把它剔出。别人帮不了你，连医生也无能为力，只能靠你自己。能将它剔出来，或许就能解开一个困惑多时的谜团。

又是一个烟雨如纱的夜晚，刘巽贞偷偷溜出静悄悄的医务所，按照彭平所说的出事地点，来到陈家巷。她在交叉巷口不知转悠了多久，直到有些分不清东西南北了。

遽然，一个落地雷炸响，把她吓了一跳。而她在闪电亮起的那一刻，感觉有一个黑影从背后扑来。就在黑影贴近她的刹那间，她闻到了幽幽的柠檬香味。

对，没错，在她遭到袭击的那个夜晚，凶手身上就有这么一种香气。

刘巽贞强迫自己对遇袭的细节，重新"还原"一遍，结果，犹如默片电影回放，一切历历在目。

从陈家巷回医务所的路上，她还回忆起许多一度遗忘的近事。

天快亮时，刘巽贞做了个梦，只见闵半梅抱着一束花儿金灿灿的忘忧草，向她走来。她正要伸手去接，突然浑身一颤，惊醒了。

病房里鼾声依旧。她一边庆幸没把病友吵醒，一边揉揉脸，坐了起来，想梳理一下刚才的那个梦。兀地，心中豁然一亮：她从闵半梅身上，闻到过这种淡而独特的芳香。

忘忧草，漂亮的花朵，险恶的心蕊？秋水仙素，好听又带有几分忧郁的名字，却是致命的毒药？

刘巽贞睡意阑珊，思绪如天马行空。在"跨过"童年的门槛时，她想起了离津洲不远的落马寨。那里的山坡，长满绿油油的忘忧草，金黄色的花儿，挂在枝头，飘溢出阵阵幽香。遗憾的是，这么一处景色秀丽的地方，却出了个土豪恶霸，结果，他被自己的罪恶给葬送了。

怎么啦，咋就想起落马寨来了？这跟她在陈家巷闻到的幽香，可是风马牛不相及呀。

刘巽贞的近期记忆恢复了，深感惊讶的韦所长，出题考问了她一番，点点头，只好批准她出院。

戴着彭平为她缝制的列宁帽，刘巽贞当天就去保卫科报到。在两位科长的嘘寒问暖之后，她十分自责地说："在锄奸工作陷入困顿的节骨眼上，我却莫名其妙受了伤，当起病号，真是辛苦二位了。不过，我有预感，我们距离揭开'达摩'面具的日子，不会太远了。"

"别自己安慰自己了。我们最近张罗了一次'引蛇出洞'，结果，蛇没引出，我们反而找不到北了。"段立辕耷拉着双眉说。

李卫帮看刘大姐像被泼了冷水，不解地眨着眼，急急把事情的经过说了出来。

"引蛇行动"是本着舍得孩子套住狼原则，由杨康华与段立辕、李卫帮三人研究制定出来，报经一、二号领导批准，才着手实施的。

段立辕以过生日为名，约闵半梅在海滩会面。他带了一瓶米酒，一包花生米，而闵半梅带来半只烧鸡。两人从读书时富家子弟过生日搞聚会说起，边聊边开怀畅饮。酒至半酣时，两人争相朗诵古今中外的爱情诗。末了，段立辕言之凿凿地说："如果不是打仗，我肯定已经当上讲师，而且结婚生子了。"

闵半梅趁势抱住他，安抚道："今天是你的生日，只说些高兴的话，不许伤感。"段立辕有些沮丧地说："我哥已通过国民政府教育部首届自费留学考试，去英国读应用物理，这也曾经是我的梦想呀。可我的梦，却让小鬼子给毁了。"闵半梅抚摸着他的胸口，安慰道："别灰心，你以后还有机会出国留学的。"

段立辕嘴里喊着热，挣脱了闵半梅的搂抱，说："你一直关心我，包容我，可我从小嘴笨，不懂讨女孩子欢心。今晚约你出来，全因为我们又要分开一段日子了。"闵半梅撒着娇又搂住他："就是嘛，难得在一起，就让我们好好享受一下爱情。哦，你刚才说什么来着？"段立辕打了个酒嗝，晃着竖起的食指："这，这是机密，可不能告诉你。"

闵半梅生气了，抓起酒瓶直往嘴里灌。段立辕抢过酒瓶说："这样喝会伤身子的，我说出来还不行吗？是这样的，几天后路西行政督导处正式成立，就在燕川村的陈家祠；还有，驻守常平的自治军第一团即将投诚过来。你说，是不是喜事连连？"闵半梅吻了一下立辕的脸腮："说出来让我先高兴一下多好，还有别的喜事没？"段立辕醉眼蒙眬摇摇头，叮嘱道："这可是机密中的机密，不许告诉任何人。"

然而，并没有鱼儿上钩，也许，她真的不是内鬼。因为东（莞）宝（安）行政督导处成立和暂编第一团投诚，一切都很顺利，好像日军压根儿不知道有这么回事。

李卫帮焦急地问刘姐："你说说，问题到底出在哪里？"

刘巽贞沉吟片刻，很坚定地说："依我看，闵半梅已经知道自己被怀疑，她估摸段立辕是在试探她。她是要干大事的主，所以，对没太大价值的事不感兴趣。再说，也好借此博得我们的信任。"

段立辕恼了，用带有几分反唇相讥的语气嘛嘛道："你还是不肯接受现实，坚持认为闵半梅就是'达摩'？"

刘巽贞平心静气地说："别激动。你是科长，有决断权，但更要执行民主决策制度。"她缓缓道出在陈家巷遇袭闻见柠檬香之事，然后反问段科长："你闻见过谁的身上有这么一种香气？"

段立辕一屁股坐回板凳上，口张得足以放进一个鸡蛋，但他很快又反戗了刘大姐一句："那动机呢？你说说她击杀你的动机是什么？"

刘巽贞耸耸肩，双手一摊："如果我知道动机，那你现在就该下令抓人了。近些天来，我对'达摩'，做过一番分析。这个狗特务的代号，应该取自'达摩十八手'，即自诩训练有素，艺高胆大。他除了极其狡诈，反侦察能力超强，而且胃口特别大。所以，我们只有设下一个高规格的局，他才会再次出手。"

第七十六章
耍猴人易容露马脚　钱孝娣招供吞毒丸

1944 年 4 月，春插春种刚进入尾声，东莞梅塘乡来了大批东江人民子弟兵，村子一下子人沸马嘶，好不热闹。

原来，纵队为了提高东宝边区游击队的军政素质，决定利用战斗间隙，集中第三大队、第五大队和东莞大队，来到梅塘乡，进行为期两个月的集训。随行的还有代号"铁流"的政工文艺队，以及医务工作人员。

集训临时指挥部，设在马鬃山下龙见田村老寨里的李士名原祠。原祠有三进，比较宽敞，除了机关科室和警卫排，纵队一、二号领导来到梅塘乡，一般都会住在这里。

大队长邬强所率第三大队两个中队，还有医务队，分别住在该村的达成公祠、敏斋公祠和花厅等处。这些祠堂都用青砖筑成，十分坚固。

龙见田村背倚马鬃山，坐西南朝东北。西面有一条山间公路通往常平镇，其他三面重重叠叠都是山峦。有名有姓的山头，除了南面的马鬃山，还有东面的象山、雷公山，东北面的飞蛾山。

张英大队长和东莞大队，驻于西南面的田心村，与龙见田村，隔着一条公路，一座小山岗和一片稻田。彭赛率领的主力第五大队，驻扎在铁路东面的长山头村，离龙见田十余里远，中间还隔着小象山。第五大队的整训，被安排在第二期。

龙见田村，地形像一个插箕，前面是平整的水田，一口月形池塘紧挨着晒谷埕，晒谷埕西面，有一个戏台。村子的老寨子，像一个耄耋老人，蹲在晒谷埕边，看着五谷丰登，也看着子民在战火中呐喊着冲向战场。

走进老寨子粗拙坚固的石门楼，眼前豁然一亮，巷道笔直，瓜藤出墙，古朴气派的屋宇错落有序，以李士名原祠为主的几座高祖祠堂，依次坐落于老寨子中间。

这个村，所有子民同根同源，都姓李。高祖繁衍出太多子孙，纷纷在老寨子的两翼和寨后，建起新屋区。第三大队的独立中队和政工文艺队，就驻扎在西片的敬祖大书房。

早晨，天刚放亮，两个游击大队、医护队和文艺队的战士们，准时来到晒谷埕，在教官指挥下，进行各种操练。上午，或集中到村外进行军事科目训练，或听领导授课，开整顿纪律作风生活会。下午，战士们分头帮助村民锄草施肥，修补房屋，维修农具，做家务活。晚上，或观看文艺演出，教村民唱歌、跳舞，或走访农户，拉家常，鼓励村民参加抗日活动，坚持落实减租减息政策。

村民们对子弟兵十分热情，抢着送蔬果鸡蛋，浆洗衣服，挑来稻草给战士们垫地铺，煮好饭、烧好茶水送到部队训练场，体现了浓浓的军民鱼水情。

5月初，闵半梅来了，任务是报道整训的内容、模式和成效。她逐一采访曾生等领导和两个大队长，并一边起草新闻稿。此时，前进报社的编辑室与油印室，已转移至东莞厚街的桥头圩和河田乡。她的稿子写好后，将交由"小鬼"交通员送至桥头圩。

闵半梅在写稿子时，一有遇上政策性问题，就会回来向曾司令员或大队长请教。有时，她会借口找段立辕，来到位于原祠后罩房的保卫科。一来二去，闵半梅对临时指挥部和各个大队的情况，可谓了如指掌。而且她从宣传科长口中得知，尹林平将于7日，前来龙见田，给集训人员做一场保持人民军队性质，密切官兵关系的报告。

闵半梅人走到哪，歌也跟着唱到哪，战士们都说从没见她这么开心过。其实，她是试图用唱歌来掩饰内心的不安，因为她感觉到，有不少眼睛和枪口，正在暗处瞄着她。

保卫科仅抽来两个人。保卫科长段立辕，看着小闵的身影，听着她的歌声，内心又动摇起来了。他暗自嘀咕了几次：她怎会是青面獠牙的"达摩"？

刘巽贞可不敢像他那么轻松，闵半梅一出现，她就暗示段科长：保卫科进入高度警戒状态。段立辕知道杨康华主任相信刘大姐的判断，并允许她在事态紧急时"先斩后奏"。

杨主任听取大姐的意见，连夜从第五大队的手枪队，调来五男一女六名干练的战士，并让他们化装成村民，三人轮流秘密盯梢闵半梅，一旦发现她跟可疑人员交接什么物件，立即将她逮捕；两人假装清理村里的排水沟，实则暗中监视闵半梅所住的农家小院；剩下那位女战士小戴，扮成村里妇抗会的成员，配合刘巽贞挨家串户走访群众。

可是几天过去，并没发现闵半梅跟任何可疑人员有过接触，只是上了两三回女性公共茅厕。

5月7日傍晚，村口来了一群衣衫褴褛的难民。他们自称来自田寮乡，因村里人反抗日军暴行，惨遭追杀，他们侥幸逃了出来，四处流浪乞讨。村口值守哨卡的战士，见他们饿得奄奄一息，就放他们进村来。

十几个难民，背着卷成捆的竹席，挑着装满破烂的篓箩，来到戏台前，伸手向村民乞讨。好心的阿婆大婶，看他们可怜，回家拿来一些熟番薯、咸菜给他们充饥。

刘巽贞闻讯赶来了，她和小戴躲在人群后，默不作声暗中观察。

第三大队的女卫生员张惠文，背着刚出生一个月的婴儿，路过戏台，看逃难人有几个病得不轻，就问他们："你们哪里不舒服，看过郎中没有？"几个病恹恹的男子，摇摇头，张张嘴，却说不出话。领头的人叹了一口气，替他们回了话："我们哪有钱看郎中？鬼子往火堆里扔毒气罐，他们几个中了毒，喉咙全烂了，都成了哑巴。"

这时，两个女难民，看见寨子大门的台阶上，坐着几个小孩，正端着陶碗吃晚饭，就哆哆嗦嗦向寨门走去，说要讨些稀饭汤来就番薯。几个背着竹席的男子，立即跟了上去。

刘巽贞突然发现，那个瘦削的领头人，有些眼熟。等他转过头去，她看清对方的左耳垂有个洞和一颗痣。这不就是耍猴的老头吗？现在他摇身一变，成了难民，胡须没了，腿也不瘸了。刘巽贞当即断定：来者不善，他们根本不是难民。

恰逢闵半梅去池塘边洗衣服回来，从有病的难民和耍猴人面前走过。她抬起手，挠了挠发鬓，头也不回，径直往自己的住处走。

一会儿，耍猴人说要找个地方解手，拨开围观的村民，东张西望一番，拐向另一条小巷。刘巽贞捏捏小戴的手，让她去向埋伏在农家小院附近的战士发出信号。而她走向两个盯梢闵半梅的战士，吩咐个子小的立即去向段科长报告："难民有诈，阻止他们进入寨子。"然后，朝左撇子战士使了个眼色，让他跟她一起尾随耍猴人。

刘巽贞刚一离开，戏台前病恹恹的难民，个个背起包袱，朝寨门走去。

正从原祠走出来的段立辕，一听寨子大门被可疑难民围了，对警卫排长喊道："来者不善，做好战斗准备！"旋即与独立中队政委钟若潮向寨子大门跑来。一看，难民正在央求岗哨，让他们进去向长官要几个治病的钱。

"老乡们，有啥要求可以对我说，就别为难卫兵了。"段立辕一边好言安抚，一边仔细打量着难民。他很快从两个妇女身上发现了破绽。

她们分别被两个男人搀着，双手一直在抖，目光躲躲闪闪，没有多少哀怜，只有畏惧和惊惶。再看那些男的，身上穿的衣服，大多并不合身，脸上一片黑不溜秋，可后颈的皮肤，却白白的。段立辕用手肘蹭了蹭钟政委，大声对他说："你去请大队长出来，看看怎么解决！"还重重拍了一下他的肩膀。

再说刘巽贞那边，她与左撇子战士跟踪耍猴人，已来到闵半梅住所的巷口。耍猴人顺着艾香味，找到院门洞开、烧着驱蚊艾草的农家小院，瞅瞅前后没人，头一低闯了进去，掩上柴门。

刘巽贞与战士拔出手枪，冲了过去，踢开柴门，大喝一声："不许动，否则，别怪子弹无情。"

耍猴人愣了一下，假装转身，迅捷从腰间拔出手枪，被藏在柴草堆后的战士叭叭两枪，击中胸部，晃了晃倒在地上。闵半梅几乎也同时拔出手枪，被不知从哪蹿出的小戴飞起一脚，把枪给踢上了天。闵半梅双脚一蹬，一个悬空翻转，落在刘巽贞面前，迅速出手掐住她的喉咙。柴草堆后的战士，扔来冒烟的艾草，刘巽贞趁机用手肘撞击闵半梅胸部。

突兀的枪声，使寨门口的难民一下愣住了。两个女难民趁机挣脱男人的搀扶，冲上台阶，躲在段立辕身后，说："他们是日本人，是'斩首特攻队'的人，我们是被抓来的。"

一个五官长成一堆的猪腰脸，把打狗棍往地上狠狠一扔。他是"斩首特攻队"队长，本想等耍猴人回来，让他设法带队员进入寨子里，一听枪响，知道事情不妙。而眼皮底下的两个村妇，不但溜了，还揭了他们的底，一时怒火中烧，即从竹席里抽出轻机枪，想突袭冲进寨子。

钟若潮与警卫排长，手持冲锋枪，早已将枪口从人缝中伸出，突突突一阵扫射，把猪头脸打成了血葫芦。有战士乘隙把正吃饭的小孩抱走。

装病的小鬼子眼睛一睁嘴一咧，露出了狰狞面目，一句"八嘎呀路"，从身上抽出撸子手枪，扬手就打。后面的日本兵，急忙从篓筐里掏出手雷，往头上一磕，甩向寨门。另一个背竹席的日本兵动作也不慢，机枪一亮出，枪口转瞬喷出火舌。

钟若潮命令警卫排机枪手卧倒开火，其他人蹲着射击，而门框两旁的战士，防着贴紧墙根准备突袭的敌人。他自己拦腰抱起受伤的段科长，并招呼两个村妇跟着他，快步跑进原祠。

一中队几个战士，顺着梯子爬上老寨门楼的屋顶，要给偷袭之敌一个居高临下的回击，也顺便看看村外有没有增援之敌。还专门留下两个战士在门楼洞里守候，一发现日军的手雷扔进来，趁它还没爆炸，立刻扔还斩首特攻队。

就在枪声大作之时，驻宿大书房的独立中队赶来了，从两侧阻断偷袭者的退路。中队长黎汉威下达命令更干脆："一个不留，叫他们有来无回！"

刘巽贞和手枪队的战士，押着五花大绑的闵半梅，走进原祠。副司令员兼参谋长王作尧，政治部主任杨康华，军事特派员梁鸿钧，大队长邬强，都在大厅等候着。他们要听听刘巽贞的汇报，也要看看闵半梅的真面目。

刘巽贞上前向领导们敬了礼，拿出从闵半梅身上搜出、准备交给耍猴人的字条，还有小手枪，递给杨主任。杨主任把字条打开，看一眼，又递给王副司令员，回头问闵半梅："你的代号就叫'达摩'，没错抓你吧？"

闵半梅脖子一梗，狂傲地应道："正是本尊的封号。你有算过，让你失眠了多少个夜晚吗？"

王作尧将锃亮的烟斗往嘴里一叼，绕着她走了一圈，说："字条上写着'行动暴露，一、二号无踪，计划取消'，请你解释一下，这个计划是否就是'富士山计划'？"

闵半梅不屑地说："你是三号人物，用我多费口舌吗？"

梁鸿钧被激怒了，呵斥道："别太嚣张，你现在已是阶下囚！只有如实交代罪孽，才有可能争取宽大处理。"他转过身，握住刘巽贞的手，说："我曾经反对你任职保卫科，今天，我郑重向你敬一个军礼。"

杨主任也跟着向刘巽贞敬了个军礼，说："一切尽在不言中！立辕受伤，我派敌工科科长协助你。"然后贴在她耳边，叮嘱了一句："连夜突审，一定要撬开她的嘴。"

押着闵半梅，来到保卫科，敌工科杨科长和政治部一名书记员，已经在那里候着。

刘巽贞为闵半梅松开绳子，说："'达摩'，我们已经认识两年了，但从来没有好好聊过，希望你能敞开胸怀，还给自己一个真我。"

闵半梅踢一下椅子，坐下，说："没想到吧，一个如花似玉的女子，竟然取了个面目狰狞的男性化代号？"

杨科长看女奸细有些狂，狠狠一拍桌子，大声问："姓名？年龄？籍贯？为何当汉奸替日本人卖命？！"

闵半梅掉转椅子，面对刘巽贞，用快意而又心有不甘的目光，看着这个差点被她一击毙命的女人，跷起二郎腿，像早已准备好了似的，滔滔不绝说了起来。既像在控诉命运的不公，也不忘炫耀自己做卧底有多出色。

闵半梅，原名钱孝娣，是落马寨钱世德最小的女儿。土地革命时期，其父母被苏维埃政府镇压，那年她九岁。叔父收留了她，并将她抚养成人。不久，叔父以钱孝娣的名义，把她家原有的土地，从农民手中悉数索回。叔父为了霸占其家业，张罗将她嫁给惠州一个土财主当儿媳。钱孝娣反对，找来老管家，让他卖掉一些土地，换成法币，存入银行，作为她在省城读书的费用。

在省立卫生学校毕业那年，日军的铁蹄，敲碎了广州无战事的白日梦。钱孝娣游荡了一年，在一家小医院当上医士。出于好奇，她到日本人办的培训学校学习日语。

一位日本教员，竭尽教唆挑拨之能事，使钱孝娣对父母双双被镇压的记忆，变成仇共反共的宿恨。日本教员自诩其为贵族后裔，战争一结束，就立即娶她为妻，再一同前往日本享受豪门生活。钱孝娣半信半疑，日本教员把她交给特高课，送她到训练营进行训练。

结业后，她向日本天皇的画像宣了誓，就被派去广西，试图打入国民党桂林行营。因遭军统猎杀，逃回广州。不久，又假冒闵半梅，以牺牲日军一个小分队的代价，潜入东江抗日游击队，代号"达摩"。为了在游击队找到护身符，她露骨地追求段立辕。

钱孝娣像演独角戏，足足讲了一个小时，还余兴未尽。

刘巽贞叫小戴给她倒一杯水，问："你那次下毒，为何偏偏偷撕彭平记事本上的纸页？你不是跟她情同姐妹吗？还有，我们发现厨房玻璃窗上有两个指纹，是不是你留下的？"

钱孝娣先是酸后是嘲讽地应道："我恨她姓彭！我也忌妒她可以真情实感写情信，连梦也是甜的。至于指纹，你也太小看我了，本姑奶奶会傻到在玻璃窗上留下自己的指印？"

杨科长又拍了一下桌子，反嘲道："看样子你至死一点都不懊悔。谁叫你与人民为敌，当汉奸，要不你也可以光明正大谈恋爱呀。"

刘巽贞示意他别冲动，又问钱孝娣："你是从哪里获取领导去长头沙村看望克尔这一消息的，并实施了刺杀行动？你至少击中刘黑仔队长一枪，但不是用今天这把小手枪，对吗？你在执行什么计划？可以说出具体内容吗？"

钱孝娣来劲了，又绘声绘色侃侃而谈。

那天，她听了"报社自行车明天归你使用"一句话，起初没觉得特别，结合刚打探到克尔已被护送到长头沙村，及领导将在那里召开会议的消息，反复分析，便做出大胆判断：此次采访很特别，动作有点大，一定是陪同骑马的领导去。看望克尔，精通英语的曾生一定不会缺席，而且还要召开东扩会议，那尹林平一定会参加。

她用暗语写了一张字条，装进小小的虎标万金油盒，叫上彭平打掩护，一起去五六里外的葵涌十字街。路过一家私人客栈时，她故意绊了一下彭平，趁机将万金油盒扔进客栈的窗子。耍猴人看了字条，立刻启用电台把情报发给广州日军特务机关。臼田宽三大喜过望，电令香港特务机关长铃木卓尔，出动宪佐队新成立的"红三角"特攻组。

谁知特攻组是一群饭桶。埋伏在大石堆后的她，只好趁乱向尹林平开枪，却击中了刘黑仔。行动失败，她不敢随杀手一起逃窜，只好手慌脚乱地把地上的弹壳捡起，连同将佐式手枪一同扔进荆棘丛生的山沟，然后假装追赶杀手而受伤。只是，乱中出错，竟然漏捡了一个弹壳。

杨科长没想到部队的锄奸斗争这么惊心动魄，他用手指隔空朝钱孝娣戳了戳，骂骂咧咧起来："你简直是一条美人蛇，丧心病狂的美人蛇！今天竟敢指使日本人偷袭指挥部，你又使了哪些花招？"

钱孝娣对美人蛇这个称谓毫不反感，但说起今天的偷袭，却十分沮丧："我是不达目的决不罢休的人。我知道仅凭一个人，行动难以大功告成。所以，在你们的盯梢下，我借着上厕所，把情报和龙见田的地形图塞在墙缝里。可是今天，我不但没看见尹林平，连曾生也不知去向，感觉自己中计了。而斩首特攻队已经来到龙见田。我不愿因小失大，打草惊蛇，就搔搔发髻向耍猴人发出暗号，让他跟我碰头，听取我的解释，并通知特攻队长，取消行动。"

刘巽贞听钱孝娣说话声音有些嘶哑，让小戴再给她添些开水，然后问："你对我是不是怀有深仇大恨？那夜，你随二小队出发去梅塘，咋又返回土洋村而别人却没察觉？"

钱孝娣一下变脸了，咬牙切齿地说："那当然了！我父亲当年被穷鬼活活用石头砸死，而我母亲，挺善良的女人，同样也被枪杀，所以，我一直想报仇。你父亲也是大地主，至今活得好好的，我不找你报仇找谁？我在受训时学过障眼法，趁着月黑风高返回土洋村，在耍猴人配合下，杀死你，只是小菜一碟。"

刘巽贞一捶桌子，腾地站了起来，叱责道："放肆！你有没有见过你父亲的水牢，那里至今萦绕着多少冤魂？你知道十里八乡的农民，有多恨他？钱世德身上至少背着十一条人命，你还嫌少吗？至于你母亲，因为惊恐过度，疯了，有一次持刀捅伤一名赤卫队员，被路过的保卫干事误杀了。你的深仇大恨站得住脚吗？"

钱孝娣被问愣了，不知往哪放的双手，狠狠揪下系短辫的绒线，把头发抓扯成一个鸡窝，歇斯底里喊道："我不信，你骗我！我绝不会输给你们的。再过几个小时，就轮到你们像我的父母那样！"

刘巽贞听出话中有话，打开怀表一看，已经凌晨二时，警觉、思考使她绷紧的大脑随着秒针运转。听她说话的语气，不像单纯说气话，难道背后还隐藏着更大的阴谋？冷静，安抚，缓和对立，再像杨主任所言，彻底撬开她的嘴。

刘巽贞叫小戴找来一把梳子，起身过去帮钱孝娣把头发梳理顺畅，并编成辫子，再系上绒线。她从钱孝娣身上依稀闻到酸酸的酒糟味，但她忍住了，心平气和地说："你这样子，让段立辕看了，会心痛的。你已经知道自己错了，就不能放任自己再错下去。你完全有智慧把握自己今后的命运，你可以戴罪立功。"

钱孝娣仿佛回到童年，享受到了久违的母爱，她抓住刘巽贞的手，说："我要见段立辕。"

"他受伤了，日寇斩首队长打的。还有两位战友牺牲了。再说，他应该回避，不能见你。"

"那我更要见他！就算我是死因，也得让我见段立辕一面。"

"我劝你还是先戴罪立功为好。你只要说出日军还策划了什么阴谋，即将展开什么行动，就说明你恢复了作为中国人的良知，你的脚已经站回中国人的阵营，你还有救。"

"不要对我说教，我要看看段立辕伤得重不重！"

杨科长攥紧拳头，恨不得上前揍她一顿，但看刘大姐不愠不火与她周旋，怕坏了大姐的筹划，就忍了下来。

刘巽贞觉得不能再这样耗下去，必须立即向领导汇报，并要求批准段立辕跟她见面。她把杨科长叫到屋外，说出自己的打算。杨科长表示自己也是这么想的，让她去向领导汇报。刘巽贞叮嘱他，一定要看好钱孝娣。

段立辕身穿藏青色工人装，头戴鸭舌帽，跟随刘大姐，出现在钱孝娣面前。他伤得不轻，子弹打在肩胛与胸部之间，但他不想让钱孝娣看到他伤口缠着绷带、纱布洇着血的样子。

钱孝娣整整衣衫，痴痴而又痛楚地看着段立辕，要求刘大姐，让她单独跟他说说话。

杨科长坚决不同意，刘巽贞却让段立辕自己决定。

段立辕对钱孝娣说："我来了，而且穿戴成你喜欢的样子，你知道为什么吗？"

钱孝娣忘了自己是阶下囚，眨眨眼，陶醉而忸怩地说："说明你曾经爱过我。"

"如果你不是背弃自己的民族，助纣为虐，或许，我会爱上你。只可惜，你至今仍被仇恨扭曲了心智，蒙蔽了双眼，你还希望看到游击队遭受日寇铁壁合围，村民惨遭杀戮和凌辱？"

"其实，我也想过要当一个柔情似水的女人。现在，我想问你一句，如果我断然与过去诀别，重新做回中国人，你会接受我今生的第一次真爱吗？"

"爱情是不容玷污的，有真爱的人绝不会拿它来讨价还价。你不爱自己的国家，不爱血脉相连的人民，你还有什么第一次真爱值得炫耀？"

"是我太不自量力，你能来看我，我本该很满足了。我现在的唯一赌注，就是我掌握着一个秘密，我与樟木头的加藤介二大佐，有一个约定。我乞求你抱着我，亲我一次。"

"如果你还不想说，就把秘密带到棺材里去。你知道我作为保卫科长，在事实证据一次次指向你时，竭力替你否定过多少次，这个不是我短视，被你迷了心窍，而是我希望，爱我的那个女子，不被她所爱的人给冤枉了。可是，当我在长头沙村捡到你漏下的弹壳，我就认定你是'达摩'，只是苦于没有直接证据。看在我因为你苦苦挣扎了多少个夜晚的分上，你不应再强迫我做什么了吧？"

"你能说出这些话，我很感动。刚才刘大姐像亲娘一样为我梳了一次头，我也很感动。作为回报，我这就说出我与加藤介二的约定：如果凌晨一时马鬃山上没有烧起篝火，说明特攻队成功潜入，加藤大队将大举进兵，秘密奔袭龙见田，与特攻队里应外合，将纵队指挥部连同重要领导人一锅端了。这，就是完整的'富士山计划'。我估计加藤介二会跟藤本联手，至少让藤本派兵阻截第五大队，加藤就可以放心大胆攻打龙见田了。"

说完，钱孝娣面带微笑，掏出手绢，揩了一下嘴唇。这是个极其寻常的动作，却让一粒致命的药丸，悄悄进入她的喉咙。她仰头再看一眼段立辕，端起水杯，喝下人生的最后一口水。

凌晨三时，临时指挥部在原祠召开紧急作战会议，研究分析达摩死前供词是否可信。如果确实可信，应该如何制定全力制敌之策，彻底粉碎日寇的"富士山计划"。

与会各位一听副司令员提及加藤介二，无不咬牙切齿。杨康华曾经这样形容他及其所部：一个嗜血的疯子，操控着一群人性泯灭的禽兽。他们所到之处，奸淫掳掠烧杀，无所不用其极，欠下东江人民太多的血债。而最不可饶恕的是，加藤用最暴虐残忍的手段，凌辱杀害了东纵第一个女中队长李玉珍。

李玉珍籍贯云南，五岁被卖给香港马戏团，十六岁随香港回乡服务团来到坪山，并加入东江游击队，在中队当卫生员，不久入了党。她身手好，悟性高，背起药箱能救护伤病员，拿起枪杆能杀敌，且总是冲在前面。

日寇"万人大扫荡"时，李玉珍从火线抢下七名伤员，自己左大腿中了弹，还背着重伤员匍匐前行。为了躲过日军的搜查，她使出杂技绝招，攀住峭壁缝中的树根，让伤员抓住她的右腿滑下山坑隐蔽。

去年底，她随突击班在龙岗伏击日军，班长疟疾发作不能参加战斗，她接过班长的枪，率领战士们旋风般冲向敌群，把日军一个小队打得落荒而逃。今年初，她慧眼识破国民党顽军的便衣队，引领第二中队，把企图偷袭大队部的敌人一举消灭。春节后，彭嵩任命她为第二中队中队长。

恰逢日军急需修复遭破坏的铁路，加藤派古尾谷中队进驻清溪村，砍伐松树当枕木。李玉珍率二中队多次袭击砍伐枕木之敌，毙伤日寇三十余人，炸毁卡车两辆，迫使日军砍伐队狼狈逃回樟木头。

清明将至，李玉珍听说当年的马戏团来黄江演出，请求彭嵩，批准她去一趟黄江，她想会一会当年救过她生命的师兄，并说服他带上几个身手好的江湖儿女，参加游击队。彭骞考虑到她的安全，让她多带几个人去。

谁知，马戏团团长偷听了李玉珍与师兄的谈话。

这还了得！把团里的台柱子一并挖走，我这个马戏团团长岂不喝西北风去？团长秘密派人去樟木头，向日本人告密。

很快，随行的两位战士牺牲，李玉珍被捕。她经受住了非人的酷刑，也绝不向日寇低头。她被押去游街示众，一路上慷慨陈词，呼吁民众化悲痛为力量，团结一心跟着共产党抗击侵略者，直到把豺狼全都赶出国门去！

第七十七章
枭魔来犯双雄施策　八面埋伏加藤求援

　　对侵略者的憎恨与对战友的缅怀，使作战会议在开场白之后，静默了好一阵子。

　　王作尧从烟丝盒里撮起一团烟斗丝，装进烟斗的斗钵里，就着打火机的火焰，慢悠悠吸上两口。然后，他把烟斗从嘴里拔出来，用衣摆擦了擦衔口，递给梁鸿钧。

　　王作尧的烟斗，是一只弯嘴石楠木烟斗，来自一位旅居美国的爱国侨领。当年王作尧毕业于黄埔十一期，侨领觉得这支石楠木烟斗，跟他威猛的个头、谦逊儒雅的个性很匹配，遂割舍所爱，把随身把玩的大师作品，赠予了他。

　　品吸烟斗，烟斗丝得挑选自个儿喜欢的烟草，再结合自己的口味进行调制。

　　只是，兵戈频仍，王作尧的烟斗难免会因烟丝接济不上而断炊。遇上这种情况，王作尧宁可叼着空烟斗"饿烟"，也不用旱烟丝替代。

　　军事特派员梁鸿钧也爱抽烟，一杆铜锅头、玉衔嘴的旱烟锅，从不离手。且梁特派员专抽香味单一、劲道辛烈的南雄黄烟丝，同样难免会遇上烟草接济不上的时候。可他就算馋烟馋得口水直打转，也从不向部下要烟抽。

　　王作尧兼任上了参谋长，梁鸿钧以军事特派员的身份，成了他不离左右的搭档。

　　眼看老梁正在饿烟，王作尧便把自己正吸着的烟斗递给了他。

　　梁鸿钧吸起烟斗来，总觉得不过瘾，而且味道怪怪的。

　　王作尧为了他，改变多年的习惯，将品吸烟斗的格调"降级"，改用容易买到的黄烟丝做吸烟斗的原味烟。

　　烟草共享互济，看似不足挂齿的小事，却使两个人的心走得更近了，成了无话不谈的好兄弟。

　　陷入沉思的梁鸿钧，接过副司令员的烟斗，慢悠悠抽了起来。

人称"智多星"的张英抢先开了腔："我跟加藤交过手，一胜一负。此人生性暴烈孤傲，但鬼点子多，打起仗来有一种赌徒心态，不愿轻易服输。第一轮交锋，我们必须狠狠打疼他，让他沉不住气。接着，抱着全盘通吃心态的他，会把更多的兵力放在两翼包抄，如果包抄受阻，就会来个就地歼灭。日酋一旦挥完这三板斧仍胜局未定，想再赌又拿不出赌注，此时离铩羽而归也就不远了。问题是，我们已把他的特攻队全给'反斩首'了，他还会大举出兵吗？'达摩'会不会故意耍我们一把？"

杨康华说："大家一听加藤的名字，个个摩拳擦掌，心里都等着打这场仗。张英怀疑'达摩'口供有诈，其实心里就是怕他不来。不如先派侦察兵沿着日军从樟木头到龙见田的必经路径，展开侦察，弄清情况再做决定。"

他看王副司令员点了点头，就让两位大队长先安排侦察小组，朝不同方向展开探查。

梁鸿钧偏向于认同刘羿贞会前的分析，坚信"达摩"的供词不会有假，重要领导人与指挥部必须尽快转移。不过，他认为日军华南派遣军，没几个大队会打夜战，就算要搞连环突袭，也得等天亮后才敢发动进攻。

邬强很想为李玉珍报仇，也想将集训后的队伍拉出去遛遛，就说："如果日军已经掌握我兵力布防和指挥部位置，可能会采取大部队进攻与特攻小队偷袭两头并进。跟加藤赌一把这拙活，我接了，张英你可不要跟我争。"

张英哼哼一声，说："我对付加藤比你有经验，你抢不过我的。"

看两位大队长还在争着，王作尧也不阻止。集训一个多月了，谁都希望来一场实战，检验一下部队的战斗力，况且，来的又是恶名远扬的加藤大队。既然都这么想，那就干脆让部队进入实战状态。日军真的来了，迎头痛击；如果不来，就当作一次演练。

主意拿定，王作尧没有告诉任何人，只对大家说："我认为'达摩'的供词不会有假。下面请各位说说，在尚不清楚敌人出动多少兵力，从哪个方向发起进攻的情况下，指挥部和群众往哪转移，才不太费力又比较安全。还有，这场战斗，如何协调指挥，是否现在通知第五大队？"话未说完，王作尧一只手下意识捂住腹部。他的胃病又发作了。

一旁的梁鸿钧看见了，站起来，说："我建议，指挥部、文艺队、伤病员等，往南撤向北岗村，村民同行先转移至大㘵村一带，那里是东莞、宝安的交界处，敌人容易疏忽。副司令员正患着病，应该与杨主任随同指挥部第一时间转移。

我，要求留下来，指挥这场战斗。"

副司令员听到"患着病"三个字，立即把手从腹部挪开，挺直腰杆，嗓音清朗地说："你爱人怀孕，又严重贫血，应由你和杨主任带领队伍转移，你可以顺带照顾一下妻子。指挥作战，你就不必操心了。"

梁特派员搔搔灰白参半的短发，拍拍胸脯说："这一仗我坚决要求留下来！我保证带领三个大队，把这一仗打出新气势，否则，愿意接受纵队的处罚。"

梁鸿钧当总队长那年，曾经与加藤打过一场遭遇战。游击队撤退时不知道过河的石桥已经被炸毁，差点被加藤的伏兵包了饺子。老梁一直想报这"断桥之仇"。

王作尧再没理由下命令让他先转移，只能选择折中的办法，说："那好，我跟你都留下来！"

他伸出长满茧子的手，攥紧了，跟老梁对了一下拳，看着手表宣布："现在四时四十五分，通知下去，部队和村民，开始做饭，五时半指挥部与群众向南转移。三个大队进入临战状态。"

会议结束，张英与政委黄业走出寨门，无意间拍了一下石门框，凉沁沁湿漉漉的，挂满水珠。一瞧，漫天大雾扑面而来，百步之外连灯光都看不清，便骂了一句："加藤这狗日的，可真会挑日子！"

吃早饭时，天麻麻亮了，大家发现，浩渺的大雾，像轻盈的瀑布，从马鬃山上缓缓倾泻下来，吞没了乡村、田野、树林，让每个人的脸上，蒙上一层凉丝丝的面纱，感觉自己只要挥动双臂，就会悠然随风飘去。

两个侦察小组回来了，都说雾海茫茫，没有发现日军出兵的踪迹。

梁鸿钧对邬强说："这种鬼天气，有利于敌人潜匿行踪。你立刻另派两个侦察小组，往其他方向继续侦察。我怀疑日军是沿着广九铁路至四桔村行进，再横插过来。"

五时半，在氤氲的雾气中，龙见田村鸡飞狗吠、牛哞马嘶，指挥部机关和村民开始转移，他们很快踏上马鬃山西侧的五松坡。

不一会儿，有侦察兵从山顶跑下来报告，马鬃山南面苦杏沟发现日军先头部队，他们正在比比画画准备登上马鬃山。

王作尧一听日军已在山南出现，心里还是咯噔了一下：豺狼果然来了！而且居心险恶，趁着大雾，想悄悄抢占制高点，出其不意发动突袭，同时切断我方的退路。

　　他摘下嘴上的烟斗，向身边的邬强下达了作战命令，然后与梁鸿钧一起走到寨门口，站在石阶上。

　　看着迅速集结在晒谷埕的独立中队，梁鸿钧担心起来：加藤一旦真的与藤本联手，很可能会派兵往铁路西侧阻截第五大队。那时，彭骞他们无法驰援龙见田和第三大队，这场仗就真的不好打了。

　　王作尧目送独立中队的战士齐刷刷跑步冲向村后的马鬃山，双手往胸前一抱，一副成竹在胸的样子。喜欢用诗词抒怀的王作尧，想即兴吟诗一首，可一时想不出佳句，索性朗诵起梅尧臣《答黄仲夫七十韵》中的几句：

> 良将统万卒，所向若惊霆。
>
> 战斗众益勇，号令夜益明。
>
> 破敌必拉朽，不见坚阵横。

　　梁鸿钧随着古诗的韵律击掌，热血沸腾地攥紧了拳头。

　　眼看独立中队的战士们已经冲上半山腰，梁鸿钧快速把旱烟杆往腰间一插，问副司令员是否上山。这时，长山头村的交通员气喘吁吁前来报告："彭骞大队长率领第五大队，跨过铁路，正向马鬃山方向运动。"

　　王作尧和梁鸿钧听毕，着实松了口气，立即向邬强招招手，准备三人一起爬上马鬃山，观察敌人出动多少兵力，分几路展开进攻，而后再因应敌情做出新的部署。邬强不让他们上山，但没能拦住。

　　此时，独立中队第一小队，在小队长袁康带领下，如猛虎上山，一鼓作气爬上海拔一百五十多米的马鬃山，比敌人抢先三十米占领了制高点。袁康手一挥，长枪短枪　齐丌火，打得日军没喘完气就倒下六七人。后面的想趴下还击，飞来的手榴弹又接连炸开了，只好连滚带爬往山下撤退。

　　中队长黎汉威、政委钟若潮也各率领第二、第三小队，抢占了距离马鬃山两百多米的马山尾主峰，他们的主要任务是掩护纵队指挥机关和群众转移。

　　钟若潮站在一块大石上，探头往峰下一望，半山腰黑乎乎有上百号日军。而西面另有一个分队，正加快步伐，企图夺取一个叫虎头牙的小山头。钟政委即刻带领第三小队的战士，边开枪边冲了下去，抢在日军前头占据了虎头牙。同时，黎汉威带领中队队部的战士，钻进左边的一片小树林，举枪瞄向山下。

就这样，两个小队与中队部呈"品"字形，牢牢控制了整个主峰。黎汉威一声"给我狠狠打"的怒吼，响彻山谷，两个小队凭借居高临下的地形，让长短枪、机枪、卡宾枪、手榴弹形成密集火力，向敌群倾泻而去，中弹受创的日本兵纷纷滚下山坡。

日军两个重机枪分队，各抬来一挺约一百斤重的九二式重机枪，一头一尾，对山上的游击队，"砰砰砰"展开不间断扫射。步兵炮和掷弹筒，也调准炮口，接连向游击队的阵地，射出一发发炮弹。

日军中队长古尾谷大尉，是一只冷漠孤僻的怪兽，对敌人、对部属都狠劲十足。他挥舞军刀上蹿下跳，嗷嗷叫着，叱令士兵只许进攻，不得后退。

一场阵地制高点争夺战，就这样拉开了帷幕。

听见山上战斗打响，王、梁、邬三人，加快步伐，手脚并用，直往上冲。但他们感觉枪炮声并不是特别密集，估摸日军只出动了一个大队。

事实被他们猜中了。原来，加藤中佐，除了暴戾多疑，叽叽歪歪不合群，还自视甚高，喜欢吃独食。昨天，他接到本联队寺仓大佐的电话，要他别逞强，最好与驻守塘厦圩的藤本大队协作，争取一举消灭游击队，摧毁其首脑机关。本来，作为下级军官，他应该垂首听命，可他却自恃兵强马壮，妄言要独力血洗龙见田，耀扬帝国军威。

他敢这么做，表面看来，是寺仓大佐态度游移，并没对他下达死命令。其实，加藤介二对这位上司，一直缺少敬畏之心。加藤出身贵族，寺仓联队长平民出身，加藤身上的血，要比他高贵两个档次。另一方面，他闪避藤本末夫，也不是全无道理。藤本大队原驻防铁路沿线重镇樟木头，可在与东纵飞鹰队的几次较量中，败多胜少，才被换防去了塘厦。藤本末夫明明出身、军龄、打仗都不如加藤，却不时要跟加藤较劲，抢功。

加藤介二不怕吃独食给噎死，是他拥有一支员额满编、部众骁勇善战、武器尤为精良的队伍。

起风了，大雾逐渐消散了。王、梁、邬三人爬上马鬃山顶，举起望远镜往山下看，一群骑着东洋大马的日本军官，在直辖分队的簇拥下，进入镜头。

没错，为首骑白马、身材比较高大的日酋，就是加藤介二，后面还有大队副官、后勤副官、军医官，全都佩着军刀，戴着白手套。再后面就是一支手持马刀、肩挎步骑枪的骑兵小分队，主要执行侦察、突袭、追击、护驾等任务。

傲慢的马队嘚嗒嘚嗒地走进苦杏沟。指挥两次冲锋均遭失败的古尾谷中队长，急急跑步上前向加藤中佐报告："我们的秘密奔袭早就被发现，马鬃山的主峰、次峰，均被共军占据。为了防止其首脑机关趁乱转移，我已增派兵力攻打虎头牙山，很快就能拿下。"

加藤一声"嗦嘎"，拔出指挥刀，神气十足地朝山上指指点点，要古尾谷在炮小队配合下，尽快拿下虎头牙山，再占领马鬃山制高点。

他扭转马头，又指示通信小队长，用步话机命令第二中队熊谷大尉、第三中队栗栖中尉，分别朝马鬃山东西两翼进发，用最短时间，三面包围龙见田。

王、梁、邬三人，在震耳的枪炮声中，目睹第一小队战士，以旺盛斗志打退日寇又一次反扑，也看清沟底打着膏药旗的日军，在狗汉奸引领下，分两路向龙见田包抄过来。而骑兵小分队与骑脚踏车的短枪队，却抢在栗栖中队前面，准备沿着山脚下的小路，率先冲出苦杏沟。

有子弹嗖嗖从头顶飞过，邬强愤愤骂起娘来，回头拉两位领导退往一个长着相思树的小山坳。副司令员的警卫立刻送上一幅地图。三个人坐在草地上，分析着敌情，并准备对原先的作战计划做适当调整。

王作尧之前在给战士上军事理论课时，分析过日军作战的特点，认为日军善于"高效作战"，单兵搏杀能力强，枪法准，火炮射击命中率高；战斗意志顽强，不怕死，擅长拼刺刀。而且，战场上部队之间的协同配合较好，不管是步、炮配合，还是小范围的组、班、小队的内部配合，都是训练有素的。

梁鸿钧也就此做过补充，说日军作战，一旦遇袭，总能以最快捷的动作，形成单兵之间的交叉火力掩护。一旦日军形成战场配合，就基本没有射击死角。

邬强回顾自己以往的作战经历和教训，非常认同两位领导的见解。面对眼前这场战斗，他看了看地图，很有把握地提出自己的想法："根据日军打仗的特点，我们只能扬长避短，快速采取措施，对敌人实行穿插、分割、围歼。这次集训，我已经加强了这方面的操练，希望能在实战中发挥出来。"

梁鸿钧打了邬强一拳，说："很好！学有所用。记住，小鬼子也有犯浑的时候，比如：大事上、战略上昏头昏脑；战线拉得太长，兵力分散不足；等级观念严重，指挥官意气用事，以下克上的现象普遍存在；等等。所以，与日军作战，要针对他们的内部矛盾，以极大的突然性对其发起袭击，进而快速分割，将他们的战场协同一一瓦解。"

王作尧用手指在地图上画了个圈，说："我们要运用'田忌赛马'之策，避敌所长，克敌所短，瞄准日军的命门，击弱为强。"

三人根据刚才的观察结果，及对敌人下一步行动的判断，经过商酌，做出了决定：让埋伏在山沟口的东莞大队一中队，先放日军的骑兵和短枪队过去，再把山沟口封堵死。另派一个小队，在公路一侧边打边退，把骑兵和短枪队引至龙见田。命令第五大队，抢占象山和雷公山，使东路日军进退无门，只能在山沟里挨打。直等到日军筋疲力尽，再分头出击，狠狠撕咬他们一番。

通信员和司号员分头行动起来，一个奔下山去，通知张英大队长，依计欲擒故纵；一个爬上马鬃山顶的大松树，向东吹响牛角号，把指挥员的命令，化成或长或短的号角声，呜呜呜传给彭骞大队长。

有一颗炮弹在小山坳附近炸响，邬强命令两位战士和警卫员，立刻护送重要领导人下山。王作尧却让两位战士回去参加战斗，自己与老梁边往山下走，边谈论着如何唱好"空城计"。

马鬃山下的日军失心疯了，古尾谷命令军曹手握军刀，在后面督战，然后发起第五轮进攻。顿时，步兵炮和掷弹筒炮弹在山顶四处开花，沙石四溅，松枝横飞，茅草也起了火，整个山头被嚣尘和浓烟笼罩着。接着，又是一轮轻重机枪的密集扫射，日军才再次冲上山来。

邬强迎着炮火走向马山尾主峰，一个战士向他报告：掩护指挥部转移的任务已经完成，日军陈尸山坡有二十多具，但我方两个小队伤亡不轻，黎汉威也中弹受伤，一直不肯离开阵地。

邬强一看，日军黑压压又冲了上来。他咬牙骂着，握着盒子枪，大步跨向阵地前沿，借着一棵香樟树作掩护，看准日本兵的人头，一个一枪打了起来。

邬强长有一张浓眉大眼、不怒自威的脸，除了英勇善战、果敢豪爽，就是容不得战士犯错，轻则一顿责骂，重则罚你做一百个俯卧撑，甚至还有更严苛的。

他对作战勇敢的战士疼爱有加，有好吃的会叫他们来分享，一旦违纪犯错，也照罚不误。由于赏罚分明，又常手把手教战士们格斗射击，所带的队伍很有血性，战士们都称他"削铁刀"。

反扑的日本兵又从虎头牙山败退了，钟若潮看见山腰一个督战的军曹，把军刀架在一个退却的娃娃兵脖子上。钟政委似乎动了恻隐之心，抬起身子朝军曹打了一枪。冷不丁飞来一枚掷弹筒炮弹，落在他面前爆炸了，把他半张脸给炸飞了。邝强看见钟若潮被炮弹击中，咬紧牙关朝军曹连开三枪，直打得他后仰倒地，跌落山下。

日军的三门步兵炮又嚣狂起来了，炮弹啸叫着飞向插着红旗的主峰。一位战士背起钟政委，呼唤着卫生员，直往山上跑。

彭平与张惠文闻声跑了过来，准备展开应急救治。张惠文不顾背着出生不久的儿子，双膝跪下，想对面部创口进行清污止血。可是，这位来自泰国的海外赤子，已经没有生命体征，再也醒不过来了。

彭平泣不成声，边哭边说："我真想替他去死，他，新婚才三天。"

张惠文抚抚钟政委被血染红的布制胸章，上面印着"广东人民抗日游击队东江纵队"一行字，下面是一个"五角星"和一个"抗"字。她吻吻胸章，让民兵把钟政委抬下山去。

一阵轰隆隆的爆炸声后，除了耳朵仍在嗡嗡自鸣，苦杏沟静了下来。邝强一看手表，已经中午十二时了。独立中队以血肉之躯，守住了马鬃山，打赢了第一波的阻击战，出色地完成了预定任务。作为后继梯队的第一中队，马上就会进入阵地，接替他们。

六个小时的激战，独立中队击退敌人五次冲锋，掩护指挥机关和群众安全转移，伤亡三十多人。政委钟若潮捐躯，中队长黎汉威负重伤，第一小队除袁康和六名伤员，其余战士全部壮烈牺牲。

回头说说主力第五大队，此时已经牢牢控制了东线阵地。其第一中队占领了象山，随时准备迎击北线日伪军的增援；第三中队控制了雷公山，可截击日军熊谷中队，并断敌后路；第二中队负责监视东面塘厦一线，毕竟藤本大队距离龙见田最近。三个中队这么一展开，日寇想从东、西、南三面进击，形成包围圈，已为时过晚。

此时，骑在东洋马上的加藤介二，频频向西面的天空张望，因为此役，他最大的一笔赌注，就押在龙见田的老寨上，他希望早些看见信号弹从那里升起。

他哪里知道，一场终结他"妄念"的小型战斗，已经接近尾声。日军骑兵小分队和踩着脚踏车的短枪队，在游击队员的诱引下，闯进一片荔枝林，陷入黄业政委布下的"绞绳铁耙阵"。有八九个日本兵被突然拉起的绳索绊倒了，连人带马或连人带车插在尖利的耙齿上，没缓过神就被一阵复仇的子弹夺去性命。

后面的日军听见惨叫声和枪声，急急绕道。负责指挥的骑兵分队长，看看后面没有追兵，大吼道："紧跟着我，全速前进！"

一刻钟后，看见龙见田了，老寨子门楼上果然插着一面红旗。日酉大喜，一马当先，冲进村子去。

第三大队第二中队的战士，已经在村子前等候多时，架在老寨门楼石槛上的两挺捷克式轻机枪，套着一对用来伪装的竹筐，老寨的围屋顶、戏台上，露出黑洞洞的枪口，却看不见人。

东莞大队负责诱敌的战士，放日军进了村，又悄悄从竹林里冲出来，把敌人的退路先给堵死了。

日军进入伏击圈了。等得心急的第三大队政委卢伟如，从门楼里打出第一枪。随即，两个破竹筐从石台阶滚下，轻机枪嗒嗒嗒欢叫起来，埋伏在屋顶、戏台上的战士们，一齐向晒谷埕的日军开火。

稠密的子弹和凄厉的马嘶人叫，使骑兵分队长一下蒙了。他发疯般挥舞着马刀，似乎它被大神施过法，可以用来抵挡子弹。等缓过劲来，才拔出手枪，率先策马冲向寨门。可是坐骑不听话，只在晒谷埕绕圈子，因为迎面打来的子弹，过于密集。再看寨子里，根本没有内应，而身边的兵士却纷纷倒下。这斩首行动，莫非变成送死行动了？

奇怪，村子东面没有枪响，是疏漏，还是另有玄机？顾不了那么多了，日酉朝寨门上的红旗打了几枪，拔出马刀朝东一指，喊了一声"忒太"，纵马奔向村子东面。

正当他庆幸冲出伏击圈时，从路边的茅厕扔出几个手榴弹，把他炸了个人仰马翻。受惊直立而起的战马，将他掀落在露天粪坑里。等他挣扎着站起来，已有几个枪口对准了他。日酉认为受了奇耻大辱，更不甘当俘虏，将撸子枪对准自己的脑门，扣下了扳机。

跟在后面的几个骑兵，看见前面手榴弹接连爆炸，急忙掉转马头，不顾眼前的土坎有多陡，连接池塘的浚沟有多宽，纵马奔跃而过，顺着田埂，往北仓皇驰逃。

来不及逃离晒谷埕的日军，有的躲在伤亡马匹或脚踏车后顽抗，有的蜷缩在横七竖八的尸体旁装死，只等着游匪走近时放黑枪。

卢伟如政委站在寨门口，用生硬的日语大喊："缴枪不杀，我们优待俘虏！"两个日本骑兵高举马刀，向他扑去，可没冲出几步，就被击毙。剩下五六个没有"玉碎"的日本兵，扔下武器，乖乖举起双手。

且说加藤中佐，随大队部跟着熊谷中队来到野猪坳，正要催促士兵加快步伐，忽然听见队伍最前方，传来如同爆豆般的枪声，知道坏事了，肯定是彭骞率第五大队，抢先一步，占领了雷公山。

他从马背上跳下，想找个人当出气筒，发泄心中的恼怒。

恰好通信兵跑步过来向他报告："刚刚联系上，突袭龙见田的骑兵小分队和短枪队，中了共军诡计，大多已经玉碎，可见寨子里一定有头号匪首在坐镇指挥。"

加藤一马鞭抽过去，把通信兵抽哑了。通信兵转过另一边脸，等着长官的又一鞭子。

一个曹长押着带路的汉奸，来到加藤面前。只见他满头大汗，小眼珠滴溜溜转，面对长官，不忘露出谄笑。

加藤忍住气，让他看着军用地图说说往哪走才没有游击队。汉奸看不懂地图，却十分自负地说，只要跟着我走，很快就能攻占龙见田，活捉众匪首。

这不明摆着是睁眼说瞎话？前面先遣小队已经遇上强敌，还说只要跟着他走……加藤怀疑他良心大大的坏，抬起带鞋钉和后掌钉的皮靴，狠狠将他踹倒，连踢了十几下，直踢得他衣裤破裂，皮开肉绽。

加藤大口喘着粗气，想起"达摩"提供给他的情报，游击队也就区区三个大队六七百人，根本不堪一击。

加藤沉下脸，命令大队副官筱塚，协同督促"旋风"小队攻打雷公山；又命令熊谷，带领两个小队绕道龙见田对面的平点山，直插田心村，得手后再派一个小队，沿着公路，从背后夹击守在山沟口的东莞大队，以实现对游击队的反包围。

加藤相信自己很快就能扭转战局，用力将指挥刀往草地一戳，扯下弄脏了的白手套，甩在地上，换上勤务兵递上来的新手套，歇斯底里叫道："我要让东纵的主力，统统葬身在我的炮火之下！"

熊谷队长与筱塚副官向"旋风"小队做完战斗部署，就各自分头行动。

熊谷派人押着受伤的汉奸，走在队伍前头，绕道向平点山行进。

才拐过两道弯，只听轰轰轰三声炮响，钢珠铁片随着火焰迎面喷射而来，一下把当头的日军击倒了几个。而令日军吓尿裤子的是，土炮里竟然飞出通红的链状怪物，旋转着抽在身上，不丧命也得皮开肉绽。日军不知道是什么武器，吓得全趴在地上。

原来，梅塘乡和长山头村的民兵赶来了。

梅塘乡民兵队长叶常伯，他叫民兵将树干凿成的三门土炮，架在平点山上，等日军一露头，即点火开炮，一下打中了当头的汉奸和日军的前卫，也打乱了两支小队的阵脚。他们的秘密武器，就是在火药里放进一段一段的铁链。

长山头村的上百个民兵，携着土枪土炮竹叶刀，奔上雷公山，协助游击队，凭借有利地形，把反扑的日军打得连滚带爬，狼狈不堪。

一直握着望远镜观察敌情的彭骞，看出日军的意图，果断指示司号员吹响牛角号，命令第一中队派兵增援平点山，然后再由通信员跑步前往平点山，向队长说明敌人的图谋，要求游击队和民兵坚决阻遏日军，防止他们向公路运动。

而龙见田村这边，第三大队的第二中队，已经按照副司令员的部署，派出一个小队，占据了村子东侧的刺竹坑，提防日寇一旦狗急跳墙，会穿过这片钩刺密布、几乎无路可走的竹林，偷袭指挥部。

已是下午三时，敌我双方在三个攻防要地展开争夺战，十分激烈而又残酷。加藤先后两次派出大队部官佐，到各处督战，结果，还是没能扭转局势。恼怒之余，加藤怀疑自己昨晚出兵，在铁路边踩死一只受伤的狐狸，是不是就此撞上了邪？

筱塚副官眼看气急败坏的加藤一筹莫展，便上前劝抚道："中佐阁下，请您息怒。今天，不是帝国将士的错，是罪该万死的'达摩'，辱弄了我们。依我看，攻打龙见田，已经成了鸡肋。"

加藤鼻孔朝天，张大嘴巴，呼出翻搅在五脏中的那口恶气，说："好你个筱塚君，今天既没献出好计策，也没说过半句让我高兴的话。现在，竟然妄言什么鸡肋？干脆些，有屁直接放！"

筱塚手按胸口，豁出去了，说："中国有句俗语，人在屋檐下，哪能不低头？如果真要盘活残局，命门一个，就是放出军鸽，向屯驻塘厦的藤本中佐求援。只要他能出动一个中队，就足以撼动游匪军心，反败为胜。"

加藤翻着白眼，拳头攥得嘎嘎直响。但时不我待，太阳就要下山了，难道让自己和部下在野猪坳跟野猪一起过夜？别无选择，只好靦着脸说："主意是你出的，日后可别赖在我身上。无论是对寺仓长官还是藤本君，你都必须说，是你背着我向藤本求援的。"

因队部无线电发报机常出故障，通信小队长出发时带来一对军鸽。他将一羽黑色军鸽从笼子取出，把筱塚参谋亲手写好的求援信，装进军鸽足环上的小信筒，抚抚它的背羽，双手捧着向上一抛。

鸽子在上空盘旋几周，掉头朝东面的塘厦圩飞去。

密切关注着日军动静的彭骞，发现山下飞起一只信鸽，忙叫枪手将它击落。可是，鸽子已经飞远了。

信鸽飞到第二中队的阵地上空，被一只老鹰发现了，张开利爪，扑扇着翅膀俯冲下来，想猎捕它当美餐。这一幕被阵地上的战士发现了。中队长想起刚才雷公山上空的枪声，大呼：快开枪，这是日军的信鸽，必须把它打下来。

一阵枪响，老鹰和信鸽先后掉落在山涧的灌木丛中。

而筱塚傻傻等了一个多小时，东线毫无动静。通信小队长建议再放飞另一只军鸽。加藤拎过鸽笼，看了看鸽子，又斜眼看了看小队长，抬起脚，把鸽笼连鸽子踢进水渠里。他抽出指挥刀，指向雷公山，像一头好斗的公牛，吼叫起来："山上的共匪听着，我知道你们的匪首叫彭骞！真是一群猪猡，死守着山头算什么本事，有种冲下来，跟大日本皇军在山坳干一仗！来呀！快来呀！"

翻译没敢跟着朝山上喊话，可游击队有人听懂了些许，对彭大队长说，加藤在使激将法。很快，整个阵地都知道加藤像泼妇在骂街，战士们不由仰天哈哈大笑。

一阵微风徐徐吹过，筱塚用狗尾草试试风向，大喜。他对加藤说："狭路相逢智者胜。既然游匪早有防备，皇军此刻又无法展开，不如来个三十六计走为上。我提议，在野猪坳和苦杏沟施放烟幕弹，掩护部队从两个方向突围撤退。"

第七十八章
斗智斗勇技高一筹　日寇败北屠夫切腹

梁鸿钧在老寨的屋顶看见敌人施放烟幕弹，从梯子上下来对副司令员说："这场战斗，三个大队可是铆足了劲。他们已形成半月形包围圈，使日军进退两难。看样子，日本人已经精疲力竭，准备溃逃。我提议，集结第五大队第一、第二中队，还有第三大队一部，在雷公山、刺竹坑之间，对日军大队部和熊谷中队，发起一次夹击战，打他个屁滚尿流！我要求前往平点山指挥这场战斗。"

王作尧从警卫员手中拿过几颗红艳艳的杨梅，说可以提神，让老梁尝一尝。老梁怕酸，王作尧拈一个直接往他嘴里送，把老梁酸得皱起了双眉。王作尧让他再尝一颗，老梁摇头躲开了。

王作尧说："杨梅如果真的熟了，是不会酸的。眼前的战斗就跟它一样，一句话，时机尚未成熟。日寇燃放烟幕弹，说明他们想要突围。但困兽犹斗，此时出击，我们占不了便宜，短处也会随之暴露。我们的兵力，加上民兵，也没有日军的多，打白刃战，又拼不过他们，一旦集结在山沟，日寇的轻重机枪更能发挥威力。所以，只能居高临下守住山头，把对手困死在山沟里。更加艰苦的搏杀，在明天。我们既要把日军援兵挡在外围，又要狠狠清算一下加藤，让他记住，李玉珍和同志们的血，不会白流！"

天空灰蒙蒙的，潮闷且燠热。野猪坳的日军接连施放了两次烟幕弹，尖兵队趁整个山坳浓烟滚滚，开始向北丫沟突围。只是，你有过墙梯，我有张良计。游击队也趁着浓烟弥漫，移兵向山坳压来。虽然十步外看不清人影，但他们竖起耳朵，一听到枪械与水壶碰撞、皮鞋与沙石摩擦、士兵惊慌跌倒的种种声响，就朝那个方向射击，扔手榴弹，砸石块，打得日军哭爹喊娘，连滚带爬纷纷原路退回。

天黑了，黔驴技穷的日军，不是大眼瞪小眼，就是望山兴叹。加藤向全大队发令，选择沟壑旁的坡地，以小队为单位，就地宿营，利用山石构筑掩体，多设哨位，加强警戒，全线固守。

夜深了，除了偶尔传来袭扰日军的枪声，游荡着硝烟味的峰峦沟壑，在迷离月光的安抚下，渐次进入睡眠状态。

龙见田老寨的原祠，却灯火通明，一群医务人员，正在忙碌着，做手术、包扎伤口、煎中药、处理伤员的排泄物，等等。

梅塘之战只进行了一天，各个大队送来的重伤员，已经把原祠给塞满了。而医务所留下来的医生和卫生员，却只有寥寥七八个人。

他们从战斗一打响，就全身心投入工作，忘记了时间，忘记了饥饿，忘记了疲劳。他们像机器人，更像每一位伤员的兄弟姐妹，用忘我和专注，一点一点将危重者，从死神手里夺回。

女卫生员张惠文常对大家说："我们没有别的财富，却有三件宝：铁脚、马眼、神仙肚。意思就是，每个人都有一双铁打的脚，能同敌人的汽车轮子赛跑，再苦再累也拖不垮；骡马夜间是不睡觉的，我们几天几夜不合眼，照样行军打仗不掉队；神仙向来不食人间烟火，我们饿瘪肚皮也能冲锋不息，勇往直前，保持战士的本色。"

张惠文这句话，不但在游击队内部传开了，甚至连根据地的群众，都称赞概括得中肯、形象，从而对包括卫生员在内的战士们，更加爱戴和敬重。

彭平为了一个重伤员，愁得快哭了。他就是负重伤仍坚守在马鬃山阵地的一小队政治服务员黄秀同志。

黄秀在战斗中腹部中弹，一大把肠子流了出来。彭平冒着瓢泼般的弹雨和炮击，冲上阵地，把黄秀外溢的肠子塞回腹部，并使尽平生气力，把他背下山来。从傍晚开始，黄秀的伤势恶化，小便排不出来，膀胱肿胀，痛苦异常，几次休克过去。

彭平清楚，伤员的尿液排不出，就会中毒死亡。她翻遍所有药箱和器械盒，都没找到导尿管，做过几次膀胱按摩，也一点效果都没有。难道就这么让一位大无畏的饮汉，在自己的眼皮底下活活憋死？

忽然，她想起在前厅房的墙角，放着一个脚踏车的工具箱，里面有一条气门芯的小胶管。如果将它消了毒，说不定就能派上用场。

她推开前厅房的门扇，首先映入眼帘的，是放在宽凳上的一个椭圆形婴儿篮。她掀开罩在提手上的旧衣衫，看见一个婴儿静静地睡着。

这不就是张惠文的孩子吗？惠文姐忙着抢救伤员，好久没来给他喂奶换尿布了。小家伙不哭不闹，真乖！

不对，婴儿大半天不吃不喝，怎么受得了？难道惠文姐忙昏了头，全忘了自己嗷嗷待哺的儿子？彭平心疼地握了一下婴儿的小手，吓了一跳，像冰棍。再摸摸全身，冰凉冰凉的，已经僵住了。

彭平惊叫起来，被随后赶来的惠文姐一手捂住了嘴巴。

"不要惊动大家，尤其不能影响伤员的情绪。"惠文姐压低嗓音说完，才松开了手。彭平转过身，只见她痛苦得全身颤抖，眼泪噗噗直往下掉。

"这到底是怎么回事？你早知道小家伙走了？你为什么不说一声？"

张惠文哽咽着摇摇头，心痛欲绝，什么也说不出口。

张惠文是彭骞的爱人，婴儿是夫妻俩在战火连天中，孕育出来的头一胎。早上，战斗刚开始，还没战士受伤，她背着儿子，抱来一堆石头，一块一块往日军人多的地方推，砸中了两个日本兵。等有战士中弹负伤了，她才全身心投入抢救伤员。

她怕儿子被枪炮声吓着，用两团棉花塞住了他的耳朵，还包上几层旧衣衫。上午九时多，奶水洇湿了衣襟，背上的儿子哇哇哭了，她才想起该给儿子喂奶了。

当时她已感觉儿子体温有点高。但战斗那么激烈，那么多伤员等着她做应急救治，忙完一个又送来一批，她的脑中只有鲜血淋漓的伤员，把稚嫩的婴儿忘得一干二净。

直到下午平点山战斗打响，马鬃山这边的日军进攻放缓了，她感觉胸部有些胀，才想起好久没给儿子喂奶了。

正要动手解开背带，突然听见有战士在呼叫卫生员，说邬强大队长中弹受伤了，可能是日军狙击手打的枪。

张惠文脑际嗡的一声，眼前冒起了金星。她急急系好婴儿的背带，提起药箱，匆匆来到邬大队长面前。一看子弹击中了左胸，一颗心提到了嗓子眼。她双膝往草地一跪，先做了几次深呼吸，让自己冷静下来，再打开药箱，有序展开抢救。

剪开被血染红的粗布衣，从伤口的位置和渗血的情状，张惠文断定子弹未尝伤及心脏，才着实松了口气。像母亲安抚儿子，她嘴里说着宽慰的话，双手却一刻不停地忙着：消毒清创，撒云南白药，敷药棉，加压止血包扎。

从半昏迷状态挣扎着醒来的邬强，看见惠文背着婴儿为他包扎伤口，不无歉意地说：“为了我，耽误了你给孩子……”

张惠文勾过头看看儿子，应道：“没事，他已睡着了。”

目送邬强被担架抬下山去，张惠文急急来到一棵相思树下，解下背上的儿子，托起乳房往他嘴里送。

儿子好像睡着了，既没张开嘴巴衔住乳头，更没嚅动双唇吮吸乳汁。惠文用指尖刮刮儿子的脸腮，又抚抚他带有皱纹的额头。不对劲，怎么凉丝丝的？颤抖着拨弄一下儿子的手脚，没反应，屏住气试试鼻息，没有气流进出，伸出两个手指按住颈动脉……一切都晚了。

仿佛利刃穿透心窝，惠文浑身痉挛，僵僵地搂着婴儿，一任牙齿咬穿嘴唇，一任殷红的血，一滴一滴淌落在儿子的胸前。她恨自己太粗心大意，根本不配当一名母亲。忍不住想放声大哭。这时，耳边又传来呼唤卫生员的声音。张惠文强忍悲声，把婴儿包裹好，系回背上，又快步朝另一位伤员走去。

傍晚，她下山来到老寨，为了不影响伤员们的情绪，不让同事跟着她悲伤，她把儿子放在前厅房的竹篮里。她打算等战斗结束后，让他爹看上儿子一眼，再把他埋葬在马鬃山下的烈士墓地旁，给烈士们做个伴。

一对抗日夫妇的新生儿，才过了满月不久，就这么夭折在战场上。彭平为婴儿取下塞耳的棉花，擦干眼泪，把手按在胸口，做出一个先前纠结了半天的决定。

这个纯朴的未婚女子，来到黄秀同志的病床前，看他仍处于休克状态，就坐了下来，为他又做了一次膀胱按摩。接着，她解开黄秀的裤子，毫不犹豫地伏下身去，用嘴吮吸起他的尿液。

彭平用力吸吮了一阵，终于，有一股酸骚中带着苦咸的液体，流入嘴里。

淤塞在黄秀膀胱里的尿液，被　口　口吸出来了。黄秀得救了。

黄秀苏醒过来后，看见彭平对着搪瓷盆吐出一口黄色液体，明白了一切，泣不成声地叫了声“彭平姐……”

凌晨二时，月亮仍躲在乌云里，不肯露出真容。雷公山上，又下来两个班的战士，一左一右对加藤的大队部驻地，进行袭扰。

整夜不敢合眼的筱塚，看不清游击队来了多少人，只好命令值勤的警戒小队，向传来枪声的方向射击。就在枪声此起彼伏之时，他又叫来两个手下，换上便装，让他俩趁乱逃出野猪坳，快速前往常平镇向寺仓大佐求援。两个日本兵在坳口处被游击队发现，一人被击毙，另一人逃脱。

早晨，日军出动一架运输机，草绿色的，向被围困的加藤大队空投食品、弹药。

游击队当然不会让敌机得逞，重机枪、轻机枪一齐瞄着它开火。敌机不敢低飞，空投的物资大部分落在马鬃山和雷公山上，成了抗日军民的战利品。而加藤大队仗恃有飞机在空中助威，先后组织了两次突围，均遭抗日军民顽强阻击而溃败。

上午，梅塘乡各村的农民，听说游击队把加藤大队围困在山沟里，按捺不住了，回家操上鸟枪、砍刀、铁叉、长棍，随着哐哐锵锵的锣鼓声，登上各个山头，摇着红旗，给游击队助阵壮威，并肩抗击急红了眼的日军。一时间，枪炮声、呐喊声、锣鼓声响彻山谷，惊天撼地。

十时许，日军104近卫师团从常平、塘厦、布吉调遣步兵八百余人，分乘二十辆卡车，分三路驰援加藤大队。

出兵速度最快的，是来自塘厦的川口中队。可是，这支队伍刚抵达塗山坑，发现唯一的傍山公路被挖断了，别说卡车，就连川口大尉乘坐的军用摩托也过不去。

川口命令士兵下车搬石头填路。人刚一落地，脚下的地雷响了，当头的那辆军车，连轮胎都给炸飞了。接着，枪声响起，十来枚手榴弹也随之在日军人群中开了花。川口的车队，霎时给炸了个七零八落，成了死蛇一条。

东纵流行这么一句话："书生扛枪，小鬼善战。"没错，塗山坑阻击川口这一战，就是以郁上晗为班长的小鬼班负责谋划和实施的。

郁上晗跟小队长姜运兰及政治服务员林瑞，提前来这里观察过地形。在诸葛亮会上，他提出了"埋雷打援"的办法，要求给他四颗地雷，保证让日军援兵过不了塗山坑。

姜运兰说："这些地雷可金贵着呢，是用缴获的日军炮弹改装而成的，全大队才分到八颗，最多只能给你两个。"林瑞更是不含糊："如果没有更好的办法，第一波'打援战'就不交给你们班了。"上晗噘着嘴经过一番思忖，喊道："有更好的办法了，就是'断路'。"林瑞说："你打仗做事都怕麻烦，怎么想起'断路'来了？"上晗应道："敌人为了抢时间，有可能出动车队，所以，连夜发动群众，协助游击队在塗山坑挖坑毁路，不就等于把鬼子车队的车轱辘给卸下了？"

林瑞和姜运兰相视一笑，"断路埋雷打援"，正是他俩所要的打法。之所以不点破，就是要让郁上晗学会多动脑筋。小鬼班全是十五六岁的小后生，打起仗来就是勇敢，但以智慧取胜意识不强。通过这么一激，当班长的也算长了一智，把第一个狭口的"打援"交给他，具体怎么打，相信他回去后，会跟战士们认真开一个诸葛亮会。

而姜运兰和林瑞，将带领另外两个班，作为后备力量，扼守住西面的又一处狭窄路段，准备在万一的情况下，进行第二波"打援战"。

再说说从常平派来的日军援兵车队，颠颠簸簸到了黄江桥头，一声"轰隆"巨响，游击队的拉雷手，拉响两颗埋在路上的地雷，把前面几辆卡车的日军，吓得以为已经上了西天。惊魂甫定，才知道只是一场虚惊。原来，拉雷手动作慢了一两秒，导致拉发式地雷炸空了。拉雷手为了弥补失误，磕响两个手雷奔上去想塞进车轱辘底下，就差几步，被日军机枪手击中牺牲了。

这支载着三百个兵士的车队，提心吊胆来到象山脚下，发动机还没熄火，就遭到彭骞大队第一中队的迎头痛击。日军负责指挥的葛西大尉，通过步话机向加藤中佐报告了自己的方位，希望他收缩部队，向象山方向突围，他将全力配合。然后命令炮小队，轮流炮击象山和雷公山。

还有一支来自布吉的日军援兵，刚进入东莞地界，就听见密集的枪炮声。指挥官下车观看往哪走合适，没承想，用树枝伪装起来的东莞大队三个班的战士，就埋伏在左边的山岗上。一阵机枪点射，子弹就擦着指挥官的军帽飞过。下了车的日军正准备向两翼展开，飞来五六个手榴弹，把一辆车的油箱给引爆了，腾起十几米高的烟火，同时把几个日本兵一下抛上了半空。

困在野猪坳一天一夜的加藤介二，拂晓醒来，第一眼就看见矮矮的帐篷四周，挂满缀着露珠的蜘蛛网。他本来就厌恶长相吓人的蜘蛛，它们却跟他在同一个帐篷度过了一夜，难怪头痛得厉害。

增援的军机呼啸而来了，加藤像打了鸡血，双目大放异彩。然而，空投物资大多落在共产党的阵地上，真是屋漏偏逢连夜雨。

本以为熬到天亮，援军一到，大炮一响，游匪望风而逃，三个中队分头追击，他的脸面即可随之挽回。哪知三路援兵，像互相约好似的，只在外围隔山打牛，连个人影都没瞧着，对于困在孤煞之地的他，压力一点都没减轻。

加藤越想越气，怒目圆睁，额角的青筋暴涨，见到谁都想狠狠给他一拳头。

时间被激越的枪炮声一点点耗去。没有喜讯，却传来古尾谷大尉在苦杏沟玉碎的噩耗。

副官筱塚看大队长脸色惨白，虚汗淋漓，问他是不是昨夜中了瘴气。加藤支支吾吾没有回答。

看上司有点气急败坏，筱塚更把心思用在如何尽快撤离野猪坳上。

他很自信地向加藤进言："收缩南线兵力，与三支援兵的指挥官约好时间，让他们分头大举进攻，而本部由熊谷中队继续佯攻雷公山，栗栖和古尾谷中队在烟幕弹掩护下，从飞蛾山下悄然撤退。"

一听撤退，加藤像被马蜂蜇了一下，他龇龇牙，双手抓住筱塚的前襟，说："可以收缩苦杏沟的兵力，但我一定要跟彭骞一决高下。"

他放下望远镜，向筱塚下达命令："从各中队抽调神勇士兵，成立一支敢死队。他们必须一举踏平雷公山，打通回师樟木头之通道。"

正午整点，日军的步兵炮、迫击炮、掷弹筒，开始接连轰击游击队阵地。十分钟后，加藤"锵"地抽出指挥刀，向雷公山一挥，发出进攻号令。为了鼓舞士气，日军司号手竟然破天荒吹起"开始冲锋、奋起反击"的冲锋号。随即，决一死战的冲锋，在漫天喊杀声、锣鼓声中拉开帷幕。

双方的长枪、短枪，重机枪、轻机枪，交会对射，各吼各的调门，各展各的脾性，加上手榴弹的激越鼓点，汇成了无序的疯狂大联唱。顿时，整个梅塘山区如同鞭炮厂着了火，在轰轰隆隆、叭叭嗒嗒的巨响中，地颤山摇，黑烟四起，一任嚣狂的气浪，把呛人的硝烟和血腥味，漫撒四野。

战斗最激烈的，当属雷公山和野猪坳。彭骞眼看成百上千个头系布条的日本兵，抬着头撅着腚，以肉盾冲锋战术，叽里呱啦争着往上冲，他在心里叨咕道："本来就视你为魔，现在竟装起妖来？可我既不信魔，也不惧妖，我要让你们死无葬身之地！"

彭骞向战士们发布指令："日寇系上尿布也变不出三头六臂，明摆着是心虚露怯。要沉着稳当地打！注意，敌人离太远不打，没瞄准不打，打不中不打！"

呼啸的子弹，穿尘而去，密如飞蝗，冒着烟的手榴弹滴溜溜转着，接连在敌群中开花。山下四十米开外的"敢死队"，耆然倒下一片，但后面的还是在继续往上冲，只是都弓缩着身子。

重机枪的欢叫声突然停住了。彭骞以为枪管发热，弹药手又在对它撒尿降温，赶过去一看，枪械没事，是射手的手掌被枪托的握把给震麻震裂了，流出黏糊糊的血。

彭骞看看山下的日军，让射手下去包扎，自己接过重机枪，熟练地调整一下三足脚架，双手紧紧攥住握把。他忒喜欢这挺从日军缴获的"啄木鸟"，虽然笨重，但射程远，打得准。

弹药手快速插上三十发一组的供弹板，彭骞两个拇指就势按住块状扳机。日军敢死队嗷嗷狂叫冲了上来，彭骞一边默念"远处点射、中距连射、近处扫射"的口诀，一边屏气凝神摁下扳机。重机枪喷出长长的火舌，又砰砰砰怒吼起来了。

彭骞一直把自己当作士兵看，常常直扑前沿阵地，与敌人近距离搏杀。大队政委多次批评他"擅自越位"。可是每到关键时刻，为了遏制敌人的攻势，彭骞还是不管不顾，一马当先，冲杀在前。

眼看"啄木鸟"一开腔，又击倒五六个日本兵，民兵和村民又欢呼起来了，鼓乐手也快把锣鼓给擂破了。战士们更是热血汹涌，斗志昂扬。他们咬紧牙关，沉住气，向蜂拥而上的敌人抢手榴弹，抢先对准正要还击的日军开枪，自己受了伤，鲜血染红衣衫，也决不下火线。

而助战民兵的土枪土炮，村民用刀斧砍来的"滚木"，也跟着一起发威，把敢死队打得狼嚎鬼哭，抱头鼠窜滚下山去。

蜷缩在指挥部帐篷里的加藤介二，踢一脚石头掩体，把望远镜递给副官，爆口喷出一串怒骂。骂着骂着，他那越输越想赌的心态，越发膨胀起来了。他已经知道，东纵临时指挥部名义上撤走了，但共产党三个大队能打得这么默契，肯定仍有高级指挥官留下来运筹决策。

如果判断正确，何不派出特战队，杀个回马枪，再次突袭龙见田，准能把游匪指挥官抓获。只是，如果匪首不在村子里，扑空了岂不被人笑话？踌躇间，他拿过步话机话筒，跟三支增援部队的指挥官通了话，交流了各自的战况，并约定半个小时后，发起全面进攻。

为了让友军更卖力些，他扬言，本部敢死队定能歼灭彭骞主力，然后与北线的葛西所部，携手肃清盘踞象山的彭骞残部，东线与四线的友军，即可乘势瓦解顽敌，胜利会师龙见田。

放下话筒，一个抖抖瑟瑟、满身泥浆的士兵出现在他面前。他是被俘后从龙见田逃出来的短枪队翻译官。

筱塚副官冷冷一笑，认为这小子必死无疑，气头上的加藤中佐，肯定会把军刀架在他的脖子上，他毕竟已向游击队缴械投降过。

可是，加藤中佐没有这样做，因为翻译官抢先告诉他："我很荣幸，无意当了一回卧底，带回最有价值的情报。"

筱塚满腹狐疑，质问翻译官："你是如何获得情报并成功脱逃的？"

翻译官说："我被俘后并没交代自己是翻译官，就是要让游击队说话不必防着我。我故意嫌弃饭菜不好吃，惹怒看守，被关在会议室隔壁的一个单间。皇天不负有心人，我从称呼和对话中听出，坐镇龙见田的东纵主脑，有副司令员，有特派员。更令我振奋不已的是，今天上午，我通过囚室的窗户，听见各大队的通信员前来报告伤亡惨重、弹药不足、阵地快守不住等情况。而姓梁的特派员，对匪首曾生无法调派部队增援梅塘，颇为不满。"

加藤情不自禁喊了一句"天助我也"，盯着翻译官问："你是怎么逃出来的？龙见田现在有多少兵力驻守？"

翻译官说："我借口内急，把看守打晕，逃了出来。整个村子目前只有一个警卫排，还有卫生兵和伤员。王作尧还说，要抽调一个警卫班，守住刺竹坑，防止皇军偷袭。"

加藤拊掌大笑，拍了拍翻译官的脸，以示赞赏，回头让传令兵立刻把敢死队龟梨队长叫来。

他命令龟梨少尉，放弃进攻雷公山，改为突袭龙见田，由翻译官领路，穿过刺竹坑，包围老寨子，活捉或击毙东纵匪首。而进攻雷公山的任务，则交给从苦杏沟收缩回来的原古尾谷中队。

筱塚急了，摆出不惜以死相劝的样子，直言这是共军设下的圈套，千万不能上当。可加藤根本听不进去。

日军派出三路人马驰援梅塘，由于没有出现像昨天那样的大雾，游击队"巧布疑兵打麻雀战，让援军自顾不暇无功而返"的方案，无法实施，只能退而求其次，改为在梅塘外围各隘口死守。这么一来，局势变了，游击队从昨天的主动包围，一下变成被动防御，且敌我兵力的差距，进一步拉大。但好不容易逮到的机会，绝不能放弃。要挫败加藤，必须斗大智，举大勇。

加藤的短板是贪功好胜，何不诱使他再轻狂一回，让他痛得更彻骨些？于是，梁鸿钧抽着王作尧的烟斗，想出了"烤狼计"。

赤日西斜，日军龟梨少尉带着敢死队，在翻译官引领下，奔向刺竹坑。拒守于竹林外沿的警卫班，奋起反击，八九杆步枪一阵齐射，说是要阻截，倒不如说是故意"漏底"：这里的守兵，只是小菜一碟。

龟梨一听枪声稀稀落落，嗤鼻一笑，拔刀砍断一柱长笋，命令敢死队全速前进，冲过竹林，突袭龙见田！

警卫班经不起日寇机枪泼雨般的扫射，顺小路逃入竹林。他们跑起来趔趔趄趄很可笑，因为他们脚下穿着用绑带捆住的木屐。

竹林越来越密，路越来越窄，警卫班一眨眼便无影无踪了。龟梨敢死队虽开着枪壮胆，却不敢贸然深入。忽然，传来女卫生员要背受伤战士撤出战斗的争执声。伤兵担心卫生员的安危，大喊起来："日军禽兽不如，一旦落入他们手里，你就惨了。"卫生员奶声奶气应道："我绝对不会扔下你自己逃跑！日寇敢追上来，我就让他们伏尸五十，流血百步！"

龟梨听了翻译，大怒，吼道："死到临头，还敢口出狂言！给我抓住花姑娘，重重有赏！"遂带领部下循声追击。可是绕来拐去，没追着。正踌躇不前，枪声又噼里啪啦响了起来。

其实，刚才那个声音娇弱的卫生员，就是刘巽贞吊着嗓子扮演的。她是刺竹坑战斗的策划者之一，当然知道如果不能引诱敌人进入竹林深处，即便使用火攻，也难以将日寇的敢死队全部歼灭。

就这样"一诱二激三回头"，游击队把七八十人的敢死队，引入密匝匝的竹林深处。翻译官不见了，日军迷路了。原以为凭借军刀和皮鞋，可以在竹林畅行无阻的龟梨队长，闻到一股刺鼻的桐油味，一下慌了神，大呼："恐怕有诈，火速退兵！"

有人大喝一声："日寇休想逃！三昧真火没烧，哪能放你走？"

顿时，松明火把飞出，泼了桐油的枯枝败叶，呼啦啦燃烧起来，刺竹坑顿时变成一片火海。火焰和钩刺让敢死队无心也无力反击，日军成了游击队的活靶子。占据风头上方的战士，只要困兽一露头就打，见到日兵从火海里逃出，就追过去给他一刺刀。

都说火借风势，风助火威。敢死队在火海中左冲右突，惨叫声十分瘆人。十几分钟后，有一群像烤全羊的日本兵，搀扶着龟梨，顺着刺竹坑的沟涧逃出，逃向野猪坳。

"该我们全线出击了，吹军号！"副司令员一声令下，一串雄浑的冲锋号，从刺竹坑南面的小山头响起。政委卢伟如一跃而起，率领第二中队，气势勇猛杀向野猪坳。有如山谷回音，雷公山上也吹响了冲锋号。彭膂手握双枪，一马当先，与第三中队的战士和长山头村的民兵，如啸谷猛虎杀将下来。很快，平点山方向也响起冲锋号，还有土炮的轰鸣声。

山谷在喊杀声和枪炮声中颤动，加藤介二发黑的嘴唇，哆嗦得快麻了。半个小时前，他看见刺竹坑燃起熊熊大火，就知道自己中计了。但他那颗顽劣的心还在挣扎，他希望外围的援兵至少杀进来一支，所以，迟迟不肯发出撤退令。

然而，游击队的冲锋号吹响了，那么荡气回肠，那么慑人胆魄。加藤那颗高傲的头颅，咔嗒一声耷拉下来了。他阴沉着脸，让筱塚副官下达四个字的命令：全速撤兵。然后快快跨上战马，补充了一句："由你负责断后。"

掩蔽撤退的烟幕弹再次在山谷燃起。滚滚浓烟中，筱塚责令直属分队："采取非常手段，护卫加藤中佐前往飞蛾山下，跟随向导，抄小路撤回樟木头。"

接着，筱塚指挥大队部和炮小队，扔下部分弹药，跟着直属分队撤往飞蛾山。然后，才拿起步话机，命令三个中队，回师樟木头。

日军三支增援部队，看见苦杏沟、野猪坳腾起滚滚烟雾，知道加藤大队已经黔驴技穷，开始借着烟雾败退。

眼下加藤大队没有通报一声，就兀自狼狈窜逃，援军指挥官十分恼火，大骂加藤"目空一切"，然后纷纷下令，撤兵走人。

晚上，带着被第五大队追击十几里的惊恐，加藤大队总算逃回了樟木头。一统计，损失惨重，单单士兵伤亡，就接近一个中队。被簇拥着逃回老巢的加藤介二，什么话都不说，什么人都不见，什么电话都不接，独自躲入办公室，面对墙上的天皇御照思过。

筱塚一直守在门口。直到午夜，里面依然悄无声息。筱塚推开房门，一看，中佐阁下双膝并拢，仰面朝天，倒在内脏爆裂溢出的血泊中。

当晚，另有九名日本兵士，跟着他们的指挥官，向天皇剖腹谢罪。

第七十九章
旧恨添新仇彭骞病倒　坦言释疑窦女眷出招

两天一夜的梅塘反击战，以较小的代价，赢得令敌人颜面扫地的胜利，使战士们无不欢欣鼓舞，个个脸上挂着灿烂的笑，走起路来也嗖嗖有风。

彭骞就是带着这股高兴劲，回到龙见田大书房，看望妻子和儿子的。大书房原是孩童读书的私塾，里面大院套小院，一院连一院，彭骞一家就住在进学斋。他边走边跟独立中队的战士打招呼，步伐却一刻没有停下。

迈过月亮门，彭骞似乎已感觉到了家的温煦和欢愉。他放轻脚步，吞一口唾沫润润喉咙。

叫了几声爱人的名字，没有回应，彭骞自得其乐跟儿子说起话来："咱老彭家的臭小子，你爹我回来了，咋没听见你冲爹笑一笑？爹做梦都想亲你一口。"

没有任何应答。等双眼适应了老屋的昏暗，彭骞看见妻子弯着身子坐在屋角的板床上，抱着用棉袄裹着的襁褓，像一尊木雕，只有眼泪噗嗒噗嗒往下掉。

彭骞感觉不妙，呆愣愣上前问："怎么了？发生什么事了？"

痛苦得不知道自己还活着的张惠文，一个激灵，睁开恍若就要喷出血来的双眼，一把揪住丈夫的衣襟，放声哀号："我该死，你来迟了，我对不住你！也对不住儿子！"

彭骞第一反应就是急急抱过儿子。不正常，怎么冷冰冰、紧僵僵的，而且四肢蜷曲，一动不动！抱到光线亮堂的门口细看，白里透红、小酒窝甜甜的脸蛋不见了，眼下的他，双目紧闭，嘴巴张开，全身灰紫灰紫的。

"到底发生什么事了？儿子怎么了？十几天不见，儿子咋就不动弹了？！"

张惠文捶胸顿足哭着，断断续续把儿子夭折的经过说了出来。

彭骞如同什么都没听见，或是什么都不想听，既没埋怨，也没流泪，只是把儿子冰凉的遗体，紧紧搂在胸前。

"爹……来不及告诉你，爹是多么爱你！你咋就不睁开双眼再看爹一下，也不再哭一声就狠心地走了？"

彭骞恍若掉进冰窟，五脏六腑和身躯冷得失去了知觉，他踉跄几步扑倒在床上。

彭骞病倒了，一连数日卧床不起，粒饭不进，滴水不喝。

张惠文几近疯了，披头散发，脸颊深深陷了进去，双眼像熟透的桃子突了出来。她一遍遍谴责自己，哀求丈夫原谅她，还一次次对他说："我们可以再生一个，我们很快就会又有自己的儿子了。"

可彭骞任妻子怎么搀扶，软瘫瘫的身子一歪，又倒在床上。妻子喂他吃饭，他牙关咬得紧紧的，极度悲伤使他的脸肌痉挛了。可以看出他在竭力摆脱痛苦，可是，犹如在泥沼中挣扎，你越劝说，他反而被痛苦淹埋得越深。

彭骞作为东江纵队主力大队的指挥员，身经百战，真的这么脆弱，这么不堪一击？

那是你有所不知。彭骞在梅塘血战之前，已经遭受一次极其残酷的打击：他的二嫂和侄子，被国民党的侦缉队杀害了，而凶手，就是用彭震的头颅换取银圆的叛徒马克训。

灭绝人性的仇敌，连孤儿寡母都不放过，彭骞咬牙切齿又痛心入骨。晚上，他叫警卫拿来一把二十响的毛瑟手枪，并对政委卢伟如说："只有我才认识他，我要带两个人回海城，亲手将姓马的打成血筛子。"卢伟如不许他莽撞和蛮干，两人争执起来。

这时，传令兵送来临时指挥部的作战命令。彭骞强咽下悲痛与仇恨，以军人的意志与毅力，全身心投入战斗。

战斗大获全胜，使他暂时忘了伤悲，回到家里，却是又一断肠之殇……来到人世才一个多月的儿子，竟抛下他去了另一个世界，他能不病倒吗？

他在昏昏沉沉中，像放电影一样，还原了二哥一家，可歌又可泣的悲壮历程。

红四十九团政委王乾，在"昂塘事件"中遭到诬陷，随后审查期间坠崖身亡，使红军少了一名足智多谋的指挥员，而且锐气受挫。

作为王乾的亲密战友，彭震后来得知这一切，全是国民党中统特务组设下的连环计，彭震震怒之下，觉得自己没有保护好老战友，特别自责。他只能用奋勇杀敌来告慰逝者。他率领红军部队，在反动军队的重重"围剿"下，穿插迂回，避强攻弱，打得敌人兵损将折，惶惶不安。

反动当局除了以连连翻倍的兵力，对东江苏区实行合围封锁，无所不用其极地"进剿""屯剿"，大举垒筑炮楼、圈建集中营，利诱招安动摇分子，他们还故伎重演，再次使出卑鄙手段，将目标指向彭震。

反动派四处张贴告示，悬红一万大洋，来买彭震的头颅。而暗中又物色好策反的人选，布下另一个局。

红四十九团的军医马克训，成了必选项。彭震身经百战，受枪伤已成家常便饭。马克训不但能将其新创治愈，也能缓解旧创留下的后遗症，故颇受彭震信任，随时可以出现在彭震身边。

马克训年轻时有个初恋，在县城药坊前台当配药。马克训参加革命后，前台女赌气跟一外地少爷私奔去了，马克训也很快就把她忘了。

那天，他化装成山民下山购买病危伤员的用药，被昔日的初恋认出。前台女是被外地少爷玩腻后，遭抛弃，不得已回到药坊继续当配药。此时的她，心态早已全然扭曲。

昔日情人看马克训一副衣衫褴褛的样子，指着牌坊上贴着的告示说："你明明可以荣华富贵，却自甘堕落至乞丐不如的地步。"

她把马克训带回家里过夜，两人宽衣解带，重温旧梦。一边是初恋的软玉生香，一边是枪林弹雨、风餐露宿，马克训的意志开始动摇了。

在初恋的诱惑和劝说下，马克训跟她去见一位"保人"，第二天才自己回到部队驻地。

马克训哪里知道，他的初恋，已经是被国民党特务用重金收买，用色诱将他拉下罪恶深渊的帮凶。

1933年5月12日，彭震在赤石乡新兴村驻地，等待下乡筹粮的战士回来。军医马克训为他端来一碗避瘟汤。彭震对他下山买药延迟一天才回来，觉得有些蹊跷，看他此时神情有些紧张，目光躲躲藏藏，心头不由微微一颤。

彭震将手迅速伸向枪匣，可是已经迟了。马克训抢先朝他开了枪。在确认彭震已死，他转身要去枪杀彭震的爱人，见有山民挑着柴草下山，便躲了起来。等他赶到彭震爱人的住处，已经人去室空。

他提着彭震的头颅，下山去县城向"剿匪司令部"邀功领赏。

彭震的妻子银娇，当时将要临盆，被发现情势不妙的另一医官曾佛钦救走。几经辗转，来到赤坑乡沙港村曾佛钦姑母家中，数日后产下一男婴。

为了保护彭家的后代，银娇隐姓埋名，对外自称是曾佛钦的嫂子，连生下来的儿子，也随了他的姓。

去年，彭骞从一位老红军后人的口中获得线索，几经波折找到曾佛钦的表妹，才知道二嫂还活着，而且侄子都十岁了。他秘密来到沙港村，要接嫂子和侄子去抗日根据地。可嫂子担心拖累游击队，而且儿子也不愿中断学业，再加上曾佛钦的姑母年纪大了，需要有人照料，就婉言谢绝了。

二嫂对他说："晞儿是你哥的唯一后代，我不希望他像我一样担惊受怕。"

彭骞知道，嫂子不肯离开沙港，有一个重要原因，就是为了报答收留和庇护他们母子十余年的恩人。所以，不敢强求嫂子。

没承想，就是这一次依从，却让彭骞自此悔恨和痛苦一辈子。

上个月中旬，彭骞听一位交通员说，当年砍下二哥头颅换大洋的反贼，早已回到海丰，而且在侦缉队当上了行动组长。彭骞急了，担心二嫂和侄子会遭遇不测。可是战事频仍，围歼进犯之敌迫在眉睫，他确实抽不开身。

就这么一耽搁，二嫂阴差阳错撞见宿仇，与晞儿被枪杀在逃往流冲河的路上。

当年，无耻叛徒马克训知道红军不会轻饶他，拿了悬赏大洋后，立即逃往汕头，过起花天酒地的日子。汕头沦陷，这个百年商埠，不再是他的乐园，他想回海丰，找一份能作威作福的差事干。他请人伪造了一封潮汕警备司令华振中的举荐信，回到海城，当上了侦缉队的行动组长。

他专门派人到前彭村，查明彭震一家已经成了绝户，再也没有活着的回过这个家。尽管彭骞及彭震的老婆还无法确认死活，但这么多年过去，十有八九已经抛尸荒野，喂了虎狼。

后来，铜锣径伏击战消息传到海丰，他得知彭骞在东江游击总队当大队长。马克训安慰自己：游击队终将被日军和国军剿灭，彭骞等不到复仇的那一天。

国民党顽固派又一次与东江纵队制造摩擦，马克训希望借此机会，早日当上侦缉队队长。他请东区警察分驻所的所长喝酒，希望能从他嘴里套取一些线索。

分驻所长搂着暗娼告诉他，海、陆二县地下党，曾在赤坑交接情报，因赤坑与陆丰上英仅隔一条浅浅的流冲河。然后又醉醺醺地说："你们都是穿便衣的，交给你们侦办最合适。"

马克训立功心切，决定亲自出马。他与几个心腹，化装成卖纽扣卖老鼠药的，或测字先生，来到赤坑，还在邻近村子收买了一些二流子充当耳目。就这样守株待兔一个来月，终于捕捉到兔子串窝的踪迹。

有耳目发现，跟沙港村紧挨着的上港圩，来了几个张网捕鸟的山民，随后，又来了几位看风水的堪舆先生、收买古董字画的商贩。他们全住在如意客栈，登记时都有良民证。

为不打草惊蛇，马克训只带七八个手下，先来上港圩核实情况。他们躲在如意客栈对面一家鞋帽店的二楼，对人进人出的客栈展开监视。

毕竟是叛变过来的，马克训了解地下党的活动规律：不轻易抛头露面、招惹是非；时刻保持警惕，每到一处，必先摸清进退路径；会面或传递情报，接头暗号、时间、地点，绝不能有错失；不对任何人暴露自己的真实身份，哪怕是党内的同志。

监视了半个午，发现那些人果然特别谨慎，都没踏出客栈半步。

马克训派一个心腹，带上酒和烧鸡，装作应约来会朋友，对客栈的各个房间进行一番试探。心腹醉眼迷离，走进睡大通铺的普通客房，不小心踩坏了捕鸟人的鸟笼，跟捕鸟人吵了起来。

三位刚到的旅客和掌柜，费了一番口舌，才把他们劝住了。新到的旅客两位是回乡探亲的，一个是卖眼镜的。心腹又去敲贵宾房的门，看见他们不是在打牌九，就是在讲盗墓贼的故事。

心腹回到阁楼告诉组长，这些人不像是共产党。

马克训冷冷一笑不回话。其实，他心里已经有了答案。这些人极有可能是来参加秘密会议的共党要员。所谓捕鸟人，就是打前站的警卫人员，刚才跟心腹吵嘴，无非是向贵宾房的客人报信。

皇天不负有心人，一条小小的线索，竟然等来了共产党的一次秘密集会。这回，他撞上狗屎运了，他要升官发财了。

只是，凭感觉，他认为还有一条大鱼，一位关键人物尚未出场。

当务之急，立马派出几个队员，扮成卖香烟、卖荔枝的，守在客栈门口，进一步核实情况，或对个把外出的进行盯梢。一旦关键人物出现并入了"瓮"，已从赤坑赶来的手下，就会把客栈的大门封死，叫共产党插上翅膀也飞不掉。

马克训推断得没错，进住如意客栈的好些旅客，的确是根据中共海陆丰中心县委的通知，前来出席海陆丰区级干部会议的。参会人员有海陆丰中心县委特派员李果，副特派员刘夏帆、王文，他俩分别兼任海丰、陆丰县委的特派员，还有海、陆两县各区委特派员的代表，共十五六人。

由于形势十分严酷，海陆丰好久没有召开党的工作会议了。为了激励斗志，提振士气，全面推进党的工作，经省临委批准，李果才着手筹备召开这次会议。

会议的主要任务是，贯彻中共广东临委的指示精神，要求各地在军事上积极扩大武装，以备日军入侵时开展游击战争；在政治上高度警惕，防止国民党顽固派制造新的大规模摩擦；在党内整风学习上，提高党的战斗力，巩固党在海陆丰农村和学校的阵地。

李果是一个对敌斗争经验丰富、警惕性高、处事谨慎的领导人。他把开会地点设在客栈后面的天主教堂，还准备了一套应急预案，一旦发生不测，与会人员如何分头撤离等事项，都提前做好了准备。

其实，他已在昨晚就来到上港圩，并悄悄住进如意客栈斜对面一个老邮差家里。他与两位随行人员，还有老邮差，随时关注着客栈与上港圩的风吹草动。

午后，老邮差发现鞋帽店有陌生人进进出出，随行人员也看到客栈门口多了一些可疑人员。李果派一位同志借口买香烟，试探性触碰了烟贩的腰部，发现他身上佩有手枪。

情况十分危急，李果却一点都不紧张。他直到天快黑时，才向客栈的同志发出撤离的信号。

捕鸟人带领与会者，从客栈后门溜出，分头朝流冲河方向撤退。只要他们顺利过了河，进入陆丰地界，安全就不成问题了。

一刻钟后，李果估计同志们已经离开上港圩，才与两个随行人员走出老邮差的家。他们准备往北绕过沙港村，逃至长陇村避一避，再考虑是否连夜去凤仪港。

可当他们从教堂西侧走过时，被守在教堂门口的马克训发现了。

夜，黑漆漆的。李果他们一听有人喊"站住"，拔腿就跑，侦缉队员立即开枪。李果腿部中了弹，随行人员一边还击，一边掩护李果奔逃。

李果跑进沙港村，再也跑不动了，而便衣很快就要追上来了。李果在一个随行人员搀扶下，跑进一条小巷，看见一户人家的院门虚掩着，一个女人在昏暗的灯光下打草鞋，就推门走了进去。

几分钟后，气喘吁吁的便衣赶来了，挨家挨户搜了起来。

马克训带着两个手下，走进门口挂着草鞋的人家，把屋里屋外翻了个底朝天，没发现要抓的人，很不情愿地走了。

此时，流冲河方向响起枪声，马克训叱令手下，迅速赶往河边。他知道河滩长满芦苇和风车草，要抓人并不容易。

沙港村寂静下来了。李果和随行人员从后院的地窖爬出来，谢过女主人，立即离开她家。老邮差推着脚踏车，追了上来，让李果和随行人员坐在后架上。老邮差使劲蹬着脚踏车，很快消失在黑暗中。临走前李果嘱咐女主人，记得把门口的血迹，用草木灰处理一下。

这家的女主人就是彭骞的二嫂银娇。地窖是她为了防止万一，躲避灾祸，在堆柴草的后院偷偷挖下的。本来，银娇决定在沙港住下时，就为自己定下一条规矩，不管外面天崩地塌，一概不闻不问，以免招惹是非。可是，当她看见一个受了枪伤的男人出现在面前，央求她帮助时，她瞬间把规矩全都抛至九霄云外。

送走李果，银娇匆匆回到里屋，告诉姑母，她必须连夜带晞儿离开沙港村，因为那个便衣头目，就是杀害她丈夫的仇人。

银娇断定仇人已认出她七八成。虽然灯笼的光线比较幽暗，她又刚洗了头，披头散发的。银娇开始后悔没听小叔的话。

侦缉队在河边扑了个空，整个行动只击毙一个共产党要员的警卫员和一个捕鸟人。马克训气得把草包手下打了个鼻肿脸歪。

蓦然，他想起沙港村那个打草鞋的女人，从身段和五官上来看，好像十分眼熟。还有她的儿子，很像一个人，从年龄推算，完全吻合。真是踏破铁鞋无觅处，错不了，那女人就是彭震的老婆，那孩子应该是他的遗腹子。

马克训喝令手下，包围沙港村，抓捕潜匿多年的共党家属。

银娇背着包袱，牵着儿子，顺小路朝东北方向逃跑。她打算先到溪仔寮躲藏一个晚上，第二天来船到靠海的大湖村，然后换来大船，去大鹏半岛找小叔。

可是，母子俩刚逃出二里多地，就被马克训给追上了。他听见村子东北角的狗一直吠个不停，就朝这个方向追来。

银娇发现有人举着火把追来，就对儿子说："记住，你必须逃出去，别管娘。你朝河边的芦苇林跑，一定要藏好了，别让恶魔发现了。"可话没说完，仇人已经追到身边，银娇弓下身子，撞倒马克训，拉响一枚留着防身的手榴弹。然而，手榴弹没有爆炸。

马克训斩草除根的恶念得逞了，他又欠下彭家两笔血债。

彭家从父亲到大哥、二哥、妹妹、嫂子，再到侄子，已经有六个人被国民党杀害。而他出生入死，与惠文聚少离多，好不容易生了个儿子，生下了彭家唯一的香火传承人。如今，刚满月不久的儿子，却夭折在战场上，夭折在妻子的后背上，求子若渴的他，能承受得了吗？

他就算不被悲痛击倒，也会被深深的歉疚绞断肝肠。

所以，不管妻子怎么哀求，怎么痛骂自己，他一直紧抱着儿子的遗体，不肯让人将儿子埋了。

邬强闻讯赶来了，不顾伤口还在渗血。他自恃与彭骞是好搭档好兄弟，硬是从彭骞怀里掰扯出婴儿，让战士把他放进小棺材，扛去埋在烈士墓地旁边。回头他又批评彭骞一味责怨妻子，是心胸狭隘，会把惠文逼疯的。如果他再不原谅惠文，他就把惠文给他包扎的伤口重新拆开。

彭骞发怒了，将床头盛着饭的陶碗砸向邬强，声音沙哑地吼道："她抢先给你包扎伤口，不把我儿子的死活当回事。在她心目中，你那一点伤，比我儿子的命还重要，你以为我看不出来？"

邬强与张惠文，都是粤北英德人，学生出身的张惠文是在邬强的引领下，参加了革命入了党。前些年，邬强任第三大队副大队长时，他俩好几次假扮夫妻，潜入县城，侦察敌情，营救被捕的地下党员。战士们都猜测他俩一定会成为革命伉俪。而彭骞却暗恋着惠文，又不敢开口。

曾生夫人阮群英试图撮合惠文与彭骞，可惠文没点头。后来，不知怎么回事，惠文又答应嫁给彭骞。婚后，俩人倒也恩恩爱爱。只是，张惠文性格有些要强，对自己负责的工作，总要做得十分完美，往往只顾及一面，有时也就冷落了彭骞。彭骞心里也就有了一些疙疙瘩瘩。

邬强听出彭骞话里有话，来气了，也吼了起来："我跟惠文一直以兄妹相待，同时也是坦坦荡荡的革命战友，你吃什么醋？你身在福中不知福，完全是大男子主义和狭隘封建意识在作祟。"

张惠文擦干眼泪，挡在两个男人中间，幽幽地对彭骞说："我不配做你的妻子和儿子的母亲，你可以对我做出最严厉的惩罚，就把我休了吧。我与邬强假扮夫妻深入敌占区，那是敌斗争的需要，我们没有掺杂任何私人感情。

你跟邬强是兄弟，我跟邬强是老乡，他前次受伤，你叫我给他熬鸡汤，赶上下雨天他打伞送我回家来，你都乐呵呵的，原来你却在心里记着另外一本账。这次，我又犯下不可饶恕的错误，我对不住你，你就把我给离了吧。"

邬强攥紧拳头朝彭骞扬了扬："你还是男人吗？你真敢离了她，我就一拳打爆你的头！"

第三大队政委卢伟如，接到报告，怕两位大队长再争下去，伤了感情，就赶来了，借口医务所长找他要人，硬把邬强给拉走了。张惠文跟了出来，对卢伟如说："他痛苦得快崩溃了，怎么劝都不起作用，离婚是唯一办法。到那时他看不见我，就不会触景生悲了。"

邬强左肩不小心撞到门框，伤口痛得直抽冷气，但不忘冲张惠文扬起巴掌："你再敢胡说八道，我让你掉半边脸的牙。"回过头又朝彭骞吼道："如果你真看我不舒服，拿起枪来，朝我胸口打。但你再敢欺负惠文，我就把你扔进茅坑里。"

纵队在龙见田召开祝捷大会，曾生司令员主持大会。首先他让全体官兵肃立默哀，向阵亡烈士表达崇敬和哀悼。

接着，他对梅塘之战的可喜战绩进行通报总结，末了，才振臂喊道："梅塘一役，是重创日寇的一次胜仗，我们要再接再厉，打出东江的威风，打出东纵的声势，把集体智慧和人民战争的威力，提升到新的高度！"

王作尧上台，宣读颁奖令，介绍了立功部队战士、医务人员和阵亡英烈的感人事迹，一一给以表彰和追认。

郁上晗的小鬼班受到表彰，杨康华点名让上晗在大会上发言。

纵队《前进报》记者，现场采访报道了大会盛况，特地写上郁上晗和小鬼班战斗中的情节。

刘巽贞很欣慰，儿子长大了，开始接他父亲的班了。

散会时，刘巽贞听见有人为她抱不平，说如果没她揪出"达摩"，就不可能有梅塘大捷。但也有人当场反对，认为一个在历史节点上不清不楚的人，没有资格受表扬，纵队更不该安排她在反特部门工作，不该让她拥有审查别人的权力。

刘巽贞装作没听见，拐进小巷准备去看望彭骞夫妇。梁特派员追了上来，蔼然一笑，安慰她道："荣誉自在人心。你因为敌人忌恨，被下过毒手，死不了就是赚的。我相信你的胸襟是博大的。"

刘巽贞粲然一笑，问："想再去看望彭大队长夫妇？"梁特派员应道："曾司令员爱人阮群英也来了，她将带领夫人慰问团，一起去探望老彭两口子。我就不去当你们的绿叶了。"

刘巽贞有些犹豫了，自己也没必要去当绿叶呀！但想起领导夫人们，个个对她十分友好，一见面就刘姐长刘姐短的，遇上一些连对自己丈夫都说不出口的问题，也都坦然向她请教，有必要回避吗？

更重要的是，她已针对彭骞遭受双重打击后的痛不欲生，做了分析，认为最让彭骞痛苦的，是二嫂和侄子的死。一个游击队的大队长，无法保护历尽险恶活下来的亲人，他如何面对二哥的在天之灵？要告慰二哥，告慰二嫂和侄子，唯有血债血偿，将叛徒正法。

而顽军正在蠢蠢欲动，日寇随时都会发起反扑，彭骞想潜回海城亲手血刃雠贼，纵队领导肯定不会同意。正好有我这个姥姥不疼、舅舅不爱的大姐，只要上级批准，愿意乔装出击，为英烈为战友诛杀叛徒，为正义为法度铲除凶害。相信只要锄奸告捷，彭骞的心结即可解开，很快就能振作起来。

刘巽贞从内心深处希望当年的"小彭震"，能无愧于先辈，无愧于党，更加坚强更加一往无前。想到这，大姐的心情如雨后晴空，不由加快步伐，朝大书房的方向走去。

可一走出小巷，又看见那个说她不配当保卫干事的小战士，还在跟战友激烈地争论着什么，而且很有可能诉诸拳脚。刘巽贞上前大喝一声"别争了！"对转过身来的小战士说："手脚痒痒是吗？就冲我来吧。保证绝不还手。"

面对威而不怒的保卫干事，小战士怵了，拔腿跑往村外。

刘巽贞心里憋屈，背靠石刻旗杆夹，望着湛蓝的天空，耳边响起十几年前陆更夫书记对她说的话："你不必担心，三七支部的组织建制，将在上级有关部门存档备查。"

如今，这句话已随他消解在泥土里，那份备查的文件，也在硝烟中化成灰烬？

上个月，杨主任告诉她，外调人员偶然从一位原在省委机关当门卫的华侨嘴里，获得线索，说他有个亲戚叫阿兆，是当年两广临时省委的机要秘书，被驱逐出境后在暹罗当劳工。华侨回暹罗后，问阿兆知不知道一个叫"秦川"的人。阿兆说，曾在一份绝密文件看到"秦川"这个代号。可是"秦川"是谁，负责什么工作，文件一概没有提及。

还是空欢喜一场，但说明组织没有放弃为她澄清历史问题。心的角落，泛起了些许和暖的涟漪。

脚步轻快了，大书房一下就到了。刘巽贞刚走近月亮门，就听见里面传来很青春的欢声笑语。笑声是无敌的，荡逐了小院的忧伤与阴晦，带来了丰沛的阳光，乐观向上的活力。

真是绝了，不知谁出的点子？总之，也就只有这帮领导夫人，才敢如此任性，直接用大反差举措，来打破僵局，把彭骞夫妇，带出痛苦的渊薮。

喧嚷中，刘巽贞听出几个熟悉的嗓音：甜美清澈的，出自王副司令员的爱人何瑛；轻柔温婉的，非阮群英莫属；尖利脆亮的，肯定是新婚不久的李静；沙哑而中气很足的，自然是这一家的主妇张惠文。还有一个陌生的娃娃音，很有质感，刘巽贞可就猜不出来了。

看见刘大姐来了，而且脸上充满笑意，夫人们更加起劲了。

好久没见面的阮群英，拉着刘巽贞的手，悄悄告诉她："我家生哥，夸奖你惩恶锄奸有一套，好生了得。"然后向她介绍刚刚蒙面的妹子："她，徐华淑，省临委委员梁广的爱人，与梁委员秘密战斗在省城。因有任务回来土洋。梁委员跟彭大队长，有着特殊交情，华淑知道他儿子夭折了，一定要跟我来探望他们夫妇。"

刘巽贞听说过，梁广任中共东江军委书记时，有一回在苦草洞主持会议，被日军包围了，是彭骞以中了两枪的代价，保护他突围脱险。此后，他俩就成了生死之交。

包括刘巽贞在内的许多战士，都不认识梁委员。他现在负责穗、港、澳等沦陷城市的地下工作。作为掩护，他与华淑在广州开了一家华昌京果药材行，实际上，是地下党领导机关所在地。他们夫妇在敌人眼皮底下，发展党组织，建立地下交通站，为游击队购买医药用品，搜集敌人军事、政治情报，不断为游击区输送人才，工作十分艰辛，又随时都有暴露的危险。

正如演哪个角色，就得穿戴哪个角色的行头，徐华淑浑身上下，都市风尚和老板娘派头十足，披肩卷发，金丝眼镜，短袖花布旗袍，黑色坤包，样样都很别致。

阮群英介绍完刘巽贞，徐华淑向她伸出手来："承蒙关照。她们个个称你大姐，我看你跟我们一样年轻，真是天生丽质。"

刘巽贞掩嘴一笑："你说得我连头都不敢抬了。今天，能跟你们在一起，我的心态，确实是年轻了。可惜手头没有照相机，要不，给你们留个合影，该多好。你看，夫人们个个身材秀挺，肤色白皙，英姿飒爽，可见我们的领导，目光多么犀利。还有，人人读过大书，个个都是党员也是战士，而且，每一位的爱情故事，都特别感人。"

何瑛戴上刚擦过的紫框眼镜，说："打住，我的爱情一点都不浪漫。我前年才十八岁，就被我那二十八岁的'老头'，给哄到手了。倒是群英姐跟她的曾生表哥，情节奇崛，一波三折，足以写成一部中篇小说。"

阮群英生性豪爽，敢说敢干，她追随曾生的足迹走上革命道路。在她带领下，家里六个弟弟妹妹，也先后加入革命队伍。

言语不多的李静开口了："要说时间长，我与我家老梁相处，真比马拉松还长。跟我俩比，惠文与彭大队长，完全是百米冲刺。如今，他俩堪称大队长中最般配、最甜蜜的一对。"

张惠文一把捂住李静的嘴："别说了，如果真的那么般配，就不会闹成今天这个样子。"

何瑛马上接过话题，说："好，惠文姐把问题提出来了，那么，躺在床上装睡的彭大队长，你有什么话要说吗？"

大家把目光投向挂着麻丝蚊帐的板床。蚊帐里，彭骞双手抱胸，面向墙壁，蜷缩着身子，一点反应都没有。

阮群英走上前，轻声细语对彭骞说："彭大队长，纵队领导对你关怀备至，对你家的不幸也十分痛心，他们随后会一起过来看望你俩。但他们不愿意看到你萎靡不振的样子。领导指示我们，无论如何，要帮你解开心结，让你吃得下饭，挺得直腰杆。因为你，不仅仅属于你自己，更属于东江纵队。"

群英的话说得很动情，可彭骞依然纹丝不动，只呢呢喃喃回了句"替我谢谢领导"。

好，愿意开口就好！何瑛示意大家鼓掌，然后像在学校一样，字正腔圆地说道起来："我们根据领导指示，拟出一个'众星拱月'方案。姐妹们要用亲情，温暖两颗受伤的心；要用同志的爱和乐观，唤醒对明天的希望；要以战友的休戚与共，与彭队和惠文夫妇共渡难关。请群英姐宣布行动开始。"

阮群英谦和地笑笑，说："小何搞得太正经了。我们就像在自个儿家里，对亲人该怎么做就怎么做，开始吧。哦，对了，尹书记爱人余慧姐，有任务去外地，她托我带来两罐炼奶，还捎了一句话：革命伴侣，要有比平常人更执着的爱，还要有接受任何牺牲的勇气。"

　　群英把炼奶放在彭骞床头，其他姐妹也争相把慰问品拿出来，在床头摆成一个半圆，齐声说："领导和我们，希望你化悲痛为力量，早日回到部队。"

　　然而，彭骞还是没有转身，也没有吭声。

第八十章
为美军架设空中通道　布谍眼日舰频频挨炸

　　曾是香港赈济会女学团"四大金刚"之一的何瑛，向众人使了个眼色。立时，三张板凳挑来，姐妹们靠近板床，把彭骞团团围住。何瑛冲李静竖起一个手指。

　　李静打了个响指，表示明白，起身对彭骞说："你睡了好几天了，必须起来活动活动，你是自己坐起来，还是我来抱你？"彭骞不把她的话当回事。个子较高，蛮有力气的李静，一条腿跪在床上，一下把彭骞抱起，让他靠着枕头坐好，还不忘叮嘱一句："如果你不坐直坐好，我就一直抱着你。"

　　徐华淑打来一盆水，要为彭骞抹脸洗手，她以哄孩子的语调说："把灰尘污垢洗洗干净，人就有了精神，待会儿领导们准保夸你。"彭骞表情木木的，心里却像猫挠一般，不敢再偃下去，更不敢发脾气，只好接过毛巾，自己磨磨蹭蹭洗漱起来。

　　洗面盆一端走，何瑛从陶罐倒出一碗炖鸡汤，用汤匙舀起一口，送到彭骞嘴边。彭骞放任痛苦折磨了自己几天，嗅觉失灵，食欲衰减，没有闻出鸡汤的香味，所以，闭紧嘴巴不肯喝。何瑛只好使出绝招，叫惠文捏住他的鼻子。彭骞浑身无力，见领导夫人豁出去了，只好顺从，把鸡汤喝了。

　　有了鸡汤润润肠胃，彭骞感觉空瘪瘪的肚子有些饿了。他哪里知道，阮群英吩咐何瑛熬鸡汤时，加上党参、白术、红枣等，这些可是能吊起他食欲的药材。

　　徐华淑从坤包里拿出两盒乌鸡白凤丸，塞给张惠文："这个能补气养血，你吃正合适。"转身又对李静说："听说你怀上了，先恭喜。回去后，我托人捎两罐鱼肝油给你，有助于胎儿发育。"李静摇摇头又摆摆手："你那么忙，就别瞎操心了。战斗说打就打，我又是个粗人，哪有条件和心思讲究这些。"

　　"我们女人，从确定怀上之后，就开始操心腹中的胎儿。一生下来，当爹的疼他，我们当娘的，更把他当心头肉。"刘巽贞凭着彭骞爱念旧、常把她当大姐看待的情分，坦然说开了，她当然要维护彭骞的自尊，但也要还给惠文一个公道。

"梅塘之战，激烈程度罕见。惠文就是怕婴儿吃不上奶，才背着他投入抢救伤员的战斗。可是，作为负有救死扶伤使命的卫生员，专注度太强，很容易顾此失彼出现盲区。惠文就是全副身心投入抢救危重伤员，才疏忽了自己的儿子。她是火线战士生命的守护神，她绽放着伟大的母性之光。"

说完，刘巽贞看彭骞若有所思，知道必须趁热打铁，便清清嗓子，唱起了当年流传在苏区的山歌：

> 天蓝蓝来水青青，乜人埋伏在山坑？
> 送饭阿妹听分明，山顶是俺子弟兵；
> 山下有俺老百姓，杀尽敌寇不留情……

彭骞听着听着，百感交集，热泪盈眶，颤颤地挺直身子。刘巽贞又说："当年红军战士都称你'小彭震'，你要以二哥为荣，像他一样，做顶天立地的汉子，他是绝不会因家人遇害而向敌人低头的！"

"刘姐唱得好，也说得对，我们听得热血沸腾。没错，有多少英烈，把未竟的事业，交给我们，我们必须珍惜自己还活着，必须百折不挠。"阮群英打开竹篮，端出一砂锅碎肉粥。惠文看丈夫双眼有了神采，抵触情绪也消解了，利索地从群英姐手里接过砂锅，用汤匙一口一口喂起他来。

阮群英回身拧来一条湿毛巾，为彭骞揩揩嘴唇，看着他说："我们的生命，是用来消灭法西斯的，是用来为亿万老百姓打造新中国的。"

彭骞终于开口说话了："感谢领导大人们和刘姐为我所做的一切。我也在此向惠文深深致歉，我不该让你痛上加痛。我刚才是急火攻心，才胡言乱语的。"

张惠文双泪涓涓，张开双臂，拥住彭骞，说．"我公为你生 大堆孩了，而且每一个都保护得好好的。"

这时，一个战士跑了进来，向彭大队长报告："前来慰问的几位领导，已经走出老寨的大门，正朝大书房走来。"

刘巽贞知道彭骞心中还有彻骨之痛，就走上前，伏在他耳边说："我已想出一个诛杀马克训的初步方案。姜运兰和林瑞是执行这一任务的最佳人选，因为他俩都认识马克训，而马克训却不认得他俩。我随后会向杨康华主任单独汇报这件事。我想，告慰你二哥二嫂和侄子的日子，不会太远了。记住，报仇的最高境界，就是让自己更加强大，更有韧性。"

彭赛像经历过一场灵与肉的洗涤，他记住了从领导到亲人们的谆谆教诲，告别悲伤，拿起武器，走向战场。

转眼间一个多月过去，海丰县城发生了一起令人惊愕，也令人拍手称快的枪杀案。刚刚提拔为侦缉队副队长的马克训，被击毙在海丰县苏维埃政府旧址，也就是旧县衙的石牌坊前。身上中了三枪，一枪射中头部，一枪打在左胸，还有一颗子弹穿过持枪的那只手。

杀手用死者的手帕沾了死者的血，在牌坊的石柱上，写下两行字：图一万银圆，买来千古骂名；凭二尸加冠，忘了天理不容。落款：红军锄奸队。

弹指之间，东江纵队成立一周年了。这支队伍，在连天烽火中茁壮成长，先后组建起第一至第五支队、北江支队、西北支队共七个支队，合计兵力九千余人。彭赛率领的第三支队，是跨地区作战的主力部队。纵队还联合当地民主党派领导的抗日武装，成立了大亚湾人民抗日自卫总队，下辖五个大队。另外，各根据地还有不脱产的民兵武装近一万两千人。

近几个月来，广东境内的日军，纷纷西进或北上，配合南下的日军，为打通粤汉线、湘桂线而鏖战。

中共广东省临委和军政委员会，审时度势，在土洋村举行联席会议，对全省开展敌后抗日游击战争，做出新的全面部署。

梁鸿钧奉命，赴鹤山游击区，整合战斗在珠江三角洲和粤中地区的抗日武装力量，扩充兵员，筹集军需给养，实行统一领导，并向广州外围、西江、粤桂边区扩展，开辟新的敌后抗日战场。

1945 年 1 月，全民族抗日战争大反攻即将拉开帷幕，广东人民抗日游击队珠江纵队、广东（粤中）人民抗日解放军，分别在五桂山和鹤山宅梧宣布正式成立。两支队伍共有三千一百多人枪。

梁鸿钧、罗范群分任广东人民抗日解放军司令员、政委，对外公开发表了《广东人民抗日解放军成立通电》。

中共中央和中央军委，在给广东省临委和东江纵队的电报中指出：你们在华南沦陷区，组织和发展了敌后抗日人民军队和民主政权，已经成为广东人民解放的旗帜，也成为政治影响力日益提高的敌后三大战场之一。

东江纵队在与日、伪、顽军的长期斗争中，不断发展壮大，还逐步建立起一整套严密的情报系统，从司令部到支队、大队和根据地政权机构，都设立了情报站，负责情报工作的人员，有五六百人。

有了这支无处不在的队伍，东江纵队在国际反法西斯统一战线中，往往能够超乎想象地发挥诸多关键性作用。除了先后营救出包括八位美军飞行员在内的一百零三位国际友人，还不断加强与盟军的合作，大力协助建立秘密电台，编织情报、交通网络，在香港市区开设地下活动据点。

港英军队是最先与东江纵队建立情报合作关系的。港九大队专门成立一个国际工作小组，为英军提供了大量有价值的情报。

而美军，刚开始，对东江纵队，并不太看好。

喜欢特立独行的美军指挥官，在海丰遮浪半岛施公寮村，秘密设立一个军情观测站，美籍情报人员、中英日语翻译、大功率无线电台、高倍数望远镜等，一应俱全。

观测站紧盯红潟湾海面日军舰艇的来往，第一时间将情报发给援华美军航空大队"飞虎队"，又用电波引导美军飞机对敌舰实施轰炸。然后再对日舰的类别、航次、吨位等进行综合分析，得出需要的战略情报。但由于人生地不熟，日舰又玩起昼伏夜出的伎俩，驻凤仪港的日军还不时派小分队前来搜山，导致整个观测活动收效甚微。

太平洋战场的厮杀越来越惨烈，美军期望中国军队能够更加有效地阻击日军，于是改变主意，决定跟东江纵队携手开展情报合作。

10月7日，美军派出陆空作战技术研究处欧戴义少校，率领美军观察组，来到东江纵队司令部，将一封陈纳德将军的感谢信，交给司令员曾生，要求东江纵队协助盟军建立电台，搜集珠江三角洲至粤东敌占区的日军情报及气象资料，并提供给盟军。

陈纳德是美国援华航空志愿队"飞虎队"的创始人。飞虎队1941年8月1日成立，次午7月改编为美国第10航空队第23战斗机大队，1943年又改为第14航空队。随后，中国国民政府空军和美国空军联合组成了中美空军混合大队，仍由陈纳德担任混合大队大队长。不过，不管怎么变，人们还是习惯称其为"飞虎队"。

东江纵队经请示中共中央、中央军委并获得批准，答应与盟军展开情报合作。纵队专门设立一个联络处，作为特别情报部门，调派原护航大队大长袁庚任联络处处长，郑千里为情报科科长，从司令部抽三名电讯员任联络处电台报务员。联络处的任务是，负责与美军观察组的日常联络，交换双方获取的日军情报，向观察组提供华南沿海的气象资料。

欧戴义与观察组成员，都是金发碧眼、身材魁梧的北美人，极易引人注目，更易成为日伪军袭击的目标。为了安全，也为了保密，东纵将联络处隐藏在罗浮山一位地下党员家里，且对内称美军观察组为"安全保密组"，由首席翻译官兼联络员黄作梅陪同。联络处在罗浮山架设秘密电台，通过欧戴义少校，与美国第14航空队的陈纳德将军、美国太平洋舰队总司令尼米兹，建立起空中通道。

袁庚曾就读于国民党中央军校，在东纵又当过军事教官、情报科长，让他负责联络处这个特别情报部门，肯定不负众望。在短短的时间里，一个个专属情报组，鱼贯而出，遍布全省主要城市和东南沿海各港口，工作人员少说也有三百余人。

通过遴选、审查、考核，刘巽贞与齐桦，成为其中一个组，而且属于少数几个能拥有无线电台的"八爪鱼小组"。

不过，袁庚刚开始并没有将刘巽贞列入"八爪鱼小组"，甚至连监测点设在津洲还是玄氻，也迟迟拿不定主意。

是杨康华一个看似不经意的点拨，使袁庚不再犯难，而且自此改变了对刘巽贞的印象。

抱着试试看的心态，袁庚叫来刘巽贞，直奔主题问她："在陆丰设立一个监测日军舰艇的点，设在哪里最合适？"

刘巽贞想都没想就说："当然是津洲。"

袁庚又问："假如派你去，你会担心身份容易暴露吗？"

刘巽贞应道："不会。情报工作离不开群众。我去津洲利大于弊。"

袁庚又说："我对津洲并不陌生，我一时找不出最佳观测点。"

刘巽贞微微一笑说："在津洲西南面五六公里处的海滩，有一口淡水井，井边架着高高的渡水槽，过往船只都要到那里补充淡水。日本舰艇也未能例外。"

袁庚一拍案几，说："你早该主动告诉我这些了。"

齐桦把他与巽贞姐将去执行特殊任务之事，告诉了郭坚，郭坚急了。

东江纵队将派一个大队，挺进海陆丰，已确定郭坚为先遣大队的政治教导员。郭坚准备向纵队领导提一个要求，调刘巽贞到先遣大队，没想到她已经先接到任务，而且是保密的，很快就要出发，连去哪里也不能公开。

郭坚带上林瑞和上晗，一起来到土洋村，给巽贞和齐桦送行。一番看似平平常常的话别，各人心中的滋味，却是酸甜苦辣不尽相同。

郭坚有太多的话想对巽贞说，可是当着众人的面，只能扯些部队东进的事：“不是我过于狭隘，我做梦都想打回老家去。这次，终于梦想成真。纵队派吴海、黄秉和我，率领以独立第四大队为基干的东进先遣队，挺进海、陆、惠边区，开展敌后抗日战争。你们猜猜看，我们几个，又要分开多长时间，才能重新见面？”

刘巽贞听出他话里有话，却装作没听懂，反而以训导的口气说：“战士的职分，就是南征北战。我们早一天打败侵略者，就早一天相聚，尤其希望在举国欢庆时相聚。”

刘巽贞拉过个头跟她一样高的儿子，左看看，右瞧瞧，把一盒绿豆糕塞进他手里：“等会儿，跟叔叔们分着吃。记住，好好打仗，不许分心，只有杀敌三千，才能退敌万里。”

郁上晗冲娘眨了眨眼，又朝郭坚努了努嘴，然后扯扯齐桦和林瑞，说：“我们去看看新建成的红军医院，听说新来的护士，有的比我还小。”

看着上晗他们的背影，郭坚鼓起勇气，对刘巽贞说：“这么多年过去了，我爱你的那颗心，还是那么炽热和执着。我们咋就不能走近一步？反而，听你的一些话，我们好像越来越生分了？”

刘巽贞摘下一片树叶，对着阳光看它的脉络，说：“你我都是为战斗而生的人，现在，我们又将各自奔赴各自的战场。说心里话，我的爱情，已经老了，离我越来越遥远了。你别急于反驳，只要看看上晗，就知道我们之间，距离一天比一天大。你已经为我耽误了青春，再不醒悟，你又将错过而立之年。正好，彭平也报名要求调入先遣队。她是个纯真、上进心强的姑娘，我愿意当你们的红娘，真心撮合你们走到一起。”

郭坚一把抓住巽贞的手，不容争辩地说：“纵队像彭平那样的好姑娘，多的是；我去上海读书到现在，遇到的好姑娘，也多的是。只是，至今没有人能取代你。此刻，我敞开心扉告诉你，只要你还单身，我就会永远等下去。”

“你别再执迷不悟了，说真的，你会后悔的。大敌当前，有一件要紧事，你可别忘了。如果你们进入陆丰境内，对乌面山龙头寨的土匪范妈鲁，得派人争取一下。此人比较讲义气，对日本人充满仇恨，要引导他改邪归正，加入游击队，以奋力杀敌，消灭日军来将功补过。"

郭坚说："我没什么好后悔的，我会等到抗战胜利，你无法拒绝的那一天，再公开牵住你的手。至于范妈鲁，我会叫上跟他有亲戚关系的黄贤忠，一起去乌面山，因势利导，唤醒他的民族情怀，让他洗心革面，带领手下接受改编，加入抗日阵营。"

数日后，刘巽贞与齐桦，从水路秘密潜回津洲，来到西南方向的濒海小村落，沙寮口村。

经历过大饥荒的津洲，元气虽然尚未完全恢复，但街面的商铺大多已经重新开张，人流也并不稀疏。信步走到津水港码头，舟楫纵横，车水马龙，更是热闹得超乎想象。

也许是上苍觉得亏欠了小民百姓，今年的渔汛，一波接着一波。只要渔船驶入六十礁磐南面的海域，迎面吹来的风，都带着诱人的腥香味，透过蔚蓝的海水，可以看见密密麻麻的鱼群，一撒网，准能捞个舱满箩满。就算遇上阴天，渔民也能从鱼群游动发出的声音，确定它们的位置，还能从鱼的叫声，辨别出鱼的种类，阵容规模有多大。

这么近的海域，聚集着这么丰厚的鱼虾，外港渔船闻讯，纷纷赶来分一杯羹。而且趁着捕捞上来的鱼虾，还在活蹦乱跳，干脆驶入津水港，把鱼虾卖了，又掉头出海下网。如此穿梭往返，且每次都能满载而归，津水港想不热闹也难！

不过，就在渔民忙于耕海捕鱼之时，总有日军的舰艇，横冲直撞驶入港口来。渔民们看见桅杆上那面十六爪旗，既切齿顿足，又松了一口气。幸好，这些舰艇，只是来补充食物和淡水的。他们嫌弃香港和汕头的自来水水质差，食物也没有这里的新鲜。

其中，只缺淡水不缺食品的舰艇，大多直接驶向沙寮口村，泊停在甘泉井渡水槽的槽口下。另有一些吨位过大、吃水较深的舰艇，只能停泊在深水区，通过密封成金元宝状的送水船，接驳淡水。

津洲一直没有国民党的正规部队进驻，日军似乎也忘了曾有一艘运兵船在这里被炸沉。这是他们暗地里达成的某种交易，还是另有其他原因？

沙寮口的甘泉井，与大海只隔着一道弧形堤坝。坝基用方石垒着，上半部分的土质坝体，长满杂草和灌木丛。一条二十丈长的渡槽，从堤内伸向航道。

　　大自然就是这么不可理喻，窄窄一条堤坝，坝外的海水又咸又苦又涩，坝内的井水，既清澈又甘甜如露。战前，津洲一带的有钱人煮鸦片、沏茶，全用这口井的水。

　　甘泉井的井台，傍着堤坝，比海平面高出一丈多。井台立着两架利用杠杆原理汲水的设施，津洲人称它压杆吊桶。用压杆吊桶汲水，手攥着细长的竹竿，吊桶很好控制，往上提水也非常省力。

　　公历的新年刚过，甘泉井出现了几个新的打水工，两男两女共四人。他们穿着打补丁的粗布衣，戴着能遮掩半截脸的渔家斗笠，纯天然的古铜色肌肤，跟原来的打水工，看不出有什么区别。

　　这四人被分成两组。李兰舟与郭忠负责给一般船只供水。郭忠是郭坚的四弟，时任津洲地下党代理书记，之前隐藏在乡下。他俩看见渔船或商船来了，并敲响水槽口立柱上的空心竹筒，表示船舶的水舱口已经对准槽口，便动手汲水，哗哗地倒入水槽。刘巽贞和齐桦则负责给桅杆挂日军旗的船舶供水。他俩表面埋头打水，可真正忙个不停的却是竹笠下的那两双眼睛。

　　如果来的是海面巡逻小艇、调运大米蔬菜的日军驳船，他们不会太在意。如果来的是轻型炮艇，就得记下舰号，目测长宽度和吃水线，再估算出排水量。最费神的是那些吨位大、遮盖得严严实实的运输舰，除了仔细观察舰艇的外观，捕捉某些蛛丝马迹，还要看看艒艒站立着多少警戒士兵，心里计算着给这艘舰艇补充了多少淡水。

　　找甘泉井补充淡水的舰艇，一般都是航速较慢的中小型的舰艇，运输艇、轻型炮艇、海防舰等。停在深水区的，有时会出现小山似的驱逐舰、登陆艇或护卫舰。

　　齐桦还会借口收取供水费，撑着舢板靠近日舰，或者搭乘送水船，到深水区，对小山般的护卫舰、海防艇进行抵近侦察，借机偷听船上人员的对话，捕捉一些可供分析的信息。齐桦懂日语，得益于纵队成立的日军战俘反战同盟。

　　等日舰开走了，打水工们聚在一起，对各自掌握的点滴情况进行综合比对，从而做出初步判断：如果甲板上有突起的舱体，外观像客轮，吃水浅，淡水需求量大，航速较快的船舶，可以断定是运兵舰；如果淡水需求量少，吃水又深，甲板是封闭式的舰艇，十有八九是运载武器弹药的。至于那些敞口式、用油布蒙盖着的船舶，很可能是运载石油、矿产、橡胶的远洋运输船。

这时，第三小组的两个人来了，她们是江玉娇和江竹男。她俩在一个四周长满相思树和木麻黄树的哑石山上，用望远镜观测近海航线飘着十六爪旗的舰艇，其类别、吨位、往返频率等情况，尤其是在甘泉井补充了淡水的舰艇去向。他们还会用齐桦教的土办法，对着怀表，用两点定位来推算船舶的航速。

齐桦在培训她俩时说："依据物理计算，天晴时，眼睛离海平面一点五米高的人，能看到约二十五公里远。如果站到海拔三十五米的小山上，这个人可以看到五百九十至六百公里开外的物体。让你们借助望远镜，观测上百公里外海面的舰艇动向，一点都不难。"实践的印证，使她俩对齐桦佩服得五体投地。

胡见凡也匆匆赶来了。他的主要任务是在与甘泉井遥遥相望的津水港码头，监视日军舰艇补充食物的情况，而另一只眼却盯着盐警队和治安警察。

二江和胡见凡掌握的情况，可以佐证刘巽贞与齐桦的推断是否正确。大型登陆艇、驱逐舰、运兵船，一般来讲航向应该朝南，将开往东南亚；运载战略物资的敞口船，航向应该朝北，从南洋掠夺来的石油、橡胶、钢铁、矿产，当然应该运往日本本土。两者对上了，齐桦又核算了一下江玉娇记下的舰艇航行参数，上报东江纵队联络处的情报就形成了。

刘巽贞让其他同志轮流值班、休息，她与齐桦立即赶回沙寮口村，那里设有他们的秘密收发报室。

沙寮口村距离甘泉井仅七八里地，只因海边到处都是木麻黄树，才显得有些远。村子三十几户人家，以前都是刘监生的佃户。建立苏维埃政权那年，刘巽贞把田契全都还给村里人，村民至今仍然感念着刘巽贞。

收发报室其实就是老佃农蔡大伯看守果园的山寮。果园里放养着一些鸭子，有生人走近，鸭子就会嘎嘎嘎地叫起来。山寮里有个地洞，藏放着刘、齐二人带来的两个皮匣子，里面有一部功率五瓦的收发报机，一台提供电力的手摇马达。

一看刘、齐二人回来，蔡大伯拿起一把三刃铁叉，出了门向小山头走去。他要去山顶为他们望风。

刘巽贞翻着密码本把情报译成电码，齐桦取出电台与马达，把梯状天线引向窗外，挂在荔枝树上，又把马达固定在板凳上。一切准备就绪，刘巽贞开始摇动马达的手柄，收发报机指示灯亮了。齐桦戴上耳机，调好频率，搜索信号，呼叫东纵联络处三号电台。等三号电台有了应答，才发出自己的呼号和密码，然后摁动手键，嘀嘀嗒嗒把情报发送出去。

电波随嘀嗒声飞向罗浮山，刘巽贞累得满头大汗，可红扑扑的脸上一直挂着笑。

日舰在南海监测区域航行活动情报发送完毕，大约两个半小时后，天空就会传来飞机的轰鸣声。

没过多久，蔡大伯从小山头下来，告诉他俩，西南面的海域不断传来机炮声和爆炸声，应该是炸弹击中了海上的船只，才会引起连珠炮般的爆响，还有滚滚黑烟冒起，翻卷着冲向半空。

齐桦和刘巽贞相互看了一眼，心里明白，这应该是三号电台收到情报后，立即转发给位于昆明的中美空军混合大队航空基地。混合大队立即出动轰炸机，对航行在海上的日舰实施攻击和轰炸。

太平洋战争爆发初期，美国志愿援华航空队的飞机，偶尔会出现在粤东上空。往往是侦察机先来打前站，发现日军舰艇后，轰炸机迟迟才飞来。这种先侦察后打击模式，效果并不理想，一是侦察机将耗掉大量燃油；二是轰炸机从桂林或昆明起飞抵达粤东，常常会扑个空。

因为，被侦察机惊动过的敌舰，大多会躲进附近的港口，或混进出海的渔船中，或者驶近某个小岛或礁石群，给舰艇覆盖上对应颜色的伪装网，美军轰炸机只能无功而返。

现在有了观测站，不需出动侦察机就能对往来的日舰，了解得一清二楚，敌人却未曾察觉。而且炸毁的目标都是"高价位"的，能够把打击效果发挥到极致。

那一天，刘巽贞与同志们还目睹了中美空军混合大队四架B-25轰炸机，对日军一艘运兵船展开轮番扫射和轰炸。

晌午，海上的风浪有些大。在待渡山监视日军往来船只的胡见凡和郭忠，发现一艘挂十六爪旗的大型运兵船，在一艘炮艇护航下，行驶至津东金狮滩海面。突然，运兵船的大烟囱冒出滚滚黑烟，半晌后就不动了。半个小时过去，护航炮艇扔下运兵船，往东北方向驶去，可能是去汕头港搬救兵。

刘巽贞接到郭忠的报告，与齐桦爬上哑石山，举起望远镜观察运兵船。只见几个日本兵从顶棚扔下绿色伪装网，运兵船很快就变成一座小岛。可以肯定，这艘由客轮改装的运兵船，半天之内动弹不了。只是，在运兵舰附近还停着两条商船，而且不时有其他船舶驶过。如何才能保证轰炸机不会误炸其他船只？

江竹男揪揪辫梢，咬咬手指，想出一个办法，说："我去我家布铺拿一匹白布，把它铺在海边的绿草地上，铺成一个指向运兵船的箭头，轰炸机见了，不就可以避免误炸其他船只？"

刚好，中美空军混合大队准备空袭香港启德机场，十二架 B-25 轰炸机和四架战斗机已从桂林起飞。基地接到情报后，即指令其中三架轰炸机改变航向，飞到金狮滩，按照白色箭头所指方向，对伪装成岛屿的敌船展开轰炸。

日军运兵舰慌了，掀开伪装网，让前后甲板的高射机关炮一齐开火，"梆梆梆"追着飞机打。B-25 轰炸机在机头和机腹装有多挺航空机枪，机枪射手在轰炸机第二轮俯冲时，就把舰上的高射炮打哑了。三架轰炸机压低飞行高度，轮流投掷炸弹。有几枚炸弹掉落海上，激起一排排冲天水柱，但有一大半命中了"绿色小岛"。

伴随一声声如雷巨响，飞进的火光与船舱的碎片，冲天而起，同时也把一个个日军兵士抛向半空，又重重摔回甲板或抛向大海。熊熊烈焰中，运兵船的底舱发生了几次连环爆炸，随后，汹涌的海水直往船舱里灌。

运兵船的尾部开始下沉。船舷的救生艇被炸毁，前甲板十几个抱着救生圈的兵士，眼看近千名帝国武夫，即将葬身大海，他们把救生圈扔进燃烧着的舱室，纵身跳入滔滔波浪中。

随后几日，日军的尸体，浮满金狮滩海面，有近百具漂进津水港。福德善堂的义工，一一将尸体捞起，掩埋在向海的山岗上。

这场发生在家门口的空海大战，看得观测组的同志们热血偾张，喊哑了嗓子，拍痛了双掌。津洲城的民众，就更不用说了。

不过，击沉运兵船后，有一架轰炸机特地飞到津洲城的上空，绕了三圈，才缓缓飞走了。刘巽贞怎么也不会想到，这架轰炸机的驾驶员关啸飞中尉，就是万岱源的儿子万舒勋。他十分怀念故乡的亲人，利用这次难得的机会，飞临万家大院的上空，以之作为对祖父母和叔叔一家的问候。

刘巽贞与齐桦回到果园的"收发报室"，对日舰航运监测表和综合分析材料，略作修改，即上报给纵队联络处。上级情报部门会综合各地的数据和监测情况，提供给东纵司令部和美军太平洋司令部，作为高层指挥官的决策依据。

　　这天，郭忠带来一个好消息：一架机身机翼涂着红膏药的日本侦察机，因天气恶劣，降落在津东烟墩山下的海滩上。机上三个飞行员企图逃走，被村民包围后活捉，押往津洲警察所。刚走到元康新街，差点被围上来的民众打死，警察不敢耽搁，立刻将日本兵解送县城。

　　大家正兴奋地议论着，刘巽贞与齐桦来了。他们却带来了一个坏消息：日军 104 近卫师团有异动，很可能进犯海陆丰，占领沿海各主要港口。

第八十一章
筑防线攻占海陆丰　受牵连永诀八娘庙

原来，日军大本营已经从截获的情报得知，美军近期将在华南沿海大规模登陆。

司令官田中久一中将授意参谋长富田直亮少将，下令调遣精锐部队，抢占战略要地，并从珠江口直至汕头，从沿海到广州龙眼洞，构筑重重防御工事，要为美军的到来，掘下一条不归路。

预计美军登陆的地点，除了大亚湾，就是海陆丰境内的凤仪、虎洲、玄沄、津水四大港口。所以，当务之急，必须命令104近卫师团，火速从韶关南下，攻占海陆丰两县。然后，按照计划，由工兵联队牵头，在东西走向的山脉之下，构筑由三道防线组成的"马蹄形堡垒战术"防御网，并开辟野炮阵地，修筑飞机场，把海陆丰打造成抗击美军的终极壁垒。

1月24日，师团长铃木贞次中将、参谋长铃木勇雄大佐，各率104近卫师团一部从惠阳出发，水陆并进，进犯海陆丰。

步兵108联队一大队和三大队一千多人，骑兵大队六百余骑，攻占海城。

25日，日军步兵137联队乘舰艇，分头夺占海丰沿海港口、乡镇和龟龄岛。108联队一部，也从津水湾登陆，占领了津洲。

日军突然调派重兵夺占海陆丰，东纵东进先遣队按照"敌进我退"方针，撤向海丰西部山区赤石。共产党的队伍回到苏区，受到群众亲人般的欢迎。

在赤石，几年前就活跃着一支"惠海行商护路队"。它是由当地乡贤绅商呈请惠阳、海丰两县政府批准，出枪出钱组建起来的一支"白皮红心"抗日武装，穿国军的服装，挂国民党的牌子，实际由中共地下党领导。

2月中旬，东进先遣队与护路队联手，在海丰敌占区赤石和流冲圩，打了两场胜仗，击沉敌船四艘，毙伤日军六十多人，极大鼓舞了当地的老百姓。不少青年学生、农民，踊跃要求加入先遣队。纵队顺应发展趋势，做出立足赤石大安峒，成立东纵第六支队的决定。

而郭坚则率领独立中队开赴陆丰，在葫芦寨、内洋，宣传减租减息，建立抗日民主政权，袭击日军的征粮小队。随后，又从八望乡进入惠来三清岭，与潮汕人民抗日游击队会聚。潮汕游击队政委曾广、军事顾问谢育才热情款待郭坚一行，双方商定了跨界作战、密切配合、地方支持的方案。初夏，郭坚率队回到高溏，着手组织更多的陆丰地方干部回家乡开展抗日游击斗争。他又授意郭忠，整合旧部，建立一支武工队，配合东纵第六支队，开展对敌斗争。

侵略者的铁蹄再次踏上海陆丰，也许是时局急转直下，让他们没了恣意妄为的底气，不得不有所收敛。

但困兽犹斗，更别说不久前还在桂柳、粤北打了两场胜仗。这个师团，准确地说应该是没工夫去烧杀抢掠，他们急于抢占地利、霍霍磨刀，似乎在等候一场殊死决战的到来。这让东进先遣队有些捉摸不透。

譬如在陆丰，日军除了占领东滘、津洲等中东部重镇，却把主力屯驻于县城东北面的法留山、乌面岭、大峰山，以及沿海的海岬岭、麒麟山、田尾角。而且，过一段时间后，日军还向这些地方增派后续部队。

这一反常现象，陆丰当局的流亡政府有所觉察，但谁都不愿费神费力去查明真相。他们一门心思只想着发国难财，或趁乱使阴，将真正对手共产党打垮。

陆丰县地广物博，港湾众多，资源丰富，人口近五十万。只要能在这块肥得流油的地盘，谋上一官半职，不管是独眼的还是瘸腿的，准能捞个盆满钵满。

县城东滘镇，是一座独山东倚、绿水环绕的名城。可是，从政治上看，却是一座政府、党务、军警、割据派系、宗族势力明枪暗箭的角斗场。在军阀弄权的年代，政界强权与山头派系蝇营狗苟、勾连倾轧已成不治之沉疴。他们斗党、斗政、斗商、斗地盘、斗枪杆子，还斗到文化界、教育界，一直斗到最底层的乡村、社头。

李沛与刘巽才就是这样一路斗过来，并渐次开了窍，懂得要生存且争得一席之地，两人必须摒弃仇怨，联手对外，彼此借力。

就说去年，身为海陆守备总队总队长的李沛，因借口县盐警队层层盘剥盐商而缴了他们的枪，被海陆惠紫守备区司令欧剑城给停了职。刘巽才替李沛给欧剑城送了厚礼，并告诉他，第七战区少将督察李彧，支持欧司令对其兄长李沛从严惩戒。结果，半个月后，李沛竟官复原职。

而刘巽才年初重新被推选为县参议会议长，有人向军统特务海陆丰组组长郑邦英告发，说刘巽才的妹妹曾为共产党要员，现任职于东江纵队的保卫科。郑邦英问李沛可有此事。李沛说："巽才的妹妹十几岁时，就决然跟其父断绝关系，至今再没跨进刘家大门一步。抗战后曾任民众救亡团体协调委员会的副主任，现不知去向。"

郑邦英的军统组虽然权力大，但人手有限，经费欠缺，需要守备总队和便衣大队提供支持，他还想通过李沛找到发财机会，所以，李沛的话，他不能不信。刘巽才的议长，也就有惊无险当上了。

但暗地里，这两人又"玉米面做元宵，捏不到一块儿"。刘巽才鄙视李沛奸诈阴毒、贪得无厌；李沛嘲讽刘巽才怯弱伪善、两面三刀、嘴馋又怕烫。

刘巽才睁只眼闭只眼，是想跟李沛抱团取暖，可是，李沛做过太多恶事，让刘巽才心寒，只能选择畏而远之。

有人说李沛是鸡公精出世，除了三妻四妾，还有不少情妇。别以为他是风流情种，一变脸，鱼水相欢、胶漆相投之时，也会把你的脖子拧断。他的原配妻室白氏，在逗弄孙子时，随口说了一句话："一对贼目金溜溜，像你阿公。"李沛一听，脸色骤变，自忖：外头的人骂我土匪、枭贼，我已忍无可忍，连自家内人也说我是贼，岂不反了天？数日后，李沛令两个心腹送白氏回娘家，并示意在半路隐僻处杀了她，给山上的老虎留一顿美食。

李沛长期与土匪勾结，武装走私钨砂，运到香港卖给日本人。又与县长陈藻文狼狈为奸，巧立名目，设卡收税，大肆劫掠民脂民膏，发国难财。

陈藻文是文昌人，中山大学毕业，实为披着羊皮的狼。他大肆盗卖全县田赋税粮，由李沛负责押运至龟龄岛，由奸商转运香港资敌。他指使便衣大队长罗祖光掳掠富商之子，逼富商交出一百五十万赎金，然后六四分赃。事后，为了销毁罪证，又指使李沛将罗暗杀于姘头家中。

日军进犯海陆丰，陆丰县政府、县党部和军警大队，纷纷闻风逃往河凹、河滉山区。李沛过不惯没钱捞的苦日子，与陈藻文密谋，指使一个守备大队回县城，向日军投诚，充当伪军。李沛与该大队长约定，收税纳捐由他定，只要每月"孝敬"县长和总队长各二十万元即可。

日寇知道时任陆丰救济院院长的马柳庭，早年曾留学日本，派人招揽他与日军"合作"，出任陆丰县治安维持委员会会长。马柳庭不为所动，将来人逐出大门外。

倒是那个郑邦英，鬼迷了心窍，想借机发国难财，在日寇诱惑下，征得上司允许，公然投敌，当上陆丰县维持会会长。

至于辖下重镇津洲，维持会的成立，甚至比陆丰还要早，会长人选的确定，也是毫不费周折。因为日军黑须正助少佐，在"对"的时间，遇上了"对"的人，并且采用了"对"的办法。

日军108联队三大队，在汀江口西岸登陆后，不费一枪一弹就控制了整个津洲，还将大批逃兵祸的民众赶回家里。

大队长黑须正助在骑兵小队簇拥下，从陆路驰驱而来。大队副官吉田正中尉，早早在未石城北门外的蟠龙塔下迎接他，并向他报告："皇军神武，如入无人之境，没有遭受任何抵抗。"

黑须正助闻到从双仁祠飘来的夹竹桃花香，打了一个极响的喷嚏，把胯下的坐骑给吓着了。黑马一路狂奔，直到津心埔经纬楼前才停了下来。黑须少佐放眼四顾，马鞭一指，对随从说："好风光，大队部就设在这里。"

正忙着把一大串钥匙别在腰间的刘监生，听见人声喧哗，拱了拱驼背，走出大门，对迎上来的翻译官说："这里是商务会馆，请你把太君领到别的地方去好吗？"说完想偷偷塞给他一沓钞票。

黑须正助翻身下马，用马鞭打掉刘监生手里的钞票，拔出指挥刀架在他的脖颈上，说："你长得像猴子，太难看了，却拥有这么气派的会馆。成全你，津洲维持会的会长，就由你担任。你跟我，必须成为中日亲善的表率。"

已经学会处乱不惊的刘监生，没经多少威逼，以一种"可真拿你没办法"的心态，当上了津洲治安维持会会长，且纠合了三十来人，成立了皇协队。维持会设在区公署，刘监生成了大衙门的主人。

刘巽贞获知此事后很生气。可李兰舟却说："由他当会长比别人当好，只要你肯开口，你说九分他准保听十足。"

刘巽贞觉得有道理，点了点头说："必须给他上一道紧箍咒。"

一个上弦月西挂的夜晚，胡见凡把刘监生约到未石城东门的城楼上。淡淡的月光下，刘监生见到拳拳在念的女儿，喜忧参半。喜的是女儿竟然主动约他见面，忧的是知道女儿是来向他问罪的。他可怜兮兮地缩着双肩，垂下双手，等着挨训。

刘巽贞啪地把手枪拍在桌案上，说："别假惺惺地装可怜，我枪里的子弹，根本不认'爹'这个字。你公然当汉奸，有没有考虑过下场？"

刘监生卯不对榫，语无伦次地说："爹能跟你会上一面，死而无憾。爹老了，连做梦都咒自己。你是爹唯一的女儿，爹却害苦了你一辈子。爹忏悔，连你当年派人来抄家，没收田契，爹都当作一种报应，默默地接受了。为了给你积德，爹也再不做伤天害理的事。"

"哈哈！你尽睁眼说瞎话，明明当了汉奸，还往自个儿脸上贴金，你既可恶又可憎。"

"爹一生是坏人，但不是恶人，更不会为日寇当罪人。津洲维持会长必须有人做。推给万泰安？他一向清高，腰杆宁折不弯，不就等于要了他的命？让李举人当，他跟我斗了几十年，一场大病使他开了窍，终于放下尘俗，皈依佛门，正在为度脱苦海而修行，哪肯再套上功名利禄的枷锁？所以，这个汉奸，说到底只能由我来当。"

"你也太自以为是了，真不知道自己剩下几斤几两？"刘巽贞边说，边认真看了曾经的父亲一眼。

这个被岁月风干而苍老了许多的冤家，只有目光依然贼亮贼亮的，还有就是独霸一方的心态，一点都没收敛。刘巽贞后悔跟他见面，但想起党的抗日民族统一战线政策，想起上了贼船的他，一旦失控，将会给津洲带来灾难和危害，并对情报组构成威胁。

于是，她改用严肃中带着期望的口吻对刘监生说："维持会长既然推卸不掉，你就继续当着。但你必须记住自己是中国人，不能为虎作伥，做对不起老百姓的事。而且，要提前将日寇的每次行动，秘密向胡见凡也等于向我报告。否则，第一个饶不了你的人，就是我。"

刘监生正要问问外孙的情况，还想提出由他送外孙去澳门读书一事。可刘巽贞把手枪往腰间一插，黑色礼帽往头上一戴，就消失在黑暗中了。

有了女儿的默许和规约，刘监生与坐镇经纬楼的黑须少佐，走动勤了起来。日军摊派给津洲每天六担大米、一头猪、一筐鱼、三担菜蔬的任务，刘监生亲力亲为，一大早就领着民夫，风雨无阻送到经纬楼来。

如今的经纬楼，空中飘着膏药旗，树下系着一群战马，大门小门岗哨重重，院内院外架着机枪，好不威风。只是，每天送这么多吃的，能吃完吗，镇上并没有多少日军呀？

正琢磨着，天上传来飞机的轰鸣声。刘监生知道盟军飞机又来轰炸了，他一手撩起长棉袄，急步跑进经纬楼的门廊，与黑须正助撞了个满怀。日酋大怒，三角眼上的每一根眉毛都竖了起来，双手一下掐住袭击者的脖子。等看清是刘会长，才把双手松开。

黑须正助是担心膏药旗被敌机发现，会朝经纬楼扔炸弹，急着叫随从快些把旗子收起来。

飞机没有轰炸经纬楼，可能只是来侦察的，黑须正助松了口气。但随后发生了一件让日军颜面扫地的糗事，把黑须少佐气了个半死。

桃李园油坊老板陈老七的老伴，陪过门"三朝"的新媳妇回娘家做客。婆婆吕氏挑着礼品篮子，与打着油纸伞的媳妇，款款前行。来到离海岬岭村不远的甘蔗园，遇上一个骑马的日军传令兵。传令兵见新娘子穿着红嫁衣、绿纱裙，兽性大发。他下了马，拔出王八盒子，叽里呱啦一阵，把婆媳俩给吓瘫了。

传令兵把新娘子推倒在沟垄里，正要撕扯她的衣裳，马儿咴咴叫了起来。日本兵怕它跑了，就把缰绳系在自己的脚腕上，然后开始摧残新娘子。面对黑森森的枪口，吕氏不敢反抗，又不忍媳妇光天化日之下赤身裸体受辱，这可是对天地神明的大不敬，便砰地撑开油纸伞。

就是这砰的一声，把东洋马给惊吓着了。它撒开四蹄亡命奔逃，把半裸的传令兵从坡上拖至坡下，从小道拖向大路。那颗头颅，就这样磕磕碰碰，成了血肉模糊的肉球。

两天后，日军又发现犬养伍长失踪了。原来，那家伙嘴馋，独自溜出去偷农户的鸡，看见只有女主人在家，顿时淫心发作。恰好男主人从地里回来，一声怒吼将日兵揪下床来，夫妇合力，揍了他十几拳。日兵装死，趁主人不备伸手夺枪。男主人一挥锄头，将他砸死，连夜将尸体和枪埋在海边的野菠萝地里。

黑须正助想起几年前学兄牛岛中尉，为掳掠慰安妇在这里折戟沉沙一事，还有近期日舰�在津水湾一带遭到轰炸，警觉起来了，决定来一次"剿逆"。

他命令猪饭中队长从明天开始，率两个小队，由津洲皇协队带路，对津洲及周边村落展开梳篦式搜查。又指示情报人员，秘密收买一些抽鸦片的穷烟鬼做眼线，查找失踪士兵，缉获抗日分子，挖出军统或共产党隐藏在津洲的谍报组织。

刘监生很快就知道日军"剿逆"行动的内容，因为翻译官已经被他用银弹击垮了。刘监生将情报藏在香粉盒底，叫媳妇董彩鸾带上，去自家的海味行，悄悄把香粉盒交给新来的伙计郭忠。

刘监生还在情报中写上，如果情况紧急，他会叫人在西城门外的山岗上，焚烧垃圾堆或干牛粪。这本是农民制作农家肥料的方法，刘监生用它来给女儿传递紧急情报。

结果，猪饭中队长折腾了十几天，经保长和皇协队员确认，并没发现涉嫌抗日的可疑人员，只抓了几个鱼肉乡里的小混混，当替死鬼，还缴获十几杆打猎的"土六八"。他不甘心，亲自带人把可疑的沙寮口村，翻了个底朝天，还是什么也没搜到。

村里的甲长拍着胸脯对他说："我们全村老少大大忠于太君，几年前就跟你们长官签下生死状：保证为太君提供最好的淡水，如果因为井水引发中毒等不测，听凭皇军杀了全村老少，并将村寨夷为平地。"

而大队部派出去的情报员，同样一无所获，没查到失踪士兵的任何线索，只好把几个烟鬼抓起来关在黑牢里。

"剿逆"行动无果而终，日军的警戒好像松懈了些，因为上司要他们向各乡各村派征更多的粮、肉、菜。

刘巽贞在确认日军没有留下"尾巴"之后，才与齐桦带着电台马达回到沙寮口村。

已是春雨霏霏的季节。黄昏，刘巽贞披着蓑衣，戴着竹笠，站在甘泉井的堤坝上，遥望着雨幕中的津水港和待渡山。她在等候李兰舟给她送来良民证，然后再一同混入暮归的商贩、农人、挑夫中间，通过日军哨卡，前往元康新社看望万泰安。

李兰舟昨天告诉她，万伯父出远门回来了。她是前天去的求芳居，见到万伯父与龚夫人时，被吓了一跳，二老神情恍惚，说话嗓子喑哑，好像刚刚经历过一场大病。

刘巽贞一听，一种不祥的感觉油然而生。在她的记忆中，万会长外表温文谦和，内心却是泰山压顶不皱眉的硬汉。这次竟让李兰舟一眼看出失常，难道真遇上比天塌下来还要大的事情？

怎么办？面对这位默不作声支持党和革命事业的长者，其胸怀之博大，足以令任何语言都显得十分苍白。但作为晚辈，作为战友，带去一份关切，一份抚慰，仍然十分必要。而且只有了解发生了什么事，才能与万会长一起共克时艰，共渡难关。

万泰安老两口见到刘巽贞冒雨来访，喜出望外，但又责怪她不该顶着危险，前来探望。刘巽贞从两人的眉眼中，看出了难以掩饰的忧戚，更坚定了自己的猜测。

万泰安与龚夫人极为罕见地嗅了嗅鼻烟，才跟刘巽贞和李兰舟聊开了。

茶过三巡后，龚夫人起身，说要去念佛堂上香，李兰舟与使女一起搀着她，走出会客厅。

万泰安目送他们离开后，忧大于喜地说："我就知道，津洲一带有我们的人在活动。不过，你们可得小心再小心。"

"你也要多多保重自己，你的危险性也不比我们低。我前些日子遇上李果先生，他对你赞赏有加。"

"我与曹其峰跟他见过几回面，我只能歉疚地告诉他，时光只解催人老，再不能像当年东西南北任去来了。他安慰我说，你已经竭诚尽力了，侵略者垂死挣扎，必将更加疯狂，你可不能有任何闪失。"

"伯父，我近日老是梦见文英，你可知道她的近况？"

沉默，伴随着檐雨滴答的沉默。万泰安的手激烈地抖了起来，鼻烟壶从手中滑落。刘巽贞一把抓住万伯父的手，紧紧地攥着。

"文英与岱源，长眠在桂林了，他们一时半会儿回不来了。"万泰安使出最大的力气，说出最低沉的话语。

刘巽贞强忍泪水，不敢哭出声来："两个孩子，你没带回来？"

"你放心，舒哲和伊楠平安无事。得感谢岱源家的使妈，出事后，她按照文英留给她的字条，把孩子从桂林送往广州恒衍商行分号，我去广州把孩子接回后放在县城。岱源和文英嘱咐，为了让孩子在县城继续上学，暂时把他们交给亲家公亲家母抚养。"

刘巽贞猝然间又闻到血旗燃烧的味道，她不知道如何安慰万伯父，只感觉黑暗中有千军万马飞奔而过，她纵身一跃跨上一匹战马，挥舞马刀怒吼着杀向敌阵。

都说成也萧何，败也萧何。关翊希与杨殷身份暴露，果然就如杨殷所料，全因受孔雾妘牵连。

关翊希携带一家四口，来到属于国统区的桂林，在滨江南路开了一家洋酒专卖店。吸取教训，作为中共南方工委派来的高级交通员，他严格执行单线联系制度，只与代号“老李”的广西工委书记钱兴保持定期联络。

他俩平时互不往来，只有在特定地点见到三个倒写的“A”，或两个“%”的时候，傍晚就会在上次约定的地点碰头。万岱源把南委的通报、决议、指示、批复等机要文件，以及内部报刊、宣传品交给钱兴；钱兴把广西工委的请示、报告、行动方案交给关翊希。如果因故错过接头时间，顺延四个小时后，他们会在另一地点见面。

在这种一对一的接头方式之下，可以说除了钱兴，整个广西地下党，没人知道有他这么一位高级交通员存在。

关翊希与杨殷来到桂林，经营项目变了，身份与姓名也改了。此时得叫男主人耿毅，叫女主人袁柳。万岱源的代号也更换为“传说”。

其实，洋酒专卖店的功能多着呢，它既是地下党组织的钱袋子，又是收集情报的顺风耳，还是配合武装起义秘密采购枪械的中转站。后来，耿毅、袁柳还负责为已向桂林、柳州发展的东纵西北支队提供情报支持。

有一天，孔霁妘突然出现在专卖店的柜台前。她来到桂林才半个月，就把不辞而别的“初恋”给逮住了。她此时已是叠彩山下蓝桥咖啡馆的老板娘。

孔霁妘约耿毅在咖啡馆三楼，密谈了两个小时。立足于“各为其主，情报不分家”原则，两人形成了口头协议：心照不宣，同进共退；互相提携，不忘大义。

袁柳心中的醋海又风生浪起了，不管耿毅怎样解释，就是不让他跟这只花蝴蝶接触。而且一生起气，说话不再慢条斯理。

可耿毅认为，孔霁妘虽然充当汉奸，但良知未泯，可以利用她获取更多情报，还可通过她牵线购买武装暴动需要的枪械。

袁柳却坚信将来一定会被她出卖，或受其牵连。为保护一对儿女，她除了一再提醒丈夫，跟姓孔的断绝往来，还未雨绸缪，经过深入摸底，雇用了一位从广州逃难来桂林的大姐当女佣。袁柳刻意培养孩子与邵大姐的感情，上学放学逛公园跟着她，周末也让舒哲和伊柟去邵大姐家过。

耿毅忙里又忙外，而且是在刀尖上舞蹈，有时安排袁柳去跟孔霁妘交接情报，结果空着手回来，还得听她拐着弯奚落孔霁妘，气得耿毅摔门而出，一个人跑去江边喝闷酒。

一而再，再而三，两个人之间的怨隙越来越大，“传说”的温顺脾性，也真的快要成为传说了。钱兴书记知道这一情况后，决定亲自去他家，找袁柳谈话，让她服从组织安排，无条件支持耿毅的工作。

钱兴佩着近视镜，两颧潮红，不时咳嗽，体格瘦削得让人心疼。但他沉着干练，坚毅自信，说话言简意赅，入情入理，令人折服。

在这位年纪个头比老公小一号的省委领导批评下，如孤雁好久没过过组织生活的袁柳，出了一身大汗。冷静下来，检讨自己确实太过敏感了，遂答应钱兴，以党的事业为重，全力支持协助丈夫工作，不再无中生有闹矛盾。

几天后，抽不开身的耿毅让她去蓝桥咖啡馆取情报。袁柳装作向孔小姐请教制作咖啡和甜点的方法，话至投机时，还就以前说话有些刻薄向她道歉。

此时，咖啡馆的一角，坐着一位美军航空大队的随军记者。当他看见一位摩登妖艳的小姐，与一位古典清纯的夫人，面对面坐着品饮咖啡时，觉得画面太有冲击力了，遂以翻阅报纸为掩护，偷偷按下高级相机的快门。

耿毅与袁柳的怨隙似乎弥合了，但不知怎么，他最近跟钱兴接头，针对有些严肃话题，却未能谈拢到一块儿去。

衡阳城失陷后，钱兴从耿毅手中接到南方工委的指示：侵华日军企图打通直达东南亚各国的交通干线，必将南下进犯广西。因此，要放手发动群众，组织抗日武装，建立抗日根据地，在广西打一场敌后游击战争。

广西工委早就希望来一场红色风暴，以改变对敌斗争的被动局面，遂仓促做出"一切为了建立抗日武装""一切为了发展游击战争"的《八月决定》。

耿毅作为南方工委派来的高级交通员，对广西工委的重大决策，有权提出意见和建议。听了钱兴的介绍，认为《八月决定》热情有余，冷静不足，策略应该做出调整。

钱兴略一思忖，摇摇头说："广西需要一次大的武装暴动，来提振士气，荡涤沉闷，让党和人民群众扬眉吐气一番。"

耿毅说："广西地下党刚刚恢复元气，武装斗争经验不足，群众基础也薄弱，举行大规模武装起义，我担心会因敌我力量悬殊，很快就被当局镇压下去。"

钱兴反驳道："我们要在战争中学习战争，要通过战争培养一大批武装斗争骨干。就算失败了，大不了上山打游击去。"

耿毅的声音有点尖厉起来："学习不等于无谓牺牲。我更不同意一开始就公开打出党的旗帜。你是广西党组织的把舵人，更不能只考虑'胜利'，而将党和群众的组织，全都一下子暴露开来。"

"你我都是从广东调派过来的同志，东江纵队可以旗帜鲜明拉起一支近万人的队伍，广西怎么就不能大张旗鼓干一番？"

"天时地利人和方面，我已经说得够多了。再补充一句，连家底都轻易拿出来拼，是有违上级指示精神的。"

现实是不受预言和激情所左右的。这次起义，果然以付出沉重代价而失败了。

钱兴经过一天一夜的反思，诚恳向上级做出检讨，然后紧紧拥住耿毅："血与生命的教训，我已经深刻吸取。以后，我一定增强全局性观念，虚心听取你的意见，不再头脑发热，更不会在原来的沟坎上再次跌倒。"

然而，更意外突破耿毅自我认知的是，袁柳的推断一语成谶。孔霁妘落网了。

美英情报机关与军统，经过数月的挖掘甄别，排除种种阻挠与干扰，最后，美国人一招"美男计"，让孔霁妘上了钩。

军统反谍组长拿来孔霁妘与袁柳品饮咖啡的相片，其中有一帧拍到袁柳从咖啡桌台的下面，取出白色的类似折叠纸张的东西。这张位于咖啡馆后堂的桌台，桌腿内侧凿有细槽，是孔霁妘专门用来交接情报的密设机关。

孔霁妘看了相片，解释说，那是袁柳记下咖啡与甜点的制作方法，把纸张折叠后准备放进手提包里，可别冤枉好人。

反谍组长当然不相信，派人对耿毅夫妇展开秘密调查。可是，战火连天，要调查一对归侨夫妇的真实身份，谈何容易。就算是国内的公民，没有线索或证人，往往也会无从下手。

不过，去广州的调查人员很快传来消息：耿、袁二人在那边使用的姓名为关翊希与杨殷，他们来自马来亚却挂着德国国旗做生意，曾经向军火贩子购买过几次枪械，还采购过军需药品，大多运往东江共产党游击区。

耿毅是在次日晚上，才得知孔霁妘已被秘密逮捕。他在确认自己暂时还是安全的前提下，回到家里，让袁柳叫醒邵大姐和两个孩子，摸黑步行，按照他们郊游时摸索好的路径，四人先去郊外的柘木村躲几天。可是等耿毅把一些文件和内部刊物烧成灰，袁柳却独自回来了。

"我觉得要走必须两人一起走，只留下你，容易引人生疑。"

"你太任性了！我为武装暴动采购的枪支弹药来迟了，得把提货单转交给'老李'，并告诉他接头暗号。还有，南方工委后天将派一位懂军事的干部来桂林。我走前，得跟"老李"衔接好，否则，他就接不了头。孩子需要照顾，你咋就回来了？"袁柳只知'老李'是广西党的主要负责人，却不知"老李"的真名就叫钱兴。

袁柳说："邵大姐是好人，俩孩子跟着她，我放心。我倒是不放心你。你说说，孔霁妘会不会供出我们？"

"我估计不会。我不敢保证她真能做到'不忘大义'，但供出我们，她会多一个'通共'的罪名。"

"你别太自信，即便她扛住不说，而你跟她走得那么近，军统肯定盯上你了。"

"她的关系网非常庞大，应该不会一下子查到我们头上。我明天上午给'老李'发出会面的暗号，傍晚完成交接任务后，我们就带上孩子乘船去阳朔避避。对了，你上楼去，先把报警的黄布幌子挂上。"

袁柳挂妥黄布幌子，回到楼下，看见耿毅正用毛巾擦拭橱架上的洋酒，还发出轻轻的叹息。听见她的脚步声，耿毅决然拿下橱架上最贵的法国白兰地，用起瓶器打开瓶塞，斟了两杯，递一杯给袁柳："这些年，我们一直四处漂泊，没能让你过上安稳日子，有时还让你受了委屈。现在，我诚挚敬你这杯酒，聊表深深的歉意。"

"嗬，怎么听出有点大男子主义！我是图着过安稳日子，才嫁给你的？你听好了，上学时，我的国文老师，也就是教过我姐的老师，他勉励我学习秋瑾，敢殉国家之急，追求人格独立，倡行女权女学。可是，这位老师却突然离开了学校，不知所终。否则，很有可能我投身革命的时间，比你还早。说不定能成为你的引路人。"袁柳像一个调皮的学生在向老师发难，说话也恢复了慢慢悠悠，直把耿毅戗得目瞪口呆。

夜深了，耿毅与袁柳带上手枪，爬上天台。耿毅让袁柳先睡，他守着，困了再叫醒她。一旦发生不测，他们将翻过邻居的屋顶逃脱。

第二天中午，耿毅获得一个爆炸性消息，线人告诉他，孔霁妘在狱中服毒自尽。耿毅与袁柳不相信孔霁妘会自杀，怀疑是军统放出的烟幕弹。可是，桂林确实很平静，他俩进进出出没有人盯梢，街前屋后也没有发现形迹可疑的人。

午后，有两架日军的侦察机，在桂林的上空低低绕了几圈，没等飞虎队的战机升空，就仓皇飞走了。而留有侦察机轰鸣声尾音的净瓶山下，有两个黑点，拉开一里远的距离，正向山上走去。走在前面的是袁柳，村妇打扮，提一只竹篮，好像要去八娘庙上供烧香。

耿毅不肯让她来，她说留在家里提心吊胆太难熬，来了可以当前锋，当探马，还可以当带枪侍卫。耿毅拗不过她，只好破例一回。

净瓶山山麓的八娘庙，有些破败，也静得有点瘆人。但四下有郁郁葱葱的树木花草陪衬着它，倒映在漓江上的画面，依然清幽迷人。

袁柳躲在半坡一棵松树下，竖起耳朵，睁大眼睛伺探着周围的一切。西南面山脚下的小道，走来一个游客模样的人，戴着眼镜，应该是"老李"。袁柳知道耿毅躲在约定的林荫处，等着接头，既然没咳嗽，说明状况正常。但她希望耿毅仍然保持高度警惕，提防老李身后突然冒出什么人来。

十几分钟过去，估计耿毅已经跟老李接洽完毕，该汇报、该交接、该提醒的，都已一一说了。现在只等耿毅扔一块石头进水里，她就可以下坡去，跟他会合，并快速离开八娘庙。

已是黄昏时候，袁柳的视线有些模糊。突然，从山下的小道冒出几个黑黢黢的人影来。

袁柳一溜小跑下山，冲到八娘庙殿前的台阶旁，喊道："有野狗！"

耿毅闻声迅速拔出手枪，对老李说："你往山上撤，我们掩护你。"

老李不肯，要三个人一起撤。耿毅生气地说："明摆着，我和袁柳已经暴露。此时，绝不能让敌人看见你跟我们在一起。你立刻钻入树林，翻过净瓶山，最好不要回住所。等你安全了，我们再设法摆脱敌人，逃往江对岸。"

老李给手枪上了膛，不肯先撤，坚持一起干掉敌人后再分头走。

袁柳跑到他们面前，一看，原来"老李"就是钱兴。这时，山上隐约传来吆喝声，耿毅侧耳细听，断定三人已被敌人包围。耿毅反而冷静下来了，对钱兴说："你肩上的担子重，不能有任何闪失。山上的敌人从西面来，袁柳护送你往南面撤。如果被敌人发现，袁柳则朝相反方向引开敌人，而我负责对付山下的敌人。你不可任性，必须趁隙冲出包围圈。"

袁柳揪紧钱兴的衣袖，硬拽着他往山上走。钱兴回过头叮嘱耿毅："不可恋战，趁天黑了，你们也要突围出去。"话刚说完，就被袁柳猛地一拉，钱兴才挪动脚步。两人一前一后爬上一道缓坡，消失在一片柏树林中。

山下的黑衣人进入射程内了，耿毅躲在苦楝树后，朝他们连开数枪。

军统特工有人中弹，其他人赶紧趴下，举枪还击，但不敢贸然冲上来。

耿毅就地一滚，来到老樟树下，瞄准最近的特工，又给了他两枪。

枪声惊动了山上的便衣队，他们循声涌向北面，边走边放枪给自己壮胆。走在前面的人发现，脚下已是断崖，只好绕个大弯再拐回通往枪战处的小路。

耿毅掐着时间开枪，把山上的便衣也吸引向八娘庙方向，他要让钱书记顺利撤离净瓶山。

钱兴和袁柳快到山脚了，钱兴催袁柳回去引带耿毅沿刚才的路径突围。袁柳觉得山下树荫里有些诡异，来了个投石问路，果然从树后冒出四个黑衣人。

袁柳让钱书记躲进不远处的灌木丛，自己举枪向黑衣人射击，还故意发出尖叫声。黑衣人一路紧追，差点从断崖处掉下。袁柳看见耿毅好像受伤了，就叫他退伏八娘庙。她自己攀着小树和藤蔓溜下山，绕到庙前，从藏在石阶落角的竹篮，拿出两个弹匣和一个手雷。

子弹在暮色中嗖嗖飞舞，十几个特务，从左右两侧，一步步向直通八娘庙大门的花岗岩石阶逼近。受了伤的耿毅与袁柳，退至庙屋的门洞，做最后的反击。

石阶上倒下第五个黑衣人时，枪声戛然而止。众特务知道共党没有子弹了，争相冲上台阶。

满脸是血的袁柳，等的就是这一刻。她一手搂紧受重伤气息奄奄的耿毅，瞅一眼围上来的黑衣特务，断然磕响了手雷。

一声巨响伴随一团冲天火焰，撕裂了八娘庙的夜空。万岱源和颜文英，用生命的最后一束光芒，照亮漓江，照亮净瓶山。

第八十二章
爆血性剑劈双面汉奸　险惹祸矫情导致停职

从求芳居内院走出来，刘巽贞双腿颤抖，感觉肝肠心肺被一片片绞碎了。而李兰舟早已哭成了泪人。

回到冀兰居，李兰舟动手搬开立柜，从夹墙里拿出父亲和夫君留下的青龙刀和青锋剑，用刀石使劲磨了起来。刘巽贞怕她冲动，告诫道："君子报仇，十年不晚。你现在是武工队的队长，要学会沉得住气。"李兰舟用布团将刀剑擦干净，说："我记住了，但血债得用血来还。"

前来甘泉井补充淡水的日军舰艇，一天比一天少了，隔三岔五只有几艘巡逻艇或小炮艇出现。

黑须正助整天带着日军和皇协队，对沿海的城镇乡村，进行轮番搜查。发现可疑的人，就抓来经纬楼审问拷打，再关进囚室。当认定抓来的是老实巴交的农民，就送去修筑暗堡、战壕、地道、封锁沟。

等到日军折腾累了，苦力也抓得差不多了，黑须正助才让部队消停几天。

刘巽贞和齐桦重新返回沙寮口，打开电台不久，就收到纵队联络处发来的指示：挑选数位懂水性的武工队员，配合美国海军甘兹上尉率领的工作组，对陆丰至惠来沿海和主要港口，进行秘密勘察测量，为盟军的未来行动，提供作战海图及水文资料。三天后有小艇接你们上测量船。

要在日军眼皮底下，勘测航道水深适合登陆的滩头阵地，保密和护卫两项工作尤为重要，上级派郭坚率独立中队负责警戒。

郭忠对刘巽贞说："陆上也得有队伍警戒，除你我带人协助勘测外，李兰舟和其他同志，就留在津洲盯住日军，以应对突发事件。"

刘巽贞回道："行，水陆兼顾，更加保险，你先跟李队长说一声。"

美军的简易测量船，由一艘普通钓船改装而成，几只旧铁箱里，装有一些水文测量仪器。几个大鼻子蓝眼睛的美国人，也装扮成渔民，包裹得严严实实的，一有日军巡逻艇靠近，立即躲进船舱里。而另一艘钓船，除了舵公，所有钓手，都是郭坚独立中队的战士。

测量船趁着雾季、雨季双双来临，展开勘测，进展还算顺利。到了神泉港这一海域，由于属于惠来辖区，郭坚便联系潮汕抗日游击队的军事顾问谢育才，让他派十几个战士，驾着小船，来给美军测量船保驾护航。

谢育才很感激郭坚，在他大力帮助和引荐下，陆丰毗邻惠来的好些乡镇，都成了潮汕游击队的后方基地。郭坚把谢育才介绍给刘巽贞。刘巽贞惊讶得半天合不拢嘴。眼前这位目光坚毅、高高瘦瘦、脸上总是带着笑的军事顾问，竟然担任过江西省委书记。

测量船完成神泉港勘测工作当晚，谢育才带郭坚和刘巽贞，到小渔村一个地下党员家里，喝"土茅台"，也就是家酿番薯酒。路上，郭坚告诉刘巽贞，他和黄贤忠已说服范妈鲁，接受东江纵队的收编和改造。经过审查筛选后，已将乌面山五十多个本质不坏的土匪，整编成独立中队的一个小队，由范妈鲁当小队长。

刘巽贞问黄贤忠怎么没来。郭坚说，他执行别的任务去了。刘巽贞一听，就知道不能再问下去了。

几杯"土茅台"下了肚，郭坚指着刘巽贞对谢育才说："何止你一个人受委屈！十几年前，她在香港带领一支特殊队伍，一支秘密力量，独立开展工作。她只受中共两广省委书记直接领导。两广省委、工委接连遭受破坏，唯一的单线领导或牺牲或当叛徒遭枪决，她成了孤雁，简历中的关键节点没有证人，无法甄别，至今仍然只当一般干部使用。"

谢育才深有感触，借着酒劲，说出自己那段九死一生、不得已假装投敌而又问心无愧的往事。

已有三分醉意的刘巽贞一下清醒过来，急切地问谢育才："你假装'自首'的情节，在许多人看来是不可信的，组织对此有没有做出结论？"

谢育才摇摇头，说："闽粤赣都是敌占区，南方工委及其领导下的各级党组织，早已停止活动，上级一时无法审查找的问题。所以，我被闲置了两年半，近期才安排来潮汕游击队当军事顾问。"

并非出于同病相怜，刘巽贞凭直觉相信谢育才没有撒谎，心里不由感慨万千。一个省委书记，为救解上级领导机关，不顾个人名节，导致政治生命岌岌可危。跟他相比，自己充其量只是小巫见大巫。

谢育才嘬了一口酒，捏起一只虾米，想想又放下，对刘巽贞说："我有一事相求，不知你肯不肯帮忙？"

刘巽贞看他郑重其事的样子，知道这个忙可能不太好帮。但为了表示对他的信任，便热诚地说："不必见外。"

"惠来的三清区，与津洲交界，为了瞒过敌人，我们有时会转移至津洲郊外的农村。请你跟令尊说一下，让津洲的皇协队睁只眼闭只眼。其次，津洲舟楫相望，商贾云集，我们需要令尊帮忙筹措一些粮食和款项。烦请令尊倾力相助，不胜感激。"谢育才起身，向她鞠了一躬。

刘巽贞有些为难，这不等于让她去求刘监生吗？但谢育才是为了抗击侵略者，建立民主政权，就答应了下来。

送走美军测量船，告别谢育才，郭坚让舵公挂帆转舵，他要护送刘巽贞、郭忠、齐桦一行回沙寮口。离开神泉港时，郭坚悄悄告诉刘巽贞和齐桦，上个月，广东人民抗日解放军梁鸿钧司令员，在新兴县蕉山村同国民党顽军作战时，壮烈牺牲。他的爱人李静，也因难产，母子双亡。

刘巽贞不由想起万岱源和颜文英，仿佛被飞来的钟椎砸在胸口，她身子往后一仰，差点倒栽进海里，幸好一只手本能地抓住船帆的横档。

自从国共反目，直到全面抗战爆发，多少仁人志士大节不辱，从容就义，她能叫出姓名的，足有几百号。单说津洲，一起同生共死的兄弟姐妹，这些年也一个个轰轰烈烈走了，如今身边的老战友，只剩下李兰舟。

李兰舟，这么多年来，一直没让她独当一面挑大梁，除了文化的原因，刘巽贞好像还考虑到，要在津洲为革命留下一粒不灭的火种。所以，不管打仗还是党的工作，刘巽贞从未让她由着性子、不管不顾冲在前面。但她知道，李兰舟，别看平时大事小事都顺着她，其实，她是个有野性的人，骨子里藏着一股狠劲。

前段日子，遵照上级指示，津洲召集整合一度已被解散的武装力量，成立第三区抗日武装工作队。

作为队长，除了要求组织武装群众能力强，打击摧毁日伪政权有办法，还必须身份不过暴露，不易引起日寇注意。郭忠知道刘巽贞心里已有人选，就说："那就让李兰舟担任武工队队长，我来当政治指导员，怎么样？"刘巽贞说："我也是这么想的，不过，你们还得召开区委会议通过。"郭忠答道："没问题，没有比她更合适的人选了。"

这次，刘巽贞、郭忠协助美军甘兹上尉搞水文调查，一走半个多月。李兰舟独自带领一支三十多人的武工队，面对日军天天胡作非为，凭她的性子，能不搞出点动静来？

不出所料，疾恶如仇的她，真的出手了，但不是她主动搞事，而是汉奸郑邦英狐假虎威，滥杀无辜，她才决定对他新账旧账一起算。

那天一早，鸟鸣声声，山花招展。李兰舟让武工队汪副队长带好队伍，继续在津洲东北面的鹿栏村集训。自己带着津洲区委委员江竹男，打扮成老爷和仆人模样，潜回津洲城。

李兰舟此行的目的，是要鼓动一批有文化的热血青年，加入武工队，通过实践斗争，将他们培养成抗日民主政权的后备干部。她得知父亲生前好友老挑叔的大孙子和两个同窗，从龙山中学毕业回来，就决定登门拜访，跟老挑叔的孙子及其同学见个面。

老挑叔平日像对待女儿一样关心李兰舟，一知道兰舟在家，就会叫孙女带上好吃的去看望她。所以，李队长对办成此事，蛮有把握。

兰舟让竹男在糕点铺买了两盒点心，才急急往少帝围方向走去。快到鱼菜市场时，听见几声枪响。正想问问怎么回事，只见惊呼声中，一个骑着花斑马的悍官，带着一群狂匪，策马而过，后面还跟着二十来个"二鬼子"。而受惊吓的民众慌不择路，四散奔逃。

李兰舟与江竹男装作买香烟，停下脚步，听见菜市场传来哭喊声："这是什么世道呀，老挑叔被打死了，快快去叫他的家人过来！"

老挑叔为了招待揭阳的稀客，亲自上街沽酒买菜，因躲避不及，被驱驰而来的头马撞倒，翻了几个筋斗。有路人气不过，骂了起来："汉奸，狗仗人势！"为首的黑脸恶煞以为是老挑叔骂他，掉转马头，拔出手枪朝他连开三枪。

李兰舟万万没有想到，只因自己来迟一步，她要见的长辈，就被心狠手辣的奸人给杀害了。

眼看老挑叔的家人哭天喊地把逝者用门板抬回家去，李兰舟拿定了主意：诛杀奸人，告慰逝者，给充当日军鹰犬的刽子手，敲一次丧钟，也让津洲百姓知道，有武工队在，不会让日军和汉奸无法无天。

李兰舟带江竹男走进不远处的照相馆，被小伙计阿黎一眼认了出来。兰舟在他耳边嘀咕几句，阿黎收住笑容，请她们上楼，自己一转身出去了。

当李兰舟等得不耐烦时，阿黎回来了。他跟皇协队的内应接上了头，知道枪杀老挑叔的恶煞，是陆丰治安维持会会长、原军统驻海陆丰特务头子郑邦英。他前天去了玄沩，今天一早又赶来津洲。阿黎还告诉李兰舟，区交通员在盐田湖老屋等着她。

其实，真正等着李兰舟的，是玄沩镇渔民小学校长麦友俭，还有第八保小学教师颜石。

颜石曾在津洲当过教师，现为中共玄沩镇支部书记，麦友俭是玄沩支部组织委员。他俩跟在郑邦英后面，赶来津洲，十有八九是冲着郑邦英来的。

玄沩本为海防重镇，可是，这次日军构筑"马蹄形堡垒战术"防御网，却出乎意外将它放弃了。海陆丰几个重要港口，都被日寇占领了，唯独玄沩，一个日军的影子都没见着。不过，明眼人心里清楚，这是日军布下的一个局。而郑邦英特地前来玄沩，再到津洲，很难说跟这个局无关。

国民党刮起"岭南黑风"后，玄沩地下党执行"隐蔽精干，长期埋伏"政策，一切组织活动悄然停了下来。

大饥荒，使老百姓对腐败无能的国民党当局，深恶痛绝。中共地下党在灾后恢复组织活动，动员全民抗日，民众无不拥戴。

玄沩地下党指示党员们，利用自身职业，隐蔽开展抗暴活动；培养进步力量，发展可靠党员，输送热血青年参加东江纵队；组织宣传队伍，深入乡村进行宣传活动，激发群众爱国救亡热情；成立青年抗敌协进会和锄奸队，开展地下斗争；打击为害一方的封建势力和反动分子，清算收缴其侵吞的公有财产，用来购置抗击侵略者的枪械弹药。

以陈寿山为首的封建反动头子，深感不安，便向县维持会告急，要求郑邦英，着令伪海陆丰联防大队指挥官苏冠英，抽调一个中队进驻玄沩，撑持当地社会治安。

郑邦英这次走窜玄沩，先跟陈寿山密谋了半天。然后，由陈寿山四处吹嘘"郑邦英当维持会长，属权宜之计，实际上他仍是国民党要员"，并召集玄沩镇长、各派封建头子、各保保长、护乡队长，开秘密会议。

颜石和麦友俭得知这个消息，认为不能让双面汉奸与封建反动势力相勾结的阴谋得逞。鉴于郑邦英去年杀害中共玄沩镇支部书记等同志，两人决定出动锄奸队，联合津洲武工队，截杀郑邦英，替牺牲的同志报仇并粉碎其奸计。

下午，李兰舟和江竹男回到盐田湖老屋。李兰舟向看守老屋的大婶使了个眼色，让她去巷口望风。她和竹男正准备先更换衣着，区委组织委员兼武工队教官余旭群，步履急促地走了进来。而交通员带着颜石、麦友俭，早已在堂厅候着。

听了颜石和麦友俭的报告和请求，李兰舟脸上的咬肌一跳一跳的。余旭群愤愤地说："县里的汉奸会长，与日军加紧勾结，还不忘拉上地方封建势力，很可能是在策划对付共产党的诡计。我们得高度警惕，决不让他们的阴谋得逞。"余旭群是海丰人，说话带有海丰的地方腔调。

李兰舟皱起眉头，正要回话，阿黎一跳一跳走了进来，报告道：中午，日军黑须少佐请郑邦英吃饭，接着单独密谈，然后吩咐猪饭中队长晚上招待郑邦英一行。猪饭大尉收下郑邦英馈送的犒劳品，高兴劲上来，就邀他晚上在觉新小学歇息，说要跟他喝个一醉方休，还让兵士收拾最靠里的房间，作为他的寝室。

李兰舟用目光送走阿黎，大脑早被报仇塞得满满的。她独自回到冀兰居，卸了装，带上青锋剑，回到老屋堂厅，将剑啪地放在桌子上，说："今晚是锄奸报仇的好时机。方案有两个：一、挑选拳脚功夫好的武工队员，成立短枪尖刀队，半夜潜入觉新小学，悄无声息处决郑邦英；二、明天在郑邦英回县城路上设伏，玄沄锄奸队配合行动。一句话，就是要砍下陆丰头号汉奸的烂狗头。"

余旭群听完详细方案，问："是否向'江戈'同志请示一下？"江戈是县委宣传委员王文瑞的代号，他掩蔽在县立三中当音乐教师。

李兰舟回道："好事不多磨，再说，他好像进县城去了。"

余旭群心里也想打这场仗，但日军驻营地戒备森严，深入敌营诛杀郑邦英，太过冒险。就算执行第二套方案，由于武工队刚拉起来，还没受过多少训练，故而，他提出异议："李队长报仇心切可以理解，但仓促行动，没有多少胜算。如果刘巽贞同志在家，她一定不会赞成。"

李兰舟一听火了，扯开嗓门叱嚷起来："你不要搬她来压我！我现在是武工队队长，有权带兵诛杀汉奸，讨回血债！"说完，她抽出闪着寒光的青锋剑，要往桌子上劈。

江竹男深知兰舟姐心中累积了太多仇恨，颜文英和万岱源的牺牲，更让她一听"军统"二字就咬牙切齿。但竹男还是一把抓住她的手，说："你别冲动，剑可是用来杀敌人的。"她抬头看兰舟姐双眼快冒出火来，又补上一句："我，支持你铲除汉奸！"

颜石和麦友俭两个后生哥，早已摩拳擦掌，见江竹男先开了口，也跟着表态支持李队长的决定，并要求参战。他们认为如果能将郑邦英就地正法，定会震慑全县所有汉奸，也会让其正在筹划的阴谋流产。

余旭群首次听说津心埠有密道，十分好奇，想请李队长说详细些。李兰舟却笑着把话岔开了："对不起，你是教官，进不了尖刀队。"

话一说完，李兰舟立即想起，启用密道得跟万伯父通报一下，让他把钥匙借给她。兰舟转身跟竹男耳语几句，竹男做了个吃饭的动作，对大伙说："我出去买些吃的来。"就走了。

余旭群欣赏李兰舟粗中有细，胜券在握的样子，遂改变主意，跟李队长讨论起"夜袭"的排兵布阵。

李兰舟准备吃了午饭，赶往鹿栏村，给武工队员上一节"夜袭狼窝"课程，然后挑选七名队员，组成短枪尖刀队，原地待命。其他战士，包括玄沄的两位同志，将由汪副队长和余旭群带领，负责清障打援，一旦"杀狼"行动暴露，设法吸引敌人火力，掩护尖刀队撤出，尤其要封锁住经纬楼大门。

日已过午，望风的大婶提着半篮发粿给众人当午饭。等吃饱了，江竹男才苦着脸回来。她把兰舟姐叫到院子的一角，告诉她没有拿到钥匙，夜袭必须取消。

江竹男经常充当李兰舟的信使，进出求芳居熟门熟路。如今的万家大院，冷冷清清，门可罗雀。想起自己的启蒙老师，为了荡寇驱倭，为了捍卫信仰，从容赴义，她寸心如割！晚上，她一定要跟着兰舟姐，潜入敌人驻营地，替老师和所有殉义亡躯的同志报仇。

谁料，万会长一听晚上有除奸行动，需要借用暗道的钥匙，立时沉下了脸。万泰安问明原委，说："幸好她记得要用钥匙，否则，晚上准摆乌龙。不过，就算不摆乌龙，我也不会给她钥匙，因为除奸行动太危险，我不希望你们有任何闪失。"

万泰安沉吟了好一阵子，又说："更重要的是，在津洲城内处死郑邦英，会把津洲地下党暴露无遗，还会牵连许多民众。我怀疑，日军放出风声，让郑邦英夜宿觉新小学，只不过是一个陷阱，也许他们正布下罗网，准备将津洲地下党和武工队一锅端。"

江竹男焦急问道："那怎么办？让他作威作恶后甩甩手走人？"

万泰安说："要动手，可以借东江纵队的名义，在汉奸回东滘的路上，除掉他。"

　　李兰舟听了万伯父针对除奸行动所做的分析、推断，不由冒出一身冷汗。自己也太粗心大意了，对于内应所传递的消息，不过过脑子就完全相信了。一个大汉奸，晚上住哪，怎会轻易让皇协队的人知道？自己雪恨心切，竟然迷了心窍，不经判断就信以为真，差点中了奸计。

　　李兰舟回到堂厅，对大伙说："情况有变，狗汉奸一踏上津洲就放肆杀人，并放风夜宿津心埔，看来，是故意挖坑让我们跳。故此，第一方案取消，准备实施第二方案，就是在郑邦英回县城的路上设伏，让他有命来津洲，无命回东溍。颜石、麦友俭二位，必须立刻回玄沄，组织锄奸队在南坛乌瓠岭集结。明天郑邦英回程路径确定，我会派人通知你们。"

　　正如万泰安所料，刁猾的郑邦英当晚并没在觉新小学下榻。

　　上司来津洲视察，刘监生当然不敢怠慢，更不想在他眼皮底下发生什么意外。他在家设宴款待郑长官，并送他一件五十年一见的赤嘴鳘鱼鳔，干货，半巴掌厚，两巴掌大，据说，一两可抵三两黄金。还请他住进刘家的禧荣楼，也就是将后院改建成的二层洋楼。

　　郑邦英没有答应，他此行的另一目的是来"钓鱼"的。有人向他告发：津洲有共产党在活动，领头的极有可能是刘监生的女儿。郑邦英早就想扳倒刘巽才，更对刘家的万贯家财垂涎三尺。所以，他不打招呼来到津洲，就是希望有意外斩获。

　　谁知，有津洲人公然骂他狗汉奸，盛怒之下来个杀一儆百。事后一想，如果津洲真有共产党，晚上肯定会找上门来。所以，他先放风夜宿津心埔，晚上又赴宴未石城，最后才假装醉醺醺住进元康新街的鑫宝通旅馆。

　　然而，当晚的津洲静如一潭死水。他和猪饭中队长挖下的陷坑，到头来一无所获，盯梢刘家大院的便衣，也被蚊子白叮了一晚上。

　　情况十分反常，令郑邦英更加相信津洲藏有共产党，且跟刘监生有关联。他准备第二天一早再次拜会黑须少佐，劝他撤换维持会长，重新组建皇协队，开展新一轮治安肃正行动，挖出共党地下组织，而不能只顾埋头修筑工事。

　　可是，用早餐时，陆城日军联队长清水元大佐打来电话，命令他火速赶回县城。因为末藤知文中将接任104近卫师团师团长，将调派更多部队集结陆丰沿海，抓更多民夫挖工事，需要郑邦英回去召集粮商开会，把囤积外县的粮食运回陆城，为大部队的到来提供充足的食粮。

　　郑邦英不敢怠慢，只好带领部下急急滚回东溍。

郑邦英与马弁骑手走在前面，来到离南坛圩十里远的乌瓠岭。冷不丁山上一声锣响，唰地竖起一面红旗，上写"东纵六支"等字样。

郑邦英心里发慌，暗叫一声糟了，急令部下快速冲过山坳。马弁头目以为是共产党使的诈兵之计，冲山顶骂起娘来，立刻招来几枚炸炮和一阵杂乱的枪声。走在后面的士兵乱成一团，朝着山上乒乒乓乓开枪，可腿抖手也抖，子弹都不知飞往哪里去了。

郑邦英额头冷汗直冒，在马弁的护卫下，只顾策马向西奔逃。骤然，从山坡上扔下几支火把，点燃了堆在路上像小山似的柴草堆，立时腾起熊熊大火。郑邦英双腿一夹马肚，抢先闯过。后面的马弁，却被火焰阻断了去路。

郑邦英逃至长有羊蹄树的缓坡，想回头看看随从跟没跟上，"叭叭叭"数声枪响，子弹咻咻从树上射出，把他身穿的绸衣打出两个洞来。郑邦英吓尿了裤子，口里念着"菩萨保佑"，伏低身子，挥鞭催马，亡命逃窜。

藏身于树上的李兰舟，看郑邦英越来越近，跳下树来，开枪狙击。骑在树杈上的江竹男，咬着嘴唇，横举驳壳枪，对准郑邦英的坐骑连开数枪。

花斑马中弹又受惊，失了前蹄，咕咚跪地，还啃了一嘴泥沙。郑邦英被坐骑抛摔出几米远，大腿又被李兰舟击中一枪，知道死期已至，大喊"救命"。

一身男人装束、半蒙着面的李兰舟，看狗汉奸没死，抽出背后的长剑，冲了过去，闪电般劈向郑邦英举枪的手。

郑邦英抢先开枪，击中李兰舟的右臂，长剑一下偏了，剑尖只在他脸上划下一道血口。江竹男急了，从树上跳下，一个劲扣动扳机，可是枪膛卡壳了。

马弁开着枪驱马赶来，李兰舟叫江竹男卧倒，自己打几个滚退至木棉树后。护弁头目下马，把郑邦英扶上马背，夺路狂奔。随后而来的二鬼子，被武工队汪副队长所率的三小队追急了，拼命逃窜。公路对面，余旭群和二小队出手了，一下击倒三个二鬼子。躲在兵士后面的伪排长，命令扔手榴弹，并趁着硝烟未散，抱头鼠窜。

汪副队长见李大姐受伤，大声吆喝一小队和江竹男："你们别再追了，赶紧背队长和其他伤员回鹿栏村，并派人去落马寨请郎中。我带二小队紧追向前，跟玄沄的锄奸队一起夹击郑邦英，不能让狗汉奸就这么溜了。"

且说郭坚把刘巽贞、郭忠他们送回沙寮口，掉转船头就走了。刘巽贞一进村，蔡大伯就上前告诉她，武工队七天前伏击郑邦英，三人牺牲，五人受伤，伤员已转移至他们村治疗，李兰舟就在他家养伤。

　　刘巽贞找来江竹男，问她怎么回事。当听到李兰舟竟然想派尖刀队搞"夜袭狼窝"，怫然变了脸，柳眉倒竖，怒冲冲朝李兰舟养伤的房间走来。

　　此时的李兰舟，正在因为没有杀死郑邦英，自己反被他打中一枪，抱着青锋剑生闷气。抱着抱着，青锋剑仿佛有了灵性，一下变成活脱脱的段冀虎。李兰舟娇声款语对夫婿埋怨起自己：是我慵懒，没有把青锋剑磨得再锋利些，更不该贪睡，渐渐把剑法给生疏了。

　　正沉浸于夫妻的恩爱之中，陡然听见巽贞的声音，顿时慌了。她担心巽贞会把爱剑给没收了，又一时想不出如何为自己辩解，只能使诈耍起赖来，急急躺回床上，把剑插进衣裳里，拉上被盖，装睡。

　　刘巽贞远远看见兰舟抱着长剑坐着，一进门却见她呼噜呼噜睡着了，哼哼一声，道："你是跟我演戏，还是冲我撒娇来着？你咋不继续逗能啊！要是你家段营长知道这事，准会叫你重新回到打铁铺抢头锤去，那时你想砸铁花还是淬水，都由你。可郑邦英是奸猾透顶的狼，不认真绞绞脑汁，你斗得过他吗？"

　　李兰舟不服，扯下被子，悻悻道："你怎么知道我没有动脑筋？我为那么多牺牲的亲人报仇，有什么错？没见过你这么冷血的，连抚慰的话都不说一句。"

　　"为了复仇，竟然不惜暴露津洲地下党，甚至暴露经纬楼的地下密道！如果不是万会长阻拦，津洲或许早就遭了大殃。我临走时叮嘱过你，别人越跳脚越按捺不住，你越要保持冷静。可你却完全颠倒过来了！我要向组织建议，给你严厉处分。"刘巽贞说完话，一转身就要走。

　　李兰舟明明知道刘巽贞批评得对，可至亲的姐妹这样对待她，还一转身要走，心里更觉委屈，大喊道："我文盲，我大老粗，我听不懂，你别再对牛弹琴，想怎么处罚，就怎么处罚！"

　　"呵呵，还想跟我来狠的？可是我，该对牛弹琴还是要弹。打仗能靠冲动吗？"刘巽贞转回身，走近她一步，放软语气说，"古代有一个军事家，说过一句话，'主不可以怒而兴师，将不可以愠而致战'。你还不承认自己错了？"

　　"或许别人可以这么要求我，但你不能。你就是要我一辈子都听你的，这回偏不！"

　　刘巽贞摘下竹笠，摔向李兰舟的病床，对闻声走进来的郭忠说："都怪我眼力太差了，建议停了李兰舟的职。还有，立即将鹿栏村的武工队员，包括这里的伤员，秘密转移到上清村。"

第八十三章
狼窝追踪波雷部队　抗战胜利浊云暗涌

　　清明节，在乍暖还寒中过去了三天。津洲皇协队的刘兆副队长，押着一队挑着大米、肉菜的民夫，来到被称为"游玩胜地"的麒麟山。

　　刘兆是津洲地下党安插在皇协队的内应。他经常为地下党提供敌情动态，帮武工队摆脱危险，还制造假象让日军摸不着头脑，使"清剿"计划随之夭折。

　　刘巽贞答应谢育才给潮汕抗日游击队提供方便和帮助之事，也是交由他去落实。

　　麒麟山位于津东半岛最南端，面临南海，背倚象地山、通天山、狮地山。登上麒麟山，可以看见海面上矗立着佛手屿、观音屿、石榴屿三座小岛。这些岛屿，与海岸仅隔一海里多。兀立海岸、横断东西的麒麟山，前有三屿相呼应，后有三山作屏障，两侧却是绵延数十里的平坦沙滩，难怪自古以来，兵家总把这里视为海防军事攻不破的堡垒。

　　民夫队走走歇歇，而刘巽贞、李兰舟和齐桦总是落在最后面。他们竹笠压眉，衣衫褴褛，手脸都用油墨涂黑。

　　刘巽贞看看前后没有其他人，便低声问齐桦："你说以美国为首的盟军，为何对日军的'波雷部队'如此介怀？不但要我们追寻他们的去向，还要摸清其军事区域的兵力布防，海岸防御工事的规模、布局和形制，等等。"

　　见多识广的齐桦说："盟军要在南中国沿海登陆，日军肯定会拼死反扑。登陆战是极其复杂的突击作战，美军在太平洋战场的每一次夺岛战役，都付出了惨重的代价。一场场血肉横飞的搏杀，使他们领教了日军的凶悍、狡诈和顽固。其中由九州兵编成的'波雷部队'，被人称为'狼军'，盟军一直视其为威胁最大的劲敌。"

　　"既然'波雷部队'在太平洋战场被歼灭了，怎么现在又会在广东出现？"

　　"我想应该是这样，日军知道盟军忌惮波雷部队，他们就再次从九州岛，以战时征召预备役，重新组建'波雷部队'，然后与派遣军作战经验丰富的王牌师团整合起来，以其来威慑阻遏盟军在华南登陆。"

"盟军无线电侦测很先进，为何没能跟踪到'波雷部队'的行踪？"

"没错，盟军无线电侦测监控的确很厉害，他们的情报部门应该早就盯牢'波雷部队'，很有可能还动用了多部电台，形成交叉信号，一刻不停追踪着它的动向。"

"那么，'波雷部队'咋会突然又神秘失踪了，真的一点信号也没有捕捉到？"

"事出无常必有妖。据我分析，日军将'波雷部队'当作秘密武器，就是要让美军猝不及防。故此，日军必然命令'波雷部队'关掉所有电台，昼伏夜行，从江浙一路南下，秘密进抵广东沿海。这样一来，盟军当然无法查明'波雷部队'的踪迹了。"

"听起来是有点复杂，但既然来到我们的地盘，我们就要帮盟军仔仔细细查一查，挖地三尺，也要让这支'狼军'现出原形来。"

李兰舟肩挑的担子最重，回头看见刘巽贞和齐桦在悄悄说话，不敢打断他们。她自从在津东渡口上了岸后，就叽叽喳喳想跟刘巽贞搭腔，只是刘巽贞不理睬她。李兰舟急了，嚷嚷道："你停了我的职，还不解气吗？现在又拉我当苦力，怎仍不跟我说话？"

刘巽贞说："你直到现在都没认错，也不吸取教训，做事还是莽莽撞撞，我为何要跟你说话？"

"那等会儿进了日军的军事禁区，我发现情况，向你汇报，你也不回应是吗？"

"麒麟山禁区戒备森严，如果你还这么胡乱呱唧，肯定露馅，日本人会拿根针把你的嘴巴缝上。"

"我不就为了讨好你嘛，进入禁区，我可精着呢。"

"让你参加这次侦察行动，就是想考验你，让你学会冷静处事，而不是随心所欲。如果你还改不掉臭脾性，那就无药可救了。"

"这些天我是在检讨自己。以前，都是你指向哪，我跟着你打向哪。这次，我想来一次我指向哪，武工队跟着打向哪。结果，汉奸没击毙，武工队伤亡那么多人。我真是逞匹夫之勇，还差点闯了更大的祸。"

"也怪我以前没给你锻炼的机会。好，说改就改，我们把今天的行动计划调整一下，由你当指挥，我和齐桦听你的。"

"那我就不谦让了，一定不辜负你的信任。"

说着说着，民夫队来到象地山前。一看，日本人果然下了血本，唯一通道被拒马掩体挡着，八个日本兵如临大敌守着哨卡。哨卡两侧立着望不到边的铁丝网，游动哨沿着铁丝网来回巡逻。

民夫队尽管有刘兆领着，执勤的岗哨仍要对着出入证一一核实并搜身。看见李、刘、齐三个面生，出入证又比较新，岗哨死活不肯放行。

这时走来一个佩着少尉领章的值班长官，他长着一个通红的蒜头鼻子。看见三人的扁担头都挂着几条肥硕的鲣鱼，"哟西哟西"喊了起来，对哨兵说："忘了今天四月八日是什么节日？'胜男胜男'来了，快放他们进来。"

四月八日是日本的"灌佛节"，相传这一天是佛祖释迦牟尼的诞辰，信仰佛教的日本人，都要前往各个寺庙，参加盛大的庆典活动。

灌佛节用鲣鱼熏制鱼片，是日本人尤为喜欢的美食。鲣鱼日语与"胜雄""胜男"谐音，被视为至宝尤物。这种鱼，呈纺锤状，跟金枪鱼很相似，只因身大肉硬味涩又特别沉，津洲人称它"铅仔鱼"，是一种很廉价的深海鱼。可是，日本人对它趋之若鹜，而且经过精心烹制，可以将它变成美味佳肴。

这些常识，是日军战俘反战同盟的盟员告诉齐桦的。所以，他一大早，就先到津水港码头，叫渔民给他留了十几条炸弹似的鲣鱼。

三个人进了哨卡，来到麒麟山的次峰，放眼看去，成百上千的日军和抓来的苦力，正在埋头凿洞挖壕。而且这些战壕纵横交错，层层叠叠，像蜘蛛网一样。麒麟山简直成了盘丝洞和战壕群。齐桦想，该不会是日军把冀中平原的地道战，运用到滩头防御战来了吧？

李兰舟发现山坳处有一排用树枝伪装的宽大帐篷，嘴唇一努，对齐桦说："那里是禁区的禁区，你所要的机密，应该就在帐篷里面。"

三人挑着担子，继续朝前走，李兰舟又看见一排茅草棚伸出几根烟囱，正冒着烟，就说："伙房就在那里，看样子快开饭了。我们得想想办法，找机会深入日军挖战壕的地方。你俩有何妙招？"

刘巽贞说："这么多人吃饭，伙房肯定忙得不可开交。我们把鱼肉菜先送到伙房，再相机行事。"

齐桦说："日军不可能集中到伙房吃饭，如果我们能帮伙房把饭菜送到前沿去，就可以一探究竟了。"

"好，鬼子吃饭这个环节，是最好的机会。如果真能如愿，我负责南面向海的滩头阵地；巽贞负责北面，那里有一条小溪，是日军的唯一水源地；齐桦能看懂日文，潜入帐篷，就交给你了。"李兰舟头头是道做了安排。

刘巽贞补充道："必须胆大心细，千万不能硬来，如果未能如愿，过几天我们还可以再来。如果暴露了，就没有下一次了。"

走进用茅草盖起来的伙房，日军炊事员长和炊事兵，看见送来那么多鲣鱼，高兴得敲锅打盆欢呼起来。炊事员长打手势让他们把鲣鱼浸在冷水里，可是，半人高的大木桶已经没剩几瓢水了。李兰舟和刘巽贞放下水瓢，比画着挑起水桶，要帮他们挑水去。

这时值班少尉钻进伙房，看三个民夫还没走，骂骂咧咧让他们立刻离开。

炊事员长拦住了他们，上前对少尉解释道："今天是灌佛节，大队长山内中佐吩咐，晚上要给指挥部的长官加几道菜。恰好中国人送来这么多鲣鱼，但要整成可口的美味，得花好多工夫。偏偏两个炊事兵病倒，我看不如让这三人留下，以应人手欠缺之急。"

少尉围着三个中国人，打量了一遍又一遍，没看出什么可疑之处，才叫人唤来刘兆副队长。少尉拔出军刀，指着刘兆，厉声喝道："他们，统统是共匪探子，你把他们带进禁区，良心大大的坏！"

刘兆双手合十，对少尉连鞠几个躬，哭丧着脸说："太君你冤枉我了，他们是大大的良民。津洲皇协队昨天还把几个抗日分子的家属抓了起来，我怎敢带共党探子进禁区？"

就这样，刘、李、齐被留了下来。

齐桦瞄准日军官佐去吃饭的空当，钻进指挥所，记下了军旗上的番号，还翻阅了案台上的文件，确定与军旗上的番号一致，才溜了出来。李兰舟送饭到工地后，装作内急，一路上把明壕暗堡、洞穴式工事，摸了个差不离。刘巽贞假装水桶掉进地道口，顺着乱石砌成的台阶往下走，借着微弱的光线，发现了纵横交错的地下坑道、挖在巨石底下的地下室。她用脚步丈量一番，并一一记住了。

第三天，他们又混在民夫队伍中，走进与麒麟山遥遥相望的海岬岭军事禁区。不过，这次可就没那么走运了，值班军官瞪着三角眼，让他们把大米菜蔬送到伙房后，立即走人。

李兰舟好像并不着急，反倒安慰两位别灰心，一次不成可以两次，两次不成可以三次。

功夫不负有心人，他们最后还是把海岬岭的明壕暗堡摸清楚了。海岬岭的防御工事，与麒麟山的大同小异，驻防兵员跟麒麟山同属"波雷部队"，那边是独立步兵101大队，这边是独立步兵189大队。而且，驻扎在牛头山的野炮兵第104联队第3中队，正在举行迎击登陆坦克等训练。

不过，刘巽贞三人在第三次通过哨卡时，差点因疏忽而露出破绽。刘巽贞与齐桦的出入证，都写着同一个住址，可她与齐桦事前都没认真看过对方的出入证。汉奸翻译看了两人的出入证，突然指着齐桦问刘巽贞："他是你什么人？"刘巽贞先是一愣，但很快反应过来了，装作羞涩而又模棱两可地说："男人。"

李兰舟看汉奸翻译脸上表情有些失望，知道巽贞答对了，就戏谑地补上一句："他们是两口子，在同一个床上滚的。"

汉奸翻译还不大相信，要他们搂着亲个嘴。刘巽贞磨蹭了一下，放下担子，快速亲了齐桦一口，捂着脸跑开了。翻译看齐桦傻笑着搓搓脸，也嘿嘿笑了，才放他们进入禁区。

最后一次侦察完回家，已近黄昏，兰舟提出要带巽贞和齐桦去欣赏古海湾最壮丽的风景。巽贞急着要回去汇总情报，没心情游耍。兰舟说："你是津洲人，你见过家乡最勾人魂魄的风景吗？你去瞧一眼，如果不跳起来欢呼，我为你端一个月的洗脸水。"

三人登上一奇独秀的飞熊石，刘巽贞不由"啊"地慨叹起来。

浩瀚无垠的大海，湛蓝如玉，足以涤尽尘虑纷嚣。海天无痕，任成群的海鸥自由自在飞舞、追逐。几艘船艇，在波光粼粼中摇荡。

须臾，慢慢下沉的夕阳，恍若披着薄纱悄然绽放的球状玫瑰，越往下垂越大气越火红。她先把半天晚霞点燃，又将数不尽的橙红火苗，闪烁着、跳动着撒满海面。一波接一波平直的轻浪，在霞光中推着如银似玉的水花，曼妙地向前涌去，为沙滩涂抹上一片金灿灿的飞红。古海湾，美得让人真的快要哭出来了。

齐桦情不自己，张开双臂，喊出铿锵之言："壮丽河山，大美无疆，你是我们心中至高无上的庄严，我们纵使挥洒鲜血或祭出生命，也不容侵略者觊觎掠取其一草一木。"

依依不舍离开飞熊石，三人回到沙寮口，顾不上吃饭，先是把情报进行归总，译成电码，发给三号电台，然后再由刘巽贞把战壕、堡垒、地下坑道、洞穴工事绘制成图，交给郭坚派来的战士，让他送往罗浮山联络处，交给袁庚处长。

袁处长对津洲送来的情报，给予充分的肯定，认为大大超出他的预期。他把各地搜集到的情报进行整理，并让惠阳情报人员买通一名日军翻译，证实了驻守在大亚湾和分插在海陆丰沿海的日军，就是"波雷部队"。至此，波雷部队的失踪之谜揭开了，让波雷部队"隐身"于129师团的瞒天过海之术，也成了枉然。

袁庚通过欧戴义少校，将情报发给太平洋战区盟军总司令部。情报部门经过比对，认定日军在华南沿海构筑的工事形制，及纵深防御布局，与在塞班岛、硫磺岛构筑的工事体系，几乎如出一辙。

为了避免再吃塞班岛、硫磺岛战役的苦头，避免成千上万美军士兵牺牲，也为了加快结束战争进程，美军决定调整军事部署，取消华南登陆计划，使用足以让日本无条件投降的特种战法。

华南登陆计划虽然没能执行，但美军对东江纵队几个月来提供的大量情报，包括来自台湾的几份要情特报，给予极高的评价。一位美军将领惊叹：东江游击区堪称盟军在东南中国最重要的情报站。太平洋战区盟军总司令部在发给曾生司令员的感谢信中说："你们关于日军129师团的报告十分重要，总部特此致以感谢！"

蹲守沙寮口，侦伺日军舰艇的工作重新开始了。只是，今非昔比，近海航线挂着十六爪旗的船只，越来越少了。

这天，中美空军混合大队的轰炸机，在津水湾港门甲子栏附近，炸毁一艘日军的武装木船。木船舷板的残片，随着风浪漂至盐田湖南面的浅滩。

两个农民看见了，把舷板残片从水里捞起，准备扛回家当柴烧。走到中街，巡逻的日本兵看见舷板残片上有日文船名，问都不问就开枪把两个农民打死了。

李兰舟听汪副队长说起此事，气得怒目圆睁，不时用穿着草鞋的脚狠踢拴牛的木桩，说："日本人又欠下津洲一笔血债，真想带着弟兄们，包围津心埔，把黑须正助打成靶子！"

刘巽贞摘下竹笠，使劲给她扇风，说："老毛病又犯了，憋屈得胸口都痛了？"

"那就让我出出这口恶气。我单独行动，只带一把匕首，躲在酒楼后面的小巷，等喝醉的小鬼子路过，一刀一个宰了，扔进桥洞里，准保神不知鬼不觉。"

"报仇有很多种方式，只要我们沉住气，甘泉井这个观测点不暴露，盟国飞机就可以多炸几条日船，这难道不是报仇？"

"你说的道理我懂，只是，没有亲手宰掉几个日本兵，不解恨。"

"当下，方圆四十里内有五千余日军，你想怎么杀？我已向郭书记建议，从武工队员中，挑出一半，输送到郭坚的独立中队去。这样，他们就可以放开手脚，跟日寇大干一场了。"

"那第一个名额，应该给我，谁叫我是你姐？"

"你现在是津洲所剩无几的老'通书'，一定要保护好自己。今后，还有更重的任务，等着你呢。"

次晚，郭坚带着一个挺精神的后生哥，出现在沙寮口村。后生哥叫庄歧洲，东滘口音，是第六支队政治处保卫股长。他们是应约前来带领十一位武工队员，前往游击区参加独立中队的战斗。

刘巽贞和齐桦几个，正在土地庙前给村民述说抗日形势和烈士的故事，听得村民们热血沸腾。

时间尚早，日军巡逻艇还在汀江口游弋，郭坚扯扯刘巽贞的衣摆，暗示有好消息告诉她。两人踏着月光，拉开三尺距离，来到一棵菠萝蜜树下。这是一种罕见的果树，枝干上挂着带刺的椭圆形果球，却散发出蜂蜜般的香味，十分诱人。

郭坚嗅着蜜香，深情款款地说："我只要跟你在一起，总能闻到这种爱情般的浓郁香气。"

"别瞎扯这些。山河待收复，同胞的血在飞，哪来心思谈情说爱？快说给我带来什么好消息。"刘巽贞抬头望着缺了一角的月亮。

"好消息可多了。时至今日，东江纵队已经建起九个支队，还有两个自卫总队，兵力已达一万多人。西北支队杀向清远、大洞，北江支队剑指新江、始兴，东江白卫总队又把高溏以北龙川以南这块地盘，开辟为游击基地。捷报几乎天天都有。"

"听说首脑机关都迁往罗浮山了？"

"没错。年初，第三支队北渡东江打前站。接着，广东省委领导机关，东纵司令部与政治部，也都先后移驻罗浮山。上个月，广东区委扩大会议召开期间，国民党顽军独立旅两千多人，兵分两路进攻罗浮山。彭骞率领第三支队，在柏塘迎击敌人。第一大队的一个小队，坚守'三棵松'高地六七个小时，击退敌人一个团的七次冲锋，除三名受重伤的战士坚持至援兵赶到，其余二十五名勇士全部壮烈牺牲。"

"第三支队第一大队？上晗他？"

"你放心，上晗率领的小队负责扼守观音山。虽然战斗同样激烈，可是子弹遇上他，都拐了弯。"郭坚趁机抓住刘巽贞沁凉汗津的手。

刘巽贞犹豫一下抽回自己的手，说："郭忠告诉我，你指挥独立中队联手韩江游击队，在鳌江东岸伏击小鬼子受了伤？"

"没事，只是蹭掉几根汗毛。韩江游击队发展很快，已经改称韩江纵队。这次，我们与韩江纵队二支队并肩作战，袭击一支砍伐竹木修筑工事的日军，战果真的不错。"

刘巽贞正想问问海丰成立抗日民主政府的事，郭坚变戏法似的，从裤兜里掏出一个五彩油蜡纸袋，塞进刘巽贞手里。刘同志立时闻到一股清芬的香味。

"这是一块力士牌香皂，一盒素兰霜，送给你。你整天风吹日晒的，得给皮肤一点滋润。"

"进口战利品？"巽贞想缩回双手，被抓住了，便冷冷地问，"还是从财主家抄来的？我才不沾那些脂粉千金的膻气呢。"

郭坚脸红得像烤蟹，连忙说："你误会我了。每次抄土豪的家，我从不跨过大门。这香皂、面霜，是我托人从县城新月百货公司买来的。"

"那我也不会要。日寇未除，烽火连天，你怎好花钱买洋人的奢侈品？而我更不会在战火纷飞中矫情，用进口的香皂洗脸，用洋人的面霜涂抹自己！"说完，刘巽贞把纸袋塞还郭坚。

郭坚不肯接："这是我第一次正式送礼物给你，你能不能别让我太难堪？"

两人正你来我往较着劲，身后传来庄歧洲寻唤郭坚的口哨声。郭坚不管不顾撩起巽贞斜襟衫的衣摆，抓起两个角打上一个结，将小纸袋一放，就匆匆走了。

一个礼拜后的早上，李兰舟迟缓半个时辰才来到甘泉井。她朝刘巽贞眨眨眼，走进树林里，告诉她："出门时发现有龟孙子盯梢我，我装作去菜市买菜，他们还跟着。我按你教的办法，左拐右拐甩掉他们。返回家里，我从门缝看见他们还守在巷口，就钻暗道从老屋出来，在确定他们没跟着时，才赶来这里。你说这是什么情况？”

“有人盯梢你，被你给甩掉了？”刘巽贞装作不大相信地说，“不会是你过于紧张产生的幻觉吧？如果是真的，以后可就不能再大大咧咧了。说要事，这几天日军的舰艇又忙碌起来了，大都往北开，也不拐进来补充淡水。从今天起，你去哑石山接替江竹男，盯住海上往来的船只。如果你能去除杂念，保持定力，在下午三时前逮到一个大目标，我会建议郭书记，正式恢复你武工队长的职务。”

李兰舟感觉刘巽贞有些捉摸不透，但不敢多问，只是默念着她的话，来到哑石山，接过望远镜，满脸严肃蹲守起来。时间过了七个小时，终于，在津水湾南面海域，发现一艘挂着十六爪旗的运输船，而且怕挨炸弹，采用“之”字形航行法。

接到报告，刘巽贞与齐桦、江竹男，迅速爬上哑石山，对目标进行确认。然后，刘巽贞与齐桦小跑着下山，赶往蔡大伯的茅棚屋。

穿过小树林时，刘巽贞脑际又冒出一个问过自己多遍的问题：情报小组就潜伏在日军眼皮底下，这侦监工作是不是太过顺利了？

是呀，时间这么长了，人来人往的，狡猾透顶的日军，真的毫无察觉？还是……

其实，真相未揭开，并不等于敌人的双眼被蒙住，防不胜防的眼线，早已一步一步逼近他们。前几天，有个外号叫“早申”的眼线，向黑须少佐报告，他看见一个背影很像刘巽贞的人，在盐田湖出现，只是天太黑，跟着跟着就跟丢了。

黑须少佐认为这个线索很重要，不妨绕过刘会长，先从他的长孙刘彪身上，寻找突破口。当晚，他派人把正要去跟姘头鬼混的刘彪，秘密“请”到经纬楼刑讯室，二话没说就让他上了老虎凳。

脚跟下的砖头，已经塞进整四块，打手举起烧红的烙铁，要往他额头上摁，刘彪当即尿液失禁。他一把鼻涕一把泪，大骂刘监生连累他受罪，答应太君知道什么说什么。

刘彪从懂事起就将姑姑视为灾星，还预言刘家迟早会毁在她手里。长大后，又将事事管束他责罚他的阿公，以及对他独霸家产有威胁的堂弟梓嘉，视为对头冤家，巴不得他们早些死光光。

可是他，着实好几年没见过姑母了。为了免受酷刑，他只好胡诌起来："我是没见过刘巽贞的真人，但我总觉得她像幽灵一样，老在津洲城转悠。而我阿公，经常神神秘秘去某个地方，不让我跟着。最可疑的是我小婶，说是去福德善堂做义工，整天连人都见不着。"

二更已过，街上空无一人。黑须少佐派人去刘家大院，说少佐要向刘会长和江老师，请教开设日语教育事宜，将他们悄悄带到经纬楼。为了封锁消息，还留下六个兵士，守在刘家大院里，不许刘家眷属进出。

刘会长和江老师一上二楼，就被分别关进门窗密封的审讯室。

半个时辰过去，软硬不吃的刘监生已经血肉模糊，还是没有松口。他回顾自己这一生，欠下最多、最对不起的人就是女儿。这次，他一定要做一个对得起女儿，也对得起自己的父亲。可恶的日本人，几个月来从他家榨夺多少粮食，抢走多少猪羊，骗去多少古玩，这可比割他的肉还痛。他暗地里恨得只想扑上去撕咬他们几口。

细皮嫩肉的江玉娇，在严刑拷打中，昏死过去几次。她知道自己快扛不住了，便对日军破口大骂，以图日军一枪崩了她。黑须正助淫笑着用军刀划开她的上衣，命令士兵去把她的父母和儿子抓来，他要让手下当着她父母和儿子的面，轮奸她。江玉娇狼嚎般哀求黑须正助，不要伤害她的亲人。黑须叫猪饭中队长脱光衣服，上去强暴她。

江玉娇崩溃了，浑身颤抖说："我可以招供，但你们不许蹧践我，还有我的亲人。"

骤然，外面响起激烈的枪声。猪饭中队的兵士，从睡梦中惊醒，以为游击队偷袭，慌了手脚，胡乱开起枪来。天意，还是赶巧？有一粒晕了头的子弹，从哨兵的枪口打出，穿过玻璃窗，射进江玉矫的头部。

外面的枪声，过一阵子就停了。原来是新下水的渔船将要出海，渔民必须在鞭炮声中跨出家门，又在鞭炮声中登上新渔船，才能驱邪避劫讨个吉利。

天亮了，黑须少佐还是没能撬开刘会长的嘴，只好叫甲由暗中跟踪李兰舟。少佐从刘彪口中得知，刘巽贞与李兰舟情同手足。

甲由跟踪了三天，发现自称一直在盐场挑盐的李兰舟，却去了沙寮口的甘泉井。而且，甲由真真切切看见刘巽贞也在那里忙活着。

甲由狂喜，急急赶回津洲向太君报告，心里想着黑须少佐会赏他多少银圆。怎料经过芦苇荡时，冷不防背后冒出个刘兆。他用一个"猴子抱桃"，扭断甲由的头，并把他的尸体塞进沼泽地的泥潭里。

可恨的是，刘兆来不及向地下党汇报这一切，他自己也被黑须正助关进囚牢里。因为有人看见，他盯梢过甲由，现在甲由失踪，他却说不清甲由去了哪。

刘家一夜间两人被抓，还有刘彪，同样数日未归，本是大事，可刘家上下被禁止进出，消息也就被封堵死了。而江玉娇是因梓嘉生病，向刘巽贞请了假，故而数日未到沙寮口，刘巽贞并没特别在意。

至于董彩鸾好几天没给郭忠送情报，郭忠也没觉得反常。

一向精明的刘巽贞，就这样全被蒙在鼓里。连自己和李兰舟已经暴露，也全然不知。追溯原因，是神经绷得太紧，反而导致意识灵敏度下降，还是顺风顺水惯了，警觉性迟钝了？

黄昏，中美空军混合大队四架 B-25 轰炸机，飞临津水湾北面水域的上空。驾驶员很快发现，水面上那艘大吨位的运输船，是运输桶装燃油的油轮。轰炸机盘旋着对其发起数波中低空轰炸，海面腾起一排排冲天水柱。

油轮上的高射炮嗵嗵嗵开火了，炮弹追着轰炸机，冒出一串串烟圈。轰炸机交错着轮番俯冲，机关炮嗒嗒嗒射向前后甲板的炮位，同时，航空炸弹如呼啸的死神随之从天而降。几个回合过后，船上三挺高射炮被摧毁，油轮也接连中弹起火。

火越烧越大，油轮发生比炸弹更猛烈的爆炸，迸射的火焰和翻卷的黑烟腾空而起。被引爆的油桶，像二踢脚，冲向天际，又在空中再次爆炸，比节日的焰火更炽烈壮观。船上的日军，哭爹喊娘，有的选择跳进大海，有的头一沉冲进熊熊烈焰。

轰炸机返航了，天黑下来了。油轮上的烈火，越烧越猛，飞上天空的大火球，竞相炸开，四溅的火苗照亮津水湾，照亮半个津洲城。还有大量油料随烈火流入大海，浮在水面，津水湾变成真正的火海。

油轮在滔滔波浪中徐徐下沉，而津洲从古城墙到大胆山，从民居屋顶到海滩，聚集着黑压压的人头，他们随着凌空的火球欢呼击掌，个个脸上挂着苦涩又快意的泪水。

站在经纬楼天台的日酋黑须正助，眼看如小山般的油轮，被火海吞噬，自己只能仰天长叹，疯狂地拔出军刀，狠狠砍向垛墙。"锵当"一声，军刀断成两截。

翌日，油轮因为舱中燃油的浮力，并没完全沉没，翘起的船头和海面的大火仍在燃烧，且有大片的燃油，随着涨潮漂向湄溪河口。

下午三时整，齐桦准时打开收发报机，准备向联络处报告油轮沉没的情况，耳机里却传来三号电台的呼叫。

平日，联络处给他们下达命令，都是十分简短的。这次，有些异常，都二十分钟过去了，电台指示灯还在一闪一闪的。

等刘巽贞把电码的开头几句翻译出来，她整个人全傻了，以为齐桦记录错了。齐桦看了译文，也完全不敢相信，但他坚信自己不会听错，也不会记错。

验证的唯一办法，就是把电码全部翻译出来。结果，他俩你看着我，我看着你，呆愣了半天，才"腾"地站起，忘乎所以地拥抱在一起，而且又笑又跳，一任眼泪飞泻而下。

侵华日军的末日到了！中国人民终于盼来一雪国耻的这一天了。

8 月 15 日下午，大小广播和收音机，播放了日本宣布无条件投降的消息。当晚，新华社通过无线电波，将日本投降的消息传遍大江南北。

津洲古城沸腾起来了。大衙门前、大胆山下、元康新街，搭起三座绿色牌坊，披挂上超大的红绸花球，上面贴了"举国欢庆抗战胜利"八个大字。欣喜若狂的民众，还有周边村子的农民，踏着喧天锣鼓声蜂拥而来。学校、商会、社头，给人群分发小国旗。许多人手拿洗面盆、铁皮油桶，当作锣鼓使劲敲。浓妆重彩的英歌舞、虎狮队，以豪迈的气势，威武的舞姿，在大街小巷游演腾跃，引起阵阵喝彩声。多少皓首苍颜的长者，在牌坊下绕来绕去，无语哽咽。

万岱仰的女儿万伊婕，听见外面鼓乐齐鸣，人声鼎沸，要父亲带她出去看热闹，却被管素婷给拦住了。伊婕嫁到澳门后，经常出现神经紊乱的癫狂状态，被其丈夫送回津洲娘家调养。

万伊婕央求阿公带她去看英歌舞，万泰安答应了。爷孙俩来到牌坊下，伊婕一遍又一遍地念着牌坊上的大字。遽然，一阵大号炮仗响起，她浑身一抖，差点跌倒，苍白的脸上沁出一层冷汗。阿公以为她病情又发作，伸手搀扶她，被她甩开了。她眨眨眼，晃晃脑瓜，又大声念了一遍牌坊上的字，然后问阿公："这是真的吗？"阿公抱住她，笃定地说："没错，这是真的！"

万伊婕双眼溢出泪水，由衷地笑了，拉住阿公的手，又蹦又跳："苍天有眼，正义终于战胜了邪恶，我们终于等到这一天了！阿公，你看，街上的小姐妹们，衣不遮体，好可怜。我要把留在娘家的衣物全都拿出来，分给她们，我要跟她们一起庆祝国人的胜利。"

万泰安看着脸色红润起来的孙女，泪流满面，连连点头。孙女会笑了，说话有条有理了，孙女恢复正常了，像以前一样有爱心了。

就在普天同庆抗战胜利之时，还有不少日伪军拒不投降，继续负隅顽抗。东江纵队随时保持战斗状态，对所有无谓挣扎的犹斗困兽，一一给以迎头痛击。

抗战胜利了，刘巽贞一直想带儿子回一趟陆丰，去龙山祭拜儿子从未谋面的父亲郁新凯，告诉他日本已经投降，并把他留下的怀表，当着丈夫的面交给上晗。如果时间许可，她还要带儿子去麻园村，祭拜上晗的义姑欧阳俊竺。

可是，到处盘踞着杀气腾腾的国民党军队，她和上晗根本无路可走。

第八十四章
园潭村遭袭暗箭难防　车马店截杀妇婴得救

反法西斯战争胜利了，举国欢庆的高兴劲还没过，东江纵队司令部即电令东进指挥部，"分散坚持，保存有生力量"，率各作战单位，挺进海陆惠紫五边区，向惠东松坑、多祝一带大山沟集结。

东进指挥部政治处副特务长刘巽贞，随先头部队进抵园潭村，即与特务干事，在当地交通员蔡桂、蔡祥带领下，对周边村落和山山水水，做了探询与调查，认为园潭村地处惠东牛皮嶂与海丰莲花山中间地带，部队在这里集结整训，进可以攻，据可以守，属适宜屯兵地域，足以防范"被日渐逼近的强敌一口吃掉"。

云雾缭绕，林树繁茂，叠翠如屏的园潭村，向东南只有一条蜿蜒山路可通往外界，往东北攀行十几里，即可登上百年古刹龙岩寺。更绝的是，村子左右各有一条山溪，左边大的叫清溪，流水潺潺，顺涧而下，把满溪鹅卵石冲刷得又圆又亮。响水育秀山，草木尽葳蕤，田秋稼稿黄，成了山民的生存与丰裕之本。

园潭村的宅居，呈客家围屋建筑形式，屋宇主座正门墙角隐秘处设有楼梯口，可通往地下暗室。地下暗室朝东开有一道门，可通向溪边。一旦山贼土匪来袭，可通过地下暗室的东门逃生。

第六支队长谢阳光、参谋长黄献群率两个大队，随东进指挥部，进驻园潭村，宿营地选在庭上店、老书房、蔡屋祠堂。东进指挥部设在蔡屋新祠，内有暗门密室可掩护转移，东西向正门与阁楼均设有"瞭望孔"和"枪眼"。指挥部无线电台的天线，从窗口伸出，架在芒果树上。

第四团与第五团分别在张屋村、马山坝村扎营。

刘巽贞很喜欢副特务长这个职务，因为政治部主任李征告诉她，不会给特务科加派特务长。可是同志们和战士，打起招呼，依然叫她保卫科副科长。

安置好集结部队，刘巽贞第一件事，就是把衣服被子鞋袜全拿到小溪边洗刷干净，然后晾晒在草地上。本来想躺在草地上看云彩，特务干事却送来一份文件要她阅签。

观赏蓝天白云的兴致没了，刘巽贞闭上眼睛，脑海里闪过一个个有关时局的问题：争取和平民主、反对内战独裁，成了全国上下的一致呼声，可是国民党顽固派完全无视这些声音，反而频繁调兵遣将，妄图以其绝对优势兵力，与我军队，进行一场零和博弈。广东人民抗日游击队东江纵队，在完成抗日的历史使命之后，将被国民党顽军，一步步推向无处立足的境地？

回想国共双方签署双十协定的喜讯传来时，国人以为战火将要熄灭，和平正在向他们走来。单说东纵一些青年男女战士，趁着胜利的兴奋劲未消，争相向组织递交申请，要求与在战火中相知相爱的心上人，结婚成家。有人希望尽早返回讲台教书，进厂矿当工人，或返乡种田，不少人还打算重返学校继续深造。总之，他们都以为从此可以过上太平安稳、岁月静好的日子。

郭坚尽管心里对未来局势走向，充满不确定性，也没像年轻人那样，在满怀憧憬中浮想联翩，但他还是私下约见了刘巽贞，想把对她的执迷和爱恋，一吐为快。两人来到油菜花盛开的菜园，他向她委婉而诚恳地提出："都八年了，我跟你，也早该胜利会师，结成革命伉俪了。"

刘巽贞手指西边翻卷而来的乌云，言道："你没感觉这种看似阳光朗朗的晴天，背后隐藏着什么变数与凶险吗？"

"不管天怎么旋，地怎么转，我心里，永远只有阳光明媚。因为，你就是不落的初阳，已经深深印烙在我的胸中。"郭坚搜肠刮肚想出许多动听的情话，一见到刘巽贞，全忘了，只能临时应景说出这么一句。

刘巽贞把鼻子伸向油菜花，假装没有听懂。

郭坚忽儿上前一步，捧住她的脸，在她光洁的额头上吻了一下。

刘巽贞满脸飞红，皱了皱眉头，说："你越线了。上晗他爹，结婚之前，从来没有像你这么冒失过。"

刘巽贞哪里知道，他这一招，可是她儿子郁上晗教给他的。儿子作为单相思长跑的见证人，当然希望母亲能够摒弃旧情与杂念，接受郭坚。

说心里话，刘巽贞对郭坚，也不全是排斥与逃避。她有时会关注儿子提起那些有关郭坚的话题，看见郭坚朝她走来她没因反感而躲开，谈论完工作郭坚离开时她会目送他先走。

就在刘巽贞准备告诉上晗，他父亲在她心中的位置，尚未被撼动时，有消息传来，东江纵队司令部已经做出决定，成立江南、江北、粤北和东进四个指挥部，实行军事上的分区指挥，把部队活动区域分别推进至广州市郊、粤赣湘边区和韩江地区。

几天后，郁上晗告别母亲，带着他的新编排，跟着大部队北上。彭骞支队长刚指挥先遣营，在大鹏半岛与国军一五二师打了场漂亮的遭遇战，一接到纵司电令，连夜率领第三支队，马不停蹄开往九连山区。而提前到达始兴县的粤北指挥部，已经快速展开工作，准备与早先奉命南下的王震所部三五九旅会合，在赣粤边区建立新的根据地。

刘巽贞原先说好不与儿子分开的承诺，随着上晗转战粤北，也就不得不终止了。

新年伊始，国共代表正式达成停止军事冲突协议，随后双方同时颁布停战令，并成立"三人委员会"和"北平军事调处执行部"，监督贯彻停战协定，调处可能发生的军事冲突。

可是，正月元宵节前一天，国民党一八六师、一五三师、一五二师各一部，及地方反动武装团队，大举向海陆惠紫五边区发起猖狂进攻，所到之处烧杀抢掠。粤东内战的战火骤燃，国民党的枪炮声震碎了和平的梦想。

孤悬敌后，处在弱势一方的东江纵队，奋起自卫，被迫为自身的生存进行殊死战斗。处于强势的国民党将士，有不少人对弱势的共产党游击队，怀有同情之心，不时以各种方式发出"反对分裂，避免内战"的呼声。

然而，国民党广州行营主任张发奎，却一口咬定，"粤桂两省除了零星土匪，没有中共部队"，并蛮横无理阻拦东江纵队代表参加谈判。背地里又调集六万余兵力，向东江、北江、粤北地区，发起疯狂进攻。还多次派精锐部队，乃至伞降部队，突袭东纵司令部驻地。

许多战上没倒在抗日战场，却牺牲在国民党顽固派的"肃匪围剿"中。

在中共代表、广东区委和新闻媒体的驳斥抗议下，在国民党爱国人士、华侨、盟友的呼吁监督下，国民党当局不得不承认中共华南武装部队的存在。

经过艰苦卓绝的谈判斗争，终于在 4 月 2 日，双方就东江停战和东纵北撤问题签署了联合决议，同意东江纵队、珠江纵队、韩江纵队等骨干共两千五百八十三人，北撤山东解放区。其中东纵占两千四百二十三人。随后，经过不屈不挠的斗争，又签订了部队北撤的具体协议。

尽管双方谈判有了结果，但无论联合决议还是具体协议，都对中共方面设置了严苛的限制。为了和平，中共做出极大的让步，东纵司令部也据此做出规定：排以上干部北撤，排以下干部及战士全部复员回乡。准备北撤的人员，必须登记造册，将花名册送指挥部审查，并在一个月内向大鹏湾集结。

刘巽贞没被列为登记造册的对象，她一点都不意外，也没有因此产生抵触情绪。作为副特务长，她当前的任务，是保持高度警惕，严防敌特渗透破坏，确保指挥部机关和领导、干部们的安全，尤其要及时了解顽军动态，提防敌人对园潭村发起偷袭进攻。

这天，刘巽贞从第六支队队部出来，准备回到东进指挥部，向政委张持平汇报执勤战备检查情况。

拐过一道小巷，远远看见一个身穿棕色袈裟的僧人，探头探脑，从蔡屋新祠走过。再往前走，看见村道旁边的草丛里，倒着小半碗饭菜。这年月，有谁会这么不爱惜粮食，饭菜掉落地上，却没捡回去喂猪喂狗，心里有些纳闷。

位于山腰的龙岩寺，刘巽贞与自己的兵去过两回，寺里有住持和僧人十来人，好像没有见过刚才那个又高又瘦的僧人。

必须跟僧人打个照面，确认一下他到底是不是龙岩寺的和尚。刘巽贞拐了个弯，爬上一道缓坡。当她从坡上走下来，清楚看见僧人头上没有戒点香疤，走起路来还左顾右盼。再看他脚上，不穿芒鞋，不穿僧鞋，而是穿着布面胶底鞋。

刘巽贞蹲下身子，装作系紧草鞋的麻带，回头想跟踪他，却发现他一闪就不见了。

事出反常，刚才遇上的僧人肯定是假冒的。要爬山赶往龙岩寺向住持核对情况，已经来不及。刘巽贞当机立断，跑回指挥部，看见指挥员卢伟良正在会议室主持会议。她让卫兵进去告诉政治部主任李征，说有紧急情况要汇报。

李征一走出会议室，刘巽贞就上气不接下气地告诉他，村里出现可疑人物，而且已经盯上蔡屋新祠，请求立即将指挥部转移至老书房，而且要派一个排上龙岩寺，进行搜查并对僧人进行甄别，同时通知各作战单位，做好战斗准备。

李征怀疑刘巽贞是不是神经绷得太紧，过于敏感了。但在刘巽贞坚持下，他还是回去向指挥员做了汇报。

此时，指挥员正在传达东纵司令部指示，要求各作战单位提高指战员对大部队"北撤"战略意义的认识，教育大家增强敌情观念，时刻记取皖南事变的教训，并确定大部队向集结地沙鱼涌进发的行军路线和时间。最后一致同意留下韩捷、黄友、李伟友等二十多名精悍骨干，组成小分队，在多祝南山地区、稔平半岛沿海一带，坚持敌后斗争。

指挥员卢伟良，政委张持平，参谋长黄布，听了李征关于特务长发现可疑人物并提出转移指挥部等建议的转述，一时有点丈二和尚摸不着脑袋。

参谋长黄布说："我们的明岗暗哨有好几层，竟然会有敌特分子破防，出现在我们的眼皮底下？"

政委张持平道："警惕性高是好事。我同意派一个班前往龙岩寺，找住持核实情况。如果确实有僧人下山来园潭村，那就应该是一场误会。"

卢指挥员同意张政委的意见，对李征说："你们的副特务长，很有对敌斗争经验。但也要防止未经深入调查，未摸清底细，先下结论。会议议程已经完成，我得请假去看看……"

卢指挥员话没说完，一阵马蹄声如临阵擂鼓，带着山谷的回响，咚咚而来，扬起的飞尘也随风卷进院子里。

"十万火急！敌人驻平山保安七团，出动两个营的兵力，已经开至陂布乡水底山，正大摇大摆向园潭村扑来！"来人系武工队长段东生，是指挥部在八九里外的山脚村特地布设的警戒哨。

指挥员卢伟良变了个人似的，立眉竖眼，指示传令兵发出号令：各部队紧急集合，进入临战状态。

参谋长黄布摊开军用地形图，边听段东生报告敌情，边与政委张持平、第六支队队长谢阳光、第五团团长叶基、独立营营长赖祥等军政主官，分析敌情，研究防守反击措施，很快拟定出御敌制胜之策。

卢伟良联想起特务科发现可疑僧人一事，觉得此次保安团进袭，似乎并不单纯是为了围困和绞杀，阻挠部队北撤。他顾不得妻子分娩在即，决定亲自担任反击战总指挥，而具体的作战方案，由黄参谋长先行部署。

黄布摘下军帽扇着风，盯着地图沉吟片刻，大声宣布："此次战斗，我部具备以逸击劳、居高临下的优势，作战攻略采取'放进来打，牵着牛鼻子分开打'，阻击、伏击、截击各种手段一齐上，尽管敌人的装备远胜于我们，也一定要将来犯之敌打得落花流水。"

排兵布阵毕，一声将令下，各军政主官赶回部队，动员带领生龙活虎的战士们，奔赴指定的阵地。

谢阳光与参谋长黄献群，率六支第一、第二大队打头阵，镇守岐山排山门，抢占两侧制高点，迎击正面之敌。两门已经装上弹药的四一式山炮，与战士们一起随时待命，就是要一开打即重挫敌人的张狂气焰。

参谋长黄布与第五团独立营营长赖祥，率劲旅独立营，据守东翼张屋村龙颈筋的次峰，机枪连锁定开阔地带，第二、第三连跑步登上右侧山头狮子脑，形成掎角之势。赖祥要求战士们一定要打出威风，打出气势。

团长叶基与政治处主任郭坚，指挥第五团两个连和独立大队，占领马山坝村西面山沟两侧阵地。独立大队是一支能将冷热兵器交替使用的尖兵，在短兵相接的白刃战中屡屡取胜。

第四团何国良、刘冠原两个突击连，隐蔽在园潭村左侧的青山沥地段警戒，以防敌人从背后偷袭，也可从斜刺里杀出，与主阵地部队合围歼灭敌人。

一个小时后，敌保安一营闯入山门，来到第六支队布下的"口袋阵"。敌先头部队经过火力试探，以为共产党军队还没发现他们的行动，便加快了行进速度。

沿东翼进袭的保安三营营长，骑着小青马，来到龙颈筋山下的开阔地，怕有伏兵，正要下令分兵迂回行进。忽见几个村妇挑着红艳艳的荔枝，从山上下来。她们一见到那么多保安兵，吓得扔下担子，惊慌失措直往山上遁逃。

感觉受了莫大侮辱的保安营长，认定山上没有伏兵，叱令部队全速进发，还号叫着要活捉那几个村妇。

终于，见证蓄意挑起内战之下场的时刻到了。岐山排山门与龙颈筋山下的枪炮声，几乎同时响起。接着，就像炉火掉进了炮仗行，枪声炮声手榴弹爆炸声，顷刻间在四面八方响起，整个山谷地动山摇，血火横飞，硝烟腾空处，喊杀声更似猛虎啸吼。

战斗全面打响了，蔡屋新祠也进入最为繁忙的时刻。无线电台发报声、电话铃声接连不断，工作人员上下有序穿梭忙碌，指挥部传令兵与作战单位通信员进进出出，外围巡逻哨更是睁大眼睛，监视着每个角落的风吹草动。

刘巽贞更是打起十二分精神，她要求岗哨、警卫擦亮双眼，查核来人口令和特别口令，凡是陌生人就算口令对上了，也要经过她再次审察才能放行。指挥部没能及时转移，刘巽贞担心围屋附近的树上或山头，会成为敌人狙击手行刺的藏身地，还担心敌特会突然将爆炸装置投抛进指挥部，所以她请求领导们和预备队指挥，不要在大门口或天井里溜达。

前沿阵地吹响第一声冲锋号了，指挥员卢伟良难得地露出一丝喜色。突然，他想起，妻子叶玉芬分娩在即，不知现在是否一切顺遂平安。

叶玉芬是东江抗日军政干校的副秘书长，宝深线政治特派员。

当刘巽贞来到卢伟良面前，被问起孩子生了没有时，头一下子比石磨大了。

刘巽贞大骂自己脑子被牛角给挑了，怎么把这么大的事给忘了。她带上干事，在村道与暗门中左拐右拐，来到庭上店蔡大娘家，却见蔡大娘扑倒于地，而负责接生的卫生员被绑在柱子上，口里满满实实塞着一块鹅卵石，再看板床上的草席被子沾有大片血渍，而叶特派员却不见了踪影。

刘巽贞用力将卫生员嘴里的鹅卵石抠出来，卫生员喘着气说："叶大姐顺产生下一个男婴，我和大娘刚处理好婴儿的脐带，让大姐给婴儿喂了头一次奶，冷不丁进来四个陌生汉子，为首的大金牙用'空手斩'把大娘给砍晕了，提着箱子的那人把我捆在柱子上，又抓起地上的鹅卵石塞进我嘴里。一个会瞪斗鸡眼的和一个穿香云纱的，动手劫持产妇母子，下到地下暗室，我凭听到的声响判断，估计歹徒是驾着竹排，避开正在打仗的战场，顺着清溪逃出村子去了。"

刘巽贞让干事去溪边查看，果然村里应急用的竹排不见了。为了不影响领导指挥作战的情绪，刘巽贞告诉自己，必须自个儿想出对策，营救特派员母子。她让干事赶紧去把交通员蔡桂和蔡祥找来。

蔡桂正为不能参加保卫家乡的战斗而怨天怨地，一听叶特派员和新生儿被敌特分子给劫持了，气得拍着胸膛大骂自己浑蛋，因为他帮炊事班去庭上店借水桶装饭，回来才半个小时。

刘巽贞对他说："特派员母子，很可能是被第四战区驻惠州谍战队派来的便衣给劫持了。他们是偷了竹排从清溪逃出园潭村的，估计应该先劫持到多祝，再送往惠州。清溪并没有流经多祝乡，敌特会在哪里更换别的交通工具，我们有没有办法抢在多祝之前，堵截住他们，救回产妇母子？"

被蔡祥称为"活地图"的蔡桂，脱口而出说："竹排只能撑到清溪下游的振洋坝，要去多祝，只能上岸换乘马车，因为他们有五六个人。从振洋坝到多祝乡，三十多里路，因为沿途峰岭太过陡峭，马车道全都是九曲十八弯的，一不小心就会连人带车翻进山沟里，所以，耗时会比较长。"

"那有没有少耗时的路径，可以让我们抢在敌特前头，拦截住他们？"

"从园潭村去多祝，只有一条正式的官道，到了牛舌石溪，要过一座木桥，那是一道危桥，机械车过不了，马车过桥也得车夫牵着马过。如果我们能走非官道抢先一步，守在桥头的三兜松车马店，我想已经成功了一半。三兜松车马店的掌柜，是我发小。"

"那非官道在哪，如何走？"

"山区客家人，挑山货下山，当然不会空耗那么多时间走官道，经几代人勘踏探索，开辟出一条小路，称其为'顺山溜'。我送情报时走过几次，如果有脚踏车，那就一切更不在话下。"

"上个月，国民党一八六师进攻紫金时，支队缴获了两架脚踏车，就放在庭上店小仓库里，正可以派上用场。"

"就我们两架脚踏车，你我两个人，能行吗？"

刘巽贞对身后的特务干事和卫生员说："时不我待，你俩去指挥部，代我向李征主任汇报，请他赶紧派出援兵增援。"

刘巽贞回头又叮嘱蔡桂："你较少参加实战，但眼下只有你熟悉道路，且会骑脚踏车。到时，你可要机灵点，看我的眼色行事。还有，记得带足子弹，还要捎上几个大杀器。"

一个多小时后，两人浑身汗泥，气喘吁吁来到牛石溪桥头。环视四周，没有发现马车和可疑人物，推车顺着青石板路走进三兜松客栈。刘巽贞很快记下屋面门厅、过道、客房布局。纪老板夫妇看见发小领着客人光顾小店，高兴得手舞足蹈，立马端上茶水和点心。客人径直把脚踏车推进后院，用杂物遮盖住了，才回到堂厅。

蔡桂问纪老板，有没看见四五个人乘一辆马车经过这里。纪老板摇头晃脑说："上午来了几个收山货皮草的散客，没看见马车出现过。"

身体壮硕的老板娘，双手提着满满两桶水，倒进屋檐下的马槽，回来说："大战不停，小战不断，人心惶惶的，大户人家哪敢轻易下山出门。"

蔡桂看堂厅没客人，就叫发小到他的起居室说事。刘巽贞看出老板娘是能扛事有决断的人，便把她也一起叫了进来。

起居室收拾得挺整洁，梳妆匣前的青花瓶，还插着五颜六色的野丁香、杜鹃花、蔷薇花，散发出诱人的香味。

纪老板一听要阻截便衣特务的马车，营救东纵领导人的家眷，有些犹豫，担心以后车马店无法再开下去。但他又不忍心游击队刚分娩的母亲及其婴儿遭罪，自己却见死不救。

老板娘听着刘巽贞说话，面上不觉堆起憨笑。她认定女客人非同一般，不但胆略超凡，刚柔兼具，而且跟她似曾相识，很投缘。见当家的说话不敞亮，她伸出一只大手拍拍老纪的肩膀，大拇指往秉风穴一按，说："刘大姐是侠肝义胆之人，特地赶来救人，可见不只是两条人命的事。她开口找我们帮忙，就算两肋插刀，也不可推拒，大不了放一把火将车马店烧了，你我回老家种地喂猪去。"

纪老板肩胛一阵酸麻，连连点头道："内人所言极是，蔡桂与我亲如兄弟，大姐又是挑大梁的巾帼，我豁出去了。"

老板娘的话语与做派，使刘巽贞顿时想起水浒十字坡母夜叉孙二娘。她不由对老板娘肃然起敬，拉着她的双手请她在交椅上坐下，朝她双手抱拳深作一揖，然后又对老板竖起大拇指："难得你俩深明大义，没齿不忘。"

老板娘见女顾客对自己礼数有加，就说："干脆多招呼几位弟兄过来帮忙，岂不更好？"

刘巽贞抱歉道："人多反而容易惊动敌人。豺狼有了警觉，猎枪就不容易瞄准了。"

四个人你一言我一语，商量好确保母子平安的营救计谋。蔡桂递给老板夫妇一人一枚手榴弹，教会他们如何使用，让他们插在背后裤腰带里。

老板娘掂了掂手榴弹说："如果是单打独斗，我和当家的，应该用不上这个。如果突然有二三十人闯进来，我就让它开花结果。"

刘巽贞考虑到跟假扮僧人的便衣见过面，让老板娘拿一顶"小二帽"给自己戴上，又用蛋清糯米粉加锅灰，揉捏成一颗大黑痣，粘在脸颊上。

日已过午，外面石板路终于传来嘚嘚嗒嗒的马蹄声。等急了的四个人，两个男人迎了出去，两个女人忙着洗菜烧饭。

刘巽贞一眼看见在蔡屋新祠出现过的瘦高个，提着一只三尺长的木箱，走了进来，挑起双眉扫视一番，打了个响指，在方桌旁坐下。

后面的便衣停好马车，当头的大金牙点燃一颗烟，走进堂厅，贼眼斜溜一圈，手一挥，两位手下扶着一个用被单蒙着的女人，跟了进来。大金牙对掌柜说，我家少夫人去寺庙拜佛，被老虎咬伤脸部，要送城里西医院手术。她怕见人，你收拾一个房间让她歇息片刻。

刘巽贞端来半碗茶水，想让少夫人先解解渴，她要确认一下婴儿是否跟母亲在一起，母子是否全都平安。搀扶少夫人的黑衣人，嘴一努，挤出斗鸡眼，张臂拦住她。刘巽贞嘿嘿一笑说："同饮一江水，共聚八方客。到了三兜松，就等于回了家。少夫人完全不必害怕，不会再有老虎敢伤害你了。"刘巽贞低头看见少夫人的脚尖向上翘了翘，悬着的心，稍微放下几许。

身穿香云纱的便衣，把少夫人送进客房，出来时随手把门关上，他嚷嚷肚子饿了，要老板娘赶紧弄些吃的，每人一份，吃完他们好赶路。

扮成店小二的蔡桂，把饭菜先端给大金牙，大金牙却让香云纱先吃，然后替换斗鸡眼看护少夫人。

老板娘捧来一大碗卤汁稀饭，说是专门给少夫人煮的。斗鸡眼不让进，接过稀饭，拿进房间里，自个儿把稀饭吃了，拿着空碗出来。便衣害怕被劫持者张口喊救命，才不会取出她嘴里的毛巾，让她吃饭。

一刻钟后，客人吃饱喝足，就要起程了。老板娘假装拿着一条湿毛巾，要去给少夫人擦嘴擦手，来到房门口。

刘巽贞看看在堂厅用餐的散客都回房间去了，而大金牙却叫香云纱把少夫人扶出来。

行动的最佳时机到了。刘巽贞提起烧开水的铜壶，给大金牙续水。水没倒进杯里，却淋在大金牙手上，大金牙立时发出杀猪般的惨叫。老板娘一听惨叫声，假装对走至门口的少夫人惊呼："你流血了，不能走动，快回床上躺下，可千万不能起身。"顺势将她推回屋里，把门链搭上，给反锁了。

刘巽贞刹那间拔出手枪，从背后顶住大金牙，让他命令三个便衣缴械投降，可保他们不死。

此时，蔡桂也快速掏枪，控制了坐在另一张桌子的狙击手。

香云纱在老板娘强行锁门那一刻，就知道劫持一事可能败露了。他急速伸手要掐住老板娘的脖子，却被老板娘的剔骨刀划伤了。他忍着痛拔枪，而老板娘一溜一闪，已钻到他背后，左臂一勾，紧紧锁住他的喉咙。

再说纪老板，他和斗鸡眼在地上扭打成了一团。纪老板担心自己一犹豫就胆怯，准备先发制人，用手榴弹一下把斗鸡眼砸晕了。可是，当他听见惨叫声，小腹不由一收，手榴弹一下子从后腰溜到裤裆里。他顾不得手榴弹，双手拦腰抱住斗鸡眼，右脚一绊，把斗鸡眼掼倒。斗鸡眼全力还击，两人打得不可开交，难分胜负。

只是，大金牙和狙击手，根本不把眼前的"踢馆"者放在眼里，他俩互相用唇语交换了应对之策，准备绝地逆袭，反败为胜。

大金牙开口了，对身后的店小二说："还是由我先向你缴枪投降吧。"说着把手伸向后腰，突然他别过脸对刘巽贞说："你脸上的痣是假的，我早就看出你女扮男装！"言毕猛一转身，想用手肘将刘巽贞狠狠击倒。哪知刘巽贞早防着他，从背后朝他连开两枪。

狙击手同时发起反击，他在大金牙偷袭刘巽贞时，像泥鳅一样，一出溜人已躲在桌子下。他反手紧攥蔡桂的双腿，狠劲一扳。蔡桂没提防，被他扳倒了，一着急手指扣动了扳机，半梭子弹全打向瓦屋顶。狙击手快速拔出小腿上的自动手枪，瞄向刘巽贞就打。

刘巽贞早知道这家伙会随时向她发起偷袭，在击毙大金牙那一刻，枪口就掉转向了他。可狙击手的短枪先开了火，刘巽贞假装中弹，后仰倒地瞬间，身子来了个侧翻，一手拉住方桌一条腿，一掀，桌子倒下，挡住狙击手接连打来的子弹。然后右脚一蹬堂厅的柱子，人滑出几步，回手给狙击手几个点射。狙击手反应慢了半秒，朝他飞来的子弹已经打爆他的脑瓜，临死前他看见没有派上用场的狙击枪，被女扮男装的店小二踏在脚下。

蔡桂急忙爬起来，冲过去帮助发小，可是却无从下手。发小与斗鸡眼缠斗成一团，势均力敌，两人一会儿滚过来，一会儿又滚过去。蔡桂不敢开枪，不敢挥拳踹腿，只能干着急。刘巽贞大吼一句："擒攥劫匪手臂往后拧，他身腰一拱即刻开枪！"

再说老板娘，从背后死死锁住香云纱的喉咙，香云纱好几次想用过肩摔将她反掼在地。可是老板娘的高个头和大块头，让香云纱连吃奶力全使出来，也无法得逞。老板娘本来只想制服他，没想要他的命，直到她被劫匪抢悬了身子，才知手下留情是错的。不得已，她只能举起剔骨刀，对准他的肋下……

刘巽贞正要让老板娘留下活口，她要查清是谁指派他们潜入园潭村，计划实施哪些破坏活动，整个阴谋的最终目的是什么，可是已经迟了。

刘巽贞走过去，扶起老板娘，让她打开客房的门。她一直没听见婴儿的声音，让她忧心不已。刘巽贞冲至铺板床前，打开裹在叶玉芬身上的被单，只见她嘴巴被堵上，双手双脚被捆绑，而婴儿则用背巾系在她半裸的胸前，婴儿饿了，母亲调整姿势，可以让他吃上奶。

蔡桂和纪老板已经从马车的暗格里，搜出定时爆炸装置和另一支狙击枪。

就在刘巽贞担心大金牙或已通知多祝乡的敌军赶来接应时，蔡祥领着侦察排冷排长和战士们，冲进了车马店。

在刘巽贞安抚下，惊魂已定的叶玉芬吃了午饭，给婴儿喂了奶，才慢慢告诉刘巽贞，她在车上听到的便衣劫匪的只言片语。

国民党谍战队便衣潜入南山，控制了龙岩寺的僧人，狙击手下山踩点，发现无法实施"蛇打七寸"的清除行动。他们只好执行第二方案，以犒劳"保寺卫民"有功的指挥官为名，给东进指挥部送来一担麻竹笋和一担红蘑菇、五月菇，而笋筐底下却安放着两枚定时炸弹。

可是，他们很快被巡逻哨兵发现并拦截住了，哨兵申明部队不拿群众一针一线的纪律，硬让假僧人将竹笋蘑菇挑回寺里，同时劝告他们不要乱跑。

就在便衣们束手无策之时，无意听见指挥员卢伟良的妻子将要分娩。他们躲过岗哨，摸进庭上店，循声找到蔡大娘家，很快就把产妇与婴儿劫持，并驾竹排逃出园潭村。

大金牙"蛇打七寸"的阴谋落空，无法瘫痪共军的作战指挥，却劫掳了东进指挥部最高长官的妻室和新生儿，这回他们可立了大功了。不仅让卢伟良颜面扫地，东纵也必然士气受挫，军心动摇。将战利品押回惠州，战区长官一定会以妇孺为人质，威逼卢伟良屈服，从而破坏东纵北撤，并趁势将各个指挥部及其部队，统统铲除。

第八十五章
东纵北撤破死向生　治愈旧创突遇疯娘

园潭村战斗，以毙伤、俘虏包括营、连、排长在内的敌军，两百余人，尤其是反杀谍战队特工，夺回遭劫持的叶特派员母子，粉碎反动当局阴谋，而宣告大获全胜。全村军民一片欢腾，村民宰了一头大肥猪，慰劳参战官兵。

次日，东进指挥部宣布启动战士退伍复员工作，每人发给复员津贴和复员证，让他们回家自谋生计。

送走最后一批复员老兵，东进指挥部各作战单位北撤将士，一大早就出发，向大鹏半岛沙鱼冲行进。

而江南、江北、粤北部队的北撤干部，也陆续抵达大鹏半岛葵涌圩。万事俱备，只等美军登陆艇一到大鹏湾，即可起程撤往山东烟台解放区。

6月25日，广州行营机要室副主任肖芷凝，接到一份发给张发奎的特急密电："毋失瓮中捉鳖之机，宜速将曾匪残部一网打尽，切切！"肖芷凝借口给长官部高参李或送胃药，用暗语告诉他北撤部队处境危殆，顺手将密写情报塞进他的衣袋里。

李或时刻关注最高军事决策机关针对东纵发出的每一道命令，看了情报大惊。但此时的中共代表，已经离开广州。怎么办？事关北撤部队数千干部的生死存亡，李或只能装作胃绞痛发作，让司机送他去逸仙医院就诊，趁隙将情报交给代号"羊驼"的勤杂工。

可李或还是不放心，怕情报传递延误，敌人会抢先一步，便吩咐肖芷凝，设法给参谋处作战科的参谋、地下党员杨应彬一个暗示。

杨应彬一早替参谋处长办私事去了，回到办公室时打开水杯想喝水，看见杯壁中粘着一张很小的字条，写着"急阅当日密件"六个字。杨应彬心底咯噔一下。

杨应彬知道参谋处长去了军法处，就装作向长官"复命"，用特制钥匙开门走进处长办公室，小心翼翼从抽屉翻出绝密文件，看到"火速调遣驻淡水、龙岗、宝安之兵力，进攻王母圩、葵涌之北撤共匪"的军事调动令，以及张发奎"兵贵神速，一举歼灭"的批示。

杨应彬十分震惊，立即向单线领导左洪涛报告。由于他们无法直接与东江纵队取得联系，左洪涛想起香港《华商报》总经理萨空了还在广州，就赶往他所住的酒店，请他火速返回香港，把特急情报送交中共广东区委统战部长连贯，再由他转给尹林平。

中共代表立即向"三人小组"和军调部揭露国民党的阴谋，提出严正抗议，尹林平则发动香港进步报刊，揭露谴责广州行营的卑鄙行径。方方连夜赶回葵涌，向军调部第八执行小组的国民党代表提出谴责。而东江纵队已充分做好应战准备，并以保护为名，将美国和国民党代表，扣留在东江纵队司令部。

得道多助，失道寡助。国民党的阴谋注定不能得逞。终于，云开日出了，从上海开出，因遭遇飓风耽搁四天的美军登陆艇，缓缓驶入大鹏湾。

6月29日上午，葵涌南面的小渔村沙鱼涌，热闹非凡。海滩上，聚集着数千名从抗日根据地赶来的父老乡亲，他们提来水果、鸡鸭、鱼肉蛋和衣服、鞋袜，一定要战士们收下。

欢送大会开始，方方少将在猎猎飞扬的红旗下，做了热情洋溢、振奋人心的讲话。乡亲代表朗诵诗歌《送别我们的子弟兵》，北撤将士唱起悲壮的《梧桐山颂》《东江纵队之歌》等歌曲。鱼水情深、患难与共的乡亲们泪如雨下，依依不舍与子弟兵告别。将要北撤的壮士与留在东江的武装骨干，也抱成一团，千言万语难以表达各自的心绪。

刘巽贞和林瑞被郭坚、段立辕、郁上晗、彭平、姜运兰、齐桦团团围住。围着的人将北渡重洋奔赴山东，被围的人将留下来，一朝需要，就是复燃的火种。

彭平挺着明显隆起的肚子，很引人注目。她现在是东进指挥部第六支队卫生队指导员，爱人黄献群为同支队的参谋长，是刘巽贞牵红线撮合他们结为伉俪的。

黄献群，又名黎明，海丰公坪人，祖父黄鸿伦乃陈炯明手下的粤军中将，十八岁入党，二十一岁加入东江游击队。1943年7月，他被派往苏联军事学院学习一年。他是战斗英雄，豪气男子，知道彭平一家为革命做出太多贡献，恋爱期间郑重承诺："今后不管我俩生下多少儿女，我们都让他们姓彭。"

那林瑞为何也不能跟郭坚他们一起北撤？原因一，他身上有枪伤，尚未痊愈；原因二，组织要求他和庄歧洲等武装骨干，留下来坚持隐蔽斗争。

东纵第六支队成立后，特地从彭骞的第三支队抽调林瑞，前来担任六支海陆丰税站站长。税站下面设有三十几个分站，配有武装班或排。别以为税站只是在根据地或游击区的港口、圩集、交通要道收收税，为部队筹措经费而已。其实，税站的任务挺重的，部队的供给百分之九十依靠税收。税站还承担着宣传党的政策，从商贩口中获取周边敌人动态，传送情报，护送过境干部，消灭土匪，保护进行商贸交易的商人和货物等重要职能。

税站经常遭到敌人的袭击。月初，林瑞带一个班的战士，到赤坑分站收取税款，并安排分站工作人员复员，遭到化装成商贩的国军一个排的偷袭。一场战斗下来，两位战士和一名税官阵亡，林瑞等三人受重伤。幸好海陆大队吴海大队长带兵救援，林瑞和同志们才得以突围脱险。林瑞就这样不得不留了下来。

刘巽贞知道，此时大家都以为她心里憋屈，都不敢提起怕她难受的话题。可刘巽贞却在心里对他们喊道："弟妹们，可别想多了！姐是见到你们高兴我就开心的人，何况儿子就在北撤的行列之中。"

分别在即，得主动跟他们说些什么，就根据各自的脾性，逐个叮嘱一些该注意的事项吧。

她首先郑重其事地对段立辕说："你爹的老家是山东，他没丢山东人的脸，你一定要去你爹的家乡看看。如果解放了，最好带一捧故乡的泥土回来，将来撒在你爹的墓地里，他也就无憾了。"

此时，彭平听郭坚说，刘黑仔在南下突围时牺牲了，嘤嘤哭了起来。巽贞把她拉至礁石后，劝她已是快当妈的人了，必须面对现实。

"刘黑仔同志是人人敬佩的战斗英雄，跟千千万万牺牲在抗日战场、自卫战场的英烈一样，值得人民永远爱戴缅怀。我知道你暗恋他多年，但人死不能复生，所以必须把心结解开，要不，黄参谋长会误会的。"

"我这次流泪，是为战斗英雄壮烈就义而哭，老黄他不会吃醋的。婚前我已告诉他，我曾经暗恋过刘黑仔。老黄说，我也有英雄情结，我以后一定会成为让你骄傲的人。"

"这次你们结伴北撤，我可以少操心了。你要保护好肚子里的孩子，也要好好培养与参谋长的感情。"

彭平噘着嘴反问："别尽说我。郭主任爱你好多年了，他现在已是团级干部，你对他咋就不理不睬？"

"我跟你不同，我们一老一少，不合适。再说，我与他一直分开战斗，他不太了解我，我也不太了解他。"

"什么一老一少，你现在看起来跟我们一样年轻，你跟郭主任很般配的。他很纯朴，也爱害羞，可能没敢大胆向你示爱。他对你的情意，谁都看得出来。再说，上晗已经跟他情同父子了。"

"别再说了。也许是我太过于念旧，也许是我已经变得脆弱。我害怕，爱情的花蕾被阳光催开了，很快又被战火烧成灰。"

彭平想起大姐从血雨腥风中一路走来，却因一个历史节点无法厘清，而遭受种种不公待遇，一时情不能自已，紧紧搂住大姐，又伤心地啜泣起来。

经巽贞一番安抚，她才慢慢平静下来，说："姐，你不能跟我们一起北撤，真的委屈你了。你以后孤孤单单一个人，我们怎么放心得下？"

巽贞为彭平擦干眼泪，笑着说："看你说到哪里去了，你们北渡烟台，老根据地也必须有人留下来把守，林瑞不是就在我身边吗？我坚信，我们很快就会再见面。共产党人要解放的是整个中国，等到你们和解放大军打到广东，我和留下来的同志，会带领新的武装力量，接应你们。"

下午二时，负责载运北撤部队的美军坦克登陆舰，驶抵大鹏湾。北撤部队从葵涌列队行进，来到沙鱼涌海滩等候上船，后面跟着密密麻麻的欢送人群。

临出发前，刘巽贞把上晗怕打仗丢失交还她的银脚镯，又塞进他的衣袋里，说："这脚镯，跟了我好多年，也跟了你好些年。你带着它，想娘时，就拿出来看看，准保你眉开眼笑。有什么心事，也可以对着它说，准保能听见娘的应答。"

下午四时，方方代表中央军委致欢送词。北撤部队军政委员会书记、司令员曾生也向复员战士和乡亲们道别。

下午六时，潮水上涨至最高水位，三艘登陆艇在一艘护航驱逐舰引领下，缓缓驶入沙鱼涌，停靠在有足够水深的海岸边。三艘小山般的登陆艇，打开艇首的舱门，放下栈桥。穿着及膝夏裤的北撤编队战士，依序涉水至栈桥，再登上舰艇。

30日早晨，满载两千五百八十三名抗日将士的三艘登陆艇起航，跟在驱逐舰后面，慢慢驶离大鹏湾。那面插在青山上的红旗，渐渐看不见了。指战员们心底怦然一跳，争相拥向甲板，举起手臂，向沙鱼涌，向土洋村，向养育他们的东江人民，挥手告别，个个百感交集，热泪盈眶。

送走亲人和战友，看着登陆艇渐渐消失在海天一色的湛蓝中，刘巽贞心里空落落的。一支经过漫长岁月缔造出来的人民武装，就这么离开了，而且只撤走两千多人，根据地的群众和解甲归田的战士，心里是多么不忍和不安。可是，为了顾全大局，实现和平民主团结，为了百姓得以休养生息，中共中央决然做出让步，是符合广大民众意愿的。

刘巽贞按照彭謇登舰之前的委托，秘密护送几位因南下遭袭受伤，无法北撤的排级干部，回到他们的家乡，并协助他们的家人，在村外不易发现的石洞或山寮，为伤员铺设一个养伤的窝。等一切安置好了，已经十来天过去。刘巽贞一个人回到土洋村，一看，傻了。最后一批执行警戒任务的战士，办好复员手续，早就各回各的家乡去了。

她被人遗忘了，林瑞也因枪伤感染，需要治疗而不知去向。原来人进人出的东纵司令部，空空荡荡的，寂寥得让人发慌。

有消息传来，国民党一八四师正在向大鹏湾进逼。刘巽贞不想连累挽留她在土洋村住下的乡亲们，决定先去与海丰交界的稔山半岛避一避，希望能早日跟地下党组织取得联系。

一路上，她走走停停，还一次次问自己：我明明属于已经暴露的党员骨干，可我既没有随军北撤，也不能到香港掩蔽，受托负责护送的伤员已经安全到家，我却成了孤舟，我将驶往何处去？

她想起郭坚私下告诉过她：第六支队北撤集结前，曾将一批枪械交给一位地下党员，掩埋在大安峒；在海丰与惠阳交界的山区，留有庄歧洲等一小股武装人员；海丰抗日民主政府一区区长蓝训材，将带一部分同志去香港掩蔽。

郭坚告诉她这些，是为了让她不觉得孤单，还是暗示一旦遇上困难，可以去找他们？可是，没有组织指派，她能去吗？

十几天前，她与成百上千的战友们并肩杀敌，勇往无畏；战斗一结束，战友变成兄弟姐妹，部队变成充满亲情的大家庭，温馨得令人眷恋。

如今，她是离了群的孤雁，踽踽独行于蜿蜒曲折的阡陌上。饥渴难耐时，走进不远处的村落，要一碗水，讨一口吃的。她非常希望能在前往海丰西北山区的途中，遇上个把复员的东纵战士，或者农协会员，帮她找到掩蔽在当地的庄歧洲及其武装队伍。

就这样，绕着大亚湾走了四天三夜，刘巽贞来到吉隆圩。她看见一个工头在吆喝着为砖厂招揽搬运工，就跟他去了几里外的砖厂。路上，她听被招募的人说，反动当局又在镇压学生运动，镇压反"三征"的民众。

数日过去，工头发现她是个女的，企图对她不轨。她一脚踢趴工头，连夜逃往圆墩乡。

一位好心的阿婆，看出她是女人身，收留了她。第二天，她跟阿婆守寡的媳妇去到海边，帮渔民拖大网。二三十人，分成两列，把被船艇撒进浅海里的渔网，从咸津苦涩的浪花中，一点一点往海滩上拉。日晒雨淋海水泡，每天只挣回一小碗糙米和一捧小鱼小虾。

那夜四更时分，她被邻居大嫂令人揪心的痛叫声惊醒。林姓大嫂难产，已经七个时辰。刘巽贞凭着自己生过上晗的经验，和住院期间听彭平讲述的难产接生方法，自告奋勇，为大嫂接生。她贴心安抚产妇的焦躁情绪，让产妇身体前倾，双膝跪于床上，再用推拿按摩慢慢矫正临产儿的胎位。又一个时辰过去，产妇生下一个大胖小子。消息一传开，村西另一位产妇临盆，也让妯娌来请她去当接生婆。

哪知，刘巽贞苦熬着抢救别人，却差点把自个儿的性命也给搭上了。由于拖大网一旦遇上不测风云，往往必须把吃奶的力气全都使出来，渔网才不致被汹涌的浪涛卷走。谁料，这一次次用力过猛，却成了她枪伤复发的导火索，加上为产妇催生，用的是韧力和心力，她病倒了。本来以为积攒一点盘缠，躲过敌人的缉查，便可翻山越岭寻找庄歧洲去。这下，她成了重病号，连走路都抬不动腿，还怎么攀走大山沟？

刚开始，她只是咳嗽气喘，呼吸困难，心慌力乏，自己以为是感冒了，就让阿婆熬些止咳祛风寒的中草药。可是，不但不见好，反而越来越严重。胸闷、咳血、吃不下饭，四肢厥冷，十多年前受伤的肺部，隐隐作痛。睡觉不能平卧，每夜只眯一两个小时，总感觉一口气上不来就会死去。村子周边的郎中看了好几个，个个自称能妙手回春，可是，一个多月过去，刘巽贞的病情一点不见好转。

阿婆提出要去惠阳淡水城找她的老表，说他一家三代专门接诊肺部损伤的病人，祖传的秘方加上多年的行医经验，从生死边缘拉回不少快咽气的患者。可刘巽贞死活不肯答应。

刘大姐常对自己说："我不会因旧伤复发而糊里糊涂死去，真的要死，也要死在战场上，死在解放海陆丰，解放全东江的路上。"

阿婆年纪大了，一个人去淡水，跋山涉水太辛苦，更重要的是外面兵荒马乱，国民党正在调遣部队，以"绥靖清乡，联防联剿，联保连坐"手段，摧毁解放区民主政权，追剿掩蔽起来的中共地下党。阿婆万一被连坐误杀，刘巽贞下半辈子能安生吗？

这一耽搁，加上大雨小雨轮番上阵，下个不停，很快又两个月过去了。阿婆眼看刘巽贞瘦得一阵风就会被刮倒，开口说一句话都得歇几回，就再也不肯听从刘巽贞的劝阻。她悄悄嘱咐媳妇一定要照顾好病人，自己却在巽贞睡着时，偷偷溜出门，独自前往淡水。

老表是一个性格古怪的人，灰白参半的长发绾成一个丸子头，无论盛夏严冬，身上就穿一件粗布长衫。他耳廓上总挂着缺一条腿的眼镜，平日只坐诊不外出，地主老财扛来八抬大轿，他连看都不看一眼。

当表姐蓦地出现在他眼前，并说明来意，他却像老顽童，与表姐十指相扣对坐着，另一只手指着从鼻腔长出的鼻毛，喃喃道："你帮我把最长的鼻毛拽出来，如果不打喷嚏，我就听你的。"

结果，表姐赢了。他叫上一辆马车，跟随表姐来到圆墩乡。

老表为刘巽贞把过脉，靠前看了眼白、舌苔，也从而品闻了患者口腔呼出的气味。他半眯双眼，一下就把巽贞的症状说了个八九不离十："你的病拖得太久了，炎症已经下移，痰瘀阻肺，气管闷痒憋堵，必须清肺、活肺、修肺三管齐下。也就是清痰栓，调脏腑，修肺损，这样，枪创之遗留症，方可慢慢治愈。"

老表先让患者吃下几颗蜜丸，又从药匣里取出黑黑的膏药，贴在她的旧创上。

次日，老表对巽贞的病状再做一次复诊，又让巽贞先后服下养阴清肺膏，百合固金散，半夏枇杷丸。

三天后，老表乘马车打道回府了，除了留下自带的膏、散、丸，又开了几服药。临别时他吩咐巽贞放松心情，多吃蔬果，最好每天吃一个鸡蛋。

刘巽贞朝他深深鞠了一躬，苦苦一笑。自己已成病蔫子了，下不了海拖不了大网，只能靠给村人缝补衣裳，来帮补家计。治病吃药的钱，大多是阿婆给垫付的，她哪敢奢望每天吃上一个鸡蛋？

只不过，无论自己如何快将奄奄一息，刘巽贞都会用超顽强的意志，来给自己下死命令：追崇的理想尚未实现，你决不许放弃生命。回顾蹚过的岁月之河，从刚刚呱呱坠地，就险些被送去见阎王，能活下来，必定有九九八十一难在等着你。而老天爷让你经受种种磨难，就是要你具备卓绝的勇气与坚韧。最后，才能对未来自豪地说，与明天的骄阳相拥，一定会有我。

就这样，刘巽贞的生命力被彻底唤醒了。随着新的一年来临，刘巽贞没有辜负阿婆的祈盼，终于把自己从病魔手中硬生生拽了回来。

一个小雨霏霏的早上，刘巽贞热泪夺眶辞别阿婆。

由于圆墩乡和辖下的几个村子，被反动当局多次"清剿"过，想要在这儿找到地下党组织，已经几乎不可能。她打算前往海丰县境离惠东最近的一个村庄，叫岩公村，寻找一位姓魏名弓长的老战士。据说，他经常独自去莲花山采掘中草药。

当年，李扬敬派兵"屯剿"陂洋山区时，三营便衣队二班长魏弓长，因右手受伤几近致残，营长林君杰让他隐瞒身份回家乡调养，并蛰伏下来。东纵北撤时，姜运兰将此事告知刘巽贞，说必要时可以起用他。

阿婆泪眼汪汪，她不忍心让巽贞走。她唯一的儿子死在日寇的刺刀下，媳妇和嗷嗷待哺的孙子，是她仅存的希望。她已经把刘巽贞当成自己的亲人："我是不是太过贪心，做梦都盼望你做我的女儿。"

刘巽贞早已知道阿婆的心思，但自己是一名战士，只有走向战场，生命才是鲜活的。她沉吟一下，咚地在阿婆面前跪下："娘，我早就想这么称呼你了。我期盼能在革命胜利那一天，把你和嫂子、侄儿接到身边，那时，我就是你天天看得见的女儿了。"

说完，刘巽贞站起来，抱抱阿婆，踏着泥泞，走了。

日将午，刘巽贞加快步伐，从一个叫坪冠的村子前，匆匆走过，冷不防从苦瓜园跳出一个上身赤裸的女子。她嗓子嘶哑、声音苍凉地呼唤她："我的儿呀，你去哪里了？我知道你肚子饿了，你快快过来，娘这就喂你奶吃！"

刘巽贞大吃一惊，仔细打量她，脸上有几条疤痕，浑身蒙着厚厚的污垢，数月未洗的头发，被油渍灰尘粘结成一坨一坨的，破破烂烂的大裆裤沾满草屑，两眼深陷，说话前言不搭后语。只是，游离闪烁的目光虽冰冷，却不显迟钝混浊，而且不经意间流露出警惕与祈求。

恰好，一个牵着耕牛扛着钉齿耙的农人走了过来，半裸村妇迎上前，捧起污秽不堪看不清轮廓的胸乳，哀求道："孩儿啊，你长这么大了？你快放下耕耙，先过来吃奶，娘等你大半夜了……"

刘巽贞拦住后生哥，问他这女子怎么会这样。农家阿哥已经见怪不怪，摇摇头，不说话。但眼睛却在暗暗打量像乞丐又不像乞丐的刘巽贞，觉得她面善，就回话道："她原为鹿径圩人，全家一年多前搬到我们村。谁知入秋时却招引来戡乱大队上百个兵匪，说是我们村窝藏、接济共产党。横祸飞临，坪冠村当晚遭了殃，而她家最惨，七口人只剩下她一个，她经不起惊吓羞辱，变成了疯婆子。太可怜了！"

刘巽贞问疯婆子的姓名。后生哥垂眉低眼，甩甩牛绳，走了，没有应答。

刘巽贞把牙根咬得咯咯响，她决定先不去岩公村了，她要留下来弄清疯婆子的身世，查明戡乱大队屠戮她家人的缘由，更要让猖獗至极的反动武装头目知道，东纵虽然北撤了，但天理从来不会漏缺。

眼下，第一件事就是耐心安抚劝导疯婆子，让她把衣服穿上。

刘巽贞走上前，打开自己的包裹，问疯婆子，喜欢哪种颜色的衣裳。疯婆子手舞足蹈，转身却拿起一块石头要砸刘巽贞。刘巽贞没有躲闪，笑着说："是不是有小孩常拿石头扔你？别怕，以后我陪着你，没人再敢欺负你了。"

刘巽贞拿出一件士林布上衣，哄着给她穿上，又帮她把遮盖着脸面、已结成饼的头发撩到脑后，然后捡起打狗棍和要饭的破竹篮，说："天气冷了，我扶你回家烧点热水喝。"

疯妹子一点不领情，嘟嘟囔囔骂起刘巽贞，抢过打狗棍，狠狠抽向刘巽贞的臂膀。刘巽贞快速避开，一把抓住打狗棍。刘巽贞看她有气无力喘着粗气，知道她用力过猛快虚脱了，就走向路边的荆棘丛，采摘了一捧红艳艳的覆盆子，回到她身边，一颗颗喂她。

疯婆子看看四周没人，猝然扯下刘巽贞的头帕，看见她剪着一头齐耳的短发，迟疑了一会儿，幽幽问道："你是东纵留下来的？"

刘巽贞眨眨双眼，既激动又温婉地看着她，点了点头。

疯婆子抓住她的手说："晚上二更，你到村子最东面的院子找我。"然后又直起嗓子，呼唤刘巽贞吃她的奶。

刘巽贞会意，假装失望极了，骂骂咧咧继续赶路去了。

夜黑风高，刘巽贞摸到疯婆子的家，一个已经荒芜的院落。疯婆子看看屋前没人，关牢门窗，来到堂屋，把在火堆旁煨熟的两个番薯，递给瘦弱的大姐。

刘巽贞抬头细看，她变了，人很年轻，结成饼的乱发不见了，脸上的疤痕也不像白天那么吓人了。环视房间，发现她身旁的破凳上，放着一团黑乎乎脏兮兮的东西。拿起来端详了一会儿，才看出是一件用很有弹性的薄纱缝制涂染成的紧身套头衫。刘巽贞想哭却又欣慰地苦苦一笑，朝疯妹子竖起了大拇指。

疯妹子紧紧拥住刘大姐，这是她半年多来，第一个值得信任又毫不弃嫌她的姐妹。她开始讲述一家人无端惨遭弥天横祸的始末。

疯妹子姓奚名水仙，孩儿他爹叫丘春阳，两人从青梅竹马到情窦初开，最后相知相守，和和美美。当时，丘父在墟上开了一家小客栈，偶尔有游击队和地下党在客栈里接头。而丘父猜出他们的身份后，会主动替他们把门望风。

去年清明节后，一群匪兵簇拥着"秃顶花骨雕"，从县城来到鹿径圩，住进顺安客栈。"秃顶花骨雕"本名刁焕武，原为海丰县保安团的副营长，倚仗县长戴可雄是他的表舅，到处欺男霸女，鱼肉百姓。他曾在梅陇驻防时，被东纵六支围歼过一次。虽然小命保住了，但还是因为贪杯渎职而被降了职。

后来，他打着戴可雄的旗号，招兵买马，拉起一支什么"戡乱大队"，不时对红色村庄和乡镇墟集的民众，变本加厉地奸淫掳掠，侵凌盘剥，民众无不恨之入骨。

刁焕武住进客栈的次日，看见身材姣好的奚水仙正在后院晾晒被褥。一时间，花骨雕脑壳里的淫虫被勾活了，执意让她给他的房间送开水。等奚水仙一进他的房间，他即刻把门给反锁了，而且迫不及待对她进行肆意猥亵。奚水仙拼死反抗，淫棍哪里肯放手。

早已闻悉花骨雕恶行的丘春阳，怕妻子吃亏，随后赶来，假装水壶不保温拼命敲门。花骨雕威胁奚水仙，如果不从会杀了她全家。奚水仙迎着他的枪口大吼，那你现在先开枪打死我。

花骨雕的护卫拥了上来，对丘春阳拳打脚踢。早被惊动的住客看不下去了，厉声叱责保安团欺人太甚，有人甚至扬言要找戴可雄理论。花骨雕不敢在众怒之下作恶，放开奚水仙，恶狠狠地对她说："既然我看中了，就像钉子钉入了眼中，你躲得了初一躲不过十五。"

中午，花骨雕一伙悻悻离开顺安客栈。丘父知道闯大祸了，更担心日后再有地下党在客栈接头，会被察觉追查。思前想后，他拿定主意，廉价转让客栈于他人，全家人也悄无声息搬往偏远的村子落户。

本以为这件事就这么翻篇了，谁料，在那个秋风呼啸的傍晚，戡乱大队包围了岩公村，说该村有一半村民通共资匪，他们将挨家挨户搜查甄别，谁敢反抗，一律就地枪决。

秃顶花骨雕带领心腹"十八无常"，来到村东的丘家。丘春阳正准备清理便桶，眼看花骨雕气势汹汹闯进他家，知道提心吊胆的日子已经过完了，倒不如抢先下手，给自己赚个垫尸的。他摘下挂在屋檐下的猎枪，朝花骨雕开火。可是，"十八无常"早已有人扣动扳机，丘春阳仰倒在花骨雕的面前。

丘春阳的父母闻声各攥着劈柴刀和菜刀，从厨房跳了出来，要跟花骨雕拼个你死我活，被花骨雕一个左右开弓，挥拳打倒了。两个小叔以堂屋的板凳为武器，接连飞出砸向众恶魔，击中一个躲闪不及的小头目。但板凳终归抗衡不了匣子炮，中弹的他们怒目圆睁，伤口淌着血还倚守着木门。

奚水仙因中了风寒，刚喝了姜汤，正捂着被子在给未满周岁的儿子喂奶。等到枪声爆响，觉察不对劲，她没顾上把上衣的纽襻扣好，就从大门冲了出来。眼前的一切使她如母狮受了伤，跳蹦着咆哮道："丧尽天良的花骨雕，你草菅人命，滥杀无辜，天理不容，你不怕阎罗王收你下地狱？"

"嘿嘿嘿，我的小祖宗，你终于肯出来见我了。如果你在我刚进门时，就乖乖出来迎接我，也不至于闹得你我都心情不好。"回头他对身边的黑无常假惺惺说："你进屋去把孩子抱出来，千万不要吓着他。说不定我一高兴会认他为继子。"

七十高龄的奶奶，一听恶魔还要抢走丘家的唯一血脉，从光线昏暗的屋角战战兢兢站起来，低着头撞向黑无常，把他撞趴在门槛上。一个端着步枪的白无常赶上前，用刺刀将奶奶戳成血筛子，然后从床上抱出散发着奶香味的婴儿。

刁焕武接过孩子，淫荡地对奚水仙说："如若你从了我，随我进里屋卿卿我我一番，我会将孩子毫发无损地交还给你。"

奚水仙横下心，想跟着公婆、夫叔、奶奶一同上路，但环顾一下一具具横陈的尸体，她咬破嘴唇顿然跳出一个念头：无论如何要让自己活着，丘家的血海深仇，就靠她一个人来报了。

奚水仙挣脱被白无常反拧的双臂，冲过来抢儿子："禽兽，你把儿子还给我，我答、答、答应你……"

花骨雕透过暮色，看见她双眼喷射着仇恨的火花，为了断绝小美人的牵羁，他假装把孩子递给她，却往右一抡扔进水井里。奚水仙完全绝望了，呼天抢地地痛骂、哭号。半晌，她目光空洞呆滞地望着天空，浑身猛烈地抽搐，突兀大吼一声，昏死在地。

刁焕武认为她是在装痴假呆，示意一个黑无常掀开便桶盖，把粪便倾倒在她身上。奚水仙醒转过来了，目光狂躁浮泛地左瞅瞅右睇睇，双眼一闭，掬起一捧粪浆，自己跟自己说起话来："儿呀，你去哪了，快过来吃糯米粥。你不吃，娘可要自个儿吃了。"

她貌似浑身被火焰燎烤着，撕开上衣，一边用粪便涂抹身子，一边说："中午的太阳真毒，热死我了。儿不听话，不吃甜粥，也不吃奶。你别再淘气了，娘把糖浆涂在奶子上，准让你吃得甜甜的。"她又捧起粪浆，递向刁焕武，"你也尝尝，我亲手煮的，乌糖煮糯米，你可要多喝几碗。"

秃顶花骨雕淫火尚旺，阴阴地说："你以为装疯卖愣骗得了我吗？来人，放吊桶提水，把她冲洗干净，抬进里屋。敬酒不吃吃罚酒，看我怎么跟她玩个死去活来。"

已是初冬，奚水仙冷得直发抖，但却哈哈狂笑，说自个儿浑身火烧火燎太热了。然后，张开十个手指，在身上脸上又抓又挠，直到指甲沾满血水。

刚进来的队副看不下去了，又被臊臭气味熏得快要呕吐起来，便对刁大队长说："大佬，这女人彻底疯了，我看了这情景，估计回去会恶心几天几夜，你还有兴致？外面的弟兄们已经尽力同时也尽兴了，三个东纵复员老兵因带头反抗，已经给毙了。我看，可以满载而归了。"

秃顶花骨雕用捂着鼻子的手帕，擦拭弄脏的皮鞋，扔往奚水仙身上，接连呸呸几声走了。

第八十六章
奚水仙忍垢图雪耻　花骨雕中计葬火坑

奚水仙仰头喘着粗气，已把自己的嘴唇咬出血来了，刘巽贞用衣袖，帮她把血揩干。奚水仙做了一次深呼吸，又继续讲述她潜入县城，伺机刺杀花骨雕的点点滴滴。

惨案发生后不久，一心想着复仇雪耻的奚水仙，白天继续装疯卖傻，夜幕降临她化装成驼背乞丐，身上藏着一把锋利的匕首，潜行三十多里，来到海城或凤仪。她探查刁焕武的行踪，寻觅其住所，了解其起居规律。

原来，白天凶残暴戾、杀人如麻的秃顶花骨雕，夜里比谁都怕死。都说狡兔三窟，单县城，刁焕武就有四个住宿地。外面风声紧时，他在戡乱大队部过夜；淫兴一上头，就会去姘头家里纵欲；听说春楼来了雏妓，他非要当第一个开苞客不可；老婆撒泼发威催急了，他才不得不回家里草草应付半宿。

而且，花骨雕每到一处，警卫班里外设岗，贴身护卫"十八无常"也三班倒，寸步不离。单凭奚水仙一个弱女子，别说刺杀，就是从他身边走过，也得离开五步之遥。所以，奚水仙不敢孤身造次，惊动恶魔，只能日复一日等待天赐良机。

当刘大姐出现在她眼前，目光流露出不同一般的关切和同情，但她还是照样设法吓阻大姐。经过几次试探，最后看见她剪着一头短发，确定她是队伍上的人，水仙暗暗庆幸老天爷垂怜自己，给她派来义侠了。

奚水仙擦干眼泪，咬牙切齿道："我含垢忍辱，毁容毁身毁声名，就图能等来救苦救难、队伍上的人出现。现在你来了，我求你先帮我弄一把枪，再教我如何使用。我还请求你跟我一起诛杀刁焕武，为我一家，也为坪冠村民众，除暴安良，洗雪怨仇。"

刘巽贞已经探明，县城现有林林总总的反动武装超过两千多人。要诛杀刁焕武，单凭她们俩，根本无法实现。

刘巽贞从心里敬佩眼前这位妹子，直夸赞她有心计，够坚强，饮胆尝血，忍秽辱身，只为恶魔伏法，仇恨昭雪，亲人得以告慰。

水仙又补充道，尽管她装疯卖傻这么长时间，也疯癫到这种地步，可似乎还是有人对她不放心。她总觉得背后有一双贼眼，在滴溜溜盯着她。

刘巽贞说，你别怕，既然让我遇上了你，就是冥冥之中，注定刁焕武的日子不长了，我们一定会让刁焕武以血还血。但要报仇必须一击致命。所以，还得从长计议。第一步就是召集更多的勇毅之士。我本来是要去岩公村找人的，我会把你的事当成第一要事。我离开后，你千万不能草率行动。我哪天回来，就是已经找到同志，可以动手复仇了。

奚水仙虽然报仇心切，但觉得大姐说得句句在理，城府谋略非同一般，完全值得信赖。遂答应继续装癫充愣，麻痹敌人和可疑人。

四更时，刘巽贞静悄悄离开坪冠村，徒步前往岩公村。

上午，日头已经爬得老高。她来到两面高山耸立，只有中间一条小路进出的岩公村。好不容易问询到魏弓长的茅草屋，女主人说他一大早就替人挑山货进城去了。

刘巽贞耐着性子等到日头西斜，魏弓长肩上架着一根宽肚扁担，扁担一头挑着一捆中草药，回来了。

魏弓长只辨认了一会儿，立马眼睛湿润了，张口要叫"刘书记"，被刘巽贞打了一个手势止住了。

"我，是海狼。"

"我，是三节棍。"

暗号对上，又是当年的老书记，魏弓长别提有多激动了："刘书记，我等组织起用我，等得太苦了。"他握住老书记的手时，抖得有点连自己都不好意思。

"叫我大姐，我现在不是书记，只是你的同志。请你把海陆丰当下的时局给我介绍一下。"刘巽贞虽然没有想起是否曾经认识这位班长，但一看到他就知道自己没有找错人，只是，他右手的两根手指没了。

开春以来，国民党当局调集军队，网罗收编土匪武装，整合地方反动势力，拼凑了九万兵力，"清剿"各地的中共地下组织及其领导下的人民武装。第一期行动失败后，近期再次调兵遣将，准备对地下党活跃、赤色武装频繁出没的区域，尤其是海陆丰，发动空前规模的第二期"清剿"。据说，庄歧洲和他的武装队伍，获悉情报后，已经向生存环境更恶劣的大山深处转移，连交通员也跟他失去了联络。

刘巽贞眉宇间拧出一个深深的"川"字。本来，她打算联系上庄歧洲，请他调派一个班，而她与魏弓长发动周边幸存的复员兵，组成一个小组，两支力量联合行动，确保一个不漏将刁焕武和"十八无常"送往西天。这样可以挫败反动武装的嚣张气焰，也为受欺凌遭惨杀者，伸张正义，从而激发民众组织起来解放自己的勇气和信心。

刘巽贞拨亮豆油灯，问魏弓长："你的手完全恢复没有，能参加战斗吗？"

魏弓长抬起双手，张开指头，放在桌上，说："右手食指中指没能保住，但我已经把左手训练得像右手一样，瞄准打枪完全没有问题。"

"很好！你说说，这些年有没有在党的外围，秘密培养一些上进分子？目前与多少东纵复员兵保持着联络？"

魏弓长双手握拳一碰，兴冲冲地说："我就等你这句话呢。尽管我掩蔽起来，但我仍然是一名党员和战士。我已经发展了七八位可靠的上进分子，还与多名被敌人'疏忽'了的东纵老兵保持联络。我带领他们，夜间在大山沟里，用两杆汉阳造和刀镗，进行射击搏杀训练。先后掩护转移几批被当局通缉、追捕的党员、复员兵，去香港或外地，还暗中组织农协的老会员，带领农民跟恶霸劣绅开展各项斗争。"

"很好！永葆本色，秉志笃进，只要号角吹响，又可拉起一支为了正义而战斗的人民武装。"

"有新的任务，要交给我了？"

"几个月前，坪冠村遭到戡乱大队抄杀，一家姓庄的几乎被灭了户，你有听说过吗？"

"我知道这件事。虽然咬牙切齿，但不敢贸然行动。那个被逼疯的女子，也曾赤裸上身来我们村乞讨。我让妻子接济她一些旧衣和番薯、赤米。只是刁焕武从来不敢袭扰岩公村，要不，一旦控制不住，我可能会违反纪律。"

"自从东纵军事大转移，花骨雕这支反动武装，愈加有恃无恐，做过太多人所不齿的兽行，必须予以严惩。我来找你，一半原因就是为了此事。我想请你明天通知上进分子和复员兵，晚上八时在村外隐蔽的地方，召开一个秘密会议。还有，我看你妻子聪明机灵，建议由她协助你，并担任会议的外围警戒。"

又是一个伸手不见五指的夜晚，林涛声声，虫鸣如织。

秘密会议在山上一个明朝古墓地准时召开。与会者一听要除掉秃顶花骨雕，有人振臂叫好，有人却抿着嘴唇不吱声。

一位壮年上进分子说："我外婆的亲戚，跟刁焕武是拜把兄弟，他的糗事，我知道得太多了。他不爱读书，但精于射击，弹无虚发。曾经当过林道文的警卫，因放走有亲戚关系的国军俘虏而被处分，遂携带枪械出走。不久当上土匪，以种植鸦片牟取暴利，扩大武装力量。当局为利用他，擢升他为营长。他曾经多次带兵'围剿'红军。"

摩拳擦掌的复员兵说："刁焕武曾领兵驻防潮汕地区时，日本军机低空侦察汕头。好大喜功的他擅自下令对日机开火，被当局缴械撤职，只好返回海丰重操旧业。后来，香翰屏看他势力不断壮大，任命他为挺进独立队大队长。粤东指挥官欧剑城怕他拥兵自重，不听调遣，又给了他海陆守备总队总队长的封号，导致差点跟陆丰的李沛刀枪相向。我晓得太多了，只因我远房外甥当过他的马弁。"

一位在众人鼓动下才开口的上进分子道："我是箍桶匠，走的地方广，听的也多。一句话，秃顶花骨雕是个亦正亦邪，集绿林好汉、地痞流氓、土山皇帝于一身的黑幕人物。修桥建学校做过积德事，又糜烂透顶奸淫过无数良家妇女；他打过小日本，又走私大批钨矿给日商；跟共产党的队伍对抗过，也合作过；扶植过各地豪强恶霸，一翻脸又以开会喝酒为名，将他们统统拿下，示众后枪毙。"

魏弓长怕耽误正事，抢过话头说："我认为重点还是分析一下'猪哥精'的脾性，找出软肋，我们才能'一剑封喉'，让他全无活着的机会。'猪哥精'一贯心狠手辣，狡诈多疑，贼霸道，但一犯轴又喜欢一意孤行，钻牛角尖。听说凡是他认定的事，二十头牛都拉不回来。"

刘大姐扯扯老魏，让他先不要抢跑，一剑封喉的事暂且搁一搁，先把大伙的思想统一起来更重要。

等大伙把知道的都说出来了，刘巽贞由衷夸了一句："知无不言，甚好。"

静默片刻，刘大姐开始对大家执持的意见，进行厘清："我也听过一些刁焕武的传闻，而令我震怒的，当属半年前丘家被追杀、奚水仙被逼疯一事。看问题要看本质，看人更要看到骨子里。刁焕武行过善，并非因他德行高，他其实是想以所谓'善'来抵消'恶'，掩饰骨子里的十恶不赦，堵住民众的嘴。我们不能被他的伎俩给迷惑了。人做了恶事，哪怕行再多的善，也无法消除恶果。而做了恶事，就一定要受到严惩。一个人靠做恶事成为有钱人，只需拿些钱出来做善事，就可以抵罪并获取好名声，这对老百姓太不公道。同志们可要记牢了，发生在坪冠村和奚水仙身上的惨案，足够我们诛杀刁焕武十次，百次。"

刘巽贞抓住症结这么一说，使与会者的是非判断力，一下提升到新的层次，做决断也就不再犹豫了。众人一致认定刁焕武是一匹披着羊皮的狼，是罪孽深重的悍贼惯匪，纷纷抢问刘大姐：下一步，怎么干！

刘大姐义正词严地说："以其人之道，还治其人之身，对刁焕武和'十八无常'下必杀令。当前，反动当局即将再次发起'清剿'，我们就以此作为第一击，提前为他们敲响丧钟。下面，请老魏按刚才的思路继续说下去。"

魏弓长甩甩沾有露水的头发，说："我刚才已经将花骨雕的脾性和软肋都说出来了，大家动动脑子，出谋献策，制定出'一击必杀'的战斗方案。"

刘巽贞赶紧补上一句："枪支弹药的事不成问题，东纵六支北撤前，曾将足够武装一个连的枪械，掩埋在大安峒，只要找到村里的地下党，我们要用多少就搬多少。"

可是，就在万事俱备，只等东风之时，东风却吹得有点稀拉。刘巽贞一行从大安峒回来了，一个个低眉耷眼的。原因只有一个，他们去迟了一步。

掩蔽香港的原海丰民主政府区长蓝训材，奉命带领一部分同志，从九龙回到大安峒，将与庄歧洲的武装分队会合，组建海陆丰人民自卫队。他捷足先登，把掩埋的武器，都取走了。刘巽贞只能去另一地点，即半山腰那座破庙，挖出只够一个班使用的武器：两把冲锋枪，八九支长短枪，一箱手榴弹，半箱弹夹和子弹。这是郭坚担心"不安分"的她，发生意外被敌人追杀，唯一能用来自卫的一点"家底"。

没有足够的枪支弹药，原先定下的计略"引蛇出洞，关门打狗"，看来很难实现"一击必杀"这个目标。毕竟，他们面对的敌人过于强大，又极其狡诈凶狠。

刘巽贞不得不重新陷入冥思苦想，可搜搜枯肠也想不出特别满意的战法来。

黄昏，奚水仙疯疯癫癫出现在岩公村，不时用树枝驱赶跟在身后的孩子。一见到刘大姐便哭喊起来："我求求你，你别走，我要喂你奶吃。我家里有鬼，要掐死我，你要陪我回家，我要抱着你睡。"

她拽着刘大姐的衣袖，低声道：我忘了告诉你，我家院落，在东房地下，有一个好深的地窖，出入口就在青石板下面。

刘巽贞回到魏弓长家里，高兴地对他说："奚水仙为我们提供了克敌制胜的新思路，太及时了！"

当晚，她和魏弓长等骨干，琢磨出了新的完胜战法"引蛇出洞，瓮中烤鳖"。次日，大伙开始磨刀霍霍。

奚水仙不疯不癫了，头发恢复了原先的黑亮柔顺，身上也换了干净合体的衣裳。她在小河边静静地蹲着，安详地看姐妹们洗洗涮涮。

原来交往甚好的大嫂问她："水仙，怎么一夜间又变回原来的俊模样，而且气色也健旺多了。"

奚水仙把她拉到芦苇丛后，神秘地说："观世音菩萨来解救我了。婆婆拉着大士来为我渡劫，让我吃了三颗发光的丹丸，还用杨柳枝蘸了甘露水，洒在我头上身上，我就起死回生变回原来的模样了。"

疯婆子遇上观世音起死回生的消息，在坪冠村传得沸沸扬扬。好奇的男男女女为了亲眼见证奇迹，争先往她家里挤。奚水仙感激村民们在她疯癫时，给她送吃的，还在门环系上驱邪的艾草、菖蒲。

但地窖正在秘密动工改造，水仙不想他们总往家里挤，就以屋里阴气太重、蛇鼠成窝为由，将他们引到村子前的大榕树下。

村里最不肯相信有此怪事的人，是尤姓媒婆。当她看见奚水仙完全不痴不疯了，而且经过打扮反而更迷人了，目光顿时发直，呆愣了半天还以为是幻觉。她趁着吃晚饭巷子没人，来到水仙家里，好奇地问她，你真遇上菩萨了，真的吃过仙丹好起来了？

奚水仙当即判断，花骨雕布设在村里的眼线，终于露面了。

奚水仙绘声绘色描述了遇上大士的情景："家婆搀扶观音走进我家，说我前世无罪无孽，这世不该失去凡间人伦之乐。说完玉手往我掌心一指，三颗闪着金光的仙丹，就从我手上飞弹起来，落进我嘴里。观音大士又为我洒了三次圣水，我一个哆嗦惊醒了。起来找婆婆，竟然觉得整个人全变了，神清气畅，血脉充盈，比起先前的我，完全变了个样。"

媒婆的心坎被捞大钱的欲望撞击着，试探性问她："你已经是无牵无挂了，如果有人托我给你拉媒牵线，你不会咒骂老身我吧？"

奚水仙言之凿凿道："我已经不是原来的我了。我这条命是菩萨给我的，她告诫我不能因一根筋，失去凡间人伦之乐。所以，我想明白了，我要随时做我想做的任何事情。"

尤媒婆惊喜，说："我一定当好月老，给你找一位有钱有势、比唐伯虎更痴情的夫君，包你后半生荣华富贵，金的、银的、纸的，四只手花都花不完。"

奚水仙起身，给媒婆行个万福礼："既然你这么有心，我也就不装了。我才二十出头，守一辈子活寡谁受得了？这件事，就拜托大婶费心了。红娘礼金，我会赏你双倍。只是，未知大婶手里可有好牌？"

尤媒婆忸怩了半晌，看奚水仙如饥似渴的目光，口水快要淌出来的样子，就豁出去了："托我牵红线的'唐伯虎'，就是威名赫赫的刁焕武，刁大长官。"

奚水仙即刻怫然作色，连"呸"了几口："他敢自称唐伯虎，我看他充其量也就病猫一只。"

尤媒婆双拳把大腿都捣疼了："那你可冤枉刁大人了。"

奚水仙鄙夷地骂道："他只是个十足的莽夫、淫棍，咋跟唐伯虎相比？唐伯虎温文尔雅，讲究两情相悦，敢爱又爱得令人心醉。我何尝不想效仿凤仪市协兴旅馆的老板娘，跟他明修栈道，暗度陈仓，情如胶漆。他年近半百只有一根独苗，说不定，我还能替他生下个二少爷、三少爷。谁知，他一点不把我当人看，一点不懂风情不懂尊重我。还图谋跟我玩霸王硬上弓，这明摆着拿我当怡红馆的娼妓。"

骚媒婆直听得眯眯眼也放出光来，知道尤老娘要有腿心肉吃了，提着劲继续搅动三寸之舌："说得好！面对如花似玉的娇女子，不懂得疼爱怜惜，着实令人恶心呕酸水。你尽管骂出来，我会替你狠狠责怪他一番。你对未来还有什么设想，尽管实言相告，我一定让他今后像公主娘娘一样供着你。"

奚水仙装出充满憧憬与遐想的表情，嗲嗲地说："现在我孤身一人，是自由身。如果刁焕武真的对我有情有义，就得约法三章。首先必须明媒正娶，我一定要有堂堂正正的名分；二者，我当他的姨太太，每天都得精心打扮，必须买胭脂、水粉、旗袍、项链、金镯子，他每月至少要给我二百大洋的月例银；三者，他得给我一座装潢时尚的别院。如果他答应，就让他先来向我求婚，跟我当面签约画押。然后选个黄道吉日，请个顶尖的戏班，在坪冠村演三天大戏，算是向村民谢罪。一切做到了，方可用八抬大轿，敲锣打鼓把我迎进刁府别院。如果他不答应，我就去惠州姨母家，不怕老娘我一朵鲜花，找不到金龟婿。"

尤媒婆趁热打铁，问水仙："刁老爷什么时候可以光临你家，这样你才能一五一十跟他当面说清？"

奚水仙应答："首次相约，得保密，必须在夜里，谈不拢才不致毁了我的名声。为了安全起见，他可以把戡乱大队都拉过来，但到了村口，车辆必须熄火，弟兄们只能原地待命，他只能带'十八无常'来我家，就可保万无一失。"

次日一早，尤媒婆在通往县城的大路边，叫了辆脚踏车，心里打着小九九，直奔五坡岭向花骨雕禀报领赏去了。

花骨雕看见月老兼眼线的尤氏，春风满面出现在自己眼前，知道她是给自己送相思病的解药来了。

花骨雕不嫌弃媒婆的口臭和唾沫四溅，听她添油加醋说着诱劝奚水仙对他动了情的经过，一颗心像被挂在过山车上。最后，他总结成一句话，就是奚水仙有意接受说合，但他必须答应她提出的所有条件。

奚水仙提出的条件，在花骨雕眼里根本不是事。但多疑的他，还是不肯相信观音施法解化她一事，尤其觉得一个女人装疯装得毫无破绽，连他都信以为真，这才是最可怕的。可是种种离奇，又魔力十足勾活花骨雕心里的淫火，跟被观世音施过法的女子上床云雨，肯定会更刺激更销魂。

想来想去拿不定主意，只能请出资深策士"师爷"。

师爷束发盘髻，三绺长髯，一身藏青长袍。他自诩长期浸淫诸葛八卦和周易，习得独到的占卜法，堪称半个孔明。初时有人求卦问事，必先焚香祷告，让求卦者动笔在纸上留下三个字。再依据笔画推衍，阐发寓意深远的爻辞，替占卜者拨云开雾，引见天日；或预告吉凶，帮助其趋吉避凶，决定进退。

师爷在刁焕武运势不济时，即择日沐浴更衣、杜绝嗜欲，斋戒三日，占卜掐算，先后为他推查出"秦王换帅""向死夺生""有贵人自鸵城来"等卦辞。结果，刁焕武果然很快就绝处逢生，化险为夷，官职不降反升。

师爷开始飘飘然了，扬言"善于易者不卜"。一般身份的人前来问卜求事，只观面相之正邪，只听事主之谈吐，不经掐算推衍，心中已给出得失成败、荣辱兴衰之定数。

但这次面对的可是刁焕武，他不敢造次。有茶友告诉他，刁大佬已示意自家三处米铺救难放粮，笼络人心，为自己造势。又以戴可雄"治县无方，廉颇老矣"为由，放冷箭逼迫他卸任隐退，由他接任县太爷。师爷自然懂得"主贵仆大"的道理，但就在眼下，贪欲横溢的他，又想抱得美人归。师爷心里一百个不畅，但拗得过刁焕武吗？

师爷听了尤氏陈言，细观刁大佬面带桃花，手背青筋突起，对其既要美人，又要江山的心思，已了然于胸。故而，他不得不用心细细考究，把该说和不该说的，择清分明。

看刁大佬给他敬茶，师爷被逼着启齿了："贤侄，该女子率性坦荡，说的不乏出自肺腑。其既要名分又要钱财，一样都不落，是真心想跟着你享福，过阔太太的日子。只要能满足她，她一定会死心塌地跟着你。但是，我心中并非全无疑窦，她更变得有点快，水有点深。她能在众目睽睽之下，瞒天过海，成功装疯卖傻，其心机可谓非同一般。按常理道来，你杀了她一应眷属，她装疯保命，为的是日后伺机报仇。可眼下却一反常态，说是为了荣华富贵，自甘顺遂于你，当你的姨太太。此举看似不失为人之常情，怕的是，其心底藏诈。"

媒婆急眼了，摇头否认师爷的剖判，认为一个弱女子，若要寻仇动起刀枪，根本不是刁长官的对手。退一万步，假如担心她会对长官下毒，那家中婢女、使妈成群，时时跟着盯着，她的一举一动瞒得过谁？总之，凭她一己之力，哪能翻起什么风浪，连水花也搅不出一圈。老身敢拿性命担保，奚水仙只有爱心，绝不会有异心。

师爷看刁焕武似乎心意已决，眼睛盯着他，手却在掏耳朵，就应和地加上一句："贤侄呀，此女子心思缜密，敢作敢为，且滴水不漏。如果是我想多了，那你日后身边不但多了个红颜知己，还多了个会为你出策献计的谋士，可助你一臂之力。"

尤氏高兴了，双手合十，道："说一千，道一万，还得刁长官亲自寓目，当面考测。刁大人火眼金睛，到了奚水仙家，是真猢狲假猢狲，还能辨别不出？"

刁焕武喜形于色，拍拍胸脯道："二位所言，句句在理。奚氏真能成为我的姨太太，我还有一招秘籍，适时当着家人试一试，能坦然过关，那刁某我就可以高枕无忧。如果迈不过这道坎，那我就让她当即横尸于地。"

到了双方说好的"单独赴会，签约画押"的前一天，花骨雕本来执意只带"十八无常"去见奚水仙。但副队长担心被侵扰过的坪冠村，记仇的民众会借机滋事，硬要一中队长率部一同前往。

花骨雕一点不担心奚水仙敢再对他要奸，但部下的善意，他也不好贸然拒绝，何况奚水仙也同意他带上队伍。于是，他心安理得地对部下说："先前袭扰坪冠村，对丘家下狠手，是情报有误。近日想起，难免生出恻隐之意，为了挽回我等的声望，顺带抚慰抚慰奚姓女子，我决意重返一趟坪冠村。为防止吓着村民，引起误会，一中队到了村口，即原地待命。我会特意为弟兄们备足美酒佳肴，诸位就在村口尽情喝酒吃肉猜拳。记住，我还会给你们加饷。"

一弯蛾眉新月和几许孤星，颤悠悠飘浮在越划拉越黑的空际。

花骨雕如约于一更天来到奚水仙家中。他和"十八无常"，是乘坐日寇投降时接收的三轮摩托和军用卡车，来到坪冠村村口的。然后，他们弃车步行进村。后面跟着的一个中队，全留在村口警戒待命。

花骨雕带着黑白无常四大高手，进了堂屋，看见奚水仙已经端然坐在矮桌旁，正动手泡茶。四大高手如临大敌，分头摁亮手电筒对所有房间和院子，逐一细致搜检，每个角落都不放过。他们一一回到大佬面前，吸吸鼻子暗示没有任何问题。

奚水仙就着朦朦胧胧的烛光，殷勤地给花骨雕递上一杯香茶，如燕语娇啼道："让我也入乡随俗，称你一声'大佬'吧。看你紧张得话都说不出来，里里外外我都放开让你搜了，难道你还害怕我一个娇羞弱女子不成？"

刁焕武弹了一下中指，示意身后四大高手退往堂屋门口。而其他无常却分别守候在天井和院门外面。他侧身扶住奚水仙白嫩的小手，虎着脸道："你当初誓死不从，装疯卖傻，现如今怎就自个儿按捺不住了？"

"你这是在羞辱我吗？我出生于有教养人家，很讲究夫妻之情调，更向往花前月下，琴瑟和鸣。如果你那天像此时一样，斯斯文文，我哪有不为你着迷之理？"

"我刁焕武英雄一世，与荣辱共生。因为太讲义气，又太过怜香惜玉，更喜欢天马行空，独显本色。所以，国民政府围歼我，小日本派人暗杀我，共产党也不肯放过我，戴可雄一翻脸更会随时掐断我的小命，还发生过醋男怨妇，背地里对我下狠手。可我刁焕武长有九条命，谁都别想算计我。我在县城、凤仪、青羌圩都部署有队伍，贴身保镖'十八无常'寸步不离，谁奈何得了我？"

"我就欣赏你怜香惜玉、独钟不渝的情怀。所以，在我原先的家被你毁掉之后，媒婆向我提起你，我还是一点都恨不起来，鬼使神差，竟答应跟你私会。我是不是太贱了？"

"你不是贱，是你太有心机。你花言巧语哄我，愿意当我的姨太太，就是希图哪一天给我下毒药，或是夺枪动刀宰了我。"

"这样说来，我是真的看走眼了，痴情被你当成野心。朗朗大千世界，千人万人可以冤枉我，唯独你花骨雕不能含血喷人。我这就以死明志，了断孽缘，让你另寻别的贱货骚妇去吧。"奚水仙愤然起身，移步向石门框撞去，被守在门口的白无常给挡住了。

花骨雕懊悔动容，连声叫屈赔礼："对不住对不住，我是失口胡言，让你生气了！小祖宗，你消消气，我收回刚才的糙话。来，我给你搓搓背，抚抚胸，然后送你回床上歇息片刻。"

奚水仙泪眼吧嗒，但心思澄明，花骨雕其实是在摸索她身上有没有携带刀枪。

天色向晚，奚水仙娇喘不停，说："你帮我去灶间提一壶热水，我要先洗洗身子，然后倚床跟你聊聊本女子的身世。"

刁焕武血脉偾张，腹下犹如春火焚燎，他示意手下别杵在门口，自己急煞煞从灶间拎来烧水壶，走进卧房。

就在他循着昏黄灯光，跨过门槛往前走的那一刻，奚水仙假装跌倒，把铜面盆用劲砸在砖地上，"哐"地发出刺耳的脆响。须臾，门槛内的砖地突现裂缝，很快哗地坍塌下去了。花骨雕听见声响快走一步，一脚踩在乍然出现的大陷坑边缘。

刚从伪装的后墙洞口潜入卧房的刘巽贞，躲在蚊帐后，眼看刁焕武没有掉入陷坑，急了，压低嗓音对刁焕武吆喝一声"后面有人！"并趁他转头一瞬间，迅捷跃出，顺势下蹲，飞出一记扫堂腿，把刁焕武掼倒进地窖里。

原来，卧房地窖经过改造，窖顶与房间砖地只剩下薄薄一层泥土，靠两根木柱支撑着。在地窖里负责放倒木柱的魏弓长和一名复员兵，听见讯号即刻各自用力拽拉绳子。也许是柱底木楔打得过紧，木柱没有松动。两人只能合力先拽倒一根，再咬紧牙放倒另一根。幸亏魏弓长运气使出爆炸力，窖顶才哗然坍塌下来。就是这么拖延了一会儿，差点让花骨雕死里逃生，那接下来鹿死谁手，就成了悬念了。

紧张得浑身发抖的奚水仙，紧紧抱住刘大姐："你堪称大破天门阵的穆桂英，如果你那神来一腿没撂倒花骨雕，我想我会冲过去，抱着他同归于尽。"

四名已放松警惕的无常高手，闻声大惊，鱼贯而入，毫无察觉砖地塌陷，只顾冲进东房，脚一踏空，眼前一黑，全都扑通扑通掉进两人多深的窖底。他们虽迟到，但与刁大佬享受同等待遇，全都被那些一头削尖、打入地下的木桩刺中，个个哀号着拼命挣扎。他们都闻出陷坑里散发着刺鼻的桐油味，知道恶贯满盈要炸了，掏出二十响，朝窖内和屋顶，狠狠开枪。

刘巽贞立即趴在陷坑上面的边缘上，朝"瓮中鳖"开枪，掩护魏弓长他们攀上地窖口，快速将竹梯抽上来，再放下石板将出入口封死。奚水仙眼看众恶魔还在垂死挣扎，点燃火把，扔进窟窿里，引着浸了桐油、铺在窖底的山草。

就在奚水仙敲响铜盆时，两位携带冲锋枪的复员兵，从火灶间用柴捆遮挡着的墙洞爬了进来，很快听见东屋接连有人掉进地窖，立刻冲向堂屋门口，向天井里的匪兵扫射。埋伏在屋顶的战士，没有枪支，纷纷拿起石头和瓦片，往天井里砸。一众匪兵成了挨打的竹鸡，顾头顾不了腚。

埋伏在树上树后墙旮旯的战士们，眼看门口的匪兵，惊慌失措往院子里涌，立即向他们开火。匪兵背后遇袭，不得不掉转枪口还击。没有枪支的战士，躲在屋角，冷不防向匪兵投掷尖镩长矛。而东屋刘巽贞几个，已经从墙洞后面绕到院门口，加入激战。

有一黑无常趁乱逃脱，准备向待命村口的中队长发求救信号。没跑出几步，听见村口方向接连响起巨雷般的爆炸声，黑无常知道彻底完蛋了，想钻进小巷逃命，被复员兵一个远射，踉跄几步扑倒在牛粪堆里。

再说守候在村口的那个戡乱中队，刚刚听见枪响时，中队长就知道大队长中计了，立刻指挥一小队火速奔援大佬和"十八无常"。号令刚一出口，道路上猝然响起连环爆炸声。一束一束埋在路上的手榴弹，被一瞬间拉响，把军车人马炸得七零八落，哀号连天。而拉响手榴弹的人，连背影都没有见着。

挨炸是挨炸，中队长还是不得不带兵增援大队长。可是，当援兵包围了奚水仙的院落，枪声已经停了。打着火把的弟兄在前面开路，他带着手下冲进天井，除了横躺着的尸首，活着的人一个没看见。就着火光走到东屋门口，一个两人多深的大陷坑挡住了去路。一股焦膻味，让他脚底抽搐，小腿发凉，不敢靠前。部下探头仔细察看再加推断，认为应该是大队长和他倚重的四大保镖。

共产党地下游击队，肯定没有逃出多远！中队长正要下令火速包围坪冠村，搜捕诱杀刁焕武和众无常的狡猾对手，而必先擒获的是奚水仙。

一个亲信看见门环上挂着一段长布条，中队长借着火光看了几遍："如果你胆敢伤着坪冠村群众一根手指头，你会死得比刁焕武更惨！"

中队长内心发虚，扯下长布条，不安地对副队长说：我有预感，我们再不撤离，很可能会被海陆丰人民自卫队一锅端了。即刻传我命令，火速撤回五坡岭！

副队长小跑着先去村口宣布撤退令。中队长看着闪烁的火光和横陈的尸体，嘴角掩饰不住流露出一丝诡异："这一天，早就该来了。作为同在血泊中摸爬滚打过的兄弟，我都差点被你给毙了好几次了……"

第八十七章
独子捐躯含泪赴香港　悟尘重生交出绝密件

数日后，刘巽贞来到海陆丰交界处的一小村庄，发现一位挑盐哥一直尾随着她。这个挑盐哥，全身皮肤黝黑黝黑的，上身只披一弯挑夫专用的护肩，下着大裆短裤，走起路来嘎咚嘎咚直响，感觉连地面也随着抖动。他看看前后没人，紧走几步塞给她一张纸条。

在约定的时间，刘巽贞出现在陆丰县城南面十余里的董家寨，找到了"郑记盐行"。这里可是她嫂子董彩鸾的家乡，而开办盐行的宅院，应该也是她娘家的旧居。没想到，它现在变成中共陆丰县委的地下联络站。

漂泊了半年多的刘巽贞，总算找到了组织，像一个没拉着大人的手而走丢了的孩子，终于回到了家。盐行安排刘巽贞做使妈的工作，负责端茶倒水扫地做饭看门。

盐行的老板是个三十多岁的女子，清清秀秀却又伶牙俐齿，大家都叫她老板娘，也有人称他戚夫人。盐行里还有账房、仓管、司称等人员，另有二三十个挑盐哥。挑盐哥带上盐行发给的盐票，把海盐挑到边远山区贩卖，有时还换回一些土特产。

十多天过去，刘巽贞才知道，盐行还是县委指挥中心。那个溜黑瘦削，穿无袖汗衣、半截掩裆裤，塞给她纸条的挑盐哥，就是陆丰县委书记刘志远，代号"洪西"。他以挑盐工掩护身份，从董家寨出发到河凹、河滇，再往揭阳的五云、河婆等地，为的就是跟各地的地下党取得联系或交换情报。

立春日，老板娘的先生来了，戴着黑墨镜，穿着长款丝绸上衣，腰间插着手枪，一副碰上谁就跟谁过不去的样子。他叫郑学龄，公开身份是国民党东滘镇镇长、陆丰联防队中队长。同志们都称他"猴神"，夸他有七十二变的本领。董彩鸾的旧居，就是由他出面从刘巽才手里盘下来，再交给他的太太去开办盐行。

郑学龄看见刘巽贞在天井里洗衣服，就嘟起嘴唇朝挑盐哥的睡房一努，刘巽贞头一点，他便走了进去。郑学龄是来向刘志远"交差"的，上个月被捕的十六名地下党员，包括陆丰县委宣传部长、东滘区委副书记等，都已成功解救出来。

他是利用郑邦英与县长、县党部书记长，心存芥蒂日久，凡事各说各话，自行其是，使得这批地下党员的真实身份，无法得到证实，加上有保人担保，才可获无罪释放。

刘书记嘴唇一撇说："郑邦英现在是保密局海陆丰组组长，为自证清白，反倒帮我们说话，我们当然不会拒绝。"

郑学龄说："他们拉帮结派，已成三足鼎立之势，每一派的背后，都有地方势力作后盾。他们之间矛盾日益尖锐，唯独变着法子搜刮民脂民膏是共通的目标。这可苦了老百姓，不堪重负，怨声载道。"

"人民解放军在全国战场上，沉重打击了国民党军队的'围剿'进攻，驻广东的国民党军队纷纷北调。根据香港分局指示，我们将逐步恢复人民武装斗争。"

"太好了，我早就盼望这一天快些到来。"

刘巽贞一边浆洗衣服，一边隐约听着他们的谈话，心里春潮澎湃起来。她好几次要求派她到乡村开展工作，可刘书记总是说："你现在所做的一切，也是革命工作。"

大雾消散了，回南天结束了，太阳也露脸了。刘巽贞在收拾老板娘卧室时，看见她从檀香木盒子里，拿出一方小小的、装裱过的糙纸，放在窗台的阳光下晒着。刘巽贞一看，纸上写着裴多菲的诗，且笔迹遒劲奇峭，特别眼熟。

老板娘见她好奇，赧然一笑，说出了这幅字的来历。刘巽贞听着听着，双手合十向她深深鞠了一躬，说："谢谢你当年救了他。"戚灵芝大惊，半天才回过神来，说："你就是当年郁委员的爱妻？"刘巽贞心中恻然又带着几分自豪，深深点了一下头。

戚灵芝抽了一下自己的脸腮，张开双臂抱住刘巽贞，愧疚地说："郁兄是我参加革命的领路人，而姐你，被我在心里描摹过无数次。可是，当你站在我面前，且相处这么久，竟然没有认出，我真是有眼无珠。"

刘巽贞半真半谑地说："看来，你福分比我大，我跟他作为夫妻，能够相处在一起的时间，比他在你家养病的时间还要短。"

戚灵芝羞惭得脸都红了，说："如果我早知道郁兄有姐你这样的佳配，打死我也不敢向他示爱。"

刘志远得知刘巽贞的爱人是郁新凯，肃然起敬地说："郁委员在龙台山下被处决的时候，我读中学。我本来怕血，却强迫自己从头看到尾。回家的路上，我一直问自己一个问题：共产党人革命为了什么？他们为何如此坚强？为了找到答案，我加入了中国共产党。"

刘巽贞趁机要求刘书记，派她去把东纵复员回家的战士动员回来，免得他们再遭国民党追杀，她也好跟他们一起参加战斗。要不，就派她去农村，组织群众开展反"征兵、征粮、征税"和减租减息斗争。可刘志远不同意。

开饭时，刘巽贞端上一盘咸菜，半条咸鱼，一碟乌橄榄，还有一锅番薯粥。戚灵芝皱皱眉头说："我管着这么大一家盐行，每日两餐，就吃这么三个菜。被外人看见，肯定让他们笑掉大牙。"

刘志远筷子没拿稳，夹往嘴边的番薯掉在地上，立即弯腰捡起，吹掉大的沙子，塞进嘴里，说："我们就是要从牙缝多抠出一分钱，让大山里的战士少挨一顿饿。我前次跟东江南、北两个工委书记见了面。江南工委书记蓝造告诉我，惠东宝紫地区两个大队的处境，比起海陆丰自卫队更艰险。战士们被国民党围困在大山里，尽吃煮野菜，连盐都没得放。但是突围打仗，个个冲锋在前。想想战士们，我们有什么理由叫苦？"

戚灵芝嘿嘿笑了，说："那就让我和巽贞姐一起到最艰苦的地方去。"

刘巽贞立即随声应和。

刘志远把筷子往桌上一拍，冲戚灵芝虎下脸："别跟我耍小聪明，想当说客直说。"

戚灵芝起身抚抚刘志远的后背，轻声细语地说："洪西兄你息怒，你要理解巽贞姐。我提议，不如派她去大安峒军训班，给党员干部和进步青年授课，这样又可避开认识巽贞姐的坏人。"

刘志远搓搓又黑又起泡的肩膀，看着刘巽贞说："每位同志都不能低估眼下的严峻形势，联络站需要一个可靠机敏的人充当老妈子，既然你留不住，那就去当军训班教员好了。只是，我得跟那边先衔接好。"

公历的新年快要到了，郑学龄在妻子的再三央求下，把东滘家里的亚美牌收音机，悄悄带到郑记盐行来，说是要收听盐市的行情。刘志远本不同意，怕引起敌人注意，招惹是非。"猴神"蛮有把握地说："没事，县城大凡生意做得不错的商户，都有收音机，当官的就更不用说了。"

刘巽贞撺掇戚灵芝把家里的收音机搬来盐行，并非为了消遣，而是刘志远已答应她去当军训班的教员，她必须抓紧了解全国人民解放战争的进程，必须首先弄通学懂当前党的各项方针政策，才能准确无误地教导学员，如何发动唤起人民群众，如何恢复开展新的武装斗争，如何建立适应新形势要求的武装队伍，如何全面提高战斗力。

而收听新华广播电台的播音，是接受新理论、获取新知识最便捷的途径。且更有利于理论联系自身的实践经验，把每一节课讲得生动活泼，让每个学员听得兴趣盎然，从而拓宽视野眼界，获得新的启迪和帮助。

刘志远挑着粗盐，和"伙计"出门去了。刘巽贞与戚灵芝完成他布置的工作与任务，等到电台节目播出时间一到，两人安排勤杂工守好外面的大门，才拧开收音机，聚精会神聆听起来。

三天后，刘志远从海丰九龙口村回来了，带回众人渴望已久的消息：江南地委召开扩大会议决定，海丰、陆丰实行党、政、军分开，各自成立县委和军队建制。两个县现有的多支人民武装队伍，分别整合为第五团和第六团。第六团也就是陆丰团，团长为庄歧洲，刘志远兼任政委。

1949 年元旦，经刘书记同意，刘巽贞与戚灵芝把收音机抱到他的睡房，打开开关，将旋钮调到熟悉的频段。新华广播电台在播完革命歌曲《游击队之歌》之后，播音员庄重地说，下面播报一则华南解放区的最新消息。

"值此新的一年到来之际，新华社特此播放《中国人民解放军粤赣湘边纵队、闽粤赣边纵队、桂滇黔边纵队成立宣言》，明确宣告：本军作战目的，志在解放各地区人民群众，推翻帝国主义、封建势力、官僚资本主义独裁统治，配合人民解放军为彻底解放全中国，建立新民主主义的新国家而奋斗。"

不久，江南游击支队编列为解放军东江第一支队，海陆丰第五、第六团，成为东江第一支队直接指挥卜的中国人民解放军地方部队。

全国解放战争摧枯拉朽，势如破竹。东江第一支队第五、第六团，在向国民党统治区发起军事进攻的同时，也在政治上对国民党军政人员采取分化瓦解。

2 月，喜讯传来，继陆丰西北重镇河滇和平解放之后，滨海重镇津洲城，也随之成为粤东第一个回到人民怀抱的港口城镇。

为接管政权和建设新中国，培训大批干部刻不容缓。东一支和江南地委利用河滇解放区的有利条件，举办几期青年干部学习班。刘巽贞奉调来到河滇担任学习班教员。青年干部学习班，上课就在青龙背村蟠龙祠。

这天，刘巽贞不顾昨晚备课备至深夜，坚持一大早就起床。她推开教员宿舍的柴门，走出小院子，贪婪地呼吸着含有山花芬芳的新鲜空气。

上午，她给青年学员上了两节时政课，右眼皮一直跳个不停。回到宿舍，收到一封边角磨损、字迹有些模糊的信件。送信人，是中国人民解放军两广纵队秘密派遣回广东的小分队队长。

两广纵队，就是由广东人民抗日游击队北撤山东的部队，在南征北战中发展起来的野战部队，隶属于华东野战军，后划归东北野战军。

刘巽贞抽出信笺，一眼认出是彭平的笔迹。死丫头，终于盼到你来信了。可是一看内容，浑身僵了，像被雷电击中。信笺上被泪水洇湿过的字迹，旋即变成支支利箭，射向心窝。一阵天旋地转，刘巽贞犹如一棵白蜡树，轰地倒在地上。

彭平回肠九转告诉巽贞姐：我没有保护好上晗，他已经在淮海战役芦家寨阻击战中英勇就义。他们一个加强排，坚守阵地三天三夜，最后，上晗带领战士与冲上阵地的敌人展开肉搏。他接连刺倒四个匪兵，被敌军官吆喝七八个白狗子包围了。上晗被三把刺刀戳中，靠着木桩，久久屹立。在这场惨烈的战斗中，姜运兰和齐桦，也蹈锋饮血，把生命献给了解放事业。

刘巽贞不知自己昏厥了多久，幸好她是倒在几捆稻草上。她终于渐渐苏醒过来，第一个念头就是紧咬牙关不哭出声。

既然选择革命，就得以大无畏去接受牺牲。

同样，彭平写这封信时，她的爱人黄献群，已经在济南战役中为国捐躯。

彭平，年幼丧父，长大了结婚不满三年，又失去了儿子的父亲。

当年，身怀六甲的她，带着腹中的小生命，漂洋过海到山东，因经不起长时间颠簸，到达山东不久就流了产。

黄献群在华东军政大学学习结业后，晋升为两广纵队第三团团长。次年底，彭平又怀上了。1948年秋，婴儿呱呱坠地。此时，两广纵队配合华东野战军发起解放济南攻坚战。黄献群率部冲锋陷阵于围攻长清的战场上，得知妻子生下男婴，为其取名彭实戈，意为要继承彭家英烈的遗志，做一名忠勇朴实的战士。

然而，黄献群还没来得及见上爱子一面，就倒在解放长清城的最后一刻。

彭平怕大姐为她伤心，一直瞒着，不让大姐知道。是郭坚写信告诉巽贞，她才知道彭平已成烈属。

一阵敲门声把她惊醒了。她感觉脸上有泪痕，扯过毛巾把脸擦了一遍。

打开院门，站在她面前的是粤赣湘边纵队政治部主任左洪涛。

左主任对她说："司令员要向你了解一个人。"说完让她骑上另一匹马。两人急急扬鞭前行，直奔螺氹乡进化学校。当他们一前一后走进司令员办公室，尹林平开门见山地问她："还记得一个叫万悟尘的津洲人吗？"

刘巽贞咬咬嘴唇，不让心中的悲伤流露出来："司令员怎么问起这个人？他早在'昂塘事件'之后，就失踪了，再也没有他的音讯。这么多年过去，估计已经不在人世了。"

尹林平捏紧右拳，曲着臂膀挥了挥，声音洪亮地说："万悟尘没死，他现在是香港大学的副教授，是我们今后建设新中国迫切需要的人才。而更加急迫的是，有人将国民党保密局极为重要的绝密文件，寄藏在他家里，而他死活不肯拿出来交给香港工委。"

一听万悟尘没有死，而且还成了大学教师，刘巽贞由不相信到百感交集，旋即又为他捏一把汗。他怎么跟国民党保密局扯上关系了？莫非他已经走到共产党的对立面去了？

司令员又接着说："你现在立刻出发，去香港找我的太太余慧，我会派人护送你。余慧目前是中共中央华南分局青妇组负责人，她可以带你去见香港工委的同志。然后你们去澳门找万悟尘，告诉他，当年怀疑他是打入红军的国民党特务，是错误的，是当时的东江军委，中了敌人借刀杀人的诡计，组织一定会严肃郑重为他平反。然后，劝说他把保密局布置组组长寄存在他家的皮夹子，上交给香港工委。还有，一定要动员他回到党的怀抱，为建设新中国献策出力。"

刘巽贞一颗悬着的心放下了，她站立起来，若有所思道："这事我得捋一捋，我，我有个请求。据我揣测，万悟尘当年被关押审查，夜间顺利脱逃，后又去了澳门，变成学有所成者，背后肯定站着一位高人，那就是他的堂兄万泰安。我想，如果万会长也能来澳门，万悟尘的排斥与抗拒心理，或许更容易消除。"

司令员握住她的手，说："你的想法，对！好像香港工委的同志，也向我提起过万泰安。我这就派李果同志去津洲，找军管会，护送万泰安先生去香港，跟你会合。记住，香港、澳门很乱，你们要注意安全。祝你们马到成功。"说完，司令员拔出身上佩带的手枪，让刘巽贞带上。

刘巽贞皱着眉头走出司令部，似乎还没完全反应过来。

万悟尘大难不死，而且还当上港大副教授，如果不是司令员亲口告诉她，她真的不太相信。可世事如棋，她不但必须相信，而且还要让他重拾初心，回到党和人民的怀抱。这任务，她能完成吗？

万悟尘当年趁着油坊失火，在陌生人帮助下，爬窗逃出羁押室。来到汀江边，已有渔船在等候他，而且连夜将他送往澳门。他问渔民为什么送他来澳门，渔民说是"九哥"安排的。万悟尘以为是苏阿九暗地里出手，就没再多问。

渔民返程前交给他一个包裹，说里面有一封信。万悟尘按信封上所写的地址，来到位于澳门半岛得胜马路20号的粤华中学，把信交给校长谭绮文女士。

谭校长读完信，从上到下打量了万悟尘一番，又让他张开双手掌心，让她看看。半晌，谭女士说："你天赋聪颖，性格沉稳，从业专心致志，但容易多愁善感。你来得正好，学校一位英语教员请产假，由你来代她的课，可以吗？"

万悟尘很感激谭校长收留了他，但又满脸迷茫，苏阿九怎会认识澳门的谭校长？他想问问到底怎么回事，可谭校长却说："你来到这里，就是我的亲眷。忘记过去的一切，重塑你的人生。记住，只许问你要去哪里，不许你问我从哪而来。"

谭校长不愧是留过洋的教育家，她让万悟尘服服帖帖地一边代课，一边跟她的儿子挑灯苦学。一年半后，他跟她儿子双双考上英国阿斯顿大学，就读经济与管理专业。他给自己取了个英文名字"杰森"，意为治愈伤口的人。学成回澳，在谭校长举荐下，应聘当上香港大学的教师。

太平洋战争爆发，香港大学因教学大楼被炸毁而停办。万悟尘恳求谭校长允许他回家乡看看父母。谭绮文一口拒绝："你现在叫'杰森'，等你到了不必隐姓埋名的时候，我会亲自送你回去。"

那年7月，第九军官总队的总队长林廷华患上肺炎，在广州老治不好，有人向他推荐了澳门的柯麟医生。林廷华打电话给妻子的表姐谭绮文。正好那天万悟尘也在谭校长家，听说当年中央军校南宁分校的战术教官要来澳门镜湖医院请柯麟院长看病，关切之余又为能再见恩师一面而高兴。当年军校学员宿舍失火，万悟尘为了抢救宿舍里的衣物，被困在火海中，是林教官披着湿棉被把他给救出来的。

林廷华没想到当年的弟子成了港大副教授，而且不怕传染，经常带着营养品来陪护他，甚为欣慰。林廷华曾对陪同他来治病的外甥任鸿篆称道万悟尘："此人苦学成才，且有情有义，不可多得。"

1949年1月，任鸿篆奉命护送保密局重要文件前往台湾，很快又被召回上海。

三个月后，保密局在穗成立广州办事处，派经理处处长郭旭兼办事处主任。

任鸿篆自从去了台湾，目睹了许多以前不敢相信的情状，才顿然醒悟，得好好考虑考虑自己的去路了。

他曾经试探过舅父，他现在是国防部的中将部员。舅父埋怨当局，没有抓住最后一根稻草，在《国内和平协定》上签字。舅父知道，当局纵使再负隅顽抗下去，也完全没有翻盘的可能，而自己也不能继续当鸵鸟。

任鸿篆揣测，舅舅应该不会去台湾。那自己更不能去。自己是保密局的人，要给自己留条活路，怎么也得呈上一份见面礼。

上海失守，郭旭派任鸿篆护送其家人去香港，再乘船逃往台湾。差事办完，回到港岛，任鸿篆未能在情报交易场所找到中共情报员，也没在学校找到万悟尘，就对保密局香港站站长杨华波撒了个谎，说受舅母之托，要去澳门看望一下她的表姐。

万悟尘不在港岛，是为了躲避一个狂热的痴情女，他除了上课，根本不敢留宿教授公寓。那个来自爱尔兰的学妹讲师，名叫玛姬，一次次表白她已丢魂失魄迷上了他，硬要拉他一起离开乱糟糟的弹丸之地，去浪漫之都好好享受西方生活。

玛姬说话像猫，吃饭像松鼠，衣着很贵族，离过婚。万悟尘跟她根本擦不出火花，为了让她死心，不得不常常乘渡轮逃回澳门。这样既可以暂时摆脱烦恼，又可以陪陪年事已高的谭校长。

任鸿篆在万悟尘租赁的住所找到了他，当着他的面，把一个嵌玉的贴身酒壶放进黑皮夹里，交给他，说："你是我和舅舅最信任的人。这个酒壶是传家之宝，事关我的身家性命，除了我，你不能告诉或交给任何人。我要去会一个左右我命运的朋友，如果成功了，我再告诉你一切。"

任鸿篆几经周折，找到一位门道很深的情报贩子，给了他一笔引荐费，才在大三巴牌坊，见到了希望见到的人。任鸿篆认出赴约的年轻人，就是相片被保密局香港站挂在墙上，正四处追捕的人。经过一番刺探性寒暄，任鸿篆认定对方就是中共情报人员，便要求面见他的上级。年轻人答应了，说他会尽快安排。

天快黑了，任鸿篆拐入得胜马路，准备向万悟尘要回黑皮夹。他抬腕看了看手表，冷不丁从行道树后蹿出两个持刀抢劫犯，喝令他把手表摘下。任鸿篆倚仗自己学过搏击，不肯就范。没料到又跳出一个黑衣汉，一刀劈倒了他。

中共情报人员得知任鸿篆死了，循线找到万悟尘。他向万悟尘亮明自己的身份，说任鸿篆准备弃旧图新，希望万教授能把任先生的皮夹交给他。万悟尘冷冷地说："我决不辜负朋友的信任，宁死也不会交出皮夹子。"

中共香港工委常委饶彰风听了汇报，对事情的来龙去脉做了分析，认为任鸿篆是被保密局特务以抢劫为名给杀害的，他携带的情报一定非常重要。他要敌工科长加强对万悟尘的保护，同时深入调查他的背景。

由于万悟尘身份特殊，事情比较棘手，经工委书记同意，饶彰风向华南分局的领导汇报了此事。

柯麟接到单线领导的指示后，以受朋友之托为名，向谭绮文了解万悟尘的身世。谭绮文是个把信守承诺当作人生第一要义的人，无奈自己几次患病，都是柯院长亲力亲为把她给治好了，便向柯院长透露，万悟尘是津洲人。柯麟趁机劝她说服万悟尘，把任鸿篆的皮夹子交给香港地下党。

可是，跟谭女士同样脾性的万悟尘，宁可得罪恩人，也不肯违背自己做人的信条。他单膝跪下，对谭绮文说："你对我恩重如山，我会像儿子一样服侍你的晚年。但任鸿篆的皮夹，除非他的父母或者妻室来了，并表示放弃认领，同意我把它交给谁，我才有权交给谁。"

且说刘巽贞与交通员离开河滇，水陆兼程来到香港九龙红磡，在联络站等了近三个小时，看见万泰安也匆匆赶来了。他俩正准备乘快艇去港岛铜锣湾找余慧同志，一位佩戴华南民主妇女联合会胸章的干事，上来告诉他们，余会长已经在附近的饭馆等候他们。

吃过晚饭，余慧和保护人员，陪同万泰安和刘巽贞，来到澳门半岛谭校长的家。随后，在确认周围没有异常后，谭校长带着他俩前往万悟尘的租住屋，敲响院门的铁环。

久别重逢，欲语凝噎泪成行。

就在万悟尘百感交集，还没把气喘匀之时，谭女士摁亮了客厅所有的电灯，看万会长朝她使了个眼色，就清清嗓子，准备说出隐瞒了十几年的秘密。万悟尘双手抱头，额头撞着桌角，低吼一声："不必说了，我全都知道了！"

没错，正如刘巽贞所料，当年就是万泰安冒死救下万悟尘，并委托好友的遗孀谭校长收留他。谭校长很快认定他是个可造之才，就为他立了"绝境逢生自奋蹄"的座右铭，以慈母情怀和严师心智，引导他从阴影中走了出来，与她儿子结伴闭门苦读，冲刺人生的制高点。而他的留学费用，都是万泰安悄悄派人送来的。

万悟尘抑遏自己，不在族兄，尤其是当年的意中人面前流泪。可是，灯光下的堂兄，已经须发皆白，腰杆也不再像当年那么笔挺硬实，心尖不由一酸，起身一把抱住堂兄，热泪夺眶而出。他曾经揣测过，站在谭校长背后的那个人，肯定是族兄。可族兄没理由一直不露面，更不该让谭校长讳莫如深。

如今，恩人就在眼前，得给堂兄跪下，叩几个响头了。

不料，堂兄反应敏捷，拦腰搂住了他："兄长需要的不是这个。"等万悟尘站直了身，他恻然一笑，说："你别责怨我。我是怕你性子倔，半途而废，才不让谭女士告诉你真相。你的冤情一直没有洗脱，回去说不定还会给你定下新的罪名，倒不如让你换一种活法，借以实现少时的梦想，不也歪打正着？"

其时，万悟尘心底更关切的人是刘巽贞。看她撇着嘴不开口，就上前抓起她的手，说："你是最了解我的，我万悟尘怎会背叛自己的崇奉？我和王乾，在南宁军校根本没有加入国民党，当时的东江军委，明明中了敌人的反间计。如果当年我不明不白死了，你说是不是太冤了？"说到激动处，他张开双臂，紧紧拥住刘巽贞。

刘巽贞有些诧愕，但没有挣扎。应该说，除了丈夫和儿子，她从没让任何异性这么亲近过她。但她很清楚万悟尘需要抚慰，所以，她不但没有推开他，反而像呵护婴儿般拍拍他的背，细声说："我一向信任你，对谁都说王政委和万悟尘，没有直接充当奸细的确凿证据，是无辜的。但你不能因此对党产生抵触情绪。就黑皮夹一事来说，我敬重你对朋友的一诺千金，但如果你太拘泥于信诺，将会给期盼解放的所有人带来灾难，望你三思。还有，组织已经查清，王乾和你加入国民党的申请书、花名册等，都是伪造的，你俩的历史问题，将会很快得到澄清平反，请你务必相信组织。"

数日过去，中共广东区委发来为万悟尘平反的电文。接着，已经携带家眷来到香港的林廷华，在征得姐姐和姐夫同意后，委托谭女士，打开任鸿篆寄存的皮夹，除了归还钱币和金条，其他的任由谭女士发落。

皮夹打开了，里面有一沓港币，少许美钞，三根金条，一个记事本，一个贴身银酒壶。刘巽贞仔细闻闻翻翻空白记事本，没有特殊异味，也不像做过什么手脚。又对皮夹的里层摸摸捏捏一番，感觉里面藏有纸张，割开了，露出一份"广东应变要略"文稿。

万悟尘伏在刘巽贞耳边，嘀咕道："任鸿篆最看重的是酒壶。可里面装着酒，他还当着我的面喝了一口。"

刘巽贞拿起酒壶摇了摇，感觉酒液晃动不匀称。拿来一根筷子，捅进酒壶里，发现酒壶底部有凸起。她用螺丝刀撬开镶嵌的玉饰，一个微型胶卷出现在眼前。

晚上，仿若穿越回青春年代的万悟尘，剃光胡子，约刘巽贞到松山观看炮台和灯塔。正好刘巽贞也准备找万悟尘谈话，就爽快地答应了。不过，她先给万悟尘打了一剂预防针，声明她接受不了西方的搂搂抱抱。万悟尘连忙为那晚的冲动道歉，并保证不再莽撞无礼。

登上大炮台，万悟尘一脚蹬在堞墙上，滔滔不绝说起它的历史。

刘巽贞手抚巨型钢炮，静静听他演讲，等他说完了，让他把脚放下，在钢炮前站好了，自己才吭声："我有严肃的问题要问你，请你认真思考后再回答。共产党很快就要解放全中国了，你对共产党是否还心存畏惧？组织准备为你恢复党籍，你会不会觉得突然而又陌生？建设新中国需要大量科技人才，大批擅长城市管理的干部，你愿意离开港大，回内地当新中国的建设者吗？"

万悟尘本想借观赏夜景，在人的情感大门最容易打开的时候，向当年的心仪之人，倾诉他的思慕之苦，以期打动她，让她为他敞开禁闭的心扉，没想到她还是当年那个"寡情忘我"的她，除了工作、任务，其他的全不放在脑子里。万悟尘有些气馁了，尤其要面对她一口气抛出的那么多问题。

但既然上天给了他三生难逢的机会，就要把久藏心中的爱意，大胆表达出来。只要她肯点一下头，她让他做什么他都在所不辞。

万悟尘连咽几口唾沫，攥紧双手给自己鼓了几次劲，才断断续续说出隐藏了半辈子的心语："巽贞，你可知道，我已经暗恋你多少年了？当你去东江党校学习前一天，文英告诉我，你早已名花有主，我痛苦得想拿刀子往身上戳，还想从你的视线里彻底消失。来到澳门，我把对你的思念化成发愤学习的动力。现在，你回到原点，我也仍是一条独桅船。如果你愿意当我的风帆，无论牵引我向哪里，我就随同你到哪里。"

刘巽贞像被活泥鳅窜进后领口，打了个冷战。她用手捂住万悟尘的嘴，愤然道："你尽瞎想些什么？竟拿个人情感当筹码，搞等价交换？我坦率告诉你，爱我的人正指挥着两广纵队的一个团，操戈南下，即将杀至广东，我们相聚的日子越来越近了。而你必须放弃异想天开，好好考虑组织对你的信任和器重。只要你愿意献身曾经发誓为之奋斗的主义，我打包票给你找一个比我年轻优雅十倍的女子，让你彻底告别形单影只。"

刘巽贞的话，让万悟尘悟出自己确实有些猥琐。她既站在组织的高度，激励了他，也直言自己的感情早有归宿，还真心为他的终身着想，体现了兄妹般的情怀和温暖。但越是这样，万悟尘就越难以自拔。

看万悟尘陷入沉思，刘巽贞怕他又胡说八道，就把话题扯回到工作上："听余慧大姐说，香港工委还想交给你一项任务，你必须完成。你想想，党组织对你这么信任，你有什么理由不回去为新中国效力？"

万悟尘好不憋屈，无可奈何地说："你在我面前，为何仍然这么霸道？好像我现在的一切，都得听你的。"

"说对了，谁叫你我曾是同条战壕的战友。而且，我希望今后的我们，仍然是并肩战斗的同志。"

"同志？噢，对了，我先问你一个问题，我泰安兄，是不是共产党？"

刘巽贞撩起被风吹乱的头发，拍拍锈迹斑斑的钢炮，说："这个问题，你最好问问这位三百多岁的守护神。如果它愿意开口，万伯父肯定是；如果它不愿开口，那你问了也白问。"

已是5月25日了，一晃，刘巽贞和万泰安来澳门九天了。万泰安问刘巽贞："此行该办的事是不是办妥了？我们可不可以抽空去看看伊婕和心巧？"刘巽贞应道："没让我们走，估计还有其他事情要做。只是，我更想去探望我的启蒙老师，萧夫人。据说她与儿子苏禄，已在去年从上海移居香港，遗憾的是我没有她的详细住址。对了，我们此行是保密的，须征得余会长同意，才能去跟伊婕与心巧见面。"

一直陪着他俩的外勤人员，打电话请示余会长。余慧起初不同意，担心发生不测，但考虑到万老是个重亲情的人，就采取折中的办法，让他俩在澳门天顺茶楼与伊婕和心巧聚一聚。不过，只能对她俩说是来香港巡察恒衍分号的经营情况，而巽贞则是来寻找少时的恩师。

伊婕和心巧见到阿公和姑母，高兴得又哭又笑，吃饭时一个劲为他俩夹菜。可是饭后还没买单，坐在邻桌喝茶的外勤人员，就上前告诉刘巽贞："楼下有朋友要带你们去见余老板。"

刘巽贞与万泰安乘渡轮到尖沙咀中港码头，上了一辆黑色轿车，副驾座上坐着余老板。车开至弥敦道，余慧问刘巽贞："你认识苏惠吗？她原名庄启芳，是你们海陆丰人。"

"苏惠，她在香港？"

"对呀，她三年前就来香港了，出任香港工委的常委、组织部部长。"

"我们二十一年没见面了，她果然争气，一定经历过不平凡的磨炼和考验。"

刘巽贞说的没错。苏惠从暹罗回来后，以顽强的意志、卓越的胆识、过人的智慧，投入到了更加壮阔的革命斗争中。

1939年，她在中共闽西南潮梅特委扩大会议上，被选为党的第七次全国代表大会代表。到达延安后，进入中共中央党校一部学习。1943年，经上级批准，与同在延安学习的方方结为革命伴侣。后上级决定派方方和苏惠回南方工作。

1946年5月，苏惠抵达香港，主持省港工委干部审查，同时在九龙弥敦道花园街，租下一幢三层洋楼，组建以家庭为掩护的领导机关，为方方到香港工作做好准备。

第八十八章
接受甄别悬案大白　舌战隐将宿仇作势

　　轿车从弥敦道北，转入花园街。余慧下车，领万先生和刘巽贞走进带小花园的洋楼。苏惠已经在门廊等候。她穿一套西式藏青裙服，烫一头熨帖干练的波状短发，除了更加沉稳成熟，依然柳眉秀眼，妍姿俏丽。从她的容颜气韵装束，估计谁都不会相信她是地下党人。

　　苏惠一眼认出刘巽贞，刘巽贞微微愣怔了一下，也认出了她。两人泪眼相看，紧紧相拥，久久不肯松手。半晌，苏惠才呢喃道："姐，我真不敢奢望还能跟你相见，你有好多年没在我梦中出现了。"巽贞也轻声说："我也是偶尔才听到你的些许消息。不过，我们在一起学习的那些片段，我都能一一回忆起。我坚信，我们是从第一个苏维埃走出来的女战士，总得活下来几个，才好见证当年的峥嵘岁月，见证女子也有大丈夫气概。"

　　余慧因有别的任务，告辞先走了。苏惠抹了抹潮润的眼眶，想起约见刘、万二位，并非只为个人私情，便放开拥抱，微微躬身，将五指自然并拢的右手往拱形大门一摆，请万先生和巽贞姐走进大厅，走向东面的秘密会客室。

　　刘巽贞眉头一扬，一下想起，苏惠的这些礼仪动作，是自己在党校时手把手教会她的。现在，她做得那么优雅娴熟，而自己，因为荒疏几乎全忘了。

　　心里想着往事，眼睛却没闲着。她发现楼层间有好几个便衣警卫，而工作人员在楼梯上上下下，他们或清点归拢文档，或擦拭枪械检查弹匣，或将打字机、油印器材装箱。刘巽贞还隐隐听见，楼上有电台发报的嘀嗒声。

　　轻敲室门，传来一声嗓音浑厚的应答，苏惠才把门推开。只见沙发上，一个中等身材，脸庞圆润，眉目清朗，又很有文人特质的男子，正扶着无框眼镜专注地看文件。听苏惠说客人来了，他放下文件，往后捋了捋浓密的中分头发，热络地请客人沙发上坐。

　　苏惠那只五指修长的手，朝中年男子一摆，向万先生和刘巽贞介绍道："从生活上论，他是我先生，姓方，也名方。从工作上讲，他是中共华南分局的书记。"

刘巽贞在东纵北撤时，见过全副戎装的他，现在他换上西装，更有亲和力。但在大领导面前，她还是不由挺直了身子，双手也中规中矩搭在膝盖上。万泰安见了，也悄悄整了整身上的绸面长袍。

方方本名方思琼，洪阳人。二十岁时就赴广州，参加第一届农民运动讲习所学习。他回潮汕组织学生运动，领导农民夺权闹革命，拉起第一支革命武装"工农赤卫军独立营"。族里的恶霸"方十三"，宣布不准他姓方，要将他从族谱中除名，还要将他杀了"祭旗"。他知道后，让人捎话给方十三，说："我就是要革除恶势力的命！不让姓方，我偏要姓方！而且名字也叫方！"

他勤于笔耕，以星星、野草等笔名，在党内刊物或党掌握的香港报刊，发表了大量政论文章。他还在香港《正报》连载五万多字的回忆录，以亲身经历，讲述了闽西南三年游击战争的艰苦历程，触动读者灵魂，鼓舞青年人斗志，给香港文坛注入清新空气。

刘巽贞与万泰安二人，本来都是见多识广的人，可是，与大领导面对面坐着，还是第一次，当然有些拘谨。更令他俩忐忑的是：大领导为何要特地面见他们？

苏惠用紫砂壶泡了三杯茶，摆成品字形，端了上来。万泰安一闻到茶香，才想起自己好几天没喝工夫茶了。方书记起身，捏着杯托，先给万老奉上一杯，再递一杯给刘巽贞："你俩都是津洲人，我是陆丰东面的普宁人，苏惠是陆丰西面的海丰人，我们四人三个县，却都缀连在一起。所以，我就不说官话，只说家乡话好了，这样更亲切一些。"

刘巽贞暗自释然而笑。心想，这个"妹夫"说话直爽、幽默，没官架子，正好跟追求完美主义的苏惠，形成性格上的互补。

不过，她还是想验证一下自己的揣测。于是，她站起来，把方书记端给她的那杯茶，递到苏惠面前，说："我不渴，你喝。"

方书记见状，忙把自己的那杯茶捧给苏惠，说："对不住，我忘了你们姐妹好不容易才重逢。为了表示祝贺，不如以茶代酒，你俩对饮一杯。"

秘密会客室的气氛轻松融洽起来了。方书记拔出钢笔，拿起记事本，先问万泰安："津洲城在2月的最后一天解放，3月中旬成立军事管制委员会。我想了解一下，部队把军管会设在哪？开展了哪些工作？与群众相处得好不好？"

万泰安侧转一下身子，对着方书记兴致勃勃说开了："军管会嘛，就设在经纬楼，那是再合适不过的地方。大军对群众秋毫无犯，群众也把大军当作亲人，津洲每到一处都能听见歌声和欢笑声。军管会与当地党组织及时沟通，成立了工、农、商、学、妇等组织。军管会尤为重视发展内外贸易，津洲往来香港的商船，增加了不止一倍。"

方书记一一记录下来后，又面朝刘巽贞，问起另一个话题："目前，汕头还没解放。香港至津洲、潮汕、梅县这条运输通道，是否能保持畅通无阻？"

刘巽贞将茶盘上的茶杯和杯托排成一条曲线，说："现在，解放区逐步连成一片，大大压缩了敌人活动的空间。各地军管会，会在重要地段设立检查站，并派民兵沿途巡查警戒。如果是护送领导干部过境，警戒级别会提高，接应部队会增加，可以确保万无一失。"

方书记搁下钢笔，说："你是一位教员，能够提供这么翔实的情况给我，非常感谢你。"

方书记转身又问万泰安："恒衍商行有没有配合军管会，参与解放区的进出口贸易活动？"

"农副产品、民用物资这一块，我们商行在军管会领导下，全程参与。这两个月，单说从香港进口单车、棉纱、桐油、布匹、汽油、煤油，超出了以前三年的批购量。"

"我听说你有一个儿子在德国，生意做得不错，还是大手笔经营。你们以前就有实业救国梦，而建设百废待兴的新中国，是中华儿女的千秋伟业。现在，如果你们的梦想还在，那可就是名副其实的实业兴国梦了。"

"我正打算写信给德国的二儿子，让他带着媳妇和孩子，回国团聚。我着实希望他们，能为建设新中国，献上一份绵薄之力。"

这时，有人在外面敲门。苏惠看一眼挂钟，伸出手臂朝方书记晃了晃手表。方方明白她的意思，不舍地放下记事本。

苏惠迎进一位比屋里几位都年轻、五官很有立体感的男子。刘巽贞一下认出，他是东江纵队司令部的饶彰风秘书长。

饶彰风跟方书记、苏惠握了手，来到刘巽贞面前却故意不吭声，只仰起下巴，双手往胸前一抱。刘巽贞马上起立向他敬了个礼，喊道："秘书长好！"饶彰风哈哈大笑，又毕恭毕敬跟万老先生握了手。

苏惠递给他一杯茶，介绍道："饶彰风同志是香港工委常委，也是党员和干部审查工作的主管领导。"

饶彰风伏近方书记耳边，请示他是否分开谈话。方书记说："不必了，没什么大碍。困扰了这么多年的问题，我也很想知道结果。所以，愿意当旁听者。你们开始吧。"

刘巽贞感觉会客室的气氛一下凝重起来了，猜测会有重大事情发生。她理了理碎花斜襟衫，将沙发让给饶常委，自己拉一把椅子坐下。饶常委不肯，说："还是我来坐椅子。"

苏惠抿了口茶润润喉，在另一只沙发上坐下，嗓音清脆地说："刘巽贞同志和万泰安先生，这次尹副书记派你们来香港，任务已经圆满完成，很不错。不过，还有一些多年悬而未决的事情，需要你们协助一下。本来，这件事应该由广东区委查证，可是，随着中共粤赣湘边区等党委的成立，广东区委已并入边区党委之中。所以，我与尹副书记交换意见后决定，由香港工委代为进行审查。"

"审查"两个字一出口，万泰安倒没什么，刘巽贞眉头微微一皱，心里咯噔一下。但想想自己一生坦坦荡荡，对党毫无愧疚可言，很快又恢复了常态。

苏惠一看他俩的表情，放缓语气道："二位别紧张，听我解释一下。今天找你们来，就是想核对一下，你们是否做过一些因上线领导牺牲而未被认定的工作。"

饶彰风合上记事本，补充道："事情是这样的，苏惠常委接任广东审干工作和当上组织部长后，发现一些老党员的身份因种种原因无法确认，尤其是原两广省委一部分绝密档案在秘密转移时，因负责同志牺牲而不知去向，导致审干工作困难重重，一些谜团无法解开。所以，她要求机要室一定要挖掘线索，找到遗失的那批文件。机要人员历经艰辛寻访，找到老保密员的后人，并根据他的回忆和保密员留下的只言片语，在其老家的先人肖像后揭出一张自绘地图，经比对，才在坚尼地城乱坟岗的墓穴里，找回遗失的绝密档案。其中，有东江特委报备省委的一些密件。现在，我们正在为还原历史事实而努力。"

苏惠为被审查人续了茶水，朝饶彰风点一下头，神情严肃地说："现在，我代表香港工委，向二位核实一些情况，希望你们如实回答。我先问一下万老先生，你最早跟东江哪位党的领导人接触过？后来又有谁跟你保持联络？"

刘巽贞问："我用不用回避一下？"

苏惠沉吟片时，把头一摇，说："你们都是津洲人，有必要互相了解一下。当然，对外仍然是保密的。"

万泰安双眼闪过一道亮光，嘴唇嗫嚅了片刻，侃侃而道，就像被封堵多年的涌泉，豁然绽开了泉眼。

"1920年，我接触到一位叫张善鸣的读书人。是他让我懂得，中国要复兴，就得学习苏俄，走国家独立自主、人民当家作主的道路。我们建立起秘密的特殊关系，我开始为海陆丰地下党筹集提供活动经费。1927年9月，张书记将打土豪没收来的一笔巨款交给我，说要跟我合股做生意，盈利七成交付地下党。我俩约定了特殊情况下的接头暗号和方式。南昌起义军辗转来到津洲，东委领导当夜跟我接上头，说部队伤员多，急需一批西药，领导人转移，需要大笔经费。1932年秋，徐国声书记联系上我，我后来通过联络人'青斑'交给他一万大洋。而后海陆丰中心县委特派员李果，在经纬楼跟我见面，我又交给他一笔款项。"

"你长期为中共地下党提供经费，为革命做出贡献，据说你还要求加入共产党？"苏惠又问。

"我曾经要求张善铭介绍我加入共产党，并递交了入党申请书。可张书记说，你身份特殊，还是做一个编外党员，更有利于隐蔽，也可以为党做更多工作。"万泰安回话。

"请问你的代号叫什么？东江党的领导人如何与你接头？"

"我的代号叫'云起雨行'。除了张善铭，其他人与我接头，必须先做一种动作，双手握拳交叉于胸前，我回应的动作是拍三下额头。然后他念两句宋词：别后不知君远近，水阔鱼沉何处问。我回答：楚天千里清秋，水随天去秋无际。"

苏惠粲然笑了，紧紧握住万泰安的手，激动地说："简称'云起'的泰安同志，我们终于找到你了，你真是了不起的编外党员。"

饶彰风插话问道："你还为党做过哪些别的工作？你有没有算过，你为地下党筹措了多少活动经费？"

"我按照张书记的指示，不时为地下党和红军提供搜集来的情报及紧缺药品。与地下党中断联系后，我还以陈九公的名义为海陆丰自卫队、为解放军六团捐赠款项。这些年，我交给党组织的金额，比张书记交给我的，翻了四五番。"

刘巽贞感觉心快跳出来了，她真没想到，万伯父的"水"这么深。想起颜文英曾对她说过："我很敬佩家公，他堪称万氏大家庭的'定海神针'。"现在看来，文英的话只说对一半，万老先生，早已不只是一宅一隅一城的定海神针。

"刘巽贞同志，现在开始对你进行政治审查。"苏惠收敛笑容，语气庄重地说，"请你回忆一下，中共两广工委调你去香港，任命你何种职务，负责什么工作，主管领导是谁？后来为何与组织失去联系？"

"我是1932年初奉调去了香港。我按照陆更夫同志的指示，组建'三七支部'，并成为该支部的负责人。1932年3月，陆书记被捕。同年12月，继任书记潘洪波叛变，我躲过侦缉队追捕，带领三七支部成员诱杀潘洪波。后因冒名顶替事发，被港英警署逮捕，在香港域多利监狱服刑六年，出狱后才与党组织恢复联系。"

"请你说出当时的代号和接头暗号。"

"我潜伏香港期间，化名'邓司岚'，党内代号'秦川'，'血旗燃烧'是与上级接头的暗号。"

"你出狱后接受政审，为何连当年跟你一起并肩战斗的同志，比如林瑞、彭平等，都无法为你做证？"

"这是斗争形势和生存环境逼出来的，省委领导人被捕叛变，党组织损失尤为惨重。所以，陆书记要我时刻保持高度警惕，如有发生不测，除了用特别约定方式，与新的领导人接上头，否则，不得向任何人透露三七支部的存在。由于保密纪律严苛，他们当然无法为我做证。"

"秦川同志，你受委屈了！你这段尘封的历史，已从两广省委的绝密文件中得到证实。你是隐蔽战线的女中丈夫。因误会，你虽屡立战功也不被重用，依然无怨无悔，你是一名忠诚而坚强的战士。我的好姐妹！"苏惠站起来，紧紧拥住刘巽贞。

刘巽贞感觉自己的胸膛滚烫滚烫的，且有一股急激的热流传向四肢和全身。

"刘同志在土地革命时期，就失去了爱人，去年底淮海战役，又失去了唯一的儿子。而万泰安先生的长子长媳，几个月前也殉难于广西桂林。他们为开辟中国新纪元，死得那么壮烈，他们永远活在人民心中。"饶彰风神色凝重地说。

一边修改文件一边旁听的方方书记，被"秦川"的忍辱负重和"云起"的至诚忘私感动了，也对其亲人的英勇就义肃然起敬。他阔步走上前，跟他俩热诚握手，并用潮汕话说："我代表中共中央华南分局的同志们，向你们致敬。血旗燃烧，义薄云天。党和人民会记住浴血捐躯的战士，也会记住一片丹心百折不回的你们。"

苏惠正在考虑向工委建议，尽快恢复刘巽贞原先党内职级，向上级请示万泰安的入党问题，蓦地，听见外面有人在敲门。

进来的是华南分局秘书长李嘉人，他将方方书记扯到里间，报告道："内迁准备工作已经就绪，只是交通员突然发病，阑尾炎，已送去医院。时间紧迫，我想找一个人替代他，可这个人必须熟悉香港至津洲的水道，了解国民党巡逻艇以及海盗船只会在哪个海域出没，最好还要认识津洲军管会的领导。我发动秘书处的同志一起找，还是没有找到合适人选。为了安全起见，是否推迟起程时间，并给粤赣湘边区党委发电报，让他们再派一位交通员来香港？"

方方皱了一下眉头，说："内迁的时间是不能更改的。凡事预则立，不预则废。你，必须承担'不预'的后果。"

李嘉人脸红了，歉然道："领导批评得对，教训一定吸取。我这就去城市工委那边再找找。如果没有结果，我再去香港海员工会找党团书记老严。"

方方看李嘉人额头沁汗了，脸色随之和缓下来，说："踏破铁鞋无觅处。在会客室里，就有两位津洲人，其中年长的万泰安同志，长年随商船往来于香港和津洲，熟悉这段水路。我想请他当一回高级交通员，他应该不会推辞。"

两人回到客厅，方方书记在万泰安身旁坐下，风趣地说："万先生，你这次走水路来香港，两次巧妙避开国民党的巡逻艇，难道你会神机妙算？我和同志们今晚要乘船去津洲，你可否与我结伴而行？"

万泰安开怀笑了，有些不好意思地说："水路走多了，就知道深浅。看你说得我脸都红了。如果你答应到了津洲，让我设宴为你接风洗尘，我当然愿意沾你的光，搭一回顺风船。"

方方拍拍万泰安的手，说："那不行，接受宴请违反党的纪律。说实话，我很想了解革命胜利后，地方如何巩固政权、发展生产、满足人民需求。你可以给我多讲讲这方面的情况。"

万泰安面带敬意，抱拳作揖道："这次来香港，我长了不少见识。事实证明，我当年的选择，是完全正确的。现在，我为有机会陪护你东渡津洲，深感荣幸。"

刘巽贞急于回去参加解放海陆丰县城的战斗，要求以护卫人员的身份同行。

苏惠用双手给她打出一个叉，让她跟大家道别，把她拉到秘书科办公室，对她说："你还有更加重要的工作没有完成，想溜？没门！"

刘巽贞没想到苏惠也要抓她的差，看来，一心想要回去参加解放东滘、海城的战斗，已经无法实现。

香港是冒险家的乐园，也是世界间谍之都，此时更成了国民党政客的栖身地或驿站。一批南下香港的国民党立法委员，坚持为和平展开合法斗争，积极争取旅港的国民党中央委员和高级将领，共同发表政治声明，决心与中国共产党彻底合作，为建设新民主主义中国而共同努力。

而身为国民党国防部中将部员的林廷华，虽然携带家人来到香港，但对脱离国民党政府，倒戈加入起义行列，迟迟不肯表态。聚拢在身边的几个门生，也都不敢跟准备发表声明的立委们接触。其中张光琼、梁若谷，都是中将军衔，但至今依然绝口不提"愿意与人民为伍"。

刘巽贞一听梁若谷的名字，耳朵嗡地嘶鸣起来，二十几年前，郁新凯和张威等被处以凌刑的酷虐画面，屠村时民众尸横遍野的惨状，旋即浮现在眼前。都说仇人相见，分外眼红，现在却要和颜悦色去面见仇人，苦口婆心劝说他们与老蒋决裂，宣布起义。这样一来，双手沾满鲜血的他们，只凭一个声明，就摇身一变成为有功之士，九泉之下的无数亡灵，会瞑目吗？逝者犹存的亲属会答应吗？

刘巽贞眼冒怒火，说："别的任务我无条件接受，要我觍着脸奉劝恶魔归降，办不到。我坚决要求回去参加战斗。"

苏惠听完刘巽贞的丈夫被梁若谷凌迟腰斩的旧事，眼眶也红了。但策动林廷华一帮人倒戈，需要万悟尘铺桥搭路，而刘巽贞与万悟尘关系特殊，且慧心妙舌，没有人比她更合适。再说，以受害者亲属的身份劝谏仇人反正，成功的可能性更大。

苏惠不得不撇开好姐妹的情分，跟她摆起大道理："我本来可以跟随老方内迁，可是为了继续做好在港国民党要员的分化瓦解工作，我单独留了下来。做好这项工作，可使国民党的阵营分崩离析，军心更加涣散，从而加速解放战争进程，减少解放军兵员损耗。"

刘巽贞的胸口涌起一阵血腥味，这是儿子悲壮舍身后留给她的最后记忆。她痛苦地闭上双眼，对苏惠说："我跟他们是旧恨新仇相互交织，我恨不得一个个杀了他们，你就别再逼迫我了。"

苏惠生气了，双手捧住刘巽贞的脸腮，厉声说："作为一名资深共产党员，你的胸怀应该更宽广些。你的亲人被他们残忍杀害了，而你能够放下仇恨，去劝说他们归向正道，更加容易感化他们。你再不出手拉他们一把，老蒋的人就会把他们拉到台湾去。"

"我的心还在滴血，我的牙都快咬碎了！我可以宽恕他们，但我不愿屈辱自己。"

"这是党对你的又一次考验，难道你要逼我以组织的名义下命令？"

这时，门外响起一阵四散走开的脚步声。稍后，有人上前叩了叩门，喊道："苏惠，你有话好好说嘛，干吗带那么大的火气？更别动不动就下命令。"

刘巽贞听出是方方书记的声音，心里不由歉然一紧：咋就把大领导给惊动了？

但不好意思并未能消除抵触情绪，只见她仰头把短发一甩，压低嗓音对苏惠说："如果一定要我执行，你还是下命令吧。"

这天下午，一场令人心惊肉跳的雷阵雨，轰然而降，被太阳烤得发烫的九龙，处处冒起呛人的土腥味。

刘巽贞在万悟尘陪同下，踏着水渍，来到荔枝角长义街，熟门熟路走进一幢不起眼的寓所。林廷华、张光琼、梁若谷、刘钊等人，早已如约在客厅等候。

张光琼，国民党六十二军军长，与林廷华都是文昌人。梁若谷，信宜人，广东省二区保安副司令，在军校学习时，林廷华是他的老师。

一阵寒暄后，会谈进入正题。这已是刘巽贞第四次跟他们会面了。

谈判从一开始就不曾轻松过。尽管刘巽贞已经把宽大优待起义人员的政策，讲得清清楚楚，可是每次会面，他们总会提出许多新疑虑新要求。刘巽贞再强调，不管起义人员之前做过什么，只要洗心革面，毅然投向人民的怀抱，共产党首先一定保证他们的生命安全，且既往不咎，取消战犯罪名，给予宽大待遇，但凡立功，还能获得奖赏。

林廷华正襟危坐，目视前方，虽然身着唐装，但在众人面前，他竭力保持着为人师表的仪态。他看刘巽贞说得正起劲，冷不丁插了一句话："这些都是兵家自古就有的仁义之道，像贵党这种高境界的政党，应该给出更加优越的条件，包括不没收我们的私有财产，让我们在亲人旧友面前抬得起头。"

万悟尘怕刘巽贞听了不高兴，端起一杯茶，递到她面前。刘巽贞接过茶杯放在几桌上，浅浅一笑，说："诸位不必有顾虑，心里怎么想就尽管怎么说，我洗耳恭听。"

身穿中山装的梁若谷，用双手抚抚颧骨横长的长方脸，朝老师点点头，附和道："我参加过辛亥革命的一系列战斗，后来当了十几年县长，三年前又让我出任保安副司令。四十余载，我谨记吾师教诲，尊卑上下等级观念从不敢混淆。而贵党规定官与兵一律平等。今后，我们这些将军跟士兵的权利都划一无差，怎么发号施令？而且打不得骂不得，还要同甘共苦讲民主，那威严不就全没了？"

张光琼好像憋着好多话，连脸都憋红了，见梁若谷一停顿，就抢着说："现在本党本军诸多将领要员，都想早点离开大陆，纵不能去海外当寓公，也希望先去台湾。我是军人，生死不避，抗战时因对香港有建树，被英王乔治六世授予皇家勋章。在贵党的劝勉下，我愿意倒戈。只是，我等大多生于富庶之家，大手大脚惯了。而解放军纪律太过严苛，连军官都不许私下发点小财，那我一大家子人，日子怎么过？老婆孩子还光鲜得起来？"

刘钊撩一下绸缎长衫，看刘巽贞脸上仍挂着笑，就跷起二郎腿，虎声虎气说开了："战时我在粤北战役可是立了大功的，才得以晋升为少将。当下要我归正，我、我上有老下有小，一旦被保密局特工知道了，可能命都没了，付出的代价太高。我留在香港，没有逃去台湾，已经清楚地表明了我的态度，就不必公开发表起义声明了。"

刘钊掏出洋烟盒，点燃一支烟，吐出一串烟圈，一拍脑门，又说："对了，我跟你们津洲人李彧，是好哥们儿。他现在是广州绥靖公署的高级参谋，我劝他别再替余汉谋卖命，跟我一起来香港。他说他刚与肖芷凝结婚，肖小姐的叔父要他俩跟他去台湾，可余汉谋却指派他带人先去西南打前站。李彧嘴上说一身不事二主，其实就是担心投奔了共产党，再没高级参谋可当了。"

万悟尘听出众人所言，都是话外有话，而且大多触及共产党的政策底线。他暗暗捏了把汗，瞄一眼刘巽贞，还好，她依然保持气定神闲的样子。

刘巽贞当然没必要生气，她是有意要绕开对峙让他们畅所欲言，这样才能深入了解他们的心态，从而分析出问题的症结在哪里。国民党人，至今不乏保持惯性思维者，把属于身外物的那些，看得高于一切，只有依规照章逐一破解，让他们回去反思，下一次谈判，或许就会少一些障碍。

刘巽贞收敛笑容，不愠不火地说："目前的形势，诸位应该比我更清楚。蒋介石坚持独裁内战，业已众叛亲离，你们是爱国将领，曾经叱咤风云，也早已萌生弃暗投明之意，却迟迟下不了决心。从刚才的交谈中，我已明白症结之所在了。恕我直言，你们还是割舍不了天生的阶级优越感，习惯当老爷，不肯当公仆。由于封建道德观念根深蒂固，注定你们对旧的一切特别敏感，如君臣制、层级观、权力欲、官本位，也就束缚住了你们的手脚。如果你们不能洗心革面，跳出旧的思想道德羁绊，接纳合乎民族发展、人民利益高于一切的道德理念，你们就回不到人民的怀抱。"

刘巽贞的一席话，令众人大为错愕，他们没想到眼前这位衣着优雅别致的女子，目光锐利得能看穿他们的内心，分析问题也针针见血。

万悟尘经细细回味，也暗自击掌，喟然叹服。

刘巽贞好像注意到众人都盯着她身上的旗袍，有些难为情地说："讲实话，如果不是为了掩饰身份，我是不会穿这身旗袍的，因为此时的中国，千疮百孔，百废待兴。我也是有钱人家出身，家有良田千亩。如果不是我违逆父亲，也许我一辈子披金戴银穿旗袍会成为常态。可是为了自由，我扔掉旗袍，脱离家庭，参加了革命。我不为我的选择而后悔。在一个西方列强可以肆意欺凌的国度，一个亿万百姓年复一年在饥寒交迫中挣扎的年代，我过着贵夫人般的奢靡生活，就尊荣高贵、风光无限，让人崇仰了？说到底，这是一种'病'！至于，保密局的特务，我们自有办法对付，你们不必被他们吓倒。"

众人面面相觑，自认为在这个娇弱的女共产党员面前，个个矮了三分。

不过，梁若谷仍然心存怨责，认为还是太委屈了自己。他一边扇着折扇，一边假装跟万悟尘说古论今，暗示共产党不能总派刘女士这样的下层干部，来跟他们谈判，显得缺少诚意，也对他们不甚尊重。

第八十九章
愧对未亡人宣布起义　游说新县长兰舟进城

万悟尘假装咳嗽，示意梁若谷别再过于自尊自大。客厅的气氛一时有些不大融洽，大家把目光投向刘巽贞，等着她开口说话。可她却捧起盖碗，慢悠悠喝起茶来。

梁若谷以为中共代表自认理亏，不敢还口，就收起折扇，解开唐装的颈扣，又侃侃而言："自从我设法摆脱隐形操控，退避香港以来，内心一直十分纠结。我坦承，我杀戮过贵党干部，镇压过赤化群众。但我是军人，以服从命令为天职。贵党宣称往事概不追究，可是遇害者的后人，会饶过我吗？这个问题，我期冀有更具权威性的长官，来向我们做出承诺。"

真是活宝进茶馆，哪壶不开提哪壶。万悟尘赶紧朝他撇嘴使眼色，可梁若谷却装作没看见，还想继续说下去。

刘巽贞把双唇抿得紧紧的，睫毛不停地忽闪着，眼眶里有一股热流就要奔涌而出。苏部长叮嘱过她，谈判时不许提及旧事，也不许掺杂任何个人恩怨。我，确是不敢提，可当年处决郁新凯的真正凶手，偏偏轻描淡写说了出来，看样子，没有丝毫不安，良心也一点不受谴责。

万悟尘实在看不下去了，为了加快谈判进程，他豁出去了："梁将军，看来你心里还是存有太多的疑虑。既然你刚才做了自我反省，那我冒昧问你一句，你还记得郁新凯和张威这两个名字吗？"

梁若谷手中的折扇脱手飞出，落在刘巽贞脚下。他脑袋一歪，还想拿"服从命令"来搪塞。万悟尘生气了，不顾刘巽贞阻止，站了起来："你可记得你当时命令刽子手，必须用刀将共产党身上的肉一片一片割下来，直到断气……"

梁若谷鬓角沁出豆大的汗珠："我记得，不敢忘却。他们是上了通缉名单的要犯，当时上峰命令我，一定要撬开他们的嘴，进而一举消灭海陆丰地下党。可二位受尽酷刑没吐出半句口供。他俩至死都没求一声饶，真是铁骨铮铮的硬汉。而我尽管多活了二十几年，也只能算是赧颜苟活。"

"看来你还是有良知、知善恶的。可是，有一点我不明白，谈判断断续续都快一个月了，而你们还是前怕狼后怕虎。梁将军，你可知道，坐在你面前已经唇焦舌燥的这位刘同志，是谁吗？大声告诉你，她就是郁新凯的妻子，张威的亲密战友。"万悟尘索性放开性子，来个一吐为快。

仿若脚下的砖地突然哗地裂开了，众人张圆嘴，瞪大眼，半天说不出话来。

林廷华连咽几口唾液，站了起来，朝刘巽贞缓缓伸出双手，随即又缩回贴紧双腿，向她深深鞠了一躬："很抱歉！今天，我算是亲眼见识了共产党人的博大胸怀，见识到什么是以德报怨。共产党天经地义应该得天下。"

梁若谷一直仰着的头，耷拉下去了："对不起！真的对不起！我愧对昔日刀下逝灵的未亡人。我无颜面对贵党让我重生的救赎。"

刘巽贞平静地说："将军，我不是来讨债的，是来为你们指明前途，搭桥铺路的。希望你们早做抉择，为建设人民的新中国而共同奋勉。刚才万悟尘违反我党纪律，透露我与郁新凯的关系，翻出已经申明不再追究的往事，我诚恳向你们道歉。"

初夜，刘巽贞走进九号大院，将谈判进展情况向苏惠部长做了详细汇报，同时检讨了自己没有管束好万悟尘，致使他情急之下把不该说的给说了出来。苏惠："我相信你不是狭隘的复仇主义者，但把不该说的说出来了，肯定吓着了他们。"

刘巽贞没有再辩解，小声嘀咕了一句："亏你不是当事人，我已经够克制自己了。"

苏惠双眉一挑，问："你说什么？"

刘巽贞掩饰道："我没说什么。"看苏惠还瞪着自己，就话题一转说："我有一个不情之请，要求只身潜入省城，策反国民党广州绥靖公署高级参谋李彧，为全面解放广东和西南，打入一枚楔子。请组织批准。"

苏惠听巽贞提起过李彧，认为值得争取，就说："你的想法很有挑战性和可行性。但事关重大，得请示上级。"

刘巽贞高高噘起嘴唇，说："如果让我策反李彧，我立马行动，万死不辞。如果上级否定我的想法，那你就让我回去参加解放海陆丰县城的战斗。否则，家乡的父老乡亲，会骂我一直躲在后方吃闲饭。"

"闲饭？那我呢？放下香港的工作，回老家跟戴可雄、钟铁肩刀光剑影干一仗，才配当海丰人？"

"我怎么能跟你比？我总在一亩三分地上转悠，新战友老战友大多是家乡人，我没有为解放家乡冲锋陷阵，他们会说我已经老得靠一边去了。"

"你莫不是说我脱离群众？话说回来，1936年我就在香港，如果我知道邓司岚就是刘巽贞，我会在你出狱时，要求领导留你在香港。这样一来，我们就可以并肩战斗，一起去延安，一起上抗大，你就再不会只在一亩三分地上转悠。"

"看你说得多轻巧，我组建率领三七支部战斗那段历史，未有定论，我不可能留在南方临时工委，更不可能去延安。"

"英国诗人莎士比亚说过：发光的不一定是金子，是金子总会发光。我为有你这样的姐姐感到骄傲。相信组织一定会量才重用。"

"看你说到哪里去了，新中国成立以后，我最大的愿望是回家乡再办一所女子学校。"

"哦，差点忘了，东江第一支队驻香港后勤处的同志，从陆丰回来，带回一些消息，告诉我陆丰国民政府的县长换人了，红鼻子县长赖舜纯在我方部队围攻县城之后，连夜逃之夭夭。而你的哥哥刘巽才不退反进，当上了陆丰的县官。"

"刘家这一对父子，十足的官迷心窍。为父者一心想让儿子当'大官'，真金白银没少扔。现在如愿了，我估计杀身之祸也将随之而来。"

刘巽贞尽管早就宣布与家庭断绝关系，但仍不时牵挂着母亲、彩鸾。因为她们一直同情穷苦大众，还认为刘巽贞选择站在老百姓一边，是在变着法子为刘家赎罪积德，所以，她们的心，也都倾向于刘巽贞。

而刘巽才，看似愚钝，实际上十分狡黠。他跟刘监生一样，开始恨农会，后来恨共产党。但看到弟妹在农会和共产党那边，占有一席之地，权力和号召力比他还了得，他的投机取巧心理，也就膨胀起来了。他自忖：老天爷既然这么安排，要让刘家不管红当道，还是黑得势，都能立于不败之地，何不睁只眼闭只眼？

也许正是这种投机心态，他才逆势而上，把别人扔掉的烫手山芋当宝贝捡起。他哪知道，末日无王道，树大必招风，母亲和彩鸾他们，迟早要跟着他遭殃。还有巽祥和玉娇的儿子梓嘉，她早想通过兰舟，将他接到身边来，可是，刘监生死活不肯。

数天后，有消息传来，林廷华、张光琼等，已经答应拥护黄绍竑等军政人员的政治主张，向人民靠拢，反对内战，与国民党当局决裂。不久，他们与一批国民党将领，联名公开发表《告国民党陆海空军全体将士书》，正式宣布起义，打开了为建设新中国做贡献之门。

遗憾的是，刘巽贞自荐只身潜入广州，秘密策反李彧一事，夭折了。上级在批复的电报上说：不可行，此人很快将与继任妻子赴台湾，且不具备策反的思想基础。

就在刘巽贞奉命前往香港，参加特殊战斗这段日子里，东江人民解放战争，正以破竹之势，不断开辟海丰、陆丰、惠阳、五华、紫金边区的解放区，并很快与韩江解放区连接成一片。而陆丰县，解放的红旗已经遍插东南片、西北片各乡镇，县城东滘，成了一座孤岛。

5月，莺飞草长的季节，可陆丰县城却被惶惶不安的恐惧笼罩着。

已被吓破胆的红鼻子县长赖舜纯，更是夜不暖席，食不甘味。

可怜陆城，仅凭剩下的两幢炮楼和一千多人枪，还能撑多久？当阶下囚太有辱斯文，不如三十六计走为上。于是，4日午夜，赖县长弃职携眷逃回老家梅县，再借道汕头去了台湾。

9日，陆丰县府秘书室收到省政府发来的一份电文，标题：委任令；内容：兹委任刘巽才为中华民国政府陆丰县县长，冀勤慎供差，尽忠职守，毋忘守土，勿负委任。附注：只给衔不发饷，委任书将由专差送达。

刘巽才惊喜若狂，虽然省民政厅许厅长已经叫人先向他透了口风。

次日上午，从头到脚一身新着装的刘巽才，亲自在县府大门口，迎接省政府派来的专差，从他手里接过公函，顺手塞给他二十两纹银。

歇午时，他与助理秘书谢达一起回到自家宅第，对使妈说："你去井里打一盆清水米，我要净手焚香。"回头又吩咐谢达，把委任书从皮包里取出来。谢达是他表弟，梧里村姑母的小儿子。

刘巽才把手洗干净，去侧厅给供在神龛里的真武大帝，十分虔诚地进了三炷线香，再手捧委任书，拜了三拜，才回到中厅，在紫檀交椅上坐下，小心翼翼打开委任书。

看着自己的名字，看着省府薛岳主席的签名和省府的大印，刘巽才浑身血脉偾张，再也不能自己，嗷的一声号哭起来："上苍终于开眼了，为了这薄薄一张纸，我苦苦等了十几年，连头发都熬白了。"

刘巽才走向天井，撩起长衫衣摆，朝西北方向跪下："恩同父母的薛主席、许厅长，为感激二公提拔在下之恩典，卑职给二公叩头来了。"一连磕了三个响头，一起身，左脚踏中从暗沟爬出来的乌龟，差点跌倒，幸好谢达扶住了他。

刘巽才没生气，抱起乌龟亲了一口："好彩头！我知道老寿星是要告诉我，我这县长可以想当多久就当多久，同时还能纳福长寿。"

一曲周璇的《春花如锦》，从留声机的大喇叭，缓缓流出。

巷口传来汽车的喇叭声。接着，一阵杂乱的脚步声由远及近。保密局海陆丰组组长郑邦英、保安总队七团团长李沛、县武装游缉大队大队长练楚熙、警察局局长鄞茂强等同僚，拱手道贺来了。身后的随从都手捧红红绿绿的贺礼。

各位官员的贺词，也信口而出，亦庄亦谐。

"恭贺贤弟荣升！踏青云，上高楼，及时行乐为要！"

"恭喜恭喜！升官发财运亨通，锦绣前程展宏图！日后多多关照！"

"紫气东来，阳关大道任逍遥！春风得意，早日再抱美人归。"

而县政警大队陈纪坤大队长，给他派来四个警兵，作为警卫员，负责县长的人身安全。

步入中厅，由于没有女主人，未免有些冷落了客人。董彩鸾因忘不了当年曾被卖入妓院，视县城为屈辱之地，加上家公家婆需要照料，她一直不肯随刘巽才来县城一起生活。

几位部属知道刘府阳盛阴衰，都十分识相地没带夫人同来，既不让新县长尴尬，说话也可以无所忌惮。鄞茂强以前不大把刘巽才放在眼里，现在人家已是一县之长，得设法讨他欢心，以消除之前的隔阂，便说："县长大人，今天可是大喜之日。晚上的升职宴，属下已经在金龙酒楼全都安排好了。而且我还派人约了怡红阁的头牌小姐前来助兴。酒后，她们将跟你一同回府上，让你体验一下什么叫作梅开二度。"

鄞茂强的献媚之词，把李沛脑壳里的淫虫给勾活了，他拍拍礼品盒，亢奋地说："正好我给你送来一整套的梅花鹿鹿茸、鹿尾、鹿鞭和鹿筋，让你先补补身子。"

黑脸郑邦英，眨一眨看不见眼珠的小眼睛，一手捂着左脸颊的伤疤，推波助澜道："古人云，食色，性也。又云，人生得意须尽欢，莫使金樽空对月。今晚的花费，全由我支付。"

练楚熙虽然偶有附和，但实际上却是打侧面为刘县长解围。他先前因查缉鸦片走私，得罪了县城帮派大佬黄鸪，是刘巽才亲自出面替他摆平了。现在他当上县长，练大队长当然得暗中撑扶他一把。

刘巽才不想扫众人的兴，但狎妓嫖娼之事，他是绝对不会沾染的。时局如此吃紧，同僚们仍然沉浸于醉生梦死之中，他不敢苟同。他口才不行，但晓得"毋忘守土"是最好的挡箭牌，终得从桃色陷阱跳出。

半个月过去，刘巽才觉得已经坐稳陆丰第一把交椅，遂准备干一件大事，就是将陆丰商会会长余觉菲抓起来，关进牢里。

民国政府币值悬崖式暴跌，无论法币还是金圆券，在市面上统统如同废纸，市民买卖只能以港币或百斤稻谷的号单代替货币支付。"稻券"由县商会具名印置，代替货币在市面流通，暂时维持了市场的稳定。

可身为商会会长的余觉菲，却与地方大佬、奸商勾结，私制"稻券"，大发横财。前任县长明明知情，却对此置若罔闻，市民强烈不满。现在趁我大权在握，得治一治吸食民脂民膏的罪魁，将他关进看守所，再责令上缴贪污舞弊所得的赃款，以填补县财政的亏空。

翌日，鄞茂强派警队拘捕余觉菲。东滘民众为此奔走相告，有人还放起鞭炮。但谢达却为表哥捏一把汗，偷偷打电话"通报"舅舅。

刘监生这回出糗了，他根本没有算出儿子会在此时出任县长，所以，丝毫没有光宗耀祖的荣耀感。一是儿子刚上任，就向他借三千大洋，用来维持县政府的运转；二是屁股在官位上还没坐热，就跟陆城的地头蛇撕扯开了，会有好结果吗？他立即打电话给儿子，说只要立马释放余觉菲，可以再借给他两千块银圆。

刘巽才决意让自己真正做一回主，拒不放人。地方大佬急了，纷纷登门替余觉菲求情。而李沛也一言中的指出，你没抓住真凭实据。

刘巽才无奈，只好借坡下驴，让姓余的在城隍老爷的神位前跪着发誓，说自己没有舞弊贪污，然后把他放了。

这事，老百姓叫好，而余觉菲之流却对他恨之入骨。刘巽才装作什么都不知道，他准备着手干第二件事：劫富济贫。

自从东滘周边的乡镇被划入共产党的版图后，陆城成了孤岛，县的财政收入中断，近百名机关人员，大多因有职无薪而不来上班，政府的行政工作基本处于停顿状态。还有政警大队、警察大队几百号人马，连饭都没得吃，怎么守卫县城？

克服时艰的办法有两个：加强对虎洲港往来货船的查缉惩处，防止偷逃关税，对走私违禁物品者，除了追征税款，还要处以重罚；加强面向商铺、作坊、餐饮、娱乐、旅馆行业的税收课征，但对集贸市场、街边摊贩的零买零卖，未达起征点者不予课税。

布告一贴上墙，有人举手拥护，有人怒不可遏。

县城行政机关的大门陆续打开了，政警、警察大队的厨房，也飘出米饭诱人的香味了。鄞茂强想给新县长脸上增光，指派警察二中队李乃吾队长，带几个人到附近已经解放的圩镇，摸摸情况，争取逮几个活口回来。

李队长叫上五六个手下，化装后潜入吉安圩，苦苦守候至晚饭后，抓回两个在土地庙后散步的军管会干部。鄞茂强大喜，次日一早，就去县长办公室向刘县长报告。刘巽才怒不形于色，让鄞茂强将俘虏送至羁押室，好好款待。

谢达看出端倪，上前对表哥说："你别不爱听，都说错抓无错放，何况李沛、郑邦英一帮人都盯着，你可不能意气用事。"

刘巽才秘密抓捕军管会干部的消息，被几个载客到吉安的脚踏车工友，带回津洲，传到刘监生的耳朵里。刘监生刚一听，大骂刘巽才浑蛋，但思忖了半天后，心里却生出别的盘算来。他捻捻灰白掺半的胡须，对彩鸾说："祸兮福所倚，你不必太过担心。你去把你义姑李兰舟请来，我自有安排。"

家乡解放了，李兰舟作为津洲区党总支部委员、民兵中队副队长，常常忙得连家都顾不上回。近些日子，她好像被什么事给难住了，一向乐呵呵的她，一下变成了闷葫芦。也难怪，解放战争如风卷残云，大儿子一家回到兵荒马乱的省城，出状况了，李立轩两次写信催她去广州，让她陷入两难之中。

她想去，可刚解放的津洲，有很多工作需要她完成；不去，心里又总牵挂着老大一家人，弄不好他们会出人命的。

李立轩现在是中国地理研究所的助理研究员。年初，地研所随国民党政府从南京迁往广州，设立了广州分所。李立轩一家也跟着回到广州。不幸的是飞机降落时发生意外，李立轩腰部受伤，怀孕的媳妇也出现早产的迹象，而地研所已经几个月没发薪水，儿子只能写信向母亲求助。

可是，当董彩鸾来到冀兰居，央请李兰舟救救刘巽才时，李兰舟二话没说，就随她来到未石城刘家大院。一见面，老太太姚氏拉着彩鸾要给兰舟跪下，被兰舟给拦住了。刘监生嗫嗫嚅嚅说出事情的原委，求李兰舟进城劝说刘巽才悬崖勒马，归顺新政府。李兰舟觉得事关重大，得先请示津洲区委和军管会，才能做出答复。

津洲区党总支书记、军管会主任林莱棠，一听刘监生求李兰舟进城劝说儿子投诚，两个嘴角欣然一翘，说："我正要找你呢，没想到你自个儿找上门来了。很好，你是合适人选，我就把上级下达的任务交给你了。不过，陆城龙蛇混杂，你得小心谨慎，注意保护好自己。"

披着月色，李兰舟当夜搭乘自行车进城，骑车载她的是民兵班长。天刚亮，他们来到县城旧圩，李兰舟让民兵班长回去，自己以刘县长亲戚的名义，通过哨卡，直奔石壁路刘巽才的住所。

刘巽才已经先接到父亲的电话，对"贵客"到来当然是倒屣相迎。李兰舟向他介绍了家乡解放后的繁荣，转达了刘监生托她捎带的话，然后以津洲军管会干部的身份，奉劝刘巽才立马释放军管会干部，设法控制李沛和郑邦英，然后带领所有武装队伍宣布起义。

最后，她掷地有声地说："只要你下定决心，我明天就可以带你的人去河滇，跟中共陆丰县委的领导洽谈举义之事。"

刘巽才斟酌了半晌，说："事情有些突然。放人容易，起义之事非同小可，保安团长李沛对我虎视眈眈，弄不好我的小命就丢了。你别性急，我已派秘书丘锦园去海城面见戴可雄县长，商讨两县御敌守城及互相救援之策。实际上是想试探一下他，是否有与共军死磕到底的打算。"

戴可雄，当年可是镇压海陆丰农民运动的急先锋，抗战时任第四战区东江游击挺进纵队副司令、海陆丰守备区指挥官。他除了抗战，一生跟共产党斗了几十年。方今海城虽然已被解放军围困，但城内屯驻着保安团、保警队等一千多号人马。而距离海城没多远的凤仪镇，负责防务的是全副美式装备的游缉大队，加上盐警大队，人数不少于城内，可以随时相互增援。戴可雄不到最后一刻，不会轻易向共产党认尿。

孰料，第二天中午，丘锦园蓬头垢面回来了，一进门就颤着声说："海丰'仆街'啦，看不见青天白日满地红的旗帜了。戴可雄骄横一世，如今却拿一座城池，来换取他与随从平安离境，据说他们经凤仪去了香港啦。"

没错，戴可雄虽然官至陆军少将，可以拥兵顽抗，但最后还是接受了难以逆转的事实，伸手抓住了临阵起义这根救命稻草。

粤赣湘边纵队主力包围海丰县城第三天，戴可雄登上城楼巡视，安抚部下道："别看共军来势汹汹，其实也就一个正规团的兵力，又看不见重型武器；而我们，单说城内的兵力就不比他们少，更别说驻防凤仪的盐警、游缉两支武装大队，而且，我们还有尖刀营保安独立第二营，游弋、出没于公平、青羌一带。只要我一声令下，城外三支劲旅，随时都可以对共军形成反包围。"

翌日，粤赣湘边纵队司令员尹林平，骑着马从陆丰赶来海城郊外安东村，在指挥部主持召开围攻海城战前会议。参战部队指挥员做完汇报，尹司令员分析了主力部队的作战计划，认为在战后评估方面低估了我方可能出现的人员损失和装备损失。有干部提出："当前，人民群众'清匪反霸'的愿望非常强烈，而反共老手戴可雄罪责累累，我们必须连本带利清算他，所以，不管将会遇上多大的困难，我们也要攻下海丰县城，活捉戴可雄。"

尹司令员朝这位同志走来，拍拍他的肩膀，语重心长说："革命并非只为了结谁与谁的个人恩怨。而且，正义战争的最高境界，是制止战争，换取和平。城，必须围，也要准备打。但不战而屈人之兵，才是上上之策。"

蓝造领悟尹司令员的意图，回到东一支司令部，提出要再次派人进城策反戴可雄。蓝训材快步走上前说："我团第二营营长戴国杰，是戴可雄的亲侄子，他主动请缨，愿意带信进城劝说戴可雄投诚起义。"蓝训材现在是海丰县委书记兼东一支五团政委。

一听侄子前来当说客，戴可雄从暴跳如雷、极力抗拒，到茫然怅惘、沉吟不决，最后熬至凌晨四时，东一支司令部限定投诚的时间已到，他才咬咬牙在投诚令上签字，并提起话筒，命令部属：集合队伍，交出武器，接受解放军改编和整训。

刘巽才陷入绞杀脑细胞的沉思。他好不容易才当上县长，不能像戴可雄那样，献出一座城和交出一千多人的武装队伍，只换取一个人灰溜溜去了香港，太不值了。他要抢在解放军再次围城之前，主动布局，以释放抓来的军管会干部为投名状，让李兰舟带上助理秘书谢达，秘密出城，去见共产党的领导，申明只要答应他提出的条件，让他在新政府继续担任县长，他就会策动鄞茂强和练楚熙，先拿下李沛和郑邦英等愚妄死硬分子，再率部宣布起义。

李兰舟劝他道："你得有诚意，条件可以提，但不能漫天要价。投诚后担什么职，得听从新政府安排。"

刘巽才倏忽眼眶红了，说："你难道看不出我是在赌命吗？连命都押上了，赔率就不应该太低！"

李兰舟不想跟他争吵，要紧的是先出城，找到陆丰县委的领导，让他们知道刘巽才有起义意向和计划。

当晚，刘巽才以提审俘虏、摸清解放军兵力部署为由，让鄞茂强把两位军管会干部带到家里。然后，他拉鄞茂强走进里屋，说："海丰的戴可雄已经献城起义了，我们顽抗下去也救不了党国。如果你赞同，我想派人去跟共产党谈判，让军管会的干部给我们带路。"

鄞茂强当即表示同意。

"练楚熙也早已有了这种心思，你现在回去，问他想不想救自己和家人。他若答应，你们即派人监视李沛和郑邦英。明天晚上，你们来我家吃饭，我有要事告诉你俩。"

午夜，刘巽才让谢达和军管会干部化装成商人，跟随李兰舟悄悄出城。到了城外，早有马车在路口等候，李兰舟一行四人直奔河滇。

随着火红的太阳从崇山之巅慢慢升起，一阵嘹亮的军号声，唤醒了宁静的西北重镇。炊烟袅袅中，最先响起的是部队操练的脚步声；接着，是江南青年公学、干部培训班的学员，排着队，喊着口令，走向早自修的课堂；华南文工团的文艺兵，也不甘落后，各自抢占一个山头，练起嗓音来。

雾霭如轻纱慢慢散开，扑面而来的是山花的芬芳。农民挑着农家肥料，你追我赶出工去了；小学生欢蹦乱跳走进学校；边区银行、贸易公司、税收总站的工作人员，打开木排门，开始新一天的营业。《大众报》《华商报》的记者，不时摁亮相机的闪光灯，记录下东江南岸政治军事指挥中心的一个个历史性瞬间。

刘巽才的表弟谢达简直看傻了眼。原来的河滇，只是个日出而作、日落而息的山区小圩镇，共产党来了，摇身一变，竟然比县城还热闹繁盛。

第九十章
出城议降事泄遭枪决　飞报军情魂断叠石崖

　　李兰舟称得上是这里的常客。作为民兵中队副队长，有危险的活总是抢着干，加上来的次数多，路径熟悉，所以，协助部队护送从香港运来的军用物资、民生物资去河滇，都是她带队。

　　此时的李兰舟，精神抖擞，浑身充满活力，完全忘了自己是上了岁数的人了。更奇怪的是，她原来双鬓的白发不见了，满头尽是乌亮乌亮的黑发，军管会的解放军战士都被她"蒙"了，个个称呼她李大姐。

　　李大姐抢着出任务，劲头比年轻人还足，不是她好大喜功，而是因为护送物资责任大，路又难走，且随时会遇上山洪、滑坡，甚至匪徒出没。

　　有一次，在离河凹不远的老虎笼山山脚，运输队跟一伙国民党溃兵相遇，双方交起火来。李兰舟发现匪兵头目躲在乌榄树后面，指挥喽啰抢劫弹药布匹。她灵机一动，往草地一躺，迅即来个蛟龙滚地，直滚至匪首背后，快捷出手，击毙了他。匪兵吓破了胆，抱头鼠窜。李兰舟和一名战士受了伤。

　　护卫队把军用物资押送至河滇北面的螺峛乡边纵司令部驻地。司令员尹林平正好路过，听说护卫队有人负伤了，就走上来，询问李兰舟和小战士伤得重不重，还吩咐警卫员送他们去医务所包扎。

　　李兰舟和谢达一行四人，听着从小溪边传来的山歌声，在一位女战士引领下，来到丰田村协顺楼东一支六团团部，也就是中共陆丰县委驻地，找到中共陆丰县委书记兼六团政委刘志远同志。

　　刘志远虽然与李兰舟相识，还是接过介绍信认真读了一遍，回头看看两名被劫的军管会干部，既不批评，也不安抚，只让他们带话给军管会主任："吸取教训，提高警惕，保护好解放区的每一个人。"然后，派一个副班长，送他们回吉安。

　　刘志远关上房门，招呼李兰舟和谢达坐下。仔细看过刘巽才写给他的亲笔信，又听了李兰舟的策反工作汇报，才摘下草黄色军帽，用手帕擦擦红色五角星帽徽，再戴回头上，对谢达说："刘先生出于民族大义，准备率领部众起义，我深表赞赏，同时代表中共陆丰县委、陆丰人民政府，表示由衷欢迎。至于起义后刘先生在新政府担任什么职务，我们会依据相关政策，做出适当安排。有关起义的谈判和时间，我会派一位县委委员，在城郊龙潭村，跟刘先生进行面对面商洽。"

末了，刘志远把李兰舟单独叫到一边，小声对她说："东滘的反动势力，心存幻想，妄图顽抗到底的大有人在。而刘巽才有些轻敌，处事又不够缜密。你送谢先生回去复命，自己千万别再进城，可住在龙潭村我妹妹家里，等双方约定谈判那一天，我再通知你参加。"

李兰舟把头摇得像拨浪鼓，说："我虽是一个粗人，但做事一定有头有尾。如果我不回去，刘巽才会怎么看我？我没在他身边给他壮胆，出出主意，他十有八九会出乱子的。如果陆城由此不能和平解放，我们肯定又要牺牲不少战士。"

刘志远对眼前这位鬓生白发的老党员，肃然起敬，紧紧握住她的手，叮嘱她一旦发现情况异常，立即撤出县城。

二更时分，返回的马车驶出山区，进入可以纵马疾驰的平原地带。很快，能够看见陆城东面福山妈祖庙的灯火了。李兰舟摇醒谢达，说："快要进城了，过哨卡时，机灵点，有人盘问，别说漏了嘴。"

似乎李兰舟的担心有点多余，过两道哨卡，当头的一看是谢达，手一挥就放行了。马车吱吱呀呀驶至旧圩肉类市场旁，只见一块卖猪肉的砧板挡住了去路。谢达和车夫下车，使尽全身力气，又推又抬，就是搬不动。李兰舟只好跳下来帮忙。

陡然，背后蹿出几条黑影，一人一记闷棍，敲晕了李兰舟他们三人，然后将他们扛起，消失在黑暗中。

半个时辰后，保密局海陆丰组的刑讯室里，皮开肉绽的马车夫供认，他和雇主的确去了河滇。李沛与郑邦英击掌庆贺，各自抓起带钢刺的皮鞭，分头审讯谢达和李兰舟去了。

赖舜纯弃职逃逸后，李沛和郑邦英暗中较劲，争着要当县长。可是，一个欺男霸女，鱼肉乡里；一个当过汉奸，嗜杀成性。对此，省政府薛岳主席当然有所耳闻，故而，只好将已经没甚分量的委任状，发给了刘巽才。郑邦英和李沛，气得仿若猎物到嘴又被抢的狮子，暗中扬言不出三个月，定要让刘巽才滚回津洲。

手执皮鞭的李沛，带着谢达的老婆和女儿，还牵来看守所的狼狗，出现在谢达面前。

只剩下半条命的谢达，不忍心妻女跟着遭罪，只好如实招供。

李沛立马派手下拘捕刘巽才。可是，迟了一步，刘巽才不见了，其宅院也被洗劫一空。

郑邦英审讯李兰舟，可就没那么轻松了。李兰舟盯着郑邦英脸上长长的疤，一五一十历数起他与其父犯下的罪行。郑邦英的父亲，就是当年带兵包围海岬岭，剿杀红军、赤卫队及众亲属的独眼营长，他的双手，沾满无数亲人的血。郑邦英本人，从军统特务摇身一变成为日寇鹰犬，如今又死心塌地要跟共产党顽抗到底，将其父子枪决十八回都不解恨。

郑邦英狞笑着走上前，以无赖的腔调说：“你想激怒我，让我一枪崩了你，可我不傻！你可以继续骂，你骂得越凶，我越舒坦，证明我对党国的功劳越大。”

李兰舟偷偷挣脱脚上的绳索，突然飞起右腿，踢向郑邦英的裆下，并咬牙切齿道：“我真后悔，当年在乌瓠岭，没再给你补上一剑。否则，你早见阎王去了，还能继续耍奸作恶？”

郑邦英挨了一脚，面部表情在痛苦与愤怒之间不停切换。原来，当年那个留给他终生羞耻的蒙面人，就是眼前这个贱人。他拔出手枪，要当即崩了她。冷不丁背后有人厉声喝道：“留下活口！刘巽才不见了，她或许知道他的下落。”

来人是李沛，焦灸的语气中带着恼怒，他知道刘巽才是被姓郑的先下了手。

郑邦英扔下手枪，挥拳打得李兰舟口吐鲜血，才对李沛说：“刘某人就算会遁地术也逃不了，我已把他关在战时日本人挖的地牢里。”

李沛明白郑邦英是在跟他抢功，就以退为进地说：“不愧是保密局的干将，办事牢靠，我放心。只是，谢达和眼前这个女人，你得交给我看押。我要把他们关在龙台山的铁牢里，有保安团千百号人看守着，谅他们插上铁打的翅膀，也飞不出我的手掌心。”

郑邦英抚抚脸上发紫的伤疤，愤愤道：“我可要提醒你，这女人会武功。为了防止她越狱逃跑，最好的办法，就是把她全身上下全扒……”

李沛诡异一笑，拉着郑邦英走出刑讯室。

一番磋商，两人决定挑拨余觉菲等人，联名发电报给省政府薛主席，并报广州绥靖公署余汉谋主任，告发刘巽才"背义通共，动摇谋变"。然后各派一名可以作为人证的部下，带上谢达与马车夫的口供去广州，请上峰裁决定夺。

应该联手借力的事办完了，下来就看各自的能耐和手腕了。李沛当完螳螂，一转身立即变成了黄雀。他指使去省城的心腹，带上大礼盒，向省政府主席、保安司令薛岳举报：郑邦英的小舅子多次走私军火给共产党；又私自搜掠刘宅私财，将县政府印信一概占为己有。

为了增添出任县长的筹码，李沛又派亲信去惠阳，面见一五四师副师长郑荫桐，说共军正谋划和平解放陆城，肯定放松警惕，如果此时联合游弋于上砂一带、全副美式装备的三二四师，偷袭夹击河滨，肯定能将共军边纵大本营打个一败涂地。说不定还能俘虏几个共党高官。

7月15日，薛岳复电："刘巽才背弃党国，谋变有据，就地正法。"随后，薛主席又给陆丰县政府发来委任电，任命李沛为民国政府陆丰县县长兼保安七团团长。

16日，下午五时，刘巽才被押赴旧圩北面的芒洋埔，执行死刑。

李沛县长派郑邦英和鄞茂强为监斩官。郑邦英出示上峰手令，假惺惺附在刘巽才耳边说："如果是我当县长，我会替你求情，保你不死。可李沛为了篡权当县长，暗地里对我也下了狠手。咱俩兄弟一场，就当是我为你送行。"

鄞茂强感激刘巽才独力替他撇清关系，使李沛无法追究放走共军俘虏之事，故摘下警帽，对他深深鞠了一躬。

行刑队长喝令罪犯跪下。刘巽才不知哪来的豪气，用戴着手铐的双手捋捋中分头，整整衣衫，拒绝下跪。枪手叱咄他转过身去，刘巽才泰然一笑，说："今天，我要你们当着我的面开枪。记住，我是堂堂正正的一县之长，你得打准点，别打偏了。"

刽子手虽然枪决过不少人，但死刑犯眼珠子一动不动盯着他看，他下不了手。刘巽才开怀大笑。鄞茂强想出折中办法，从身上掏出一张报纸，蒙在他脸上，再叫行刑者开枪。

刘巽才是一个从生下到临死都活得不明不白的人，如果不是当上县长，谁都不会太在意他。他缺少血性，畏畏缩缩活在父亲的阴影下。他本性向善，虽混迹于狼群而未敢完全泯灭；但本质自私，总想不偏不倚活在自己的臆想中。令人意外的是，不知骨气为何物的他，竟然死得那么从容霸气，甚至带有几分传奇色彩。

李沛诛杀刘巽才，有人认为是封建势力在覆灭前的互相倾轧，也有人认为是乌旗派对红旗派的一次总决杀。不管众人怎么看，最后的结果是，李沛以胜者的姿态，如愿当上陆丰县民国政府县长。

龙山中学，转瞬间烛火通明，人喧马嘶，巡哨穿梭。

李兰舟浑身的疼痛，一下子被唤醒了。她看着从铁窗照进来的光影，狠劲咬死自个儿的嘴唇。她并不后悔没听刘书记的话，在龙潭村待命，她只恨自己太过麻痹大意，把策反之事，全给搞砸了。如果当时机警点，放弃马车，拐个大弯，从西门步行进入县城，或许，就不是现在这么个结局了。

李兰舟是事发次日被押往龙山中学的，关在与魁星楼隔一排教室的校工房。保安团占据县立一中后，校工房被改建成铁牢。囚室离厕所很近，李兰舟除了要忍受蚊虫叮咬，还得忍受随风刮来的屎尿味。

李兰舟不知刘巽才已被杀害，以为他像自己一样，被关在某个监仓里，一朝自己能脱身，得设法营救他逃往河滇。可牢房的门窗是铁的，门口二十四小时有两个悍兵看守，她能变成蚊子飞出去？

再看自己，遍体鳞伤不说，身上连遮羞的都没有。幸好屋角铺着一些发霉的稻草，还有一张用空心草编的破凉席。此时的她，已把屈辱搁置一边，一门心思想着如何逃出去。所以，她时刻关注着外面的动静，用双手罩着耳朵，紧贴墙角一条小裂缝，捕捉周围的脚步声、话语声、马匹嘶鸣声。

今晚，出状况了，与往日大不相同，就连来上厕所的人也多了，而且口音很杂。很快，外面又静谧下来了，大约半个时辰过去，茅厕又一下拥来十几个人，而且他们打招呼都带着个"长"字。

最后两个营长似乎蹲坑屙不出，你一言我一语聊开了。李兰舟拢着耳朵偷听，虽然没能全都听清，但还是越听脊梁越发凉。

大嗓门的那个说："午夜偷袭河滇……打前站……押一男一女当肉盾……我们是去送死……说五个主力团，只留一个在河滇，谁信……"

另一个鸭公腔说："郑副师长如能一举荡平尹林平大本营……可晋升正师长……部队深入大山沟，最怕中埋伏……只求……保佑。"

"……跟三二四师形成南北夹击之势……等他们翻过观天嶂……黄花菜都凉了。"

"提防……隔墙有耳……太臭了，我先走了。"

虽是大热天，可李兰舟听得冷汗涔涔。国民党军出动两个师，南北夹击，偷袭边区党委和边纵司令部所在地，我党政军领导和超千战士学员，危在旦夕。必须拼上老命逃出去，抢在敌人前头，向东一支或边纵报警，让部队做好战斗准备。没有衣服怎么办？不怕，就用凉席裹着身子，再偷一匹马。凉席绊手绊脚怎么办？那就在凉席上撕咬出两个洞来，让手臂穿过洞口，再搓一条草绳，把凉席捆紧绑牢，凉席不就成了一件战袍？

遮羞的问题解决了，此时还不能轻举妄动，得等这帮仍做着春秋大梦的蒋匪军，都睡死了，再行动。

一缕幽幽的月光，透过铁窗，斜斜照进漆黑的牢房。龙台山一片死寂。一阵风刮过，刮走了月光，刮来了淅淅沥沥的小雨。系在山下操场上的马匹，被雨淋醒了，发出一声声嘶鸣。

雨时大时小，巡逻哨的脚步声听不见了。门外两个看守，一个去了茅厕。绝地反击的时候到了！

李兰舟抱着肚子，在地上滚来滚去，呼爹喊娘的呻吟，一声比一声惨厉。看守摁亮手电筒，透过牢门的小铁窗往里照，叱咄她别耍花招装死。李兰舟苦苦哀求看守给她半碗水，看守不理睬。几分钟后，李兰舟哼着哼着，像咽了气，无声无息了。

看守怕她真死了，就打开牢门，进来查看。李兰舟躲在门后，猛力一推，把看守撞晕过去，倒在地上。李兰舟一闪而出，躲在暗处，看见另一看守边走边系裤上的纽扣，便猛扑上去，一记重拳击中他的下颌。李兰舟夺过步枪往他头上一敲，再弯腰从弹药带抠出几颗子弹，塞进嘴里，放轻脚步，绕过教室，顺着石阶奔下山去。

来到操场，她解开一匹黑马的缰绳，纵身骑上，拨转马头，一磕马镫，冲向有四个哨兵站岗的大门，再纵马跃过缠着铁丝网的拒马。

哨兵从听见马蹄声，到看见一个穿着古怪战袍的人，向他们冲来，以为是遇见鬼了。等回过神来，朝骑马人开枪，已经不见了踪影。

李兰舟借着云隙露出的月色，沿南堤路再转入公路冲出县城，来到福山下。这时，后面响起马蹄声和枪声，敌人的骑兵小队追来了。李兰舟把挂在胸前的步枪往后一抡，用脚跟狠磕马肚，黑马撒蹄狂奔起来，很快就与追兵拉开了距离。

雨停了。一路的颠簸，使伤口的疼痛加剧了。但李兰舟只能咬牙忍住，不敢停下来。郑邦英、李沛，是不会放过她的，一五四师与保安团偷袭河滇的阴谋，也不会因她越狱而停止实施。国民党的大部队，肯定紧跟在后面，他们的骑兵小队只要截杀了她，就没人知道他们南北夹击的诡计了。如果这一诡计得逞，后果将不堪设想。她一定要挺住，抢在敌人前头，向解放军前沿观察哨，发出敌人来袭的警报。

进入山区了，李兰舟胯下的黑马，似乎不习惯崎岖弯曲的山路，更何况山路左侧就是水流湍急的漯河。黑马识途，不敢拿自己的性命任性，加上驾驭它的新主人，骑技有些笨拙，奔跑的速度也就慢了下来。李兰舟急了，不停用枪托撞击马背，可马儿就是不听话。

敌骑兵追上来了，子弹从她头上咻咻飞过。看来一鼓作气跑到河滇鸣枪示警，已经不可能。前面拐一个大弯就是老虎笼山，隔河对面，就是莘田乡新寨村。东一支六团团长庄歧洲，经常带领部队在新寨村休整、集训。李兰舟曾经护送一批军用物资，前往新寨村，交给六团。庄团长让炊事班杀一只野兔，犒劳护卫队的同志们。

而老虎笼山北去七八里，就是河凹圩，那里驻有解放军一个连。如果她爬上老虎笼山峰顶，鸣枪示警，驻新寨村和河凹圩的部队听到敌情警报，肯定会通过无线电台，或派人驱马急报东一支和边纵司令部。相信他们会快速反应，抢占有利地形，迎头痛击来犯之敌。

来到老虎笼山下了，李兰舟双手勒紧缰绳，黑马前蹄腾空而起。

李兰舟下了马，朝马屁股捣一拳。黑马受惊，继续向前奔跑。李兰舟顾不得系"战袍"的草绳断了，手脚并用直往山上爬。黑马如愿将紧追不舍的敌骑兵引开了，李兰舟暗自松了一口气。

可是，匆促间她蹬落一块石块，差点砸中落在后面的骑兵小队长。小队长大吃一惊，用望远镜一看，发现有个野人背着枪，正往山上爬，立刻命令身后的骑兵下马上山，活捉逃窜的女共党。

李兰舟眼看没能摆脱追兵，干脆来个先下手为强，接连往山下推了十几块石头，才弓背屈膝快步向上冲。一刻多钟后，李兰舟爬上没有树木遮掩的叠石崖。她回头朝西望去，隐约看见新寨村高处的屋脊，就举起步枪，朝村子上空一连开了四枪。然后，把嘴里的子弹吐出，装进枪膛里，将手捂成喇叭状，扯开喉咙大喊："庄团长，你在吗？十万火急！蒋匪军一五四师准备偷袭河滇，赶快通知东一支和边纵，关门打狗！"她歇歇嗓子，又放了一枪，才继续喊话。

新寨村那边有动静了，好像有人攀上橄榄树开了四枪，应答道："我们听到了，你是什么人？为何要爬到叠石崖喊话？"

李兰舟扯高嗓门回话："我是李兰舟，庄团长认识我的。十万火急！敌人妄图南北夹击江南地委和边纵司令部！你们快快出兵阻击！追杀我的敌人上来了，我被包围了。十万火急！我跟他们拼了！"

李兰舟快速转身，躲到一块大石后，砰的一枪，击中了离她最近的敌骑兵。

河西岸的对话人急了："十万火急！你快往山上跑！我们这就派人过去援救你！"

李兰舟顾不上回话，掉转枪口瞄准另一目标，食指一勾，子弹飞出，正要偷偷绕到石崖右侧的三角脸倒下了。

忽然间，崖下吹来一阵风，把她身上的"战袍"掀起。李兰舟愣怔了一下，感觉有一只沁凉的手，从她身上抚过。眯眼一想，难道是轩儿他爹想来帮我？"冀虎哥，我快没子弹了，我不能再落入敌人手里。你说过，等胜利那一天，就带我回一趟山东。一会儿，子弹打光了，我就拉住你的手，跟你去山东！"李兰舟对着头顶的云朵，大声喊道。

骑兵小队长可把肠子悔青了，开始时不该下令"活捉"，必须是"当即击毙"。真不敢相信，女共党会如此厉害，不但窃听了他们即将偷袭河滇的机密，而且张张嘴就把情报传递给了河对岸的共军。小队长越想越来气，"叭叭叭"朝李兰舟开了五六枪，又冲手下怒吼："给我往死里打！"

李兰舟气定神凝朝小队长打了两枪，都因他快速躲闪而打空了。再拉一下枪栓，弹壳跳出，枪膛里空空如也。而敌人打向她的子弹，却越发密集。追捕她的敌兵离她越来越近，有一个甚至攀上了叠石崖的半腰。李兰舟抢起枪杆，当标枪狠狠刺向他，然后扯扯身上的凉席，爬上叠石崖最顶端的马鞍石，一任子弹擦着飘散的头发，嗖嗖飞过。

青山莽莽，阳光在林梢舞动。李兰舟大喊一声"冀虎哥，我来了！"纵身一跃，飞向滔滔林海。一阵旋风呼啸而来，把她身上的凉席卷走了。李兰舟像一只金色的鹰，像一匹扬鬃奋蹄的骏马，飞向云彩舞动的天宇，飞向山花烂漫的大地。

七时许，敌一五四师先遣排抵达老虎笼，与骑兵小队会合。骑兵小队长为了向师长复命，策马往回赶。奔跑了十几分钟，看见郑副师长率领主力部队，还有李沛的保安团，来到新南村。小队长抖抖瑟瑟向师长报告："女共党已经跳崖殒命，但她抢先鸣枪报警，共党边纵总部，可能已经知悉国军即将偷袭他们。"

郑荫桐勃然大怒又十分无奈，悻悻地对参谋长邵洗生说："真的人算不如天算？"邵洗生知道他心有不甘，但又不赞成冒险强攻。两人举棋未定之时，老虎笼传来激越的枪声，是先遣排与解放军六团接上火了。参谋长看郑副师长苦笑着摇头，遂向部队发出命令：停止前进，将后卫改为前锋，经西瓜潭村撤向海丰。

李沛十分扫兴，只能带着保安团两个营，垂头丧气回了县城。

新官上任火气旺的他，对一五四师临阵退兵，既失望又不满，但他又能怎么样。

不能枕戈待毙！当下，有多支国军王牌部队向南移进，屯驻在海陆丰外围的粤东，随时都可以发起反攻。作为新任县长，一定要守住陆丰县城，而且要蓄势借力，将陆丰全境的失地统统收复。

李沛指派丘锦园，带上他的亲笔信和委任书去金湘，将信函交与保安六总队总队长罗寿山，许诺拨给他一大批枪支弹药。再由他俩联名宴请革命军第一纵队总指挥凌炳权，当场任命他为海陆革命军第一纵队司令。

李沛接着又派团副骑马去上砂乡，与三二四师傅参谋长会面，介绍保安六总队和第一纵队已经听命于他，强调津洲是连接香港与潮梅匪区的交通枢纽、进出口物资中转站，请求三二四师调派一个团协同攻打津洲。傅参谋长是陆丰人，知道津水港的重要性，本想一口答应，无奈车辆损坏、汽油匮乏，便许诺派一个加强营参加战斗。

李沛刻意将津洲定为反攻的首个目标，客观上是津洲的地理位置特殊，没有多少驻军。而真正的原因，在于他多年来的心病从未"治愈"。而今身为一县之长，必须夺回经纬楼，将其更名为"沛公馆"，让家乡的豪族庶民，对李家大少爷刮目相看，承认他的威风和身价，一点都不比当高参的李彧差。

一想起寡情薄义的弟弟，李沛就气不打一处来。明明是同父同母所生，官做那么大，从来不肯提携他一把，反而处处对他加以阻遏。好在老天爷开眼，他告发刘巽才有功，才如愿坐上一县之长的宝座。

既然薛司令看好他，那就不能让他失望。陆丰三大镇，东滘与玄沄，仍由保安团牢牢占据着。如果能攻下津洲这一重镇，其他圩场村乡，就不在话下了。到那时，整个陆丰完完整整回到党国怀抱，建立绥靖区也就顺理成章了。说不定薛司令一高兴，颁给我一枚忠勇勋章或晋升一级军衔，那我可就是少将功勋县长了。

收复津洲进入倒计时。保安七团团部与三二四师加强营，通过无线通信沟通，拟定了"津洲战事纪要"，并转发罗寿山和凌炳权。

就在李沛磨刀霍霍、剑锋直指津洲之时，在海丰县东北面的罗輋屯村，发生一场袭击战。国民党一九六师出动两个营，联手钟铁肩的保安独立营，偷袭这个山村，企图吃掉解放军地方部队东一支新一营，结果，却自摆了乌龙。

7月25日，为提高指战员政治觉悟与军事素质，尹林平命令东一支主力三团新一营，利用战斗间隙，开赴青芈罗輋屯石坪村开展整军。第一步是整顿改编，将新一营与在紫金起义的刘声中保警县大队，编成主力三团二营；第二步是整训，与随后来到罗輋屯的主力三团一、三营和主力一团，一起开展整训，进行纪律整肃、思想教育、政治审查和军事训练。

海丰县城和平解放时，率部逃窜的保安独立营营长钟铁肩，侦知解放军一个营从河滇开赴其家乡罗輋屯整训，大喜过望。一心想为独立营挽回脸面的他，纠集敌一九六师五一二团第一、第三营，共八百多人，于8月6日早，分东、南两路，直扑四面环山的罗輋屯村。

天空稀里哗啦下起雨来。钟铁肩率保安独立营及五一二团三营一连，三百多人，作为东路，冒雨进抵罗輋屯黄坑岭，不料被解放军游动哨发现，遭到阻击。因不明虚实，钟铁肩下令迅速抢占制高点及双侧两个山头，搬山石垒掩体，架起重机枪和三门六二式迫击炮，只等南路国军到来，再一并攻进村去，全歼共军新一营。

而由国军五一二团副团长率领的第一营、第三营二、三连，开抵罗輋屯南面的牛鼻凹时，发现石头坪村驻有解放军，才知道情报有误。霍副团长指挥部队抢占尖云岭和牛鼻凹，并抓紧构筑简易工事。炮兵排的炮手，为四门六七式迫击炮掘拓炮阵地，挖座板坑并固定座板。本来南路部队的任务是截断新一营撤回河滇的去路，现在看来，他们将面临一场不大吃得消的硬仗。

解放军设在石头坪村成昌楼的东一支临时指挥部，已经听到东、南两个方向传来枪声，随后哨兵也气喘吁吁跑来报告敌情。指挥部的气氛，顿时紧张起来。

临指总指挥、东一支政委王鲁明，与两个主力团的团长和政委，经过简短商酌，即做出战斗部署：立足于保护群众，坚决不让敌人进村半步。命令主力三团团长阮海天，与新编二营营长刘声中，率新二营，奔赴罗辈屯，攻打钟铁肩所占领的黄坑岭主阵地；一直驻扎在坑尾村的三团一营，由副团长罗汝澄率领，攻打两侧山头。命令主力一团一、三营，攻打牛鼻凹和尖云岭，先将南路敌人反包围后再发起进攻。另外两个营，作为后备队，在石头坪村待命，随时准备增援一线。

天，阴沉沉的，雨，时缓时急。阮海天与刘声中带领新二营，向黄坑岭发起猛攻。拥有全副美式装备的敌军，火力十分强大，迫击炮、重机枪和长短枪一齐开火，把新二营压制在一条洪水不断上涨的小河北岸。

起义后第一次参加战斗的刘声中，在火力掩护下，一马当先，冲过一片稻田。头戴竹笠浑身湿透的战士们，紧跟其后。只是，战士们冲到一片坡地，完全暴露在敌人的火力之下，只能就地卧倒。等敌人扫射过后，起身猛跑几步，然后再次卧倒。钟铁肩独立营和国民党兵，多是老兵痞，穿着雨衣，居高临下，又有工事掩蔽，得意扬扬的。明显处于劣势的我军，几次冲锋都未能奏效，两位排长和七八位战士先后牺牲。

战斗持续到午后，小雨仍在下着，战士们携带的子弹已经所剩无几，机枪也打坏了，肚子都饿得咕咕叫。这时，营部通知各排轮流撤下火线吃饭，补足弹药再回到阵地。

攻打牛鼻凹和尖云岭的主力一团两个营，虽然把敌人包围了，并发起多次强攻，占领了牛鼻凹山，但主阵地尖云岭的六七式迫击炮，杀伤力较大，已炸死炸伤十几位战士，对我军构成一定的威胁。主力一团林文虎团长决定改变战术，只在牛鼻凹留下一个机枪班牵制敌人，其余的部队全压向尖云岭。他要求战士们匍匐前进，直到离敌人工事只有三十米，才展开战斗，令敌方迫击炮发挥不了威力。

敌我攻防旗鼓相当，缠斗正酣，一直呈胶着状态。两个山头，轰隆隆的炮声相互激荡，轻重机枪、汤姆冲锋枪、步枪短枪，"突突突""砰砰砰"爆响着，射来飞去的子弹互不示弱，都想以凶猛气势压倒对方。山上山下的伤亡人数，在不断增加。

解放军的手榴弹打光了，机枪步枪手枪，只能等敌人从工事探出头来，瞄准了再射击。而敌人也出现了令士气大大受挫的问题，他们被包围后，午饭一直无法送上山去，敌兵个个饥肠辘辘，只能喝雨水充饥。更令钟铁肩不解和气恼的是，明明只说共军仅有一个营，怎么一下冒出四五个营的兵力来？

渐渐地，天暗下来了，敌人也快扛不住了，大举反攻的时候到了！指挥部给黄坑岭和尖云岭，各派去一个连的增援兵力，又让其余四个连提前在敌人撤退的必经之路，布下口袋阵，要让进犯之敌成为瓮中之鳖。

憋着一股劲的援兵，势如猛虎，直扑敌人阵地。恶战了近九个小时的一线部队，备受鼓舞，士气大振。团长下达命令，全面出击！战士们怒吼着冲向敌人的阵地。

敌军不愿束手待毙，继续负隅顽抗，双方火力更加猛烈。敌人的曳光弹射出一条条火蛇，而我援兵的手榴弹在敌人的阵地争相开花。一时间，枪炮声、喊杀声响彻整个罗峯山区，峰鸣谷应，团团火光和条条火蛇，映红了崇山峻岭。

敌军完全招架不住了，在鬼哭狼嚎中四散溃逃。解放军乘胜追击，把敌军的残兵败将驱赶进埋伏圈，再狠狠将他们打得连喘气的机会都没有。识趣的敌兵，在“缴枪不杀”的怒吼中，争相举手投降。趁黑逃出包围圈的残兵，纷纷把枪炮扔进水潭，“轻装”逃命。

是役，共毙伤敌人约二百三十人，俘虏一百九十五人，缴获迫击炮七门，轻重机枪六挺，冲锋枪步枪近二百支，子弹两万余发。

反动当局觉得罗峯之战，面子丢大了，为了不影响士气，竟然封锁消息，绝口不对外提起此仗。踌躇满志的李沛县长，因为蜷缩在与外界隔绝的孤岛之中，竟然全不知情。

8日，被酷热炙烤了几天的东滘，如焖炉一样，连偶尔吹来的一丝风，也滚烫滚烫的。天上的云，灰着脸，被一只无形的巨手撕扯着。到了傍晚，又变戏法似的，变幻出满天火红火红的云。

心里像毛毛虫在爬动的李沛，不由皱起了双眉。

李沛准备在第二天召开军政会议，商议攻占、统辖津洲的具体方案，并派出便衣先遣连，控制沿途各个主要路口。可是，半夜，强台风在玄沄登陆，陆城也地动山摇。李沛不得不通知傅参谋长和罗寿山、凌炳权，将围攻津洲的计划，延后几天。

第九十一章
跳梁小丑命丧伶仃洋　东江子弟挥戈南大门

8月13日，民国政府海丰县长张诚派民政科长和保安团参谋一行，打扮成商人，来到陆城。

张诚，海丰马宫人氏，跟随卷土重来的国军走马上任，接替戴可雄留下的空缺，司职未满一个月。

张诚听说跟他几乎同时上任的李沛县长，准备兴兵收复境内失地，施行绥靖政策，惊讶之余，一脸欣喜。他认为如果毗邻两县联手，创建海陆丰绥靖区，自此同舟共济，枝叶相持，纵使共军围城，也可相互出兵支援，内外夹击。那时，作为新任县长，定能颜面大焕光彩。

民政科长和保安团参谋一行，在潮州会馆受到李沛接见，并设宴款待，尤为热情。席间，两人向李县长陈明来意，恳请李县长考虑并应允。

看着客人对他恭敬有加，李沛借着酒兴，就时局发表了一番阔论："记得旧唐书有这么一句：一胜一负，兵家常势。眼下大片国土沦失，但国军尚有一百五十多万强兵劲旅，随时可以夺回失地。都说自助者才能天助。各县务必自强不息，勠力将自己的地盘建成绥靖区，并恢复累积实力。等待时机成熟，对共军发起反攻，也就不在话下。"

送走客人，李沛越发坚定了攻打津洲，建立陆丰绥靖区的决心。他担心海丰会走在前面，抢了应该属于他的功劳。但仔细一想，又释然地冷笑起来：张诚，只有一个县长的空壳衔头，指挥调动不了军队，想抢功，着实轮不到他。

李沛来到保安团团部，命令电台发报员重新与三二四师加强营、保安六总队和第一纵队联络，再次商定攻打津洲的时间为本月16日。

三二四师傅参谋长，看他决意出兵攻打津洲，心想确有必要打一场胜仗来提振士气，同时也为一旦兵败，备下一条撤往台湾或海南的生路，遂再次表示支持李沛的计划。

15日上午，李沛在县政府会议室召开秘密军事会议，保安团营以上官佐、县政警大队长陈纪坤、游缉大队长练楚熙、警察大队长鄞茂强、保密局组长郑邦英等参会。

李沛在会上放言高论，宣称国军已在广东境内，构筑好三道防线，坚不可摧。陆丰的守军，必须提振士气，激发斗志，为党国进献一己之力，务必在三二四师、第一纵队等的全力配合下，一举攻克津洲，夺回本县至关重要的沿海门户。

接着，李沛让杜参谋宣布作战方案。这个方案，是以先前拟定的"津洲战事纪要"为基础，对中路军的任务、行进路线、遇袭处置等进行具体细化，虽与原思路有一些变化，但与整体行动没有冲突。

几个大队长一听，十分诧异，都认为李县长的决定太过冒险荒唐，但又不敢公开反对，只能编造理由，争着要留下来坐守县城。李沛脸一黑，说："连我都亲自带兵出征，你们还吵着要留在城里，能不能拿出点血性来？"

李沛选在上午召开作战会议，宣布攻打津洲，就是要给众官长一个缓冲期，让他们借以消除抵触情绪，晚上急行军及至与共军交锋，才能确保发出的军令畅行无阻。

跟其他大队长一样，练楚熙对李沛谋划攻打津洲，瞒得这么深，深感意外。练大队长不敢在会上提出异议，但心里已把李沛骂得狗血淋头。他根本不愿意让游缉大队二百多号兄弟，白白去送死。

思来想去，直到会议快要结束时，他才拿定主意：设法阻止这个疯子的妄举，办法只有一个，把情报传递给陆城地下党，因为只有他们才有办法和能力，让李沛的阴谋破灭。

哪知，李沛在布置完战事后，右手朝郑邦英一摆，说："下面，请保密局郑组长宣布战时纪律。"

郑邦英满脸严肃，拿出讲稿，读了起来："为了保证此役旗开得胜，事前不致走漏任何风声，同时也为了保护诸位的安全，在座各位会后即以电话通知各自的副职，做好随时出击的准备。然后，请诸官长在县政府小礼堂吃饭休息，一律不许离开，也不准给包括家里的任何人打电话。否则，以违反军纪论处。"

练楚熙差点蹦了起来，今天是他老母亲的生日，老寿星七十九岁，提前做八十岁的"上寿"，为的是祈愿老寿星延年益寿，长命百岁。中午，全家儿孙都要给老寿星磕头拜寿，吃龙须长寿面，晚上，还要请亲朋好友赴正式寿诞。

他是长子，母亲一生最疼他，怎能不回家尽孝心？

会后，练楚熙跟着李沛，去了他的办公室。他递一根哈德门给李沛，告诉他今天是母亲八十大寿，身为长子，必须回家陪在老寿星身边。

李沛台风前就收到练楚熙发给他的请柬，并说好一定上门给老太太贺寿。都怪那场孽风，不但让他自己无法去给老太太拜寿，连他的儿子也不许回去。这也难怪，自古忠孝不能两全，只能委屈一下老太太了。李沛见练楚熙说得很恳切，即以同样恳切的语气，一口拒绝了练大队长的请求。

练楚熙不敢逞硬，因为真闹起来，李沛可以拿违反军纪治他的罪。但他不能带着弟兄们去拿鸡蛋碰石头。尤其是近段日子，他的知交郑学龄，替中共地下党当说客，劝说他串联政警大队和警察大队一起反水，他虽没有表态，但也暗示不与共产党为敌。

练楚熙担心自己像刘巽才那样，举义未竟身先死，迟迟不肯答应反水，因为要说服陈纪坤和鄞茂强，没那么容易。现在，事态即将恶化，李沛要他带游缉武装大队攻打津洲，共产党肯定认为他无可救药，执意挑衅，顽抗到底，这岂不断了自己的生路？

不行，得设法让李沛为自己的愚妄和嚣张付出代价。可自己已经失去人身自由，保密局的内勤人员，早把与会者的活动范围，严格控制在会议室和小礼堂之间，而且所有人都遭到盯梢。

要阻止李沛的疯狂，就得把消息传递给郑学龄。自己出不去，但并不等于绝对不让家里人来，何况今天他家老太太做上寿，子孙一定要同时吃长寿面。

练楚熙扔掉烟头，拍拍李沛台桌上的电话机，说："那我得借你的电话，跟老寿星说一声，她盼着你去赴宴呢。"

李沛按住话筒，说："战时纪律你不会忘记吧？说漏了嘴，你就只有死路一条。不过，可以替我向老太太祝寿。"

打完电话，回到小礼堂，人家都在吃午饭，可练楚熙却往临时搭起的木板床上一躺，扯过被单把头一蒙，假装打起鼾来。保密局的爪牙过来问他："肚子真不饿？"他突然掀开被单挺起身，嚷道："谢谢你的关心，但我忘了嘱咐副队长，做好战斗准备。"

他到会议室，当着保密局稽查员的面，打了电话，然后假装内急，去了厕所。他拆开香烟盒，颤颤写下："李沛今晚纠合保安团两个营、游缉与政警大队为中路，三二四师加强营为东路，保安六总队和吴炯禄纵队驾船为南路，攻打津洲。"再搓成火柴棍粗细，藏在帽子的内沿里。

此时练家张灯结彩的寿堂，可热闹了，墙上挂着瑶池王母画轴，两旁还有寿幛，大案几上立着四根寿烛。老寿星端坐在中间的交椅上，面前摆着寿桃、寿糕和时鲜水果。她翘首等待长子回来，与其二弟带领眷属，为她"献寿"，行叩拜礼，再接受亲友宾客的祝福，然后就可以一起吃练家的长寿面了。

练家的龙须长寿面，制作方法特别，面条韧性十足，配料十分讲究，一个六寸大碗，只盛一根面条，吃的时候必须从头到尾一气吃完，万万不可将面条弄断。

老寿星听接电话回来的长媳说，楚熙有紧急公务缠身，一时回不来，让家人别等了，顿时脸上挂了霜。但老太太看看挂钟，又让媳妇吩咐厨房，先煮好一碗长寿面，并带上寿糕，由媳妇亲自送往县政府。她要维持练家的规矩，跟子孙在午时，一起同吃龙须长寿面。

媳妇看见前来给老太太贺寿的学龄兄伯，向他招招手，便带他来到厢房。

练夫人知道夫君最近常与兄伯促膝密谈，担心会发生什么不测。兄伯却安慰她道："楚熙是机警之人，绝对不会出什么事。你以老寿星硬要长子跟她同时吃长寿面为由，大大方方去县府见他，只跟他说，我也来给老太太拜寿。其他的，你见机行事，没有人敢轻慢游缉大队长的夫人。"

十几分钟后，练夫人和使女出现在县政府大门口，保密局的爪牙不肯放行。练夫人指指使女手上的屉篮，说她要给李县长打电话。郑邦英听见有人喧嚷，就走上来看看怎么回事。

郑邦英的太太与练夫人，年轻时为金兰之交，再说他也接到练家的寿宴请柬，故而郑邦英不敢十分怠慢练夫人。就让手下把屉篮里外检查一遍，交给练夫人，由他带着练夫人来见李县长，问他怎么处置。

李沛明白郑邦英是有意将皮球往他身上踢，但练家做寿和一概规矩他是清楚的，于是就手一挥，暗示郑邦英派内勤盯着，将练楚熙单独叫到会议室，不许夫妇说话，吃完面立刻将练夫人送走。

练楚熙在打开屉篮时用小指挠了挠夫人的手心，不吭声只比画，让她将寿糕分给监视的特务吃。而他乘机把情报塞进屉篮与提手嵌接处的缝隙里。然后用筷子夹起面条，哧溜哧溜吃了一半，才将面碗放回屉篮，用筷子指指屉篮提手的缝隙处，才示意夫人回去，替他向母亲多叩几个响头。夫人会意，眨眨眼睛，收拾好碗筷，准备离开。

特务拦住她，对屉篮里里外外进行仔细检查，没发现有猫腻，才把它交还练家媳妇。练夫人满脸不快，迈着碎步走了。

她和使女来到一条没人的小巷，装作裙子松了，得重新系一下，让使女去巷口望风。练夫人拔下钗子，挑出小纸棍，藏进荷包里。

返归家里，练夫人回了老寿星的话，说只是在开重要会议。然后跪下，先替夫君给老太太叩了三个响头。她从学龄兄伯身边经过时，假装脚一崴，趁机将小纸棍塞到他手里。郑学龄对弟媳埋怨道："都说天大地大，父母最大。楚熙不就一个大队长，未免太过敬业了。"练夫人也附和道："官说大不大，说小不小，最不好当。干脆叫他辞了算了。"

郑学龄掏出怀表看了看，急慌慌说："差点忘了大事，今天有人托好友给我弟弟提亲，你看我这记性。"说完，朝老寿星和众人一一作揖告别。

下午四时，李沛派出去探路的眼线回来，向他报告，他仨骑自行车直到奈湖，一路人来车往，畅通无阻，连一个共军都没遇上。

傍晚六时，便衣先遣连分头出发，两人一辆自行车，只携带短枪。同时，保安团团部电台，再次联络三二四师加强营和海陆革命军第一纵队，确认他们已经动身起程。

在小礼堂吃饱睡足的指挥官，在李沛的激勉下，离开潮州会馆，回到各自的营部、队部。郑邦英派出内勤人员，跟着来到各营各大队。

负责留下守城的保安团三营、警察大队和东滘联防大队，开始换岗上哨卡、垒掩体、进炮楼；准备出征的保安团一、二营，游缉、政警两个大队，则依时开往龙山中学大操场集结。

李沛因担心攻打津洲的机密提前泄露，把部属"软禁"在潮州会馆几个小时，大大挫伤了众部属的心。几乎所有与会者，都在心里把李沛大骂一阵。

天黑下来了，奔袭津洲的行动就要开始。李沛站在台阶上，对即将开拔的一千余兵士，唾沫四射做了动员，然后麻秆似的手臂一挥，发出命令："出发！急行军前进！"

李沛之所以如此疯狂，是他真想维护这个可以任他为所欲为的政制，还是知道舞台将要落幕，他必须跳完人生的最后一支舞？不得而知。

队伍依序走出校门，走到龙台山山脚。兀然，黑暗中响起突突突、叭叭叭的枪声，子弹有的是从山脚下的民居射出，有的是从印月河河岸打来。走在前头的保安团一营，顿时队列全乱了。

骑在马上的李沛，暗叫几声"糟了"。他担心风声走漏，看样子还是没能防住。但共军此举又激怒了他，遂命令一连搜索消灭突兀冒出的共军，大部队继续快速行进。

大队人马刚在公路上走了十多里远，就要穿过附城上陈村那片小山岗，冷不丁公路两侧的山坡上，噼里啪啦射来阵阵子弹。一营长听枪声，估计遇上共产党军队的主力部队，心里阵阵发怵。他命令部队展开队形，狠狠还击，而且吼着"谁后退就枪毙谁"。

天黑星朗，既看不清对手是谁，也不知伏兵有多少人。但仅凭枪声炮声，就知道遇上劲敌了。一群杂牌军，只好躲在掩蔽物后，乱打一通。

李沛慌了，命令练楚熙和陈纪坤下马，率领所部，分头掩杀过去，半个时辰内将共军击溃。

前来督战的郑邦英策马来到他面前，问道："这是怎么回事，你不是派出先遣连侦察过吗？"李沛没想到他会倒打一耙，怒斥道："肯定有人泄露军机！你们保密局，都是十足的饭桶，严密监视个屁，还敢倒过来责问于我？"

郑邦英被骂得脸上火辣辣的，拔出手枪对准李沛，被练楚熙拦住了。

这时，便衣先遣连的连长，坐在自行车后架上，回来向李团长报告："先遣连到了奈湖，遭到共军截击，根本冲不过去，半个小时就被打得七零八落。"

对着部下吆喝了一阵就回到李沛身边的练楚熙，依稀看出便衣连长满脸是血。

李沛不相信共军反应这么快，短短几个小时，就能调动大部队来阻截他，即命令部下率兵迂回包抄，全面反击。他特地指令迫击炮排，先发射照明弹，再用高射角迫近目标射击，六门迫击炮一齐开火，必须把共军炸成肉末。

练楚熙有些焦灼不安，怕李沛又让他去督战，瞅瞅前后无遮无挡，便以安全为由，请李团长下马，由卫兵班长和警卫护着，躲进路边一处残垣断壁中。背着移动发报机的通信兵，也跟了过来。

李沛听见发报机嗞嗞的电流声，才回过神来，令通信兵发电报，询问三二四师加强营行进了到什么地方。半刻钟后，收到答复称：我们的车队误入共军的地雷阵，军车被炸，车队已遭团团包围。

李沛骂起娘来，让通信兵问罗寿山和凌炳权所率的水军，是否过了玄沄湾。谁知，他们哭得更惨。

罗寿山和凌炳权指挥八百多人的水军，登上十艘运兵船和武装木船，正要起锚，浅澳炮台方向枪声大作，火光烛天。是解放军地方部队对其发起突袭，罗寿山命令六总队下船，先把偷袭的共军击溃再出发。谁知，队伍刚上岸，两艘运兵船就叫六○炮弹给击中了。这可把凌炳权的魂都吓飞了。保安六总队和第一纵队杀回浅澳炮台，解放军佯攻的两个排已经主动撤离。罗寿山再无心思奔袭津洲，只好传令撤回浅澳炮台和乌泥村，先将老巢守住为要。

李沛让通信兵向驻留海丰的一九六师求援，等了大半天才收到回电云：共军东一支主力团和海丰第五团，已向两县交界的柯塘圩一带运动，即使我师派出援兵，恐怕也无法抵达东滘。

李团长气得抓过一把冲锋枪，对着夜空砰砰砰乱打一通，然后把枪狠狠摔在瓦砾上。这共军到底施了什么魔法，车载的，船运的，连同走路的，全都遭遇阻击袭扰，就连邻县的援军，也怕死来不了。

李团长耳听子弹、炮弹、手榴弹相互交织的震耳声响，嘴唇越咬越紧。只见手缠绷带的一营长，匆匆跑来向他报告："共军火力很猛，我们三面受敌，伤亡太大，还要再打下去吗？"

李沛来不及发飙，一发炮弹呼啸飞来，落在瓦砾堆中。

保安团借着照明弹发射迫击炮，东一支先发制人，抢在照明弹升空几秒内，瞄准目标，快速还击，发射出更具威力的炮弹。

李沛被气浪掀翻，额头也被剐去一块皮。他爬起来，心想：今非昔比呀，单说武器，就应了"风水轮流转"那句老话。眼下，共军的装备，好些已经超过保安团。既然连武器都无优势可言，就算夺回津洲，也难以守住呀。

李沛背着双手，踩着瓦砾绕圈子，不肯接受包扎。又有一发炮弹在墙外炸开，他怕了，对练楚熙说："明摆着有内奸！现在我连津洲，生我养我的地方，也回不去了。你带领游缉大队留下掩护，其他部队全都撤回县城。"

回到龙台山，李沛把自己一个人关在房间里，捂着已处理过的伤口，一杯接一杯喝酒，直到深夜，也不敢上床睡觉。那颗在瓦砾堆爆炸的炮弹，令他惊悸未消，听见一点动静就以为解放军攻城来了。

李沛喝了半瓶茅台，想为自己压惊。直至脑子呈麻木状态，而心却不敢跟着麻木。

李沛这几天，老是做怪诞的梦，而且梦的场景、人物大致相同。

恍惚间，风姿绰约的庶母乔氏，手拿菩提树枝，推搡着他来到合欢树下。

一群长裙飘逸的女子，怒冲冲走来，轮番叱骂他："我们全知道了，你是公狗投的胎。不是还想钻进我的裙底里吗？来呀，过来！为首的女子脱下粉色丝裙，挂在树上，再把垂下的裙带，打成一个绳套。她冲他勾勾食指，肆意撩拨他……众姐妹，把他抬起来，拉下绳套，套紧他的脖子，让这长尾巴的淫棍，做鬼依然风流……"

李沛惊叫一声，把自己给吓醒了，满头冷汗流成道道小溪。好一阵，他从沙发上站起来，呼出一口浊气，做出决定，叫十几个亲信，去南堤路自家的府邸，把早已收拾好的十几只箱子，抬到印月河码头，搬上弓篷船，再悄悄接上他的家眷，让他们在船舱的软床上先歇着。

半个时辰过去，李沛和跟随他多年的卫兵班长等人，换上便服，溜出龙山中学，在印月河与家眷会合。船工应声撑船前往虎洲港，在风声鹤唳中，李沛与家眷和七八个心腹，换上大的商船，惶惶戚戚逃往香港。

再说负责掩护的练楚熙，眼见解放军只堵不追，心里明白几分。

他率队回到县城，即派副官去把陈、鄞二位大队长请来队部。练楚熙直言今晚损失惨重，奔袭津洲简直是白日做梦。陈纪坤也愤愤地说，政警大队死伤二十多人，都怪开会时自己不敢站出来反对。鄞茂强给二位递上老刀牌香烟，说："识时务者为俊杰，昧先几者非明哲。依我看，他，是秋后的蚂蚱，没多少蹦头了。我们不能跟他一条道走到黑。"

陈纪坤一口气将老刀牌香烟抽完，故意阴着脸说："莫非二位早有择良木而栖之心？不怕郑邦英治你们的罪？"

练楚熙和鄞茂强一人拧住他一只耳朵，说："那你现在就去向郑邦英告发，让他赏你个司令当当。"

陈纪坤正色道："眼下的司令值个屁，将功折罪，从顺弃逆，才不致丢了脑袋还不得饶恕。"

这时，练楚熙的副官匆匆走进来，说："李县长带着家眷和十几箱私财，逃往虎洲去了。"

三个人瞪大双眼，互相打了对方一拳。练楚熙说："我们晚了一步了，让这个混世老枭给溜了。明天，解放军边纵肯定乘胜围城，我们必须赶在围城之前，向他们表明我们的心迹。"

鄞茂强说："那我们三人下一步该怎么办？不如，各自用笔写在手心，再同时亮明。"

结果，三只手掌张开，上面都写着"起义"二字。

郢茂强伸出双手，将两个同僚紧紧搂在一起："兄弟同心，其利断金。为了百姓免受战难，向明而行无过。其实，我在刘巽才派谢达与中共谈判时，就表态支持过他。如果早知二位兄长也有此意，我们联合起来，完全有能力将李沛和郑邦英控制起来，刘县长也就不会成了孤魂野鬼。"

"我也向你们抖底说实话，陆城地下党派郑学龄劝我反水，我未尝正式答应。现在，我这就去找他，让他带我去见地下党，表明我们三个愿意接受中共的领导，宣布起义，并协同解放军，进攻龙台山的保安团残部。"练楚熙抬起一只脚，狠狠踩在靠椅上说。

郢茂强叫了一声好，自告奋勇立即带人去抓捕郑邦英及其爪牙，并亲自去王爷宫劝说东滘联防大队，一同起义。

陈纪坤拔出手枪，退出弹夹一看，说："那我带人据守县政府，并派副大队长控制中山公园炮楼。等地下党答应给我们悔过自新的机会，再商议下一步行动。"

8月16日，天边刚刚泛起鱼肚白，粤赣湘边纵队东一支参谋长曾建，率领主力二团一、三营和地方部队第六团，还有起义部队，包围陆丰县城，发起解放东滘之战。

团长庄歧洲，指挥第六团一营围攻王爷宫，消灭拒绝投诚的东滘联防大队；而二、三营，则接替起义部队，据守县政府、县党部、公园炮楼、蔡家祠、三青团部等重要据点。

六时许，东一支三营从东面，练楚熙、郢茂强、陈纪坤率领各自的大队，从西南面，向龙台山保安团发起进攻。起义的三个大队，平时经常受到保安团的欺压和刁难，对李沛早已怨气满腹，所以一说要攻打保安团，个个摩拳擦掌。

战斗打响了，炮兵排五门迫击炮瞄准山顶三层高的炮楼，先轰击一遍。可是，全由水泥浇筑的四角炮楼，只被炸掉顶层的一角。炮楼里的保安团仇副团长，以为解放军和叛军奈何不了他们，让兵士发出阵阵嘲讽的怪叫，再对围攻部队发起疯狂反击。

攻城总指挥曾建参谋长，下令集中火力，先击溃保安团第一道防线。东一支三营和起义部队，接连抢出数不清的手榴弹，把壕沟和掩体里的保安兵，炸了个丢胳膊缺腿。突击队利用地形扑向敌人的防线前，寻机击毙敌方机枪手，或是从工事探出头来射击的兵士，掩护主力匍匐前进。

曾参谋长又指派二营二连，从龙台山陡峭的北坡，发起偷袭。连长身先士卒，沿着拼接而成的梯子，登上直立的陡坡，再攀着树丛藤蔓，爬向长有树木的半山腰，扔下绳子，让战士们手抓着绳子，脚蹬坡壁往上攀。

一排长也效仿连长，用另一架梯子，攀上山腰，放下绳子。这样，全连战士上山的速度就大大加快了。

从东面展开进攻的第三营，掐准时间，扔出又一轮冰雹般的手榴弹，把守敌炸得哭爹喊娘，个个心都慌了。而西南面的三支起义部队，一阵猛烈的攻击后，才启动瓦解敌人军心的宣传攻势。

练楚熙亲自用喊话筒喊话，坦言他们就是原来的政警、游缉、警察三个大队，因已看清形势，不愿再与同根同源的手足互相厮杀，故而一齐宣告起义。此时暂停攻击，就是要奉劝保安团的兄弟们，迷途知返。"你们的李沛团长，携带一船搜刮来的财宝，早已狼狈窜逃，而你们两手空空，为何还要拿命来顽抗，空守一座孤立无援的山头？"

堑壕里的敌军官，向兵士进行反宣传，命令他们"毫不手软地痛击叛军"。起义部队立即以牙还牙，坚决还击。等枪声稀落下来，鄞茂强接着喊话劝降。

东面的第三营，看见北坡第二连的战士攀越成功，已经突破敌人的薄弱防线，备受鼓舞。戴营长命令再送敌人一阵冰雹雨手榴弹，同时发起冲锋。黑压压的战士怒吼着，蜂拥而上，杀向敌人的阵地。保安兵两面受敌，纷纷放弃工事，溃逃至第二道防线或四角炮楼里。

这时，攻上半山顶的第二连，以人民解放军东江第一支队的名义，向敌人喊话，命令保安兵放弃抵抗，缴械投降。

东面防线的保安兵，看看陈尸战壕的弟兄和伤员，又看看山顶山下尽是解放军，为了保命，率先举起以白衬衫为替代的白旗。

躲在碉堡里的仇副团长，已被李沛"封"为代理团长，他向省保安司令部接连发出求援电报，可是，没有人理睬他。代理团长知道，眼下的龙台山，已成孤岛中的孤岛，挣扎下去就是自寻绝路。

他叫来一营营长，将代理团长转"封"给他，自己以搬救兵为名，带着亲信和警卫，从东北面陡立的山崖，连滚带爬滑下山，逃之夭夭。

顷刻，山顶山下解放军的司号员，"嘟嘟嗒嗒"吹响冲锋号，解放军和起义战士一跃而起，怒吼着"放下武器，缴枪不杀"，冲向保安兵的阵地。

大决杀开始，整个战场，笼罩着摧枯拉朽的悲壮与激昂。

碉堡里的守兵用望远镜巡视，看见山脚刚调来一门山炮，炮口正瞄向四角炮楼，立时发出杀猪般的哀号。代"代理团长"一瞧，腿软了，骄横尽丧，下令快快打出白旗。

那些躲藏在坑道工事顽抗的保安兵，看见解放军怒吼着如潮水汹涌而来，碉堡又扬起白旗，争相扔下枪械，举手投降。

陆丰最坚固的白色堡垒，被彻底拔除，解放军与起义部队协同作战，一举破城，红旗在四角炮楼上迎风飘扬。守候在龙台山四野观战助威的民兵和群众，发出雷鸣般的欢呼声。

东滘城解放了，粤赣湘边纵队和东一支司令部，陆丰党政机关，先后从河滘、莘田，迁移到离县城只有二十里的吉安圩。

有消息传来，说李沛一家并没有逃往台湾，而是被随同他逃亡的亲信，给恩断义绝了。当夜，由于风高浪急，船老大硬撑到了下半夜，感觉四肢僵硬发冷，便喝了几口酒。晕乎乎中独桅船偏离航线，竟然开到伶仃洋来了。

李沛一生暴戾恣睢，淫乱无度，连卫兵班长的老婆也想抱上床。现如今，虽然已经成为丧家犬，但有那十几箱沾满血腥的不义之财，他还能继续骄奢淫逸。而作为他的随从和护卫，平日像狗一样被他和家人呼来唤去，遭他羞辱打骂更是家常便饭。现在，跟着他仓促逃亡却未能给家里留下一分钱，太不值了。

卫兵班长趁李沛一家在大拱船篷里睡着了，把弟兄们叫到船头。一番密谋，八条匣子枪拨开保险，卫兵班长叱醒李沛一家，问他们怕不怕死相很惨，还是选择……李沛狂傲地哈哈大笑，言道："仆人叛主，来世注定仍是狗奴才。"话毕带着一家六口，跳入黑如墨汁的伶仃洋。

李沛本打算全家先到香港，再乘客轮去台湾，没想到连香港都没踏上，全家就已葬身鱼腹。

八个奸人准备将李沛的不义之财均分后，到了香港即各奔西东。卫兵班长一直惦记着最沉的雕花樟木箱，他叫手下拿来火把，用斧头砸烂铜锁，使劲掀开箱盖，想看看里面藏着什么奇珍异宝。

只见箱里哧哧冒出一缕白烟，奸人还没反应过来，九颗绑在一起的手榴弹发生殉爆。一声雷鸣，随同迸射的火光和血肉横飞，响彻并撕裂黑沉沉的天穹。

几个星期后，一个保密局海陆丰组行动股的干事，向人民政府自首。他交代，李沛临阵脱逃，手榴弹是他奉郑邦英之命，趁着月黑风狂放进樟木箱的。

一封家书，摆在粤赣湘边纵队政治部主任左洪涛的办公桌上。家书寄自赣州，收信人是李兰舟。左主任心潮起伏，轻拿轻放将家书放进办公桌玻璃板下面。

此时的赣州，集结着人民解放军四野第十五兵团、二野第四兵团和两广纵队，作为解放华南的东路军，正准备挥戈南下，在粤赣湘边纵队等配合下，首先发起广东战役。

9月28日，叶剑英和陈赓联名签署《广州外围作战命令》，下达迅速解放全广东的任务：以二野第四兵团为右路军，沿粤汉线南下，担任主攻；四野第十五兵团为左路军，由粤北九连南下，负责侧击；两广纵队、粤赣湘边纵队为南路军，插入敌后断其退路。

攻粤南路军，由曾生任司令员，雷经天任政委，王作尧任副司令员。此时的两广纵队，有第一、第二两个师，一个炮兵团，一个教导团，全纵队共一万三千六百人。

浸染着父辈矢志不渝底色的东江子弟，高喊着"打回老家去，解放全广东"的口号，枪上膛，刀出鞘，枕戈待旦，只等一声令下。

这天，第一师参谋长彭砦，来到第一团驻地，因为有外省籍战士，出现水土不服的症状。彭砦带着野战医院的医护人员，来给这些战士做检查，做出诊断后，分发药丸给他们服用。看看战士们的情绪安定下来了，他翻过一道水坝，来到第二团团部，找郭坚和段立辕，看看他们的战士，会不会也出现水土不服的状况。

走进团部帐篷，只见段参谋长正对着一只小小的蓝印花抽绳袋出神。

敬礼还礼毕，彭砦故意逗引段立辕："这是哪个姑娘送的定情物？"

团长郭坚替他解释道："段参谋长特地从他父亲的故乡，带回这一袋泥土。"

彭砦帮段立辕整整腰带里起皱的军服，然后捧起抽绳袋闻了闻，说："我认识你父亲，身材伟岸的山东汉子。他和我二哥一起来过我家，我娘招待他吃了一顿薯粉皮蒜苗虾米菜粿。"

段立辕打开抽绳袋，看着里面红褐色的泥土，应道："我刚才拿出这袋泥土，不由想起父亲当年的遗愿。据我母亲说，他最后一次回津洲，曾经踌躇满志地说：'我多么希望，革命势力能够乘胜向西推进，攻下广州，将广东开辟为红色政权的大本营。'"

郭坚说:"当年南昌武装起义失败后,起义军取道临川南下,计划先夺取东江,再攻占广州,然后建立广东革命根据地。作为岭南人,有多少参加革命的父辈,都把攻下广州,当成抱负和目标。只是,他们壮志未竟身先死,他留下的遗愿,我,我们,哪怕马革裹尸,也一定要替他们实现。"

彭骞不无感慨地说:"不单南昌起义、广州起义的战略目标,是夺取广州,海陆丰第三次举义胜利后,中共广东省委同样指示东江特委和军委,要扩大全东江暴动的局面,实现全东江的割据,再向全省政治中心广州发展。我二哥、堂兄,做梦都想着,要把革命的红旗,插在省城最高的洋楼上。"

郭坚拍起手掌说:"听起来挺有几分革命的浪漫主义,当时广州最高的大楼,是南方大厦。"

彭骞接过段立辕递给他的开水,示意三人都把军用搪瓷杯端起,说:"先辈们在那么艰苦卓绝的年代,心里全装着革命必胜的信念,可歌可泣可敬!来,让我们以水代酒,为矢志完成父辈遗愿,以蹈锋饮血、无往不胜、摧枯拉朽的气概,解放南大门,解放全中国,干杯!"

尾 声

李沛妄念要衣锦荣归津洲，却落了个折戟沉沙。一梦醒来，欲借道香港，退逃台湾，又被浩瀚的伶仃洋给收留下了。

而他的对头冤家刘监生，根本没想去台湾，却被亲孙刘彪给坑了，瞒天过海将一家子劫持到人地生疏的高雄。

刘巽才被枪杀后，刘监生彻底崩溃了。他翻来覆去念叨一句话：难怪大年初四求签求中"关羽走麦城"，刘家败了，彻底败了，还有什么颜面在津洲立足？

刘彪对家里人呼天抢地或怒目切齿，全都不当一回事，唯独祖父"没脸在津洲立足"这句话，切中他的下怀。他在祖父面前装出摧心剖肝的样子，乘机怂恿祖父带上家人去澳门投奔心巧。

刘彪贪婪好色的癖好几近变态，跟家族世仇李沛有得一比，只是他唯独钟情烟花女。如果不是爹和爷阻拦，而立刚过的他，姨太太与原配，早就凑成"七星伴月"。

前些年，刘巽才看他做生意总是亏本，就给他谋了个津洲邮政所所长的差事。但他嫌没甚油水又受束缚，忍了两个月就弃职不干了。他母亲娘家人纵容他继承外祖父的衣钵。一番角逐，他果然当上了垄断津水港码头的渔霸。可是，一个月后，他又当起甩手掌柜，整天溜往外地眠花宿柳，甚至嫖到惠州和省城。

现在好了，当爹的死了，庶母对他忌惮加深，如风中残烛的祖父，想管也没气性管他，家中的大事小事，都由他说了算。

津洲解放，共产党将如何废除封建剥削，实行土地改革，他似乎并不在乎，因为从前年开始，他就瞒着阿公，偷偷变卖家中的田产，连禧荣楼也已抵押出去了。共产党取缔风花雪月场所，简直要了他的命。那个时候，他正被县城新来的烟花女红玉，迷得神魂颠倒。

"大厦将倾，豪富焉有天堂？津洲易帜，刘家何以独霸？"刘监生听完长孙的劝言，长叹不已，说了这么一句话。但他心有一百个不甘。刘家几代人积攒下来的田产，与万泰安争了一辈子才到手的经纬楼，真的就要白白放弃？刘彪在他面前跪下说："我先知先觉，已经变卖大批田产，并换成美元，汇存在心巧的账户里。你和我等晚辈到了澳门，任你怎么花都花不完。"

刘监生明知他将大把钱财花在狎妓和豪赌上，还是说服自己，相信他的谎言，答应逃往澳门，投靠心巧。

本来，刘监生一度把希望寄托在刘巽祥的儿子梓嘉身上。可是，一心求学向上的刘梓嘉，常遭堂兄欺辱排挤。最让他无法忍受的是，堂兄动不动就骂他"无父无母的野种"。故而梓嘉从小就想离开这个败落的专制家庭，去寻找姑母。去年夏季初中毕业那天，他留下一张字条给伯母彩鸾，说他决心重拾父母未竟之志。这一去，再无音信传回。

姚老太太执意要留下来守家，她念叨着贞儿和梓嘉就要回来了。

刘彪哄她说："心巧妹妹天天盼着孝敬你，你就去当一回老祖母，想回津洲，我随时送你回来。"

刘监生强忍对故里的不舍，在后院和经纬楼的花坛，各挖了一捧熟土，装在瓷瓶中，放进装财物的皮箱。

农历闰七月初一，二更时分，刘彪让仆人将十几箩筐"山货"，抬上停靠在码头的陈记商船，再将偷偷先来晒脯场等候的一家十余口，带上船，扶进货舱里。

陈记货船是一艘三桅船，它并没如家人所望开往澳门，而是朝着东北方向，顺风逆流驶向台湾岛高雄港。刘彪当然不敢去澳门，他怕真相败露，一家人尤其是祖父，会拧下他的头。

当十余人晕晕乎乎登上码头，刘监生发现路标牌匾全写着台湾高雄的字样，才知道被长孙给骗了。

脸色苍白的姚老夫人没看见心巧来码头接她，问了老伴，知道被骗到四面环海的小岛上来了，又悔又恨，跛着三寸金莲，走到堤岸边，想要一死了之。董彩鸾牵着七岁的儿子，双双给婆婆跪下，说："如果你要跳海，我和儿子也跟着你一起跳。"刘彪的三房妻妾也闹腾起来，嚷着不想活了，大家跳海死一块儿算了。

刘监生感慨万端，手指青天，暴口怒骂："我刘监生，好歹也是清廷给过封号的人，在本埠，还是十三太保盟主。乡人敬畏我，给我'算塌天''屠门刀'的雅号。我独喜欢算塌天,可千算百算,我怎么没算到,会被拐到孤岛上来?!"话刚说完,他头一仰,胸一揪,喷出一口紫红的血。

天色向晚,几个国民党兵围了上来。其中一个会讲潮汕话的,拉住他的手劝慰道:"别想不开,这都是命。我们的上司是比省长还大的高官,不也全家老少都逃到台湾来了。你这把年纪,坐船而来,能平平安安踏上高雄,应该庆幸才对。"

刘监生抹掉嘴唇上的血,想想自己和老伴一把老骨头,在海上颠簸了不止一天一夜,能保住命,肯定是上苍垂怜的结果。于是,他挺了挺弯驼的背,威严地对家人说:"这个家只要我还活着,就不会让刘彪再祸害三亲六眷。不就隔着一片海嘛,等不再打仗了,我们一家子还可以返回津洲去。我的贞儿,肯定也等着我们回去。"

此时的刘巽贞,已完成任务回到陆丰,首站当然是津洲。

当东滘解放的喜讯传到香港,刘巽贞高兴之余有些失望。自从东纵北撤,解放战争打响,她没有参加过一场战斗。这,对于久经沙场的她,简直是最大的遗憾。

要怨就怨苏惠。本来自己已经可以回河滇,向尹林平书记交差。可是,苏惠又派给她一项新任务,要她协助香港工委领导饶彰风和乔冠华,参加策反驻留香港的"两航"起义。直到分层策反成功,"两航"二位总经理刘敬宜和陈卓林,以及两千多名技术管理人员,决定全盘倒戈,回到人民的怀抱,她才获准回陆丰。

将要告别香港时,她收到彭平的来信。彭平没有随军南下,参加解放广东的战斗。因为爱人为解放济南献身,儿子彭实戈也在济南出生,她必须为献群抚育好儿子,并永远陪伴在他身边。

信里还有一张照片,是她一周岁的儿子,双眸晶亮,活泼可爱。谁会预想到,这个胖小子,父亲没见上一眼就光荣了,而他在彭平抚育下,多少年后,一举成为新中国声名显赫的数学家。

刘巽贞踏上千舟归航、人山人海的津水港码头,立刻被胜似天籁的乡音、闪烁腥香的粼光给包围了。

刚从人群中走出来,她被军管会的战士拦住。刘巽贞笑盈盈地看着小战士,出示了自己的证件,小战士立即向她敬礼,手一摆请她慢走。

刘巽贞陶醉了,解放后的家乡,比母亲的怀抱还要温馨。她可以大摇大摆行走，自由自在观赏白云海鸥，还可以放开喉咙唱一曲《解放区的天》。

正要提起嗓子，有人从背后追了上来，拍一下她的手臂。辨认好一会儿，才认出是李兰舟的远房堂妹。她把刘巽贞扯至鲤鱼石前，泣不成声地说："你来迟了，我姐没了，连身首都没找着。她跟我说过，等广州解放了，她就去省城照顾大嫂坐月子。可是，她为了你哥，一去再没回头。"

犹如惊雷当空劈下，刘巽贞浑身一颤，紧紧揪住兰舟堂妹的肩膀，却什么话都说不出来。

"还有，你哥，也走了。都说是李举人那十恶不赦的孽障，为了篡权，告发到省里，行刑时枪子……"

刘巽才被枪决，刘巽贞早在香港报纸看到了。此时听兰舟堂妹提起，仍有几分酸楚和哀怜。唯独没有想到的是，他活着时浑浑噩噩，要死了却能死出几分尊严。

而令她痛彻心扉的是，一生同声相应、同气相求的好姐妹李兰舟。如果自己早些回来，劝说哥哥投诚，应该由她去做，牺牲的应该是她刘巽贞。李兰舟独闯虎穴，从容赴死，不仅为了县城和平解放，还为阻止敌人偷袭我党政军高层云集的解放区。

刘巽贞仰望待渡山上的古塔，呢喃了半天说出一句话："兰死不改香，蚕死丝方尽。"

兰舟堂妹又说了刘彪劫持全家人去台湾，刘梓嘉失踪之事。

刘巽贞这次回津洲，除了要看看解放后的家乡有什么新变化，就是想让李兰舟把母亲和嫂子接到冀兰居，安慰安慰她们，并争取把梓嘉接到身边，由她来供他继续读书深造。可是，李兰舟再也回不来了，梓嘉又不知去向，刘家大院的漆门，也被一把锈迹斑斑的铁锁，给死死锁住了。

此刻，她既为兰舟姐的溘然牺牲深感痛心，又担心梓嘉的安危。梓嘉是弟弟和玉娇的独生子，他离家一年有余，是否真的参加了革命，还是被奸人瞄上，遭遇不测？

刘巽贞不想在津洲多待，她要回去向边纵政治部报到，再向尹书记复命。最重要的是，她要亲自上老虎笼山寻找李兰舟。

翌日上午，她来到东溚。古城披红挂绿，欣欣向荣又和谐有序，到处可以听见笑声和歌声。她询问在街上巡逻的解放军战士，县委和人民政府在哪里，他们说在潮州会馆。

走进县政府大门，出示了证件，差点与一个人撞上。抬头一看，是林瑞。两人高兴得像小孩，左手拉着对方右手，抖个不停。

东纵北撤后，林瑞养好伤，带着几位武装人员，来到惠阳与海丰、紫金接壤的多祝区陈寮肚村，与庄歧洲小分队会合，继续坚持隐蔽斗争。次年1月，新成立的海陆丰中心县委，指示掩蔽香港的同志回到大安峒，成立海陆丰人民自卫队，林瑞在自卫队当特务长。同年9月，为在陆丰开展武装斗争，成立了陆丰东北大队，并挺进陆丰，林瑞任铁流中队队长。后东北大队整编为第六团，林瑞在团部当副官。

陆城解放后，林瑞任中共陆丰西南区委书记。

刘巽贞本来想去找庄歧洲，了解一下李兰舟是如何牺牲的。可林瑞说，庄歧洲已被调往海丰当县委书记。林瑞想陪大姐去吉安报到，可刘巽贞知道他很忙，不肯答应。林瑞便派交通员骑自行车送她去吉安。

刘巽贞在吉安圩东约馆找到边纵政治部。左洪涛主任一见到她，握住她的手久久不放，不但祝贺她理清历史问题，还代表尹书记表扬她出色地完成了任务。

左主任对她说："广东战役即将打响，尹书记已率领边纵进抵粤北龙川，与两广纵队会师。边纵司令部和政治部机关，明天也将迁往前线。你要是来迟一步，就得到前线向我报到了。"

"那正好，反正这次，我一定要参加解放广东的战斗。要我现在就写请战书吗？"刘巽贞态度坚决地说。

左洪涛笑笑说："我个人先表态，批准你的请求！"看她似乎还有心事，就问："你还有什么需要我帮忙？"

刘巽贞柳眉紧锁，说："我想了解一下，李兰舟的遗体是否已经找到？"

左洪涛的心情一下沉重起来，不无惋惜地说："事发第二天，庄团长派一个班的战士，由当时与李兰舟隔山对话的同志带路，在老虎笼山寻找了一整天，除了在叠石崖发现一杆子弹全打光的步枪，人是死是活都没找到，也没发现其他任何物件。我们以为是被猎人或山民救走了，就让周边村子的干部挨家挨户问寻，同样没有结果。她是英雄，可是找不到遗体，政治部要为她记功，也只能暂缓下来。"

刘巽贞强忍眼泪，要求亲自去一趟老虎笼山，看看好姐妹、老战友牺牲的地方，也希望能找到她留下的蛛丝马迹。左主任同意，打电话给第六团的卢排长，要求他们提前吃午饭，然后带领战士，陪同刘委员重新上叠石崖搜寻一遍。

第六团主力仍然驻守新寨村，是防备胡琏兵团发兵偷袭边纵司令部和刚解放的陆城。

苍山叠翠，松涛翻滚。刘巽贞一边讲述李兰舟的战斗事迹，一边与战士们展开拉网式搜索，把老虎笼山上上下下寻了个遍。然而，还是一无所获。刘巽贞让卢排长指挥战士扩大搜索范围，尤其不能放过山涧、石缝和荆棘丛。终于，战士们在另一面山坡的小沟壑里，找到一方破凉席。刘巽贞也在叠石崖的石缝中，发现一个系着一颗蚝珠的黑色小网罩，这是李兰舟出远门时用来固定发髻的唯一饰物。

正是秋老虎节气，二三十名战士个个满头大汗，是该回去了。刘巽贞请排长带战士们先走，她要独自在山顶静静待一会儿。

一位年轻战士，总是目不转睛地看着她。小战士面容清秀，温文尔雅，眉头偶尔一挑，就不自禁流露出内心的忧戚。刘巽贞认真端详起他来，越看越觉得像巽祥，就大声问他："你是刘梓嘉吗？"小战士也确定眼前的女干部就是他要找的姑母，怯怯叫了一声"姑姑"。刘巽贞一把将他拉进怀里。

刘巽贞问了他是怎么参加解放军的，又安抚他道："别郁郁寡欢的，有姑姑在，一切都会好起来的。"

梓嘉小声问："我没爹没娘，今后就把你当娘，好吗？"

"好，好！从现在起，我就是你娘，你就是我亲儿子。"刘巽贞感觉他手底有茧，又问："你是六团的，参加解放县城的战斗没？"

"有呀，我击毙三个联防大队的兵匪，还俘虏一个躺在水沟里装死的小队长！"

"很好！娘因有别的任务，没能亲自参加解放县城的战斗，你替娘完成了这一心愿。"

卢排长和战士们为梓嘉找到自己的姑母，又见证了两人互认为母子，一齐鼓掌祝贺。卢排长在刘巽贞催促下，带着战士先回去了。梓嘉陪着娘采集了一大抱五颜六色的山花，放在叠石崖的马鞍石上。

默哀良久，巽贞牵着梓嘉的手，一步一步走上一览众山小的主峰。

天上的太阳，已被白云挤向西面，巽贞伸出手，好想扯下一朵云来。远处的海与蔚蓝的天合为一体，海天交汇处，可以看见船只，但看不见天际线上的海岛。刘巽贞指着东北面如山峰般的一片云彩，对梓嘉说："刘彪把一家人拐到台湾去，解放军的千军万马，很快就会跨过海峡，解放台湾。你奶奶和伯母，不久就会回到津洲。"

忽地，山对面的新寨村，响起咚咚锵锵的锣鼓声和噼里啪啦的鞭炮声，有人激动万分地高呼："惊天喜讯！惊天喜讯！团部刚才用缴获的收音机，收听到新华电台的实况广播，北平天安门广场正在隆重举行开国大典。"

风从新寨村徐徐吹来，刘巽贞听得真真切切，但她不大相信会这么快。

接着好像是六团官兵集合，村民闻信争先赶来操场。有团领导用喊话筒，向战士和村民们宣布了这一特大喜讯。

喧天锣鼓和鞭炮声又响了起来，新寨村军民载歌载舞，大地一片欢腾。

刘巽贞完全相信这是真的了！她热泪盈眶，挥舞双臂，向阳光灿烂的天空，向松涛滚滚的大地呼唤："已经化为英灵的亲人们，一念永恒的战友们！听到没有，你们一生孜孜追求的崇高理想，终于实现了！"

二〇二一年一月二十日初稿
二〇二三年七月一日再改毕
二〇二三年十二月十七日三改

后 记

我出生在一个教师家庭，全家九口人，仅靠父亲每月四十二元薪水维系生活。父亲忙于教书育人，对自己七个儿女，却疏于管束过问。

我小学时第一次阅读长篇小说，是柯岗的《逐鹿中原》，且边读边做读书笔记，抄录了一整本精辟词组、句段。后来又看了《林海雪原》《红岩》《野火春风斗古城》等，读得热血沸腾，遐想万千，受益匪浅。

有了一定的涉猎，我的作文也不时成为班里的"公共产品"。及至初中，学校的黑板报，好几次被我"霸"了"版"，文学梦也就自此而生。

文学的独特魅力已经濡染透我那颗稚气未脱的心。就算当知青，我也会拿起笔来，书写叙事长诗，咏怀知青与农民战天斗地的豪迈情怀。可将诗稿交给工作队后，就没了下文。

1979 年，我写了一万多字的伤痕小说《四女投江》，寄给《作品》。这是我第一次向文学刊物投稿。

1984 年春，我在惠阳地区的《东江涛》，发表处女作《在变换路标的岔道口》。很快，又接连在《汕头文艺》头版头条发表了《不愿当月亮的女人》《红豆，惹人心酸》《没有断臂的维纳斯》等一系列小说。此后，又在《作品》《羊城晚报》发表了《低谷》《第三只眼》等，在《粤海风》发表了中篇小说《滴血的墓碑》《摇曳的爱巢》。

我始终认为，写作是激情与心智的泼洒，既能记录下时代变迁、进步的足迹，也能让人看到生活的某个角落存在着焦虑和痛苦，从而让读者在思索中感悟，或者从义愤中拾起执念和勇气。这就是我写作的动力。

写出一篇小说，终归是酣畅愉悦的事情，但又需要付出心血与精力。让我颇有慰藉感的是，1993 年 1 月，全国性刊物《作品与争鸣》，转载了我的中篇小说《滴血的墓碑》，并编发了两位评论家的评论文章。周易在《枷锁下幽闭的灵魂》一文中指出：《滴血的墓碑》是一纸控诉书，它警示着封建道德和伦理的现实存在。梅笛在《一曲并不和谐的弹唱》中写道：《滴血的墓碑》不能不说是一幕真实的悲剧故事，不能不令读者的心灵受到强烈的震颤。我能体会到作者的苦心，也钦佩他的良知和社会责任心。

可以说，我是凭着《滴血的墓碑》这部中篇，加入了广东作协，并于1993年9月，参加了广东省第一届青年作家代表大会。

我不是高产作家，至2007年，才结集出版了《不愿当月亮的女人》一书，三十多万字。作为一名业余作者，包括长篇小说《长缨舞西风》，我合计也就写了两百多万字的作品。顾名思义，业余作者，就只能利用节假日、双休日、不用加班的夜晚，来构筑属于自己的文学"金字塔"。所以，虽然精品不多，但每一篇都不敢粗制滥造，每一篇都经得起社会责任感的拷问。

我之所以花费十三年的时间，书写《长缨舞西风》，最初的动力，可以说来自母亲。还在年少无知时，母亲每逢说起记忆犹新的往事，总会蹦出"大革命""破城""弃家逃难"等字眼。而那时，她应该才五六岁。母亲心情好时，会停下手里的针线活，侃侃说起彭湃"闹农会"的事。"攻城指挥部就设在高冈祖祠，彭湃和他爱人许冰挎着枪，骑着马，率领红军浩浩荡荡进村，好威风呀！而许冰，经常会唱着《田仔骂田公》的歌谣，来我家借针线、借油灯，然后跟妇女们聊家常，教识字，宣传革命道理。"这些，大多是母亲嫁给父亲后，她的婆婆、我的祖母告诉她的。

母亲一生最遗憾的事，是没能跟随表姐参加革命，当地下党。母亲长成姑娘时，汕头已经沦陷。手袋藏着枪的表姐，潜回县城，动员昔日的姐妹投身抗战，赴汕头秘密建立地下交通线。可是，外公外婆死活不同意，母亲也就只能与革命擦肩而过。母亲直到九十多岁时，仍会不无惋惜地提起这件憾事。

我读初中时，一篇语文课文，徐向前写的《奔向海陆丰》，使我知道大革命时期，海陆丰曾经先后举行三次武装暴动，并建立了全国第一个苏维埃政权。共产党领导的南昌起义和广州起义失败后，保存下来的部队，都奔赴海陆丰，改编成中国工农红军第二、第四师。共产党自此有了自己的武装力量。

海陆丰农民运动，是在1922年兴起的。1927年10月，就建立起全国第一个县级苏维埃政权。海陆丰革命根据地，作为土地革命战争时期，在我党领导下较早开辟的一块革命根据地，也就是全国十三块革命根据地之一，它的创立，为中国革命胜利积累了宝贵的经验，在中国革命史上留下了光辉的一页。

1997 年我再婚后，在闲聊中无意听岳母说，我岳父曾是东江纵队小鬼班的战士，解放初，政府安排他去行政部门工作，他却要求当人民教师。当时我在市里工作，很少回家乡去，对这件事也就没太在意。2003 年冬，东江纵队成立六十周年。离休多年的岳父接到通知，去陆丰市参加东江纵队老战士联谊会，带回一本证书和一枚纪念章。他回家后，打开卧室一直锁着的抽屉，找出几枚或生锈或褪色的勋章和纪念章，摆在包括我在内的众后辈面前。我很惊讶，原来岳父十四岁那年就离开学校，离开家庭，加入东江纵队小鬼班。他打过不少仗，杀死杀伤多个日伪军兵士。岳父的哥哥曾亲眼见过他偕同战士们阻击进村"清剿"的国民党政警队，特地对我夸赞他道："他那时很拉风，双手各持一支驳壳枪，趴在屋顶袭击敌人，两只手左右开弓，动作很利索。战斗打了半个多小时，政警队被打得惊慌失措，扔下几具尸体，灰溜溜逃窜了。"

此后，大凡有机会跟岳父单独在一起，我就会请他讲讲他所知道的东江纵队，讲讲他和他的战友们英勇杀敌的故事。他的侃侃而谈，为我后来撰写小说，提供了不少难得而鲜活的素材。

汕尾建市后，随着对红色文化的挖掘，一次又一次纪念大会的召开，壮怀激烈之余，我对全面认知海陆丰辉煌革命历程的念头，越来越强烈。

我开始收集资料，挖掘创作素材，采访一些健在的"逆行者"及其家属，到革命遗址观摩，寻找灵感。终于，我找到了一些有关彭湃、海陆丰起义、红二师红四师史、东江纵队史等的资料，脑袋里也记下了不少革命英烈的感人事迹。但总体感觉，资料孤章寡文，呈碎片式，且缺乏温度、血性、激情和生命力，没能给出生命群体化、人物多面性、情节相衔接的完整印象。

为了再现海陆丰革命的辉煌岁月与情景，我决定放弃写了十多万字的乡情小说，执笔撰写一部长篇，把我所知道的革命先驱和英模人物，一一编入这部"长廊画册"，让他们活灵活现永远活在人民心中。

本来，写一部近百万字的小说，对于一些写手来说，并非什么难事，而我却整整花了十三年的时间。原因在于，涉及党的历史，必须把好去伪存真这道关。我必须"较真"，必须对得起先驱们，力求让小说的每一个大事件，人物的每一道轨迹，尽可能贴近历史真相的窗口，让海陆丰无数英烈组成的伟岸群像，更直观、更具感召力地展现在年青一代面前。

　　海陆丰革命史，是一代又一代"先锋队"留给我们的一笔精神财富。海陆丰革命精神，是无数英烈用鲜血浇灌出来的心灵与思想的硕果，是新时期建设中国特色社会主义的本质动力和卓然支撑，具有永恒的价值。

　　我们要将海陆丰革命精神发扬光大，代代相传，为实现第二个百年奋斗目标，为把中国建设成社会主义现代化强国而砥砺奋进，冲锋不息。

耳汝尔

二〇二三年八月一日